Hobbit Presse
PAPERBACK

TAD WILLIAMS

OTHERLAND

BAND 4

MEER DES SILBERNEN LICHTS

Aus dem Englischen übersetzt
von Hans-Ulrich Möhring

KLETT-COTTA

OTHERLAND

Stadt der goldenen Schatten (Band 1)
Fluss aus blauem Feuer (Band 2)
Berg aus schwarzem Glas (Band 3)
Meer des silbernen Lichts (Band 4)

http://www.tadwilliams.de

Hobbit Presse
www.hobbitpresse.de
Die Originalausgabe erschien unter dem Titel »Otherland 4. Sea of Silver Light« im Verlag DAW Books, New York

Printed in Germany
Cover: Birgit Gitschier, Augsburg; Illustration Max Meinzold, München
Gesetzt von Dörlemann Satz, Lemförde
Gedruckt und gebunden von CPI – Clausen & Bosse, Leck
ISBN 978-3-608-94964-3

Die Antwort ist nein: Mein Vater hat bis jetzt keines der Bücher aufgeblättert und es folglich immer noch nicht spitzgekriegt. Mir wird wohl nichts übrig bleiben, als es ihm irgendwann einfach zu sagen. Vielleicht sollte ich es ihm schonend beibringen.
»Alle Anwesenden, denen noch nie jemand ein Buch gewidmet hat, drei Schritte vor! Ups, Papa, Moment mal …«

INHALT

WAS BISHER GESCHAH

STADT DER GOLDENEN SCHATTEN

Klatschnass im Schützengraben, nur dank seiner Kameraden *Finch* und *Mullet* vor Todesangst noch nicht völlig verrückt geworden, scheint sich *Paul Jonas* von den Tausenden anderer Infanteristen im Ersten Weltkrieg nicht zu unterscheiden. Doch als er sich unversehens auf einem leeren Schlachtfeld wiederfindet, allein bis auf einen in die Wolken wachsenden Baum, beschleicht ihn der Verdacht, er könnte doch verrückt sein. Als er den Baum emporklettert und oben ein Schloss in den Wolken, eine Frau mit Flügeln wie ein Vogel und ihren schrecklichen riesenhaften Wächter entdeckt, scheint sich der Verdacht zu bestätigen. Doch als er im Schützengraben wieder aufwacht, hält er eine Feder der Vogelfrau in der Hand.

In Südafrika in der Mitte des Einundzwanzigsten Jahrhunderts hat *Irene »Renie« Sulaweyo* ihre eigenen Probleme. Renie ist Dozentin für Virtualitätstechnik, und ihr neuester Student, ein junger Mann namens *!Xabbu*, gehört zum Wüstenvolk der Buschleute, denen die moderne Technik eigentlich zutiefst fremd ist. Zuhause übernimmt Renie die Mutterrolle für ihren kleinen Bruder *Stephen*, der begeistert die virtuellen Teile des weltweiten Kommunikationsnetzwerks – des »Netzes« – durchforscht, und verbringt ihre wenige freie Zeit damit, ihre Familie zusammenzuhalten. Ihr verwitweter Vater *Long Joseph* scheint sich nur dafür zu interessieren, wo er was zu trinken herbekommt.

Wie die meisten Kinder fühlt sich Stephen vom Verbotenen magisch angezogen, und obwohl Renie ihn schon einmal aus einem gruseligen virtuellen Nachtclub namens Mister J's gerettet hat, schleicht er sich abermals dort ein. Bis Renie herausfindet, was er getan hat, liegt Stephen schon im Koma. Die Ärzte können es nicht erklären, aber Renie ist sich sicher, dass ihm irgendetwas online zugestoßen ist.

Der US-Amerikaner *Orlando Gardiner* ist nur wenig älter als Renies Bruder, aber er ist ein Meister in mehreren Netzdomänen und verbringt wegen einer schweren Krankheit, an der er leidet, die meiste Zeit in der Online-Identität von *Thargor*, einem Barbarenkrieger. Doch als Orlando mitten in einem seiner Abenteuer auf einmal das Bild einer goldenen Stadt erblickt, die alles übertrifft, was er jemals im Netz gesehen hat, vergisst er darüber seine ganze Umgebung, so dass seine Thargorfigur getötet wird. Trotz dieses schmerzlichen Verlusts kann Orlando sich der Anziehung der goldenen Stadt nicht entziehen, und mit der Unterstützung seines Softwareagenten *Beezle Bug* und der widerwilligen Hilfe seines Online-Freundes *Fredericks* ist er entschlossen, die goldene Stadt aufzuspüren.

Auf einem Militärstützpunkt in den Vereinigten Staaten stattet unterdessen ein kleines Mädchen namens *Christabel Sorensen* ihrem Freund *Herrn Sellars*, einem sonderbaren, von Verbrennungen entstellten alten Mann, heimlich Besuche ab. Ihre Eltern haben ihr das verboten, aber sie hat den alten Mann und die Geschichten, die er erzählt, gern, und er erscheint ihr viel eher bedauernswert als furchterregend. Sie weiß nicht, dass er sehr ungewöhnliche Pläne mit ihr hat.

Je besser Renie den Buschmann !Xabbu kennen und seine freundliche Ausgeglichenheit wie auch seinen Außenseiterblick auf das moderne Leben schätzen lernt, desto mehr wird er ihr zum Vertrauten, als sie sich aufmacht, herauszufinden, was mit ihrem Bruder geschehen ist. Sie und !Xabbu schmuggeln sich in Mister J's ein. Die Art, wie sich die Gäste in dem Online-Nachtclub in allen möglichen virtuellen Widerwärtigkeiten suhlen, bestätigt zwar ihre schlimmsten Befürchtungen, aber zunächst sieht es nicht so aus, als hätte etwas ihren Bruder körperlich schädigen können – bis sie beide eine grauenhafte Begegnung mit der hinduistischen Todesgöttin Kali haben. !Xabbu erliegt Kalis raffinierter Hypnose, und auch Renie ist kurz davor, doch mit Hilfe einer geheimnisvollen Gestalt, deren simulierter Körper (»Sim«) eine gesichtslose weiße Leere ist, gelingt es ihr, sich selbst und !Xabbu aus Mister J's zu befreien. Bevor sie offline geht, übergibt ihr die Gestalt noch Daten in Form eines goldenen Juwels.

Im Ersten Weltkrieg (oder was so aussieht) desertiert Paul Jonas unterdessen von seiner Einheit und versucht, durch das gefährliche Niemandsland zwischen den Linien in die Freiheit zu entkommen. Unter ständigem Regen und Granatenbeschuss taumelt und robbt er über Schlamm- und Leichenfelder, bis er sich irgendwann in einer gespenstischen Umgebung befindet, einer flachen, nebeligen Leere, die noch unheimlicher ist als sein Schlosstraum. Ein schimmerndes goldenes Licht taucht auf und zieht Paul an, doch bevor er in dieses Leuchten hineingehen kann, erscheinen seine beiden Freunde aus dem Schützengraben und verlangen von ihm, dass er mit ihnen zurückkehrt. Müde und verwirrt will er schon nachgeben, doch als sie näher kommen, erkennt er, dass Finch und Mullet überhaupt nicht mehr wie Menschen aussehen, und er flieht in das goldene Licht.

Der älteste und vielleicht reichste Mensch der Welt im Einundzwanzigsten Jahrhundert heißt *Felix Jongleur*. Rein physisch ist er so gut wie tot, und er verbringt seine Tage in einem selbstgeschaffenen virtuellen Ägypten, wo er als *Osiris*, der Gott des Lebens und des Todes, alles beherrscht. Sein wichtigster Diener, sowohl in der virtuellen als auch in der realen Welt, ist ein Serienmörder, ein australischer Aboriginemischling, der sich selbst *Dread* nennt, das Grauen, und bei dem zu der Lust daran, Menschen zu jagen, noch eine erschreckende außersinnliche Fähigkeit zur Manipulation elektronischer Schaltungen kommt, mit der er Sicherheitskameras stören und sich überhaupt allen Nachstellungen entziehen kann. Jongleur hat Dread vor Jahren entdeckt, und er hat viel dafür getan, die Kräfte des jungen Mannes zu schulen, und ihn zu seinem hauptsächlichen Mordinstrument gemacht.

Jongleur/Osiris ist auch der Vorsitzende einer Gruppe, der einige der mächtigsten und reichsten Leute der Welt angehören, der *Gralsbruderschaft*. Diese Gruppe hat sich ein unvergleichliches virtuelles Universum errichtet, das Gralsprojekt, auch Otherland oder Anderland genannt. (Der letztere Name kommt von einem Wesen, das als der »Andere« bezeichnet wird und das im Gralsprojekt-Netzwerk eine zentrale Rolle spielt. Diese mächtige Kraft, ob künstliche Intelligenz oder eine noch rätselhaftere Erscheinung, ist weitgehend unter Jongleurs Kontrolle, zugleich aber das Einzige auf der Welt, wovor sich der alte Mann fürchtet.)

Es gibt Streitigkeiten innerhalb der Gralsbruderschaft, weil es so lange dauert, bis das geheimnisvolle Gralsprojekt endlich zur Vollendung gediehen ist. Alle Mitglieder haben Milliarden darin investiert und warten schon ein Jahrzehnt ihres Lebens oder noch länger darauf.

Angeführt von dem US-Amerikaner *Robert Wells*, dem Präsidenten eines gigantischen Technologiekonzerns, rebellieren einige gegen Jongleurs Vorsitz und seine Geheimhaltungspolitik, zu der es auch gehört, keine Auskünfte über den Andern zu geben.

Jongleur unterdrückt eine Meuterei und befiehlt seinem Lakaien Dread, einen Schlag gegen ein Gralsmitglied in die Wege zu leiten, das bereits aus der Bruderschaft ausgetreten ist.

Nachdem sie mit knapper Not dem virtuellen Nightclub Mister J's entrinnen konnten, sind Renie und ihr Student !Xabbu fester denn je davon überzeugt, dass zwischen dem Club und Stephens Koma ein Zusammenhang besteht. Doch als Renie das Datenobjekt untersucht, das die geheimnisvolle weiße Gestalt ihr mitgegeben hat, entfaltet es sich zu dem erstaunlich realistischen Bild einer goldenen Stadt. Die beiden bitten Renies frühere Professorin *Doktor Susan Van Bleeck* um Hilfe, aber sie kann das Geheimnis der Stadt nicht lüften, ja nicht einmal mit Sicherheit sagen, ob es sich um einen real existierenden Ort handelt. Die Professorin beschließt, sich an eine Bekannte zu wenden, die möglicherweise helfen kann, eine Rechercheurin namens *Martine Desroubins*. Doch bevor Renie und die schwer aufspürbare Martine Kontakt aufnehmen können, wird Doktor Van Bleeck in ihrem Haus überfallen und furchtbar misshandelt und wird ihre gesamte Anlage zerstört. Renie begibt sich eilig ins Krankenhaus, doch Susan hat gerade noch Zeit, sie auf die Fährte eines Freundes zu setzen, bevor sie stirbt und eine zornige und entsetzte Renie zurücklässt.

Unterdessen hat Orlando Gardiner, der kranke Teenager in den USA, dermaßen besessen die Spur der goldenen Stadt aufgenommen, die er im Netz gesehen hat, dass sein Freund Fredericks anfängt, sich Sorgen um ihn zu machen. Orlando ist schon immer sehr eigen gewesen – Simulationen von Todeserfahrungen üben auf ihn eine Faszination aus, die Fredericks nicht verstehen kann –, aber jetzt scheint er völlig abzuheben. Als Orlando auch noch in den berühmten Häckerknoten TreeHouse eindringen will, bestätigen sich Fredericks' schlimmste Befürchtungen.

TreeHouse ist der letzte anarchische Freiraum im Netz, ein Ort, wo keine Vorschriften den Leuten diktieren, was sie machen können oder wie sie aussehen müssen. Doch obwohl Orlando von TreeHouse fasziniert ist und er dort unerwartete Verbündete in der *Bösen Bande* findet, einer Gruppe von Häckerkindern, die im virtuellen Raum als Haufen winziger, geflügelter gelber Affen auftreten, erregen seine Versuche, die Herkunft der goldenen Stadt zu ergründen, Verdacht, und er und Fredericks müssen fliehen.

Mit Hilfe von Martine Desroubins sind Renie und !Xabbu derweil ebenfalls in TreeHouse gelandet, weil sie hinter einem alten pensionierten Häcker namens *Singh* her sind, Susan Van Bleecks Freund. Als sie ihn finden, erzählt er ihnen, er sei der Letzte aus einer Gruppe spezieller Programmierer, die einst das Sicherheitssystem für ein geheimnisvolles Netzwerk mit dem Decknamen »Otherland« gebaut hätten, und seine Kollegen seien alle unter merkwürdigen Umständen ums Leben gekommen. Er sei der einzige Überlebende.

Renie, !Xabbu, Singh und Martine kommen zu dem Schluss, dass sie in das Otherlandsystem eindringen müssen, um herauszufinden, welches Geheimnis das Leben von Singhs Kollegen und von Kindern wie Renies Bruder wert ist.

Paul Jonas' Flucht aus den Schützengräben des Ersten Weltkriegs hat nur dazu geführt, dass er jeden Bezug zu Raum und Zeit verloren hat. Weitgehend erinnerungslos irrt er durch eine Welt, in der eine weiße Königin und eine rote Königin sich gegenseitig bekriegen, und wird abermals von den Finch- und Mulletfiguren verfolgt. Mit Hilfe eines Jungen namens *Gally* und beraten von einem umstandskrämerischen, eiförmigen Bischof kann Paul ihnen entkommen, doch seine Verfolger ermorden Gallys Freunde, eine Schar Kinder. Ein riesiges Ungetüm, Jabberwock genannt, lenkt Pauls und Gallys Feinde ab, und die beiden springen in einen Fluss.

Als sie wieder an die Oberfläche kommen, sind sie in einer anderen Welt, einer höchst skurrilen Version des Mars, wo sich Ungeheuer und abenteuernde englische Gentlemen tummeln. Paul trifft die Vogelfrau aus seinem Schlosstraum wieder, die jetzt *Vaala* heißt, aber diesmal ist sie die Gefangene eines marsianischen Fürsten. Tatkräftig unterstützt von dem tollkühnen *Hurley Brummond* rettet Paul die Frau. Auch sie meint Paul zu kennen, aber weiß nicht, woher. Als die Finch- und Mulletfiguren wieder auftauchen, flieht sie. Bei dem Versuch, sie einzuholen, stürzen Paul und Gally mit einem gestohlenen fliegenden Schiff ab – in das sichere Verderben, wie es scheint. Nach einem seltsamen Traum, in dem er sich wieder in dem Wolkenschloss befindet und dort von Finch und Mullet in ihrer bislang bizarrsten Erscheinungsform unter Druck gesetzt wird, wacht Paul ohne Gally inmitten von Neandertalern in der Eiszeit auf.

In Südafrika werden Renie und ihre Gefährten unterdessen von Fremden bedroht und müssen die Flucht ergreifen. Mit Hilfe von Martine (die sie noch immer nur als Stimme kennen) finden Renie und !Xabbu, begleitet von Renies Vater und Doktor Van Bleecks Hausangestelltem *Jeremiah Dako,* eine stillgelegte Militärbasis in den Drakensbergen, die ursprünglich für Versuche mit unbemannten Kampfflugzeugen gedacht war. Sie setzen zwei V-Tanks instand (Wannen zur Immersion in die virtuelle Realität), damit Renie und !Xabbu auf unbestimmte Zeit online gehen können, und bereiten ihr Eindringen in Otherland vor.

Auf dem Militärstützpunkt in den USA hingegen lässt sich die kleine Christabel überreden, dem gelähmten Herrn Sellars bei der Ausführung eines komplizierten Plans zu helfen, der sich erst dann als Fluchtversuch herausstellt, als er aus seinem Haus verschwindet und damit den ganzen Stützpunkt (vor allem Christabels Vater, den Sicherheitschef) in helle Aufregung versetzt. Mit dem Beistand eines obdachlosen Jungen von außerhalb hat Christabel ein Loch in den Zaun des Stützpunkts geschnitten, aber nur sie weiß, dass Herr Sellars gar nicht dort hindurch geflohen ist, sondern sich in Wirklichkeit in einem Tunnelsystem unter dem Stützpunkt versteckt hält, von wo aus er nunmehr seine mysteriöse »Aufgabe« frei weiterverfolgen kann.

In der verlassenen unterirdischen Militäranlage in den Drakensbergen steigen Renie und !Xabbu in die V-Tanks, gehen online und dringen zusammen mit Singh und Martine in Otherland ein. In einer grauenhaften Begegnung mit dem Andern, der das Sicherheitssystem des Netzwerks zu sein scheint, stirbt Singh an einem Herzanfall, doch die übrigen drei überleben und können zunächst gar nicht glauben, dass sie sich in einer virtuellen Umgebung befinden, so unglaublich realistisch ist das Netzwerk. Noch in anderer Hinsicht ist die Erfahrung merkwürdig. Martine hat zum ersten Mal einen Körper, !Xabbu hat die Gestalt eines Pavians angenommen, und besonders folgenschwer ist ihre Entdeckung, dass sie sich nicht wieder offline begeben können. Renie und die anderen erkennen, dass sie in einem artifiziellen südamerikanischen Land gelandet sind. Als sie die Hauptstadt erreichen, ist sie die goldene Stadt, nach der sie so lange gesucht haben. Dort werden sie festgenommen und sind jetzt Gefangene von *Bolívar Atasco*, einem Mann, der mit der Gralsbruderschaft zusammenhängt und von Anfang an am Bau des Otherlandnetzwerks mitgewirkt hat.

In den USA hat Orlandos Freundschaft mit Fredericks die Bewährungsprobe zweier Enthüllungen überstanden, nämlich dass Orlando an der seltenen Krankheit der frühzeitigen Vergreisung leidet und nur noch kurze Zeit zu leben hat und dass Fredericks in Wirklichkeit ein Mädchen ist. Sie werden unerwarteterweise von der Bösen Bande an Renies Häckerfreund Singh angekoppelt, als dieser gerade die Verbindung zum Gralsnetzwerk herstellt, und rutschen mit hindurch nach Anderland. Nach ihrer eigenen fürchterlichen Begegnung mit dem Andern geraten Orlando und Fredericks ebenfalls in die Gefangenschaft Atascos. Doch als sie, zusammen mit Renies Schar und noch anderen, dem großen Mann vorgeführt werden, stellt sich heraus, dass Atasco sie gar nicht zusammengerufen hat, sondern Herr Sellars, und dieser erscheint jetzt in Gestalt des eigenartigen leeren Sims, der Renie und !Xabbu das Entkommen aus Mister J's ermöglichte.

Sellars erklärt, dass er sie alle mit dem Bild der goldenen Stadt angelockt habe – die unauffälligste Methode, die ihm eingefallen sei, da ihre Feinde von der Gralsbruderschaft ungeheuer mächtig und gnadenlos seien. Er berichtet, dass Atasco und seine Frau früher der Bruderschaft angehörten, aber austraten, als ihre Fragen zum Netzwerk nicht beantwortet wurden. Dann schildert Sellars, wie er entdeckt habe, dass das geheime Otherlandnetzwerk in einem unerfindlichen, aber nicht zu leugnenden Zusammenhang mit der Erkrankung Tausender von Kindern wie Renies Bruder Stephen stehe. Bevor er das weiter ausführen kann, erstarren die Sims von Atasco und seiner Frau urplötzlich, woraufhin Sellars' Sim verschwindet.

In der wirklichen Welt hat Jongleurs Mordwerkzeug Dread mit dem Angriff auf Atascos befestigte Insel in Kolumbien begonnen und nach der Ausschaltung der Abwehranlagen und der Wachmannschaften beide Atascos umgebracht. Mit seinen besonderen Fähigkeiten – seinem »Dreh« – zapft er daraufhin ihre Datenleitungen an, hört Sellars' Ausführungen mit und gibt seiner Assistentin *Dulcinea Anwin* die Anweisung, eine der bei Atasco online versammelten Personen, zu denen auch Renie und ihre Freunde gehören, aus der Leitung zu werfen. Damit kann Dread die Identität dieser Person annehmen und sich als getarnter Spion in den Kreis von Renie und ihren Freunden einschleichen.

Sellars taucht noch einmal in der virtuellen Welt der Atascos auf und beschwört Renie und die Übrigen, in das Netzwerk hineinzufliehen, er wolle sich unterdessen darum bemühen, ihre Anwesenheit zu verbergen. Sie sollen nach einem Mann namens Jonas Ausschau halten, einem rätselhaften VR-Gefangenen, dem Sellars zur Flucht aus den Klauen der Bruderschaft verholfen hat. Die Gruppe um Renie gelangt aus der Stadt der Atascos hinaus auf den Fluss und von dort durch ein elektrisches blaues Leuchten hindurch in die nächste Simwelt. Gequält und überwältigt von dem Übermaß auf sie einströmender Daten enthüllt Martine schließlich Renie ihr Geheimnis: Sie ist blind.

Ihr Schiff ist ein riesiges Blatt geworden. Eine Libelle von der Größe eines Düsenjägers saust über sie hinweg.

In der wirklichen Welt können Jeremiah und Renies Vater Long Joseph in ihrem Stützpunkt im Berg nur passiv die stummen V-Tanks beobachten, sich grämen und warten.

FLUSS AUS BLAUEM FEUER

Paul Jonas irrt weiterhin ziellos durch Raum und Zeit. Er hat sein Gedächtnis zu einem großen Teil wiedererlangt, aber die letzten paar Jahre seines Lebens sind und bleiben dunkel. Er hat keine Ahnung, wieso er von einer Welt in die nächste gerät, ständig verfolgt von den beiden Kreaturen, die er als *Finch* und *Mullet* kennt, und er weiß nach wie vor nicht, wer die geheimnisvolle Frau ist, die ihm immer wieder begegnet, mitunter auch im Traum.

Nachdem er um ein Haar ertrunken wäre, wacht er in der Eiszeit bei einem Stamm von Neandertalern auf. Die Frau erscheint ihm abermals im Traum und erklärt ihm, um zu ihr zu gelangen, müsse er »einen schwarzen Berg, der bis zum Himmel reicht«, finden.

Nicht allen Höhlenmenschen ist der ungewöhnliche Fremde willkommen; einer geht auf ihn los, und der gewalttätige Streit endet damit, dass Paul in der eisigen Wildnis ausgesetzt wird. Er überlebt einen Angriff pferdegroßer Höhlenhyänen, doch er bricht im Eis ein und stürzt ein weiteres Mal in den Fluss.

Andere schlagen sich genauso mühsam und qualvoll durch wie Paul, auch wenn sie etwas besser Bescheid wissen. *Renie Sulaweyo* war ausgezogen, um mit ihrem Freund und früheren Studenten *!Xabbu*, einem Buschmann aus dem Okawangodelta, hinter das Geheimnis um das Koma ihres Bruders *Stephen* zu kommen. Zusammen mit der blinden Rechercheurin *Martine Desroubins* ist es ihnen gelungen, in Otherland einzudringen, in das größte und fantastischste VR-Netzwerk der Welt, gebaut von einem verschworenen Kreis mächtiger Männer und Frauen, die sich selbst die *Gralsbruderschaft* nennen. Mit dem rätselhaften *Herrn Sellars* als Drahtzieher im Hintergrund lernt Renie andere von den Machenschaften der Gralsbruderschaft betroffene Personen kennen – *Orlando Gardiner*, einen todkranken Teenager, und seinen Freund *Sam Fredericks* (in Wirklichkeit ein Mädchen, wie Orlando erst kürzlich herausgefunden hat), eine Frau namens *Florimel*, einen schrillen Vogel, der sich *Sweet William* nennt, eine chinesische Großmutter namens *Quan Li* und einen mürrischen jungen Mann in einem futuristischen Panzeranzug, der das Handle *T4b* führt. Aber irgendetwas hält sie innerhalb des Netzwerks fest, und die neun Schicksalsgenossen sind gezwungen, auf einem Fluss aus blauem Feuer, der durch sämtliche Simulationswelten von Anderland fließt, von einem virtuellen Environment ins nächste zu fliehen.

In der Simwelt, in die sie zuerst geraten, sieht es weitgehend genauso aus wie in der Realität, nur dass Renie und ihre Gefährten weniger als ein Hundertstel ihrer normalen Größe haben. Ihnen droht Gefahr von den dort vorkommenden Insekten und auch von größeren Tieren wie Fischen und Vögeln, und die Mitglieder der Gruppe werden getrennt. Renie und !Xabbu werden von Wissenschaftlern gerettet, die die Simulation dazu benutzen, das Insektenleben aus einer ungewöhnlichen Perspektive zu erforschen. Bald darauf stellen die Wissenschaftler fest, dass sie genau wie Renie und !Xabbu online gefangen sind. Renie und !Xabbu begegnen einem merkwürdigen Mann namens *Kunohara*, dem Besitzer der Insektensimulation, der aber angibt, der Gralsbruderschaft nicht anzugehören. Kunohara frappiert sie mit undurchsichtigen Rätseln, dann verschwindet er. Als ein Schwarm (im Vergleich zu ihnen gigantischer) Treiberameisen die Forschungsstation angreift, kommen die meisten Wissenschaftler ums Leben, und Renie und !Xabbu können nur knapp einer ungeheuerlichen Gottesanbeterin entgehen.

Als sie in einem der Flugzeuge der Insektenforscher zum Fluss zurückfliehen, erblicken sie Orlando und Fredericks, die auf einem Blatt den Fluss hinuntertreiben. Bei dem Versuch, sie zu retten, passieren Renie und !Xabbu gleichzeitig mit ihnen das Gateway auf dem Fluss, aber die beiden Paare landen in verschiedenen Simulationen.

Unterdessen werden in der wirklichen Welt außerhalb des Netzwerks noch andere Leute in das immer weitere Kreise ziehende Rätsel um Otherland verstrickt. *Olga Pirofsky*, Darstellerin in einer Kindersendung im Netz, leidet auf einmal an furchtbaren Kopfschmerzen. Sie hat den Verdacht, es könnte einen Zusammenhang mit ihrer Online-Tätigkeit geben, und auf der Suche nach der Ursache ihrer Beschwerden erfährt sie von der anscheinend netzbedingten Erkrankung, die so viele Kinder (unter anderem Renies Bruder) befallen hat. Olgas Nachforschungen erregen auch die Aufmerksamkeit des Rechtsanwalts *Catur Ramsey*, den die Eltern von Fredericks wie auch die von Orlando beauftragt haben, Ermittlungen über die Krankheit anzustellen, da in der wirklichen Welt beide Teenager seit ihrem Eintritt in das Otherlandnetzwerk im Koma liegen.

John Wulgaru, der sich selbst *Dread* nennt und das Morden als eine Art Hobby betreibt, hat sich als ein schlagkräftiges, wenn auch nicht hundertprozentig loyales Instrument des unerhört reichen *Felix Jongleur* erwiesen, des Vorsitzenden der Gralsbruderschaft (der die meiste Zeit in seiner ägyptischen Simulation verbringt, maskiert als der Gott Osiris). Doch durch die Ermordung eines ehemaligen Mitglieds der Bruderschaft auf Jongleurs Befehl hat Dread von der Existenz des Otherlandnetzwerks Wind bekommen und sogar einen der Sims aus Renies herumirrendem Häuflein gekapert. Während sein Herr und Gebieter Jongleur mit den letzten Vorbereitungen für die volle Inbetriebnahme des Netzwerks beschäftigt ist – dessen wahrer Zweck weiterhin nur der Bruderschaft bekannt ist –, geht Dread diesem neuen und faszinierenden Rätsel nach. Als Spion unter Sellars' Rekruten zieht er jetzt durch das Netzwerk und versucht, seine Geheimnisse zu ergründen. Doch anders als für Sellars' bunt zusammengewürfelte Truppe ist Dreads Leben nicht in Gefahr: Er kann offline gehen, wann er will. Er heuert die Softwarespezialistin *Dulcy Anwin* an, mit der er schon öfter zusammengearbeitet hat, damit sie im Wechsel mit ihm den gekidnappten Sim führt. Ihr Boss fasziniert Dulcy, aber er verunsichert sie auch, und sie fragt sich, ob sie mehr für ihn empfindet, als ihr lieb ist.

In Australien kommt derweil ein Stück von Dreads Vergangenheit ans Licht. Eine Polizistin namens *Calliope Skouros* bemüht sich, einen scheinbar völlig alltäglichen Mordfall aufzuklären. Einige der Brutalitäten, die an der Leiche des Opfers verübt wurden, weisen auf eine australische Sagengestalt hin, den sogenannten Woolagaroo. Die Polizistin kommt zu der Überzeugung, dass irgendein Zusammenhang zwischen uraustralischen Mythen und dem von ihr bearbeiteten Mord an der jungen Frau besteht.

Im Gralsnetzwerk befinden sich Renie und !Xabbu nunmehr in einer völlig pervertierten Version des *Zauberers von Oz*, deren trostloser Schauplatz Kansas ist, genau wie am Anfang der echten Geschichte. Die Otherlandsimulationen scheinen zusammenzubrechen, auf jeden Fall werden sie immer chaotischer. Auf der Flucht vor den mörderischen Nachstellungen des Löwen und des Blechmanns – die offenbar Paul Jonas' Verfolger Finch und Mullet in abermals verwandelter Gestalt sind – finden Renie und !Xabbu unerwartete Verbündete in der jungen und naiven *Emily 22813* und einem wortkargen Zigeuner, der sich *Azador* nennt. Emily gesteht ihnen später, dass sie schwanger ist, und gibt Azador als Vater an. Sie können aus Kansas entkommen, nachdem sie während eines der immer häufiger auftretenden »Systemspasmen« von Azador getrennt wurden, aber zu ihrer Überraschung wechselt Emily (die sie für Software gehalten haben) mit ihnen in die nächste Simulation über.

Orlando und Fredericks sind in einer sehr merkwürdigen Welt gelandet, einer Küche aus einem alten Zeichentrickfilm, bevölkert von Wesen, die Warenetiketten und Besteckschubladen entsprungen sind. Sie helfen einem indianischen Comic-Krieger bei der Suche nach seinem entführten Kind, und nach einem Kampf mit Comic-Piraten und der Begegnung mit einer weissagenden Schlafenden und einer unerklärlichen Kraft – bei denen es sich in Wirklichkeit um Paul Jonas' geheimnisvolle Frau und das offenbar empfindungsfähige Betriebssystem des Netzwerks, den sogenannten *Andern*, handelt – gelangen sie aus der Küche in eine Simulation, die das alte Ägypten darzustellen scheint.

In der Zwischenzeit haben ihre vormaligen Weggefährten, die blinde Martine und der Rest der von Sellars herbeigerufenen Schar, den Weg aus der Insektenwelt in eine Simulation gefunden, in der der Fluss nicht aus Wasser, sondern aus Luft besteht und deren vorzeitlich wirkende Bewohner auf Windströmungen fliegen und an senkrechten Steilwänden in Höhlen hausen. Martine und die anderen nennen den Ort Aerodromien, und obwohl sie sich anfangs nicht recht trauen, stellen sie bald fest, dass auch sie fliegen können. Eine Gruppe Eingeborener lädt sie ein, in das Lager des Stammes mitzukommen.

Paul Jonas findet sich nach der Eiszeit in einer sehr anderen Umgebung wieder. Beim Anblick der vertrauten Wahrzeichen Londons glaubt er zunächst, er sei zu guter Letzt doch noch heimgekehrt. Bald aber muss er erkennen, dass er stattdessen durch ein England irrt, das durch einen Angriff vom Mars fast vollkommen zerstört wurde – tatsächlich handelt es sich um den Schauplatz von H.G. Wells' *Krieg der Welten.* Paul begreift, dass er nicht nur an Orte gelangt, die räumlich und zeitlich weit voneinander entfernt sind, sondern auch in rein fiktive Welten. Er lernt ein absonderliches Ehepaar kennen, die *Pankies,* die zunächst seine Verfolger Finch und Mullet in einer neuen Maske zu sein scheinen, aber die keine Anstalten machen, ihm etwas zuleide zu tun. (Paul wird auch von einem speziellen Softwareprogramm namens *Nemesis* gejagt, doch das ist ihm noch nicht bewusst.) Als Paul und die Pankies nach gemeinsamer Flussfahrt in Hampton Court haltmachen, wird Paul von einem Fremden in das dortige Labyrinth geführt und in dessen Zentrum durch ein Gateway aus strahlendem Licht geschubst.

Auf der anderen Seite findet sich Paul in der Landschaft von Coleridges berühmtem Gedicht »Xanadu« wieder, und der Mann, der ihn dort hinbefördert hat, stellt sich als *Nandi Paradivasch* vor. Nandi ist Mitglied im sogenannten *Kreis,* einem Bund, der die Gralsbruderschaft bekämpft. Paul erfährt endlich, dass er weder verrückt ist noch in eine andere Dimension katapultiert wurde, sondern dass er ein Gefangener in einem unglaublich realistischen Simulationsnetzwerk ist. Aber Nandi hat keine Ahnung, weshalb die Bruderschaft an Paul – der in einem Museum gearbeitet hat und sein früheres Leben als sehr unspektakulär in Erinnerung hat – ein derartiges Interesse haben könnte, dass sie ihn durch ganz Anderland hetzt. Nandi eröffnet ihm auch, dass alle Simulationen, in denen Paul bisher war, einem einzigen Mann gehören – Felix Jongleur, dem Vorsitzenden der Gralsbruderschaft. Bevor

Nandi ihm noch mehr erzählen kann, müssen sie sich notgedrungen trennen: Nandi wird von Kublai Khans Soldaten verfolgt, Paul fährt durch ein weiteres Gateway in die nächste Simwelt.

In der wirklichen Welt geht es nicht weniger abenteuerlich zu. Renies und !Xabbus physische Körper befinden sich in speziellen Virtualitätstanks in einer aufgelassenen südafrikanischen Militärbasis, wo *Jeremiah Dako* und Renies Vater *Long Joseph Sulaweyo* auf sie aufpassen. Von Langweile und Depressionen gequält stiehlt sich Long Joseph heimlich aus dem Stützpunkt, um Renies Bruder Stephen besuchen zu gehen, der weiterhin in einem Durbaner Krankenhaus im Koma liegt; Jeremiah bleibt allein im Stützpunkt zurück. Doch als Joseph beim Krankenhaus ankommt, wird er mit vorgehaltener Waffe in einem Wagen entführt.

Der mysteriöse Herr Sellars lebt ebenfalls auf einem Militärstützpunkt, allerdings in den Vereinigten Staaten. *Christabel Sorensen* ist ein kleines Mädchen, dessen Vater Sicherheitschef des Stützpunkts ist und das trotz ihrer jungen Jahre ihrem Freund Sellars dabei geholfen hat, dem Hausarrest zu entfliehen, in dem ihr Vater und andere ihn viele Jahre lang hielten. Sellars versteckt sich in alten Tunneln unter dem Stützpunkt, wobei ihm nur der obdachlose Straßenjunge *Cho-Cho* Gesellschaft leistet. Christabel kann den Jungen nicht ausstehen. Sie sorgt sich um die Sicherheit des gebrechlichen Herrn Sellars und wird von Schuldgefühlen gepeinigt, weil sie genau weiß, dass ihre Eltern böse wären, wenn sie von ihrem Tun erfahren würden. Doch als ihre Mutter sie dabei ertappt, wie sie sich mit Herrn Sellars über eine eigens für sie modifizierte Brille unterhält, sitzt Christabel zuletzt wirklich in der Patsche.

Martine, Florimel, Quan Li, Sweet William und T4b genießen es, in Aerodromien fliegen zu können, doch die Situation wird ungemütlich, als ein junges Mädchen des Stammes entführt wird. Martine und die Übrigen wissen es nicht, aber das Mädchen ist von Dread, weiterhin getarnt als einer von Martines vier Gefährten, weggeschleppt, gepeinigt und ermordet worden. Die Aerodromier geben den Fremden die Schuld an dem Verschwinden und werfen sie allesamt in ein stockdunkles Höhlenlabyrinth, die »Stätte der Verlorenen« genannt, wo sie von unerklärlichen, unheimlichen Wesen umdrängt werden, die Martine mit ihrer gesteigerten nichtvisuellen Wahrnehmungsfähigkeit besonders erschreckend findet. Die Phantome sprechen alle mit einer Stimme von dem »Einen, der Anders ist«: Er habe sie im Stich gelassen, statt sie, wie versprochen, über den »Weißen Ozean« zu bringen. Die Stimmen nennen auch alle aus Martines Schar bei ihrem richtigen Namen. Alle sind verblüfft und erschrocken und merken erst nach einer Weile, dass Sweet William verschwunden ist – um das schuldbeladene Geheimnis seiner wahren Identität zu verbergen, meinen sie. Etwas Gewaltiges und Ungeheures – der Andere – dringt urplötzlich in die lichtlose Stätte der Verlorenen ein, und Martine und die Übrigen fliehen vor seiner grauenerregenden Nähe. Martine sucht verzweifelt nach einem der Gateways, damit sie aus der Simulation herauskommen, bevor der Andere oder der Verräter Sweet William ihnen etwas tun kann.

Zur gleichen Zeit entdecken Orlando und Fredericks, dass die ägyptische Simulation keine originalgetreue historische Nachbildung, sondern eine mythische Version ist. Sie begegnen dem wolfsköpfigen Gott *Upuaut*, der ihnen erzählt, wie er und die ganze Simwelt unter Osiris, dem obersten Gott, zu leiden haben. Leider ist Upuaut kein besonders intelligenter oder zuverlässiger Gott, und er fasst Orlandos Murmeln im Schlaf als göttliche Weisung auf, Osiris zu stürzen – obwohl Orlando lediglich ein Traumgespräch mit seinem Softwareagenten *Beezle Bug* führt, der ihn von der realen Welt aus nur in bestimmten Schlafphasen erreichen kann. Upuaut stiehlt ihr Schwert und ihr Boot und lässt Orlando und Fredericks hilflos in der Wüste zurück. Nach tagelangem Fußmarsch den Nil hinauf kommen sie an einen widernatürlichen Tempel, von dem eine unwiderstehliche Kraft ausgeht. Sie können ihr nicht entrinnen. In einem Traum wird Orlando von der geheimnisvollen Frau besucht, die auch Paul Jonas immer wieder erscheint, und sie erklärt sich bereit, ihnen beizustehen, doch als sie dem Tempel schon ganz nahe sind, stoßen sie lediglich auf die *Böse Bande*, eine Gruppe kleiner Kinder in der Simgestalt winziger gelber fliegender Äffchen, die sie kurz vor dem Eintritt in das Netzwerk kennen gelernt haben. Orlando kann es nicht fassen, dass das der ganze Beistand sein soll, den die Frau ihnen versprochen hat. Der grauenhafte Tempel zieht sie unablässig näher heran.

Paul Jonas ist aus Xanadu in das Venedig des späten Sechzehnten Jahrhunderts gelangt und trifft plötzlich wieder auf *Gally*, einen Jungen, den er aus einer der früheren Simulationen kennt und mit dem er eine Zeit lang zusammen war, aber Gally erinnert sich nicht an Paul. Der Junge bringt ihn zu einer Frau namens *Eleanora*, von der er sich Hilfe verspricht; sie kann zwar Gallys fehlende Erinnerungen nicht erklären, aber sie bekennt, dass sie früher in der wirklichen Welt die Geliebte eines kriminellen Bandenbosses war, der dieses virtuelle Venedig als Geschenk für sie bauen ließ. Ihr Liebhaber war ein Mitglied der Gralsbruderschaft, aber starb zu früh, um noch von den Unsterblichkeitsmaschinen profitieren zu können, an denen die Gralsbrüder arbeiten, und lebt nur in Form einer fehlerhaften Kopie fort. Bevor Paul mehr erfahren kann, wird deutlich, dass das grässliche Paar Finch und Mullet – die *Zwillinge*, wie Nandi sie nannte – ihn in Venedig aufgespürt hat: Er muss erneut fliehen, diesmal mit Gally. Doch bevor sie das Gateway erreichen können, das ihre einzige Chance ist, werden sie von den Zwillingen gestellt. Unversehens tauchen auch die Pankies auf, und einen Moment lang stehen sich die beiden spiegelbildlichen Paare gegenüber, aber die Pankies verziehen sich rasch und lassen Paul in der Konfrontation mit den Zwillingen allein. Gally wird getötet, und Paul kommt nur ganz knapp mit dem Leben davon. Da er trotz allem weiterhin dem Geheiß der Frau aus seinem Traum in der Eiszeit folgen will, lässt er sich von Eleanora in eine Simulation des antiken Ithaka versetzen, wo er »die Weberin« treffen soll, wie es hieß. Noch immer am Boden zerstört und todtraurig über Gallys Verlust erfährt er, dass er in dieser neuen Simulation der berühmte griechische Held Odysseus und dass die Weberin seine Gattin Penelope ist – die geheimnisvolle Frau in einer neuen Gestalt. Aber wenigstens sieht es so aus, als bekäme er endlich Antwort auf seine Fragen.

Renie, !Xabbu und Emily stellen fest, dass sie aus Kansas in eine noch viel verwirrendere Umgebung geflohen sind, eine Welt, die nicht ganz fertig zu sein scheint und wo es weder Sonne, Mond noch Wetter gibt. Unabsichtlich haben sie Azador einen Gegenstand weggenommen, der wie ein gewöhnliches Feuerzeug ausieht, aber tatsächlich ein Zugangsgerät ist, eine Art Schlüssel zum Otherlandnetzwerk, der einem aus der Gralsbruderschaft gestohlen wurde (General *Daniel Yacoubian*, einem von Jongleurs Rivalen um die Macht). Sie untersuchen das Gerät, um es zum Funktionieren zu bringen, und dabei kann !Xabbu einen Übertragungskanal öffnen und entdeckt am anderen Ende Martine, die in der Stätte der Verlorenen verzweifelt ein Gateway zu finden versucht. Gemeinsam gelingt es ihnen, einen Durchgang für Martine und ihre Schar herzustellen, doch als diese in dem Glauben eintreffen, von einem mörderischen Sweet William verfolgt zu werden, stellt sich heraus, dass William seinerseits tödlich verwundet ist und dass der Mörder Dread sich stattdessen hinter der Großmutter Quan Li verbirgt. Nachdem sein Geheimnis gelüftet ist, entkommt Dread mit dem Zugangsgerät, und Renie und die anderen müssen in der befremdlichen Welt bleiben, vielleicht für immer.

BERG AUS SCHWARZEM GLAS

Renie Sulaweyo, ihr Freund, der Buschmann *!Xabbu,* und etliche andere, die von dem rätselhaften *Herrn Sellars* zusammengetrommelt wurden, befinden sich nach ihrer Wiedervereinigung im bislang verwirrendsten Teil des Otherlandnetzwerks, einer Welt, die nicht ganz fertig zu sein scheint. Sie sitzen dort fest, weil der Mörder namens *Dread,* in der Maske einer alten Frau aus ihrer Schar, das Zugangsgerät mitgenommen hat, mit dem sie die simulierten Welten wechseln konnten, ein virtuelles Objekt in der Form eines Feuerzeugs.

Während sie einen Weg suchen, von dort wegzukommen, geben zwei von ihnen, die sich bisher weitgehend in Schweigen gehüllt haben, *Florimel* und *T4b,* endlich ihre Geschichte preis. Florimel, ehemaliges Mitglied einer deutschen religiösen Sekte, hat sich deswegen ins Netzwerk begeben, weil ihre Tochter (wie Renies Bruder *Stephen)* eines der Kinder ist, die an dem unerklärlichen Tandagoresyndrom erkrankt sind und im Koma liegen. T4b, der mit bürgerlichem Namen Javier Rogers heißt, war früher Mitglied einer Jugendbande und lebt mittlerweile bei seinen Großeltern. Ein junger Freund von ihm ist ebenfalls ins Koma gefallen.

Renie und den anderen wird die unfertige Welt, in der sie gestrandet sind, zunehmend unheimlich: Einmal sehen sie eine Erscheinung, die wie !Xabbus Paviansim aussieht, aber es nicht ist. Als plötzlich im Boden ein großes Loch aufreißt, das um ein Haar die blinde *Martine* verschlingt und eine von T4bs virtuellen Händen merkwürdig verändert, kommen sie zu dem Schluss, dass sie so schnell wie möglich fliehen müssen. Gemeinsam gelingt es Martine, !Xabbu und Renie, mit äußerster Konzentration auch ohne das Feuerzeug ein Gateway zu öffnen.

Nachdem sie auf Dreads virtueller Fährte hindurchgetreten sind, muss sich das Suchprogramm *Nemesis,* das den ebenfalls durch das Netzwerk irrenden *Paul Jonas* ausfindig machen soll, darüber klar werden, ob es ihnen folgen soll oder nicht. Es ist durcheinander, denn die Vorgänge im Netzwerk sabotieren die ursprüngliche Eindeutigkeit seiner einprogrammierten Triebe und erscheinen ihm als Anomalien, die es zu extremen, unerhörten Entscheidungen zwingen.

Der seines Gedächtnisses beraubte Paul Jonas durchlebt eine Version der Odyssee, in der er Odysseus ist, der nach dem Trojanischen Krieg auf seine Heimatinsel Ithaka zurückkehrt. Aber Penelope, die Frau des Odysseus (und gleichzeitig, scheint es, eine weitere Inkarnation der geheimnisvollen Frau, die Paul seinen *»Engel«* nennt), spielt ihre Rolle offenbar nicht so wie vorgesehen. Da eine andere Erscheinungsform der Engelfrau ihm verkündet hat, die Penelopeversion werde ihm den Weg zu dem »schwarzen Berg« verraten, den er erreichen müsse, beschließt er, sie mit drastischen Mitteln aufzurütteln und zum Reden zu bringen. Er will Hades beschwören, den Todesgott des alten Griechenland, zitiert aber stattdessen den Engel selbst herbei und konfrontiert Penelope so mit einer Doppelgängerin. Und noch eine Kraft reagiert auf seine Beschwörung – nicht Hades, sondern *der Andere,* die dunkle Intelligenz hinter dem Gralsnetzwerk. Entsetzt flieht Paul aufs Meer, doch sein Boot wird zerstört.

Unterdessen befinden sich *Orlando Gardiner* und sein Freund *Sam Fredericks* in einer Simulation des alten Ägypten, ausgerechnet der Welt im ganzen Netzwerk, die *Felix Jongleur,* der älteste Mensch der Welt und Führer der Gralsbruderschaft, sich zu seinem Sitz erkoren hat. Eine Frau namens *Bonnie Mae Simpkins,* die dem sogenannten *Kreis* angehört, hat sie vor Jongleurs Handlangern versteckt. Sie berichtet ihnen, dass ihr Mann und viele andere Mitglieder des Kreises bei dem Versuch, die Geheimnisse des Gralsnetzwerks zu lüften, getötet wurden. Die Letzten, die von ihnen in Ägypten noch übrig sind, harren in einem belagerten Tempel aus. Bonnie Mae kann den Gott *Bes* dafür gewinnen, sie, Orlando und Fredericks dorthin zu führen; sie verspricht sich davon, dass ihre Freunde vom Kreis ein Gateway öffnen und damit den beiden Teenagern zur Flucht aus Ägypten verhelfen.

Offline zieht das Geschehen derweil genauso Kreise wie im Netzwerk selbst. *Catur Ramsey,* ein Rechtsanwalt, der für Sam Fredericks' Eltern arbeitet, wird immer tiefer in das Geheimnis von Otherland verwickelt. Mit Hilfe von Orlandos Softwareagenten, einem Cartoonkäfer namens *Beezle,* setzt sich Ramsey auf die Online-Fährte der beiden bewusstlosen Jugendlichen. Er kontaktiert eine Frau in Kanada namens *Olga Pirofsky,* die für eines der vielen Unternehmen in Jongleurs Besitz arbeitet und die ebenfalls auf die Sache aufmerksam geworden ist. Aus urplötzlich aufgetretenen heftigen Kopfschmerzen sind bei ihr mysteriöse Traumerscheinungen von Kindern geworden. Olga fürchtet, wahnsinnig zu werden.

In North Carolina ist die kleine *Christabel Sorensen,* mit deren Hilfe Sellars geflohen ist und sich nun unter dem Militärstützpunkt, auf dem sie beide leben, in einem Tunnel versteckt hält, von ihrem Vater ertappt worden, dem Sicherheitsoffizier *Major Sorensen.* Sellars bedient sich des obdachlosen kleinen Jungen *Cho-Cho,* um über Christabel ein Gespräch mit ihren Eltern zu arrangieren. Was Sellars ihnen zu sagen und zu zeigen hat, überzeugt diese so sehr, dass sie ihm die endgültige Flucht von der Militärbasis ermöglichen. Sie verstecken Sellars im Heck ihres Vans, geben Cho-Cho als Christabels Cousin aus und machen sich alle zusammen auf den Weg zu einem Treffen mit Catur Ramsey, zu dem Sellars ebenfalls Kontakt aufgenommen hat.

Im Otherlandnetzwerk haben Renie, !Xabbu und die Übrigen inzwischen ihren mühsam geöffneten Durchgang passiert und befinden sich nunmehr in einer Simwelt, die schlicht als »Das Haus« bezeichnet wird. Rasch wird ihnen klar, dass sie deshalb so heißt, weil sie tatsächlich ein einziges großes Haus ist, eine endlose Aneinanderreihung von Gängen und Räumen, in denen die verschiedensten Kulturen nur Stockwerke voneinander getrennt leben. Bei ihren Nachforschungen erhalten sie Unterstützung von einem Mönchsorden, der die riesige Bibliothek des Hauses betreut, doch dann wird Martine von Dread gekidnappt. Geführt von einem der Mönche machen sie sich auf, Martine – und den Mörder – zu finden.

Der Mörder Dread wird noch von jemand anders verfolgt, allerdings in der wirklichen, nicht der virtuellen Welt, nämlich von der australischen Polizistin *Calliope Skouros.* Während der Ermittlungen im Zusammenhang mit einem von Dreads frühesten Morden wird ihr nach und nach klar, um was für einen perversen und unberechenbaren Killer es sich handelt. Obwohl Dread, der mit bürgerlichem Namen John Wulgaru heißt, in den Polizeiakten als tot geführt wird, kommt Calliope der Verdacht, dass er noch am Leben ist.

Dread ist nicht nur noch am Leben, sondern zudem nach Sydney zurückgekehrt und wohnt jetzt nur wenige Meilen von Detective Skouros entfernt. Zusätzlich hat er die amerikanische Programmiererin *Dulcy Anwin* nach Australien geholt; mit ihrer Hilfe will er Näheres über das Otherlandnetzwerk erfahren, von dessen Existenz er weiß, seit er einen von Felix Jongleurs Rivalen, ein ehemaliges Mitglied der Gralsbruderschaft, beseitigt hat. Dulcy fühlt sich fast wider Willen von Dread angezogen – sie weiß, dass er ein Schwerverbrecher ist, hat aber keine Ahnung von seinen wahren Neigungen –, und Dread ist nur allzu bereit, diese Anziehung zu seinem Vorteil auszunutzen. Er hat große Pläne mit dem Netzwerk, denn ihm schwebt vor, die dort gemachten Erfahrungen als Hebel zum Sturz von Jongleur einzusetzen, in dessen Diensten er offiziell immer noch steht. Dulcy zieht bei ihm ein und macht sich an die Arbeit.

In Südafrika bewacht jetzt nur noch Renies Bekannter *Jeremiah Dako* die V-Tanks, in die sie und !Xabbu sich gelegt haben, weil sie einen langfristigen Zugang zum Netzwerk brauchten. Todunglücklich und ohne Alkoholnachschub hat ihr Vater *Long Joseph Sulaweyo* es in der stillgelegten Armeebasis nicht mehr ausgehalten und sich nach Durban abgesetzt, wo er vor dem Krankenhaus, in dem sein Sohn Stephen im Koma liegt, entführt worden ist. Der Kidnapper, stellt sich heraus, ist Renies früherer Freund *Del Ray,* der den Versuch, Renie zu helfen, mit der Vernichtung seiner bürgerlichen Existenz bezahlt hat. Er will Renie unbedingt finden, weil er meint, dadurch alles aufklären und die Bande bezahlter Mörder (die Dread in Jongleurs Auftrag angeheuert hat) loswerden zu können. Doch als Joseph und Del Ray nach einem illegalen Besuch von Stephen das Krankenhaus verlassen, werden sie von einem schwarzen Van verfolgt. Bei ihrer Rückkehr zu der unterirdischen Militäranlage in den Drakensbergen müssen sie feststellen, dass die Killer schon vor ihnen eingetroffen sind. Joseph und Del Ray steigen durch den Luftschacht, den Joseph vorher zum Ausstieg benutzt hat, in den Stützpunkt ein. Jeremiah ist derweil von Herrn Sellars kontaktiert worden, der ihnen helfen möchte, aber ihre Lage sieht schlecht aus. Sie sind so gut wie waffenlos, und die schwer bewaffneten Killer sind im Begriff einzudringen.

Der schiffbrüchige Paul Jonas ist unterwegs nach Troja, was bedeutet, dass er den Gang der Odyssee mehr oder weniger rückwärts vollzieht. Nachdem ihm eine freundliche Göttin den Bau eines Floßes ermöglicht und noch manch anderen Trost gespendet hat, sticht er abermals in See. Er überlebt den Angriff des Ungeheuers Skylla und den furchtbaren Strudel der Charybdis und fischt danach einen anderen ohnmächtigen Schiffbrüchigen aus dem Wasser. Bei dem Fremden handelt es sich um *Azador,* einen Zigeuner, der in der Oz-Simulation kurzzeitig mit Renie und !Xabbu und der jungen *Emily* zusammen war und dem Renie unabsichtlich das als Zugangsgerät funktionierende Feuerzeug abgenommen hat. Gemeinsam besiegen Paul und Azador einen menschenfressenden Zyklopen und landen auf der Lotosinsel, wo sie dem Zauber einer berauschenden Blumenspeise erliegen. Die wieder auftauchende Engelfrau reißt Paul aus seinem Wahn und verhilft ihnen zur Flucht, doch vorher hat der halluzinierende Azador Paul verraten, dass auch er von der Gralsbruderschaft verfolgt wird. Er erzählt von den Unsterblichkeitsmaschinen der Bruderschaft, denen viele Zigeunerkinder zum Opfer gefallen seien. Der Lotosinsel entkommen, nehmen sie Kurs auf Troja.

In der Hauswelt ist es Renie und ihren Gefährten noch nicht gelungen, die entführte Martine (die von Dreads Psychoterror den Verstand zu verlieren droht) ausfindig zu machen; vielmehr sind sie selbst in die Gefangenschaft eines der Stämme geraten, deren Revier der Dachspeicher des Hauses ist. Zu ihrer Überraschung treffen sie unter den feiernden Räubern *Hideki Kunohara* an. Kunohara, Herr über eine von Rieseninsekten bevölkerte Simwelt, mit der sie bereits Bekanntschaft gemacht haben, wundert sich über ihr Auftauchen, aber nimmt sie vor den Räubern in Schutz. Eine übernatürliche Erscheinung, in der Paul Jonas seine Engelfrau erkennt, vertreibt die Räuber und beunruhigt sogar Kunohara. Trotzdem weigert er sich, Renie und den anderen über das hinaus, was er bereits getan hat, behilflich zu sein, weil er nicht das Missfallen der mächtigen Gralsbruderschaft erregen will, wie er sagt.

Renie und ihre Gefährten finden schließlich Martine, doch vorher ist !Xabbu eine Zeit lang verschollen, weil er, der mit seinem Paviansim am besten dafür geeignet ist, auf den Dächern des Hauses nach ihr sucht. Aber Martine ist nicht allein: Dread hat seinen Verfolgern eine Falle gestellt. Als sie die Tür des Gefängniszimmers aufmachen, schießt er auf T4b und Florimel und liefert sich dann mit Renie und dem gerade noch rechtzeitig zurückgekehrten !Xabbu einen Kampf auf einem abschüssigen Dach. Er scheint schon gewonnen zu haben und will Renie gerade umbringen, da findet die verletzte Florimel eine von Dreads hingefallenen Pistolen und erschießt ihn. Er stirbt aber nur online und lässt den geraubten virtuellen Körper tot zurück. Fürs Erste haben Renie und ihre Gefährten damit Dread aus dem Gralsnetzwerk geworfen und die Gefahr abgewendet, aber sie sind schwer angeschlagen und zum Teil verletzt.

Der steinalte Magnat Felix Jongleur ist unterdessen mit den Vorbereitungen für die Zeremonie beschäftigt, den Augenblick, in dem die Mitglieder der Gralsbruderschaft in den virtuellen Welten, die sie sich gebaut haben, unsterblich werden sollen. Er hat nicht viel Zeit in seiner Lieblingssimulation verbringen können, dem mythischen Ägypten, und weiß daher nicht, was für chaotische Zustände dort inzwischen herrschen. Seine Diener Tefi und Mewat – die ägyptischen Versionen seiner Handlanger *Finney* und *Mudd,* die Paul Jonas durch das Netzwerk hetzen – müssen einen ganzen Tempel voller Leute belagern, die gegen ihr grausames Regiment aufbegehren.

In dem belagerten Tempel lernen Orlando Gardiner und Sam Fredericks andere Mitglieder des Kreises kennen, darunter auch Nandi Paradivasch, einen Spezialisten, der das immer schlechter funktionierende Gatewaysystem von Otherland zu entschlüsseln sucht. Im Gralsnetzwerk treten massive Störungen auf. Das rätselhafte Betriebssystem, der Andere, verhält sich ausgesprochen sonderbar, und viele der Simwelten scheinen zu zerfallen.

In ihrem ersten Angriff schicken Tefi und Mewat drei kampflüsterne ägyptische Götter gegen die beiden Tempelwächter, zwei mächtige Sphinxe, ins Gefecht, dann lassen sie eine Horde von Schildkrötenmännern und fliegenden Schlangen den Rest erledigen. Orlando schlägt sich wacker, kann aber nicht verhindern, dass erst Sam und dann auch er selbst von Tefi und Mewat geschnappt werden. Das scheußliche Paar hat die beiden Jugendlichen als von außen kommende reale Personen erkannt und will sie gerade in ihre Folterkammern verschleppen, als Jongleur selbst in Gestalt von Osiris zurückkehrt, dem obersten Gott

Ägyptens. In dem entstehenden Aufruhr können Orlando und Sam durch eines der Gateways, die Nandi öffnet, aus Ägypten fliehen und kommen nach Troja, wohin Paul Jonas' Engel in wieder einer anderen Inkarnation sie gewiesen hat.

Paul befindet sich bereits in Troja, wo er sich als Odysseus zu den Griechen gesellen muss, die die Stadt belagern. Doch als er sich in der Rolle eines Abgesandten in das Zelt des Helden Achilles begibt, weil er ihn von seiner Weigerung, gegen die Trojaner zu kämpfen, abbringen soll, hat er den Eindruck, dass dieser und sein Freund Patroklos nicht recht in die Simulation passen. Achilles und Patroklos aber sind niemand anders als Orlando und Sam Fredericks, und nach langem gegenseitigen Abtasten kommen sie darauf, dass er der »Jonas« sein muss, von dem Sellars ihnen kurz erzählt hat, und Paul gibt sich ihnen zu erkennen. Die Freude beiderseits ist groß, auch wenn die von Paul einen leichten Dämpfer bekommt, als er hört, dass die beiden genauso wenig weiterwissen wie er.

Mit Hilfe des Dread wieder abgenommenen Feuerzeugs gelingt es Renie und den anderen, das Haus zu verlassen und nach Troja zu kommen. Beim Eintritt in die Simulation werden sie aber, anders als Orlando, Fredericks und Paul, der trojanischen Seite zugeschlagen. Sie sind sich zwar bewusst, dass ihre Freunde als Belagerer vor den Toren stehen können, haben aber keine Möglichkeit, sie zu erkennen, und bald darauf müssen sie sich an einem mörderischen Ausfall gegen das griechische Lager beteiligen.

Paul Jonas hat einen Traum, in dem ihm die Engelfrau abermals erscheint und ihn drängt, das Lager zu verlassen. Er trifft Renie und die anderen und vertraut sich ihnen an. Lange reden sie miteinander, vergleichen ihre Geschichten und versuchen, hinter den Sinn ihrer Erfahrungen zu kommen. Paul hat die Idee, sie als Gefangene ins griechische Lager mitzunehmen, um sie wieder mit Orlando und Fredericks zusammenzubringen, doch unmittelbar nach ihrem Eintreffen beginnen die Trojaner mit dem verheerenden Gegenangriff.

Mitten in eine grausige Feldschlacht gestürzt, abgeschnitten von Orlando und Sam, müssen sie jetzt ums nackte Überleben kämpfen. Indessen hat sich Sam zu einer Verzweiflungstat entschlossen, um die Moral von Achilles' unzufriedenen Männern zu heben und für den kranken Orlando etwas Erholungszeit herauszuschinden: Sie zieht den sagenumwobenen Panzer des Achilles an und führt dessen Krieger in dieser Verkleidung gegen die Trojaner in den Kampf. Die Verkleidung wirkt so gut, dass die Trojaner bis zu den Mauern ihrer Stadt zurückgetrieben werden. Als Orlando erwacht, ist er allein. Alsbald begreift er, was geschehen ist, sucht sich einen passenden Panzer und Waffen und reitet trotz seiner schwindenden Kräfte in vollem Galopp Richtung Troja, um seine Freundin Sam zu retten. Er kann gerade noch verhindern, dass sie von dem trojanischen Helden Hektor getötet wird, und schafft es mit viel Glück, diesen zu besiegen, bricht dann aber vor der Stadtmauer ohnmächtig zusammen.

Martine, die eine Rolle als Mitglied des trojanischen Königshauses bekommen hat, sinnt verzweifelt auf Mittel und Wege, ihren Freunden das Leben zu retten. Als sie von Kämpfen unmittelbar vor den Mauern hört, weist sie die Wache an, das Stadttor zu öffnen, doch deren Anführer widersetzt sich dem Befehl, und so sieht sie keinen anderen Ausweg, als T4b aufzufordern, den Mann zu töten. Das Tor wird geöffnet, und zu Martines Schande kommen die Griechen brennend, mordend und vergewaltigend in die Stadt gestürmt. Sie und die anderen sind jetzt zwar wieder alle vereint und die getöteten Trojaner nichts als Software, aber dennoch macht sie sich die schwersten Vorwürfe.

Die Gralsbruderschaft hat inzwischen mit ihrer Zeremonie begonnen, obwohl Jongleur sich über das Ausbleiben seines Dieners Dread ärgert. Jongleur und der Technokrat *Robert Wells* erläutern den besorgten Gralsmitgliedern noch einmal, dass eine direkte Geistesübertragung ins Netzwerk nicht möglich ist. Vielmehr werden Kopien von ihnen, virtuelle Doppelgänger, deren Innenleben dem ihren über lange Zeit in jeder Einzelheit angeglichen wurde, online zum Leben erwachen. Doch damit es von jedem Bruderschaftler nur eine Version gibt, müssen sie ihre physischen Leiber ablegen, sprich töten. Jongleur, Wells, der Finanzier *Jiun Bhao* und der amerikanische Brigadegeneral *Daniel Yacoubian* haben jedoch nicht vor, die Zeremonie im ersten Durchgang wirklich mitzuvollziehen, sondern wollen deren Gelingen abwarten und zunächst nur so tun, als begingen sie leiblich Selbstmord und erweckten ihre virtuellen Körper. Da die anderen Mitglieder der Bruderschaft darüber nicht im Bilde sind, lassen sie sich schließlich überzeugen.

Doch Dread hat mit dem Otherlandnetzwerk andere Pläne. Er hat sich vorgenommen, gewaltsam wieder dort einzudringen, und dies versucht er nun mit Hilfe von Dulcy Anwin und einer Kopie, die er von dem als Zugangsgerät dienenden Feuerzeug angefertigt hat. Er stößt dabei auf den brutalen Widerstand des Sicherheitssystems, des sogenannten Andern, doch im Laufe ihres Kampfes – bei dem Dread sein telekinetisches Talent einsetzt, von ihm als sein »Dreh« bezeichnet – entdeckt er, dass es im Netzwerk Funktionen gibt, die dazu geeignet sind, dem Andern so etwas wie Schmerz zuzufügen, Funktionen, mit denen die Gralsbruderschaft das intelligente Betriebssystem gezwungen hat, sich ihrem Willen zu beugen. Dread benutzt diese Schmerzfunktionen, um den Andern grausam in die Flucht zu schlagen. Jetzt kann er als Sieger das gesamte Netzwerk beeinflussen und sogar lenken.

Renie, Paul, !Xabbu und die Übrigen bahnen sich einen Weg durch die untergehende Stadt. Als Paul Emily erblickt, die seit Längerem schon mit Renie und den anderen zieht, erkennt er in ihr zu seiner maßlosen Verblüffung eine weitere Version seiner Engelfrau. Plötzlich schießt ihm ein Name – »Avialle« – in den Kopf, und er wird von jähen Erinnerungen überflutet.

Er weiß jetzt wieder, dass er seinerzeit bei Felix Jongleur in dessen Unternehmenssitz, einem Hochhaus in Louisiana, als Hauslehrer beschäftigt war. Und ihm fällt auch die erste Begegnung mit seiner Schülerin ein, Jongleurs Tochter Avialle. Doch dann versagt sein Gedächtnis erneut.

Obwohl sie allem Anschein nach von jemandem verfolgt werden, dringen sie in einen verlassenen Tempel ein und gelangen auf unheimlichen Wegen zu einem Altar in der Mitte eines Labyrinths. Dort erscheint ihnen die Engelfrau abermals und erklärt ihnen, dass sie zu spät kommen – sie habe nicht mehr die Kraft, sie an den vom Andern bestimmten Ort zu versetzen. Paul bietet an, ihr alles zu geben, was sie dafür braucht, ohne zu ahnen, was daraufhin geschieht. Die Engelfrau holt sich die Lebenskraft von Emily, die nur eine Art Kopie von ihr war, und kann damit das Gateway öffnen. Paul, Renie und die Übrigen treten hindurch auf einen Pfad an der Flanke eines ungeheuren und völlig unwirklichen schwarzen Berges. Sie marschieren zum Gipfel und stoßen dort auf einen gefesselten Riesen, der lang gestreckt in einem weiten Tal liegt. Der Riese leidet schreckliche Schmerzen, doch er singt ein Lied über einen Engel. Martine erkennt das Lied. Dreißig Jahre zuvor hat sie es im Pestalozzi-Institut, wo sie ihr Augenlicht verlor, einem sonderbaren Kind vorgesungen.

Der leidende Riese tut ihnen nichts, sondern öffnet ein Fenster, durch welches das virtuelle ägyptische Königsgrab zu sehen ist, in dem Jongleur und die übrige Bruderschaft soeben mit der Zeremonie beginnen. Einige Mitglieder zögern noch, doch einer von ihnen, ein Mann namens *Ricardo Klement,* unterzieht sich dem Prozess und wird allem Anschein nach zur allgemeinen Zufriedenheit in seinem neuen, jungen, virtuellen Körper wieder geboren. Freudig vollziehen die anderen daraufhin die Zeremonie und töten auf unterschiedliche Weise ihre Körper, um online aufzuerstehen, doch obgleich sie physisch sterben, bleiben die virtuellen Körper leblos. Jongleur und die anderen drei werden verschont, weil sie die Zeremonie nicht wirklich durchlaufen haben, aber sie sind entsetzt. Irgendetwas Schwerwiegendes muss passiert sein.

Orlando, dessen physischer Körper ebenfalls im Sterben liegt, kann es nicht mehr mit ansehen. Er tritt durch das Fenster in den Saal und stellt sich den vier Gralsbrüdern zum Kampf. Sam und Renie eilen hinterher, um ihn zu retten, und Renie versucht Jongleur mit dem Feuerzeug einzuschüchtern, das Yacoubian als sein gestohlenes, mittlerweile aber ersetztes Zugangsgerät erkennt. In der Gestalt des ägyptischen Gottes Horus greift Yacoubian Orlando an.

Das ohnehin von Krisen geschüttelte Gralssystem scheint jetzt zu zerfallen. Das ägyptische Grab und der Gipfel des schwarzen Berges verschmelzen, und gleichzeitig brüllt der Riese vor Schmerz und bäumt sich auf, denn er wird von irgendjemandem angegriffen – von Dread, wie gleich darauf klar wird. Mitten in diesem ganzen Chaos setzt er dazu an, dem Andern die Steuerung des Systems aus der Hand zu reißen.

Weinend erscheint noch einmal Pauls Engel, und der Schein der Wirklichkeit zerbricht vollends. Mit T4bs Hilfe gelingt es Orlando, Yacoubians monströse Erscheinungsform zu töten, doch Orlando selbst ist am Ende seiner Kraft und wird unter der kolossalen Gestalt des stürzenden Horus begraben.

Die Hand des Riesen reckt sich empor und fällt dann auf Renie, !Xabbu, Sam, Orlando und die Übrigen. Sie verschwinden. Martine, die eine den anderen unbegreifliche Wahrnehmung des Netzwerks entwickelt hat, schreit auf, die Kinder hätten Angst, sie seien in Lebensgefahr. Dann zerspringt die ganze Kulisse des schwarzen Berggipfels in tausend Stücke. Paul bricht zusammen und wird ohnmächtig.

Als Renie hinterher aufwacht, stellt sie fest, dass sie nicht mehr den Sim trägt, den sie sich ursprünglich ausgesucht hat, sondern wieder in ihrem eigenen Körper zu sein scheint. Auch !Xabbu hat seine Paviangestalt gegen sein wirkliches Aussehen getauscht, desgleichen eine junge, weibliche Sam Fredericks, die zum ersten Mal nicht mehr als Mann erscheint. Doch sie sind nicht in die reale Welt zurückbefördert worden. Sie befinden sich nach wie vor auf dem nunmehr leeren schwarzen Berggipfel. Der leidende Riese ist fort, ihre übrigen Gefährten auch. Nur der tote Orlando Gardiner, immer noch im Achillessim, ist ihnen geblieben.

Doch es sind noch andere auf dem Berg, wenn auch keine Freunde. Felix Jongleur erscheint im Körper eines älteren Mannes, begleitet von Ricardo Klement, der zwar die Zeremonie überlebt, aber offenbar einen Hirnschaden davongetragen hat. Nachdem Dread sich das Betriebssystem unterworfen hat, ist jetzt auch Jongleur im Netzwerk gefangen. Er räumt ein, dass Renie und ihre Freunde allen Grund haben, ihn am liebsten umzubringen, gibt aber zu bedenken, dass es zu ihrem Nutzen sein könnte, mit ihm gemeinsame Sache zu machen. Er führt sie an den Rand des schwarzen Berges und deutet in die Tiefe.

Sie sind meilenhoch, mitten im Nichts. Sie können weder den Fuß des Berges noch sonst einen Boden sehen, weil unter ihnen alles unter einer silbernen Wolkendecke liegt. Dies sei kein Teil des von ihm geschaffenen Netzwerks, versichert ihnen Jongleur.

VORSPANN

> In dem allgemeinen Strudel zersplitternden Lichts wurde er zersprengt und ins Weite geschleudert. Er hatte kein einigendes Ich mehr, bestand nur noch aus den wirbelnden Einzelteilen eines Weltentstehungschaos.

»Du bringst ihn um!«, hatte sein Engel geschrien und war dabei selber in eine Million Geisterbilder auseinandergeflogen, ein Heer von schreienden Scherben, jede ein winziger schillernder Regenbogen …

Doch im Augenblick dieser Zertrümmerung kam ihm ein neues Stück seiner Vergangenheit zurück. Es begann mit einer jäh aufblitzenden Vision – ein Haus umgeben von einem Park, der Park seinerseits umschlossen von einem Wald. Über den Himmel trieben dunkle Wolkenfetzen, durchschossen von strahlenden Sonnenpfeilen, an Gräsern und Blättern hing der Perlenschmuck eines frisch niedergegangenen Regens. Licht funkelte in den Wassertropfen und zerlegte sich in viele leuchtende Farben, so dass die Bäume in einem Feenland zu stehen schienen, dem Zauberwald eines Kindermärchens. In den Zehntelsekunden, bevor der Erinnerungsstrom breiter und tiefer wurde, konnte er sich kein friedlicheres Idyll vorstellen.

Aber es war natürlich wieder einmal alles sehr viel komplizierter.

> *Der Aufzug fuhr so schnell und sanft, dass Paul Jonas zeitweise beinahe vergaß, dass er in einem großen Turm lebte, dass seine allmorgendliche Fahrt nach oben ihn knapp dreihundert Meter über das Mississippidelta hinaushob. Er hatte noch nie etwas für hohe Gebäude übrig gehabt – eine der vielen Hinsichten, in denen er sich nicht recht in sein Jahrhundert gehörig fühlte. An seinem Haus in Canonbury hatte ihm nicht zuletzt die altmodische bescheidene Größe gefallen – drei Geschosse, ein paar Treppen. Im Falle eines Brandes hatte er eine reelle Chance, aus dem Haus herauszukommen (redete er sich jedenfalls ein). Wenn er die Fenster*

seiner Wohnung aufmachte und auf die Straße hinunterblickte, konnte er Leute reden hören und sogar sehen, was sie in ihren Einkaufskörben hatten. Ganz anders jetzt: Wenn man einmal von den Stürmen absah, deren Heulen in der Hurricanezeit am Golf von Mexiko selbst durch das dicke Fibramic zu hören war und die eine solche Gewalt hatten, dass sie den mächtigen Turm tatsächlich leicht zum Schwanken brachten, hätte er ebenso gut in einem intergalaktischen Raumschiff leben können. Wenigstens bis er den Teil des Gebäudes erreichte, in dem er täglich seiner Verpflichtung als Hauslehrer nachkam.

Die Fahrstuhltür glitt auf, und er stand vor der nächsten Sperre. Paul gab seinen Code ein, legte die Hand auf das Lesefeld und wartete dann etliche Sekunden, in denen der Handleser und andere weniger offensichtliche Kontrollmechanismen arbeiteten. Als die Sicherheitstür mit einem leisen Sauggeräusch zur Seite wich, stand Paul vor einer grünen Waldlandschaft, an deren Anblick er sich immer noch nicht ganz gewöhnt hatte. Auf einem gewundenen Fußweg begab er sich rasch zum Haus seiner Schülerin und klopfte dort an eine Tür, die genauso antiquiert wirkte wie das ganze Haus. Ein Dienstmädchen ließ ihn mit kurzem Gruß ein, und sofort wehte der Geruch des Hauses ihn an, eine Mischung von Düften, die derart stark eine andere Zeit heraufbeschworen, dass es ihm fast den Atem verschlug – Lavendel, Silberpolitur, Bettlaken in dunklen Holztruhen. Jeden Morgen vollzog er diesen Übergang aus der glatten, reibungslosen Effizienz der Gegenwart in eine Atmosphäre, wo man sich wie in einem Museum oder gar einer Gruft gefühlt hätte, wenn die quicklebendige junge Bewohnerin nicht gewesen wäre.

Sie erwartete ihn nicht im Salon. Ihre Abwesenheit verdutzte ihn, und auf einmal kam ihm das ganze Ritual wieder genauso hirnverbrannt vor wie in seinen ersten Wochen. Er warf einen Blick auf die Zeigeruhr aus Glas und Messing, die auf dem Kaminsims stand. Eine Minute nach neun, aber keine Ava. Er fragte sich, ob sie vielleicht krank war, und wunderte sich ein wenig, wie besorgt ihn dieser Gedanke machte.

Eines der Stubenmädchen mit weißer Haube und Schürze huschte lautlos wie ein Gespenst draußen auf dem Flur vorbei, einen Stapel zusammengelegter Tischtücher auf dem Arm.

»Entschuldigung!«, rief er. »Ist Fräulein Jongleur noch im Bett? Sie hat sich zum Unterricht verspätet.«

Das Stubenmädchen sah ihn erschrocken an, als ob er allein durch sein Sprechen gegen eine ehrwürdige Tradition verstoßen hätte. Sie schüttelte kurz den Kopf, und weg war sie.

Nach einem halben Jahr wusste Paul immer noch nicht, ob die Hausangestellten gelernte Schauspieler oder einfach nur sehr verschroben waren.

Er klopfte an die Schlafzimmertür, dann noch einmal, lauter. Als sich niemand meldete, drückte er vorsichtig die aufgeklinkte Tür auf. Der Raum, halb Boudoir, halb Kinderzimmer, war leer. Auf einem Regal saßen etliche Puppen in einer Reihe, und ihre stummen Porzellangesichter starrten ihn mit großen, glasigen, langwimperigen Augen an.

Auf dem Rückweg durch den Salon fiel sein Blick in den gerahmten Spiegel über dem Kaminsims. Der unscheinbare Mann, den er darin sah, war nach einer Mode gekleidet, die seit weit über einem Jahrhundert nicht mehr aktuell war, und ging durch einen überladenen Raum, der aussah wie einer Zeichnung von Tenniel entsprungen. Ein leiser Schauder durchlief ihn. Ganz kurz, aber bestürzend klar hatte er das Gefühl, dass er im Traum eines anderen gefangen war.

Es war natürlich bizarr, sogar ein wenig beängstigend, aber dennoch musste er immer wieder staunen, wie viel Erfindungsgeist darin eingeflossen war. Der Blick von der Haustür über den Ziergarten mit seiner kunstvollen Komposition von Hecken und Wegen und weiter auf den Wald dahinter war genauso, wie er ihn vor dem Landsitz einer wohlhabenden französischen Familie des späten Neunzehnten Jahrhunderts erwartet hätte. Dass der Himmel darüber nicht real war, dass Regen und Morgennebel von einem ausgeklügelten Sprinklersystem erzeugt wurden, dass der Wandel des Tageslichts von Morgen zu Abend und das Ziehen der Schäfchenwolken beleuchtungskünstlerische und holografische Vorspiegelungen waren, dies alles verstärkte den Zauber eher noch. Aber der Gedanke, dass dieses ganze Anwesen fast ausschließlich für eine einzige Person im obersten Stockwerk eines Wolkenkratzers gebaut worden war, als eine abgeschottete Zeitkapsel, in der die Vergangenheit, wenn schon nicht wirklich zurückgeholt, so doch lebensecht simuliert wurde, war einigermaßen verstörend.

Es ist wie in manchen Märchen, *dachte er, und keineswegs zum ersten Mal.* Die Art, wie sie hier oben ihr Leben fristen muss. Wie die Frau des

Riesen in diesem Märchen mit der Bohnenranke oder ... wer war die Prinzessin mit dem langen Haar? Rapunzel?

Er durchforschte ein Weilchen den Garten, dessen strenge, altmodische französische Anlage durch einen natürlicheren, freieren Einfluss gemildert wurde, der von Vernachlässigung kaum zu unterscheiden war und der ihm aus irgendeinem Grund englisch vorkam. Es gab mehrere Stellen, wo die hohen Hecken Bänke verbargen, und Ava hatte ihm erzählt, dass sie sich manchmal gern mit einer Näharbeit hinaussetzte und dabei dem Gesang der Vögel lauschte.

Wenigstens die Vögel sind echt, *dachte er, während er zusah, wie ein paar über seinem Kopf von Ast zu Ast schwirrten.*

Die gewundenen Wege waren alle leer. Eine leichte Panik stieg in Paul auf, doch sie war wider alle Vernunft: Ein unvorhergesehenen Gefahren weniger ausgesetzter Mensch als Avialle Jongleur war kaum vorstellbar, dafür sorgten die perfekteste Überwachungsanlage, die es überhaupt gab, und die allgegenwärtige Privatarmee ihres Vaters. Doch sie hatte den morgendlichen Unterricht noch nie unentschuldigt versäumt oder sich auch nur dazu verspätet. Ihre Zeit mit Paul schien der Höhepunkt ihres Tages zu sein, obwohl er sich nicht schmeichelte, dass das an irgendwelchen überragenden Qualitäten seinerseits lag. Das arme Kind hatte schlicht herzlich wenig Gelegenheit, andere Menschen zu sehen.

Er bog von den mit Kies bestreuten Wegen auf den schmalen Trampelpfad in den Obstgarten ab, an den sich »das Wäldchen« schloss, wie Ava es nannte. Der Boden wurde hier so uneben wie im richtigen Gelände, und die Pflaumen- und Wildapfelbäume, die den Garten säumten, wurden erst von Birkengruppen abgelöst und dann von Eichen und Erlen. Sie standen so urwaldartig dicht, dass man beim Zurückschauen das Haus nicht mehr sehen konnte und wenigstens die Illusion ungestörter Abgeschiedenheit hatte, wobei Paul allerdings von Finney in einem seiner überaus deutlichen Vorträge belehrt worden war, dass sich die Überwachung überallhin erstreckte. Dennoch konnte er sich des Eindrucks nicht erwehren, dass er eine unsichtbare Grenze überschritten hatte: In dieser Entfernung vom Haus rückten die Bäume eng zusammen und war der falsche Himmel nur durch einzelne Lücken hoch oben im Laubwerk zu erkennen. Selbst die Vögel blieben in den höheren Regionen. Der Platz wirkte weltentrückt. Paul hatte Mühe, seine Märchenimpressionen von vorher aus dem Kopf zu verbannen.

Er traf sie neben dem Bach im Gras sitzend an. Sie blickte bei seinem Kommen auf und lächelte auf ihre verstohlene Art, sagte aber nichts.

»Ava? Ist irgendwas mit Ihnen?«

Sie schüttelte den Kopf. »Kommen Sie her. Ich möchte Ihnen etwas zeigen.«

»Es ist Zeit für den Unterricht. Ich habe mir schon Sorgen gemacht, als Sie nicht im Haus waren und auf mich gewartet haben.«

»Das ist sehr freundlich von Ihnen, Herr Jonas. Bitte, kommen Sie her.« Sie klopfte auf das Gras neben sich. Er sah, dass sie in der Mitte eines weiten Rings von Pilzen saß – »Hexenring« hatte Oma Jonas dazu gesagt –, und wieder beschlich ihn das Gefühl, in eine Märchenhandlung versetzt zu sein. Avas Augen blickten ihn groß und mit einem eigenartigen Ausdruck an. War es Erregung? Erwartung?

»Ihr Kleid wird ganz nass, wenn Sie so im Gras sitzen«, sagte er, während er zögernd auf sie zutrat.

»Die Bäume haben den Regen abgehalten. Es ist ziemlich trocken hier.« Sie raffte den Saum ihres Kleides zur Seite und steckte ihn unter ein Bein, damit Paul Platz hatte, sich zu setzen, wobei sie aus Versehen – oder Absicht? – die Spitzen ihres Unterrocks wie auch die blasse Haut ihrer Fessel über dem Schuh entblößte. Er musste sich beherrschen, nicht hinzuschauen. Es war ihm gleich am ersten Unterrichtstag aufgefallen, dass Ava gern ein bisschen kokett tat, allerdings war schwer zu sagen, was davon echt und was einfach ihr anachronistisches Rollenverhalten war, das vollkommene Züchtigkeit an der Oberfläche diktierte (wozu offenbar auch die längst veraltete Höflichkeitsanrede gehörte), aber damit jeden Umgang nur noch prickelnder machte. Eine Freundin in London hatte ihm eines Abends einmal in angeheitertem Zustand erklärt, warum Regency-Romane soviel sexier seien als alles, was in den weniger verklemmten Jahrhunderten seitdem geschrieben worden war: »Je weniger sein darf, um so mehr wird's«, hatte sie behauptet.

Paul war langsam bereit, ihr recht zu geben.

Als sie seine Verlegenheit bemerkte, grinste Ava mit einem hemmungslosen Vergnügen, das Paul wieder einmal daran erinnerte, dass sie eigentlich noch ein Kind war, wodurch sich sein Unbehagen paradoxerweise noch steigerte. »Wir sollten jetzt wirklich zurückgehen«, begann er. »Wenn ich gewusst hätte, dass Sie heute lieber im Freien lernen möchten, hätte ich vorher …«

»Ist doch nicht schlimm.« Sie tätschelte sein Knie. »Es sollte eine Überraschung sein.«

Paul schüttelte den Kopf. Sie führte offensichtlich etwas im Schilde, aber er ärgerte sich, dass er die Situation nicht besser meisterte. Es wäre in jedem Fall schwierig gewesen, der Privatlehrer einer attraktiven, einsamen und sehr jungen Frau zu sein, aber die absonderlichen Umstände in der Jongleurschen Festung erhöhten den Druck noch zusätzlich. »Das gehört sich nicht, Ava. Man wird uns sehen ...«

»Niemand wird uns sehen. Niemand.«

»Das stimmt nicht.« Paul war sich nicht sicher, inwieweit sie über die Kontrolle im Bilde war. »Jedenfalls müssen wir heute noch was tun ...«

»Niemand wird uns sehen«, wiederholte sie, diesmal mit überraschender Bestimmtheit. Sie legte den Finger an die Lippen, lächelte und tippte dann an ihr Ohr. »Und hören wird uns auch niemand. Sehen Sie, Herr Jonas, ich habe einen ... Freund.«

»Ava, ich hoffe sehr, dass wir Freunde sind, aber das ist nicht ...«

Sie kicherte. Die üppigen schwarzen Locken, heute mit Nadeln und einem Strohhut gebändigt, rahmten ihr amüsiertes Gesicht ein. »Lieber, lieber Herr Jonas, ich spreche nicht von Ihnen.«

Verdutzt und noch mehr beunruhigt als vorher stand Paul auf. Er streckte Ava die Hand hin. »Kommen Sie. Wir können später darüber reden, aber jetzt müssen wir ins Haus zurück.« Als sie die Hand nicht ergreifen wollte, seufzte er und wandte sich zum Gehen.

»Nein!«, rief sie. »Treten Sie nicht aus dem Kreis!«

»Was soll das heißen?«

»Der Kreis – der Ring. Treten Sie nicht hinaus! Sonst kann mein Freund uns nicht mehr schützen.«

»Was reden Sie da, Ava? Fantasieren Sie? Wer soll uns wie schützen?«

Ihr Mund verzog sich schmollend, aber diesmal war es keine Koketterie. Paul meinte, echte Besorgnis zu erkennen, beinahe Furcht. »Setzen Sie sich, Herr Jonas. Ich werde Ihnen alles erzählen, aber bitte treten Sie nicht aus dem Ring! Solange Sie hier bei mir bleiben, sind wir beide vor spähenden Augen und lauschenden Ohren sicher.«

Trotz des deutlichen Gefühls, dass das Ganze sich in eine höchst ungute Richtung entwickelte, konnte Paul nicht anders, als ihrer Aufforderung zu folgen. Ava war sichtlich erleichtert.

»Gut. Vielen Dank.«

»Dann sagen Sie mir jetzt, was los ist!«

Sie zupfte an einer Löwenzahnblüte. »Ich weiß, dass mein Vater mich überwacht.

Dass er mich auch dann sehen kann, wenn ich es gar nicht merke.« Sie sah zu ihm auf. »Das geht schon mein ganzes Leben so. Und die Welt, von der ich in Büchern lese – wenn es nach ihm geht, werde ich sie nie zu Gesicht bekommen, das weiß ich.«

Paul wand sich innerlich. Erst vor Kurzem hatte es ihm zu dämmern begonnen, dass er selbst eher ein Gefängniswärter als ein Lehrer war.

»In den Harems des Orients haben die Frauen sich wenigstens gegenseitig zur Gesellschaft«, fuhr sie fort. »Aber wen habe ich? Einen Hauslehrer – wobei ich Sie sehr gern habe, Herr Jonas, und meine andern Hauslehrer und Kindermädchen waren auch sehr nett. Ansonsten habe ich nur einen Leibarzt, einen furchtbar vertrockneten und unangenehmen Alten, und Dienstmädchen, die beinahe zu verschreckt sind, um auch nur ein Wort mit mir zu wechseln. Und noch diese abscheulichen Kerle, die für meinen Vater arbeiten.«

Pauls Unbehagen wuchs wieder. Was würde Finney oder der bullige Mudd davon halten, dass er hier saß und zuhörte, wie Jongleurs Tochter solche Reden führte? »Tatsache ist«, sagte er so ruhig, wie er konnte, »Sie werden beobachtet, Ava. Sie werden belauscht. Und zwar in diesem Moment …«

»Eben nicht.« Ihr Lächeln war schnippisch. »Jetzt nicht. Weil ich endlich einen Freund habe – einen Freund, der viel kann.«

»Wovon reden Sie?«

»Sie werden mich für verrückt halten«, sagte sie, »aber es stimmt. Es stimmt alles!«

»Nämlich was?«

»Das mit meinem Freund.« Plötzlich verstummte sie und wich seinem Blick aus. Als sie ihn wieder ansah, hatte sie ein eigentümliches Glühen in den Augen. »Er ist ein Geist.«

»Ein was? Ava, das ist nicht möglich!«

Tränen erschienen. »Ich hätte gedacht, dass wenigstens Sie mich fertig anhören.«

Sie wandte sich ab.

»Tut mir leid, Ava.« Er legte ihr sacht die Hand auf die Schulter, nur Zentimeter von ihrem glatten, weichen Hals und den widerspenstigen *dunklen Locken entfernt, die sich den Nadeln entwunden hatten. Das Plätschern des Baches war auf einmal recht laut. Er zog hastig die Hand zurück. »Bitte sagen Sie mir, was los ist. Ich kann leider nicht versprechen, dass ich an Geister glauben werde, aber erzählen Sie's mir trotzdem, ja?«*

Mit weiter abgewandtem Gesicht und ganz leiser Stimme sagte sie: »Ich habe es selbst nicht geglaubt. Am Anfang. Ich dachte, es wäre eine von Nickelblechs kleinen Gemeinheiten.«

»Nickelblech?«

»Finney. Das ist mein Spitzname für ihn. Wegen der Brille, der Art, wie die Gläser funkeln – und haben Sie mal hingehört, wenn er geht? Er hat irgendwas aus Metall in den Taschen. Er klimpert damit.« Sie zog ein finsteres Gesicht. »Den Dicken nenne ich Wabbelsack. Sie sind widerlich, alle beide. Ich hasse sie.«

Paul schloss die Augen. Falls es ein Irrtum war, dass sie nicht belauscht werden konnten – und das musste es sein, wenn sie sich einbildete, von einem Geist beschützt zu werden –, dann würde er sich diese Unterhaltung demnächst noch einmal anhören dürfen, wahrscheinlich wenn er seine fristlose Kündigung mitgeteilt bekam.

Ob ich wohl eine Abfindung bekommen werde ...?

»Die Stimme hat mir ins Ohr geflüstert«, sagte Ava gerade. »In der Nacht, als ich im Bett lag. Wie gesagt, ich dachte, es wäre eine von den Gemeinheiten der beiden, und habe nicht reagiert. Nicht gleich.«

»Sie haben im Schlaf eine Stimme gehört ...?«

»Es war kein Traum, Herr Jonas. Lieber Paul.« Sie lächelte schüchtern. »So dumm bin ich nicht. Sie hat sehr leise mit mir geredet, aber ich war wach. Ich habe mich gezwickt, um ganz sicher zu sein!« Sie hielt ihm ihren blassen Unterarm hin und zeigte ihm die Stelle. »Aber ich dachte, es wäre irgendwas Gemeines. Die Angestellten meines Vaters sagen ständig fiese Sachen zu mir. Wenn er das wüsste, würde er sie bestimmt entlassen, nicht wahr?« Sie klang beinahe flehend. »Ich habe es ihm nie erzählt, weil ich Angst habe, er glaubt mir nicht und denkt, ich hätte bloß eine böse Mädchenzunge. Dann würden die beiden es mir noch schwerer machen, vielleicht Sie entlassen und mir irgendeine grässliche alte Frau oder einen barschen alten Mann als Hauslehrer vorsetzen, wer weiß?« Sie runzelte die Stirn. »Der Dicke, Mudd, hat mir mal gesagt, er würde mich eines Tages liebend gern im Gelben Zimmer tanzen lassen.« Sie erschauerte.

»Ich weiß nicht einmal, was das ist, aber es hört sich gruselig an. Wissen Sie's?«

Paul zuckte beklommen mit den Schultern. »Schwerlich. Aber was ist das für eine Geschichte? Eine Stimme hat mit Ihnen gesprochen? Ihnen gesagt, dass wir uns hier sicher unterhalten können?«

»Er ist ein einsamer Geist oder so was – ein kleiner Junge, denke ich, vielleicht ein Ausländer. Er klingt so, sehr ernst, sehr eigenartig. Er hat mir erklärt, er hätte mich beobachtet, und ich täte ihm leid, weil ich immer so allein bin. Er hat gesagt, er möchte mein Freund sein.« Sie schüttelte verwundert den Kopf. »Es war unheimlich! Es war mehr als nur eine Stimme – es war, als ob er direkt neben mir stünde! Aber trotz der Dunkelheit war es hell genug, um zu sehen, dass niemand im Zimmer war.«

Paul war mehr denn je überzeugt, dass irgendetwas an der Sache faul war, aber er hatte nicht die leiseste Ahnung, wie er sich verhalten sollte. »Ich weiß, Ava, Sie denken, dass es kein Traum war, aber ... aber es muss einer gewesen sein. Ich kann einfach nicht an Geister glauben.«

»Er hat mich versteckt. Er hat gesagt, ich soll am Abend einen Spaziergang machen, dann zeigt er mir, wie er verhindern kann, dass ich gefunden werde. Und es hat geklappt! Ich bin hier im Wäldchen spazieren gegangen, und bald darauf hat es überall im Garten und zwischen den Bäumen von Dienstmädchen gewimmelt. Sogar Finney hat bei der Suche mitgemacht. Er war sehr wütend, als sie mich zuletzt auf einem Stein entdeckten, wo ich saß und nähte. ›Ich mache häufig Spaziergänge am frühen Abend, Herr Finney‹, habe ich zu ihm gesagt. ›Warum regen Sie sich so auf?‹ Er konnte natürlich nicht zugeben, dass die Methoden, mit denen sie mir nachspionieren, versagt hatten, und deshalb hat er so getan, als müsste er dringend mit mir über irgendetwas sprechen, aber das war leicht als Lüge zu durchschauen.«

»Aber reicht das aus, um ...?«, begann Paul.

»Und gestern Abend hat mir mein Freund die Zimmer gezeigt, wo Sie wohnen«, fuhr sie eilig fort. »Ich weiß, das ist eine ganz schlimme Verletzung Ihrer Privatsphäre. Ich bitte vielmals um Entschuldigung. Die Zimmer sind überhaupt nicht so schön, wie ich dachte, das muss ich sagen. Und Ihre Möbel sind ganz glatt und schlicht – überhaupt nicht wie die in meinem Haus.«

»Was meinen Sie mit ›gezeigt‹?«

»Der Spiegel, durch den mein Vater mit mir spricht, wenn er mal die Zeit dazu findet – er war nie für etwas Anderes gut, aber gestern Abend hat mein Freund ihn benutzt, um mir damit Sie *zu zeigen, lieber Herr Jonas.« Sie warf ihm ein mädchenhaft schelmisches Lächeln zu. »Und zum Glück für mein Schamgefühl und Ihres waren Sie die ganze Zeit über voll bekleidet.«*

»Sie haben mich *gesehen?« Paul war schockiert. Sie hatte durch Zufall herausgefunden, wie man über den nur zum Empfang bestimmten Wandbildschirm in ihrem Arbeitszimmer in die allgemeine Hausüberwachung hineinkam.*

»Sie waren gerade dabei, etwas an der Wand zu betrachten, auch so ein bewegtes Bild. Tiere waren darin. Sie hatten einen grauen Bademantel an und haben etwas getrunken, aus einem Glas – Wein vielleicht?«

Paul erinnerte sich dunkel, dass er irgendeine Naturdoku laufen gehabt hatte. Die anderen Angaben stimmten auch. Seine Befürchtungen nahmen ungeahnte, erschreckende Ausmaße an. Hatte jemand das Haussystem gehäckt? Konnte es die umständliche Vorbereitung eines Entführungsversuchs sein? »Dieser … dieser Freund … Hat er Ihnen seinen Namen gesagt? Hat er Ihnen gesagt, was … was er will?«

»Er hat mir keinen Namen gesagt. Ich bin mir nicht sicher, dass er seinen Namen weiß, falls er überhaupt einen hat.« Ihr Gesicht wurde ernst. »Er ist so einsam … Paul. D-du kannst dir nicht vorstellen, wie einsam er ist.«

Es entging ihm nicht, dass sie ihn plötzlich duzte und beim Vornamen nannte, dass eine Schwelle zwischen ihnen überschritten worden war, aber das war im Augenblick seine geringste Sorge. Er beschloss, sich darauf einzulassen. »Das gefällt mir gar nicht, Ava.« Da kam ihm ein neuer Gedanke. »Du sprichst so mit deinem Vater? Im Spiegel?«

Sie nickte langsam, die Augen jetzt auf die sacht schwankenden Äste hoch über ihnen gerichtet. »Er ist so beschäftigt. Er sagt immer, er würde mich gern besuchen kommen, aber er hat einfach so viele Pflichten, die ihn in Anspruch nehmen.« Sie versuchte zu lächeln. »Aber er spricht oft mit mir. Wenn er wüsste, wie seine Angestellten mich behandeln, wäre er bestimmt sehr böse.«

Paul setzte sich zurück, um das alles erst einmal zu verdauen. Er war nur ein einziges Mal in den Genuss einer persönlichen Unterhaltung mit Jongleur gekommen – natürlich per Bildschirm – und war sich dabei ziemlich sicher gewesen, dass der propere Mittsechziger, der ihn scharf nach Gewohnheiten und Betragen seiner Tochter ausgefragt hatte, keine wirklichkeitsgetreue Darstellung war: Keine Verjüngungstechnik der Welt konnte mehr als hundert Jahre aus einem Gesicht wegzaubern. Wie dem auch sein mochte, dass der Mann vor seinen Angestellten die Fassade aufrechterhalten wollte, fand er noch verständlich – aber vor seiner eigenen Tochter?

»Ist er dich jemals besuchen gekommen? Er selber? Persönlich?«

Sie schüttelte den Kopf, blickte weiter unverwandt auf das von den Blättern gefilterte Licht.

Das ist das Hinterletzte. Geister. Ein Vater, der nur im Spiegel erscheint. Was in drei Teufels Namen habe ich in einem solchen Irrenhaus verloren?

»Wir müssen zurück!«, erklärte er. »Ob jemand uns sehen kann oder nicht, wir sind auf jeden Fall schon zu lange zur Unterrichtszeit hier draußen.«

»Die können uns bespitzeln, wie sie wollen«, erwiderte sie unbekümmert, »sie werden nur eine Schulstunde im Freien sehen, bei der Sie ... du mir etwas vorliest und ich mitschreibe.« Sie grinste. »Das hat mir mein Freund versprochen.«

»Trotzdem.« Er stand auf. »Das ist mir alles ein bisschen zu abenteuerlich, Ava.«

»Aber ich will mit dir reden«, sagte sie, und wieder wurden ihre Augen weit und ihre Miene geradezu flehend. »Wirklich reden. Geh nicht weg, Paul! Ich ... ich bin auch einsam.«

Sie hatte, merkte er plötzlich, seine Hand gefasst. Unschlüssig ließ er sich von ihr zurück ins Gras ziehen. »Worüber willst du denn reden, Ava? Ich weiß, dass du einsam bist, ich weiß, dass dieses Leben schrecklich für dich ist, zum Teil. Aber ich kann nichts daran ändern. Ich bin nur ein Angestellter, und dein Vater ist ein sehr mächtiger Mann.« Aber stimmte das wirklich? fragte er sich. Gab es da nicht Gesetze? Auch das Kind eines reichen Mannes hatte Rechte. Gab es nicht so etwas wie die elterliche Verpflichtung, die Nachkommen in dem Jahrhundert leben zu lassen, in dem sie geboren waren? Er konnte nicht richtig denken – das Geräusch des Baches war so penetrant, das Licht unter den Bäumen so eigenartig diffus, als ob ein übernatürlicher Bann ihn daran hindern wollte.

Was soll ich denn machen? Kündigen und einen Prozess anstrengen? Den Fall vor die UN-Menschenrechtskommission bringen? Hat Finney mich bei der Einstellung nicht genau vor so was in der Art gewarnt? *Ein jäher Gedanke wie ein eiskalter Wasserguss:* Was ist eigentlich aus der Lehrerin vor mir geworden? Sie waren unzufrieden mit ihr, hieß es. Sehr unzufrieden.

Der Druck von Avialle Jongleurs blassen Fingern hatte nicht nachgelassen. Als seine Augen ihren begegneten, sah er zum ersten Mal die echte, tiefe Verzweiflung unter der mädchenhaften Koketterie.

»Ich brauche dich, Paul. Ich habe sonst keinen Menschen – leibhaftig.«

»Ava, ich …«

»Ich liebe dich, Paul. Ich liebe dich, seit du zum ersten Mal mein Haus betreten hast. Jetzt sind wir wirklich allein, und ich kann es dir sagen. Kannst du mich auch lieben?«

»Du lieber Himmel!« Geschockt und ganz elend vor Kummer machte er sich von ihr los. Sie weinte, aber ihr Gesicht drückte außer Leid noch etwas Anderes aus, das härter und schärfer war, heiß wie Zorn. »Ava, sei nicht albern! Ich kann … wir können das nicht machen. Du bist meine Schülerin. Du bist noch ein Kind!«

Er wandte sich zum Gehen. Selbst in seiner inneren Aufgewühltheit achtete er darauf, vorsichtig über den Ring aus weißen, fleischigen Pilzen zu treten.

»Ein Kind!«, rief sie aus. »Ein Kind könnte dich nicht so begehren wie ich, mit solcher Leidenschaft.«

Paul zögerte. Mitleid rang mit untergründiger Angst. »Du weißt nicht, was du sagst, Ava. Du hast im Leben kaum jemanden kennen gelernt. Du hast nichts zu lesen bekommen als alte Bücher. Es ist verständlich … aber es darf einfach nicht sein.«

»Geh nicht!« Ihre Stimme wurde schrill. »Du musst hier bleiben!«

Obwohl er sich wie ein Verräter vorkam, drehte er sich um und schritt davon.

»Ich bin kein Kind!«, schrie sie ihm aus dem magischen Kreis hinterher. »Wie kann ich ein Kind sein, wenn ich selbst schon ein Kind gehabt habe …?«

> Der lange Erinnerungsschub brach urplötzlich ab und war vorbei. Am Boden zerstört, erfüllt von einer heftigen Reue, die fast körperlich

wehtat, stürzte Paul aus der wiedergewonnenen Vergangenheit in die dunkle, zersplitterte Gegenwart zurück.

> Das Erste, was ihm auffiel, als er sich mit klopfendem Herzen hinsetzte, war, dass er immer noch Wasser rauschen hörte, obwohl das Echo von Avas letztem unsinnigen Ausruf völlig verklungen war. Als Zweites merkte er einen Sekundenbruchteil später, dass er am Fuß eines gewaltigen, unglaublich großen Baumes auf dem Boden saß.

»O Gott!«, stöhnte er und verbarg das Gesicht in den Händen. Er musste sich zusammenreißen, um nicht loszuweinen. »O Gott, nicht das wieder!«

Die Zylinderform mit der rauhen grauen Rinde direkt neben ihm war breit wie ein Bürohochhaus und reckte sich bestimmt mehrere Hundert Meter hoch in die Luft, ehe die ersten Äste von dem mächtigen Stamm abgingen. Aber etwas an dem spektakulären Anblick war ungewohnt, und nur die nachhaltige Verwirrung nach seinem Erwachen aus dem Erinnerungstraum war schuld, dass er es nicht gleich erkannt hatte.

Es gab nicht nur einen gigantischen Baum wie in seiner ersten Halluzination auf dem Schlachtfeld, eine einzige durch die Wolken ragende Wundersäule: Es gab Hunderte, überall um ihn herum.

Blinzelnd stand er auf, wobei er auf dem lockeren Boden kurz ausglitt.

Es ist real, dachte er. *Es ist alles real – oder wenigstens ist es diesmal kein Traum.* Er drehte sich langsam im Kreis und betrachtete die Einzelheiten, die er beim ersten Augenöffnen noch nicht wahrgenommen hatte. Nicht bloß die Bäume waren riesenhaft. Von seinem Standort aus, einem Aufwurf aus Laubmulch und lockerer Erde, erkannte er, dass alles um ihn herum kolossale Ausmaße hatte – selbst die Grashalme, die sich in der Brise bauschten wie schmale grüne Segel, waren zehn Meter hoch. Weiter weg, hinter einer Gruppe sich wiegender Blumen, von denen jede so groß war wie die Fensterrose einer Kathedrale, lag der Ursprung des unablässigen Rauschens, eine grüne Wasserfläche, die weit wie ein Ozean war, aber in einer Weise um baumlange Stöcke und hausgroße Steine wogte, die ihm sagte, dass es sich in Wirklichkeit um einen Fluss handelte.

Ich bin geschrumpft. Was in aller Welt geht hier vor sich? Er versuchte sich zu konzentrieren und eine gewisse Geistesgegenwart zurückzugewinnen, die ihm in dem Schwall wiederkehrender Erinnerungen verloren gegangen war. *Bevor mir der Tag in dem Hexenring wieder einfiel, wo war ich da?*

Auf dem Berggipfel. Mit Renie und Orlando und den übrigen. Und mit Gott – oder dem Andern, oder was immer das für ein Wesen war. Dann ist der Engel gekommen, die andere Ava, und … und was dann? Er schüttelte den Kopf. *Wer macht diese Sachen mit mir? Womit habe ich das verdient?*

Er sah sich nach seinen Gefährten um. Vielleicht waren sie ja mit ihm an diesem Ort gelandet. Aber außer dem gewaltigen Fluss bewegte sich nichts, sofern es nicht im Wind wehte. Er war allein zwischen den überdimensionalen Felsen und Bäumen.

Dies muss die Insektenwelt sein, von der Renie und die andern mir erzählt haben. Plötzlich zog ein runder Stein nur wenige Schritte entfernt seine Aufmerksamkeit auf sich, ein fast kugelförmiger Kiesel ungefähr von seiner Größe, der halb vergraben in dem mulchigen Hang steckte. Beim ersten Umschauen war er ihm nicht weiter bemerkenswert erschienen … aber jetzt entrollte er sich.

Erschrocken krabbelte Paul ein Stück den rutschigen Hügel hinauf, zurück zum Stamm des Riesenbaumes, doch als er die zutage kommende Gestalt erkannte, eine graubraune Schale mit dicht an dicht sitzenden Segmenten, beruhigte er sich wieder.

Es ist bloß eine Assel, eine Kugelassel, genauer gesagt – harmlos, unschädlich. Erleichtert, wie er war, fand er es dennoch ein wenig beklemmend, dass ein Wesen, das sonst als erbsengroßes Kügelchen unter einer Topfpflanze klebte, mit einem Mal auf seine Größe angeschwollen war. Als sich die entrollte Assel jetzt auf den Bauch wälzte und mit ihren vielen Beinen auf dem unebenen Grund Tritt zu fassen suchte, sah er, dass die Gliedmaßen alle unterschiedlich lang waren und dass viele in plumpen Händen mit verstörend menschenähnlichen Stummelfingern endeten.

Ein Schauder durchlief ihn, als die Kreatur sich aufrichtete. Schlimmer als die Hände mit Fingern war die Vorderseite des Kopfes, ein Zerrbild eines menschlichen Gesichtes, das aussah, als ob zu anderen Zwecken gemachte Teile zu einer Maske zusammengepresst worden wären – ein Brauengrat über einer dunklen, augenlosen Fläche beiderseits einer nur angedeuteten Nase, ein klaffendes fransiges Maul mit winzigen verkümmerten Mandibeln an den Seiten.

Als das Ding auf ihn zutorkelte und seine grotesken Arme nach ihm ausstreckte wie ein verkrüppelter Bettler, wich Paul stolpernd zurück. Das klägliche, missgebildete Gesicht und der stockende Gang machten auf ihn einen flehenden Eindruck, und als es dann mit einer deutlich nicht für menschliche Rede gedachten Stimme *»Frääääässsen!«*, stöhnte, setzte er dazu an, die Hände mit derselben abwimmelnden Geste zu heben, mit der er sich daheim in London schlechten Gewissens die Obdachlosen in der Upper Street vom Leib gehalten hatte. Als sich aber daraufhin etliche Artgenossen raschelnd aus dem Mulch an die Oberfläche wühlten, sich dem ersten Wesen begierig anschlossen und alle ebenfalls *»Fressen! Frääääässsen!«*, schrien, begriff Paul Jonas, dass der erste Mutant gar nicht gebettelt, sondern die Familie zu Tisch gerufen hatte.

Eins
UNTERWEGS IM HERZEN

Eines Nachts fuhren Zwinkel, Blinkel und Nuss
In einem Holzschuh einher,
Fuhren auf einem kristallhellen Fluss
In ein Tautropfenmeer.

Eugene Field

Kapitel 1
SELTSAME BUNDESGENOSSEN

NETFEED/NACHRICHTEN:
Geiseldrama in der Kinderliga beendet - wütender Vater erschossen
(Bild: Leiche von Wilkes neben Wohnmobil)
Off-Stimme: Wie viele Eltern von Jungen, die in der Baseball-Kinderliga spielen, war Gerald Ray Wilkes der Meinung, dass die Mannschaft seines Sohnes durch eine falsche Schiedsrichterentscheidung um den Sieg gebracht worden war. Anders als die meisten jedoch ergriff Wilkes drastische Gegenmaßnahmen. Nachdem er den unbezahlten Schiedsrichter bewusstlos geschlagen hatte, zwang er die elf- und zwölfjährigen Jungen des gegnerischen Teams mit vorgehaltener Waffe in sein Wohnmobil und lieferte danach der Polizei eine wilde Verfolgungsjagd durch zwei Bundesstaaten. Er wurde schließlich von einer Straßensperre bei Tompkinsville in Kentucky zum Halten gezwungen und erschossen, als er sich weigerte, sich zu ergeben …

> Renie wich Sams erstem Schlag aus und duckte auch noch den zweiten ohne größere Schwierigkeit ab, aber der dritte knallte ihr hart an den Kopf. Sie fluchte und beugte den Oberkörper zurück. Sam weinte und drosch blindlings um sich, aber Renie wollte es nicht darauf ankommen lassen – falls der Simkörper den wirklichen Menschen einigermaßen getreu wiedergab, war Sam Fredericks ein kräftiges, sportliches Mädchen. Renie fasste sie um die Taille und warf sie auf den merkwürdig seifigen Boden, wo sie versuchte, die Arme des Mädchens

mit einem Klammergriff festzuhalten. Das misslang, und sie erhielt abermals einen Schwinger an den Kopf. Renie musste sich beherrschen, um nicht ihrerseits auszurasten.

»Verdammt, Sam, hör auf! Es reicht!«

Sie bekam schließlich einen der Arme des Mädchens zu packen und nahm ihn als Hebel, um Sams Kopf auf den Boden zu drücken, dann schwang sie sich auf sie und zog ihr den anderen Arm auf den Rücken. Das Mädchen bäumte sich auf und versuchte sie abzuwerfen, doch bald schon erschlafften ihre Glieder, und mehr noch als vorher klang ihr Weinen, als käme es aus den tiefsten Tiefen des Jammers.

Renie blieb fast eine Minute mit vollem Gewicht auf Sam sitzen, bis sie fühlte, wie das konvulsivische Schluchzen des Mädchens nachließ. In der Hoffnung, dass das Schlimmste vorbei war, riskierte sie es, einen der Arme loszulassen, damit sie die Stelle reiben konnte, wo Sam sie getroffen hatte. Ihr Unterkiefer knackte, als sie ihn bewegte. »Menschenskind, Sam, ich glaube, du hast mir was gebrochen.«

Sam drehte den Kopf nach hinten und sah Renie betroffen an. »Ach du Schreck, entschuldige!« Sie brach erneut in Tränen aus.

Renie erhob sich. Die armseligen Fetzen, die sie am Leib trug, waren ihr in dem Kampf fast heruntergerissen worden, und an vielen Stellen war sie mit falscher Erde beschmutzt. Sam sah genauso aus. *Manche Leute würden viel Geld bezahlen, um so was zu sehen zu kriegen,* dachte Renie missmutig. *In diesem Mister J's haben sie einen Haufen harte Programmierarbeit in diesen Effekt gesteckt – halb nackte Frauen, die sich im Dreck balgen.* »Steh auf, Mädchen«, sagte sie. »Wir wollten eigentlich Steine suchen, weißt du noch?«

Sam rollte sich herum und blickte mit nassem Gesicht und todunglücklichen Augen zu dem sonderbaren grauen Himmel auf. »Ich will nicht, Renie! Ich *kann* nicht – und wenn du mir beide Arme brichst! Er ist ein Mörder. Er hat Orlando umgebracht!«

Renie zählte im Stillen bis zehn, bevor sie antwortete. »Hör zu, Sam, ich hab mich von dir anbrüllen lassen, ich hab mich sogar von dir schlagen lassen und nicht zurückgeschlagen, obwohl ich es liebend gern getan hätte. Meinst du, das ist ein tolles Gefühl?« Sie betastete ihren empfindlichen Kiefer. »Wir haben alle viel durchgemacht. Aber wir werden mit diesem alten Scheusal mitgehen, weil es sein muss, und ich werde dich nicht hier zurücklassen. Basta. Also, willst du mich zwingen, dich zu fesseln und dich von diesem gottverdammten Berg runterzutragen, erschöpft wie ich bin?« Erst da merkte sie, dass sie tatsächlich hundemüde war, und sie ließ sich neben dem Mädchen zu Boden sinken. »Willst du mir das wirklich antun?«

Sam sah sie eindringlich an, sichtlich um Selbstbeherrschung bemüht. Sie atmete schwer und musste warten, bis sie reden konnte. »Tut mir leid, Renie. Aber der Gedanke, dass wir mit … mit diesem …«

»Ich weiß. Ich hasse das Schwein, ich würde ihn am liebsten eigenhändig den Berg runterschmeißen. Aber wir werden uns mit Felix Jongleur arrangieren müssen, bis wir einen besseren Durchblick haben. Gibt es nicht ein altes Sprichwort, so was wie, man soll seine Freunde möglichst nahe bei sich haben und seine Feinde noch näher?« Sie drückte das Mädchen am Arm. »Dies hier ist ein Krieg, Sam. Nicht bloß ein einzelnes Gefecht. Sich diesem schrecklichen Kerl auszusetzen … Mensch, das ist ungefähr so, wie wenn man ein Spion hinter den feindlichen Linien ist. Wir müssen es tun, weil wir ein weitergehendes Ziel verfolgen.«

Sam konnte Renies Blick nicht halten und schlug die Augen nieder. »Chizz«, sagte sie nach längerem Schweigen, aber sie hörte sich an wie der Tod. »Ich probier's. Aber reden werd ich nicht mit ihm.«

»Prima.« Renie rappelte sich auf. »Komm jetzt. Ich hab dich nicht nur deswegen mitgenommen, um allein mit dir zu reden. Wir müssen immer noch …« Sie verstummte, als eine Gestalt langsam um eine der abgebrochenen Felsnadeln trat, die das augenfälligste Merkmal der wüsten Landschaft waren. Der gut aussehende junge Mann, der vor ihnen stand, sagte nichts, sondern starrte sie nur mit leeren Augen an wie ein Goldfisch im Glas.

»Was willst du, zum Teufel?«, fuhr Renie ihn an.

Der dunkelhaarige Mann reagierte eine Weile nicht. »Ich … bin Ricardo Klement«, sagte er schließlich.

»Das wissen wir.« Nur weil er einen Hirnschaden hatte, war er Renie noch lange nicht sympathischer geworden. Bevor die Zeremonie fehlgeschlagen war, hatte er genauso zu den Gralsmördern gehört wie Jongleur. »Geh weg! Lass uns allein!«

Klement blinzelte träge. »Es ist gut … am Leben zu sein.« Nach einer weiteren Pause drehte er sich um und verschwand zwischen den Felsen.

»Das ist so voll grässlich«, sagte Sam schwach. »Ich … ich will nicht mehr hier sein, Renie.«

»Ich auch nicht.« Renie tätschelte ihr die Schulter. »Deshalb müssen wir weitermachen, einen Weg hier raus finden. Egal, was ist, wir dürfen nicht aufgeben.« Sie nahm Sam am Arm und drückte noch einmal, damit das auch wirklich zu ihr durchdrang. »Egal, was ist. Jetzt komm, Mädchen, schwing dich auf! Wir müssen Steine suchen gehen.«

!Xabbu baute derweil aus den Steinen, die sie schon gesammelt hatten, eine Mauer um Orlandos nackten Sim, die allerdings mehr nach einem Sarg ohne Deckel als nach einem Grabhügel aussah. Wie die ganze Szenerie auf dem schwarzen Berg veränderten sich auch die künstlichen Steine nach und nach: Mit jeder Stunde, die verstrich, glichen sie immer weniger dem, was sie darstellen sollten, immer mehr einer flüchtig hingeworfenen 3D-Skizze. Orlandos Achillessim jedoch hatte sich seine fast übernatürliche Wirklichkeitstreue bewahrt; wie er da in dem improvisierten Grab lag, ähnelte er tatsächlich einem gefallenen Halbgott.

Beim Anblick der leeren Hülse ihres Freundes musste Sam abermals weinen. »Er ist in echt tot, stimmt's? Ich wünsch mir immerzu, dass es nicht wahr ist, aber so geht's wahrscheinlich jedem in so einer Situation, was?«

Renie musste an die grauenhaft trostlosen Monate nach dem Tod ihrer Mutter denken. »Ja, so geht's einem. Du siehst ihn immer noch vor dir, hörst ihn, und doch ist er nicht mehr da. Aber es wird besser mit der Zeit.«

»Das wird nie besser. Nie.« Sam bückte sich und berührte Orlandos steinerne Wange. »Aber er ist tot, nicht wahr? Richtig, richtig tot.«

Renie tat sich fast genauso schwer wie Sam mit der Vorstellung, einen Körper zurückzulassen, der noch so lebensvoll aussah. Auch andere Merkwürdigkeiten gaben ihr zu denken. Im Unterschied zu allen anderen Sims von gestorbenen Trägern, die sie gesehen hatte, waren Orlandos Kleidungsstücke trotz der marmorartigen Starre des Körpers darunter weich und schmiegsam geblieben. Eine Zeit lang hatte Renie deswegen sogar überlegt, ob er nicht doch noch am Leben war, ob ihn nicht einfach sein tiefes Koma im RL schließlich auch in der virtuellen Welt eingeholt hatte. Aber etliche heimliche Experimente – vorgenommen in Augenblicken, in denen Sam von irgendetwas abgelenkt gewesen war, um ja keine Hoffnungen in ihr zu schüren – hatten sie so fest, wie es unter den Umständen möglich war, überzeugt, dass in dieser versteinerten Form keinerlei Lebensfunke mehr glomm.

Orlandos letztes Geschenk an sie hatte es den beiden Frauen ermöglicht, sich notdürftig zu bedecken, so dass Renie sich jetzt in der Gegenwart des kaltäugigen Jongleur und des trotteligen Klement nicht mehr ganz so schutzlos fühlte. Als sie Orlandos steifen Sim umgedreht hatten, um ihm seinen zerschlissenen Chiton auszuziehen, hatten sie sogar sein abgebrochenes Schwert gefunden, aus dessen Griff noch ein kurzes Stück Klinge ragte – eine willkommene Hilfe dabei, sich aus dem schmutzigen weißen Stoff Lendenschurze und plumpe Bandeaux-Tops zu schneiden.

Das kaputte Schwert war die einzige Waffe, die den Überlebenden auf dem Berg geblieben war, vielleicht die einzige Waffe in dieser ganzen Simwelt, und somit ein außerordentlich wertvolles Gerät, das auf keinen Fall zurückbleiben durfte. Am liebsten hätte Renie es selbst an sich genommen, weil sie sich am ehesten die Wachsamkeit zutraute, es vor dem Zugriff Jongleurs zu bewahren, aber Sam war so ergreifend dankbar gewesen, ein Andenken an Orlando zu haben, dass Renie nicht das Herz gehabt hatte, große Einwände zu erheben, und so hatte Sam es sich durch den Bund ihres Lendenschurzes gesteckt. Da von der Klinge kaum mehr als eine Handbreit übrig war, taugte es nur sehr beschränkt als Waffe, auch wenn es Renie bei ihrem Ringkampf mit Sam eine hässliche Schramme am Bein beigebracht hatte. Dennoch musste sie zugeben, dass das zerbrochene Schwert unter derart elenden Bedingungen wie eine mythische Wunderwaffe aussah.

Renie schüttelte ärgerlich den Kopf über ihre mystischen Anwandlungen. Unverweslicher Körper hin oder her, ihr Freund war auf jeden Fall tot. Orlandos Schwert mochte einst eine imaginäre Spielwelt in Angst und Schrecken versetzt haben, jetzt jedoch würde es herhalten müssen, um damit zu graben oder Holz zu sägen ... falls sie je welches fanden. Und was den wundersamen Stoff anbelangte, so waren daraus zwei primitive Bikinis wie aus einem schlechten Urzeitfilm geworden. (!Xabbu hatte von dem bisschen Stoff nichts haben wollen, um sich seinerseits zu verhüllen, und als Renie Jongleur ein Stück angeboten hatte, mehr aus Rücksicht auf ihre und Sams Schamhaftigkeit als aus Freundlichkeit, hatte er nur gelacht.)

Dann gehen wir eben in diesem Aufzug den Berg runter, dachte sie bei sich. *Drei nackte Männer und zwei Frauen, die aussehen wie einer Werbung für Neandertalerdessous entsprungen. Und allem Anschein nach sind wir die Einzigen, die in diesem ganzen virtuellen Universum noch am Leben sind ... mit Ausnahme von Dread. O ja, wir sind wirklich eine tolle Truppe ...*

!Xabbu nahm die neuen Steine, die sie gesammelt hatten, in Empfang, aber er war mit den Gedanken deutlich woanders. Bevor sie nachfragte, vergewisserte Renie sich, dass Jongleur außer Hörweite war. Der Vorsitzende der Gralsbruderschaft stand ein Stück entfernt am Rand des Steilhangs und starrte auf den unwirklich tiefenlosen Himmel. Renie musste unwillkürlich daran denken, wie es wohl wäre, ihn in den Abgrund zu stoßen.

»Du siehst sorgenvoll aus«, sagte sie zu !Xabbu, während er die Mauer um Orlandos Körper befestigte. »Übrigens, wie hast du dir eigentlich die Abdeckung vorgestellt?«

»Ich sorge mich, weil ich nicht glaube, dass uns dafür noch die Zeit bleibt. Ich glaube, wir müssen Orlandos Grab lassen, wie es ist, und bald den Abstieg in Angriff nehmen. Es tut mir leid – ich hätte es gern besser gemacht.«

»Wieso die Eile?«

»Wir haben alle gesehen, wie sich diese Umgebung allein während unserer Anwesenheit verändert hat, wie die Dinge ihre Konturen verlieren, ihre Farbe. Als ich weitere Steine suchen ging, entdeckte ich etwas Beängstigendes. Der Pfad verliert ebenfalls an Wahrheit.«

Sie sah ihn konsterniert an. »Was meinst du damit?«

»Vielleicht habe ich das falsche Wort gebraucht. Ich spreche von dem Pfad, auf dem wir mit Martine und Paul Jonas und den anderen hier hochkamen, bevor das ganze Unglück geschah, von dem Pfad an der Bergwand entlang. Er verändert sich zusammen mit allem anderen, Renie, aber er besaß von Anfang an nicht viel ... wie lautet das richtige Wort? Er besaß nicht viel Wahrheit, nicht viel ... Wirklichkeitstreue. Und mittlerweile sieht er alt und unscharf aus.«

Trotz der gleichmäßigen Raumtemperatur lief es Renie kalt den Rücken herunter. Ohne diesen Steig saßen sie auf dem Gipfel eines viele Meilen hohen Berges fest, der sich zusehends in nichts auflöste. Und wenn als Letztes auch noch die Schwerkraft verschwand?

»Du hast recht. Wir sollten rasch aufbrechen.« Sie wandte sich Sam zu, die über Orlandos leerem Sim brütete. »Hast du das mitgekriegt? Uns läuft hier oben die Zeit weg.«

Das Mädchen hatte jetzt trockene Augen, aber mit ihrer Fassung war es dennoch nicht sehr weit her. Es war für Renie nach wie vor verwirrend, Sams wahres Gesicht zu sehen. Noch verwirrender war die Entdeckung gewesen, dass Sam einen schwarzen Vater und trotz ihrer goldbraunen Haare einen deutlich afrikanischen Einschlag hatte. Ihr Teenagerslang war so hundertprozentig normalamerikanisch, dass Renie das Mädchen (beziehungsweise den Jungen, für den alle sie gehalten hatten) automatisch als Weiße eingeordnet hatte. »Er sieht so … vollkommen aus«, sagte Sam leise. »Was passiert mit ihm, wenn das hier alles verschwindet?«

Renie schüttelte den Kopf. »Keine Ahnung. Aber vergiss nicht, Sam, das ist er nicht. Das ist nicht mal sein Körper. Wo Orlando auch sein mag, er muss es dort besser haben als hier.«

»Wir brauchen ein wenig Erholung, bevor wir losgehen«, bemerkte !Xabbu. »Wir haben alle nicht mehr geschlafen seit der Nacht, bevor Troja zerstört wurde, und das kommt mir ewig lange her vor. Es nützt uns nichts, eilig den Berg hinunterzulaufen, wenn wir den richtigen Weg verfehlen. Wenn wir so müde sind, dass wir straucheln und hinfallen.«

Renie wollte widersprechen, aber er hatte natürlich recht: Sie waren alle erschöpft. Im Übrigen war es !Xabbu, der gewöhnlich am wenigsten Schlaf bekam und darauf bestand, die anstrengendsten Aufgaben zu übernehmen. Selbst wenn es nur ein Sim und nicht sein richtiger Körper war, fiel er beinahe um vor Müdigkeit. Auch Sams gereizte Gemütsverfassung – nicht sehr verwunderlich nach dem, was sie alle durchgemacht hatten – konnte nur besser werden, wenn sie einmal ausschlief.

»Okay«, sagte sie. »Wir gönnen uns ein paar Stunden Schlaf. Aber nur, wenn du dich zuerst hinlegst.«

»Ich bin es gewohnt, ohne Schlaf auszukommen, Renie …«

»Es ist mir egal, ob du es gewohnt bist oder nicht. Du bist dran mit

Ausruhen. Ich übernehme die erste Wache, dann wecke ich Sam zur zweiten. Also legst du dich jetzt hin oder nicht?«

!Xabbu zuckte mit den Achseln und schmunzelte. »Wenn du es so willst, geliebtes Stachelschwein.«

»Lass den Käse!« Sie schaute sich um. »Es wäre ganz nett, wenn es hier mal dunkel werden würde.« Da fiel ihr ein, wie beängstigend der plötzliche Einbruch der Nacht in dem anderen unfertigen Land gewesen war. »Na ja, vielleicht auch nicht. Egal, mach jetzt die Augen zu!«

»Du könntest dich auch schlafen legen, Renie.«

»Ohne dass jemand ein Auge auf Jongleur hat? Kannste nullen, wie die jungen Leute sagen.«

!Xabbu rollte sich auf dem Boden zusammen. Als Angehöriger eines Nomadenvolkes darin geübt, jede sich bietende Gelegenheit zu nutzen, brauchte er nur Sekunden, bis seine Atmung sich verlangsamte und seine Muskeln sich entspannten.

Renie strich ihm kurz übers Haar. Sie konnte es noch immer kaum fassen, dass sie ihren alten !Xabbu wiederhatte. Oder eine virtuelle Version von ihm. Sie warf einen raschen Blick zu Felix Jongleur hinüber, der weiterhin den Himmel anstarrte wie ein Kapitän, der das Wetter beobachtet, dann zu Sam, die still neben Orlandos Steingrab kauerte. Obwohl ihr Knie Renies Bein berührte, schien sie weiter weg zu sein als Jongleur.

»Schlaf du auch jetzt«, sagte Renie zu ihr. »Sam? Hörst du?«

Mit einem Anflug von Zornesröte im Gesicht blickte das Mädchen auf. »Du bist nicht meine Mutter, tick?«

Renie seufzte. »Nein, bin ich nicht. Aber ich bin eine Erwachsene, und ich mein's gut. Und falls du deine Mutter jemals wiedersehen willst, musst du fit und gesund bleiben.«

Sams Miene wurde weicher. »'tschuldigung. Tut mir leid, dass ich so dämlich bin. Ich … wünsch mir nur noch, dass das alles bald vorbei ist. Ich will nach Hause.«

»Wir tun, was wir können. Leg dich ein Weilchen hin, selbst wenn du nicht schläfst.«

»Chizz.« Sie streckte sich neben Orlandos Körper aus und schloss die Augen, eine Hand an das niedrige Mäuerchen gelegt. Renie durchfuhr ein abergläubischer Schauder, als sie das sah.

Ich kann mich nicht mal mehr erinnern, dachte sie, *wie das damals war, als es noch ein normales Leben gab.*

Ungefähr eine Stunde war vergangen, und !Xabbu und Sam schliefen beide tief und fest, ungefähr so, wie früher ihr Bruder Stephen nach einem langen Tag kindlicher Hyperaktivität geschlafen hatte. Sam schnarchte leise, und Renie hatte Skrupel, sie zu wecken. Das Verlangen nach einer Zigarette kam kurz in ihr auf, und sie stellte verwundert fest, dass es lange her war, seit sie zum letztenmal ans Rauchen gedacht hatte.

Weil ich zu sehr damit beschäftigt bin, am Leben zu bleiben, sagte sie sich. *Sehr effektiv, aber es muss einfachere Methoden geben, es sich abzugewöhnen.*

Jongleur saß etwa zehn Meter entfernt mit dem Rücken an einem Felsen und schien ebenfalls zu schlafen, jedenfalls war ihm der Kopf auf die Brust gesunken, und er hatte die Augen geschlossen. Renie fand, dass er wie ein Geier aussah, der mit der Geduld von Jahrmillionen blinder Evolution darauf wartete, dass jemand starb. Das fünfte Mitglied des unfreiwilligen Bundes, Ricardo Klement, war nicht wieder aufgetaucht, und obwohl Renie nicht wohl bei der Vorstellung war, dass er irgendwo auf dem Gipfel herumwanderte und weiß Gott was für Gedanken durch sein lädiertes Gehirn zuckten, war es besser, als ihn ständig anschauen zu müssen.

Es war der Berggipfel selbst, der jetzt Renies Aufmerksamkeit beanspruchte. Trotz allem, was hier geschehen war, trotz aller Sorgen, die sie und !Xabbu sich wegen seiner fortschreitenden Zersetzung machten, hatte sie ihn sich im Grunde noch nicht sehr genau angesehen. In dem unveränderlichen, richtungslosen Licht ließ sie ihren Blick über das schroff gezackte Gelände schweifen.

Der Berg verlor nicht nur an Form und Kontur, sondern auch an Farbe – oder vielleicht war es zutreffender zu sagen, dass er eine gewisse Farbigkeit gewann, da er ursprünglich einheitlich schwarz gewesen war. Der dunkle, stumpfe Ton der Erde unter ihr hatte sich nicht allzu sehr verändert, aber die ungleichen steinernen Spitzen und Säulen waren nicht mehr so tiefschwarz und sahen aus, als ob jemand Wasser auf eine Tuschzeichnung gesprengt hätte, bevor sie ganz trocken war. Manche der Felszacken hatten sich nur zu einem dunklen Grau aufgehellt, doch bei anderen kamen dünne Streifen anderer Farbtöne zum Vorschein, violette und mitternachtsblaue und hier und da sogar andeutungsweise ein dunkelbrauner, der an getrocknetes Blut erinnerte.

Aber das widerspricht jeder Logik, sagte sich Renie. *Virtuelle Landschaften degenerieren nicht auf die Art. Falls sie nicht einfach unbegehbar werden, kann es passieren, dass ein paar Komponenten länger weiterfunktionieren als andere und man mit dem Realitätsverfall einen Effekt wie eine schematische Zeichnung oder ein Drahtgerüst kriegt, aber die Farbe verbleicht nicht einfach. Die Umrisse verschwimmen nicht. Es ist verrückt.*

Aber es war, wie es war, und war denn irgendetwas *nicht* verrückt gewesen, seit sie mit dem alten Häcker Singh in dieses Tollhaus von einem virtuellen Universum eingedrungen waren? Nichts hier verhielt sich so, wie normaler Code es sollte.

Renie spähte genauer hin. Der Berggipfel wirkte ganz real, in mancher Hinsicht sogar mehr als am Anfang, aber es gab keinen Zweifel, dass die Formen an Schärfe verloren. Einige der steil aufragenden Spitzen waren mittlerweile kaum mehr als Kleckse, und an anderen Stellen hatten die steilen Einschnitte im Ring des Tales angefangen, an den Rändern wie Pudding einzusinken.

Es ist keine natürliche Landschaft – es war überhaupt nie eine. Je länger sie sich die nackten Vertikalen des Gipfels und den schmierigen grauen Himmel besah, leblos wie eine schlechte Theaterkulisse, desto mehr kam ihr das Ganze wie ein reines Fantasieprodukt vor. Ein expressionistisches Gemälde vielleicht. Ein Cartoon. Ein Traum.

Ja, so sieht es in Wahrheit aus, dachte sie. *Und genauso hat der andere unfertige Ort auch ausgesehen. Nicht wie eine reale Landschaft, sondern wie eine der Szenerien, die das Gehirn als Hintergrund für einen Traum entwirft.*

Da kam ihr plötzlich ein Gedanke, unangenehm kribbelnd wie statische Elektrizität, und augenblicklich setzte sie sich kerzengerade hin. Andere Ideen hängten sich an die erste wie magnetisch angezogen, und nach wenigen Minuten musste sie unbedingt reden. Sie rüttelte !Xabbu sanft. Er wachte sofort auf.

»Renie? Bin ich schon dran? Ist etwas …?«

»Alles okay, ich hatte … mir ist bloß was aufgegangen. Eine Sache, die du immer sagst. Dass ein Traum uns träumt, nicht wahr?«

»Wie kommst du jetzt darauf?« Er richtete sich auf, bis er ihr Gesicht genau betrachten konnte.

»Du sagst doch immer, dass ein Traum uns träumt, stimmt's? Und ich hab das immer für, was weiß ich, *philosophisch* gehalten.«

Er lachte leise. »Ist das ein unanständiges Wort, Renie?«

»Mach dich bitte nicht über mich lustig. Ich geb meine Fehler ja zu. Ich bin Informatikerin, herrje, wenigstens hab ich das studiert. Philosophie und so Zeug kommt mir immer vor wie etwas, was man macht, wenn die wirkliche Arbeit getan ist.«

Der amüsierte Blick, den er ihr zuwarf, ließ Lachfältchen um seine Augen entstehen. »Und?«

»Ich hab grade über diese Umgebung nachgedacht, darüber, wie traumähnlich sie ist. Nichts hier ist normal, aber in einem Traum spielt das keine Rolle, weil man darauf gespannt ist, dass irgendwas Wichtiges passiert. Und plötzlich hab ich mir gedacht: Könnte es sein, dass dieses Environment *tatsächlich* ein Traum ist?«

!Xabbu legte den Kopf schief. »Und das heißt?«

»Kein richtiger Traum, aber aus dem gleichen Grund seltsam und unwirklich, aus dem ein Traum seltsam und unwirklich ist. Wieso sind Ereignisse im Traum oft so verquer, sehen Sachen so komisch aus? Wieso ist nie etwas richtig … vollständig? Weil dein Unterbewusstsein nicht besonders gut darin ist, den ganzen Kram nachzubilden, den dein Bewusstsein normalerweise wahrnimmt, oder weil er ihm einfach egal ist.«

Sam wälzte sich im Schlaf herum, offenbar aufgestört von der Dringlichkeit in Renies Stimme, und so redete sie im Flüsterton weiter. »Ich denke, dass der Andere dieses Environment gebaut hat. Ich denke, er wollte, dass wir hierher kommen, und er hat diesen Ort aus sich selbst heraus geschaffen, wie einen Traum. Wie hat Jonas es genannt? Eine Metapher.« Laut ausgesprochen kam ihr der Gedanke nicht mehr so unmittelbar einleuchtend vor. Es war schwer vorstellbar, dass ihr bisschen Leben für dieses leidende Riesending eine Bedeutung haben sollte.

»Er soll das hier aus sich selbst geschaffen haben? Aber wenn dieser Andere das System steuert, dann hat er Zugang zu allem, zu diesen ganzen perfekt gemachten Welten.« !Xabbu legte nachdenklich die Stirn in Falten. »Es wäre doch merkwürdig, wenn er so etwas Unwirkliches bauen würde.«

»Aber das ist genau der Punkt«, entgegnete Renie aufgeregt. »Er hat diese andern Welten nicht gebaut. Sie wurden von realen Menschen gemacht, von Programmierern, Ingenieuren, Leuten, die wissen, wie eine reale Welt auszusehen hat und wie man selbst einer imaginären Welt ein reales Aussehen gibt. Aber was weiß der Andere schon? Er ist schließlich nur eine künstliche Intelligenz, nicht wahr? Er sieht Muster, Strukturen, aber er ist kein Mensch. Er weiß nicht, was uns real erscheint und was nicht, kennt die Dinge nur grob, nur von außen. Das wäre so, als würde man einem sehr intelligenten Kind, das nicht lesen kann, ein Buch geben und ihm sagen: ›Jetzt mach dir selbst ein solches Buch!‹ Das Kind hätte alle richtigen Buchstaben aus dem geschenkten Buch zur Verfügung, aber es könnte sie nicht zu einer Geschichte zusammensetzen. Es würde irgendein Kuriosum fabrizieren, das bloß wie ein Buch *aussieht.* Verstehst du?«

!Xabbu dachte eine Weile darüber nach. »Aber warum? Warum sollte der Andere eine Neue Welt erschaffen?«

»Das weiß ich nicht. Vielleicht bloß unseretwegen. Martine hat gesagt, dass sie ihn von früher kennt, erinnerst du dich? Dass sie als kleines Mädchen an einem Experiment mit dem Ding beteiligt war. Nimm mal an, es hätte sie erkannt. Oder aus irgendeinem Grund wollte es einfach sehen, wer wir sind. Wir reden hier über eine außermenschliche Intelligenz, also wer weiß? Auch wenn sie ein Kunstprodukt ist, scheint sie doch sehr viel komplexer zu sein als ein gewöhnliches neuronales Netz.«

Renie nahm etwas dicht neben ihrer Schulter wahr und drehte sich um. Felix Jongleur stand hinter ihnen, das Gesicht eine harte, finstere Maske. »Wir haben lange genug gewartet. Es ist Zeit, dass wir uns auf den Weg machen. Weckt das Mädchen!«

»Wir waren gerade …«

»Weckt sie! Wir brechen auf.«

Normalerweise hätte Renie, konfrontiert mit einem nackten älteren Mann, sehr darauf geachtet, ihm ausschließlich ins Gesicht zu schauen, aber es war erstaunlich schwer, Jongleurs kaltem Blick standzuhalten. Nachdem sich ihr erster heißer Zorn auf den Mann inzwischen ein wenig abgekühlt hatte, musste sie eine unangenehme Tatsache erkennen: Er machte ihr mächtig Angst. Er besaß eine tiefe, eiserne Stärke, einen unbeugsamen Willen, der nichts Anderes gelten ließ als die eigenen Ziele. Seine dunklen Augen verrieten kein Fünkchen menschliches Mitgefühl, aber es war nichts Animalisches in ihnen – sie schienen einem Wesen zu gehören, das sich über das schlichte Menschsein erhoben hatte. Sie hatte von Politikern und Finanzmagnaten als gnadenlos sprechen hören, als Naturgewalten, und sie hatte das immer für einen schmeichlerischen Vergleich gehalten. Jetzt, wo sie dem Herrn und Meister des Grals in Person gegenüberstand, verstand sie langsam, dass ein schwarzes Charisma wie seines keiner literarischen Ausschmückung bedurfte.

Sie warf !Xabbu einen raschen Blick zu, doch was ihr Freund dachte, war nicht auszumachen. Wenn er wollte, konnte er in seiner eigenen Haut genauso undurchschaubar sein, wie er es hinter der Maske des Paviansims gewesen war.

Jongleur kehrte ihnen den Rücken zu und entfernte sich ein paar Schritte, die Verkörperung beherrschter Ungeduld. Renie beugte sich über Sam Fredericks und weckte sie sacht.

»Wir müssen los, Sam.«

Das Mädchen quälte sich langsam hoch. Einen Moment lang saß sie zusammengesunken da, dann richtete sie den Blick auf Orlandos Körper in seinem engen Sarg aus Steinen.

»!Xabbu«, flüsterte Renie. »Lenk Jongleur ein Weilchen ab, damit Sam von ihrem Freund Abschied nehmen kann. Stell dem alten Sack ein paar Fragen. Er wird dir zwar keine Antworten geben, aber es wird ihn immerhin beschäftigen.«

!Xabbu nickte. Er ging zu Jongleur, sagte etwas und deutete dann mit einer ausladenden Armbewegung auf den perlgrauen, horizontlosen Himmel wie jemand, der sich über das Wetter oder die Aussicht verbreitet. Renie wandte sich wieder Sam zu.

»Wir müssen uns jetzt von ihm trennen.«

Das Mädchen senkte den Kopf. »Ich weiß«, sagte sie leise, den Blick starr auf Orlando gerichtet. »Er war so gut. Nicht bloß nett – manchmal war er ein richtiger Kotzbrocken, megasarkastisch. Aber im Grunde wollte er ... er w-wollte immer g-g-gut sein ...«

Renie legte einen Arm um sie. Mehr konnte sie nicht tun.

»Leb wohl, Orlando«, sagte Renie schließlich. »Wo du auch sein magst.« Sie führte Sam von dem Steingrab weg und strich ihr dabei die Haare und die Kleidungsfetzen ein wenig zurecht, um sie abzulenken.

»Du solltest mal nach deinem gestörten Freund sehen«, bemerkte sie zu Jongleur. »Der rennt hier irgendwo in der Gegend rum. Wir gehen jetzt.«

Ein noch dunklerer und kälterer Schatten als gewöhnlich zog über das Gesicht des Mannes. »Du meinst, ich soll Klement holen gehen, als ob er ein alter Schulkamerad von mir wäre? Du bist mehr als naiv. Euch drei brauche ich, deshalb gehen wir alle zusammen, aber für ihn habe ich keinerlei Verwendung. Wenn er mitkommen will, werde ich ihn nicht daran hindern, solange er nichts tut, was meine Sicherheit gefährdet, aber wenn er lieber hier bleibt, während dieser Ort hier zu nacktem Code degeneriert, schert mich das herzlich wenig.«

Er drehte sich um und schritt auf den bergab führenden Pfad zu, als wäre es selbstverständlich, dass er das Kommando hatte.

»Reizende Gesellschaft«, murmelte Renie. »Okay, es ist Zeit. Gehen wir.«

Der große Talkessel, in dem die Riesengestalt des Andern gelegen hatte, war jetzt leer und eine Seite weggebrochen, so dass die verbliebene lange, schartige Kante aussah, als hätte ein Ungeheuer einen Happen abgebissen. Jongleur ging voraus. Mit seiner kerzengeraden Haltung und seinem energischen Schritt wirkte er sogar jünger als das fortgeschrittene Alter, das sein Aussehen vortäuschte. Renie fragte sich, ob das kantige Gesicht wohl Jongleurs eigenes war, wie es vielleicht vor einem Jahrhundert oder mehr ausgesehen hatte. Wenn ja, dann fiel das unter eines der größten Rätsel von den vielen in Anderland: Warum waren sie hier mit Sims aufgewacht, die ihren realen Körpern weitgehend glichen?

Es gibt keinen Sinn. Am Anfang, als wir in das Netzwerk kamen, hatte ich den Sim, den ich mir ausgesucht hatte, und T4b und Sweet William genauso, aber Martine hatte bloß einen unpersönlichen Blankokörper aus Atascos Simulation bekommen, und !Xabbu war ein Pavian. Wieso zum Donnerwetter? Und Orlando und Fredericks hatten die Sims ihrer Wahl, Avatare aus ihrem Abenteuerspiel – aber hat Fredericks mir nicht erzählt, dass Orlandos Sim nicht ganz der gleiche war wie sonst? Älter oder jünger oder so?

Eins war so eigenartig wie das andere: Dass sie ihre ursprünglichen Sims nicht nach einem ersichtlichen Plan bekommen hatten, wie dass sie jetzt Körper hatten, die ihren richtigen sehr ähnlich sahen. *Kann es sein, dass wir tatsächlich in unsern realen Körpern stecken?* dachte sie bestürzt. Aber sie konnte sich noch sehr gut daran erinnern, wie sie leibhaftig im Tank aufgewacht war, und auch wenn der Unterschied gering gewesen war, hatte er bestanden. Ihre momentane Gestalt sah vielleicht wie ihr realer Körper aus, bis hin zu kleinen Details, Narben und sogar der Verdickung eines Knöchels, den sie sich als Kind gebrochen hatte, aber er war durchaus nicht real.

Also was geht hier vor? Wenn es ein Traum des Andern ist, warum sehen wir dann so aus? Es ist wie Zauberei. Renie schnaubte missmutig. Auch wenn die Tatsachen noch so wirr und zusammenhanglos zu sein schienen, es musste bestimmte Muster geben. Aber wie sehr sie sich auch anstrengte, sie konnte kein einziges erkennen.

Als die kleine Schar die äußersten Zinnen des Gipfels erreichte, bemerkte Renie, dass Ricardo Klement sich ihnen irgendwann angeschlossen hatte. Er folgte ihnen in einem Abstand von ungefähr hundert Metern wie ein ruheloses Gespenst.

Der Weg führte nach wie vor in einer weiten Kurve an der schwarzen Wand bergab, anscheinend bis hinunter in die geheimnisvoll glitzernden Wolken, die den Berg umlagerten, aber Renie sah, dass !Xabbu nicht übertrieben hatte. Die Bodenrillen, die den Pfad trittsicher gemacht hatten, hatten viel von ihrer Feinauflösung verloren, und obwohl die Oberfläche selbst noch solide wirkte, war der harte Abschluss an der äußeren Kante fort, so als ob der Stein eine Art Lakritzeis wäre, das ein bisschen zu lange schon aus dem Gefrierschrank heraus war.

»Mir ist immer noch nicht klar, was der Andere für ein Interesse haben sollte, uns an einen Ort wie diesen zu bringen«, bemerkte sie leise zu !Xabbu, als sie sich hinter Jongleur an den Abstieg machten. »Und vielleicht ja auch in die erste unfertige Welt neulich.« Sie musste daran denken, wie sich in jenem anderen Environment plötzlich ein Teil des Bodens verflüchtigt hatte und wie dadurch Martine abgerutscht und T4b die Hand abgetrennt worden war. Wenn nun die gleiche Instabilität hier auch auftrat? Sie beschloss, keine Zeit mit Grübeleien über Dinge zu verschwenden, die sie ohnehin nicht verhindern konnte.

T4bs Hand jedoch – das war eine interessante Anomalie. Sie war durch eine andere ersetzt worden, eine leuchtende Hand, die einem der Gralsleute, der ansonsten unbesiegbar gewesen wäre, den Garaus gemacht hatte. Konnte es sein, dass T4bs Hand irgendwie gegen ein Stück vom Andern selbst ausgetauscht worden war oder wenigstens gegen einen Teil von dessen Fähigkeit, das Netzwerk zu gestalten? So dass er jetzt eine Art Jokerzeichen des Betriebssystems am Ende seines virtuellen Arms hatte?

Sie teilte die Überlegung !Xabbu mit. »Doch selbst wenn es stimmt, dass der Andere diese beiden Orte geschaffen hat, sie sozusagen aus dem Rohstoff des Netzwerks herausgearbeitet hat, macht uns das auch nicht klüger. Falls er von Dread kaltgestellt oder übernommen wurde oder etwas in der Art, könnte das der Grund dafür sein, dass dieses Machwerk hier immer unschärfer wird, aber es erklärt nicht, weshalb die andere unfertige Welt damals anfing, unter unsern Füßen auseinanderzufallen.«

!Xabbu schnitt ihr das Wort ab. »Schau mal. Ich kann mich nicht erinnern, dass der Pfad vorher so war.« Der Weg vor ihnen war mit einem Mal so schmal geworden, dass sie hintereinander gehen mussten. »Wir sollten später reden und nachdenken, wenn wieder eine breitere Stelle kommt, wo wir übernachten können.«

»Sag bloß nicht, dass wir auf diesem Berg übernachten müssen!«, ereiferte sich Sam. »Der Aufstieg hat doch höchstens zwei Stunden gedauert!«

»Richtig«, erwiderte !Xabbu, »aber ich denke, dass wir sehr hoch am Berg überhaupt erst losgegangen sind. Bis ganz nach unten dürfte es wesentlich länger dauern.«

»Wenn wir hier heil runterkommen«, meinte Renie, während sie sich an der Engstelle und dem viel zu tiefen Blick auf die nackte schwarze Steilwand darunter vorbeidrückte, »dann kann es von mir aus eine Woche dauern.«

Auch nach stundenlangem Stapfen bergab schienen sie der weißen Wolkenbank nicht näher gekommen zu sein. Sie waren alle müde, Renie, die nicht geschlafen hatte, vielleicht am meisten. Daher war es kein Wunder, dass etwas passierte.

Sie hatten einen der schmaleren Abschnitte des Pfades erreicht, nicht den schlimmsten bislang – mitunter hatten sie sich seitlich voranschieben müssen, den Rücken an den harten Fels der Bergwand gepresst –, aber nicht einmal so breit, dass zwei von ihnen gefahrlos nebeneinander stehen konnten. Sam war dicht hinter Renie, !Xabbu und Felix Jongleur gingen an erster und zweiter Stelle. Klement, der zeitweise weit zurückhing, war auf einmal so nahe, dass er die Letzte in der Reihe mit ausgestreckter Hand berühren konnte, und aus irgendeinem Grund tat er genau das.

Sam erschrak furchtbar, als Klements Finger durch ihr Haar strichen, und machte einen Satz nach vorn, wobei sie versuchte, sich innen an Renies Schulter vorbeizuquetschen. Einen Moment lang blockierten die beiden sich gegenseitig, dann setzte Renie, die dem Mädchen Platz machen wollte, den Fuß zu weit nach außen, und der Rand des Pfades zerbröckelte unter ihr wie trockenes Brot. Sie ruderte heftig mit den Armen, was ihr aber nichts nützte und nur ihre Chancen erhöhte, Sam mit in die Tiefe zu reißen. Mit einem lauten Aufschrei kippte Renie nach außen, noch im Moment des drohenden Herzstillstands erfüllt von dem schmerzlichen Bewusstsein, dass !Xabbus Schulter- und Kopfdrehung – blitzschnell und doch auf jeden Fall zu spät – das Letzte war, was sie von ihm sehen würde. Da schloss sich etwas wie eine eiserne Schelle um ihr Handgelenk, und sie prallte mit solcher Wucht auf den Wegrand, dass es ihr den Atem verschlug. Ihre Beine strampelten frei über dem Nichts.

Bei dem hektischen Getümmel, das entstand, als ihre Gefährten ihr hastig beisprangen, erkannte Renie erst im Nachhinein, dass es Felix Jongleurs Hand gewesen war, die sie gepackt, sein drahtiger Körper, der sie am Abrutschen gehindert hatte, bis !Xabbu und Sam sie sicher über die Kante ziehen konnten.

Platt auf dem Bauch liegend, ein Rauschen und Prickeln im Kopf, als ob ihr Blut elektrischer Strom wäre, rang Renie darum, wieder Luft in die Lungen zu bekommen. Jongleur sah auf sie herab wie ein experimentierender Wissenschaftler auf eine sterbende Laborratte. »Ich bin mir nicht sicher, ob ich mir für einen der andern die Mühe gemacht hätte«, sagte er, drehte sich um und setzte seinen Weg fort.

Trotz des Schocks und der Übelkeit, die sie verspürte, war Renie zunächst einmal damit beschäftigt, sich darüber klar zu werden, was sie davon halten sollte.

Es gab keine Dunkelheit auf dem Berg, und die seltsamen Van-Gogh-Sterne, die während des Aufstiegs über ihnen gehangen hatten, erschienen nicht wieder. Dieser erste Marsch schien Wochen her zu sein, aber nach Renies Rechnung konnten keine achtundvierzig Stunden vergangen sein, seit sie und !Xabbu mit Martine und den anderen aus der Trojasimulation auf eben diesen Pfad expediert worden waren. Jetzt waren diese anderen fort – unauffindbar oder tot. Von der ganzen Schar, die Sellars seinerzeit versammelt hatte, waren nur noch drei übrig: !Xabbu, Sam und sie.

Der Weg den Berg hinauf war kurz gewesen, aber der Rückweg versprach sehr viel länger zu werden. Deprimiert darüber, dass die silberigen Wolken weit unter ihnen nicht näher zu kommen schienen, und zunehmend erschöpft hielten sie sich auf der Suche nach einem geeigneten Rastplatz viel länger auf den Beinen als eigentlich zu verantworten. Irgendwann hatte Renie das Gefühl, keinen Schritt mehr gehen zu können, und doch dauerte es noch eine Stunde, bis sie endlich an eine Einbuchtung in der Flanke des Berges kamen, einen mehrere Meter breiten und tiefen Knick im Weg, wo sie sich ein Stück vom Abgrund entfernt niederlassen konnten. Es war ein trostloser Lagerplatz, kein Essen, kein Wasser, nicht einmal Feuer, da !Xabbu nirgends etwas gesehen hatte, das als Brennmaterial zu verwenden gewesen wäre, aber schon die schlichte Möglichkeit, sich gefahrlos hinzulegen und zu schlafen, empfand Renie als mindestens so köstlich wie das beste Essen, das sie je verzehrt hatte. Nach ihrem Beinaheabsturz hatte ihr die Angst dermaßen im Nacken gesessen, dass sie sich nicht mehr außer Reichweite der Bergwand begeben hatte, und den letzten Teil des Weges über hatte sie sich an dem schwarzen Fels die Finger wund gescheuert, weil sie sich ständig vergewissern musste, dass sie auch wirklich ganz innen ging.

Renie schickte Sam nach hinten in die Felsnische, weil sie den Posten zwischen Jongleur und dem zerbrochenen Schwert, das Sam bei sich trug, beziehen wollte, und legte dann ihren Kopf an !Xabbus Schulter. Jongleur suchte sich einen Platz weiter vorn in der Spalte, wo er sich an den Fels lehnte und rasch einschlief, das Kinn auf die Brust gesenkt. Klement kauerte sich außen hin und blickte mit undurchdringlicher Miene auf den grauen Himmel.

Nach wenigen Sekunden war Renie eingeschlafen.

Schwankend stand sie hart an der Kante. Stephen, vage erkennbar, flog nur wenige Meter entfernt auf Luftströmungen, die sie nicht wahrnahm. Er tat so, als ob er Flügel hätte, doch trotz seiner Flatterbewegungen kam er nie so nahe, dass sie ihn hätte fassen können. Sie streckte den Arm so weit aus, wie sie konnte, und meinte ihn schon zu berühren, doch da sackte der Grund unter ihr ab, und sie stürzte in das hallende, leere Dunkel …

»… du da irgendwo? Kannst … hören? Renie?«

Mit einem Schreckenslaut erwachte sie aus dem Traum, doch der Wahn hörte nicht auf. Martines Stimme tönte aus Renies eigener Brust, als ob ihre Freundin irgendwie in ihrem Körper gefangen wäre. Eine ganze Weile konnte sie nur verdattert die schwarzen Steinwände und den schmalen Ausschnitt des grauen Himmels anstarren, ehe ihr einfiel, wo sie war.

Die Stimme summte abermals an ihrer Haut. !Xabbu setzte sich auf. Sam stierte sie schlaftrunken an. *»… kannst du …? Wir sind … Not!«*

»Das Feuerzeug!«, rief Renie. »Um Gottes willen!« Sie nestelte das Gerät aus dem Stoffstreifen, den sie über der Brust trug. »Es ist Martine. Sie lebt!« Doch noch ehe sie es ganz hochgehoben und so in das fahle Licht gedreht hatte, dass sie etwas erkennen und sich an die Sequenzen erinnern konnte, die sie seinerzeit herausgefunden hatten, sprang ein Schatten sie an und schlug ihr das Feuerzeug aus der Hand, so dass es klappernd in den hintersten Winkel der Nische flog. Vor ihr stand Felix Jongleur, die Fäuste geballt.

»Spinnst du oder was?«, schrie sie und krabbelte sofort auf Händen und Knien hinter dem Gerät her.

»… Antwort, Renie«, bat Martine. Renies Hand streckte sich nach dem Feuerzeug aus. *»Wir … Falle und haben …«*

»Wenn du versuchst, es zu aktivieren«, zischte Jongleur, »bringe ich dich um.«

Sam schoss in die Höhe, Orlandos zerbrochene Klinge gezückt. »Lass sie in Ruhe!«

Jongleur sah sie nicht einmal an. »Ich warne dich«, sagte er zu Renie. »Rühr es nicht an!«

Renie wusste nicht, was sie tun sollte. Jongleur hörte sich an, als würde er seine Drohung wahr machen, und sei es mit dem Schwertstumpf im Rücken. Dennoch beugte sie sich langsam zu dem Feuerzeug vor, spreizte die Finger. »Was ist denn in dich gefahren?«, murrte sie. »Das sind unsere Freunde …«

»Martine! Bist … Süße?«, meldete sich da jemand anders, eine schrecklich bekannte Stimme. Obwohl das Signal stärker war als Martines, ging es ebenfalls ständig an und aus. *»Ich hab dich richtig … noch andere von meinen … dir?«*

Renie zog hastig die Hand zurück, als ob das Feuerzeug auf einmal weiß glühend geworden wäre.

»Ich bin zurzeit leider … Schnucki, aber ich schick … holen werden. Rührt euch … Stelle! Sie … Minuten da sein. Oder … gern fliehen – es … nichts nützen.«

Dreads brummendes Lachen füllte die kleine Nische. »Er ist hinter ihnen her!«, schrie Renie beinahe. »Wir müssen ihnen helfen!«

Jongleurs Finger krampften sich wieder zur Faust zusammen. »Nein.«

Nachdem zehn Sekunden in angespanntem Schweigen vergangen waren, griff Renie nach dem Gerät und hob es auf. Es war jetzt kalt und stumm, ein totes Ding. »Das sind unsere Freunde«, sagte sie hitzig, aber Jongleur war bereits an die Öffnung der Felsspalte zurückgetreten. !Xabbu und Sam starrten ihn an, als ob ihm plötzlich Hörner und Schwanz gewachsen wären. Nur Klement hatte sich nicht von der Stelle gerührt und saß weiter still an der Wand.

»Diese Leute haben sich soeben auf einem ungeschützten Kommunikationsband zu erkennen gegeben«, erklärte Jongleur. »Sie haben über den gesamten Gralskanal ihre Hilflosigkeit mitgeteilt, ganz zu schweigen von ihrer Position. Aber sie sind nicht die Einzigen mit Zugriff auf diesen Kanal, wie ihr auch gehört habt. Wenn du ihm meine Position verraten hättest, hätte ich dich auf der Stelle umgebracht.«

Renie blickte ihn hasserfüllt an, aber seine rücksichtslose Entschlossenheit hatte sie eingeschüchtert. »Und wieso sollte uns das scheren? Du bist es, den er haben will.«

»Umso mehr Grund, dass ihr mich nicht ans Messer liefert.«

»Tatsächlich?« Sie schämte sich jetzt für ihre Feigheit. »Du nimmst den Mund sehr voll, aber wir sind zu dritt, und du bist allein, es sei denn, du rechnest mit Hilfe von deinem schwachsinnigen Kumpan. Und was Dread anbelangt, so stellt er für uns keine größere Bedrohung dar als du – eher eine kleinere, denn schließlich ist er bloß ein gewöhnlicher Psychopath.«

»Ein gewöhnlicher Psychopath?« Jongleur zog eine Augenbraue

hoch. »Du hast ja keine Ahnung. Mit seinen bloßen Händen als einziger Waffe wäre John Dread einer der gefährlichsten Menschen der Welt, und jetzt steht ihm die Macht meines gesamten Systems zur Verfügung.«

»Von mir aus. Dann ist er eben gefährlich und spielt jetzt den kleinen Obergötzen des Otherlandnetzwerks. Wen interessiert's?« Renie richtete einen zitternden Finger auf ihn. »Du und deine egomanischen alten Spießgesellen, ihr seid über Kinderleichen gegangen, um ewig zu leben, um euch das teuerste Spielzeug in der gesamten Weltgeschichte zu bauen. Ich hoffe, dein Freund Dread lässt tatsächlich das ganze Ding in Flammen aufgehen, selbst wenn wir mit dran glauben müssen. Hauptsache, die Welt ist ein für allemal von dir befreit.«

Jongleur fixierte sie scharf, dann fasste er !Xabbu und Sam ins Auge. Das Mädchen stieß einen leisen Fluch aus und wandte sich ab, aber !Xabbu hielt Jongleurs Blick mit unbewegter Miene, bis der ältere Mann sich wieder Renie zudrehte.

»Sei still, dann will ich dir etwas erzählen«, sagte er. »Ich hatte ein Environment für mich persönlich gebaut. Was es war, spielt keine Rolle, aber es war ausschließlich für mich da, abgetrennt vom Gralssystem. Es war mein Erholungsort, wenn mir die Lasten und Sorgen dieses Projekts zu viel wurden. Ein System ohne jede Verbindung zur Gralsmatrix, ein sogenanntes dediziertes System, falls du den Ausdruck kennst.«

»Ich weiß, was das ist«, sagte Renie verächtlich. »Worauf willst du hinaus?«

»Auf Folgendes. Niemand außer mir hatte Zugang zu diesem virtuellen Environment. Aber eines Tages, vor gar nicht langer Zeit, musste ich feststellen, dass sich doch jemand Zugang verschafft und es infiziert hatte. Was ich geschaffen hatte, war ruiniert. Ich kam erst nach langer Überlegung darauf, dass der Andere selbst in dieses dedizierte System eingedrungen war – wozu er eigentlich nicht hätte imstande sein dürfen.«

Er machte eine Pause. Renie wusste mit der Geschichte nichts anzufangen. »Und?«

Jongleur schüttelte mit gespielter Enttäuschung den Kopf. Ein Funkeln in seinen Augen verriet Renie, dass der Widerling sich auf eine perverse Art amüsierte. »Ich habe dich schon wieder überschätzt, wie ich sehe. Na schön, ich will's dir erklären. Eingriff in dieses Environment kann der Andere nur über mein Privatsystem genommen haben, das heißt, er muss den Schlüssel dazu aus meinem Haussystem gestohlen oder sonst wie unter seine Kontrolle gebracht haben. Aus meinem *persönlichen* System, nicht aus dem Gralsnetzwerk. Und jetzt ist der Andere in der Gewalt von John Dread.«

Ein unheimliches Gefühl beschlich Renie. »Das ... das heißt, der Andere ... ist nicht mehr auf das Gralssystem beschränkt.«

Jongleurs hämisches Lächeln verzog seine Lippen, aber mehr nicht. »Korrekt. Wenn ihr euch noch mal überlegen wollt, auf welche Seite ihr euch schlagt, solltet ihr Folgendes mit bedenken. Weit davon entfernt, ein gewöhnlicher Psychopath zu sein, hat Dread nicht nur die Kontrolle über das gewaltigste und komplexeste Betriebssystem, das jemals entwickelt wurde, sondern diesem Systemgeist ist es mittlerweile gelungen, aus der Gralsprojektflasche in mein Hausnetzwerk zu entweichen. Was bedeutet, dass der Andere – und damit Dread als lenkende Kraft – seinen Einfluss auf das gesamte globale Netz ausdehnen kann.«

Er trat aus der Felsspalte auf den Pfad und wandte sich bergabwärts, blieb aber noch einmal stehen.

»Der Schaden, den Dread hier anrichten kann, ist nichts im Vergleich zu dem, was er tun wird, wenn er seine neuen Machtmöglichkeiten entdeckt.« Jongleur breitete die Arme aus. »Stellt euch das nur einmal vor. Die ganze Welt wird seinen Befehlen gehorchen – Flugsicherung, Kernindustrien, Arsenale biologischer Waffen, Raketenabschussbasen. Und wie ihr bereits festgestellt habt, ist Johnny Dread ein sehr, sehr zorniger junger Mann.«

Kapitel 2
DIE HÖHLE DES LÖWEN

NETFEED/NACHRICHTEN:
Sekte gegen Marker-Gen für ihren Messias
(Bild: Zentrale der Astralen Weisheit in Quito, Ecuador)
Off-Stimme: Die religiöse Sekte, die sich "Astrale Weisheit" nennt, will vor Gericht eine Ausnahme von den UN-Bestimmungen für Marker-Gene in menschlichen Klonen erstreiten. Die Glaubensgemeinschaft beabsichtigt, ihren verstorbenen Führer Leonardo Rivas Maldonado in geklonter Form zu neuem Leben zu erwecken, behauptet jedoch, die Marker-Gene, welche die UN zur Unterscheidung der Klone von den Originalen zwingend vorschreiben, verletzten ihre religiösen Rechte.
(Bild: Maria Rocafuerte, Sprecherin der Astralen Weisheit)
Rocafuerte: "Wie können wir unsern liebreichen Meister in einem Körper wiedererschaffen, der von einem nicht zu ihm gehörigen Gen verunreinigt ist? Wir versuchen, das Gefäß der Lebendigen Weisheit neu hervorzubringen, damit wir in diesen letzten Tagen der Welt eine Führung haben, aber die Behörden verlangen, dass wir dieses Gefäß nach religionsfeindlichen Zwangsbestimmungen verändern."

> *Das ist ganz schlimm, das ist ganz schlimm,* war das Einzige, was Christabel denken konnte.

Das Armeefahrzeug holperte auf den Bürgersteig und hielt vor der Einfahrt an, damit der Soldat, der am Steuer saß, irgendetwas mit dem großen Metallkasten dort machen konnte. Eine Frau in Badeanzug und Morgenmantel, die gerade einen Kinderwagen an dem Gebäude vorbeischob, versuchte, durch die Fenster des Fahrzeugs hineinzulugen, aber allem Anschein nach konnte sie Christabel durch die Scheibe gar nicht sehen. Nach ein paar Sekunden gab die Frau es auf. Der Wagen rollte die Rampe hinunter ins Dunkel.

Christabel merkte, dass sie einen Laut von sich gegeben haben musste, denn ihr Papi beugte sich zu ihr hinüber und sagte: »Es ist nur eine Garage, Liebes. Hab keine Angst. Nur die Garage von einem Hotel.«

Sie waren für ihr Gefühl ziemlich lange gefahren, aus der Stadt hinaus in eine Gegend, wo es mehr Hügel als Häuser gab. Deshalb hatte sie das Hotel schon eine ganze Weile vorher gesehen – ein großes, breites, weißes Gebäude, das hoch in die Luft emporragte, mit wehenden Fahnen vor dem Eingang. Es sah richtig freundlich aus, aber Christabel war dennoch mulmig zumute.

Der jüngere Soldat, der ihnen gegenüber saß, sah Christabel an, und einen Augenblick lang dachte sie, er werde etwas sagen, vielleicht etwas Nettes, doch dann wurde sein Mund hart und schmal, und er blickte zur Seite. Captain Parkins, der ebenfalls gegenüber saß, machte ein leidendes Gesicht, als ob er Bauchschmerzen hätte.

Wo ist Mami? fragte sie sich. *Warum ist sie mit unserm Van weggefahren? Warum hat sie nicht auf uns gewartet?*

Damit das mit Herrn Sellars geheim bleibt, begriff Christabel plötzlich. Dass ihr Papi und ihre Mami – und dieser Herr Ramsey, der auf einmal dazugekommen war – jetzt über ihn Bescheid wussten, hieß noch lange nicht, dass das für alle anderen auch galt.

Und als der Wagen endgültig anhielt, wurde ihr noch etwas klar, das sie vorher gar nicht bedacht hatte. *Das heißt, Captain Parkins weiß auch nichts von Herrn Sellars, davon, dass er mit uns und mit diesem grässlichen Jungen im Wagen gefahren ist. Keiner der Armeemänner weiß etwas davon. Deshalb sagt Papi ständig, dass ich mit niemand reden soll.*

Sie musste die Luft anhalten, weil das Herzflattern auf einmal ganz doll wurde. Sie hatte das nicht verstanden. Sie hatte gedacht, dass Papi Captain Parkins böse war, weil der ihm das Wegfahren von der Arbeit nicht gönnte. Jetzt wusste sie, dass er ihm gar nicht böse war, sondern dass er ein Geheimnis hatte. Ein Geheimnis, das sie verraten hätte, wenn einer der Armeemänner sie gefragt hätte.

»Alles in Ordnung, Liebes?«, fragte ihr Vater. Die Wagentüren zischten auf, und einer der Soldaten sprang hinaus. »Lass dir beim Aussteigen von dem Mann helfen.«

Herr Ramsey beugte sich an ihr Ohr. »Ich bin dicht hinter dir, Christabel. Dein Papi und ich werden dafür sorgen, dass nichts passiert.«

Aber Christabel war dabei, etwas Unheimliches über Erwachsene zu lernen. Manchmal sagten sie, alles würde gut werden, dabei wussten sie gar nicht, ob alles gut werden würde. Sie sagten es einfach. Obwohl in Wirklichkeit schlimme Sachen passieren konnten, sogar kleinen Kindern.

Vor allem kleinen Kindern.

»Sehr praktisch«, sagte Captain Parkins, als die Tür in der Garagenwand aufglitt, aber er hörte sich nicht vergnügt an. »Unser Privatfahrstuhl in die Höhle des Löwen.«

Eine Höhle? Von einem Löwen? Christabel fing an zu weinen. In der Schule hatten sie letztens erst die Geschichte von Daniel in der Löwengrube besprochen. Der Kurzfilm, den sie dazu im SchulNetz geguckt hatten, war zwar nicht sehr blutig gewesen, erst am Schluss ein bisschen, aber vor der dunklen Grube mit der gefährlichen Bestie drin hatte ihr schrecklich gegraust, und auch wenn Daniel heil davongekommen war, glaubte sie nicht, dass sie das genauso fertig bringen würde. Sie würde vor Schreck sterben, wenn sie den Löwen nur sah.

Ihr Vater legte ihr die Hand auf den Hinterkopf und wuschelte ihre Haare. »Du musst nicht weinen, Schätzchen. Es wird bestimmt alles gut. Ron, muss sie wirklich mitkommen? Können wir das hier nicht verschieben, bis ich ihre Mutter erreicht habe oder jemanden, der sie hinbringen kann?«

Christabel klammerte sich fest an die Hand ihres Papis. Captain Parkins zog langsam die Schultern hoch und ließ sie schwer wieder fallen. »Ich hab meine Befehle, Mike.«

Mit ihr, ihrem Vater, Herrn Ramsey, Captain Parkins und den beiden anderen Soldaten war es eng und heiß im Aufzug, aber trotzdem wollte Christabel nicht, dass die Fahrt nach oben aufhörte, wollte nicht wissen, wie eine Löwenhöhle aussah, nicht einmal in so einem schicken Gebäude. Als die Tür ping machte und aufging, fing sie wieder an zu weinen.

Der Raum dahinter war völlig anders, als sie erwartet hatte, überhaupt nicht dunkel und feucht und unheimlich wie in dem SchulNetz-Film über Daniel. Captain Parkins hatte vorher das Gebäude als Hotel bezeichnet, und genauso sah es aus, wie ein riesengroßes Hotelzimmer, weitläufig wie ihr Rasen daheim vor dem Haus, mit einem hellblauen Teppichboden, drei Couchen und Tischen und einer totalen Bildschirmwand an einer Seite, einer Küche am anderen Ende und Türen in den übrigen Wänden. Auf einem der Tische stand sogar eine Blumenvase. Das Einzige, was genauso schlimm war, wie sie es sich gedacht hatte, war der Schrank von einem Mann mit dunkler Brille, der an der Tür auf sie wartete. Ein anderer Mann, der ziemlich genauso aussah, saß auf einer der Couchen und erhob sich jetzt. Sie hatten beide komische schwarze Anzüge an, hauteng und ein bisschen glänzig, und beide hatten so Dinger um Brust und Hüften geschnallt, die Schusswaffen zu sein schienen oder noch schlimmere Sachen, komplizierter und gruseliger.

»Ausweis«, sagte der Mann an der Tür mit schleppendem Tonfall.

»Und wer zum Teufel bist du?«, wollte Captain Parkins wissen. Zum ersten Mal sah seine Leidensmiene nach etwas Anderem aus, nach Zorn oder vielleicht sogar nach Angst.

»Ausweis«, wiederholte der Schrank mit der Vollsichtbrille unbeeindruckt, als wäre er eine der Schaufensterreklamen im Seawall Center. Die zu Captain Parkins gehörenden Soldaten veränderten leicht die Haltung. Christabel sah, dass der eine die Hand sinken ließ, dorthin wo seine Waffe steckte. Ihr Herz begann ganz, ganz schnell zu schlagen.

»Immer langsam«, sagte ihr Papi, »wir sollten hier nicht …«

Eine der Türen am hinteren Ende des großen Raumes ging auf. Ein Mann mit Schnurrbart und kurzen grauen Haaren kam heraus. Christabel konnte erkennen, dass hinter ihm noch einmal so ein großer Raum war, mit einem Bett, einem Schreibtisch und einem breiten Fenster, dessen Vorhänge zugezogen waren. Der Mann trug einen Bademantel und einen gestreiften Pyjama. Er rauchte eine Zigarre. Im ersten Moment dachte Christabel, sie hätte ihn schon mal im Netz gesehen, weil er ihr selbst in dem ulkigen Aufzug so bekannt vorkam.

»In Ordnung, Doyle«, sagte der Mann mit dem Schnurrbart. »Ich kenne Captain Parkins. Und Major Sorensen auch, o ja!«

Der erste Mann im schwarzen Glänzianzug schritt durch das Zimmer zur nächsten Couch. Er und der andere setzten sich zusammen hin, ohne ein Wort zu sagen, aber etwas an ihnen ließ Christabel an einen Kettenhund denken, der sich schlafend stellte, bis ein Kind nahe genug kam, dass er es anspringen konnte.

»Und ich erinnere mich sogar an *dich,* Herzchen.« Der Mann mit dem Schnurrbart beugte sich lächelnd vor und tätschelte Christabel den Kopf. Da fiel er ihr wieder ein, der braun gebrannte Mann im Büro ihres Papis. »Was machst du denn hier, Kleines?« Die Hand ihres Vaters schloss sich fester um ihre, damit sie sich nicht von ihm losmachte, aber auch, damit sie nichts sagte.

Immer noch lächelnd richtete der Mann sich auf, doch als er weiterredete, war seine Stimme kalt, als ob jemand den Gefrierschrank aufgemacht hätte und Christabel jetzt der Eishauch ins Gesicht wehte. »Was macht dieses Kind hier, Parkins?«

»Ver-Verzeihung, General.« Captain Parkins hatte Schweißflecken in den Achselhöhlen, die größer geworden waren, seit sie den Fahrstuhl verlassen hatten. »Es war eine schwierige Situation – die Mutter des Mädchens war gerade einkaufen gefahren und nicht auffindbar, und da du gesagt hattest, es sollte informell sein ...«

Der General lachte schnaubend. »Sicher, informell. Aber von einem gottverdammten Familienausflug war nicht die Rede, oder? Was denkst du dir – dass wir hier mit Vater und Tochter Sackhüpfen veranstalten? Hmmm? Captain Parkins, bist du der Meinung, dass das hier ein Picknick im Grünen werden soll?«

»Nein, Sir.«

Herr Ramsey räusperte sich. »General ... Yacoubian?«

Der Angesprochene drehte langsam den Blick in seine Richtung. »Und weißt du was?«, sagte er mit eisiger Ruhe. »Dich, Bürger, kenne ich definitiv *nicht.* Wie wär's, wenn du gleich wieder in den Fahrstuhl abdackelst und aus meiner Suite verschwindest?«

»Ich bin Anwalt, General. Major Sorensen ist mein Mandant.«

»Tatsächlich? Das höre ich zum ersten Mal, dass ein Offizier einen Rechtsvertreter zu einem zwanglosen Gespräch mit einem Vorgesetzten mitbringt.«

Diesmal war es Ramsey, der lächelte, wenn auch nur leicht. »Du definierst das Wort ›zwanglos‹ offenbar recht frei, General.«

»Ich bin Brigadegeneral, Freundchen. *Ich* sage, wie etwas ist, und dann ist es auch so. Merk dir das!« Er wandte sich Parkins zu. »Gut,

Captain, deine Aufgabe ist erfüllt. Du kannst deine Männer nehmen und abschieben – ihr werdet ja wohl noch was Anderes zu tun haben. Ich übernehme jetzt den Fall.«

»Sir?« Captain Parkins wirkte verwirrt. »Aber meine Männer, Sir … du sagtest, ich soll zwei MPs mitbringen …«

»Meinst du, Doyle und Pilger könnten nicht mit jeder Situation fertig werden, die hier auftreten könnte?« Der General schüttelte den Kopf. »Diese Jungs verfügen über mehr Feuerstärke als ein ganzer Kampfhubschrauber.«

»Gehören sie auch der US Army an, General?«, schaltete sich Ramsey wieder ein. »Nur fürs Protokoll?«

»Stell keine Fragen, Anwalt, und du kriegst keine Lügen zur Antwort«, versetzte der General mit einem leisen Lachen.

Die Hand ihres Papis zitterte auf Christabels Schulter, und das machte ihr beinahe mehr Angst als alles andere, was an diesem Tag passiert war. Endlich meldete auch er sich zu Wort. »General, es gibt wirklich keinen Grund, meine Tochter oder Herrn Ramsey in diese Sache hineinzuziehen …«

»Mike«, sagte Ramsey, »gib um Gottes willen nicht deine Rechte preis …«

»… darum bitte ich dich, sie einfach gehen zu lassen«, fuhr ihr Vater fort, ohne ihn zu beachten. »Du kannst sie ja Captain Parkins mitgeben, wenn du willst.«

Der General schüttelte den Kopf. Sein Gesicht war sehr braun und sein Schnurrbart klein und adrett, aber er hatte so etwas Runzliges um die Augen, das Christabel an Bilder vom Weihnachtsmann erinnerte. Doch sie fand, dass er mehr wie ein umgekehrter Weihnachtsmann war, wie einer, der keine Geschenke bringt, wenn er durch den Schornstein kommt, sondern stattdessen kleine Jungen und Mädchen in seinem großen Sack mitnimmt. »Den Teufel werde ich tun«, erwiderte er. »Es interessiert mich sehr zu erfahren, was alle zu erzählen haben – auch das kleine Mädchen. Okay, Captain Parkins, du kannst dich mit deinen Männern verdrücken. Wir andern haben so dies und das zu besprechen.« Er beugte sich vor und drückte den goldenen Fahrstuhlknopf in seinem Täfelchen auf der Tapete.

»Wenn es dir nichts ausmacht, Sir«, sagte Captain Parkins nach kurzem Zögern, »bleibe ich da. Wenn dann Major Sorensen oder seine

Tochter irgendwo hingebracht werden müssen, bin ich sofort verfügbar. Mike ist ein Freund von mir, Sir.« Er drehte sich rasch zu den beiden Soldaten um, die zwar sehr große Augen bekommen, aber bisher keinen Ton von sich gegeben hatten. »Du und Gentry, ihr geht runter und wartet im Wagen. Falls ich euch nicht mehr brauche, rufe ich kurz durch und sage Bescheid, dass ihr zum Stützpunkt zurückfahren könnt.«

Die Tür zischte auf. Einen Moment lang wechselten alle nur Blicke, die Soldaten, die Männer in Schwarz auf der Couch, Captain Parkins und Ramsey und ihr Papi und der General. Dann lächelte der General wieder. »Gut. Ihr habt gehört, was der Captain gesagt hat, Jungs.« Er winkte die Soldaten in den Fahrstuhl. Sie guckten immer noch entgeistert, während die Tür zuglitt. Christabel wusste nicht, warum, aber als sie die jungen Soldaten mit ihren glänzenden Helmen verschwinden sah, war ihr zumute wie am ersten Tag im Kindergarten, als ihre Mami sie schließlich allein gelassen hatte. Sie drückte wieder fest die Hand ihres Vaters.

»Macht es euch gemütlich«, sagte der General leutselig. »Ich muss noch eine ziemlich wichtige Konferenz zu Ende bringen, aber in ungefähr einer halben Stunde ist das erledigt, und dann werden wir alle einen ausgiebigen Schwatz halten.« Er wandte sich den beiden Männern in Schwarz zu. »Sorgt dafür, dass es unsern Gästen an nichts fehlt. Und dass sie unsere Gäste bleiben, bis ich wieder offline bin. Aber gütlich. Gütlich.«

Und damit schritt er auf das hintere Zimmer zu.

»General Yacoubian, Sir«, sagte Christabels Papi. »Ich möchte dich noch einmal fragen, ob meine Tochter und Herr Ramsey nicht vielleicht doch gehen können. Es wäre sehr viel einfacher für alle Beteiligten ...«

Der General drehte sich um, und Christabel hatte den Eindruck, dass seine Augen hell und scharf waren wie bei einem Vogel. »Einfacher? An *mir* ist es nicht, hier irgendwas einfacher zu machen, Sorensen. *Ich* bin es nicht, der hier Fragen beantworten muss.« Er ging weiter, blieb stehen und drehte sich abermals um. »Jemand namens Duncan aus deinem Büro hat mir nämlich einen Antrag auf Laborarbeit übermittelt. So was hätte ich eigentlich automatisch bekommen müssen, aber aus irgendeinem Grund hast du ihn mir vorenthalten. Sehr interessante Lektüre, das muss ich sagen. Wissenschaftliche Analyse einer

Brille, von dir in Auftrag gegeben. Eine überaus bemerkenswerte Brille übrigens. Na, klingelt's bei dir?«

Captain Parkins schaute völlig verdattert drein, aber Christabels Papi wurde so blass, als würde ihm sämtliches Blut abgezapft.

»Also spuckt keine großen Töne und bleibt hübsch still sitzen, bis ich für euch Zeit habe.« Der General lächelte ein letztes Mal. »Du kannst auch ein Gebet sprechen, falls du eines kennst.« Damit trat er endgültig in das Nebenzimmer und schloss die Tür.

Ein langes Schweigen folgte. Schließlich sagte einer der schwarzgekleideten Männer, der namens Pilger: »Wenn das Kind Hunger hat, da drüben in der Minibar gibt's Erdnüsse und Schokolade.« Dann wanderte sein Blick wieder zur Bildschirmwand zurück.

> *Eine Sache ist,* sagte sich Dulcy, *dass ich ihn im Grunde gar nicht kenne.*

Sie guckte sich die üblichen Verwaltungsebenen von Dreads System an, die in einem ähnlichen Stil gehalten waren wie seine Inneneinrichtung, spartanisch und farblos. Während ihr eigenes System nur so strotzte von überall herumfliegenden Notizen und unfertigen Projekten, dazu von massenhaft abstrusem Programmierkram – alles Mögliche von längst veralteten Dienstprogrammen und Codeknackern, die sie nur für den Fall aufbewahrte, dass sie je wieder an ein entsprechendes System geriet, bis hin zu interessanten algorithmischen Darstellungen, die ihr in erster Linie eine ästhetische Befriedigung verschafften –, gab es bei Dread keinerlei Unordnung, nichts, was nicht absolut notwendig war, nichts, was den geringsten Hinweis auf seine Persönlichkeit gab.

Er ist hypervorsichtig. Einer von diesen analen Klemmtypen. Rollt wahrscheinlich alle seine Strümpfe auf die gleiche Art zusammen. Sie dagegen war ihre ganze Kindheit über der aggressiven Unkonventionalität ihrer Mutter ausgesetzt gewesen – morgens hatte die kleine Dulcinea Anwin für gewöhnlich nicht nur Teller mit vergammelnden Essenresten von der Dinnerparty des Vorabends wegräumen müssen, bevor sie sich auf der Küchentheke ihr Frühstück richten konnte, sondern hatte auch noch eine Runde durchs Haus gemacht, um die brennen gelassenen Kerzen auszupusten und Gäste vor die Tür zu setzen, die an den unmöglichsten Orten eingeschlafen waren. Bei der Erinnerung daran wollte es ihr scheinen, als wäre ein strenger Ordnungssinn nicht die schlechteste Eigenschaft, die ein Mann haben konnte.

Nachdem sie das Haussystem ihres Projekts durchgecheckt und sich vergewissert hatte, dass es selbst mit den extremen Anforderungen, die Dread zurzeit daran stellte, hervorragend fertig wurde, wollte sie gerade Dateien über einige Besonderheiten ihrer Expedition in das Gralssystem zur späteren näheren Betrachtung anlegen, als sie auf etwas Merkwürdiges stieß.

Es war eine Partition in Dreads eigenem System, eine Ausgliederung von Daten, aber das war nicht das Ungewöhnliche daran. Alle Systeme wurden aus Organisationsgründen unterteilt, und die meisten Leute, die viel direkt online arbeiteten, gestalteten ihre Systemenvironments genauso nach ihren individuellen Wünschen, wie sie ihre RL-Häuser einrichteten. Was sie von Dreads Ordnung gesehen hatte, war dagegen so unpersönlich, dass es sie beinahe beunruhigte: Zum Beispiel hatte er niemals eine der vorgegebenen Einstellungen, Namen oder Infrastrukturen des originalen Systempakets geändert. Es war ein bisschen so, als merkte man eines Tages, dass die Bilder auf dem Schreibtisch des Vorgesetzten noch die lächelnden Werbegesichter waren, die mit dem Rahmen verkauft worden waren. Nein, es war in keiner Weise ungewöhnlich, dass man seinen Speicher partitionierte. Aber das Interessante an dieser Partition war, dass sie unsichtbar war beziehungsweise sein sollte. Sie überprüfte die Verzeichnisse, aber es gab keinen Eintrag für den ziemlich umfangreichen geschützten Bereich, über den sie zufällig gestolpert war.

Eine kleine Geheimtür, dachte sie. *Hallo, Mister Dread, du hast ja doch ein paar Sachen, die du gern für dich behalten würdest!*

Es war irgendwie niedlich, wie wenn ein kleiner Junge sein Baumhaus versteckte. Für Mädchen verboten! Aber natürlich war Dread bei diesen Sachen ein Stümper und Dulcy ein Mädchen, vor dem sich nur außerordentlich schwer etwas verstecken ließ.

Sie zögerte, wenn auch nicht sehr lange, um sich davon zu überzeugen, dass sie es lassen sollte, dass ihr Boss nicht nur ein Recht auf sein Privatleben hatte, sondern zudem ein Mann war, der reichlich gefährliche Sachen für gefährliche Leute machte, Leute, denen ihre Sicherheit außerordentlich wichtig war. Aber Dulcy (die in solchen Streitgesprächen mit sich selbst fast immer den Kürzeren zog) fand die Vorstellung leider eher stimulierend als abschreckend. Bewegte sie sich nicht selber in gefährlichen Kreisen? Hatte sie nicht vor wenigen Wochen erst einen Mann erschossen? Die Tatsache, dass sie regelmäßig Albträume deswegen hatte und jetzt wünschte, sie hätte eine Ausrede erfunden, um sich davor zu drücken – defekte Waffe, verriegeltes Türschloss, epileptischer Anfall –, bedeutete keineswegs, dass sie auf einmal mit den großen Jungs nicht mehr mithalten konnte.

Außerdem, sagte sie sich, *ist es spannend, mal einen Blick hinter die Kulissen zu werfen. Zu sehen, womit er sich wirklich beschäftigt. Klar, kann sein, dass es bloß seine Konten sind. Wer ein solcher Pingel ist, dürfte es auch ziemlich genau damit nehmen, seine doppelte Buchführung zu vertuschen.*

Aber das kleine bisschen Schnüffelarbeit, das sie sich gestattete, brachte nicht einmal ein Schlüsselloch zutage, von einem Schlüssel ganz zu schweigen. Falls es hinter der Tür irgendetwas Interessantes gab, würde sie es nicht so leicht herausfinden. Mit dem leisen Schamgefühl, das sie als junges Mädchen beim Durchstöbern der Schreibtischschubladen ihrer Mutter immer gehabt hatte, beseitigte sie alle Spuren ihrer Nachforschungen und ging aus dem System heraus.

Das Geheimfach ihres Auftraggebers piesackte sie eine halbe Stunde später immer noch, als sie vor seinem schlafenden Körper stand, der sich wie ein dunkler Edelstein in die weiße Polsterung des Komabettes schmiegte.

Es stimmt, ich weiß eigentlich gar nichts über ihn, dachte sie, während sie die schwerlidrigen Augen betrachtete, die winzigen Bewegungen der Iris zwischen den schwarzen Wimpern. *Na ja, ich weiß, dass er nicht gerade der ausgeglichenste Mensch der Welt ist.* Es war schwer, seine gelegentlichen Wutausbrüche zu vergessen. *Aber er hat noch eine andere Seite, ruhig, wissend. Wie eine große Raubkatze oder ein Wolf.* Dreads geballte Energie wirkte nicht ganz zivilisiert, da drängten sich einem Tiervergleiche auf.

Sie beobachtete gerade, wie seine kakaofarbene Haut den grellen Schein der Deckenbeleuchtung abtönte, als Dreads Augen urplötzlich aufgingen.

»Hallo, Süße«, sagte er grinsend. »Bisschen nervös heute, was?«

»Liebe Güte …!« Ihr blieb fast der Atem weg. »Du hättest mich vorher warnen können. Du hast dich fast vierundzwanzig Stunden nicht mehr gemeldet.«

»Viel zu tun«, sagte er. »Ziemlich was los.« Sein Grinsen wurde breiter. »Aber jetzt werde ich dir ein bisschen was zeigen. Komm zu mir.«

Es dauerte etwas, bis sie verstand, dass das keine Einladung war, zu ihm ins Komabett zu steigen – ein unangenehmer Gedanke, auch wenn die Gefühle, die der Mann in ihr auslöste, weniger ambivalent gewesen wären. Das leise Summen der Motoren und die ständige langsame Bewegung der Liegefläche ließen sie an ein Meerestier denken, vielleicht eine Auster ohne Schale. »Du meinst … im Netzwerk?«

»Klar, im Netzwerk. Du bist ein bisschen schwer von Kapee heute, Anwin.«

»Bloß ein paar Tausend Dinge zu tun, sonst nichts, und nur zwei Stunden geschlafen.« Sie bemühte sich um einen unbekümmerten Ton, aber dieses locker flockige Teenagergefrotzel ging ihr langsam auf die Nerven. »Was soll ich tun …?«

»Du gehst rein wie ich und gleich auf volle Immersion, du wirst sie brauchen. Wenn du an den ersten Check kommst, ist dein Passwort ›Nuba‹. N-U-B-A. Mehr nicht.«

»Was bedeutet das?«

Er schmunzelte wieder. »Das ist eins von unsern Aboworten, Süße. Kommt aus dem Norden, von Melville Island.«

»Und, ist es ein Schimpfwort oder so was?«

»Nein, nein.« Er schloss die Augen, als wäre er schon am Wegträumen.

»Einfach der Ausdruck für eine unverheiratete Frau. Das bist du doch, oder?« Er kicherte still belustigt vor sich hin. »Wir sehen uns, wenn du kommst.« Er erschlaffte sichtlich und sank in das System zurück wie ein ins Wasser eintauchender Schwimmer.

Sie merkte erst nach einer ganzen Weile, dass sie von dem Schreck seines plötzlichen Erwachens immer noch ein wenig zitterte. *Als ob er mich beobachtet,* dachte sie. *Als ob er hinter mir steht, mich beobachtet und auf einen günstigen Moment wartet, »buh!«, zu machen. Der Mistkerl.*

Sie goss sich ein Glas Wein ein und trank es in zwei Zügen aus, bevor sie sich mit eingestecktem Faserkabel auf die Couch legte.

Dulcy hatte das Codewort kaum ausgesprochen, als das Nichts der ersten Systemebene schon abrupt Farbe und Tiefe gewann. Das Licht war im ersten Moment so blendend hell, dass sie sich fragte, ob sie direkt in die Sonne guckte. Dann schwang das mächtige Bronzetor vor ihr auf, und sie trat ein in das dunkle Innere.

Die Dunkelheit war nicht vollkommen: Ganz am hinteren Ende des Ganges waberte ein schwacher Schein, und sie ging darauf zu. Ein dumpfes Murmeln tönte ihr entgegen, ruhig und tief wie ein Ozean, der an einem Kieselstrand ausläuft. Als das Licht heller wurde und sie den großen Saal dahinter wahrnahm, einen düsteren Raum voll dicht gedrängter runder Gestalten, ähnlich einem Feld in die Erde eingesunkener Megalithen, konnte sie sich des Gefühls nicht erwehren, in einen Traum hineingeraten zu sein. Ein Blick auf ihre nackten Beine und Füße, mit kräftigen Muskeln und dicken Ballen vom jahrelangen Tanzunterricht, sprach dagegen. Wer sah schon jemals im Traum seine eigenen Füße? Auch die Hände waren deutlich ihre eigenen, die Sommersprossen an den langen Fingern waren selbst in dem trüben Licht nicht zu übersehen.

Es ist ein Sim von ... mir, begriff sie, während sie den großen Saal betrat. Das Stimmengemurmel um sie herum schwoll an. Auf dem Fußboden des kolossalen Raumes knieten tausend Menschen, vielleicht mehr, deren rhythmische, geflüsterte Psalmodie zur hohen Decke aufstieg. Öllampen brannten in Nischen an den Wänden und erzeugten mit ihrem Geflacker einen Effekt wie aus den Anfangstagen der Filmtechnik. Zwischen den vorgebeugten Gestalten zog sich eine breite Lücke über den bleichen Marmor; keiner der Kauernden blickte auf, als Dulcy an ihnen vorbeiging.

Am hinteren Ende des Saales thronte eine stille, regungslose Figur auf einem Hochsitz wie eine Statue in einem heidnischen Tempel, ein langes, silbernes Szepter fest in der Hand. Die Erscheinung war übermannsgroß und hatte zwar einen menschlichen Körper, aber eine Haut, die tiefschwarz war und wie eine chinesische Lackarbeit glänzte. Auf dem Hals saß ein hundeartiger Kopf mit langer Schnauze und spitzen Ohren.

Als sie den Hochsitz fast erreicht hatte, verstummten die flüsternden Stimmen. Das Hundewesen hatte den Kopf gesenkt, die Augen geschlossen wie im Schlaf und die Schnauze auf den mächtigen Brustkasten gelegt, so dass sie schon dachte, es wäre tatsächlich eine Statue, als unvermittelt die großen gelben Augen aufklappten.

Gleichzeitig brüllten sämtliche knienden Gestalten wie aus einer Kehle: *»Hallöchen, Dulcy!«* Das tausendstimmige Echo donnerte durch den Saal und übertönte ihren erschrockenen Aufschrei. *»Verdammt hübsch siehst du heute aus«,* fügten sie hinzu, laut wie Artilleriefeuer, mechanisch wie eine Lochpresse.

In der wieder eintretenden Stille machte sie einen taumelnden Schritt, um nicht das Gleichgewicht zu verlieren. Das Mischwesen auf dem Hochsitz stand auf und verzog das Maul zu einem langzähnigen, spöttischen Grinsen. Es war fast drei Meter groß. »Na, gefällt's dir? Das ist meine Art, herzlich willkommen zu sagen.«

Ich frage mich, ob man sich in der VR in die Hose pinkeln kann. Aber sie sprach diesen Gedanken nicht aus, sondern sagte: »Reizend. Hat mich bloß ein paar Jahre älter gemacht.«

»Was erwartest du vom Herrn über Leben und Tod – Blumen? Singen und Tanzen? Warte, auch das lässt sich machen.« Er hob das silberne Szepter, und augenblicklich begann es Rosenblätter von der Decke zu schneien. Unter großem Scharren und Murmeln standen die Massen kahl geschorener Priester aus ihrer knienden Haltung auf und fingen schwerfällig zu tanzen an. »Hättest du gern 'ne bestimmte Musik?«

»Ich will gar nichts.« Dulcy blickte durch das Blütengestöber zu ihm auf und versuchte das irritierende Spektakel von tausend Priestern zu ignorieren, die mit stierem Blick und Sandalen an den Füßen spastisch auf dem Tempelparkett herumhampelten. »Was ist das hier für ein Laden?«

»Das ist die zweite Heimat des Alten Mannes.« Er winkte, und die Priester ließen sich wieder auf dem Boden nieder. Die letzten paar Rosenblätter schwebten herab. »Seine Lieblingssimulation – heißt, glaub ich, Abydos. Altägypten.«

Es war ihr ganz und gar nicht geheuer, eine Unterhaltung mit einem schakalköpfigen Mann zu führen, der fast doppelt so groß war wie sie, einer Figur wie aus einem Horrorspiel oder einem interaktiven Theaterstück. »Der Alte Mann – damit meinst du deinen … Arbeitgeber, nicht wahr? Und wen stellst du dar? Bello, den Wunderhund?«

Er bleckte wieder die Zähne. »Das ist der Sim, den ich hier immer getragen habe. Klar, damals hab ich noch Befehle empfangen, aber heute bin ich es, der sie gibt.« Er hob die Stimme. »Rollt euch auf den Rücken! Stellt euch tot!« Die Priester warfen sich auf den Bauch, wälzten sich einmal herum und blieben dann bewegungslos liegen, Knie und Ellbogen in die Luft gereckt. »Ich find's irgendwie amüsant, vor allem wenn ich mir vorstelle, wie stinksauer der alte Wichser darüber wäre.« Er deutete auf einen der am nächsten liegenden Priester, und dieser sprang umgehend auf, tappelte hastig vor den Thron und fiel wieder nieder. Dulcy musterte den Sim neugierig. Er sah tatsächlich wie ein richtiger Mensch aus, bis hin zum Schweißglanz auf seinem kahlen Schädel. »Das ist Dulcy«, erklärte Dread dem Priester. »Du liebst sie. Sie ist deine Göttin.«

»Ich liebe sie«, leierte der Priester, obwohl er den Gegenstand seiner unverhofft aufgeflammten Zuneigung noch nicht einmal angeschaut hatte. »Sie ist meine Göttin.«

»Würdest du alles für sie tun?«

»Das würde ich, o Herr.«

»Dann zeig ihr, wie sehr du sie liebst. Los!«

Der Priester rappelte sich auf – er gehörte zu den Dicken, Älteren und war ein wenig kurzatmig – und watschelte zu einer der Wandnischen. Zu Dulcys Entsetzen griff sich der Mann die Öllampe und schüttete sich ihren Inhalt über den Kopf; er stand augenblicklich in Flammen. Sein weißes Gewand fing Feuer und brannte lichterloh. Sein runder Kopf schien in einem feurigen Glorienschein zu schweben. »Ich liebe dich, meine Göttin«, krächzte er, während sein Gesicht schon schwarz wurde.

»Um Gottes willen, halt! So lösch ihn doch! Halt!«, kreischte sie.

Dread drehte ihr verwundert sein langmäuliges Gesicht zu und hob dann sein Szepter. Die lodernde Gestalt verschwand. Alle anderen Priester lagen weiterhin auf dem Rücken wie tote Heuschrecken auf einem Feld. »Menschenskind, Mädel, die sind bloß Code.«

»Mir egal«, versetzte sie. »Das heißt noch lange nicht, dass ich so was sehen will.«

Die Schakalgestalt verschwand, und auf der obersten Stufe des Podestes stand jetzt Dread in seiner normalen Größe und weit geschnittener schwarzer Kleidung. »Ich wollte nicht, dass du ausflippst, Süße.« Es klang eher unwirsch als reuig.

»Irgendwie …« Sie schüttelte den Kopf. »Was wird hier eigentlich gespielt? Du hast gesagt, der … Alte Mann wäre hier zuhause. Wo ist er? Was hast du die ganze Zeit hier im System getrieben?«

»Och, dies und das.« Sein menschliches Grinsen war nur geringfügig weniger raubtierhaft. »Später erklär ich dir mehr, aber zuerst will ich dich ein bisschen rumführen. Nur zum Vergnügen.«

»Ich will keine brennenden Priester mehr sehen, vielen Dank.«

»Es gibt jede Menge interessantere Sachen zu sehen.« Er streckte die Hand in die Luft, und das silberne Szepter schrumpfte zu einem kleinen silbernen Zylinder zusammen. »Auf, gehen wir.«

»Das ist ja das Feuerzeug!«, rief sie. »Was …?«

Aber die hohe Halle von Abydos-Olim und seine tausend unterwürfigen Priester waren bereits verschwunden.

Es war eine richtige Führung. Nach der ersten Station, den Straßen des kaiserlichen Rom, die von den Schreien fliegender Händler und den vom Tiber heranwehenden Schweiß- und Uringerüchen erfüllt waren, versetzte Dread sie auf eine afrikanische Ebene in der glühenden Nachmittagshitze, wo sich fremdartige, elefantengroße Tiere tummelten, die Dulcy noch nie gesehen hatte, und dann in rascher Folge in die Pflaumengärten eines ganz offensichtlich mythischen China, an eine Steilwand mit Blick über einen Wasserfall, der eine Meile oder mehr in die Tiefe stürzte, und zuletzt in die weiße Eiswüste des äußersten Nordens, wo das zuckende Polarlicht am Himmel spielte wie ein in Zeitlupe wiedergegebenes Feuerwerk.

»Mein Gott«, sagte sie und betrachtete dabei, wie ihr Atem als Dunstfahne in der Luft hing, »das ist umwerfend! Klar, ich wusste, dass es viele Simwelten gibt, einige haben wir ja durch den Quan-Li-Sim gesehen, aber …« Sie zitterte, doch kaum vor Kälte. Irgendein in die Simwelt eingebauter Trick oder Dreads Kontrolle darüber sorgte dafür, dass die Temperatur sich nicht kühler anfühlte als ein lauer Frühlingsabend. »Und du kannst einfach überall hingehen …?«

»Überall hingehen, alles machen.« Sein Lächeln war jetzt nur noch angedeutet, der Ausdruck der sprichwörtlichen Katze vor dem leeren Vogelbauer. Er rollte das Feuerzeug zwischen den Fingern. »Dieses Ding brauche ich bald nicht mehr. Und auch du kannst alles machen, was du willst, wenn du hübsch brav bist und mich zufrieden stellst.«

Sie spürte ein warnendes Kribbeln. »Und was genau heißt das ...?«

»Dass du deine Arbeit machst. Nicht auf dumme Gedanken kommst.«

Er durchbohrte sie mit einem Blick, bei dem ihr höchst unwohl wurde. Ihr war zumute, als ob ihr Versuch, sich in seinen versteckten Speicher einzuschleichen, ein Stigma auf ihrer Stirn hinterlassen hätte. »Du machst dir keine Vorstellung, was ich hier laufen habe.«

Ihre Augen überflogen die endlosen Eisflächen, die schimmernden Nordlichter. »Aber was ist mit deinem Arbeitgeber? Wo ist er geblieben? Wie kommt es, dass du auf alles Zugriff hast ...?« Neben ihnen ertönte ein dumpfes Knirschen, und ein Eisstück von der Größe eines Fußballplatzes verschob sich und reckte eine rauhe Bruchkante in die Höhe, wodurch sich die ganze Platte, auf der Dulcy und Dread standen, zur Seite neigte. Sie stöhnte ängstlich auf, schwankte und legte Halt suchend die Hand auf Dreads Arm.

Seine Augen blitzten. »Keine Bange«, sagte er, obwohl er sich an ihrer Unsicherheit zu weiden schien. »Selbst wenn du hier stirbst, passiert dir nichts weiter, als dass du offline befördert wirst. Wir sind die Einzigen, die noch frei rein- und rausgehen können.«

»Was ist mit den Besitzern? Wie hießen sie noch mal – die Gralsbrüder?«

Er zuckte mit den Achseln. »Die Verhältnisse haben sich ein wenig geändert.«

»Und du kannst das System steuern? Du kannst ihm Befehle geben?«

Er nickte. Er war stolz wie ein Kind, und Dulcy erkannte, dass er genau wie ein Kind darauf aus war, sich wichtig zu machen. »Gibt's was, das du gern sehen würdest?«

»Hast du dann diese andern Leute aus dem Netzwerk rausgelassen?«

»Andere Leute ...?«

»Die, mit denen wir unterwegs waren – Martine, T4b, Sweet William.

Wenn du den Zugang zum Netzwerk kontrollieren kannst, dann müsstest du sie auch freilassen können ...« Sie merkte plötzlich, dass sie ihr fehlten. Nachdem sie mehrere Wochen tagaus, tagein mit ihnen gelebt hatte, kannte sie sie besser als die meisten Menschen in ihrem wirklichen Leben. Sie waren so in Not gewesen, so gehetzt und ohne Ausweg ...

Dreads ausdrucksloser Blick war noch kälter und distanzierter geworden. Sie zog ihn am Ärmel. »Du lässt sie doch raus, nicht wahr?« Als er keine Antwort gab, zupfte sie noch einmal. Er riss den Arm mit einer blitzschnellen, heftigen Bewegung weg, die sie beinahe umgeworfen hätte.

»Still!«, herrschte er sie an. »Da benutzt jemand den Hauptsendekanal.«

An seinen winzigen Lippenbewegungen erkannte sie, dass er subvokal mit einem unsichtbaren Gegenüber kommunizierte. Die weiße Welt ringsherum war vollkommen still bis auf das tiefe Scheuern des Eises. Ein Lächeln verzog ganz langsam sein Gesicht. Er schien noch einmal etwas zu sagen, dann huschten seine Finger kurz über das Feuerzeug. Mit leuchtenden Augen wandte er sich ihr wieder zu.

»Entschuldige die Störung. Eine Sache, der ich später nachgehen muss.« Er nickte. »Wo waren wir grade?«

»Bei den andern, den Leuten, die vom Gral online festgehalten werden.«

»Ach ja, richtig. Leider war ich bis jetzt zu beschäftigt, um nach Martine und den andern zu sehen. Aber sie kommen als Nächstes dran. Du hast recht, ich muss mich um sie kümmern.« Er schloss einen Moment die Augen. Als er sie wieder öffnete, wirkte seine eigenartige Euphorie gedämpft, als hätte er Asche auf eine Glut gelegt. »Komm, eine Sache wollen wir uns noch ansehen.«

Bevor sie auch nur den Mund aufmachen konnte, waren die Eiskappen des Nordpols fort, und die beiden schwebten hoch über der ungeheuren Weite eines Ozeans. Die Sonne sank auf den Horizont zu und verzierte die Wellenkämme mit kupferroten Rändern, doch ansonsten war nirgends etwas zu sehen, nicht einmal Seevögel.

»Was ist …?«, begann sie, doch er brachte sie mit einer jähen Handbewegung zum Schweigen.

Eine Weile hingen sie über dem endlosen Grün, da bemerkte Dulcy auf einmal eine Veränderung in dem Wellenmuster direkt vor ihnen, ein Brodeln, das zunehmend Unruhe in das gleichmäßige Rollen der Wogen brachte. Während sie mit offenem Mund zusah, wurde aus dem Brodeln ein wildes Aufkochen, hundert, zweihundert Meter hohe Fontänen schossen empor und schleuderten Gischtmassen in die Luft, und als ob ein riesenhaftes U-Boot eine Rakete abgefeuert hätte, durchstach der erste Turm das wütende Meer.

Es dauerte mehr als eine Stunde, und die meiste Zeit über war Dulcy von dem sich vor ihr entfaltenden Schauspiel vollkommen gebannt. Die Stadt stieg mit einem Donnerbranden aus dem Wasser auf, als ob die Erde selbst unter Schmerzen gebären würde – zuerst die Spitzen der höchsten Gebäude, über und über mit langen Seetangriemen behängt, gleich darauf die Mauern der Zitadelle mit einem Panzer aus Entenmuscheln, die nass in der Sonne glitzerten. Nach der Zitadelle, von deren Dächern und Zinnen ungeheure Wassermassen herabstürzten und den Ozean zu weißem Schaum schlugen, so weit sie blicken konnnte, kam der Berg zum Vorschein mit dem Rest der daran klebenden Stadt, deren Straßen nach Jahrtausenden auf dem Meeresgrund im Licht glänzten.

Als es vorbei war und die gewaltige leere Hülse der Insel Atlantis wieder aus den Tiefen emporgekommen war, legte Dread kameradschaftlich den Arm um Dulcys bebende Schultern und beugte sich dicht an ihr Ohr.

»Sei klug«, flüsterte er, »und eines Tages wird das alles dir gehören.« Er tätschelte ihren Hintern. »Ich werd's sogar für dich abtrocknen. Gut, wenn du mich jetzt bitte entschuldigst, ich hab noch was Dringendes zu erledigen. Mach keine Dummheiten, und pass auf, dass bei mir zuhause nichts anbrennt oder so was, okay? Tschüss.«

Einen Augenblick später fand sie sich mit verkrampften Muskeln und dröhnendem Schädel in der ausgebauten Fabriketage in Redfern auf der Couch wieder. Am anderen Ende des Raumes lag Dreads regungslose Gestalt wie eine feierlich aufgebahrte Leiche.

Erst als sie geduscht hatte und ihr zweites Glas Wein an diesem Nachmittag trank, kam ihr der Gedanke, dass sie gerade das wohl irrsinnigste erste Rendezvous aller Zeiten gehabt hatte.

> »Komm mal her, Schätzchen«, sagte Catur Ramsey zu dem kleinen Mädchen. »Komm, guck dir die Giraffen an.«

Sie sah ihn zweifelnd an, dann ihren Vater, der auf der anderen Seite der Suite stand. Sorensen nickte, und sie kam herbei und hockte sich mit angezogenen Beinen neben Ramsey auf die Couch. Er nahm den Hotelführer und berührte das Bild des tansanischen Urlaubsparadieses. Augenblicklich wurde das Bild lebendig. Ramsey stellte den Ton ab. »Siehst du, wie groß sie sind?«, fragte er sie. »Sie fressen die Blätter ganz oben in den Baumwipfeln.«

Christabel runzelte die Stirn, und ihre Wimpern überschatteten ihre großen ernsten braunen Augen. Er merkte ihr an, dass sie nervös war, aber sich alle Mühe gab, es nicht zu zeigen. Catur Ramsey war aufs Neue beeindruckt, wie gefasst dieses kleine Mädchen sich verhielt. »Tut ihnen der Hals weh, wenn sie sich so strecken?«, fragte sie.

»Aber nein. So wenig wie es dir wehtut, wenn du dich ausstreckst und etwas vom Regal holst. Dazu sind sie geboren.«

Sie biss sich auf die Lippe, während die Broschüre weiterschaltete auf eine glücklich und wohlhabend aussehende junge Familie, die auf der Veranda über einer Wasserstelle zu Abend aß, während Impalas und Zebras elegant durch die Scheinwerferkegel huschten, die das Veld ausleuchteten.

Ramsey ging es nicht besser als ihr. Er beäugte sein Pad und wünschte, er könnte noch einen Anrufversuch machen, aber der kleinere der beiden Männer in Schwarz, der namens Pilger – kleiner, aber trotzdem gut eins fünfundachtzig und mit Muskeln wie ein Profiringer –, beobachtete ihn genau, auch wenn sein breites Gesicht täuschend gleichgültig wirkte. Ramsey war wütend auf sich, dass er seine T-Buchse nicht dabeihatte.

Christabels Vater hatte sich in die Kitchenette der Suite begeben und machte sich an den Sensorreglern der Kochzeile zu schaffen. Der andere Leibwächter des Generals, der Schrank namens Doyle, blickte von dem Fußballspiel auf, das er gerade auf der Bildschirmwand verfolgte. »Was machst du da?«, fragte er.

»Ich mache meiner Tochter eine Tasse Kakao, sonst nichts«, antwortete Sorensen grimmig, aber Ramsey sah, dass seine Körpersprache nicht dazu passte. Er hatte keine Ahnung, was der Major vorhaben mochte, aber er hoffte sehr, dass die Männer in Schwarz nicht genau Acht gaben. Andererseits hoffte er auch, dass Sorensen keine Heldentat beabsichtigte – Doyle und Pilger waren bis an die Zähne bewaffnet, und auch Sorensens Freund Captain Parkins, der in seiner Uniform steif in einem Sessel saß und finster auf den Fußboden starrte, hatte seine Dienstwaffe. Schließlich war es Parkins gewesen, der sie festgenommen hatte, und jetzt mussten sie wohl oder übel auf diesen General Yacoubian warten. Damit waren es drei bullige Männer mit Schießeisen gegen ihn und Sorensen, beide unbewaffnet, und ein kleines Mädchen, das wahrscheinlich noch nicht einmal die Stützräder vom Fahrrad abhatte.

»Papi«, sagte Christabel unvermittelt, da sie bei der fünften Wiederholung der Szene, wie eine Löwin ein Weißschwanzgnu zur Strecke brachte, kein Interesse mehr heucheln konnte, »wann können wir heimgehen? Ich will zu Mami.«

»Bald, Liebes.«

Sorensen stand immer noch mit dem Rücken zu ihnen und wartete darauf, dass das Wasser kochte, und Ramsey überlief ein Schauder. Doyle und Pilger mochten den Anschein erwecken, dass sie einfach nur ihren Job machten, aber Ramsey kannte die Sorte, von den Militärstützpunkten seiner Jugend ebenso wie von den Polizeikneipen, in denen er als Erwachsener manchmal beruflich zu tun hatte. Ganz zu schweigen davon, dass bei einem Körperbau wie ihrem vermutlich die Stoffwechselfunktionen optimiert worden waren. Bei Doyle hatte das Weiß der Augen auf jeden Fall einen starken Stich ins Gelbe, was alle möglichen unappetitlichen Gründe haben konnte. Wenn er nach einem der militärischen Biomodprogramme behandelt worden war, dann konnte Sorensen ihm einen Topf mit kochendem Wasser überschütten, und trotzdem war der Leibwächter ungeachtet der Schmerzen und der Verbrennungen dritten Grades noch imstande, mehrere Hälse zu brechen.

Mannomann, flehte Ramsey im Stillen. *Major, mach jetzt bitte bloß keine Dummheit!*

Er fragte sich allmählich, auf was für eine Geschichte er sich da eigentlich eingelassen hatte. Yacoubian wusste offensichtlich etwas, das Sorensen eine Heidenangst einjagte – der Mann war kreidebleich geworden, als der General irgendeine Brille erwähnt hatte –, und niemand von ihnen konnte sich ohne die Erlaubnis des Generals irgendwo hinbegeben. Ramsey ärgerte sich, dass er nicht ausgiebiger mit Sorensen hatte reden können und nicht einmal den mysteriösen Sellars kennen gelernt hatte, bevor die Sache aufgeflogen war. Es war, als wäre er unvorbereitet in einen großen Mordprozess hineinspaziert und hätte dann feststellen müssen, dass er der Angeklagte war.

Seine nervösen Gedanken wurden von Christabel unterbrochen, die an ihm vorbei auf ihren Vater zulief. Sorensen drehte sich um und winkte sie weg. »Es ist heiß, Christabel«, sagte er scharf. »Ich bringe ihn dir, wenn er fertig ist.«

Ihr Gesicht verzog sich, und ihre Augen füllten sich mit Tränen. Ramsey sah hilflos zu Captain Parkins hinüber, der immer noch grimmig auf den blauen Teppich starrte, als ob der ihm irgendetwas getan hätte, dann ging er hin, nahm sie an der Hand und führte sie zur Couch zurück. »Schon gut, Schätzchen. Setz dich zu mir. Erzähl mir was aus deiner Schule. Wer ist deine Lehrerin?«

Im hinteren Raum tat es einen Rums. Ramsey hatte kurz den Eindruck, die zornig erhobene Stimme des Generals zu hören. Die beiden Leibwächter wechselten einen raschen Blick und wandten sich wieder dem Spiel zu. Ramsey fragte sich, mit wem der General wohl konferierte und warum ihm das wichtiger war, als Sorensen zu verhören. Der Mann hatte zweifellos viel Aufwand getrieben, um den Vater des Mädchens ausfindig zu machen: Merkwürdig, dass er dann die Angelegenheit eine halbe Stunde und mehr hinausschob. Ramsey guckte auf die Bildschirmwand. Eher eine Stunde. Was war da im Busch?

Etwas knallte hart gegen die Verbindungstür, als ob jemand sie mit einem Schlitten angebufft hätte. Die verblüffte Frage, warum eine solche Luxussuite dermaßen dünne Türen hatte, dass sie in den Angeln wackelten, wenn jemand während einer hitzig geführten Fonkonferenz nur mit der Faust dagegenschlug, hatte sich kaum in Ramseys Kopf gebildet, als Doyle schon aufgesprungen war. In zwei Riesensätzen hatte er den Raum durchquert, genauso beängstigend schnell, wie Ramsey es befürchtet hatte, und stand jetzt horchend vor der Tür zum Privatzimmer des Generals. Er klopfte zweimal laut an.

»General? Alles in Ordnung?« Er warf einen kurzen Blick auf Pilger, der sich ebenfalls erhoben hatte, dann klopfte er wieder. »General Yacoubian? Brauchst du irgendwie Hilfe, Sir?« Er lehnte sich an die Tür und lauschte angestrengt auf eine Antwort. Als nichts zu hören war, schlug er wieder gegen die Tür, diesmal mit der flachen Hand. »General! Mach auf, Sir!«

»Was machen die da?«, fragte Christabel und fing wieder an zu weinen. »Warum schreien sie so …?«

Doyle ging einen Schritt zurück, hielt sich an Pilgers Schulter fest, hob den Fuß und trat mit dem Stiefel gegen die Tür, dass es krachte. »Verriegelt«, knurrte er. Das nächste Mal traten sie beide gleichzeitig, und mit lautem Splittern stürzte die Tür nach innen. Pilger riss sie aus den zerbrochenen Angeln, während Doyle die große Maschinenpistole aus seinem Schulterhalfter zog und hineinging, die Waffe bereits im Anschlag, bevor er aus Ramseys Blickfeld verschwand.

Gleich darauf tönte seine Stimme aus dem Zimmer. *»Scheiße!«*

Pilger folgte ihm, ebenfalls mit schussbereiter Waffe. Ramsey wartete einen Moment. Als kein Feuern zu hören war, erhob er sich und bewegte sich vorsichtig auf die Tür zu, um einen Winkel bemüht, aus dem er erkennen konnte, was los war. Captain Parkins beugte sich mit offenem Mund in seinem Sessel vor.

»Christabel!«, schrie Sorensen irgendwo hinter ihm. »Nicht aufstehen! Du bleibst auf dieser Couch, klar?«

Doyle lehnte über dem Körper von General Yacoubian, der zwischen der Tür und dem großen Bett der Suite lang gestreckt auf dem Boden lag; sein Bademantel war an den Beinen hochgerutscht und über seiner weißbehaarten Brust offen. Die dunkle Haut des Mannes hatte einen unschönen Grauton angenommen. Die Zunge hing ihm aus dem Mund wie ein Scheuerlappenzipfel. Doyle hatte mit Herz-Lungen-Wiederbelebung begonnen. Einen surrealen Augenblick lang fragte sich Ramsey, wie der Leibwächter in den paar Sekunden so heftig hatte drücken können, dass auf der Brust des Generals dieser dicke blaue Fleck entstanden war.

»Ambulanz in die Garage!«, stieß Doyle zwischen den Zähnen hervor. »Der geht uns sonst drauf, Mensch. Und hol den Medkoffer!«

Pilger sprintete bereits in den Vorraum zurück und drückte mit dem Finger auf die Buchse in seinem Hals. Er brabbelte hastig eine Codefolge ins Leere, dann fuhr er jäh herum und schwenkte die Pistole durch den Raum. »Auf den Boden legen, alle! Sofort!« Ohne abzuwarten, ob sein Befehl befolgt wurde, kniete er sich hin und zog einen schwarzen Handkoffer unter der Couch hervor, den er eilig ins Nebenzimmer brachte. Er ließ die Schließen aufschnappen und schob ihn Doyle hin, der immer noch den General bearbeitete; bei jedem Stoß hüpfte Yacoubian auf dem Teppich in die Höhe. Pilger zog eine Spritze aus einem Innenfach des Koffers. Als er die Aufschrift prüfte, sah er Ramsey in der Tür stehen. Die Pistole in der anderen Hand zuckte hoch.

»Verdammte Scheiße, auf den *Boden* mit euch, hab ich gesagt!«

»Papi?« Weiter hinten im Hauptraum der Suite weinte Christabel. »Papi!«

Während Catur Ramsey zurückwich und wie gebannt auf das erschreckend große Loch am Ende von Pilgers Pistolenlauf starrte, sah er aus dem Augenwinkel etwas aufflammen. Er zuckte zusammen, aber kein Schuss ertönte. Als er nach rechts blickte, bot sich ihm ein völlig absurdes Bild: Major Michael Sorensen stand auf einem Stuhl in der Küche der Suite und hielt mit einer Eiszange eine brennende Serviette. Er streckte sie zur Decke empor, so dass er aussah wie eine alberne Parodie der Freiheitsstatue mit ihrer Fackel.

»Alle Mann *hinlegen,* hab ich gesagt!«, brüllte Pilger, der dieses unerklärliche Schauspiel nicht sehen konnte. Während Doyle die Spritze mitten in die dunkle Stelle auf Yacoubians Brust jagte, zielte Pilgers Waffe zwischen den Türpfosten hin und her und richtete sich dann auf Ramseys Knie. Ein Rappeln ertönte, dann ein Zischen.

Plötzlich fiel violetter Schnee.

Die Platten an der Decke hatten sich zurückgeschoben wie Jalousien.

Dutzende von Düsen fuhren aus und spuckten blassviolette Wolken feuerhemmenden Pulvers. Die Lichter im Raum begannen hektisch zu blinken, und ein schmerzhaft lautes Summen erfüllte die Luft. Sorensen sprang an Ramsey vorbei, riss seine Tochter vom Boden hoch und sauste mit ihr zur Fahrstuhltür, wo er wie wild auf den Knopf drückte, immer wieder.

Doyle war gerade damit beschäftigt, ein zweites Defibrillationspflaster auf die immer noch regungslose Brust des Generals zu kleben, aber Pilger kam mit vorgehaltener Waffe aus der Tür, heftig mit dem Arm wedelnd, damit er durch den dichten bunten Nebel etwas erkennen konnte. Er setzte Major Sorensen die Pistole an den Hinterkopf, nur Zentimeter von Christabels entsetztem Gesicht entfernt. »Du willst doch nicht, dass es so mit dir endet, oder?«, fauchte er. »Dass dein Gehirn voll über dein kleines Mädchen spritzt? Weg von der Tür und hinlegen!«

»Nein. Niemand wird hier so enden.« Captain Ron Parkins hatte ebenfalls seine Waffe gezogen und richtete sie auf Pilgers Kopf. Parkins' Gesicht war rot vor bebender Wut. »Wir werden uns nicht von euch Dreckskerlen um die Ecke bringen lassen, wer ihr auch sein mögt. Ich bin für diese Leute verantwortlich, nicht ihr. Kümmert ihr euch um den General. Wir gehen.«

Während alle schwiegen und nur der Alarmton dumpf vor sich hinbrummte, ging plötzlich die Fahrstuhltür auf. Ramsey, dem Pilger und Captain Parkins den Weg in die Freiheit versperrten, tat alles, um seinen rasenden Herzschlag zu bezähmen. Das Atmen wurde bereits mühsam, und obwohl der größte Teil des violetten Pulvers sich auf den Boden gelegt hatte, fühlte er, dass die noch in der Luft hängenden Reste den größten Niesausbruch aller Zeiten auszulösen drohten. *Das wäre die Krönung,* dachte er. *Niesen und damit eine Schießerei verursachen.*

»Lass uns gehen«, sagte Sorensen beherrscht, obwohl er immer noch Pilgers Pistole am Hinterkopf hatte. »Der General ist tot. Auch wenn noch mehr von euren Leuten kommen, um euch aus der Patsche zu helfen, ist jetzt der Feueralarm losgegangen. Bald werden jede Menge andere hier sein, die *nicht* von euch gekauft sind. Mach dir nichts vor. Er ist tot. Der Aufwand lohnt sich nicht mehr.«

Pilger starrte ihn an, dann blickte er rasch zur Seite auf die silbrige Mündung von Captain Parkins' Waffe. Seine Oberlippe kräuselte sich. Er senkte die Pistole, drehte sich um und ging zurück ins Nebenzimmer, ohne sie noch einmal anzusehen. Dort drehte Doyle gerade den Knopf des Defibrillators, und der Körper des Generals krümmte sich auf dem Fußboden. Ramsey musste sich zusammenreißen, um nicht auf der Stelle ohnmächtig umzukippen.

»Steigt hier aus!«, knurrte Captain Parkins. Fünf Meilen von dem Hotel entfernt hatte der Armeewagen vor der Bahnstation angehalten. »Ihr könnt euch ein Taxi nehmen, einen Zug, was ihr wollt. Aber haut bloß ab!«

»Ron, dank dir, Mann, danke.« Sorensen half seiner Tochter aussteigen. Die beiden jungen Soldaten, die sich alle Mühe gegeben hatten, sich ihre Verblüffung nicht anmerken zu lassen, als drei Männer und ein Mädchen, von Kopf bis Fuß violett bepudert, aus dem Fahrstuhl gekommen waren, setzten sich etwas gerader hin.

»Ich will nichts wissen«, sagte Parkins bissig. »Aber selbst wenn ich deswegen meine Streifen verliere, ich ... ich konnte einfach nicht ...«

»Ich glaube nicht, dass du je wieder was davon hören wirst, Ron. Wenigstens nicht über die offiziellen Kanäle.« Er bürstete etwas von dem Pulver aus Christabels Haaren, und sie blickte rasch auf, wie um sich zu vergewissern, dass es seine Hand war, nicht die eines Fremden. »Glaub mir, du willst bestimmt nicht mehr über diese Angelegenheit wissen, als du musst.«

»Nein, bestimmt nicht.«

Ramsey stieg neben ihnen aus. Er konnte es immer noch nicht fassen, dass er am Leben und wieder in Freiheit war. »Vielen Dank, Captain. Du hast uns das Leben gerettet.«

Parkins warf entnervt die Hände in die Luft. »Herrrr-je!« Er wandte sich an Sorensen. »Macht … Mike, gib auf deine Frau und dein Töchterchen Acht. Wenn ich mir's recht überlege, kann es sein, dass ich eines Tages doch eine Erklärung von dir verlangen werde. Was meinst du?«

Major Sorensen nickte. »Sobald ich selber durchblicke, bist du der Erste, der es erfährt.«

Christabel zitterte trotz der warmen Sonne vor dem Bahnhof. Als das Militärfahrzeug abfuhr, zog Ramsey seine Windjacke aus, schüttelte eine bunte Staubwolke heraus und legte sie ihr über die Schultern. Erst als er den beiden zum Taxistand folgte, merkte er, dass er genauso heftig zitterte wie das Mädchen.

Kapitel 3
GESTÖRTE TIERWELT

NETFEED/INTERAKTIV:
IEN, Hr. 4 (Eu, NAm) - "Backstab" ("Dolchstoß")
(Bild: Yohira bekommt Implantat eingesetzt)
Off-Stimme: Shi Na (Wendy Yohira) ist Gefangene in der neuguineischen Kultzentrale des finsteren Doktor Methusalem (Moische Reiner). Kann Stabbak (Carolus Kennedy) sie befreien, bevor sie den rituellen Massenselbstmord der Kultgemeinschaft mitvollzieht? Gesucht 28 Kultanhänger, 5 Ureinwohner, 2 Adjutanten von Doktor Methusalem. Flak an: IEN.BKSTB.CAST

> Abermals hatte ihn die Erinnerung wie ein Blitz getroffen. Es war, als ob die Decke einer alten Krypta eingestürzt und zum ersten Mal seit Jahrhunderten Sonnenlicht hereingeströmt wäre. Gleichzeitig fühlten sich die Erinnerungen neu und empfindlich roh an, wie vom Schorf befreite nachwachsende Haut.

Aber natürlich bekam er nicht viel Gelegenheit, darüber nachzudenken …

Dicht vor der ersten Assel, die gerade mit ihren missgebildeten Greifern haarscharf neben sein Bein geschnappt hatte, sprang Paul den glitschigen Laubmulchberg hinauf. Er konnte sich kaum auf den Füßen halten: Die von den Blättern übrig gebliebenen Gerippe waren größer als er, und über sie hinwegzusteigen war, als kletterte man auf einem Elefantenfriedhof herum. Weitere zehn, zwölf Asseln wühlten sich am Hang ins Freie, und alle bewegten sich auf dieselbe täuschende torkelnde Art.

Ihre verunstalteten Beine mochten unterschiedlich lang sein, aber auf solchem Gelände war das kaum hinderlich, und ihre Dutzenden von kleinen grapschenden Händen waren wie eigens gemacht für die Jagd auf eine stolpernde zweifüßige Beute.

Paul zog sich auf eine große gewundene Wurzel empor, die aus dem Blättersumpf ragte wie der Rücken eines durch die Wellen schneidenden Wales. Es war offensichtlich, dass selbst dann, wenn er den noch etwa hundert Schritt entfernten Fuß des Stammes erreichte, der einzige Fluchtweg auf der anderen Seite einen weiteren Abhang aus dem gleichen halb verrotteten Mulchmaterial hinunterführte, und auch der war von den Körpern schlafender Kugelasseln übersät, die in ihrem zusammengerollten Zustand wie gestreifte Ostereier aussahen. Trotzdem hastete er weiter.

»Komm zurück!«, ächzte eine der Kreaturen hinter ihm, und einige ihrer Gefährten stimmten mit ein. *»Huuuunger! Fressen!«*

Trotz der erkennbaren Wörter waren die Stimmen so vollkommen unmenschlich, dass Verzweiflung ihn überströmte wie ein kalter Regenguss. Falls er tatsächlich entkam, würde ihn irgendwann etwas Anderes erwischen. Er war allein in einem feindlichen Land, einem feindlichen *Universum.* Ob er noch zehn Minuten oder zehn Tage lebte, er würde wahrscheinlich nie mehr einen Menschen zu Gesicht bekommen, würde nur schnarrende, mörderische Scheusale wie diese hier zur Gesellschaft haben – bis zum unvermeidlichen Ende.

Aus dem Heulen seiner Verfolger wurde plötzlich ein scharfes Zischen, und überrascht blickte Paul sich um, weil der Ton gänzlich verändert war. Sämtliche Asseln hatten sich auf ihre hintersten Körpersegmente gestellt und zeigten mit ihren missgestalteten Händchen hektisch fuchtelnd auf ihn. Oder auf etwas hinter ihm.

Paul fuhr herum. Am Fuß des Baumes stand ein Mann, dessen Gewand sich mit seinem gedeckten Grauton kaum von der riesigen Fläche dunkler Rinde abhob, so dass er im ersten Augenblick wie eine Sinnestäuschung wirkte, ein zufälliger Lichteffekt, der einen Knorren in der rauhen Haut des Baumes als Gesicht erscheinen ließ. Er war nicht größer als Paul, doch erstaunlicherweise spazierte er den buckligen Grat der Wurzel hinunter, ohne sich von den anrückenden Asseln beeindrucken zu lassen.

»Huuunngeeer!«, schrien sie im Chor wie aufsässige Kinder.

Als der Fremde näher kam, konnte Paul seine gedrungene Gestalt und seine deutlich asiatischen Züge besser erkennen, und er vermutete, dass dies der Mann war, von dem Renie und die anderen ihm erzählt hatten – Kunohara, der Erbauer der Insektenwelt.

Der schwarzhaarige Mann warf Paul einen kurzen Blick zu, der weder Interesse noch Ablehnung verriet, und blieb dann an der Stelle stehen, wo die Wurzel mit einem scharfen Knick in dem Mulchhaufen verschwand, so dass er vor dem Asselschwarm stand wie Mose, als er vom Berg zum Volk Israel redete. Aber falls dies hier Kunoharas Volk war, dann schien es keine große Lust zu verspüren, ihm zu gehorchen.

»Frääässsen!«, schrien sie und buckelten wieder den Hang hinauf.

Kunohara schüttelte angewidert den Kopf und hob die Hand. Im Nu kam ein heftiger Windstoß vom Himmel herab und brauste mit solcher Gewalt über den Boden am Fuß des Baumes hinweg, dass der größte Teil des Laubs und der sonstigen Reste augenblicklich weggeweht wurde. Auch die vor Wut oder Schreck schrill kreischenden Asseln wurden mitgerissen und davongetragen; einige konnten sich noch kurz an größeren Gegenständen festklammern, aber Sekunden später wurden auch diese erfasst. Dann legte sich die Bö.

Paul war einigermaßen sprachlos. Obwohl die nächste der Kreaturen nur wenige Schritte entfernt gewesen und wie eine Gewehrkugel fortkatapultiert worden war, hatte er nicht den geringsten Hauch gespürt.

Von der ganzen Schar war nur eine einzige Assel übrig geblieben, die sich vor Kunoharas Füßen hilflos auf dem Boden wand. »Sie können sogar sprechen ...«, sagte der Mann leise, aber er hörte sich beinahe erschüttert an. Kunohara schob seine Finger tief zwischen die Platten hinter dem Kopf des Wesens. Es gab ein Knirschen, und das Ding lag still.

»Du hast mich gerettet«, sagte Paul. »Diese Viecher hätten mich umgebracht ...«

Der Mann beäugte ihn kurz, dann hob er den eingerollten Leichnam der mannsgroßen Assel an. Er kehrte Paul den Rücken zu und senkte den Kopf. Paul hatte den starken Eindruck, dass sein Retter vorhatte, ihn zu verlassen.

»Warte! Du kannst nicht einfach verschwinden!«

Der kleinere Mann hielt inne. »Ich habe dich nicht gerufen.« Sein Englisch war sehr präzise. »Genau genommen bist du ein unbefugter

Eindringling. Ich hätte dich nicht retten müssen, aber diese ... Monster sind mir ein Dorn im Auge. Du kannst gern auf dem Weg wieder hinaus, auf dem du hereingekommen bist.«

»Aber ich weiß nicht, wie ich hierher gekommen bin.«

»Das ist mir gleichgültig.« Er zuckte mit den Achseln und wuchtete seine tote Last hoch. »Schlimm genug, dass ich meine harmlosen Isopoden dermaßen entstellt vorfinden muss. Ich lasse mich nicht außerdem noch zum Parkwächter in meiner Heimatwelt machen.«

»Was soll das heißen, entstellt?« Paul wollte unbedingt verhindern, dass der Mann sich aus dem Staub machte. Er fühlte, dass dieser nicht mit ihm spielte – er beabsichtigte allen Ernstes, ihn in dieser Wildnis alleinzulassen. Die Asseln waren fort, aber bei dem Gedanken, was für Greuel hier sonst noch lauern mochten, hätte Paul sich am liebsten auf seinen Retter geworfen und ihn festgehalten, sich an seine Beine geklammert wie ein verängstigtes Kleinkind. »Du bist Kunohara, nicht wahr? Das hier ist deine Simulationswelt.«

Der Gefragte gab keine Antwort, aber der Blick erhöhter Wachsamkeit, der über sein Gesicht huschte, bestätigte Paul, dass er recht hatte.

»Hör mal, kannst du mir nicht wenigstens sagen, ob du weißt, wo meine Freunde sind? Du bist ihnen schon mal begegnet, hier und in der Hauswelt.«

Kunohara schnaubte. Es war schwer zu sagen, ob das Geräusch Belustigung oder Unwillen ausdrückte. »Du bist also einer von Atascos Truppe«, sagte er. »Da reut es mich fast, dass ich dich gerettet habe. Du und deine Freunde, ihr seid mein Verderben.« Mit einer verächtlichen Kopfbewegung kehrte er sich wieder ab. »Such dir deinen Weg zur Hölle alleine.«

»Was redest du da? Sag mir wenigstens, ob du sie gesehen hast! Sind sie hier irgendwo?«

Kunohara wandte sich um, und sein zorniger Blick wurde ein wenig nachdenklicher, wenn auch nicht unbedingt freundlicher. »Ich habe dich bis jetzt noch nie mit diesen andern Narren zusammen gesehen – und in meiner Welt warst du, glaube ich, bisher auch noch nicht. Wer bist du?«

Paul fühlte, dass die Situation auf der Kippe stand. Dieser Kunohara war auf Renie und die anderen offensichtlich nicht gut zu sprechen, und Paul war aus gutem Grund vorsichtig damit, Fremden seinen Namen zu verraten. Aber Kunohara war offensichtlich auf dem Absprung – jeden Moment konnte der Mann fort sein, und dann war Paul allein in einer Umgebung, in der er nicht größer als eine Ameise war.

»Nein, ich bin hier noch nie gewesen«, bestätigte er. »Ich heiße Paul Jonas.«

Kunoharas Augenbrauen gingen in die Höhe. »Also deinetwegen hat Jongleur das System auf den Kopf gestellt. Wieso will er dich haben? Du siehst nicht wie jemand Besonderes aus.« Er zog resigniert die Schultern hoch. »Na schön, komm mit.«

»Mitkommen … wohin?«

»In mein Haus im Fluss.« Zum ersten Mal lächelte Kunohara, aber es war kaum mehr als ein flüchtiges Zucken. »Vielleicht sollte ich dir ein paar Fragen stellen, bevor ich dich wieder den einheimischen Krustazeen überlasse.« Er nickte kurz, und alles um sie herum verschwamm so rasch und unerwartet, dass Paul einen Moment lang meinte, ihm wäre buchstäblich der Boden unter den Füßen weggerissen worden. Gleich darauf wurde es schlagartig wieder klar, und Paul starrte verblüfft die birnenförmige Welt an, in der er sich mit einem Mal befand.

Der Himmel krümmte sich über ihm wie eine schillernde Schale, und die riesigen Bäume, die vorher wie die Säulen des Himmels in die Höhe geragt hatten, waren jetzt gebeugt wie besorgte Passanten über ein Unfallopfer. Paul fühlte festen Boden unter den Füßen, und als er sich langsam umdrehte, sah er einen großen, mehrgeschossigen Raum hinter sich, sparsam, aber ansprechend eingerichtet mit Wandschirmen und niedrigen Möbeln. Hinter der Einrichtung, den Stufen und den verschiedenen Wohnebenen sah die Welt dann wieder verformt aus, aber statt von Bäumen und Himmel war die andere Hälfte des weitläufigen Innenraums von einer gebogenen Wand aus schäumendem Wasser überwölbt.

Der Effekt war so bizarr, dass Paul erst nach mehreren Sekunden den Grund für die Krümmung von Himmel, Bäumen und Wasser erkannte. Der Raum war nämlich …

»Eine große … Luftblase?«

Kunohara betrachtete ihn sichtlich amüsiert. »So groß ist sie gar nicht. Sie wirkt nur so, weil du und ich klein sind. Die Blase treibt in einer Rückströmung zwischen zwei Katarakten im Fluss.« Er deutete auf die Wasserwand, die über der Hinterseite seines Blasenhauses aufragte. »Da, siehst du den Fluss herunterstürzen? Es ist überaus erholsam, seine Bewegung zu beobachten. Turbulenz hat paradoxerweise etwas Beruhigendes, wohingegen zu viel Regelmäßigkeit einen verrückt machen kann.«

»Da komm ich nicht mit.« Paul sah sich nach der Seite des Hauses um, die ihm vorne zu sein schien, der Seite mit den vornübergebeugten Bäumen und dem breiten, wenn auch verzerrten Flusspanorama, das sich unterhalb des Wasserfalls entfaltete; dann wandte er sich wieder dem gischtenden Wasservorhang zu. Er spürte, wie der brodelnde Fluss stetig gegen die Blase stieß, doch die Bewegung, in die er das Haus versetzte, war erstaunlich sanft, nicht stärker als das Wiegen eines vor Anker liegenden Segelbootes. »Wenn das hier bloß eine Luftblase ist und hinter uns die Massen herunterdonnern, warum treibt es uns dann nicht über den nächsten Wasserfall?«

»Weil das meine Welt ist.« Kunohara hörte sich schon wieder leicht verstimmt an. »Es ist ziemlich einfach, es so einzurichten, dass die Blase an einem Ort bleibt und sich abseits der Hauptströmung langsam im Kehrwasser dreht.«

Paul hätte es noch einfacher gefunden, das Haus aus soliderem Material auf einer festen Grundlage zu errichten oder die Blase mit einem magischen Code so zu programmieren, dass sie sich unter keinen Umständen von der Stelle bewegte, aber Kunohara bezog offensichtlich irgendeine Befriedigung aus dem Geräusch und Gefühl des fließenden Wassers, dem überaus sachten Schaukeln und Kreisen der Blase. Paul war nur froh, dass er nicht leicht seekrank wurde. Er kehrte der Aussicht den Rücken und betrachtete das Innere des Raumes, die Teppiche und weichen Matten auf dem Boden, die niedrigen Tische im altjapanischen Stil.

»Interessierst du dich für Naturwissenschaft?«, fragte Kunohara unvermittelt.

»Gewiss.« Paul war sehr daran gelegen, seinen Gastgeber bei Laune zu halten – höfliches Geplauder war auf jeden Fall hundertmal besser, als wieder den heißhungrigen Asselmutanten vorgeworfen zu werden. »Ich meine, ich bin kein Experte …«

»Geh zu der Treppe dort. Auf der obersten Stufe bewegst du die Hand, so, dann gehst du runter.«

Paul blieb oben an der Treppe stehen und blickte in das Untergeschoss von Kunoharas Haus, das sich allem Anschein nach nicht sehr von dem oberen unterschied, nur dass der Boden aus einer dunklen, glasartigen Substanz bestand. Paul schwenkte die Hand, und die Lichter im unteren Raum gingen aus. Erst da merkte er, dass er nicht auf einen dunklen Boden blickte, sondern durch die Unterseite der transparenten Blase direkt in den Fluss.

Da die sichtbehindernden Spiegelungen ausgeschaltet waren, konnte er unter sich den felsigen Grund des Flussbeckens erkennen, der aus seiner Perspektive fern und zerklüftet wirkte wie ein Gebirgszug vom Flugzeug aus gesehen. Hin und wieder glitten ungeheure Gestalten zwischen den Steinen am Boden dahin, die in Paul atavistische Schreckreaktionen auslösten, obwohl er wusste, dass sie nach normalen Maßstäben sehr kleine Fische sein mussten. Es gab auch einige halbtransparente Tiere, die ein wenig wie dünne Hummer mit Spinnenbeinen oder noch skurriler aussahen. Paul begab sich bis auf die unterste Stufe hinab, aber blieb dort stehen, weil er sich nicht traute, auf das glasartige Material zu treten, obwohl er unter sich eine niedrige Liege und anderes Mobiliar erblickte, was dafür sprach, dass der Boden Gewicht aushielt. Eine der Hummerformen trieb nach oben und stieß mit dem Kopf gegen die Blase, ein Wesen mit schwarzen Knopfaugen auf Stielen, das mit seinen peitschendünnen Beinen über die gewölbte Oberfläche strich und sich vielleicht fragte, warum es etwas, das es sehen konnte, nicht zu fassen bekam.

»Penaeus vannemei im Zoeastadium«, sagte Kunohara von hinten. »Garnelenlarven. Ich habe die Lichtbrechung der Blase hier unten verändert, so dass man alles ein bisschen vergrößert sieht. In Wirklichkeit wären sie viel kleiner als selbst wir in unserer momentanen Größe.«

»Du hast, äh … es ist sehr eindrucksvoll.« Paul sprach es nicht aus, aber obwohl er das Blasenhaus durchaus bemerkenswert fand, war es für einen der Götter eines virtuellen Universums auch eigentümlich bescheiden. »Ein sehr schönes Haus.«

Auf der obersten Stufe bewegte Paul wieder die Hand, und als die Lichter angingen, sah er auf der gewölbten Blasenhaut sein breit gezogenes Abbild wie in einem Zerrspiegel auf dem Jahrmarkt. Trotz des ungewohnten Jumpsuits war der Mann, der den Blick erwiderte, eindeutig er, der Paul Jonas, wie er ihn in Erinnerung hatte, wenn auch mit einem Bart, der ihm das Aussehen eines Schiffbrüchigen verlieh.

Aber warum sehe ich immer gleich aus? überlegte er. *Sonst verändern sich doch alle hin und wieder. Jemand meinte sogar, !Xabbu sei eine Zeit lang ein Affe gewesen.*

Kopfschüttelnd betrat er das Obergeschoss und musste feststellen, dass die von Kunohara mitgenommene tote Assel in der Mitte des Raumes in einem Hexaeder aus weißem Licht schwebte wie in Bernstein fossiliert. Pauls Gastgeber musterte sie kritisch; wenn er ein Zeichen gab, drehte sich die Assel auf der Stelle. Ein filigraner Text aus Kanji-Schriftzeichen lief über die Oberfläche des transparenten geometrischen Körpers.

»Ist das ... etwas, das du noch nicht kanntest?«

»Schlimmer. Es ist etwas, das nicht sein dürfte.« Kunohara stöhnte.

»Kannst du trinken?«

»Kann ich?«

»Hast du Rezeptoren? Was hättest du gern? Du bist mein Gast. Die Höflichkeit verlangt, dass ich dir etwas anbiete, auch wenn du und deine Freunde mein Leben ruiniert habt.«

Zum zweitenmal beschuldigte Kunohara damit Paul und seine Begleiter, ihm Schaden zugefügt zu haben, aber er fühlte sich noch nicht sicher genug, um sich genauer danach zu erkundigen. »Ich kann trinken. Ich weiß nicht, ob ich mich *be*trinken kann, also kann ich das vielleicht auch gleich lassen.« Plötzlich kam ihm ein Gedanke. »Du hättest nicht zufällig Tee hier?«

Diesmal war Kunoharas Lächeln beinahe freundlich zu nennen. »Vierzig oder fünfzig Sorten. Grüne Tees – die mag ich am liebsten –, aber auch schwarze, Orange Pekoe, Congou, Souchung. Oolong habe ich auch. Welchen hättest du gern?«

»Für eine Tasse englischen Tee würde ich einen Mord begehen.« Kunohara zog die Stirn kraus. »Streng genommen gibt es keinen ›englischen‹ Tee, es sei denn, sie hätten in einem unbeobachteten Moment angefangen, an den hohen tropischen Berghängen der Cotswolds welchen anzubauen. Aber ich habe Darjeeling und sogar Earl Grey.«

»Darjeeling wäre wunderbar.«

Paul zweifelte nicht daran, dass Kunohara den Tee genauso hätte herbeizaubern können, wie er sie in das Blasenhaus gezaubert hatte, aber sein Gastgeber war deutlich jemand, der gern seine Eigenheiten pflegte: Kunohara und sein Environment waren beide eine seltsame

Mischung von naturgetreu und verfremdet. Es gab eine sandgefüllte Mulde im Fußboden, wo in einem Kohlenbecken ein altmodisches Feuer brannte, doch obwohl die Blase keinen sichtbaren Abzug hatte, war die Luft im Raum nicht verräuchert. Als Kunohara einen Topf Wasser über die kleine Flamme hängte und Paul sich neben die Feuerstelle auf eine Matte setzte, um zu warten, musste er über den nächsten absurden Gegensatz den Kopf schütteln: Erst um ein Haar von Mutanten ermordet, fünf Minuten später gemütlich darauf wartend, dass das Teewasser kochte.

»Was sind das für ... Wesen?«, fragte er mit einer Kopfbewegung auf die in der Luft schwebende Assel.

»Perverse Machwerke«, antwortete Kunohara rauh. »Ein neuer, grässlicher Eingriff in meine Welt. Ein weiterer Grund für mich, deinen Gefährten alles Schlechte zu wünschen.«

»Renie und die andern haben was mit diesen Monstern zu tun?«

»Ich begegne schon seit einiger Zeit merkwürdigen Anomalien in meiner Welt, unsinnigen Mutationen, die aus dem normalen Funktionieren der Simulation nicht zu erklären sind, aber das hier ist noch etwas Anderes. Schau dir das Ding an! Die scheußliche Karikatur eines Menschen. Sie sind mit voller Absicht geschaffen worden. Irgendjemand Mächtiges – zweifellos ein Mitglied der Gralsbruderschaft – hat beschlossen, mich zu bestrafen.«

»Dich zu bestrafen? Mit Mutationen?« Paul setzte sich verwirrt zurück. Selbst wenn der Tee die gleiche aufmunternde Wirkung tat wie in der wirklichen Welt, war schwerlich zu erwarten, dass er davon einen klaren Kopf bekam. Er war erschöpft. »Ich verstehe nichts von alledem.«

Kunohara starrte finster schweigend die Assel an.

Dampf quoll aus dem Kessel, breitete sich in einer malerischen Wolke aus und verschwand dann, wie weggefegt von der Eiseskälte, die von Pauls Gastgeber ausging. Paul nahm die Tasse, die Kunohara einfach aus der Luft griff, und sah zu, wie er das heiße Wasser durch ein Teesieb goss. Der von dem ziehenden Tee aufsteigende Duft gab Paul zum ersten Mal seit unausdenklich langer Zeit das Gefühl, dass es auch noch etwas Schönes im Leben geben konnte. »Tut mir leid«, sagte er. »Vielleicht bin ich ja begriffsstutzig, aber ich bin schrecklich müde. Das war von allen langen Tagen bisher der längste.« Er lachte und bemerkte einen Anflug von Hysterie in seiner Stimme. Er beugte den Kopf über die Tasse, um den Dampf einzuatmen. »Kannst du mir nicht einfach erzählen, was meine Freunde dir Furchtbares angetan haben?«

»Genau das, womit ich gerechnet hatte«, fauchte Kunohara. »Eigentlich ärgere ich mich mindestens genauso über mich wie über sie. Sie haben einem haushoch überlegenen Gegner den Krieg erklärt und verloren, und jetzt müssen wir übrigen dafür bezahlen.«

»Verloren?« Paul nahm den ersten Schluck. »Aah, köstlich.« Er pustete den Tee und nippte abermals, doch so sehr er auch grübelte, er wurde aus Kunoharas Worten nicht schlau. »Aber ... aber niemand hat bis jetzt verloren, soweit ich das sehe. Höchstens die Bruderschaft. Ich denke, die meisten von ihnen werden mittlerweile tot sein.« Er stockte, weil er plötzlich befürchtete, dass er in seiner Erschöpfung zu viel ausgeplaudert hatte. War Kunohara ein Mitglied der Bruderschaft oder einfach jemand, der sich in ihrem Netzwerk eingemietet hatte?

Sein Gastgeber schaute verblüfft. »Was ist das für ein krauses Zeug?«

Paul musterte ihn prüfend. Was jemand im Stillen dachte, war schon in der wirklichen Welt nicht zu sagen, erst recht nicht hier. Aber, rief er sich ins Gedächtnis, es mochte erst eine Stunde vergangen sein, seit er und die andern erlebt hatten, wie ... ja, was hatten sie eigentlich erlebt? Es war spät am Tag, und er konnte es sich in seiner Hilflosigkeit nicht leisten, einen potentiellen Verbündeten vor den Kopf zu stoßen.

»Willst du damit sagen, dass du nicht weißt, was uns widerfahren ist? Dass wir die Gralsbruderschaft bei ihrer Zeremonie gesehen haben – dass wir dem Andern begegnet sind? Das ist dir alles neu?«

Zu seiner nicht unerheblichen Befriedigung durfte Paul mit ansehen, wie Kunoharas hartes Gesicht vor Staunen schier zerfloss. »Du ... du bist dem Betriebssystem begegnet? Und du lebst?«

»Anscheinend.« Das war, dachte Paul bei sich, gar nicht so sarkastisch, wie es sich anhörte.

Kunohara nahm die Teekanne. Seine Selbstbeherrschung war bewundernswert, denn seine Hand zitterte nicht dabei. »Offenbar weißt du Dinge, die ich nicht weiß.«

»Nach dem, was meine Freunde mir erzählt haben, war es gewöhnlich anders herum. Vielleicht könntest du dieses Mal ja ein wenig mitteilsamer sein.«

Kunohara blickte zerknirscht. »Ich werde deine Fragen beantworten, das verspreche ich. Erzähl mir, was ihr erlebt habt.«

Hideki Kunohara lauschte gespannt Pauls Schilderung und unterbrach ihn häufig, um etwas näher erklärt zu bekommen. Selbst in einer stark gerafften Version war es immer noch eine lange Geschichte: Als Paul bei dem Aufstieg zum Gipfel des schwarzen Berges angekommen war, war es in der Welt außerhalb der Blase Abend geworden, und am nächtigen Himmel über dem Fluss funkelten Sterne. Abgesehen von dem flackernden Feuer hatte Kunohara es in seinem Haus ebenfalls dunkel werden lassen; es gab Momente, in denen Paul vergaß, dass er in der schimmernden Kugelform saß, und sich beinahe auf eine der griechischen Inseln zurückversetzt fühlte, mit Azador unter freiem Himmel am Lagerfeuer.

Da er müde war und gern zum Ende kommen wollte, versuchte Paul sich auf die wichtigen Sachen zu beschränken, aber bei so vielen Rätseln war schwer zu entscheiden, was er weglassen sollte. Kunohara schien sich besonders für das silberne Feuerzeug zu interessieren und schaute enttäuscht, als er hörte, dass es anscheinend auf dem Berggipfel verloren gegangen war. Bei der Erwähnung von Dread und seiner Kontrolle über das Betriebssystem, mit der der Mörder geprahlt hatte, verdüsterte sich seine Miene.

»Das alles ist im höchsten Maße erstaunlich«, erklärte er, als Paul eine Pause machte, um seine vierte Tasse Darjeeling zu leeren. »Alles. Ich hatte so eine Ahnung, was die Gralsbrüder beabsichtigten, denn sie sprachen mich schon vor Langem darauf an und zeigten sich verwundert, dass ich es vorzog, ihrem inneren Kreis nicht beizutreten, obwohl ich über die Mittel dazu verfügte.« Er erwiderte Pauls Blick mit einem grimmigen Lächeln. »Ich habe gesagt, ich werde deine Fragen beantworten, aber das heißt nicht, dass ich dir mein Herz auf den Tisch legen muss. Meine Gründe, bei dem Unsterblichkeitsprojekt der Bruderschaft nicht mitzumachen, sind ganz allein meine Sache.«

»Dafür musst du dich nicht entschuldigen«, beeilte Paul sich zu versichern. »Ich kann mir nur wünschen, dass ich auch Nein sagen würde, wenn ich es angeboten bekäme und wüsste, wie viele Kinder dafür leiden und sogar sterben müssen.«

»Ja, die Kinder.« Kunohara nickte. »Das mit den Kindern kommt noch dazu.« Er schwieg eine Weile gedankenverloren. »Aber das mit dem Andern, das ist wirklich ein Ding. Ich vermute schon lange, dass irgendeine einzigartige künstliche Intelligenz hinter dem System steckt und auch dass sie seit einiger Zeit die Environments in mancher Hinsicht verändert. Wie gesagt, fast von Anfang an hat es unwahrscheinliche Mutationen in meiner Biosphäre gegeben. Zuerst habe ich sie auf Datenverarbeitungsfehler aufgrund der zunehmenden Komplexität des Netzwerks geschoben, aber dann kamen mir Zweifel. Und jetzt diese jüngsten ...« Er verstummte und schloss die Augen. In der eintretenden Stille empfand Paul seine Müdigkeit wie eine zentnerschwere Last. »Du hast sie ja gesehen«, fuhr Kunohara schließlich fort. »Diese mutierten Isopoden waren kein zufällig auftretender Verfall der Programmierung. Sie sprechen sogar!« Er schüttelte den Kopf. »Ich nehme an, dass dieser Kerl, der sich Dread nennt, das System tatsächlich seinem Willen unterworfen hat und sich jetzt mit seinem neuen Spielzeug amüsiert.«

Bei der Vorstellung, das menschliche Ungeheuer, das Renie beschrieben hatte, könnte eine derartige Macht über das Netzwerk haben, lief es Paul eiskalt den Rücken herunter.

»Und deine persönliche Geschichte ist genauso unbegreiflich«, setzte Kunohara abrupt hinzu. »Du warst wirklich ein Angestellter von Felix Jongleur?«

»Daran erinnere ich mich, aber dann kommt ein Block, den ich noch nicht überwunden habe. Von da an ist alles weg, bis auf den Engel. Bis auf Ava.«

»Jongleurs Tochter.« Kunohara runzelte die Stirn. »Aber wie kann das sein? Der Mann geht auf das Ende seines zweiten Jahrhunderts zu. Nach meinen Informationen ist sein Körper seit vielen Jahrzehnten fast gänzlich funktionsunfähig und liegt in einem Tank, wo er von Apparaten am Leben gehalten wird – viel länger, als das Mädchen, dessen Lehrer du anscheinend warst, auf der Welt sein kann. Wieso sollte er ein Kind haben wollen?«

Paul seufzte. »Daran hatte ich noch gar nicht gedacht. Ich verstehe das alles nicht. Noch nicht.«

Kunohara schlug sich mit den Händen auf die Schenkel und stand auf. »Wir werden morgen viel zu erwägen und zu bereden haben, aber ich sehe, dass du mir einschläfst. Such dir einen Platz zum Hinlegen. Falls du irgendetwas brauchst, musst du dich nur an das Haus wenden, aber ich denke, du wirst feststellen, dass die Betten bequem sind. Ich werde die Wand vor deinem Schlafplatz abdunkeln, damit die Morgensonne dich nicht zu zeitig weckt.«

»Danke.« Paul erhob sich schwerfällig. »Ich habe es zwar schon mal gesagt, aber ich sage es noch einmal. Du hast mir das Leben gerettet.«

Kunohara zuckte mit den Achseln. »Vielleicht wirst du mir demnächst meines retten. Information ist das wertvollste Kapital in diesem Netzwerk. Ich habe natürlich immer eigene Informationsquellen gehabt – notgedrungen, denn dieses Netzwerk mit Jongleur und seinen Genossen zu teilen ist so, als lebte man im Florenz der Medici. Aber ich muss zugeben, dass wir jetzt an einen Punkt gekommen sind, an dem meine Kenntnisse nicht mehr ausreichen.«

Paul wankte durch den Raum zu einer Nische, in der eine Matratze, kaum mehr als eine gepolsterte Matte, ausgerollt auf dem Boden lag. »Noch eine Frage«, sagte er, während er darauf niedersank. »Warum warst du so sicher, dass wir verloren haben? Dass die Bruderschaft gesiegt hat?«

Kunohara blieb am Eingang der Nische stehen. Sein Gesicht war wieder eine stoische Maske. »Weil Veränderungen eingetreten sind.«

»Diese neuen Mutanten?«

Ein Kopfschütteln. »Von denen wusste ich nichts, bis ich deine Notsituation sah. Aber kurz vorher entdeckte ich, dass für mich nunmehr dasselbe gilt wie für euch, obwohl ich einer der Gründer dieses virtuellen Universums bin.« Sein Lächeln wirkte beinahe spöttisch. »Ich kann das Netzwerk nicht mehr verlassen. Demnach kann auch ich hier sterben, wie es scheint.« Er machte eine knappe Verbeugung. »Schlaf gut.«

Mitten in der Nacht schreckte Paul aus dem Schlaf auf. Er hatte wieder einmal geträumt, von einem Riesen über eine Wolkendecke gejagt zu werden, die bei jedem Schritt des Verfolgers wackelte. Mit rasendem Herzen setzte er sich hin und merkte, dass das Schwingen anhielt, wenngleich es viel schwächer war als in dem grässlichen Verfolgungstraum. Dann erkannte er die reglosen Umrisse von Kunoharas stillem Haus und entspannte sich. Draußen regnete es riesige Tropfen, jedenfalls aus seiner Sicht. Sie schlugen schwer auf die Blase und wühlten das Wasser auf, aber Kunohara hatte anscheinend ihre Wucht gedämpft, so dass Paul nicht mehr als ein sanftes Wippen verspürte.

Er hatte sich gerade wieder hingelegt und versuchte, die aufgewühlten Gedanken zu beruhigen, um diesmal etwas Erfreulicheres zu träumen, als eine laute und seltsam vertraute Stimme durch den Raum scholl.

»Bist du da irgendwo? Kannst du mich hören? Renie?«

Er sprang auf. Das Zimmer war leer – die Stimme war aus dem Nichts gekommen. Er tat ein paar Schritte und stieß mit dem Schienbein an einen niedrigen Tisch.

»Renie, kannst du uns hören? Wir sind furchtbar in Not!«

Es war die blinde Frau, Martine, und sie klang verängstigt. Verwirrt und betroffen von der Geisterstimme griff sich Paul an den Kopf. »Kunohara!«, schrie er. »Was ist da los?«

Ein gedämpftes, ortloses Licht ging an. Sein Gastgeber erschien, bekleidet mit einem dunklen Kimono. Auch er wirkte verblüfft. »Jemand ... jemand benutzt das offene Kommunikationsband«, sagte er. »Idioten! Was denken die sich dabei?«

»Was für ein Kommunikationsband?«, wollte Paul wissen, doch der andere Mann war damit beschäftigt, eine Reihe von Gesten zu machen. »Das sind meine Freunde! Was ist mit ihnen?«

Mehrere Sichtfenster sprangen in der Luft auf, kleine Rechtecke voll sausender Lichtblitze, die Zahlen oder Buchstaben oder noch rätselhaftere Zeichen sein mochten, aber Kunohara schienen sie etwas zu sagen, denn er zog ein finsteres Gesicht. »Alle sieben Höllen! Sie sind hier – in meiner Welt!«

»Wie? Was? Wo?« Paul sah, wie Kunohara ein neues und größeres Fenster öffnete, in dem sich dunkle Figuren bewegten. Es dauerte einen Moment, bis Paul begriff, dass er auf einen Ausschnitt des Makrodschungels im Mondschein blickte. Regentropfen gingen nieder wie Granaten. Paul konnte mehrere düstere Gestalten ausmachen, die unter einem überhängenden Blatt kauerten. »Sind sie das? Wie können sie mit uns reden?«

»Bitte, gib Antwort, Renie«, ertönte Martines jammernde Stimme. *»Wir sitzen hier in der Falle und haben keine ...«*

Der Ton brach jäh ab. Bevor Paul den Mund aufmachen konnte, um weitere Fragen zu stellen, knackte es, und eine andere körperlose Stimme scholl durch den Raum, tiefer und kräftiger als die erste. Auch sie hatte er schon einmal gehört, erkannte Paul mit wachsendem

Grauen, aber nur ein einziges Mal – am Himmel über dem schwarzen Berg …

»Martine! Bist du das, Süße?« Der große böse Wolf, der gerade entdeckte, dass den Schweinchen die Ziegel zum Hausbau ausgegangen waren, hätte sich nicht erfreuter anhören können. *»Ich hab dich richtig vermisst. Sind etwa noch andere von meinen alten Kumpels bei dir?«*

Martine war verstummt, zweifellos vor Schreck, aber der hämischen Stimme schien das nichts auszumachen.

»Ich bin zurzeit leider ziemlich beschäftigt, mein Schnucki, aber ich schick ein paar Freunde los, die euch holen werden. Rührt euch nicht von der Stelle! Sie werden in wenigen Minuten da sein. Oder wenn ihr wollt, könnt ihr auch gern fliehen – es wird euch nur nichts nützen.« Hörbar gut gelaunt lachte Dread aus vollem Hals. Die Gestalten, die Paul in dem offenen Fenster sehen konnte, wichen noch weiter in die Dunkelheit unter dem Blatt zurück.

Er fuhr herum und packte Kunohara am Arm. »Wir müssen ihnen helfen!«

In dem trüben Licht schien Kunoharas Profil aus kaltem Stein gemeißelt zu sein. »Wir können nichts tun. Das haben sie sich selbst zuzuschreiben.«

»Mich hast du doch auch gerettet!«

»Du hast deine Anwesenheit niemandem verraten, der mich vernichten könnte. Davon abgesehen ist es für sie ohnehin zu spät, ganz gleich was dieser Dread unternimmt. Sie sind von einem sehr viel näheren Feind aufgespürt worden.«

»Was soll das heißen?«

Kunohara deutete auf das Fenster. Das Blatt, das Martine und den übrigen Schutz bot, schwankte immer noch unter den schweren Regengeschossen, aber ein kolossaler Schatten hatte sich in Pauls Blickfeld geschoben, ein gepanzertes Monstrum auf langen Gliederbeinen, das nach und nach das ganze Bild verfinsterte.

»Eine Geißelspinne«, sagte Kunohara, »verwandt mit den Skorpionen. Wenigstens werden sie nicht lange leiden müssen.«

Kapitel 4
TRAUM IM SILBERNEN NEBEL

NETFEED/NACHRICHTEN:
Meinungsfreiheit für sprechende Puppen?
(Bild: Motzpuppe Max Mauli, Herstellerdemo)
Off-Stimme: Die Eltern eines neunjährigen Jungen aus der Schweiz haben dessen Schulleiter verklagt. Der Junge war wegen aufsässiger Reden bestraft worden, obwohl der wahre Schuldige nach Ansicht der Eltern eine sprechende Puppe namens Max Mauli ist, die von der Firma FunSmart Entertainment hergestellt wird.
(Bild: FunSmart-PR-Chef Dilip Rangel)
Rangel: "Max Mauli ist eine serienmäßig hergestellte interaktive Puppe. Sie redet - genau dafür ist sie gemacht. Manchmal sagt sie unanständige Sachen. Auch wenn die Bemerkungen noch so unerfreulich waren, den Besitzer, ein minderjähriges Kind, trifft keine Schuld. Es ist eine Sache, die Puppe zu konfiszieren - das erleben wir häufig -, aber eine ganz andere Sache, ein Kind für Ausdrücke zur Rechenschaft zu ziehen, die diese Puppe gegenüber einer Lehrerin gebraucht. Die übrigens allem Anschein nach eine ziemlich autoritäre Zicke ist ..."

> Kein Berg konnte so hoch sein. Das war unvorstellbar.

»Wenn dies die wirkliche Welt wäre«, japste Renie am Mittag des vierten oder vielleicht sogar schon fünften Tages, den sie sich mühsam den Berg hinunterquälten, »dann hätte die Spitze außerhalb der Atmosphäre liegen müssen, im Weltraum. Wir hätten keine Luft zum Atmen gehabt. Wir wären augenblicklich erfroren.«

»Dann sollten wir wohl dankbar sein«, meinte !Xabbu. Er klang nicht sehr überzeugt.

»Kannste nullen«, grummelte Sam, »denn wenn wir die Nase in den Weltraum gesteckt hätten, dann wären wir tot und könnten uns das Rumgelatsche und diesen ganzen Fen-fen sparen.«

Es war einer der seltenen Wortwechsel. Der trostlose Marsch mit seinen Strapazen und Gefahren animierte niemanden zum Reden. Der Pfad schraubte sich weiterhin monoton im Uhrzeigersinn den ungeheuren schwarzen Kegel hinunter, doch an Stellen, wo der Berg ihn nach und nach fast verschluckte, wurde die Trittfläche so schmal, dass sie hintereinander gehen mussten, und so tückisch, dass sie sich nur im Schleichtempo vorwärtsbewegten und die Augen ständig zwischen dem Rand des Abgrunds und dem Rücken des Vordermannes hin- und herwanderten.

Sam war zweimal ausgerutscht und beide Male nur deshalb gerettet worden, weil sie so dicht gingen, dass jeder in unmittelbarer Reichweite von jemand anderem war. Auch Jongleur war einmal beinahe abgestürzt, aber !Xabbu hatte blitzschnell reagiert und ihn am Arm gepackt, wodurch er nach hinten getaumelt war statt nach vorn. !Xabbu hatte automatisch gehandelt, ohne nachzudenken, und Jongleur hatte sich nicht bedankt. Renie fragte sich unwillkürlich, was sie tun würde, falls der Gralsherr noch einmal stolperte und sie die Einzige war, die ihn retten konnte.

Nach Jongleurs Fehltritt gewöhnten sie sich an, auf den seltener werdenden breiten Abschnitten des Weges die Positionen zu wechseln, so dass von den vieren immer jemand anders vorne ging und der oder die Betreffende mit höherer Wahrscheinlichkeit relativ frisch und wachsam war. Nur Ricardo Klement wurde von der Regelung ausgenommen und musste hinten bleiben, wo er mit seinem ständigen selbstvergessenen Stehenbleiben und Weitergehen niemand anderen gefährdete als sich selbst.

Es war ein unbeschreiblich trübseliges Gehen. Außer den gelegentlichen Verformungen des schwarzen Gesteins, seinen Buckeln und an zerlaufenes Wachs erinnernden Wülsten, gab es nichts zum Anschauen, kein Pflanzenleben, nicht einmal so etwas wie Wetter. Der Himmel, der so unheimlich zum Greifen nahe schien, war uninteressanter als eine Betonwand. Selbst die ferne Schönheit der silbrig weißen Wolkendecke unter ihnen mit ihrem Flimmern und ihrem Regenbogengefunkel verlor bald ihre Faszination, und ohnehin war es viel zu gefährlich, länger als ein paar Sekunden über den Rand hinauszugucken. Müde Füße stolperten häufig, und der Pfad war zwar monoton, aber nicht gleichmäßig eben.

Nach der dritten unbequemen Nachtruhe in einer der schmalen Spalten am Hang – wobei »Nacht« nur die Spanne bedeutete, in der sie anhielten und schliefen, da ein unveränderliches Dämmerlicht den schwarzen Gipfel umgab – kam es auch nicht mehr zu Zornausbrüchen wie bei der ersten Rast. Felix Jongleur brachte kaum noch die Energie für die wenigen notwendigen Absprachen auf und verzichtete sogar auf Verachtungsgesten, um Kräfte zu sparen. Renie hörte nicht auf, ihn mit Furcht und Widerwillen zu betrachten, aber das immer gleiche langweilige Dahinstapfen und der gelegentliche Schock eines Beinaheunfalls sorgten dafür, dass diese Gefühle zurücktraten und nur noch als dunkler, kalter Druck in ihrem Hinterkopf schlummerten. Selbst Sam überwand trotz ihres Abscheus vor Jongleur ihre Berührungsangst ein wenig. Sie sprach zwar immer noch nicht mit ihm, aber wenn sie stolperte und er vor ihr war, fing sie sich an seinem nackten Rücken ab. Beim ersten Mal hatte sie sich vor Ekel gewunden, jetzt aber war es, wie fast alles andere auch, ein Teil der allgemeinen tristen Routine geworden.

»Mir ist grade was klar geworden«, sagte Renie leise zu !Xabbu. Sie hatten keine Stelle gefunden, die breit genug zum Sitzen war, und so ruhten sie sich im Stehen aus, den Rücken an die Flanke des Berges gelehnt. Da keine Sonne den Stein erwärmte und keine Nachtluft ihn abkühlte, hatte er in etwa die gleiche Temperatur wie ihre Haut. »Ursprünglich war es so gedacht, dass wir hier hochsteigen.«

»Was meinst du damit?« Er hob bedächtig einen Fuß und massierte die Sohle.

Sie äugte verstohlen zu Jongleur hinüber, der ein paar Meter weiter vorn stand, Rückgrat und Hinterkopf gegen die glatte Felswand gepresst. »Pauls Engel«, flüsterte sie. »Ava. Sie machte so eine Bemerkung wie, eigentlich hätten wir aus eigener Kraft den Gipfel erreichen sollen, aber dazu wäre keine Zeit mehr. Und dann hat sie das Gateway geöffnet und uns direkt auf den Pfad versetzt. Verstehst du? Sie wollten, dass wir dieses ganze Ding hochsteigen. Stell dir vor! Noch weiter *bergan* zu gehen, als wir jetzt bergab gegangen sind.« Sie schüttelte den Kopf. »Diese Schweine. Wahrscheinlich wäre die Hälfte von uns dabei draufgegangen.«

!Xabbu blickte sinnierend vor sich hin. »Aber wer wollte das? Wer sind *sie?«*

»Die Engelfrau. Und der Andere, vermute ich. Was weiß ich.«

Er schürzte die Lippen und strich sich mit der Hand über die Augen.

Renie fand, dass er ausgelaugt wirkte, erschöpfter, als sie ihn je zuvor gesehen hatte. »Es hat Ähnlichkeit mit den Wanderungen, die meine Leute unternehmen müssen. Manchmal müssen wir monatelang durch den Busch ziehen – aber dabei geht es ums Überleben.«

»Hierbei auch, würde ich vermuten. Dennoch macht es mich wütend, wenn ich mir vorstelle, dass jemand sich für uns eine solche Hindernisbahn ausgedacht hat. ›Ach, und dann lassen wir sie noch einen hundert Kilometer hohen Berg besteigen. Damit sind sie eine Weile beschäftigt.‹ Drecksäcke.«

»Es ist so 'ne Suchgeschichte.« Sams Stimme war tonlos.

Renie sah sie verwundert an. So wie das Mädchen dahing, hätte Renie gedacht, dass sie für ein Gespräch zu müde war. »Was willst du damit sagen, Sam?«

»'ne Suche, bong? Wie in Mittland. Wenn du was haben willst, musst du 'ne voll lange Fahrt bestehen und dir Bonuspunkte verdienen und Monster töten.« Sie seufzte. »Wenn ich hier je wieder rauskomme, bringen mich keine zehn Pferde noch mal in dieses Fenloch Mittland.«

»Aber warum sollten wir auf eine Suche geschickt werden? Na ja, in gewisser Hinsicht sind wir schon auf einer.« Höchst widerwillig zwang Renie sich zum Nachdenken, obwohl ihr Gehirn nichts weiter wollte, als träge im Schädel herumzuschwappen. »Sellars hat uns eingeschleust, damit wir herausfinden, was hier läuft. Aber in diesen Spielwelten hat eine Suche immer einen Zweck, einen Grund. ›Wenn du das schaffst, hast du das Spiel gewonnen.‹ Wir hatten keine Ahnung, wonach wir suchen sollten – und haben immer noch keine.«

Sie blickte rasch zu Jongleur hinüber, der so unbewegt war wie eine Eidechse auf einem Stein. Etwas arbeitete in ihrem Gedächtnis. »Es war Ava, die Paul hierhin und dorthin geschickt hat, nicht wahr? Und mit dir und Orlando hat sie's genauso gemacht, stimmt's?«

»Das war sie damals in dem Gefrierschrank, stimmt.« Sam wechselte die Position. »Und in Ägypten. Also vermutlich ja.«

»Mein Gott«, sagte Renie. »Das hatte ich noch gar nicht bedacht.« Ihre Stimme sank zu einem Flüstern ab. »Wenn Paul Jonas recht hatte, dann ist Ava *Jongleurs Tochter.*«

!Xabbu zog eine Augenbraue hoch. »Aber das wissen wir doch bereits.«

»Ja, schon, aber es hatte bei mir noch nicht richtig klick gemacht. Denn das heißt, dass die Antworten auf unsere meisten Fragen sich dort im Kopf dieses grässlichen Mannes finden könnten.«

»Dann spalten wir ihn doch mit einem scharfen Stein und schauen nach«, schlug Sam vor.

Jongleurs Lider gingen hoch, und er richtete den Blick auf sie. Renie fragte sich, ob ihr Simgesicht ein schuldbewusstes Erröten zeigte. »Wenn ihr die Energie habt, wie Schulkinder zu tuscheln«, sagte er, »dann seid ihr zweifellos auch kräftig genug, um weiterzugehen.« Er stemmte sich von der Felswand ab und begann, den Pfad hinunterzuhumpeln.

»Du wirkst sehr aufgeregt, Renie«, sagte !Xabbu leise, als sie sich hinter Jongleur in Bewegung setzten.

»Was ist, wenn das stimmt? Wenn dieser Kerl die Antworten auf alles hat – was mit den Kindern ist und warum wir hier fest hängen und was aus uns werden wird –, wenn er alles weiß, was wir um den Preis unseres Lebens herauszukriegen versuchen?«

»Ich glaube nicht, dass er uns helfen wird, Renie. Kann sein, dass er Informationen mit uns austauscht, aber nur, wenn es ihm nützt, und wir haben keine Ahnung, womit er zu locken wäre.«

Renie konnte ihre Erregung kaum unterdrücken. »Es geht mir nicht aus dem Kopf, was Sam da eben gesagt hat. Nicht dass wir ihm den Schädel aufschlagen sollten, aber vielleicht sollten wir Gewalt anwenden. Wenn er genauso an einen virtuellen Körper gefesselt ist wie wir, dann ist er verletzbar – und wir sind in der Überzahl. Sind wir es nicht all den Kindern und unsern Freunden schuldig, dass wir aus ihm herausquetschen, was er weiß? Selbst wenn wir ihn dafür ... foltern müssen?«

!Xabbu machte ein bestürztes Gesicht. »Der Gedanke gefällt mir nicht, Renie.«

»Mir auch nicht, aber was ist, wenn hier wirklich das Schicksal der

Welt auf dem Spiel steht?« Sam war ein paar Schritte zurückgefallen, und Renie senkte jetzt ihre Stimme und berührte mit dem Mund beinahe !Xabbus Ohr, obwohl das die Gefahr beim Gehen noch erhöhte. »Es hört sich melodramatisch an, aber es könnte wahr sein! Was ist, wenn wir gar keine andere Wahl haben? Müssen wir es nicht wenigstens in Erwägung ziehen?«

!Xabbu gab keine Antwort. Er sah, sofern das möglich war, noch erschöpfter aus als vor ihrer Rast.

Renie hatte natürlich Verständnis dafür, dass !Xabbu nicht einmal über die Möglichkeit sprechen wollte, Jongleur zu foltern, um Informationen aus ihm herauszubekommen, nicht allein aus Abscheu davor, was eine solche Tat aus ihnen machen würde, sondern auch aus echter Furcht vor ihrem möglichen Ausgang. Jongleur war ein harter, skrupelloser Mann. Wenn sie sich anschaute, wie er mit festem Schritt vor ihnen herging und wie die langen, stählernen Muskelstränge unter seiner nackten Haut spielten, dann hatte sie den Verdacht, dass der Versuch, ihn gefügig zu machen, nicht ohne Verluste auf ihrer Seite abgehen würde – ein Preis, den zu zahlen Renie nicht bereit war. Und obwohl Ricardo Klement bis jetzt an nichts Anteil genommen hatte, war das keine Garantie dafür, dass er untätig zusehen würde, wenn sie über Jongleur herfielen. Doch selbst gesetzt den Fall, es glückte ihnen, den Gralsherrn zu überwältigen und ihm mit Schmerzen oder sogar dem Tod zu drohen, was dann? Sie war sich nicht hundertprozentig sicher, dass Jongleur einer virtuellen Hinrichtung tatsächlich in gleicher Weise ausgeliefert war wie sie und ihre Gefährten; vielleicht tat er aus irgendeinem verborgenen Grund nur so und wurde lediglich in einen anderen Sim transferiert, wenn er hier starb, oder in seinen uralten physischen Körper. Dann hätten sie jede Aussicht auf Aufklärung verspielt, ganz zu schweigen davon, dass sie erfolglos versucht hätten, den mächtigsten Mann der Welt umzubringen – nicht gerade eine Gewähr für langfristige Sicherheit.

Sie wollte und konnte die Möglichkeit nicht ausschließen, Gewalt gegen ihn zu gebrauchen – nicht solange das Leben von Stephen und zahllosen anderen auf dem Spiel stand –, aber alles in allem war es ein Risiko, das sie nicht eher eingehen wollte, als bis alle anderen Mittel versagt hatten.

Aber was dann? Wenn Jongleur ein normaler Mensch gewesen wäre, hätten sie mit ihm handeln, ihm Informationen, an denen ihm gelegen war, im Austausch geben können. Aber soweit sie sehen konnte, war das einzige Interesse, das er hatte, dieser Situation zu entkommen und Rache an seinem rebellischen Diener Dread zu nehmen. Keines von beiden konnte Renie ihm verschaffen.

Was also gibt man einem Mann, der alles hat? dachte sie säuerlich. Gab es auch für Jongleur etwas, das er unbedingt wissen musste? Etwas, das Renie und ihre Gefährten ihm geben konnten? Das ihn möglicherweise interessierte?

Seine Tochter, kam es ihr plötzlich. *Wie passt sie da rein?* Mit einem Mal war Renie klar, was sie die ganze Zeit über irritiert hatte. *Alles, was sie tut, geschieht offenbar nicht in der Absicht, ihrem Vater zu helfen. Eher im Gegenteil. Hat Paul nicht gesagt, dass Jongleurs Gorillas auf ihn Jagd gemacht haben? Aber wie es aussieht, hat sie versucht, Paul vor den Zwillingen in Sicherheit zu bringen, obwohl sie ihn zweifellos hätte ausliefern können, wenn sie gewollt hätte. Ja, er hat sogar gemeint, sie fürchte sich genauso vor ihnen.* Wie also stand sie zu Jongleur? Auf jeden Fall sah es nicht nach einem normalen Vater-Tochter-Verhältnis aus.

Irgendetwas war da faul, ganz sicher. Dankbar fühlte Renie, wie neue Energie sich in ihr regte. Sie hatte wieder etwas, woran sie kauen konnte, eine sinnvolle Betätigung für ihr Gehirn.

Im Grunde wissen wir gar nichts über diese Ava. Wieso um alles in der Welt war sie auch Emily, irgendein Dutzendsim in einer Oz-Simulation? Warum hat sie Orlando und Fredericks in der Küchenwelt und in Ägypten geholfen, aber nie etwas für mich und !Xabbu getan? Und warum spielt sie für Paul den Schutzengel, wenn ihr eigener Vater das ganze Netzwerk auf den Kopf stellt, um ihn zu finden?

Langsam einen Fuß vor den anderen setzend marschierte sie weiter wie ein Zombie bergab, aber innerlich fühlte sie sich zum ersten Mal seit Tagen wieder lebendig.

Ziemlich bald nach der letzten Rast stießen sie auf eine Aushöhlung in der Bergflanke, und da sie nicht davon ausgehen konnten, dass sich ihnen in absehbarer Zeit wieder eine geeignete Stelle bieten würde, beschlossen sie, dort zu übernachten, was nichts Anderes bedeutete, als dass sie schlurfenden Schritts den Pfad verließen und sich hinlegten.

Renie wachte als Erste auf. Sie rollte sich herum und sah Sam in unruhigem Schlummer zucken. Das Mädchen hielt sich bemerkenswert wacker, aber Renie machte sich Sorgen: Sie vermutete, dass Sams Beherrschung in erster Linie dem abstumpfenden Effekt der Erschöpfung zuzuschreiben war. Aus einer plötzlichen Regung heraus zog sie ihr vorsichtig das kaputte Schwert aus dem Bund, dann lehnte sie sich zurück und wartete darauf, dass Jongleur wach wurde.

!Xabbu und der Mann mit dem harten Gesicht regten sich fast gleichzeitig. Felix Jongleur schien schlecht zu träumen, denn seine Fäuste ballten und lösten sich, und seine Lippen bewegten sich, als wollte er etwas sagen. Die Vorstellung, etwas könnte diesem Ungeheuer schwer auf der Seele liegen, befriedigte Renie außerordentlich.

Plötzlich fuhr Jongleur hoch und murmelte: »Nein, die Scheibe ...« Dann guckte er sich verschlafen um. Sein Blick fiel auf Ricardo Klement, der mit offenen Augen, doch ansonsten so gut wie leblos einen Meter neben ihm lag. Jongleur schüttelte sich und wischte sich übers Gesicht.

»Na«, sprach Renie ihn unvermittelt an, »was ist das eigentlich für eine Geschichte mit dir und Paul Jonas?«

Jongleur erstarrte wie ein erschrecktes Tier, doch sofort wurde sein Gesicht wieder ausdruckslos wie die Maske, die er als oberster Gott des alten Ägypten getragen hatte. »Was hast du gesagt?«

»Ich hab dich gefragt, was du von Paul Jonas willst.« Sie gab ihrer Stimme einen aggressiv beiläufigen Ton, aber ihr Herz hämmerte wie wild.

Jongleur war mit einem Satz auf den Füßen und trat drohend auf sie zu. »Was weißt du von ihm?«

Renie war darauf vorbereitet. Blitzschnell hielt sie ihm die abgebrochene Schwertklinge dicht vors Gesicht. Jongleur erstarrte wieder und durchbohrte sie mit seinem Blick, die Oberlippe hochgezogen und die Zähne gebleckt.

»Näher kommst du besser nicht«, zischte sie. »Was bist du eigentlich – Franzose? Dein Englisch hat noch so einen kleinen Akzent. Vielleicht bist du diese nordafrikanischen schwarzen Frauen gewohnt, die sich von ihren Männern Vorschriften machen lassen. Die Sorte Afrikanerin bin ich jedenfalls nicht, Alter. Geh zurück, und setz dich wieder hin!«

Er kam nicht näher, wich aber auch nicht zurück. »Akzent? Und das von dir mit dem bisschen Schulgrammatik über deinem miesen Slum-Patois.« Die Knöchel an seinen geballten Fäusten waren wie kleine weiße Eier. Ein falsches Wort, begriff Renie, und der Autokrat würde sich auf sie stürzen, Schwert hin oder her. »Was weißt du von Jonas?«, fragte er abermals.

»So läuft das Spiel nicht.« Sie sah, dass !Xabbu sich hingesetzt hatte und sie schweigend und eindringlich beobachtete. »Du hast letztens gesagt, dass wir von dir keine Information ohne Gegenleistung erhalten. Na schön, von mir aus. Wir wissen eine Menge über Paul Jonas. Du weißt eine Menge über das Netzwerk. Lass uns Informationen tauschen.«

Er hatte seine Wut inzwischen im Griff, obwohl die Muskeln und Sehnen in Hals und Armen immer noch straff gespannt waren. »Du bist reichlich eingebildet, Frau.«

»Nein. Ich kenne meine Grenzen. Deshalb behagt mir auch unsere Absprache nicht besonders. Du brauchst unsere Hilfe für den Abstieg von diesem verdammten Berg, aber was kriegen wir dafür von dir? Wenn wir hier heil runterkommen und du dich dann absetzt, haben wir nichts gewonnen als noch einen frei herumlaufenden Feind.«

Jongleurs Augen verengten sich. »Ich habe dir das Leben gerettet.«

Renie schnaubte. »Das hätte mehr Gewicht, wenn ich nicht genau wüsste, dass du mich unter andern Umständen ebenso bedenkenlos runterstoßen würdest. Abgesehen davon haben wir dir auch das Leben gerettet. Das alles hat nichts mit dem zu tun, von dem ich rede. Also?«

Auch Sam setzte sich jetzt auf, ein Kind, dem es langsam zur traurigen Gewohnheit wurde, sich beim Aufwachen in bizarren Situationen wiederzufinden. Dennoch beobachtete sie diesmal das Geschehen mit einer eigentümlich fiebrigen Intensität. !Xabbu rutschte näher an das Mädchen heran, vielleicht um zu verhindern, dass sie sich bei diesem heiklen diplomatischen Drahtseilakt einmischte. Sein Vertrauen stärkte Renie.

»Was willst du wissen?«, fragte Jongleur. »Und was hast du zu bieten?«

»Was wir zu bieten haben, weißt du bereits. Paul Jonas. Wir kennen ihn, wir kennen ihn gut. Wir waren sogar mit ihm zusammen unterwegs.« Sie sah genau hin und wurde von einem Flackern tief in

Jongleurs Augen belohnt. »Wie wär's, wenn du uns was vom Andern erzählst?«

»Ach. Das eine oder andere habt ihr also mitgekriegt.«

»Nicht genug. Was ist das für ein Ding? Wie funktioniert es?«

Sein Lachen war jäh und scharf wie ein Haifischbiss. »Du musst beschränkter sein, als ich dachte. Ich habe für die Entwicklung dieses Systems Summen ausgegeben, neben denen das Sozialprodukt deines armseligen Landes gar nicht ins Gewicht fällt, habe Jahre meines Lebens drangegeben und Dutzende von Leuten umbringen lassen, um meine Investition zu sichern. Meinst du wirklich, ich würde das für nichts verraten?«

»Nichts? Ist Paul Jonas wirklich nichts?« Sie runzelte die Stirn – sein Gesicht war wieder eisig geworden. »Er war bei uns, was sagst du dazu? Neulich oben auf dem Gipfel, als die ganze Chose den Bach runterging, warst du nur ein paar Meter von ihm entfernt.« Sie sah seine ungläubige Miene und lachte rauh. »Aber ja! Er war vor deiner Nase, und du wusstest es nicht mal.«

Jongleur hatte an der Vorstellung sichtlich zu schlucken. Zum ersten Mal sah sie in seiner Fassade der Stärke einen deutlichen Riss, einen Anflug von Gebrochenheit. »Und wenn schon«, sagte er schließlich. »Jetzt ist er nicht hier. Ich will Jonas selbst haben, keine alten Geschichten über ihn. Kannst du ihn mir ausliefern?«

Renie zögerte einen Moment, unsicher, wie sie taktieren sollte. »Vielleicht.«

Ein freudloses Lächeln trat langsam in Jongleurs Gesicht. »Du lügst. Das Gespräch ist beendet.«

Erbittert fasste Renie den Schwertgriff fester. »Ach ja? Bevor wir überhaupt Gelegenheit hatten, über deine Tochter Ava zu reden?«

Zu ihrem Erstaunen prallte Jongleur einen Schritt zurück. Alles Blut wich aus seinem Gesicht, und seine dunklen Augen schienen fast aus den Höhlen zu treten. »Wenn du noch einmal vor mir ihren Namen aussprichst, bringe ich dich um, ganz gleich, ob du ein Schwert hast«, stieß er heiser flüsternd hervor. Er konnte nur mit äußerster Mühe die Fassung bewahren, und Renie musste sich zusammennehmen, um ihm weiter die Stirn zu bieten. »Du hast von nichts eine Ahnung ... von gar nichts. Kein ... kein einziges Wort mehr! Hörst du?« Er wandte sich ab und trat auf den Weg hinaus. Bevor er aus ihrem Blickfeld verschwand, fuhr er noch einmal herum und richtete einen zitternden Finger auf sie. *»Kein Wort!«*

Als er fort war, herrschte Schweigen in der kleinen Höhle. Sam sah Renie mit großen Augen an.

»Okay.« Renie war auf einmal sehr wacklig zumute. »Okay, wenn er es so haben will. Er ist sowieso ein dreckiger Mörder, groß Freundschaft schließen werden wir eh nicht.« Sie zögerte kurz, dann reichte sie Sam den Schwertstumpf. »Da. Falls er so wütend ist, dass er mich in den Abgrund stößt oder so was. Pass gut drauf auf.«

»Chizz«, sagte Sam mit gedämpfter Stimme.

Jongleur ging stundenlang weit vor ihnen, Schultern steif, Blick starr geradeaus, doch er blieb fast immer in Sichtweite. Ein Teil von Renie wollte sich über dieses Verhalten lustig machen – der mächtigste Mann der Welt, der über zahllose Leichen gegangen war, um im Konkurrenzkampf zu siegen, hatte ihnen den Rücken gekehrt wie ein beleidigtes Kind, wenn das Spiel nicht nach seinem Kopf lief. Aber dieser hohle Hohn, erkannte sie, entsprang der Furcht vor dem Mann und dem verzweifelten Bemühen, sich selber Mut zu machen. Ein vernünftigerer Teil von ihr war sich darüber im Klaren, dass sie einen wunden und extrem gefährlichen Punkt tief in Jongleur berührt hatte. Seine jähen Zornausbrüche kannte sie mittlerweile, aber dies war etwas Anderes gewesen, eine eiskalte Wut, die wohl kaum verfliegen würde.

Wie es aussah, hatte sie einen gewissenlosen Menschen gereizt und ihn sich zum persönlichen Feind gemacht.

Das Zerwürfnis mit Jongleur wäre vermutlich schlimmer gewesen, wenn nicht der Berg nach wie vor ihrer aller Aufmerksamkeit voll beansprucht hätte. Der Weg verschmälerte sich langsam, aber unübersehbar, und alle hatten mit der Mutlosigkeit zu kämpfen. Fast die halbe Zeit über mussten sie sich jetzt seitlich fortbewegen, mit dem Rücken an der steinernen Wand, den furchtbaren Absturz in den unheimlichen silbrigen Nebel drohend vor Augen. Selbst in Jongleur schienen schließlich pragmatische Erwägungen die Oberhand zu gewinnen, denn er ließ sich zurückfallen, bis er nur noch eine Armlänge vor !Xabbu ging, aber sie kamen viele Stunden lang an keine Stelle, die für einen gefahrlosen Wechsel an der Spitze breit genug gewesen wäre.

Irgendwann kam doch eine, und danach ging !Xabbu lange Zeit

vorn. Er nahm mit dem Tempo Rücksicht auf Renie und die anderen, doch selbst den Buschmann verließen sichtlich die Kräfte. Mehrmals wäre aus Müdigkeit beinahe ein Unglück passiert, aber noch schlimmer war, dass sie offensichtlich den Punkt fast erreicht hatten, wo der Pfad endgültig ungangbar wurde. Bestimmt, dachte Renie, würde es nur noch einen Tag dauern, oder die entsprechende Spanne an diesem zeitlosen Ort, bis sie sich mit den Gesichtern an die Bergwand gepresst auf Zehenspitzen vorwärtsschoben.

Sie irrte sich. Es dauerte nicht annähernd so lange.

Sie kamen noch einmal an eine etwas breitere Stelle, wo sie sich kurz im Stehen ausruhen und abermals die Reihenfolge ändern konnten. Renie begab sich nach vorn, und !Xabbu wartete, bis alle außer Ricardo Klement an ihm vorbei waren, so dass der kleine Mann nun hinter Jongleur und dieser wiederum hinter Sam ging. Renie meinte fast zu spüren, wie sich der finstere Blick des Gralsherrn in ihren Hinterkopf brannte, aber sie durfte mit solchen Hirngespinsten keine Energie verschwenden: Der verbleibende Pfad war so schmal, dass sie kaum noch beide Füße nebeneinander setzen konnte, und sie musste sich ständig nach innen lehnen, um das Gleichgewicht zu halten.

Wieder vergingen Stunden. Renie war zum Umfallen müde, ihr Rücken war verspannt von der krampfhaft schiefen Haltung, und Augen und Füße schmerzten ihr dermaßen, dass der Gedanke eines Fehltritts ins Leere beinahe verlockend war. Zu allem Überfluss schien das glitzernde Nebelmeer überhaupt nicht näher zu kommen, aber daran mochte Renie gar nicht denken – die unmittelbare Situation war qualvoll genug. Sie war schon mehrmals gestolpert, und einmal war sie nach vorn geschossen und wäre mit Sicherheit in ihr Verderben gestürzt, wenn Sam sie nicht gerade noch am Stoff ihres notdürftigen Fähnchens erwischt hätte. Doch ein Platz für einen erneuten Führungswechsel hätte auch nichts geholfen, denn Sam war bestimmt nicht weniger müde als sie. !Xabbu hätte sich natürlich bei Bedarf sofort wieder an die Spitze gesetzt, daran hatte sie nicht den geringsten Zweifel, aber sie wollte auch nicht, dass er das Risiko auf sich nahm. Im Grunde genommen sollte niemand mehr an der Spitze gehen. Sie mussten dringend irgendwo haltmachen und sich hinlegen. Ein weiterer Positionswechsel im Stehen würde eine kleine Verschnaufpause bedeuten, aber mit einer Verschnaufpause war es längst nicht mehr getan: Sie mussten schlafen. Und wenn sie an den lauwarmen Stein gelehnt zu schlafen versuchten, forderten sie damit nur das Unglück heraus.

Sie wusste, dass es keinen Sinn hatte, sich darüber zu beraten. Sie blieb stehen, bückte sich vorsichtig und knetete ihre Wade, um einen Krampf zu lösen. Der Muskel fühlte sich an, als ob jemand einen Dolch hineingestoßen hätte. Sie hätte am liebsten geschrien, aber ihre Ruhe und Beherrschung waren viel zu dünn und brüchig, als dass sie sich derart gehen lassen durfte. Alles war jetzt ein Balanceakt auf Messers Schneide.

»Wir müssen kurz anhalten«, sagte sie. »Ich hab einen Krampf. Ich brauche einen Moment.«

»Wenn wir anhalten, bekommen wir alle einen Krampf«, bäffte Jongleur von hinten. »Dann stürzt einer nach dem andern ab. Wir müssen weitergehen oder sterben. Wenn du fällst, fällst du eben.«

Sie verkniff sich eine scharfe Erwiderung. Er hatte recht. Wenn sie noch länger stehen blieb, kam sie nie wieder in Gang. Mit schmerzverzerrtem Gesicht belastete sie ihre verspannte, stechende Wade und machte einen vorsichtigen Schritt. Es ging, obwohl sich der Muskel so hart und straff anfühlte, als wollten jeden Moment die Fasern reißen.

»Renie, gib Acht«, rief !Xabbu.

Sie hob die äußere Hand hoch, um ihm beruhigend zuzuwinken, doch ihre Kraft reichte nur für ein schlaffes Wedeln.

Schritt. Humpeln. Schritt. Renie musste sich die Tränen aus den Augen zwinkern, die sie zu blenden drohten. *Humpeln. Schritt.* Sie würden hier umkommen, einer nach dem anderen, sie wahrscheinlich als Erste. Der Mensch, der sich diesen Berg ausgedacht hatte, war ein sadistisches Monster, dem man sämtliche Nervenenden anzünden sollte. *Schritt. Humpeln. Schritt.*

Nach kürzester Zeit wurde der Weg noch schmaler und war jetzt nur noch ein Streifen, nicht viel breiter, als Renies Fuß lang war. Das einzig Positive an der ganzen Katastrophe war, dass der Berg hier leicht nach innen geneigt war, so dass sie sich jetzt beim Seitwärtsgehen, das ihren brennenden Wadenmuskel noch stärker belastete, wenigstens leicht vorbeugen konnte, weg vom Rand und dem steilen Abfall ins Nichts.

Niemand sagte etwas. Es gab nichts zu sagen, und es hatte auch keiner mehr die Kraft dazu.

Nach ungefähr einer weiteren Viertelstunde qualvollen kriechenden Krebsganges blickte Renie kurz zur Seite und stieß einen bitteren Fluch aus. Wieder traten ihr Tränen in die Augen, und diesmal klammerte sie sich einfach an die Bergflanke und ließ sie fließen, ohne sich um die heftigen Schmerzen in ihrem Bein zu kümmern. Unmittelbar vor ihr wölbte sich der Berg nach außen, so dass der winzige Trittstreifen an einer glatten Felswand klebte, die leicht zum Abgrund hin geneigt war. Sie wollte sich zwingen, noch ein Stück nach vorn zu rutschen, wo sie besser sehen konnte, aber ihre Beine zitterten so sehr, dass sie nichts Anderes tun konnte, als sich festzuhalten.

»Renie?«, sagte !Xabbu mit einer Stimme, in der die Sorge sogar noch die Erschöpfung überwog. »Renie?«

»Es hat keinen Zweck«, sagte sie weinend. »Er steht raus. Er steht hier raus, der Berg steht hier raus. Wir sitzen fest.«

»Geht der Weg weiter?«, fragte er. »Sprich mit uns, Renie.«

»Vielleicht können wir wieder zurück …?«, meinte Sam, doch ihr Ton war hoffnungslos.

Renie konnte nur den Kopf schütteln. Sie bekam jetzt auch einen Krampf in den Fingern, mit denen sie sich an einem Vorsprung am Berg festkrallte. »Sinnlos …«, flüsterte sie traurig.

»Bewege dich nicht!«, sagte !Xabbu. »Ich komme nach vorn.«

Renie war überzeugt gewesen, dass es endgültig nicht mehr schlimmer kommen konnte, doch jetzt packte sie ein noch stärkeres Grauen. »Um Gottes willen, was …?«

»Bewege dich nicht!«, wiederholte !Xabbu. »Bitte, bewegt euch alle nicht. Ich werde versuchen, zwischen eure Füße zu treten.«

Renie konnte sich mittlerweile gerade noch festhalten und starrte hilflos auf die kahle schwarze Steinfläche vor sich. *Lieber Himmel,* dachte sie, *er ist ganz hinten. Er war vor mir der Letzte, der geführt hat.* »Tu's nicht, !Xabbu!«, rief sie, aber rechts von ihr, wo der Rest der Schar genau wie sie an der nackten Wand klebte, war bereits Ächzen und Schurren zu vernehmen. Renie schloss die Augen. Sie hörte ihn näher kommen, aber mochte sich um keinen Preis genau vorstellen, wie er sich außen um Jongleur und Sam herumwand, wie er sich an ihnen vorbei zur anderen Seite streckte und nur dank seiner fast übermenschlichen Balance nicht abkippte.

»Aufgepasst, Renie, meine liebe, tapfere Renie«, sagte er jetzt. »Ich bin direkt neben dir. Ich werde nun meinen Fuß zwischen deine Füße setzen. Nicht bewegen. Festhalten.«

Erschrocken riss sie die Augen auf und sah nach unten, sah !Xabbus braunes Bein zwischen ihren erscheinen, nur mit den Zehen am Rand aufsetzen. Unter ihnen – das Nichts, das silberne Nichts. Seine gekrümmten Finger stießen behutsam mit den Kuppen an die Wand, breiteten sich neben ihrer krallenden Hand aus wie Spinnenbeine, und sein zweiter Fuß trat neben den ersten, so dass er zwischen ihren Fersen auf dem winzigen Felsabsatz stand. Als seine andere Hand hinüberfasste und sich ausbreitete, so dass er ganz leicht mit der Brust über ihren Rücken strich und dabei eine unglaublich heikle Balance hielt, hatte sie einen Moment lang die Vorstellung, dass, wenn sie sich jetzt zurücklehnte, sie beide einfach fallen und wie fliegende Engel in den hellen Nebel eintauchen konnten, dass dann alle Qualen vorbei waren.

»Halte den Atem an, mein geliebtes Stachelschwein«, hauchte er ihr warm ins Ohr. »Nur ein Augenblickchen. Bitte, bitte!«

Sie schloss wieder die Augen und hielt fest und betete dabei zu allen erdenklichen Mächten, während ihr die Tränen über Backen und Hals liefen. Er bewegte den Fuß … die Hand … die andere Hand … den anderen Fuß, und dann berührte er sie nicht mehr.

Aber wenn wir schon sterben müssen, dachte sie mit leiser, trauriger Bitterkeit, *dann wünschte ich, es hätte so sein können, zusammen, zusammen …*

Sie hörte, wie er sich weiter vorn langsam auf dem Gesims vorantastete. »Du musst weitergehen«, sagte er leise zu ihr. »Ihr müsst alle weitergehen. Es nützt nichts, wenn ich hier herumkomme, aber ihr stehen bleibt. Kommt!«

Renie schüttelte den Kopf – begriff er denn nicht? Ihre zitternden Glieder verweigerten den Gehorsam. Sie war wie ein totes Insekt, außen ein harter Panzer, innen ausgelaufen.

»Du musst, Renie«, beschwor er sie. »Die anderen können nicht weiter, solange du dich nicht bewegst.«

Sie vergoss noch ein paar Tränen und versuchte dann die Hand zu öffnen. Sie war hart und steif, eine Kralle. Sie bewegte sich ängstlich ein paar Zentimeter zur Seite und suchte gleich wieder Halt. Sie biss sich die Lippe blutig, um ja nicht an die Schmerzen in ihren Extremitäten zu denken, dann schob sie den Fuß ein winziges Stück vorwärts. Ihr Bein brannte wie Feuer, und ihr Knie knickte ein.

»Geh weiter«, sagte !Xabbu irgendwo vor ihr. Sie starrte auf den schwarzen Fels. *Stephen,* sagte sie sich. *Er hat sonst niemanden. Hilf ihm.*

Sie zog den anderen Fuß nach. Der Schmerz war so schlimm wie erwartet, doch er wurde nicht schlimmer. Sie atmete durch die Nase aus und holte die zweite Hand heran, dann fing sie die gleiche grässliche Prozedur aufs Neue an.

Renie riskierte einen Blick zur Seite und wünschte sofort, sie hätte es gelassen. !Xabbu hatte die Stelle erreicht, wo der Berg vorsprang, und vollführte eine Reihe entsetzlich waghalsiger Manöver: Er duckte sich, um mit dem Kopf unter der dicksten Ausbuchtung hinwegzutauchen, und bewegte sich im Schneckentempo seitwärts, die Taille abgewinkelt, nur mit den Zehen auf dem Pfad und die Finger leicht auf den Stein gelegt, so dass er sein Hauptgewicht gerade noch vorn halten konnte. Während er Zentimeter um Zentimeter vorrückte, korrigierte er mit winzigsten Bewegungen die Balance, eine geringfügige Verschiebung von Kopf und Schultern hier, eine andere dort, und hangelte sich so langsam um die Wölbung herum. Renie fühlte ihre Tränen zurückkommen und wischte sich die beißenden Augen an ihrem ausgestreckten Arm.

!Xabbu verschwand um die Ecke. Sie glitt noch ein paar Schritte vor und war jetzt an dem Punkt, wo der Fels nach außen kam. Sie presste sich an die Wand, überzeugt von der Sinnlosigkeit des Ganzen, und wartete mit dumpfem Grauen auf den Schrei, der bedeutete, dass er abgerutscht war.

Stattdessen sagte er: »Hier drüben ist Platz.«

Es dauerte einen Moment, bis sie das Aufschluchzen, das aus ihr herausbrechen wollte, bezähmt hatte. »Was?«

»Platz. Eine breite Stelle. Ihr müsst nur um die Ecke herumkommen. Es ist genug Platz zum Hinlegen da, Renie. Halte fest! Sage es den anderen!«

»Lügner.« Sie biss die Zähne zusammen. Sie wusste, es konnte nicht sein – sie an seiner Stelle würde dasselbe sagen, irgendetwas erfinden, damit die anderen Kraft und Mut schöpften und den Versuch machten, um dieses grauenhafte Hindernis herumzukommen. »Es geht da drüben genauso weiter.«

»Ich sage die Wahrheit, Renie.« Seine Stimme war heiser. »Beim Herzen von Großvater Mantis, ich sage dir die Wahrheit.«

»Ich kann nicht!«, jammerte sie.

»Doch, du kannst. Komm so weit auf mich zu, wie es geht. Lehn dich zur Seite, nicht zurück, so behältst du die Balance. Versuche, mit der Hand zu mir herumzufassen. Wenn du mich berührst, erschrick nicht. Ich werde deine Hand fest nehmen und dir Halt geben.«

»Er sagt, da drüben ist genug Platz, um zu rasten«, teilte Renie den anderen mit und bemühte sich dabei, so zu klingen, als glaubte sie es. Sie erhielt keine Antwort, aber sie sah Sam Fredericks aus dem Augenwinkel, fühlte die Erschöpfung und Panik des Mädchens. »Ein sicherer Platz. Nur noch ein kleines Stückchen.« Ohne im Geringsten daran zu glauben, dass es gut gehen würde, gab sie !Xabbus Anweisungen weiter, damit die anderen wussten, was sie zu tun hatten, wenn sie an die Reihe kamen, dann rutschte sie noch etwas näher an den Vorsprung heran. Sie machte die Bewegungen, die !Xabbu ihr gesagt hatte, setzte ihre zermarterten Füße noch ein klein wenig näher an den Buckel. Einen Moment lang meinte sie, sie hätte sich zu weit vorgebeugt, und nur die Steifheit ihrer Glieder bewahrte sie davor, einen verhängnisvollen Griff nach einem besseren Halt zu tun. Sie schmiegte sich eng an den schwarzen Fels, schob ihren linken Arm so weit herum, wie sie konnte, außer Sichtweite …

… Und eine Hand griff zu. Trotz !Xabbus Warnung war die Überraschung so groß, dass sie beinahe wieder den Halt verloren hätte, aber die Finger um ihr Handgelenk waren stark und ruhig. Sie setzte den Fuß nochmals weiter, so dass sie sich jetzt vor der steinernen Wölbung über ihr ein wenig zurücklehnen musste, und fühlte plötzlich, wie sich ihr Schwerpunkt nach hinten verlagerte, wie sie ins Nichts abkippte. Sie konnte gerade noch Atem holen für den letzten Schrei, da wurde ihr Arm mit jäher Gewalt gezogen, und sie schrammte am Fels entlang. Ihr rechter Fuß rutschte von der Trittfläche ab, aber ihr übriger Körper schoss vorwärts, wirbelte um den Drehpunkt ihres anderen Fußes herum, und !Xabbu war da, hielt Gott sei Dank unbeirrt weiter fest und warf sich gleichzeitig nach hinten in eine breite Spalte in der Bergwand, so dass sie auf ihn stürzte. Er wand sich rasch unter ihr hervor, und gleich darauf hörte Renie, wie er sich behutsam an den Rand der Ausbuchtung zurückschob und zu Sam hinüberrief, aber sie selbst konnte nur noch bäuchlings daliegen, sich so fest an den Boden pressen wie vorher gegen die Wand und mit dem Gesicht den herrlichen waagerechten Stein spüren.

Sie bekam nur undeutlich mit, wie !Xabbu die anderen sicher herumholte. Sam warf sich keuchend neben sie, wimmernd über den Krampf in ihren Fingern und Zehen. Jongleur folgte etwas gefasster und sank wortlos zu Boden. Als der Adrenalinschub abklang und der Herzschlag sich langsam normalisierte, merkte Renie plötzlich, dass !Xabbu noch einmal zurückgegangen war und jetzt sein Leben aufs Spiel setzte, um dem schwachsinnigen Ricardo Klement hinüberzuhelfen. Trotz ihrer protestierenden Muskeln kniete sie sich mühsam auf und kroch an den Rand. !Xabbu beugte sich so weit nach außen, dass ihr Herz wieder zu hämmern begann, und redete leise und sanft auf jemanden ein, den sie nicht sehen konnte, einen schlanken Arm um den Vorsprung gestreckt.

»Ich bin hinter dir, !Xabbu.« Ihre Stimme war ein dürres Krächzen. »Soll ich deine Hand festhalten?«

»Nein, Renie.« Der Fels, gegen den er sprach, dämpfte seine Stimme. »Ich brauche sie, um das Gleichgewicht zu halten. Aber wenn du mein Bein fassen könntest, wäre ich dankbar. Lass sofort los, wenn ich es sage.«

Als ihre Finger sich um seine Fessel legten, lehnte er sich noch weiter nach außen. Renie konnte nicht hinsehen, sie musste die Augen schließen. Trotz der Tiefenlosigkeit des Himmels schwindelte ihr.

Zum Glück ist T4b nicht hier, dachte sie. *Mit ihm wäre die Katastrophe perfekt.*

Als !Xabbus Muskeln sich unter ihren Fingern anspannten und er an seinem schwachen Fingernagelhalt über dem Abgrund hing, meinte sie einen Moment lang, die Brust werde ihr zerspringen. Dann tauchte der nackte Körper von Klement hinter der Felsecke auf, und !Xabbu duckte sich, tat einen Ruck nach hinten und fiel zusammen mit Klement auf Renie drauf.

Eine Weile blieben sie alle keuchend liegen. Schließlich raffte Renie sich auf, !Xabbu vom Abgrund wegzuziehen, weiter in die Vertiefung in der Flanke des Berges hinein. Bis zur hinteren Wand, an der Sam lag, als ob sie hineinkriechen wollte, waren es knapp drei Meter, aber nach dem dünnen Gehstreifen vorher kam ihr der Platz jetzt geradezu fürstlich vor.

Renie schlief sofort ein, ein kurzes Abtauchen unter die Oberfläche des Bewusstseins. Als sie aufwachte, krabbelte sie zu !Xabbu hinüber, der an dem schwarzen Gestein lehnte, und legte ihren Kopf an seine Brust, schmiegte sich zurecht, bis sie in der Mulde unter seinem Kinn eine bequeme Stelle gefunden hatte. Der Schlag seines Herzens war beruhigend, und sie fühlte, dass sie ihn nie wieder loslassen wollte.

»Wir sitzen in der Patsche«, flüsterte sie.

Er sagte nichts, aber sie spürte sein Lauschen.

»Wir können diesen Weg nicht weitergehen. Es ist nichts mehr davon übrig.«

Er holte Atem, und sie rechnete mit seinem Widerspruch, doch dann merkte sie, wie sein Kopf langsam nickte, wie die Kurve von Kehle und Kinn sich über die Wölbung ihres Schädels legte gleich einer zärtlichen Hand. »Ich denke, du hast recht.«

»Was bleibt uns noch übrig? Hier rumsitzen, bis sich alles in Luft auflöst?« Sie blickte zu Sam hinüber, die wie in einer katatonischen Starre ihre Hände anglotzte, und auch Jongleur war völlig in sich selbst versunken. Beide waren so geistesabwesend und unansprechbar wie Ricardo Klement. »Was können wir noch tun?«

»Warten. Hoffen.« !Xabbu nahm den Arm hoch und zog sie näher. Seine Finger ruhten sacht über ihrem Herzen, auf der oberen Wölbung ihrer Brust. »Wir werden zusammen sein, komme, was da wolle.«

Sie drückte sich noch fester an ihn und merkte dabei, dass sie nicht nur gehalten werden wollte. Sie wollte ihn küssen, an seinem Gesicht weinen, ihn lieben. Aber nicht hier. Nicht unmittelbar neben dem schwer atmenden Jongleur, nicht unter Ricardo Klements Fischaugenblick.

Aber wenn nicht hier, wo dann? überlegte sie mit einem Anflug von traurigem Humor. *Wenn nicht jetzt, wann dann?* Denn sie waren mit ziemlicher Sicherheit am Ende. Dennoch hatten die knochentiefe Müdigkeit und die Anwesenheit verhasster Fremder ihr den Gedanken verleidet. Sie würden sich damit begnügen müssen, kindliche Zärtlichkeiten auszutauschen, sich aneinanderzukuscheln und mit dem bisschen Geborgenheit einzuschlafen, das sie sich unter den Bedingungen geben konnten.

»Erzähl eine Geschichte«, murmelte sie stattdessen. »Wir brauchen eine, !Xabbu.«

Sie spürte, wie sein Kopf sich langsam hin- und herdrehte. »Mir fallen keine Geschichten ein, Renie. Ich bin zu müde. Meine Geschichten sind fort.«

Trauriger konnte es nicht mehr werden. Ohne aufzuschauen, berührte sie sein Gesicht und wurde abermals vom Schlaf übermannt.

Sie hatte schon soviel Absurdes erlebt, so viele Visionen und Halluzinationen, doch als sie aus den schwärzesten, bewusstlosesten Tiefen emporstieg und in den aktiven Sog des Traumes geriet, erkannte sie sofort, dass dieses wohl die extremste Erfahrung bis dahin war.

Normalerweise war sie im Traum die Aktive, selbst wenn ihre Aktivitäten zu nichts führten; in einigen der schlimmsten Träume war sie eine hilflose Beobachterin, ein körperloses Phantom, dazu verurteilt, Zeugin eines Lebens zu sein, das sie nicht mehr tätig führen konnte. Aber dies hier war anders. Dieser Traum ergriff sie, brach wie eine Flutwelle über sie herein, ein Fluss voll Erfahrungen, der sie verschlang und mitriss und herumschleuderte, bis sie darin zu ertrinken meinte.

Wenn es sinnvoll verbundene Bilder gewesen wären, hätte sie der furchtbaren Flut vielleicht eher widerstehen, eine winzige Chance fühlen können, die Kontrolle zu behalten, aber das wirbelnde Chaos donnerte unaufhaltsam über sie hinweg, durch sie hindurch. Farbstreifen, unverständliche Geräuschfetzen, Hitze- und Kältewellen durch sämtliche Nervenfasern, es hörte nicht auf, bis sie vor lauter Zerschlagenheit nur noch um einen Schlaf beten konnte, der tiefer war als dieser vergewaltigende Traum, einen Zustand, in dem die Wahrnehmung ausgelöscht, der grauenhafte Input abgestellt war.

Tod. Das Wort blitzte nur ganz kurz auf wie die Schlagzeile einer im Wind vorbeiwehenden Zeitung. *Tod. Ruhe. Stille. Dunkel. Schlaf.* In dem zügellosen Empfindungstaumel, ausgeliefert dieser nervenzerfetzenden, nicht zu bremsenden Fahrt, ging eine schaurige Verlockung davon aus. Aber das Leben in ihr war wirklich sehr stark: Als die Dunkelheit schließlich kam, reagierte sie mit Abwehr und Furcht darauf.

Es war eine kalte, klebrige Dunkelheit, ein klammer, schwarzer Krallengriff, der nach der anfänglichen Erleichterung nur geringfügig besser war als das brausende Grauen vorher, denn nicht allein der Bilderwirbel war verschwunden, sondern auch fast alle ihre Gedanken. Die Wirklichkeit zerfiel in unzusammenhängende Teile, wurde eine

Folge unverständlicher Bewegungen, in denen sie das vorherige Tohuwabohu wiedererkannte, nur jetzt quälend verlangsamt.

Sie trieb inmitten eines lebenden Schattens. Es gab nur noch sie, umgeben von einer unvorstellbaren Schwärze. Sie konnte praktisch nicht denken. Sie konnte nur warten, während die Zeit oder ihre denkbar dürftigste Vorspiegelung zäh vor sich hinschlich.

Die Leere war äonenlang. Selbst die Vorstellungsbilder erstarben. Äonenlang.

Dann endlich fühlte sie etwas – ein Flattern im Nichts. Und es war real, unverkennbar real! Ein fernes, aber deutlich von ihr verschiedenes Wesen. Nein, *viele* Wesen, klein und lebendig, winzige wunderbar warme Wesen, wo vorher nichts als Kälte gewesen war.

Sie streckte begierig die Hand aus, aber die flatternden Wesen schossen davon, fürchteten sich vor ihr. Sie griff abermals nach ihnen, und die Wesen zogen sich noch weiter zurück. Ihr Kummer wurde so groß und schmerzhaft, dass sie sicher meinte, jeden Augenblick den Zusammenhalt zu verlieren, ihre Identität, und in die Dunkelheit zu zerstieben, zerfließen, zergehen. Frierend und elend lag sie da.

Die Wesen kehrten zurück.

Diesmal war sie vorsichtig, so vorsichtig, wie sie konnte, bewegte die Hand ganz langsam, sachte, fühlte die Wesen in ihrer enormen Verletzlichkeit. Nach einer Weile kamen sie zu ihr, sie musste sie nicht mehr anlocken. Sie behandelte sie mit nahezu unendlicher Behutsamkeit, umfing jedes einzelne so schonend wie nur irgend möglich – ein Jahrhundert zwischen zwei Gedanken, ein Jahrtausend zwischen zwei schier übermenschlich verhaltenen Bewegungen. Und dennoch waren manche zu empfindlich und gaben mit leisen Schreien den Geist auf, zerplatzten ihr unter den Händen wie Seifenblasen und lösten sich auf. Es zerriss ihr fast das Herz.

Die anderen huschten erschreckt davon, und sie hatte Angst, sie würden sie endgültig verlassen. Sie rief ihnen nach. Einige kamen zurück. Ach, und wie zart sie waren! Wie schön!

Sie weinte, und das Universum krampfte sich langsam zusammen.

Der Traum war so tief und stark und sonderbar gewesen, dass es lange dauerte, bis sie merkte, dass sie wieder bei Bewusstsein war. Innerlich irrte sie immer noch einsam durch die Finsternis, und auch als sie sich wieder an ihren Namen erinnerte, öffnete Renie lange nicht die Augen. Schließlich kehrte mit einem Prickeln das Gefühl wieder, in der Haut und in den Muskeln, und sie schlug die Lider auf. Sie blickte fassungslos um sich und schrie auf.

Grau, treibendes Silbergrau. Schwaches Gefunkel, verlaufene Spektralflecken, feiner Leuchtstaub ... aber sonst nichts. Die schimmernde Wolkenmasse, die den Berg umlagert hatte, schien sie jetzt dicht einzuhüllen, ein Ozean aus silberner Leere, nur unter sich spürte sie eine harte, horizontale Fläche. Sie war nicht körperlos, diesmal war es kein Traum. Ihre Hände befühlten ihr Fleisch und den Boden zu beiden Seiten, einen Boden, den sie nicht einmal sehen konnte. Sie lag in einem dichten, leuchtenden Nebel, alles andere war fort – und alle anderen auch.

»!Xabbu? Sam?« Sie krabbelte ein Stück über die harte, aber eigentümlich glatte unsichtbare Fläche, doch da fiel ihr der Abgrund wieder ein, und sie hielt an. Sie musste sich zusammenreißen, um nicht völlig durchzudrehen. *»!Xabbu! Wo bist du?«*

Das Echo war eines der wenigen wirklichkeitsgetreuen Dinge gewesen, die der schwindende schwarze Berg sich bewahrt hatte, aber jetzt gab es auch kein Echo mehr.

Renie kroch wieder vor und tastete mit nervös zuckenden Fingern herum, doch auch nach zehn Metern oder mehr war sie weder an den Stein der Bergwand noch an den Rand des Pfades gekommen. Es war, als ob der Berg einfach weggeschmolzen wäre und sie unerklärlicherweise im glitzernden Nebel auf einer Tischplatte zurückgelassen hätte.

Sie krabbelte noch einmal ein Stück. Der Boden, den sie nicht sehen konnte, war wie von einer Glasschicht überzogen, aber real genug, um ihr an den Knien Druckstellen zu machen. Immer wieder rief sie die Namen ihrer Freunde in die Totenstille. Zuletzt stellte sie sich verzweifelt hin.

»!Xabbu!«, schrie sie, bis ihre Kehle heiser war. »!Xabbu! Kannst du mich hören?«

Nichts.

Sie ging vorsichtig ein paar Schritte, wobei sie vorher jedes Mal den Untergrund prüfte, ehe sie den Fuß voll aufsetzte. Der Boden war absolut flach. Etwas Anderes gab es nicht – keinen Abgrund, keine senkrechte Steilwand, kein Geräusch, kein Licht außer dem Perlmuttglanz der Wolken allüberall. Und selbst dieser Dunstschleier war substanzlos: Er schimmerte feucht, aber er war nicht feucht. Es gab nichts. Nur Renie und sonst nichts. Alles war fort.

Sie setzte sich hin und hielt sich den Kopf. *Ich bin tot,* dachte sie, aber außerhalb des Traums war die Vorstellung des Todes nicht mehr verlockend. *Und das hier ist das ganze Jenseits. Alle haben gelogen.* Sie lachte, doch es hörte sich an, als ob etwas in ihr defekt wäre. *Selbst die Atheisten haben gelogen.* »Oh, verdammt!«, entfuhr es ihr.

Da sah sie undeutlich einen Schatten auftauchen – irgendetwas bewegte sich im Nebel.

»!Xabbu?« Kaum hatte sie den Namen ausgesprochen, wurde ihr bewusst, dass sie das besser nicht getan hätte. Sie waren jetzt alle Gejagte. Dennoch konnte sie den Reflex nicht ganz unterdrücken. »Sam?«, flüsterte sie.

Die Gestalt schob sich langsam vor, schälte sich aus dem Nichts heraus wie eine Geistererscheinung. Sie war auf einen Anblick gefasst, der so widernatürlich war wie die Umgebung. Es dauerte einen Moment, bis sie erkannte, welche Gesellschaft sie da in der silbernen Leere bekommen hatte.

»Ich bin … Ricardo«, sagte der ausdruckslos glotzende Mann. »Klement«, fügte er mit leichter Verzögerung hinzu.

Kapitel 5
AM ENDE

NETFEED/NACHRICHTEN:
Kirche will "Dämon" nicht exorzieren
(Bild: Kind im La Paloma Hospital)
Off-Stimme: Die Erzdiözese Los Angeles hat den Antrag einer Gruppe von knapp drei Dutzend mexikanisch-amerikanischen Eltern abgelehnt, einen Exorzismus an ihren Kindern vorzunehmen. Anlass ist deren Behauptung, identische Albträume von einer dunklen Geistergestalt zu haben, einem schwarzen Mann, den sie "El Cucuy" nennen. Drei der betroffenen Kinder haben bereits Selbstmord verübt, und etliche andere befinden sich wegen schwerer psychischer Störungen in ärztlicher Behandlung. Sozialhelfer jedoch sehen darin nicht das Wirken eines Dämons, sondern die gesundheitlichen Folgen von zu viel Zeit im Netz.
(Bild: Cassie Montgomery, Sozialdienst von LA County)
Montgomery: "Wir haben die genaue Ursache noch nicht ermittelt, aber ich glaube, es ist kein Zufall, dass die meisten dieser jungen Leute Schlüsselkinder sind und extrem viel am Netz hängen. Mit ziemlicher Sicherheit sind diese schlechten Träume durch irgendwas ausgelöst worden, das sie online gesehen oder erlebt haben. Das übrige Getue verbuche ich unter stinknormale Hysterie."

> »Noch wichtiger«, sagte die Tourleiterin, wobei sie wieder ihr professionelles Lächeln anstellte und durch die dicken Gläser ihrer goggleartigen Sonnenbrille strahlte, »ist die Tatsache, dass wir hier inzwischen

gesunde Populationen vieler bedrohter Vogelarten haben, die sich von selbst weitervermehren – Teichhühner, Rosalöffler, Dreifarbenreiher und die wunderschönen Schmuckreiher, um nur ein paar zu nennen. Und jetzt wird Charleroi uns in den tiefen Sumpf hineinfahren. Vielleicht bekommen wir ja Hirsche zu sehen oder sogar einen Rotluchs!« Sie machte ihre Arbeit gut: Man merkte ihr an, dass sie diesen Spruch auf jeder Fahrt mit dem gleichen Elan vortrug, tagaus, tagein.

Zusätzlich zu der Tourleiterin und dem jungen Mann am Steuer, auf dessen braun gebrannten Armen sich die Schlangenlinien abgestellter Leuchtröhrchen, sogenannter Subs, unter der Haut abzeichneten und dessen Gesichtsausdruck darauf hindeutete, dass auch im Schädel ein notwendiges Lichtlein nicht angeknipst worden war, waren an diesem ruhigen Morgen unter der Woche nur sechs Passagiere an Bord: ein rotgesichtiges englisches Ehepaar und sein kleiner lauter Sohn, der mit einem Leuchtstab aus dem Andenkenladen auf die Entengrütze eindrosch, ein junges Akademikerpaar irgendwo aus dem Landesinnern und Olga Pirofsky.

»Bitte nicht die Hände ins Wasser halten!« Die Führerin behielt ihr Lächeln bei, obwohl ihre Stimme deutlich an Fröhlichkeit verlor. »Vergesst nicht, dass dies kein Vergnügungspark ist. Unsere Alligatoren sind keine Attrappen.«

Alle außer Olga lachten pflichtschuldigst, aber der Junge hörte trotzdem nicht auf, das Wasser zu schlagen, bis sein Vater sagte: »Lass das, Gareth!«, und ihm einen Klaps auf den Hinterkopf gab.

Merkwürdig, dachte Olga, *sehr merkwürdig. So viele Jahre und Meilen habe ich hinter mir, und jetzt bin ich auf einmal hier.* Eine Zypresseninsel tauchte vor ihnen in dem rasch abziehenden Morgennebel auf, grau und schemenhaft. *Hier am Ende.*

Drei Tage waren vergangen, seit sie am Ziel der Reise angekommen war oder vielleicht seit die Reise ihr Ziel verloren hatte. Alles stagnierte, hatte so wenig Sinn und Zweck wie das leise kleine Touristenboot auf seiner vorprogrammierten Route durch den künstlich wiederhergestellten Sumpf. Da sie die stillen Nächte schlaflos durchwachte und erst gegen Morgen, wenn das Frühlicht auf die Jalousien ihres Motelzimmerfensters fiel, in eine Art Ohnmacht sank, war es kein Wunder, dass Olga kaum die Energie aufbrachte, zu essen und zu trinken, von etwas Anstrengenderem ganz zu schweigen. Sie wusste nicht einmal mehr, aus welchem Impuls heraus sie sich ein Ticket für die Rundfahrt gekauft hatte, und bis jetzt war das Ganze auf jeden Fall die paar Stunden Schlaf nicht wert, die ihr stattdessen vielleicht vergönnt gewesen wären. Sie konnte schließlich den Endpunkt ihrer Suche von fast jeder Stelle im weiteren Umkreis sehen – der schwarze Turm beherrschte die ganze Gegend so vollkommen wie ein mittelalterlicher Dom seine Stadt und die umliegenden Felder.

Drei Tage ohne die Stimmen, ohne die Kinder. Seit den fernen, schrecklichen Tagen, als Aleksander und das Baby gestorben waren, hatte sie sich nicht mehr so verwaist gefühlt.

Und dabei kann ich mich nicht mal mehr richtig daran erinnern, wurde ihr bewusst. *Eine große Leere, mehr ist davon nicht übrig geblieben. Wie ein Loch, und mein Leben seitdem besteht nur aus Kleinkram, den ich in dieses Loch hineinwerfe, um es voll zu machen. Aber ich kann es nicht fühlen.*

Sie hatte es nie gefühlt, wurde ihr klar – nicht ganz, nicht richtig. Selbst jetzt war es ein einziges unfassbares Dunkel hinter einem Schirm aus erklärtem Nichtwissenwollen, einer dünnen Wand, die sie von dem grauenhaften Nichts abschottete, grauenhaft wie die unendliche Weite des leeren Weltraums.

Wenn ich es jemals rausgelassen hätte, sagte sie sich, *wäre ich jetzt tot. Ich dachte, ich wäre stark, aber so stark ist niemand. Ich habe es mir vom Leib gehalten.*

»Seit der Fertigstellung der Intracoastal Barrier«, sagte die Tourleiterin gerade, »wurden viele Tausend Hektar Wasserwege, die der Verlandung und der zunehmenden Versalzung zum Opfer gefallen waren, in ihren ursprünglichen Zustand zurückgeführt und für zukünftige Generationen erhalten.« Sie nickte, als ob sie persönlich jeden Morgen aus dem Bett gestiegen wäre, sich mit Sonnencreme eingeschmiert, ihre Gummistiefel angezogen und die Barriere aufgeschüttet hätte.

Aber schön ist es doch, dachte sich Olga, *selbst wenn alles bloß ein Bluff ist.* Das Boot brummte durch ein Feld leuchtend violetter Wasserhyazinthen. Die Art, wie kleine Vögel ohne jede Hast vor ihnen beiseite paddelten, ließ vermuten, dass sie sich inzwischen seit Generationen an diese Störung gewöhnt hatten. Die Sumpfzypressen rückten dichter zusammen. Die Sonne hatte sich im Osten eine volle Handbreit über den Mississippi-Sund und den Golf dahinter erhoben, doch das

Licht drang noch nicht allzu tief durch die Bäume und ihre halbhohe Nebeldecke. Die Dunkelheit zwischen ihnen machte den Eindruck, als schliefen sie.

»Ja«, sagte die männliche Hälfte des Akademikerpaares auf einmal, »aber wurden durch die … dings, diese Intracoastal Barrier, nicht fast alle Sumpfgebiete, die es schon gab, völlig zerstört?« Er wandte sich seiner Frau oder Freundin zu, die sich bemühte, interessiert zu blicken. »Weil, das Unternehmen, dem das alles gehört, hat den Lake Borgne da drüben komplett ausbaggern lassen. Er war nur wenige Meter tief, und dann haben sie einen Durchstich zum Meer gemacht, die Verankerung für die Insel, wo der Firmensitz drauf ist, in den Boden getrieben und so weiter.« Sein dünnes Gesicht wirkte ein wenig herausfordernd, als er die Tourleiterin ansah. Olga vermutete, dass er Ingenieur war, einer, für den die Chefetage gewöhnlich der Feind war. »Und, klar, als Gegenleistung mussten sie das, was noch übrig war, halbwegs in Schuss bringen und einen netten kleinen Naturpark daraus machen. Aber die Fischwelt drumrum hat zum Großteil dran glauben müssen.«

»Bist du Umweltschützer oder so was?«, fragte ihn der Engländer direkt.

»Nein.« Er wehrte energisch ab. »Ich … ich verfolge bloß die Nachrichten.«

»Die J Corporation musste gar nichts tun«, erklärte die Fremdenführerin leicht indigniert. »Sie hatte die Genehmigung, im Lake Borgne zu bauen. Es war alles legal. Sie wollte einfach …«, schnöde abgebracht von ihrer gewohnten Litanei bewegte sie sich auf unsicherem Grund, »… sie wollte einfach etwas zurückgeben. Den Mitmenschen ein Geschenk machen.« Sie schaute sich nach dem jungen Bootsführer um, der die Augen verdrehte, aber dann ein wenig aufs Gas drückte. Sie passierten die ersten Zypressenstümpfe, kegelige Inseln, die durch das dunkle Wasser stießen wie Miniaturausgaben des Berges, der durch Olgas Träume geisterte.

Weiter komme ich nicht, dachte sie. *Ich habe den Turm erreicht, aber das ist alles Privatgelände. Jemand meinte sogar, das Unternehmen, dem er gehört, hätte ein komplettes stehendes Heer. Keine Führungen, keine Besucher, kein Einlass.* Sie seufzte, während das kleine Boot durch die Zypressen glitt und ein Schleier aus Nebel und gebrochenem Licht sie umhüllte.

Das Ganze glich in der Tat einer Wasserkathedrale, wie die Prospekte behauptet hatten, einer riesigen Halle mit Säulen und Behängen, denn die mit Moos drapierten Zypressen sahen aus wie das Standbild einer Fließbewegung, und bis auf die schmale Kielwasserlinie des Bootes war das Wasser glatt wie eine gespannte Trommel. Es war beinahe vorstellbar, dass sie nicht nur dem direkten Blick der Sonne entrückt waren, sondern auch der linearen Zeit, dass sie in ein Jahrtausende zurückliegendes Weltalter versetzt worden waren, in dem noch keines Menschen Fuß die weiten amerikanischen Kontinente betreten hatte.

»Seht mal!« Der angeregte Tonfall der Tourleiterin war sorgfältig darauf kalkuliert, die Stimmung wie mit der Nadel anzustacheln. »Ein verlassenes Boot! Das ist eine Piroge, eines der flachen Boote, mit denen früher Trapper und Fischer hier durch den Sumpf gefahren sind.«

Olga drehte sich gottergeben zu dem Wrack des kleinen Wasserfahrzeugs um, zwischen dessen Spanten die Farbtupfer der Hyazinthen aussahen wie die Initialen einer illuminierten Bibel. Es war malerisch schön. Zu schön.

»Alles Staffage«, flüsterte der junge Akademiker seiner Begleiterin zu. »Bis vor zehn Jahren oder so war das hier überhaupt kein Sumpf. Den haben sie erst künstlich angelegt, als sie mit dem Lake-Borgne-Projekt fertig waren.«

»Es war ein hartes Leben für die Menschen, die im Sumpf ihr Auskommen finden mussten«, fuhr die Tourleiterin fort, ohne den Mann zu beachten. »Es gab zwar in der Gegend hin und wieder einen wirtschaftlichen Aufschwung, wenn der Absatz für Felle oder Zypressenholz gut war, doch die Flauten dauerten meistens länger. Bevor die J Corporation hier das Naturschutzgebiet Louisianische Sümpfe schuf, war es eine aussterbende Lebensweise.«

»Sieht nicht so aus, als ob heute hier allzu viele Leute ein Auskommen finden würden«, meinte der Engländer und lachte.

»Gareth, lass die Schildkröte in Ruhe!«, sagte seine Frau.

»O doch, es gibt durchaus noch Menschen, die in der althergebrachten Art ihren Lebensunterhalt verdienen«, entgegnete die Führerin eifrig, erfreut über das passende Stichwort. »Das werdet ihr auf unserer letzten Station sehen, wenn wir zum Sumpfmarkt kommen. Die alten Gewerbe und Handwerke sind nicht vergessen worden, sie wurden vor dem Verfall bewahrt.«

»Wie ein totes Schwein in Alkohol«, sagte der mutmaßliche Ingenieur leise. Ein solches Talent für bildliche Vergleiche hätte Olga ihm gar nicht zugetraut.

»Oho!« Die Tourleiterin konnte sich dem Rechtfertigungsdruck nicht länger entziehen. »Charlerois Familie zum Beispiel kommt hier aus der Gegend, nicht wahr?« Sie wandte sich dem jungen Bootsführer zu, der ihren Blick mit unendlicher Müdigkeit erwiderte. »Bist du nicht hier in der Nähe geboren?«

»Hm-hm.« Er nickte und spuckte über die Seite. »Und guck, was aus mir geworden ist.«

»Ein Bootsführer im Sumpf«, sagte die Tourleiterin triumphierend.

Als sie wieder dazu überging, sich in aller Ausführlichkeit über den Rotschulterbussard, den Brillensichler, den Schlangenhalsvogel und andere Tiere mit und ohne Flügel zu verbreiten, die den rekonstruierten Sumpf bewohnten, ließ Olga ihre Gedanken träge schweifen, träge wie die Bahn durch die Entengrütze, die das letzte Boot vom Vortag gezogen hatte und der sie mit nur minimalen Abweichungen folgten. Ein Vogel, der sogleich als Rohrdommel identifiziert wurde, machte ein Geräusch, wie wenn ein Hammer auf ein Brett schlägt. Die Zypressen wurden lichter, der Dunst verzog sich.

Sie glitten aus dem Hain und blickten auf den drohend emporgereckten schwarzen Finger Gottes, der den Horizont hinter dem Pflanzenteppich des Sumpfes beherrschte.

»Herr im Himmel«, sagte die Engländerin. »Gareth, sieh doch nur, Liebling.«

»Bloß das olle Hochhaus«, erwiderte der Junge, während er den Daypack nach weiteren Essensvorräten durchwühlte. »Ham wir schon gesehen.«

»Ja, das ist der J Corporation Tower.« Die Fremdenführerin klang so stolz auf das ferne Gebäude wie vorher auf die Intracoastal Barrier. »Ihr könnt das von hier aus nicht sehen, aber die Insel im Lake Borgne beherbergt eine ganze Stadt. Sie hat einen eigenen Flughafen und eine eigene Polizei.«

»Die machen da praktisch ihre eigenen Gesetze«, erklärte der Akademiker seiner Partnerin, die sich gerade mit einem Taschentuch die Stirn abtupfte. Er machte sich nicht mehr die Mühe zu flüstern. »Der Typ, dem das gehört, Jongleur, ist einer der reichsten Leute der Welt, ungeduppt. Es heißt, die Regierung hier unten gehört ihm mehr oder weniger.«

»Das ist eine sehr unfreundliche Unterstellung …«, begann die Tourleiterin und wurde rot.

»Soll das ein Witz sein?« Der Mann schnaubte und wandte sich der englischen Familie zu. »Es heißt, Jongleur gibt nur deshalb nicht offen zu, dass die Regierung sein Privatbesitz ist, weil er dann Steuern darauf zahlen müsste.«

»Ist das nicht der, der zweihundert Jahre alt ist?«, fragte die Engländerin, während ihr Mann sich über die Vorstellung kringelte, dass jemand sich eine Regierung als Privatbesitz hielt. »Ich hab mal was im Netz über ihn gesehen – er ist eine Maschine oder so was.« Sie wandte sich an ihren Mann. »Das haben sie gebracht. Bei dem Gedanken ist es mir eiskalt den Rücken runtergelaufen.«

Die Tourleiterin winkte ab. »Über Herrn Jongleur werden viele übertriebene Meldungen verbreitet, zumeist Gemeinheiten. Er ist ein alter Mann, und es stimmt, er ist sehr krank.« Sie setzte das Standardgesicht der betroffenen Nachrichtensprecherin auf, fand Olga, die stereotype Mitleidsmiene, mit der im Netz immer Schulbusunfälle oder besonders brutale Mordfälle angesagt wurden. »Und selbstverständlich hat er Einfluss – die J Corporation ist der größte Arbeitgeber im Raum New Orleans und hat weltweite Verbindungen. Sie hat die Aktienmehrheit in vielen Firmen, bekannte Namen wie CommerceBank, Clinsor Pharmaceutical, Dartheon. Auch Obolos Entertainment, die die interaktiven Kindersendungen bringen. Wie heißt du?«, fragte sie den kleinen Jungen. »Gareth, nicht wahr? Du kennst doch bestimmt Onkel Jingle, nicht wahr, Gareth?«

»Klar. Und Zoomer Zizz!« Er lachte und schlug seiner Mutter mit dem Leuchtstab ans Schienbein.

»Seht ihr? Die J Corporation hat einen großen Wirkungskreis und engagiert sich in umweltbewussten und verbraucherfreundlichen Unternehmen auf der ganzen Welt. Das Wohl unserer Mitmenschen hat bei uns oberste Priorität …«

Der Rest des Geplappers erreichte Olga nicht mehr, ja, eigentlich hatte sie in dem Augenblick abgeschaltet, als der Name Obolos fiel. Sie konnte sich nicht erinnern, dass ihr in all den Jahren, die sie für die Firma gearbeitet hatte, jemand etwas von einer J Corporation erzählt hatte. Aber freilich, wer achtete schon auf so was? In einer Welt, wo jeder Firmenfisch Jäger und Beute zugleich war, wer konnte da sagen, welcher Fisch zuletzt zugeschnappt hatte?

Ich hätte Nachforschungen über den Turm anstellen sollen, unbedingt ...

Aber es war beinahe so etwas wie eine religiöse Erfahrung gewesen, eine Offenbarung, keine Fleißaufgabe für freie Stunden. Die Kinderstimmen hatten sie aufgefordert zu kommen, und sie hatte ihre weltliche Habe weggegeben und war gekommen.

Onkel Jingle – Onkel Jingle kommt aus dem schwarzen Turm.

Olga Pirofsky saß noch knapp zwei Stunden in dem kleinen Boot, umringt von Gesichtern, deren Münder sich bewegten, aber deren Gerede sie nicht mehr mit anhören konnte – eine intergalaktische Raumfahrerin, die unter brabbelnden Außerirdischen gelandet war.

Onkel Jingle ermordet die Kinder. Und ich habe ihm dabei geholfen.

> »Versteh ich nich«, sagte Long Joseph. »Wo is'n dieser Sellars? Er wär am Fon, haste gesagt, er würd ständig anrufen. Aber jetzt ruft er gar nich an, nich die Bohne.«

»Er hat gesagt, er ruft wieder an.« Jeremiah hob hilflos die Hände. »Er hat was von irgendwelchen Machenschaften gesagt ... Wir sind nicht die Einzigen, die Probleme haben.«

»Schön, aber ich wette, wir sind die Einzigen, die in 'nem Berg eingeschlossen sind, und draußen steht 'ne Bande von Burenkillern, die ihn aufsprengen und uns umbringen will.«

»Reg dich ab, Mensch! Ich krieg noch Kopfschmerzen von deinem ewigen Gemecker.« Del Ray Chiume war von seiner kurzen Kontrollrunde zurückgekehrt. »Beachte ihn gar nicht«, meinte er zu Jeremiah. »Lies uns einfach vor, was du mitgeschrieben hast. Wir dürfen keine Zeit mit Rumstreiten vergeuden.«

Long Joseph Sulaweyo passte es gar nicht, wie die Dinge sich entwickelten. Es war schlimm genug, für Gott weiß wie lange mit nur drei Flaschen in Reserve am Arsch der Welt in einer unterirdischen Militärbasis festzusitzen und von Mördern belagert zu werden, aber jetzt sah es auch noch so aus, als wollte Del Ray – ausgerechnet Del Ray, den *er selbst* hierhergebracht hatte! – gemeinsame Sache mit Jeremiah Dako machen und gegen ihn konspirieren.

Joseph hatte keine Erklärung dafür, es sei denn, dass Del Ray insgeheim auch ein Schwuli war und dass diese untergründige Polung stärker war als andere Verbindungen. *Vielleicht ist das ja der wahre Grund, weshalb er mit meiner Renie Schluss gemacht hat.*

»Das heißt, ich soll auf Leben und Tod diesem Kak hier vertrauen?«, nörgelte er.

»Mach mich nicht an, Joseph Sulaweyo«, sagte Jeremiah. »Nicht, nachdem du tagelang ohne Erklärung weg warst und ich hier alles allein machen musste.«

»Ich hab meinen Sohn sehen müssen.« Aber er konnte nicht verhindern, dass ihn ein Hauch von Schuld anwehte. Ihm würde es gewiss nicht schmecken, allein in diesem Loch eingesperrt zu sein. Vielleicht war es auch Jeremiah gar nicht so leichtgefallen. »Na schön, also wer is dieser Sellars? Was hat er für'n Interesse dran, von sonst wo anzurufen und uns zu sagen, was wir tun sollen?«

»Das Interesse ist, uns das Leben zu retten«, knurrte Jeremiah. »Und wenn ihr vorhin nicht aufgetaucht wärt, hätte ganz allein er mich davor bewahrt, von den Männern da draußen ermordet zu werden.«

»Er und eine meterdicke Stahlplatte.« Del Ray gab sich Mühe, munter zu klingen, doch es wollte ihm nicht recht gelingen. »Wenn man schon belagert wird, dann gibt's dafür sicher schlechtere Plätze als einen bombensicheren Militärbunker.«

»Nicht, wenn wir hier keine Ordnung in den Laden kriegen«, versetzte Jeremiah spitz. »Hört ihr jetzt vielleicht mal zu?«

Joseph hatte sein Misstrauen noch nicht ganz überwunden. »Aber wenn der irgendwo in Amerika sitzt, wie du sagst, wie hat er dann den Platz hier gefunden? So mordsgeheim, wie der angeblich is.«

»Das ist mir auch nicht ganz klar. Er weiß eine Menge über Renie und !Xabbu und diese Französin, er kannte sogar den alten Mann, diesen Singh. Sellars sagt, er ist tot.«

»Wieso sagt er so was?« Abergläubische Furcht erfasste Joseph. Es war ziemlich unheimlich gewesen, den Hörer in der Hand zu halten und auf die Stimme aus dem Nichts zu warten – die Stimme, die dann doch nicht gekommen war. »Dieser Sellars hat dir echt erzählt, dass er tot is?«

Jeremiah starrte ihn an und schnaubte dann entnervt. »*Singh* ist tot, hat er gesagt. *Singh*. Der alte Mann, der Renie und den andern geholfen hat. Hältst du jetzt vielleicht endlich den Mund und hörst dir an, was ich mitgeschrieben habe? Schwerbewaffnete Männer wollen hier einbrechen. Ein Klappbett in der Fahrstuhltür ist auf die Dauer bestimmt keine Lösung.«

Joseph winkte ab. Das war eine der Sachen, die ihn an Homosexuellen störten – sie regten sich ständig über alles Mögliche auf, wie Weiber. »Dann red halt. Ich hör schon zu.«

Jeremiah schnaubte noch einmal und warf einen Blick auf die Notizen, die er mit einem altmodischen Bleistift auf den Betonpfeiler gekritzelt hatte. »Sellars sagt, es reicht nicht aus, dass wir den Fahrstuhl blockieren, sie können auch durch den Schacht kommen. Wir müssen diese ganze Abteilung der Basis abriegeln. Er sagt, aus den Plänen ist zu ersehen, wie das gehen kann. Aber wir müssen uns außerdem auf eine lange Belagerung vorbereiten, und deshalb müssen wir alles, was wir brauchen, hier herunterschaffen. Joseph, das bedeutet, dass du so viel Verpflegung und Wasser, wie du kannst, aus der Küche holen musst. Wir wissen nicht, wie viel Zeit wir haben, bis sie durch das Außentor kommen, und deshalb müssen wir hier so schnell wie möglich alles dichtmachen. Wenn das erledigt ist und wir dann noch Zeit haben, holen wir noch mehr Essen und Wasser.«

»Was, ich soll diese Plastikdinger mit Wasser schleppen, wie wenn ich der letzte Kuli wär? Und wer kümmert sich um die Waffen – Del Ray etwa? Du hättst ihn mal mit der Pistole in der Hand sehen sollen. Der is damit 'ne größere Gefahr für uns als diese Ganoven.«

Jeremiah schloss die Augen. Del Ray murmelte eine bissige Bemerkung. »Kaum zu glauben, dass es tatsächlich Augenblicke gab, in denen ich deine Gesellschaft vermisst habe«, sagte Jeremiah. »Erstens gibt es hier keine Waffen, so wie es auch kein Büromaterial gibt. Fast alles, was transportabel war, ist mitgegangen, als dieser Stützpunkt stillgelegt wurde. Verpflegung und Wasser haben sie nur deswegen dagelassen, weil sie dachten, sie könnten ihn eines Tages vielleicht mal als Luftschutzbunker oder so benutzen. Zweitens, selbst wenn wir Waffen hätten, könnten wir diese Kerle nicht aufhalten. Du hast selbst gesagt, dass sie ausgerüstet sind wie eine Spezialeinheit. Sellars meint, am besten wir machen diesen Teil hier dicht und versuchen, länger durchzuhalten als sie.«

Long Joseph war ein wenig unschlüssig, ob er es bedauern sollte oder nicht, dass er sich keine Schießerei mit den burischen Killern liefern konnte. »Und was soll *der* machen?«, fragte er und zeigte mit dem Daumen auf Del Ray.

»Kommt drauf an. Herr Chiume, verstehst du etwas von Computersystemen, Elektronik?«

Del Ray schüttelte den Kopf. »Ich habe Politikwissenschaft studiert. Ich weiß, wie man ein Pad benutzt, aber nicht viel mehr.«

Jeremiah seufzte. »Das habe ich befürchtet. Sellars meinte, es müssten eine Menge Umschaltungen vorgenommen werden, damit er uns besser helfen kann. Ich werde mich wohl selbst durchwursteln müssen, falls ich aus seinen Anweisungen schlau werde. Gott, ich hoffe, er ruft bald an.«

»Umschaltungen?«

»Das ist ein völlig überaltertes System hier, zwanzig, dreißig Jahre alt oder mehr. Ich weiß nicht genau, was er vorhat, aber er sagte, es wäre wichtig.« Er versuchte zu lächeln. Er sah sehr grau und abgespannt aus. »Na gut, Herr Chiume, ich denke mal, du wirst den Generatordienst übernehmen.«

»Sag bitte Del Ray zu mir. Was genau soll ich tun?«

»Wenn wir uns hier unten im Labor einigeln, brauchen wir den Generator, weil die Männer da oben mit Sicherheit versuchen werden, uns den Strom abzuschalten. Wir brauchen aber Strom, schon allein für die Be- und Entlüftung, vom Betrieb der Tanks ganz zu schweigen.« Er deutete auf die mächtigen Klötze auf der Etage unter ihnen, die mit ihrem Kabelsalat ringsherum aussahen wie von Kletterpflanzen überwucherte Steine. »Sellars meinte, wir hätten Glück, dass es hier unten eine Brennstoffzelle gibt und keinen Reaktor, weil das Militär bei einem Reaktor das Nuklearmaterial mitgenommen hätte und wir ganz und gar auf die normale Stromversorgung angewiesen wären.«

»Ich kapier's immer noch nich«, grummelte Long Joseph, den die unerfreuliche Vorstellung quälte, dass er Dutzende von schweren Wasserbehältern und Essenskanistern aus dem oberen Teil nach unten transportieren sollte. »Was weiß der von meiner Renie? Woher soll sie einen aus Amerika kennen, und wieso hat der überhaupt was mit der Sache am Hut, mit uns?«

Del Ray hob hilflos die Hände und antwortete für Jeremiah. »Was machen wir alle hier in diesem bescheuerten Stützpunkt? Warum kommen gekaufte Killer zu mir an die Haustür und drohen, mich umzubringen, bloß weil meine Exfreundin mit einer französischen Rechercheurin geredet hat? Das ist alles absurd, und es wird immer absurder.«

»Das is die erste vernünftige Sache, die du den ganzen Tag gesagt hast«, erklärte Joseph.

Joseph war verschwitzt und schlecht gelaunt, und vor allem war es ihm unangenehm, dass ihm in den leeren, hallenden Räumen des »Wespennestes« der Schweiß auf der Haut kalt wurde. Nach seinem Selbsturteil war er keiner, der vor Furcht zitterte – obwohl ihm das schon mehr als einmal im Leben passiert war –, aber genauso wenig konnte er sich weismachen, dass sich alles schon irgendwie wieder einrenken würde.

Aus der Geschichte kannst du dich nich einfach rausquasseln, Mann, sagte er sich, als er den Rollwagen in den Fahrstuhl manövrierte. Bevor er den Abwärtsknopf drückte, lauschte er angestrengt. Ob sie es wohl mitbekamen, fragte er sich, wenn die Banditen irgendwann den Code für das wuchtige Außentor knackten, oder ob es einfach lautlos aufging, so dass die Killer hineinspazieren konnten wie Katzen bei Nacht durch ein offenes Fenster? Alles war jetzt still; er konnte nicht einmal mehr Jeremiah und Del Ray zwei Etagen unter sich hören. Sein eigenes schweres Atmen war das Einzige, was in dem unterirdischen Raum auf Leben hindeutete, aus ihm mehr machte als ein großes Loch im Berg, unbewohnt wie eine leere Muschel.

Die Fahrstuhltür klackte auf. Leise ächzend ruckelte Joseph den Wagen in Position und schob ihn dann mit der Wasserladung den Gang am Geländer entlang. Er sah Jeremiahs Füße unter der Konsole vorlugen, umgeben von diversen Teilen und Kabeln, und er musste kurz an die vermüllte Fabriketage des Elefanten denken, die so ganz seinem Klischee vom Labor eines verrückten Wissenschaftlers entsprochen hatte. *»Der ist nicht mehr geheim«,* hatte der dicke Mann über den Militärstützpunkt erklärt, und er hatte recht gehabt. Was nicht hieß, dass Joseph vorhatte, noch einmal bei ihm vorbeizuschauen und ihm zu seinem Scharfblick zu gratulieren.

»Das is alles, was an Wasser da is«, rief er zu Jeremiahs Füßen hinüber. »Als Nächstes schaff ich die Essenssachen runter. Warum, weiß ich nich – is eh nix weiter als abgepackte Scheiße. Noch'n paar Wochen den Fraß, und wir bringen uns selber um.«

Jeremiah rutschte unter der Konsole hervor; an den Falten auf seiner Stirn hätte Joseph eine Bierflasche öffnen können, falls er das Glück gehabt hätte, eine zu besitzen. »Ja, es ist wirklich eine Schande. Deshalb hast du mir auch bestimmt ein paar Köstlichkeiten mitgebracht, als du da draußen durch Südafrika gejuckelt bist, während ich hier festsaß und deine hilflose Tochter bewachen musste, nicht wahr? Ein paar leckere Schokoladenriegel vielleicht? Eine Tüte Koeksisters aus der Bäckerei? Irgendeine Entschädigung dafür, dass du mich hier hängen gelassen hast mit diesem Fraß, den du so treffend als Scheiße bezeichnest?«

Durch reiche Erfahrungen mit seiner Tochter und anderen hatte Joseph ein feines Gefühl dafür entwickelt, wann er in einer Auseinandersetzung den Kürzeren ziehen würde. Eilig schob er den Wagen weiter zu der Stelle, wo er angefangen hatte, eine Pyramide aus Wasserbehältern zu bauen. Bei seiner Rückkehr war Jeremiah schon wieder unter die Konsole gekrabbelt und Del Ray nirgends in Sicht, und so blieb er stehen und blickte auf das Untergeschoss des Labors hinab. Die stillen Formen der V-Tanks, verstaubte, tote Gegenstände aus dem Museum, trieben ihm plötzlich Tränen in die Augen. Verwundert wischte er sie weg.

Aber eins is sicher, sagte er im Stillen zu dem nächsten Tank. *Bevor sie dich kriegen, müssen sie erst mich fertigmachen. Irgendwie schaff ich's, dass du wieder raus an die Sonne kommst.* Er staunte, dass er sich selbst im Kopf eine solche Rede hielt, aber mehr noch darüber, dass es die Wahrheit war, was er da sagte. »Hörst du mich, Mädel?«, flüsterte er. »Erst müssen sie mich fertigmachen.«

Er fürchtete, Del Ray oder Jeremiah könnten ihn sehen, und sowieso war der Ort steinern und trostlos wie eine Gruft. Er begab sich schleunigst zum Fahrstuhl zurück.

> Calliope Skouros schnitt eine Grimasse und stellte den Kaffee wieder hin. Weniger deshalb, weil er schlecht schmeckte – das kam noch dazu, denn die dampfende Brühe stammte aus einem dieser Blitzkochpäckchen –, sondern weil sie am Abend davor literweise Kaffee in sich hineingeschüttet hatte. Noch nach fünf Stunden unruhigem Schlaf tobte

das Koffein in ihr herum wie eine dieser furchtbaren, immer fröhlichen Frauen, die nur dafür leben, Nachbarschaftsfeste zu organisieren.

Trotzdem war Calliope in ziemlich guter Stimmung. An der Kellnerinnenfront war zwar nicht gerade ein glorioser Sieg zu verzeichnen, aber immerhin ein deutlicher Fortschritt. Elisabetta (die extravagant tätowierte Serviererin dieses ganzen Kaffees) hatte ihren Namen preisgegeben und kam inzwischen auch dann zum Plaudern an Calliopes Tisch, wenn diese sich aus Versehen in das Revier einer anderen Bedienung gesetzt hatte. Zu ihrer Überraschung und Befriedigung hatte die Polizistin festgestellt, dass die junge Frau noch mehr vorzuweisen hatte als bloß ihr verwegenes, attraktives Äußeres. Sie studierte Kunst – natürlich –, aber schien einiges auf dem Kasten zu haben und ließ sich sogar über kurze Strecken zum Zuhören bewegen, wenn es gelang, sie von dem ewigen Kellnerinnenlamento über miese Bosse, wehe Füße, hohe Mieten und schlechte Busverbindungen abzubringen.

Interessanterweise war auch nach mehreren Abenden angeregter Kurzgespräche der zweite große Themenkomplex, der die Kellnerinnen der Welt wehklagen ließ, nicht zur Sprache gekommen, das heißt, es war noch kein Wort über faule, dumme oder gewalttätige Liebhaber gefallen. Es war überhaupt kein Wort über Liebhaber (oder Liebhaberinnen) gefallen, einerlei welcher Art.

Hoffentlich wird aus der Sache bald mal was, sagte sich Calliope in Anbetracht der Aussicht, monatelang in der schrillen Strandpartyatmosphäre von Bondi Baby herumzuhängen. *Sonst wird allein schon das Koffein mich ins Grab bringen.*

»Ich geb einen Penny für deine Gedanken, Partnerherz …« Stan Chan schlüpfte in den engen Raum mit Wandbildschirm, der bei sämtlichen Polizisten »das grüne Zimmer« hieß, und warf seine Jacke über eine Stuhllehne. Wie üblich herrschten in dem winzigen Kabuff praktisch Saunatemperaturen. »Aber ich bin sicher, sie sind viel mehr wert. Du siehst heute aus wie der verkörperte Tiefsinn. Was willst du dafür? Schweizer Kredite? Immobilien?« Er blickte auf den Bildschirm, auf dem ein dunkelhäutiger, dünner, von Narben verunstalteter Mann zu sehen war. Der Raum, in dem der Gefangene saß, war leer bis auf einen alten Tisch und mehrere Stühle, die Wände mit grauenhaft heiteren orange Fibramicfliesen gekachelt, von denen Graffiti leicht abzuwischen waren und auch, wie es hieß, Blut. »Apropos mehr wert, ist das unser Freund 3-Big?«

Stan war morgens manchmal schwer zu verkraften, auch wenn Calliopes Kopf gerade einmal nicht so surrte, als ob sie sich ein paar superdröhnige Elektrohits reingepfiffen hätte. »Kannst du ein bisschen leiser reden? Ja, das ist er. Hat die Nacht in der Zelle verbracht, und jetzt werden wir ein Schwätzchen mit ihm halten.«

»Reizend.« Ihr Partner war tatsächlich beängstigend gut gelaunt. Sie fragte sich, ob er vielleicht eine neue Bekanntschaft gemacht hatte. »Darf ich fies sein? Meine Nummer fahren?«

»Deine Nummer.«

»Du bist ein Schatz.« Dann beäugte er sie stirnrunzelnd und piekste ihr in die Rippen. »Du hast deine Balli nicht an, Skouros.«

»Im Revier?« Die gelgefüllte ballistische Weste, in Kollegenkreisen auch als »kugelsicheres Leibchen« bezeichnet, war ihr zuwider.

»Vorschrift. Schließlich könnte sich unser Freund da in der Zelle aus Seife und Teppichflusen 'ne Pistole gebastelt haben.«

»Ja, genau. Kein Wunder, dass du deine gern anziehst, du siehst damit richtig aus, als ob du Muskeln hättest. Mich macht sie bloß dick.«

»Für mich bist du einfach der mollige Engel der Gerechtigkeit.« Sein Gesicht wurde einen Moment lang ernst. »Du musst das Ding wirklich tragen, Skouros.«

»Okay, mach ich. Und jetzt an die Arbeit, du großer Fiesling.«

Mit einem Fingerschnalzen machte Stan die grüne Zimmerbeleuchtung aus, so dass hinter ihnen in der Tür nur Dunkel zu sehen war, als sie in den grellen Nebenraum mit den orangefarbenen Fliesen traten. Der Häftling blickte auf, doch außer einem geringschätzigen Herunterziehen der Unterlippe blieb sein Gesicht ausdruckslos. Calliope war das nur recht – sie fand es unterhaltsamer, wenn einer den harten Mann markierte.

»Guten Morgen, Edward«, grüßte sie freundlich, als sie und Stan sich auf den Stühlen gegenüber dem Häftling niederließen. »Ich bin Detective Skouros, das ist Detective Chan.«

Der dunkle Mann erwiderte nichts, aber fuhr mit einem Finger die langen Narben auf seiner Backe nach.

Calliope spielte die Verwirrte. »Ja bist du etwa nicht Edward Pike?

Ich bin sicher, dass dies das richtige Vernehmungszimmer ist.« Sie wandte sich Stan zu. »Tja, dann muss der Mann wohl in die Zelle zurück, und wir prüfen nach, was da falsch gelaufen ist.«

»Kein Schwein nennt mich Edward, nur meine Mutter, und die ist seit zwei Jahren tot«, sagte er mürrisch. »3-Big ist mein Täg. 3-Big.«

»Ja, das ist er, keine Bange«, bemerkte Stan. »Mieser kleiner Straßenpenner, frisch aufgegriffen mit sechs Dutzend Kassetten Jak-Knocker in 'nem umfunktionierten Patronengürtel, indonesisches Charge, offensichtlich zum Weiterverkauf bestimmt. Dafür kriegst du zehn Jahre, 3-Boy, und nicht in einem von den lockereren Läden.«

»Es war zum persönlichen Gebrauch, tick?« Der Widerspruch war pro forma – alle wussten, dass vor dem Eintreffen des Pflichtverteidigers alles nur Schattenboxen war. »Brauch ich zum Runterkommen. Hab'n schweren Hänger, äi.«

Stan machte ein Speigeräusch. »Ich wein gleich. Die Richterin guckt dich einmal an, liest nach, dass du keinen halben Kilometer von 'ner Schule weg warst, und dann dürfen wir dich auf einen der Müllkähne verladen und im Ozean versenken.«

Calliope sah ein paar Minuten lang schweigend zu, wie ihr Partner nach allen Regeln der Kunst den Aggressiven mimte. Edward »3-Big« Pike war ein Gewohnheitstäter und kannte deshalb das Spiel genauso gut wie Stan. Er war keiner von ihren ganz üblen Kunden – viele Vorstrafen wegen unerlaubtem Besitz und einmal längere Zeit in Silverwater wegen Dealen, aber soweit sie wusste, hatte er noch nie jemanden umgebracht, der vorher nicht ihn hatte umbringen wollen, was ihn für Darlinghurst-Road-Verhältnisse praktisch zum Robin Hood machte. Er stand im Ruf, ein bisschen gewitzter zu sein als der Durchschnittsganove in King's Cross, und die Tatsache, dass er nur einmal wegen Dealen gesessen hatte, bestätigte das. Calliope überlegte, ob er sich darauf vielleicht ein bisschen was einbildete und sie ihn an dem Punkt zu fassen bekommen konnte.

Stan hatte den Mann so weit, dass er sich fauchend zur Wehr setzte, es war also Zeit für ihren Einsatz. »Detective Chan?« Sie legte eine gewisse Härte in ihre Stimme. »Ich glaube nicht, dass dies unter den Umständen die richtige Vorgehensweise ist. Wie wär's, wenn du ein Glas Wasser trinken gingst?«

»Pff, kann ich drauf verzichten.« Stan warf dem Häftling einen Blick abgrundtiefer Verachtung zu. »Aber wenn du meinst, du hast bei diesem Stück Gossendreck mehr Erfolg, bitte sehr.«

»Hör zu, Herr Pike«, begann Calliope, »rein formal fällst du unter Straßenkriminalität, das heißt, wir sind streng genommen für dich nicht zuständig. Aber wenn du uns mit ein paar Informationen behilflich bist, und wenn die Informationen etwas taugen, dann könnten wir es eventuell so hindrehen, dass die Anklage nur auf unerlaubten Besitz lautet. Sitzen wirst du mit deinen Vorstrafen trotzdem, aber es wird nicht allzu happig werden.«

Er versuchte es sich nicht anmerken zu lassen, aber der scharfe Blick, der durch die erstaunlich langen Wimpern aus den schwerlidrigen Augen stach, verriet, dass er interessiert war. »Was wollt ihr? Hinhängen tu ich keinen. Eher aus'm Knast raus is'n Scheißdreck wert, wenn sie mich exen, sobald ich 'nen Fuß in die Darling setze.«

»Wir wollen nur ein paar Auskünfte. Über einen alten Bekannten von dir, mit dem du seinerzeit im Minda Juvenile Justice Centre gesessen hast. Johnny Wulgaru ...?«

Sein Gesicht blieb leer. »Nie gehört.«

»Auch Johnny Dark genannt – Johnny Dread?«

Jetzt regte sich etwas unter der steinernen Maske, flink wie Quecksilber in einem Tiegel. »Ach der – John More Dread? Dread meinste?« Mehrere gegensätzliche Gefühle rangen in ihm, wobei am Ende ein Blick nervösen Misstrauens herauskam. »Was wollt ihr denn mit dem? Der ist doch hinüber, oder? Tot?«

»Angeblich. Hast du was anderes gehört?« Sie fixierte ihn, doch die Straßenmaske war schon wieder undurchdringlich. »Wir sind dabei, einen alten Mordfall aufzuklären. An einem Mädchen namens Polly Merapanui.«

Jetzt war er auf sicherem Pflaster. »Kenn ich nicht. Nie was von gehört.« Er kniff die Augen zusammen und dachte noch einmal nach. »War das die mit den rausgeschnittenen Augen?«

Calliope beugte sich vor, aber wahrte einen lockeren Ton. »Du weißt was darüber?«

Er zuckte mit den Achseln. »Hab's im Netz gesehen.«

»Wir wollen bloß wissen, ob du je was über Johnny Dread in Verbindung mit diesem Verbrechen gehört hast. Irgendwas.«

»Ich tu niemand hinhängen.«

Stan beugte sich über ihn. »Wie kannst du jemand hinhängen, wenn er tot ist, du kleine Ratte? Red keinen Blödsinn!«

3-Big warf Calliope einen Blick verletzter Ehre zu. »Ist das dein Hund, der da? Weil, wenn er nicht aufhört, mir in die Eier zu zwicken, könnt ihr mich gleich wieder ins Schließfach bringen.«

Calliope winkte Stan auf seinen Stuhl zurück. »Erzähl mir einfach, was du von John Dread weißt.«

Der Häftling feixte. »Nichts. Alles vergessen. Und falls ich nach heute je was über ihn höre, vergess ich das auch. Ein seyi-lo Bluthund war er. Nicht für viel Geld hätt ich den anschmieren mögen.«

Calliope stellte weiter Fragen, und Stan half mit Bemerkungen über 3-Bigs Abkunft und Sozialleben nach, die gelegentlich recht surreal waren. Es war ein Schlagabtausch, doch der Gefangene spielte nicht auf Sieg, sondern rein auf Verteidigung. Diese unbefriedigende Übung zog sich hin, bis auch die letzte Koffeinenergie verpufft und Calliope nur noch müde und sauer war.

»Das heißt, er ist tot, und du hast ihn ohnehin seit Jahren nicht mehr gesehen. Ist das richtig?«

Er nickte. »Hundertpro.«

»Warum habe ich dann das ungute Gefühl, dass du mit irgendwas hinterm Berg hältst? Dir winkt 'ne verdammt lange Zeit im Bau, Herr Pike. Eddie. Kniefick oder wie du dich sonst schimpfst. Wenn ich du wäre, würde ich keine Sekunde zögern, über diesen Tisch zu steigen und hingebungsvoll meinen dicken griechischen Arsch zu lecken, denn auf absehbare Zeit wird dir kaum noch jemand *irgendwas* anbieten. Höchstens ein Stück Schokolade dafür, dass du dich in der Dusche in Silverwater bückst und die Beine breit machst.« Er war sichtlich ein wenig überrascht, wie abrupt sie aufhörte, die Hilfsbereite zu spielen, behielt aber sein Feixen bei. »Also, warum willst du nicht reden?«

»Ich red doch.«

»Aber nur Wischiwaschi, Mensch. Wir könnten deine Strafe um drei bis fünf Jahre drücken, wenn du uns was Brauchbares über John Dread erzählen würdest.«

Er sah sie eine ungewöhnlich lange Zeit an. Stan Chan setzte an, etwas zu sagen, aber Calliope tippte unterm Tisch sein Knie an zum Zeichen, dass er sich noch gedulden sollte. 3-Big fingerte wieder an seinen Narben herum, seufzte, dann legte er beide Hände auf den Tisch.

»Okay, Frau«, sagte er langsam. »Ich erzähl dir was. Ich weiß gar nix über Dread. Aber selbst wenn ich was wüsste, würd ich keinen Ton sagen. Nicht für gute Führung, nicht für fünf Jahre weniger, nicht für gar nix.«

»Aber wenn er tot ist ...«

Er schüttelte den Kopf. Seine Augen waren jetzt hinter den langen Wimpern verborgen wie ein Puma im Schilf. »Scheißegal. Du kennst Dread nicht, hast ihn nie erlebt. Wenn du den verpfeifst, steht er aus dem Grab auf und murkst dich dreifach ab. Wenn einer'n Mopaditi ist und kommt wieder und ext dich im Dunkeln, dann Dread.«

»Mopaditi. Was bedeutet das?«

Er war inzwischen vollkommen auf Distanz gegangen und betrachtete die beiden Polizisten wie aus den Tiefen einer Höhle. »Geist. Wenn einer tot ist, aber er geht nicht weg. Ich will jetzt in die Zelle zurück.«

»Tja, das war wohl nichts.« Stan Chan wartete geduldig.

»Moment noch.« Calliope zog ihren Ohrenstöpsel heraus und steckte ihn in den gefütterten Schlitz in ihrem Pad. Sie fragte sich wieder einmal, ob sie sich nicht doch langsam eine Can leisten sollte. Es war umständlich, ständig das Pad mitzuschleppen, selbst das neue, waffeldünne Krittapong, das sie sich selbst zum Geburtstag geschenkt hatte. »Doktor Jigalong ist nicht zu erreichen. Ich hab ihr in der Arbeit und zuhause auf den Automat gesprochen.«

»Wegen ›Mopaditi‹?«

»Klar. Das ist mir im Straßenslang bis jetzt noch nicht untergekommen. Dir?«

»Nein.« Er legte seine Füße auf den Tisch. »Das wären jetzt – wie viel? Acht, neun Leute, die wir durch die Mangel gedreht haben. Viel rausgekommen ist dabei nicht.«

»Ein bisschen was hat's gebracht.«

Stan zog die gewohnte Braue hoch. »Du meinst, weil er ein Abowort benutzt hat? Für den Fall, dass du's nicht gemerkt hast, Skouros, der Typ stammt tatsächlich von Aborigines ab. Sagst du nicht auch ab und zu Sachen wie ›Hopa!‹ oder ›Retsina‹ oder sogar ›Akropolis‹? Selbst mir unterläuft gelegentlich mal ein Sinoausdruck – ich glaube, erst neulich hab ich ›Rundauge‹ zu dir gesagt ...«

»Er ist zusammengezuckt, als die Rede auf Johnny Dread kam. Er war überrascht.« Und da war noch etwas Anderes gewesen, irgendeine Kleinigkeit, aber sie kam nicht darauf, auch wenn sie ihr Gehirn noch so sehr zermarterte.

»Na ja, der Kerl ist offiziell tot. Kann einen doch überraschen, nach jemandem befragt zu werden, von dem du dachtest, er ist hinüber.«

»Kann sein. Aber etwas an seiner Reaktion war komisch. Vielleicht ist ihm auf der Straße was zu Ohren gekommen.«

»›Vielleicht‹ bringt uns nicht weiter, Skouros. Was jetzt? So entzückend es irgendwo ist, aber unser Vorrat an Pack, das wir noch pestern können, geht zur Neige.«

Ratlos und niedergeschlagen ließ Calliope den Kopf hängen. Jetzt, wo das Koffein endlich abgebaut und nichts Anderes an seine Stelle getreten war, fühlte sie sich nur noch zum Kotzen.

Übernächtigt saß sie zuhause auf der Couch und holte sich das Verhör aus dem Polizeisystem auf ihren Wandbildschirm. Sie hatte beschlossen, sich zu ihrem eigenen Besten von Bondi Baby fern zu halten, gar nicht einmal so sehr, weil es sie quälte, dass ihr Interesse an der Kellnerin Elisabetta fast schon zur Obsession geworden war, als aus der beschämenden Erkenntnis heraus, dass sie dabei war, eine Schwäche für den klebrig süßen Nachtisch in dem Lokal zu entwickeln.

Auf die Art wirst du nie abnehmen, Skouros, sagte sie sich. *Bleib lieber brav daheim.* Sie war seit Tagen nicht mehr einkaufen gewesen, so dass es außer Knäckebrot wenig gab, was ihre Entschlossenheit hätte ins Wanken bringen können. Sie sah sich das Verhör von vorne bis hinten an und sprang dann zu der Stelle zurück, wo der Name ihres Verdächtigen zum ersten Mal gefallen war.

»Ach der – John More Dread?«, sagte 3-Big. Calliope stellte zurück und ließ es ihn noch einmal sagen. *»... Dread meinste?«*

Das ist es! dachte sie. *John More Dread. Die Variante kannte ich noch nicht.* Aber warum war ein Alias mehr, zumal bei einem Mann, der notorisch viele hatte, so bei ihr hängen geblieben und plagte sie wie ein Splitter, der sich immer weiter unter die Haut bohrte? *More Dread. More Dread. Wo hab ich das schon mal gehört?*

Die Aufnahme aus dem Feverbrook Hospital fiel ihr ein, die verschwommene dunkle Gestalt, das formlose, rauchige Gesicht.

Ein Geist, hat 3-Big Pike gemeint. Wenn es einen gibt, der als Geist wiederkommen kann …

Sie schloss die Augen, öffnete sie, aber die vertraute Umgebung ihrer Wohnung konnte das Gefühl nicht verdrängen, beobachtet zu werden. Verfolgt.

> Sie stand wieder auf dem Balkon. Der Turm zog sie an, als wäre sie ein Nachtfalter und das ungeheure schwarze Gebilde eine Art negatives Licht. Selbst jetzt, wo die Stimmen fort waren und sie in gewisser Weise weiter davon entfernt war als in Juniper Bay, kam sie nicht davon los.

Ein Ring roter Signallichter umgab die Spitze wie ein Kranz aus glühenden Kohlen, und in den oberen Etagen brannte in ein paar Fenstern Licht, einzeln und in kleinen Zeilen. Ansonsten stach er nur deshalb vom nächtlichen Himmel ab, weil die Suchscheinwerfer, die über den leeren Parkplatz und die Reihen markierter Buchten glitten, auch die unregelmäßig geformte, spiegelnde Außenfläche bestrichen.

Die Stimmen waren fort. Die Kinder waren fort. Waren sie ein und dasselbe? Olga Pirofsky war schon so lange in der traumhaften Unwirklichkeit ihrer Reise nach Süden versunken, dass sie sich nicht mehr genau erinnern konnte. Außerdem war sie erschöpft. Die Nächte, in denen die Kinder ihr im Traum Fetzen aus ihrem Leben ins Ohr geflüstert, sie gezogen und gedrängt hatten, waren seltsamerweise viel erholsamer gewesen als die nachtschwarzen Stunden nach ihrem Verstummen. Jetzt fühlte sie sich jeden Morgen beim Aufwachen stumpf und hohl, ein wenig wie ein Heliumballon, der den letzten Auftrieb verloren hatte und nur noch schlaff und nutzlos auf dem Teppich herumrollte.

Und was jetzt? fragte sie sich. Sie konnte die Augen nicht von dem Turm abwenden – der Mittelpunkt seines eigenen dunklen Reiches. *Nach Hause fahren? Mich umbringen?*

Aber sie hatte kein Zuhause mehr. Mischa war fort, und Juniper Bay schien auf einem anderen Planeten zu liegen – genau wie der Zirkus, wie die schönen, süßen, gemordeten Tage, als sie noch mit Aleksander zusammen gewesen war. Und die Menschen, die ihr vielleicht hätten helfen können, hatte sie von sich gestoßen, Roland McDaniel und die wenigen anderen befreundeten Arbeitskollegen, Herrn Ramsey, diesen netten Anwalt. Sie hatte nur noch das Schweigen.

Die Stimmen hatten sie praktisch bis zum Fuß dieses unheimlichen schwarzen Berges geführt und sie dann im Stich gelassen. Irgendwie war das alles verflochten – die Kinder, der Turm und die grinsende, leichenweiße Grimasse von Onkel Jingle, die Maske, die sie selbst so lange getragen hatte, dass sie sich fragte, ob ihr Gesicht darunter nicht vielleicht davon verformt worden war.

Sie klappte das Pad auf und setzte sich an den winzigen Pressspanschreibtisch ihres Motelzimmers. Mehrmals wanderte ihr Blick zum Fenster, und schließlich ließ sie mit einem Händeklatschen die Vorhänge zugehen, weil sie mit diesem finster drohenden Finger vor Augen nicht denken konnte.

Müde, aber froh, eine Entscheidung getroffen zu haben, begann Olga ohne vorheriges Überlegen, ihren Abschiedsbrief an die Nachwelt zu schreiben.

Kapitel 6
SELBSTGESPRÄCHE MIT APPARATEN

NETFEED/NACHRICHTEN:
Erneuter tödlicher Rocketboard-Unfall erregt die Gemüter
(Bild: Jugendliche auf ihren Brettern in der Skate Sphere im Londoner Clissold Park)
Off-Stimme: In Großbritannien reißt die Serie tragischer Unglücksfälle durch Rocketboard-Fahrer nicht ab. Nach dem jüngsten Vorfall wird im Parlament über ein Verbot dieser "gefährlichen Irrsinnsdinger" nachgedacht, wie ein Abgeordneter die Bretter nannte. Die meisten Boarder jedoch sind da ganz anderer Meinung.
(Bild: Aloysius Kenneally, 16 Jahre, vor der Bored!-Filiale in Stoke Newington)
Kenneally: "Voll daneben ist das. Die meisten, wo abschrotten, sind so vierzigjährige Bürogreise. Wollen am Wochenende mal die Sau rauslassen, bong? Abfetzen, 'ne Oma cräshen, in 'ne Aerobusschraube reinzacken. Hackt nicht auf uns rum, wenn so'n alter Knacker, dem das Fahren verboten gehört, 'nen Mikro wegbrettert …"

> Es war wie ein Horrorfilm, nur schlimmer, denn es passierte wirklich.

Winzige Menschlein standen angstschlotternd vor einem grässlichen Monster, einer Geißelspinne, wie Kunohara das skorpionähnliche Ding genannt hatte. Paul sah, dass Martine und ihre geschrumpften Gefährten sich tief in die Falten an der Unterseite eines großen Blattes duckten, das von den bombenartigen Treffern der Regentropfen geschüttelt wurde. Er streckte die Hand aus, aber es war nur ein Bildfenster – er konnte nichts zu ihrer Hilfe tun. Die Geißelspinne kam einen Schritt näher, wobei ihr Rumpf zwischen ihren entsetzlich langen Gliederbeinen hing wie in einer Wiege. Ein schlanker Fühler, der wie eine versteifte Kutscherpeitsche aussah, schob sich langsam, fast zärtlich auf sie zu.

»Du hast doch diese Mutanten vernichtet«, schrie Paul. »Warum kannst du meine Freunde nicht retten?«

»Die Mutanten gehörten nicht hierher. An der Geißelspinne ist nichts auszusetzen.« Hideki Kunohara klang beinahe beleidigt. »Sie gehorcht nur ihrer Natur.«

»Wenn du ihnen nicht helfen willst, dann versetz mich hin. Oder lass mich wenigstens zu ihnen gehen.«

Kunohara sah ihn missbilligend von der Seite an. »Du wirst sterben.«

»Ich muss es wagen.«

»Du kennst diese Leute doch kaum, das hast du mir selbst gesagt.« Tränen traten Paul in die Augen. Der Zorn dehnte sich in ihm aus wie Dampf, drohte ihm die Schädeldecke zu sprengen. Im Hintergrund hörte er die dünnen Schreie, die Martine und die Übrigen ausstießen, als die ungeheuerliche Spinne weiter heranrückte. »Du begreifst gar nichts. Monatelang, vielleicht jahrelang bin ich umhergeirrt. Allein! Ich dachte, ich wäre verrückt. *Sie sind alles, was ich habe!*«

Kunohara zuckte mit den Achseln, dann hob er die Hand. Im nächsten Moment waren die Blase, das Fenster und sein stoisches Gesicht verschwunden, und an ihre Stelle war eine Schreckensszene getreten.

Paul befand sich irgendwo auf dem Waldboden. Berghohe Baumstämme, von denen kaum mehr als der Fuß zu sehen war, ragten um ihn herum in den Nachthimmel. Überall zischten und krachten Tropfen nieder, die so groß wie Mülltonnen, mitunter sogar wie Kleinwagen waren. Wenn sie aufschlugen, hüpfte der ganze mulchige Untergrund in die Höhe.

Jäh überkam ihn die Erinnerung an das Grauen der Schützengräben von Amiens, an das unpersönliche Vernichtungswerk der schweren deutschen Artillerie, und wie um die Illusion zu verstärken, zuckten blendend helle Blitze über den Himmel. Rechts von ihm bewegte sich etwas mit einem lauten ledrigen Knarren, das er selbst über das Donnern der Regentropfen hinweg hörte. Der Boden bebte unter seinen Füßen. Als Paul sich umdrehte, schlug ihm das Herz bis zum Hals.

Die Skorpionspinne schob sich noch einen Schritt näher an das Blatt heran und erstarrte dann wieder bis auf die tastenden Fühler. Im Vergleich zu Paul war sie so groß wie ein Feuerwehrwagen, aber viel höher, ein breiter, länglicher Körper mit darüber hinausragendem Beingestell ringsherum. Soweit er sehen konnte, hatte sie keinen Schwanz, aber die vor dem Kopf eingeschlagenen, stoßstangenartigen Fangarme waren mit spitzen Dornen besetzt, die eine Beute so eisern festhalten konnten wie ein Krokodilsrachen. Zwei rote Punkte vorne am Kopf, die im Blitzschein zu sehen waren, machten den Eindruck bösartiger Augen, so als hätte die Bestie im Höllenschlund geschlafen und wäre jetzt wütend darüber, dass man sie geweckt hatte.

Von einem der hohen Blätter ging eine Wasserladung auf die Spinne nieder. Sie duckte sich unter dem Guss auf den Boden und wartete geduldig ab, bis er vorbei war. Einen Moment lang hatte Paul freien Blick an ihr vorbei auf die Höhlung unter einem herabhängenden Blatt, das so groß war wie eine Skihütte, und auf bleiche menschliche Gesichter, die im fahlen Mondlicht wie Perlen schimmerten. Er machte ein paar Schritte auf sie zu, doch da stemmte sich die Geißelspinne wieder knarrend in die Höhe.

»Martine!« Seine Stimme ging im Bombardement des Regens unter. Er raffte hastig einen faserigen Prügel auf, der so lang war wie sein Arm, eine Baumnadel oder ein Dorn, und schleuderte ihn auf die Spinne. Das Geschoss prallte harmlos an ein Bein der Bestie, doch die Bewegung erregte ihre Aufmerksamkeit. Sie blieb stehen und schwenkte eine ihrer Geißeln in Pauls Richtung. Da begriff er, was er getan hatte, und erstarrte vor Schreck. Der Fühler, ein hornartiges Gebilde von zwanzig Meter Länge und doch nicht viel breiter als Pauls Arm, strich nur um Armeslänge an ihm vorbei. Sein Herz schlug dreimal so schnell.

Was habe ich mir dabei bloß gedacht? Seine Gedanken rasten so wild wie sein Herz. *Ich habe mich selbst zum Tode verurteilt. Ich kann nichts für sie tun, und jetzt muss ich mit ihnen sterben.*

Die Skorpionspinne machte einen knackenden Schritt auf ihn zu. Der Geißelfühler streifte seine Brust und warf ihn beinahe um. Schon baute sich der Schatten drohend über ihm auf, die Beine beiderseits ausgestellt wie schiefstehende Bäume. Er sah, wie die gewaltigen Fangarme sich langsam nach vorn spannten und wieder zurückschnappten.

Bevor er die Augen vor dem Grauen seines sicheren Endes verschließen konnte, fuhr die Spinne urplötzlich herum. Eine winzige Menschengestalt war unter dem Blatt hervorgestürzt und stolperte über den holperigen Boden davon. Die Geißelspinne setzte ihr mit unglaublicher Geschwindigkeit nach.

Die kleine kreischende Gestalt brach in die Knie, als die vielbeinige dunkle Masse sich über sie legte. Das Vorderteil der Spinne stieß nach unten, und die Fangarme griffen sich die strampelnde Beute, zerstachen und zerquetschten sie bis zur Unkenntlichkeit, bevor sie sie den grausam malmenden Mundwerkzeugen zuführten.

Paul konnte nur mit ohnmächtigem Entsetzen zusehen. Verfolgung und Tötung hatten nicht mehr als Sekunden gedauert. Einer seiner Freunde war tot, und schon drehte sich das riesige Ungeheuer Bein für Bein wieder nach ihm um.

Da stürzte etwas aus den Bäumen herab, eine dunstige weiße Säule, die die Bestie platt auf den Boden drückte. Eis bildete sich auf ihrem Rückenschild und kristallisierte sich in körnigen Batzen an den Beingelenken.

»Alle sieben Höllen, hier funktioniert überhaupt nichts mehr!«, krächzte Kunoharas Stimme Paul ins Ohr, und auf einmal stand der Mann selbst neben ihm. Ohne sich um die tiefgefrorene Riesenspinne zu kümmern, packte Kunohara Paul an der Schulter und winkte dann den noch unter dem Blatt kauernden Leuten zu. »Kommt heraus!«, rief er. »Kommt und fasst euch an den Händen! Ich weiß nicht, wie weit mein Schutzfeld reicht.«

Vor Schock noch ganz schwindlig beobachtete Paul, wie drei Schemen ins Freie gewankt kamen. Jemand umklammerte seine Hand. Gerade ging die nächste Regenlawine nieder und wirbelte allerlei Laubreste durch die Luft, da verschwand alles mit einem Schlag.

Er lag bäuchlings auf den virtuellen Tatamimatten des Blasenhauses im Dunkeln, von anderen Körpern umgeben. Gleich darauf glühten die Lichter auf, und Paul kroch auf die stöhnende Gestalt direkt neben sich zu.

»War'n *das* für Fenblaff?«, sagte ein großer Schatten, und seine Kleider gaben ein feuchtes Geräusch von sich, als er sich aufsetzte. »Und wo sind wir jetzt?«

Angesichts der Tatsache, dass T4b ihn bei ihrem letzten Zusammensein hatte erwürgen wollen, hätte Paul nie vermutet, dass er sich so über ein Wiedersehen freuen würde, aber als er die blass schimmernde Hand aus dem weiten einteiligen Anzug ragen sah, hätte er ihn am liebsten umarmt. Er stupste den dünnen, schwarzhaarigen Sim an, eine ganz andere Erscheinung als der trojanische Krieger, den Paul kannte. »Javier? Das bist du doch, nicht wahr? Wer ist sonst noch da? Wo ist Martine?«

»Paul Jonas?« Das war Florimels Stimme. »Ja, wo *ist* Martine?«

»Da drüben.« T4b kniete sich neben die dritte Gestalt. »Sieht nicht doll aus, äi.«

Martine Desroubins musste heftig husten, bevor sie sprechen konnte. »Ich werd's überleben. Der Übergang ... das war fast zu viel. Paul Jonas, bist du das wirklich? Wo sind wir? Ich begreife gar nichts mehr.«

»Ja, ich bin's.« Er hatte ein paarmal nachgezählt, aber es wurden nicht mehr als drei. Er scheute vor der nächsten Frage zurück, aber er musste sie stellen. »Wo sind die andern? Hat dieses Scheusal ... hat die Spinne sie alle gefressen?«

Florimel setzte sich aufrecht hin. Ihr Sim war der einer unscheinbaren Frau mittleren Alters, aber sie war an dem verletzten Auge und dem fehlenden Ohr zu erkennen. »Renie, !Xabbu, Orlando und Fredericks haben wir nicht mehr gesehen, seit ... seit dieser unbegreiflichen Szene auf dem schwarzen Berg.«

Paul überlegte fieberhaft, welchen der Gefährten er vergessen haben konnte. »Aber wer ...? Ich hab doch gesehen, dass das Monster einen erwischt hat ...!«

»Das war einer von der Gralsbruderschaft«, antwortete Florimel. »Jiun hieß er. Wahrscheinlich dachte er, er könnte entkommen, als die Spinne durch dich abgelenkt war. Das war ein Irrtum.« Sie blickte sich abermals um. »Wo sind wir hier? Wie sind wir hergekommen?«

»Jiun Bhao?«, sagte Kunohara aus dem Hintergrund. Alle außer Paul drehten sich überrascht um. »Jiun Bhao, die Geißel Asiens – in meinem Garten von einer Geißelspinne gefressen?« Er legte den Kopf in den Nacken und lachte lauthals.

»Echt ätzigen Humor haste, Mann«, kommentierte T4b, klang aber trotz seines mürrischen Tons von Kunoharas Heiterkeitsausbruch recht beeindruckt. Dieser hielt sich den Bauch und krümmte sich förmlich vor Lachen.

»Dann bist du es, dem wir zu danken haben?«, fragte Martine ihren Gastgeber.

»Du hast dir mit dem Helfen ganz schön Zeit gelassen, Kunohara«, bemerkte Paul vorwurfsvoll.

Der Mann wischte sich die Augen. »Puh, tut mir leid, aber das ist zu schön. Wisst ihr, wie viele kleine Unternehmen Jiun seinerseits geschluckt hat? Wie viele Leben er in seinen Klauen zerquetscht hat? Jiun Bhao, das Nachtmahl einer Geißelspinne, im Regen.« Er schüttelte den Kopf. »Aber du tust mir Unrecht, Jonas. Ich hätte dich nicht einfach sterben lassen. Ich dachte, ich könnte euch alle von hier aus holen, aber die höheren Ebenen meines Systems machen massive Schwierigkeiten, zweifellos bedingt durch die allgemeine Katastrophe, und daher konnte ich weder dich noch deine Gefährten fernsteuern. Ich hätte sogar die Spinne vernichtet, wenn ich gekonnt hätte, obwohl sie eigentlich nichts dafür kann, aber von meinen Befehlen funktionieren nur noch ganz wenige. Deshalb musste ich selbst kommen, denn nur mit direkter Berührung konnte ich euch von dort wegbringen.«

»Dann sind wir jetzt also deine Gäste«, sagte Florimel langsam. »Oder sind wir Gefangene?«

»Nicht mehr als ich.« Kunohara deutete eine Verbeugung an. »Das allerdings könnte eine größere Freiheitsbeschneidung bedeuten, als uns allen lieb ist.«

»Etwas verstehe ich nicht«, schaltete sich Paul ein. »Martine, ich habe deine Stimme gehört. Wie hast du es fertig gebracht, so ... zu senden?«

Die Blinde hielt mit ihrer vor Müdigkeit zitternden Hand einen glänzenden silbernen Gegenstand hoch.

»Das Feuerzeug!«, rief er aus. »Aber ich dachte, Renie hätte es dir abgenommen ...«

»Es ist nicht dasselbe Feuerzeug«, entgegnete Martine matt. »Wenn es dir nichts ausmacht, erkläre ich es dir später.«

Kunohara betrachtete das Gerät finster. »Das war ein schwerer Fehler, dass du damit euern Standort allgemein bekannt gemacht hast.« Er beäugte das stilisierte Monogramm. »Yacoubian. Dieser Idiot. Mit seinen Zigarren und seiner Schusseligkeit. Ich hätte es mir denken können.«

»Es würde ihm nichts nützen, selbst wenn er es noch hätte«, sagte Florimel mit einer gewissen Befriedigung in der Stimme. »Es sei denn, in der Hölle werden Zigarren geraucht.«

Kunohara runzelte die Stirn. »Ich werde nicht verlangen, dass ihr es mir aushändigt – über solche Sachen könnte eine heikle Allianz in die Brüche gehen. Aber wenn ihr es wagt, es noch einmal zu benutzen, und mir damit euern Feind auf den Hals hetzt, werde ich euch aus diesem Haus expedieren und wieder der Geißelspinne vorwerfen. Sie wird mittlerweile zweifellos aufgetaut sein.«

»Wir wollen es nicht benutzen.« Vor Erschöpfung konnte Martine nur noch nuscheln. »Von den anderen Funktionen lässt sich sowieso keine mehr aktivieren, soweit ich sehen kann. Nur die Kommunikation.« Sie gähnte. »Wir wollen nichts als schlafen.«

»Das könnt ihr gern tun.« Kunohara machte eine einladende Handbewegung. »Schlaft. Du auch, Jonas, denn der Hilferuf deiner Freunde hat dich vorzeitig geweckt. Ich bin nicht glücklich über die Dummheit, die ihr begangen habt, aber jetzt ist es einmal geschehen. Ich werde sehen, was ich herausfinden kann, und euch wahrscheinlich eher wieder wecken, als euch lieb ist.«

Er verschwand, und sie blieben allein in dem weitläufigen, gewölbten Raum zurück, umgeben vom Rauschen und dem verzerrten Bild des Flusses. T4b nahm die spärliche Einrichtung kritisch in Augenschein, desgleichen die Leiche der mutierten Assel, die immer noch an einem Ende des Zimmers in ihrem sechsflächigen Lichtkörper in der Luft hing.

»Besser als unter ’nem Blatt bibbern, schätz ich mal«, sagte er und streckte sich auf der Bodenmatte aus.

> *»Code Delphi. Hier anfangen.*

Ich beeile mich, diese Gedanken aufzuzeichnen. Gott allein weiß, wann ich wieder dazu Gelegenheit habe. Alles ist zum Zerreißen gespannt, Unheil liegt in der Luft, als ob diese ganze virtuelle Welt aus ihrer normalen Bahn ausgebrochen wäre. Trotzdem, ich muss mich um Klarheit bemühen, auch wenn mir die Zeit noch so sehr davonläuft. Vielleicht bin ich jetzt in einem ähnlichen Zustand wie Renie immer, rastlos weitergetrieben, vorwärts …

Ich denke, an dem Punkt, als die Geißelspinne uns angriff, hatte ich die Ereignisse in Troja und auf dem schwarzen Berg zum größten Teil schon erzählt. Jetzt will ich versuchen, halbwegs zusammenhängend darzustellen, wie wir von dem Berg weggekommen sind und was seitdem geschehen ist. Es besteht zwar kaum Hoffnung, dass ich diese in den Äther des Netzwerks geworfenen subvokalen Protokolle jemals wiederfinden werde, aber ich habe mein Leben von jeher mit solchen Journalen geordnet, wenn auch meistens etwas herkömmlicher geführt, und es ist eine Krücke, auf die ich nicht verzichten möchte.

Das ist doch schon ein Gedanke, nicht wahr? Mein ganzes Leben lang habe ich Trost und inneres Gleichgewicht darin gefunden, Selbstgespräche mit Apparaten zu führen. Psychologisch durchsichtig, würde ich vermuten, und ziemlich makaber.

Genug.

Ganz am Schluss auf dem Gipfel des schwarzen Berges, als die gesamte Realitätsvorspiegelung um uns herum in Stücke zerbrach, wurde ich von heftigen Bildern und Gefühlen überschwemmt, die von mir Besitz ergriffen wie eine dämonische Macht. Jetzt, wo ich mit Florimel und den anderen darüber gesprochen habe, vermute ich, dass meine veränderten Sinne wahrnahmen, wie der Andere Dreads Angriff erlebte – für mich war es ein einziger Tumult von Vogelgestalten und Schatten und schreienden Kinderstimmen, dazu Wellen von Schmerz und Grauen, für die es keine Worte gibt. Ob der Andere nun das einsame Phantom ist oder nicht, dem ich als Kind in der kontrollierten Dunkelheit des Pestalozzi-Instituts begegnet bin, und einerlei, was er mit dem alten Häcker Singh oder sonst jemandem gemacht hat, ich habe Mitleid mit ihm, ja, Mitleid, selbst wenn er nur irgendein hochgezüchtetes Konstrukt ist. Ich kann mir fast nichts Erbarmungswürdigeres vorstellen, als ihn dieses schlichte Kinderlied singen zu hören, das, glaube ich, aus einem alten Märchen stammt. Aber ob er nun gut oder schlecht ist oder jenseits solcher Kategorien, seine Qualen hätten mich beinahe umgebracht.

Während der Andere sich mit aller Kraft gegen Dreads Attacke zu schützen suchte, spielten sich um mich herum Dinge ab, die ich mir nach den Schilderungen der anderen rekonstruieren musste. Dass T4b ein Mitglied der Gralsbruderschaft bezwingen konnte – einen amerikanischen General namens Yacoubian, wie es scheint, den ursprünglichen Besitzer unseres Zugangsgerätes –, wird noch genauerer Überlegung bedürfen, denn durch den unerklärlichen Unfall, den unser junger Freund mit seiner Hand hatte, als wir vor der Hauswelt in diesem unfertigen Flickenland waren, konnte er … ich weiß nicht was. Yacoubians Kontrolle über das virtuelle Environment stören? Die Algorithmen ausschalten, die bis vor Kurzem sämtliche Mitglieder der Bruderschaft schützten?

Wie dem auch sei, kurz darauf fiel die Riesenhand des Andern herab und löschte allem Anschein nach Renie, !Xabbu, Orlando und Sam aus, vielleicht auch Jongleur, den Gralsboss mit dem Osirissim. Aber ich bin mir nicht sicher, ob ich das glauben soll, und Florimel auch nicht. Die Vorstellung widerstrebt mir, eine Manifestation des Betriebssystem könnte so brachial sein, dass sie unsere Gefährten wie Fliegen zerklatscht.

Na ja, jedenfalls fasste Florimel mich unter, und gemeinsam eilten wir zu T4b hin, der von dem Monster weggeschleudert worden war und ohnmächtig wenige Meter von der Kante der gigantischen Hand entfernt lag. Dann war die Hand plötzlich weg, und gleichzeitig fühlte ich, wie der Andere mir entschwand und in meinem Kopf ein unbeschreibliches Vakuum hinterließ. Von unseren Freunden war nichts mehr zu sehen, nur der Körper des falkenköpfigen Yacoubian. Florimel, die sich viel besser im Griff hatte als ich, erblickte etwas in Yacoubians überdimensionalen Fingern. Es war ein anderes Feuerzeug, identisch mit dem, das Renie mit in den Tod oder sonst wohin genommen hatte – Yacoubian hatte also sein verlorenes Original ersetzt. Florimel bückte sich und nahm es an sich, und im selben Moment zerfiel die Welt erneut.

Der Andere war fort. Ich fühlte die Gegenwart von Pauls Engel Ava, die in tausend Splitter zerstreut war, jeder einzelne eine klagende Stimme und gemeinsam ein Leidenschor, dessen Qualen fast so furchtbar gewesen sein müssen wie die des Andern. Die Wirklichkeit des Netzwerks brach zusammen, buchstäblich in Stücke, aber der ganze Vorgang ist mir immer noch unbegreiflich. Ich grapschte verzweifelt nach irgendeinem rettenden Halt, so wie sich eine Ertrinkende an ein Stück Holz zu klammern sucht, auch wenn es viel zu klein ist, um sie zu tragen.

Doch was ich fand, konnte uns tatsächlich davor bewahren, in der

Chaosflut zugrunde zu gehen. Wie soll ich das erklären? Wenn ich die Hoffnung hätte, dass jemand anders als ich diese Gedanken eines Tages hören könnte, würde ich mir vielleicht mehr Mühe geben, aber das vermag ich nicht zu glauben.

Es war … etwas. Es ist gleich, wie ich es benenne, denn Worte können es nicht fassen. Ich kann sagen, es war ein Lichtstrahl, ein silberner Faden, ein zusammenhängendes Energieband. Irgendeine Verbindung zwischen dem Ort, wo wir waren, und … irgendwo anders, mehr konnte ich nicht erkennen. Am nächsten kommt dem vielleicht die Erfahrung in der Stätte der Verlorenen, als ich durch das Nichts einen hauchfeinen Kontakt zu !Xabbu am anderen Ende aufnehmen konnte. Aber diesmal schien niemand am anderen Ende des leuchtenden Bandes zu sein. Während ringsherum alles zu sinnlosen Einzeldaten zerfiel, blieb nur dieser lichte Faden bestehen, obwohl auch er langsam an Schärfe verlor. Ich griff danach – abermals reichen Worte nicht hin –, wie ich es seinerzeit mit der Verlängerung von !Xabbus Persönlichkeit gemacht hatte, und hielt fest. Ich versuchte, meine Gefährten innerlich bei mir zu behalten, Renie, Florimel, Paul, alle, versuchte in dem Datensturm ihre Muster zu erkennen, damit ich sie an dieser dünnen Rettungsleine mitnehmen konnte. Aber die Fähigkeiten, die ich in der Beziehung besitze, haben nichts mit Wissenschaft zu tun, eher mit Kunst, und abermals versagen die Worte. Wenn ich das, was ich manchmal vermag, jederzeit nach Belieben abrufen könnte, wäre ich einer der Götter dieses Netzwerks. So gelang es mir nur, wenige zu retten.

Wir kamen also durch und fanden uns unvorbereitet in Kunoharas Welt in einem nächtlichen Gewitter wieder, und zwar in denselben Sims wie am Anfang, als wir in das System eintraten, aber bekleidet mit identischen Overalls, auf denen vorn auf der Brust die Aufschrift ›Der Stock‹ angebracht war, anscheinend eine Art standardmäßig vorgegebener Anzug hier. Schade, dass wir nur die Anzüge und nicht auch die Forschungsstation erhielten. Ein Dach und schützende Wände wären sehr angenehm gewesen. Stattdessen verkrochen wir uns vor dem mörderischen Regen unter Blättern und waren dort natürlich leichte Beute für Monsterinsekten und andere Tiere, die sich durch das Wetter nicht vom Jagen abhalten ließen. Tatsächlich wären wir beinahe von einer solchen Bestie gefressen worden, ehe Paul Jonas und Kunohara eingriffen. Ich bin froh, dass ich das Ding nicht sehen konnte. Seine Größe und Stärke zu spüren war schlimm genug.

Und jetzt sind wir hier in Kunoharas Haus, wo wir nach kurzem Schlaf viele Stunden lang geredet haben. Ich bin schon wieder müde, sollte aber noch ein bisschen weitermachen, während die anderen schlafen, denn wer weiß, wann ich das nächste Mal die Gelegenheit habe, meine Erlebnisse zu ordnen. Dieses Netzwerk widerspricht jedem Begriff von natürlicher Trägheit – wenn hier etwas geschehen *kann,* dann wird es mit fast hundertprozentiger Wahrscheinlichkeit auch geschehen.

Als wir in der relativen Sicherheit dieser eigenartigen Blase erwachten, erzählten wir Paul, was sich seit unserer Trennung auf dem Berggipfel zugetragen hatte. Ich vermute, dass ich ihn auf dieser leuchtenden Bahn irgendwie mitziehen konnte. Kunohara wollte sich nicht dazu äußern, durch was für eine Verbindung wir hierhergeführt wurden, aber ich habe meine … Nein, ich will der Reihe nach berichten.

Auf jeden Fall ist unser Gastgeber ein komischer Kauz. Den ganzen Nachmittag über sprach er einem virtuellen alkoholischen Getränk zu, das er uns kommentarlos anbot. Nur T4b sagte ja, trank aber sein Glas nicht aus. Kunohara wirkt überspannt und fatalistisch – das Wissen, dass er hier gefangen und den gleichen Schrecken und Lebensgefahren ausgesetzt ist, mit denen wir schon seit Wochen leben, scheint ihm schwer zu schaffen zu machen.

Wie wir Paul erklärten, mussten Florimel, T4b und ich nicht nur feststellen, dass es uns wieder in Kunoharas Mikrowelt verschlagen hatte, sondern darüber hinaus, dass zwei Gralsbrüder mitgekommen waren. Sie erschienen nicht mehr als ägyptische Götter, sondern hatten Standardsims erhalten – Florimel meinte, beide hätten ganz typenhaft ausgesehen, mehr wie Montagen als wie richtige Menschen. Sie war es auch, die darauf kam, dass sie zum Gral gehören mussten, und mit Hilfe von T4b und seiner unheimlichen Hand – schließlich hatten sie gesehen, was mit ihrem Kollegen Yacoubian geschehen war – bewegte sie sie zur Kooperation mit uns. Die früheren Herren des Netzwerks hatten entdeckt, dass sie keinerlei Kontrolle mehr über ihr eigenes System hatten, und ich glaube, sie waren ziemlich schockiert und desorientiert.

Der weniger Verwirrte der beiden war Robert Wells. Es war äußerst seltsam, mit einem der mächtigsten Männer der Welt unter einem riesenhaften Blatt im Matsch zu kauern, und genauso überraschend war die Entdeckung, dass sein Begleiter kein Geringerer war als der chinesische Finanzier Jiun Bhao. Jiun konnte nicht ganz begreifen, was passiert war, und schien zu denken, dass Florimel, T4b und ich ihm dabei helfen sollten, offline zu kommen beziehungsweise, falls das nicht möglich war, in eine seiner eigenen Simulationswelten. Die Vorstellung trieben wir ihm schnell aus. Die Stunden, in denen wir zusammen waren, verbrachte er überwiegend in verstocktem, geradezu kindischem Schweigen.

Wells war gerissener und wies rasch darauf hin, dass er Informationen zu bieten hatte, wenn wir ihm helfen würden. Er führte nicht näher aus, was für Informationen, und jetzt bedaure ich, dass wir uns nicht die Zeit nahmen, mit ihm zu verhandeln, aber ein hungriger Hundertfüßler hatte schon ein Auge auf uns geworfen, und Florimel und mir war mehr daran gelegen, unsere Position gegen Angriffe zu sichern, als herauszufinden, was Wells möglicherweise wusste.

Ach was! Zu viele Worte, Martine. Ich erzähle das weitschweifiger, als wir es vorhin Paul und Kunohara berichtet haben. Bald darauf fand uns die Geißelspinne. In meiner Verzweiflung betätigte ich das Feuerzeug und hörte die Stimme dieses Monsters Dread, der uns sagte, er werde … wie hat er es ausgedrückt? *Ein paar Freunde losschicken, die uns holen werden.* Gott sei Dank sitzen wir nicht mehr dort in der Falle, wo ich den Kommunikator benutzt habe. Ich will ihm nie wieder begegnen, diesem … diesem …

Ich bringe kaum ein Wort heraus, wenn ich daran denke, wie ich seine Gefangene war, wie munter er von so vielen grässlichen Sachen geplaudert hat. Hör auf, Martine! Halt dich an das, was du hast, was du weißt und woran du dich erinnerst.

Ob er mehr Angst vor Dread oder der Spinne hatte, kann ich nicht sagen, aber Robert Wells beschloss, das Weite zu suchen, und floh hinter uns in das Pflanzendickicht. Jiun wartete etwas länger, bevor er sich davonmachte, aber er wählte die falsche Richtung. Ich kann nicht behaupten, dass mich der Tod eines grausamen, selbstsüchtigen alten Mannes wie Jiun viel Schlaf kosten wird, aber ich wünschte, ich wüsste, wo Wells steckt. Es ist zweifellos brutal, so etwas zu sagen, aber mir wäre wohler, wenn ich sicher sein könnte, dass ihn das gleiche Schicksal ereilt hat wie Jiun Bhao. Selbst in den kurzen Stunden unseres Beisammenseins wurde mir klar, dass Wells beängstigend schlau ist.

Kunohara amüsierte sich königlich darüber, dass Jiun ein solches Ende gefunden hat, aber dass Wells frei in seiner Simwelt herumläuft, scheint ihn nicht übermäßig zu stören. Es ist überhaupt schwer zu sagen, was Kunohara denkt. Paul meint, unser Gastgeber sei bereit zu reden, aber davon habe ich bis jetzt wenig mitgekriegt, und je weiter der Tag fortschreitet, desto schweigsamer und sonderbarer wird er. Trotz seines Versprechens hat er uns immer noch wenig erzählt, was wir nicht schon vorher wussten. Was ist das für ein Verbündeter? Nur wenig besser als die Feinde, die wir haben. Wo so viele unserer Freunde entweder verschollen oder tot sind, finde ich es schwer, über ihn und sein Selbstmitleid nicht in Wut zu geraten.

Zeitweise erinnert dieser Kunohara mich an einen jungen Mann, den ich im Studium kannte, außerordentlich beliebt und sehr wagemutig – für die Bewunderung der anderen tat er alles. Aber in seiner Stimme schwang immer ein düsterer Ton. Er starb bei dem Versuch, ein zehnstöckiges Wohnhaus zu erklettern, und alle sagten, es wäre ein furchtbarer, tragischer Unfall gewesen, aber als ich davon erfuhr, dachte ich mir, dass er diesen Unfall gesucht und ihn zuletzt gefunden hatte.

Kunohara kommt mir wie dieser junge Mann vor, besonders wenn er diese betrunkene Melancholie verströmt …

So, die anderen werden wieder wach, und es gibt viel zu bereden. Ich werde diese Gedanken später fortführen müssen.

Code Delphi. Hier aufhören.«

> Paul staunte darüber, wie viel besser er sich einfach durch den Umstand fühlte, dass Martine und die anderen um ihn herumsaßen. *Kunohara hat recht, ich kenne diese Leute kaum,* dachte er bei sich. *Aber mein Gefühl sagt etwas Anderes.*

»Also, Herr Kunohara.« Martines Stimme klang scharf. »Vielleicht bist du jetzt an der Reihe, uns ein wenig zu erzählen. Immerhin ist dein Leben ebenso sehr in Gefahr wie unseres.«

Kunohara gab ihr mit einem Lächeln recht. »Ich habe euch nie etwas getan. Wie ich deinen Freunden seinerzeit sagte, war es schon ein

Wagnis, mit euch zu sprechen. Feinden, wie ihr sie habt, versucht jemand wie ich aus dem Weg zu gehen.«

»Du kannst ihnen nicht mehr aus dem Weg gehen«, erklärte Florimel nachdrücklich. »Also sprich mit uns. Was weißt du über dies alles?«

Kunohara seufzte und verschränkte die Beine. Draußen vor der Blase nahm der schwarze Himmel im ersten Morgengrauen einen violetten Ton an. Der Fluss war fast ganz von Nebelschwaden verhangen, so dass es war, als trieben sie in einem Ballon durch die Wolken. »Ich werde euch sagen, was ich kann, aber viel ist das nicht. Wenn ihr nicht bereits wisst, wer ich bin und wie es mich hierher verschlagen hat, sehe ich keinen Sinn darin, es darzulegen. Ich habe dieses Environment gebaut, weil ich es mir leisten konnte, und habe lange in einem höchst labilen Frieden mit der Gralsbruderschaft gelebt. Ich will nicht so tun, als hätte ich nicht gewusst, was diese Menschen treiben oder was für Verbrechen sie begangen haben, aber ich persönlich habe mich nicht mit Schuld beladen. Es ist nicht meine Pflicht, die Welt zu retten.«

Florimel gab einen leisen Ton von sich, der ein unwirsches Knurren gewesen sein mochte, doch Kunohara ging nicht darauf ein.

»Das Einzige, was ich wollte und immer noch will, ist meine Ruhe. Ich mache mir nichts aus Menschen. Es bedrückt mich, mit ansehen zu müssen, wie aus meinem stillen, abgeschiedenen Quartier auf einmal eine Kaserne geworden ist, aber das ist jetzt nicht zu ändern. Es ist schwer, Leute einfach zu ignorieren, die ständig bei einem im Vorgarten auftauchen, so gern man es auch tun würde.«

»Du sagtest, du wüsstest, was die Gralsbruderschaft bezweckt«, sagte Martine. »Erzähle es uns. Wir waren bis jetzt auf Vermutungen angewiesen.«

»Ich denke, ihr müsstet inzwischen eigentlich alles wissen, was ich weiß. Sie haben sich eine Unsterblichkeitsmaschine gebaut und haben gemordet, um sie geheim zu halten, obwohl ihnen das bis jetzt wenig geholfen hat. Bei ihrer ganzen Planung haben sie diesen Irren nicht berücksichtigt, diesen ehemaligen Diener von Felix Jongleur, dem es nach dem, was ihr erzählt, offenbar gelungen ist, das Betriebssystem in seine Gewalt zu bringen.«

»Aber was *ist* das System?«, fragte Florimel. »Es hat diesen komischen Namen. Es wird ›der Andere‹ genannt. Was ist es?«

»Wahrscheinlich wisst ihr mittlerweile mehr darüber als ich.« Ein sparsames Lächeln erschien auf Kunoharas Gesicht. »Jongleur hat nicht einmal die anderen Gralsbrüder in das Geheimnis eingeweiht. Wie es konstruiert wurde, wie sein modus operandi ist, das weiß nur Jongleur. Es ist, als wäre es aus dem Nichts entstanden.«

»Es ist nicht aus dem Nichts entstanden«, warf Martine ein. »Ich selbst bin vor achtundzwanzig Jahren damit in Berührung gekommen.«

Da er eine ähnliche Bemerkung von ihr auf dem Berggipfel gehört hatte, war Paul der Einzige, der nicht überrascht aufschaute. Martine erzählte kurz ihre Geschichte. Trotz ihrer ruhigen, sachlichen Stimme konnte man noch die Angst des einstigen Kindes darin nachschwingen hören.

Kunohara war sichtlich verwundert. »Das heißt, es mag konstruiert sein, wie es will, jedenfalls ist Jongleur seit gut drei Jahrzehnten auf irgendeine Weise dabei, es zu programmieren. Als wollte er ihm das Menschsein beibringen.« Er runzelte nachdenklich die Stirn. Seine seltsame Stimmung schien abgeklungen zu sein, wenigstens für den Augenblick. »Irgendetwas muss er dadurch gewonnen haben, dass er das menschliche Bewusstsein nachgeahmt und als Grundlage für sein System genommen hat.«

»Genau!«, rief Paul vehement. »Gott, das hatte ich fast vergessen. Dieser Azador – Renie und !Xabbu sind ihm auch begegnet –, der hat mir erzählt, dass das System die Gehirne von Kindern benutzt, von Zigeunerkindern und auch von ... wie drückte er sich aus? Den Ungeborenen?« Die Erinnerungen waren dunkel, getrübt von seinen traumähnlichen Erlebnissen auf der Lotosinsel. »Warum guckst du so erstaunt?«, fragte er Kunohara, der ihn entgeistert ansah. »Wir wussten doch, dass sie Kinder für irgendwas missbrauchen. Schließlich ist das der Grund, der die meisten meiner Freunde hierhergeführt hat.«

Kunohara merkte, dass er stierte, und stocherte zur Ablenkung im Feuer herum. »Demnach hätten sie so etwas wie ein Netz zusammengeschalteter menschlicher Gehirne gebaut?«

»Aber was bedeutet ›ungeboren‹?« Florimel schien ihre Ungeduld nur mit Mühe beherrschen zu können. »Tot geborene Kinder? Abgetriebene Föten?«

»Wir haben nur die Behauptung von ... von diesem Mann, den Jonas erwähnt hat«, sagte Kunohara. »Aber es würde mich nicht wundern, wenn die elementarste Matrix neuronaler Knoten aus solchen in keiner

Weise vorgeprägten Gehirnen bestände, ja.« Er schüttelte sich. »Dieser Südamerikaner, Klement, hat sein Vermögen auf dem Schwarzmarkt für menschliche Organe gemacht.«

»Chizz, dass die alten Scänner ex sind«, erklärte T4b voller Abscheu. »Mehr Schmerzen hätt ich diesen Gralssäcken beim Abgang noch gewünscht, irgendwie.«

»Eine schauderhafte Vorstellung«, empörte sich Florimel. »Schauderhaft. Aber wofür sollten sie außerdem noch lebende Kinder brauchen? Wofür sollten sie jemand wie Renies Bruder brauchen oder ... oder wie meine Eirene?«

»Oder Matti«, ergänzte T4b. »Bloß'n armer kleiner Mikro – hat niemandem nie nix getan.«

»Schwer zu sagen«, meinte Kunohara. »Vielleicht können sie aus einem weiter entwickelten Gehirn noch einen anderen Nutzen ziehen.«

»Wie stellen sie es überhaupt an?«, wollte Florimel wissen. »Man kann nicht einfach jemandem das Bewusstsein auslutschen, so wie ein Vampir Blut saugt. Dieses Ding hier ist der Gipfel des Wahnsinns, aber dennoch gehorcht es bestimmten Regeln. Es existiert im realen Universum der Physik ...«

»Ich möchte Herrn Kunohara eine andere Frage stellen.« Martines leiser, aber fester Ton stellte Florimel ab wie einen Wasserhahn. »Du meintest, wir wüssten alles über dich, was wir wissen müssen, aber ich habe meine Zweifel. Wenn sonst nichts, sind da zumindest noch die Rätsel, die du uns aufgegeben hast. Warum? Und was hatten sie zu bedeuten?«

Kunohara musterte sie kühl. Es war interessant und auch ein wenig deprimierend, fand Paul, zu beobachten, wie rasch der Besitzer dieser Simwelt Martine als seine stärkste potentielle Opponentin ausgemacht und Paul und die anderen als Statisten abgetan hatte. »Auf meine Art habe ich zu helfen versucht. Ich bin, ehrlich gesagt, einer, der gern mitmischt, und letztlich wohl doch nicht der perfekte Einsiedler. Ihr seid unschuldig wie Lämmer durch meine Welt gehoppelt, und da wollte ich euch ein bisschen auf die Sprünge helfen. Aber wie gesagt, ich durfte nicht wagen, euch zu offensichtlich zu unterstützen. Wenn ich hier wie auch in der realen Welt unbehelligt geblieben bin, liegt das hauptsächlich daran, dass ich Jongleur und seiner Clique gleichgültig war.«

»Gut, du hast uns also mit Rätseln traktiert.« Martine lehnte sich mit undurchdringlicher Miene zurück. »Dollos Gesetz und … was war das andere? Irgendetwas Japanisches. Kimono … oder so ähnlich.«

»Kishimo-jin.«

»Ah! Dollos Gesetz ist mir irgendwann eingefallen«, sagte Florimel, »auch wenn es lange gedauert hat. Wir hatten es an der Universität in Biologie. Es besagt so etwas wie dass die Evolution nicht rückwärts geht – aber was wir damit anfangen sollten, ist mir immer noch unklar.«

»Das Leben entwickelt sich nicht zurück.« Kunohara schloss die Augen und nahm einen Schluck aus seinem Glas. »Die Evolution bewegt sich nicht rückwärts. Wenn einmal eine bestimmte Komplexität erreicht ist, wird sie nicht mehr rückgängig gemacht. Positiv ausgedrückt heißt das, dass die Komplexität tendenziell zunehmen wird, dass das Leben, oder sonst eine selbstorganisierte Struktur, nur immer kompliziertere Formen annehmen wird.«

»Schule?«, stöhnte T4b. »Ham wir hier Schule? Ext mich lieber gleich, das tut weniger weh.«

Martine beachtete ihn gar nicht. »Und was willst du damit sagen?«

»Dass das System komplexer wird, als selbst die Bruderschaft ursprünglich beabsichtigt hat. Meine Vermutung war, dass das Betriebssystem eine Höherentwicklung vollzieht, vielleicht sogar eine Art Bewusstsein ausbildet.« Er nahm wieder einen Schluck. »Anscheinend habe ich diese Beobachtung mit ein paar Jahrzehnten Verspätung gemacht.«

»Und das andere kleine … Rätsel?« Martines Stimme kam Paul ungewöhnlich hart vor. Kunohara war gewiss nicht die Liebenswürdigkeit in Person, aber er hatte sie immerhin gerettet und ihnen Asyl gewährt.

»Kishimo-jin. Ein menschenfressendes Ungeheuer, ein Geschöpf aus einem buddhistischen Märchen. Sie war eine Dämonin, die Kinder auffraß, bis der Buddha sie bekehrte. Danach wurde sie ihre besondere Beschützerin.«

»Auch mit dieser Erklärung«, bemerkte Martine trocken, »wird es nicht viel klarer. Mit dem kinderfressenden Ungeheuer willst du auf den Andern anspielen? Was sagt uns das?«

Kunohara lächelte leicht; der Schlagabtausch schien ihm Spaß zu machen. Vielleicht mochte der Mann keine Menschen, dachte Paul, aber Wortgeplänkel schien er sehr wohl zu mögen. »Betrachten wir uns, was ihr mir erzählt habt. Ja, dieses System frisst Kinder, könnte man sagen. Aber ist euch nicht aufgefallen, wie sehr es von Kindern und Kindlichem aller Art fasziniert ist? Seid ihr nicht wie ich auf meinen Fahrten durch andere Simulationen den kindlichen Gestalten begegnet, die nicht in die Welten zu gehören scheinen, in denen man sie antrifft?«

»Die Waisen!«, schrie Paul beinahe. Als er merkte, dass alle ihn ansahen, räusperte er sich verlegen. »Entschuldigung. Das ist mein Name für Figuren wie Gally, den kleinen Jungen, dem ich in zwei verschiedenen Simulationen begegnet bin. Es sind keine normalen Personen wie wir – sie wissen nicht, wer sie außerhalb der Simulation sind. Als ich mit Orlando und Fredericks zusammen war, kam uns der Gedanke an einen Zusammenhang mit den im Koma liegenden Kindern.«

»Die Verlorenen«, sagte Martine leise. »Wie heimatlose Seelen waren sie. Javier hörte jemanden, den er kannte.«

»T4b«, korrigierte er sie, aber mehr pro forma. »Matti war da. Echt mega cräsh, die Sache.«

»Nun, auf jeden Fall scheint das Betriebssystem – der Andere – von solchen Dingen fasziniert zu sein, nicht wahr?« Kunohara sah Martine an. »Von Kindern und allem, was mit Kindheit zu tun hat ...«

»Kindergeschichten zum Beispiel.« Die blinde Martine konnte seinen Blick nicht erwidern, aber sie pflichtete ihm in dem Punkt deutlich bei. »Du hast zu den anderen etwas darüber gesagt. Dass da eine Art ... Geschichtenkraft am Werk sein könnte. Eine gestaltende Kraft.«

»Du hast von einem ›Mem‹ gesprochen«, sagte Florimel. »Ich habe das Wort schon mal gehört, weiß aber nicht, was es bedeutet.«

»Vielleicht sitzt dieses Mem in diesem Augenblick unter uns«, erwiderte ihr Gastgeber. »Vielleicht habe ich es mir selbst ins Haus geholt.«

Es tat Paul weh, Martine plötzlich erbleichen zu sehen. »Mach keine Spielchen mit uns, Mensch«, sagte er. »Was meinst du damit?«

»Ein Mem.« Martine flüsterte beinahe. »Das Wort bedeutet so etwas wie ein ... geistiges Gen. Es ist eine Theorie aus dem vorigen Jahrhundert, die seinerzeit heiß umstritten war. Der Kommunismus war ein solches Mem, würden manche sagen. Eine Idee, die sich im menschlichen Bewusstsein immer wieder reproduzierte, wie eine biologische Eigenschaft. Das ewige Leben wäre ein anderes Beispiel, ein Mem, das sich bewundernswert lange gehalten hat, über Hunderte von Generationen hinweg … man denke nur an die Gralsbruderschaft und ihr hartnäckiges Streben danach.«

»Gebt mir'n Hirnhit«, ächzte T4b. »Dieser Käferheini sagt, dass jemand hier'n Kommunist ist? Ich dachte, die wärn alle so Abexer, Dinotypen, irgendwie.«

»Herr Kunohara meint, es könnte sein, dass ich und andere in diesem lange zurückliegenden Experiment am Pestalozzi-Institut das Betriebssystem der Bruderschaft mit der Idee von Geschichten infiziert haben, dass wir diesem sich rasant entwickelnden Maschinenwesen mit Märchen wie denen der Brüder Grimm oder von Perrault einen Begriff von Kausalität vermittelt haben.« Martine legte ihre Finger an die Schläfen und presste. »Es ist möglich – ja, ich gebe zu, dass das möglich ist. Aber welche Konsequenzen hätte das für uns?«

Sein Getränk schien Kunohara im Moment wohl zu behagen, denn er machte einen recht zufriedenen Eindruck. »Das ist schwer zu sagen, aber ich glaube, Indizien dafür finden sich überall. Denkt an die Dinge, die in euren Erlebnissen immer wiederkehren, denkt daran, wie diese Erscheinung, von der ihr meint, dass sie Jongleurs Tochter ist, euch geleitet hat. Was sie auch sein mag, sie ist auf jeden Fall eng mit dem Andern verbunden, und sie kommt euch immer wieder zu Hilfe, genau wie eine gute Fee aus einem deiner französischen Märchen, Frau Desroubins. Oder wie ein Engel, um mit Jonas zu reden.«

»Doch selbst wenn es so ist«, schaltete sich Florimel ein, »selbst wenn das Betriebssystem darauf aus ist, eine Märchenlogik auf alles anzuwenden, Tatsache ist, *das Betriebssystem ist nicht mehr maßgebend.* Soweit wir wissen, hat es das bisschen Unabhängigkeit eingebüßt, das es unter den Gralsleuten noch hatte, und befindet sich gänzlich in der Gewalt dieses mörderischen Schweins Dread.« Sie deutete auf ihr Gesicht. »Seht her, ich habe ein Ohr und ein Auge verloren! Selbst wenn ich lebend wieder in die wirkliche Welt zurückkomme, bin ich womöglich halb blind, halb taub. Obendrein könnte dieser Killer dafür gesorgt haben, dass es keine Heilung für meine Tochter gibt. Darum ist es sinnlos, hier zu sitzen und Märchen hin, Märchen her zu wälzen. Wo ist Dread? Wie kriegen wir ihn zu fassen? Wo waren wir letztens, als der Andere sich uns zeigte? Du bist ein Territorialherrscher in diesem virtuellen Universum, Kunohara. Du musst in der Lage sein, Sachen zu ergründen, herumzukommen, zu kommunizieren.« Sie tat einen tiefen, zitternden Atemzug, und ihre Stimme wurde leiser, blieb aber genauso hart. »Wir haben dich schon einmal gefragt, ob du bereit wärst, uns zu helfen, und damals hast du gesagt, du würdest die Bruderschaft zu sehr fürchten, du wolltest dein Leben nicht aufs Spiel setzen. So, jetzt *ist* dein Leben in Gefahr. Wirst du uns helfen?«

Eine Zeit verstrich, die Paul sehr lange vorkam. Ein matter Rotschimmer war draußen hinter den Nebelschwaden erschienen: Über Kunoharas imaginärer Welt ging die Sonne auf, allerdings war sie noch in Dunst gehüllt.

»Du überschätzt mich«, antwortete Kunohara schließlich. »Mein eigenes System gehorcht mir kaum noch, und meine ohnehin geringen Möglichkeiten, auf die Gesamtinfrastruktur des Gralssystems Einfluss zu nehmen, habe ich gestern verloren, wahrscheinlich zu dem Zeitpunkt, als der Andere von eurem Feind überwältigt wurde. Ich weiß noch nicht, welche Fähigkeiten mir in meiner eigenen Welt geblieben sind, aber die Möglichkeit, alles zu überwachen, was hier geschieht, ist auf jeden Fall weg. Und ich kann auch nicht mehr Dinge oder Personen in das System hineinsetzen oder daraus entfernen, wie ich es früher konnte.« Er wandte sich Paul zu. »Deshalb konnte ich auch die Mutanten nicht einfach löschen, ja nicht einmal die Geißelspinne an einen anderen Ort versetzen. Ich musste auf meine Fähigkeit zurückgreifen, das Wetter zu steuern, ein sehr notdürftiges Mittel.«

»Und was sollen wir dann tun?«, fragte Florimel, doch ihre Stimme hatte die Schärfe verloren. »Einfach kapitulieren? Hier Tee trinken und auf den Tod warten?«

»Wir müssen das System verstehen lernen. Ohne Verständnis sind wir in der Tat verloren. Der Andere hat die Struktur des gesamten Netzwerks geschaffen oder wenigstens beeinflusst, und selbst wenn dieser Dread das System in seine Gewalt gebracht hat, müssen die Muster doch dieselben geblieben sein.«

»Und was für Muster wären das?«, fragte Martine. Sie hatte sich seit einer Weile nicht mehr zu Wort gemeldet. Sie wirkte zerstreut und hielt den Kopf geneigt, als ob sie auf etwas lauschte, das die anderen nicht hören konnten.

Kunohara leerte sein Glas und stand auf. »Geschichten, Märchen. Eine heldenhafte Suche. Noch andere Sachen. Kinder und Kindheit. Tod. Auferstehung.«

»Und Labyrinthe«, fügte Paul hinzu. »Der Gedanke kam mir seinerzeit auf Ithaka. Viele der Schnittstellen, die Gateways und so, sie befinden sich in Labyrinthen oder an Orten, die mit Tod zu tun haben. Aber ich dachte, das wäre einfach der schwarze Humor der Bruderschaft.«

»Das wohl zum Teil auch«, meinte Kunohara. »Andererseits könnte es ganz praktische Gründe geben. Weil man sich an solchen Orten verirren kann, werden viele Menschen sie meiden, und das wiederum verschafft den Gralsbrüdern mehr Ungestörtheit. Aber ich bin in den diversen Welten viel herumgekommen, und meiner Meinung nach könnten zu viele Wiederholungen bestimmter Motive auch darauf hindeuten, dass das Betriebssystem entsprechende Umgewichtungen vorgenommen hat, dass es Anzeichen einer neu entstehenden Ordnung gibt, wenn ihr so wollt.« Er wirkte auf einmal fasziniert und erregt, geradezu fiebrig. »In der Hauswelt zum Beispiel, wo ich die meisten von euch zum zweitenmal getroffen habe. Ich kannte ihre Erbauer, und die Anlage des Ganzen war weitgehend ihr Werk, aber die Madonna der Fenster? Die überdies eine Erscheinungsform deines Schutzengels gewesen zu sein scheint, Jonas? Ich kann mir nicht vorstellen, dass sie in der ursprünglichen Welt einprogrammiert war. Nein, ich glaube vielmehr, dass Einflüsse aus dem System im Ganzen für ihr Auftreten verantwortlich waren. Und überlegt mal, wo ihr das Gateway in Troja gefunden habt, und ein ziemlich wichtiges zudem – im Tempel der Demeter. Dort, wo die Mutter der Braut des Todesgottes ihren Sitz hat, im Zentrum eines Labyrinths. Da haben wir die beiden von Jonas genannten Motive zusammen.«

Paul meinte, den Ton jetzt auch zu hören, der Martine zwischenzeitlich ablenkte, ein leises, pulsierendes Summen, vom Murmeln des Flusses kaum zu unterscheiden. Aber etwas Anderes schien Martine jetzt mehr zu beschäftigen. Sie setzte sich gerader hin. »Das stimmt«, sagte sie. »Du wusstest, dass wir dort hinbestellt worden waren, nicht wahr? Als ihr euch in der Hauswelt begegnet seid, meinte Florimel, in Troja gebe es kein Labyrinth, aber du wusstest, dass es doch eins gab.«

Kunohara nickte, aber sein Blick verriet, dass er auf der Hut war. »Wie gesagt, es war eine der ersten Simulationen, die die Bruderschaft anlegte.« Er zog die Stirn kraus. »Aber woher weißt du, worüber wir geredet haben? Du warst zu dem Zeitpunkt noch gefangen. Du warst gar nicht dabei.«

»Ganz genau.« Martines Gesicht war hart. »Es ist immer seltsam, wenn Leute von Vorgängen wissen, bei denen sie gar nicht selbst anwesend waren. Und du weißt viel über unsere Zeit in Troja. Paul, hast du Herrn Kunohara erzählt, dass wir im Tempel der Demeter waren?«

Martines offene Feindseligkeit gegen ihren Gastgeber missfiel ihm schon die ganze Zeit, und er wollte gerade etwas dazu sagen, um das Gespräch wieder auf das richtige Gleis zu bringen, als ihm aufging, dass ihr Einwand berechtigt war. »Nein ... eigentlich nicht. Ich hab viel ausgelassen ... weil ich ihm vor allem erzählen wollte, was mit der Gralsbruderschaft passiert ist.« Ihm war zumute, als irrte er plötzlich wieder orientierungslos herum, den Machenschaften anderer ausgeliefert. Er wandte sich Kunohara zu. »Ja, wirklich, woher hast du das gewusst?«

Es war nicht eindeutig auszumachen, was die gereizte Miene des Mannes zu bedeuten hatte: Er machte es einem schon unter normalen Umständen nicht leicht, aus ihm schlau zu werden. »Wo hätte es sonst sein sollen? Ich habe euch praktisch selbst dort hingeschickt!«

T4b straffte sich und ballte die Fäuste. »Schnüffler für die Gralstypen, hä? Doch'n Dupper?«

»Er könnte die Wahrheit sagen«, sagte Martine und hob die Hand, um T4b zu bremsen. »Aber ich habe meine Zweifel. Ich denke, vielleicht erzählst du uns nicht die *ganze* Wahrheit, Herr Kunohara.« Sie kniff einen Moment lang abgelenkt die Augen zusammen, aber bemühte sich trotzdem, ihren Gedanken zu Ende zu führen. »Es stimmt, du wusstest, wo wir hinwollten. Ich vermute, dass du außerdem einen Informanten dort in Troja und später hattest – vielleicht sogar einen von uns, so unangenehm die Vorstellung ist – und dass es die Kommunikationsverbindung zwischen dir und diesem Informanten war, der ich hierher folgen konnte, als auf dem Berggipfel das Chaos ausbrach.«

Die Spannung zwischen den beiden, die im ganzen Raum eine heiße, drückende Atmosphäre geschaffen hatte, hielt nicht an. Als es gerade den Anschein hatte, als müsste Kunohara sich entweder schuldig bekennen oder eine zornige Erwiderung vom Stapel lassen, warf Martine den Kopf in den Nacken und starrte mit blinden Augen zur Deckenkuppel und dem alles verhängenden grauen Wolkenschleier auf. Das Summen war mittlerweile unüberhörbar laut geworden.

»Es sind viele Gestalten über uns«, sagte sie mit Verwunderung in der Stimme. »Viele ...«

Etwas plumpste schwer auf den höchsten Punkt der Blase, ein dunkler Fleck, der den Dunst draußen verwirbelte. Gliederbeine stampften und drückten, als wollten sie durch die transparente Oberfläche stoßen. Weitere Aufschläge folgten, zuerst wenige, dann ganz viele dicht hintereinander. Paul machte Anstalten, auf die Füße zu springen, doch der Fluchtreflex war bereits gehemmt: Auf der ganzen gewölbten Membran wimmelte es von Gestalten, und fortwährend landeten weitere. Kunohara klatschte kurz in die Hände, und die Innenbeleuchtung der Blase wurde hell, so dass sie die außen an der Kuppel klebenden Wesen erkennen konnten.

Der Form der Körper nach, dem langen gepanzerten Hinterleib und dem glänzenden Brustabschnitt mit den schwirrenden Flügeln, hätten es Wespen sein können – doch wenn, dann war es zu einer extremen Fehlentwicklung gekommen. Wie die mutierten Kugelasseln hatten sie unnatürlich viele Beine in den wildesten Anordnungen, und während sie sich in immer wachsenden Massen auf der Blase zusammendrängten, pressten sie halbmenschliche Gesichter gegen die Außenhaut, deren groteske Züge durch ihre heftigen Anstrengungen, das Hindernis zu durchdringen, noch erschreckender gedehnt und gequetscht wurden.

T4b sprang auf und sah sich fieberhaft nach einer Fluchtmöglichkeit um, aber die Wespen bedeckten mittlerweile fast jeden Zentimeter der glasartigen Wand, so dass anstelle des diesigen Himmels eine Kuppel aus gepanzerten Gliedern und sabbernden, durch Mandibeln entstellten Mäulern zu sehen war.

»Das ist Dread«, ächzte Martine mit versagender Stimme. »Dread hat sie geschickt. Er weiß, dass wir hier sind.«

So viele der Wespenwesen krabbelten inzwischen in wirren Haufen übereinander, dass Paul meinte, die Blase werde jeden Moment unter ihrem Gewicht einbrechen. Einige der unteren, die von den anderen niedergetrampelt und zu Tode gedrückt wurden, fuhren hässliche Stacheln aus ihren Hinterleibern aus und stachen damit immer wieder in die Blasenhaut. Diese spannte sich zeltartig nach innen, aber riss zum Glück noch nicht.

Paul packte Kunohara. »Schaff sie weg! Um Himmels willen, vereise sie, oder mach sonst was! Sie können jeden Moment durchbrechen.«

Ihr Gastgeber war nicht minder entsetzt, bemühte sich aber sichtlich um Ruhe. »Wenn ich Wind oder Eis gegen sie einsetze, destabilisiere ich damit das Haus, und dann geht es kaputt oder schwimmt den Fluss hinunter. Wir würden alle umkommen.«

»Ihr und eure beschissenen Wirklichkeitsimitationen!«, schrie Florimel. »Ihr reichen Idioten mit euern Spielzeugen!«

Kunohara ignorierte sie. Beklommen beobachtete Paul, wie er eine Reihe rätselhafter Gesten vollführte, die aussahen, als ob jemand in einem friedlichen Park Tai-Chi übte. Einen Moment lang war er fest überzeugt, dass der Mann völlig verrückt geworden war, doch dann begriff er, dass Kunohara die Liste seiner Befehle durchging, um auszuprobieren, was ihm von seiner Macht geblieben war.

»Nichts«, zischte Kunohara und drehte sich mit kalter Wut zu Martine um. »Du mit deinen Beschuldigungen. Du hast nicht nur euch zum Tode verurteilt, als du so dumm warst, dieses Gerät zu benutzen, nein, obendrein hast du sie in mein Haus geführt und mich gleich mit verurteilt.« Auf eine Handbewegung von ihm hin öffnete sich ein Fenster in der Luft. Zuerst wusste Paul nicht, was die dort zu sehende brodelnde, verknäulte Masse darstellen sollte, doch dann erkannte er, dass es ein Blick von oben auf das Blasenhaus war, das inzwischen dermaßen mit Wespenmonstern überhäuft war, dass man seine wahre Gestalt kaum noch ahnen konnte.

»Seht«, sagte Kunohara bitter. »Sie bauen eine Brücke zwischen uns und dem Land.«

Er hatte recht. Die versammelten Wespen schoben einen länglichen Klumpen ihrer wimmelnden Leiber auf den wogenden Fluss hinaus, ein Selbstmordkommando, das sich gewissermaßen als Baumaterial opferte, um die frei schwimmende Blase mit dem Ufer zu verbinden. Die Wespen auf der Unterseite des stetig länger werdenden Armes mussten zu Hunderten ertrinken, dachte Paul, und dennoch stießen immer mehr aus der Luft dazu und setzten die Brücke fort.

Aber wohin? Paul strengte sich an, durch den Nebel zum dunklen Flussufer hinüberzuschauen, wo Grashalme im Wind wehten. Kunohara musste denselben Gedanken gehabt haben, denn mit einer erneuten Handbewegung veränderte er den Fensterausschnitt und holte den sandigen Randstreifen näher heran. Es war gar kein Gras; es war ein geschlossenes Band käferartiger Gestalten, genauso grässlich verunstaltet wie die Wespen, ein Heer von Tausenden und Abertausenden missgebildeter Krabbler, die darauf warteten, dass die Wespenbrücke sie erreichte. Ganz vorn waren bereits Hunderte von klickenden Dränglern dabei, ihrerseits eine Kette zu bilden; in ihrem blinden Streben, den Wespen entgegenzukommen, kletterten sie übereinander und ließen sich auch im Ertrinken nicht los.

Doch selbst dieser scheußliche Anblick war nicht das Schlimmste. Auf einem bemoosten Stein hart am Rand des Flusses standen zwei sehr unterschiedliche Figuren wie Generäle, die den Fortgang eines Feldzugs beobachteten. Kunohara stellte sie größer und schärfer. Trotz der unmittelbaren Bedrohung durch die Wespen, die jetzt das Blasenhaus mit einer soliden Schicht aus Panzern und Klauengliedern umgaben, konnte Paul den Blick nicht von den beiden abwenden.

Eine war eine widernatürlich angeschwollene Raupe, deren pelzige Segmente die Farbe von Leichenfleisch hatten und die mit ihren winzigen Schweinsäuglein im Gesicht und dem Mund voll grober Hauer auf eine noch ekelhaftere Art menschenähnlich wirkte als die Mutantenarmee. Neben ihr wippte eine papierweiße Grille auf und ab und rieb die Beine aneinander, doch ihre Sägetöne waren gnädigerweise nicht zu hören. Ihr langes Gesicht war genauso abstoßend individuell wie das der Raupe, nur dass die Stelle, wo die Augen hätten sein sollen, leer und flach war.

»Die Zwillinge«, stöhnte Paul. »O Gott. Er hat die Zwillinge hinter uns hergeschickt.«

»Da ist noch einer«, sagte Florimel. »Seht, dort auf dem Käfer reitet er.«

Paul starrte die blasse menschliche Gestalt an, die sich auf einem glänzenden Rückenschild auf und nieder bewegte. »Wer ist das?«

Kunohara machte ein finsteres Gesicht. »Robert Wells, würde ich vermuten. Jammerschade, dass die Geißelspinne ihn nicht auch erwischt hat.«

Die winzige Figur schwenkte einen Arm, und das nächste Käferbataillon marschierte zum Wasser, um für die Verlängerung der Kette das Leben zu lassen.

»Der Dreckskerl amüsiert sich prächtig«, bemerkte Kunohara.

Kapitel 7
DER MANN VOM MARS

NETFEED/ACTION-LIVE:
"Die Sprootiekriegersekte"
(Bild: Wengweng Chos Übungsraum)
Cho: Chen Shuo, die Zeit zum Handeln ist gekommen! Meine Tochter Zia ist von den Schurken der Wolfsrachensekte entführt worden. Sie wollen ihren unspirituellen, tödlichen Kampfkunststil an ihr erproben.
(Off: Schreckenslaute)
Shuo: Beim heiligen Sprootie, das dürfen wir auf keinen Fall zulassen!
Cho: Du bist ein tapferer Mann und ein wahrer Krieger. Rasch, nimm meine Wurfsterne, die ich wie meinen Augapfel hüte, und eile, meine Tochter zu retten!
Shuo: Wenn ich zurückkomme, bringe ich dir den Kopf des Wolfsrachenmeisters und deine Tochter Zia - unversehrt.
(Off: Applaus, Jubel)
Shuo (bei sich): Aber ich muss beten, dass mein inbrünstiger Glaube an den heiligen Sprootie mir die nötige Kraft für diese Tat verleiht, denn zahlreich sind die Schergen der Wolfsrachensekte und voller Tücke. Dennoch, Sprootie ist mit den Tapferen!
(Off: noch lauterer Applaus)

> Frau Sorensen – Kaylene heiße sie, hatte sie ihm gesagt – kam aus dem Nebenzimmer zurück, wo sie nach den beiden Kindern geschaut hatte, und verschaffte damit allen eine Atempause. Besonders Catur Ramsey

war dankbar für die Unterbrechung. Der Tag übertraf alles, was er im Leben an Irrsinn mitgemacht hatte, eine kurze psychedelische Phase als Student eingeschlossen.

»Christabel scheint so weit okay zu sein«, meldete sie. »Sie schläft. Der kleine Junge hat sich auf dem Boden zusammengerollt. Zum Baden konnte ich ihn noch mal bringen, aber nicht dazu, sich in das andere Bett zu legen.«

»Sie hat viel durchmachen müssen«, meinte Michael Sorensen. »Wenn ich geahnt hätte ... Allmächtiger Gott, in was sind wir da bloß reingeschliddert?«

Die verhutzelte Gestalt in dem gemieteten Rollstuhl blickte auf. »Es tut mir wirklich sehr leid, deine Familie mit hineingezogen zu haben, Frau Sorensen. Die Verzweiflung zwingt uns, schändliche Dinge zu tun.«

Die Frau rang einen Moment lang sichtlich mit dem Impuls, etwas Höfliches zu erwidern, doch am Schluss siegte die anhaltende Empörung. Sie hatte sich deutlich noch nicht von dem Schreck erholt, den Major Sorensens Bericht über die Ereignisse in Yacoubians Suite, selbst in der stark abgeschwächten Version, ihr versetzt hatte. Während Ramsey sich um die völlig verstörte Christabel und den ziemlich bockigen kleinen hispanischen Jungen gekümmert hatte, war sie mit ihrem Mann nach nebenan gegangen und hatte, wie Sorensen es später ausdrückte, »mich wissen lassen, dass sie von der Entwicklung der Dinge nicht gerade begeistert ist«.

In seinem erschöpften Zustand hatte Ramsey Mühe, die angespannte und gedrückte Stimmung im Raum zu verkraften, ganz zu schweigen von der bizarren Geschichte, die Sellars gerade erzählt hatte, einem Sammelsurium von wilden Fantastereien, für die sich selbst die hysterischsten Chatknoten zu fein gewesen wären. Er musste ein Weilchen vor die Tür, um sich den Kopf auszulüften.

»Ich geh mir eine Limo holen«, verkündete er. »Soll ich jemandem was mitbringen?«

Kaylene Sorensen schüttelte müde den Kopf, aber das kurz aufflackernde Misstrauen im Gesicht ihres Mannes entging Ramsey nicht. Es tat weh. »Menschenskind, Sorensen, wenn ich ausbüchsen oder euch verraten wollte oder sonst was, meinst du nicht, ich würde damit in aller Ruhe abwarten, bis ich wieder in mein eigenes Motel zurückkehre?«

Es sprach für Sorensen, dass er ein beschämtes Gesicht machte. »Ich wollte nicht so gucken. Ich bin bloß ... Es war ein schwieriger Tag heute.«

Ramsey zwang sich zu lächeln. »Kann man wohl sagen. Bin gleich wieder da.«

Er stockte, als er gerade seine Karte durch den Leseschlitz des Getränkeautomaten ziehen wollte.

Sorensen mit seiner Paranoia hat vielleicht mehr Verstand als du, sagte er sich. *Das war ein richtiger Brigadegeneral, der uns da aus einem öffentlichen Restaurant gekidnappt hat. Diese Sache mag sein, was sie will, sie ist jedenfalls nicht nur das Produkt einer überhitzten Fantasie.* Er fand ein paar Münzen in seiner Tasche und dachte sogar kurz daran, seine Fingerabdrücke davon abzuwischen, bevor er sie in den Schlitz steckte.

Sellars' Geschichte war ohne Frage ein Ding der Unmöglichkeit, ob Sorensen und seine Frau sie nun glaubten oder nicht. Ramsey war zwar skeptisch gewesen, aber er hatte sich durchaus bemüht, vorurteilslos den Gedanken zuzulassen, das Tandagoresyndrom könnte vorsätzlich herbeigeführt worden sein. Er hatte sogar die Hypothese in Erwägung gezogen, es könnte tatsächlich einen Zusammenhang geben zwischen Orlando Gardiners Zustand und den Angaben, die der Softwareagent des Jungen über eine Art Netzwerk machte, in dem Orlando bei vollem Bewusstsein gefangen sei. Kurzum, er war bereit gewesen, an höchst verdächtige Umstände, sogar an ein Komplott mächtiger Persönlichkeiten zu glauben. Aber das? Das war etwas aus einem Fiebertraum: ein Projekt, mit dem einige der reichsten Männer und Frauen der Erde angeblich ernsthaft vorhatten, Götter zu werden. Es war schlicht nicht vorstellbar, dass so etwas existieren und obendrein auch noch jahrelang geheim bleiben konnte, zumal wenn es die Verkrüppelung unschuldiger Kinder zur Folge hatte. Das Ganze glich einer billigen Räuberpistole, einem grotesk überzeichneten Netzthriller. Es konnte einfach nicht sein.

Wenn er mit alledem frisch konfrontiert worden wäre, hätte Catur Ramsey sich nach zehn Minuten höflich bei allen bedankt, dass sie sich die Zeit genommen hatten, und wäre nach Hause gefahren; seine Meinung über den Geisteszustand der Leute hätte er für sich behalten. Aber er lebte jetzt schon seit Wochen mit der skurrilen Online-Welt des Orlando Gardiner und betrachtete einen Softwareagenten in Gestalt eines Cartoonkäfers als zuverlässige Informationsquelle. Bevor sie ihr Haus dichtgemacht hatte und verschwunden war, hatte eine Frau, die nach eigenen Angaben eine Zeit in einer Nervenheilanstalt verbracht hatte, ihm erzählt, dass eine der erfolgreichsten Kinderunterhaltungsfirmen der Welt an einem abscheulichen Experiment mit ihrer kindlichen Zielgruppe beteiligt war, und er hatte überlegt, ob sie vielleicht recht haben könnte. Er war durchaus nicht borniert – hatte sein erstes Treffen mit Sellars nicht in den dunklen Gassen einer VR-Spielwelt stattgefunden? Wo er, der respektable Rechtsanwalt Decatur Ramsey, sich in der Maske eines barbarischen Schwertkämpfers herumgetrieben hatte? Er musste zugeben, dass Sellars ihm Sachen über Orlando Gardiner und Salome Fredericks mitgeteilt hatte, die selbst er mit seinem unbeschränkten Kontakt zu beiden Familien zu dem Zeitpunkt noch nicht herausgefunden hatte.

Er trank einen Schluck und beobachtete den vorbeirauschenden Verkehr.

Sellars verlangte von ihm, dass er eine Geschichte glaubte, gegen die selbst die böswilligsten Diffamierungen von Freimaurern und Rosenkreuzern völlig harmlos waren. Und um dem Ganzen noch die Krone aufzusetzen, was hatte Major Sorensen über Sellars gesagt? Dass er eigentlich gar kein Mensch war?

Einen Moment lang erwog er wirklich, in sein Auto zu steigen und nach Hause zu fahren. Er würde Jaleel und Enrica Fredericks mitteilen, er habe keine Erklärung für das Koma ihrer Tochter gefunden, und Olga Pirofskys Namen aus seiner Fonliste löschen. Die ganze Sache unter der Rubrik »Keine Ahnung, was das für ein Schwachsinn war« ablegen und sich wieder um seine übrigen Mandanten kümmern, um sein eigenes … na ja, Leben.

Aber er konnte das Gesicht von Orlando Gardiners Mutter nicht vergessen, die tränenglänzenden Augen, auch nicht ihre Stimme, als sie ihm erklärt hatte, sie seien immer fraglos davon ausgegangen, sich wenigstens von ihrem Sohn verabschieden zu können. Er hatte diese selbe Stimme erst wieder vor zwei Stunden gehört, jetzt gebrochen und heiser, raschelig wie dürres Gras: Sie hatte ihm, beziehungsweise seinem System das Datum der Trauerfeier für Orlando mitgeteilt. Er hatte ihnen versprochen, er werde herausfinden, was er könne. Er hatte es versprochen.

Er zögerte noch ein paar Sekunden, dann knüllte er den Karton zusammen und schob ihn in den Abfallschlitz neben dem Automaten.

Sellars inhalierte etwas aus einem feuchten Lappen. Er sah auf, als Ramsey eintrat, und lächelte, eine waagerechte Verzerrung seines geschmolzen wirkenden Gesichts. »Die Sorensens kommen gleich wieder«, erklärte er. »Das kleine Mädchen hat schlecht geträumt.«

»Sie hat viel mitgemacht«, sagte Ramsey. »Zu viel für ein Kind ihres Alters.«

Sellars ließ traurig den Kopf sinken. »Ich hatte gehofft, sie müsste mit alledem nicht weiter behelligt werden.« Er inhalierte wieder aus dem Lappen. »Entschuldige bitte. Meine Lungen … sie funktionieren nicht so gut, wie sie sollten. Es wird besser werden, sobald ich Filter für meinen Luftbefeuchter bekommen kann. Meine Atemwege müssen immer feucht bleiben.« Etwas an Ramseys Gesichtsausdruck reizte ihn abermals zu lächeln, breiter diesmal. Er ließ seine runzligen Hände in den Schoß fallen. »Ich sehe, dass etwas dich beunruhigt. Meine Lungen? Oder meine Person im Ganzen? Lass mich raten – Major Sorensen hat dir von mir erzählt?«

»Nicht viel. Und das ist gewiss nicht das, was mich am meisten quält. Aber da du das Thema selbst ansprichst, ja. Er sagte …« Absurderweise kam es ihm plötzlich wie eine schlichte Unhöflichkeit vor. Ramsey schluckte und stieß hervor: »Er sagte, du wärst kein richtiger Mensch.«

Sellars nickte und sah dabei aus wie ein uralter Bergeinsiedler. »Hat er dir meinen Spitznamen auf dem Stützpunkt gesagt? ›Der Mann vom Mars‹. Den Namen hatte ich allerdings schon, als Major Sorensen noch gar nicht auf der Welt war.« Das Lächeln kam wieder und verschwand. »Er trifft natürlich nicht zu. Ich bin nie auch nur in der Nähe des Mars gewesen.«

Ramsey wurden auf einmal die Knie weich. Er langte nach einem Halt, fand eine Sessellehne und ließ sich nieder. »Willst du damit sagen, dass … dass du ein Außerirdischer bist? Von einem andern Stern?« Als wäre eine Linse ausgetauscht worden, schien ihm auf einmal Sellars' eigentümlich gerunzelte Haut etwas ganz anderes zu sein als Narbengewebe – das fleckige rötliche Äußere eines unbekannten Tieres. Der klapprige alte Mann mit dem missgebildeten Kopf und den seltsamen gelben Augen wäre als groteske Figur in einem Kinderbuch wunderbar gewesen, aber im Augenblick war es nicht recht auszumachen, was für ein übernatürliches Wesen er dargestellt hätte, ob freundlich oder grausam. Als die Tür zum Nebenzimmer abrupt aufging, zuckte Ramsey heftig zusammen.

»Kaylene hat belegte Brote gemacht«, verkündete Michael Sorensen. »Ramsey, du solltest einen Happs essen, du siehst ganz elend aus.«

Seine Frau kam mit einem großen Tablett in der Hand hinter ihm her, das allzu perfekte Bild traditioneller Weiblichkeit aus einem früheren Jahrhundert. Ramsey konnte sich nicht entspannen, ihm kam auf einmal alles unheimlich vor.

»Ich wollte Herrn Ramsey gerade meine Geschichte erzählen«, sagte Sellars. »Nein, danke, Frau Sorensen, ich esse sehr wenig. Hat dein Mann dich schon über mich aufgeklärt, Frau Sorensen? Du wirst dich bestimmt ein wenig gewundert haben.«

»Mike ... Mike hat mir ein bisschen was erzählt.« Er war ihr sichtlich immer noch nicht ganz geheuer. »Bist du sicher, dass ich dir nicht irgendwas ...?«

»Oh, bitte!« Ramseys Geduldsfaden war bis zum Zerreißen gespannt. »Ich sitze hier wie auf Kohlen und warte darauf, dass dieser Mann mir gesteht, ein Außerirdischer zu sein, und währenddessen reden alle über belegte Brote. Belegte Brote, herrje!«

Kaylene Sorensen blickte ihn streng an und legte einen Finger an die Lippen. »Bitte, Herr Ramsey, nebenan schlafen zwei kleine Kinder.«

Ramsey schloss die Augen und ließ sich in seinen Sessel zurücksinken. »Entschuldigung. Tut mir leid.«

Sellars lachte. »Habe ich behauptet, ein Außerirdischer zu sein, Herr Ramsey? Nein, ich sagte, mein Spitzname sei ›der Mann vom Mars‹ gewesen.« Er hielt sich den Lappen dicht an den Mund, atmete ein und tauchte ihn dann in eine Tasse, bevor er ihn wieder an den Mund führte. »Es ist eine interessante Geschichte und könnte dir unter Umständen helfen, die merkwürdigen Mitteilungen, die ich dir heute schon gemacht habe, ein bisschen besser zu verstehen.«

»Selbst wenn du behauptest, der Großherzog von Alpha Centauri zu sein«, sagte Ramsey, »merkwürdiger kann es, glaube ich, kaum mehr werden.«

Sellars sah ihn freundlich an, dann Kaylene Sorensen, die sich neben ihren Mann auf die Couch gesetzt hatte. »Ihr habt alle eine harte Zeit hinter euch. Ich hoffe, ihr begreift, wie wichtig es ist...«

Ramsey räusperte sich vernehmlich.

»Ja, Entschuldigung. Ich hatte in letzter Zeit kaum andere Gesellschaft als Cho-Cho und somit nicht viel Übung im Gespräch mit Erwachsenen.« Er streckte seine knotigen Finger. »Zuerst möchte ich Herrn Ramsey versichern, dass ich von Geburt nicht weniger ein Mensch bin als jeder andere, einerlei was mir seither widerfahren ist. Außerirdisch kann viel bedeuten, aber ich bin definitiv von dieser Erde, nicht von woanders.

Die ersten dreißig Jahre meines Lebens etwa war das einzig Interessante, was es über mich zu sagen gab, die schlichte Tatsache, dass ich Pilot war, Kampfpilot. Ich flog für die US Navy im Nahen Osten und später im Taiwankrieg, und in Friedenszeiten bildete ich neue Piloten aus. Ich war nicht verheiratet, war nicht einmal sonderlich eng mit meinen Kameraden befreundet, obwohl ich ihnen im Gefecht Tag für Tag mein Leben anvertraute und sie ihres mir. Ich war Marineflieger. Das war mein Leben, und ich war damit mehr oder weniger zufrieden.

Das war, noch bevor einer von euch auf der Welt war, daher werdet ihr euch wahrscheinlich kaum an das Ende des sogenannten bemannten Raumflugs erinnern. Die privaten Konsortien, die dieses Programm überwiegend finanzierten, kamen zu dem Schluss, dass mit Satelliten und robotisiertem Abbau der Bodenschätze anderer Planeten viel mehr Geld zu machen war, als wenn man einen lebendigen Menschen in ein Raumschiff setzte und irgendwo hinschickte. Außerdem schenkte die Weltbevölkerung der ganzen Angelegenheit keine besondere Beachtung mehr – ich denke, in gewisser Weise vollzog die Menschheit eine Wende nach innen. Doch der Wille zur Erforschung und Kolonisierung erlahmte nicht völlig, und ein ziemlich verschwiegenes Projekt wurde weitergeführt, nachdem die übrigen, in der Öffentlichkeit bekannteren Unternehmungen eingestellt worden waren. Es musste natürlich privat finanziert werden, unterstand aber dennoch nominell der Regierung der Vereinigten Staaten, da zu der Zeit die UN noch gar kein Raumfahrtprogramm hatten.

Irgendwann ging die Nachricht um, dass Militärflieger ohne enge

Familienbindungen und mit der Bereitschaft zu gefährlichen Einsätzen sich für ein Projekt namens PEREGRINE bewerben konnten. Der Name, ›Wanderfalke‹, klang interessant. Meine Tätigkeit als Ausbilder langweilte mich und, wenn ich so zurückdenke, mein Leben auch ein bisschen. Nach allem, was ich hörte, kam es bei dem Selektionsprozess in erster Linie auf körperliche Tauglichkeit an, was gewöhnlich Reflexe bedeutete, und deshalb rechnete ich mir aus, über das optimale Alter hinaus zu sein. Dennoch dachte ich, es könnte nicht schaden, wenn ich mich meldete.« Sellars lächelte wieder, diesmal deutlich selbstironisch. »Als ich erfuhr, dass ich zum ersten Kreis der Auserwählten gehörte, war ich ziemlich stolz auf mich.

Es ist verlockend, die ganze Geschichte mit allen dazugehörigen Einzelheiten zu erzählen, weil sie schon an sich sehr spannend ist und außer mir heute niemand mehr die volle Wahrheit weiß. Es gibt keine Bücher, keine Netzdokus, praktisch keinerlei Unterlagen. Aber ihr alle hier seid müde, und darum werde ich versuchen, mich kurz zu fassen. PEREGRINE war, wie sich herausstellte, ein neues Konzept, Menschen zu Forschungszwecken in den Weltraum zu schicken, ein Programm, das Raumschiffbesatzungen befähigen sollte, nicht nur große Entfernungen zurückzulegen – die Fahrt über im kalten Schlaf, aber weiter mit dem Schiff verbunden –, sondern auch sich auf infrage kommenden Planeten freier zu bewegen als die Astronauten von anno dazumal. Es gab mehrere Planeten, die man im Auge hatte, aber ich kann mich nur noch an 70 Virginis erinnern. Viele der aufgefangenen Signale haben sich seitdem als Täuschung erwiesen, und die Menschheit scheint das Interesse an der Weltraumforschung verloren zu haben – bedauerlicherweise, wie ich finde –, doch zu der Zeit war es eine aufregende Sache. Auf jeden Fall hatten wir schon damals Instrumente, die Planeten viel genauer untersuchen konnten, als ein Mensch dazu in der Lage war, allerdings waren die Verantwortlichen für das Programm der Meinung, sie könnten ein viel höheres Maß an finanzieller und öffentlicher Unterstützung erhalten, wenn sie einen richtigen Menschen auf die Fahrt schickten, einen, der sein Leben für die ganze Menschheit aufs Spiel setzte. Ihr könnt euch sicher die Reden vorstellen, die damals gehalten wurden.

Gut, PEREGRINE. Wir kamen nach Sand Creek, einer geheimen Militärbasis in South Dakota ...«

»Den Namen habe ich schon mal gehört«, sagte Ramsey sinnierend. »Sand Creek …«

»Oh, bestimmt. Es ist im Lauf der Jahre viel darüber geredet worden. Aber was du auch gehört hast, es ist mit ziemlicher Sicherheit nicht wahr.« Sellars schloss die Augen. »Wo war ich stehen geblieben? Ah, ja. Wir wurden einer sehr komplizierten Behandlung unterzogen, die uns zu allen möglichen Extremen befähigen sollte – vor allen Dingen aber sollten unsere Gehirne fest mit den Computersystemen des Raumschiffs verschaltet werden. Dieses Wort ›Computer‹ hört man heute kaum mehr, was? Heute sind sie ein selbstverständlicher Bestandteil von allem. Anfangs waren sie Kästen mit Tastaturen, stellt euch vor.« Er schüttelte den Kopf, so dass es aussah, als wackelte eine dürre Sonnenblume auf ihrem Stengel. »Die Technologie war damals nicht besonders subtil – das liegt immerhin schon ein halbes Jahrhundert zurück. Im Wesentlichen waren es operative Maßnahmen, denen ich unterzogen wurde: Ich wurde richtig aufgeschnitten, mikroelektronische Leiterbahnen wurden direkt auf mein Skelett aufgetragen, ich bekam verschiedene Bauelemente eingesetzt und dergleichen mehr. Heute hält man es für selbstverständlich, dass man sich mit einer Neurokanüle in das Netz einklinken kann, aber damals war der Gedanke, dass ein Mensch sich Computerdaten direkt ins Gehirn einspeist, für die meisten noch Science-Fiction. Nur in Sand Creek nicht, wo sie genau das taten.

Das heißt, sie … bauten mich gewissermaßen neu zusammen, stärkten mein Knochengerüst und machten meine Haut und verschiedene Organe widerstandsfähig gegen Verletzungen und Strahlungen, implantierten winzige chemische Pumpen, die synthetisiertes Kalzium und andere wichtige Zusätze in meinen Körper abgaben, wenn ich lange Zeit im schwerelosen Zustand zubringen musste … alles Mögliche. Aber noch totaler war die Art, wie sie mich beschalteten, von Kopf bis Fuß, wie einen Weihnachtsbaum! Sie benutzten die neuesten Legierungen und Polymere – auch wenn bei den ganzen Entwicklungen in der Molekularelektronik seitdem die ursprünglichen Sachen, die sie mir einsetzten, heute geradezu als antik gelten würden. Aber zu der Zeit waren wir PEREGRINE-Freiwilligen regelrechte Kunstwerke. Damals lernte ich Yeats lieben – die Verse über die Automatenvögel des Kaisers in ›Meerfahrt nach Byzanz‹ sind mir unvergesslich geblieben:

... Mein Leib, bin von Natürlichem ich frei,
Sei nicht mehr aus Naturstoff generiert,
Nein, als ein Werk griechischer Künstler sei
Er goldgeschmiedet und goldemailliert ...«

Einen Moment lang blickte er in Gedanken versunken vor sich hin. »Ich kann euch nicht sagen, was es für ein Gefühl war, als ich zum ersten Mal einfach die Augen zumachte und online war. Das Netz war damals in den Anfangstagen virtueller Interfaces winzig und primitiv, aber dennoch ...! Dennoch ...! Auch ohne die Erde zu verlassen, waren wir bereits Pioniere der Forschung, die dort flogen, wo andere nur gekrochen waren. Wir PEREGRINE-Freiwilligen sprachen bald untereinander über das Netz, als ob es ein Ort wäre, ein Universum, das andere nur besuchen konnten wie Touristen, die durch einen Zaun gaffen, aber das in Wahrheit uns gehörte. Wenn man durch Daten schwimmen kann wie durch ein physisches Medium, wenn der Zugriff unmittelbar ist, dann fängt man an, Dinge zu sehen, Dinge zu lernen ...« Seine Stimme wurde trocken und dünn; er hielt inne und inhalierte mit dem Lappen. »Ich hatte mir vorgenommen, nicht abzuschweifen, nicht wahr? Ich bitte um Entschuldigung. Jedenfalls wurden unsere Schiffe zur selben Zeit gebaut wie wir, parallel sozusagen, maßgeschneidert auf unsere besonderen physiologischen Bedürfnisse. Sie waren klein, hoch technisiert, flogen die langen schwarzen Distanzen primär mit Antimaterie-Antrieb, aber konnten sich auch andere Kraftquellen zunutze machen, sogar den Sonnenwind. Jeder von uns bekam sein eigenes Stück, jedes nach einem Entdecker benannt – die *Francis Drake,* die *Robert Edwin Peary*, ich kann mich nicht mehr an alle erinnern, und schon der Gedanke macht mich traurig. Meines war die *Sally Ride.* Ein schöner Name für ein Raumschiff, und ein schönes Raumschiff wäre sie wirklich gewesen, meine Braut, könnte man sagen, auf unendlich langen Flitterwochen. Doch es kam anders. Wir machten nur ein paar Erdumkreisungen, Übungsflüge, als ... O je, langweile ich euch?«

Michael Sorensen war auf der Couch im Sitzen eingeschlafen, sein Kopf war auf die Schulter seiner Frau gesackt. »Er ist einfach erschöpft«, sagte sie entschuldigend, als ob er in einer nachbarschaftlichen Kartenrunde eingenickt wäre. »Er wird das alles schon kennen, oder?«

»Höchstens ein paar Details nicht«, meinte Sellars freundlich. »Er wird meine Akte sicher mehrmals durchgearbeitet haben, nachdem ich mit ihm in Kontakt trat.«

»Ich finde es sehr faszinierend«, versicherte sie ihm, obwohl sie selbst ziemlich müde aussah. »Ich ... ich hatte keine Ahnung von alledem.«

»Bitte fahr fort«, sagte Ramsey.

»Tja, ihr dürftet beide ganz gut wissen, wie das ist, wenn man für die Regierung arbeitet, und das war noch in den Anfangstagen der sogenannten Zusammenarbeit von Staat und Wirtschaft. Die Regierung in Washington wechselte. Die UN meldeten ihre Kritik an einem Großprojekt mit so geringer internationaler Beteiligung an. Und die Finanziers im Hintergrund begannen daran herumzumosern, wie viel Geld die Sache kostete, ohne dass in absehbarer Zukunft mit Gewinnen zu rechnen war. PEREGRINE stand mehrfach kurz davor, abgeblasen zu werden.

Später gab es Nächte, jahrelang, in denen ich aus ganzem Herzen wünschte, dass es so gekommen wäre.

Die Lösung, zu der man gelangte, war nicht besonders überraschend, zumal große Rüstungskonzerne ihre Hand im Spiel hatten. Es wurde beschlossen, strengere Effektivitätskriterien einzuführen, ›greifbare Resultate‹ war, glaube ich, damals das Schlagwort. Es wäre in diesem fortgeschrittenen Stadium sehr schwierig gewesen, das Projekt herunterzufahren, und so packten sie es stattdessen mit einem Kampfsystem zusammen, das auf der Robotisierung von Menschen basierte, Human Robotic Combat Systems genannt. Die Kürzel dafür war HR/CS, aber die Ingenieure hatten bald HARDCASE daraus gemacht, und der Name stimmte – denn harte Fälle wurden mit Sicherheit produziert – und setzte sich durch. Dieses rein militärische Programm war wahrscheinlich einer der ersten Versuche, biomodifizierte Soldaten zu schaffen, das heißt letztlich Menschen, die man an einen extrem schlagkräftigen Kampfpanzeranzug anschließt und die dessen Systeme gewissermaßen als Verlängerungen ihres eigenen Körpers benutzen und sich damit in Situationen begeben können, die für einen normalen gepanzerten Soldaten undenkbar wären. Ich denke, ihr könnt es euch vorstellen – ein solcher Kämpfer war wie eine Figur aus einem alten Comicheft. Das Militär dachte natürlich in viel kürzeren Spannen, und so begannen die gemeinsamen Ressourcen – hauptsächlich Ingenieure, Ärzte und Supercomputerzeit – zusehends in seine Richtung zu fließen. Der Fortschritt von PEREGRINE verlangsamte sich drastisch.

Dies alles hätte noch nicht viel zu besagen gehabt, wenn HARDCASE nicht einen grundsätzlich anderen Ansatz gehabt hätte, vor allem was die Rekrutierung betraf. Die Kriterien waren vielmehr so, wie ich sie seinerzeit bei PEREGRINE erwartet hatte, konzentriert auf Reflexe und noch ausgefallenere Sachen, Synapsenverschaltungen, chemische immunologische Sensibilisierung und so weiter. Und selbst psychologisch suchten sie nach einem anderen Personentyp. Wir waren Piloten, und primär deswegen waren wir genommen worden. Zwar hatten manche der PEREGRINE-Rekruten nie einen Kampfeinsatz geflogen, aber sie waren alle Flieger, ähnlich wie in den Anfangstagen das Astronautenkorps. HARDCASE brauchte Soldaten, letztlich könnte man sogar sagen, Killer. Natürlich versuchte man, eine Grenze zu ziehen, aber dieser minimale Einschlag lag von Anfang an wie ein Schatten über dem Ganzen, glaube ich.

Dennoch, wenn Barrett Keeners Problem physischer Natur gewesen wäre, ein Tumor etwa oder eine Störung im Serotoninhaushalt, dann wäre es sofort entdeckt worden. Bei PEREGRINE wie auch bei HARDCASE wurden die Leute routinemäßig nach solchen Sachen untersucht, und die meiste Zeit über waren wir ganz selbstverständlich an irgendwelche Analysegeräte angeschlossen. Aber zu der Zeit war richtige Schizophrenie noch in vieler Hinsicht ungeklärt, und Keener war ein paranoider Schizophrener, zu dessen Krankheitsbild es wesentlich gehörte, dass er seine immer schlimmer werdenden Wahnzustände verheimlichte. Obwohl sehr wenige Leute, die mit dem Mann arbeiteten, ehrlich sagen konnten, dass sie ihn mochten, hatte kein Einziger der Psychologen und Ärzte in Sand Creek wie auch keiner seiner Kameraden bei HARDCASE den Verdacht, dass er dabei war, langsam wahnsinnig zu werden. Oder erst als es zu spät war.

Ich sehe den Blick in deinem Gesicht, Herr Ramsey. Nein, du hast noch niemals von Keener gehört. Du wirst gleich erfahren, warum.

Ich kann mich in dem Punkt kurz fassen, und es wäre mir auch sehr lieb. Ich habe am Tag von Keeners Amoklauf viele Freunde verloren. Es waren reichlich Sicherungen in das System eingebaut, doch obwohl die Armee und ihre Auftragnehmer die Möglichkeit von Sabotage in Erwägung gezogen hatten und auch die gefährliche Eventualität, dass eine der HARDCASE-Versuchspersonen einen Anfall haben könnte, hatte niemand damit gerechnet, dass beides zusammen passieren könnte. Keener, der völlig im Bann sich verstärkender psychotischer Wahnvorstellungen war, hatte sich wochenlang vorbereitet. Der HARDCASE-Komplex in Sand Creek war ein Waffenarsenal; die kybernetischen Kampfanzüge allein besaßen die Feuerkraft eines Powell-Panzers, und dazu kam ein riesiges Lager anderer Waffen und Wehrmaterialien, die für den Kampfeinsatz getestet wurden. Aber ein Waffen- und Sprengsatzspezialist wie Barrett Keener konnte in einem Ausmaß Schaden anrichten, das das gewaltige Vernichtungspotential der Kampfanzüge noch bei weitem überstieg. Wochenlang traf er heimliche Vorbereitungen, weil er den Entschluss gefasst hatte, irgendeine eingebildete Beleidigung zu rächen oder eine wahnwitzige Befreiungstat zu begehen, und wie auf einer schwarzen Spirale steigerte er sich immer weiter in seinen Hass hinein.

Ich habe das Geschehen zum großen Teil aus Geheimberichten rekonstruiert. Es war Nacht, als es losging, und die meisten auf dem Stützpunkt schliefen. Ich war zufällig noch auf – ich habe nie viel Schlaf gebraucht – und machte mich bei den Technikern, die Nachtschicht hatten, in der Konstruktionshalle nützlich. Zuerst hörten wir die Explosionen. Wir hatten kaum Zeit, uns die Frage zu stellen, was passiert war, als Keener auch schon durch die Wand des Konstruktionshangars brach wie ein Feuerteufel, so flammend hell leuchtete sein thermodispergierender Kampfanzug. Er hatte es nicht speziell auf uns abgesehen, wir befanden uns einfach auf seiner Zerstörungsbahn von einem Ende des Stützpunkts zum andern. Trotz des Überraschungseffekts der Bomben, die er bereits gezündet hatte, und des damit entfesselten Infernos war er wenigstens auf einen gewissen Widerstand gestoßen, bevor er bei uns ankam. Doch selbst ein direkter Treffer von einem Granatwerfer hatte bei Keener nicht mehr hinterlassen als ein paar Brandspuren und einen kleinen Ritz in einem der Anzuggelenke, wo ein wenig Freon austrat. Mit seinen strahlenden Wärmedispersionselementen und der austretenden Dunstwolke sah er aus wie ein zürnender Gott. Wir hatten keine Chance. Als er durch die Wand kam, eröffnete er sofort das Feuer mit einer Mini-Railgun, und die Halle fiel um uns herum buchstäblich in Stücke.

Es war grauenhaft. Ich mag gar nicht daran denken. In der ersten

Zeit danach versuchte ich mir einzureden, ich hätte irgendwie anders handeln, meine Kameraden retten können, ich marterte mich mit tausend verschiedenen Szenarien. Jetzt weiß ich, dass ich nur durch den allerglücklichsten Zufall überhaupt mit dem Leben davonkam. Ich stand ganz in der Nähe eines der im Bau befindlichen Raumschiffe und konnte deswegen gleich hineinspringen, als das erste von Keeners Brandgeschossen einschlug. Ich sah gerade noch, wie Keener durch die Trümmer der Konstruktionshalle marschierte, sonnenhell strahlend, weil sein Panzer die zusätzliche Hitze verarbeiten musste, dann schoss er die nächsten Thermogranaten ab, und alles um mich herum versank.«

Sellars drückte langsam einen Knöchel in einen trockenen Augenwinkel. Ramsey fragte sich, ob das nur eine alte, ohnmächtig wiederholte Geste war oder ob der Mann Tränen fühlte, die er nicht vergießen konnte. Er wusste nicht, was er schlimmer finden sollte.

»Zwei Techniker im Schiff und ich waren die Einzigen in der Halle, die den Angriff überlebten, und die beiden andern starben binnen eines Monats an ihren schweren Verbrennungen. Verbrannt waren wir alle, regelrecht gegrillt wie Steaks, aber ich hatte geschützte Organe und modifizierte Haut – die Techniker nicht. Ich hatte das Glück – oder das Unglück –, am Leben zu bleiben. Halbwegs.

Nachdem er eine Spur der Vernichtung durch den ganzen Stützpunkt gezogen hatte, gelang Keener auch noch der Ausbruch aus Sand Creek. Immerhin landete einer der Wachposten einen Zufallstreffer mit dem Maschinengewehr, der seine eingebauten Düsentriebwerke fluguntauglich machte, und so musste er sich zu Fuß auf den Weg machen. Er marschierte auf die nächste Ortschaft zu, Buffalo hieß sie, glaube ich, und Gott weiß, was er dort angerichtet hätte, doch Jets vom nächsten Luftwaffenstützpunkt fingen ihn ungefähr eine Meile hinter Sand Creek in der offenen Prärie ab. Ein Flugzeug musste dran glauben, aber schließlich wurde Barrett Keener durch Luft-Boden-Raketen getötet. Das heißt, er bekam zwar keinen direkten Treffer ab, aber die Explosionen überstiegen zuletzt die Dispersionskapazität seines Kampfanzugs, und es gab so etwas wie eine kleine thermonukleare Reaktion. Es dauerte Jahre, habe ich gehört, bis auf dem Fleck wieder etwas wuchs. Der Boden war praktisch zu Glas geschmolzen.

Tja … ein Verrückter beging also einen außerordentlich teuren

Selbstmord, und wir andern durften hinterher damit fertig werden. Ich war das einzige überlebende PEREGRINE-Mitglied. Bei seinen HARDCASE-Kameraden war Keener noch gründlicher vorgegangen, denn er hatte Sprengladungen in den Unterkünften angebracht, und alle starben in ihren Betten, als das Gebäude hochging. Die komplette Militärbasis Sand Creek lag in Trümmern – einhundertsechsundachtzig Tote, dreimal so viele Verwundete. Die Raumschiffe waren zerstört, Milliarden Dollar für Arbeit und Forschung zunichte, und Militär und Rüstungskonzerne schrieben die Verluste ab und beendeten das Programm. HARDCASE wurde ebenfalls begraben – wenigstens war das die offizielle Version. Freilich, Keener hatte mit nur einem einzigen Kampfanzug ein höchst imposantes Vernichtungswerk anrichten können, und die nicht ganz so spektakulären Kampfanzüge der heutigen Soldaten sehen der HARDCASE-Ausrüstung von damals sehr ähnlich. Es könnte also sein, dass sie schlicht den Namen des Programms änderten und anderswo wieder von vorn anfingen.«

»Wie … wie *furchtbar*«, hauchte Kaylene Sorensen.

»Ich habe nie was darüber gesehen«, sagte Ramsey. Er gab sich Mühe, nicht allzu zweifelnd zu klingen, und sei es nur aus Respekt vor dem offensichtlichen Schmerz in Sellars' verwüstetem Gesicht. »Nicht das Geringste.«

»Es wurde sehr, sehr tief begraben. Natürlich war die Existenz von Sand Creek bekannt, aber nicht, woran dort gearbeitet worden war oder was für ein Unglück sich wirklich ereignet hatte. Offiziell hieß es, der Stützpunkt sei wegen eines großen Brandes geschlossen worden, und durch die Verstrahlung des Geländes sei man gezwungen gewesen, ihn abzuriegeln. Einige der Toten wie zum Beispiel die PEREGRINE-Freiwilligen, deren Stationierung geheim gewesen war, wurden an andere Orte verfrachtet und ihr Tod dort gemeldet. Es war eine kolossale Katastrophe, ganz zu schweigen davon, dass es zahllose Milliarden an Prozesskosten bedeutet hätte, wenn die Wahrheit herausgekommen wäre. Sie wurde vertuscht. Ganz war das natürlich nicht möglich, und deshalb sind die Gerüchte darüber, was sich dort zugetragen haben mag, bis heute nicht völlig verstummt.«

»Und du wurdest auch vertuscht?«

»So gut es ging. Ich hatte keine Verwandten. Die ersten zwölf Stunden ungefähr dachten sie sogar, ich wäre tot, weil … weil die Zerstörung der Konstruktionshalle so vollkommen war. Als ich dann doch überlebte, war es die einfachere Lösung, mich den Verlusten hinzuzuzählen.«

»Sie haben dich gefangen genommen!« Ramsey war empört.

»Anfangs nicht. Nein, nach dem ganzen Aufwand, den sie in mich gesteckt hatten, ganz buchstäblich, wollten sie eine andere Verwendung für mich finden. Aber mein Projekt existierte nicht mehr, ich selbst war verbrannt, verkrüppelt, meine eingebaute Schaltung stark beschädigt. Ich war für meinen vorgesehenen Zweck nicht mehr zu gebrauchen, und im Unterschied zu den anderen Überlebenden war ich auch ein unwiderlegliches lebendiges Zeugnis dafür, was dort geschehen war. Wenn ein einfacher Soldat gegen seine Schweigepflicht verstößt und Geheimnisse ausplaudert, kann man ihn als einen Spinner hinstellen, aber einen Mann mit den modernsten kybernetischen Implantaten im Wert von Millionen im Körper? Ja, irgendwann wurde ich eingesperrt, aber eigentlich, Herr Ramsey, kann ich noch dankbar sein. In einem andern Land oder zu einer andern Zeit wäre ich wohl auf eine etwas endgültigere Art zum Schweigen gebracht worden.«

Ramsey wusste nicht, was er sagen sollte. In der eintretenden Stille setzte Michael Sorensen sich mit einem jähen Schnaufen auf und schaute in die Runde. Er war sich nicht bewusst, fast zehn Minuten geschlafen zu haben, und gab sich daher möglichst den Anschein, er hätte nur kurz die Augen zugemacht, um sich besser zu konzentrieren. Der Blick, mit dem Sellars ihn betrachtete, ehe er fortfuhr, war beinahe zärtlich.

»Das ist alles lange her. Was damals geschah, ist für niemanden wichtig außer für mich. Aber was danach kam, ist von weiter gehender Bedeutung. Nach den ersten paar Jahren in Krankenhäusern und Forschungszentren kam man zu dem Ergebnis, ich könne keinen sinnvollen Zweck mehr erfüllen, und so siedelten sie mich auf einen Stützpunkt um, und zwar auf den, wo du auf mich aufpassen durftest, Major Sorensen. Allerdings war das lange, bevor du deine militärische Laufbahn antratest. Wobei es eine der kleinen Ironien in dem ganzen Schlamassel ist, dass ich, der ich bei der Marine gedient hatte, im Zuge der Bereinigung von HARDCASE bei den Landstreitkräften inhaftiert wurde.

Das Einzige, was die Verantwortlichen von mir wollten, war Stillschweigen, und so lebte ich jahrelang in einer Umgebung, die aus einem früheren Jahrhundert hätte sein können – kein Fon, kein Fernsehen, keine elektronische Verbindung zur Außenwelt. Doch nach zehn Jahren hatte ich sie mit geschickt gespielter Geduld eingelullt. Man gestattete mir einen Wandbildschirm, da ein einseitiger, extrem langsamer Medienanschluss kaum große Scherereien machen konnte, wenn man dem Benutzer jede Eingabemöglichkeit verweigerte.

Darauf hatte ich natürlich seit Jahren gewartet. Mir war so langweilig, und zu der Zeit war ich auch noch so wütend über das, was mir angetan worden war, dass die Sehnsucht nach Freiheit mich genauso beherrschte wie einen angeketteten Galeerensklaven. Die einzigen Betätigungsmöglichkeiten, die ich hatte, waren geistiger Art – ihr seht ja an meinen Beinen, meinen verkümmerten Armen die Wirkung von Keeners Brandgeschossen –, aber ich war Pilot, verdammt noch mal! In wenigen Minuten hatte ich alles verloren, mein Schiff, meine Gesundheit, meine Freiheit, doch diesen Trieb, diesen Drang hatte ich weiter in mir. Wenn man mir den Luftraum nahm, konnte ich immer noch durch den Informationsraum fliegen, wie meine PEREGRINE-Kameraden und ich es entdeckt hatten. Es war vielleicht ein bisschen was anderes, als durch die Straßen zu spazieren wie ein normaler Mensch, aber es stellte doch in einem sehr realen Sinne eine Flucht dar.

Es stimmte, dass ich keinerlei Geräte für den Zugang ins Netz hatte. Keine sichtbaren jedenfalls. Doch meine Aufpasser machten sich keinen Begriff von meinen Fähigkeiten … und vor allem von der Unbändigkeit meines Fluchtwunsches. Es war kein größeres Problem, den Männern, die den Wandbildschirm installierten, ein Stück Faserkabel zu stehlen. Als sie fort waren, konnte ich fast genauso problemlos eine kleine, wenn auch ziemlich blutige Operation mit einem Vergrößerungsglas, einem Buttermesser, das ich rasiermesserscharf geschliffen hatte, und diversen anderen Geräten vornehmen, darunter ein altmodischer Lötkolben. Für alle außer mir wäre es ein grässlicher Anblick gewesen, wie ich die Drähte direkt in einen langen Einschnitt in meinem Arm schob, doch ich schloss mich wieder an die alte Eingabesteuerung aus PEREGRINE-Tagen an und benutzte einige meiner implantierten Systeme dazu, per Maschinensprache den Downlink des Wandbildschirms umzukehren.

Ich werde euch nicht mit allen Einzelheiten langweilen. Meine

Wächter auf dem Stützpunkt merkten irgendwann, was ich da trieb – ich war so begeistert von meiner neugewonnenen Freiheit, dass ich es an der nötigen Vorsicht mangeln ließ. Sie kamen mit vier MPs, um mich zur Raison zu bringen, mich mit meinen knapp fünfzig Kilo! Sie rissen den Wandbildschirm heraus. Ärzte nähten mich wieder zu. Seht, hier ist die Narbe. Sie versahen meine Datei mit einem dicken, blinkenden Marker, der besagte, ich dürfe nie wieder etwas in die Hand bekommen, das mir irgendeine Verbindung nach außen ermöglichte, und jahrzehntelang musste ich in unregelmäßigen Abständen Kontrolluntersuchungen über mich ergehen lassen.

Was sie aber nicht wussten, war, dass es bereits zu spät war. In den ersten Stunden meiner heiß ersehnten Freiheit lud ich Unmengen von Spezialgear auf meine inneren Systeme herunter, darunter auch eine sehr praktische kleine Schwarzmarktnummer, über die ich Fernverbindungen zu nahen Netzwerken herstellen konnte, indem ich meine metallisierten Knochen als Antenne benutzte. Lange bevor die Telematikbuchse ein schickes Accessoire der flotten Neureichen wurde, hatte ich meine eigene unsichtbar in mir verborgen.

Seit damals habe ich kontinuierliche Upgrades an mir vorgenommen, ganz ohne Wissen meiner Bewacher. Nicht alles ließ sich allein durch Software machen, aber für einen Mann, der sich überall hinbegeben und mit aller Welt in Kontakt treten kann, gibt es nicht viele Hindernisse. In einem Anfall von unbedachter Ehrlichkeit hatte das Militär meine Pension für etwaige Erben auf die Seite gelegt. Ich ließ das Geld mit einem kleinen Zahlentrick verschwinden, dann transferierte ich es in andere Bereiche und fing an, es zu vermehren – legal, immer völlig legal. Ich weiß nicht, warum mir das wichtig ist, aber es ist so. Ich habe noch nie etwas gestohlen. Na ja, außer Informationen. Ich bin bei weitem nicht der reichste Mann der Welt, aber ich habe mittlerweile ein erkleckliches Sümmchen beisammen, und lange habe ich es ausschließlich für Upgrades verwendet. Für meine Selbstoptimierung!« Sellars lachte plötzlich laut und mit echter Heiterkeit auf. »Ich bin ein optimales Spitzenprodukt! Erinnerst du dich noch an meine Fernschachkontakte per Post, Major Sorensen?«

Der Angesprochene verengte die Augen. »Wir haben sie überprüft bis zum Gehtnichtmehr. Keine Codes. Keine Geheimschrift. Nichts.«

»Oh, es war ein völlig reguläres Spiel, darauf haben wir geachtet. Aber man kann eine ziemliche Menge teurer Schwarzmarkt-Nanoautomatik in dem Punkt nach dem Wort ›Schach‹ unterbringen. Auf die Art konnte einer meiner Kontakte mir die letzten paar Sachen schicken, die ich noch brauchte, um mein System aufzurüsten und ohne ständige Wasserzufuhr zu überleben. Ich riss einen kleinen Papierschnipsel ab und aß ihn auf, und die winzigen Automaten machten sich an die Arbeit. Ohne diese Optimierung hätte ich es in dem Tunnel unter dem Stützpunkt keinen Tag ausgehalten.«

»Du raffinierter Hund«, sagte Sorensen bewundernd. »Wir haben uns nach deinem Ausbruch den Kopf darüber zerbrochen, was du wohl anstellen würdest. Wir hatten sämtliche Apotheken und Drogerien in drei Staaten alarmiert.«

»Aber warum?«, fragte Ramsey. »Warum hast du mit deinem Ausbruch so lange gewartet? Schließlich warst du bestimmt dreißig Jahre dort inhaftiert, nicht wahr?«

Sellars nickte. »Das hat einen sehr einfachen Grund. Nachdem ich mir unbeschränkten Zugang zum Netz verschafft und sämtliche Dateien über die Sache gelesen, sämtliche Akten durchforstet hatte, flaute mein Zorn ab. An mir war ein schreckliches Unrecht verübt worden – aber was bedeutete das letztlich schon? Jetzt verfügte ich über eine gewisse Freiheit, und was wollte ich mehr? Schau mich an, Herr Ramsey. Es war klar, dass ich niemals ein normales Leben würde führen können. Ich hegte weiterhin einen tiefen Groll, aber ich fing auch an, mich in meiner endlosen freien Zeit mit andern Dingen zu beschäftigen. Mit der Erforschung der rasch anwachsenden weltweiten Datensphäre – dem Netz. Mit diversen Zerstreuungen. Mit Experimenten.

Und im Zuge eines solchen Experiments geschah es, dass ich erstmals auf die Spur der Gralsbruderschaft stieß …«

»Halt mal kurz«, unterbrach Ramsey. »Was für Experimente?«

Einen Moment lang zögerte Sellars, dann schien sich sein wächsernes Gesicht zu verschließen. »Ich möchte nicht darüber sprechen. Soll ich weitererzählen, oder reicht es für einen Tag?«

»Nein, bitte fahr fort. Ich wollte dir nicht zu nahe treten.« Doch Catur Ramseys Radar gab weiterhin Zeichen. Es war fast, als ob der alte Mann noch einmal gefragt werden wollte, aber Ramsey hatte keinerlei Erfahrung damit, die unnatürlichen Gesichtszüge zu deuten. *Irgendwas steckt dahinter,* dachte er. *Irgendwas Wichtiges, wenigstens für Sellars. Ist es auch für uns wichtig?* Er wusste nicht, was er davon halten sollte. Er nahm sich vor, es sich für später zu merken. »Bitte, sprich weiter.«

»Ich habe bereits viel davon berichtet, was ich damals entdeckte. Das Treiben der Bruderschaft, die Waffen, über die sie verfügt, das alles ist schlimm genug. Aber seit Kurzem, in den letzten achtundvierzig Stunden erst, spielt alles vollkommen verrückt. Ich mühe mich vergeblich ab, Klarheit zu gewinnen, und mein ganzer Garten ist ein einziges Chaos.«

»Garten?«, warf Kaylene Sorensen dazwischen, bevor jemand anders Gelegenheit dazu hatte. »Was für ein Garten?«

»Ich bitte um Verzeihung. Das ist die Art, wie ich meine Informationen ordne, eine Metapher gewissermaßen, aber für mich gleichzeitig sehr real. Wenn ihr mögt, zeige ich ihn euch eines Tages einmal. Er war früher … wirklich sehr schön.« Er ließ kurz den Kopf hängen. »Jetzt ist er verwüstet. Alle Ordnung ist dahin. Etwas Einschneidendes ist mit dem Otherlandnetzwerk geschehen, und mit der Bruderschaft auch. Die Nachrichtennetze berichten, dass mehrere Leute, die meines Erachtens zu ihrer Führungsriege zählen, in den letzten paar Tagen gestorben sind und es in ihren Imperien plötzlich drunter und drüber geht. Kann so etwas einkalkuliert sein, wenn man dabei ist, Unsterblichkeit zu erlangen, sich für alle Zeit in das virtuelle Universum zu überführen, wie sie es aller Wahrscheinlichkeit nach planten? Wenn ja, dann finde ich es merkwürdig, dass sie solche Trümmerhaufen hinterlassen, denn eigentlich wäre es doch nötig, dass sie weiterhin über eine erhebliche Wirtschaftskraft verfügen, um dieses riesige, sündhaft teure Netzwerk aufrechtzuerhalten.«

»Aber das vermutest du nur«, sagte Michael Sorensen. »Wie so vieles.«

»Wie fast *alles«,* erwiderte Sellars mit einem gequälten Lächeln, mit dem er sich einen großen Vertrauensvorschuss bei Catur Ramsey erwarb. »Aber die Wahrscheinlichkeit ist zu hoch, als dass wir die Hände in den Schoß legen dürften, und ist es von Anfang an gewesen, seitdem ich diesem scheußlichen Plan auf die Spur gekommen bin. Mit Schaudern versuche ich, Vermutungen über etwas anzustellen, das sich hinter einem dicken schwarzen Vorhang abspielt. Aber was es auch sein mag, ich bin mir ganz sicher, dass es schlimm ist und immer schlimmer wird – das ist leider Gottes die Vermutung, an der ich kaum einen Zweifel habe. Meint ihr, ich hätte ein Kind wie eure Tochter in die Sache hineingezogen, wenn ich auch nur eine Sekunde lang an einen Irrtum glauben würde? Nachdem mein eigenes Leben ruiniert wurde, weil die Menschen, denen ich vertraute, nicht klarer sahen und besser planten? Major Sorensen, Frau Sorensen, es ist unverzeihlich, dass ich eure Tochter derart in Gefahr gebracht habe, und deshalb habe ich auch nicht um Verzeihung gebeten. Aber ich kann euch versichern, dass es nur deshalb geschah, weil so entsetzlich viel auf dem Spiel steht ...« Er stockte und schüttelte seinen haarlosen Schädel. »Nein, das macht es nicht besser. Sie ist schließlich euer Kind.«

»Und wir werden nicht zulassen, dass ihr etwas passiert«, erklärte Christabels Mutter energisch. »Das ist das einzige Risiko, dem ich unter keinen Umständen zustimmen werde.« Sie warf ihrem Mann einen nicht besonders freundlichen Blick zu. »Nie mehr.«

»Ich denke, im Wesentlichen ist uns die Situation klar.« Ein Teil von Ramsey konnte es nicht fassen, dass er immer noch dort saß, und noch weniger, dass er offenbar im Begriff war, eine zentrale Rolle bei einer Sache zu übernehmen, die nach jedem vernünftigen Maßstab als kollektive Wahnvorstellung zu betrachten war. »Die Frage ist ... was können wir tun?«

»Vorher möchte ich euch noch über die dürftigen und wahrscheinlich aussichtslosen Maßnahmen unterrichten, die ich ergriffen habe«, sagte Sellars. »Meine kleine Gruppe von Pionieren. Ich habe immer noch Hoffnung für sie, und solange ich nichts Anderes höre, gehe ich davon aus, dass sie weiterhin am Leben sind und tun, was sie können.«

»Ach du Schreck!«, sagte Ramsey plötzlich. »Sam Fredericks. Orlando Gardiner. Du steckst dahinter ... Klar, beinahe hätte ich vergessen, dass du bei unserm ersten Gespräch geäußert hast, du wüsstest etwas über sie. Sollte das heißen, dass du sie in dieses Netzwerk geschickt hast?«

Sellars wiegte das Haupt. »In gewisser Weise. Doch, sie gehören zu einer kleinen Gruppe von Leuten, die ich zusammengeführt habe. Ich hoffe, es gibt sie noch.«

»Dann weißt du es also nicht.« Ramsey zögerte. »Orlando Gardiner ist vor zwei Tagen gestorben.«

Sellars reagierte nicht gleich. »Nein, das ... das wusste ich nicht«, sagte er schließlich, und seine Stimme war leise wie ein Taubengurren. »Ich habe…« Wieder schwieg er, diesmal sehr lange. »Ich hatte befürchtet … es könnte zu viel für ihn werden. So ein tapferer Junge …« Der alte Mann presste die Augen zu. »Entschuldigt mich, ich muss einmal auf die Toilette gehen.«

Der Rollstuhl wendete und glitt lautlos über den Teppich. Als die Toilettentür sich hinter ihm schloss, blickten Ramsey und die Sorensens sich mit großen Augen an.

> Christabel hatte einen schlimmen Traum. Sie lief vor schwarzgekleideten Männern weg, die sie eine lange Treppe hinunter verfolgten. Sie schleiften einen langen Feuerwehrschlauch hinter sich her wie eine Schlange, und sie wusste, dass sie sie fangen und die Metallmündung auf sie richten und sie mit dem lila Rauch darin ersticken wollten. Sie wollte nach ihren Eltern schreien, aber sie bekam keine Luft, und wenn sie sich umschaute, waren die bleichen Männer ihr jedes Mal näher gekommen, immer näher …

Mit Kissen und Decken ringend wachte sie auf und hätte beinahe laut geschrien. Sie wühlte sich frei und sah sich um. Das fremde Zimmer machte ihr Angst, die unbekannten Bilder an der Wand, die schweren Vorhänge, die nur ein winziges bisschen Licht hereinließen, einen gelben Strahl, in dem Staubkörnchen tanzten. Sie machte den Mund auf, um ihre Mutter zu rufen, da schob sich das Gesicht über den Bettrand.

Es war schlimmer als ihr schlimmer Traum, und sie sank mit einem Gefühl zurück, als hätte eine kalte Hand sie im Innern gepackt, und genau wie im Traum konnte sie keinen Laut von sich geben.

»Mann eh, Tussi«, sagte das Gesicht, »wase los mit dir? Kann doch keiner bei schlafen.«

Sie machte ganz hastige, kurze Atemzüge – wahrscheinlich pumpten ihre Seiten so rasch wie bei einem Kaninchen –, dann aber erkannte sie das Gesicht, die Zahnlücke, die strubeligen schwarzen Haare. Die schlimmste Angst ließ ein wenig nach.

»Mit mir ist gar nichts los«, versetzte sie trotzig, aber es klang nicht sehr überzeugend.

Der Junge lächelte grimmig. »Wenn ich so'n Mordsbett 'ätt wie das, claro, *ich* 'ätt keine pesadilla nich, dass ich rumheul und so.«

Anscheinend redete er vom Essen. Sie verstand ihn nicht. Sie wollte ihn nicht verstehen. Sie stand auf, eilte zur Tür ins Nebenzimmer und machte sie auf. Ihre Mami und ihr Papi und dieser neue Erwachsene, Herr Ramsey, unterhielten sich mit Herrn Sellars. Alle sahen müde aus und noch irgendwie anders, so wie das eine Mal, als ihre Eltern und Ophelia Weiners Eltern gemeint hatten, es würde einen Krieg um Ann Artica geben, was Christabel einen doofen Namen für ein Land gefunden hatte und sicher nicht wert, dass man deswegen einen Krieg führte, aber alle Erwachsenen hatten beim Abendessen so bedröppelte Gesichter gemacht.

Herr Sellars sagte gerade: »... ein südafrikanisches Militärprogramm, bei dem sogar ein paar der ursprünglichen PEREGRINE-Konstrukteure beschäftigt waren. Es ging um die Fernsteuerung von Flügen, bei denen die Piloten in virtuellen Kommandokapseln saßen, aber dem Projekt wurde schon vor Jahren der Geldhahn zugedreht. Ich bin auf der Spur der PEREGRINE-Akten darauf gestoßen, und es kam sehr gelegen. Ich habe sie diskret dorthin manövriert, auch weil der Stützpunkt geheim war und ihnen Sicherheit bot, aber irgendwie hat der Gral sie ausfindig gemacht, und jetzt werden sie belagert.« Da bemerkte er, dass sie in der Tür stand, und lächelte ihr freundlich zu. »Ah, Christabel, schön, dich zu sehen. Hast du gut geschlafen?«

»Liebes, geht es dir gut?«, fragte ihre Mami und stand auf. »Wir unterhalten uns hier gerade. Magst du nicht schauen, ob etwas im Netz für dich kommt?«

Der Anblick, wie ihre Eltern und Herr Sellars so groß und gewichtig über Erwachsenensachen redeten, hier in diesem fremden Motel, weit weg von zuhause, machte ihr plötzlich einen Druck in der Brust, so dass sie am liebsten geweint hätte. Sie wollte aber nicht weinen, und darum sagte sie stattdessen: »Ich hab Hunger.«

»Du hast noch dein Brot von vorher, du hast nur einmal abgebissen. Hier hast du noch ein Glas Saft ...« Dann ging ihre Mutter mit ihr in das Zimmer, wo sie aufgewacht war, und ein Weilchen war es wieder besser. Nachdem sie einen Pappteller mit dem Brot und ein paar Rosinen vor Christabel hingestellt hatte, holte Mami eine Tüte Kekse aus ihrer Handtasche und gab Christabel zwei und zwei dem Jungen, der schnell danach grapschte, als ob ihre Mami es sich anders überlegen und sie ihm wieder wegnehmen könnte.

»Wir Erwachsenen müssen uns noch eine Zeit lang unterhalten«, sagte sie. »Ich möchte, dass ihr Kinder hier drinbleibt und Netz guckt, okay?«

Der Junge sah sie einfach an wie eine Katze, aber Christabel folgte ihr an die Tür. »Ich will heim, Mami.«

»Wir fahren bald heim, Herzchen.« Als sie die Tür aufmachte, war die Stimme von Christabels Papi zu hören.

»Das leuchtet mir nicht ein«, sagte er gerade. »Wenn das Netzwerk Kindern schadet und dieses Tandagoreding bei ihnen auslöst, wieso soll dann der Junge in der Lage sein, on- und offline zu gehen, ohne dass ... ihm was passiert?«

»Zum Teil deswegen, weil ich mit dem Sicherheitssystem auf meine besondere Art umgehe, um das zu ermöglichen«, antwortete Herr Sellars. »Aber es kommt noch ein Faktor dazu. Das System scheint beinahe eine ... eine Affinität zu haben, ja, das ist das richtige Wort. Eine Affinität zu Kindern.«

Ihre Mami, die zugehört hatte, merkte plötzlich, dass Christabel immer noch neben ihr in der Tür stand. Ein Erschreckeblick huschte über ihr Gesicht, der Du-lieber-Gott-Blick, den Christabel schon eine ganze Weile nicht mehr gesehen hatte, das letzte Mal, als sie sorgfältig die scharfen Scherben eines zerbrochenen Weinglases vom Küchenboden aufgehoben und in beiden Händen zu ihren Eltern gebracht hatte.

»Geh schon, Schätzchen«, sagte ihre Mutter und schubste sie beinahe zurück in das Zimmer mit dem grässlichen Jungen. »Ich komme in einer Weile nach euch schauen. Iss dein Brot. Guck Netz.« Sie machte die Tür hinter sich zu. Christabel war schon wieder zum Weinen zumute. Meistens mochte es ihre Mutter nicht, wenn sie Netz guckte, nur wenn etwas kam, das Mami und Papi ausgesucht hatten, weil es pettagorisch wertvoll war.

»Ich esses, wenn du's nich wills, Tussi«, sagte der Junge hinter ihr. Sie drehte sich um und sah, dass er das Brot schon in der Hand hatte.

Nach den vielen Bädern, zu denen ihre Mami ihn gezwungen hatte, waren sogar seine Fingernägel sauber, aber auch wenn er noch so oft in die Wanne stieg, sie wusste genau, dass er immer noch voll von unsichtbaren Keimen war. Schon bei dem Gedanken, ihr Brot jetzt noch zu essen, schauderte ihr.

»Kannst es haben«, erwiderte sie, ging langsam zu ihrem Bett und setzte sich auf die Kante. Der Wandbildschirm war nicht sehr groß, und das Einzige, was auf dem Kinderkanal lief, war ein blödes chinesisches Spiel, wo die Leute so rumliefen und den Mund ganz verkehrt bewegten, so dass es gar nicht zu ihrem Reden passte. Sie starrte darauf und fühlte sich leer und einsam und traurig.

Der kleine Junge aß ihr Brot auf und dann, ohne zu fragen, auch ihre Rosinen und Kekse. Christabel war nicht einmal böse deswegen – es war komisch, jemand so essen zu sehen, so als ob er noch nie im Leben was gegessen hätte und nicht wüsste, ob er je wieder was bekommen würde. Sie fragte sich, warum er so einen Hunger hatte. Sie wusste, dass Herr Sellars unten in seinem Tunnel jede Menge abgepackte Mahlzeiten gehabt hatte, und er war ein netter Mann. Er hätte dem Jungen nicht verboten, davon zu essen. Es war nicht zu begreifen.

»Wase gaff so, mu'chita?«, fragte er, einen ganzen Keks im Mund.

»Nichts.« Sie wandte sich wieder dem Wandbildschirm zu. Die Chinesen stellten sich gerade zu einem großen Turm auf, um an etwas heranzukommen, das hoch in der Luft hing. Der Turm stürzte zusammen, und einige der Leute mussten zum lauten Jubel des Publikums weggetragen werden. Christabel wünschte, ihre Eltern würden kommen und ihr sagen, dass es so weit war, nach Hause zu fahren. Es gefiel ihr nicht mehr, wie alles war. Sie warf dem Jungen einen verstohlenen Blick zu. Er leckte die Krümel von dem Pappteller ab. Das war echt widerlich, aber in ihr kam noch ein anderes Gefühl auf.

»Wenn wir daheim sind«, sagte sie plötzlich, »vielleicht ... vielleicht gibt dir meine Mama dann was zu essen. Das du mitnehmen kannst, gelt?«

Er sah sie an und schüttelte den Kopf, als ob sie etwas Dummes gesagt hätte.

»Is nix mit 'eimgehn, chica. Sind wir auf Flucht. Is vorbei mit Mamapapahaus für dich, für immer, m'entiendes?«

Sie wusste, dass er log, wusste genau, dass er das bloß sagte, um ihr Angst einzujagen, aber trotzdem musste sie weinen. Und noch schlimmer wurde es, als ihre Mami hereinkam und fragte, was los sei, und als Christabel es ihr erzählte, da sagte Mami nicht, dass es eine Lüge war, sagte nicht, dass sie jetzt auf der Stelle heimfahren würden, kein Grund zum Weinen, schimpfte nicht mit dem grässlichen Jungen. Sie sagte gar nichts, setzte sich einfach zu Christabel aufs Bett und drückte sie. Eigentlich hätte es davon besser werden müssen, aber es wurde nicht besser, kein klitzekleines bisschen.

Kapitel 8
LAUSCHEN AUF DAS NICHTS

NETFEED/MODERNES LEBEN:
Virtuelles Totengedenken - und die Toten sind dabei
(Bild: Familie und Verstorbener lachend beim Leichenschmaus)
Off-Stimme: Das Bestattungsinstitut Funebripro aus Neapel hat die neueste Entwicklung in der Trauertechnologie bekannt gegeben - ein virtuelles Totengedenken, bei dem sich die Hinterbliebenen mit ihren verstorbenen Lieben unterhalten können. Dem Institut zufolge kann man eine Reihe von sogenannten "Lebendkopien" anfertigen und diese dann zu einer überzeugend echten Simulation der entschlafenen Person, wie sie im Leben war, synthetisieren.
(Bild: Geschäftsgründer Tintorino di Pozzuoli)
Di Pozzuoli: "Eh, das ist eine tolle Sache. Wenn einem liebe Menschen wegsterben, so wie uns mein guter Opa, dann kann man sie trotzdem zu einem guten Teil bei sich behalten. Man kann sie besuchen, auch wenn sie verschieden sind, geistige Gemeinschaft pflegen, könnte man sagen. Es ist, wie wenn man ein Fernrohr in den Himmel hat, nicht wahr?"

> Auf dem Berg fast gestorben zu sein, war eigentlich schlimm genug gewesen. Doch jetzt wurde Sam Fredericks, nachdem sie todmüde eingeschlafen war, obendrein von den bizarrsten und heftigsten Schreckensbildern ihres Lebens geplagt.

Der überhaupt nicht enden wollende Albtraum überflutete sie so real mit Grauen und Einsamkeit und Verwirrung, dass irgendwann selbst diese Seelenfolter auf paradoxe Weise so langweilig wurde wie eine hundert Jahre dauernde Fahrt hinten im Auto ihrer Eltern. Die einzige Abwechslung von der niederschmetternden Monotonie der Angst waren die kleinen Phantome, flink und wachsam wie Vögel, die sich schließlich vor ihr aus der langen Dunkelheit herausschälten, als ob sie eine qualvolle, sinnlose Prüfung bestanden hätte und jetzt dafür belohnt werden sollte. Sie konnte sie nicht sehen, aber sie fühlte sie überall, jedes so zart und unstofflich wie ein ätherischer Hauch. Sie hätten beinahe Elfen sein können, bildschöne Zauberwesen, wie einem der Netzmärchen ihrer Kindheit entsprungen. Geister vielleicht. Was sie auch sein mochten, sie gaben ihr endlich ein Gefühl der Erleichterung und des Friedens. Sie hätte sie gern genommen und an sich gezogen, aber sie waren alle empfindlich wie Schmetterlingsflügel, wie eine zitternde Pusteblume: Ein fester Griff hätte sie zerstört.

Als sie irgendwann doch aus diesem endlos scheinenden Traum auftauchte, war Sam Fredericks' erster bewusster Gedanke – wie bei jedem Erwachen seit jenem Tag –, dass Orlando tot war. Er war nicht mehr nur vom Tod gezeichnet (ein alltäglicher Schatten, vor dem sie die Augen zu verschließen gelernt hatte), er war tot. Fort. Er kam nicht wieder, nie mehr. Keine neuen Geschichten, keine neuen Erinnerungen. Kein Orlando mehr.

Diesmal aber währte die tiefe Traurigkeit nur, bis sie die Augen aufschlug und das silberdurchwobene Nichts erblickte, das sie umgab. Die Überraschung verwandelte sich in Entsetzen, als !Xabbu ihr beherrscht, doch mit erschütterter Miene erzählte, dass Renie verschwunden war.

»Aber was ist passiert? Das scännt so mega mega *mega*mäßig.« Wenigstens eine Stunde schien vergangen zu sein, und nichts hatte sich verändert. Sam hatte nicht zu denen gehört, die in der wetterlosen, statischen Welt gewesen waren, der Renie den Namen »Flickenland« gegeben hatte; für sie war das Erstaunlichste an diesem umhüllenden silbergrauen Dunst die schlichte Tatsache seiner offenbar unbegrenzten und unveränderlichen Beständigkeit. »Ist Renie noch weiter oben auf dem Berg? Und wo ist der Berg überhaupt?«

»Ich weiß darauf keine Antwort, Fredericks«, sagte !Xabbu.

»Sam. Sag Sam zu mir, bitte!« Sie hatte keine Kraft mehr zu planen, zu handeln. Orlando war gestorben. In der ganzen Zeit ihrer Gefangenschaft im Netzwerk hatte Sam Fredericks sich nicht gestattet, ernsthaft an die Möglichkeit zu denken, dass eine solche Zeit kommen könnte, eine Zeit, in der sie ohne ihn würde weiterziehen müssen. Wie hätte so etwas sein können? Und doch war es Wirklichkeit geworden. Die Welt ringsherum war genauso absonderlich und unbegreiflich wie zu der Zeit, als Orlando noch am Leben gewesen war, jetzt aber gab es keinen Orlando mehr, der sie antrieb, sie anmuffte, ihr dumme Witze erzählte, weil er wusste, wenn man sie zum Weitermachen bewegen wollte, war es genauso gut, sie mit dummen Witzen zu ärgern wie sie mit guten zu amüsieren, und jedenfalls viel einfacher für den Witzeerzähler.

Sam fühlte einen inneren Knoten, ein schmerzhaftes Anschwellen des Herzens. Sie würde ihm nie wieder ihre banalen Feststellungen sagen können, deren vollendete Dämlichkeit ihn schier zum Wahnsinn getrieben hatte, weil er nie wusste, ob sie es ernst meinte oder nicht. Das Druckgefühl in ihr war wie etwas, das geboren werden musste, aber nicht herauskommen wollte. Es war bestürzend, entdecken zu müssen, wie sehr man jemanden vermissen konnte, dessen wirkliches Gesicht man niemals gesehen hatte.

Was würde er jetzt sagen? überlegte sie. Jetzt, wo alles weg war, Renie verschwunden, sie selbst buchstäblich im Nichts versackt?

»Bis zum Hals im Fen-fen, und Tendenz steigend«, das hatte er einmal in Mittland zu ihr gesagt, als sie sich die Taschen mit Schätzen vollgestopft hatten und beim Umdrehen eine zwanzig Meter lange Schlange vor sich sahen, die gerade zum einzigen Ausgang der unterirdischen Höhle hereinkroch.

Genauso sieht's jetzt mit mir aus, Gardino, dachte sie. *Diesmal in echt. Und Tendenz steigend ...*

!Xabbu sah, dass ihr Tränen über die Backen kullerten, und er hockte sich neben sie und nahm sie fest in seine schlanken, starken Arme. Als sie sich vor Weinen kaum mehr halten konnte, tauchte eine hochgewachsene Gestalt aus dem Nebel auf.

»Ich wusste, dass sie die Brauchbarste von euch war«, sagte Jongleur verächtlich, »aber ich hätte nicht gedacht, dass ihr zwei in ihrer Abwesenheit so schnell schlappmachen würdet. Habt ihr denn überhaupt kein Rückgrat? Wir müssen weiter.«

Der steinern blickende Mann war Sam ein solcher Greuel, dass sie ihn nicht einmal anschauen konnte, aber !Xabbu neben ihr straffte sich. »Es ist Unsinn, loszugehen, wenn man keine Ahnung hat, wo man hingeht«, sagte der kleine Mann. »Hast du mit deiner Suche mehr Erfolg gehabt als ich?«

Jongleur atmete zischend aus, als ob er ein kleines Leck bekommen hätte. »Nein. Es gibt nichts. Wenn ich nicht sorgfältig auf meine Schritte geachtet hätte und auf demselben Weg zurückgekommen wäre, hättet ihr mich vielleicht nie wiedergesehen.«

»Das wäre wirklich ein Jammer gewesen«, rutschte es Sam heraus.

Jongleur ignorierte sie. »Genau das ist zweifellos eurer Gefährtin passiert. Sie muss nach dem Wechsel hierher an diesen rätselhaften Ort einen Erkundungsgang gemacht haben und findet jetzt nicht mehr zurück.«

»So etwas würde Renie nie tun«, erklärte !Xabbu bestimmt. »Dafür ist sie zu klug.«

Jongleur machte eine wegwerfende Handbewegung. »Sei's drum, sie ist weg, der Grund spielt keine Rolle. Und Klement auch.« Sein Lächeln war eisig. »Ich nehme an, wir können davon ausgehen, dass sie nicht zusammen durchgebrannt sind.«

!Xabbu stellte sich hin. Er war einen ganzen Kopf kleiner als Jongleur, aber etwas an seiner Haltung veranlasste den größeren Mann zurückzutreten. »Wenn du nichts Sinnvolles zu sagen hast, hörst du auf, von ihr zu reden. Sofort!«

Verärgert, aber von der Entschiedenheit des anderen überrumpelt blickte Jongleur auf ihn herab. »Nimm dich zusammen, Mann. Es war bloß eine Bemerkung …«

»Keine Bemerkungen mehr!« !Xabbu fixierte Jongleur, und während sie die beiden beobachtete, wurde es Sam auf einmal unangenehm bewusst, dass sie ohne !Xabbu mit diesem uralten Ungeheuer allein wäre. Jongleur hielt den Blick. Schließlich berührte !Xabbu sie sanft am Arm. »Er hat allerdings in einer Hinsicht recht, Sam. Wir können zwar noch ein Weilchen auf Renie warten, doch selbst wenn sie in der Nähe ist, kann es gut sein, dass wir sie nicht finden. Stimmen tragen hier nicht sehr weit. Sie könnte hundert Meter entfernt an uns vorbeigehen, und wir würden es nicht merken. Irgendwann müssen wir aufbrechen und hoffen, dass wir unterwegs auf sie stoßen.«

»Wir können nicht … einfach ohne sie gehen!«

Einen Moment lang geriet !Xabbus Fassung ins Wanken, und Sam erkannte die inneren Qualen, die er litt. »Wenn … ihr etwas zugestoßen ist …« Er stockte und äugte zu Jongleur hinüber, vor dem er seine Gefühle auf keinen Fall preisgeben wollte. »Wenn wir sie nicht finden, sind wir es ihr schuldig, weiterzugehen. Vergiss nicht, es war die Liebe zu ihrem Bruder, die sie hierhergeführt hat. Sie würde wollen, dass wir ihm zu helfen versuchen, auch ohne sie.«

Er sprach mit seiner normalen Ruhe, aber in den Worten schwang eine solche Trostlosigkeit, dass Sam zumute war, als ob ihr eigener Fluss des Leids auf einen anderen, mindestens genauso großen getroffen wäre – und wenn sie beide nicht sehr aufpassten, konnten ihre vereinigten Wasser über die Ufer treten und alles überschwemmen.

Wegen der schlechten Sicht musste sie sich ziemlich dicht bei Jongleur halten, während !Xabbu seine Arbeit machte, und sie konnte nur mit größter Anstrengung ihren Abscheu vor dem Mann bezähmen. Sein hochmütiges Gesicht schien aus Stein zu sein, eine Granitskulptur, wie Sams Vater in seinen krampfigsten und wütendsten Momenten, aber ohne den ausgleichenden Humor, den sie stets aus ihm herauskitzeln konnte. Sie musste sich unwillkürlich fragen, wie jemand mit Jongleurs Reichtum und Macht sich in eine *Bestie* verwandeln und sich mit seiner Grausamkeit so viele Leben unterwerfen konnte … Wofür? Bloß um länger am Leben zu sein? Um noch jahrhundertelang diese kalte, freudlose Macht genießen zu können? Sie hatte ohnehin Schwierigkeiten zu verstehen, wieso alte Leute weiterleben wollten, auch wenn sie längst über den Punkt hinaus waren, wo sie noch irgendetwas machen konnten, wodurch das Leben für Sams Begriffe erst lebenswert wurde. Jemand wie Jongleur, der sich bereits durch das dritte Menschenalter schleppte, überstieg ihr Fassungsvermögen vollkommen.

Orlando hatte auch Angst vor dem Sterben gehabt, eine Riesenangst sogar, erkannte sie jetzt, und mit den ganzen Todessimulationen hatte er sich bloß unempfindlich für das Schicksal machen wollen, das so ungerecht früh auf ihn zukam. Doch selbst wenn er die Chance gehabt hätte, dem frühen Tod zu entkommen, hätte er dann, so wie dieser Mann hier, das Leben Unschuldiger geopfert, um sein eigenes zu erhalten? Das konnte sie nicht glauben. Sie glaubte es nicht. Nicht ihr Orlando, der genauso stark an die Aufgabe des Ringträgers geglaubt hatte, wie diese Leute im Kreis an Gott glaubten. Nicht Orlando Gardiner, der ihr erklärt hatte, dass es am meisten darauf ankam, ein wahrer Held zu sein, auch wenn nie jemand davon erfuhr. Er hatte wirklich geglaubt, dass es keine Rolle spielte, was sonst noch geschah oder was die Leute über einen dachten – wichtig war allein, dass man selbst wusste, wer man war.

Selbst ihr Vater hatte einmal, als sie sich mit ihrer Mutter wegen ihres Namens herumstritt, zu ihr gesagt: *»Wenn du Sam sein willst, sei Sam, verdammt, sei so sehr Sam, wie du Sam sein kannst!«* Seine finstere Miene hatte sich auf einmal in ein Lachen aufgelöst. *»Das sollte mal jemand in ein Kinderbuch schreiben!«*

Plötzlich wurde das Gefühl, ihren Vater und ihre schreckhafte, überfürsorgliche Mutter zu vermissen, so stark, dass es mindestens so wehtat wie der Schmerz über den Verlust Orlandos, und ein Schatten legte sich auf sie und drohte sie völlig zu erdrücken. Sam starrte den wenige Meter entfernt sitzenden Jongleur an und wusste nicht, ob es am Nebel lag oder an den Tränen in ihren Augen, dass er so undeutlich zu erkennen war, aber eines wusste sie: Was auch geschehen mochte, sie wollte niemals so sein wie er, hasserfüllt und versteinert und allein …

Eine Bewegung riss sie aus ihren Gedanken. !Xabbus kleine Gestalt erschien aus dem Grau. Behutsam, als täte ihm alles weh, setzte er sich neben sie.

»Und?«, bäffte Jongleur.

!Xabbu beachtete ihn gar nicht. Er nahm Sams Hand – sie hatte sich noch nicht ganz an seine häufigen freundschaftlichen Berührungen gewöhnt, fand sie aber eher wohltuend – und fragte, wie sie sich fühle.

»Besser, glaub ich.« Sie lächelte ein wenig und merkte, dass es von Herzen kam. »Hat's was gebracht?«

Er erwiderte ihr Lächeln matt. »Wie ich oft zu Renie sage, die Fähigkeiten, die ich besitze, kann man nicht einfach an- und abstellen. Aber ich denke, ich sehe etwas klarer, ja, ein bisschen vielleicht.«

Jongleur gab ein leises Schnauben von sich. »Jeder andere Mann meiner Generation fände es zum Schreien komisch, dass ich mein Leben zwei Afrikanern anvertraue und einer Kreolin, wenn ich bei diesem Mädchen richtig vermute – und eine Afrikanerin haben wir schon verloren.« Er verdrehte die Augen. »Aber ich bin noch nie engstirnig gewesen. Wenn dir irgendein Instinkt einen Weg zeigt, wie man hier wegkommt, dann, zum Donnerwetter, heraus damit!«

!Xabbu warf ihm einen scharfen Blick echter Abneigung zu, eine der heftigsten Reaktionen, die Sam bis dahin bei ihm erlebt hatte. »Es ist kein ›Instinkt‹, nicht in dem Sinne, wie du meinst. Alles, was ich an Orientierungsvermögen besitze, habe ich gelernt, als ich bei der Familie meines Vaters in die Schule ging. Ich habe dort noch andere Dinge gelernt, die dir anscheinend genauso fremd sind, Güte und klares Denken zum Beispiel.« Er kehrte Jongleur, der zwischen Empörung und säuerlicher Belustigung schwankte, den Rücken zu. »Es tut mir leid, dass ich dich mit diesem Mann allein gelassen habe, Sam, aber ich musste weit genug weggehen, dass ich euch beide nicht mehr sehen, ja nicht einmal mehr atmen hören konnte. Alles in diesem Netzwerk ist merkwürdiger als in der wirklichen Welt. Es war schon vorher schwierig, sich darin zurechtzufinden, aber in dieser Umgebung hier ist es noch schwieriger – bis vor Kurzem hätte ich behauptet, dass außer uns nicht das Geringste wahrzunehmen ist. Und vielleicht stimmt das ja sogar. Es könnte sein, dass ich mir wie ein Verhungernder, der Wild zu wittern hofft, etwas eingeredet habe, das gar nicht der Wahrheit entspricht.«

»Du denkst, du hast … etwas gewittert?«

»Nicht ganz, Sam. Lange saß ich einfach da und bemühte mich, wie gesagt, die Geräusche und Gerüche von dir und … und diesem Mann zu vergessen. Eine Zeit lang hatte ich die Hoffnung, Renie in der Ferne rufen zu hören.« Er schüttelte traurig den Kopf. »Schließlich aber ließ ich davon ab und … machte mich auf. Das ist nichts Mystisches«, beeilte er sich zu versichern, wobei er sich über die Schulter zu Jongleur umguckte. »Es ist eher die Fähigkeit, wahrhaft zu hören, zu riechen, zu sehen. Die Menschen in der Stadtwelt erfahren das selten, weil alles, was sie brauchen, prompt und unmittelbar zu ihnen kommt, wie aus der Pistole geschossen.« Sein Gesicht wurde ernst, während er nach den richtigen Worten suchte. »Nach einer Weile begann ich etwas zu fühlen. Vielleicht ist das ein wenig so, wie Martine Dinge wahrnimmt – es dauert etwas, bis man die Muster hier versteht –, aber wahrscheinlich lag es schlicht daran, dass ich schließlich die nötige Stille hatte und … wie soll ich sagen? Die Alleinheit? Jedenfalls konnte ich irgendwann hören.« Er drückte Sam wieder die Hand und stand auf. »In die

Richtung«, sagte er und deutete auf einen Abschnitt der schimmernden Leere, der sich durch nichts von den anderen unterschied. »Es kann sein, dass ich mich selbst betrüge, aber ich fühle, dass dort etwas ist, in dieser Richtung.«

»Etwas?« Jongleurs Stimme war beherrscht, aber Sam konnte die Gereiztheit durchhören. Mit einem Mal kam ihr die Erkenntnis, wie sehr es an einem Mann seines Schlages nagen musste, überhaupt von jemandem abhängig zu sein, erst recht von einem, der für seine Begriffe kaum mehr als ein primitiver Wilder war.

Wie alt ist er eigentlich wirklich? überlegte Sam, und es schauderte sie beinahe. *Zweihundert Jahre? Hatten sie damals, als er jung war, vielleicht noch Sklaven oder so?*

»Was ich spüre, ist ... etwas«, antwortete !Xabbu. »Es gibt kein anderes Wort dafür. Ich rede nicht so, um dich zu provozieren. Es könnte eine Verdichtung sein oder eine stärkere Bewegung oder eine weit entfernte Unruhe in einem Zustand, der hier geordneter erscheint, oder ... so etwas. Wie der Hauch einer vom Wind fast ganz verwehten Spur im Sand. Mag sein, dass es nur eine Illusion ist. Aber dorthin werde ich gehen, und ich denke, Sam wird mit mir kommen.«

»Aber voll.« Was wäre schon die Alternative? In alle Ewigkeit hier in diesem Nebel zu warten und darauf zu hoffen, dass irgendwoher Hilfe kam? Das hätten Orlando oder Renie niemals getan.

Jongleur musterte !Xabbu durchdringend. Diesmal brauchte Sam keine besondere Eingebung, um die Gedanken des Mannes zu lesen. Er versuchte, sich darüber klar zu werden, ob !Xabbu ihn vielleicht anlog oder ob er verrückt war oder ob er sich einfach irrte. Sam hätte mit einem Ekel wie Jongleur niemals Mitleid haben können, aber sie konnte sich beinahe vorstellen, wie es sein musste, immer alles und jeden zu verdächtigen. Es war eine hässliche, bedrückende Vorstellung.

»Na gut, geh voran.« Selbst nackt gebärdete sich Jongleur wie ein König, der einem Bauern eine Gunst gewährt. »Alles ist besser als das hier.«

> Beim dritten Mal hätte Renie fast nicht mehr zurückgefunden. Es war krank, den debilen Ricardo Klement als Orientierungspunkt zu nehmen, und noch kränker, regelrecht Freude und Erleichterung zu

empfinden, als sie den Umriss seiner sitzenden Gestalt aus dem Nichts auftauchen sah.

Und wenn er sich nun bewegt hat? fragte sie sich. *Ich habe ihn zwar wiedergefunden, aber es wäre dann nicht dieselbe Stelle, an die ich zurückkomme. Möglicherweise waren !Xabbu und Sam schon vorher hier, und jetzt suchen sie am alten Platz nach mir ...*

Bei alledem ging sie von der Voraussetzung aus, dass ihre beiden Freunde noch am Leben waren, dass sie nicht einfach vom Netzwerk beziehungsweise von diesem verrückten Teilbereich hier geschluckt oder gedrezzt worden waren. Aber bei dieser Möglichkeit mochte sie nicht lange verweilen.

Und noch viel länger herumirren mochte sie auch nicht. Es war sowieso egal – das ununterbrochene, eintönige Grau nahm kein Ende, der verschleierte Boden, flach wie eine Tischplatte, ging einfach immer weiter, überall herrschten Stille und Leere. Sie konnte sich aussuchen, ob sie irgendwo bleiben oder sich ständig weiterbewegen wollte.

Dass Klement sich freute, sie zu sehen, konnte man nicht gerade sagen – er hob bei ihrer Rückkehr leicht den Kopf –, aber ohne Frage registrierte er, dass sie da war: Seine Augen verfolgten sie, und er veränderte ganz geringfügig seine Position, als sie sich ein paar Meter entfernt hinsetzte, wie um zwischen ihnen Raum für ein Lagerfeuer zu lassen, falls es in dieser Welt ein Lagerfeuer oder überhaupt irgendetwas gegeben hätte.

Renie hätte einen Arm für ein Lagerfeuer gegeben. Sie hätte noch ein Glied und vielleicht ein paar Organe dazugetan, wenn !Xabbu und Sam mit ihr an diesem Feuer gesessen hätten.

Ich hätte nicht das Schicksal herausfordern sollen mit meinem ständigen Räsonieren darüber, wie wenige von uns noch übrig sind. Jetzt ist niemand mehr übrig. Nur noch ich. Und ... das da.

Ricardo Klement erwiderte ihren Blick so regungslos, dass sie den Eindruck hatte, ein Bild in einem Museum anzuschauen. Das Letzte, was man erwarten würde, war, dass dieses Bild zu sprechen anfing.

»Was ... bist du?«, fragte Klement.

Renie zuckte überrascht zusammen. Sie musste sich fassen, ehe sie antworten konnte. »Was ich bin?« Das Sprechen fiel ihr schwer, so heiser war ihre Stimme vom Schreien nach ihren verschollenen Gefährten. »Was meinst du damit? Ich bin eine Frau. Ich bin eine Afrikanerin.

Ich bin eine, der du und dein Klüngel reicher Freunde … Leid zugefügt habt.« Sie hatte keine Worte, um ihren Kummer über Stephen auszudrücken, obwohl die Hilflosigkeit der letzten Stunden diesen Kummer eher noch verschlimmert hatte.

Klement glotzte. Etwas arbeitete sichtlich in ihm, aber es war ganz tief unten. »Das ist … ein langer Name«, sagte er schließlich. »Er ist … lang.«

»Name?« *Du liebes Lieschen,* dachte sie, *diese Zeremonie hat ihm wirklich ordentlich das Gehirn zermatscht.* »Das ist nicht mein Name, das ist …« Sie hielt inne und holte tief Luft. »Mein Name …?« Sie war sich nicht sicher, ob sie ihm den sagen wollte, auch wenn sie die Anonymität schon lange aufgegeben hatte. Mochte mit seinem Gehirn passiert sein, was wollte, etwas ärgerte sie an der Art, wie dieser Kerl hier einen auf kindliche Unschuld machte. Bedeutete diese zunehmende Gesprächsbereitschaft, dass der alte Ricardo Klement langsam zum Vorschein kam oder dass die neue, gestörte Version besser mit ihren Fähigkeiten umzugehen lernte?

»Mein Name ist Renie«, sagte sie schließlich.

Klement erwiderte nichts, aber stierte sie dennoch weiter an, so als wollte er den frisch abgespeicherten Namen mit einem genauen optischen Eindruck verbinden.

Renie seufzte. Dieser Schwachkopf war das Geringste ihrer Probleme. Nach ungefähr einem halben Tag in der Leere hatte sich nichts verändert. Sie hatte geschrien, bis ihre Stimme nur noch ein Röcheln war, sie war Dutzende von kleinen Runden gegangen, alles ohne Ergebnis. Es gab nichts, was man als Landschaft bezeichnen konnte, keinerlei Orientierungspunkte, kein gerichtetes Licht, keine anderen Geräusche als die, die sie selbst machte. *Aber wenn ich hier bleibe, komme ich hier um. Oder Stephens Herz wird zuletzt versagen, und er stirbt in diesem Krankenhausbett, und dann ist es ganz egal, was aus mir wird.* Da sie nur den undurchdringlichen Dunstschleier vor Augen hatte, stellte sie sich immer wieder Stephens liebes Gesicht vor, doch es war das kranke Gesicht, das vor ihr auftauchte, die toten Augen und die aschgraue Haut, das schlaffe Kinn vom Atemgerät gestützt. *Er vertrocknet, schrumpft ein. Wie ein aus dem Wasser gezogener und an Land geworfener Fisch. Lieber Gott, bitte lass mich Stephen noch einmal anders sehen als so.*

Aber wenn sie nichts zuwege brachte, wozu war sie dann gut? Eine Renie im Nichts, ohne praktische Handlungsmöglichkeiten, war für sie eine unmögliche, unannehmbare Vorstellung. Aber was sollte sie tun? Sie hatte keine Hilfsmittel, nichts als das Feuerzeug, und obwohl sie mehrmals versuchte, ein Gateway zu öffnen, war und blieb es hartnäckig inaktiv.

»Wo ... ist dieser ... Ort?«, fragte Klement.

Renie fluchte im Stillen, dann fand sie, dass sie sich wenigstens dieses kleine Vergnügen gönnen sollte, und fluchte noch einmal laut. Sie würde mit seinen sporadischen Einwürfen leben müssen, wie es schien.

»Weiß ich nicht. Ich weiß gar nichts. Jongleur hat ja gesagt, dass wir uns nicht im Netzwerk befinden, und das hier ... das ist *noch weniger* im Netzwerk, nehm ich mal an.« Sie sah ihn scharf an. »Du begreifst nichts von alledem, stimmt's?«

»Das ist auch ein langer Name. Namen von Orten ... wenn man sie sagt ... sind gewöhnlich nicht so lang.«

Sie winkte müde ab. Da war er ihr vorher lieber gewesen, schien es ihr allmählich, als er noch nichts Anderes sagen konnte als »Ich bin Ricardo Klement«.

Renie wandte ihre Aufmerksamkeit wieder dem drängenden Problem ihrer Ortlosigkeit zu und verbrachte ungefähr eine Viertelstunde damit, im Kopf alles durchzugehen, was seit ihrer letzten gemeinsamen Rast mit !Xabbu und den anderen geschehen war, kam aber auf nichts, worauf sie eine Theorie über das Wie und Warum ihrer Trennung hätte gründen können. Das allgegenwärtige seidige Grau glich sehr der silbernen Wolkendecke, die sie von der Bergspitze aus gesehen hatten, aber das erklärte nicht, wie der Berg verschwunden war oder wo ihre Gefährten steckten. Sie war einfach eingeschlafen und dann unter diesen veränderten Umständen aufgewacht. Konnte der seltsame Traum etwas damit zu tun haben? Sie versuchte sich an die Einzelheiten zu erinnern, das tosende Chaos, die lange Finsternis, zuletzt das tröstliche Erscheinen jener hauchfeinen Wesenheiten, aber das alles kam ihr bereits vage und fern vor. Auf jeden Fall wurde dadurch nichts klarer.

Es war ein Rätsel. Ein Rätsel wie in einem guten alten Krimi, wo keiner sich vorstellen konnte, wie der Mörder es geschafft hatte, in ein verschlossenes Zimmer hineinzukommen. Aber hier war die Frage umgekehrt, nicht: Wie komme ich in ein verschlossenes Zimmer *hinein?*, sondern: Wie komme ich aus dem totalen Nichts *hinaus* … irgendwohin?

Das Einzige, was sie besaß, waren die Kleidungsfetzen, die sie sich aus Orlandos Chiton gemacht hatte, und das Feuerzeug. Aber mit dem Feuerzeug ließ sich kein Gateway mehr aufrufen, was im Augenblick das Naheliegendste gewesen wäre. Konnte es ihr noch irgendwie anders helfen?

Wenn ich eine Zigarette hätte, könnte ich sie damit anzünden, dachte sie mürrisch.

Plötzlich kam ihr eine Idee. Die bleiche Nebelwelt ringsumher, unnatürlich und anscheinend endlos, konnte sie der Weiße Ozean sein, von dem Paul Jonas und andere gesprochen hatten? Die Kinder des Netzwerks hatten ihn als etwas Mythisches beschrieben, ein Meer, das man überfahren musste, um in eine Art Gelobtes Land zu kommen. Sollte das heißen, dass es auf der anderen Seite dieser Leere etwas gab? Das war ein ermutigender Gedanke. Doch selbst wenn es so war, hatte sie deswegen noch lange keine Ahnung, wie man dort hingelangte.

Sie zog das Feuerzeug zwischen ihren Brüsten hervor und hielt es hoch. So sehr sie, !Xabbu und Martine vor dem Verlassen der Hauswelt daran herumgedoktert hatten, von seinen wahren Möglichkeiten hatten sie sehr wenig in Erfahrung gebracht – etwa wie eine Gruppe Außerirdischer, die auf ein Auto gestoßen war und nach langem Herumhantieren herausgefunden hatte, wie man die Scheinwerfer anstellt. Durch weiteres Experimentieren konnte sie möglicherweise mehr entdecken, vielleicht sogar einen Ausweg aus ihrem derzeitigen Dilemma, aber durfte sie das wagen? Sie hatte über Jongleurs panische Reaktion die Nase gerümpft, aber größtenteils deshalb, weil der Mann ihr so zuwider war. Als Dreads Stimme summend aus dem Feuerzeug gekommen war, aus einem Ding, das sie eben noch an ihrer nackten Haut gehabt hatte, war ihr zumute gewesen, als ob Insekten auf ihr krabbelten. Konnte sie es wirklich riskieren, das in das Gerät eingebaute Kommunikationsgear auszuprobieren und ihm damit eventuell ihren Standort zu verraten? Der einzige Mensch außer Dread, der ihres Wissens auf das Kommunikationsband zugriff, war Martine, und sie hatte sich nicht so angehört, als ob sie imstande wäre, irgendjemandem zu helfen.

Und selbst wenn ich zu ihr durchkäme. Was würde ich ihr sagen? »Martine, komm mich finden, ich bin mitten in so einer grauen Soße.«

In dem reflexhaften Bestreben, einen günstigen Einfallswinkel für ein gar nicht scheinendes Licht zu finden, hielt sie das Feuerzeug hoch und drehte es. Sie betrachtete das schnörkelige *Y,* umschlungen von erhabenem Ranken- und Blattwerk, als wäre es eine Statue in einem vergessenen Garten. Was hatte Jongleur gesagt, wie der Mistkerl hieß? Yacoubian. Derselbe, der Orlando de facto umgebracht hatte. Sie unterdrückte ein zorniges Aufwallen in der Brust. *Ich hoffe, T4bs Hand in seinem Kopf hat ihm höllisch wehgetan. Ich hoffe, er hat immer noch Schmerzen, und sie hören nie mehr auf.*

Sie überlegte kurz, ob wohl auch Yacoubian insgeheim das Kommunikationsband des Gerätes abhorchte und nur darauf wartete, dass sie sich meldete. Der Gedanke war unangenehm, aber die Vorstellung, dass Dread irgendwo hockte und wie eine Katze darauf lauerte, dass eine der Mäuse ihre Barthaare zeigte, war viel schlimmer.

Lauernd, grinsend, lauschend ...

Da kam ihr ein Gedanke. Renie sprang auf, um einen gewissen Abstand zwischen sich und Klement zu schaffen, zögerte dann aber aus einem unbestimmten Gefühl der Loyalität heraus und erklärte: »Ich gehe nur ein kleines Stück weg. Ich brauche Ruhe. Sag nichts, kein Wort. Ich bin gleich wieder da.«

Er blickte ihr hinterher, gleichgültig wie eine malmende Kuh.

Als sie weit genug weg war, so dass sie noch seine verschwommene Silhouette sehen konnte, aber sich halbwegs ungestört fühlte, hielt sie das Feuerzeug wieder hoch. In der Hauswelt hatten sie entdeckt, wie man das Kommunikationsband aktivierte, aber sie war sich nicht sicher, dass sie die Sequenz noch zusammenbrachte. Sie starrte mit dumpfer Furcht darauf, berührte dann aber doch die Punkte in der erinnerten Reihenfolge. Nichts Schlimmes geschah daraufhin, aber auch nichts Gutes. Das Feuerzeug blieb tot und stumm. Ihre Umgebung war unverändert.

Mit angehaltenem Atem legte sie es sich vorsichtig ans Ohr, dann hielt sie es mit ausgestrecktem Arm vor sich und beschrieb langsam einen Bogen damit. Sie hörte nichts als Stille. Sie atmete aus und lauschte aufs Neue. Als sie ihr Ergebnis bestätigt fand, drehte sie sich ein wenig nach rechts und wiederholte die Übung.

Als wenn's eine Wünschelrute wäre, sagte sie sich halb belustigt und halb verlegen. *Wenn ich das je einem erklären soll, denke ich mir lieber was aus, das sich ein wenig wissenschaftlicher anhört.*

Aber sie handelte nicht allein aus Aberglaube und Verzweiflung, und als sie in dem Kreis, den sie langsam beschrieb, fast halb herum war, hörte sie etwas. Es war so schwach, dass es ihr nur als eine geringfügig lautere Stille auf dem Kommunikationsband erschien, aber sie meinte sicher, ein minimales Zischen zu hören, ein Geräusch, das, einerlei wie leise, vorher nicht da gewesen war.

Sie drehte sich mit dem Feuerzeug ein bisschen weiter, bis der Geräuscheindruck wieder fort war, und vollendete dann den Kreis, um ganz sicherzugehen. Als sie in dieselbe Richtung blickte wie vorher, stellte sich auch das Geräusch wieder ein.

Bevor sie ihr Leben auf etwas setzte, wollte sie aber so sicher wie nur irgend möglich sein. Mit einem Blick zurück vergewisserte sie sich, dass Klement immer noch dort saß, wo sie ihn zurückgelassen hatte, ein nahezu unsichtbarer, unförmiger Schatten in vielleicht fünfzehn Metern Entfernung, dann zog sie ihr Oberteil aus und warf es ein Stück weit in die Richtung, aus der das Geräusch zu kommen schien. Sie schloss die Augen, wirbelte mehrmals im Kreis herum, bis sie die Orientierung verloren hatte, und begann dann wieder mit der langsamen Rotation, das Feuerzeug als Kompassnadel vor sich. Als sie das sichere Gefühl hatte, das leise Murmeln wieder zu hören, schlug sie die Augen auf.

Das helle Kleidungsstück lag direkt vor ihr.

»Sehr gut!« Sie war zufrieden mit sich, aber noch zufriedener bei dem Gedanken, dass sie wieder etwas hatte, worauf sie ihre Kräfte konzentrieren konnte. Sie band ihr Oberteil um und wollte schon losgehen, als ihr Blick noch einmal auf Klement fiel. Er hatte sich nicht von der Stelle gerührt. Er saß so still, dass man meinen konnte, er werde sich nie wieder bewegen.

Ich sollte den dreckigen Mörder einfach hier hocken lassen, dachte sie bei sich. *Wahrscheinlich werde ich mich später verfluchen, wenn ich's nicht tue.* Doch die Vorstellung, den geradezu kindlichen Idioten in diesem tödlichen Nichts allein zu lassen, kam ihr plötzlich nicht richtig vor, obwohl sie nicht sagen konnte, warum.

Renie schrie: »Ich geh jetzt in die Richtung. Ich komm nicht wieder. Wenn du mir folgen willst, dann mach's lieber gleich.«

Überzeugt, etwas unsäglich Dummes getan zu haben, aber dennoch mit einem leichteren Herzen machte sie sich auf, der Ursache des Flüsterns nachzugehen.

> Durch das endlose Silbergrau zu stapfen, fand Sam, war irgendwie noch schlimmer, als bloß darin zu sitzen. Das Gelatsche war schlimm genug – Sport, bei dem es um etwas ging, mochte sie gern, aber aus Laufen und Wandern, wo man die Beine nur um der Bewegung willen bewegte, hatte sie sich noch nie etwas gemacht. Doch dass es keine Landschaftsformen und kein Wetter gab und dass das ortlose Licht sich nie veränderte, ließ das Ganze wie eine Folter mit dem erklärten Ziel erscheinen, Sam Fredericks zum Wahnsinn zu treiben. Zum ersten Mal seit dem Eintritt ins Netzwerk ging ihr das Essen wirklich ab, nicht zur Stillung eines etwaigen Hungers, sondern zur Einteilung der verfließenden Zeit.

Kein Wasser, kein Essen, keine Rast. Nach schätzungsweise zwei Stunden wurde das zu einem unablässigen Singsang in ihrem Kopf, einer Art Werbeslogan für ein ausgesucht sadistisches Urlaubsangebot. Es war zudem leicht übertrieben, denn sie legten durchaus Ruhepausen ein, vor allem damit !Xabbu auf das rätselhafte vage Signal lauschen konnte, an dem er sich orientierte, aber die Pausen waren auch nicht viel besser als das Gehen. Jedes Mal blieb sie eine Zeit lang mit einem stummen Jongleur allein, was ein wenig so war, als hätte man einen unfreundlichen Hund im Zimmer: Auch wenn keine direkte Bedrohung erfolgte, lag die Möglichkeit immer in der Luft. Derart auf sich selbst zurückgeworfen fiel es Sam schwer, an etwas Anderes zu denken als an Orlando und ihre Eltern, alle unerreichbar fern, und nicht den Glauben daran zu verlieren, dass ihre Mutter und ihr Vater im Unterschied zu Orlando noch am Leben waren und sie die beiden eines Tages wiedersehen würde.

Felix Jongleur marschierte mit der zähen Entschlossenheit eines fanatischen Pilgers. Sam war jung und kräftig, und sie vermutete, dass er Mühe hatte, mit ihr Schritt zu halten, doch er ließ sich nicht das Geringste anmerken. Im Gegenteil, wenn sie anhielten, damit !Xabbu, metaphorisch gesprochen, den Wind schnuppern konnte, gebärdete er sich betont ungeduldig. Bei einem weniger abstoßenden Mann wäre das Durchhaltevermögen vielleicht bewundernswert gewesen, aber in Sams Augen vergrößerte es nur seine Distanz von den normalen Menschen. Sie schluckte ihre müden Klagen herunter, um vor ihm ja keine Schwäche zu zeigen.

Wenn Felix Jongleur sich anstrengen musste, um mit Sam mitzukommen, musste !Xabbu sich offensichtlich zügeln, um sie nicht beide abzuhängen. Nachdem sie ihn längere Zeit im Paviansim erlebt hatte, gewöhnte sie sich jetzt erst langsam an die Veränderung. In mancher Hinsicht kam ihr !Xabbu in seinem wirklichkeitsgetreuen Körper fantastischer vor als in der Gestalt eines Affen. Ungeachtet seiner zierlichen Statur – er war kleiner und dünner als Sam, die selbst schlank und nur normal groß war – schien er nie zu ermüden und bewegte sich mit einer traumwandlerischen Sicherheit und Gewandtheit.

»Wo kommen Buschleute eigentlich her?«, fragte sie unvermittelt. Als !Xabbu nicht sofort antwortete, beschlich sie eine peinliche Befürchtung. »O Mann, ist das etwa eine voll unhöfliche Frage?«

Seine Schlitzaugen waren normalerweise so schmal, dass man kaum die braune Iris sehen konnte, doch mitunter gingen sie vor Überraschung oder Belustigung plötzlich weit auf – welche der beiden Reaktionen ihre zweite Frage ausgelöst hatte, konnte sie nicht sagen. »Nein, nein. Sie ist nicht unhöflich, Sam. Ich denke nur über die Antwort nach.« Er deutete auf seine Brust. »Ich für mein Teil komme aus einem kleinen Land, das Botswana heißt, aber die Menschen meines Blutes sind über das ganze südliche Afrika versprengt. Oder meinst du ursprünglich?«

»Ich denke, ja.« Sie schloss zu ihm auf und passte ihren Schritt seinem an. Sie wollte nicht, dass Jongleur an dem Gespräch teilhatte.

»Das weiß niemand mit Sicherheit. In der Schule wurde mir erzählt, dass wir vor langer, langer Zeit aus dem Norden des Kontinents nach Süden wanderten, vor hunderttausend Jahren vielleicht. Aber es gibt auch andere Theorien.«

»Kannst du deshalb ewig gehen, irgendwie? Weil du ein Buschmann bist?«

Er lächelte. »Vermutlich. Ich wuchs in zwei Traditionen auf, und in beiden war das Leben schwer, aber die Leute von meines Vaters Seite – die nomadischen Jäger vom ganz alten Schlag – gingen und liefen manchmal tagelang auf der Spur eines Wildes. Ich bin nicht so stark, wie sie waren, glaube ich, aber ich musste hart werden, als ich bei ihnen lebte.«

»Waren? Willst du damit sagen, es gibt sie nicht mehr?«

Etwas wie ein Schatten huschte an diesem schattenlosen Ort über sein braunes Gesicht. »Ich konnte sie nicht finden, als ich vor einigen Jahren noch einmal nach ihnen schauen wollte. Es waren ohnehin nur noch wenige übrig, und die Kalahari ist rauh. Es könnte sein, dass es keine Menschen mehr gibt, die nach der alten Art leben.«

»Verdumpft! Dann bist du quasi ... der letzte Buschmann.« Noch während sie es aussprach, merkte sie, was für ein schreckliches Schicksal das wäre.

!Xabbu bemühte sich tapfer, wieder zu lächeln. »Ich sehe mich nicht so, Sam. Zum einen habe ich die ursprüngliche Lebensweise nur als Besucher kennen gelernt. Ich war nur wenige Jahre bei ihnen. Aber es könnte durchaus sein, dass niemand mehr die althergebrachte Art so lernt wie ich damals – ja, das ist wohl so.« Er war eine Weile geistesabwesend. In der Stille konnte Sam hinter sich Jongleurs angestrengtes, gleichmäßiges Schnaufen hören. »Es ist nicht verwunderlich. Es ist ein Leben, das mir lieb und teuer ist, aber ich glaube nicht, dass viele meiner Meinung wären. Wenn du zu dem Stamm gehören würdest, Sam, würdest du es sehr hart finden.«

Etwas in der Art, wie er das sagte, rührte Sam das Herz – er wirkte bedürftig, was sie bei ihm noch nie zuvor erlebt hatte. Vielleicht lag es an Renies Verschwinden. »Erzähl mir davon«, sagte sie. »Müsste ich Löwen mit dem Speer jagen oder so was?«

Er lachte. »Nein. Im Delta, wo die Leute meiner Mutter leben, fischen sie manchmal mit Speeren, aber in der Wüste werden große Tiere mit Pfeil und Bogen erlegt. Ich kenne niemanden, der schon einmal einen Löwen getötet hat, und wenige, die je einen gesehen haben – auch sie sterben aus. Nein, wir schießen mit Giftpfeilen und verfolgen dann das Tier, bis es am Gift gestorben ist.«

Sie fand das ein wenig unfair, aber verkniff sich die Bemerkung. »Machen Mädchen das auch?«

!Xabbu schüttelte den Kopf. »Nein, wenigstens nicht bei den Leuten meines Vaters. Und selbst Männer gehen nur hin und wieder auf Großwildjagd. Meistens fangen sie kleinere Tiere. Die Frauen haben andere Pflichten. Wenn du eine von meinem Stamm wärst, ein unverheiratetes Mädchen wie du, dann würdest du dich mit um die Kinder kümmern, sie beaufsichtigen, Spiele mit ihnen machen …«

»Das klingt nicht schlecht. Was hätte ich an?« Sie sah auf ihren improvisierten Bikini herab, eine traurige Erinnerung an den toten Orlando. »So was wie das?«

»Nein, nein, Sam. Die Sonne hätte dich am ersten Tag verbrannt. Du würdest einen Kaross tragen, einen Überwurf aus Antilopenfell, an dem noch der Schwanz dran ist. Und neben der Beaufsichtigung der Kinder würdest du den anderen Frauen helfen, nach Wildmelonen und Wurzelknollen und Insektenlarven zu graben, Sachen, die du, glaube ich, nicht so gern essen würdest. Aber in der Kalahari lässt man nichts verkommen. Wir nehmen unsere Bogen nicht nur zum Schießen, sondern auch um Musik damit zu machen. Und unsere Daumenharfen«, er mimte das Spielen eines kleinen, mit den Daumen gezupften Instruments, »nehmen wir auch zum Seileflechten. Alles wird möglichst vielseitig verwendet. Nichts bleibt ungenutzt.«

Sie versuchte sich das vorzustellen. »Den Teil finde ich gut. Aber ich weiß nicht, ob ich gern Insektenlarven essen würde.«

»Und Ameiseneier«, erklärte er ernst. »Die essen wir auch.«

»Igitt! Das sagst du nur so!«

»Nein, ich schwöre es«, versicherte er, doch er musste wieder lächeln.

»Sam, ich bange um dieses Leben, und Ameiseneier würden mir sehr fehlen, wenn ich nie wieder welche essen dürfte, doch ich weiß, dass diese Art zu leben den meisten Menschen nicht gefallen würde.«

»Es hört sich so hart an.«

»Das ist es.« Er nickte, auf einmal ein wenig distanziert, ein wenig traurig. »Das ist es.«

Der endlose Marsch fand schließlich ein vorläufiges Ende. Jongleur humpelte, obwohl er nicht zugeben wollte, dass er Schmerzen litt. Sam, die ebenfalls wunde Füße hatte und erschöpft war, musste ihren Stolz fahren lassen und zu bedenken geben, dass sie vielleicht langsam rasten sollten.

Sie war inzwischen außerordentlich geübt darin, ohne Kissen oder Decke zu schlafen – die vielen Ritte ins Hinterland, die Pithlit mit Thargor unternommen hatte, waren eine gute Schulung gewesen –, und der unsichtbare Boden war nicht härter als mancher andere Schlafplatz, aber trotz ihrer Erschöpfung konnte sie keine Ruhe finden. Die Träume von Dunkelheit und Einsamkeit kehrten wieder, nicht ganz so plastisch wie zuvor, aber deutlich genug, dass sie mehrmals wach wurde. Beim letztenmal kniete !Xabbu neben ihr in dem morgengrauen Licht ohne Morgen und blickte sie besorgt an.

»Du hast aufgeschrien«, sagte er. »Du meintest, die Vögel würden nicht zu dir kommen …?«

Sam konnte sich an keine Vögel erinnern – die Einzelheiten des Traumes verblassten bereits –, aber sie erinnerte sich, wie einsam sie gewesen war und wie sehr sie sich nach Gesellschaft gesehnt hatte, nach mitmenschlicher Wärme in dem langen, kalten Dunkel. Als sie es ihm erzählte, sah er sie befremdet an.

»Genauso etwas habe ich auch geträumt«, sagte er. Er schaute sich zu Felix Jongleur um, der gerade unter kleinen Zuckungen und leisem Wimmern aus den Tiefen des Schlafs aufstieg. !Xabbu ging zu ihm und rüttelte ihn wach.

»Was willst du?«, fauchte Jongleur, aber Sam meinte, in seinen Worten einen schwachen und ängstlichen Ton zu hören.

»Meine Freundin und ich haben den gleichen Traum gehabt«, teilte !Xabbu ihm mit. »Sage uns, was du geträumt hast.«

Jongleur fuhr zurück, als hätte er sich verbrannt. »Ich werde dir gar nichts sagen. Fass mich nicht an!«

!Xabbu blickte ihn durchdringend an. »Das könnte wichtig für uns sein. Wir sind hier alle zusammen gefangen.«

»Was in meinem Kopf vorgeht, ist allein meine Sache«, versetzte Jongleur scharf. »Es geht dich nichts an – und auch sonst niemanden!« Er stellte sich mit geballten Fäusten und bleichem Gesicht drohend vor ihn hin. Sam kam mit einem Mal der Gedanke, wie seltsam es war, dass sie alle so lebensechte Gestalten hatten, dass alles so sehr der realen Welt glich und gleichzeitig doch vollkommen irreal war.

»Dann behalte es«, sagte !Xabbu wegwerfend. »Behalte deine Geheimnisse.«

»Ein Mann ohne Geheimnisse ist gar kein Mann«, gab Jongleur giftig zurück.

»Tschi-sin-sin«, sagte Sam. »Voll scännuliert, der Typ. Lass ihn, !Xabbu. Gehen wir weiter.« Aber im Stillen wunderte sie sich über den

Wandel von Jongleurs normalerweiser eiskalter Miene. Einen Moment lang hatte er ausgesehen wie von Dämonen gehetzt.

Die Vorstellung, den gleichen Traum gehabt zu haben wie er, ließ ihr auch im Gehen keine Ruhe. »Wie kann das sein?«, fragte sie ihn. »Ich meine, dass wir dieselben Dinge sehen, ist eine Sache, denn die Bilder werden uns alle vom System in den Kopf gepumpt. Aber man kann doch nicht Gedanken und Träume und so 'nen Fen-fen in einen reinpumpen.« Sie runzelte die Stirn. »Oder?«

!Xabbu zuckte mit den Achseln. »Seit wir uns in diesem Netzwerk befinden, gibt es nichts als Fragen.« Er wandte sich an Jongleur. »Wenn du nicht über Träume sprechen willst, sag uns wenigstens, wie es kommt, dass wir gegen unseren Willen in diesem Netzwerk festgehalten werden? Du bezeichnest dich als Herrn des Systems, als Gott sogar, aber jetzt sitzt du genauso hier fest. Wie ist so etwas möglich? Mit deinen ganzen teuren Apparaturen bist du ja vielleicht auf einen durch die Leitungen fließenden Denkstrom reduziert – aber ich? Ich habe nicht einmal eine Neurokanüle oder wie das heißt. Das System hat keinen direkten Kontakt zu meinem Gehirn.«

»Es besteht immer ein direkter Kontakt zwischen der Außenwelt und dem Gehirn«, erwiderte Jongleur barsch. »Ständig. Gerade du mit deinem Gerede von alten Stammesbräuchen und naturnahem Leben solltest wissen, dass das seit Anbeginn der Zeit so ist. Wir könnten nicht sehen, wenn nicht das Licht Meldungen an das Gehirn übertrüge, und nicht hören, wenn nicht Schallwellen ihm Muster eingeben würden.« Er grinste süffisant. »So geht das die ganze Zeit, das ganze Leben lang. Was du meinst, ist, dass kein direkter elektronischer Kontakt zwischen deinem Gehirn und diesem Netzwerk besteht, dass es keinen unmittelbaren Anschluss gibt. Und das ist in dieser Situation bedeutungslos.«

»Das verstehe ich nicht«, sagte !Xabbu geduldig. Sam hatte gedacht, er habe den älteren Mann aus Verärgerung reizen wollen, doch jetzt hatte sie den Eindruck, dass er auf etwas Anderes hinauswollte. »Willst du damit sagen, dass es noch andere Wege gibt, wie man meinem Gehirn Gedanken einpflanzen kann?«

Jongleur schnaubte. »Wenn du denkst, du könntest mir mit diesem kindischen Katechismus die Geheimnisse meines teuren Betriebssystems abluchsen, dann irrst du dich. Aber jedes Schulkind, selbst eines aus dem hintersten Afrika, sollte eigentlich erraten können, wodurch wir online gehalten werden. Bist du in der Zwischenzeit einmal offline gewesen?«

»Ich«, warf Sam ein. Die Erinnerung daran war furchtbar.

»Und was geschah?« Er durchbohrte sie mit einem grimmigen Blick, so dass er aussah wie ein Großvater aus der Hölle. »Los, sag schon! Was geschah?«

»Es ... hat wehgetan. Echt megaätzmäßig.«

Jongleur verdrehte die Augen. »Ich habe schon zehn Generationen Teenagerslang über mich ergehen lassen müssen. Das allein würde einem schwächeren Mann ein für allemal den Wunsch austreiben, so lange zu leben wie ich. Ja, es hat wehgetan. Aber du warst nicht in der Lage, allein offline zu gehen, stimmt's?«

»Stimmt«, gab Sam widerwillig zu. »Ich wurde ausgestöpselt. Im RL.«

»Ja, im ›realen Leben‹. Wie passend.« Jongleur bleckte die Zähne zu einem kalten Grinsen. »Weil du keine Möglichkeit finden konntest, es selber zu tun, genau wie ich jetzt keine finden kann. Und meinst du, das liegt daran, dass wir ins Paradies versetzt wurden, wie es uns nach der Ansicht dieser frömmelnden Schwachköpfe vom Kreis eines Tages widerfahren wird, in unverwesliche Körper, die von solchen Dingen wie Neurokanülen unbefleckt sind? Meinst du das etwa?«

»Nein.« Sam blickte ihn finster an. »Kannste nullen.«

»So, und warum wohl kannst du etwas nicht finden, von dem du genau weißt, dass es da ist? Denk nach, Kind!« Er wandte sich !Xabbu zu. »Was ist mit dir? Kannst du es nicht erraten?«

Der Buschmann erwiderte Jongleurs Blick mit unbewegter Miene. »Wenn wir es erraten könnten, hätten wir es schon getan und uns deinen Vortrag erspart, der nichts erklärt.«

Jongleur warf mit gespielter Verzweiflung die Hände in die Höhe. »Dann will ich euch nicht weiter langweilen. Löst eure Rätsel alleine.« Er verlangsamte seinen Schritt, bis er wieder ein Stück hinter ihnen war.

»Ich *hasse* ihn«, flüsterte Sam zornig.

»Vergeude nicht deine Kraft, und lass vor allem nicht zu, dass du dich vor lauter Wut in ihm täuschst. Er ist schlau – ich war dumm zu meinen, ich könnte ihn so leicht aus der Reserve locken. Er verfolgt ganz bestimmte Pläne, da bin ich sicher, und wird nicht ohne weiteres etwas preisgeben, das jemand anderem nützen könnte.«

Sam befingerte den abgebrochenen Schwertstumpf, der im Bund ihres Unterteils steckte. »Wie dem auch sei, ich hoffe, er gibt mir irgendwann eine Rechtfertigung, damit auf ihn loszugehen.«

!Xabbu drückte fest ihren Arm. »Kein Leichtsinn, Sam. Das sage ich dir als Freund. Renie würde dir dasselbe sagen, wenn sie hier wäre. Er ist ein gefährlicher Mensch.«

»Ich bin auch gefährlich«, murrte Sam, aber so leise, dass nicht einmal !Xabbu es hörte.

Sie hatten noch dreimal pausiert, um zu schlafen, als !Xabbu schließlich seine Entdeckung machte.

Sam und !Xabbu hatten jedes Mal ähnliche Träume gehabt, wenn auch niemals genau dieselben. Jongleur gab im Schlaf weiterhin klagende Töne von sich, aber äußerte sich nicht dazu, wenn er wach war.

Aus dem müden Dahinstapfen durch das endlose Wolkengrau war selber ein deprimierender Albtraum geworden, und mehrmals glitt Sam in Halluzinationen ab. Einmal sah sie den Eingang ihrer Schule in West Virginia so deutlich, als ob sie auf der Treppe davor stände. Sie hob sogar die Hand, um die Tür aufzuziehen, war schon auf den Radau in den hallenden Gängen gefasst, doch als sie sich besann, hatte sie die Hand ins Nichts ausgestreckt, und !Xabbu betrachtete sie sorgenvoll. Einige Male sah sie auch Orlando und ihre Eltern, ferne, aber unverwechselbare Gestalten. Einmal sah sie ihren Großvater beim Heckenschneiden.

Sogar !Xabbu wirkte bedrückt von der Monotonie und dem Stumpfsinn der bleichen Wolkenwelt, dem ewig gleichen sinnlosen Schritt-für-Schritt, und zog sich immer mehr in sich selbst zurück. Als er daher mitten in einer seiner Orientierungen abrupt stehen blieb und die inzwischen sterbenslangweilig gewordene Routine des Drehens und Lauschens, Drehens und Lauschens unterbrach, dachte Sam, er hätte nun seinerseits eine Halluzination, eine Vision von Renie vielleicht oder von der Wüstenheimat seines Volkes.

»Ich kann es nicht glauben!« Überraschenderweise hatte er einen aufgeregten Ton in der Stimme wie schon seit einiger Zeit nicht mehr. »Es sei denn, ich verliere den Verstand.« Er lachte. »Kommt, hier lang.«

Jongleur, der sich mit dem Automatismus eines Traumwandlers fortbewegte, gehorchte widerspruchslos und setzte einen Fuß vor den anderen, als folgte er einer Bedienungsanleitung für Gehwerkzeuge. Sam beeilte sich, zu !Xabbu aufzuschließen.

»Was ist los?«, fragte sie. »Hast du was gehört?«

»Du musst still sein, Sam.«

»'tschuldigung.« Sie ließ sich ein Stück zurückfallen. *Bitte, lass ihn recht haben,* dachte sie, während sie die geschmeidige Spannung seines nackten Rückens betrachtete. *Bitte, lass ihn etwas finden. Ich hasse dieses Grau. Ich hasse es so sehr ...*

Plötzlich hielt !Xabbu an und ging in die Hocke. Die silberne Leere umgab ihn unverändert und allem Anschein nach unveränderlich. Der kleine Mann bekam große Augen. Er streckte die Finger nach etwas Unsichtbarem aus und machte kleine Rührbewegungen dicht über dem Boden, bis Sam befürchtete, dass er tatsächlich den Verstand verloren hatte.

»Was machst du da?« Sie schrie es fast.

»Fühle, Sam, fühle!« Er zog sie zu sich herunter, fasste ihre Hand und hielt sie in das vollkommen leere Stück Nichts, das genauso aussah wie das ganze andere endlose Nichts ringsumher. »Da. Siehst du?«

Sie schüttelte zaghaft den Kopf. Jongleur war inzwischen zu ihnen gestoßen und blickte auf sie nieder, als wären sie Bettler, die er in seinem Rosengarten entdeckt hätte. »Ich sehe gar nichts«, jammerte sie.

»Entschuldige. Ich habe mich falsch ausgedrückt – es gibt nichts zu sehen. Aber vielleicht kannst du es fühlen oder hören ...« Er nahm ihre beiden Hände und bewegte sie knapp über dem Boden behutsam hin und her. »Na?« Als sie wieder verneinen musste, ließ er sie los. »Versuche es allein. Konzentriere dich.«

Es dauerte eine ganze Weile, aber schließlich fühlte sie es – eine unendlich zarte und geringe Kraftwirkung, ein schwacher, hautwarmer Luftstrom vielleicht oder eine so sachte Vibration, dass Sam sie kaum vom Pulsen des Blutes in ihren Fingern unterscheiden konnte. »Was ... was ist das?«

»Ein Fluss«, sagte !Xabbu triumphierend. »Ich bin ganz sicher. Zumindest wird es einer werden.«

Kapitel 9
HANNIBALS RÜCKKEHR

NETFEED/INTERAKTIV:
HN, Hr. 6.5 (Eu, NAm) - "Teen Mob!"
(Bild: Mako und Schnauzkauz suchen eine Ladenpassage nach Klorine ab)
Off-Stimme: Die selbstmordgefährdete Klorine (Bibi Tanzy) hat soeben entdeckt, dass sie nicht die biologische Tochter ihrer Eltern ist. Sie schluckt eine Überdosis Tabletten, aber niemand vom Teen Mob weiß, wo sie sich aufhält. Ihren Freunden Schnauzkauz und Mako bleiben nur zwei Stunden Zeit, sie zu finden, bevor es zu spät ist. Die Produzenten behaupten: "Das Überraschungsende des Jahres!" Gesucht 12 VerkäuferInnen in der Madness Mall, ApothekerIn. Flak an: HN.TNMB.CAST

> »Das hätten wir uns denken können«, sagte Florimel bitter, während sie im Sichtfenster den kleinen, fernen Käferreiter anstarrte. »Jemand wie Robert Wells wird immer einen Weg finden, sich auf die Seite der Sieger zu schlagen.«

Alle waren wie erstarrt und wussten nicht, was sie tun sollten. Selbst Kunohara hatte alle Versuche aufgegeben, sein defektes System zum Funktionieren zu bringen. Das wilde Gedränge der mutierten Wespen auf dem Blasenhaus erfüllte Paul mit klaustrophobischem Entsetzen: Jeden Moment konnten die bohrenden Stacheln durch die transparenten Wände stoßen, und dann würde das ganze Ding in Fetzen gehen und die brodelnde Masse direkt auf sie stürzen. Aber was konnten sie machen? Sie waren umzingelt, und selbst wenn sie entkamen, warteten die Zwillinge schon auf ihn. Sobald er aus der Blase heraus und im offenen Gelände war, würden sie ihn gnadenlos zur Strecke bringen …

»Du hast immer noch nicht meine Frage beantwortet, Kunohara.« Martines Stimme war angespannt – Paul hörte, dass sie sich mit Gewalt im Zaum hielt. »Wir müssen uns aufeinander verlassen können, sonst sind wir verloren. Hattest du einen Informanten unter uns?«

Er wirbelte zornig herum. »Du hast kein Recht, mich ins Verhör zu nehmen! Du mit deiner Achtlosigkeit hast uns das alles eingebrockt!« Er funkelte sie an und wandte sich dann wieder dem Fenster zu. »Ich werde hinausgehen. Mit Wells kann ich wenigstens reden, auch wenn ihm wohl kaum zu trauen ist.«

»Hinhängen will er uns, äi«, knurrte T4b, aber der markige Ton konnte seine Furcht nicht verhehlen. »Kommt nicht in die Tüte!«

Zu seinem eigenen Erstaunen sagte Paul: »Dann gehe ich mit ihm.«

Kunohara schaute verwundert, aber in seinen Augen glomm auch kalte Wut. »Warum? Meinst du, wenn dieser Knabe da recht hätte und ich euch verraten wollte, dass du mich aufhalten könntest?«

»Darum geht's nicht. Diese Kreaturen, die Zwillinge. Sie sind von Anfang an hinter mir her gewesen. Wenn ich es bin, den sie haben wollen, dann … na ja, vielleicht würden die andern ohne mich unbehelligt bleiben.« Laut ausgesprochen hörte es sich noch alberner an, aber er konnte einfach nicht hier sitzen und darauf warten, dass alles zusammenbrach.

»Ich weiß nicht, ob ich dich recht verstehe«, sagte Kunohara. »Aber in meinem Beisein bist du dort draußen nicht in größerer Gefahr als hier.«

»Vielleicht könntest du einfach … uns alle irgendwie wegschaffen.« Paul bereute bereits, dass er so unbedacht vorgeprescht war. »Wäre das nicht besser? Wenn du uns alle irgendwo anders hinversetzen würdest, so wie gestern, als du uns vor der Geißelspinne gerettet hast?«

»Und denen mein Haus überlassen?« Kunohara sah ihn entrüstet an. »Allein dieses Haus hält mich hier am Leben. Es ist mein lokales Interface, die Schaltstelle meiner Macht, auch wenn nicht mehr viel davon übrig ist. Wenn ich fliehe und sie diesen Ort zerstören, würden wir uns in der Welt da draußen keine halbe Stunde halten können.« Sein Gesicht war eine Maske des Zorns. »Also, willst du immer noch mitkommen, wenn ich mit Wells verhandle?«

Paul holte tief Luft. »Ich denke schon. Ja.«

Das Haus verschwand, und an seiner Stelle erschien ein kaltes, windiges Flussufer. Das erhöhte Stück Fels, auf dem sie jetzt standen, war von verformten Käfern und Wespen umwimmelt, deren Gesumme so laut war, dass ihm fast übel wurde. Die Blase, die sie verlassen hatten, war unter einer Unmenge krabbelnder Insekten nicht mehr zu sehen.

»Wells!«, schrie Kunohara einer menschlichen Gestalt zu, die den Angriff vom Rand des Felsstücks aus verfolgte. *»Robert Wells!«*

Der Mann auf dem Rücken eines Käfers, der im Verhältnis so groß war wie ein Elefant, drehte sich auf den Ruf hin um. Er bearbeitete den Panzer seines Reittiers mit den Fersen, bis dieses sich mit einer fast mechanischen Unbeirrbarkeit langsam zu ihnen herumdrehte. Der Reiter beugte sich vor und kniff die Augen zusammen.

»Ah«, sagte er fröhlich. »Doktor Kunohara, vermute ich?«

Zu Pauls Verwunderung sah Wells' Sim nicht ganz realitätsgetreu aus. Die hellen Haare und der allgemeine Gesichtsschnitt ähnelten Nachrichtenbildern des Technokraten, an die er sich erinnern konnte, aber im Ganzen hatten die Züge etwas Unfertiges, beinahe Puppenhaftes.

Kunohara schaute verbissen. »Ja, der bin ich. Aber ich kann mich nicht erinnern, dich hierher eingeladen zu haben, Wells. Du hast sogar einen der Jumpsuits meiner Wissenschaftler an, wie ich sehe. Was ist mit der Abmachung, die ich mit der Bruderschaft hatte?«

Wells warf Paul einen kurzen, gleichgültigen Blick zu, bevor er sich wieder Kunohara zuwandte. »Ach ja, die Bruderschaft. Tja, *das* Schiff ist auf einen ziemlichen Eisberg gelaufen, falls du es noch nicht wusstest.« Er lachte glucksend. Paul kannte den Mann nicht, aber er kam ihm merkwürdig vor, beinahe ein bisschen verrückt. »Ja, ja, der alte Mann hat einen ziemlichen Totalschaden gebaut. Und dann hat ihn einer seiner eigenen Untergebenen abserviert, wer hätte das gedacht? Einen firmeninternen Machtkampf könnte man es vermutlich nennen, nur leider war der Zeitpunkt sehr schlecht gewählt.« Sein nicht ganz menschliches Lächeln verschwand nicht. »Derzeit ist alles mehr oder weniger am Arsch. Aber das Spiel ist noch nicht ganz verloren. Wir müssen uns einfach im Sattel halten, bis die Dinge sich wieder beruhigt haben.«

Kunoharas Ausdruck blieb unverändert. »Du reißt Witze, Wells, aber währenddessen versuchst du, meinen Sitz zu zerstören, alles, was ich hier gebaut habe.«

Wells schwankte ein wenig, als der Käfer unter ihm die Position veränderte. »Ich doch nicht! Ich bin nur als Zuschauer mitgekommen. Du musst dich an meine neuen Freunde wenden.« Er steckte zwei Finger in den Mund und pfiff. Pauls Herz fing wie wild zu schlagen an, als zwei extrem gegensätzliche Figuren über dem Rand des Felsens auftauchten. Er musste sich mit Gewalt zusammennehmen, um weiter auf Kunoharas schwindende Kräfte zu vertrauen und nicht auf der Stelle wegzulaufen. »Auf dich haben sie's gar nicht abgesehen, Kunohara, nur auf deine Gäste«, sagte Wells. Mit einem trägen und etwas unmotivierten Lächeln sah er Paul wieder an. »Offenbar haben sie sich mit der neuen Geschäftsleitung überworfen. Wenn du sie den Jungs da«, er deutete mit dem Kopf auf das heranrückende Paar, »einfach auslieferst, wirst du bestimmt gern in unsern illustren Kreis aufgenommen.« Er beugte sich vor und zwinkerte. »Jetzt heißt es, Seiten wählen, weißt du. Im Moment keine besonders schwere Wahl.«

Paul achtete kaum auf Wells' Worte. Er starrte wie gelähmt die zwei auf sie zukommenden Kreaturen an, die wabbelige, fleischrosa Raupe und die Albinogrille, Mullet und Finch – nein, so hatten sie nur im Schützengraben geheißen. Mudd und Finney.

Ein Erinnerungsblitz. Mudd und Finney ... ein dunkler Raum, zwei groteske Gestalten ...

Weg. Paul erschauerte. Sie waren genauso grässlich anzuschauen wie immer, einerlei in welcher Verkörperung sie auftraten, und jede vernünftige Regung in ihm drängte ihn mit aller Macht, so schnell und so weit wie möglich vor ihnen davonzulaufen – aber dennoch spürte er diesmal einen minimalen Unterschied. Erst als sie Wells erreicht hatten und sich beiderseits des Käfers aufstellten, erkannte Paul, was es war.

»Was willst du?«, fragte die Finney-Grille mit kratziger Quengelstimme. »Der neue Herr will, dass wir uns beeilen. Wir sollen diese Kerle auf dem schnellsten Wege schnappen.«

»Wenn wir ihm helfen«, polterte die Mudd-Raupe, »gibt er uns die kleine Königin.«

»Ja, die kleine Königin.« Die augenlose Grille rieb voller Vorfreude die Vorderbeine aneinander. »Wir jagen sie schon so lange ...!« Sie wandte ihren glatten Kopf zu Kunohara und Paul um. »Und was sind das für welche? Gefangene?«

»Fressen wir sie auf?«, erkundigte sich die Raupe und richtete sich auf, so dass die vordere Hälfte ihres massigen Körpers die beiden drohend überragte.

Erschrocken trat Paul einen Schritt zurück, aber gleichzeitig durchzuckte ihn Freude. *Es stimmt,* dachte er. *Ich fühle nicht diese furchtbare, lähmende Angst wie früher. Und überhaupt, sie erkennen mich gar nicht!*

Wells schien sich die Frage der Raupe einen Moment lang durch den Kopf gehen zu lassen. »Nein, ich glaube nicht. Wenigstens Kunohara wird an diesem gottverlassenen Ort ein nützlicher Gesprächspartner sein.« Er grinste und nickte. »Aber die andern solltest du ihnen wirklich überlassen, mein lieber Doktor. Diese beiden hier sind ausgesprochen hartnäckig in der Verfolgung ihrer Ziele ...«

»Wir werden dem neuen Herrn die Kerle bringen, die da durch die Luft gesprochen haben«, krächzte die blinde Grille, »und dann wird er uns die kleine Königin überlassen. Unser süßes Lärvlein.«

»Sie fehlt mir so«, sagte die Raupe, und das Maul mit den scheußlichen Hauern verzog sich zu einem geradezu zärtlichen Grinsen. »So bleich, so dick ...! Wenn wir sie finden, werde ich alle ihre Dutzende von Zehlein anknabbern!«

Paul war sich nunmehr ganz sicher, dass diese Version der Zwillinge nicht mit den erbarmungslosen Jägern identisch war, die ihn durch so viele Welten gehetzt hatten, sondern eher den Pankies glich, die auch nur ihre eigene Suche im Sinn gehabt und sich gar nicht für ihn interessiert hatten. Die Erinnerung an Undine Pankie kam ihm, an die hungrige Verzückung auf ihrem teigigen Gesicht, ähnlich wie jetzt auf dem der Raupe, als sie von ihrer »lieben Viola« geschwafelt hatte ...

Viola. Ein Zusammenhang dämmerte ihm. *Viola. Vaala. Avialle.*

Ava.

»... Ich bestehe darauf, dass du sie wegschickst, Wells«, ereiferte sich Kunohara. »Dies ist mein Haus, mein Reich, und ich beharre auf meinem Recht, ganz gleich, was sich geändert hat. Niemand vergreift sich unter meinem Dach an einem Gast.«

Wells nickte, die Einsicht in Person. »Oh, selbstverständlich, ich verstehe. Aber wie war noch mal das alte Sprichwort vom Naseabschneiden, um das Gesicht zu bestrafen? Ich kann dir wirklich nicht empfehlen, dich mit dem neuen Boss anzulegen, Kunohara. Was mich betrifft, so habe ich nicht den geringsten Einfluss auf ihn – wenigstens noch nicht. Ich habe persönlich nichts gegen dich, aber ich kann dir leider nicht helfen.«

So schwer von Begriff und mit sich selbst beschäftigt sie waren, wurden die Grille und die Raupe doch langsam aufmerksam. »Der ist es?«, schrillte die Grille und drehte ihr bleiches, blindes Gesicht Kunohara zu. »Der ist es, der uns von den andern fernhält?«

Mit einem schwappenden Geräusch wie eine riesige Wassermatratze kroch die Raupe näher. Eine Welle lief durch ihren Leib, und die vordersten Glieder streckten sich mit krallenden Klauen nach Paul aus. »Sie halten uns von der kleinen Königin fern …?«

»Genug«, sagte Kunohara und machte eine Geste. Im Nu war der Felsen verschwunden, und der verdutzte Paul stand wieder schwankend in der Mitte von Kunoharas Blasenhaus.

»Was ist geschehen?«, fragte Florimel. »Wir konnten nicht hören …«

Paul wandte sich an Kunohara. »Warum hast du ihnen keine Lektion erteilt, Schnee oder Wind oder so was, einen von deinen Göttertricks? Wir waren weit genug vom Haus entfernt …«

»In ihrer Gegenwart war ich durch irgendetwas blockiert.« Kunohara war sichtlich beunruhigt. »Ihr neuer Herr, vermutlich dieser Dread, beschützt sie. Er manipuliert an meiner Welt herum.« Der sorgenvolle Blick wurde finster. »Aber so leicht bin ich nicht zu vernichten. Nicht in meinem eigenen Haus.«

Die Aufregung unter den Wespen auf der Blase hatte zugenommen. Aus dem langsamen Geschiebe in dem geschlossenen Chitinmantel ringsherum war ein wildes Rasen geworden, und das Summen war so durchdringend laut, dass die Luft in dem durchsichtigen Haus davon vibrierte.

»Op an!«, schrie T4b. Er machte einen hastigen Schritt zurück und rempelte Paul beinahe um. Direkt über ihren Köpfen sackte die Kuppel unter dem Gewicht der schwärmenden Scheusale langsam nach unten durch. »Nix wie raus hier, oder wir sind Schrotthack!«

Einer der Stacheln stieß schließlich durch die Blasenhaut, und durch das drückende Gewicht verbreiterte sich der Schlitz. Selbst Kunohara war sichtlich schockiert, als eine der entstellten Kreaturen durch das Loch in der rasch weiterreißenden Membran rutschte. Sie hing einen

Moment lang über ihnen und strampelte mit ihren großen schwarzen Beinen wie ein Pferd an einem Kronleuchter.

»Nach unten!«, schrie Kunohara. Er packte Paul am Arm und stieß ihn auf die ins Untergeschoss führende Treppe. Während die anderen hinterherstolperten, machte sich die erste Wespe endlich von der Decke los und plumpste auf den Boden des oberen Raumes. Kaum hatte sie sich aufgerappelt, einen stier glotzenden Ausdruck in ihrer Karikatur eines menschlichen Gesichts, da krachten auch schon mehrere ihrer Genossen auf sie nieder. Unter ihren blindwütigen Versuchen, voneinander loszukommen, ging Kunoharas Einrichtung zu Bruch.

Als alle Menschen im unteren Raum waren, deutete Kunohara fingerschnippend nach oben, um die Klappe über der Treppe hinter ihnen zu schließen. Da sie nicht reagierte, packte er sie und machte Anstalten, sie zuzuziehen. T4b und Florimel sprangen ihm bei, aber ein zappelndes Bein schob sich in die Lücke, bevor sie die Tür zu hatten. Mit einem Schrei, der nicht aus seinem eigenen Mund zu kommen schien, grapschte Paul sich das Erste, was ihm in die Hand kam, einen kleinen Tisch, und hämmerte damit auf das Bein ein, bis es abbrach. Eine graue Flüssigkeit spritzte herein, doch jetzt gelang es Kunohara und den anderen, die Bodenklappe zuzuschlagen und zu verriegeln.

Erschüttert starrte Paul das abgetrennte Bein an, das auf dem transparenten Boden lag und immer noch leicht zuckte. Angezogen von dem Tumult an der Oberfläche umschwärmten unter seinen Füßen die Garnelenlarven mit sondierenden Stielaugen und tastenden Spinnenbeinen die Blase. Das Brummen aus dem Obergeschoss wurde lauter. Die Klapptür fing an, sich unter dem Gewicht der durch das zerrissene Dach einfallenden Wespen nach innen zu wölben.

»Die schrotten uns«, keuchte T4b. »Aber ’n paar von den Krabblern gehn mit drauf.«

»Nein.« Kunohara deutete auf einen Platz am Boden. »Stellt euch dort hin!«

Martine, die das Summen kaum mehr ertragen konnte, hielt sich die Ohren zu. »Was hast du vor?«

»Das Einzige, was noch geht«, antwortete Kunohara mit erhobener Stimme, um den Radau von oben zu übertönen. »Ihre Blockade umgibt jetzt auch dieses Haus – ich kann mich nicht einmal mehr selbst versetzen! Aber wenn ihr fort seid, kann ich vielleicht noch etwas retten.« Er nahm Martine am Arm und zog sie unsanft zu der Stelle, die er angegeben hatte.

»Was, will er uns den Viechern verfüttern?«, schrie T4b. »Kannste nullen …!«

Der ungeduldige Kunohara zischte ihn wütend an. »Habt ihr mir nicht schon genug geschadet? Müsst ihr mich auch noch beleidigen? Auf die verdammte Stelle da, los!«

Paul fasste T4b und schob ihn an den Platz, wo bereits Martine und Florimel standen. Der Boden wölbte sich jäh zu einer kugeligen Form nach außen. T4b rutschte aus und riss die beiden Frauen mit zu Boden. »Der ersäuft uns!«, kreischte er.

Paul sah Kunohara an, doch dessen Gegenblick verriet nichts, und so überließ er sich dem Schicksal und glitt in die größer werdende Ausstülpung hinunter. Sogleich umspülte sie das Wasser des Flusses, und die durchscheinenden Garnelen waren nur noch Zentimeter entfernt.

»Und du?«, rief Paul zu Kunohara hoch.

»Eine Sache muss ich noch machen, sonst schnappen sie euch einfach, wenn ihr hier an der Oberfläche treibt. Stützt euch gut ab.« Er kehrte Paul den Rücken zu und vollführte wieder eine Reihe mysteriöser Gesten. Wie zur Antwort erscholl draußen ein Donnerschlag, der das wütende Gebrumme der Wespen übertönte. Ein Blitz zuckte, aber durch das Wasser, das sie inzwischen fast ganz umschloss, erschien er lediglich als ein verschwommenes Leuchten. Die Ausstülpung war zu einer kleinen Blase geworden, die nur noch durch ein schrumpfendes Loch mit dem übrigen Haus verbunden war. Paul hockte zusammengequetscht zwischen Florimel und T4b und konnte sich kaum mehr rühren. Kunohara ließ die Hände sinken wie ein Dirigent am Schluss einer Symphonie, und das Loch, durch das Paul ihn ansah, ging vollends zu. Mit einem jähen Ruck, bei dem Paul der Magen in die Kniekehlen sackte, riss sich die kleine Blase von dem Haus los, das sie hervorgebracht hatte, und sauste an die Wasseroberfläche.

Der Druck war so stark, dass die Kugel richtiggehend aus dem Wasser herausschoss und wieder zurückfiel. Paul und seine Gefährten purzelten übereinander und stießen mit Ellbogen, Köpfen und Knien schmerzhaft zusammen. Doch das Gefühl der Freiheit war von kurzer Dauer. Sie waren nur ein kleines Stück vom Haus und seiner wimmelnden Wespendecke entfernt aufgetaucht. Riesige Regentropfen krachten auf sie nieder, brachten den Fluss zum Schäumen und schnippten ihr winziges, rundes Rettungsboot wie eine Murmel hin und her.

Paul machte sich von den anderen los und presste das Gesicht an die Blasenwand. Selbst der sintflutartige Regen hatte den Angriff der Zwillinge nicht aufhalten können: Die Brücke über das aufgewühlte Wasser, bestehend aus hunderttausend ineinander verhakten Wespen und Käfern, war jetzt fertig. Im Licht eines Blitzes sah er, wie die Grille und die Raupe ohne Hast von dem Felsen herunterstiegen und das Landende der Insektenkette betraten wie Eroberer die heruntergelassene Zugbrücke einer Burg. Paul war sich nicht sicher, aber er meinte, den seinen Käfer anspornenden Wells dahinter zu erkennen.

»Sie haben uns gesehen!«, schrie Florimel, und einen Moment lang hatte Paul keine Ahnung, was sie meinte. Die Zwillinge und Wells waren jedenfalls zu weit weg, um ihre Blase von den vielen anderen unterscheiden zu können, die der Regen aufgepeitscht hatte. Da sah er, dass etliche der mutierten Wespen mit zielgerichteten Bewegungen, wenn auch ausdruckslosen Gesichtern auf sie zugeschwommen kamen. Einige waren von den reißenden Wellen bereits weggeschwemmt worden, doch andere paddelten mit der sturen Entschlossenheit von Hunden unbeirrt weiter.

Ihre runde Arche bekam abermals einen gewaltigen Regentropfen ab und wurde hart zur Seite gewirbelt. Paul musste sich gegen die Wölbung stemmen, um nicht das Gleichgewicht zu verlieren. Als er wieder hinausschauen konnte, sah er im grellen Schein des nächsten Blitzes, dass die Zwillinge mittlerweile auf der zertrümmerten Kuppel von Kunoharas Blase standen. Die Wespen wuselten wild durcheinander, vielleicht in dem Bestreben, für ihre Kommandanten den Eingang freizumachen. Da kam ein Stock angeschossen, der fast halb so hoch war wie das Haus, drehte sich in der Strömung und wischte etliche der Hunderte von Wespen weg, die an dem Haus hingen. Blätter, Holzstücke und Grasbüschel schwammen auf dem Fluss. Paul blickte zu dem Wasserfall hinter dem Haus auf und sah, dass sich dort oben ein großer Klumpen angesammelt hatte, ein zufällig entstandener Damm aus Zweigen und Mulch, der unter dem Druck des darüber hinwegrauschenden und durch die Lücken dringenden Wassers heftig wackelte.

Der Regen, ging es ihm durch den Kopf, *so viel Regen. Der Haufen da oben muss jede Menge Wasser und anderen Kram stauen.*

Was hatte Kunohara gesagt? *»Eine Sache muss ich noch machen …«*

»Um Gottes willen!«, schrie Paul. »Haltet euch fest, so fest ihr könnt!«

»Wir haben schon damit zu tun, einigermaßen aufrecht zu sitzen …«, begann Florimel, doch Paul setzte ihr den Fuß auf die Hüfte und schob sie an die Wand der Blase zurück. »Halt dich fest, herrje! Gleich wird …«

Als es wieder blitzte, sah er, wie ein Ruck durch den großen Treibgutpfropfen ging und er sich auf der ganzen Breite des Wasserfalls verformte. Das Wasser war jetzt fast vollkommen abgeblockt, was sogar den beiden Greuelgestalten auf Kunoharas Haus auffiel, denn sie drehten sich um und guckten nach oben. Durch die Dämmwirkung beruhigte sich die Strömung um Paul und die anderen einen Moment lang, und ihre Blase sank tiefer ein. Dann brach der Klumpen entzwei, und der Fluss schoss über den Rand wie eine Faust aus grünem Wasser und weißem Schaum und krachte auf Kunoharas Haus und die Insekten herunter, dass eine mächtige Fontäne aufspritzte.

Die Wasserwand brauste über das Becken hinweg auf Paul und seine Gefährten zu, riss sie mit und schleuderte die laut kreischende Schar den nächsttieferen Katarakt hinunter. Einen Moment lang flogen sie über dem dunklen, regengepeitschten Fluss durch die Luft wie ein vom Himmel stürzender Stern.

> Die Zerstörung Roms war in vollem Gange, und der Rauch der Brände war bis in die fernen Weinberge Kampaniens zu sehen – eine Niederlage von noch nie dagewesenen Ausmaßen. Und doch konnte man den Römern, Bürgern wie Sklaven, keinen Vorwurf machen, dass sie keinerlei Verteidigungsmaßnahmen ergriffen hatten, denn der massive Angriff war buchstäblich aus dem Nichts gekommen, und mit fast dreihundert Jahren Verspätung.

Vor diesem Schreckenstag hatte Tigellinus zwei Jahre lang als Kaiser regiert. Der einstige Rosstäuscher war immer noch beliebt, weniger wegen seiner eigenen Taten, obwohl er sich bemüht hatte, ein guter Herrscher zu sein, als wegen des immer noch nicht abgeklungenen Hasses, der seinerzeit das römische Volk angestachelt hatte, seinen Vorgänger Nero, den letzten der julisch-claudischen Cäsaren, zu ermorden. Gegen Tigellinus war nichts einzuwenden, meinten viele Römer, aber selbst eines seiner Pferde wäre besser gewesen als Nero.

Dabei schien der Mutter aller Städte noch am Tag davor ein günstiges Schicksal zu lachen. Die frische Tramontana aus dem Norden hatte den Märzhimmel freigeblasen, und unmittelbar darauf hatten in einem fast schlagartigen Frühlingserwachen die Kastanien zu blühen begonnen und die Hügel ein grünes Kleid bekommen. Seltsamerweise hatten selbst die Auguren und die anderen Priesterkollegien keinerlei Warnung vor Unheil ausgesprochen – die jüngsten Opfer schienen das Wohlgefallen der Götter gefunden zu haben, und überhaupt hatten sämtliche Zeichen ein glückliches Jahr für den Kaiser und sein Volk verheißen. Im Reich herrschten sichere Verhältnisse. An den äußeren Rändern des römischen Imperiums gab es noch Scharmützel, aber im Allgemeinen war das Wort Krieg wenig mehr als ein Anlass zu Geschichten, die alte Soldaten, Teilnehmer an den Kämpfen in Britannien oder in den Wäldern Galliens, in den Weinschenken erzählten. Niemand hatte im Entferntesten mit einem Angriff gerechnet, schon gar nicht von einem Feind, der längst tot war und dessen Stadt beinahe so lange schon Staub war wie er.

Eines späten Vormittags im März stand Hannibal mit seiner Streitmacht plötzlich vor den Toren, wie von einem Gott herbeigezaubert. Jahrhunderte zuvor hatte der Karthager mit seiner Alpenüberquerung die Römer überrumpelt. Diesmal war es den Heeren des Barkiden gelungen, noch heimlicher und überraschender aufzuziehen. Seine Ankunft wurde überhaupt erst ruchbar, als unmittelbar nördlich der Stadt schwarzer Rauch am Himmel aufstieg und die ersten entsetzten Flüchtlinge auf den Hauptstraßen nach Rom strömten. Wenige Stunden später loderten schon vielerorts Brände innerhalb der Stadtmauern und auf dem Marsfeld wurden die Leichen gefallener Bürger geschändet.

Die Stadt bot wenig Gegenwehr auf. Der Senat war auf die ersten Meldungen von der Invasion hin auf der Via Appia nach Süden geflohen, wobei sich einige Senatoren dadurch hervortaten, dass sie in ihrer Eile andere Flüchtlinge unter den Rädern ihrer Wagen zermalmten. Die angesehensten Männer der Zeit weilten fern von Rom, nicht zuletzt weil es Tigellinus ratsam erschienen war, alle tüchtigen Heerführer Roms auf das Reich zu verteilen. Und natürlich waren Hannibals alte Feinde Scipio und Marcellus seit Jahrhunderten tot.

Die Prätorianergarde kämpfte wacker, aber gegen zehntausend heulende Karthager konnte sie wenig ausrichten – Hannibals Heere schnitten auf der Via Triumphalis durch die Elitetruppe wie ein Messer durch weiche Butter. Kaiser Tigellinus wurde mit auf den Rücken gebundenen Armen aus der Domus Aurea geschleift. Hannibal stieg selbst von seinem Rappen und prügelte den Kaiser mit einem Stock zu Tode – eine Art Ehrenbezeigung gewissermaßen.

Das Bizarrste in der ganzen folgenden Woche namenloser Greuel war dabei gar nicht die unfassbare Tatsache, dass der schreckliche Hannibal von Karthago aus dem Grab erstanden war, sondern dass er darüber hinaus Rom mit einer Streitmacht von Soldaten einnahm, die ihm zum Verwechseln ähnlich sahen – einige Überlebende schworen sogar, alle hätten sich geglichen wie ein Ei dem anderen. Auf jeden Fall stand fest, dass statt des bunt zusammengewürfelten Söldnerhaufens aus Ligurern und Galliern, Spaniern und Griechen, mit denen er in den Tagen der Republik in Italien eingefallen war, diesmal eine seltsame Einheitlichkeit unter seinen Männern zu beobachten war: Einer wie der andere war klein, aber kräftig gebaut und hatte schwarze Haut, lange dunkle Haare und eigentümlich asiatisch geschnittene Augen. Woher sie auch stammen mochten, sie brandschatzten und plünderten und mordeten mit einer derart zügellosen und willkürlichen Grausamkeit, dass einige Römer schon in den ersten Stunden des Angriffs meinten, der Schlund der Erde selbst habe sich aufgetan und dieses Heer von Dämonen ausgespien. Am Ende des ersten Tages hätte ihnen kaum einer mehr widersprochen.

Die Wenigen, die ihn sahen und am Leben blieben, gaben an, Hannibal habe die gleiche dunkle Haut und die schwerlidrigen Augen wie seine Truppen. Außer an seinem goldbeschlagenen Pferd und seinem Banner, so die verängstigten Flüsterstimmen, sei Hannibal von seinen Untertanen nur an dem silbernen Stab zu unterscheiden, den er ständig in der Hand hielt, und daran, dass er allein von seiner ganzen erbarmungslosen Armee die grausigen Vorgänge amüsant zu finden schien. Er lachte, als die jungen Männer aus patrizischen Familien vor ihn gebracht und abgeschlachtet wurden, lachte nicht minder, wenn ihre Schwestern und Mütter um Gnade bettelten, als ob das ganze Gemetzel eine Theatervorstellung einzig zu seinem Vergnügen wäre.

Er ist kein Mensch, sondern ein böser Gott, raunten sich Überlebende zu, die sich in den Kloaken und Kellern versteckten. *Er mag sich Hannibal nennen, aber selbst die Geißel von Cannae war niemals derart bestialisch.*

Als am ersten Tag seiner Eroberung die Sonne sank, rückte der Böse in das Herz der Stadt vor, das Forum Romanum, und errichtete sich dort einen Palast. Fliegen schwirrten zu Millionen über dem Platz und verdunkelten den roten Himmel wie Gewitterwolken. Der Dämon baute die Wände seines Hauses aus aufgetürmten Toten und Sterbenden, die er mit dem Gesicht nach oben auf hohe Holzpfähle spießen ließ, so dass der letzte Blick jedes sein Leben aushauchenden Mannes den nächsten traf, der auf ihn gerammt wurde.

In der Mitte wollte das Erzungeheuer Hannibal einen Thron aus Schädeln in allen Größen gebaut haben, Schädel, die noch Stunden zuvor die vielfältigen Gedanken lebender Menschen beherbergt hatten. Als der Thron fertig war, nahm er darauf Platz, umringt von den hohen Wänden seines neuen Palastes – Wände, die schrien und bluteten und flehten –, ließ sich die römischen Gefangenen erst einen nach dem anderen, dann im Laufe des späteren Abends in Gruppen vorführen und jedem irgendeine ausgesuchte Peinigung antun.

Der alte Stoiker Seneca, der drei Kaiser beraten hatte und in dem viele das personifizierte Gewissen Roms sahen, stand tapfer, aber weinend vor dem Thron des Feindes und schleuderte Hannibal ein Zitat des Euripides ins grinsende dunkle Gesicht: *»Zu heillosem Unglück gebar mich die Mutter. Ich beneide die Toten, ich sehne mich zu ihnen.«*

Der Dämon lachte laut darüber und befahl, dem alten Mann Arme und Beine abzuschneiden, damit er sich nicht selbst umbringen konnte, dann ließ er ihn am Fuß seines Throns liegen wie einen Hund und machte ihn zum Zeugen von allem, was noch folgte.

Tatsächlich gab es am Ende unter den noch Lebenden nicht einen, der nicht die anderen beneidete, die schon getötet worden waren …

Gott sein war harte Arbeit, wurde Dread allmählich klar.

Er stand im bleichen Sonnenschein vor seinem Thronsaal auf dem Forum und sog prüfend die Morgenluft ein, suchte mit seiner feinen Nase in den Gerüchen von Rauch, Blut und Verwesung noch eine andere, subtilere Witterung, ohne genau zu wissen, welche. Seine Soldaten, zehntausend Spiegelbilder seiner selbst, knieten auf der Via Sacra und warteten stumm auf Befehle. Er schnupperte abermals und wusste nicht so recht, was er vermisste, was ihm die Brise an diesem schönen Frühlingsmorgen zutragen sollte, den der Gestank zahlloser unbestatteter Leichen nur wenig trübte. Vielleicht den Hauch eines Zwecks, einer echten Herausforderung.

Die Zerstörung um ihrer selbst willen verlor langsam ihren Reiz, fand er, während sein Blick die verkohlten Dächer Roms überflog. Er hatte bereits ein halbes Dutzend von den Lieblingssimulationen des Alten Mannes verwüstet, dazu noch ein paar andere, die sonstigen Herren des Netzwerks gehörten, und langsam wurde ihm der Spaß daran schal. Anfangs war es spannend gewesen – er hatte mehrere Tage lang in Toyland ein planmäßiges Lustmorden veranstaltet und dabei seine grausame Fantasie in einem solchen Maße strapaziert, dass er gegen Ende, als er übersättigt inmitten seines Vernichtungswerks gelegen hatte wie ein Löwe neben seiner Beute, einen nahezu unerhörten Moment des Selbstzweifels gehabt hatte. Er sah sich unversehens vor die Frage gestellt, ob die ausgesuchten Martern, denen er Rotkäppchen und die Jungfer Salome und Hans im Glück unterzogen hatte, ob überhaupt sein ganzes furchtbares Wüten in ihrem Märchenland vielleicht Indiz einer latenten Pädophilie war. Der Gedanke war ihm unangenehm – Leute, die Kinder missbrauchten, waren Dread immer als ziemliche Jämmerlinge erschienen –, und bei seinem nächsten Projekt, der Ausmerzung einer niedlichen kleinen Comicsimulation von London um 1920, hatte er darauf geachtet, seine abseitigeren Gelüste ausschließlich an Personen zu befriedigen, die eindeutig erwachsen waren. Jetzt aber, etliche Simwelten weiter, nachdem er in dieser letzten Welt die Blüte der römischen Weiblichkeit über Felder und durch brennende Villen gehetzt hatte, bis tapferer Widerstand und weinende Kapitulation gleichermaßen den Kitzel verloren hatten, und nach einem Terrorprogramm, das allmählich zur mechanischen Routine verkam, wurde es Dread endgültig zu langweilig.

Er griff sich wahllos einen der Dreadsoldaten heraus und drückte ihm eine funktionsunfähige Kopie seines silbernen Stabes in die Hand.

»Du bist jetzt Hannibal, Sportsfreund«, teilte er seinem Simulakrum mit. »Deine erste Aufgabe ist, dass du die Gladiatoren freilässt und ihnen allen Messer, Schwerter und Lanzen gibst.« Er runzelte die

Stirn. Eigentlich war es ihm egal, zumal er nicht darüber hinwegsehen konnte, dass er bloß mit einer armseligen Kopie von sich selbst redete. »Ach ja, und vernichte alle Nahrungsvorräte. Wenn das getan ist, ziehst du dich mit dem restlichen Heer zurück, und ihr bildet einen Ring um die Stadt. Dann sehen wir mal, was die Überlebenden so treiben.«

Er wartete die Antwort nicht ab – wozu auch? –, sondern versetzte sich augenblicklich zurück ins Herz des Systems.

Das Problem bestand darin, dass es kinderleicht war, hier alles zu zerstören, aber sehr schwer, das über längere Zeit interessant zu gestalten. Klar, am Anfang war allein die Vorstellung, sich in den atemberaubend teuren Simulationen des Alten Mannes derart hemmungslos auszutoben, Befriedigung genug gewesen, beinahe so, als würde er dem alten Drecksack höchstpersönlich eine Abreibung verpassen, und die unbeschränkte Macht, Greuel von solchen Ausmaßen anzurichten, hatte ihren eigenen Reiz gehabt. Jetzt stieß er langsam an die Grenzen der Sache: Bald würde er seiner vollkommenen Freiheit, die Welten des Netzwerks zu durchstreifen und nach Lust und Laune mit ihnen zu verfahren, nichts mehr abgewinnen können. Ohnehin war es gar keine richtige Zerstörung: Sofern er die Simulationen nicht in ewiger Verheerung einfror oder den Code dahinter löschte (eine ganz andere, seine Triebe viel weniger befriedigende Art von Rache), erreichten sie irgendwann einfach das Ende eines Zyklus und fingen wieder von vorne an, und die ganze Vernichtung, die er angerichtet hatte, wurde dann weggewischt, als ob sie niemals geschehen wäre.

Dread schwebte in dem riesengroßen, aber weitgehend kahlen Komplex, den er sich gebaut hatte, einer offenen Raumkomposition ganz aus glattem, weißem virtuellen Stein. Vor den Fenstern erstreckten sich der wolkenlose blaue Himmel und die endlose Buschlandschaft des australischen Outback, die er in den Netzserien seiner Kindheit gesehen, aber selbst niemals besucht hatte, die karge Weite in der Mitte seines Heimatlandes.

Es reichte nicht aus, einfach die Macht über das Netzwerk zu haben, erschien es ihm mehr und mehr. Mit der Knute des Schmerzes – genauer gesagt, ihrer Entsprechung, denn echten Schmerz konnte es für eine künstliche Intelligenz, einerlei wie lebensähnlich, ja nicht geben – hatte er dem Betriebssystem die unumschränkte Herrschaft abtrotzen wollen und es dazu mehrmals mit seinem Dreh bearbeitet, bis es endgültig die Waffen vor ihm gestreckt hatte. Doch obwohl er die Herrschaft bekommen hatte, gab es immer noch zu viele Einschränkungen, und es ärgerte ihn, dass er zwar eine genauso große Macht über das System gewonnen hatte wie Jongleur, aber auch nicht mehr. Zum Beispiel war er nicht imstande, einen einzelnen Benutzer zu lokalisieren, dafür war das System zu komplex, zu weitgestreut. Wenn die blinde Martine sich nicht über einen offenen Kommunikationskanal gemeldet hätte, hätte er nie erfahren, dass sie noch lebte, und erst recht nicht ihren Standort erraten können. Inzwischen bedauerte er es, dass er zu dem Zeitpunkt mit Dulcy beschäftigt gewesen war – ein kurzer Blick in die Kunohara-Simwelt ergab, dass der Aufenthalt seiner früheren Reisegefährten wieder unbekannt war. Er hätte es nicht anderen Leuten überlassen dürfen, nicht einmal Jongleurs eigenen Agenten. *Vor allen Dingen nicht* Jongleurs eigenen Agenten. Langsam entwickelte Dread mehr Verständnis für den Ärger des Alten Mannes über unfähige Untergebene.

Selbstsicher, großspurig, faul, tot, welch goldene Worte! Der Alte Mann hatte sich für den unangefochtenen Herrn des Netzwerks gehalten, und er hatte diesen Irrtum bereuen müssen. Dread beschloss, dass er besser aufpassen musste, um nicht ähnliche Fehler zu begehen. Aber wer konnte ihm schon gefährlich werden?

So schlecht sah es gar nicht aus, wollte es ihm scheinen. Wenn sonst nichts, war die Aufgabe, Martine und den Rest seiner früheren Truppe ausfindig zu machen, seine erste richtige Herausforderung seit Tagen. Und Jongleur selbst war anscheinend völlig aus dem System verschwunden, sogar vom Netzwerkport seines eigenen Systems abgekoppelt. War er tot, oder war er einfach offline gegangen und wartete ab? Dread wusste, dass sein Sieg erst dann vollständig war, wenn sein einstiger Brötchengeber sich vor ihm im Staub wand. Auf den Tag freute er sich jetzt schon. Selbst die Vernichtung von Toyland, Atlanta und Rom würde milde erscheinen im Vergleich zu dem, was Dread mit Felix Jongleur vorhatte.

Ach ja, und dieses Hurenaas von Sulaweyo. Nicht nur wanderte die virtuelle Renie irgendwo da draußen im Gralsnetzwerk herum, überdies mussten Klekker und seine Jungs ihren wirklichen Körper demnächst in der Hand haben. Er nahm sich vor, sich bald einmal nach dem

Fortgang der Drakensberg-Operation zu erkundigen. *Wäre das nicht nett? Dann hätte ich sie offline* und *online zu fassen, den Körper und den Geist. Das könnte … sehr interessant werden.*

Dread ließ Musik durch die Hallen seines eisweißen Palastes tönen, einen Kinderchoral aus seiner Sammlung. Die Sänger, unschuldig wie Honig sammelnde Bienen, riefen ihm die letzten Stunden von Toyland zurück, ein Gedanke, der ihm in diesem Moment ästhetisch gegen den Strich ging. Er stellte die Stimmen leiser und fühlte, wie die Entspannung ihn durchströmte.

Gott, oder zumindest seine blutbesudelte Travestie im Universum des Gralsnetzwerks, ruhte sich kurzzeitig von seinen schweren Werken aus.

Der Haken ist, dachte er nach einer Weile, *dass ich noch nicht ohne die kleine Dulcy Anwin auskomme. Ich weiß nicht, wie man etwas Neues schafft, weiß im Grunde nicht mal, wie man im größeren Stil Sachen modifiziert. Das Betriebssystem ist wie eine Tür: Wenn ich mich dagegen lehne, geht es auf oder zu, aber die Wahlmöglichkeiten sind ziemlich beschränkt.*

Er hatte versucht, ihm normale Sprachbefehle zu erteilen, aber entweder war das System darauf nicht eingestellt, oder es gab vor, nicht zu verstehen. Auch wenn er ihm noch so viele Schmerzen zufügte, es kommunizierte trotzdem nicht mit ihm, und damit waren seine Fähigkeiten darauf reduziert, bereits bestehende Faktoren abzuwandeln – Mutationsgradienten, Simaustauschalgorithmen. Solche Einschränkungen waren frustrierend, und die Notwendigkeit, sich mit den Launen eines Netzwerks zu arrangieren, das ihm eigentlich zu Willen sein sollte wie eine billige Nutte, beleidigte ihn.

Eines war klar: Wenn er Renie Sulaweyo und Martine Desroubins und die Übrigen finden wollte, musste er imstande sein, versierter mit dem System umzugehen. Nach dem zu schließen, was sich in der Insektenwelt abspielte, waren Jongleurs Agenten kaum zu gebrauchen. Zudem hatte Dread langsam den Eindruck, dass nichts in dieser virtuellen Welt auch nur halb so unterhaltsam sein konnte wie die realen Personen, die sich ihm widersetzt hatten, in die Hände zu bekommen. Ha, dann würde er glorreich Rache nehmen! Irgendetwas, das fantastisch erfinderisch und unendlich langsam war. Das Gehirn, das darauf gekommen war, den führenden Bürgern Roms lebendigen Leibes die

Haut abzuziehen und dann daraus Heißluftballons mit bodenlosen Körben zu machen, an die geklammert ihre Angehörigen sich in die Luft erhoben – gewiss konnte ein Gehirn von einer solchen künstlerischen Fantasie sich für seine wenigen verbliebenen Feinde eine Behandlung ausdenken, die wahrhaft imposant war, wenn nicht gar … schön?

In seinem weißen Palast schwebend glitt Dread in einen Dämmerzustand hinüber, in dem er Idealen von Schmerz und Macht nachjagte, die sich andere nicht einmal vorstellen konnten.

> *Der Fahrstuhl schien für die zehn Etagen abwärts lange zu brauchen. Paul kochte vor Wut, stand regelrecht unter Hochdruck. Als die Tür endlich aufglitt, hatte er das Gefühl, er werde in den Empfangsbereich hinausschießen wie Blut, das aus einer geplatzten Schlagader spritzt.*

Es war niemand an der Empfangstheke, was ihm nur recht war – er konnte die blasse, eckige junge Frau, die normalerweise dort saß, ohnehin nicht besonders leiden und wollte nicht, dass sie ihn wie einen Irren herumbrüllen sah. Er ging am Rand des gekrümmten Raumes entlang, gerade noch so weit Herr seiner selbst, dass er nicht über irgendeines der schicken und teuren Rostow-Modern-Möbel stolperte, und legte die Hand auf das Türfeld.

Als er die beiden am Schreibtisch so dicht beieinander sitzen sah, dass der kleine, makellos frisierte Kopf beinahe die große, glänzende Glatze berührte, war er von seinem ersten spontanen Gedanken selbst überrascht.

Sie kennen alle Geheimnisse. Alle verbotenen Geheimnisse.

Er blieb in der Tür stehen, plötzlich der Ungehörigkeit seines Benehmens und seiner Machtlosigkeit bewusst, und schon kühlte sein selbstgerechter Zorn ab. Aber zu seiner Empörung kam noch etwas hinzu, nämlich die schlichte Tatsache, dass seine elende Spießerseele an die ganzen kindlichen Ideale glaubte, die er als Schüler mit sich herumgetragen hatte wie eine zerschlissene Jacke, obwohl er dadurch erwiesenermaßen mehr Freunde verprellte als gewann. Niemanden verpetzen, niemanden hintergehen – er glaubte immer noch daran. Immer ehrlich und gerecht. Dieser ganze edel-hilfreich-gute Eliteschulquatsch, der für die Jungen, die wirklich zur Elite gehörten, erledigt war, bevor sie noch den kurzen

Hosen entwachsen waren, aber den ein kleiner Stipendiat wie er für etwas besonders Hohes und Heiliges hielt.

Er betrachtete die beiden schweigenden Gestalten, die den Eindringling gar nicht bemerkten und zweifellos irgendeinen drahtlosen Kontakt hatten – Paul hatte nicht einmal eine Neurokanüle, ein weiterer Beweis seiner hoffnungslosen Antiquiertheit –, und fühlte sich abermals wie ein Schuljunge. Er hatte im Stillen mit den älteren Jungen geschimpft, weil sie nicht fair gespielt hatten, aber jetzt, wo er mit ihnen allein war, wusste er, dass ihm eine fürchterliche Tracht Prügel bevorstand.

Dummes Zeug, *sagte er sich.* Außerdem wissen sie gar nicht, dass ich hier bin. Ich kann mich einfach umdrehen und später wiederkommen …

Die Augen des Kleinen gingen auf und funkelten ihn durch die Brille an. Sofort war seine Selbstsicherheit verflogen.

»Jonas.« Finney starrte ihn an, als ob er nackt erschienen wäre. »Du bist in meinem Büro. Die Tür war geschlossen.«

Sein Freund Mudd war immer noch abwesend und glotzte mit einem breiten, ekelhaft zufriedenen Grinsen ins Leere.

»Ja, aber …« Paul merkte, dass er außer Atem war. Sein Herz pochte inzwischen weniger aus Zorn als aus Verlegenheit, beinahe Furcht. »Weil nämlich … Ich weiß, ich hätte vorher anrufen sollen …«

Finneys Gesicht war derart missbilligend verkniffen, dass Paul trotz allem wieder die Wut aufglimmen fühlte. Das hier war nicht die Schule. Kein Mensch würde hier Prügel bekommen. Und er hatte mit dieser kleinen Spitzmausvisage weiß Gott ein Hühnchen zu rupfen.

Auf einmal kam Mudd zu sich, griff sich in den Nacken und richtete dann seine Schweinsäuglein auf Paul. »Jonas? Was zum Teufel machst du denn hier?«

»Ich habe soeben mit einem Freund von mir gesprochen.« Paul hielt inne, um Atem zu holen, spürte aber, dass es besser war, er wagte die Offensive, solange er noch den Mut dazu hatte. »Und ich muss sagen, ich bin empört. Jawohl, sehr empört. Dazu hattest du kein Recht.«

Finney neigte den Kopf, als ob Paul nicht nur nackt wäre, sondern auch noch Schaum vorm Mund hätte. Mit dem veränderten Einfallswinkel verwandelten die nahezu unsichtbaren Deckenlichter seine Brillengläser in zwei weiße Sichtblenden. »Was in aller Welt faselst du da?«

»Mein Freund Niles Peneddyn. Er war es, der mir die Stelle hier emp-

fohlen hat.« Paul holte abermals Luft. »Er sagt, du hättest ihn kontaktiert.«

Eine von Finneys Augenbrauen, dünn wie ein Fliegenbein, ging in die Höhe. »Er hat dir *die Stelle empfohlen? Das ist köstlich, Jonas. Er hat* dich *empfohlen, zu deinem Glück, denn anders als du entstammt Herr Peneddyn einer angesehenen Familie und hat hervorragende Verbindungen.«*

Derlei Schmähungen kannte er nur zu gut. Er ließ sich nicht davon irremachen. »Ja. Ja, genau den meine ich. Er hat gesagt, du hättest ihn kontaktiert.«

»Und?«

Mudd lehnte seine mächtige Hüfte an den Schreibtisch wie ein Elefant, der sich die Haut an einem Baumstamm kratzt. »Was passt dir daran nicht, Jonas?«

»Ich habe gerade mit ihm geredet. Er war sehr besorgt. Er sagte, du hättest ihm erzählt, es gäbe in der Beziehung zu meiner Schülerin ein Problem.«

»Er hat dich uns empfohlen. Wir wollten sicherstellen, dass da kein Irrtum vorliegt – dass er nicht einfach jemandem, den er gar nicht richtig kennt, einen Gefallen tun wollte.«

»Was für ein Problem?« Paul musste sich zusammenreißen, um nicht zu schreien. »Wie kannst du es wagen? Wie kannst du es wagen, meinen Freund anzurufen und anzudeuten, mein Verhalten wäre in irgendeiner Weise ... ungehörig?«

Wenn die Situation nicht so bitterernst gewesen wäre, hätte Paul fast den Eindruck gehabt, Finney unterdrückte ein Schmunzeln. »Ach, und deswegen bist du empört?«

»Ja, verdammt noch mal, deswegen bin ich empört!«

Eine Weile verging. In der Stille machte die Erinnerung Pauls Stimme immer lauter, bis er den Verdacht hatte, dass er tatsächlich die rechte Hand seines steinreichen Arbeitgebers angebrüllt hatte.

»Hör zu, Jonas«, sagte Finney schließlich, und jetzt lag mit Sicherheit kein Fünkchen Humor mehr in seiner Stimme. »Wir nehmen unsere Verpflichtungen außerordentlich genau – Herr Jongleur ist ein Mann, dessen Missfallen man unter keinen, unter gar keinen Umständen erregen möchte. Und wir sind nun einmal zu der Auffassung gelangt, dass es in der Beziehung zu deiner Schülerin ... Tendenzen gibt, die wir nicht gutheißen können.«

»Von welchen Tendenzen redest du? Und worauf gründet sich diese … Auffassung?«

Finney überhörte Pauls zweite Frage. »Es sieht so aus, als entwickelte sich eine zu große emotionale Anhänglichkeit. Zwischen dir und Fräulein Jongleur. Wir sehen das nicht gern, und sei versichert, dass ihr Vater das auf gar keinen Fall gern sehen würde.«

»Ich … ich habe keine Ahnung, wovon du sprichst.« Er schüttelte den Kopf, aber sein Mut flaute ab. Sie mussten irgendetwas über die geheimen Treffen wissen, ganz bestimmt! Er hätte niemals zulassen dürfen, dass er in so eine Position geriet. Warum war er bloß so verdammt lasch und ließ solche Sachen mit sich machen? Andererseits, wenn sie auch nur die geringste Vermutung hätten, was wirklich los war, würden sie dann nicht viel drakonischer reagieren als mit einem schlichten Anruf an Niles …?

Paul bemühte sich, seine entrüstete Stimmung wiederzufinden. Schließlich hatte er sich wirklich nichts zuschulden kommen lassen, nicht wahr? Oder? »Ich … Herrgott noch mal, ich mach doch bloß meine Arbeit. Und sie ist noch ein Kind!«

Finney lächelte säuerlich. »Sie ist fünfzehn, Jonas. Sie ist in kaum einem Sinne ein Kind zu nennen.«

»Im rechtlichen Sinne. Im pädagogischen Sinne. Mein Gott, auch was mich betrifft. In meinem ganz persönlichen Sinne.«

»Erzähl uns nichts von Kindern, Jonas«, bemerkte Mudd sichtlich erheitert. »Mit Kindern kennen wir uns aus.«

»Worauf gründet sich das?«, fragte Paul noch einmal. »Hat Ava irgendwas gesagt? Sie ist ein junges Mädchen, das eingesperrt lebt wie eine Prinzessin im Märchen. Sie ist … na ja, sie ist vielleicht ein bisschen exzentrisch, hat eine rege Fantasie. Aber ich würde nie im Leben …«

»Nein, du würdest nie im Leben«, schnitt Finney ihm das Wort ab. »Ganz bestimmt würdest du nie im Leben. Weil wir es rauskriegen würden. Und du würdest es für den Rest deines Lebens bereuen.« Er beugte sich vor, legte sogar seine bleichen Finger auf Pauls Arm, als ob er ihm ein wichtiges Geheimnis anvertrauen wollte. »Den Rest deines sehr kurzen Lebens.«

»Eines kurzen, aber ereignisreichen Lebens!«, ergänzte Mudd und lachte laut.

Als die Bürotür sich hinter Paul schloss, hörte er zu seiner Verwirrung, wie Finney in das Lachen einstimmte. Es klang gemein und erschreckend.

Als er schließlich im obersten Stock die Tür des Hauses im Grünen aufmachte, schlug ihm der betörende Duft von Gardenien entgegen. Im nächsten Moment, kaum dass er in den Flur getreten war, hatte sich Ava an seinen Hals geworfen und schlang so fest die Arme um ihn, dass er einige Sekunden brauchte, um sich loszumachen.

»O Liebster«, sagte sie mit hell glänzenden Augen, die wie tränengefüllt aussahen, »wissen sie von uns?«

»Herrje, Ava!« Paul führte sie rasch hinaus in den Garten. »Bist du verrückt?«, flüsterte er. »Lass das!«

Ihr melodramatisch leidender Blick nahm einen anderen, tieferen Ausdruck an, der ihm viel mehr wehtat. Sie stürzte an ihm vorbei und verschwand zwischen den Bäumen, die den größten Teil des riesigen Obergeschosses einnahmen. Von ihrer ungestümen Flucht aufgescheucht stob ein Feuerwerk von weißen und gelben Vögeln in die Luft ...

Als er aufwachte, lag sein Kopf auf Florimels Schoß, wobei er zunächst Schwierigkeiten hatte, den pochenden Kopfschmerz vom Druck des Schoßes zu unterscheiden. Auch alle Knochen taten ihm weh, und mit einem leisen gequälten Stöhnen versuchte er sich aufzusetzen. Florimel drückte ihn sanft wieder zurück. Mit dem Stück Tuch, das sie über ihrer Verwundung an Auge und Ohr trug, sah sie richtig piratenhaft aus. Das Auf und Nieder der schwimmenden Blase, das Pauls Kopf gar nicht bekam, verstärkte den Seeräubereindruck noch.

»Sie war so ... labil«, sagte er. »Ich hatte es ganz vergessen, aber es ist kein Wunder, dass ich mich so schwergetan habe, die ganzen Sachen zu verstehen, die sie mir erzählt hat.«

»Er redet im Delirium«, sagte Florimel zu Martine.

»Nein, nein. Ich rede von Ava – Jongleurs Tochter. Mir ist gerade wieder eine Erinnerung gekommen, vermutlich während ich ohnmächtig war. Wie ein Traum, aber es war kein Traum.« Er brannte darauf, ihnen alles zu erzählen, was ihm eingefallen war, aber plötzlich wurde ihm klar, dass es ein Hier und Jetzt unabhängig von den wiedergekehrten Erinnerungen gab, auch wenn er sie als noch so scharf und neu empfinden mochte. »Wo sind wir? Auf dem Fluss?«

Martine nickte. »Wir treiben in der Strömung. Keinerlei Anzeichen von Wells oder den Zwillingen oder ihren Monsterinsekten.«

»Ja«, fügte Florimel hinzu, »und Martine, T4b und ich haben es auch alle gut überstanden, abgesehen von einigen Schürfwunden und Prellungen. Danke der Nachfrage.«

»Tut mir leid.« Paul zuckte mit den Achseln und verzog vor Schmerz das Gesicht. »Kunohara?«

Florimel schüttelte den Kopf. »Ich kann mir nicht vorstellen, dass er diese Lawine auf sein Haus überlebt hat. Wir haben es hinterher nicht wieder an die Oberfläche kommen sehen.«

»Fischfutter«, bemerkte T4b nicht ohne eine gewisse Befriedigung. »Pur.«

»Und wohin sind wir unterwegs? Kann man dieses Ding irgendwie steuern?« Die Fahrt war eigentlich recht gemütlich, da die Blase so sehr ein Teil des Flusses war, dass es kaum harte Stöße und Richtungswechsel gab. Er hatte einmal gehört, dass die Fahrt in einem Luftschiff sich ungefähr so anfühlte, weil das Schiff sich *mit* den Luftströmungen bewegte, nicht durch sie hindurch.

Florimel stieß unwillig die Luft aus. »Steuern? Guck dich doch um! Siehst du ein Ruder? Ein Steuerrad?«

»Und was machen wir jetzt?« Er setzte sich hin, lehnte sich an die gewölbte Wand und entknotete vorsichtig seine und Florimels Beine. Sie saßen sich paarweise gegenüber, die Füße am Grund der Blase zusammengesteckt, und das unter ihnen dahinströmende Flusswasser erzeugte die Illusion eines freien Schwebens im Raum. »Einfach warten, bis wir an einer Sandbank hängen bleiben oder so was?«

»Oder bis wir das Ende des Flusses erreichen und ein Gateway passieren«, meinte Martine. »Orlando hat uns erzählt, dass viele der Durchgänge nicht mehr funktionieren. Falls die nächste Simwelt dicht ist, können wir nur hoffen, dass wir eine andere finden. Eine, die sicher ist.«

»Mehr sollen wir nicht tun? Bloß abwarten und Däumchen drehen?«

»Wir könnten uns darüber Gedanken machen, wie viel Luft wir hier drin haben«, bemerkte Florimel. »Aber das würde uns auch nicht viel nützen.«

»Ich würde mich lieber über Kunohara unterhalten«, sagte Martine. »Wenn er bestritten hätte, dass er in Troja einen Informanten unter uns hatte, und wenn ich auch nur halbwegs hätte glauben können, dass er die Wahrheit sagt, dann wäre die Sache damit erledigt gewesen. Aber ihr habt selbst gesehen, dass er die Antwort verweigert hat.«

»Wir wurden von Riesenwespen angegriffen«, gab Paul zu bedenken. Aus irgendeinem Grund fühlte er sich verpflichtet, den Mann zu verteidigen. »Er hat uns das Leben gerettet.«

»Darum geht es nicht.« Martine ließ sich nicht beirren. Paul war ein wenig abgestoßen – wo war ihre leise Stimme geblieben, ihre nahezu geisterhafte Aura? »Wenn er ein doppeltes Spiel treibt, könnte das für uns von Bedeutung sein – und wenn einer von *uns* etwas verschweigt ...« Sie beendete den Satz nicht, aber das war auch nicht nötig. Paul musste nicht erst gesagt bekommen, was für eine furchtbare Entdeckung es für diese Leute gewesen war, dass ein Mörder sich in Quan Lis Körper unter ihnen aufgehalten hatte, ein Mörder, den sie für eine vertrauenswürdige Verbündete gehalten hatten.

»Vielleicht«, meinte Florimel. »Aber Verdächtigungen können auch Unheil stiften. Und wir sind nur noch halb so viele wie in Troja.«

»Gib einfach Antwort«, erwiderte Martine. »Sag mir, dass du keine heimlichen Beziehungen zu Kunohara unterhalten hast. Ich werde dir glauben.«

Florimel wirkte nicht gerade erfreut. »Martine, du bist nicht wie wir. Tu nicht so, als würdest du uns nicht mit deinen kleinen Lügendetektorstrahlen durchleuchten.«

»Ich habe keine Lügendetektorstrahlen.« Ihr Lächeln war bitter, ihr Ton hart. »Sprich, Florimel.«

»Ich hatte keinerlei Kontakt zu Kunohara, bei dem ihr übrigen nicht anwesend wart.« In ihrer Stimme schwang Zorn und, fand Paul, auch ein gut Teil Schmerz. Dieses Netzwerk mit seinen Masken und Labyrinthen strapazierte Freundschaften in höchstem Maße.

»Paul?«, fragte Martine.

»Desgleichen. Ich bin ihm gestern zum ersten Mal begegnet – in Troja kannte ich ihn noch gar nicht.«

Martine wandte sich an T4b, der sich ungewöhnlich schweigsam verhalten hatte. »Javier?« Sie wartete einen Moment, dann sprach sie ihn abermals an. Er sah aus wie eine zu fest zusammengedrückte Sprungfeder. »Sag einfach die Wahrheit, Javier.«

»Gaff ab, du!«, fauchte er. Selbst Paul hatte den Eindruck, dass seine Stimme abblockend klang. »Hab nix am Hut mit Kunolala. Ist wie bei Flormel, ihr wart alle immer dabei.« Er schien Martines anhaltenden Blick als Angriff zu empfinden. Er schwenkte wütend den Kopf. »Glotz nicht so, äi! Ich dupp nicht, in echt! Gaff ab!«

Martine blickte besorgt, doch bevor sie etwas sagen konnte, meldete sich jemand anders.

»Martine? Ich hab dich letztens gehört – kannst du mich jetzt hören?«

Der Eindruck, die bekannte Sprecherin wäre direkt neben ihm, war so stark, dass Paul sich im ersten Augenblick fragte, wie jemand in der Blase sein konnte, ohne gesehen zu werden. Als Martine dann das Feuerzeug herauszog, begriff er.

»Renie? Bist du das?« Florimel bedeutete ihr mit einer heftigen Geste, zu schweigen, doch die Blinde schüttelte den Kopf. »Dread weiß, wo wir sind«, sagte Martine leise. »Und das wird auch so bleiben, solange wir in dieser Welt sind. Es spielt also keine Rolle.« Sie hob die Stimme. »Renie? Wir hören dich. Sprich!«

Als die Stimme wieder ertönte, war sie schwerer zu verstehen. Sie war nicht verzerrt, aber deutlich leiser, mit sauberen Löchern im Redefluss. *»Wir … Berg geblieben«,* sagte Renie. *»… Wir müssen … Ozean sein … !Xabbu und Sam verloren, und …«*

»Wir können dich nicht sehr gut verstehen. Wo genau bist du?«

»… glaube, wir … Herzen des Systems.« Zum ersten Mal hörte Paul die unterdrückte Angst unter der mühsam gewahrten Beherrschung. *»Aber … Gefahr – in großer Gefahr … !«*

Danach kam nichts mehr, auch wenn Martine sie noch mehrmals aufforderte, weiterzusprechen. Schließlich steckte die blinde Frau das Feuerzeug weg. Schweigend saßen sie da, ein Pünktchen Schaum auf dem Fluss, der sie zum Ende von einer Welt unter vielen beförderte.

Kapitel 10
LAND AUS GLAS UND LUFT

NETFEED/WIRTSCHAFT:
Großwerft nach Figueiras Tod vor dem Schiffbruch
(Bild: Figueira zerbricht eine Flasche am Bug eines Tankers)
Off-Stimme: Das plötzliche Ableben von Maximilião Figueira, Generaldirektor und Unternehmensleiter von Figueira Maritima SA, hat Portugals größtes Schiffbauunternehmen in eine schwere Krise gestürzt.
(Bild: Heitor do Castelo, FM-Unternehmenssprecher)
Do Castelo: "Wir sind alle tief erschüttert. Für sein Alter befand er sich bei ausgezeichneter Gesundheit, aber noch bestürzender ist, wie wenig Vorbereitungen er anscheinend für den Fall seines Todes getroffen hat. Da er mit der Übertragung von Vollmachten sehr zurückhaltend war, hatten wir gehofft, er hätte für diese Eventualität ein wenig gründlicher vorausgeplant. Wir werden natürlich alles tun, um unsere Führungsposition in der Schiffbauindustrie zu halten, aber ich muss ehrlich zugeben, dass wir Mühe haben, in ein paar sehr verwirrende Regelungen Klarheit zu bringen ..."

> Zuerst hatte es wie ein Gauklertrick gewirkt, dass !Xabbu sie vorsichtig am Rand eines Flusses entlangführte, den er allein sehen konnte, doch nach einer Weile erkannte auch Sam deutlich, was ihr Gefährte schon viel früher wahrgenommen hatte.

Anfangs waren es Linien in dem endlosen Grau, dünn wie Bleistiftstriche, aber zarter: Wenn Sam auf einen zutrat oder nur den Blickwinkel änderte, verschwand der Strich. Erst als die Linien länger und zahlreicher wurden, sah sie, dass es Schattenränder von großen Landschaftsformen waren – sanfte Kurven wie ferne Hügel und eine Linie für das Flussufer, dem !Xabbu folgte. Obwohl es nichts gab, was einer Sonne ähnelte, und überhaupt Erde und Himmel nur sehr schwach differenziert waren, konnte man bei dem Licht zum ersten Mal eine ungefähre Richtung ahnen.

Mit dem Wandel des Lichts veränderten sich auch die Farbeindrücke. Das Grau wurde lebendiger und quecksilbriger. Ein schwacher Glanz, hier und da aufschimmernd wie die Haut eines Aals, durchspielte es. Obwohl die Umgebung immer noch fremdartig und weitgehend formlos war, wich ein wenig der Druck von Sams Herz. In dem eintönigen Nichts schien sich endlich Leben zu regen.

»Es ist, als ob man in einem silbernen Ozean schwimmt«, sagte sie staunend. Lange war die Leere über ihren Köpfen von der Leere unter ihren Füßen nicht zu unterscheiden gewesen. Jetzt mit dem Auftauchen der ersten hellen Streifen, die vielleicht irgendwann einmal Wolken wurden, bekam das Ganze eine Ahnung von Weite. Es war paradox, erkannte Sam: Solange es nichts zu sehen gab, schien sich die Leere nicht sehr weit zu erstrecken. Jetzt war es, als würde jemand eine Decke wegziehen und ihnen einen Blick auf die Welt eröffnen. »Es ist wie unter Wasser. Ho-dsang! Mir ist richtig, als könnte ich wieder frei atmen.«

!Xabbu schmunzelte über den schiefen Vergleich. »Ich glaube, der Fluss hat jetzt auch einen Ton.« Er hielt die Hand hoch. Sam blieb stehen und Jongleur nach kurzem Zögern auch. »Hörst du?«

Tatsächlich vernahm sie ein ganz leises Rieseln. »Was hat das alles zu bedeuten?«

»Ich denke, es bedeutet, dass wir in eine Gegend kommen, die freundlicher zu uns ist als dieses versammelte Nichts.« !Xabbu hielt seine Hand versuchsweise an eine Stelle, wo die sich verdichtenden Linien auf die Anwesenheit des Flusses hindeuteten, aber zog sie trocken zurück. Er zuckte mit den Achseln. »Aber wir haben noch ein gutes Stück Weg vor uns, scheint es, bevor es so weit ist.«

»Nein, ich meine … was geschieht hier eigentlich? Es ist so scännig, erst dieses Nichts, dann auf einmal … *etwas*. Als wenn es hier wachsen würde.«

Er wiegte den Kopf. »Das kann ich nicht sagen, Sam. Aber ich denke, dass es weniger ein Wachsen ist, als dass wir uns dem Ort nähern, wo es am konzentriertesten ist, falls das einen Sinn ergibt.« Er sah mit leiser Ironie Jongleur an. »Vielleicht kannst du uns das erklären?«

Der Mann mit dem kantigen Gesicht schien zunächst etwas Abfälliges sagen zu wollen, dann aber antwortete er erstaunlich ruhig. »Ich weiß es auch nicht. Das alles ist ein Rätsel. Die Bruderschaft hat nichts dergleichen im Netzwerk gebaut, und sonst auch niemand.«

»Dann sollten wir weitergehen«, meinte !Xabbu. »Wenn wir nicht klug genug sind, das Rätsel zu durchschauen, vielleicht müssen wir dann einfach nur stark genug sein, so lange zu marschieren, bis wir in seinem Herzen sind.«

Jongleur beäugte ihn einen Moment, dann neigte er langsam den Kopf. Er wartete, bis !Xabbu wieder dem schattenhaften Flussufer folgte, dann kam er mit gleichmäßigen, stapfenden Schritten hinterher.

Es war seltsam, dachte Sam, wie unauffällig eine ganze Welt sich herausbilden konnte. Es war wie Musik, die Sorte, die ihre Eltern sich anhörten, mit Geigen und anderen alten Instrumenten, erst fast unhörbar und dann unversehens zu einem Mordsgetöse anschwellend.

Die silberige Phantomlandschaft war jetzt mit Farben durchschossen, allerdings glitzerten sie nur kurz auf und verschwanden gleich wieder, wobei manchmal andere, genauso unerwartete Töne an ihre Stelle traten. Die glasigen, schemenhaften Hügel, die sich undeutlich am fernen Horizont abzeichneten, glänzten tiefviolett und gewannen zunehmend an Masse, bis sie jede Einzelheit zu erkennen meinte, doch wenn sie wieder zwanzig Schritte gegangen war, schien das Violett sich nach innen zurückzuziehen, und nur die Kontur des Hügelkammes blieb zurück, farblos wie eine abgestreifte Schlangenhaut. Wenn gleich darauf die Umrisse vor dem genauso blassen und undefinierten Himmel schon beinahe verblichen waren, gab es plötzlich ein bräunlich gelbes, fast orangefarbenes facettiertes Schillern, und in diesem kurzen Augenblick waren die Hügel wieder da, und die Welt hatte ein annähernd normales Aussehen.

Soweit Sam die Szenerie deuten konnte, bewegten sie sich an den sanften Hängen eines langen, kurvenreichen Tales flussaufwärts auf diese Hügel zu. Als der Fluss selbst Farbe annahm, sah sie, dass er eine tiefe Rinne in das Land geschnitten hatte und sich zwischen Felsen hindurchwand, die in diesem Zwischenstadium fast wie riesige, unregelmäßige Eisblöcke aussahen. Einige der größeren lagen in der Bahn des Flusses wie gläserne Bauklötze, und dort schäumte das darüber- und herumfließende Wasser auf, lief aber dahinter wieder ruhig weiter. Ein paar skizzenhafte Bäume standen in Gruppen an den Ufern und auf den höheren Erhebungen, doch im Wesentlichen schien es sich um eine Wiesenlandschaft zu handeln. Nur ihr eigenes Atmen und hin und wieder ein gemurmelter Fluch von Jongleur, wenn er über eine Unebenheit des Formen annehmenden Bodens stolperte, waren neben dem Geräusch des Flusses zu vernehmen. Keine Bienen summten, keine Vögel sangen.

»Es ist, als ob jemand sich das grade ausdenkt«, sagte sie, als sie wieder einmal eine Verschnaufpause einlegten. Sie saß auf einem der flachen Felsen, eine knappe Armlänge von dem plätschernden Fluss entfernt. !Xabbu brauchte jetzt nicht mehr zu schnuppern und zu lauschen; er saß gemütlich neben ihr und ließ die Beine baumeln. Sam hatte ins Wasser gefasst und festgestellt, dass es sich noch nicht richtig wie Wasser anfühlte: zwar kühl, aber trocken, als ob eine endlose Bahn kühler Seide über ihre Haut gezogen würde. »Es ist wie ein Malbuch für Kinder«, fuhr sie fort, »und jemand fängt gerade an, ein paar Farben auszuprobieren.«

»Ich befürchte, es ist eher das Gegenteil.« Sein Gesicht wurde ernst. »Ich vermute, dass diese Landschaft einst voller Farben und Formen war. Weißt du noch, wie es mit dem schwarzen Berg ging? Erst war er fest und ganz lebensecht, und später begann er sich langsam aufzulösen. Ich denke, dasselbe vollzieht sich hier.«

Zum ersten Mal seit Stunden bekam Sam es wieder mit der Angst zu tun. Wenn !Xabbu recht hatte, dann marschierten sie schneller in die simulierte Wirklichkeit hinein, als diese sich verflüchtigte, aber konnte das ewig anhalten? Oder würde es ihnen am Ende wieder so gehen wie auf dem Berg, dass die ganze Welt um sie herum verschwand? Würden sie endlos so weiterziehen müssen, durch unfertige Gegenden, die um sie herum Gestalt annahmen und gleich wieder verloren, ohne dass sie sich einfach einmal an einem stabilen Ort aufhalten und leben konnten wie Menschen?

Jongleur hatte ein paar Schritte weiter stromaufwärts am Ufer gestanden. Jetzt drehte er sich um und kam mit versonnenem Gesichtsausdruck langsam zu ihnen zurück.

»Es erinnert mich an Nordafrika«, sagte er. »Als ich jung war, habe ich einmal ein Jahr dort verbracht, in Agadir. Nicht die Landschaft, die sich hier gerade herausbildet – die ist beinahe europäisch oder wäre es, wenn sie ausgeformt wäre. Aber das Licht, das erinnert mich an die Wüstenstädte in den frühen Morgenstunden, die silbernen Dünen, das von den Häusern reflektierte weiße Licht, alles hell und ausgebleicht wie Leinen.« Er wandte sich von seiner Landschaftsbetrachtung ab und merkte, dass Sam und !Xabbu ihn beide ungläubig anstarrten. Seine Mundwinkel gingen mürrisch nach unten. »Was ist, dachtet ihr, ich wäre niemals jung gewesen? Ich hätte nie etwas Anderes gesehen als das Innere eines biomedizinischen Versorgungstanks?«

Sam setzte sich gerade hin. »Nein. Wir dachten bloß, du hättest für nichts einen Sinn, das dir nicht gehört. Das nicht irgendwer für dich gebaut hat.«

Eine Sekunde lang schien es, als würde er lächeln, aber er behielt sein virtuelles Gesicht so eisern unter Kontrolle wie vordem seine ägyptische Maske. »Touché, zugegeben. Aber daneben, wenn dieser Angriff mich verwunden sollte. Bin ich kalt, hart, ungeheuerlich? Selbstverständlich. Habe ich meine ach so schrecklichen Taten mit dem Vorsatz verübt, die Erniedrigten und Beleidigten zu unterdrücken oder auch nur meinen Berg an Reichtümern weiter anzuhäufen wie ein auf seinem Hort sitzender Drache? Nein. Was ich getan habe, habe ich deshalb getan, weil ich das Leben liebe.«

»Was?« Sam ließ ihn nur zu gern den Ekel in ihrer Stimme hören. »Das ist doch wohl der hinterletzte Fen-fen …«

»Nein, Kind, das ist es nicht.« Er schaute wieder zu den fernen glasklaren Hügeln hinüber. »Ich habe nicht gesagt, dass ich *alles* Leben liebe. Ich bin kein Heuchler. Die meisten der Milliarden Kriecher auf der Erde bedeuten mir so wenig, wie die Insekten und kleineren Wesen, die du im Gras zertrittst, dir bedeuten. Es ist *mein* Leben, das ich liebe, und das schließt die Schönheit ein, die ich gesehen und gefühlt habe. Meine Erinnerungen sind es, meine Erfahrungen, die ich vor dem Tod zu bewahren suche. Das Glück anderer Menschen bedeutet mir wenig, das stimmt – aber es würde mir noch weniger bedeuten, wenn ich tot wäre.« Er drehte sich langsam um. Seine Augen fixierten sie unangenehm scharf. Ihr Hass auf den Mann hatte Sam verkennen lassen, was hinter der Maske war, aber in diesem Moment fühlte sie die ungeheure Kraft in ihm, die ihn befähigt hatte, Regierungen umzustoßen wie Kegel. »Und wie steht es mit dir, Kind? Meinst du, du wirst ewig leben? Würde dir das nicht gefallen?«

»Nicht, wenn ich dafür andern Menschen was tun müsste.« Sie war plötzlich den Tränen nahe. »Nicht, wenn ich *Kindern* was tun müsste ...!«

»Ja, vielleicht. Aber solange dir diese Möglichkeit nicht geboten wird, wirst du es niemals mit Sicherheit wissen, nicht wahr? Und vor allem nicht bis zu dem Tag, wo dir diese Möglichkeit geboten wird und du weißt, dass der Tod unmittelbar hinter dir steht ...«

!Xabbu hatte dem Gespräch zugehört, aber plötzlich zog etwas Anderes seine Aufmerksamkeit auf sich. Er stand auf und blickte an Jongleur vorbei das Flussufer hinauf.

»Was ist los?«, fragte Sam. »!Xabbu, was ist los?«

Statt ihr zu antworten, lief er mit langen Sprüngen flussaufwärts wie eine Gazelle, über fast unsichtbare Steine hinweg. Im Nu hatte er eine Gruppe kleiner, farbloser Bäume erreicht, die sich fiedrig am Ufer abzeichneten wie der Rauch mehrerer Feuer. Er zog etwas von einem der Zweige herunter, musterte es eingehend und eilte dann wieder zurück.

»Sieh nur!«, rief er, während er an Jongleur vorbei auf Sam zusprang. »Sieh dir das an!«

Sie beugte sich vor. In der offenen Hand hielt er ein kleines weißes Stück Tuch mit einem Knoten darin. Es dauerte eine Weile, bis sie begriff. »Chizz! Ist das ...?«

!Xabbu hielt es an den Tuchstreifen, den sie um die Hüften trug. »Es ist das Gleiche.« Er lachte auf eine für ihn ganz ungewohnte wilde und ungestüme Art. »Es ist von Renie! Sie war hier!« Er führte einen kleinen Freudentanz auf, den Stofffetzen fest an die Brust gedrückt. »Sie hat es als Zeichen hingehängt. Sie wusste, dass wir dem Fluss folgen würden.« Gut gelaunt, als alberte er mit einem Freund, wandte er sich an Jongleur. »Ich habe ja gesagt, dass sie klug ist. Ich habe es dir gesagt!« Er drehte sich wieder Sam zu. »Wir müssen jetzt gehen, solange wir können, denn sie ist vor uns und hat vielleicht irgendwo Halt gemacht.«

Sam war natürlich einverstanden, konnte aber einen Seufzer der Müdigkeit nicht ganz unterdrücken, als sie von ihrem Felsen aufstand.

!Xabbu war bereits forschen Schritts flussaufwärts aufgebrochen. Sam schloss sich ihm an. Jongleur schüttelte den Kopf, aber folgte ebenfalls.

Im ersten Moment war die Freude des kleinen Mannes ansteckend und Sams Stimmung besser gewesen als die ganze Zeit seit Orlandos Tod, jetzt aber fühlte sie sich von einem mahnenden Finger angebohrt, einem Zweifel, den zu äußern sie nicht übers Herz brachte, aber der sie mehr und mehr plagte.

Bei den Girl Scouts sagen sie einem immer, wenn man sich verirrt hat, soll man an einem Ort bleiben, sinnierte sie. Sam war keine große Pfadfinderin gewesen, aber ein paar Sachen hatte sie sich gemerkt, vor allem solche, die ihr vernünftig und nützlich erschienen. *Gibt's da in Afrika, wo Renie her ist, keine Girl Scouts?* Sie war sich nicht sicher, aber !Xabbu hatte recht – Renie war schlau. Irgendwie hatte Sam das Gefühl, dass Renie diese Regel mit dem An-einem-Ort-Bleiben kennen musste. Demnach hatte es vielleicht einen Grund gegeben, weshalb sie nicht an der Stelle am Fluss geblieben war, die sie markiert hatte.

Vielleicht musste sie weg, weil irgendwas hinter ihr her war.

> Während das Licht von tiefenlosem Grau zu quecksilberartigem Glanz aufhellte und sie verbissen aus dem Nichts in ein undefinierbares Etwas marschierte, ging es Renie durch den Kopf, dass sie eigentlich mehr empfinden sollte, voller Erregung, Jubel, Erleichterung sein sollte. Um dem nachzuhelfen war sie vorher alle paar hundert Meter stehen geblieben und hatte das Feuerzeug vor sich gehalten wie eine Wünschelrute. Sie hätte triumphieren sollen, dass sie diese entstehende Welt gefunden hatte, doch stattdessen wurden ihre Schritte immer langsamer, als ob eine schwere Last sie niederdrückte.

Das hatte den Grund, dass ihr das Environment immer noch unbegreiflich war.

Und mit so was tue ich mich einfach schwer. Sie schaute sich nach Ricardo Klement um, der auf dem unebenen Gelände, wenn man es so nennen konnte, einen Fuß vor den anderen setzte wie eine Aufziehpuppe, die so lange immer weiterging, bis sie irgendwann über den Rand eines Abgrunds trat und abstürzte, ohne dass die Beine zu rucken aufhörten.

Wie mein Vater. Auch er war ihr unbegreiflich mit seinem selbstzerstörerischen Abrutschen in Suff und Resignation. Ja, seine Frau war gestorben. Ja, es war furchtbar. Aber seine Frau war auch Renies Mutter gewesen, und doch hatte Renie es hinterher geschafft, Tag für Tag aufzustehen und das Notwendige zu tun. Das war vernünftig. Selbstaufgabe, langsamer Verfall nicht. Der Tod ereilte einen eines Tages sowieso, und was dann war, wusste keiner. Kämpfen war nie verkehrt.

Aber allem Anschein nach waren manche Leute nicht dazu imstande.

Meinem Vater würde es hier gefallen, dachte sie. *Er müsste sich zu nichts aufraffen, nicht mal so tun. Könnte einfach liegen bleiben und darauf warten, dass die Welt um ihn herum sich verändert.* Sie verabscheute den Gedanken, kaum dass sie ihn gefasst hatte, verabscheute ihre eigene Bitterkeit.

Als sie anhielt, um nach langem Gehen die erste kurze Pause einzulegen, kam Klement an und stellte sich neben sie. Er glich in seinen Bewegungen so sehr dem Automaten, der er in ihrer Vorstellung war, dass sie ihn zunächst gar nicht ansah, so wenig wie sie einen Herd angesehen hätte, der sich nach Ablauf der eingestellten Zeit abschaltete.

»Sag mir«, ließ Klement sich mit seiner tonlosen Stimme vernehmen, »warum ... ist es wichtig, oben und unten?«

»Was?«

Er machte eine steife Geste, die genauso gut seinen eigenen Körper wie die Spanne zwischen dem werdenden Boden und dem silberigen Himmel bezeichnen konnte. »Ist es ... deswegen? Oben und unten?«

Sie fand es unerträglich, in diese Augen zu schauen, hinter denen etwas Gefangenes, Verlorenes um Ausdruck rang. »Ich weiß nicht, wovon du redest.« Sie kehrte ihm den Rücken zu und ging wieder los. Klement stand wie angewurzelt. Renie war schon im Begriff, noch einmal stehen zu bleiben, da setzte er sich abrupt in Bewegung und folgte ihren Schritten, als wollte er genau in ihre Spuren treten. Sie schüttelte den Kopf. Vielleicht war er dermaßen gestört, dass von seinem früheren Ich praktisch nichts mehr übrig war, aber selbst wenn, machte ihr das seine Gesellschaft auch nicht angenehmer.

Was also war diese Umgebung hier? Jongleur hatte behauptet, sie sei kein Teil des Netzwerks, aber wie konnte das sein? Es war keine Zauberei. Es musste eine Erklärung geben.

Ein Stückchen vor ihr ertönte ein feuchtes Murmeln. Renie erklomm eine durchscheinende Erhebung, wobei sie interessiert feststellte, wie sehr sich die Sicht veränderte, wenn man einmal die sture Horizontale verlassen konnte, und erblickte eine schimmernde Linie, die weniger solide aussah als das, was beiderseits davon lag.

Ein Fluss, dachte sie. Dann: *Könnte es* der *Fluss sein?*

Sie wartete, bis sie sicher war, dass Klement sie gesehen hatte, und schritt dann zum Ufer des Flusses hinunter. Sie hatte jetzt eine Richtung – stromaufwärts, was immer das heißen mochte – und war entschlossen, ihr zu folgen. Sie wusste, dass !Xabbu genauso handeln würde, wenn er vor ihr wäre, womit ihre Chancen, einander zu finden, erheblich gestiegen waren. Der Gedanke machte ihr das Herz etwas leichter.

Wenn schon nichts zu begreifen ist, sagte sie sich, *gibt es wenigstens noch Menschen, die du liebst, Menschen, die du brauchst.*

Doch wenn diese unbegreifliche Welt etwas war, das der Andere erfunden hatte, was stellte sie dann dar? War sie ein Konstrukt innerhalb des Netzwerks, das aber irgendwie nicht zum Netzwerk gehörte? Und warum die geflissentliche Nachahmung der Realität? Warum Hügel und ein Himmel, genau wie im Flickenland, und hier sogar noch ein Fluss? War das Betriebssystem von einer dunklen Ahnung ausgegangen, dass Menschen eine menschliche Umgebung brauchten? Aber wozu brauchte das Betriebssystem Menschen?

Auf seine vage Art glich das Flusstal mittlerweile einem Tal in der wirklichen Welt, mit Gras und Steinen und sogar ein paar Baumgruppen. Selbst der Himmel, der tagelang so einförmig grau gewesen war wie eine unentwickelte Ebene in einem VR-System, hatte eine gewisse Tiefe gewonnen, obwohl er immer noch trübe und das Licht diffus war, so als ob diese ganze gespenstische Welt sich im Innern einer riesigen Perle befände.

Und wenn !Xabbu jetzt gar nicht vor mir ist? dachte sie plötzlich. *Wenn er sich in dem Grau verirrt hat – schließlich haben er und Sam das Feuerzeug nicht. Ich sollte anhalten, eine Weile warten. Aber wenn sie nun doch vor mir sind?* Sie überlegte, ob sie vielleicht ein paar Stöcke oder einige der glasklaren Schilfstengel, die am Flussrand wuchsen, zu einer Mitteilung zusammenlegen sollte, doch entschied sich dann dagegen. Wenn sie hinter ihr waren und nur ein kleines Stück höher am Hang gingen, konnte es sein, dass sie ein aus den Stoffen dieses Environments bestehendes Notsignal übersahen – es wäre, als wollte man schmelzendes Eis in einem Glas Wasser sehen. Sie sollte abwarten, bis die Dinge um sie herum mehr Substanz hatten. Dann konnte sie mit den Stöcken alles schreiben, was sie wollte: *Hilfe! Bin gefangen in meiner eigenen Verzweiflung!* Oder gar: *Brauche dringend mehr Realität!*

Sie setzte sich auf etwas, das einmal ein umgestürzter Baumstamm gewesen war – oder eines Tages einer sein würde –, um Klement Gelegenheit zu geben, sie wieder einzuholen. Ein Hain umrisshafter Bäume schwankte in einem nicht wahrzunehmenden Wind, aber ohne ein Geräusch zu machen, nicht einmal das leiseste Blätterrascheln.

Nach ungefähr einer Viertelstunde war Klement immer noch nicht aufgetaucht.

Widerwillig kraxelte Renie die Uferböschung hinauf und schaute zurück über das wellige Land, das sie gerade durchquert hatte, doch er war nirgends zu sehen, und in der einfarbigen Weite konnte er sich schwer irgendwo verstecken. Sie fluchte heftig, nicht weil sie um ihn bangte oder seine Gesellschaft vermisste, sondern weil sie eine Art Verantwortung für ihn übernommen hatte und dann wieder einmal das Opfer ihrer Achtlosigkeit geworden war. Nachdem sie oben auf der Böschung beinahe so lange gewartet hatte wie vorher unten, stapfte sie wieder zu der Baumgruppe hinunter.

Ich muss die Stelle markieren, beschloss sie, *wenn ich schon nicht nach ihm suchen gehe. Und ich muss !Xabbu und die andern wissen lassen, dass ich hier langgekommen bin.* Aber da gab es immer noch das Problem, wie sie das anstellen sollte. Während sie darüber nachdachte, zupfte sie geistesabwesend an ihrer spärlichen selbst gemachten Garderobe – je ausgeprägter die Landschaft wurde, desto bloßer und ungeschützter fühlte sie sich –, und auf einmal war ihr klar, womit sie signalisieren konnte, dass sie hier gewesen war.

Sie riss einen lose hängenden hellen Stoffstreifen ganz ab, band ihn an einen dünnen Zweig, der weit über seine blassen Nachbarn hinausragte, und dachte gerade, dass sie in kürzester Zeit wieder nackt war, wenn sie das noch öfter machen musste, als sich in den Zweigen dicht neben ihrem Kopf etwas bewegte. Sie sprang erschrocken zurück.

Es war ein Vogel … oder wenigstens eine vogelartige Gestalt, kleiner als ihre geballte Faust. Mit seiner unscharfen Kontur und seinen unbeständigen Farben, schillernd wie Licht auf verstreuten Glasscherben, wirkte er nur unwesentlich realer als die Landschaft. Er hüpfte auf seinem Ast zu ihr hin und legte den Kopf schief – die Andeutung eines Auges, ein verschwommener Schnabelumriss. Die vertrauten Bewegungen gaben ihr beinahe das Gefühl, diese Welt doch irgendwie begreifen zu können. Da wippte der Vogel mit dem Kopf und sagte: *»Hätt ich nie.«*

Renie stieß einen Schreckenslaut aus und wich ein paar Schritte zurück. Hier regierte der Wahnsinn, sagte sie sich, alles war möglich, darum gab es auch nichts zu staunen. »Hast du was gesagt?«, fragte sie.

Der Vogel änderte abermals die Haltung und piepste: *»Hätt ich nie gedacht.«* Im nächsten Augenblick sauste er wie ein kleiner Regenbogenblitz in die Luft und flog über den Fluss davon.

Renie zögerte nur kurz. Sie blickte auf den am Ast wehenden weißen Fetzen, dann wieder zurück ins Tal, eine in ewigem Zwielicht erstarrte gläserne Welt. Sie eilte hinter dem Vogel her, der schon nur mehr ein Pünktchen am changierenden Himmel war.

Sie fand eine flache Stelle und platschte durch den Fluss. Am anderen Ufer angekommen merkte sie, dass das Licht sich subtil verändert hatte. Die Umgebung war mit einem Mal richtig solid, so als ob Renie eine Barriere durchschritten hätte, von der die andrängende Realität am Abfließen gehindert wurde, doch das war noch das Wenigste, was sie beschäftigte. Die Neue Welt um sie herum war so absonderlich, dass sie den davonflatternden Vogel kaum im Blick behalten konnte.

An die Stelle von sanften Hügeln und Wiesen war eine Landschaft von Rinnen und Graten getreten, die aussah, als hätte eine mächtige Bodenbewegung die Erdoberfläche in gigantische Runzeln zusammengeschoben. Das Gelände war rauh und steinig, die Vegetation bestand nur aus knorrigen Kiefern und zerzaustem Buschwerk im Nebel. Der hellere Sonnenschein wurde gleich wieder von einer dichten Wolkendecke verschluckt, so dass die Welt, auch wenn sie an Stofflichkeit gewonnen hatte, nicht sehr viel bunter war.

Sie blieb keuchend auf einer Kuppe stehen und beobachtete den fliegenden Vogel. Auch er war solider geworden, obwohl sie aus dieser Entfernung seine Farbe kaum wahrnehmen konnte. Er landete auf einem krummen Kiefernast hundert Meter unter ihr am Hang. Sein Ruf *»... nie gedacht .... nie gedacht ...«* tönte leise und klagend herauf wie das Quengeln eines müden Kindes.

Der zwischen zwei schroffen Felsen hindurch bergab führende Weg war steil, aber Renie war zu angestrengt und zu lange gelaufen, um jetzt umzukehren. Dies war, abgesehen von ihren Freunden, die erste Stimme, die sie seit dem Verschwinden des Berges gehört hatte, das erste neue Lebewesen, das ihr begegnet war.

Während sie den Abhang hinunterstiefelte, blieb der Vogel ruhig auf seinem Ast sitzen, als wartete er auf sie. Die Nebelschwaden ringelten sich in einer trägen, aber überraschend kalten Brise – sie musste feststellen, dass nicht alle Aspekte der wiederkehrenden Realität gleichermaßen willkommen waren –, und sie meinte, in den Kurven des Landes verborgene, nahezu menschenähnliche Formen erkennen zu können, die an riesige Körper unter der Erde denken ließen. In dem fahlen, diesigen Licht war es nicht genau auszumachen, aber es erinnerte sie unangenehm an die monströse Gestalt des Andern, mit der sie auf dem Berggipfel konfrontiert worden waren. Sie zitterte und richtete ihre Aufmerksamkeit wieder fest auf den felsigen Boden unter ihren Füßen.

Der Vogel beobachtete ihr stolperndes Näherkommen mit geneigtem Kopf. Er hatte jetzt Farbe und Form – ein Bündel rötlich brauner Federn mit einem glänzenden schwarzen Auge –, aber in irgendeiner Hinsicht war er immer noch ungewöhnlich, wie nicht ganz vollständig.

»Hätt ich nie gedacht, dass ich hinkommen würde«, sagte der Vogel plötzlich.

»Wo hinkommen?«, fragte Renie. »Wer bist du? Wo sind wir hier?«

»Wir sind lange gegangen«, zirpte der Vogel traurig. *»Hätt ich nie gedacht, dass ich ...«* Unvermittelt stellte er sich auf und flatterte mit den Flügeln, als wollte er abheben. Renie krampfte sich das Herz zusammen, doch der Vogel ließ sich wieder auf dem Ast nieder. *»Hätt ich nie gedacht, dass ich hinkommen würde«,* bemerkte er abermals. *»Mama meinte, es würde dauern. Wir sind lange gegangen.«*

»Woher seid ihr gekommen? Kannst du mit mir sprechen? Hallo?« Renie trat langsam einen Schritt näher und senkte die Stimme. »Ich will dir nichts tun. Bitte, sprich mit mir!«

Der Vogel sah sie wieder an, dann hüpfte er unvermittelt vom Ast und schwirrte talwärts davon. *»Hätt ich nie gedacht ...!«,* rief er schrill, bevor er im Nebel entschwand.

»Himmel, Arsch und Zwirn!« Den Tränen nahe ließ Renie sich auf den steinigen Boden plumpsen. Sie hatte einen guten Rastplatz an dem Schemenfluss für einen anstrengenden Gewaltlauf und einen kalten, nebeligen Hang aufgegeben. Jetzt brauchte sie eine lange Verschnaufpause, bevor sie den beschwerlichen Weg zurück antreten konnte. »Himmel, Arsch und Zwirn!«

Erst als ihr das Kinn auf die Brust sackte und sie den Kopf hochriss, merkte sie, dass sie geschlafen hatte – ob Sekunden oder Minuten, konnte sie nicht sagen, aber die diesige Landschaft kam ihr jetzt dunkler vor, die Schatten in den Schründen am Hang tiefer, der Himmel nicht mehr perlmuttfarben, sondern gewittergrau. Renie erhob sich taumelnd, und dabei wurde ihr der kalt über den Berg wehende Wind und ihre spärliche Bekleidung scharf bewusst. Sie fluchte leise, aber leidenschaftlich bei der Vorstellung, eine Nacht schlotternd im Freien verbringen zu müssen. Sie und ihre Gefährten hatten sich von der zimmertemperierten Atmosphäre des unfertigen Landes verwöhnen lassen.

Sie kletterte ein kurzes Stück hangaufwärts und blickte sich dort um, solange das Licht es noch zuließ. Der über dem Boden hängende Nebel war höher gestiegen. Ihre Freunde hätten, während sie schlief, nur einen Steinwurf entfernt vorbeigehen können, ohne sie zu bemerken.

Als sie den Kopf drehte, meinte sie, nicht allzu weit entfernt den Fluss zu hören, unsichtbar in einem kleinen Tal. Leicht zur Seite gelehnt ging sie am Hang entlang auf das Geräusch zu, immer mit den Füßen nach festem Untergrund tastend. Da sie keine Schuhe anhatte, konnte sie wenigstens dafür dankbar sein, dass der Boden mehr aus weicher Erde als aus scharfen Steinen bestand.

Der Fluss blieb unauffindbar. Tatsächlich konnte sie nichts erblicken, das wie das niedrige, sanfte Wiesenland aussah, in dem sie sich kurz vorher noch befunden hatte.

Verlaufen. Und jetzt wird es rasch Nacht.

Sie war auf einem kleinen Felsplateau stehen geblieben, um wieder zu Atem zu kommen, als sie den seltsamen Ton hörte. Der Wind hatte sich gelegt, aber ein dünnes Jaulen erklang über ihr, ein lang gezogenes blubberndes Pfeifen. Renies Nackenhaut straffte sich. Als sich vor ihr und deutlich weiter unten am Hang ein zweiter Heulton erhob, verwandelte sich ihre Beklommenheit in Furcht. Die erste Stimme musste ihn auch gehört haben, denn sie antwortete mit einem klagend kollernden Ruf, der nach einer Unterwasserhyäne klang, und Renie stockte das Herz.

Zur näheren Analyse blieb keine Zeit – sie wusste nur, dass sie von diesen Wesen, einerlei was sie waren, nicht in die Zange genommen werden wollte. Sie machte hastig kehrt, wobei sie in dem schwindenden Licht mehrmals ausrutschte und zweimal einem langen und möglicherweise tödlichen Absturz nur knapp entging.

Weiter, bloß nicht stehen bleiben ... Sie hatte irgendwie das sichere Gefühl, dass diese dort über ihr und hinter ihr an den Hängen heulenden Wesen ihre Töne nicht nur einfach so von sich gaben, sondern dass sie hinter etwas her waren. Hinter Renie zum Beispiel, wenn sie sehr großes Pech hatte. Oder vielleicht hinter allem, was warm war und sich bewegte, was auch nicht viel besser war.

Der kalte Wind machte ihre Haut ganz taub, wodurch sie relativ unempfindlich wurde für die zahlreichen Kratzer und Stöße, die sie bei ihrem Gestolper abbekam, aber sie spürte, wie ihr die Kälte gleichzeitig die Kraft aussaugte, und begriff, dass sie das Tempo nicht lange würde durchhalten können. Der Ruf von der Kuppe schien jetzt von weiter weg zu kommen, doch die Antwort war mindestens so laut wie zuvor, wenn nicht lauter. Renie riskierte einen Blick zurück und wünschte sofort, sie hätte es nicht getan. Etwas Bleiches bewegte sich über den Hang, als verfolgte es ihre Spuren.

Der bei dem trüben Licht kaum zu erkennende Umriss flatterte und bauschte sich, als hätte sich jemand ein Bettlaken übergeworfen, war aber größer als ein Mensch und auch sonst ganz anders, eine von wabernden Schatten umflossene Gespenstergestalt, in der immer wieder einmal kurz die Andeutung eines schaurigen Gesichts auftauchte. Während sie wie gebannt darauf starrte, ging in der Mitte dieser Fratze ein dunkles Loch auf, aus dem der jammernde, blubbernde Schrei kam. Als sein Genosse den Ruf von oben erwiderte, ein Stück weiter weg, aber beileibe nicht weit genug, dass sie den Hang hinauf hätte fliehen können, lief Renie los, so schnell sie konnte, ohne noch weiter auf ihre Sicherheit zu achten. Der Ton der Verfolger jagte ihr furchtbare Angst ein. Alles, selbst hier in den Tod zu stürzen, war besser, als von solchen bleichen, formlosen Dingern geschnappt zu werden.

Ihre Fantasie wäre fast Wirklichkeit geworden, als ihr Fuß an einer

Stelle, die sie für festen Boden gehalten hatte, durch eine Schicht aus herabgefallenen Ästen brach. Sie ruderte mit den Armen, dann verlor sie das Gleichgewicht, fiel hin und rollte bergab. Doch sie hatte Glück, denn ein knorriger alter Baum, von den Winden vieler Jahre bis zum Boden gebeugt, stand genau in ihrer Bahn. Als sie sich zerschunden und blutend aus dem Ästegewirr befreite, erscholl ein weiterer gurgelnder Schrei, der jetzt aber ferner klang.

Ihre Freude darüber, dass sie so weit nach unten gerollt war, verging augenblicklich, als ihr klar wurde, dass dieser Ruf von unten kam – ein dritter Jäger. Wie zur Bestätigung erhoben die beiden anderen über ihr wieder die Stimmen, lauter diesmal, als spürten sie, dass die Jagd sich dem Ende näherte, dass ihrem Opfer die Kräfte ausgingen.

Hechelnd duckte Renie sich nieder, von nutzlosen Schreckensbildern erfüllt. Sie hatten sie umzingelt, vielleicht aus schierem animalischen Instinkt, vielleicht weil sie es von Anfang an so geplant hatten. Sie saß in der Falle – schon jetzt meinte sie, den am nächsten herangekommenen Verfolger sehen zu können, eine fahle Gestalt, nur wenig dichter als der Nebel, die sich langsam, aber unerbittlich am Hang auf sie zubewegte, beinlos hüpfend wie eine Qualle in einer Meeresströmung. Renies Herz hämmerte wie eine Rhythmusmaschine auf Hochtouren.

Da merkte sie, dass sie das Feuerzeug umklammert hielt, und zog es aus ihrem dünnen Oberteil hervor. Es war sinnlos, aber dennoch musste sie unbedingt eine Stimme hören, irgendeine. Es war ihr mit einem Mal schleierhaft, welche Gefahr ihr so groß erschienen war, dass sie nicht schon vorher davon Gebrauch gemacht hatte.

»Hallo, M-Martine … oder s-sonst-wer?« Atemlos vor Angst konnte sie nur mühsam sprechen. »Hört mich jemand? Bitte, gebt Antwort!« Schweigen – selbst die gespenstischen Häscher waren verstummt. Als Renie abermals die Befehlssequenz probierte, sah sie nur noch treibende Nebelschwaden und graue Baumschatten. »Martine? Ich hab dich letztens gehört – kannst du mich jetzt hören?«

Die Stimme, die ihr antwortete, war schwach, aber überraschend klar, so klar, dass im ersten Moment eine illusorische Hoffnung in Renie aufwallte, als könnte es sein, dass ihre Freunde nur wenige Meter entfernt waren und plötzlich zur ihrer Rettung aus dem Nebel gestürmt kamen. *»Renie? Bist du das?«* Pause. *»Renie? Wir hören dich. Sprich!«*

»Lieber Himmel«, flüsterte Renie. »Du bist es, Martine.« Sie rang um Fassung – es war so gut wie sicher, dass ihre Freunde in dieser Situation nichts für sie tun konnten. Sie musste ihnen mitteilen, was sie konnte, ihnen erzählen, was sie gesehen und erlebt hatte. »Wir sind auf dem Berg geblieben«, begann sie. »Als wir aufwachten, wart ihr fort. Wir müssen jetzt in diesem Weißen Ozean sein, von dem die andern erzählt haben. Aber ich habe !Xabbu und Sam verloren, und jetzt habe ich mich verirrt.«

»... können dich nicht sehr gut verstehen«, entgegnete Martine. *»Wo genau bist du?«*

Sie war nirgendwo. Sie war im Reich des Schreckens. Nur mit größter Mühe konnte sie sich an das erinnern, worüber sie so lange nachgedacht hatte. »Ich glaube ... o Gott, ich glaube, wir sind im Herzen des Systems.« Wieder kamen ihr die Tränen. »Aber ich bin in Gefahr – in großer Gefahr ...!

In den Ästen hinter ihr knackte es. Entsetzt sprang Renie auf und ließ das Feuerzeug fallen.

Zwei
ZAUBERLIEDER

Ziehet durch, ziehet durch,
Durch die goldne Brücke.
Sie ist entzwei, sie ist entzwei,
Wir wolln sie wieder flicken.
Mit was denn?
Mit Steinerlein,
Mit Beinerlein.
Der Erste kommt,
Der Zweite kommt,
Der Dritte muss gefangen sein.

Kinderreim

Kapitel 11
MIT VORZÜGLICHER HOCHACHTUNG

NETFEED/NACHRICHTEN:
Clubkunden mit Kinderreimen terrorisiert
(Bild: Werbung für Limousine)
Off-Stimme: Zur allgemeinen Überraschung wurde der Betrieb des virtuellen Erotikclubs Limousine fast eine Stunde lang von einer, so manche Besucher, verstellt oder künstlich klingenden Stimme unterbrochen, die Kinderreime aufsagte.
(Bild: unkenntlich gemachter Limousine-Kunde)
Kunde: "Klar, das hört sich komisch an, aber es war echt ziemlich gruselig. Ich weiß nicht, irgendwie klang es nicht ... normal."
Off-Stimme: Nach Angaben von Happy Juggler, dem Unternehmen, dem Limousine und mehrere andere Online-Clubs gehören, ist der Vorfall "nur der jüngste in einer ganzen Reihe von ärgerlichen Rüpeleien".
(Bild: Jean-Pierre Michaux, Unternehmenssprecher der Happy Juggler Novelty Corporation)
Michaux: "Es bedeutet, dass wir in den ergiebigsten Einlogzeiten unsere Dienste nicht an den Mann bringen konnten - und an die Frau, versteht sich. Hinzu kommt, dass gut die Hälfte unserer Benutzer Väter und auch Mütter sind, die endlich die Kinder im Bett haben und sich jetzt ein bisschen Abwechslung und Entspannung wünschen. Von denen möchte sich gewiss niemand noch mehr elende Kinderreime anhören müssen."

> Jeremiah verstaute den letzten Vakuumbeutel und betrachtete sein Werk. Es war keine richtige Küche – Quatsch, es glich nicht im Entferntesten einer Küche –, aber es musste genügen. Berge von Dosen, Schachteln und Beuteln mit Lebensmitteln, etliche Kunststoffkanister voll Wasser, der einzige funktionierende tragbare Halogenring, den sie in einem der Gemeinschaftsräume oben gefunden hatten, ein Wasserkessel und ein Vorrat für ungefähr drei Wochen – bei sparsamem Verbrauch – von dem wahrscheinlich kostbarsten Gut überhaupt, Instantkaffee. Da in dieser unterirdischen Gefangenschaft an echten Kaffee nicht zu denken war, hatte er sich schon vor einiger Zeit darauf trainiert, die selbstkochende Brühe ohne Brechreiz zu trinken, und verspürte mittlerweile sogar schon eine gewisse Vorfreude auf seinen Morgentrunk. Jetzt war er mehr denn je darauf bedacht, an ein paar letzten Normalitätsritualen festzuhalten.

Er beäugte seine Notvorräte, die einen aufrechten Metallschrank fast ganz füllten. Alles in allem würde es hinkommen. Und falls sie so lange in diesem untersten Geschoss ausharren mussten, bis ihnen der Kaffee ausging, tja, dann waren die Killer über ihnen vielleicht sogar das kleinere Übel.

Er brachte nicht einmal mehr ein Schmunzeln zustande. Er kontrollierte die Batterien in seiner Taschenlampe, rückte an einem seiner Stapel die Ecken zurecht und richtete sich auf.

Lieber Gott, ich bin ein wandelndes Klischee. Wir rüsten uns hier zum Kampf um unser Leben, und wer übernimmt prompt die Küche als Mutter der Kompanie?

Er begab sich auf der ringsherum laufenden Galerie zu den Bedienerkonsolen, wo Del Ray mit gerunzelter Stirn auf den Bildschirm starrte wie ein Literaturkritiker, der einen schlechten Roman rezensieren muss. Long Joseph lümmelte missmutig hinter ihm auf einem Stuhl, zwei Plastikflaschen mit Wein neben sich auf dem Tisch. Wie er so dahing, tat er Jeremiah beinahe leid. Wenn er selbst schon darunter litt, dass er den Kaffeevorrat für mehrere Wochen rationieren musste, wie mochte Joseph dann dabei zumute sein, sich einen knappen Tagesbedarf von seinem täglichen Gift einteilen zu müssen und nicht einmal zu wissen, für wie lange?

»Wie läuft's?«, fragte er.

Del Ray zuckte mit den Achseln. »Ich kriege die Kontrollmonitore nicht an. Eigentlich müssten sie funktionieren, aber sie tun's nicht. Ich hab dich ja gewarnt, das ist wirklich nicht meine Stärke. Wie sieht's bei dir aus?«

»Leidlich.« Jeremiah zog sich einen der Drehstühle heran und setzte sich. »Ich wünschte, wir hätten uns von dem alten Singh die ganzen Kameras anschalten lassen, als wir noch die Gelegenheit dazu hatten. Aber wer hätte damals gedacht, dass wir sie noch mal brauchen würden?«

»Vielleicht meldet sich ja dein Freund Sellars wieder«, sagte Del Ray, aber er klang nicht, als ob er daran glaubte. Er drückte einen der Knöpfe auf der Konsole und versetzte ihr dann einen ärgerlichen Schlag. »Vielleicht kommt er mit diesem ganzen Mist klar.«

»Wenn meine Renie hier wär, die hätt die Dinger laufen, bevor ihr überhaupt wisst, was los is«, meldete sich Long Joseph plötzlich. »Kennt sich aus mit dem ganzen Zeug. Hat's schließlich studiert und so.«

Del Rays finstere Miene verzog sich unerwartet zu einem winzigen Lächeln. »Ja, das hätte sie. Und es würde ihr einen Mordsspaß machen, das Kuddelmuddel in Ordnung zu bringen, das ich gemacht habe, und es mir unter die Nase zu reiben.«

»Aber logisch. Is'n cleveres Ding. Muss ja, bei dem ganzen Geld, das ihr Studium und alles gekostet hat.«

Del Rays Lächeln wurde ein wenig breiter, als er Jeremiahs Blick begegnete. *Ein Studium, das sie selbst bezahlt hat, wenn ich das richtig verstanden habe,* dachte Jeremiah. Er erinnerte sich, dass Renie von ihrer jahrelangen Sklavenarbeit in der Universitätsmensa erzählt hatte.

»Moment mal«, sagte er an Joseph gewandt. »Habe ich richtig gehört? Du hast gerade mit Renie geprahlt?«

»Was soll'n das heißen, geprahlt?«, erkundigte sich Joseph misstrauisch.

»Das soll heißen, du redest, als ob du tatsächlich stolz auf sie wärst.« Der ältere Mann knurrte unwirsch. »Stolz auf sie? Klar bin ich stolz auf sie. 'n cleveres Ding isse, genau wie ihre Mama war.«

Jeremiah konnte seine Verwunderung nicht ganz verbergen. Er überlegte, ob der Mann in Renies Beisein jemals etwas in der Art gesagt hatte. Er bezweifelte es. Wahrscheinlich musste sie dazu erst in einem großen Keramiksarg mit plasmodalem Gel schwimmen.

»Ach, zum Teufel.« Del Ray fuhr mit seinem Stuhl von der Konsole zurück. »Ich geb's auf. Ich krieg's nicht hin. Dieses Warten macht mich noch wahnsinnig. Ich dachte, wenn wir wenigstens sehen könnten, was sie da oben treiben, statt bloß hier zu hocken ...«

»Scheiß auf die Kameras«, grummelte Joseph. »Gegen Typen wie die nützt das gar nix. Ich sag euch, Waffen müssen wir finden, dass wir die Schweinepriester abknallen können.«

Jeremiah stöhnte genervt auf. »Es *gibt keine* Waffen. Das weißt du bereits. Kein Mensch macht eine Militärbasis dicht und lässt irgendwelche Waffen in der Gegend rumliegen.«

Joseph zeigte mit dem Daumen auf Del Ray, der zusammengesunken auf seinem Stuhl saß und die Decke des riesigen unterirdischen Raumes anstierte, als wollte er die Arbeit der inaktiven Monitore selbst übernehmen. »*Er* hat 'nen Revolver. Ich sag dir, den solltste mir geben. Hättste mal sehen sollen, wie er damit panisch rumgefuchtelt hat, die Hand so verschwitzt, ich dacht schon, er knallt mir vor lauter Schiss die Rübe runter.«

»Nicht das schon wieder«, ächzte Jeremiah.

»Ich mein ja bloß. Ich glaub, das Muttersöhnchen hat im Leben noch nie 'ne Knarre abgefeuert. Ich war in der Schutztruppe, jawoll.«

»Oh, bestimmt«, sagte Del Ray, die Augen geschlossen. »Ich bin sicher, du hast jede Menge Hühner geschossen, wenn du mit deinen Kumpanen ein paar hinter die Binde gekippt hattest.« Er rieb sich das Gesicht. »Selbst wenn er nicht auf mich handkodiert wäre, wärst du der *Letzte,* dem ich ...«

Eigenartigerweise verstummte er. Jeremiah wollte ihn eben fragen, ob alles in Ordnung sei, als Del Ray sich plötzlich mit schreckensweiten Augen kerzengerade auf seinem Stuhl hinsetzte.

»Um Gottes willen!«, stieß er hervor. »Um Gottes willen!«

»Was ist los?«, erkundigte sich Jeremiah.

»Der Revolver!« Del Ray griff sich in die Haare, als wollte er sie ausraufen. »Der Revolver! Er ist in meiner Jackentasche!«

»Und?«

»Ich hab sie oben liegen lassen! Als ich gestern die Wasserbehälter verstaut hab. Es war heiß. Ich hab das verdammte Ding ausgezogen, und als ich hier runterkam, bist du mich wegen der Kameras angegangen, und ... Scheiße!« Er stand auf, die Hand immer noch auf dem Kopf, als fürchtete er, er könnte ihm andernfalls von den Schultern kippen.

»Siehste …«, begann Joseph, der seine Befriedigung nicht verhehlen konnte, aber Jeremiah fuhr ihn scharf an.

»Kein Wort!« Er wandte sich wieder an Del Ray. »Wo ist sie? In der Küche?«

Del Ray nickte kläglich.

»Brauchen wir den Revolver wirklich?« Jeremiah schaute sich um. »Ich meine, wenn sie wirklich erst mal hier unten sind, kann er uns dann noch was nützen?«

»Ob er uns was nützen kann?« Del Ray starrte ihn an. »Und wenn sie hier eindringen? Sollen wir sie vielleicht mit Mehltüten beschmeißen? Wir müssen jeden kleinen Vorteil ausnutzen. Ich muss ihn holen gehen.«

»Das geht nicht. Wir haben den Fahrstuhl abgeriegelt, wie Sellars es uns gesagt hat – durch die schweren Panzertüren kommt niemand mehr durch. Einen andern Weg nach oben gibt es nicht. Und das Risiko, sie noch mal aufzumachen, werden wir nicht eingehen.«

Del Ray blickte eine Weile grübelnd auf den Fußboden. Als er sich aufrichtete, war die Panik fast ganz aus seinem Gesicht gewichen. »Wart mal. Wenn ich mich nicht irre, hab ich die Jacke gar nicht in der Küche gelassen. Ich hab sie, glaub ich, hier unten bei uns auf der obersten Etage vor den Fahrstuhl gelegt. Ich hab da den größten Teil der Wasserbehälter und den extra Generator verräumt, und dabei hab ich sie ausgezogen.«

»Ich hol sie«, verkündete Long Joseph eifrig, aber beide Männer machten Miene, auf ihn loszugehen.

»Sei still!«

»Ja, sei still, Joseph!«

Del Ray war bereits auf dem Weg zur Treppe. »Jammerschade, dass wir den Fahrstuhl an beiden Enden dichtmachen mussten. Es wäre praktisch, wenn wir ihn hier unten weiter benutzen könnten, um Sachen rauf und runter zu schaffen.«

»Zu laut«, rief Jeremiah ihm hinterher. »Wenn wir Glück haben, merken sie nicht mal, dass hier unten noch weitere Räume sind.« Plötzlich ging ihm auf, wie sehr seine Stimme dröhnte.

Zu laut, sagst du, und was machst du selber? Wenn sie nun da oben den Boden mit Stethoskopen oder so was abhören, um uns ausfindig zu machen …

Die Vorstellung, dass die gesichtslosen Auftragsmörder – als Einziger der drei hatte Jeremiah sie noch nicht gesehen – über ihnen auf dem Boden herumkrochen und den Beton abklopften wie Spechte, war ihm äußerst unangenehm.

Wir wissen nicht mal, ob sie überhaupt drin sind, sagte er sich. *Vielleicht kommen sie ja gar nicht durch dieses große Eingangstor, ein Ding wie vor einem Banktresor. Renie und ihre Häckerfreunde haben mindestens so lange gebraucht, bis sie es aufhatten.*

Dennoch wurde er das Bild nicht los. Er sah zu Joseph hinüber, der gerade mit einer Miene gekränkter Ehre ein maßvolles Quantum Mountain Rose zu sich nahm, und hatte das Gefühl, dass er sich irgendeine sinnvolle Beschäftigung suchen musste.

Del Ray hatte die Konsole mit den ganzen Überwachungsmonitoren aufgestemmt und einen wüsten Kabelsalat zum Vorschein gebracht, der an Bilder von alten Telefonzentralen erinnerte. Jeremiah setzte sich auf den Stuhl, den der jüngere Mann geräumt hatte, und klickte bedächtig an den Schaltern herum. Die Konsole hatte Strom – unter allen Monitoren brannten rote Lichtlein –, aber die Bildschirme selbst waren schwarz und leer.

Joseph hat recht. Wenn Renie hier wäre, hätte sie das in wenigen Minuten gerichtet.

Er zerrte an dem Kabelbündel. Bis auf wenige Ausnahmen waren alle angeschlossen. Er griff sich eines der nicht eingesteckten Kabel und probierte es in ein paar freien Slots aus, aber nichts geschah. Ein zweites brachte genauso wenig, doch als er das dritte Kabel hervorzog, kam noch ein damit verschlungenes mit, und als dieses eine Stelle auf der Platine streifte, blitzten die Bildschirme kurz auf und wurden sofort wieder schwarz.

Aufgeregt machte Jeremiah das mitschleifende Kabel los und berührte damit nacheinander die verschiedenen offenen Buchsen. Plötzlich erwachten die Monitore wieder zum Leben. Glühend vor Stolz steckte Jeremiah das Kabel ein. Jetzt konnten sie aus ihrem Bunker hinausschauen. Sie waren nicht mehr gezwungen, blind zu warten.

Bevor er Long Joseph von seinem Triumph berichten konnte, erregte etwas seine Aufmerksamkeit. Einer der Monitore zeigte ein schwarz umrahmtes Rechteck voller Bäume und Sträucher. Verdutzt starrte er eine Weile darauf, bevor ihm klar wurde, was er da sah.

Es war das wuchtige Eingangstor des Stützpunkts, von einer Kamera im Innern gesehen. Das Tor war offen.

Auf einmal knallte es irgendwo über Jeremiah dreimal laut. Mit einem Fluch sprang Long Joseph auf und ließ vor Schreck seine Weinflasche auf den Boden fallen. Jeremiah wurde am ganzen Leib eiskalt.

»Del Ray!«, schrie er. »Del Ray, bist du das?«

Wenigstens dieses eine Mal hielt Joseph den Mund, und sie beide lauschten. Das Einzige, was sie hörten, war das Echo von Jeremiahs Stimme.

»War das sein Revolver?«, fragte Joseph in heiserem, nervösem Flüsterton. »Oder hat jemand auf ihn geschossen?«

Jeremiah war zumute, als ob ihm mit dem Schrei alle Luft aus der Brust gewichen wäre; er konnte nur den Kopf schütteln. In seiner Verwirrung wusste er nicht, ob sie die Lichter ausschalten und sich verstecken sollten. Er drehte sich zu der Konsole um und versuchte, aus den so gut wie einfarbigen Bildern schlau zu werden. Er meinte, hier und da huschende Bewegungen wahrzunehmen, aber deutlich ausmachen konnte er nichts.

Welches zeigt die obere Etage, auf die Del Ray wollte?

Schließlich erkannte er die Fahrstuhlnische – nicht den Fahrstuhl selbst, der nur ein dunkler Schatten an der Wand war, sondern das daneben hängende alte Schild, das er schon so viele Male angeschaut hatte, dass er sich manchmal dabei ertappte, wie er die warnende Angabe des maximal zulässigen Transportgewichts still vor sich hinmurmelte.

Zum ersten Mal in all den Wochen, die er jetzt schon in dieser unterirdischen Basis lebendig begraben war, kam ihm der Gedanke: *Komisch, dass es an einem Ort mit so viel schwerem Gerät keinen Lastenaufzug gibt,* doch im selben Moment sah er schattenhaft ein am Boden ausgestrecktes Beinpaar, vom Bildrand abgetrennt. Es war zu dunkel, um es zweifelsfrei zu erkennen, und dennoch wusste Jeremiah mit furchtbarer Gewissheit, wessen Beine und Füße das waren, die da so still neben der Fahrstuhltür lagen.

> *Lieber Herr Ramsey,*
gleich bei deinem ersten Besuch bei mir zuhause fand ich, dass du ein sehr netter Mann bist. Ich weiß, dass es wahrscheinlich nicht den Eindruck

machte, dass ich misstrauisch wirkte. Allein dass du mir zugehört hast, ohne deine Gedanken mit deinem Gesicht zu verraten, war eine große Freundlichkeit, denn ich bin sicher, dass du mich für ein verrücktes altes Weib halten musstest.

Wenn du dies jetzt liest, wirst du dich in deinem Urteil bestätigt finden. Das stört mich nicht. Als ich anfing alt zu werden, verunsicherte es mich, dass die Männer mich nicht mehr so anschauten wie früher. Ich war nie besonders hübsch, aber ich war auch einmal jung, und dann schauen die Männer. Als das aufhörte, litt ich ein wenig, aber ich dachte, wenigstens werden sie mich jetzt ernst nehmen. Als mir diese ganzen Geschichten passierten, die Kopfschmerzen und die Probleme und meine Befürchtungen wegen dieser Tandagorekrankheit, hörten die Leute sogar auf, mich zu behandeln, als ob ich ein Gehirn im Kopf hätte. Doch du hast mich wie einen normalen Menschen behandelt. Du bist ein netter Mann, ich habe mich nicht in dir getäuscht.

Ich habe mir etwas vorgenommen, das schwer zu erklären ist, und wenn ich mich irre, werde ich wohl im Gefängnis landen. Wenn ich recht habe, wird man mich wahrscheinlich umbringen. Ich wette, du wirst sagen, dass es leichter ist, eine Behauptung aufzustellen, als sie zu beweisen.

Aber diesen Brief schreibe ich, weil ich dir sagen möchte, dass ich mir zumindest nicht verrückt vorkomme, auch wenn ich es vielleicht bin, und dass ich mir darüber im Klaren bin, wie sehr mein Vorhaben wider alle Vernunft ist. Aber wenn du die Stimmen hören würdest, die ich in meinem Kopf höre oder wenigstens gehört habe, würdest du nicht anders handeln als ich. Das weiß ich, weil ich spüre, was für ein Mensch du bist.

Bevor ich weitererzähle, fällt mir noch etwas Anderes ein, das ich dir sagen möchte. Mir ist jetzt sehr leicht zumute, so als hätte ich einen schweren Mantel ausgezogen und spazierte durch den Schnee. Kann sein, dass ich später erfriere, aber im Moment bin ich bloß froh, das lästige Gewicht vom Buckel zu haben. Mit dem Gewicht meine ich die übliche höfliche Fassade, und deshalb will ich dir jetzt die Wahrheit sagen. Ich will dir etwas sagen, was ich sonst niemals über die Lippen gebracht hätte. Du solltest heiraten. Du bist ein guter Mensch, der zu viel arbeitet, immer im Büro ist, niemals zuhause. Ich weiß, du wirst sagen: Was geht das diese alte Schachtel an? Aber du solltest dir jemanden suchen, mit dem du das Leben teilen kannst. Ich weiß nicht einmal, ob du Frauen oder

Männer magst, und weißt du was? Es ist mir ganz egal. Aber such dir jemanden, mit dem du zusammenleben möchtest, zu dem du nach Hause kommen möchtest. Wenn es geht, habt Kinder zusammen. Kinder geben dem Leben einen Sinn.

So, und jetzt werde ich dir den Rest der Geschichte von den Stimmen und der Obolos Corporation und Felix Jongleur erzählen. Auch wenn du dann immer noch denkst, dass ich verrückt bin, wirst du verstehen, warum ich so handele, wie ich handeln muss. Ich erzähle dir das nur, damit es jemand weiß.

Übrigens, wenn mein kleiner Junge am Leben geblieben wäre, wäre er heute ungefähr in deinem Alter. Ich denke zu viel über solche Sachen nach.

Um eines möchte ich dich noch bitten. Du bist doch Anwalt, nicht wahr, und da würde ich dir gern eine Vollmacht erteilen. Falls ich spurlos verschwinden sollte, würdest du dann bitte meinen Besitz verkaufen? Das meiste sind nur Kleinigkeiten und nicht der Mühe wert, aber es gibt ein paar Obolosaktien und mein Haus. Ich habe keine lebenden Verwandten, und die Aktien kommen mir mittlerweile irgendwie unsauber vor, »trejf«, wie meine Mutter gesagt hätte. Würdest du bitte beides verkaufen und den Erlös dem Kinderkrankenhaus in Toronto spenden?

Ich sitze hier am Schreibtisch und gucke auf diesen Bildschirm, und ich weiß nicht so recht, wo ich anfangen soll. Als wir beide uns kennen lernten, waren die Stimmen noch nicht zu mir gekommen. Wenn sie nur in meinem Kopf sind, eine Folge meiner Kopfschmerzen oder so, dann habe ich mich vor dir lächerlich gemacht. Ach, und wenn schon? Es gibt Kinder, die leiden, die Kinder mit dieser furchtbaren Komakrankheit und möglicherweise noch andere – die Stimmen, die zu mir sprechen. Um der Kinder willen muss ich es wagen. Wenn ich mich irre, heißt das nur, dass man eine alte Frau mehr interniert. Wenn ich recht habe, wird mir niemand glauben, nicht einmal du, aber wenigstens werde ich mein Möglichstes getan haben.

Die Stimmen, und jetzt der schwarze Turm. Er ist wie eine Burg aus einem der Märchen, die meine Mutter immer erzählt hat. Er ängstigt mich sehr. Doch ich werde dort hineinkommen und versuchen, die Wahrheit herauszufinden …

»… und darunter steht: ›Mit vorzüglicher Hochachtung, deine Olga Pirofsky‹«, schloss Ramsey.

Kaylene Sorensen brach das Schweigen. »Die arme Frau!«

»Die arme Frau, weiß Gott.« Sellars beugte sich vor, die Augen halb geschlossen. Er hatte sich mit seinem Rollstuhl in die hinterste, dunkelste Ecke des Zimmers verzogen, doch selbst das bisschen Sonnenschein, das unter den Vorhängen hereindrang, schien ihm zu schaffen zu machen. »Aber sie ist tapfer. Sie riskiert Kopf und Kragen.«

»Du denkst doch nicht, dass sie sie wirklich umbringen, nicht wahr?« Ramseys Hände zitterten immer noch; Olgas Brief hatte ihn tief bestürzt. »Das wäre nicht sehr klug von ihnen. Wenn sie sie dabei erwischen, dass sie sich unbefugt auf dem Gelände der J Corporation herumtreibt, werden sie sie doch bestimmt bloß rausschmeißen, sie vielleicht verhaften lassen?«

Sellars schüttelte traurig den Kopf. »Wenn Jongleur und seine Genossen nichts zu verbergen hätten, wäre das sicher so. Aber was denkst du? Wird deine Mandantin sich ruhig verhalten, wenn sie sie fassen? Oder wird sie laute Anschuldigungen erheben und damit mehr Aufsehen erregen, als wenn sie sich einfach unbefugt irgendwo einschleicht?« Er seufzte. »Und noch eine Frage. Was kann sie ihnen über dich erzählen?«

»Was?« Auf die Frage war Ramsey nicht vorbereitet. »Da komm ich nicht mit.«

»Wenn diese Geschichte wirklich so übel ist, wie er behauptet«, warf Major Sorensen ein, »dann hat Sellars recht – sie werden sie verhören. Und wenn sie so brutal sind, wird die Frau reden. Du solltest über diese Möglichkeit lieber nicht zu genau nachdenken, aber du kannst mir glauben. Du hast ja die Kerle gesehen, die General Yacoubian bei sich hatte. Was weiß sie über dich, Ramsey – über … das alles?«

Catur Ramsey merkte plötzlich, dass sein Herzschlag zu galoppieren begonnen hatte. Er trat einen Schritt zurück und ließ sich in einen der blanken Metallsessel fallen. Die billigen Servomotoren bemühten sich, den Sitz passgerecht auf ihn einzustellen, aber gaben auf halbem Wege auf. »O je.«

»Aber was ich nicht verstehe«, fuhr Sorensen fort, »ist dieses ganze Zeug mit irgendwelchen ›Stimmen‹. Ist das vergleichbar damit, wie du mit meiner Tochter und mir geredet hast, Sellars? Hält jemand sie zum Narren? Oder ist sie einfach ... äh, na ja, übergeschnappt?«

»Ich weiß es nicht«, erwiderte der alte Mann. Er sah genauso sorgenvoll aus, wie Ramsey sich fühlte. »Aber ich vermute, dass es absonderlicher und komplizierter ist als beides.«

»Mein Gott, wir müssen sie aufhalten!« Ramsey stemmte sich an die Sesselkante vor, was ihm die Mechanik mit einem indignierten Jaulen vergalt. »Wir können sie nicht einfach da reinspazieren lassen, ob sie mich jetzt damit gefährdet oder nicht. Ich hatte keine Gelegenheit, ihr auch nur die Hälfte der Sachen zu erzählen, die ich zu dem Zeitpunkt herausgefunden hatte. Was mit diesen Stimmen ist, weiß ich auch nicht, aber irgendwie ist sie in diese Sache hineingeschliddert – völlig unabhängig von dir, Sellars, ganz allein –, und sie hält es immer noch für möglich, dass sie sich das alles nur einbildet.« Er überlegte und sank wieder zurück. »Die Ärmste.«

»Hast du ihr Schreiben beantwortet?«, fragte Major Sorensen.

»Natürlich! Ich habe ihr geschrieben, sie soll mich sofort anrufen – und keinen Schritt tun, bevor sie mit mir geredet hat.« Er sah den Blick im Gesicht des Offiziers, und sein Magen krampfte sich zusammen. Es dauerte ein paar Sekunden, bis er verstand, warum. »Scheiße. Ich habe ihr die Nummer von diesem Motel gegeben.«

Man musste Sorensen zugute halten, dass er nur einmal ärgerlich den Kopf schüttelte, bevor er aufstand. »Gut. Wir brechen sofort auf. Kaylene, trommel die Kinder zusammen, und ich fang derweil an, die Sachen in den Wagen zu packen. Sellars, wir müssen den Rollstuhl zurückgeben, und wahrscheinlich können wir erst einmal keinen neuen mieten. Außerdem fürchte ich, dass du für die Fahrt wieder in die Radmulde musst. Vielleicht sucht das Militär derzeit nicht aktiv nach uns, zumal wenn Yacoubians Interesse an uns wirklich privat war, aber du bist trotzdem viel zu auffällig und bleibst den Leuten im Gedächtnis.«

»Wo soll es hingehen, Mike?« Als altgediente Offiziersgattin war Kaylene Sorensen bereits dabei, Sachen in Taschen zu stopfen. »Können wir nicht einfach nach Hause fahren? Wir könnten doch für Herrn Sellars irgendwo ein Versteck finden, was meinst du? Vielleicht könnte er eine Zeit lang bei Herrn Ramsey unterkommen. Christabel muss wieder zur Schule.«

Selbst Catur Ramsey konnte die beherrschte Miene ihres Mannes durchschauen und den Kummer in seinen Augen erkennen. »Ich glaube kaum, dass wir in nächster Zeit nach Hause können, Schatz. Und im Augenblick habe ich keine Ahnung, wo es hingehen könnte – bloß weg von hier.«

»Ich muss Olga noch einmal anrufen, bevor wir losfahren«, sagte Ramsey. »Ich weiß nicht, ob sie von diesem wahnsinnigen Plan noch irgendwie abzubringen ist, aber den Versuch bin ich ihr schuldig.«

»Im Gegenteil«, widersprach Sellars überraschend. Er hatte ganz still gesessen, die Augen fast geschlossen, wie eine sonnenbadende Eidechse. Jetzt hob er den Kopf, und seine fremdartigen gelben Augen leuchteten. »Im Gegenteil, wir dürfen sie nicht davon abhalten. Und ich weiß auch, wohin wir fahren müssen – wenigstens einige von uns.«

»Nämlich?«, fragte Sorensen.

»Ich habe euch erzählt, dass es in den letzten paar Tagen viele Merkwürdigkeiten im Zusammenhang mit der Gralsbruderschaft gegeben hat. Ich habe genau aufgepasst und mir Gedanken über die Ereignisse im Netzwerk gemacht, die mir nicht direkt zugänglich sind, und ich sehe Anzeichen von Irritationen in den verschiedenen Konzernen und privaten Besitzungen der Bruderschaft. Das gilt auch für Jongleurs Reich. Es gibt eindeutige Hinweise auf eine Unsicherheit in den Routineabläufen, auf Konfusion an der Spitze.«

»Und das heißt?« Ramsey war ungeduldig.

»Das heißt, statt Frau Pirofsky von der J Corporation fern zu halten, sollten wir ihr, denke ich, eher helfen, hineinzukommen, Herr Ramsey. Ich war oft genug gezwungen, in diesem harten Kampf Unschuldige als Helfer heranzuziehen – die Sorensens können ein Lied davon singen. Olga Pirofsky ist wenigstens schon selbst entschlossen, das Risiko einzugehen. Wir werden sehen, wie wir ihr helfen und wie wir sie schützen können, wenn sie drin ist.«

»Das … das ist Wahnsinn!« Ramsey sprang so ungestüm auf, dass er beinahe das Kaffeetablett umgestoßen hätte. »Das hat sie nicht verdient – sie weiß nicht, worauf sie sich einlässt!«

Da zuckte es in den strohfarbenen Augen, und einen Moment lang blitzte der Raubvogel durch, der Sellars als Flieger gewesen war. »Niemand hat das verdient, Herr Ramsey. Aber andere haben die Karten gegeben, und uns bleibt nichts Anderes übrig, als unser Blatt auszuspielen.« Er wandte sich an die Sorensens, die beide innegehalten hatten und sie beobachteten, der Major mit einem gewissen widerwilligen professionellen Interesse, seine Frau mit wachsendem Unbehagen. »Ich kann euch beide nicht zwingen, aber ich weiß, wo ich hinmuss, und ich vermute stark, dass Herr Ramsey mich begleiten wird, wenn er erst einmal darüber nachgedacht hat.«

»Nämlich wohin ...?«

»Mike, hör nicht auf ihn!«, rief Kaylene Sorensen. »Ich will es gar nicht wissen. Das ist Irrsinn ...!«

»Nach New Orleans natürlich«, antwortete Sellars. »Zum direkten Kampf mit dem Drachen. Unsere Lage ist so verzweifelt, dass es mir rückblickend wie der logische Abschluss erscheint. Ich wünschte, ich wäre früher darauf gekommen.«

> Sie fuhren wieder. Christabel wusste nicht so recht, warum, aber das spielte bei solchen Sachen nie eine große Rolle. Sie fragte sich, ob sie, wenn sie älter war, Erklärungen für alles bekommen würde, oder ob sie als Erwachsene ganz einfach *Bescheid wissen* würde.

Am allertraurigsten, trauriger noch, als gerade jetzt aus dem neuen Motel abzureisen, wo sie den Süßigkeitenautomaten entdeckt hatte, fand sie, dass Herr Sellars wieder in das Loch hinten im Van kriechen musste, wo Papi normalerweise den Ersatzreifen hatte. Es kam ihr ganz grässlich vor, so eng und winzig.

Der alte Mann saß in der Tür des Vans und wartete darauf, dass ihr Vater mit anderen Verrichtungen fertig wurde und ihm einsteigen half, als Christabel ihn erblickte.

»Ach, lass nur, kleine Christabel«, meinte er, nachdem sie ihm ihre Sorgen anvertraut hatte. »Es macht mir wirklich nichts aus. Ich kann mit meinem Körper zurzeit ohnehin nicht viel anfangen. Solange nur mein Geist frei ist – wie sagt Hamlet? ›Wäre ich in eine Nussschale gebannt, könnte ich mich doch für einen König über unendliche Weiten halten ...‹, so etwas in der Art.« Einen Moment lang schaute er sehr traurig drein. Falls er sie hatte aufheitern wollen, dachte Christabel, war ihm das gründlich misslungen.

»Mami sagt, du hast Kabel in dir drin«, sagte sie schließlich. »Stimmt das?«

Herr Sellars lachte leise. »Ich denke schon, meine kleine Freundin.«

»Tun die weh?«

»Nein. Ich habe Schmerzen, aber eher wegen meiner Verbrennungen, wegen ... wegen anderer alter Verletzungen. Und die meisten Kabel sind eigentlich gar keine Kabel mehr. Mit viel Hilfe habe ich ... Sachen in mir ändern können. Es gibt reichlich ehrgeizige Gearhersteller, mehr als genug arbeitslose Nanotechniker, die ein paar Extrakredite gut gebrauchen können.«

Christabel hatte keine Ahnung, was er damit meinte. Bei »Nanotechniker« musste sie an Ophelia Weiners Nanoo-Kleid denken. Die Vorstellung von vielen Elektrikern und Klempnern in Partykleidchen mit veränderlicher Farbe und Form half ihr auch nicht weiter, und so ließ sie es dabei bewenden, eine der vielen Sachen, die man als Kind einfach ausklammerte. »Du meinst, du hattest mal Kabel in dir, aber jetzt nicht mehr?«

»Kabel sind ein wenig altmodisch, vor allem wenn man Informationen auf so vielen andern Wegen übertragen kann. Ich bringe dich durcheinander, stimmt's? Weißt du noch, wie du mir mal Seife zu essen gebracht hast?«

Sie nickte und freute sich, auf vertrautem Gelände zu sein.

»Ich muss manchmal solche komischen Sachen essen, weil mein Körper etwas Neues für mich macht oder etwas repariert, das nicht mehr richtig funktioniert. Ich esse manchmal auch kleine Polymerfitzelchen – Plastik sagst du dazu. Oder ich muss mehr Metall zu mir nehmen. Manchmal reichen mir Tabletten aus, aber meistens enthalten sie nicht genug von dem, was ich brauche. Früher musste ich jede Woche ein paar Kupfermünzen essen, aber heute nicht mehr.« Er nickte ihr zu und lächelte. »Es spielt keine Rolle, Christabel. Ich habe merkwürdige Sachen in mir drin, aber ich bin immer noch ich. Es kümmert mich auch nicht, was in *dir* drin ist. Magst du noch meine Freundin sein?«

Sie nickte heftig mit dem Kopf. Sie hatte gar nichts Böses im Sinn gehabt, ganz gewiss nicht, dass sie nicht mehr seine Freundin sein wollte. Die flüchtige Bemerkung ihrer Mutter hatte ihr den ganzen Vormittag keine Ruhe gelassen; der Gedanke, dass scharfe Drähte im Innern von Herrn Sellars steckten, hatte sie fast zum Weinen gebracht.

»Ach, einen kleinen Moment, Christabel«, sagte er zu ihr, dann winkte er Herrn Ramsey zu sich.

Christabel merkte, dass es dem dunkelhäutigen Mann nicht besonders gut ging, denn er lächelte sie nicht an, und obwohl sie ihn erst kurz kannte, wusste sie, dass er einer von denen war, die Kinder fast immer anlächelten. »Ich fühle mich schrecklich«, sagte er zu Herrn Sellars. »Was war ich doch für ein Vollidiot! Es fällt mir immer noch schwer, diese ganze Geschichte richtig ernst zu nehmen. Aufpassen zu müssen, dass einem keiner auf die Spur kommt – es ist wie in einem schlechten Netzthriller.«

»Niemand macht dir Vorwürfe«, erwiderte Herr Sellars sanft. »Aber ich wollte dich noch etwas fragen, ehe ich in mein Sanctum sanctorum für unterwegs verschwinde. Hast du seit unserem Gespräch heute Morgen eine Rückmeldung von Olga Pirofsky bekommen?«

»Nein. Nichts.«

»Hm. Stell dir vor, du wärest sie, und du hättest etwas so Gefährliches und Bedenkliches vor wie sie, wenn dann dein Anwalt dir eine Nachricht zukommen ließe, die besagt: ›Unternimm nichts, bevor du mit mir gesprochen hast!‹, was würdest du vermuten?«

Christabel konnte sehen, dass Herr Ramsey angestrengt nachdachte, genau wie sie, wenn sie der Lehrerin nicht zugehört hatte und trotzdem eine Frage gestellt bekam. »Ich weiß nicht. Ich würde wohl annehmen, dass mein Anwalt versuchen wollte, mir diese tollkühne Sache auszureden.«

»Genau. Und wenn du sie wärest, würdest du darauf antworten?«

Obwohl Herr Sellars mit seiner üblichen leisen, hauchigen Stimme redete, machte Herr Ramsey jetzt ein Gesicht wie Christabel, wenn die Lehrerin sie anschrie. »Nein. Nein, vermutlich nicht. Nicht wenn ich schon fest entschlossen wäre.«

»Ich denke, das ist wahrscheinlich der Fall. Falls ich einen Vorschlag machen darf – schick ihr doch noch einmal eine Mitteilung ungefähr des Inhalts: ›Ich weiß, was du vorhast, und ob du's glaubst oder nicht, ich denke, du hast recht, und ich möchte dir gern helfen, so sicher wie möglich hineinzukommen. Bitte setz dich mit mir in Verbindung.‹«

»Richtig. Richtig.« Herr Ramsey machte auf dem Absatz kehrt und ging mit raschen Schritten zu seinem Motelzimmer zurück.

»So, kleine Christabel«, meinte Herr Sellars, »wie ich sehe, kommt da dein Vater, um mich in meinen Pilotensitz zu schnallen. Die besten Anführer dirigieren immer von hinten, weißt du. Oder sogar von unten.«

Er lachte, aber Christabel fand, dass er so ernst wirkte, wie sie ihn selten erlebt hatte. »Ich bin im Handumdrehen wieder draußen. Gute Reise, und bis bald.«

Der Junge saß bereits im Wagen. Christabel war von den ganzen Ereignissen zu verwirrt und bekümmert, um sich groß davon stören zu lassen.

»Wase los, mu'chita?«, fragte er.

Sie beachtete ihn gar nicht, weil sie mit der Frage beschäftigt war, warum Herr Sellars so anders gewirkt hatte als sonst, so düster unter seinem Lächeln, so gedrückt und müde.

»Eh, red ich mit dir, Tussi!«

»Weiß ich«, versetzte sie. »Ich muss nachdenken. Red mit dir selbst.« Er beschimpfte sie, doch das war ihr egal. Wenn ihre Mutter nicht ständig gekommen wäre, um Taschen und Koffer zu verstauen, hätte er sie wahrscheinlich gepiekt oder gezwickt. Selbst das wäre ihr egal gewesen. Herr Sellars war sehr traurig. Etwas Schlimmes war im Gange, noch schlimmer als die schlimmsten Sachen, die sie sich ausgemalt hatte, bevor ihre Eltern ihr auf die Schliche gekommen waren.

»Okay, okay, sagse mir einfach, was denk, okay?«

Überrascht vom Ton in der Stimme des Jungen blickte sie auf. Er sah gar nicht böse aus, oder wenigstens nicht nur.

»Herr Sellars. Ich denke über Herrn Sellars nach«, sagte sie.

»Ise komische viejo, is.«

»Er hat Angst.«

»Yeah. Ich auch.«

Sie glaubte, sich verhört zu haben. Sie musste ihn anschauen, um sich zu vergewissern, dass er derselbe fies guckende Junge mit der Zahnlücke war. »*Du* hast Angst?«

Er starrte sie an, als rechnete er damit, dass sie ihn gleich verspottete. »Bin nich blöd, eh. Paar Sachen 'ab ich ge'ört, wo sie gered 'am. Dass Armeemänner wollen sie kaltmachen, die Sachen. Is vollblock, tick? Die azules, Polizei und so, meistens die wollen nix von Leute wie dein Mama und Papa, wollen Kids wie ich oder vielleicht richtige Gangster und so. Und wenn dein Papa schmuggelt el viejo von Armeebasis und nimmt ganze Familie mit, sogar 'ne kleine gatita wie du, eh, dase Scheiße mejor, ich schwör.« Er sah zum Wagenfenster hinaus. »Werd bald ab'aun, denk ich, ex und weg.« Er wandte sich ihr abrupt wieder zu. »Sagse einem, bring ich dich um. Null dupp.«

Wenige Tage zuvor hätte Christabel bei der Aussicht, dass der kleine Junge weglaufen würde, noch vor Freude getanzt. Jetzt fühlte sie sich dabei einsamer und ängstlicher als ohnehin schon.

Irgendetwas stimmte überhaupt nicht, aber Christabel hatte nicht die geringste Ahnung, was.

> Eine schwere rote Feuerwehraxt in der Hand stahl sich Long Joseph in gebückter Haltung den Gang hinunter, ungefähr so, wie er sich wahrscheinlich das Anschleichen seiner kriegerischen Zuluvorfahren an ihre Feinde vorstellte. Jeremiah Dako hatte noch immer keine bessere Waffe gefunden als das Tischbein, mit dem er Joseph und Del Ray bei ihrem unerwarteten Eindringen um ein Haar den Schädel eingeschlagen hätte, aber er rechnete ohnehin kaum mit einer Situation, in der sie dazu kommen würden, jemanden mit irgendetwas zu schlagen.

Jeremiah hätte Joseph lieber nicht mit dabeigehabt, aber er hätte ihn unmöglich überzeugen können, bei den Geräten und ihren schlummernden Schutzbefohlenen Renie und !Xabbu zu bleiben, und da er kaum in der Lage war, Del Ray allein zurückzuschleppen, hatte Jeremiah nicht auf seiner Ablehnung bestanden. Gott sei Dank hielt Joseph Sulaweyo diesmal wenigstens den Mund.

Jetzt blieb der Mann vor einem kreuzenden Seitengang stehen und machte eine theatralische Bewegung: Finger an die Lippen, die andere Hand auf den Korridor zur Rechten deutend. Die Albernheit des Gehabes – Jeremiah wusste genau, wo sie waren und wo Del Ray regungslos lag – machte ihm schlagartig die furchtbare Gefahr klar, in der sie schwebten.

Da draußen sind Männer, die uns umbringen wollen. Männer mit Maschinengewehren und Gott weiß was noch alles. Vielleicht dieselben Männer, die Doktor Susan so zusammengeschlagen haben, dass sie daran gestorben ist.

Er wusste, wenn er aufhörte, daran zu denken, würden ihm die Beine einknicken, aber jetzt brannte auch die Flamme des Zorns in ihm. Jeremiah legte Joseph eine Hand auf die Brust, erwiderte dessen empörten Blick mit der entschlossensten Miene, die er fertig brachte, und schob sich an ihm vorbei zur Einmündung des Seitengangs. Er ließ sich auf Hände und Knie nieder und kroch vorwärts, bis er Del Rays Füße sah, einer nur mit Strumpf, der Schuh dazu einen halben Meter daneben. Jeremiah drehte sich der Magen um.

Weiter, Mensch! Was anderes bleibt dir nicht übrig. Weiter!

In der Gewissheit, dass jeden Moment jemand aus einem düsteren Winkel treten würde – was irgendwie schlimmer wäre, wollte ihm scheinen, als einfach erschossen zu werden –, schlich Jeremiah auf Del Ray zu ... oder wenigstens auf seine Beine ...

Lieber Himmel, und wenn ihn nun eines dieser Maschinengewehre mitten durchgeschossen hat?

Er wand sich noch ein paar Meter über den Teppichboden, der so alt und abgewetzt war, dass Jeremiah an ein paar Stellen den nackten, kalten Beton am Bauch fühlte, bis er schließlich nahe genug war, um Del Rays unbeschuhten Fuß zu berühren. Wenigstens fühlte er sich warm und lebendig an, aber das hatte nichts zu bedeuten – der Vorfall war ja erst wenige Minuten her. Die Augen vor Angst zugekniffen tastete er sich mit der Hand außen an Del Rays Hosenbein hinauf, bis er zu seiner großen Erleichterung den gestauchten Stoff des Hemdes fühlte, dann Arm, Schulter und zuletzt die Unterseite des Kinns. Immerhin war der Mann in einem Stück.

Jeremiah hatte soeben den Arm gehoben, um Joseph heranzuwinken, als jemand in sein Ohr zischte. »Wo ham s' ihn erwischt? Im Bauch? Zwischen den Augen?«

Als Jeremiahs Herz aus der Kehle an seinen gehörigen Platz zurückgerutscht war, schaute er sich wütend um. »Sei still! Wir müssen ihn hier wegschaffen.«

»Da gibs 'n Problem«, flüsterte Joseph. »Er hat 'n Mordsrohr auf'm Arm liegen, da.«

Nachdem er jetzt schon eine Minute hier lag und ihm immer noch niemand eine Kugel in den Rücken gejagt hatte, schöpfte Jeremiah den Mut, sich neben Del Ray hinzuknien. Er berührte die Brust des jungen Mannes, die sich zu bewegen schien, und fühlte dann in der Halsschlagader den lebendigen Puls. Seine Freude verflog jedoch sofort, als er beim Zurückziehen der Hand feststellte, dass etwas Dunkles daran klebte.

»O Gott! Er blutet am Kopf.«

»Dann is er tot«, meinte Joseph nicht einmal lieblos. »Wennse einen in den Kopf schießen, der geht am Montag nich mehr zur Arbeit.«

»Sei still und fass mit an. Wir müssen ihn da hinten hinziehen, wo ich ihn mir genauer angucken kann.«

Joseph hatte recht gehabt, über Del Rays Arm lag tatsächlich ein langes, schweres Rohr etwa von der Dicke einer Weinflasche. Sie schoben es herunter, und obwohl Jeremiah zusammenzuckte, als es scheppernd aufkam, atmete er auch ein wenig auf. Vielleicht war Del Ray gar nicht erschossen worden. Vielleicht war dieses Ding auf ihn gefallen und hatte ihn im Dunkeln niedergestreckt.

Jeremiah blickte auf, und wieder blieb ihm fast das Herz stehen. Wie überdimensionale Mikadostäbchen hingen die schweren Eisenrohre, die meisten nur noch an einem Ende fest, kreuz und quer von der Decke, als ob eine gewaltige Hand hochgefasst und sie aus ihrer Verankerung gerissen hätte. Das Ganze sah aus, als ob es jeden Moment herunterkrachen könnte. Er trieb Joseph zur Eile an, und gemeinsam schleiften sie Del Ray auf den Hauptgang.

Da fiel Jeremiah der Revolver ein. Ihm war gar nicht wohl bei dem Gedanken, sich ein zweites Mal zurückzuwagen und Del Rays Wunden noch länger unversorgt zu lassen. Was konnten ihnen ein einzelner Revolver und ein paar Kugeln schon nützen? Joseph machte ungeduldige Töne. Jeremiah zögerte, dann gab er sich einen Ruck und schlich so leise wie möglich zurück unter die Damoklesschwerter der geborstenen Rohre. Del Rays Jackett lag kaum sichtbar im Schatten. Jeremiah griff es sich, klopfte die Taschen ab, bis er das unverkennbare schwere Stück Metall fühlte, und verzog sich in Windeseile.

Während Joseph die Anzeigen an den V-Tanks überprüfte, untersuchte Jeremiah in einem der Nebenräume Del Ray, den sie mit einer Decke auf einen Konferenztisch gelegt hatten. Er fühlte eine deutliche Schwellung an der linken Kopfseite des jungen Mannes, eine Beule unter einer langen, aber anscheinend flachen Platzwunde. Seine Finger wurden ganz feucht von Blut. Jeremiah hätte gern geglaubt, dass dies die einzige Verletzung war, aber auch Del Rays Hemd war am Kragen und an den Schultern ziemlich dunkel und glitschig. Er hoffte, dass es nur das Blut von der Kopfwunde war, in dem der junge Mann gelegen hatte, aber sicher war er sich nicht.

Vielleicht hat er erst einen Schuss abbekommen und dann beim Fallen nach einem losen Rohr gefasst.

Zufrieden damit, dass Del Ray immerhin atmete, schnitt Jeremiah ihm mit seinem Taschenmesser das Hemd auf. Long Joseph kam aus dem Hauptraum herein und sah mit zweifelnder Miene zu, doch auf Jeremiahs Bitte trat er näher und half Del Rays drahtigen Körper umdrehen, damit Jeremiah den Rücken in Augenschein nehmen konnte.

Jeremiah spritzte aus einer Plastikflasche Wasser auf einen zerschnittenen Hemdstreifen und begann das Blut abzuwischen, heilfroh, dass die Deckenbeleuchtung noch brannte – ihn gruselte bei der Vorstellung, das mit einer Taschenlampe zu machen und vielleicht eine lebensgefährliche Wunde zu übersehen. Zu seiner Erleichterung entdeckte er nichts, was auf weitere Verletzungen hindeutete. Er nahm eine kleine Flasche aus dem Verbandskasten, befeuchtete ein einigermaßen sauber gebliebenes Stück von Del Rays Hemd und säuberte damit die Kopfwunde.

»Was haste da für'n Zeug drauf?«, fragte Joseph.

»Alkohol. Nicht die Sorte, die man trinken kann.«

»Weiß ich«, erwiderte Joseph entrüstet.

Wahrscheinlich aus Erfahrung, dachte sich Jeremiah, aber behielt es für sich. Der Rand der aufgeplatzten Stelle war rissig, doch vorsichtiges Abtasten ergab, dass das Loch nicht tief war – ein Einschuss war ausgeschlossen. In besserer Stimmung als die ganze Stunde davor faltete er einen feuchten Hemdfetzen zusammen und band ihn mit einem der abgeschnittenen Ärmel über die Wunde. Dann drehte er Del Ray mit Josephs Hilfe wieder auf den Rücken.

Das Stöhnen des jüngeren Mannes klang so gequält, dass Jeremiah vor Schreck erstarrte, weil er meinte, bestimmt etwas furchtbar falsch gemacht zu haben. Da erzitterten Del Rays Lider und gingen auf. Die Pupillen huschten einen Moment richtungslos hin und her, geblendet von den hellen Leuchtstoffröhren.

»Seid … seid ihr das?«, fragte Del Ray schließlich. Er hätte jeden meinen können, aber Jeremiah war nicht zu Haarspaltereien aufgelegt.

»Ja, wir sind's. Wir haben dich hierhergeschafft. Du hast anscheinend einen Schlag auf den Kopf bekommen. Was ist passiert?«

Del Ray stöhnte wieder, aber diesmal hörte es sich eher nach Ärger als nach Schmerz an. »Ich … ich weiß nicht so recht. Ich kam gerade vom Fahrstuhl, als irgendwas an der Decke gekracht hat.« Er kniff die Augen zusammen und versuchte sich vom Licht wegzudrehen, doch das Hemdpolster an seinem Kopf behinderte ihn. Jeremiah lehnte sich vor, um seine Augen zu beschatten. »Ich denke … ich denke, sie sprengen dort oben mit irgendwas rum. Versuchen, in unsern Teil des Stützpunkts durchzubrechen.« Er verzog schmerzlich das Gesicht und führte langsam eine Hand an den Kopf. Seine Augen weiteten sich ein wenig, als er den Verband fühlte. »Was … Wie schlimm ist es?«

»Nicht schlimm«, beruhigte ihn Jeremiah. »Ein Rohr ist runtergefallen, denke ich. Wenn sie oben gesprengt haben, wäre das eine Erklärung. Ich habe es laut knallen gehört, dreimal, glaube ich – *bumm, bumm, bumm!*«

»Was, wollen die uns jetzt ausbomben?«, sagte Joseph. »Schwachsinn! So leicht kriegen die mich nich. Wennse 'n Loch machen, steig ich durch und brat ihnen eins über.«

Jeremiah verdrehte die Augen. »In einer Beziehung hat er immerhin recht«, meinte er zu Del Ray. »Ich glaube nicht, dass sie durch die Betondecke oder die schwere Fahrstuhltür kommen – wenigstens nicht so schnell.«

Del Ray murmelte etwas und machte dann Anstalten, sich aufzusetzen. Jeremiah wollte ihn daran hindern, doch der jüngere Mann ließ sich nicht abhalten. Er war blass und zitterte am ganzen Leib, ansonsten aber machte er einen fast normalen Eindruck.

»Die Frage ist«, sagte Del Ray schließlich, »wie lange müssen wir durchhalten? Eine Woche? Das könnten wir schaffen. Unbegrenzt lange? Nie und nimmer.«

»Nich wenn du so rumdödelst und dich von Rohren k.o. schlagen lässt«, erklärte Joseph. »Hab's ja gesagt, du hättst mich gehen und das machen lassen sollen.«

In seinem müden und angekratzten Zustand konnte Jeremiah sich nicht bremsen. »Weißt du was, Del Ray? Du warst ein sehr erfreulicher Anblick ohne Hemd. Joseph hat recht gehabt – du bist wirklich ein schöner junger Mann.«

»Was?« Long Joseph Sulaweyo sprang auf und spuckte fast vor Empörung. »Was redste da? So was hab ich nie nich gesagt! Haste 'n Knall oder was?«

Vor Lachen konnte Jeremiah den Spaß nicht weitertreiben. Sogar

Del Ray brachte ein gequältes Grinsen zustande, als der ältere Mann wütend aus dem Raum stampfte, vermutlich um diese Kränkung seiner männlichen Würde mit ein paar Schluck seines kostbaren Weins zu ersäufen.

»Das sollte ich lieber lassen«, sagte Jeremiah, als er fort war, aber konnte sich dennoch ein letztes Kichern nicht verkneifen. »So schlimm ist er gar nicht, und wir müssen zusammenhalten. Uns gegenseitig helfen.«

»Mir hast du geholfen«, meinte Del Ray. »Danke.«

Jeremiah winkte ab. »Nicht der Rede wert. Aber ich hatte Angst. Ich dachte, sie wären durchgekommen, hätten auf dich geschossen. Zum Glück sind sie immer noch draußen, und wir sind hier drinnen sicher, bis auf weiteres. Ach.« Er bückte sich und hob Del Rays Jackett vom Boden auf. »Und wir haben sogar eine Waffe.«

Del Ray zog den schweren Revolver aus seiner Tasche, drehte ihn in der Hand und betrachtete ihn, als sähe er ihn zum ersten Mal. »Ja«, sagte er. »Eine Waffe, aber nur zwei Kugeln.« Er wischte einen kriechenden Blutstropfen von seinem Ohr ab und warf Jeremiah einen kummervollen Blick zu. »Wenn sie es doch schaffen, hier einzudringen, können wir uns damit nicht mal selbst erschießen.«

Kapitel 12
DER JUNGE IM BRUNNEN

NETFEED/MUSIK:
Christ nicht glücklich als "Superstar"
(Bild: Christ mit Blond Bitch auf der Bühne)
Off-Stimme: Lose angelehnt an die Geschichte des Sängers Johann Sebastian Christ, der sowohl die schweren körperlichen Schädigungen einer Adrenochromsucht als auch den Verlust seiner Band bei einem grausigen Bühnenunfall überstand, soll ein Netzdrama gedreht werden - aber dazu müsste eine entscheidende Hürde genommen werden.
(Bild: Entertainmentjournalistin Patsy Lou Corry)
Corry: "Anscheinend wird das Netzwerk stark von fundamentalistischen Werbekunden unter Druck gesetzt, weil diese keine Figur namens Christ haben wollen, die eine Hundemaske trägt und von der Taille abwärts nackt auftritt, von etwas weniger krassen Ticks ganz zu schweigen. Das Netzwerk hat den Vorschlag gemacht, die Figur in 'Johann Sebastian Superstar' umzubenennen. Christ will das Projekt abblasen, aber die bereits vom Netzwerk empfangenen Zahlungen zurückgeben möchte er nicht. Es läuft wohl auf einen Prozess hinaus."
(Bild: Christ in einer Pressekonferenz)
Christ: "Ein Verfahren? Wisst ihr, was die von International Entertainment mich mal können? Die können mich mal kreuzweise, können die mich …"

> »Wie Schule, äi«, jammerte T4b.

Pauls Schulzeit lag lange zurück, aber er wusste, was der Goggleboy damit meinte.

Sie mussten schon Stunden in der Blase eingeschlossen sein, hatte Paul das Gefühl, vielleicht einen halben Tag. Unter anderen Umständen wäre die abenteuerliche Fahrt auf dem reißenden Fluss faszinierend gewesen, denn sie hatten dabei einen großen Teil von Kunoharas Dschungel bewundern dürfen, riesige Mangrovenbäume mit tief ins Wasser greifenden Wurzeln, fantastisch verflochtene Strukturen aus Rinde, die im Vergleich zu ihnen so groß waren wie ganze Städte. Ungeheure Fische hatten sie angestupst, aus dem Flussschlamm heraufgekommene neugierige Leviathane, aber zum Glück hatte keiner die eigenartige Blase für wert befunden, geschluckt zu werden. Vögel mit Flügelspannweiten wie Jumbojets und bunt wie eine Explosion in der Feuerwerksfabrik des Herrgotts persönlich, eine Ratte von der Größe eines Lagerhauses, Wasserkäfer so groß wie Motorboote – sie waren an Wundern aller Art vorbeigetragen worden. Aber sie waren zu viert in einer Kugel gefangen, in der sie kaum Platz hatten, die Beine zu strecken, und sie waren steif und elend und langweilten sich.

Zu allem Überfluss hing auch noch Renies unbeendeter Hilferuf in der abgeschotteten Luft der Blase wie eine Giftgaswolke. Sie war irgendwo in Gefahr, und ihre Freunde konnten nichts unternehmen.

Da sie nichts Anderes tun konnten als dösen und sich unterhalten, hatten sie stundenlang gerätselt und debattiert, und dennoch, fand Paul, waren sie jetzt im Nachhinein kein bisschen näher dran, eine der Fragen zu lösen, die sie bedrängten. Er hatte alles berichtet, woran er sich bis dahin von seinem Leben in Jongleurs Turm erinnerte, doch obwohl die anderen interessiert gelauscht hatten, waren sie auch auf keine Idee gekommen, was die Fragmente bedeuten mochten.

»Und was nu?«, unterbrach T4b schließlich das lange Schweigen. »Einfach so schwuppdiwupp immer weiter?«

Paul lächelte traurig. Er persönlich hatte an Zwinkel, Blinkel und Nuss und ihre Fahrt im Holzschuh gedacht, aber die Assoziation war im Wesentlichen die gleiche.

»Wir fahren in die nächste Simulation hinüber«, erklärte Florimel matt. »Wenn wir an das Gateway kommen, wird Martine versuchen, es so zu betätigen, dass wir zurück nach Troja kommen und von dort vielleicht an den Ort, wo Renie und die andern sich befinden. Das haben wir doch schon alles beredet.«

Paul sah Martine an, die im Augenblick nicht den Eindruck machte, etwas Komplizierteres als ein Handtuch oder einen Löffel betätigen zu können. Die Blinde schien ihr früheres Selbstvertrauen verloren zu haben, wenigstens für den Augenblick, und war völlig in sich zusammengesunken. Ihre Lippen bewegten sich, als führte sie Selbstgespräche. Oder betete.

Ich hoffe, sie macht uns nicht schlapp, dachte er mit jäher Furcht. *Jetzt, wo Renie weg ist, ist sie unsere treibende Kraft. Florimel ist klug und tapfer, aber sie denkt nicht voraus wie diese beiden, sie wird wütend und mutlos. T4b – na ja, er ist ein Teenager, und zudem einer mit ziemlich wenig Geduld.*

Und was ist mit mir? Allein bei dem Gedanken, für das Leben dieser Menschen Verantwortung zu übernehmen, wurde ihm mulmig. *Ja, aber das ist lachhaft, Mann, und das weißt du auch genau. Du hast in den letzten Wochen Sachen mitgemacht, die niemand – niemand! – in der wirklichen Welt je erlebt, geschweige denn* über*lebt hat. Von Ungeheuern gejagt, in dem scheiß Trojanischen Krieg gekämpft. Warum solltest du nicht die Führung übernehmen, wenn es nötig ist?*

Weil es schon schwer genug ist, einfach Paul Jonas zu sein, antwortete er sich selbst. *Weil mir ein großes Stück meines Lebens fehlt und ich schon damit kaum zurechtkomme. Weil ich hundemüde bin, darum.*

Irgendwie hörten sich diese Ausreden nicht sehr überzeugend an.

Martine richtete sich mühsam aus ihrer kraftlosen Haltung auf. »Es quält mich«, sagte sie. »So vieles quält mich.«

»Wen nicht?«, schnaubte Florimel.

»Weil du denkst, dass Kunohara einen Informanten unter uns hat?«, fragte Paul sie.

»Nein. Wenn es so ist, können wir nichts daran ändern, und wenn ihr alle sagt, dass dem nicht so ist, will ich euch glauben.« Doch ihre blinden Augen blieben eine Zeit lang auf T4b gerichtet, was diesem sichtlich unbehaglich war. »Was mich quält, ist dieses Lied, das … tja, ich muss wohl sagen, das das Betriebssystem gesungen hat. Ein Lied, das ich ihm wahrscheinlich beigebracht habe.«

»Wie wär's, wenn du es den Andern nennst«, meinte Florimel. »Der Name scheint gebräuchlich zu sein, und eingängiger ist er auch.«

Martine winkte ungeduldig ab. »Von mir aus. Nein, mich quält der Gedanke, dass darin möglicherweise Antworten auf einige unserer Fragen liegen, aber ich kann mich an diese Zeit, die Ereignisse damals, nur sehr schlecht erinnern.«

Paul zuckte mit den Achseln. »Wir wissen gar nichts außer dem bisschen, was du uns erzählt hast.«

»Und mehr möchte ich darüber auch nicht erzählen. Ich war … ein Versuchsobjekt. Ich unterhielt mich bildlos mit einem anderen Kind – jedenfalls glaubte ich, es wäre eines, ein seltsames, geradezu beängstigendes, aber auch mitleiderregendes Kind. Ich spielte mit ihm, wie vermutlich andere Kinder in dem Institut auch. Ich erzählte ihm Geschichten, sang ihm Lieder vor. Ich denke, ich habe ihm das Lied beigebracht, das es gesungen hat …« Sie brach ab und starrte ins Leere.

»Und jetzt denkst du, dass dieser Spielgefährte damals eine KI war?«, beendete Paul den Satz für sie. »Dass sie dieses Betriebssystem aus irgendeinem Grund … zum Menschen ausbilden wollten?«

T4b schüttelte den Kopf. »Blockastisch. Diese alten Gralssäcke sind echt auf'm Gigascän, was?«

»Geschichten«, sagte Martine leise. »Ja, es gab eine Geschichte zu dem Lied. Ein Märchen. Wie ging es noch mal? Gott, es ist so lange her!«

»Ich erinnere mich nicht mehr an das Lied«, sagte Florimel. »Es war verwirrend, wie sich die Ereignisse auf dem Berg überstürzten. Erschreckend.«

Martine hob die Hände, wie um das Gleichgewicht zu halten. Die anderen verstummten. Paul rechnete mit einer großen Eröffnung, doch die blinde Frau sagte nur: »Wir sind fast da.«

»Was? Wo?«

»Am Ende der Simulation. Ich fühle … den Absturz. Das Aufhören.« Sie drehte langsam den Kopf hin und her. »Ich muss Ruhe haben. Ich wünschte, wir könnten anlegen und langsam zu Fuß durchgehen, aber da wir unsere Fahrt nicht steuern können, muss ich es nehmen, wie es kommt. Wenn ich uns nach Troja bringen kann, werde ich es tun. Wenn nicht, werden wir weiß Gott wo landen.«

Alle schwiegen eine Weile, und währenddessen tanzte die Blase weiter mit dem Fluss auf und ab.

»Werden wir auf der andern Seite ein Boot haben?«, fragte Florimel mit rauher Stimme.

Martine schüttelte unwillig den Kopf und reagierte nicht auf die Frage. Ihre Aufmerksamkeit war auf etwas Anderes gerichtet, das keiner der Übrigen wahrnahm.

»Warum fragst du?«, wollte Paul wissen.

»Dies ist kein richtiges Wasserfahrzeug«, antwortete Florimel. »Bei unserem ersten Besuch hier haben wir die Simulation zu Fuß verlassen. Renie und !Xabbu hatten einen der Flieger des entomologischen Instituts, der sich hinter dem Gateway in etwas Anderes verwandelte. Aber was ist das hier?« Sie breitete die Arme aus. »Es ist eine Blase, ein Ding, das es gar nicht gab, bevor Kunohara es hervorbrachte. Wird es drüben in veränderter Form erhalten bleiben? Oder wird es einfach ... verschwinden?«

»Schreck lass nach.« Paul fasste Martines Hand. »Jeder hält sich am Nebenmann fest. Auf die Weise bleiben wir wenigstens im Wasser zusammen.« Die Blinde schien es gar nicht zu registrieren. Florimel nahm ihre andere Hand, dann hakten sie beide T4b unter, der ganz blass und genauso schweigsam geworden war wie Martine. Die Fahrt schien jetzt schneller zu werden, und die Blase hüpfte durch weiße Schaumstreifen. »Ich glaube, gleich kommt der nächste Wasserfall.« Paul bemühte sich um eine ruhige Stimme.

»Wird alles blau, irgendwie«, stöhnte T4b, genauso um Fassung bemüht wie Paul. »So funklig.«

»Festhalten!« Florimel schloss die Augen. »Falls wir im Wasser landen, holt vorher tief Luft. Nicht strampeln und nicht schwimmen, solange ihr nicht wisst, wo oben und unten ist.«

»Falls wir das unterscheiden können«, sagte Paul, aber kaum lauter als flüsternd. Neben ihm war Martine stocksteif geworden, ganz auf irgendein unfassliches Signal konzentriert.

Die Strömung hatte sich eindeutig beschleunigt, und die Blase schnellte mit minimaler Oberflächenberührung dahin. Ein scharfer Ruck riss sie zur Seite, und Florimel und T4b stiegen in die Höhe und krachten dann unsanft auf Paul herunter, Ellbogen und Knie zuerst. Dennoch schafften sie es, die Hände nicht zu lösen, und im nächsten Moment richtete sich die Blase wieder auf, und sie lagen wortlos keuchend auf dem Rücken.

Um sie herum schoss blaues Feuer in glitzernden Fontänen empor. Die Blase flog in einem wilden Wirbel auf und nieder.

Wohin kommen wir? dachte Paul, als sie abermals kopfüber durcheinander purzelten. *Lieber Gott, wohin jetzt?*

Ein Gewoge aus blauen Funken umschloss sie vollkommen. Martine ächzte vor Schmerz und kippte auf Pauls Schoß, und im selben Augenblick platzte die Blase, und von allen Seiten stürzte schwarzes Wasser auf sie ein.

»Wir leben noch«, stellte Paul fest. Er sprach es auch deswegen aus, weil er sich nicht ganz sicher war, dass es stimmte. Die Blase war eben erst fort, und schon vermisste er sie sehr. An ihre Stelle war ein kleines, roh gezimmertes Boot getreten, das so aussah, als wollte es eher gestakt als gerudert werden, auch wenn keine Stangen an Bord waren, Ruder ohnehin nicht. Das stürmische Unwetter, das sie am Gateway empfangen hatte, war vergangen, aber jetzt waren sie klatschnass, und die Luft war frostig. Pauls nasse Sachen knisterten bereits von Eis.

Der Fluss, auf dem sie trieben, war schwarz. Das Land, soweit sie es durch den Dunst erkennen konnten, war völlig weiß. Sie fuhren durch eine Winterwelt.

»Was macht Martine?«, fragte Florimel.

Paul zog die blinde Frau an sich. »Zittert, aber ist ansonsten okay, glaube ich. Martine, kannst du mich hören?«

T4b ließ den Blick über die arktisch wirkende Landschaft schweifen. »Sieht mir nicht nach diesem Trojadings aus.«

Martine stöhnte leise und schüttelte den Kopf. »Ist es auch nicht. Ich konnte in den Daten am Gateway die trojanische Simulation nicht finden.« Sie schlang fest die Arme um sich, aber hörte nicht auf zu zittern. »Es musste alles so schnell gehen. Viele der Durchgänge waren zu – die Gateway-Übersicht war wie ein Hochhaus, bei dem die meisten Lichter aus sind.«

»Wo sind wir dann?«, fragte Florimel. »Und was machen wir, wenn wir nicht nach Troja können?«

»Erfrieren, wenn wir nicht bald ein Feuer anzünden«, stieß Paul zwischen zusammengebissenen Zähnen hervor. Auch er schlotterte jetzt. »Um andere Dinge können wir uns später kümmern, wenn wir die Überlebensfrage gelöst haben. Wir müssen an Land gehen.« Er wünschte, er wäre sich innerlich seiner Sache so sicher, wie er sich äußerlich gab. Diese Simwelt am Fluss erinnerte ihn sehr an seine Eiszeitwelt, so sehr er hoffte, dass der Schein trog. Er wurde den Gedanken an die riesigen Hyänen nicht los, die ihn in einen eisigen Fluss genau wie diesen hier gehetzt hatten. Er wollte nicht noch mehr Exemplaren urzeitlicher Megafauna begegnen.

»Es gibt hier nirgends einen geeigneten Platz für ein Feuer und Brennmaterial genauso wenig.« Florimel deutete auf die verschneiten Buckel, die sich von den Ufern bis zu den trüben, nebelverhangenen Bergen in der Ferne erstreckten. »Oder seht ihr irgendwelche Bäume? Holz oder so was?«

»Die Hügel da vorne«, sagte Paul, »dort an der Flussbiegung. Wer weiß, was dahinter liegt – oder darunter? Vielleicht ist das hier eine futuristische Simwelt, und es gibt atomgeheizte unterirdische Häuser oder etwas in der Art. Wir können nicht einfach nichts tun, sonst erfrieren wir.«

»Nicht unbedingt«, widersprach Florimel. »Keinem von uns geht es wie Renie und !Xabbu, deren wirkliche Körper in einer Flüssigkeit schweben. Unsere Körper befinden sich alle irgendwo bei Zimmertemperatur. Wie sollen wir erfrieren? Unsere Nerven können ein Kältegefühl suggeriert bekommen, aber das ist etwas Anderes, als tatsächlich kalt zu *sein.*« Ihren Worten zum Trotz bebte auch sie inzwischen am ganzen Leib. »Psychosomatisch können wir vielleicht dazu gebracht werden, mehr Wärme abzugeben, wie wenn wir Fieber hätten, aber man kann uns doch unmöglich zwingen, von innen heraus zu erfrieren, oder?«

»Nach dieser Logik«, bemerkte Martine unter Zähneklappern, »hätten wir auch nicht von einer Riesenspinne entzweigebissen werden können, es wäre nur eine taktile Illusion gewesen. Aber keiner von uns war besonders erpicht darauf, diese Hypothese auf die Probe zu stellen, was?«

Florimel machte den Mund auf und wieder zu.

»Wie dem auch sei, wir müssen etwas finden, das wir als Paddel nehmen können«, warf Paul ein. »In dem Tempo brauchen wir Tage, um hier durchzukommen.«

»Klar ist bloß eins: Eis total«, murrte T4b. »Drüber hickhacken bringt gar nichts. Warm werden will ich, äi.«

»Wir sollten uns eng zusammensetzen«, sagte Martine. »Die somatische Wahrheit mag sein, wie sie will, aber ich erkenne, dass unseren virtuellen Körpern sehr rasch die Wärme entweicht.«

Sie drängten sich in der Bootsmitte zusammen. In diesem Fall hatte nicht einmal der ungesellige T4b etwas dagegen. Das Boot trieb dahin, aber die Strömung war träge, die schwarze Wasseroberfläche glatt wie Glas.

»Wir sollten uns unterhalten«, meinte Paul nach einer Weile, »damit wir auf andere Gedanken kommen. Martine, du hast gesagt, es gäbe eine Geschichte zu dem Lied, das ... das der Andere gesungen hat.«

»Genau das ist das P-Problem.« Es schüttelte sie mittlerweile so heftig, dass sie kaum noch reden konnte. »Ich k-k-kann mich nicht mehr daran e-erinnern. Es ist so lange her. Es war bloß ein altes Märchen. Über einen J-Jungen, einen kleinen Jungen, der in ein Loch f-fiel.«

»Sing das Lied mal.« Besorgt begann Paul, ihr die Arme und den Rücken zu rubbeln, um durch Reibung eine gewisse Wärme zu erzeugen. »Vielleicht kommen wir dadurch auf irgendwas.«

Martine blickte zweifelnd, fing aber trotzdem mit leiser, bebender Stimme zu singen an. *»Ein ... ein Engel hat mich angerührt, ein Engel hat mich angerührt ...«* Sie runzelte nachdenklich die Stirn. *»Ein Fluss ...* nein, *der Fluss hat mich gewaschen und mich rein und hell gemacht.«*

Jetzt erinnerte Paul sich wieder deutlich an die unheimliche hallende Stimme auf dem schwarzen Berggipfel. »Und du meinst, es könnte irgendwie von Bedeutung sein ...?«

»Ich kenne die Geschichte«, sagte Florimel unvermittelt. »Es ist eines von Eirenes Lieblingsmärchen. Aus der Gurnemanzschen Sammlung.«

»Du kennst es aus einem deutschen Buch?« Martine staunte. »Aber es ist ein altes französisches Märchen.«

»Was ist das?«, fragte T4b.

»Ein M-Märchen ...?« Martine blickte völlig entgeistert. »Du w-weißt nicht, was ein Märchen ist? Mein Gott, was haben sie mit unseren K-Kindern gemacht?«

»Quack«, sagte T4b ärgerlich. »Was ist *das?«*

Er deutete auf eine verschneite Erhebung vielleicht tausend Meter voraus, den ersten der Schneehügel, die Paul schon vorher aufgefallen waren.

»Ein Haufen Schnee.« Paul sagte es ein wenig schroff, weil er hören wollte, was Florimel über das Märchen zu sagen hatte. Da aber sah er verblüfft und beschämt etwas glitzern, das weder Schnee noch Eis war. »Mensch, du hast recht, da ist ja ein Turm dran. Ein Turm!«

»Hältst mich wohl für blind, was?«, knurrte T4b. Dann stutzte er und wandte sich Martine zu. »War nicht als Hammer gemeint, äi.«

»Schon gut.« Sie drehte sich in die Richtung. »Ich k-kann keinerlei Spuren von Leben erkennen. Kaum zu m-m-merken, dass außer Eis und Schnee überhaupt etwas da ist. Was seht ihr?«

»Es ist die Spitze eines Turmes.« Paul kniff die Augen zusammen. »Er ist ... sehr schlank. Wie ein Minarett. Verziert. Aber was darunter ist, kann ich nicht erkennen. Verdammt, ist diese Strömung langsam!«

»Ein Minarett, ja«, bestätigte Florimel.

»Vielleicht ist das hier der Mars, wo ich vorher schon mal war«, sagte Paul aufgeregt. »Diese komische spätviktorianische Abenteuerwelt. Da gab es viele maurisch aussehende Bauten.« Sein Blick überflog die endlose weiße Ödnis, die sich beiderseits des Flusses erstreckte. »Aber was hat es hier für eine Klimakatastrophe gegeben?«

»Dread«, antwortete Martine leise. »Die Klimakatastrophe heißt Dread, jede Wette.«

Alle hielten jetzt angestrengt Ausschau, alle bis auf Martine, deren zitterndes Kinn auf die Brust gesunken war. Als sie der großen, schneebedeckten Wölbung mit dem einzelnen hochragenden Turm näher kamen, erblickte Paul auf ihrer Höhe am Ufer eine viel kleinere Gestalt, halb zugedeckt von einer Schneewehe. »Was zum Teufel ist das?«

T4b lehnte sich so weit aus dem Boot, dass es beinahe kenterte. »Eins von den Dingern in *Tut-Tut und die Sphinx,* irgendwie«, sagte er. »Die Netzshow für Mikros, gelt? Dieses Vieh mit so Buckeln, wo sie da drauf reiten.«

Paul, dessen Kenntnis der populären Kultur seit seinem Schulabgang rapide nachgelassen hatte, konnte nur den Kopf schütteln. »Eine Sphinx?«

»Er meint ein Kamel«, erläuterte Florimel. Wenn sie die Zähne nicht so fest zusammengebissen hätte, damit sie nicht klapperten, hätte sie vermutlich laut gelacht. »Es ist ein erfrorenes Kamel. Gab es auf deinem Mars Kamele?«

»Nein.« Jetzt, wo sie näher dran waren, sah er, dass der Junge abermals recht hatte. Das tote Kamel lag am Rand des Flusses auf den Knien, die Zähne zu einem schaurigen Grinsen gebleckt, die Haut an Hals und Kopf so straff, dass es regelrecht mumifiziert aussah, aber es war definitiv ein Kamel. »Wir müssen in Orlandos Ägypten sein. Oder so wo.«

Martine fuhr auf. »Dieser Mann n-namens Nandi. Wenn wir in Ägypten sind, k-k-können wir ihn vielleicht finden. Orlando und Fredericks meinten, er wäre der Experte des Kreises für Gateways. Er könnte uns unter Umständen helfen, zu Renie und den anderen zu gelangen.«

»Muss'n Eis am Stiel sein, wenn er hier ist«, bemerkte T4b.

»Altägypten mit Minaretten?«, sagte Florimel zweifelnd. »Na, auf jeden Fall habe ich meine Meinung geändert, was das Aushalten der Kälte angeht. Los, steuern wir diesen Turm an, oder unsere ganzen Spekulationen werden für die Katz sein, weil wir auch bald ... Eis am Stiel sind.«

»Wir müssen mit den Händen paddeln«, sagte Paul. »Da sollten wir uns beeilen, wenn wir uns nicht alle Erfrierungen zuziehen wollen.«

»Wir wechseln uns ab«, schlug Martine vor. »Zwei paddeln, die anderen beiden wärmen sich die Hände auf. Los!«

Als er die Finger in den dunklen Fluss tauchte, hatte Paul im ersten Moment nur ein eisig klares Gefühl wie beim Betupfen mit Alkohol vor einer Injektion. Dann begann seine Haut wie Feuer zu brennen.

Zum Glück mussten sie sich ihren Weg nur durch Schnee und nicht durch Eis bahnen, um zu dem offenen Eingangsbogen des Gebäudes mit dem weiß überkrusteten hohen Turm zu gelangen, wofür Paul ungemein dankbar war. Gleich darauf standen sie in einem prächtigen Vorraum, der vom Boden bis zur Decke mit wunderschönen verschlungenen und sich rhythmisch wiederholenden Rankenformen in Rot, Schwarz und Gold bemalt war. Sie blieben jedoch nicht bewundernd stehen, sondern eilten schleunigst weiter, die taub gefrorenen Hände fest an den Leib gepresst.

Nach drei weiteren Türen und drei weiteren Prunkräumen kamen sie in ein kleineres Zimmer mit durchgehenden Bücherwänden voll erlesener Lederbände, wo sie die herrliche Entdeckung einer gekachelten Feuerstelle und eines ordentlichen Holzstapels machten.

»Es ist feucht«, bemerkte Paul, während er mit plumpen, kribbelnden Fingern Holzscheite im Kamin aufschichtete. »Wir brauchen Anzündmaterial. Von Streichhölzern ganz zu schweigen.«

»Anzündmaterial?« Florimel zog ein Buch aus einem Regal und fing an, Seiten herauszureißen. Erst kam es Paul wie ein Sakrileg vor, doch nach kurzem Überlegen hatte er den Eindruck, mit dem Gefühl leben zu können. Er betrachtete eine Seite und sah, dass der Text in Englisch war, auch wenn die krakeligen Lettern der Schrift arabisch wirkten. Während er Seiten zerknüllte und um das Holz verteilte, erspähte er in einer Nische in der Kachelung außen am Kamin ein hübsches Lackkästchen. Er klappte es auf und hielt es hoch. »Feuerstein und Stahl, denke ich mal, Gott sei Dank. Ich wünschte, !Xabbu wäre hier. Oder kennt sich sonst noch jemand damit aus?«

»Bis zu meinem zehnten Lebensjahr hatten wir in der Harmoniegemeinde keinen Strom«, sagte Florimel. »Gib her.«

Eine gute Viertelstunde verging, bis das Geräusch des Zähneklapperns verstummte und Paul die Hände von der wunderbaren Wärme des Feuers zurückzog. Auf einem Erkundungsgang stieß er auf einen Lagerraum voll weicher Teppiche und Decken, die er und die anderen sich umhängten wie Mäntel. Aufgewärmt, so dass er sich fast wieder wie ein Mensch fühlte, griff er sich eines der verschont gebliebenen Bücher und schlug es auf.

»Es soll mit Sicherheit Arabisch nachahmen – dieses Buch ist Seiner Majestät dem Kalifen Harun al-Raschid gewidmet. Hmmm. Scheint eine Geschichte von Sindbad dem Seefahrer zu sein.« Paul blickte zu den Regalen auf. »Ich glaube, das ist eine Bibliothek von *Tausendundeiner Nacht.*«

»In dem Eisloch bleib ich keine tausend Nächte«, protestierte T4b. »Kannste blocken. Doppelblock.«

»Das ist bloß der Name eines Buches«, klärte Paul ihn auf. »Eine berühmte alte Märchensammlung.« Er wandte sich an Florimel und Martine. »Dabei fällt mir ein …«

»Ich sage doch, ich kann mich nicht mehr an die Geschichte erinnern«, wehrte Martine ab.

»Aber ich.« Florimel rutschte ein Stückchen vom Feuer weg. In den Teppich gemummt und mit dem notdürftigen Verband über ihrem

Auge und der dazugehörigen Kopfhälfte sah sie mehr denn je wie eine mittelalterliche Hexe aus.

Komisch, dachte Paul, *wo doch Martine die Hexe der Gruppe ist.* Der Einfall war merkwürdig, aber deswegen um nichts weniger treffend.

»Ich werde sie so erzählen, wie ich sie in Erinnerung habe.« Die Deutsche blickte finster in die Runde, wodurch sie noch einschüchternder wirkte als ohnehin schon. »Gemerkt habe ich sie mir nur, weil meine Tochter sie – und mehrere andere aus dieser Märchensammlung von Gurnemanz – viele, viele Male hören wollte, also unterbrecht mich nicht, sonst komme ich aus dem Erzählfluss und vergesse Teile. Martine, ich bin sicher, sie wird anders sein als die Version, die du kennst, aber darüber reden wir später, einverstanden?«

Paul sah den Anflug eines Lächelns über das Gesicht der Blinden huschen. »Einverstanden, Florimel.«

»Gut.« Sie strich ihre feuchten, aber trocknenden Kleider zurecht und öffnete den Mund, dann schloss sie ihn wieder und funkelte T4b an. »Und die Stellen, die du nicht verstehst, erkläre ich hinterher. Ist das klar, Javier? Wenn du mich unterbrichst, schmeiß ich dich raus in den Schnee!«

Paul rechnete mit einer zornigen oder wenigstens entrüsteten Reaktion, aber der junge Bursche schaute amüsiert drein. »Chizz. Meckersäcke schrotten. Ich hör schon zu.«

»Schön. Also, soweit ich mich erinnere, ging das Märchen so.«

»Es war einmal ein Junge, der war der Augenstern seiner Eltern. Sie liebten ihn innig, und damit ihm auch ja nichts Böses widerfuhr, besorgten sie ihm einen Hund als Gefährten. Den Hund nannten sie Nimmermüd, und er war wachsam und treu.

Doch auch die Liebe zweier Eltern und die Gnade Gottes ist keine Gewähr gegen Unglück. Eines Tages, als sein Vater draußen bei der Feldarbeit war und seine Mutter mit den Vorbereitungen fürs Abendessen beschäftigt, entfernte sich der Junge weit von zuhause. Nimmermüd wollte ihn aufhalten, der Junge aber gab dem Hund einen Klaps und schickte ihn fort. Der Hund lief die Mutter des Jungen holen, und sie machte sich auf, ihn zu suchen, doch bevor sie ihn finden konnte, fiel der Junge in einen verlassenen Brunnen.

Ganz lange stürzte und rollte und überschlug sich der Junge, und als er endlich am Grund des Brunnens aufkam, befand er sich in einer Höhle tief in der Erde, neben einem unterirdischen Fluss. Als die Mutter sah, was geschehen war, lief sie und holte ihren Mann, doch kein Seil, das sie im Hause hatten, reichte bis auf den Grund. Sie riefen alle anderen Bewohner ihres Dorfes zusammen, aber auch als sie sämtliche Seile zusammengebunden hatten, kamen sie damit nicht in die Tiefe, wo der Junge saß.

Die Eltern riefen zu dem Jungen hinunter, er müsse tapfer sein, sie würden schon einen Weg finden, ihn aus dem tiefen, tiefen Loch herauszuholen. Er hörte sie und schöpfte etwas Mut, und als sie ihm etwas zu essen hinunterwarfen, in Blätter gewickelt, um den Fall zu dämpfen, da schien ihm doch noch nicht alles verloren.

Doch tief in der Nacht, als seine Eltern und die andern Dorfbewohner sich endlich schlafen gelegt hatten, da fühlte der Junge sich wieder ganz allein am Grund des Brunnens, und er weinte und betete zu Gott.

Niemand war noch wach außer Nimmermüd, und als der treue Hund seinen kleinen Herrn weinen hörte, rannte er los, um in der weiten Welt jemanden zu finden, der dem Jungen im Brunnen helfen konnte.

Die Eltern warfen ihm jeden Tag zu essen hinunter, und trinken konnte er aus dem unterirdischen Fluss, aber dennoch war er traurig und einsam, und allnächtlich, wenn er sich unbelauscht wähnte, weinte er. Da sein Hund Nimmermüd unterwegs war, Hilfe suchen, gab es niemand mehr, der ihn hörte – niemand als den Teufel, denn der wohnt ja tief in der Erde. Der Teufel kann aber kein fließendes Wasser überqueren, und so konnte er sich den kleinen Jungen nicht greifen und mit hinab in die Hölle nehmen, doch er stellte sich in der Dunkelheit auf die andere Seite des Flusses und quälte den Jungen, indem er ihm vorlog, seine Eltern hätten ihn vergessen, alle oben am Licht hätten längst die Hoffnung aufgegeben, ihn herausholen zu können. Das Weinen des Jungen wurde immer heftiger, bis ein Engel ihn hörte und ihm in der Dunkelheit in Gestalt einer bleichen schönen Frau erschien.

›Gott wird dich schützen‹, sprach die Engelfrau zu dem Jungen und küsste ihn auf die Wange. ›Begib dich in den Fluss, und alles wird gut werden.‹

Der Junge tat wie geheißen, und als er nass und zitternd wieder herauskam, sang er ein Lied, das ging: ›Ein Engel hat mich angerührt, ein Engel hat mich angerührt, der Fluss hat mich gewaschen und mich rein und hell gemacht.‹

In der zweiten Nacht sandte der Teufel aus den finsteren Tiefen eine Schlange, die den Jungen angriff, doch Nimmermüd hatte einen Jäger gefunden, einen tapferen Mann mit einem guten Gewehr, und ihn zum Rand des Brunnens gebracht. Der Jäger konnte zwar den Jungen nicht aus der Tiefe heraufholen, aber mit seinen scharfen Augen sah er die Schlange gekrochen kommen und tötete sie mit einem Schuss, und da war der Junge vor der Gefahr gerettet. Wieder sprach er seine Gebete, stieg in den Fluss und sang beim Herauskommen: ›Ein Engel hat mich angerührt, ein Engel hat mich angerührt, der Fluss hat mich gewaschen und mich rein und hell gemacht.‹

In der nächsten Nacht ließ der Teufel den Jungen von einem Geist angreifen. Nimmermüd aber hatte einen Priester an den Rand des Brunnens gebracht. Der Priester konnte zwar den Jungen nicht aus der Tiefe heraufholen, doch als er den Geist kommen sah, warf er seinen Rosenkranz hinunter und trieb damit den Geist in die Hölle zurück. Der Junge sprach ein Dankgebet und stieg in den Fluss, und beim Herauskommen sang er wieder: ›Ein Engel hat mich angerührt, ein Engel hat mich angerührt, der Fluss hat mich gewaschen und mich rein und hell gemacht.‹

In der Nacht darauf schickte der Teufel alle Heerscharen der Hölle gegen den Jungen aus, aber Nimmermüd hatte ein Bauernmädchen an den Rand des Brunnens gebracht. Es sah nicht so aus, als ob sie gegen alle Heerscharen der Hölle irgendetwas ausrichten könnte, doch in Wahrheit war sie gar kein Bauernmädchen, sondern der Engel, der ihm eingangs geholfen hatte, und als sie mit einem feurigen Schwert in der Hand in den Brunnen hinabflog, wichen die höllischen Heere vor Furcht zurück.

›Gott wird dich schützen‹, sagte der Engel zu dem Jungen und küsste ihn auf die Wange. ›Begib dich in den Fluss, und alles wird gut werden.‹

Der Junge ging ins Wasser, doch als er wieder herauskommen wollte, hob die Engelfrau die Hand und schüttelte den Kopf. ›Gott wird dich schützen‹, sprach sie.

›Alles wird gut werden.‹

Da erkannte der Junge, was er tun sollte, und statt aus dem Wasser zu steigen, ließ er sich vom Fluss mitnehmen. Er trieb lange durch völlige Finsternis, doch immer noch fühlte er den Kuss des Engels, der ihm Wärme und Sicherheit einflößte, und als er zuletzt wieder ins Helle kam, da war es das Licht des Paradieses, das von Gottes Angesicht ausstrahlt. Und bald darauf gesellten sich sein Hund Nimmermüd und seine beiden liebenden Eltern zu ihm, und wenn sie nicht gestorben sind, leben sie heute noch dort.«

»Ein paar Sachen stimmen sicher nicht ganz«, sagte Florimel, nachdem sie alle eine Weile schweigend dem Knacken und Zischen des Feuers gelauscht hatten. »Aber das ist ungefähr die Geschichte, die ich so viele Male meiner … meiner Eirene vorgelesen habe.« Sie verzog das Gesicht und rieb sich ihr gutes Auge. Zwischen Mitgefühl und Höflichkeit hin- und hergerissen, blickte Paul zur Seite.

»Du wolltst noch was zu den Stellen sagen, die unklar sind, nicht?«, meldete sich T4b.

»Welche Stellen sind dir denn unklar?«

»Alle.«

Florimel lachte schnaubend. »Das sagst du bloß aus Witz. Du bist nicht dumm, Javier, und das ist ein Märchen für Kinder.«

Er zuckte mit den Achseln, aber erhob keine Einwände. Paul fragte sich, ob der verstockte Teenager langsam menschlichere Seiten entwickelte. Vielleicht zeigte die schlichte Tatsache Wirkung, dass er keinen Panzer mehr anhatte.

»War das ungefähr so, wie du es in Erinnerung hast, Martine?«, fragte Florimel. »Dasselbe Märchen? Martine?«

Die blinde Frau riss den Kopf hoch, als erwachte sie aus einem Traum. »Oh, entschuldige, ja, es ist im Großen und Ganzen gleich, denke ich – es ist so lange her. Ein paar kleine Unterschiede gibt es. Der Hund in meiner Version damals hieß irgendwas wie ›Schläft-nie‹, und der Jäger war, glaube ich, ein Ritter …« Sie murmelte etwas, wie immer noch in Selbstgespräche vertieft. »Es tut mir leid«, sagte sie nach ein paar Sekunden, »aber … aber das jetzt wieder zu hören, das Lied und die Geschichte dazu, das weckt in mir Erinnerungen an eine sehr schlimme Zeit in meinem Leben.« Sie hob die Hände, um Mitleidsbekundungen von vornherein abzuwehren. »Aber das nicht allein. Außerdem hat es mich zum Nachdenken gebracht.«

»Über das Lied?«, fragte Paul.

»Über alles. Über Kunoharas Bemerkung, die Ursache für das eigenartige Verhalten des Betriebs… äh, des Andern könnte sein, dass ich ihm seinerzeit eine Geschichte erzählt habe. Aber ich glaube, das ist zu simpel. Viele der Kinder dort im Institut müssen ihm Geschichten erzählt haben, und auch von mir hat er bestimmt noch andere Märchen gehört. Geschichtenerzählen war eine der Sachen, zu denen wir von den Ärzten angehalten wurden, vielleicht als Maßstab für unsere Gedächtnisleistung und unsere geistige Aufgewecktheit überhaupt. Falls das Betriebssystem und seine wachsende Intelligenz gerade von diesem einen Märchen beeinflusst wurde, dann schwerlich deshalb, weil es keine anderen Geschichten zu hören bekam, keine anderen Lieder.«

Paul blinzelte. Müdigkeit überkam ihn wie eine große Welle. Nach den Gefahren in Kunoharas Insektenwelt und ihrer Flucht auf dem Fluss spürte er erst jetzt, wie erschöpft er wirklich war. »Entschuldige, aber das verstehe ich nicht.«

»Ich denke, es hat sich diese Geschichte deswegen zu Herzen genommen, wenn ich mal so sagen darf, weil sie mehr als jede andere etwas in ihm berührt hat.« Auch Martine machte einen müden Eindruck. »Der Andere muss sich und seine Situation am stärksten in ihr wiedergefunden haben.«

»Willst du behaupten, dass er sich für einen kleinen Jungen hält?«, fragte Florimel mit einem Ton bitterer Belustigung in der Stimme. »Einen kleinen Jungen mit einem Hund? In einem Loch?«

»Vielleicht, aber das ist ziemlich simplifizierend ausgedrückt.« Martine ließ den Kopf hängen. »Sei bitte so gut und lass mich laut denken, Florimel. Ich habe nicht die Kraft, große Debatten zu führen.«

Die andere Frau wurde ein wenig rot, dann nickte sie. »Sprich.«

»Kann sein, dass er sich nicht für einen Jungen hält, ein menschliches Kind, aber wenn er wirklich eine künstliche Intelligenz ist, die es in bestimmter Hinsicht fast bis zum Menschen gebracht hat, dann stellt euch mal seine Gefühle vor. Wie sagte Dread neulich auf dem Berg, wo er als Riese erschien? ›Das System wehrt sich noch, aber ich weiß jetzt, wie man ihm wehtut.‹ Eine Metapher … oder nicht? Vielleicht hat das System mit seiner zunehmenden Individualität ja Sachen gemacht, die den Gralsbrüdern nicht recht waren, und sie mussten dem dann mit etwas Einhalt gebieten, das es als Schmerz empfand.«

Paul sah plötzlich das albtraumhafte Bild des gegen seine Fesseln ankämpfenden Andern wieder vor sich, eine gepeinigte, prometheische Gestalt. »Es hält sich für einen Gefangenen.«

»Für einen Gefangenen im Dunkeln. Ja, vielleicht.« Martine holte tief Luft. »Es sieht sich als einen, der ohne jeden Grund grausam bestraft wird – so wie auch der Teufel die Menschen aus reiner Lust daran quält, ihnen Leid zu bereiten. Und so sitzt es seit vielen Jahren – dreißig bestimmt, vielleicht mehr – in seiner Dunkelheit und hofft darauf, dass es eines Tages von seiner Qual erlöst und freigelassen wird, und es singt ein Lied, das ein kleiner Junge auf dem Grund eines tiefen, schwarzen Brunnens singt.« Ihr Gesicht verzog sich plötzlich, wurde bitter und kummervoll. »Ein schrecklicher Gedanke, nicht?«

»Du meinst, es hat diese Dinge … gegen seinen Willen getan?«, fragte Florimel. »Was es meiner Eirene und den andern Kindern angetan hat, euerm Freund Singh – zu alledem wurde es gezwungen, wie ein Sklave? Wie ein wehrpflichtiger Soldat?« Sie schaute bestürzt. »Das kann man sich kaum vorstellen.«

»Liebe Güte, der Engel!« Paul verschlug es den Atem. »In dem Märchen. Ist das der Grund … weshalb Ava in dieser Gestalt erscheint? Weil der Andere in ihr einen Engel sieht?«

»Vielleicht.« Martine zuckte mit den Schultern. »Oder weil er sich eine menschliche Frau, die nicht zu den Legionen seiner Quälgeister gehört, nicht anders vorstellen kann. Hinzu kommt auch noch das Bild des Flusses – und *der* ist uns allen inzwischen mit Sicherheit vertraut.«

»Doch selbst wenn du recht hast, was nützt es uns?«, brach Florimel ein längeres Schweigen. »Der Andere ist geschlagen, wenigstens der denkende Teil. Dread hat das System in seine Gewalt gebracht. Seht euch nur mal um: das Bagdad von Harun al-Raschid, in eine Eiswüste verwandelt. Dread ist *kein* Monster wider Willen. Er hat dieses ganze imaginäre Universum allein zu seinem Vergnügen verwüstet.«

»Ja, und jetzt, wo die Mitglieder der Bruderschaft tot oder versprengt sind, ist er unser wahrer Feind.« Martine lehnte sich an die Wand zurück. »Ich fürchte, du hast recht, Florimel, meine Überlegung hat kaum praktische Konsequenzen. Wenn wir schon den Andern mit nichts beeinflussen konnten, dann kann ich mir nicht vorstellen, womit wir Dread von seinem Treiben abbringen sollen.«

Paul setzte sich gerade hin. »Vergisst du nicht etwas? Zum Beispiel die Tatsache, dass wir Freunde haben, die noch irgendwo dort draußen umherirren? Mag sein, dass wir gegen das System nicht ankommen, mag sein, dass wir diesem vielbeschrienen Mörder und jetzigen virtuellen Gott nichts anhaben können, aber wir können verdammt noch mal versuchen, Renie und die andern zu finden.«

Einen Moment lang meinte Paul, Martine würde die Beherrschung verlieren, so jäh verfärbten sich die Wangen ihres Simgesichts. »Das habe ich nicht vergessen, Paul«, sagte sie schließlich steif. »Es ist mein Fluch, dass ich so gut wie nichts vergesse.«

»So hab ich das nicht gemeint. Aber wenn wir schon Dread nicht aufhalten können, dann können wir wenigstens probieren, aus diesem Netzwerk rauszukommen. Die Gralsbruderschaft ist weg vom Fenster, also gegen wen kämpfen wir eigentlich? Mag ja sein, dass ihr freiwillig hier seid, halbwegs, aber ich ganz bestimmt nicht.« Paul spürte, wie eine sinnlose Wut in ihm aufkochte, und bemühte sich um Beherrschung. »Na schön. Also, was ist unser nächster Schritt? Wenn die Trojasimulation abgeschaltet ist, wie kommen wir dann an Renie und die andern ran?«

»Wir wissen sowieso nicht, ob der Trick ein zweites Mal geklappt hätte«, gab Florimel zu bedenken. »Ich hatte den Eindruck, dass der Andere uns irgendwie zu sich holen wollte – dass er für uns so was wie ein spezielles Gateway gemacht hat. Wenn die künstliche Intelligenz jetzt versklavt ist, oder auch nur unterworfen, dann bezweifle ich ...«

Sie verstummte, weil Martine die gespreizte Hand hochhielt wie ein Wachposten, der draußen vor dem Lager heimliche Schritte hört.

»Ich glaube, es stimmt, was du sagst.« Martine sprach ganz langsam und bedächtig. »Ich glaube, dass der Andere uns mit Hilfe von Pauls Engel zu sich rufen wollte. Er wollte irgendetwas von uns.«

»Aber wir haben keine Ahnung, was das sein könnte«, warf Paul ein.

»Etwas Geduld, wenn ich bitten darf!« Wieder stieg der Blinden die Zornesröte ins Gesicht. »Herrje, lasst mich doch mal in Ruhe nachdenken! Es ... der Andere ... wollte uns aus irgendeinem Grund bei sich haben. Damit wir ihn befreien? Wie in dem Märchen?«

Paul legte die Stirn in Falten und versuchte zu begreifen, wohin ihre Überlegungen gingen. »Er ... er nimmt die Geschichte wörtlich? Er will, dass wir ihn aus seinem Loch herausholen?«

»Aus seiner Gefangenschaft, ja, das könnte sein.«

»Wer von uns ist der Hund?«, fragte Florimel in sarkastischem Ton.

»Ich hoffe, es wird nicht erwartet, dass wir uns freiwillig für die Rolle melden.«

»Der Hund. Natürlich!« Martine nickte heftig mit dem Kopf. »Oh, könnte das wirklich sein? Vielleicht doch. Lasst mich das aussprechen, auch wenn es sich lächerlich anhört.« Sie legte die Hände an den Kopf, die Augen fest zugekniffen. »Renie sagte mir einmal, dass alle meine Sims in diesem Netzwerk sehr … gewöhnlich aussehen. Stimmt das? Beinahe wie Blankosims?«

»Ja, schon«, antwortete Florimel. »Und?«

»Sie sagte mir, nur in Troja hätte ich wie ein bestimmtes Individuum ausgesehen. Aber das lag daran, dass ich eine für die Simulation gemachte Figur zugeteilt bekam, Kassandra, eine Tochter des Königs. Ansonsten erscheine ich die ganze Zeit in der einen oder anderen Version des ursprünglichen Bäuerinnensims aus Temilún, und der ist deutlich unspezifischer als deiner, Florimel, oder als der der falschen Quan Li.«

»Zugegeben. Was folgt daraus?«

»Wir alle werden praktisch nur als Information in dieses System eingespeist, ja? Unsere wirklichen Körper mögen aussehen, wie sie wollen, in diesem System existieren wir nur als Bewusstseinsströme, als Erinnerungen und Gedanken, stimmt's? Und das System schickt uns seinerseits Informationen über dieselben neuronalen Bahnen.«

Paul sah kurz zu T4b hinüber, weil er erwartete, dass der Teenager von der schwierigen Thematik genervt war, aber dieser hatte einfach den Kopf abgewandt und betrachtete das Feuer. Paul beneidete ihn fast um seine Fähigkeit, einfach abzuschalten. »Aber das ist doch im Grunde bloß die normale Definition derartiger VR-Environments, oder?«, bemerkte er. »Man bekommt Eingaben direkt an die Sinne, Informationen aus der realen Welt werden ausgeschaltet.«

»Ah.« Martine setzte sich gerader hin. »Aber ›derartige Environments‹ gibt es nicht, davon haben wir uns zur Genüge überzeugen können. Es ist einzigartig! Einzigartig insofern, als wir nicht offline gehen können, einzigartig insofern, als wir unsere eigenen Neurokanülen nicht finden können, ja nicht einmal die primitiveren Input-Output-Geräte, die Renie und !Xabbu benutzen, *obwohl wir wissen, dass sie da sind.* Und als Fredericks offline zu gehen versuchte, da hatte er … nein, sie, das hätte ich fast vergessen … schreckliche Schmerzen.«

Florimel machte einen skeptischen Ton. »Das erklärt immer noch nicht …«

»Vielleicht kann das Netzwerk – genauer gesagt, das Betriebssystem, der Andere – sich nicht nur an unsere bewussten Gedanken anschließen, sondern auch an unser Unterbewusstsein.«

»Was, du meinst, es liest unsere Gedanken?«

»Ich weiß nicht, wie das gehen könnte oder wo die Grenzen wären, aber denkt doch mal nach! Wenn es Zugang zu unserem Unterbewusstsein hätte, wäre es imstande, uns zu suggerieren, wir könnten nicht offline gehen. Wie Hypnose. Unterhalb der Schwelle des Wachbewusstseins könnte es uns einreden, dass ein Herausgehen aus dem Netzwerk uns furchtbare Schmerzen bereiten würde.«

»Wahnsinn.« Paul fiel es wie Schuppen von den Augen. »Aber das würde bedeuten ... dass es euch alle im Netzwerk halten wollte. Was ist mit euerm Freund Singh? Den hat es umgebracht.«

»Das weiß ich nicht. Vielleicht unterstand das Sicherheitssystem, der Teil des Andern, der den Zugang zum Netzwerk überwacht, der direkteren Kontrolle der Gralsbruderschaft. Vielleicht konnte der Andere uns erst von da an, wo wir drinnen waren, richtig wahrnehmen, mit uns in Kontakt treten.« Sie wurde ganz aufgeregt. »Falls es ihm darum ging, irgendwie eine Geschichte auszuagieren, das Märchen von dem Jungen im Brunnen, dann könnte es sein, dass er in uns die gesuchten Helfer erblickte!«

»Klingt halbwegs logisch«, sagte Florimel nachdenklich. »Aber es gibt noch einiges zu klären, bevor ich bereit bin, das zu glauben. Du hast auch das mit dem Hund noch nicht erklärt. Ich sagte irgendwas über den Hund in der Geschichte, und darauf hast du angefangen, über Sims zu reden, über das Erscheinungsbild deiner Sims ...?«

»Ja. Weißt du, wie dein Gesicht aussieht?«

Florimel blickte unwillig. »Spielst du auf meine Verletzungen an?«

»Nein, im normalen Leben. Weißt du, wie dein Gesicht aussieht?

Natürlich weißt du das. Du hast Spiegel, du hast Fotos von dir. Jeder normale Mensch weiß, wie er aussieht. Paul, hast du deine Sims gesehen? Sehen sie dir ähnlich?«

»Die meisten. Nur nicht, wenn ich jemand Bestimmtes war, wie du schon sagtest. Odysseus etwa.« Er sah sie befremdet an, da ging ihm plötzlich ein Licht auf. »Du weißt nicht, wie du aussiehst, ist es das?«

Martine nickte. »Genau. Ich bin seit meiner Kindheit blind. Ich weiß, dass ich nicht mehr wie damals aussehe, aber was die Jahre mit mir gemacht haben, kann ich nicht wissen, höchstens tastend erahnen.«

Florimel starrte sie an. »Willst du damit sagen, dass der Andere ... deine Gedanken gelesen hat?«

»In gewisser Weise, vermute ich. Er könnte sich von jedem von uns einen Eindruck verschafft haben, wer wir sind, wie wir aussehen – oder gern aussehen würden. Hat Orlando nicht gesagt, er sehe aus wie eine frühere Version seiner Figur? Wo hätte die herkommen sollen, wenn nicht aus Orlandos eigenem Unterbewusstsein?«

Obwohl Paul immer noch sehr müde war, konnte er sich der Faszination dieser neuen Perspektive nicht entziehen. »Das kam mir damals recht merkwürdig vor, als er es mir erzählte. Vieles davon kam mir merkwürdig vor, aber an ungelösten Fragen war ja kein Mangel.«

»Natürlich nicht«, gab Martine ihm recht. »Wir mussten Tag für Tag um unser Leben kämpfen, und das unter Bedingungen, denen vorher noch nie ein Mensch ausgesetzt war. Da braucht es lange, bis bei einem der Groschen fällt, wie ihr Deutschen sagt, Florimel.«

»Und was fangen wir nun mit diesem Wissen an, wenn es denn zutrifft?«, fragte Paul.

»Ich bin noch nicht fertig.« Sie wandte sich wieder an Florimel. »Du hast nach dem Hund gefragt. Orlando war nicht der Einzige von unserer Gruppe, der mit seinem Anderlandsim eine Überraschung erlebte. Erinnerst du dich noch, was !Xabbu uns erzählte?«

»Dass ... dass er an Paviane gedacht hatte ...«, begann Florimel, dann verschlug es ihr die Sprache. »Er hatte an Paviane gedacht, wegen irgendeiner Stammesgeschichte oder so was ... aber er hatte nicht vorgehabt, einer zu sein.«

»Genau. Aber jemand ... etwas ... wählte diese Erscheinung für ihn aus. Wisst ihr, wie die Paviane anfangs auch genannt wurden?«

Paul nickte aufgeregt. »Die frühen europäischen Entdecker gaben ihnen den Namen ›Hundskopfaffen‹, nicht wahr?«

»Richtig. Und jetzt stellt euch vor, wie der Andere, im Dunkeln eingesperrt, in dem kleinen Winkel seines Intellekts, wo er sich vor seinen grausamen Herren verbergen kann, betet und singt. Deutlicher als an vieles andere erinnert er sich an ein Märchen, das ihn seit der Zeit begleitet, die für ihn wohl so etwas wie einer Kindheit am nächsten kommt. Ein Märchen über einen gepeinigten und verängstigten Jungen in der Dunkelheit. Er durchforscht die Gedanken einer Gruppe von Eindringlingen, und während sein Sicherheitsprogrammteil sich noch mit der nackten äußeren Tatsache dieses Eindringens beschäftigt, merkt er, dass einer aus der Gruppe ein Vorstellungsbild von einem vierbeinigen Wesen mit einem hundeähnlichen Kopf in sich trägt, eine Art Selbstbild, könnte man sagen. Und falls sein Zugang zum Unterbewusstsein ihm auch etwas über den wahren Charakter der betreffenden Person verrät, spürt er möglicherweise sogar !Xabbus Freundlichkeit und Treue.

Vielleicht hatte er vorher schon einen Plan, vielleicht wurde der Gedanke erst von !Xabbu oder von etwas Anderem an uns ausgelöst. Aber von dem Augenblick an wollte der Andere uns nicht mehr vernichten, wenigstens das ›Kind‹ in ihm, der denkende, fühlende Teil, wollte es nicht. Er wollte uns finden. Er wollte uns zu sich holen. Er betete darum, gerettet zu werden.«

»Wahnsinn.« Paul hatte das Gefühl, das schon einmal gesagt zu haben, aber musste es trotzdem wiederholen. »Wahnsinn. Das heißt, der Berg war …?«

»… vielleicht ein neutrales Territorium?«, ergänzte Florimel.

»Vielleicht. Vielleicht ein Punkt, der dem geheimen Versteck des Andern nahe war – sofern wir räumliche Vorstellungen wie Nähe auf das Netzwerk anwenden können –, dem Zentrum seines ›Selbst‹. Wenn wir dort hätten bleiben können, wenn Dread nicht dazwischengekommen wäre, hätte er möglicherweise mit uns gesprochen.«

Paul erstarrte. »Heißt das, Renie hatte recht? Sie und die andern sind wirklich im Herzen des Systems?«

Martine ließ sich zurücksinken. »Ich weiß es nicht. Aber wenn wir dort hinwollen, müssen wir einen anderen Weg finden, denn Troja ist uns anscheinend versperrt.«

»Wir werden uns was ausdenken«, meinte Florimel. »Lieber Himmel, ich kann es kaum fassen, dass ich dieses Wesen, das mir meine Eirene genommen hat, auf einmal mit ganz andern Augen sehen muss. Aber wenn deine Vermutungen stimmen, Martine … O nein, was für ein schrecklicher Gedanke!«

Martine seufzte. »Vor jedem weiteren Schritt jedoch müssen wir schlafen. Ich habe mich völlig verausgabt, und dabei hatte ich schon vorher keine Kräftereserven mehr.«

»Warte.« Paul legte ihr die Hand auf den Arm. Er spürte, dass sie vor Müdigkeit bebte. »Entschuldige, aber noch eine letzte Sache. Du hast vorhin Nandi erwähnt.«

»Ja, Orlando ist ihm begegnet.«

»Ich weiß. Ich bin ihm auch begegnet, das habe ich dir bestimmt erzählt. Ich denke, du hast recht: Wenn jemand uns helfen kann, den richtigen Durchgang zu finden, dann er.«

»Aber wir wissen nicht, wo er ist«, wandte Florimel ein. »Orlando und Fredericks haben ihn zuletzt in Ägypten gesehen.«

»Dann müssen wir dorthin. Zumindest haben wir damit ein gewisses Ziel vor Augen.« Er drückte sanft Martines Unterarm. »Ist dir aufgefallen, ob das ein … eine der zugänglichen Welten war? Als du nach Troja geschaut hast?«

Sie schüttelte traurig den Kopf. »Zu wenig Zeit. Deshalb ließ ich mir diesen Ort hier geben, als ich Troja nicht finden konnte – es war die Standardvorgabe.« Sie tätschelte seine Hand, dann drehte sie sich um und tastete nach einer freien Stelle, wo sie sich hinlegen und schlafen konnte. »Aber beim nächsten Gateway werden wir danach suchen.« Sie gähnte. »Und es stimmt, was du sagst, Paul – es ist immerhin etwas.«

Sie wickelte sich fester in ihre Decke ein, und Florimel tat das Gleiche. Paul wandte sich T4b zu.

»Javier? Du hast nicht gerade viel gesagt.«

Der Angesprochene hatte immer noch nicht viel zu sagen. Er schlief offensichtlich schon eine ganze Weile.

Kapitel 13
KÖNIG JOHNNY

NETFEED/NACHRICHTEN:
Jiun hätte kein Staatsbegräbnis gewollt, meinen die Erben
(Bild: Jiun bei der feierlichen Gründung der asiatischen Prosperitätszone)
Off-Stimme: Nach Auffassung der Erben von Jiun Bhao ist das geplante Staatsbegräbnis für Asiens einflussreichsten Finanzmagnaten unschicklich.
(Bild: Neffe Jiun Tung auf einer Pressekonferenz)
Jiun Tung: "Er war ein sehr bescheidener Mensch, die Verkörperung der konfuzianischen Werte. Er hätte nicht mehr gewollt, als was einem Mann in seiner Stellung zukommt."
(Bild: Jiun bei einem Treffen mit einer Gruppe Bauern)
Off-Stimme: Manche Beobachter sind der Meinung, dass die Familie bescheidener ist, als es ihr verstorbener Patriarch in Wirklichkeit war, und dass der eigentliche Grund ihrer Ablehnung die Erwartung des Staates ist, die Familie Jiun werde sich in großem Umfang an den Kosten der pompösen Trauerfeier beteiligen.

> Calliope trommelte mit den Fingern auf den Küchentresen. Schluss mit Koffein, ein für alle Mal! Nur noch oktanfreie Sorten! Ab morgen. Oder übermorgen.

Jedes Geräusch von nebenan erschien ihr lauter, als es war. Es war ganz merkwürdig, jemand anderen in ihrer Wohnung zu hören. Calliopes Mutter verließ ihr Häuschen nur höchst ungern, weil ihr vor

Menschenmassen und ungewohnten Orten graute. Stan war schon seit Monaten nicht mehr da gewesen, hauptsächlich weil sie bei der Arbeit ständig zusammenklebten. Selbst befreundete Kollegen wollten nicht auch noch die Freizeit zusammen verbringen.

Calliope hatte gerade beschlossen, sich zur Bekämpfung der Kaffeewirkung einen Drink einzuschenken – obwohl, so aufgedreht, wie sie war, brauchte sie wahrscheinlich ein Morphiumderivat, um sich zu beruhigen –, als die Schlafzimmertür plötzlich aufging. Elisabetta, die angebetete Kellnerin, lehnte im Türrahmen, die ganze tätowierte Herrlichkeit nur mit einem gelben Handtuch verhüllt. Mit einem zweiten Handtuch winkte sie Calliope zu. »Ich hab mir noch eins für die Haare genommen. Ist das gebongt?«

Kriminalmeisterin Calliope Skouros konnte nur nicken. Die leicht geschürzte Erscheinung verschwand wieder im dampfigen Schlafzimmer. Herr im Himmel, war das Mädchen schön! Nicht äußerlich perfekt wie ein Model, aber knackig und nur so berstend vor Jugend und Leben.

Hab ich auch mal so ausgesehen? Hatte ich auch dieses Leuchten, einfach weil ich soundso alt war? Oder vielmehr, weil ich noch nicht soundso alt war?

Hör auf, Calliope! So furchtbar alt bist du gar nicht, du arbeitest nur zu viel. Und du isst zu viel Scheiß. Mach was aus deinem Leben, wie Stan immer sagt. Mach Fitness. Du hast gute Knochen.

Während sie den zweifelhaften Wert von guten Knochen begrübelte, womit ihre Mutter ihr immer Mut gemacht hatte, wenn Calliope sich in jüngeren Jahren ganz besonders unattraktiv fand, tauchte Elisabetta wieder aus dem Schlafzimmer auf, ein Handtuch um den Kopf geschlungen, im Übrigen jetzt mit einem schwarzen Stricktop und schwarzen Chutepants mit leuchtend weißen Einsätzen an den Nähten bekleidet.

»Die ist so ...« Sie deutete auf die seidige Hose. »Klar, ich weiß, dass die satt endy ist, aber sie ist so viel bequemer als dieser Latexscheiß.«

»Endy ...?«, fragte Calliope, obwohl sie genau wusste, dass sie damit nur ihre offizielle Muttchenhaftigkeit bestätigte.

Elisabetta grinste. »Von trendy. Heißt altmodisch. 'ne Freundin von mir sagt das immer.« Sie rubbelte sich noch einmal kurz übers Haar, dann drapierte sie das Handtuch feierlich über die Türklinke. Was für eine Anfang zwanzig, überlegte Calliope, wahrscheinlich gleichbedeutend war mit »keinen Saustall hinterlassen«.

»Echt nett von dir, dass ich bei dir duschen durfte. Bis zu mir nach Hause ist es voll weit, und bei dem Verkehr ...« Sie bückte sich nach ihrer Tasche, kam wieder hoch. »Ach, und danke auch für den Drink.«

»Keine Ursache. War mir ein Vergnügen.« Calliope sann über eine zusätzliche Bekräftigung nach, aber kam auf nichts, was sich beim inneren Vorsagen nicht total bescheuert anhörte. *Ich bin gern mit dir zusammen und hab die ganze Zeit verrückte Fantasien von dir? Ich würd mich am liebsten genetisch umbauen lassen, damit ich mit dir Kinder kriegen kann? Ich trinke zehn Liter Kaffee am Tag, bloß um dir zuzugucken, wie du den Leuten Salatteller auf den Tisch knallst, daher war es ganz nett, dich nackt bei mir in der Wohnung zu haben, und sei es bloß im Nebenzimmer?*

»Ich möchte wirklich furchtbar gern auf diese Party gehen. Meine Freundin macht Haussitter, und die Leute haben gemeint, sie hätten nichts dagegen – es ist ein irrer Schuppen, mit Mauern drumrum, wie 'ne Burg. Und man kann jede Nacht ein Feuerwerk machen. Keine echten, es sind bloß Hologramme oder so was, aber meine Freundin meint, es wär toll.« Sie strich sich eine feuchte Strähne aus den Augen und sah Calliope an. »He, vielleicht möchtest du ja mitkommen. Wie wär's?«

Etwas versetzte ihr einen leichten Stich ins Herz. »Liebend gern.« Etwas Anderes stach – ihr Gewissen? »Aber ich kann nicht. Nicht heute Abend. Ich hab eine dringende Verabredung.« *Mach ich mir selbst die Tür vor der Nase zu?* fragte sie sich besorgt. »Mit meinem Partner. Meinem Arbeitskollegen. Was Berufliches.«

Elisabetta betrachtete sie einen Moment lang mit ernstem Blick und machte sich dann wieder daran, ihre Tasche zu durchwühlen. Doch als sie aufschaute, hatte sie ein Lächeln, das sowohl amüsiert als auch ein ganz klein wenig schüchtern war. »He, magst du mich gern?«

Calliope lehnte sich vorsichtig auf ihrem Stuhl zurück, um mit dem nervösen Fingergetrommel aufzuhören. »Ja, Elisabetta. Doch. Na klar mag ich dich.«

»Nein, ich meine, magst du mich *richtig* gern?« Das Lächeln war immer noch schüchtern, aber auch provozierend. Calliope war sich nicht ganz sicher, ob sie nicht irgendwie aufgezogen oder veralbert wurde. »Bist du ... bist du an mir interessiert?«

Weitere Vernebelungstaktik hatte keinen Zweck, so sehr sie dazu versucht war. Nach fast anderthalb Jahrzehnten Polizeiarbeit, in denen sie Vergewaltiger, Räuber und psychopathische Mörder Auge in Auge verhört hatte, musste Calliope die Feststellung machen, dass ihr nichts zu sagen einfiel. Nachdem für ihr Gefühl dreißig Minuten, wahrscheinlich aber nur drei Sekunden vergangen waren, räusperte sie sich.

»Ja.« Das war alles, was sie herausbrachte.

»Hmmm.« Elisabetta nickte und hängte sich die Tasche über die Schulter. Sie schien sich weiterhin still zu amüsieren. »Da werd ich drüber nachdenken müssen.« An der Tür drehte sie sich noch einmal um, diesmal mit einem breiten Lächeln. »Okay, ich mach den Off. Bis bald mal!«

Die Tür war schon eine ganze Weile zugezischt, aber Calliope saß immer noch wie benommen auf ihrem Stuhl, als ob sie von einem Auto angefahren worden wäre. Ihr Herz hämmerte, obwohl eigentlich gar nichts passiert war.

Und was in aller Welt mach ich jetzt?

»Von der Idee her«, sagte Stan Chan nach kurzem Schweigen, »wäre das jetzt der Punkt des Gesprächs, wo du mich fragst: ›Und wie ist es bei deiner Besprechung gelaufen, Stan?‹ Nachdem wir jetzt gute zwanzig Minuten über eine Kellnerin geredet haben, an die ich mich nicht erinnern kann.«

»Ach, Stan, tut mir leid.« Sie starrte auf die Schale mit Knabbergebäck und griff sich dann trotzig die nächste Handvoll. »Wirklich. Ich hab das nicht vergessen. Es ist bloß ... Es ist schon so lange her, dass mir so was passiert ist, keine Zeit, keine Gelegenheit. Ich hatte ganz vergessen, was es mit einem macht, fast wie wenn du dir harte Drogen einpfeifst. Mag sie mich überhaupt, soll ich was drauf geben, was hat *die* kleine Geste zu bedeuten ...? Scheiße, siehst du, ich fang schon wieder an. Erzähl mir, wie es gelaufen ist, bitte. Ich kann mich schon selbst nicht mehr reden hören.«

»Deshalb sind du und ich auch so ein gutes Team. Wir sind in so vielen Dingen einer Meinung.«

»Stirb, Schlitzauge.«

»Mich packst du nie, du tussengeile Pimpinelle.«

»Ich bin froh, dass wir das mal geklärt haben.«

Stan nickte vergnügt, dann wurde er wieder ernst. »Ich befürchte, das war das Highlight des Abends.«

»Das heißt, sie haben nicht angebissen.« Einer der Gründe, warum sie so ausgiebig dem Kellnerinnentratsch gefrönt hatte, war ihr ungutes Gefühl bei dem Gedanken an Stans Treffen mit der Dezernatsleitung.

»Nicht nur das, sie haben außerdem keinen Zweifel an ihrer Auffassung gelassen, dass zwei Pinscher von der Mordkommission ihre Nasen nicht in Sachen stecken sollten, die ihre Kompetenz übersteigen.«

»Gemeint ist der Real-Killer-Fall.«

»Bingo.«

»Hast du ihnen erzählt, was mir zu diesem Sang-Real-Ding eingefallen ist? Die ganze Geschichte mit König Artus und dem Gral?«

»Ja, und mir wurde mitgeteilt, auf den Gedanken wären sie schon vor Langem gekommen, und sie hätten ihn schließlich auf den Müll geworfen. Sie haben Artusspezialisten konsultiert, die Platzreservierungen für den *Parsifal* überprüft, für den Fall, dass der Kerl ein heimlicher Wagnerfan ist, jeden nur denkbaren Aspekt berücksichtigt. Offen gestanden klingt es, als wären sie einigermaßen gründlich gewesen.«

»Unterm Strich also lautet die Antwort: ›Verpisst euch!‹«

»Das ist ein ziemlich treffendes Resümee, Skouros. Sie waren schon einmal zu dem Schluss gekommen, dass die Merapanuisache nichts mit ihrem Serienmörder zu tun hat. Und die Chefin persönlich war auch da – hatte ich das schon erwähnt? Ihres Erachtens ist es viel wahrscheinlicher, dass ein kleiner Ganove wie Buncie ein paar Daten durcheinanderbringt, als dass er Johnny Dread nach der amtlichen Totmeldung noch mal lebend gesehen hat, und außerdem kommt es ihr langsam merkwürdig vor, dass wir so viel Zeit in diesen Fall stecken, denn schließlich ist er fünf Jahre alt und – mit deinen eigenen Worten, als wir ihn bekommen haben, Skouros – ›so tot, dass er schon stinkt‹.« Er zuckte mit den Achseln.

»Die Chefin …« Calliope beugte sich vor. Die Bilder von Elisabettas Schultern mit glitzernden Wassertropfen verblassten rasch, als sie begriff, was Stan ihr damit sagen wollte. »O Gott! Heißt das …?«

Stan nickte. »Leider. Abschließen und vergessen, lautet die Order. Sie wollte wissen, ob wir irgendeinen greifbaren Beweis dafür gefunden hätten, dass unser Johnny noch unter den Lebenden weilt, und ich musste zugeben, dass wir keinen haben.«

»Aber … verdammt!« Calliope sackte in sich zusammen. Natürlich gab es keinen, nichts Hieb- und Stichfestes, nicht einmal genug, um den Staatsanwalt einzuschalten. Ihr war, als hätte sie eine Keule in den Magen bekommen. Die ganze Konstruktion war auf Vermutungen aufgebaut, auf abenteuerlichen Spekulationen, wie sie in Tausenden von Netzknoten kursierten. Aber sie wusste, dass es keine reine Spekulation war, dass die Verdachtsmomente eine Grundlage hatten. Und Stan wusste es auch. »Hast du ihr nicht widersprochen?«

»Klar hab ich.« Einen Moment lang war seine Miene echt verletzt. »Wofür hältst du mich, Skouros? Aber sie hat mich darauf hingewiesen, dass in der Zeit, in der wir uns so hingebungsvoll mit diesem fünf Jahre alten Fall beschäftigen, andere Leute ununterbrochen auf neue und originelle Weise ermordet werden und dass wir ohnehin unterbesetzt sind. Dagegen war schwer was zu sagen.«

»Sicher. Tut mir leid, Stan. Du hast es dir anhören müssen, nicht ich.« Mit finsterer Miene fischte sie einen Eiswürfel aus ihrem Glas und zog mit ihm eine feuchte Spur über den Tisch. »Ganz gut, dass ich nicht mit war. Ich hätte wahrscheinlich einen Schreikrampf gekriegt.«

»Und, hast du sonst was Nützliches mit deinem Nachmittag angestellt? Außer Leute bei dir zum Duschen eingeladen?«

Das saß. Dabei hatte sie sich trotz der vielen unbezahlten Überstunden in letzter Zeit ein Gewissen aus der halben Stunde gemacht, die sie früher gegangen war, um Elisabetta am Ende ihrer Schicht im Bondi Baby abzupassen. »Ich hab nicht den ganzen Tag daran rumlaboriert, mit jemandem ins Bett zu steigen, Chan, das kannst du mir glauben. Aber wenn sie uns Merapanui wegnehmen wollen, hat es nicht viel Sinn, darüber zu reden, was ich herausgefunden habe, denn viel ist es nicht.«

»Nicht wegnehmen wollen – weggenommen haben.«

»Du meinst … ab sofort?«

»Ab achtzehn Uhr heutigen Tages sind wir neu eingeteilt.« Stan ließ nicht häufig Gefühle erkennen, aber jetzt schien Blei in seine Züge zu fließen. »Aus und vorbei, Calliope. Tut mir leid, aber die Anweisung war unmissverständlich. Merapanui wandert endgültig in den Stapel ›Wiederbelebung verboten!‹, und am Montagmorgen dürfen wir uns in die neuesten Scheuß- und Scheißlichkeiten auf unsern Straßen und Gassen stürzen.« Er verzog das Gesicht zu einem trostlosen Grinsen.

»Wir hätten den Fall geknackt, Partner. Wir hatten nur nicht genug Zeit.«

»Scheiße.« Calliope wollte nicht vor Stan in Tränen ausbrechen, aber trotzdem brannten ihr die Augen vor ohnmächtiger Wut und Enttäuschung. Sie knallte den Eiswürfel auf den Tisch; er glitschte ihr aus den Fingern, prallte gegen einen Serviettenhalter und fiel auf den Boden. »Scheiße.«

Viel mehr gab es nicht zu sagen.

> Es war immer ein komisches Gefühl, irgendwo einzudringen. Irgendwie kam es ihr sehr männlich vor, was wahrscheinlich erklärte, warum die meisten Häcker und Cräcker Männer waren.

Einbrecher auch. Und Entdecker. Und natürlich Vergewaltiger.

Das erklärte zwar nicht, wie sie in die Riege passte, aber Dulcy konnte die lustvolle Spannung nicht leugnen, die sie immer ergriff, wenn sie sich in ein fremdes System hineintastete.

Ihr System kaute seine Maschinensprache, aber es kam nur zäh voran: Nicht nur hatte die J Corporation das ganze übliche hypermoderne Sicherheitsgear, sondern die wirklich wichtigen Sachen, die sie interessierten, waren zudem unter ungeheuren Massen von VR-Kode begraben. Auch glich das Eindringen in die heiligen Hallen der J Corporation noch mehr einem richtigen Einbruch als im Normalfall, weil die Informationen tatsächlich als altmodische Aktenordner in Schränken dargestellt waren und die verschiedenen Sektionen des riesenhaften Systems als Zimmer in einem nahezu endlosen Bürohochhaus. Natürlich hatte Dulcy nicht vor, sich mit diesen Imitationen der wirklichen Welt abzugeben, aber sie sah sofort, dass sie, wenn sie wollte, mit ein paar Umstellungen das ganze Ding vor sich ausbreiten konnte wie ein Spiel, mit virtuellen Toren und Tresortüren und stählern blickenden Wachposten und dergleichen Zeug mehr. Hatte das nur den Grund, dass Felix Jongleur in den fünfzig Jahren, die er jetzt ausschließlich online lebte, sich die Zeit genommen hatte, alles mit einer netten, menschlichen Fassade zu versehen? Oder stand etwas Komplizierteres dahinter?

Vielleicht ist er wie Dread, dachte sie. *In technischen Dingen ein ziemlicher Analphabet, aber dennoch will er Zugang zu allem haben, weil er im Grunde niemand Anderem traut als sich selbst.* Das wäre gut vorstellbar, wenn die Geschichten über sein biblisches Alter stimmten, denn dann war Jongleur schon zu Beginn des Informationszeitalters ein alter Mann gewesen.

Sie nahm sich vor, auf diese Fragen zu Jongleur ein andermal zurückzukommen, aber der Gedanke hatte ein paar interessante Funken geschlagen. Konnte etwas in der Art der Schlüssel zu Dreads verborgenem Speicher sein? Ein nahe liegender äußerer Umstand, den eine Technophile wie Dulcy Anwin normalerweise niemals in Erwägung ziehen, ja auf den sie eventuell nicht einmal kommen würde? Mehrere Tage waren vergangen, seit sie auf das Versteck ihres Auftraggebers gestoßen war, aber es ließ ihr nach wie vor keine Ruhe.

Nicht jetzt, sagte sie sich. *Ich hab hier mit Jongleurs Dateien genug zu tun. Und ich will auf keinen Fall, dass Dread auf mich sauer wird.*

Nicht nur das, erkannte sie, sie wollte ihn beeindrucken. Seine Selbstsicherheit und Selbstbesessenheit weckten einen entsprechenden Drang in ihr, den Wunsch, sich zu beweisen.

Selbst wenn er der härteste, kälteste Schweinehund auf der ganzen Welt ist, in die Dateien der J Corporation könnte er niemals allein reinkommen. Aber ich.

Sie kam tatsächlich hinein, aber sie brauchte fast vierundzwanzig Stunden dazu.

Es stellte sich heraus, dass mit keinem der Passworte oder sonstigen intimen Details über das Gralsnetzwerk, die Dread ihr verraten hatte, viel anzufangen war. Sie musste auf altbewährte Methoden zurückgreifen und war froh, dass sie dafür Vorsorge getroffen hatte. Doch selbst das beste Gear, das für teures Geld über dunkle Verbindungen zu haben war, ersparte ihr nicht das lange Warten. Sie unternahm mehrere Spaziergänge – alle kurz, obwohl sie sich nach frischer Luft und Sonnenschein sehnte, weil die Umgebung sie nervös machte – und rollte sich einmal für zwei Stunden zu einem unruhigen Schlummer zusammen, bei dem sie von langen Krankenhauskorridoren träumte. In dem Traum suchte sie nach einem verloren gegangenen kleinen Tier, aber die Korridore waren weiß und leer, und die Suche schien kein Ende zu nehmen.

Als ihr spezieller Krypton-Gearknacker endlich das Loch fand, das sie brauchte, sprang sie vom Stuhl auf, klatschte in die Hände und juchzte, aber das Hochgefühl nach dem Adrenalinstoß hielt nicht lange an. Tatsächlich war ein Einbruch in das Informationssystem der J Corporation in gewisser Hinsicht schlimmer als der quälende Krankenhaustraum. Dort hatte sie wenigstens nach *irgendetwas* gesucht, wenn es auch schwer zu finden gewesen war; hier jedoch brachte ihr der geglückte Einbruch nur die Erkenntnis, dass die ihr gestellte Aufgabe geradezu irrsinnig kompliziert war.

Mit der Nonchalance der Ahnungslosen hatte Dread ihr mitgeteilt, er wolle alles von Interesse über das Gralsnetzwerk haben, insbesondere alles, was einen Bezug zum Otherland-Betriebssystem hatte. Gleichzeitig hatte er sehr deutlich zu verstehen gegeben, dass sie selbst die Daten auf keinen Fall allzu genau in Augenschein nehmen durfte – eine Restriktion, die ihr seinerzeit beim Abhören seiner Anweisung ein lautes verächtliches Schnauben entlockt hatte.

Toll, hatte sie sich gedacht. *Als ob die ihr ganzes gespeichertes Material etikettieren würden, um Industriespionen die Arbeit zu erleichtern. »Das braucht ihr nicht zu lesen. Verlasst euch drauf: Es ist wichtig!«*

Jetzt, wo die Begeisterung über das Cräcken des Systems verflogen war, drückte das volle Gewicht der Aufgabe sie nieder. Sie hatte keine Ahnung, wie sie die Sachen, die Dread haben wollte, jemals finden sollte. Das Ausmaß der vor ihr liegenden Informationen war gigantisch, der gesamte Datenbestand eines der größten multinationalen Konzerne der Welt. Und dabei konnte es sein, dass die Sachen über das Gralsnetzwerk noch nicht einmal darin enthalten waren – schließlich war es ein wichtiges Geheimnis, nicht wahr? Zumindest würde es mit Sicherheit keine hilfreichen Etikettierungen geben.

Fast zwei Stunden Stöbern in den Systemindizes bestätigte ihre Befürchtungen. Sie seufzte, klickte sich aus und stand auf, um den nächsten Kaffeebeutel aufzureißen. Es musste einen Weg geben, die Sache einzugrenzen.

Die Idee kam ihr, während die Tasse noch sprudelte. Eigentlich war es gar nicht die J Corporation, worauf sie aus war, es war Jongleurs persönliches System. Man konnte davon ausgehen, dass die Otherlandinformationen den Angestellten der J Corporation nicht oder nur in sehr geringem Umfang zugänglich waren, da die Verwaltung des Netzwerks allem Anschein nach weitgehend in den Händen von Robert Wells' Telemorphix lag, und auch wenn Jongleur der alleinige Besitzer der

J Corporation war, war das Unternehmen dennoch eine privatrechtliche Gesellschaft und unterlag zumindest theoretisch der staatlichen Wirtschaftsprüfung. Jongleur konnte doch nicht die ganze Welt bestochen haben, oder? Ihres Erachtens waren die Chancen sehr hoch, dass jemand, der sein Leben so gut wie ausschließlich online führte, die wichtigsten Daten auf sein separates System packte, mit Sicherheit alles von so vitaler Bedeutung wie die Geheimnisse des Gralsnetzwerks. Die Frage war, wie sie Felix Jongleurs persönliches System finden sollte.

Die Lösung, die ihr schließlich aufging, entsprach ihrem Sinn für Ironie und bestätigte ihre vorherige Vermutung: Gerade Jongleurs Verschrobenheiten würden es ihr ermöglichen, seinen Abwehrmaßnahmen ein Schnippchen zu schlagen.

Jongleurs eigentümliche Verwendung des VR-Interface behinderte ihre anfänglichen Versuche, aber da genau darin der Schlüssel zu ihrem Erfolg liegen sollte, beschwerte sie sich nicht. Sie setzte ihr bestes Analysegear an den Punkten an, wo das kitschige, menschelnde Interface am meisten Intuition vermissen ließ, weil sie den Verdacht hatte, dass Jongleurs Privatverbindungen zum System der J Corporation am ehesten dort zu finden waren. Das Gear machte sich an die Arbeit. Nach einer Stunde trudelten die ersten Ergebnisse ein: Kanäle, durch die regelmäßig Informationen aus dem Konzernsystem gesaugt wurden, Datenleitungen mit individuellem Zuschnitt auf Jongleurs ausgefallene Ansprüche. Dulcy rauschten die Ohren vor Stolz. Dread mochte seine fiesen kleinen Tricks haben, über die er sich ausschwieg – er arbeitete zweifellos mit ungewöhnlichen Mitteln, wenn er so leicht durch die Otherlandabwehr gekommen war –, aber sie hatte auch ihre Kniffe.

Ich bin gut, verdammt noch mal. Ich bin erstklassig. Ich bin eine der Besten.

Während ihr Gear von den kleineren Kapillaren zu den größeren Kanälen wanderte und ihre labyrinthischen Bahnen über Rerouter und Firewalls verfolgte, baute sich ihre Erregung immer weiter auf. Das war's überhaupt. Das war besser als alles andere, besser als Geld, besser als Sex. Als dann die größeren Leitungen in ein einziges Daten saugendes Breitband zusammenliefen, war sie dermaßen aus dem Häuschen, dass sie aufstehen und sofort den nächsten Spaziergang machen musste, wenn sie nicht vor lauter nervöser Energie explodieren wollte. Sie tigerte hinter einem der unbemannten Reinigungsfahrzeuge der

Stadt durch die glatten, spiegelnden Straßen, und dabei raste ihr Herz, als ob sie gerade einen Marathon gelaufen wäre. Ganz auf sich allein gestellt war sie im Begriff, ein milliardenschweres Ding zu drehen. Wenn sie das auf eigene Rechnung gemacht hätte, wäre das, wie andere in ihrer Branche sagten, ein Ruhestandscoup gewesen – sie hätte nie wieder arbeiten müssen.

Bei der Rückkehr in den Loft stellte sie fest, dass das Suchgear seine Beute aufgespürt und seine Arbeit beendet hatte: Sie war in Jongleurs persönliches System eingehakt. Es gab natürlich noch einiges zu tun. Ohne weitere Hilfsmittel an der Hand hätte Dulcy Wochen gebraucht, um nur auf die einfachsten und banalsten Ebenen zu kommen, doch mit den Passworten und anderen Insidertipps von Dread konnte sie sich jetzt weiter vorannagen wie eine Maus durch die Hausleitungen in der Wand. Leicht war es immer noch nicht – die Sicherheitsmechanismen hinter dem virtuellen Spielplatz des uralten Krösus waren vertrackt, clever und anpassungsfähig –, aber da sie mit Dreads Informationen gewissermaßen eine fünfte Kolonne in dem belagerten System hatte, war der schwerste Teil damit geschafft.

Ein Managementfreak wäre hier im siebten Himmel, dachte sie, während sie sich genauer anschaute, was jetzt ausgebreitet vor ihr lag. *Man könnte Tage – Wochen! – allein mit den Daten des Wartungs- und Pflegepersonals in seinem großen Turm zubringen. Und sieh dir das an! Private Wachmannschaften, ein ganzer Unterabschnitt! Er hat eine komplette Armee da draußen auf seiner Insel. Allein die Organisation der Unterkünfte braucht zehnmal so viel Speicherplatz, wie ich in meinem ganzen System habe!*

Doch selbst für die eleganteste Absaugaktion gab es natürlich irgendwo zeitliche Grenzen, und noch während sie auf der Woge ihres Triumphes schwamm, war Dulcy sich deutlich bewusst, dass die Sache sehr rasch brenzlig werden konnte.

Dread sagt, dass Jongleur irgendwie unerreichbar ist, aber irgendjemand muss *doch die Zügel in der Hand haben. Kein Mensch seilt sich einfach auf unbestimmte Zeit ab und lässt derweil ein Unternehmen mit Billionenumsätzen leer wie eine Waschmaschine zurück. Liebe Güte, wenn die J Corporation einmal ihre Löhne und Gehälter nicht zahlt, bricht der ganze Bundesstaat Louisiana zusammen.*

Während sie das unermesslich ausgedehnte Innenleben des Konzerns betrachtete, zupfte auf einmal der Gedanke an Dreads versteckte Dateien an ihr wie die Hand eines Bettlers. *Wie viel verbirgt er wohl vor mir? Wie weit kann ich ihm trauen? Ich setze bei dieser Sache mein Leben aufs Spiel – was ist, wenn er sich irrt? Wenn sein Boss ihm schon auf der Spur ist?*

Beim Blick auf Jongleurs Imperium hatte sie keinen Zweifel, dass Dread wenigstens in einer Hinsicht nicht gelogen hatte: Wenn sie wollten, konnten Jongleur und seine Kumpane sie so rasch und spurlos verschwinden lassen, als ob es niemals eine Dulcinea Anwin gegeben hätte.

Nur meine Mama würde es irgendwann merken. Und sie würde drüber wegkommen.

In gewisser Weise, wurde ihr klar, hatte Dread recht gehabt und sie nicht. Es war tatsächlich möglich, Informationen zu kopieren, ohne sie erst zu prüfen. Es war sogar unumgänglich. Es gab so viele Tausende von Dateien, die aussahen, als könnte Dreads recht allgemein gehaltener Auftrag auf sie zutreffen, dass sich der Kopierbefehl nur für ganze Blocks lohnte. Die Daten rasten dann durch die Hochgeschwindigkeitsleitungen zu dem von Dread angegebenen Speicherplatz, den er für sie vom Otherlandnetzwerk abgetrennt hatte, weil weder sie noch Dread irgendwo anders auch nur annähernd genug Kapazität gehabt hätten.

Vor ihrem inneren Auge sah Dulcy sich selbst in einer dieser Spielshows im Netz – wie hieß die eine noch mal, *MehrMehrMehr?* –, wie sie voller Hast alles mögliche Zeug in Einkaufstaschen stopfte und dabei über die Objekte ihrer Gier ins Stolpern geriet, weil es zu viele waren und sie ganz allein.

Sie arbeitete die ganze Nacht durch und merkte gar nicht, wie viel Kaffee sie konsumierte, bis sie endlich den Datenhaken herauszog und auf ihrem Bett kollabierte. Ihr ganzes Nervensystem schien aus kurzgeschlossenen, Funken sprühenden Stromkabeln zu bestehen; drei zermürbende Stunden lang lag sie wach, bevor endlich der erlösende Schlaf kam.

Falls sie auch dieses Mal von verschollenen Tieren oder Krankenhäusern geträumt hatte, so hatte sie jedenfalls beim Aufwachen keine Erinnerung daran. Der hinter ihr liegende Schlaf kam ihr wie eine lange

Ohnmacht vor, der Angriff auf Jongleurs System Wochen her. Sie sah nach Dread auf seinem Komabett und begab sich auf der Suche nach etwas Essbarem, das nicht aus einer Fertigtüte kam, in den grauen Tag hinaus. Erst da stellte sie fest, dass sie in Wirklichkeit nur zehn Stunden geschlafen hatte, was gar nicht *so* wild war.

Von wegen, Anwin, du wirst alt, sagte sie sich. *Früher hättst du zwei Stunden max geschlafen und dich dann sofort auf die Daten gestürzt.*

Mit zwei Hibiskusmuffins, einem Fruchtsalat und abermals Kaffee im Magen kehrte sie gestärkt in den Loft zurück, schloss ihre Can an und nahm sich die Downloads von Jongleur vor. Sie hatte den kindischen Wunsch, Dread zu wecken, ihn von seiner Liegemaschine zu zerren und ihm zu zeigen, was sie geleistet hatte.

Was ist das jetzt – die Papinummer? Sie ärgerte sich über ihre Anerkennungssucht. *»Guck, ich bin ein braves Mädchen. Siehst du, was ich für dich gemacht habe?«*

Nach einer guten Stunde Vorarbeit, in der sie etliche der gralsspezifischen Codewörter entdeckt hatte, so dass sie eine beträchtliche Zahl von Dateien ungeprüft direkt aus dem Wust herausziehen und auf dem entsprechenden Haufen ablegen konnte, erregte etwas ihre Aufmerksamkeit. Es war eine VR-Datei, oder wenigstens war sie mit einem VR-Code versehen, aber außerdem war noch ein seltsam verschlüsselter Link darin eingebettet. Sie fand sich in einer Gruppe weitaus profanerer Dateien, die sie lose unter den Oberbegriff »Privates« fasste – Vollmachten, Verbindungen zu diversen Anwaltskanzleien und Finanzberatern, Anweisungen an die Unternehmensleitung der J Corporation. Sie hatte sich näher mit den Privatdaten beschäftigt, weil sie gehofft hatte, darin Vorschriften für den Betrieb des Otherlandnetzwerks in einem Notfall zu finden, denn jemand, der so alt war wie Jongleur, so ihre Überlegung, wollte doch bestimmt dafür sorgen, dass sein Lebenswerk ordentlich weitergeführt wurde, wenn er einmal nicht mehr dazu in der Lage war. Sie hatte nichts dergleichen entdeckt. Das Material sah ziemlich alltäglich aus, Regelungen, wie sie vermutlich jede mächtige, reiche Person traf, um im Krankheits- oder Todesfalle die Umstellung zu erleichtern, und so fiel die merkwürdige Datei umso mehr ins Auge.

Sie war »Uschebti« betitelt, ein Wort, das Dulcy nicht kannte, aber nach dem, was Dread ihr über die Manien des Alten erzählt hatte, vermutete sie, dass es ägyptisch war. Die Datei war drei Jahre zuvor angelegt worden, und seitdem schien nichts dazugekommen oder verändert worden zu sein. Sie startete eine Schnellsuche in ihrem eigenen System und bekam mitgeteilt, »Uschebti« sei in der Tat ein altägyptisches Wort und bezeichne eine ins Grab mitgegebene Figur. Es folgten noch genauere Angaben, aber ein rasches Überfliegen erbrachte nichts Sachdienliches. Gespannt öffnete Dulcy die Datei.

Ein dunkeläugiger Mann erschien derart prompt vor ihr, dass sie erschrak. Er war vielleicht Mitte sechzig, hatte gepflegte weiße Haare und ein winziges Lächeln auf seinem faltigen Gesicht. Der Bildausschnitt vergrößerte sich, und man sah, dass er hinter einem Schreibtisch in einem altmodischen Büro saß, das mit seinen Teakmöbeln und den schweren Vorhängen an den Fenstern gut in ein Botschaftsgebäude aus dem Neunzehnten Jahrhundert gepasst hätte.

Mein Gott, dachte sie. *Das ist Jongleur. Aber diese Datei ist erst wenige Jahre alt, und er kann in den letzten hundert Jahren unmöglich so ausgesehen haben.*

Was natürlich in der VR nichts zu besagen hatte. *Ist doch völlig schnurz, wann das aufgenommen wurde. Dieser Kerl tritt sonst die meiste Zeit als irgend so ein ägyptischer Gott auf…*

Der alte Mann vor ihr nickte kurz, dann sprach er mit einem britischen Oberschichtenglisch, in dem noch ganz leicht ein anderer, eher ausländischer Ton schwang.

»So begegnen wir uns denn, mein Sohn. Solange ich lebte, war uns das verwehrt. Gerne möchte ich dir alles eröffnen, und dann wirst du verstehen, warum dein Leben diesen Gang nehmen musste. Aber erst musst du mir deinen Namen sagen, den wahren Namen, den du bekommen hast, daraufhin können wir zu den prosaischeren Teilen der Identitätsprüfung übergehen.«

Mein Sohn? Dulcy war sprachlos. Sie hatte offensichtlich den ersten Teil einer doppelten Verschlüsselung aktiviert, und jetzt wartete Jongleur – beziehungsweise sein aufgezeichneter Sim oder sein Geist oder was auch immer – auf den zweiten Teil des Schlüssels.

»Ich warte auf deinen wahren Namen«, sagte der alte Mann mit leicht schärferem Ton. Ratlos starrte Dulcy in seine hypnotisierenden Augen und wusste nicht, was sie tun sollte. In einem romantischen Schinken wäre von seinem »herrischen Blick« die Rede gewesen, aber dieser steinharte alte Wirtschaftsmonarch hatte wenig Romantisches an sich. Wenn er im wirklichen Leben nur ungefähr so ausgesehen hatte, war gut zu verstehen, wie er es geschafft hatte, sich ein Imperium aufzubauen.

»Dein wahrer Name«, sagte der Pseudo-Jongleur zum drittenmal. Im nächsten Moment war er fort. Die Datei hatte sich geschlossen.

Dulcy wischte sich über die Stirn und fühlte den Schweiß. Sie klinkte sich aus dem System aus. Es war definitiv Zeit für eine Pause.

Eine Stunde später stierte sie wieder auf die Uschebti-Datei. Sie hatte nicht vor, sie noch einmal zu öffnen oder auch nur allzu eingehend zu untersuchen, denn bei solchen Dingern war häufig eine bestimmte Anzahl von Versuchen eingestellt, die sie zuließen, bevor sie sich selbst zerstörten.

Eine Suche nach biografischen Informationen über Jongleur hatte nichts ergeben, was Licht auf das Rätsel geworfen hätte. Seine leiblichen Söhne und Töchter waren vor fast einem Jahrhundert gestorben, und nach dem, was sie hatte in Erfahrung bringen können, gab es keine direkten Erben. Alle auffindbaren lebenden Verwandten, von denen die ältesten immer noch Generationen jünger waren als Jongleur selbst, waren Nachfahren seiner Cousins und Cousinen. Von nahen Beziehungen zu einem davon war nichts bekannt, und keiner bekleidete eine Position in der J Corporation.

So vorsichtig, wie ein Spezialist eine nicht hochgegangene Bombe entschärft, holte Dulcy die Uschebti-Datei aus ihrem Umfeld heraus und transferierte sie auf ihr eigenes System. Dann fuhr sie mit der Durchsicht der Dateien fort.

Wenn Dread Sachen verbergen konnte und vor ihr Geheimnisse haben wollte, na, dann konnte Dulcy das schon lange.

> »Probieren wir noch einen«, meinte Dread. »Das ist echt interessant.« Er winkte, und ein dunkelhaariger, muskulöser Mann kam eilig in den Fackelschein und fiel auf die Knie. Seine Leinengewänder sahen aus, als wären sie einmal recht edel gewesen, aber jetzt waren sie angesengt und zerrissen, und seine schwarze Perücke saß schief.

»Wie heißt du?«, fragte Dread ihn.

»Seneb, o Herr.«

»Und was machst du so?« Dread wandte sich der Frau neben ihm zu. »Witzig, nicht? 'n bisschen wie in 'ner Spielshow.«

»Ich … ich bin ein K-K-Kaufmann, o Großes Haus.« Er war so verängstigt, dass er kaum ein Wort herausbrachte.

»Sag mal … hmmm … was hast du heute Morgen gefrühstückt?« Seneb zögerte, um nur ja nicht die falsche Antwort zu geben. »Ga-gar nichts, Herr. Ich habe seit zwei Tagen nichts gegessen.«

Dread machte eine wegwerfende Bewegung mit seiner mächtigen, pechschwarzen Hand. »Dann eben bei deinem letzten Mal, Männeken. Was hast du da gefrühstückt?«

»Brot, Herr. Und etwas Bier.« Der Mann zog angestrengt nachdenkend die Stirn kraus. »Und ein Entenei! Ja, ein Entenei.«

»Siehst du?« Dread grinste seine Besucherin an, dass seine rote Schakalzunge heraushing. Es war viel unterhaltsamer, solche Sachen mit richtigen menschlichen Zuschauern zu machen. »Jeder ist anders.« Er deutete auf den Priester, den er unmittelbar vor dem Kaufmann verhört hatte. »Und was hältst du von dem Typ da, hmmm? Ist das ein guter Mann?«

Seneb schaute auf den zusammengekauerten Priester und wusste wieder nicht, welche Antwort gewünscht war. »Er ist ein Priester des Osiris, Herr. Alle Priester des Osiris sind gute Männer … oder etwa nicht?«

»Tja, da Osiris schon 'ne ganze Weile aushäusig ist …« Dread feixte. »Ich denke mal, die Frage müssen wir offen lassen. Aber was ist, wenn ich dich auffordere, mit ihm zu kämpfen? Ihn zu töten, wenn du kannst?«

Trotz seiner bulligen Statur zitterte Seneb. Das mochte mit daran liegen, dass der schakalköpfige Gott vor ihm auf dem Thron doppelt so groß war wie er. »Wenn der große Gott es wünscht«, stieß er schließlich hervor, »muss ich es tun.«

Dread lachte. »Siehst du? Manche von ihnen können's gar nicht erwarten, einen der Priester fertig zu machen. Andere halten es für ein Sakrileg und machen es nicht mal, um ihr Leben zu retten. Eine irre Sache.«

Die Frau an seiner Seite sah ihn verwundert an.

»Kapierst du nicht?«, fragte Dread. »Man kann hier nichts vorhersagen. Mein Gott – ups, dummer Versprecher –, diese Simulation ist echt eine Wucht. Sie alle.« Er wandte sich an Seneb. »Wenn du ihn tötest, lasse ich dich leben.«

Seneb starrte betreten den Priester an. Er zögerte.

»Worauf wartest du noch?«

»Und … und meine Familie?«

»Du willst deine Familie auch umbringen?« Dread lachte bellend. »Ach, ich verstehe, du willst wissen, ob ich deine Familie *verschone.* Sei's drum. Warum nicht?«

Als nun der Kaufmann Seneb die Hände hob und sich auf den Priester stürzte, einen älteren, gebrechlich wirkenden Mann, der vor Furcht aufschrie, schüttelte Dread ehrlich staunend den Kopf. Es war wirklich frappierend. Er erinnerte sich, dass diese Renie und die anderen Bemerkungen darüber gemacht hatten, aber die totale Verfügungsgewalt, die er jetzt genoss, die durch nichts gehemmte Freiheit, den simulierten Menschen des Netzwerks alle erdenklichen Schmerzen und Gemeinheiten zuzufügen, machte es noch deutlicher: Die Individualität dieser Konstrukte war beispiellos, jedes trug in sich sein eigenes kleines Universum voller Hoffnungen, Vorurteile und Erinnerungen.

Er konnte beinahe verstehen, wieso einer wie Jongleur meinte, hier eine Ewigkeit verbringen zu können, auch wenn er sich das für seine Person nicht vorstellen konnte, wenigstens nicht in der nahen Zukunft. Dread hatte die eklatanten Vergnügungsmöglichkeiten mittlerweile bald ausgeschöpft, und obwohl er unbedingt vorhatte, sich die Unsterblichkeitsoption des Gralsnetzwerks offen zu halten, war er nicht bereit, die realen fleischlichen Freuden für die rein virtuellen zu opfern. Noch nicht.

Dennoch, amüsieren konnte man sich hier.

»Komm schon, gib's zu, du bist für einen von ihnen.«

Der Mund der Frau neben ihm wurde ein harter Strich. Dread schmunzelte. Dies machte viel mehr Spaß als alles, was er mit Dulcy anstellen konnte, denn ihr gegenüber musste er weiterhin die freundliche Fassade wahren. Es gab nach wie vor vieles, wofür er sie brauchte. Er musste noch eine Menge über das Netzwerk in Erfahrung bringen, doch jetzt, wo er sich von der anhaltenden Abwesenheit des Alten Mannes überzeugt hatte – Jongleurs Privatleitung war tot, und falls er sich irgendwo im Gralssystem aufhielt, war er den Gefahren genauso schutzlos preisgegeben wie Dreads frühere Begleiter –, musste er irgendwie in Jongleurs private Dateien hineinkommen. Er benötigte dringend Informationen über das Betriebssystem und auch über Dinge, die außerhalb der kleinen, hermetischen Welt von Otherland von Bedeutung waren.

Mit dem Geld und der Macht des Alten Mannes, dachte Dread fröhlich, *kann ich auch in der wirklichen Welt ein Gott sein. Ich kann das alles mit richtigen Menschen anstellen. Industrieunfälle. Verseuchung ganzer Landstriche. Ein paar kleine Kriege, wenn mir danach ist. Und dann werde ich das Gralsnetzwerk haben, wo ich überleben kann.*

Erstaunliche Perspektiven hatten sich eröffnet. Die Beherrschung des Otherlandsystems, worin er vorher den Gipfel des Möglichen erblickt hatte, war vielleicht nur der Anfang.

John Wulgaru, dachte er bei sich. *Der kleine Johnny Dread. Der König der Welt.*

Der Kaufmann Seneb kämpfte ungeschickt, doch der alte Priester war ihm nicht gewachsen. Sein weitgehend zahnloser Kiefer hing schlaff herunter, während der jüngere Mann ihn gepackt hielt und seinen Kopf auf die blanken Steinplatten des Tempelbodens schlug, immer und immer wieder.

Die Frau neben Dread hatte die Augen geschlossen. Niedlich. Wenn sie meinte, damit aus dem Schneider zu sein, sollte man sie vielleicht in den Genuss der Erkenntnis kommen lassen, wie leicht sich Augenlider entfernen ließen. Er drehte sich zu seinem anderen Gast um, der soeben unter Stöhnen aus seiner Ohnmacht erwachte.

»Bisschen langweilig?« Dread schwenkte seinen silbernen Stab, und Kaufmann und Priester zerliefen schreiend auf dem Marmorboden in Pfützen. Die Menge der Zuschauer kreischte ebenfalls auf. Dread war fasziniert; er hätte gedacht, dass Folter und Tod sie mittlerweile alle abgestumpft hatten. »Na, dann ist es vielleicht an der Zeit, dass wir uns wieder mit unsern Angelegenheiten beschäftigen.«

»Du kannst mich foltern, so viel du willst«, sagte die Frau. »Selbst wenn du wirklich der Teufel wärst, könntest du mir den Buckel runterrutschen.«

»Ach, stell dich nicht so an.« Dread beugte sich herunter, bis seine große Schnauze ihre Wange berührte und seine Nase feucht auf ihr Ohr drückte. Er leckte die Seite ihres Gesichts und malte sich aus, wie es wohl wäre, ihr den Kopf auf einen Happs abzubeißen. Würde sich das Gefühl durch das Wissen verändern, dass sie ein leibhaftiger Mensch war? Mit den virtuellen Bewohnern dieser Simwelt hatte er es oft genug probiert. »Lass uns ein Spiel machen … wie heißt du noch mal? Ja, richtig, Bonnie Mae. Also, machen wir ein Spiel, Bonnie Mae. Jede brauchbare Information über den Kreis oder ein paar Freunde von mir, die du kennst, das weiß ich, verschafft dir eine schmerzfreie Stunde. Mit ein bisschen Geschick kannst du ein paar nette Urlaubstage hier im sonnigen Ägypten rausholen.«

»Ich sage nichts. Hebe dich weg von mir, Satan!«

»Ja, ja, ich bin sicher, du hältst unter allen Umständen eine Weile den Mund wie eine brave Märtyrerin, mein kleines Rotkäppchen. Wenigstens am Anfang. Aber wir wollen keine Zeit verplempern.« Er streckte eine mächtige Hand nach dem anderen Gefangenen aus. Die Spitzen von Dreads rabenschwarzen Fingern begannen rot zu glühen. »Aber wie lange kannst du schweigen, wenn unser indischer Freund hier in die Mangel genommen wird?« Er grinste sein männliches Opfer höhnisch an. »Du wünschst dir wohl, du wärst noch rechtzeitig vor meiner Machtübernahme aus dieser Simulation rausgekommen, was?« Er schloss seine langen Finger um das Bein des Mannes. Fleisch brutzelte und qualmte. Auf das Brüllen des Gefolterten hin fiel sogar die abgestumpfte Menge jammernd zu Boden.

»Nein!«, schrie die Frau. »Hör auf, du Teufel! Hör auf!«

»Aber das ist gerade der Witz bei der Sache, Süße.« Dread hob seine rauchenden Finger in einer Geste gespielter Hilflosigkeit. »Ob ich aufhöre oder nicht, liegt nicht an mir – es liegt an dir!«

»Nicht … Sag ihm nichts, Missus Simpkins!« Nandi Paradivasch bebte vor Qual, aber hielt sich mit aller Kraft aufrecht. »Ich bin genauso gebunden wie du. Mein Leben ist nichts. Meine Schmerzen sind nichts.«

»Ganz im Gegenteil«, meinte Dread. »Sie sind recht beachtlich. Und wenn die Frau nicht redet, um dich zu retten, dann wirst du reden, denke ich, wenn ich mir sie vorknöpfe.« Er bleckte grinsend eine Reihe Zähne, die wie elfenbeinerne Schachfiguren aussahen. »Denn auf die Behandlung von Frauen verstehe ich mich *noch* besser.«

Kapitel 14
DAS STEINMÄDCHEN

NETFEED/NACHRICHTEN:
Das Netz hat seine eigene Folklore
(Bild: künstlerische Darstellung des TreeHouse-Knotens)
Off-Stimme: Nach Ansicht der Netzhistorikerin Gwenafra Glass bringt das Netz genau wie ein neues Gemeinwesen seine eigenen Märchen, Fabeltiere und Gespenster hervor.
Glass: "Wenn man ganz zu den Anfängen zurückgeht, stößt man schon da auf Geschichten über Kabelläuse und dergleichen. TreeHouse ist ein weiteres Beispiel. Es ist ein real existierender Knoten, aber im Lauf der Jahre haben sich so viele Gerüchte darum gerankt, dass er fast zu einem reinen Fantasiegebilde geworden ist. Und in neuerer Zeit haben wir Phänomene wie 'Das Weinen', eine merkwürdige schluchzende Stimme, die die Leute manchmal in freien Chatknoten und unfertigen VR-Welten hören. Und natürlich haben auch die Maschinenteufel, Märchenfiguren aus dem Zwanzigsten Jahrhundert, die angeblich Kampfflugzeuge blockierten und so weiter, Nachfolger in den heutigen Leuchtkäfern und Lichtschlangen bekommen, die manche Leute in VR-Environments gesehen haben wollen, aber von denen im Code nie eine Spur zu finden ist …"

> Zu Tode erschrocken blickte Renie sich um, aber konnte nicht erkennen, woher das Geräusch gekommen war. Die nächste der sie verfolgenden gespenstischen Gestalten war ein heller Schmierfleck im trü-

ben Dämmerlicht, beängstigend nahe herangekommen, aber immer noch gut fünfzig Meter entfernt. Sie tat einen Schritt, um einen besseren Stand zu haben, als sich auf einmal eine Hand um ihre Fessel legte. Mit einem unterdrückten Entsetzenslaut riss sie sich los.

»Hier unten«, sagte eine dünne Stimme. »Hier kannst du dich verstecken.«

Es raschelte neben Renies Füßen. »Ich … ich seh dich nicht.« Der Wind trug das gluckernde Winseln des Verfolgers hangabwärts. »Wo bist du?«

»Hier unten. Komm!«

Renie ließ sich in dem Gestrüpp auf Hände und Knie sinken, doch die Schatten verwirrten sie. Da vergrößerte sich eine der dunklen Stellen ein wenig, und eine kleine Hand kam heraus, fasste sie am Handgelenk und zog. Renie krabbelte voran und befand sich auf einmal in einer Höhlung, in die sie geduckt gerade hineinpasste, unter einem Dach aus gefallenen Ästen mit einer Kruste aus Laubmulch und Erde darüber. Die andere Person, die in der Nische Schutz suchte, war nicht zu erkennen, sie spürte nur eine kindliche Gestalt an ihre Flanke drücken. »Wer bist du?«, fragte sie leise.

»Pssst.« Die Gestalt neben ihr erstarrte. »Er ist ganz nahe.«

Renies Herz schlug weiterhin viel zu schnell. »Aber wird er uns nicht riechen?«, flüsterte sie.

»Es kann uns nicht riechen, nur hören.«

Renie verstummte. Sie kauerte sich zusammen, den Geruch feuchter Erde in der Nase, und verdrängte die Vorstellung, lebendig begraben zu sein.

Sie fühlte das Nahen des Jägers, bevor sie ihn hörte, und die anschwellende Panik machte ihr eine eisige Gänsehaut und einen solchen Druck in der Brust, dass sie meinte, sie werde zerspringen. War dies das ohnmächtige, lähmende Grauen, das Paul Jonas jedes Mal verspürte, wenn die Zwillinge in seine Nähe kamen? Ihre Achtung vor dem Mann stieg noch mehr, und gleichzeitig musste sie sich zusammenreißen, um nicht vor Angst laut loszuschreien.

Das Schreckgespenst war jetzt über ihnen, sie spürte es so deutlich, als ob eine Wolke sich vor die Sonne geschoben hätte. Ihre Kehle war wie zugeschnürt, der Drang zu schreien wie weggeblasen. Selbst wenn sie gewollt hätte, sie hätte keinen Mucks von sich geben können.

Aber der Verfolger seinerseits war keineswegs stumm. Er winselte wieder, und diesmal so nahe, dass Renie meinte, ihre Knochen würden zu Staub zerkrümeln. Unmittelbar darauf hörte sie andere Töne, ein seufzendes Murmeln, als ob das Phantom mit einer Stimme wie der Wind vor sich hinwisperte, sinnlose, vorsprachliche Geräusche. Dieses gedämpfte Gebrabbel war ebenso unerträglich wie der Ruf. Es klang nach einer sterbenden oder schon toten Intelligenz, nach purer Idiotie. Obwohl sie im Dunkeln saß, kniff Renie fest die Augen zu, bis ihr das Gesicht wehtat, biss die Zähne zusammen und betete zu irgendeiner helfenden Macht um Stärke.

Nach und nach wurden die Töne schwächer. Auch die Empfindung hungriger, gehirnloser Bosheit klang ab. Renie atmete vorsichtig aus. Die Gestalt neben ihr berührte sie mit kühlen Fingern am Arm, wie um sie vor verfrühten Freudensbekundungen zu warnen, aber Renie hatte durchaus nicht das Bedürfnis, sich zu bewegen oder einen Laut von sich zu geben.

Mehrere Minuten vergingen, bevor das dünne Stimmchen sagte: »Ich glaube, jetzt sind sie alle weg.«

Umgehend kroch Renie rückwärts aus der winzigen Astwerk- und Erdhöhle heraus. Inzwischen war es Abend geworden, soweit man an diesem sonnenlosen Ort davon reden konnte. Die Welt war grau, aber dafür, dass das spärliche trübe Licht am Himmel fast ganz erloschen war, schien es noch ein wenig zu hell zu sein. Es war, als ob die Steine und sogar die Bäume einen schwachen Schein abgaben.

Im Laub zu ihren Füßen raschelte es. Die kleine Erscheinung, die dort hervorkroch, war graubraun gefleckt und sah menschlich aus, aber nur ungefähr, so dass man meinen konnte, sie wäre mit einer Ausstechform aus einem Erdklumpen gestanzt worden.

Renie trat einen Schritt zurück. »Wer bist du?«

Verwunderung erschien auf dem Gesicht der Gestalt, einem Gesicht, dessen Züge sich im Wesentlichen aus einer Verteilung von dunklen und hellen Flecken, Buckeln und Dellen auf der erdfarbenen Fläche ergaben. »Du kennst mich nicht?« Die Stimme war leise, aber erstaunlich klar. »Ich bin das Steinmädchen. Ich dachte, jeder kennt mich. Andererseits hast du nicht mal gewusst, dass du dich verstecken musst, da kann das natürlich sein.«

»Tut mir leid. Danke, dass du mir geholfen hast.« Sie blickte über den leeren Hang. »Was … was waren das für Biester?«

»Die?« Das Steinmädchen warf ihr einen leicht verdutzten Blick zu. »Bloß ein paar Schnöre. Die kommen immer abends raus. Ich hätte mich nicht so lange draußen rumtreiben sollen, aber …« Der Gesichtsausdruck des Steinmädchens, soweit man von einem solchen reden konnte, wurde trotzig. Es bückte sich und bürstete sich die noch an ihm hängenden Blätter ab, wobei es trotz der Dicke seiner Gliedmaßen und der Plumpheit seiner Finger eine ziemliche Geschicklichkeit an den Tag legte.

»Und wer bist du?«, fragte das kleine Mädchen, als es sich wieder aufgerichtet hatte. »Wieso kennst du die Schnöre nicht?«

»Ich bin fremd hier«, antwortete Renie. »Auf Wanderschaft, könnte man sagen.« Das Steinmädchen mochte so aussehen, als wäre es hastig aus Erde geknetet worden, aber seine geschmeidigen Bewegungen erweckten den Eindruck, dass es noch an anderen Stellen als den normalen Gelenken biegsam war. »Lebst du hier?«, fragte Renie ihrerseits. »Kannst du mir etwas über die Gegend erzählen?« Da kam ihr ein Gedanke. »Ich suche ein paar Freunde von mir. Einer ist ein kleiner Mann, beinahe so dunkelhäutig wie ich, die andere ist ein Mädchen mit Ringellocken und etwas hellerer Haut. Hast du sie gesehen?«

Die Dellen, die die Augen des Steinmädchens bildeten, wurden größer. »Du stellst echt einen Haufen Fragen.«

»Entschuldige. Ich … ich hab mich verlaufen. Hast du sie gesehen?«

Der kleine Kopf ging langsam hin und her. »Nein. Warst du draußen im Auslöschen?«

»Wenn du damit die Gegend da hinten meinst, wo alles so … seltsam wird, fast unsichtbar, ja, da war ich.« Plötzlich merkte Renie, wie müde sie war. »Ich muss unbedingt meine Freunde finden.«

»Du musst vor allen Dingen mal hier weg. Und ich auch. Ich hätte nicht so spät noch draußen sein sollen, aber ich wollte zum Wutschbaum, um wegen dem Auslöschen zu fragen.« Das Steinmädchen ließ dieser wenig erhellenden Auskunft ein kurzes nachdenkliches Schweigen folgen. »Du kommst lieber mit mir zur Stiefmutter«, sagte es schließlich.

»Zur Stiefmutter? Wer ist das?«

»Hast du denn keine? Hast du gar keine Familie?«

Renie seufzte. Wieder eines dieser Anderlandgespräche, aus denen kein Mensch schlau wurde. »Schon gut. Klar, bring mich zu dieser Stiefmutter. Ist es weit?«

»Bei den Schuhen. Am Hosenende«, lautete die nächste rätselhafte Antwort. Dann watschelte das Steinmädchen an Renie vorbei den Hang hinunter.

Es dauerte nicht lange, bis Renie die Ortsangabe verstand, wobei ihr allerdings dieses Verständnis auch nicht viel weiterhalf.

Während sie sich im letzten Dämmerlicht bergab bewegten, dem Verlauf des Flusses folgend, der durch einen Einschnitt zwischen den Bergen kam und schäumend in das nebelige Tal weiter unten rauschte, wurde Renie mit jedem Schritt klarer, dass sie vorher leider richtig beobachtet hatte. Die fernen Berge hatten die Umrisse menschlicher Leiber, waren aber dennoch echte Landschaftsformen, die zumindest an der Oberfläche aus Erde bestanden und mit Pflanzenwuchs bedeckt waren, so als ob sich eine Schicht Boden über die Leichen von Titanen gebreitet hätte. Während jedoch der eine Riese auf dem Gipfel des schwarzen Berges unzweifelhaft lebendig gewesen war, schienen diese vielen und etwas kleineren Erdgebilde die Überreste einer unvordenklich früheren Zeit zu sein.

»Wo sind wir hier?«, fragte Renie, als sie ihre Führerin wieder eingeholt hatte.

Das Steinmädchen versuchte, über die Schulter zu schauen, was aber ohne Hals gar nicht so einfach war. »Bist du noch nie hier gewesen? Das ist der Hansische Bohnengarten. Du kannst noch die ganzen runtergefallenen Riesen sehen. Die sind groß«, fügte es überflüssigerweise hinzu.

»Echte Riesen?«, fragte Renie, sah aber gleich ihre Dummheit ein. Als ob so eine Frage in einer Welt wie dieser einen Sinn haben könnte.

Das Steinmädchen schien jedoch nichts dabei zu finden. »Und wie. Runtergefallen sind sie. Ich weiß nicht mehr, warum. Wenn du willst, kannst du das die Stiefmutter fragen.«

Auf dem Weg entlang der Stromschnellen begann Renie die merkwürdige Auskunft des Mädchens langsam zu verstehen. Vorher, vom Nebel verschleiert, waren die ungewöhnlichen Konturen des Landes nur als die Folge eigentümlicher Erhebungen und düsterer Haine erschienen, aber jetzt, wo sie eine bessere Sicht hatte, nahm sie eine gewisse Ordnung wahr. Eine große Auffaltung, ein Bergrücken mit einer dürren Baumlinie auf dem Kamm, erwies sich nunmehr als ein einziger ungeheurer …

»… *Ärmel?«*, rief Renie aus. »Ist das ein Ärmel? Soll das heißen, wir spazieren gerade auf einem … einem Hemd?«

Das Steinmädchen bewegte wieder verneinend den Kopf hin und her. »Jacke. Wir sind jetzt in den Jacken. Die Hemden sind da drüben.« Sie deutete mit einem Stummelfinger in die angegebene Richtung. »Willst du zu den Hemden?«

Renie schüttelte heftig den Kopf. »Nein. Nein, ich war bloß … erstaunt. Warum ist dieses Land … warum besteht es ganz aus Kleidungsstücken?«

Das Steinmädchen blieb stehen und drehte sich um. Anscheinend mochte es bei seiner eigenartigen Anatomie nicht mehr über die Schulter reden. Es blickte Renie an, als hätte es sie in Verdacht, sich nur lustig machen zu wollen. »Na, die sind von den Riesen abgegangen. Als sie *runtergefallen* sind.«

»Ach so.« Mehr fiel Renie dazu nicht ein. »Na klar.«

Während sie sich beim Abstieg durch eine lange Jackenfalte im Flussnebel zwischen den kleinen, aber robusten Krüppelkiefern hindurchschlängelten, die immer an den engsten und schwierigsten Wegstellen besonders dicht zu stehen schienen, fragte Renie ihre kleine Führerin: »Weißt du irgendwas über Vögel, die reden können?«

Das Steinmädchen zuckte mit den Achseln. »Sicher. Viele Vögel können reden.«

»Der, den ich meine, hat immer dieselben Worte wiederholt, egal, was ich ihn gefragt habe.«

»Mit denen, die schlafen, kann man nicht richtig reden«, klärte das Mädchen sie auf.

»Was soll das heißen? Der Vogel ist geflogen, er hat nicht geschlafen.«

»Doch, wenn sie hier ankommen, schlafen sie noch, ob sie fliegen oder nicht. Früher jedenfalls war das so, heute kommen nicht mehr viele. Aber die neuen verstehen am Anfang nicht viel. Sagen einfach immerzu dieselben Sachen. Als ich klein war, hab ich manchmal versucht, mit ihnen zu reden.« Es warf Renie einen raschen Blick zu, genau wie ein richtiges Mädchen, damit diese auch ja begriff, dass es mittlerweile schon ganz groß war, kein kleines Kind mehr. »Die Stiefmutter sagt, das sollen wir nicht. Wir sollen sie schlafen lassen, träumen lassen.«

Renie dachte darüber nach, und ihre innere Erregung wuchs. »Das heißt, die Vögel … schlafen? Träumen?«

Das Steinmädchen nickte, dann sprang es über den Hang auf ein weiter unten liegendes Stück des Weges und wartete, dass Renie ihm folgte. »Klar. Pass auf da, die Stelle ist ziemlich rutschig.«

Renie setzte sich auf den Hintern und schlidderte vorsichtig zu ihr hinunter. »Und … und wie heißt die Gegend hier überhaupt? Nicht die … die Jacken, sondern das alles.« Sie hob die Hände. »Das Ganze.«

Bevor das Mädchen antworten konnte, hallte ein grässliches ersticktes Wimmern den gefurchten Hang herauf. Renie zuckte so heftig zusammen, dass sie beinahe das Gleichgewicht verloren hätte und gestürzt wäre. »O Gott, es ist wieder eins von diesen Biestern!«

Ihre Führerin, die bessere Nerven zu haben schien als sie, gebot ihr mit erhobener Hand zu schweigen. Während sie schwer atmend im Nebel standen, hörte Renie nichts als das leise Rauschen und Plätschern des nahen Flusses. Da erscholl von unten im Tal ein weiterer schauriger Ruf.

»Er ist jetzt weiter weg«, erklärte das Steinmädchen. »Geht in die andere Richtung. Komm!«

Nur wenig ermutigt eilte Renie hinter ihm her.

Näher der Talsohle wurde der Weg gangbarer, doch der Nebel war auch dichter, und es war endgültig Nacht geworden. In der Dunkelheit wirkten die eigenartigen Kleidungsformen, die von einer dünnen Decke aus Erde und Pflanzen nur teilweise verhüllten berghohen Hemden und Hosen, noch beklemmender. Hier und da meinte Renie, kleinere Gestalten zu erkennen, als ob Leute sie und das Steinmädchen beobachteten, Leute, die ihrerseits nicht unbedingt gesehen werden wollten. Renie war dankbar, dass sie geführt wurde. Die Vorstellung, im Finstern allein durch dieses skurrile Bergland zu stolpern, zumal wenn sich diese schreienden Kreaturen herumtrieben, war alles andere als angenehm.

Nach den Feuern zu urteilen, die sie durch die Nebelschwaden flackern sah, hatten sich viele Leute – oder sonstige Wesen – in den Hosen und Hemden häuslich eingerichtet. Auf dem Weg durch eine kleine Schlucht mit Küchenfeuern auf den Höhen riefen ein paar Stimmen Grußworte zu ihnen herunter. Das Steinmädchen hob zur Erwiderung seinen plumpen Arm, und Renie fühlte sich so weit beruhigt, dass sie sogar den Wunsch verspürte, !Xabbu und Sam könnten das miterleben. Sie fand es auf eine urtümliche Art befriedigend, bei Nacht aus der Wildnis in eine erleuchtete Siedlung zu kommen, und sie war tagelang in einer Wildnis gewesen, der an Trostlosigkeit in der realen Welt nichts gleichkam.

Beim Übergang von den Hosen in eine andere dunkle Spalte in hügeligem Gelände sagte das Steinmädchen: »Jetzt sind wir gleich da. Vielleicht kann dir die Stiefmutter sagen, wo deine Freunde sind. Und ich muss ihr vom Wutschbaum erzählen, und dass das Auslöschen immer näher kommt.«

Sie bogen um einen Felsen und kamen in das nächste hell erleuchtete Tal. Die Gebäude waren mehr als notdürftig, aber die Formen waren unverkennbar: Einige waren so sehr ein Teil der Landschaft geworden, dass sie kaum noch auffielen, aber andere ragten fast ganz aus der Erde heraus, so dass es durch die Ösen und durch Schlitze in den Sohlen schimmerte. Es waren Dutzende, wenn nicht Hunderte. Eine ganze Stadt.

»Es sind Schuhe! Große Schuhe!«

»Hab ich dir doch gesagt.«

Als sie sich ein wenig an das Licht gewöhnt hatte, sah Renie, dass auch die Freiräume zwischen den Schuhen von zahlreichen schattenhaften Gestalten bevölkert waren, die sich um Lagerfeuer drängten und nahezu schweigend beobachteten, wie Renie und das Steinmädchen vorbeigingen. Trotz ihrer Wortlosigkeit wirkten sie nicht bedrohlich. Die Augen, die sie anstarrten, die Stimmen, die hie und da wisperten, machten einen Eindruck von Müdigkeit und Verzweiflung.

Es ist wie ein Flüchtlingslager, dachte Renie.

»Sonst wohnen hier draußen keine Leute«, erklärte das Steinmädchen. »Aber sie haben ihr Zuhause verloren, als das Auslöschen kam. Mittlerweile sind es ganz viele, und sie haben Hunger und Angst …«

Es wurde von einer Horde kreischender Gestalten unterbrochen, die aus dem häuslichen Durcheinander eines riesigen Wanderschuhs auf sie zugestürzt kamen. Renies panischer Schreck legte sich, als sie erkannte, dass es nur Kinder waren. Die meisten waren noch kleiner als das Steinmädchen und entsprechend lebhaft und ausgelassen.

»Wo bist du gewesen?«, schrie das vorderste. »Die Stiefmutter ist vielleicht fuchtig!«

»Ich hab jemand gefunden.« Das Steinmädchen deutete auf Renie. »Da hat der Heimweg ein Weilchen gedauert.«

Die Kinder scharten sich aufgeregt plappernd um sie. Renie hatte zuerst angenommen, es wären die Geschwister des Steinmädchens, aber in dem Licht, das aus der Türöffnung des nächsten Schuhes schien, erkannte sie, dass keines ihrer Führerin ähnlich sah. Die meisten glichen eher normalen Menschen, auch wenn ihre Kleidung (sofern sie überhaupt welche hatten) von einer Art war, die sie nicht kannte. Einige jedoch aus dem Schwarm lachender Kinder sahen noch grotesker aus als das Steinmädchen: eines war gelbschwarz bepelzt wie eine Hummel, ein anderes hatte Entenfüße, und ein Mädchen hatte zu Renies Entsetzen sogar ein großes Loch in der Mitte, so dass von seinem Oberkörper kaum etwas übrig war.

»Sind das ... deine Brüder und Schwestern?«, fragte sie.

Das Steinmädchen zuckte mit den Achseln. »Mehr oder weniger. Von uns gibt's viele. So viele, dass ich manchmal denke, die Stiefmutter kommt nie zur Ruh.«

Da erblickte Renie vor sich einen kolossal hohen Schuh und blieb wie angewurzelt stehen. »Lieber Gott!«, murmelte sie. »Jetzt ist mir alles klar.«

»Komm mit«, sagte das Steinmädchen und nahm Renie an der Hand. Seine Finger waren rauh und hatten die kühle Feuchte eines lehmigen Waldbodens. Ein kleiner Junge mit dem Kopf eines Hirschkalbs sah mit scheuen, glänzenden braunen Augen zu Renie auf, als hätte er gern ihre andere Hand ergriffen, aber Renie bemerkte es gar nicht, weil sie von ihrem plötzlichen Geistesblitz abgelenkt war. »Natürlich, es ist aus diesem alten englischen Kinderreim – ›Eine alte Frau wohnte in einem Schuh / Mit so vielen Kindern, sie kam nie zur Ruh.‹« Und noch eine andere Erinnerung regte sich ganz leise in ihr, aber sie war so perplex darüber, sich in einer altertümlichen Kinderbuchwelt zu befinden, dass sie sie nicht zu fassen bekam.

»Wir wohnen *alle* in Schuhen«, erklärte ihre Führerin und zog sie durch eine Tür auf der Hinterseite des ausgedienten, bemoosten Stiefels. »Na ja, alle hier in der Umgebung ...«

Es war ein sehr, sehr alter Schuh. Zu Renies Erleichterung hingen keine Geruchsspuren seines früheren riesenhaften Besitzers mehr im Raum. Zwei- oder dreimal so viele Kinder, wie ihnen draußen entgegengekommen waren, warteten im verräucherten Feuerschein, und auch diese Stubenhocker waren ein bunt gemischter Haufen. Sofern sie Augen hatten, beobachteten sie gebannt, wie das Steinmädchen Renie über das lange Fußbett zur Kappe führte. Es waren viel zu viele, um sie alle vorzustellen, aber ein paar rief das Steinmädchen mit Namen an, hauptsächlich um sie aufzufordern, aus dem Weg zu gehen – wobei Renie nur »Däumling«, »Himpelchen«, »Gretel« und »Sumsemann« verstand. Über etliche musste sie hinwegsteigen, und ein paarmal trat sie unabsichtlich auf eines drauf, aber keines beschwerte sich. Vermutlich waren sie das bei ihren beengten Verhältnissen gewöhnt.

Können das die Kinder im Koma sein? überlegte sie. *Ist das hier eine Art Konzentrationslager für alle Kinder, die der Andere entführt hat?* Wenn ja, dann waren die Aussichten, Stephen zu finden, denkbar schlecht: Allein in den Schuhen mochten sich gut und gern etliche Tausend aufhalten, und wie viele noch in den anderen Kleidungsstücken in den Bergen steckten, war gar nicht abzusehen.

»Bist du das, Steinmädchen?«, rief eine Stimme, die in der Wölbung der Schuhkappe leicht widerhallte. »Du kommst zu spät und hast mir Kummer gemacht. Es herrschen unsichere Zeiten. So was kann ich nicht dulden.«

Eine dunkle Gestalt saß in einem Schaukelstuhl neben dem Kamin. Ein gemauerter Schornstein stieß an der Decke durch das Schuhleder, aber ohne großen Nutzen. Zuerst dachte Renie sogar, der Rauch überall wäre schuld, dass die Figur im Schaukelstuhl kaum zu erkennen war, doch dann ging ihr auf, dass der menschenähnliche Umriss selbst nebulös war – die vage Andeutung von Schultern und einem Kopf auf einem Körper, der formlos war wie eine graue Wolke. Wo die Augen hätten sein sollen, spiegelten zwei schimmernde Punkte den Feuerschein, doch ansonsten war kein Gesicht auszumachen. Die Stimme war zwar leise und hauchig, aber klang weder weiblich noch freundlich. Es war mit Sicherheit keine Version der »Alten Frau im Schuh«, die Renies Erwartungen entsprach.

»Ich ... ich hab den Wutschbaum finden wollen, Stiefmutter«, sagte das Steinmädchen. »Weil alles so schlimm ist. Ich wollte ihn fragen ...«

»Nein! Du kommst zu spät. Das dulde ich nicht. Und du hast eine mitgebracht, die nicht hierher gehört. Die Straßen sind auch so schon voll von Leuten, die ihr Zuhause verloren haben. Wieso schleppst du noch eine an? Wir haben nichts abzugeben.«

»Aber sie hatte sich verlaufen. Einer von den Schnören wollte ...«

Der rauchige Leib der Stiefmutter verfestigte sich einen Moment lang. Die Augen blitzten. »Du warst unartig. Das muss bestraft werden.«

Schlagartig fiel das Steinmädchen hin und wand sich weinend am Boden. Die anderen Kindern sahen schweigend zu, die Augen weit aufgerissen.

»Lass sie in Ruhe!« Renie tat einen Schritt auf das gestürzte Steinmädchen zu, da durchfuhr sie etwas wie ein Stromstoß, ein jäher, peitschender Schmerz, der sie neben dem Kind auf Hände und Knie niederstreckte.

»Die da gehört nicht hierher«, sagte die Stiefmutter herrisch. »Zu groß, zu anders. Sie muss weg.«

Renie hob den Kopf; ihr Mund bewegte sich, doch kein Ton kam heraus. Obwohl ihre Glieder noch zuckten, kroch sie mühsam ein Stückchen weiter. Die Stiefmutter starrte sie an, dann schoss der nächste Schmerzschub Renies Rückgrat hinauf und explodierte in ihrem Kopf, dass ihr schwarz vor Augen wurde.

Undeutlich nahm sie wahr, wie sie von vielen kleinen Händen hochgehoben wurde. Als diese sie wieder ablegten, war sie unendlich dankbar, nicht mehr weitergetragen zu werden, doch als sie es den Kindern sagen wollte, reichte es nur zu einem Röcheln. Die Erde an ihrem Gesicht war kühl und feucht, ganz ähnlich der Hand des Steinmädchens, und sie blieb willenlos liegen, bis ihre Arme und Beine endgültig ausgezuckt hatten.

Als sie imstande war, sich hinzusetzen, befand sie sich auf einer dunklen Straße inmitten riesiger Schuhe, so dass sie hätte meinen können, in den hintersten Winkel eines gigantischen Schuhschranks geschleudert worden zu sein. Aus einigen Behausungen drang noch Licht, aber die Türen waren alle geschlossen. Selbst die Lagerfeuer dazwischen waren anscheinend hastig gelöscht worden, doch sie spürte, wie die schweigenden Obdachlosen sie mit Furcht und Misstrauen beobachteten.

Okay, dachte sie deprimiert. *Die Tracht Prügel wäre nicht nötig gewesen. Ich merke schon, wenn ich nicht erwünscht bin.*

Ein dünnes Heulen tönte von den Höhen ins Tal hinab. Renie erschauerte. Sie wusste nicht, was sie jetzt, ausgestoßen und ohne Ortskenntnis, machen sollte.

Sie stolperte die gewundene Hauptstraße entlang, als eine Gestalt aus dem Dunkel trat.

»Ich bin weg.« Das Steinmädchen klang sehr kleinlaut.

Renie konnte es nicht sicher sagen – eigentlich konnte sie nichts mehr sicher sagen –, aber es hatte den Anschein, als wäre etwas Wichtiges geschehen.

»Du bist … weggelaufen?«

»Die Stiefmutter wird immer fieser. Und sie hört mir gar nicht zu, wenn ich ihr vom Auslöschen erzählen will.« Das Steinmädchen gab ein eigenartiges Geräusch von sich, ein breiiges Schnauben. Renie begriff, dass es weinte. »Und sie hätte dich nicht bestrafen sollen.« Es stieß Renie etwas Weiches in die Hände – eine dünne Decke. »Die hab ich dir mitgebracht, damit dir nicht so kalt ist. Ich geh mit dir.«

Renie war gerührt, aber auch ein bisschen unter Druck. Während sie sich die Decke um die Schultern schlang, fragte sie sich, ob sie da einen großen Gefallen getan bekam oder ob ihr eine große Verantwortung aufgehalst wurde. »Aber … wohin?«

»Ich geh mit dir zum Wutschbaum. Ihn um Hilfe bitten. Da wollte ich heute schon hin, aber das Auslöschen hat den Weg gefressen, den ich sonst immer gegangen bin. Wir müssen durch den Wald.«

»Jetzt?«

Die kleine Gestalt nickte. »Jetzt ist die beste Zeit, um ihn zu finden.

Aber wir müssen aufpassen, es sind Jäger unterwegs. Schnöre – und auch Tecks.« Sie blickte ein wenig unsicher auf. »Falls du mit mir kommen willst, heißt das.«

Renie atmete lange aus. »Klar, versteht sich doch von selbst. Aber du musst mir unterwegs ein paar Sachen erklären.«

Es sah etwas seltsam aus, wie sich die dunkle Mundlinie des Steinmädchens verzog, aber das Lächeln war herzlich. »Stimmt, du stellst ja so gerne Fragen, nicht wahr?«

> Die Welt um sie herum, hatte Sam das Gefühl, wurde gleichzeitig wirklicher und unwirklicher.

Wirklicher insofern, als jetzt, wo auf dem Weg flussaufwärts zunehmend stoffliche Dichte an die Stelle gläserner Durchsichtigkeit getreten war, die Wiesen und Hügel alle festkörperlich erschienen und der Fluss selbst richtiges Wasser führte und geräuschvoll neben ihnen einherströmte. Unwirklicher, weil nichts richtig normal aussah, so als ob alles bloß ein Bild wäre, ungenau nach dem Leben kopiert – oder sogar bloß nach einem anderen Bild. Die Farben und Formen waren alle leicht falsch, zu regelmäßig oder schlicht nicht ganz erkennbar.

»Es ist rein erfunden, denke ich«, sagte !Xabbu, während er eine kleine Gruppe locker zusammenstehender Bäume am Flussufer betrachtete, deren Rinde fingerkuppenähnliche Wirbelmuster hatte und deren völlig kreisrunde Blätter wie durchscheinende Silbermünzen aussahen. »Wie die erste Blume, die ich machte, eine Blume, die mehr eine Idee war als sonst etwas.«

»Die erste Blume, die du gemacht hast?«, fragte Sam nach.

»Als Renie mir beibrachte, wie man in diesen virtuellen Welten arbeitet.« Er schüttelte den Kopf. »Das hier kommt mir genauso vor – wie von einem spielenden Kind gemacht oder von einem, der etwas ausprobiert.«

»Hat Renie nicht so was in der Art gesagt? Sie sagte, der Berg könnte von … dem Andern gemacht worden sein. Von diesem Systemding. Also vielleicht dies alles auch.«

»Das könnte gut sein. Es ist jedenfalls keine gelungene Kopie einer Landschaft in der realen Welt.« Er strich über einige der silbrigen Blätter und lächelte. »Sieh nur, sie haben zu viel Glanz, zu viel Farbe. Ein Kind würde das ganz ähnlich machen.«

Jongleur schaute sich mit steinernem Gesicht nach ihnen um. »Vertrödelt ihr beiden immer noch Zeit? Es wird bald dunkel werden.«

!Xabbu zuckte mit den Achseln. »Vielleicht. Wir kennen die Regeln nicht, die hier gelten.«

»Willst du von etwas gefressen werden, nur weil du die Regeln nicht kennst?«

Der kleine Mann musste sich sichtlich beherrschen. Bis vor Kurzem hatte er auf Sam einen allzeit gutmütigen Eindruck gemacht, aber das lange Zusammensein mit Jongleur zehrte sogar an !Xabbus außerordentlichen Höflichkeits- und Gelassenheitsreserven. »Es ist wahrscheinlich eine gute Idee, einen Platz für die Nacht zu suchen, ja«, sagte er mit erzwungener Ruhe. »Wolltest du das damit andeuten?«

»Wir werden diese … deine Freundin nicht finden. Nicht vor Einbruch der Dunkelheit.« Der Zustand innerer Zurückgezogenheit, in dem Jongleur eine Zeit lang gewesen war, war vorbei. Er sah Sam und !Xabbu an, als würde er sie beide liebend gern mit einem Stock verprügeln, doch er wahrte einen beinahe gesitteten Ton. »Die Verhältnisse hier sind anders als auf dem Berg. Hier könnte es Lebewesen geben, denen wir lieber nicht begegnen möchten.«

»Na schön«, meinte !Xabbu. »Dann ist dieser Platz hier zum Übernachten nicht schlechter als irgendein anderer. Wenigstens ist der Boden flach.« Er wandte sich an Sam. »In einem Punkt hat der Mann recht: Wir wissen nicht, was uns in diesem neuen Land erwartet.«

»Wenn du willst, geh ich Holz sammeln oder sonst was, dann könntest du noch ein letztes Mal nach Renie schauen. Sie rufen oder so.«

Er nickte erfreut. »Danke, Sam. Ich denke, ich schaffe es, ein Feuer zu machen. Es ging ja auch an diesem unfertigen Ort, wo wir vorher waren. Schau einfach, was du an lose herumliegendem Material findest.«

Sie wunderte sich nicht, als !Xabbu langsamen Schrittes zurückkehrte, als schleppte er eine schwere Last. Sie hatte ihn lange Renies Namen rufen gehört. Sie beschloss, ihm die Mühe zu ersparen, sich noch nett unterhalten zu müssen.

Er hockte sich hin und begann mit dem Feuermachen. Jongleur saß auf einem gefleckten Stein, die nackten Beine zusammengepresst, und grübelte stumm vor sich hin. Sam fand, der alte Mann sah aus wie ein scheußlicher Wasserspeier an einem Kirchendach.

Die Bäume rauschten ein wenig von einer Brise, die über die Wiesenhügel und durchs Lager strich. Als sie das Feuer flackern sah, ging Sam auf, dass in dieser Zone größerer Stofflichkeit auch das Wetter wiedergekehrt war.

Wird jetzt alles immer realer werden? sinnierte sie. Erst als !Xabbu sie erstaunt ansah, merkte sie, dass sie es laut ausgesprochen hatte. Sie kam sich albern vor, aber der Gedanke ging nicht weg. »Ich wollte sagen, wenn wir weitergehen, wird diese Welt dann fortwährend realer werden?«

Bevor !Xabbu etwas sagen konnte, beugte Jongleur sich vor. »Wenn du meinst, dass wir auf diesem Wege irgendwann ins Netzwerk zurückkommen, Kind, wirst du eine herbe Enttäuschung erleben. Nichts von alledem wurde von mir gebaut. Wir sind in irgendeinem abgelegenen Winkel, den sich das Betriebssystem selbst angelegt hat, abgetrennt vom Übrigen. Vollkommen abgetrennt.«

»Und wozu soll das alles gut sein?«

Jongleur blickte nur finster ins Feuer.

»Er weiß es auch nicht«, bemerkte Sam zu !Xabbu. »Er duppt bloß, wie wenn er alles wüsste, aber er hat genauso Angst wie wir.«

Jongleur schnaubte. »Wohl kaum genauso wie ihr, Mädchen. Wenn schon, dann habe ich mehr Grund, Angst zu haben, weil ich mehr zu verlieren habe. Aber ich vergeude meine Energie nicht mit sinnlosem Gerede.«

!Xabbu tätschelte Sam begütigend die Hand. »Lass ihn. Abgesehen davon sollten wir uns wirklich schlafen legen. Wer weiß, was wir morgen finden werden?«

Sam schlang die Arme um sich. »Wenn wir etwas zum Anziehen finden würden, wäre das nicht schlecht. Es wird langsam kalt.« Sie beäugte !Xabbu, der mit seiner nackten Haut so unbekümmert dasaß, als wäre er warm angezogen. »Ist dir gar nicht kalt?«

Er schmunzelte. »Demnächst vielleicht. Morgen sollten wir schauen, ob irgendwelche Pflanzen hier dafür taugen, dass wir Kleidungsstücke oder wenigstens Decken daraus flechten.«

Die Vorstellung eines Projekts, auch wenn es noch so bescheiden war, ließ Sams Herz ein wenig höher schlagen. Seit Orlandos Tod schien ihr nichts mehr einen Wert zu haben, und über die Sachen, die sie wirklich wissen mussten, hatten sie auch nicht mehr herausbekommen … aber es wäre sehr schön, nicht mehr zu finden.

Sie fühlte, wie der Schlaf an ihr zerrte, und rollte sich nahe dem Feuer zusammen.

Sam hatte das Gefühl, nur eine Sekunde geschlafen zu haben, als !Xabbus lange Finger ihr Gesicht berührten.

»Still!«, flüsterte er. »Da ist etwas.«

Sie wollte ungestüm auffahren, doch !Xabbu hinderte sie daran.

Auch Jongleur war wach und starrte in das hohe Gras außerhalb des Feuerscheins, wo sich Schatten bewegten. Sam traute sich kaum zu atmen. Sie erinnerte sich an all die furchterregenden Abenteuer, die sie und Orlando zusammen erlebt hatten, an die Übung, die sie irgendwann darin bekommen hatte, ihre Nervosität zu bezähmen und zu tun, was nötig war.

Ja, aber das hier ist echt.

Natürlich war es nicht echt, ein Blick auf die absonderlichen Bäume bewies das, aber die Gefahr war es. Ein leises Zischen, das der Wind sein konnte oder auch flüsternde Stimmen, hauchte durch die Luft. Sam zog den Stumpf von Orlandos Schwert heraus und fasste den Griff mit beiden Händen, weil sie zu sehr zitterte, um ihn mit einer ruhig zu halten.

Ein kleines Etwas huschte in den Lichtkreis um das Feuer. Es duckte sich dicht auf den Boden und blickte mit großen, runden Augen nervös hin und her. Mit seinen spindeldürren, langbehaarten Beinen und seinem dicht am Körper sitzenden Köpfchen war es eines der merkwürdigsten Tiere, die Sam je gesehen hatte, eine bizarre Kreuzung aus einem Affen und etwas Känguruartigem.

Auf einmal stürzte Jongleur vor und schnappte sich einen schwelenden Ast aus dem Feuer. Als er sich wieder aufgerichtet hatte, war die Gestalt bereits im hohen Gras verschwunden.

»Halt!«, rief !Xabbu. »Es hat sich uns gegenüber nicht feindlich benommen.«

Jongleur sah ihn grimmig an. »O ja, und der erste Piranha, der dich im Wasser erreicht, ist bestimmt auch lieb und brav. Aber da draußen sind noch viele. Ich habe sie gehört.«

!Xabbu und Sam setzten beide zu einer Entgegnung an, doch da erschien das großäugige Gesicht abermals am Rand der Lichtung. Obwohl das Wesen wie eine Missgeburt aussah, war Sam von seiner Tapferkeit gerührt – es war halb so groß wie Sam und ihre Gefährten und hatte offensichtlich furchtbare Angst. Dennoch erschrak sie, als es zu reden begann.

»Ihr ... ihr könnt sprechen?« Es vernuschelte die Worte, aber sie waren trotzdem gut zu verstehen.

»Ja, wir können sprechen«, entgegnete !Xabbu. »Wer bist du? Magst du kommen und dich zu uns ans Feuer setzen?«

»Sich ans Feuer setzen …!«, explodierte Jongleur. Das schmächtige Geschöpf zuckte vor ihm zurück, aber lief nicht weg.

»Ja. Dort, wo ich herkomme, vertreiben wir jemanden, der keine feindlichen Absichten erkennen lässt, nicht von unserem Feuer.« !Xabbu drehte sich wieder zu ihrem kleinen, haarigen Besucher um. »Komm und setz dich. Sag uns, wie du heißt.«

Das Wesen zögerte. Es wippte auf seinen langen Beinen und rieb sich die Vorderpfoten. »Noch andere sind bei mir. Frieren und fürchten sich. Können sie mit ans Feuer kommen?«

!Xabbu zügelte Jongleur mit einem scharfen Blick, was Sam unheimlich beeindruckte, obwohl sie in diesem besonderen Fall eher zu Jongleurs Auffassung neigte als zu der ihres Freundes. »Ja«, erklärte !Xabbu dem fremden Gast, »wenn sie nichts Böses im Schilde führen.«

Das Wesen lächelte nervös. »Alle nett. Schlimm … was passiert. Alle haben Angst.« Es machte auf seinen langen Beinen kehrt, doch dann besann es sich noch einmal. »Hans Kuckeldiluff. So heiße ich. Ihr seid nette Leute.« Es wandte sich der Dunkelheit zu und machte einen flötenden Ton, um seine Begleiter herbeizurufen.

Es war, als hätte jemand die Tür einer Tierhandlung aufgerissen und sämtliche Insassen entkommen lassen. Die vielen Geschöpfe, die vorsichtig aus dem Gestrüpp in den fahlen Feuerschein gekrochen kamen, waren größtenteils klein und hätten für Ratten, Hunde oder Katzen gelten können, bis im Licht ein paar Merkwürdigkeiten sichtbar wurden. Während Sam noch ebenso beunruhigt wie fasziniert beobachtete, in wie vielen winzigen Einzelheiten sie sich von den Tieren unterschieden, denen sie ähnelten, hörte sie ein Schwirren in der Luft und erblickte beim Aufschauen eine weitere Schar Besucher, vogelartige Wesen, die sich ringsherum in den Zweigen niederließen.

»Was jetzt, hat die Arche ein Leck bekommen?«, knurrte Jongleur.

»He! Er hat fast so was wie einen Witz gemacht.« Sam bemühte sich um einen lockeren Ton, doch sie nahm nicht die Augen von der Unmenge kleiner, sonderbarer Kreaturen, die jetzt um ihr Lagerfeuer herumstanden. »Er muss echt scännen wie verrückt.«

»Ich werde das Feuer größer machen«, erklärte !Xabbu dem ersten der Neuankömmlinge. »Wir können euch nichts zu essen anbieten, aber wärmen dürft ihr euch gern.«

Hans Kuckeldiluff machte mit seinen langen Beinen eine komische

Verbeugung. »Nett. Sehr.« Er flötete abermals, und die kleinen Tiere trippelten über die Lichtung und bildeten einen dichten Kreis um das Feuer.

»Wer sind deine Gefährten?«, erkundigte sich !Xabbu, während er mehr buntscheckiges Totholz auf das Feuer legte. »Oder sind es deine Kinder?«

Sam kam die Frage mehr als komisch vor – wie konnte ein Affenkänguru Vögel und dreiohrige Kaninchen zu Kindern haben? –, aber Hans Kuckeldiluff schien sie überhaupt nicht ungewöhnlich zu finden. »Nein, nicht meine. Ich mache ...« Er stockte und kniff nachdenklich seine großen Rundaugen zusammen. »Ich bringe ... ich sorge? Ich sorge für sie? Ja, für die Neuen, ich finde Plätze für sie, Familien. Aber es gibt keine Familien mehr. Außerhalb der Versammlungsstätten ist es sehr schlimm.« Er schüttelte seinen kleinen Kopf. »Wir versuchen, eine Brücke zu finden. Die Welt wird so klein! Ich glaube, der Eine ist uns böse.«

»Wer ... ist der Eine?«, fragte Sam. »Und was heißt das, ›Familien für sie finden‹?«

Der Schatten des Misstrauens, der über Hans Kuckeldiluffs Gesicht huschte, war selbst in dem trüben Licht deutlich zu erkennen. »Das wisst ihr nicht? Ihr kennt den Einen nicht?«

»Wir kommen von weither«, sagte !Xabbu rasch. »Vielleicht ist unser Name anders als eurer. Du meint ... du meinst den Einen, der dies alles geschaffen hat?«

Er nickte erleichtert. »Ja, ja! Der Eine, der uns alle geschaffen hat. Der uns über den Weißen Ozean gebracht hat. Uns ernährt. Uns Familien gibt.«

Die kleineren Tiere, die unterdessen leise gemurmelt und gezwitschert hatten, verstummten jetzt ehrfurchtsvoll. Einige nickten mit ihren winzigen Köpfchen und lächelten entrückt, träumten selig von einer fürsorglichen Gemeinschaft.

Felix Jongleur jedoch lächelte nicht. Im Gegenteil, erkannte Sam, er sah aus, als wollte er vor Wut gleich jemanden beißen. Die Besucher schienen das ebenfalls zu merken und hielten sich auffällig fern von ihm, obwohl sie sich inzwischen in dichten Scharen um das Feuer drängten.

Vom vielen Sitzen an einem Platz taten Sam langsam die Glieder weh. Sie streckte sich, und die Bewegung löste eine Welle des Erschreckens unter ihren kleinen Gästen aus. Ein paar Vögel flatterten auf und ließen sich erst auf ihren Zweigen nieder, als Sam sich wieder still hielt.

Die ganze fremdartige Zuschauerschaft wurde ihr allmählich fast zu toll. Sam musste ein Kichern unterdrücken. »Es ist genau wie in … wie hieß noch mal diese megascänneröse Kindersendung? *Hoppelpoppel auf dem Folterplaneten?* Jeden Moment werden sie anfangen zu singen:

›*Hoppelohren, Poppelnäschen hat das Hoppelpoppelhäschen …*‹«

»Halt den Mund, Kind!«, herrschte Jongleur sie an. »Wie soll man bei diesem ganzen Geplapper denken?«

»Sprich nicht in diesem Ton mit ihr!«, sagte !Xabbu.

»Keine Bange, ich beachte ihn gar nicht. Ich …« Sam wurde von einem kleinen, eichhörnchenartigen Wesen unterbrochen, das unversehens ein paar Schritte auf sie zutrat, sich auf die Hinterbeine stellte und sie durchdringend ansah.

»Er sagt immer, ich häng zu viel am Netz«, verkündete es mit einem dünnen Stimmchen. *»Bloß weil er meint, Hoppelpoppel ist blöd und hat kein zierischen Wert.«* Danach blickte es sie erwartungsvoll an, als hätte es ein großartiges Angebot gemacht und wartete jetzt auf das Gegenangebot. Nach ein paar Sekunden wurde sein Gesichtchen ganz traurig, und es kroch zu seinen Gefährten zurück.

»*Wer* sagt das immer?« Sam war ganz durcheinander. »He, hast du das gehört? Es hat voll geredet! Von Hoppelpoppel!« Sie bemühte sich, nicht zu kichern, als sie sich !Xabbu zuwandte, aber es hatte ihr auch einen Schreck versetzt. »Was hat das zu bedeuten?«

»Das … ist das Geisterleben«, sagte Hans Kuckeldiluff mit neuerlich erwachter Sorge. »Habt ihr denn keines gehabt, als ihr hier angekommen seid? Der Eine gibt es allen. Aber vielleicht habt ihr eures vergessen, als ihr euern Ort gefunden hattet. Das kommt vor.«

Bevor sie oder !Xabbu etwas erwidern konnten, beugte sich Jongleur plötzlich über das affenartige Wesen. »Der … Eine, sagst du? Er hat dich *geschaffen?*« Er rückte noch näher. »Das *alles* hier?«

Hans Kuckeldiluff hielt sich die langen Arme schützend über den Kopf. »Natürlich! Der Eine hat alles geschaffen. Dich auch.«

»Ach ja?« Jongleurs Stimme war leiser und schärfer geworden, als ob man einen Brenner auf eine giftige blaue Flamme heruntergestellt hätte. »Na, dann bringst du mich jetzt zu diesem Einen.« Seine Hand schoss mit verblüffender Schnelligkeit vor und schloss sich um ein dünnes, pelziges Handgelenk. »Dann wollen wir mal sehen, wer wen geschaffen hat!«

Hans Kuckeldiluff stieß einen Schrei aus, als ob er sich verbrannt hätte. Seine Schützlinge flohen unter wildem Geflatter und Getrappel von der Lichtung, und nur der gefangene Känguruaffe blieb zurück und versuchte sich verzweifelt aus Jongleurs Griff zu befreien. Beim Anblick des nackten Entsetzens in dem kleinen Gesicht krampfte sich Sam der Magen zusammen.

»Lass ihn los!«, schrie sie. »Du mieser alter Kotzblocker, lass ihn los!«

!Xabbu sprang vor, packte Jongleurs freien Arm und verdrehte ihn. Hans Kuckeldiluff riss sich los und floh mit weiten Sprüngen über die Lichtung. Jongleur blitzte !Xabbu aus schmalen Augen wütend an und machte Miene, ihn zu schlagen.

Da stürzte Sam vor und schwenkte Orlandos abgebrochenes Schwert. »Wenn du ihm ein Haar krümmst, dann … dann schneid ich dir die Eier ab, du alter Drecksack.« Jongleur fauchte sie an wie ein wildes Tier, und einen furchtbaren Augenblick lang dachte sie, er wäre jetzt vollkommen verrückt geworden, und sie müsste mit diesem grausamen, athletischen Mann auf Leben und Tod kämpfen. Sie stellte sich breitbeinig hin, streckte ihm den Klingenstumpf möglichst gerade entgegen und hoffte, dass er ihre weichen Knie nicht bemerkte. »Das mein ich ernst!«

Jongleurs Augen weiteten sich. Er blickte langsam von ihr zu !Xabbu, als könnte er sich nicht erklären, wieso er einen Remote Area Dweller aus dem Okawangodelta am Arm hängen hatte, dann machte er sich mit einem Ruck los. Er kehrte ihnen beiden den Rücken zu und stapfte davon.

Sam setzte sich rasch hin, um nicht einfach auf der Stelle umzukippen. !Xabbu eilte sofort zu ihr.

»Hast du dir was getan?«

»Ich?« Sie lachte etwas zu laut. »*Dir* hätte er beinahe den Kopf abgerissen. Ich bin ja gar nicht in seine Nähe gekommen.« Die Absurdität der Situation wurde ihr einmal mehr bewusst. Wie kam Sam Fredericks dazu, sich unter derartigen Umständen beinahe einen Messerkampf mit dem rücksichtslosesten, reichsten Mann der Welt zu liefern? Sie sollte zuhause sein und lernen oder Musik hören oder mit Freunden im Netz chatten. »O je«, stöhnte sie, »das ist der blockigste Blockmist aller Zeiten!«

!Xabbu tätschelte ihr die Schulter. »Du warst sehr tapfer. Aber ich wäre kein so leichtes Opfer gewesen, wie er vielleicht dachte.«

»Jetzt komm mir nur nicht mit der Harter-Mann-Nummer, okay?« Sam versuchte zu lächeln. »Du bist keiner von den Typen. Deswegen liebt dich Renie ja.«

!Xabbu starrte sie einen Moment lang perplex an, dann kniff er die Augen zusammen. »Was machen wir jetzt?«

»Weiß ich nicht. Ich glaube nicht, dass ich diesen Kerl noch länger ertragen kann. Hast du ihn gesehen? Er ist ... ich weiß nicht, was er ist. Scän hoch zehn.«

»Abgesehen davon, dass er jemanden angegriffen hat, der unser Gast war«, sagte !Xabbu, »hätten wir von diesen Kindern vielleicht auch einiges erfahren können.«

»Kindern?«

»Da bin ich sicher. Weißt du noch, was Paul Jonas uns erzählt hat?

Von dem kleinen Gally und seinen Gefährten, wie sie darauf warten, den Weißen Ozean zu überqueren?«

Sam nickte langsam. »Genau. Und das kleine Eichhörnchen, oder was es sonst war ... es hat irgendwas über Hoppelpoppel gesagt! Das ist so 'ne Netzshow für Mikros im RL!« Sie warf !Xabbu einen kurzen Blick zu. »Mikros heißt Kinder, weißt du, kleine Kinder.«

Er lächelte. »Das hatte ich schon vermutet.« Die heitere Miene verflog wieder. »Wie gesagt, wir hätten wahrscheinlich einiges in Erfahrung bringen können ...«

Jetzt war es an Sam, dem kleinen Mann mitfühlend über den Arm zu streichen. »Wir werden schon rauskriegen, was hier los ist. Und Renie finden wir auch.«

»Ich gehe noch etwas Holz sammeln«, erklärte !Xabbu. »Du solltest dich hinlegen und versuchen zu schlafen. Ich werde aufpassen, denn ich werde bestimmt eine ganze Weile nicht einschlafen können.«

Trotz !Xabbus gut gemeintem Rat lag Sam eine Stunde lang ruhelos wach. Plötzlich ließ eine Bewegung im Gebüsch sie auffahren. Ihre Finger legten sich um den Griff des kaputten Schwerts und umklammerten ihn fest, als sie Jongleurs Raubvogelgesicht auftauchen sah.

»Was willst du? Denkst du, das war geduppt, als ich dich vorhin gewarnt hab …?«

Jongleur blickte grimmig, aber irgendwie war sein Ausdruck anders als sonst. Er breitete die Hände aus. Sie zitterten. »Ich bin gekommen …« Er zögerte, dann wandte er das Gesicht ab, so dass Sam seine Worte erst nicht richtig zu verstehen meinte. »Ich bin gekommen, um zu sagen, dass ich einen Fehler gemacht habe.«

Sam sah !Xabbu an, dann wieder Jongleur. »Was?«

»Du hast mich gut verstanden, Kind. Soll ich vielleicht angekrochen kommen? Ich habe einen Fehler gemacht. Ich habe mich von meiner Wut beherrschen lassen und eine Gelegenheit verdorben, etwas zu erfahren, vielleicht etwas Wichtiges.« Sein Blick wurde wieder hart, aber er war auf niemanden gerichtet, wenigstens auf niemand Sichtbaren. »Das war eine Dummheit.«

!Xabbu legte den Kopf schief. »Heißt das, du bittest um Verzeihung?«

Sam sah, wie ein deutlicher Schauder über den nackten Oberkörper des Mannes lief. »Ich bitte nicht um Verzeihung. Ich habe noch nie um Verzeihung gebeten. Niemanden! Aber das heißt nicht, dass ich einen Fehler nicht zugeben kann. Und das war einer.« Als ob der Feuerschein ihm zuwider wäre, trat er zurück, bis er beinahe wieder im Dunkeln stand. »Die Art … wie sie redeten, hat mich so aufgebracht. Wie sie von meiner Erfindung sprachen. Der Eine …! Das ist mein Betriebssystem, von dem sie da sprachen, als ob es ein Gott wäre! Er … es, egal, wie man dazu sagt, der Andere hat Sachen ohne meine Erlaubnis gemacht, sich ungeheure Freiheiten herausgenommen! *Deshalb* war das System so schwerfällig, deshalb die Probleme mit dem Netzwerk, deretwegen die Gralszeremonie so lange hinausgeschoben werden musste! Weil das elende Betriebssystem Energie für dieses kleine Privatprojekt hier abzog, für diesen lachhaften, verkorksten Garten Eden. Lieber Himmel, ich bin von allen verraten worden!«

Nach einer Weile sagte !Xabbu: »Ja, du hast in der Auswahl deiner Diener keine glückliche Hand bewiesen, nicht wahr?«

Jongleur sah ihn mit einem wölfischen Grinsen an. »Das habe ich auch begriffen, dass du gar kein Wilder bist. Du hast einen unangenehm scharfen Verstand, wenn du ihn mal benutzen willst – wie einer der Giftpfeile deines Volkes, was?« Ächzend ließ er sich auf den Boden sinken. Da erst begriff Sam, dass der Mann nicht vor Wut bebte, sondern dass die Müdigkeit und vielleicht noch etwas Anderes schuld war. Sie sah, was er hinter der Maske in Wahrheit war: ein uralter Mann. »Es geschieht mir recht. Ich habe zwei schwere Fehleinschätzungen gemacht, und jetzt muss ich dafür bezahlen. Na, das verschafft euch beiden sicher ein bisschen Befriedigung.«

Bevor sie etwas erwidern konnte, berührte !Xabbu sie am Arm. »Nichts von alledem verschafft uns irgendwelche Befriedigung«, sagte er leise. »Wir versuchen, am Leben zu bleiben. Dein Betriebssystem und dein … Angestellter, dein ehemaliger Angestellter, sie sind genauso sehr unsere Probleme wie deine.«

Jongleur nickte langsam. »Er ist beängstigend schlau, der junge Mister Dread. Mit dem Namen wollte er mich reizen – More Dread nannte er sich. Versteht ihr die Anspielung? Aber nicht einmal ich habe die volle Bedeutung gesehen.«

Sam runzelte die Stirn. Sie wusste, !Xabbu wollte, dass der Mann weiterredete, da konnte eine Frage bestimmt nicht schaden. »Ich weiß nicht, was das bedeutet – More Dread.«

»Die Gralssage. Mordred war König Artus' Sohn. Der Bastard, der die Tafelrunde verriet. Genau wie Dread mich verraten und möglicherweise meinen Gral zerstört hat.« Jongleur blickte auf seine Hände, als könnten auch sie sich als Verräter erweisen. »Er hat Talente, o ja, die hat er, mein kleiner Johnny Dread. Wusstet ihr, dass er gewissermaßen Wunder tun kann?«

!Xabbu setzte sich mit der stillen Unauffälligkeit eines Jägers zurecht, der seine Beute nicht aufscheuchen will. »Wunder?«

»Er verfügt über telekinetische Kräfte. Große Kräfte. Ein genetischer Zufall, eine Begabung, die wahrscheinlich seit einer Million Jahren im menschlichen Erbgut vorhanden ist, aber kaum je bemerkt wurde. Er kann elektromagnetische Ströme beeinflussen. Die Kraftwirkung ist derart verschwindend gering, dass die Fähigkeit dazu vermutlich überhaupt erst wahrnehmbar geworden ist, seit die Menschheit eine Gesellschaftsform ausgebildet hat, die von diesen Strömen abhängig ist. Er könnte mit seiner Geisteskraft keinen Pappbecher vom Tisch schieben, aber elektronische Informationsabläufe kann er verändern. Zweifellos hat er einen Weg gefunden, damit in mein System einzubrechen, die elende Kröte. Aber die Ironie bei der Geschichte liegt darin, dass ich ihm beigebracht habe, diese Kraft zu beherrschen.«

Das Feuer war wieder dabei niederzubrennen, aber weder Sam noch !Xabbu machten Anstalten, es zu schüren. Flackernd sanken die Flammen in die Glut zurück, und die schematischen Bäume verschmolzen fast mit der Dunkelheit.

»Ich interessiere mich schon lange für solche … Talente. Ich habe vielerorts Augen und Ohren, und als Meldungen über einen Jungen namens Johnny Wulgaru zu mir drangen, sorgte ich dafür, dass er zur Beobachtung in eines meiner Institute überwiesen wurde. Er besaß nur ein ungeformtes, rohes Talent, aber das war auch kein Wunder, denn er war ein roher Junge. Als ich ihn aufgabelte, hatte er bereits mehrere Morde auf dem Gewissen. Seitdem sind noch viele dazugekommen – die wenigsten davon in meinem Auftrag, muss ich hinzufügen. Aber ich hätte wissen müssen, dass ein Besessener wie er niemals ein gutes Werkzeug abgibt.«

»Du hast ihn … ausgebildet?«

»Meine Wissenschaftler haben ihn und sein ungeformtes Talent bearbeitet, ja. Wir lehrten ihn, seine ungewöhnliche Fähigkeit gezielt einzusetzen. Beherrschung, Unterscheidung, Strategie lernte er von uns, mehr noch, wir machten aus einem Straßentier einen Menschen – oder immerhin ein lebensechtes Simulakrum.« Jongleur lachte scharf auf. »Wie gesagt, selbst ich habe ihn unterschätzt, wir müssen also gute Arbeit geleistet haben.«

»Und er hat diese … Kraft … in deinem Auftrag benutzt?«

»Nur gelegentlich. Auch als er gelernt hatte, sie zu richten, seine schlummernden Fähigkeiten kontrolliert zu entfesseln, konnte er dennoch damit nur kleine Wunder verrichten, Sachen, die sich in den meisten Fällen auch mit profaneren Methoden hätten erreichen lassen. Er selbst nutzte sie dazu aus, Überwachungsanlagen auszutricksen. Doch ich entdeckte, dass er noch in anderer, direkterer Hinsicht brauchbar war. Er ist vollkommen gewissenlos, und er ist intelligent. Er war ein außerordentlich nützliches Werkzeug. Bis vor Kurzem.«

!Xabbu wartete eine Weile, bevor er etwas sagte. »Und … das Betriebssystem? Das Ding, das manche den Andern nennen?«

Jongleurs Augen wurden schmal. »Das ist jetzt irrelevant. Dread beherrscht es, und damit beherrscht er das Netzwerk.«

»Aber diesen Teil des Netzwerks beherrscht er nicht, auch wenn wir nicht wissen, was es damit auf sich hat.« !Xabbu deutete auf die surrealen dunklen Bäume. »Sonst hätte er uns hier ausfindig gemacht, nicht wahr?«

Der alte Mann zuckte mit den Achseln. »Vielleicht. Ich weiß nach wie vor nicht, wo ›hier‹ ist. Aber unser wahrer Feind ist John Dread.«

!Xabbu legte die Stirn in Falten. »Ich glaube, wenn dieser Dread das Netzwerk über das Betriebssystem beherrscht, dann könnte es wichtig sein, mehr über dieses Betriebssystem zu wissen – wie es funktioniert, wie Dread es zwingt, für ihn zu arbeiten.«

»Sei es, wie es mag, ich habe alles gesagt, was ich sagen werde.«

!Xabbu blickte ihn durchdringend an. »Wenn Renie hier wäre, wüsste sie, glaube ich, was für Fragen zu stellen wären. Aber sie ist nicht hier.« Sein Blick driftete kurz ab. »Nein, ist sie nicht.«

»Heißt das, wir sind hier voll lahm gelegt, basta?« Sam bemühte sich, ihren Zorn zu bezähmen, doch mit mäßigem Erfolg. Die Erinnerung daran, wie tapfer Orlando sich durch seine letzten Stunden geschleppt hatte, während dieses alte Ekel in seinem goldenen Haus saß und Unsterblichkeitspläne schmiedete, brannte in ihr. »Alles ist volle Panne, keine Chance, was dran zu machen? Und was soll das heißen, ›unser Feind ist Dread‹? *Unser* Feind? Soweit ich sehen kann, bist du genauso unser Feind wie er.«

!Xabbu betrachtete sie mit ernsten, nachdenklichen Augen. »Du hast harmlose Wesen vertrieben, die uns hätten helfen können«, sagte er zu Jongleur. »Du und deine Helfer, ihr habt viele Male versucht, uns umzubringen. Sie hat recht – warum sollten wir uns weiter mit dir abgeben?«

Einen Moment lang sah es so aus, als ob der alte Mann wieder die Fassung verlieren würde. Die Falten um seinen Mund strafften sich. »Ich habe gesagt, dass es ein Fehler war. Meinst du, ich krieche vor euch im Staub? Das werde ich nicht tun. Niemals!«

!Xabbu seufzte. »In der ganzen Zeit, seit ich das Delta verließ, war mir noch nie so klar wie jetzt, dass Verstehen etwas Anderes ist als dieselbe Sprache sprechen. Wir legen keinen Wert auf Entschuldigungen.

Was du uns und Menschen, die uns lieb sind, angetan hast, lässt sich durch Entschuldigungen niemals gutmachen. Wir denken genauso … praktisch wie du. Was kannst du für uns tun? Wieso sollten wir dir trauen?«

Jongleur schwieg eine ganze Weile. »Ich habe dich schon wieder unterschätzt«, sagte er schließlich. »Ich hätte mich aus meiner Zeit in Afrika daran erinnern sollen, dass es unter den dunklen Völkern viele gibt, die im Handeln und Feilschen beinhart sind. Na gut.« Er breitete die Hände aus, wie um ihnen zu zeigen, dass er unbewaffnet und ungefährlich war. »Ich schwöre, dass ich euch helfen werde, von hier wegzukommen, und dass ich euch nichts tun werde, auch wenn sich mir die Gelegenheit dazu bietet. Ich werde euch zwar nicht ohne weiteres alles mitteilen, was ich weiß – womit könnte ich sonst handeln? –, aber dennoch kann ich euch mit Informationen nützlich sein, über die ihr nicht verfügt. Ihr braucht mich. Ich wäre allein in großer Gefahr, also brauche ich euch auch. Was meint ihr dazu?«

»Nicht, !Xabbu«, sagte Sam. »Er ist ein Lügner. Man kann ihm nicht trauen.«

»Wenn ihr nicht handeln wollt, was wollt ihr dann tun?«, fragte Jongleur. »Mich umbringen? Wohl kaum. Ich werde euch einfach folgen und so aus eurer Anwesenheit den Nutzen größerer Sicherheit ziehen, während ihr von meiner gar nichts habt.«

!Xabbu sah Sam zweifelnd an. »Renie wollte, dass wir mit ihm zusammenarbeiten.«

»Aber Renie ist nicht hier. Spielt es gar keine Rolle, was ich will?«

»Doch, natürlich.«

Erbittert drehte sie sich zu Jongleur um. »Wohin gehen wir eigentlich? Und wie willst du uns denn behilflich sein? Indem du die ganzen kleinen Waldtiere würgst, irgendwie, bis sie uns sagen, was wir wissen wollen?«

Er blickte sie finster an. »Es war ein Fehler. Das habe ich schon gesagt.«

»Wenn er weiter mitkommt, müssen wir abwechselnd Wache halten«, sagte Sam. »Als ob wir in Feindesland wären. Ich traue ihm zu, dass er uns im Schlaf umbringt.«

»Du hast ihre andere Frage nicht beantwortet«, hakte !Xabbu nach. »Wohin gehen wir?«

»Nach innen. Zum Zentrum dieses Machwerks hier, vermute ich. Zu … wie nannten sie ihn, diese erbärmlichen Kreaturen? Zu dem Einen.«

»Du sagtest, etwas über das Betriebssystem zu erfahren, würde uns nichts nützen.«

»Ich sagte, dass ich nicht mehr darüber preisgeben *will.* Und es gibt in der Tat nicht viel, was wir tun können, solange Dread es in seiner Gewalt hat. Aber wenn das Betriebssystem diese Welt gebaut hat, dann muss es irgendwo im Innern eine direkte Verbindung zu ihm geben.« Er verfiel in ein grüblerisches Schweigen und merkte erst nach einer Weile, dass er den Gedanken nicht zu Ende geführt hatte. »Wenn wir diese Verbindung finden, kommen wir damit auch an Dread heran.«

»Und was dann?« !Xabbu machte plötzlich einen sehr müden Eindruck. »Was dann?«

»Das weiß ich nicht.« Auch Jongleur war am Ende seiner Kraft. »Aber andernfalls irren wir hier umher wie Gespenster, bis unsere Körper in Wirklichkeit sterben.«

»Ich will bloß nach Hause«, sagte Sam leise.

»Ein weiter Weg.« Diesmal hörte Jongleur sich beinahe menschlich an. »Ein sehr weiter Weg.«

Kapitel 15
BEICHTE

NETFEED/MODE:
Neue Richtung für Mbinda?
(Bild: Models führen die erfolglose Chutes-Kollektion des Modeschöpfers vor)
Off-Stimme: Wenn ein Modeschöpfer ein katastrophales Jahr hinter sich hat, sollte er anfangen umzudenken. Hussein Mbinda hat mehr als das getan. Gestern gab er bekannt, er beabsichtige, das Konfektionsgewerbe von Grund auf zu revolutionieren.
(Bild: Mbinda hinter den Kulissen der Mailänder Modeschau)
Mbinda: "Ich hatte einen Traum, dass alle Menschen nackt waren. Ich war an einem Ort, wo Kleider keine Rolle spielten, weil alle ewig jung und schön waren. Da begriff ich, dass das der Himmel sein musste und dass es die Seelen der Menschen waren, die ich vor mir sah. Gott hat mir ganz allein diese Vision gesandt, tick? Und darum habe ich nach einem Weg gesucht, allen Menschen zu zeigen, dass Mode und Geld und dieses ganze Zeug, dass das alles bedeutungslos ist …!"
Off-Stimme: Aus Mbindas höherer Eingebung ist seine neueste Richtung hervorgegangen: Latex-Sprays, aber nicht in den üblichen Modetönen. Mbindas neue Sprays sind alle in menschlichen Hautfarben gehalten, so dass die Träger selbst im angezogenen Zustand nackt sein können. Allerdings werden sie trotz der göttlichen Inspiration anscheinend eine ziemliche Stange Geld kosten …

> Er hatte sein Pad lange genug angestarrt. Er hatte alle anderen unverrichteten Dinge erledigt, die ihm eingefallen waren, und war auch noch auf ein paar neue gekommen. Es gab überhaupt keinen annehmbaren Grund mehr, den Anruf noch länger aufzuschieben. Er sprach die Codeformel, die Sellars ihm mit der Zusicherung gegeben hatte, er werde damit eine nicht nachverfolgbare Verbindung bekommen, und wartete.

In den vergangenen paar Tagen war Catur Ramsey dazu gebracht worden, mehrere Unmöglichkeiten für möglich zu halten: dass es eine weltweite Verschwörung mit dem Ziel gab, Kinder für die Unsterblichkeit von ein paar unglaublich reichen Leuten zu opfern, dass ein ganzes virtuelles Universum fast unbemerkt von der Öffentlichkeit erschaffen worden war und dass die verschwindend geringe Hoffnung, die es gab, diese Verschwörung zu vereiteln, in den verkrüppelten Händen eines Mannes lag, der in einem verlassenen Tunnel unter einem Armeestützpunkt gelebt hatte. Ramsey hatte erlebt, wie ein Vater und seine kleine Tochter von US-Soldaten aus einem öffentlichen Restaurant gekidnappt worden waren, war selbst von einem skrupellosen General bedroht worden und hatte diesen dann urplötzlich sterben sehen, und jetzt schwebten er und etliche andere Flüchtlinge anscheinend einfach deshalb in großer Gefahr, weil sie diesem ungeheuren Plan zufällig auf die Spur gekommen waren. Das Kind eines Mandantenpaares lag in einem mysteriösen Koma, das offenbar auf das Konto der Verschwörung ging. Eine andere Mandantin wurde von übernatürlichen Stimmen geleitet. Catur Ramsey hatte in letzter Zeit ziemlich viel verkraften müssen.

Aber irgendwie kam ihm dies jetzt wie die bislang härteste Prüfung vor.

Beim zehnten Klingeln schaltete sich der Antwortdienst ein. Angewidert von seiner Erleichterung darüber begann er, seine Mitteilung aufzusagen. Da nahm Orlandos Mutter den Anruf an.

»Ramsey«, sagte sie mit einem steifen Nicken. »Herr Ramsey. Natürlich. Guten Tag.«

Alle seine abstrakten Gedanken über Gefahr und Verlust wurden schlagartig von der Realität von Vivien Fennis Gardiner weggefegt. Wie brennender Raketentreibstoff Sellars' Äußeres völlig entstellt hatte, so schien der Kummer in Orlandos Mutter eine ähnliche dunkle

Alchimie bewirkt zu haben. Hinter den hohlen Augen und dem dick aufgetragenen Make-up – er konnte sich nicht erinnern, dass sie bei ihren früheren Gesprächen geschminkt gewesen war – verbarg sich ein grauenhafter Zustand.

Er rang nach Worten. »Oh, Frau Fennis, ich kann dir nicht sagen, wie leid es mir tut.«

»Wir haben deine Mitteilung erhalten. Danke für deine Gebete und guten Gedanken.« Ihre Stimme hätte die einer Schlafwandlerin sein können.

»Ich ... ich rufe an, weil ich sagen wollte, wie sehr ich es bedauert habe, dass ich nicht zu Orlandos Trauerfeier kommen konnte ...«

»Das verstehen wir, Herr Ramsey. Du bist ein viel beschäftigter Mann.«

»Nein!« Er schrie das Wort beinahe, aber selbst dieser unpassende Ausbruch löste keinerlei Reaktion bei ihr aus. »Nein, ich wollte sagen, das war nicht der Grund. Wirklich nicht.« Er merkte, dass er plötzlich ins Schwimmen geriet. Was konnte er ihr sagen, und sei es über eine sichere Leitung? Dass er befürchtet hatte, Agenten einer geheimen Verschwörung könnten ihn bis zu Sellars und den anderen zurückverfolgen? Er hatte ihr schon einmal wichtige Informationen vorenthalten, um nur ja ihren Kummer nicht zu vertiefen. Was konnte er ihr jetzt, wo das Schlimmste eingetreten war, noch sagen, was konnte sie jetzt noch interessieren?

Wenigstens mit einem Teil der Wahrheit musst du herausrücken, verdammt noch mal. Das bist du ihr schuldig.

Sie wartete schweigend wie eine unbenutzte Marionette, die schlaff und leblos am Haken hängt, bis jemand kommt und wieder die Fäden zieht. »Ich ... ich war mit den Nachforschungen beschäftigt, von denen ich dir erzählt hatte. Und ... und ich bin definitiv einer Sache auf der Spur. Einer großen Sache. Und aus dem Grund ... konnte ich ...« Er fühlte plötzlich den Druck der Angst im Nacken. Wenn diese Gralsleute nicht davor zurückschreckten, Major Sorensen aus einem öffentlichen Restaurant zu verschleppen, dann hatten sie mit Sicherheit keine Skrupel, die Privatleitung von Orlandos Familie anzuzapfen. Was durfte er ihr sagen? Selbst wenn alles stimmte, was Sellars erzählte, wussten die Gralsverschwörer nicht unbedingt, wie viel Ramsey selbst herausbekommen hatte, wie tief er mittlerweile in der ganzen Sache drinsteckte. »Orlando … die ganzen Sachen, die er online gemacht hat …«

»Oh«, sagte Vivien abrupt, und zum ersten Mal zuckte eine Regung über die Kabukimaske ihres Gesichts. »Warst du es, der diese Männer geschickt hat?«

»Was?«

»Diese Männer. Die Männer, die kamen und baten, seine Dateien durchgehen zu dürfen. Ich glaube, sie sagten, sie seien staatliche Ermittler, die irgendwas wegen dem Tandagoresyndrom untersuchten. Das soll Orlando gehabt haben, meinten sie. Am Schluss.« Sie nickte ganz langsam. »Aber das war der Tag, nachdem Orlando … und Conrad war noch mal ins Krankenhaus gefahren … da habe ich nicht besonders aufgepasst …« Ihr Gesicht erstarrte wieder. »Diesen Käfer von Orlando haben wir nie gefunden, diesen … Agenten. Vielleicht haben sie das Ding ja auch mitgenommen. Ich hoffe es sehr. Ich habe das kleine Schleichding nie ausstehen können.«

»Moment mal, Vivien. Wie war das?« Der Druck in Ramseys Nacken fühlte sich auf einmal zentnerschwer an. »Irgendwelche Leute sind zu euch *nach Hause* gekommen? Und haben Orlandos Dateien durchsucht?«

»Einer von ihnen hat mir seine Karte gegeben, glaube ich …« Sie sah sich stirnrunzelnd um. »Sie muss hier irgendwo sein … Moment.«

Als sie aus dem Bereich des Bildschirms trat, bemühte sich Ramsey, die jäh aufschießende Panik zu unterdrücken. *Nicht!* ermahnte er sich. *Hör auf damit! Du wirst noch zu einem von diesen chronischen Paranoikern. Es könnten doch echte Ermittler gewesen sein, vielleicht aus dem Krankenhaus, vielleicht von irgendeiner staatlichen Spezialeinheit. Tandagore macht in letzter Zeit Schlagzeilen, könnte doch sein, dass den Behörden der Wind ins Gesicht bläst.* Aber er glaubte es nicht. *Selbst wenn die mit dem Gral zusammenhängen, was soll's, Mann, was soll's? Nur die Ruhe bewahren. Du hast niemals mit Orlando Gardiner über ein heikles Thema geredet, hast ihn überhaupt nie persönlich kennen gelernt, nur einen leblosen Körper in einem Komabett.*

Aber der Käfer. Beezle Bug. Falls sie dieses Gear je finden, das Beezleprogramm, was wird es dann in seinem Speicher haben?

Bis sie wieder auftauchte, hatte er sein flatterndes Herz wenigstens halbwegs beruhigt.

»Ich kann sie nicht finden«, teilte sie mit. »Es war, glaube ich, bloß ein Name und eine Nummer. Wenn ich sie finde, willst du, dass ich dir die Angaben zuschicke?«

»Ja, bitte.«

Sie schwieg einen Moment. »Es war eine schöne Feier. Wir haben ein paar Lieder gespielt, die er besonders gern mochte, und ein paar von den Leuten aus der Spielwelt, bei der er mitgemacht hat, waren auch da. Ein paar andere aus diesem Mittland sandten eine Art Tribut, der auf dem Wandbildschirm der Kapelle gezeigt wurde. Voll von Ungeheuern und Burgen und solchen Sachen.« Sie lachte, nur ganz leise und traurig, aber es brachte die Maske zum Zerbröckeln: Ihr Kinn zitterte, ihre Stimme wurde schluchzend. »Es ... es waren noch Jugendliche! Kinder! Wie Orlando. Ich hatte sie gehasst, weißt du. Ihnen die Schuld gegeben.«

»Hör zu, Vivien, ich bin offiziell nicht euer Anwalt, aber wenn noch einmal Leute kommen und Orlandos Dateien sehen wollen, rate ich euch dringend, es nicht zuzulassen. Es sei denn, sie sind von der Polizei und können sich ordentlich ausweisen. Verstehst du mich?«

Sie zog eine Augenbraue hoch. »Was hat es damit auf sich, Herr Ramsey?«

»Ich ... ich kann nicht offen reden. Ich verspreche, dir mehr zu erzählen, sobald ich kann.« Er überlegte: Waren sie irgendwie in Gefahr, Vivien und Conrad? Er konnte es sich nicht vorstellen. Das Letzte, was diese Gralstypen wollen konnten, war, dass eine Tandagoretragödie zu einer größeren Sensationsmeldung aufgebauscht wurde. »Ihr ... ihr solltet ...« Er seufzte. »Ach, ich weiß nicht. Passt einfach aufeinander auf. Ich weiß, dass das im Augenblick belanglos ist, aber es kann durchaus sein, dass euer Leiden nicht gänzlich umsonst sein wird. Das macht es natürlich nicht besser, und ich kann höchstens vermuten, wie schrecklich das für euch sein muss, aber ...« Ihm fiel einfach nichts mehr ein, was er noch sagen konnte.

»Ich bin mir nicht ganz sicher, worauf du hinauswillst, Herr Ramsey.« Sie war ein wenig zurückgewichen, sei es aus instinktivem Misstrauen vor allem, was sie eventuell zwingen konnte, sich tiefer mit dem Schrecklichen auseinanderzusetzen, sei es einfach, weil die Anstrengung eines normalen menschlichen Gesprächs sie erschöpft hatte.

»Ach, schon gut, Frau Fennis. Vivien. Wir sprechen ein andermal darüber.«

Er überließ es ihr, das Gespräch zu beenden und abzuschalten. Mehr konnte er im Augenblick nicht für sie tun.

Sellars spürte seine Stimmung und besaß die Güte, Ramsey eine Weile in sich zusammengesunken auf der Couch sitzen zu lassen, wo er so tat, als betrachte er den Wandbildschirm. Es war ein mindestens zwanzig Jahre altes Modell, ein Plasmacolor, der volle fünf Zentimeter von der Wand abstand. Die Oberseite des Gehäuses war verstaubt, der Bildschirm selbst nur geringfügig größer als das kitschige Gemälde eines Segelbootes, das über der Couch hing.

»Mir fällt auf einmal wieder ein, wie sehr ich Motels hasse«, sagte Ramsey. Das Eis in seinem Glas war geschmolzen, aber er konnte sich nicht einmal gerade hinsetzen, geschweige denn zur Eismaschine im Flur gehen. »Die geschmacklosen Bilder, die stillosen Möbel, der Dreck, den man in allen Winkeln findet, wenn man zu genau hinsieht …«

Sellars wackelte mit dem Kopf und lächelte. »Ach, Herr Ramsey, das ist alles eine Frage des Blickwinkels. Ich habe Jahrzehnte in einem kleinen Haus zugebracht, das meine Gefängniszelle war. Zuletzt habe ich mehrere Wochen in einem feuchten Betontunnel unter Major Sorensens Stützpunkt gelebt. Dass ich in den letzten paar Tagen mehrere Motelzimmer von innen sehen durfte, bereitet mir ein gewisses Vergnügen, auch wenn die Ausstattung in der Tat einiges zu wünschen übrig lässt.«

Ramsey belegte sich im Stillen mit Schimpfworten. »Entschuldige. Das war egoistisch von mir …«

»Bitte.« Sellars hob einen dünnen Finger. »Keine Entschuldigungen. Ich durfte nicht hoffen, Verbündete zu finden, und jetzt habe ich mehrere. Du bist ein Freiwilliger in einer gefährlichen Mission, du hast das Recht, dich über die Unterkünfte zu beklagen.«

Catur Ramsey schnaubte. »O ja, und dabei muss ich selbst zugeben, dass ich schon viel schlimmere gesehen habe. Ich … ich bin bloß schlechter Laune. Der Anruf bei Orlandos Eltern …«

»Schlimm?«

»Sehr.« Plötzlich sah er auf. »Jemand ist bei ihnen zuhause gewesen und hat Orlandos Dateien durchforscht.« Er schilderte Sellars die Einzelheiten. Während Ramsey redete, wirkte das faltige Gesicht ruhig und nachdenklich, aber die Augen waren so gut wie leer, als ob der alte Mann bereits damit begonnen hätte, über sein unsichtbares Verbindungsnetz Nachforschungen anzustellen und Erkundigungen einzuholen.

»Ich muss mir das noch genauer anschauen«, war sein ganzer Kommentar, als Ramsey geendet hatte, dann seufzte er. »Ich bin sehr müde.«

»Willst du dich ein wenig schlafen legen? Ich gehe gern ein Weilchen hinaus, mir die Beine vertreten ...«

»Das meinte ich nicht, aber danke für das Angebot. Hast du einen Rückruf von Olga Pirofsky bekommen?«

»Noch nicht.« Ramsey ärgerte sich immer noch über sein Verhalten. »Ich hätte diese erste Mitteilung niemals schicken dürfen, du hattest völlig recht. Sie muss gedacht haben, ich wollte sie zurechtweisen, ihr sagen, dass sie auf der Stelle umkehren und zurückfahren soll.« Er blickte Sellars an. »Obwohl ich gestehen muss, dass ich nach wie vor nicht so recht weiß, warum ich ihr das eigentlich *nicht* sagen sollte.«

Sellars erwiderte den Blick mit seinen unergründlichen gelben Augen, dann schüttelte er den Kopf. »Verflixt«, murmelte er leise. »Ich vergesse ständig, dass ich meinen Rollstuhl nicht mehr habe.« Mit großer Anstrengung setzte er sich um, so dass er Ramsey direkter vor sich hatte. »Wie gesagt, Herr Ramsey, ich bin sehr müde. Mir bleibt nicht viel Zeit, und wenn diese Zeit um ist, werden sich meine ganzen Pläne und Notwendigkeiten erledigt haben. Wie Frau Dickinson es einmal ausdrückte: ›Da ich nicht für den Tod die Zeit fand – / Fand er freundlich sie für mich ...‹« Sein Kopf wackelte auf seinem dünnen Hals.

»Du bist ... krank?«

Sellars gab ein trockenes Lachen von sich, das klang, wie wenn der Wind über die Mündung eines Rohrs streicht. »Liebe Güte, Herr Ramsey, sieh mich an! Ich bin seit fünfzig Jahren nicht mehr gesund. Aber auch in dieser Zeit ist es mir schon besser gegangen als jetzt, das steht fest. Ja, ich bin krank. Ich sterbe. Es ist eine seltsame Ironie, dass ich genau dasselbe versuche wie die Gralsbrüder: Dem drohenden physischen Ende zuvorzukommen. Aber sie wollen den Lebensfunken in sich erhalten. Ich werde das Verlöschen dankbar hinnehmen, wenn nur meine Arbeit getan ist.«

Ramsey war immer noch weit davon entfernt, diesen seltsamen Mann zu verstehen. »Wie viel Zeit bleibt dir noch?«

Sellars ließ die Hände in den Schoß sinken, wo sie wie hingeworfene Zweige liegen blieben. »Oh, vielleicht ein paar Monate, wenn ich jegliche Anstrengung vermeide – aber die Chancen dazu stehen schlecht.« Ein lippenloses Grinsen entblößte seine Zähne. »Ich bin derart eingespannt, dass ich vierundzwanzig Stunden am Tag arbeiten könnte, ohne mich vom Fleck zu bewegen, und jetzt habe ich noch das zusätzliche Vergnügen, in der Radmulde von Major Sorensens Van zu reisen.« Er hielt die Hand hoch. »Nein, bitte, um Mitleid geht es mir wirklich nicht. Aber etwas Anderes könntest du für mich tun, Herr Ramsey.«

»Nämlich?«

Sellars' Schweigen schien Catur Ramsey eine halbe Minute zu dauern. »Vielleicht«, sagte er schließlich, »sollte ich zuerst ein paar Sachen erklären. Ich habe dir und den Sorensens nicht alles erzählt, was es über mich zu wissen gibt. Verwundert dich das?«

»Nein.«

»Das dachte ich mir. Nun gut, ich möchte dir eine dieser weniger spannenden, aber vielleicht nicht ganz irrelevanten Sachen erzählen. Major Sorensen müsste eigentlich darüber im Bilde sein, da er meine Lebensgeschichte in allen scheußlichen Einzelheiten kennt. Ich bin kein Amerikaner. Nicht von Geburt. Ich wurde in Irland geboren, genauer gesagt in Nordirland, wie der Teil des Landes damals hieß. Meine Muttersprache ist Gälisch.«

»Du hörst dich nicht irisch an …«

»Ich kam in sehr jungen Jahren hierher, zu einer Tante und einem Onkel. Meine Eltern gehörten einer extremen katholischen Sekte in Ulster an. Sie starben beide früh – das ist eine Geschichte für sich –, und ich wurde nach Amerika geschickt. Doch solange sie am Leben waren, wurde ich zu einem Soldaten des Glaubens erzogen und wäre wahrscheinlich einer geworden, wenn sie nicht gestorben wären.«

»Du meinst so was wie … die IRA?«

»Ach, viel kleiner und viel radikaler. Eine Splittergruppe, die sich in der Zeit bildete, als es mit dem Friedensprozess langsam ernst wurde, und die bei der Aussöhnung nicht mitmachte. Aber das gehört alles nicht zur Sache.«

»Verzeihung.«

»Nein, nein.« Sellars nickte freundlich. »In diesem Kuddelmuddel von Geschichten, in dem wir alle leben, weiß man nie so genau, was wichtig ist und was nicht. Aber Tatsache ist, dass ich aus einem streng katholischen Elternhaus stamme. Und jetzt, wo ich bald am Ende meines Weges angekommen sein werde, Herr Ramsey, merke ich, dass ich mich nach einer Möglichkeit sehne, zu beichten.«

Es dauerte ein paar Sekunden, bis er begriff. »Du willst … *mir* beichten?«

»Gewissermaßen.« Sellars stieß wieder sein keuchendes Lachen aus. »Wir haben keinen Priester unter uns. Als Anwalt bist du sozusagen der Nächste in der Reihe, oder?«

»Da komme ich wirklich nicht ganz mit.«

»Es ist nichts Religiöses, Herr Ramsey. Ich bin schlicht sehr müde und einsam. Ich brauche jemanden, der mir hilft, und die erste Hilfe wäre, dass mir jemand zuhört. Ich führe diesen Krieg schon zu lange allein. Wir sind in einer verzweifelten Lage, und ich traue mir nicht mehr zu, alle Entscheidungen allein zu treffen. Aber du musst die ganze Geschichte kennen.«

Ramsey entschuldigte sich einen Moment, dann ging er ins Bad, um einen Schluck Wasser direkt aus dem Hahn zu trinken und sich das Gesicht frisch zu machen. »Es klingt so, als wenn du irgendwelche großen Geheimnisse preisgeben wolltest«, sagte er, als er zurückkam. »In was willst du mich da hineinziehen?«

»Liebe Güte, du bist doch Anwalt, oder? Hör mich bitte einfach an, dann kannst du selbst urteilen.«

»Warum nicht der Major? Oder Kaylene Sorensen – sie ist eine lebenskluge Frau, auch wenn sie ein bisschen altmodische Ansichten hat.«

»Weil ich bereits mehrfach ihr Kind in Gefahr gebracht habe und sie Christabel jetzt bei sich haben. Sie können nicht objektiv sein.«

Ramsey trommelte mit den Fingern auf die Armlehne der Couch. »Na schön. Sprich.«

»Gut.« Sellars ließ seinen Oberkörper so langsam und vorsichtig nach hinten auf die Sesselpolster sinken, wie Museumswächter ein hochzerbrechliches Meisterwerk versetzen.

Und vermutlich ist er genau das, dachte Ramsey, *wenn alles stimmt, was er sagt.* »Zuerst einmal«, begann Sellars, »bin ich auf das Projekt der

Bruderschaft – das Otherlandnetzwerk – nicht ganz zufällig gestoßen.« Er runzelte die Stirn. »Ich glaube, ich hebe mir den Teil der Geschichte für später auf. Fürs Erste reicht es aus zu wissen, dass ich, als mir langsam aufging, was ich entdeckt hatte, ihre Fortschritte mit wachsender Beunruhigung verfolgte. Und das nicht rein aus selbstlosen Motiven, Herr Ramsey. Die Bedrohung durch die Bruderschaft machte mich nicht zuletzt deshalb verzweifelt, weil ich wusste, dass sie die Verzögerung meines allerwichtigsten Projektes zur Folge hatte.«

»Das da wäre …?«, fragte Ramsey nach einer Weile.

»Das da ist, zu sterben. Nicht dass mir so etwas schwerfallen würde, Herr Ramsey. Im Gegenteil, mit den Nanoapparaten, die ich mir beschafft habe, und meiner ursprünglichen Mikroelektronik habe ich so weitgehende Kontrolle über meinen Körper, dass ich die Blutzufuhr zu meinem Gehirn mit einem Gedanken abstellen könnte.«

»Aber … warum warst du dann noch am Leben? Als du das mit dem Gralsprojekt entdecktest?«

»Weil ich seit Langem zwei Seiten gegeneinander abwäge, Herr Ramsey. Auf der einen Waagschale liegen der normale Lebenswille, meine Freuden und meine Interessen, auch wenn sie noch so einsam und begrenzt sind. Auf der anderen liegen die Schmerzen. Wegen meiner vielen Operationen, der Sachen, die mit meinen Knochen und Organen verwachsen sind, der Belastung meiner Drüsen und so weiter tut mir ständig etwas weh, Herr Ramsey. Mein Leben ist sehr qualvoll.«

»Aber wenn du über eine solche Kontrolle verfügst, kannst du doch bestimmt die Schmerzen ausschalten?«

»Zu dem Zeitpunkt, als ich auf die Bruderschaft stieß, hatte ich diese weitgehende Kontrolle über meine Funktionen noch nicht erlangt, aber sicher, ich hätte wahrscheinlich schon damals die Gefühle in den Händen, der Haut abstellen, mein Gehirn von meinem restlichen Körper abschneiden können. Aber warum dann leben? Das Körperliche spielt in meinem Leben ohnehin eine ganz geringe Rolle, wie viele Gefangene lebe ich schon lange überwiegend in meinen Gedankenwelten. Sollte ich das Gefühl des Windes auf meinem Gesicht aufgeben? Den Geschmack der wenigen Speisen, die ich noch essen kann?«

»Ich … ich glaube, ich verstehe.«

»Auch so war der Tag nicht mehr fern, an dem die Nachteile die Vorteile überwogen hätten. Da tauchte dieses Otherlandnetzwerk auf, ein Problem, das ich nicht einfach ignorieren konnte. Dennoch dachte ich nicht, dass man mich über die Anfangsphase hinaus benötigen würde – ich pflanzte gewissermaßen Samen. Ich wollte eine Gruppe vertrauenswürdiger Leute versammeln, ihnen mitteilen, was ich wusste, und dann frei sein, meine eigenen Entscheidungen zu treffen. Ich sagte ihnen sogar meinen richtigen Namen, du kannst dir also vorstellen, dass ich nicht vorhatte, lange dabeizubleiben. Aber die Sache lief von Anfang an völlig anders als gedacht – erst die Invasion von Atascos Insel, dann das merkwürdige Verhalten des Betriebssystems, wodurch meine Freiwilligen, wie ich sie nicht ganz zu Recht nenne, daran gehindert wurden, offline zu gehen. Und jetzt bin ich dringender vonnöten denn je.«

»Und was kann ich da tun? Außer zuhören?«

»Zuhören ist schon sehr hilfreich, das kann ich dir versichern.

Jemand anders kann sich kaum vorstellen, was für eine Freude es ist, einfach offen reden zu können. Aber ich habe auch ein paar ganz konkrete Anliegen. Ich kämpfe an vielen Fronten, Herr Ramsey ...«

»Sag bitte Catur zu mir. Oder Decatur, wenn dir das zu formlos ist.«

»Decatur. Ein schöner Name.« Der alte Mann verengte langsam die Augen und suchte seine Gedanken wieder zu sammeln. »Viele Fronten. Da ist zum Beispiel ein Grüpplein in Südafrika, Verbündete von uns, die buchstäblich unter Belagerung stehen. Es gibt diverse Vorhaben, die die Bruderschaft bereits ins Rollen gebracht hat, und die müssen überwacht und in manchen Fällen verdeckt hintertrieben werden. An erster Stelle aber steht das ständige Bemühen darum, die Leute zu finden und ihnen zu helfen, die ich in das Otherlandnetzwerk hineingelockt habe. Und an dem Punkt kommst du ins Spiel ... und Frau Pirofsky.«

»Das verstehe ich nicht.«

Sellars ließ ein schwaches Seufzen hören. »Vielleicht wirst du meine Verzagtheit und Abspannung ein wenig verstehen, Herr Ramsey, wenn ich dir Folgendes erzähle. Seitdem ich meine Freiwilligen in Atascos Simulationswelt im Stich lassen musste, versuche ich, sie innerhalb des Systems ausfindig zu machen und mit ihnen in Kontakt zu treten. Aber seit dem Zeitpunkt, als das Gralsprojekt voll anlaufen sollte, ist es mir unmöglich, an der Abwehr des Netzwerks vorbeizukommen. Ich habe dir schon ein wenig über das Betriebssystem erzählt, nicht wahr? Über seine eigentümliche Affinität zu Kindern? Wenn ich, wie ich herausfand, den kleinen Cho-Cho an einem bestimmten Punkt im Prozess online bringe, auf einer hinreichend hohen Ebene, lässt das Betriebssystem ihn einfach durch. Mich nicht. Auch wenn ich meinen Einschleichversuch noch so geschickt tarne, das Betriebssystem schmettert mich regelmäßig ab, mitunter recht schmerzhaft, aber ein richtiges Kind darf hinein.«

»Na, das ist doch gut, oder?«

»Du siehst nicht das ganze Problem, Herr Ramsey. Decatur, entschuldige. Stell dir vor, du hättest eine verschlossene Schachtel voll winziger Perlen, und du müsstest mit einer dünnen Nadel durch die Wand der Schachtel stechen und damit eine bestimmte Perle erwischen, die überall sein kann. Wie würdest du das anstellen?«

»Ich …« Ramsey legte die Stirn in Falten. »Ich würde es wohl gar nicht erst versuchen. Ist das eine Fangfrage?«

»Ich wünschte, es wäre so. Es ist die Beschreibung meines Problems: Wie spüre ich meine Freiwilligen auf? Zum Glück war auch die Bruderschaft nicht in der Lage, sie ausfindig zu machen. Der eine, dem ich zur Freiheit verhalf, Paul Jonas, scheint ihnen schon seit geraumer Zeit immer wieder zu entwischen.«

»Aber du hast doch zweimal Kontakt zu ihnen gehabt, nicht wahr? Das hast du erzählt.«

»Ja. Es gelang mir, Cho-Cho an die richtige Stelle zu bringen. Das war ein kleines Kunststück, auf das ich nicht wenig stolz bin. Weißt du, wie ich es gemacht habe? Das Betriebssystem, dieses scheinlebendige neuronale Netzwerk, oder was es sonst sein mag, war anscheinend von meinen Freiwilligen fasziniert. Es schenkte ihnen seine besondere Aufmerksamkeit, und durch genaue Beobachtung seiner Schritte konnte ich ihren Aufenthalt ungefähr bestimmen. Warte, ich will dir etwas zeigen.«

Sellars machte eine Geste, und das Jai-Alai-Spiel aus Südamerika, das Ramsey mit halbem Auge verfolgt hatte, verschwand. An seine Stelle trat ein Blick aus der Fischperspektive auf Massen von grünen Wachstumsformen.

»Das ist mein Garten, meine Meditationsstätte«, sagte Sellars. »Oder mein Tèarmunn, wie ich ihn in meiner Muttersprache nennen würde. Sämtliche Informationsquellen, die ich habe, sind hier dargestellt, als Bäume, Moose, Blumen und so weiter. Das heißt, was du da siehst, ist überhaupt kein Garten, sondern eine vollständige Momentaufnahme meines gesamten Informationsbestandes.

Beziehungsweise, es ist ein Bild vom Zustand vor einer Woche. Siehst du diese dunklen Pilztriebe aus dem Boden spitzen? Da, und da hinten? Und dort ein großes Etwas unter der Oberfläche? Das war das Betriebssystem. Ein Knoten wie der da, ein Aktivitätszentrum, zeigte an, dass das System dort einen großen Teil seiner Energie verausgabte. Häufig, wenn auch natürlich nicht immer, bedeutete es, dass das System einen Teil meiner Freiwilligentruppe überwachte. Wie du siehst, hat sie sich in mehrere Gruppen aufgespalten.«

»Du kannst also ein Kind wie Cho-Cho dazu benutzen, in das System hineinzugelangen. Nach der Gestalt des Betriebssystems kannst du ungefähr abschätzen, wo deine Leute sich befinden.« Ramsey betrachtete die komplexen grünen Formen auf dem Wandbildschirm mit zusammengekniffenen Augen. »Wo liegt da das Problem?«

»Das war vor einer Woche. Jetzt sieht es so aus.«

Der Unterschied fiel selbst Ramsey sofort ins Auge. In Sellars' Garten schien ein verheerender Frost eingebrochen zu sein – ganze Gebilde waren fort, andere waren schwarz und welk. Er wusste nicht, was es damit auf sich hatte, aber es war deutlich, dass etwas Schreckliches geschehen war.

»Das Betriebssystem. Es ist … weg.«

»Nicht weg, aber außerordentlich geschrumpft, vielleicht hat es sich auch verborgen.« Sellars hob rasch ein paar Punkte in dem verwüsteten Garten hervor. »Es arbeitet jetzt wie eine gewöhnliche Maschine, als ob seine höheren Funktionen zerstört worden wären. Ich werde nicht daraus schlau. Noch schlimmer ist, dass es keinerlei Hinweise mehr gibt, mit deren Hilfe ich meine Leute im System ausfindig machen kann. Ich habe sie aus den Augen verloren.«

»Ich verstehe, dass dich das unruhig macht …«

»Das ist noch nicht alles. Ist dir aufgefallen, wie still und verschlossen der kleine Cho-Cho heute ist? Gestern Nacht hatten wir ein sehr bestürzendes Erlebnis. Obwohl ich keinen von meinen Freiwilligen orten konnte, wollte ich den Jungen online bringen, um so viel wie möglich über den gegenwärtigen Zustand des Netzwerks in Erfahrung zu bringen. Das hätte uns beide um ein Haar das Leben gekostet.«

»Was?«

»Das Betriebssystem verhält sich nicht mehr so wie früher, wenigstens was den Zugang ins Netzwerk anbelangt. Es macht diese unerklärlichen Ausnahmen für Kinder nicht mehr – oder für sonst jemand. Die Sicherheitsvorkehrungen des Otherlandnetzwerks sind weiterhin lebensgefährlich – warum, habe ich noch nie begriffen –, jetzt aber zudem völlig lückenlos. Nichts kommt hinein, nichts kommt heraus.«

Ramsey musste sich setzen und darüber eine Weile nachdenken. »Das heißt, die Leute, die du in das System eingeschleust hast, sind einfach … verschollen?«

»Im Moment ja. Vollständig. Es ist ein Gefühl großer Hilflosigkeit, Decatur. Und in dem Zusammenhang habe ich an dich gedacht.«

»An mich? Ich habe nicht den Eindruck, dass eine Klageerhebung sehr viel nützen würde.«

Sellars' Lächeln war nicht besonders heiter. »Über den Punkt sind wir weit hinaus, fürchte ich. Ich weiß, dass dir mein Garten nicht ganz begreiflich ist, aber du kannst mir glauben: Die Zeit ist kurz. Alles verändert sich rasch. Das ganze Gralssystem ist extrem instabil und droht zusammenzubrechen.«

»Aber das ist doch gut, oder?«

»Nein. Nicht solange noch die Gesundheit von Kindern in irgendeiner Form von diesem Netzwerk beeinflusst wird. Nicht solange noch Menschen, die ich in meinen Krieg hineingezogen habe, darin gefangen sind. Ein Junge ist bereits gestorben, während wir alle nur hilflos warten konnten. Willst du den gleichen Anruf bei den Eltern von Salome Fredericks machen?«

»Nein. Lieber Himmel, natürlich nicht. Aber welchen Nutzen könnte ich für dich haben?«

»Je mehr ich darüber nachdenke, desto mehr will mir scheinen, dass Olga Pirofsky unsere einzige Hoffnung ist. Ich habe alles versucht, was ich mir vorstellen kann, um in das System einzudringen. Ich habe sogar die Verbindungen meiner Freiwilligen in der Außenwelt angezapft, und obwohl ich mich daran anschließen kann, gibt es dennoch etwas, das mich daran hindert, auf diesem Wege am Sicherheitssystem vorbei in das Netzwerk zu kommen.«

»Was in Gottes Namen soll dann Olga Pirofsky ausrichten? Sie ist bloß eine nette Frau, die Stimmen hört.«

»Wenn sie ihren Plan in die Tat umsetzt, kann sie vermutlich eine ganze Menge ausrichten. Was wir an diesem Punkt brauchen, könnte sie uns unter Umständen verschaffen – Zugang zu Felix Jongleurs Privatsystem.«

Ramsey riss die Augen auf. »Felix Jongleurs …«

»Wenn es jemanden gibt, der die Abwehr des Netzwerks umgehen kann, dann ist es der Mann, der das Ding geschaffen hat. Wenn es etwas gibt, das uns in das Otherlandnetzwerk hinein und damit wieder in Kontakt zu den Leuten bringen kann, deren Leben durch meine Schuld in Gefahr ist, dann wird es sich in Jongleurs System finden.«

»Aber Olga …? Du brauchst keine betuliche ältere Dame, du brauchst so was wie … herrje, was weiß ich, eine Spezialeinheit! Einsatzkommandos! Das ist eine Aufgabe für Major Sorensen, nicht für eine Kinderunterhalterin.«

»Nein, es ist eine Aufgabe gerade für jemanden wie Olga. Major Sorensen wird uns noch viel nützen können, das kann ich dir versichern, wir werden seine ganze militärische Erfahrung dringend nötig haben. Aber niemand wird bei Nacht zu Jongleurs Insel hinüberschwimmen, der Aufmerksamkeit seiner Privatarmee entgehen und außen an seinem Hochhaus hinaufklettern wie irgendein Agentenheld. In diese feindliche Festung kommt nur jemand, der offiziell Zutritt hat.«

»Offiziell Zutritt? Sie hat ihre Stelle gekündigt, Sellars. Sie arbeitet nicht einmal mehr für die. Meinst du etwa, sie werden sagen: ›Oh, wie toll, eine empörte ehemalige Mitarbeiterin und Frührentnerin, die Stimmen hört! Na klar, die bringen wir sofort zum Boss!‹ Das ist doch Wahnsinn!«

»Nein, Decatur, ich glaube nicht, dass es so laufen wird. Wir würden das auch gar nicht wollen. Aber es gibt Leute, die ständig in den Gebäuden dort ein- und ausgehen, ohne dass jemand Notiz von ihnen nimmt. Hunderte von Putzfrauen zum Beispiel, größtenteils arme Frauen aus anderen Ländern.

Olga Pirofsky hat mehr Chancen, mit einem Staubsauger bewaffnet dort hineinzukommen, als Major Sorensen mit einem Panzer.«

Eine halbe Stunde später war aus Ramseys Skepsis zwar nicht gerade begeisterte Zustimmung geworden, aber sie war zumindest einer dumpfen Schicksalsergebenheit gewichen. »Aber ich begreife immer noch nicht, warum *ich?«*

»Weil ich nicht alles tun kann und weil der Druck auf mich wahrscheinlich noch weiter zunehmen wird, bevor das Ende kommt, wie auch immer das Ende aussehen mag. Frau Pirofsky wird ständiger Überwachung, Unterstützung, Ermutigung bedürfen. Sorensen wird bei vielen der technischen Probleme nützlich sein können, und ich werde bei anderen helfen, aber sie wird sich, bildlich gesprochen, in das Labyrinth hineinbegeben, wo der Minotauros lauert. Sie wird jemanden am anderen Ende des Garnknäuels brauchen – na ja, jetzt übertreibe ich es wohl mit meinen mythologischen Anspielungen. Jedenfalls bist du von uns allen der Einzige, den sie kennt und dem sie vertraut. Wem sonst?«

»Du gehst davon aus, dass sie sich noch mal bei mir meldet«, sagte Ramsey mit einem bitteren Beiklang in der Stimme. »Das ist eine kühne Voraussetzung.«

Sellars stieß einen leisen Seufzer aus. »Decatur, wir können nur planen, was in unserer Macht liegt. Ansonsten müssen wir hoffen.«

Ramsey nickte, aber das alles behagte ihm gar nicht. Am allerschlimmsten war die Erkenntnis, dass er Olga Pirofsky, sofern sich überhaupt ein Kontakt zu ihr herstellen ließ, nicht das einzig Richtige raten konnte – so schnell wie möglich abzureisen und sich um Gottes willen von der J Corporation fern zu halten –, sondern dass er sie überreden sollte, etwas zu tun, das noch viel gefährlicher war als ihr ursprünglicher Plan. Und das alles für eine Sache, von der er eine Woche zuvor nicht einmal eine Ahnung gehabt hatte und die ihm in ruhigeren Momenten immer noch völlig unglaublich vorkam.

Sellars räusperte sich. »Wenn du nichts dagegen hast, Decatur, würde ich jetzt gern meiner Müdigkeit nachgeben. Du musst nicht hinausgehen, aber du wirst mir verzeihen, wenn ich ein wenig schlafe.«

»Natürlich, bitte, nur zu.« Er fuhr auf, als Sellars seinen Einfluss auf den Wandbildschirm zurücknahm und anstelle des Gartens ein Autorennen erschien, das allem Anschein nach über eine verminte Piste führte. Ramsey stellte den jäh aufheulenden Ton ab. Die Zeitlupenaufnahme eines gepanzerten Fahrzeugs, das von einer Explosion in die Luft gewirbelt wurde, ließ ihn an Sellars' grässliche Verbrennungen denken.

»Sekunde mal.« Er drehte sich wieder zu Sellars herum. Der alte Mann hatte die Augen geschlossen, und bei dem Anblick verspürte

Ramsey Mitleid. Er sollte den armen Krüppel in Frieden lassen. Wenn nur die Hälfte von dem stimmte, was er erzählte, dann hatte der alte Pilot alle Ruhe verdient, die er kriegen konnte …

Aber Catur Ramsey hatte die ersten Jahre seines Berufslebens im Büro eines Staatsanwaltes gearbeitet, und diese harte Schule hatte ihn nachhaltig geprägt.

»Warte. Eine Sache noch, dann lasse ich dich schlafen.«

Die gelben Augen klappten auf, scharf und ruhig wie der Blick einer Eule. »Ja?«

»Du hast gesagt, du wolltest mir die volle Wahrheit darüber erzählen, wie du dem Otherlandnetzwerk auf die Spur gekommen bist.«

»Decatur, ich bin sehr müde …«

»Ich weiß. Und es tut mir leid. Aber falls Olga zurückruft, muss ich mir darüber im Klaren sein, was ich ihr sage. Ich mag keine losen Fäden. Denk dran, du wolltest beichten.«

Sellars holte röchelnd Atem. »Ich hatte halb gehofft, das hättest du vergessen.« Er stemmte sich schwerfällig in die Höhe, und jedes unterdrückte schmerzhafte Zucken war wie ein Vorwurf an seinen Quälgeist. Ramsey bemühte sich um ein möglichst hartes Herz. »Na schön«, sagte Sellars, als er endlich wieder aufrecht saß. »Ich werde dir den letzten Rest der Geschichte erzählen. Und wenn du dann weißt, was ich alles getan habe, wirst du hoffentlich daran denken, dass eine Beichte ohne die Möglichkeit der Absolution nicht vollständig ist. Ich glaube, ich brauche sie nach dieser langen Zeit.«

Die über den Wandbildschirm flackernden stummen Bilder von Zerstörung und Triumph aus der weiten, fernen Welt waren das einzige Licht im Zimmer, als Sellars zu reden begann. Und während er dem leisen Gemurmel des Greises zuhörte, wurde aus Catur Ramseys Verwirrung und Verwunderung nach und nach ein vollkommen anderes Gefühl.

Kapitel 16

EIN ETWAS WILDERER WESTEN

NETFEED/UNTERHALTUNG:
Vertragsbruch wegen Kiemen
(Bild: Orchid mit Anwalt)
Off-Stimme: Die Produktionsfirma Homeground Netproduct will den Schauspieler Monty Orchid nicht in ihrer geplanten Serie "HaydnAngst" einsetzen und gibt als Grund die kosmetische Operation an, der er sich kürzlich unterzogen hat. Orchid, bekannt aus "Concrete Sun", wo er der rebellische Sohn des Arztes war, sollte einen Studenten an der Musikhochschule spielen, der ein Doppelleben als mörderischer Geheimagent führt, aber nach Ansicht von Homeground stellen die Kiemen, die Orchid sich hat einsetzen lassen, eine Vertragsverletzung dar. Orchid klagt dagegen.
(Bild: Orchid auf einer Pressekonferenz)
Orchid: "Natürlich hätten sie mit mir arbeiten können. Wir hätten so was wie 'nen Unterwassermutanten aus ihm machen können, nicht wahr, tagsüber Musikstudent, nachts Froschmann mit Sabotageauftrag oder so. Aber dazu hat bei denen die Fantasie wohl nicht ausgereicht."

> Die weißen, eisigen Weiten der einstigen arabischen Wüste zogen sich endlos hin. Wie Zuckerdünen folgte eine Schneewehe auf die andere, und der diesige Himmel hatte fast die gleiche Farbe wie das leere Land. Am Ende des zweiten Tages war die grimmige Kälte nicht mehr Pauls größtes Problem. Ihn verlangte nach Farbe wie einen Hungernden nach Nahrung.

»Was mich betrifft«, meinte Florimel, »tut es mir am meisten um die Zeitverschwendung leid. Man kommt sich vor, als müsste man zu Fuß Hunderte von Kilometern auf Eisenbahnschienen tippeln, während auf den Gleisen daneben die Züge vorbeibrausen. Ein komplettes System zur blitzschnellen Beförderung, aber wir können es nicht nutzbar machen.«

In der Hoffnung, irgendwo ein Gateway zu finden, hatten sie noch mehrere tief verschneite arabische Paläste durchforscht, aber ohne Erfolg. »Wenn wir nur genug von dieser Gegend sehen könnten, um uns zu orientieren«, klagte Paul wie schon mehrmals zuvor, »dann könnten wir wahrscheinlich die Stellen erkennen, wo die Durchgänge normalerweise versteckt sind.«

»Oh, chizz«, sagte T4b. »Tolle Idee, im Schnee zu buddeln wie so Hunde. Kannste nullen.«

»Wir haben bereits eine Entscheidung gefällt.« Martines Atemfahne war das einzige sichtbare Zeichen, dass sie etwas gesagt hatte. Wie die anderen auch war sie derart in Decken eingemummelt, die sie aus den vereisten Fantasieschlössern mitgenommen hatten, dass ihr Gesicht fast vollkommen verhüllt war. Paul fand, sie sahen alle aus wie Wäschehaufen, die in die Maschine kommen sollten. »Wir fahren bis zum Ende des Flusses. Wenigstens wissen wir, dass wir da eines finden.«

»Ich wollte keine neue Diskussion darüber anzetteln.« Paul starrte deprimiert auf das vor ihm liegende lange Band des schwarzen Flusses. »Ich hab bloß … an Renie und die andern gedacht … und bin mir so nutzlos vorgekommen …«

»Es geht uns allen genauso«, versicherte ihm Martine. »Und einigen von uns geht es noch schlimmer.«

Vielleicht lag es daran, dass der Nebel dichter wurde, vielleicht daran, dass das dunkle, kalte Wasser das normale Leuchten dämpfte, jedenfalls waren sie auf einmal völlig unverhofft da.

»Op an«, sagte T4b. »Im Wasser ums Boot rum – das blaue Licht!«

»Mein Gott«, ächzte Martine. »Bloß nicht noch einmal eine Durchfahrt auf dem Fluss. Schnell an Land!«

Mit ihren behelfsmäßigen Paddeln, schön geschnitzten Zierleisten, die sie in den leeren Palästen von Schränken und Truhen abgebrochen hatten, kämpften sie gegen die träge Strömung an. Als der Bug des kleinen Bootes auf Grund lief, wateten sie durch das eiskalte Wasser ans Ufer, wobei sie mehrere kostbare Decken einbüßten.

»Ich will dich ja nicht drängen, Martine«, meinte Paul vor Kälte zitternd, »aber wenn das zu lange dauert, frieren uns die Füße ab.«

Sie nickte geistesabwesend. »Wir sind direkt am Rand der Simulation. Ich versuche die Durchgangsinformationen zu finden.« Der Fluss und seine Ufer verschwanden wenige Hundert Meter vor ihnen im Dunst, aber durch irgendeinen Trick in der Programmierung der Simwelt hatten sie Durchblicke auf größere Fernen, die den Eindruck erweckten, dass es dahinter weiterging. Paul fragte sich, was hier wohl zu sehen gewesen war, bevor Dread die Landschaft mit einem arktischen Winter überzog – die Illusion unendlicher Wüste?

»Ich glaube, ich hab's«, verkündete Martine schließlich. »Zieht das Boot neben uns mit, damit wir es nicht verlieren. Wir müssen alle vorwärts gehen.«

Sie folgten ihrer kleinen, vermummten Gestalt durch die Schneewehen wie eine Gruppe verirrter Bergsteiger, die sich dicht an ihren Sherpa hielt. T4b kam am langsamsten voran, da ihm die Aufgabe zugefallen war, das kleine Boot an einem Seil gegen die Strömung zu ziehen. Er hatte sich die Fahrt über größtenteils still verhalten und sie so selten mit seiner sonstigen Klagelitanei genervt, dass Paul sich fragte, ob der junge Mann vielleicht einen Persönlichkeitswandel durchmachte.

Auf einmal musste Paul an einen jungen Soldaten aus seiner Einheit denken, einen Burschen aus Cheshire mit einem schmalen Mädchengesicht und der Angewohnheit, von zuhause und seiner Familie zu erzählen, als ob alle in den Schützengräben seine Angehörigen kannten und unbedingt hören wollten, was sie gesagt und gedacht hatten. Das erste schwere Bombardement hatte ihn zum Verstummen gebracht. Nachdem er mit eigenen Augen gesehen hatte, was die Deutschen mit ihnen allen machen wollten, wurde er so wortkarg wie der eingefleischteste Misanthrop an der Front.

Sechs Wochen später war er im Granatenfeuer beim Bois-de-Savy umgekommen. Soweit Paul sich erinnern konnte, hatte er die Tage vorher kein Wort mehr gesprochen.

Abrupt wurde er aus seinen Gedanken gerissen. Martine war vor ihm stehen geblieben und erforschte die treibenden Nebelschwaden mit ihren blinden Augen, als läse sie die Angaben auf einem Straßenschild.

Was fantasierst du da von irgendeinem scheiß Bois-de-Savy? Das ist alles nicht real – jedenfalls deine Erinnerungen daran sind es nicht. Das war alles nur fauler Zauber.

Aber es fühlte sich real an. Was er aus dem simulierten Ersten Weltkrieg noch im Gedächtnis hatte, unterschied sich für sein Empfinden nicht von den wiedererlangten Erinnerungen an sein wirkliches Leben, sei es die muffige Routine seiner Arbeit in der Tate oder sein seltsames Jahr in Jongleurs Turm.

Woher willst du eigentlich wissen, ob irgendwelche *von diesen Erinnerungen real sind?* Das war eine Frage, die er sich lieber nicht stellen wollte, schon gar nicht hier in dem eisigen Nebel, der das Ende der Welt verschleiern mochte, die Pforten des Fegefeuers. *Woher willst du es wissen? Woher willst du wissen, ob Paul Jonas überhaupt dein richtiger Name ist, ob die Ereignisse, die du im Kopf hast, tatsächlich geschehen sind?*

»Tretet vor.« Martines krächzende Stimme verscheuchte die Hirngespinste. »Wir müssen uns sicherheitshalber beim Durchgehen an den Händen halten.«

»Hast du Ägypten gefunden?« Paul fasste Florimels rauhe Finger, und die nahm ihrerseits T4bs freie Hand.

»T-tretet einfach m-m-mit durch. Ich erkläre es h-hinterher. Schnell! Ich e-erfriere!«

Vibrierende blaue Lichtschwaden wallten um ihre Füße auf, als sie voranschritten, und Funken schillerten in der Luft wie betrunkene Glühwürmchen. Paul fühlte, wie sich ihm die Haare von der elektrischen Ladung sträubten.

Jede Einzelheit, staunte er, *sie haben an jede Einzelheit gedacht.*

Zwanzig Schritte weiter trat er hindurch in glutheiße Luft und sengende Sonne, die ihn traf wie ein Hammerschlag.

Der Fluss war immer noch da, floss aber jetzt etliche Hundert Meter unter ihnen im grellen Sonnenschein funkelnd durch eine schroffe Schlucht aus roter Erde. Die unbefestigte Straße, auf der sie standen, war höchstens fünf Meter breit. Es war ein wenig, als wären sie auf den Pfad an der Flanke des schwarzen Berges zurückgekehrt.

»Es ist … dem Index zufolge ist das hier …« Martine klang ein wenig benommen. »... Dodge City. Ist das nicht ein historischer Ort im amerikanischen Wilden Westen?«

Pauls verwundertes Pfeifen wurde von einem lauten Überraschungsschrei von T4b unterbrochen. Sie drehten sich um und sahen den jungen Mann vor dem Gefährt zurücktaumeln, das vorher ihr Boot gewesen, jetzt aber ein großer hölzerner Wagen mit Speichenrädern war. Der Gegenstand seiner Bestürzung war jedoch weniger diese Verwandlung, obwohl auch die schon merkwürdig genug war, als das Tier, das vor den Wagen gespannt war.

»I-i-ich hatt das Seil vom Boot in der Hand, irgendwie«, stammelte T4b, als er neben Paul stehen blieb. »Und jetzt, wo wir durch sind, isses *das!*«

Das struppige schwarze Geschöpf in den Zugriemen hatte ungefähr die Gestalt eines Pferdes, aber seine Hinterbeine waren zu groß, und seine Vorderbeine endeten in grobknochigen Händen, die an die eines großen Menschenaffen erinnerten. Sein Gesicht war lang, aber nicht so lang wie das eines Pferdes, und winzige Öhrchen lagen an den Seiten seiner vorspringenden Stirn.

»Was ist das?«, fragte Paul. Das Tier hatte den Kopf gesenkt und rupfte am Rand der Piste dürres Gras. »Irgendwas Ausgestorbenes?«

»Nichts, was es meines Wissens je gegeben hat«, meinte Florimel. »Nicht mit Fingern, nein, gewiss nicht. Ich glaube, es ist eine Erfindung.«

»Es ist alles anders, als ich es erwartet hatte.« Martine ließ ihre blinden Augen über die Schlucht schweifen. Auf der anderen Seite zeichneten sich auf dem Grat seltsam geformte Gestalten ab, die Paul kurzzeitig für menschliche Späher gehalten hatte, aber in denen er jetzt Kakteen erkannte. »Ich ... glaube nicht, dass es in Kansas jemals so hohe Berge gegeben hat, auch im Neunzehnten Jahrhundert nicht.«

»Warum sind wir hier?« Paul war dankbar für die heiße Sonne – er begann sogar ein wenig zu schwitzen. Er ließ seine Decken, die sich bis auf die Muster wenig geändert hatten, auf die staubige Straße fallen.

»Um einen alten Witz zu wiederholen«, sagte Martine. »Es gibt eine gute und eine schlechte Nachricht. Die gute Nachricht ist, dass die ägyptische Simwelt noch existiert, oder wenigstens ist sie noch auf dem Index. Die schlechte ist, dass wir von der Tausendundeine-Nacht-Welt nicht dorthin kommen konnten.«

»Und von dieser hier?«

»Nicht wenn wir sie ganz durchqueren«, antwortete sie. »Der Flussdurchgang am Ende dieser Simulation führt in ein sogenanntes ›Schattenland‹ – früher jedenfalls. Aber es sah so aus, als gäbe es einen zweiten Durchgang, den wir benutzen könnten, einen von denen, die meistens irgendwo in der Mitte einer Simulation sind.«

»Und der bringt uns nach Ägypten?«

»Ja, soweit ich das erkennen konnte. Ganz sicher kann ich es nicht sagen, weil ich einige der Statusanzeigen nicht entziffern konnte. Aber ich glaube, die Chancen stehen gut.«

»He!«, schrie da T4b. »Op an, äi!« Er war die Straße ein kurzes Stück bergan zurückgegangen und blickte auf etwas im dürren Gras. »'n Loch im Boden, aber mit so'm Rahmen drumrum, irgendwie. So was wie 'ne Schatzgrube oder so.«

»Bleib hier, Javier«, rief Florimel ihm zu. »Das klingt nach einem Bergwerksschacht. Du könntest abstürzen.«

»Und was jetzt?«, fragte Paul. »Was meinst du, wo dieses andere Gateway ist?«

Martine zuckte mit den Achseln. »Wenn diese Simwelt Dodge City heißt, dann denke ich mal, dass wir am besten in der gleichnamigen Stadt anfangen zu suchen.« Sie deutete in die Schlucht. »Wenn wir uns am Rand der Simulation befinden, dann müsste sie in der Richtung liegen. Könnt ihr irgendwas erkennen?«

»Von hier aus nicht.« Paul wandte sich an Florimel. »Verstehst du was von Pferden? Falls dieses Ding da eines darstellen soll.«

Sie bedachte ihn mit einem schiefen Lächeln. »Ich habe schon mit ein paar zu tun gehabt. Ein weiterer Vorteil einer Jugend in einer ländlichen Kommune. Wie wär's, wenn ihr die Decken hinten reinwerft, dann haben wir etwas zum Draufsetzen.« Sie drehte sich zu T4b um, von dem über das hohe Gestrüpp hinweg nur der schwarze Schopf zu sehen war; sein Arm ging hoch und nieder, als winkte er jemandem zu. »Verdammt noch mal, Javier«, schrie sie die Straße hinunter, »wenn du da reinfällst und dir die Beine brichst, hol ich dich nicht wieder raus. Komm und hilf uns!«

»Voll tief«, meinte T4b, als er gleich darauf wieder zu ihnen stieß. »Der Stein hat so was wie 'ne Minute gebraucht, bis er unten war, äi.«

»Herrje«, stöhnte Paul gereizt. »Können wir jetzt endlich los?«

Sie kletterten auf den Wagen. Florimel hatte es in der Tat geschafft, dass das pferdeähnliche Wesen ihr gehorchte, auch wenn es, fand Paul, die übrigen Insassen eher misstrauisch beäugte, als sie auf den Bock stieg und die Zügel ergriff. Als alle auf den harten Brettern Platz genommen hatten, schnalzte sie mit der Zunge, und das Tier setzte sich bergabwärts in Bewegung. Die leicht abschüssige Straße war schmal, und die Schlucht fiel zu ihrer Linken steil ab. Wenn sie dort abstürzten, würde es bis unten etliche Sekunden dauern, und so war Paul mit dem gemächlichen Trott des Tieres durchaus einverstanden.

»Merkwürdig«, meinte Florimel nach einer Weile. »Es ist ein Flusstal, aber es sieht so ... roh aus.« Tatsächlich schimmerten die rot, braun und orange gebänderten Wände der Schlucht wie frisches Fleisch. »So neu.«

»Ich bin hier nie gewesen«, sagte Paul, »ich meine, in der wirklichen Welt, aber ich stimme Martine zu – ich glaube nicht, dass es in Kansas viele Berge gibt. T4b? Weißt du irgendwas darüber?«

Der junge Bursche hinten im Wagen blickte auf. »Über was?«

»Kansas.«

»Ist ’ne Stadt oder so, nicht?«

Paul seufzte.

»Es ist wirklich neu«, sagte Martine. »Auf jeden Fall fühle ich so etwas in den geologischen Daten – ich kann es nicht besser ausdrücken. Als ob alles hier sich stark verändert hätte und sich weiter veränderte.« Sie runzelte die Stirn. »Was ist das für ein Klappern?«

»Die miserable Federung an diesem Wagen vielleicht«, erwiderte Florimel säuerlich. »Übrigens ist dieses Geschöpf, das uns zieht, nicht gerade das, was ich mir unter einem uramerikanischen Tier vorstelle. Es erinnert mich ein wenig an ...«

»Fen-fen!«, schrie T4b plötzlich und deutete den Hang hinauf. »Op an! *Seht!*«

Als Paul sich nach hinten wandte, sah er eine ungeheure gleißende Gestalt aus dem Bergwerksschacht kommen. Im ersten Moment war sie nur ein lang gezogenes Lichtergefunkel, dann schraubte sich der mächtige Kopf zu ihnen herum, der grelle Spiegeleffekt hörte auf, und auf einmal konnte Paul sie deutlich erkennen.

»Gütiger Himmel«, sagte er. »Es ist eine Riesenschlange!«

Aber das stimmte nicht ganz. Genau wie das Pferd war es eine bekannte und doch fremdartige Erscheinung. Als sich das Ungetüm weiter aus dem Schacht herauswand, sah er, dass sein Körper mit großen Kupfer- und Silberteilen besetzt war, als ob seine Knochen aus Metall wären und durch die hornartige, gemusterte Haut ragten. Auch hatte es keine glatte Schlauchform, sondern war in Segmente untergliedert wie ein Kinderspielzeug, aber das Allermerkwürdigste waren die Räder unten an jedem Segment, große runde Knöpfe aus Bein.

»Es ist …« Absurderweise suchte er selbst jetzt noch, wo ihm vor Schreck fast das Herz stehen blieb, nach dem richtigen Ausdruck. »… ein Bergwerkszug! Förderwagen!«

Unter Kreischen und Kratzen wand sich das Ding auf die Straße. Einen Moment lang versuchte es, einen Kreis zu schließen, doch auf der schmalen Fläche am Rand der Schlucht war für seinen mächtigen Leib nicht genug Platz, und so bäumte es sich schwankend auf. Allein mit seinen zwei vorderen Gliedern stieg es mehrere Meter hoch, und die großen, facettierten Rosenquarzaugen betrachteten ihren Wagen, der jetzt wie gebannt am Fleck stand, da Florimel damit zu tun hatte, das erschrockene Pferdewesen zu beruhigen. Eine Zunge wie ein gehärteter Quecksilberstrom zuckte mehrmals hervor, dann ließ sich die Schlange fallen und glitt mit furchterregender Geschwindigkeit die Straße hinunter auf sie zu.

»Nichts wie raus!«, schrie Paul. »Es kommt! Wir müssen rennen!«

»Quatsch!« T4b sprang von der Ladefläche auf den Kutschbock und riss Florimel die Zügel aus der Hand. »Hab ich schon mal gemacht – ist genau wie in *Baja Hades!*«

Er peitschte die Flanke des Pferdewesens mit dem Zügelende, und mit einem schrillen Schmerzens- und Überraschungsschrei schoss es so ruckartig los, dass der Wagen beinahe umgekippt wäre. Paul konnte sich nur mit knapper Not am Rand festhalten. Er hatte sich gerade wieder einigermaßen gefangen, da sauste der Wagen um eine Kurve, und er flog seitlich gegen Martine und hätte sie beinahe über die niedrige Umrandung gestoßen. Das Schlangenmonster hinter ihnen war für den Augenblick nicht zu sehen.

»Hopp und ex!«, jubelte T4b. »Sag ja, hab ich schon mal gemacht.«

»Das ist kein Spiel!«, brüllte Paul ihn an. »Das hier ist gottverdammt real!«

Florimel nützte ein gerades Stück Straße aus, um nach hinten zu den anderen zu hechten. Sie klammerte sich mit beiden Händen neben Paul an das Seitenbrett.

»Wenn wir das überleben«, keuchte sie, »bring ich ihn um.«

Die Chancen dazu verschlechterten sich rapide. Zwar legte der schlingernde Wagen auf der steiler werdenden Strecke an Tempo zu, aber schon bog der mächtige Kopf des Schlangenmonsters hinter ihnen um die Ecke, gefolgt von dem holpernden Hinterleib. Da zu Rädern als Fortbewegungsmittel noch die Muskelkraft seines metallbestückten Körpers kam, holte es zusehends auf.

Sie donnerten über Steine, die auf der Straße lagen, und Paul hob wie schwerelos von der Ladefläche ab, um gleich darauf wieder hart mit dem Rücken auf die Bretter zu knallen. Ein Körper, entweder Florimel oder Martine, plumpste auf ihn drauf und nahm ihm den Atem, und er sah am helllichten Tag den Himmel voller Sterne.

Eine Sekunde später balancierte der Wagen in einem beängstigenden Winkel auf zwei Rädern, als das entsetzte Pferd um die nächste Ecke jagte. Von seiner Position aus hatte Paul den sicheren Eindruck, dass sie von der Straße abgekommen waren und frei in der Luft hingen.

Als alle vier Räder wieder Bodenberührung hatten, robbte Paul auf Händen und Knien nach vorn, um Florimels Vorhaben in die Tat umzusetzen, da es unwahrscheinlich war, dass sie später noch Gelegenheit dazu haben würden. Doch als er den Kopf über die Umrandung hob, sah er die schreckliche Fratze ihres Verfolgers nur noch wenige Meter hinter ihnen. Das Ungetüm sah ihn ebenfalls. Ein Maul voll schmutziger eiserner Fänge klaffte auf, und er blickte in einen tiefen schwarzen Rachen, der mindestens so abschreckend war wie das Loch, aus dem es gekrochen war.

Paul beschloss, den Teenager doch noch nicht zu erwürgen.

»Es holt uns ein!«, schrie er.

T4b auf dem Bock beugte sich weiter vor und drosch mit den Zügeln auf den Rücken des Pferdewesens ein, doch das Tier hatte nichts mehr zuzulegen. Der nächste Hubbel schleuderte Paul abermals in die Luft, und einen furchtbaren Moment lang war er sicher, dass er aus dem Wagen in den aufgerissenen Rachen segeln würde. Zum Glück verknäuelte er sich mit Florimel, und gemeinsam rutschten die beiden nach hinten und krachten gegen die Rückwand des Wagens.

»Halt sie!«, schrie Florimel, während er sich aufzurappeln versuchte.

Erst hatte Paul keine Ahnung, was sie meinte, doch dann sah er, dass Martine ebenfalls nach hinten geflogen war und halb im Freien hing. Mit einem Bein und einem Arm hielt sie sich noch fest, während ihr linkes Bein nur Zentimeter über der Straße baumelte. Sie war so benommen, dass sie nicht einmal aufschrie.

Paul krabbelte am Rand zu ihr hin, bekam aber bei dem ständigen Gehüpfe des Wagens Martines zappelnde Glieder nicht zu fassen. Florimel packte ihn, um ihn von hinten zu sichern, während er sich weiter hinauslehnte. T4b blickte sich erschrocken um, und als ob das Zugtier seine Unaufmerksamkeit spürte, lief es sofort ein wenig langsamer. Die hinterherjagende Schlange stieß ein schrilles Zischen aus und stieg erneut in die Höhe wie die grässliche Galionsfigur eines Wikingerschiffes.

Da schwang der Wagen abrupt nach rechts um eine enge Kurve am Hang. Paul, Florimel und Martine wurden allesamt nach außen geschleudert, Martine sogar ein Stück über die Seitenwand hinaus, so dass sie über der Schlucht in der Luft schwebte. Paul merkte, wie ihr Ärmel in seinen Fingern an den Nähten zu reißen begann, und gleichzeitig stieß jetzt der Drachenkopf nach ihnen, und das riesige Maul schnappte eine Handbreit neben Pauls Ohr zu.

Paul zerrte Martine wieder in den Wagen hinein, ohne darauf Rücksicht nehmen zu können, dass sie mit der Schläfe an die Umrandung schlug. Abermals bäumte sich die Schlange auf, doch da rollte sie plötzlich mit einem erschrockenen Quietschen zur Seite und fiel zurück.

Bei dem Anblick stemmte Paul sich auf die Knie hoch. Das Schwanzende der Schlange war in der letzten scharfen Kurve genau in dem Moment hinausgetragen worden, als das vordere Ende den tödlichen Stoß führen wollte. Der halbe Hinterleib des Ungetüms war schon unter großem Staubgewirbel den steilen Abhang hinuntergerutscht. Entgeistert sah Paul mit an, wie der wuchtige Kopf hin und her peitschte und dabei der Teil des Körpers, der sich noch auf der Bergstraße befand, festen Halt zu finden versuchte, doch der Zug nach unten war schon zu stark. Mit einem Kreischen wie von versagenden Bremsen stieß der Schädel mit seinen spiegelnden Kupferteilen noch einmal in ihre Richtung, dann flutschte das Monster über den Rand wie ein gezogenes Seil.

Gleich darauf scholl ein lautes metallisches Krachen zu ihnen herauf, der Lärm eines abstürzenden Zuges.

Paul sackte auf der Ladefläche zusammen. Martine und Florimel lagen hechelnd neben ihm. Der Wagen raste immer noch in voller Fahrt die sich windende Straße hinunter und schlingerte gefährlich in jeder Kurve.

»Es ist weg!«, rief er. »Javier, es ist weg! Mach jetzt langsam!«

»Das Vieh blockt voll! Geht nicht langsamer!«

Völlig ausgepumpt setzte Paul sich auf. Der junge Bursche zog so fest an den Zügeln, wie er konnte, doch obwohl das Zugtier die Gangart ein wenig verändert hatte, fegte es immer noch fast im Galopp den Berg hinunter.

»Es kann nicht langsamer gehen«, ächzte Florimel hinter ihm. »Sonst wird es vom Wagen überrollt. Such die Bremse!«

»Bremse? An 'nem Pferdewagen?«

»Lieber Gott, natürlich!« Sie kroch an Paul vorbei und lehnte sich quer über T4bs Schoß. Sie packte irgendetwas und zog mit aller Kraft daran. Ein gequältes Knirschen ertönte, und die Räder blockierten kurz, dann rollten sie wieder, diesmal jedoch etwas langsamer.

»Puh«, meinte Paul. »Ich kann dir gar nicht sagen, wie froh ich bin, dass du das wusstest.«

Sie hatten immer noch ziemlich Fahrt, jetzt aber behielten alle vier Räder Kontakt mit dem Boden. Während der felsige Hang an ihnen vorbeisauste, krabbelten Paul, Martine und Florimel in die Mitte des Wagens zurück.

»Alle wohlauf?«, fragte Paul.

Martine stöhnte. »An den Händen hat es mir fast die ganze Haut abgescheuert. Ansonsten werde ich's überleben.«

»He!«, schrie T4b. »Wie wär's mit 'nem Hit für den Fahrer?«

»Was?« Florimel rieb sich ihre zerschundenen Knie. »Will er Drogen haben?«

»'n Hit!«, wiederholte T4b und lachte. »Na, 'n Bong oder so.«

Paul, dem der Straßenslang wenigstens nicht völlig fremd war, verstand als Erster. »Dank. Er fragt, ob wir uns nicht bei ihm bedanken möchten.«

»Bedanken?«, knurrte Florimel. »Ich würde ihm eine Tracht Prügel verabreichen, wenn ich nicht fürchten müsste, dass wir in den Abgrund stürzen.«

T4b schmollte. »Hat dich keine Schlange nicht gefressen, äi. Was machste so'n Wäwä?«

»Das hast du gut gemacht, Javier«, sagte Martine. »Behalte bitte weiter die Straße im Auge.«

Paul spreizte die Beine, um sicher zu sitzen, lehnte sich gegen den vorderen Wagenrand und schaute, wie die kurvige Straße sich hinter ihnen abspulte. Die Sonne war blendend hell, nur ein Härchen noch, und sie stand im Zenit. Rohes Metall glitzerte hier und da in der schroffen Landschaft.

»Ich bezweifle sehr, dass die Schlange da eben oder das Pferd, das uns zieht, schon zur Grundausstattung dieses Environments gehörten«, sagte er. »Erinnert euch das an irgendwas?« Er wurde von einer schwarzen Linie abgelenkt, die neben ihnen auf dem Bergrücken auftauchte. Es dauerte einen Moment, ehe er erkannte, dass es eine Art Kabel war. Er stemmte sich hoch und blickte sich nach vorn um. Das Kabel, zwischen wachpostenartigen Bäumen aufgespannt, verlief parallel zur Straße.

Telefonleitungen? Nicht in Dodge City. Müssen Telegrafenleitungen sein. Er ließ sich wieder zurücksinken und betrachtete die Straße und die nebenherlaufende schwarze Linie.

»Es ist wie in Kunoharas Welt«, meinte Florimel. »Diese Mutationen, sagte er, hatten dort eben erst angefangen. Vielleicht hat Dread hier etwas Ähnliches angerichtet.«

»Das wäre eine schnelle und für ihn wahrscheinlich amüsante Methode, Unheil zu stiften«, sagte Martine. Sie sprach langsam, ganz offensichtlich noch matt und zerschlagen. »Und er hat so viele Welten, die er ruinieren kann. Er muss vielleicht bloß ein paar Zufallswerte höherstellen, und schon kann er sich zurücksetzen und zusehen, wie aus einer sorgfältig konstruierten Simulation ein bizarrer Albtraum wird.«

Eine zweite Telegrafenleitung hing jetzt unter der ersten, zwei schwarze Streifen am linken Rand von Pauls Gesichtsfeld. Der Wagen holperte und schaukelte weiter die steinige Straße hinunter. Paul stöhnte. Eine unbequemere Art zu reisen war schwer vorstellbar. Er wunderte sich, dass seine bei dem Geruckel ständig aufeinanderschlagenden Zähne bisher noch heil geblieben waren. »Können wir nicht ein bisschen langsamer fahren?«

»Nicht wenn das Pferd vorn gehn soll«, erwiderte T4b pampig.

Jetzt erschienen auch am Rand der Schlucht Telegrafenleitungen, so dass der Wagen zwischen zwei hohen, offenen Zäunen aus schwarzen

Kabeln dahinrollte. Paul fragte sich, ob dies abermals eine Verfremdung der ursprünglichen Simulation war, und wenn ja, was für spezielle Kommunikationen über diese zusätzlichen Kabel laufen mochten. Oder waren sie bloß leere Kopien?

»Ich glaube, ich sehe eine Stadt«, sagte Florimel. »Seht, dort unten auf dem Grund der Schlucht.«

Paul rutschte an die Seite und spähte hinunter. Die Schluchtwände reflektierten das Sonnenlicht so grell, dass der Fluss in der Tiefe eine Schlangenlinie aus silbrigem Feuer war, aber irgendetwas war ganz gewiss dort unten am Flussufer dicht vor der nächsten Biegung und versperrte den Blick auf das übrige Tal, etwas, das zu geordnet aussah, um einfach Felsen auf der Talsohle zu sein.

»Martine, kannst du ausmachen, ob es wirklich eine Stadt ist, Dodge City oder sonst was? Ich kann es nicht deutlich erkennen.«

»Wir kommen noch früh genug hin.« Sie rieb sich teilnahmslos die Schläfen. »Entschuldigt.«

»Was zum Teufel ist jetzt los?«, sagte Florimel.

Im ersten Augenblick dachte Paul, sie wäre verstimmt, weil Martine nicht auf ihre Frage eingehen wollte; da sah er, dass unmittelbar vor ihnen abermals mehrere Kabel vom Hang herabkamen, an einem schief hängenden Mast abknickten und von dort über der Straße dahinliefen wie Notenlinien ohne Noten. Gleich darauf holperten sie unter diesem Dach aus schwarzen Leitungen dahin, und Paul wurde sich bewusst, dass die Kabel sie nunmehr von allen Seiten umgaben. Dazwischen waren zwar immer ein oder zwei Meter Abstand, so dass sie in keiner Weise gefangen waren, aber es war dennoch ein beklemmender Anblick.

»Ich weiß nicht«, gab Paul Florimel verspätet Antwort. »Aber es gefällt mir nicht besonders …« Erschrocken blickte er nach vorn, als der Wagen in seinem Kabeltunnel um die nächste Kurve bog. T4b fluchte und zog mit aller Kraft an den Zügeln. Ihr »Pferd« versuchte schon von selber anzuhalten, aber das Gewicht des schiebenden Wagens war zu groß, und die befingerten Füße des Tieres zogen eine lange Furche durch den Staub.

Ein Stück vor ihnen liefen alle Kabel zusammen und verknoteten sich mitten über der Straße zu einer Art schwarzem Mandala. Es sah aus wie …

»Um Gottes willen!«, rief Florimel, die auf dem Bock hin- und hergeworfen wurde, weil das Zugtier sich im Geschirr verhedderte und der Wagen beängstigend schwankte. »Was ...?«

Es sah aus wie ein riesiges Spinnennetz.

»Runter vom Wagen!«, schrie Paul. Das Pferdewesen war auf die Innenseite der Straße ausgebrochen, aber der Wagen konnte den harten Schwenk nicht mitvollziehen und begann zu kippen, und dabei schlidderte er auf das leicht schaukelnde Kabelnetz zu, das jetzt unmittelbar vor ihnen war. »Los, springt!«

Martine hing an seinen Beinen. Die Ladefläche neigte sich unerbittlich nach außen und drohte sie in die Schlucht zu befördern. Paul zerrte die blinde Frau hoch und versuchte, mit ihr auf die hochgehende Seite des Wagens zu kraxeln, um zum Hang hin abzuspringen, doch Martines Gewicht war zu viel für ihn.

Eines der Räder zerbrach mit einem Schlag wie ein Kanonenschuss. Ein Speichensplitter zischte an seinem Gesicht vorbei, und ächzend wie ein verwundetes Tier legte sich der ganze Wagen auf die Seite.

Paul konnte sich nicht mehr aussuchen, wohin er am besten sprang. Er packte Martine und warf sich vom Wagen. Er blieb an etwas Klebrigem hängen, das unter seinem Gewicht nachgab, und einen Moment lang sah er nichts als die leere Luft unter sich, den ganzen senkrechten Absturz die bunt gestreifte Wand der Schlucht hinunter. Er rutschte halb, halb fiel er an den Kabeln entlang, bis er in einer schmerzhaft verdrehten Haltung auf der Straße sitzen blieb und dort am Schnittpunkt von zweien der schwarzen Bänder festhing. Martine lag regungslos in seinem Schoß.

Bevor er nach den anderen schauen konnte, kullerte der Wagen samt dem verfangenen Zugtier schon in das Kabelnetz, das die Straße absperrte, und wirbelte dabei eine große Staubwolke auf. Eines der Beine des Tieres war offensichtlich gebrochen; es zappelte hilflos in den Trümmern des Wagens, mit seinem schwarzen Fell an dem klebrigen Netz wie festgeleimt.

Da erschienen die Erbauer des Netzes: zottige graubraune Gestalten, die an den Strängen aus der Schlucht herauf- und vom Hang heruntergekrabbelt kamen wie Spinnen.

Spinnen wären schlimm genug gewesen. Aber diese Bestien hatten die Gesichter toter Bisons, mit heraushängenden Zungen und rollenden

Augen auf ihren missgebildeten, vielbeinigen und vielarmigen Körpern. Am schlimmsten war, dass sie noch menschenähnlicher waren als die Insektenmonster in Kunoharas Welt. Vor hungrigem Vergnügen zischend hangelten sie sich an den Kabeln voran. Kaum hatten die Ersten die Mitte des Netzes erreicht, da rissen sie schon das noch lebende Pferdewesen in Stücke und zankten sich dabei mit feuchten, pfeifenden Stimmen über die besten Stücke, ohne sich bei ihrem Schmaus von den schrecklichen Schreien ihrer Beute stören zu lassen.

Paul versuchte sich aufzurichten, doch die haftenden Kabel hielten ihn wie eine starke Hand.

> »*Code Delphi. Hier anfangen.*

Es dürfte sinnlos sein, diese Gedanken aufzuzeichnen, denn ich kann mir nicht vorstellen, dass wir noch jemals von hier wegkommen, aber die Gewohnheit ist einfach nicht auszurotten.

Es ist dunkel hier, wie mir die anderen berichten, irgendein unterirdischer Bau voll widerlicher Gerüche und Geräusche. Ich wünschte, ich könnte mich auf diese beiden Sinne beschränken, aber auf meine Weise kann ich auch erkennen, wie diese Bestien sich bewegen, fressen, kopulieren. Sie sind grauenhaft. Ich bin mit meiner Hoffnung und mit meiner Kraft am Ende.

Ich nehme an, wir sind nur deshalb noch am Leben, weil sie sich zuerst über das Pferdewesen hergemacht haben. Die Schreie, die es im Sterben ausstieß, waren … Nein. Was soll das? Können wir etwas daran ändern? Ich wüsste nichts. Die Ungeheuer sind zu Dutzenden. Wir hätten versuchen sollen zu fliehen, als sie uns abtransportierten. Jetzt sind wir in ihrem Bau. Jede Hoffnung, dass sie vielleicht nur Tiere fressen, ist zunichte geworden durch die Menschenknochen, die hier überall haufenweise herumliegen. Die paar, die ich angefasst habe, waren vollkommen abgenagt und zerbrochen, weil sie noch das Mark ausgelutscht haben.

Grauenhafte Bestien. T4b, der die meiste Zeit vor sich hinmurmelt, als betete er, nannte sie ›Kuhkadaverspinnen‹. Ich habe keinen klaren Eindruck von ihnen. Was ich wahrnehme, ist ihre Menge, die vielen Glieder, die Stimmen – beinahe menschlich, aber, mein Gott, dieses Wort ›beinahe‹ …!

Hör auf, Martine! Wir haben schon Situationen überlebt, die genauso schlimm waren. Warum bin ich bloß so schwach, so müde, so elend? Warum fühle ich mich seit Tagen permanent überanstrengt?

Es ist …

Lieber Gott. Gerade ist eines der Viecher gekommen und wollte uns beschnüffeln. Florimel hat es mit Tritten vertrieben, aber das schien es nicht sonderlich zu beeindrucken. Sie riechen in der Tat nach verwestem Fleisch, aber da ist noch ein anderer Geruch, den ich nicht bestimmen kann, sehr eigenartig, wie nicht von einem Lebewesen. Diese ganze Simwelt scheint Veränderungen von katastrophalen Ausmaßen zu durchlaufen. Die anderen sehen nur, was im Augenblick ist, aber ich kann die Wandlungen wahrnehmen, die schon geschehen sind und noch geschehen werden. Dread hat hier hemmungslos gewütet. Diese Welt hat ihm keinen härteren Widerstand entgegensetzen können als ein Stück Butter. Weiß der Himmel, was diese armen Kreaturen ursprünglich waren. Menschen vielleicht. Normale Menschen mit normalen Leben. Jetzt hausen sie in Löchern in der Erde und quieken wie Ratten und fressen Opfer, die noch schreien.

Wo ist Paul? Ich kann ihn nicht mehr in der Nähe spüren. Aber der Lärm und die Hitze und das Durcheinander machen es schwierig …

Florimel sagt, dass er nur wenige Meter entfernt ist, auf Händen und Knien. Armer Mann. Soviel durchlitten zu haben und dann hier zu enden!

Ich kann das alles nicht mehr aushalten. Seit der trojanischen Simulation torkele ich benommen umher, als hätte ich Elektroschocks bekommen. Zwischen den Schreckensmomenten und den kleineren Vorfällen habe ich versucht, mich selbst zu finden, die Martine, die ich kenne, aber es ist, als ob ich ausgehöhlt wäre. Die Erinnerung an die letzten Stunden in Troja verfolgt mich. Wie konnte ich nur so etwas tun? Selbst um meine Freunde zu retten – wie konnte ich so vielen den Tod bringen? Vergewaltigung und Folter und Zerstörung! Zumal nachdem ich die erbarmenswerte Menschlichkeit von Hektor und seiner Familie miterlebt hatte.

Ich sage mir immer wieder, dass sie nur Simulakren waren, nicht real, nur Gear. Manchmal nehme ich mir das ein paar Stunden lang ab. Vielleicht ist es tatsächlich so, aber ich weiß, dass ich niemals vergessen kann, wie der trojanische Wächter die Lanze in den Bauch bekam, das

Entsetzen auf seinem Gesicht. Woher will ich wissen, dass er nicht jemand wie wir war, genauso im System gefangen und gezwungen, seine Rolle in dem berühmten Krieg zu spielen? Es ist vielleicht nicht wahrscheinlich, aber dennoch … dennoch …

Letzte Nacht träumte ich, dass das grelle, brennende Licht, an dem ich seinerzeit erblindete, aus seiner Wunde strahlte. Ich träumte, dass ich in eine Dunkelheit stürzte, die noch größer war als meine jetzige.

Ich halte es hier nicht mehr aus. Ich ertrage diesen Irrsinn nicht mehr. Vor alledem bin ich schon vor Jahren davongelaufen. Ich bin nicht dafür gemacht, mich so sehr um andere zu sorgen. Ich will keine Todesängste mehr ausstehen, nicht miterleben müssen, wie meine Freunde bedroht und gehetzt und getötet werden.

Ich will Dread nicht noch einmal begegnen.

Genau. Das ist vielleicht die größte Furcht. Ich gebe es zu. Selbst wenn der unwahrscheinliche Fall eintreten sollte, dass wir aus diesem stinkenden Loch herauskommen und diesen kannibalischen Monstern entfliehen, kann ich mir an fünf Fingern ausrechnen, dass jeder Weg zurück in die wirkliche Welt über ihn führen muss. In seiner Gegenwart habe ich gewimmert wie ein kleines Kind. Habe ihn angebettelt aufzuhören, und dazu musste er nicht einmal physische Gewalt anwenden. Jetzt hat er die Macht eines Gottes, und er ist wütend.

Grundgütiger Himmel, ich will das nicht!

Es ist mir alles zu viel. Ich wünschte, ich könnte diese Sinne abstellen. Ich möchte alles ausblenden, mich im Dunkeln vergraben – aber nicht in diesem Dunkel hier! Weg hier, weg … Ich will das nicht!

Jetzt kommen sie, eine große Gruppe. Irre ich mich oder … singen sie?

Paul ist fort, meint Florimel. Haben sie ihn bereits abgeschleppt?

T4b! Sie kommen! Komm hier rüber zu Florimel und mir!

Ich wünschte, er hätte seinen Panzer noch. Ich sollte … wenn dies jetzt die letzte … sollte ich … aber …

O Gott, alles, nur nicht das …!«

Kapitel 17
ATEMBESCHWERDEN

NETFEED/INTERAKTIV:
GCN, Hr. 5.5 (Eu, NAm) - "How to Kill Your Teacher" ("Wir bringen unsern Lehrer um")
(Bild: Looshus und Kantee lesen die "Rolle des wirklichen Lebens")
Off-Stimme: Looshus (Ufour Halloran) und Kantee (Brandywine Garcia) haben herausgefunden, dass Direktor Übelfleisch (Richard Raymond Balthazar) der wiedergeborene Prophet des Kults der Kosmischen Wahrheit ist und ein blutiges Opfer sämtlicher Schulinsassen plant, um so das Ende der Welt herbeizuführen. Gesucht 4 Aufsichtsschüler, 7 Kultmitglieder. Flak an: GCN.HOW2KL.CAST.

> Genau besehen gaben sie ein sehr kleines Häuflein ab, all die Dinge, die sie gekauft hatte, all die Dinge, die sie auf dieser letzten und merkwürdigsten Fahrt eines Lebens vieler Fahrten und vieler Merkwürdigkeiten mitnehmen wollte.

Die neue Telematikbuchse war selbstverständlich klein, trotz der zusätzlichen Reichweite nicht größer als die Standardversion. Sie hatte dafür einen ansehnlichen Teil ihres Bankguthabens hinlegen müssen, aber der Verkäufer hatte geschworen, dass sie damit auf eine Entfernung von mehreren Meilen den Kontakt mit ihrem hypermodernen Dao-Ming-Pad halten konnte – »auch mitten in einem benutzungsintensiven Telekomgebiet während eines starken Gewitters«, wie er ihr jovial versichert hatte. Mit Gewittern hatte Olga noch keine Erfahrung gemacht, obwohl sie mittlerweile lange genug in der Nähe des Golfs von Mexiko war, um zu wissen, dass es selbst an einem klaren Tag jederzeit blitzen konnte, aber sie ging davon aus, dass eine Insel mit eigener Armee und Luftwaffe wohl als »benutzungsintensives Telekomgebiet« gelten konnte.

Neben der Buchse lag eine kleine, aber extrem starke LED-Taschenlampe, ein Hightech-Accessoire, das normalerweise an Geschäftsleute mit zu viel Geld verkauft wurde und das trotz seines dramatischen Namens – irgendetwas wie »SpyLite« oder »SpaceLight«, sie wusste es nicht mehr genau – wohl selten für dramatischere Zwecke gebraucht wurde, als auf dem dunklen Parkplatz einen heruntergefallenen Schlüssel zu finden. Im selben Geschäft hatte sie außerdem ein Allzweckwerkzeug namens »OmniTool« gekauft, sich dann aber umentschieden und es gegen das vertrautere Schweizer Offiziersmesser umgetauscht. Sie hatte sich schon immer eines anschaffen wollen, hatte sich Dutzende Male überlegt, was für ein praktisches Gerät es für eine alleinlebende Frau doch wäre, aber aus irgendeinem Grund war es immer bei dem Vorsatz geblieben. Die Tatsache, dass sie endlich eines gekauft hatte, ein Spitzenmodell mit allen möglichen versteckten Extras und eingebauter Mikroelektronik, hatte zu allem anderen gepasst. Ihr Leben hatte sich verändert. Sie war nicht mehr die gleiche Olga Pirofsky.

Ja, was nahm man denn sonst noch mit, wenn man sich in eines der größten und bestbewachten Unternehmen der Welt einschleichen wollte? Sie stellte sich vor, dass sie sich noch viele andere Dinge hätte zulegen können, Pistolen und Schneidbrenner und Sondierungsgeräte, aber das schmeckte ihr alles zu sehr nach jungenhaften Kriegsspielen. Außerdem war sie sich ziemlich sicher, dass man sie an irgendeinem Punkt festnehmen würde, und eine Tasche voll Plastikbomben oder Kletterhaken würde es nicht besonders glaubwürdig erscheinen lassen, dass sie ihre Reisegruppe verloren hatte.

Aus dem Grund war es nur ein kleines Häufchen, was sie an Hilfsmitteln mit hinter die feindlichen Linien nehmen wollte: die neue Buchse, das Messer, die Taschenlampe und den einzigen gefühlsbeladenen Gegenstand, den sie nicht mit dem Rest ihres alten Lebens in Juniper Bay zurückgelassen hatte.

Der weiße Plastikkringel würde mit Sicherheit bei niemandem Verdacht erregen. Olgas Nachname mit der Initiale des Vornamens, geschrieben vor Jahrzehnten von einer Krankenschwester, die gut und gern tot sein mochte, war mittlerweile beinahe verblasst. Olga selbst hatte das Armband seinerzeit zerschnitten, um es abzukommen, es aber niemals weggeworfen, und in der obersten Schublade ihrer Kommode hatte es all die Jahre über die Form ihres Handgelenks beibehalten. Oft hatte sie kurz davor gestanden, es in den Müll zu werfen, doch die O. Pirofsky, die dieses Krankenhausarmband getragen hatte, war ein anderer Mensch gewesen, und das kleine, weißgraue Kunststoffteil war ihre einzige greifbare Verbindung zu jener Olga, einem Mädchen, das das Leben noch vor sich hatte, einer jungen Frau, deren Verlobter Aleksander noch lebendig war, quicklebendig, einer jungen Frau kurz vor der Geburt ...

Es klopfte mehrmals energisch an die Tür ihres Motelzimmers. Erschrocken ließ Olga das Armband auf das Häuflein von Gegenständen auf ihrem Bett fallen. Nach kurzem Zögern trat sie an die Tür und blickte durch den Fischaugenspion. Eine schwarze Frau und ein weißer Mann standen draußen, beide dunkel gekleidet.

Sie lehnte sich atemlos an die Tür. Ihr Herz raste ohne ersichtlichen Grund. Das mussten Missionare sein, die ganze Region wimmelte von diesen Leuten, die nichts Besseres zu tun hatten, als in der größten Bullenhitze dick angezogen herumzuspazieren und anderen weismachen zu wollen, dass sie an einen noch heißeren Ort kämen, wenn sie sich nicht zum Glauben der Werber bekehrten.

Wieder ertönte das Klopfen, und diesmal so nachdrücklich, dass sie alle Überlegungen, es zu ignorieren, vergaß. Sie warf ihren Motelbademantel über die Dinge auf dem Bett, wobei es sie trotz ihrer Angst störte, dass diese Leute jetzt denken würden, sie sei so eine Person, die gewöhnlich ihre Sachen über das ganze Zimmer verteilte.

Es war die schwarze Frau, die das Wort ergriff, als die Tür aufging. Sie lächelte Olga an, wenn auch ein wenig künstlich, und zog eine lange, flache Brieftasche aus ihrer Jacke. »Du bist Frau Pirofsky, ist das richtig, Ma'am?«

»Woher kennst du mich?«

»An der Rezeption hat man uns deinen Namen gegeben. Kein Grund zur Besorgnis, Ma'am, wir wollten uns nur kurz mit dir unterhalten.« Die Frau klappte die Brieftasche auf, und etwas, das aussah wie das Hologramm einer Polizeimarke, erschien. »Ich bin Wachfrau Upshaw, und das ist mein Kollege Wachmann Casaro. Wir hätten dir gern ein paar Fragen gestellt.«

»Seid ihr … von der Polizei?«

»Nein, Ma'am, wir sind vom Sicherheitsdienst der J Corporation.«

»Aber ich …« In ihrer Angst und Überraschung hatte sie sagen wollen, dass sie gar nicht mehr für die J Corporation arbeitete. Sie konnte die Bemerkung gerade noch hinunterschlucken, allerdings um den Preis, dass sie wie ein begriffsstutziges altes Weib aussah. Na ja, dachte sie, vielleicht ist das nicht der schlechteste Eindruck, den ich machen kann.

Wachmann Casaro hatte den Augenkontakt mit ihr nur kurz gehalten und bemühte sich im Gegensatz zu seiner Kollegin nicht um ein verbindliches Lächeln. Die stecknadelkopfgroßen schwarzen Löcher in seinen hellgrauen Pupillen spähten an ihr vorbei ins Zimmer, als wäre er ein Automat, der alles, was er sah, zur späteren eingehenden Untersuchung aufzeichnete. Olga fiel plötzlich ein, was ihre Großmutter öfter von der früheren polnischen Geheimpolizei erzählt hatte. *»Sie haben dich nicht angeguckt, sondern durch dich durchgeguckt haben sie, selbst wenn sie mit dir geredet haben. Wie mit Röntgenaugen.«*

»Was … was könnt ihr denn für Fragen an jemand wie mich haben?«

Wachfrau Upshaw schaltete wieder das Lächeln ein. »Wir machen nur unsere Arbeit, Ma'am. Uns ist zu Ohren gekommen, dass du dich an verschiedenen Orten nach dem J Corporation Campus erkundigt hast.«

»Campus?« Sie wurde das Gefühl nicht los, dass die beiden sie von der Sekunde an, wo sie bei Obolos Entertainment zur Tür hinaus war, verfolgt hatten, dass sie ihr jetzt nur eine hinterhältige Komödie vorspielten und sie jeden Moment auf den Boden werfen und ihr Handschellen anlegen würden.

»Die Gebäude, die Einrichtungen – so sagen wir dazu, Ma'am. Einige der Händler im Ort, na ja, sie informieren uns, wenn Leute Fragen stellen.« Sie zuckte mit den Achseln, und jetzt erst sah Olga, wie jung die Frau eigentlich war – Anfang zwanzig vielleicht. Dem bemüht korrekten Ton, in dem sie redete, hörte man an, dass sie ein wenig unsicher war. »Würdest du uns jetzt bitte erzählen, was dich hierherführt und wieso du dich für die J Corporation interessierst?«

Wachmann Casaro war endlich mit seiner ausgiebigen Inspektion all dessen fertig, was hinter Olga zu sehen war. Seine Augen begegneten ihren und blieben daran haften. Sie fühlte, wie ihr die Knie weich wurden. »Gewiss doch«, brachte sie heraus und schluckte. »Aber kommt doch bitte herein, sonst geht die ganze klimatisierte Luft raus.«

Die beiden wechselten einen fast unmerklichen Blick. »Gerne, Ma'am. Danke.«

Nachdem Olga unter dem Vorwand, den Bademantel ordentlich wegzuräumen, die Dinge vom Bett genommen und das Bündel in dem winzigen Bad auf der Ablage deponiert hatte, konnte sie sich ein wenig entspannen. Keiner der Gegenstände, die dort gelegen hatten, war illegal oder auch nur besonders verdächtig bei einer Person, die in der Netzunterhaltung tätig gewesen war, aber irgendwie wollte sie nicht, dass ihr Besitz einer Telematikbuchse, die soviel kostete wie ein Kleinwagen, zum Gesprächsthema wurde.

Jetzt, wo ihre anfängliche Furcht langsam nachließ, fand sie, dass das Ganze nicht schlimmer war, als es aussah. Sie hatte in einer Stadt, die mehr oder weniger dem Konzern gehörte, neugierige Fragen gestellt, und dieser Konzern war berühmt für seine Geheimhaltungspolitik. Und wenn die beiden ihren Namen an der Motelrezeption bekommen hatten, konnte sie nicht gut behaupten, jemand anders zu sein, nicht wahr? Irgendwo auf dieser Insel, vielleicht im schwarzen Turm selbst, befanden sich die Unterlagen der Angestellten *Pirofsky, O.*

»Ihr müsst wissen«, erzählte sie ihnen, »dass ich jahrelang für ein Tochterunternehmen der J Corporation gearbeitet habe – ihr kennt doch bestimmt Onkel Jingle, nicht? An der Sendung habe ich mitgewirkt.« Upshaw nickte und lächelte höflich. Casaro verzog keine Miene. »Und da ich gerade in der Gegend war – ich mache eine Autotour durch die Staaten, zur Feier meines Ruhestands sozusagen –, dachte ich, ich schaue einfach mal vorbei. Schließlich habe ich viele Jahre lang von hier mein Gehalt bezogen!«

Sie beantwortete noch ein paar Fragen, alle von Wachfrau Upshaw gestellt, und tat ihr Bestes, um den Eindruck zu erwecken, sie freue sich über die Abwechslung und sonne sich in der Wichtigkeit eines Besuchs von Sicherheitskräften. Sie bemühte sich um die Ungezwungenheit der unschuldigen Steuerzahlerin, die ihr bei Polizeikontrollen in Juniper Bay niemals schwergefallen war.

Du bist doch eine Schauspielerin, oder? Dann spiele!

Es schien zu klappen. Die Fragen wurden flüchtiger, und selbst Casaros durchbohrender Blick auf Olga und ihr Zimmer stumpfte zu gelangweilter Routine ab. Sie verspürte keinen Drang, sein Interesse neu zu entfachen. Sie fing an, ihnen eine wahre, aber weitschweifige und belanglose Geschichte über ihren Hund Mischa zu erzählen, und damit hatte sie es schließlich geschafft.

»Tut uns sehr leid, aber wir müssen jetzt weiter, Frau Pirofsky«, sagte Upshaw und erhob sich. »Und entschuldige bitte nochmals die Störung.«

Von leiser Selbstzufriedenheit erfüllt erlaubte sie sich eine winzig kleine Provokation. »Ach, vielleicht kannst du mir das sagen, weil ich es nicht ganz sicher herausfinden konnte. Gibt es nicht *irgendeine* Art von Führung über ... den Campus, wie du es nanntest? Nachdem ich mir diesen weiten Weg gemacht habe, würde ich ihn nur ungern bloß aus der Ferne sehen.«

Casaro schnaubte und trat aus der Tür, um draußen auf dem Motelparkplatz unter dem heißen grauen Himmel auf seine Kollegin zu warten.

Upshaw schüttelte den Kopf. Zum ersten Mal war ihr Lächeln ehrlich, ein amüsiertes Grinsen. »Nein, Ma'am. Nein, ich fürchte, so etwas gibt es nicht. Die Art von Unternehmen sind wir leider nicht.«

> Jeremiah war oben im Schlafbereich damit beschäftigt, den Verband an Del Rays Kopfwunde zu wechseln, deshalb vertrat Joseph ihn als offizieller Beobachter der Überwachungsmonitore. Die Männer über ihnen waren alle im Bild einer Kamera; sie befanden sich immer noch an derselben Stelle neben der Fahrstuhltür. Im Augenblick ruhten sie sich aus und rauchten, aber staubige Betonbrocken lagen rings verstreut, und der Mann, der sich im Loch auf seine Spitzhacke stützte, stand einen guten halben Meter tiefer als seine Kameraden.

Vermutlich, dachte sich Joseph, sollten er und seine Gefährten wenigstens dafür dankbar sein, dass sie hier mitten im entlegenen Gebirge waren, sonst hätten sich die Männer dort oben wahrscheinlich schon längst Presslufthämmer und einen Kompressor besorgt.

»Feige Schweine«, murmelte er vor sich hin. Was an ihrem Tun eigentlich so feige war, konnte er nicht genau festmachen, aber zu warten fiel schwer, zumal wenn man aller Wahrscheinlichkeit nach darauf wartete, umgebracht zu werden.

Er blickte nach unten, wo die stummen V-Tanks standen. Seltsame Vorstellung, dass Renie so nahe war. Und ihr Freund auch, beide im Dunkeln eingeschlossen wie so Ölsardinen in Dosen. Sie fehlte ihm.

Der Gedanke war so überraschend, dass er einen Moment dabei verweilen und noch einmal nachfühlen musste. Ja, es stimmte, sie fehlte ihm. Er hatte nicht nur Angst um sie, wollte sie nicht nur vor den gefährlichen Männern beschützen, wie es seine väterliche Pflicht war – nein, er wollte, sie wäre da, und er könnte mit ihr reden.

Das war etwas, worüber er noch nie viel nachgedacht hatte, und er hatte Mühe, sich darauf zu konzentrieren. Irgendwie hing das alles mit Renies Mutter zusammen, aber nicht mit der schrecklichen Hilflosigkeit, die er bei ihrem Tod empfunden hatte, so wie er sie jetzt empfand, wo er nicht wusste, wie er Renie beschützen sollte. Ihm fehlte einfach ein Mensch, der sich etwas aus ihm machte. Ihm fehlte die Gesellschaft von jemandem, der seine kleinen Späßchen verstand. Eigentlich mochte Renie sie gar nicht besonders, und manchmal tat sie so, als wären es gar keine Späßchen, als würde er sich einfach dumm oder schwierig anstellen, aber es hatte Zeiten gegeben, da hatte er sie damit genauso erheitern können wie einst ihre Mutter.

Aber wenn er jetzt darüber nachdachte, schien das ziemlich lange her zu sein. Nicht viele Späßchen in den letzten paar Jahren, wenigstens keine, über die man lachen konnte.

Sie konnte selber recht witzig sein, wenn sie wollte, aber auch von ihr, hatte Joseph den Eindruck, war seit geraumer Zeit nicht mehr viel in der Richtung gekommen. Irgendwie war sie so ernst geworden. Bitter geradezu. Weil ihre Mama tot war? Weil ihr Vater nicht arbeiten konnte, mit seinem kaputten Rücken? Das war doch kein Grund, den Humor zu verlieren. Gerade dann brauchte man ihn am allermeisten, da war sich Long Joseph todsicher. Wenn er nicht ab und zu mit Walter und Dog einen trinken gegangen und ein bisschen lustig gewesen wäre, hätte er sich schon vor Langem umgebracht.

Als sie klein war, ham wir immer geredet. Sie hat mir Fragen gestellt, und wenn ich die Antwort nich gewusst hab, hab ich mir irgend 'nen Quatsch ausgedacht, um sie zum Lachen zu bringen. Er hatte dieses Lachen schon lange nicht mehr gesehen, das überraschte Lachen, bei dem ihr ganzes Gesicht aufleuchtete. Sie war so ein ernstes kleines Mädchen gewesen, dass er und ihre Mutter sie manchmal damit aufgezogen hatten.

Komm wieder, kleines Mädchen. Er starrte den stummen Tank an, dann wandte er sich aufs Neue dem Monitor zu. Die Pause war vorbei: Drei Männer buddelten jetzt in dem Loch im Betonboden, und Staubwolken stiegen auf, dass sie aussahen wie Teufel im Rauch der Höllenfeuer. Joseph hatte ein ganz komisches Gefühl, als ob er weinen müsste. Er langte nach seiner letzten, zur Neige gehenden Flasche Wein und nahm einen Schluck. *Komm doch bald wieder und lach mit mir …*

Das Klingeln des Fons erschreckte ihn so sehr, dass er beinahe die kostbare Plastikflasche mit offenem Verschluss fallen lassen hätte. Einen Moment lang starrte er den Apparat an, als wäre das Ding eine schwarze Mamba. Jeremiah war oben, aber er musste das Klingeln hören, schließlich waren alle umlaufenden Etagen bis zu der hohen Decke offen, so dass man sich in dem Laborkomplex wie in einem großen Bahnhofswartesaal fühlte.

Vielleicht lass ich lieber die Finger davon, bis er runterkommt, dachte Joseph, doch die Vorstellung, sich vor einem antiquierten Telefon zu fürchten, war zu viel. Beim nächsten Klingeln stand er auf und riss es von seiner leicht ramponierten Metallgabel.

»Wer is da?«

Zuerst herrschte Schweigen am anderen Ende. Als sich jemand meldete, klang die Stimme gespenstisch verzerrt. »Ist das Joseph?«

Ein Schauder fuhr ihm durch die Glieder, ehe er sich erinnerte. Aber er wollte sichergehen. »Erst sagst *du* mir, wer *du* bist.«

»Hier spricht Sellars. Herr Dako hat dir bestimmt von mir erzählt.«

Joseph wollte nicht, dass Jeremiah ins Spiel kam. Er, Joseph, hatte den Anruf angenommen, er war jetzt in dieser Notsituation zuständig. »Was willst du?«

»Helfen, hoffe ich. Ich gehe davon aus, dass es ihnen noch nicht gelungen ist, durchzubrechen.«

»Sie probieren's. Sie probieren's echt heftig.«

In der anschließenden Stille beschlich Joseph die Befürchtung, dass er irgendetwas falsch gemacht und ihren Schutzpatron verprellt hatte. »Ich habe nicht viel Zeit«, sagte Sellars schließlich. »Und viele Ideen auch nicht, muss ich gestehen. Die gepanzerten Fahrstuhltüren habt ihr zubekommen?«

»Ja. Aber die Kerle da hacken sich durch den Boden. Ham mit 'ner Granate angefangen, glaub ich, und sind jetzt mit Pickeln und Schaufeln zugange. Wollen direkt durch den Beton durch.«

»Das ist gar nicht gut. Habt ihr die Monitore zum Laufen gebracht?«

»Ich hab die Kerle im Moment im Auge. Sie buddeln wie Hunde nach 'nem Knochen.« Jeremiah war angekommen, einen besorgten Blick im Gesicht. Joseph winkte ab: alles unter Kontrolle.

Sellars seufzte. »Meinst du, du könntest mich an euer Überwachungssystem anschließen? Auf die Art hätte ich eine genauere Vorstellung davon, was vor sich geht.«

»Meinst du die Kameras und so?« Josephs Kompetenz war auf einmal unter schwerem Beschuss. »Dich anschließen? An die?«

»Das müssten wir eigentlich schaffen, selbst mit den alten Geräten, die ihr dort habt.« Ein eigenartiges keuchendes Lachen ertönte. »Ich bin selber ein ziemlich altes Gerät. Ja, ich denke, ich kann dich dirigieren.«

Joseph war verunsichert. Jede Zelle in seinem Körper forderte ihn auf, Verantwortung zu übernehmen, von Nutzen zu sein, aber er wusste, dass Jeremiah viel mehr Zeit an den Apparaten zugebracht hatte als er. Wenn er ehrlich sein wollte, musste er zugeben, dass er sich bisher nicht im Geringsten mit den Monitoren beschäftigt hatte. Mit echtem Bedauern sagte er: »Ich geb dich an Jeremiah weiter.« Doch bevor er das Handtuch warf, musste er wenigstens noch einmal den Zuständigen markieren. »Es is dieser Sellars«, flüsterte er, während er den Hörer weiterreichte. »Wir sollen ihn an die Bilddinger anschließen.«

Jeremiah blickte ihn befremdet an, dann beugte er sich vor und drückte einen Knopf auf der Bedienerkonsole. »Ich habe dich auf Lautsprecher gestellt, Herr Sellars«, sagte er laut und hängte den Hörer auf. »Auf die Art können wir dich beide hören.«

Joseph war verdutzt. Spielte Jeremiah den Freundlichen, als ob er es mit einem kleinen Jungen zu tun hätte? Oder behandelte er ihn als seinesgleichen? Joseph wollte grummeln, aber verspürte wider Willen eine gewisse Befriedigung.

»Gut.« Sellars' kratzige Stimme klang jetzt über den kleinen Lautsprecher noch unheimlicher. »Ich versuche, mir etwas einfallen zu lassen, aber könntet ihr mich zuerst einmal mit euren Monitoren verschalten?« Er gab Jeremiah eine Reihe von Instruktionen, denen Joseph nicht ganz folgen konnte, was ihm abermals die Petersilie verhagelte. Wer war denn hier eigentlich der Mechaniker in der Gruppe? Bestimmt nicht Jeremiah, eine Art besseres Dienstmädchen für eine reiche alte weiße Pute. Bestimmt nicht Del Ray, ein zu groß gewordener Schulbub, der feine Anzüge trug und hinter einem Schreibtisch hockte.

Bis Joseph schließlich die souveräne Gelassenheit aufbrachte, die unabsichtliche Beleidigung abzuschütteln, hatte Jeremiah anscheinend getan, was Sellars wollte.

»Ich sehe drei arbeiten und einen mit Gewehr, der aufpasst«, sagte die blecherne Stimme. »Sind das alle?«

»Ich bin mir nicht sicher«, antwortete Jeremiah.

Joseph zog nachdenklich die Stirn kraus. Als er und Del Ray hier eingestiegen waren, hatten sie ... wie viele gesehen? »Fünf«, sagte er plötzlich. »Die sind zu fünft.«

»Also ist einer irgendwo anders«, grübelte Sellars. »Den dürfen wir nicht vergessen. Aber erst müssen wir uns um die andern kümmern, die graben. Wie dick sind die Decken, wisst ihr das? Wartet, ich müsste Zugriff auf die Pläne haben.«

Etliche Sekunden lang war der Lautsprecher stumm. Josephs Gedanken wanderten gerade traurig zu dem kleinen Rest Wein zurück, den er übrig gelassen hatte, als die Stimme sich wieder meldete. »Ungefähr zwei Meter dick dort, wo sie arbeiten, neben dem Aufzugschacht. Was bedeutet, dass sie schätzungsweise ein Viertel geschafft haben.« Er gab ein eigenartiges Geräusch von sich, vielleicht ein Zischen der Anspannung. »Es ist schwerer Beton, aber in höchstens einem Tag sind sie durch.«

»Wir haben nur einen Revolver, Herr Sellars«, sagte Jeremiah. »Zwei Kugeln. Wir werden nicht gegen sie kämpfen können, wenn sie durch sind.«

»Dann müssen wir zusehen, dass wir sie daran hindern«, erwiderte Sellars. »Ich wünschte, diese Basis wäre noch ein bisschen älter, dann könnte ich vielleicht etwas an den Heizungen verstellen und Kohlenmonoxid in die oberen Räume leiten.«

Joseph konnte sich immerhin noch so weit an seine Zeit als Bauelektriker erinnern, dass ihm dieses Kohlenzeugs nicht ganz unbekannt war. »Genau, umbringen die Schweine! Vergiften! Das wäre prima.«

Jeremiah verzog das Gesicht. »Sie kaltblütig ermorden?«

»Es geht ohnehin nicht«, beruhigte Sellars ihn. »Wenigstens wüsste ich im Moment nicht wie, wir müssen also keine Moraldebatte führen. Aber du musst dir darüber im Klaren sein, dass das keine kleinen Gauner sind, Herr Dako. Das sind Mörder, vielleicht dieselben Männer, die deine frühere Arbeitgeberin auf dem Gewissen haben.«

»Woher weißt du davon?«, fragte Jeremiah verwundert. »Hat Renie dir das erzählt?«

»Und außerdem haben sie noch jemanden umgebracht, den Joseph kennt«, sagte Sellars, ohne auf Jeremiahs Frage einzugehen. »Den jungen Informatiker, bei dem ihr in Durban wart.«

Joseph musste einen Moment überlegen. »Den Dicken? Den Elefanten?«

»O Gott, das ist nicht wahr!«, rief Del Ray, der mittlerweile von seinem Krankenlager aufgestanden und dazugekommen war.

»Leider doch. Sie haben ihn in den Kopf geschossen und sein Wohngebäude in Brand gesteckt.« Sellars sprach jetzt sehr hastig, als ob eine Uhr in seinem Kopf laut tickte. »Und sie werden auch euch bedenkenlos umbringen, wenn ihnen danach ist … und ich vermute sehr, ihnen wird danach sein.«

Vor seinem inneren Auge sah Joseph die mit Geräten vollgestopfte Fabriketage brennen. Sein anfänglicher faszinierter Grusel gerann zu einem ganz anderen Gefühl, als ihm die Keckheit des Elefanten wieder ins Gedächtnis kam, sein Stolz auf seine erstklassige technische Ausstattung.

Ungerecht. Das is ungerecht. Er hat uns doch bloß geholfen, weil Del Ray ihn drum gebeten hat.

»Was sollen wir dann tun?«, fragte Jeremiah. »Darauf warten, dass sie durchbrechen und uns ermorden?«

»Die Polizei!« Joseph fühlte, wie der Zorn in ihm anschwoll. »Warum rufen wir nich einfach wen zur Hilfe – die Armee? Melden ihnen, dass ein paar Männer uns hier in ihrem Stützpunkt umbringen wollen?«

»Weil ihr selber von der Polizei gesucht werdet«, erwiderte Sellars mit seiner elektronisch verzerrten Stimme. »Dafür hat die Bruderschaft gesorgt. Wisst ihr nicht mehr, was passierte, als Herr Dako eine seiner Karten benutzen wollte?«

»Woher weißt du das alles?«, fragte Jeremiah abermals. »Bei unserem ersten Gespräch habe ich dir nichts davon erzählt.«

»Lass gut sein.« Ihr unsichtbarer Helfer klang erschöpft. »Wie gesagt, ich habe wenig Zeit und noch anderswo viel zu tun. Wenn ihr die Polizei verständigt, wird es Stunden dauern, bis ein ausreichend großes und ausgerüstetes Kommando dort oben bei euch in den Bergen eintrifft. Und gesetzt den Fall, sie schaffen es und können Klekker und seine Killer vertreiben oder festnehmen, was passiert dann mit euch? Vor allen Dingen, was passiert mit Renie und !Xabbu? Wenn ihr drei verhaftet seid, werden sie entweder allein und unbeaufsichtigt in dem leeren Stützpunkt zurückbleiben, dem dann vielleicht noch der Strom abgedreht wird, oder falls ihr sie meldet, werden sie abgeschaltet und weggebracht. Und meine Vermutung wäre, dass sie dann in dem bekannten Koma liegen. Sie zum gegenwärtigen Zeitpunkt herauszuholen, könnte sogar tödlich sein.«

Die Vorstellung, dass der Strom plötzlich weg sein könnte und dass Renie dann in der Finsternis des Tanks aufwachte und verzweifelt aus diesem komischen Gelee herauszukommen versuchte, war noch grauenhafter als der Gedanke, dass sie in einem Krankenhaus lag, genauso starr und reaktionslos wie ihr Bruder. Joseph knallte die flache Hand auf den Tisch. »Kommt nich infrage. Ich lass mein Mädel nich hier hängen.«

»Dann müssen wir uns eine andere Lösung ausdenken«, meinte Sellars. »Und zwar rasch. Ich habe derzeit alle Hände voll zu tun, überall Brände zu bekämpfen, und sobald ich einen gelöscht habe, brechen dafür zwei neue aus.« In der eintretenden Stille hörte man nur das Sprachverzerrungsgear des geheimnisvollen Mannes summen. »Moment mal. Das könnte es sein.«

»Was? Was könnte was sein?«, fragte Jeremiah.

»Lass mich noch mal einen Blick auf die Pläne werfen«, erwiderte Sellars. »Wenn ich recht habe, müssen wir schnell machen – dann habt ihr alle viel zu tun. Und es ist riskant.«

»Am Anfang nur ein kleiner Haufen«, mahnte Sellars. »Beschränkt euch auf die Sachen, von denen ihr wisst, dass sie brennen: Papier, Kleidungsstücke.«

Joseph blickte auf den riesigen Haufen Zeug, den sie in den vergangenen anderthalb Stunden unter Sellars' Leitung zusammengetragen hatten. Papier, Trockentücher und Lappen konnte er verstehen, auch die staubigen Militärbettlaken, die sie sich in ihren ersten Tagen aus dem Materiallager geholt hatten, aber was in aller Welt sollten sie mit den Rädern der ganzen Bürostühle anfangen? Mit Gummimatten? Teppichböden?

»Ich will es noch einmal überprüfen, bevor wir zur Tat schreiten und dann nicht mehr zurück können«, sagte Sellars. »Anders als eure Feinde habt ihr keinen Zugang zu frischer Luft.« Als ob ein Geist einen Schalter betätigt hätte, erhob sich im Luftkanal in der Wand ein rasselnder Ton. Er wurde höher, schwoll zu einem schrillen Heulen an, dann sank er wieder ab. »Gut. Jetzt kann jemand das Feuer anzünden.«

Del Ray, der trotz seines Zustandes mithalf, sah erst Jeremiah, dann Joseph an. »Anzünden? Wie denn?«

Müdigkeit sprach aus Sellars' Stimme. »Gibt es nichts, was ihr nehmen könntet? Der Stützpunkt ist alt, bestimmt hat jemand ein Feuerzeug liegen lassen, irgendetwas?«

Joseph und die anderen schauten sich um, als ob so ein Etwas auf magische Art erscheinen könnte.

»Im Notstarter für den Generator ist noch ein bisschen Benzin«, meinte Jeremiah. »Ein Funke würde schon ausreichen. Einen Funken müssten wir doch zustande bringen, oder?«

»Ich nehme an, dass ihr in die Drähte in der Monitorkonsole schneiden könnt«, sagte Sellars. »Das sind die einzigen, an die ihr ohne weiteres herankommt …«

»Momentchen!« Joseph richtete sich auf. »Ich weiß was. Long Joseph wird das Kind schon schaukeln.« Er drehte sich um und eilte in den Raum, in dem er schlief.

Er hatte Renies Sachen in einen Kasten getan, um sie ordentlich für sie aufzuheben, bis sie wieder aus dem Tank kam. Er durchwühlte die Taschen und entdeckte zu seiner großen Freude ihre Zigaretten. Doch trotz allem Suchen konnte er kein Feuerzeug finden. Sein Hochgefühl verging.

»Scheiße«, sagte er und ließ die Sachen zurück in den Kasten fallen. Er starrte die Zigaretten an und fragte sich dumpf, wie Renie wohl ohne sie zurechtkam. Konnte man in dieser Computerwelt, wo sie war, rauchen?

Wenn nich, geht sie bestimmt die Wände hoch, dachte er. *Andererseits bin ich in der wirklichen Welt und krieg keinen Wein, also wer is jetzt schlimmer dran?*

»Gute Idee«, sagte jemand in der Tür.

Joseph blickte auf und sah Del Ray. »Kein Feuerzeug, keine Streichhölzer.«

Der jüngere Mann war einen Moment perplex, dann lächelte er. »Ist nicht nötig. Die sind selbstentzündend.«

Joseph gaffte das Zigarettenpäckchen an, und in seine Erleichterung mischte sich ein leises ärgerliches Bedauern, dass er sich von einem, der so alt war wie seine Tochter, so etwas Wichtiges sagen lassen musste. Er holte tief Luft und schluckte die bissige Bemerkung hinunter, die ihm auf der Zunge gelegen hatte. Er warf Del Ray die Zigaretten zu und folgte ihm zu dem improvisierten Scheiterhaufen.

Kaum war der Zündstreifen gezogen, glomm das Ende der Zigarette auf. Del Ray warf sie auf die kniehoch aufgehäuften Papiere und Lappen. Gelbe Flämmchen züngelten auf, und nach einer halben Minute brannte ein ansehnliches Feuer. Als Joseph und die anderen mehr von den leicht brennbaren Sachen obendrauf warfen, stieg eine zusehends größer werdende Rauchwolke auf. Der Summton des Entlüfters wurde tiefer, und der Rauch wurde zur Wandöffnung hingesaugt.

»Langsam.« Sellars' körperlose Stimme war über das Prasseln des Feuers hinweg schwer zu verstehen. »Es muss erst sehr heiß brennen, bevor ihr Kunststoff oder Gummi drauftun könnt.«

Joseph begab sich zu den Monitoren. Die Männer oben neben dem Fahrstuhlschacht hackten und schaufelten mit unvermindertem Eifer und waren jetzt fast bis zur Taille in dem Loch versunken. Der Weiße, der den Fortgang ihrer Arbeit beobachtete, hatte eine Zigarre im Mundwinkel.

»Du wirst deinen Rauch noch kriegen, du hässlicher Vogel«, zischte Joseph, bevor er zu den anderen zurückging und wieder mithalf.

Nach zwanzig Minuten waren die Flammen so hoch wie Long Joseph und das ganze Feuer mehrere Meter breit, und nur der Entlüfter, der inzwischen wie ein startendes kleines Flugzeug brüllte, verhinderte, dass sie an den grauen Rauchwolken erstickten.

»Jetzt die Pfannen mit Öl«, wies Sellars sie an. »Und dann können langsam die Gummimatten kommen.«

Jeremiah und Joseph griffen sich jeder einen Besenstiel und schoben damit die Bratpfannen voll Maschinenöl ins Innere der Feuersbrunst. Del Ray warf einen Großteil der Sachen, die sie beiseitegelegt hatten, auf den Haufen. Der Rauch und auch die Flammen selbst veränderten die Farbe: Die aufwallende und in den Luftschlitz gesaugte Wolke war jetzt gewitterschwarz, und selbst durch den feuchten Lappen hindurch, den er sich über Mund und Nase gebunden hatte, wurde Joseph von dem Geruch leicht schwindelig. Auch seine Augen brannten; die Schutzbrillen, die sie in einem Schrank gefunden hatten, waren uralt und passten schlecht. Er trat zurück und sah zu, wie Jeremiah und Del Ray die letzten Kisten mit Kunststoff und Gummi auf den brennenden Berg schleuderten. Die Flammen schlugen so heftig, dass die drei über die große Fläche zurückgetrieben wurden, die sie auf dem Betonboden freigeräumt hatten, und dabei in einem fort husten mussten.

Ohne das Saugdings da, dachte Joseph, während die dicken, pechschwarzen Wolken, die eher feststofflich als gasförmig wirkten, im Luftkanal verschwanden, *würden wir alle krepieren.* Plötzlich begriff er, was Sellars vorher mit »riskant« gemeint hatte. Wenn der Strom ausfiel, wenn die heiße schwarze Wolke die Entlüftungsanlage irgendwie abwürgte, würde der ganze Qualm zu ihnen zurückkommen. Dann hatten sie die Wahl, entweder zu ersticken oder die gepanzerten Fahrstuhltüren zu öffnen und vor die Gewehrmündungen der Killer zu stolpern.

Die schwarze Masse überstieg langsam die Leistungskraft des Entlüfters, sie schlug nach hinten um und verbreiterte sich wie eine Gewitterwolke. In Joseph stieg die Angst auf.

»Wo is der verdammte Kerl?«, rief er. Jeremiah und Del Ray waren zu sehr mit Husten beschäftigt, um ihm zu antworten. In einem Anfall von ungewöhnlicher Weitsicht drehte Joseph sich um und prägte sich den Standort der V-Tanks ein, damit er sie finden und die darin Eingeschlossenen herauslassen konnte, falls der Strom ausging. Nachdem seine Gedanken die ganze Zeit nur ums Feuermachen gekreist waren, wurden sie jetzt verworren und panisch. »Sellars oder wie du heißt! Was machst du, Mann? Wir ersticken hier!«

»Entschuldigt«, summte die Stimme. »Ich musste den Feueralarm desaktivieren. Ich bin jetzt so weit.«

Du hast leicht reden, dachte Joseph. *Du musst nich hier unten um Atem ringen.*

Er und die anderen versammelten sich keuchend um den Monitor.

Das Röhren des Entlüfters blieb konstant, aber es gab eine Folge von fernen Gongtönen, als ob jemand mit einem Hammer auf ein Metallrohr schlug. Im nächsten Moment fühlte Joseph, wie sich der Druck im Raum veränderte, nicht so stark, dass ihm die Ohren knackten, aber doch deutlich spürbar. Die schwarze Rauchsäule schwankte und krümmte sich wieder zur Wand hin. Auch der übrige Qualm, den der Entlüfter vorher nicht bewältigt hatte, wurde langsam davon angesaugt, als ob der Berg selbst einatmen würde.

»Seht«, sagte Sellars.

Zunächst blieb die Szene am Monitor unverändert: Die Spitzhacken gingen weiter auf und nieder, und der weiße Mann mit der Zigarre – Klekker hatte Sellars das Burenschwein genannt, den Namen wollte Joseph sich merken – beugte sich herunter und sagte etwas. Da hob Klekker den Kopf wie ein Tier, das in der Ferne einen Schuss hört. Gleich darauf wurde das Bild dunkel. Im ersten Moment dachte Joseph tatsächlich, der Monitor sei ausgefallen.

Auf dem winzigen Bildschirm, ohne Ton, wirkte das Ganze völlig unwirklich. Mit einem Mal sprangen die Männer auf dem nachtfinsteren Bild wie von der Tarantel gestochen aus der Grube. Einer sackte auf die Knie und erbrach sich würgend, doch bevor Joseph erkennen konnte, was mit ihm geschah, wurde der Monitor fast vollkommen schwarz.

Sämtliche Bildschirme der Etage verdüsterten sich von dem Rauch, der aus der Wandöffnung neben dem Fahrstuhl quoll. Joseph erhaschte nur kurze Blicke auf die Männer, wie sie stolperten, hinfielen, auf allen vieren zum Ausgang krabbelten.

»Verreckt, ihr Schweine!«, schrie er. »Mein Haus abbrennen, was? ’nen armen Computerfutzi erschießen, den ihr nich mal kennt? Ersticken sollt ihr alle und verrecken!«

Aber soweit sie erkennen konnten, verreckten sie nicht, wenigstens nicht alle. Die Monitore übertrugen ihre Flucht ins nächste Geschoss und ihre verzweifelten Versuche, die Tür hinter sich dichtzumachen, doch Sellars leitete die Gase und den Qualm anscheinend auch auf diese Ebene, denn die Gangster waren abermals gezwungen zu fliehen.

Vier von ihnen kamen schließlich zum großen Tor des Stützpunkts hinaus. Die Außenkamera daneben zeigte, wie die kleinen, stummen Gestalten an die Luft taumelten und zu Boden fielen wie Schiffbrüchige, die wider Erwarten doch noch das Land erreicht hatten.

»Vier«, zählte Del Ray. »Einer von ihnen hat es also nicht geschafft. Das ist immerhin etwas.«

»Die Übrigen werden ziemlich lange nicht mehr auf die Ebene zurückkönnen, wo sie gegraben haben«, meinte Sellars. Er klang nicht gerade freudig, aber eine gewisse grimmige Befriedigung schwang in seiner Stimme. »Sie hatten vorher alle Türen aufgemacht und festgestellt, wahrscheinlich um sicherzugehen, dass wir sie nirgends einsperren können, aber ich habe die Lüftung auf dem Geschoss ausgeschaltet, und bis die Gase verflogen sind, wird es eine ganze Weile dauern.«

»Ich wünschte, sie wärn alle umgekommen«, sagte Joseph.

Jeremiah schüttelte den Kopf und wandte sich ab. »Ein schrecklicher Tod.«

»Was meinst du, was sie mit uns vorhaben?«, fauchte Joseph giftig. »Uns zu 'nem Braai einladen? Steaks grillen, paar Bierchen köpfen?«

»Ich muss mich jetzt bis auf weiteres verabschieden«, verkündete Sellars. »Aber ich melde mich wieder. Ein paar Tage Atempause müsstet ihr gewonnen haben.«

Nachdem der Lautsprecher verstummt war, nahm Joseph das feuchte Tuch vom Mund, legte es aber gleich wieder vor.

»Atempause, pfff«, krächzte er. »Er soll mal dafür sorgen, dass die Luft hier drin besser wird.«

»Die Lüftung arbeitet noch«, sagte Del Ray. »Ich denke, die Luft wird besser werden. Aber wir sollten das Feuer ausmachen.« Er griff sich einen der Feuerlöscher, die sie vorsorglich bereitgestellt hatten.

Joseph tat es ihm umgehend nach. »Wie sieht's bei Renie und dem kleinen Mann aus?«, rief er nach hinten zu Jeremiah.

Jeremiah Dako schob kurz die Schutzbrille hoch, um die Anzeigen auf der Konsole ablesen zu können. »Alles gleich bleibend. Sie atmen bessere Luft als wir.«

»So, und was machen wir jetzt?«, fragte Joseph, während er einen großen Feuerlöscher vom Boden aufhob. Rauch ringelte sich um seine Schuhe, aber der größte Teil der Wolke wurde weiter in den Luftschacht gesaugt, dessen Gitter samt der Wand darum vollkommen verrußt war.

»Was wir die ganze Zeit schon machen«, entgegnete Jeremiah. »Warten.«

»Scheiße«, sagte Joseph. Er spritzte einen weichen Schaumstrahl auf die Flammen. »Hab ich das vielleicht satt. Wieso kann dieser Sellars den ganzen Berg hier auf'n Kopf stellen, aber mir nich mal 'ne verdammte Flasche Wein schicken?«

> Es war natürlich ein Traum. Keiner von denen, die ihr Leben aus dem Gleis geworfen hatten, nicht die Rückkehr der Kinder nach langem Stillschweigen, sondern nur ein ganz normaler Traum.

Es war Nacht, und Aleksander stand bei ihr in Juniper Bay vor der Haustür. Er wollte, dass sie ihn einließ, weil er etwas vergessen hatte, doch obwohl sie im fahlen Licht der Straßenlaterne seinen Schattenriss sehen konnte – im Traum war ein Fenster neben der Tür –, war sie sich unsicher. Immer wieder rief er ihren Namen, nicht als ob er Schmerzen hätte oder wütend wäre, sondern mit seiner üblichen ungestümen Geschäftigkeit, diesem Gebaren, dass er etwas Wichtiges zu tun hatte, aber von einer trödeligen Welt mit ihren tausend banalen Hindernissen davon abgehalten wurde.

Er konnte oder wollte ihr nicht sagen, was er vergessen hatte. Durch ihre Unschlüssigkeit in helle Aufregung versetzt durchstöberte sie Schubläden und Schränke, um nur ja dieses wichtige Ding zu finden, das seine Weiterreise – wohin? – verzögerte, aber nirgends, wo sie suchte, konnte sie etwas finden, das ihr so aussah.

Als sie aufwachte, plapperte der Wandbildschirm und die Lücke zwischen den Motelvorhängen war stockdunkel. Sie war mitten am Nachmittag auf dem Bett eingeschlafen, und jetzt erhellte nur noch das Licht vom Bildschirm das Zimmer. Achtlos war sie eingenickt, ohne die Vorhänge ganz zuzuziehen. Jedermann hätte sie durchs Fenster beobachten können.

Aber wer wollte das schon?

Sie stand auf und machte die Vorhänge zu, dann begab sie sich zurück zur warmen Mulde des Bettes. Als sie sich hinsetzte und sich damit abzufinden suchte, dass sie nun einmal wach war, fehlte ihr plötzlich etwas. Es dauerte ein Weilchen, bis sie merkte, dass es Mischa war, der sich zuhause neben ihr zusammengerollt hätte oder eher noch auf ihrem Schoß. Immer hatte er sich mit seinem ganzen kleinen Körper vertrauensvoll auf sie gebettet.

Nie wieder. Tränen traten ihr in die Augen.

Im Hintergrund schwafelten immer noch die Nachrichten, Meldungen von plötzlicher Instabilität auf den Finanzmärkten, von merkwürdigen Gerüchten, vom mysteriösen Verstummen bedeutender Persönlichkeiten aus Politik und Wirtschaft. Es war schwer, sich davon betroffen zu fühlen. Oder vielmehr, es war zu schwer, das wirklich aufmerksam zu verfolgen und an sich herankommen zu lassen, weil dann die Betroffenheit zu wehtat. Früher hatte sie jeden Abend die Nachrichten geguckt, aber die alltägliche Leier der Schreckensmeldungen hatte in ihr das Gefühl erzeugt, dass sie und die ganze menschliche Zivilisation auf dem Kamm einer ungeheuren Welle kippelten, dass jeden Augenblick das Ganze mit furchtbarer Gewalt herunterdonnern konnte.

Sie stellte den Bildschirm ab. Zeit zum Aufbruch. Die Wachleute, Firmenpolizisten oder was sie sonst waren, hatten ihr einen tüchtigen Schreck eingejagt, aber offensichtlich gingen sie bloß allen ungewöhnlichen Meldungen nach. Einigen Leuten war aufgefallen, dass sie Fragen stellte.

Schließlich könnte ich ja eine Terroristin sein, dachte sie. Das belustigte sie, doch dann erschien ihr diese Lustigkeit noch als zusätzliche Ironie. *Aber ich bin eine Terroristin!*

Der Drang, in der Einsamkeit ihres still gewordenen Zimmers laut loszulachen, kam ihr bedenklich vor. Der Gedanke an das, was vor ihr lag, machte ihr Angst, das war die ganze Wahrheit. Olga war keine, die andere gern anlog, am allerwenigsten sich selbst.

Sicher, die Wachleute hatte sie angelogen, wenn auch nur durch Verschweigen. Und in gewisser Weise hatte sie sich auch Herrn Ramsey gegenüber unwahrhaftig verhalten, indem sie ihm eine schriftliche Mitteilung geschickt hatte, um sich seine Reaktion nicht anhören, sich nicht verteidigen zu müssen. Und genau wie sie befürchtet hatte, waren prompt seine Antworten eingetroffen, ein ganzer Chor von Protesten, die zu lesen sie nicht ertragen konnte.

Es war Zeit. Sie hatte vor, an dem abgelegenen Platz, den sie tief im Bayou gefunden hatte, ein paar Stunden in ihrem Mietwagen zu schlafen und dann, wenn der Wecker sie um Mitternacht aus dem Schlaf riss, in ihrem neugekauften Schlauchboot durch den Sumpf zu paddeln, um irgendwo bei dem Park anzulegen, der sich an einer Seite der künstlichen Insel entlangzog. Sie konnte nicht damit rechnen, dass es dort keine Wächter gab, aber bestimmt waren es an den Rändern des schwer zu durchdringenden Sumpfes weniger – hoffte sie.

Es war kein großartiger Plan, das war ihr klar, aber der beste, auf den sie hatte kommen können.

Das Pad blieb natürlich im Zimmer versteckt; sie hatte zwei Wochen im Voraus bezahlt, so dass es dort wahrscheinlich länger unbemerkt bleiben würde als im Auto, das nach ein paar Tagen schon gefunden sein konnte. So konnte sie dem Gerät Berichte schicken und diese weiterleiten lassen, bis ... bis irgendetwas geschah. Wenigstens wusste Herr Ramsey dann, was mit ihr passiert war. Vielleicht nützte ihm das etwas bei den anderen Sachen, die er unternahm, um den armen Kindern zu helfen.

Sie wusste, dass sie noch einmal alles kontrollieren sollte, aber der Gedanke an Catur Ramsey ließ sie nicht los. Sie klappte das Pad auf und blickte seine letzten drei Mitteilungen an, die mit ihrem Blinken und ihrer Kennzeichnung als »Dringend!«, geradezu nach Beachtung schrien. Sie wusste, dass sie sich nur schlechter fühlen würde, wenn sie sie las, dass alle seine Argumente vernünftig waren, aber nichts ändern konnten. Beim Streiten zog sie immer den Kürzeren. Aleksander hatte sie früher damit aufgezogen, indem er ihr die Zustimmung zu völlig absurden Sachen abgepresst und sie dann ausgelacht und keinen Vorteil daraus gezogen hatte. »Du bist wie Wasser, Olja«, pflegte er dann zu sagen. »Immer gibst du nach.«

Was aber, wenn Ramsey ihr noch etwas Anderes sagen wollte? Was, wenn er eine andere Art Vollmacht von ihr brauchte, um ihr Haus zu verkaufen? Was, wenn die Leute, die Mischa zu sich genommen hatten, den Namen des Tierarztes vergessen hatten und ihm nicht seine Medizin beschaffen konnten?

Sie wusste, dass das Ausflüchte waren, dass sie schlicht Angst vor der ihr bevorstehenden Fahrt hatte, aber jetzt konnte sie die Sorgen nicht mehr vertreiben. War das die Bedeutung des Traumes gewesen, in dem ihr lieber Aleksander so ungeduldig vor der Tür stand, wegfahren wollte, aber nicht konnte?

Sie machte einen letzten Gang durchs Zimmer, dann griff sie zum Pad. Sie hatte beschlossen, es ganz unten im Wandschrank zu verstecken, unter dem Bettzeug zum Wechseln. Es würde niemand im Zimmer sein, daher gab es keinen Grund, das Bett neu zu beziehen. Die unterbezahlten Reinigungskräfte des Motels würden sich schwerlich überflüssige Mehrarbeit machen.

Olga schob das Pad ganz nach hinten, dann trat sie an den Schreibtisch und schrieb eine Mitteilung auf den liebenswert altmodischen Notizblock – das Einzige an dieser Absteige, das sie von dem guten Dutzend anderer unterschied, in denen sie auf ihrer Fahrt übernachtet hatte. Unter der Kopfzeile »Bayou Suites« notierte sie: *»Ich werde dieses Pad abholen kommen. Wenn es aus dem Zimmer entfernt werden muss, hinterlasst es bitte an der Motelrezeption oder setzt euch mit Rechtsanwalt C. Ramsey in Verbindung.«* Sie fügte noch seine Adresse hinzu und unterschrieb.

Sie war bereits wieder am Schrank, als der Gedanke an den kleinen Mischa sie abermals befiel. Und wenn jetzt doch etwas passiert war? Wenn man ihm nicht seine Medizin verabreichte, bekam er wieder diese schrecklichen Anfälle. Sie hatte es ihnen mehrfach erklärt, seinen neuen Besitzern, aber wer wusste schon, wie sehr solche Leute Acht gaben?

Armer kleiner Kerl! Ich habe ihn an Fremde weggegeben. Ihn im Stich gelassen. Wieder bekam sie feuchte Augen. Still vor sich hinschimpfend setzte sich Olga aufs Bett, nahm das Pad auf den Schoß und fing an, Mitteilungen zu öffnen.

Kapitel 18
DER WUTSCHBAUM

NETFEED/NACHRICHTEN:
Tod des Generals immer noch von Geheimnis umwittert
(Bild: Yacoubian bei einem Treffen mit Präsident Anford)
Off-Stimme: Der Tod von Brigadegeneral Daniel Yacoubian in einer Hotelsuite in Virginia hat eine Reihe erstaunlich hartnäckig grassierender Gerüchte ausgelöst, deren Krönung die Erklärung von Edward Pilger ist, einem der Leibwächter des Generals, seiner Meinung nach sei Yacoubian in einen geplanten Putsch gegen die amerikanische Regierung verstrickt gewesen. Die Journalistin Ekaterina Slocomb, die vor einiger Zeit eine Kurzdoku über den General für den Nachrichtenknoten Beltway produziert hat, findet die Vorstellung absurd.
(Bild: Ekaterina Slocomb im Studio)
Slocomb: "Das gibt doch keinen Sinn. Yacoubian war mit vielen mächtigen Leuten befreundet. Warum sollte er oder sonst einer von ihnen eine Regierung stürzen wollen, die ohnehin nach ihrer Pfeife tanzt? Yacoubian war kein Ideologe, im Gegenteil, man könnte ihn als den archetypischen Pragmatiker bezeichnen ..."

> *Eines Tages kommt der Tag,* dachte sich Renie, *da wird mir in diesem Netzwerk etwas widerfahren, und ich werde es begreifen.* Aber offensichtlich war es noch nicht so weit. Ein kleines Wesen aus Erde, das sich »das Steinmädchen« nannte, stapfte entschlossen neben ihr her,

auf beiden Seiten der dunklen, leeren Straße waren die riesigen Schuhe, in denen die einheimische Bevölkerung wohnte, zum Schutz vor der Nacht und ihren Gefahren fest verriegelt, und diese ganze Welt war direkt vor Renies Augen aus dem silberigen Nichts entstanden.

»Ich verstehe immer noch nicht, warum du mit mir kommst«, sagte sie zu dem Kind. »Solltest du nicht lieber zuhause bleiben? Du hast doch meinetwegen schon genug Scherereien.«

Das Gesicht des Steinmädchens war so düster wie die Straße. »Weil ... weil ... Ich weiß nicht. Weil alles ganz schlimm ist und niemand auf mich hört. Die Stiefmutter hört nie auf mich.« Es wischte sich trotzig die dunklen Punkte, die seine Augen waren, und Renie wunderte sich, wie ein Kind, das aus Erde und Steinen bestand, weinen konnte. »Das Auslöschen kommt näher, und der Wutschbaum ist nicht mehr da.«

»Wie bitte? Ich dachte, da gehen wir hin, zu diesem Wutschbaum.«

»Gehen wir auch. Wir müssen nur rausfinden, wo er grade ist.«

Daran hatte Renie zu kauen, während sie die Außenbezirke des Schuhdorfs durchquerten. Es war rührend und verstörend zugleich. Die Bereitschaft des Mädchens, sich gegen die normale Ordnung ihres Lebens zu stellen, erinnerte Renie an Bruder Factum Quintus in der Hauswelt. Es war schwer vorstellbar, dass jemand einem bloßen Simulakrum einen derart flexiblen individuellen Charakter einprogrammierte, aber Beweise dafür hatte sie inzwischen mehr als genug gesehen. Etwas an dieser neuesten Simulation war jedoch anders, und nicht allein die Tatsache, dass sie anscheinend vom Andern selbst geschafffen worden war. Die verschüttete Erinnerung, die sich beim Anblick der Schuhbehausung des Steinmädchens und seiner buntscheckigen Geschwisterhordc in ihr geregt hatte, ließ ihr weiterhin keine Ruhe, kam aber nicht an die Oberfläche.

Was weiß ich denn? Dass dieser Ort irgendeinem Kinderreim entsprungen ist – oder wahrscheinlich eher vielen Reimen und Liedern und Geschichten. In dem von der alten Frau im Schuh kam meines Wissens kein Steinmädchen vor. Martine meinte, sie hätte dem Andern ein Lied beigebracht, das mit dem Engel, das er letztens bei unserer Ankunft auf dem Berg gesungen hat. Vielleicht hat sie ihm ja auch Märchen erzählt.

Doch damit bekam sie die ungreifbare Erinnerung auch nicht zu fassen.

Sie hatten den Rand der dunklen Siedlung erreicht. Es gab keinen Mond, nur einen matten Schimmer am Himmel, durch den das Nachtschwarz einen minimalen Stich ins Violette und die Schattenwelt vage Konturen bekam. Renie konnte die direkt neben ihr gehende kleine Person kaum erkennen. Sie wollte sich gerade Gedanken darüber machen, was geschehen mochte, wenn sie ihre kleine Führerin verlor, als eine leuchtende Erscheinung in wallenden Gewändern ihnen den Weg vertrat.

Erschrocken griff Renie nach dem Steinmädchen, doch dieses schüttelte unbesorgt ihre Hand ab. »Das ist bloß Smonkin«, sagte es.

»Halt!« Die Gestalt hob die Hand. Ein leuchtender Ball hing knapp darüber, eine Flamme ohne Brennstoff. »Wer geht da?«

»Ich bin's, das Steinmädchen.«

Als sie näher traten, konnten sie das merkwürdige Wesen ein wenig besser erkennen. Es trug so etwas wie ein langes, sternenbesetztes Nachthemd und hatte einen kugelrunden bleichen Kopf, so dass es wie ein überfüttertes Kind aussah. Es wedelte mit der Hand hin und her, und die Kugelkerze folgte ihr – ein eindrucksvolles Kunststück, das durch die Pausbacken und den dümmlichen Gesichtsausdruck etwas von seiner Wirkung einbüßte.

»Du solltest im Bett sein«, sagte es mit einer quengelnden Stimme. »Acht Uhr ist's.«

»Woran merkt er das?« Das war das erste Mal, seit Renie zurückdenken konnte, dass jemand eine exakte Zeitangabe machte. »Woher weiß er, dass es acht Uhr ist?«

»Das ist einfach sein Wort für ›dunkel‹«, erläuterte das Steinmädchen.

»Jedes Kind muss im Bettchen sein«, meinte Smonkin tadelnd.

»Ich geh aber nicht ins Bett. Ich geh den Wutschbaum suchen, und sie kommt mit. So sieht's aus.«

»Aber ... aber ... das geht nicht.« Seine Stimme verlor auf der Stelle den strengen Ton, ja wurde nahezu quiekend. »Alle müssen im Bett sein. Ich muss an die Fenster klopfen und nachschauen.«

»Die Stiefmutter hat uns beide vor die Tür gesetzt«, behauptete das Steinmädchen. Das stimmte zwar nicht ganz, aber war auch nicht ganz gelogen. »Wir können nicht zurück.«

Smonkin war jetzt der Panik nahe. »Dann könnt ihr doch irgendwo anders ins Haus, nicht wahr? Geht ... geht einfach zu Bett. Es muss doch noch andere Betten geben, auch wenn lauter Leute auf der Straße schlafen.«

»Nicht für uns«, erwiderte das kleine Mädchen fest. »Wir gehen in den Wald.«

Jetzt wurden die Äuglein in dem runden Gesicht schreckensweit. »Aber das geht nicht! Acht Uhr ist's!«

»Gute Nacht, Smonkin.« Das Steinmädchen nahm Renie am Arm und zog sie an der verdatterten Erscheinung vorbei, deren schwebende Flamme nun genauso traurig herabhing wie die Backen.

Renie schaute sich noch einmal um. Smonkin stand immer noch wie angewurzelt da, und die Bestürzung sprach nicht nur aus dem Blick, mit dem er ihnen nachstarrte, sondern aus seiner ganzen Haltung. Selbst die Sterne auf seinem Nachthemd sahen aus wie erloschen.

»Ach!« Renie schlug sich an die Stirn und musste sich beherrschen, nicht laut loszulachen. »Natürlich. Das Mondkind. Das an die Fenster klopft.« Ganz plötzlich, wie ausgelöst von einem charakteristischen Geruch, war die Erinnerung an das Gutenachtbuch aus Papier da, das sie von ihrer Großmutter zum fünften Geburtstag bekommen hatte, an die bunten Bilder, leuchtend wie Bonbonpapier. Sie war ein wenig enttäuscht gewesen, weil sie sich etwas gewünscht hatte, das sich von selbst bewegte wie die Kindergeschichten, die sie auf ihrem kleinen Netzbildschirm guckte, alle mit aufregenden Spielzeugfiguren in den Hauptrollen (auch wenn ihre Familie sich die meisten nicht leisten konnte), doch ihre Mutter hatte ihr verstohlen in den Rücken geknufft, und sie hatte sich artig bei Uma' Bongela bedankt und sich das Buch neben ihr Bett gelegt.

Erst Monate später, an einem Tag, als sie krank aus der Schule heimgekommen war, während ihre Mutter einkaufen und ihr Vater arbeiten war, hatte sie es schließlich aufgeschlagen. Die ungewöhnliche Ausdrucksweise an manchen Stellen hatte sie erst verwirrt, aber dann auch gefesselt, so als wäre plötzlich ein Fenster aufgegangen, das ihr völlig unbekannte Ausblicke eröffnete …

»'s Mondkind, 's Mondkind geht durch die Stadt,
Die Straßen entlang, treppauf, treppab.
Es klopft an die Fenster, es ruft hinein:
›Acht Uhr ist's! Jedes Kind muss im Bettchen sein.‹«

Das Gedicht trug ihr einen missbilligenden Blick des Steinmädchens ein. »Er heißt Smonkin«, korrigierte es Renie in einem Ton, der deutlich machte, dass es sie für nur sehr begrenzt zurechnungsfähig hielt.

Es dauerte eine Weile, bis Renie merkte, dass sie selbst ohne Smonkin und seine magische Kerze den Ausdruck auf dem Gesicht ihrer Gefährtin gut erkennen konnte. »Es wird heller!«

Das Steinmädchen deutete auf die umliegenden Hügel. Ein schmaler leuchtender Streifen hatte sich über die Kuppe geschoben, ein beängstigend langer Streifen. Von Renie mit höchst gemischten Gefühlen betrachtet, stieg der Vollmond am Himmel auf. Er bedeckte einen überraschend großen Teil des Firmaments, eine blauweiße Scheibe, die trotz ihrer Riesenhaftigkeit kaum mehr Licht abgab als der normale Mond, wie sie ihn kannte.

»Das ... das ist der größte Mond, den ich je gesehen habe.«

»Hast du denn schon mehr als einen gesehen?«

Renie schüttelte den Kopf. Lieber nichts sagen. Dies war eine Traumwelt, wahrscheinlich nicht einmal von einem Menschen geträumt, und es hatte keinen Zweck, mit den Details allzu pingelig zu sein.

Das Steinmädchen führte sie aus dem Dorf und weiter durch das Tal. Zu beiden Seiten nahm Renie noch andere dunkle Umrisse an den Hängen wahr, die verrammelten Häuser der nächsten Siedlung. Licht schimmerte durch Vorhangritzen, und Funken flogen aus Schornsteinen, aber ob es sich ebenfalls um Schuhe oder um andere Kleidungsstücke handelte, konnte sie nicht erkennen.

»Und wo ist dieser Baum?«, erkundigte sie sich, nachdem sie vielleicht eine Viertelstunde unter dem gewaltigen und doch erstaunlich milden Mond dahingegangen waren.

»Im Wald.«

»Aber hast du nicht gesagt, du hättest ihn schon mal gesucht, und da wäre er nicht gewesen.«

»War er auch nicht. Der Wald war weg.«

»Weg?« Renie blieb stehen. »Moment mal, wohin gehen wir dann? Ich will nicht die ganze Nacht bloß in der Gegend rumlaufen, ich will meine Freunde finden!« Der Gedanke, dass sie möglicherweise die Entfernung zwischen sich und !Xabbu noch vergrößerte oder, noch schlimmer, dass er in dieser mondbeherrschten Nacht ganz in ihrer Nähe umherirrte, versetzte ihr einen scharfen Stich. Sie hatte versucht, nicht an ihn zu denken, aber es war ein überaus heikles Denkverbot, das jeden Augenblick platzen konnte wie eine Seifenblase.

Das Steinmädchen drehte sich zu ihr um und stemmte die Stummelhände in die Hüften. »Wenn du Antworten haben willst, musst du mitkommen und einen Wutsch sagen. Wenn du den Wutschbaum finden willst, musst du erst den Wald finden.«

»Er ... er bewegt sich?«

Ihre kleine Führerin konnte nur den Kopf schütteln. »Ich versteh dich nicht. Ich will dir doch helfen. Kommst du jetzt mit oder nicht?« Aller festen Entschlossenheit zum Trotz war ein flehender Unterton durchzuhören.

Da kam Renie ein Gedanke. »Könntest du vielleicht eine Landkarte zeichnen? Vielleicht würde ich es dann besser verstehen.« Sie sah sich um und entdeckte einen Stock, mit dem sie einen Strich auf den Boden zog, dick, damit er bei dem fahlen Mondschein zu erkennen war. »Okay, das ist die Straße, die wir gerade gekommen sind. Hier, ich zeichne noch ein paar Schuhe als Häuser ein. Das da sind die Hügel. Und wir sind jetzt hier. Kannst du ungefähr angeben, wohin wir gehen?«

Das Steinmädchen blickte eine ganze Weile erst den Boden, dann Renie an und kniff dabei seine Lochaugen zusammen, als guckte es in die grelle Sonne. »Bevor ich dich getroffen habe«, fragte es mit einer gewissen Behutsamkeit, »bist du da irgendwie ... hingefallen? Vielleicht auf den Kopf?«

Als sie schließlich die mit dichtem Buschwerk bedeckten Hänge erreichten, die laut dem Steinmädchen die Ränder des Waldes bildeten, hatte Renie halbwegs eingesehen, wie unmöglich ihr Ansinnen war. Es konnte keine Landkarte geben, weder für diesen Gang noch für irgendeinen anderen. Offenbar waren Landkarten in diesen Breiten gänzlich unbekannt, und das aus einem sehr einleuchtenden Grund.

Es sieht so aus, als gäbe es keine richtigen Entfernungen von hier nach da, sinnierte sie. *Hätte ich mir eigentlich denken können. Die andern Simulationen sind von Menschen für Menschen gebaut, und zwar so, dass diese sich darin zurechtfinden können wie in der wirklichen Welt. Aber warum sollte eine Maschinenintelligenz versuchen, so etwas wie Nähe und Ferne oder geographische Zusammenhänge nachzubilden, Sachen, die für sie völlig bedeutungslos sind?*

Soweit sie sehen konnte, lag bestimmten Dingen wie zum Beispiel den Dörfern eine Art Plan zugrunde oder wenigstens eine gewisse dreidimensionale Ordnung und Stabilität, die es den Bewohnern gestattete, sich auf ihrem heimischen Territorium sicher zu bewegen, doch sobald man die vertraute Umgebung verließ, gab es anscheinend keine festen, im Gedächtnis verankerten Strecken zu anderen Orten in der Welt mehr, auch dann nicht, wenn die Bewohner vorher schon einmal dort gewesen waren.

So gesehen hatte sich das Steinmädchen recht wacker mit ihren Fragen herumgeschlagen, auch wenn diese ihm, wie Renie jetzt begriff, vollkommen abwegig vorkommen mussten. »Man … findet den Wald einfach«, erklärte es noch einmal. »Er ist so lange immer vor dir, bis du die nötige Zeit gegangen bist, und dann hältst du Ausschau.«

»Ausschau? Wonach denn? Nach … bestimmten Formen? Bäumen, die man schon mal gesehen hat?«

Das Steinmädchen zuckte mit den Achseln. »Einfach nach … Sachen, die einem sagen, dass der Wald irgendwo in der Nähe ist. Wie das da zum Beispiel.« Sie deutete auf einen Felsen, der im Licht des großen Mondes senkrecht aus dem Buschwerk am Hang aufragte.

»Der Felsen da?« Der fahl angeleuchtete steinerne Finger war so lang wie ein Lastwagen – gewiss ein ziemlich auffälliges Wahrzeichen. »Heißt das, du hast ihn früher schon mal gesehen?«

Ihre Führerin schüttelte den Kopf, sichtlich um Geduld bemüht. »Nein. So Felsen gibt's viele. Aber heute Nacht ist er ein waldnaher Felsen.«

Jetzt war es an Renie, den Kopf zu schütteln. Offensichtlich verfügte das Kind über Kenntnisse, die ihr verborgen waren. Vielleicht empfing es Hinweise, die Renie nicht erreichten, oder vorprogrammierte Informationen übersetzten sich als spontanes Erkennen. Was es auch war, Renie verstand es nicht. Und wenn es vorprogrammiert war, hatte sie ohnehin keine Chance.

Das Steinmädchen ging jetzt bergauf durch das Gestrüpp voran, und zum Schutz gegen Kratzer zog Renie die Decke fest um sich und versuchte sich vorzustellen, wie es sich anfühlte, in einer solchen Welt zu leben. *Aber wie kann ich hoffen, da je durchzublicken? Ich kann mich ja nicht mal weit genug in !Xabbu hineinversetzen, um mir eine Kindheit und Jugend wie seine vorzustellen, die Fremdheit, die das normale städ-*

tische Leben für ihn hat, und dabei ist er ein lebendiger Mensch wie ich, kein künstliches Konstrukt.

Das Bewusstsein, von ihm getrennt zu sein, schnitt ihr wieder ins Herz, diesmal aber begleitet von einer Resignation, die sie sonst nicht von sich kannte. *Ist es sowieso zwecklos?* überlegte sie. *Meine Gefühle für ihn sind so stark, ich hab solche Angst, dass wir hier nicht zusammen rauskommen – aber wenn doch, was dann? Selbst wenn wir überleben, wie sollen wir ein gemeinsames Leben führen? Wir sind so verschieden. Außer den paar Sachen, die er mir erzählt hat, weiß ich nichts über seine Herkunft, über die Lebensweise seines Volkes. Was würde seine Familie von mir halten?*

Mit zunehmender Mutlosigkeit verlangsamten sich ihre Schritte. Sie zwang ihre Gedanken in eine andere Richtung.

Ich weiß immer noch nicht, ob die Personen in dieser Welt – das Steinmädchen, Smonkin – wirklich die verschollenen Kinder sind. Aber es könnte durchaus sein. Vielleicht hat der Andere sie alle hierhergeholt, ihr Bewusstsein, ihren Geist, was weiß ich. Sie fühlte einen Schauder, der nicht von der kühlen Nachtluft kam. *Ihre Seelen.*

Und wenn Stephen hier in dieser Welt ist, wie soll ich ihn dann finden? Wie soll ich ihn erkennen? Würde er überhaupt wissen, wer ich bin?

»Der Wald fängt an.« Ihre Begleiterin kam ein kleines Stück zu ihr den Hang hinunter. »Das ist kein guter Platz, um anzuhalten. Schnöre, vielleicht auch Tecks treiben sich gern hier an den Rändern rum.«

»Weißt du, ob …?« Renie wusste nicht so recht, was sie eigentlich fragen wollte. »Kannst du dich an … an ein Leben vor dem hier erinnern?«

»Vor was?«

»Vor deinem Leben im Schuh, mit der Stiefmutter. Kannst du dich an irgendwas anderes erinnern? Daran, dass du einen weißen Ozean überquert hast? Dass du eine Mutter oder einen Vater hattest?«

Das Steinmädchen blickte verdutzt und sichtlich ein wenig beunruhigt. »Ich kann mich an viele Dinge vor dem Schuh erinnern. Klar hab ich den Weißen Ozean überquert. Wer nicht?« Es runzelte die Stirn. »Aber eine Mutter? Nein. Manche erzählen von einer Mutter, aber haben tut niemand eine.« Es wurde auf einmal sehr ernst; seine dunklen Augenlöcher weiteten sich. »Wo du herkommst … haben die Leute da Mütter?«

»Manche, ja.« Ihre eigene Mutter fiel ihr ein, die sie vor Langem schon verloren hatte. »Manche Glücklichen.«

»Wie sehen sie aus? Sind sie größer als Stiefmütter oder kleiner?« Renie hatte endlich ein Thema gefunden, das ihre Begleiterin interessierte. »Ein Junge, der mal in den Schuhen gelebt hat, aber dann weggelaufen ist, der hat behauptet, er könnte sich an eine Mutter erinnern, eine echte, eine, die ihm allein gehörte.« Das verächtliche Schnauben klang nicht ganz überzeugend. »Angeber haben wir ihn genannt.«

Renie schloss die Augen und versuchte, die paar Wissensbrocken, die sie hatte, zu einem Bild zusammenzufügen. »Kommt ihr alle als Vögel hierher? Seid ihr am Anfang alle Vögel?«

Das Lachen des Steinmädchens schallte laut durch das nächtliche Dunkel. »Vögel? Du meinst alle, die Leute in den Schuhen, in den Jacken, die Leute in Butzabä und bei der Pong Dawinong? Wie könnte es so viele Vögel geben?« Es piekte Renie mit einem Finger in den Arm. »Jetzt komm. Ich sag doch, hier treiben sich oft Schnöre rum.«

Renie sah ein, dass ein besseres Verständnis dieser Welt ihr wenig nützte, wenn eines dieser grässlichen Wesen sie erwischte. »Okay. Gehen wir weiter.«

Wie alles, was sie seit dem schwarzen Berg gesehen hatte, übertrieb und untertrieb der Wald die Wirklichkeit. Nach wenigen Schritten rückten die Bäume sehr dicht zusammen und die oberen Äste wuchsen von einem Baum zum anderen, so dass der ganze Wald in seinen höheren Regionen eine einzige, meilenweit ausgebreitete, undurchdringliche Matte bildete. Manche reichten nicht so hoch, dafür hatten sie wesentlich ausladendere Kronen als wirkliche Bäume und überschatteten Hunderte von Metern wie riesige grüne Pilze. Viele der freistehenden Sträucher waren unnatürlich abgerundet und regelmäßig und erinnerten an die Pik-, Herz- und Karozeichen auf Spielkarten. Man hätte meinen können, der Wald wäre der Übungsgarten eines Trupps von Formschnittfanatikern.

Obwohl das hohe Laubdach die Sicht auf die große blauweiße Scheibe über ihnen fast ganz versperrte, glommen jetzt im Astwerk kleine, warme Lichter auf, als wollten sie den verdunkelten Mondschein ersetzen. Diese einzelnen schwachen Lichtlein wurden immer dichter, bis das Waldesinnere schließlich heller war als der Hang, den sie vorher hinaufgestiegen waren, und eine außerordentlich weitläufige glitzernde Laube bildete, die etwas von einer riesigen Weihnachtsdekoration hatte.

»Was sind das für leuchtende Dinger?«

»Käfer«, antwortete das Steinmädchen. »Waldkerzen nennen wir sie. Sie sind wie die Kerze vom Smonkin, bloß kleiner.«

Irrlichter sollten sie heißen, dachte Renie. *Diese Dinger, die in alten Sagen die Wanderer vom Weg fortlocken. Sie sind wunderschön. Man könnte diesen Lichtern ewig folgen.*

»Zum Wutschbaum ist es jetzt nicht mehr weit.« Das Steinmädchen sprach leise, als ob sie den Wutschbaum mit lautem Reden verscheuchen könnten.

Vielleicht ist es ja so, dachte Renie. *Hier ist doch alles möglich.* Sie hatte allmählich eine Vermutung, was für ein Baum das sein könnte. »Dieser Wutschbaum«, sagte sie. »Was machen wir, wenn wir ihn finden?«

»Einen Wutsch sagen natürlich.«

»Aha.« Die Verballhornung von 's Mondkind zu Smonkin war ihr nicht entgangen – der Andere schien Wörter nach dem Gehör aufzufassen und auf kindliche Art vieles misszuverstehen. Es handelte sich um einen Wunschbaum. »Du sagst ihm, was du gerne hättest, stimmt's?«

Das Steinmädchen überlegte. »So ungefähr.«

Tief im Wald, wo sie mittlerweile waren, beleuchteten die Schwärme der winzigen Lichter nicht nur das Astgewirr über ihren Köpfen, sondern auch offene Stellen in dem ansonsten heckendichten Wald, lang gezogene Tunnels, Pfade, die hinter Biegungen den Blicken entschwanden. Ein vom Boden aufsteigender Dunst verschleierte die funkelnden Pünktchen ein wenig, so dass das Ganze wie die Urlaubspostkarte einer kitschigen Winterlandschaft aussah. Die Erinnerung, die schon eine ganze Weile in Renie arbeitete, kam endlich an die Oberfläche.

Das sieht aus wie der Ort unter diesem scheußlichen Club – Mister J's. Wo diese komischen Figuren, diese Kinder oder was sie sonst waren, !Xabbu hingebracht hatten. Sie dachte an die märchenartige Höhlendecke mit ihren herabhängenden Wurzeln zurück, an die Lichtpünktchen, an das bei aller Weiträumigkeit doch beengte Gefühl. In diesem ganzen erfundenen Land war ihr ähnlich klaustrophobisch zumute – wie auf einem prächtigen Segelschiff, das leider in einer Flasche steckte.

Sie war sich plötzlich sicher, dass der Andere auch den Ort in Mister

J's geschaffen hatte, obwohl er in der äußeren Netzwelt bestand, nicht im Gralsnetzwerk. *Ein kleines ... ja, was? Ein Versteck? Ein Asyl? Jedenfalls etwas, das er in diesem grässlichen Umfeld für sich selbst gebaut hat. Heißt das, dass die Kinder dort – Schlupf, Twill, ich weiß nicht mehr alle Namen – genau solche waren wie die hier? Gestohlene Kinder?*

Wenn man die beiden Orte verglich, ging es ihr plötzlich durch den Kopf, fand man bestimmt einen Hinweis auf die Persönlichkeit des Andern, sofern »Persönlichkeit« das richtige Wort war. Ein durchgängiges Motiv in den Umgebungen, die er sich schuf. Einen charakteristischen Zug, bei dem Renie endlich einmal ihre Informatikkenntnisse nutzbringend anwenden konnte.

Falls ich je dazu komme, eine Weile ungestört nachzudenken ...

»Da ist er«, verkündete das Steinmädchen. »Der Wutschbaum.«

Renies erster Eindruck war, dass sie es mit dem nächsten Fall von vollkommenem Aneinander-vorbei-Reden zu tun hatte, denn was dort auf der Lichtung des Waldes vor ihr lag, war überhaupt kein Baum, sondern ein weites, dunkles Wasser, ein See oder ein großer Teich. Und nicht einmal dessen war sie sich zunächst sicher, denn obwohl der Mond unmittelbar darüber am Himmel hing, groß und hell wie ein extraterrestrisches Raumschiff im Landungsanflug, gab es keinerlei Spiegelung im Wasser. Wenn man von einer Menge kleinerer Lichter absah, die unter der Oberfläche schimmerten, konnte der See ein großes schwarzes Loch im Waldboden sein.

Mit zusammengekniffenen Augen, als spähte sie in einen verstaubten Spiegel, trat Renie näher. Die Lichter im Wasser waren keine Punkte wie die Waldkerzen, sondern eher so etwas wie aktive Wellenformen mit einem schwachen rötlichen und silbernen Schein, die sich entweder rasch bewegten oder rhythmisch an- und ausgingen. Sie kauerte sich nieder und starrte das hypnotische Lichtspiel an, dann streckte sie die Hand nach dem dunklen Wasser aus.

»Nicht!«, rief das Steinmädchen. »Nicht da rein. Wir müssen rumgehen.«

»Warum? Was sind das für Lichter?«

Ihre Gefährtin legte kleine, kühle Finger um Renies Arm. »Das sind bloß ... die gehören hier einfach her. Willst du nicht mit zum Baum kommen?«

Renie ließ sich in die Höhe ziehen. »Ich dachte, du hättest gesagt, dass er hier ist.«

»Ach was. Da drüben ist er. Siehst du ihn denn nicht?«

Renies Blick folgte der zeigenden Hand des Mädchens. Halb um den See herum ragte ein Gebilde, das deutlich größer war als die umgebende Vegetation, am Ufer auf, genauer gesagt, aus dem Wasser, so dass es aussah wie ein Riese, der sich die Füße kühlte. Es war schwer zu erkennen: Die anderen Bäume hatten ihre Kronen voll funkelnder Feenlichter, und im Wasser spielten die bunt schimmernden Formen, doch das vom Steinmädchen gewiesene Ding war dunkel.

Während sie an dem schwammigen Ufer entlangwateten, wurde Renie die Vorstellung nicht los, dass die Lichter im Wasser sie verfolgten wie neugierige Fische, aber sie war sich nicht sicher, ob das nicht bloß an ihrem eigenen wechselnden Blickwinkel lag. Sie bückte sich und wedelte heftig mit der Hand über dem Wasser, um vielleicht die zarten Lichtformen damit zu erschrecken, doch falls diese lebendige Wesen waren, beeindruckte sie das nicht sehr.

Von allen realitätsfernen Gestalten, denen Renie bisher in dieser Simwelt begegnet war, kam ihr der Wutschbaum wie die armseligste Kopie einer lebendigen Form aus der wirklichen Welt vor. Er war kaum ein Baum zu nennen: Allein sein halbwegs senkrechter Mittelteil, der als Stamm durchgehen mochte, und die Verbreiterung unten und oben passten einigermaßen. Seine äußere Umkleidung war glänzend und glatt bis auf die runzligen Stellen an Ast- und Wurzelbiegungen und glich mehr der Haut eines schwarzen Delphins als der Rinde eines Baumes. Weiter oben verschwanden die sich verzweigenden Astformen im Laubwerk anderer, normaler aussehender Bäume; die gummiartigen schwarzen Wurzeln hingen im düsteren Wasser wie die Tentakel eines halb an Land geschleiften Tintenfisches. Das Ding machte einen höchst deplazierten Eindruck, so als wäre eine außerirdische Lebensform versehentlich in diese Umgebung geraten.

Wenn man bedenkt, wie verrückt alles andere hier ist, sagt das eine ganze Menge, fand Renie. »Bist du sicher, dass das … ein Baum ist?«

Das Steinmädchen runzelte die Stirn. »Das ist der Wutschbaum. Sehen die anders aus, wo du herkommst?«

Darauf fiel Renie keine sinnvolle Antwort ein. »Und was machen wir jetzt?«

»Wir sagen einen Wutsch und stellen eine Frage.« Es sah Renie erwartungsvoll an. »Willst du zuerst?«

»Ich weiß nicht, wie das geht.« Beim Anblick dieses absonderlichen, einsamen Ortes wurde ihr mit einem Mal bewusst, wie müde und ausgelaugt sie war. »Ich guck erst mal zu, wie du es machst.«

Das Steinmädchen nickte. Es raffte sein formloses Kleid etwas hoch, setzte sich auf den Boden und sammelte sich. Dann begann es klanglos und rührend falsch eine bekannte Melodie zu singen, allerdings zu einem Text, den Renie nicht kannte.

»Schlaf, Kindlein, schlaf!
Da draußen ist ein Schaf,
Da draußen ist ein Lämmelein
Auf einem grünen Tännelein.
Schlaf, Kindlein, schlaf!«

In der anschließenden Stille meinte Renie zu sehen, wie das helle Zucken im dunklen Wasser langsamer und trüber wurde, dafür aber schien der Baum das Licht zu absorbieren, denn unter der glatten schwarzen Rinde glomm ein milder Schimmer auf, der ganz leichte Anflug eines traubenvioletten Farbtons. Ein Schütteln und Knarren ging durch den Wutschbaum. Eine Schrecksekunde lang dachte Renie, der Baum wolle sich auf seine Wurzeln stellen, doch stattdessen krümmten sich langsam die Äste. Etwas kam raschelnd aus den oberen Regionen herab, wo es im Blattwerk der umstehenden Bäume verborgen gewesen war – eine Frucht, die ein dunkles, fleischrotes Leuchten hatte wie eine Laterne und die am Ende eines langen schwarzen Astes baumelte.

Das Steinmädchen hob seine kleinen Hände hoch, und die Frucht legte sich hinein. Es zog mit einem kurzen Ruck, und der befreite schwarze Ast schnellte wieder in die Höhe. Die Kleine blickte zu Renie auf, das glückliche Gesicht in erdbeerfarbenes Licht getaucht, die Lochaugen groß und rund. Obwohl sie es erwartet hatte, war es doch, wie der Ausdruck des Mädchens deutlich sagte, ein Wunder.

Das Glitzern in den anderen Bäumen wurde schwächer, so dass die Frucht, die ungefähr die Größe und Form einer Aubergine hatte, jetzt am hellsten schien. Renie beugte sich vor, denn das Steinmädchen packte das leuchtende Ding fest mit beiden Händen und zog es in zwei Hälften auseinander.

Im Innern lag eine winzige Gestalt, ein kleines Kind, wie es aussah, oder jedenfalls wie ein Kind geformt, und zwar mit gut erkennbaren weiblichen Geschlechtsmerkmalen. Die Augen waren geschlossen, als schliefe es, und an den auf dem Bauch ruhenden Händen waren die Fingerlein durchsichtig wie Glasfäden.

»Ich hab einen Wutsch gesagt!«, flüsterte das Steinmädchen aufgeregt und ein wenig bang. Beim Klang seiner Stimme regte sich die Kindgestalt in ihrem schimmernden Bett.

»Einen … Wutsch …« Renie wehrte sich innerlich gegen die absurde Traumlogik der Szene. Was sie lediglich für einen Versprecher gehalten hatte, war deutlich mehr.

Das Steinmädchen zog den Homunkulus dicht an sich, so dass es ihn fast mit den Lippen berührte, als es sich darüber beugte und seine Fragen stellte. »Wird das Auslöschen noch näher herankommen?«

Das kleine Wesen rührte sich wieder. Als es antwortete, die Augen immer noch fest geschlossen, bildete seine Stimme einen unheimlichen Kontrast zu seinem kindlichen Aussehen. Es war ein dumpf hallender Klageton, der aus weiter Ferne zu kommen schien.

»… Auslöschen … fängt erst an …«

»Aber was wird mit uns geschehen, wenn die ganze Welt im Auslöschen vergegangen ist? Wo sollen wir leben?«

Der winzige Mund kräuselte sich zu einem feinen Lächeln, dann fing der Wutsch zu singen an. *»Ziehet durch, ziehet durch, durch die goldne Brücke …«*

Renie unterdrückte einen abergläubischen Schauder. Trotz der leisen, gespenstischen Stimme und der ganzen fantastischen Szenerie hatte dies alles einen Sinn – oder wenigstens hatte sein Erbauer einst eine bestimmte Absicht damit verfolgt. Wie verstörend es auch sein mochte, solchen gemurmelten Verkündigungen zu lauschen, so widerstand sie doch der Versuchung, zu vergessen, dass durch diesen Mund letztlich nur eine Maschine sprach. Unter diesem ganzen Hokuspokus floss das binäre Blut eines logisch begreifbaren Systems, davon konnte nichts sie abbringen, schon gar nicht ein Blendwerk, das kaum mehr war als ein völlig aus den Fugen geratenes Spieldesign.

Der Wutsch in der Hand des Steinmädchens hatte angefangen zu verkümmern und verfiel rasch zu einer schrumpligen Masse, die ein wenig wie ein Pfirsichkern aussah. Groteskerweise sprach und sang das Wesen weiter, doch die Stimme war mittlerweile so leise, dass Renie nichts mehr verstand. Nach einer Weile wurde deutlich, dass auch das angespannt lauschende Steinmädchen nichts mehr hörte; es blickte noch einmal traurig darauf und warf dann den kümmerlichen Rest unfeierlich in das dunkle, von keiner Spiegelung aufgehellte Wasser.

»Wird's der Baum bei mir auch tun?«, fragte Renie.

Das Steinmädchen wirkte bestürzt, aber nicht von der Frage. »Ich denke.«

Renie setzte sich neben das Mädchen auf den Boden. Sie konnte sich nicht an den Text erinnern, den es gesungen hatte. »Kannst du mir vorsagen?«

Ihre kleine Begleiterin soufflierte ihr den unbekannten Text mit Lämmelein und Tännelein, und Renie versuchte, ihr Stocken zwischen den Versen mit Klarheit und Lautstärke wettzumachen. Als sie fertig war, wurde es um den See herum totenstill. Etwas, vielleicht ein Wind, bewegte die Äste der Bäume, so dass die Lichter flackerten. Gleich darauf bewegten sich auch die Äste des dunklen Baumes wieder: Eine der scheinenden, eiförmigen Früchte kam aus dem versteckten Wipfel zu ihr herab.

Renie nahm das warme, glatte Ding in beide Hände und zog daran. Als das Innere mit dem kleinen Wesen im Kern aufklappte wie ein Querschnitt in einem Biologieprogramm, kam ihr ein kurzes, aber eindringliches Erinnerungsbild. Der kindliche Ernst des Vorgangs, die naiven Bilder von Tod und Geburt, das alles hatte Anklänge an die Spiele, die sie als Mädchen mit ihrer Freundin Nomsa gemacht hatte, düster feierliche Puppenbestattungen mit »ägyptischem« Pomp draußen hinter dem Wohnblock, wo das hohe Unkraut sie vor den missbilligenden Blicken ihrer Mütter verbarg. Dies hier war in ähnlicher Weise ein kokettes Spiel mit dem Verbotenen, das nicht recht erwachsen wirkte.

Als der winzige Säugling die Augen öffnete, wurde sie schlagartig in die Gegenwart zurückgeholt.

»Zu spät ...«, sagte das kleine Wesen mit einer fernen, ganz hauchigen Stimme. *»Zu spät ... die Kinder sterben ... die alten Kinder und die neuen Kinder ...«*

Renie merkte, wie die Bitterkeit in ihr aufstieg, wobei sie allerdings die Feststellung, dass *ihr* Kind männlich war, ein wenig irritierte. »Was soll das heißen, ›zu spät‹? Komm mir nicht mit so einem Scheiß, nach allem, was wir durchgemacht haben.« Sie sah zu dem Steinmädchen hinüber. »Darf ich ihm keine Frage stellen?«

Ihre Begleiterin blickte starr auf die Augen des Kindes, die wie Perlen in den Höhlen lagen, ohne Iris und Pupille. Das Steinmädchen schien sich vor irgendetwas zu fürchten und gab keine Antwort, und so wandte sich Renie wieder der seltsamen Frucht zu.

»Hör zu, ich glaub, ich weiß, was du bist, und es könnte sein, dass ich das, was hier läuft, sogar ein bisschen verstehe«, sagte Renie, auch wenn sie nicht so recht wusste, ob sie mit dem Homunkulus, dem Baum oder der Luft sprach. *Es ist, als ob man mit Gott redet,* schien es ihr. *Auch wenn dieser Gott ungewöhnlich kommunikativ ist. Und ungewöhnlich kommuniziert.* »Sag mir einfach, was du von uns willst. Sollen wir dich finden oder was? Was war das für eine Sache auf dem schwarzen Berg?«

Die winzigen Glieder zuckten langsam. *»Wollte … die Kinder … in Sicherheit haben …«* Der Säugling zappelte wieder, als wäre er in einem qualvollen Traum am Ertrinken. *»Die neuen Kinder … können nirgends hin … Jetzt die Kälte …«*

»Was ist mit den Kindern? Warum lässt du sie nicht einfach gehen?«

»Schmerzen. Absturz … bald. Dann wird's kurz … sehr warm …« Zu Renies Entsetzen ging das Mündchen sperrangelweit auf, und ein rhythmisches Keuchen ertönte, von dem sie nicht sagen konnte, ob es ein Lachen oder ein klägliches Schluchzen war. So oder so war es ein furchtbares Geräusch.

»Sag uns doch einfach, was du willst! Warum hast du die Kinder entführt, meinen Bruder Stephen, die vielen andern? Wie können wir sie zurückholen?«

Das Keuchen hatte aufgehört. Die winzigen Arme bewegten sich noch langsamer. Der Homunkulus wurde schlaff und schwammig und verweste dann mit atemberaubender Geschwindigkeit.

»… Freilassen …« Die Stimme war ein Flüstern, das kaum noch an ihre Ohren drang. *»… Frei … lassen …«*

»Hol dich der Teufel!«, schrie Renie. »Komm zurück und sprich mit mir!« Aber das Wesen, das mit ihr gesprochen hatte, schwieg jetzt.

Renie versuchte sich an das Lied zu erinnern, mit dem sie es gerufen hatte, aber die Worte gingen ihr im Kopf bunt durcheinander, und so kam zu dem anschwellenden Zorn auch noch inneres Chaos. Ihr war zumute wie in den Situationen, wo Stephen so aufsässig war, dass er einfach nicht gehorchte, egal was sie machte, ja beinahe auf sie losging. Sie ließ den unbekannten Text sein und stimmte heiser die Strophe an, die sie kannte. Sie war wild entschlossen, das Ding aus seinem Versteck zu zerren, es zu zwingen, ihr Rede und Antwort zu stehen.

»Schlaf, Kindlein, schlaf!
Der Vater hüt' die Schaf.«

Die Frucht in ihren Händen verflüssigte sich und lief ihr durch die Finger. Mit einem angewiderten Grunzen schleuderte Renie den Matsch von sich und wischte sich die Hände am Boden ab, wobei sie jedoch nicht aufhörte zu singen.

»Die Mutter schüttelt's Bäumelein,
Da fällt herab ein Träumelein.
Schlaf, Kindlein, schlaf!«

»Hörst du mich?«, fauchte sie. »Ein Träumelein, verdammt noch mal!«

Eine ganze Weile blieb es still. Dann erhob sich ringsherum ein Flüstern, dünn wie ein Todesseufzer.

»Warum … wehtun? … Hab dich gerufen … aber jetzt … zu spät …«

»Gerufen …? Du *Miststück,* du hast gar niemand gerufen, meinen Bruder entführt hast du!« Der so lange in ihr eingeschlossene Zorn platzte jetzt aus ihr heraus. »Wo ist er? Himmeldonnerwetter, sag mir, wo Stephen Sulaweyo ist, oder ich werd dich finden und dich Stück für Stück auseinandernehmen …!« Keine Reaktion. Wütend machte sie den Mund auf, um die Strophe abermals anzustimmen, um das Ding, metaphorisch gesprochen, am Ohr zu fassen und wieder ans Licht zu ziehen, da ließ ein jähes, krampfhaftes Erschauern sie innehalten. Eine heftige peristaltische Bewegung lief durch den glatten schwarzen Stamm des Baumes. Wild peitschten die Äste hin und her, so dass sie von den anderen Bäumen Blätter und Zweige abschlugen, und die Wurzeln wühlten den See auf, bis er schäumte.

Zuletzt passierte dem Baum genau das Gleiche wie vorher den Wutschkindern: Urplötzlich wie ein aufgestörtes Meerestier, das sich in seine Schale zurückzieht, schrumpfte der Baum zusammen. Im Unterschied zu den Kindern aber blieb dabei buchstäblich nichts von ihm übrig. Den einen Moment stand er noch vor ihnen, im nächsten war er fort, und nur der aufgerissene schlammige Boden und das wogende Wasser zeigten, dass es ihn überhaupt je gegeben hatte.

Mit großen Augen und offenem Mund wandte sich das Steinmädchen Renie zu.

»Du … du hast ihn totgemacht«, sagte es. »Du hast den Wutschbaum totgemacht!«

Kapitel 19

DER TAPFERSTE MANN DER WELT

NETFEED/NACHRICHTEN:
ANVAC bringt Kunden wegen Vertragsverletzung hinter Gitter
(Bild: Haus des Beklagten Vildbjerg im dänischen Odense)
Off-Stimme: Nach kurzer Haft wieder auf freien Fuß gesetzt, wird der dänische Musikproduzent Nalli Vildbjerg jetzt vom ANVAC-Konzern gerichtlich belangt – er habe, so die Anklage, das Sicherheitsunternehmen nicht über ein Verbrechen informiert, das auf dem von ihm überwachten Anwesen geschehen sei, und damit gegen die Vertragsbedingungen verstoßen.
Vildbjerg: "Die spinnen, die Typen! Ich hab eine Party gegeben, und jemand hat einen Mantel mitgenommen, der ihm nicht gehört hat – aus Versehen, da bin ich sicher. Diese Irren von ANVAC haben es übers Wachsystem gesehen und nicht nur den Betreffenden verhaften lassen – einen meiner Gäste! –, nein, jetzt wollen sie auch noch mir den Prozess machen!"
(Bild: unkenntlich gemachter Rechtsvertreter von ANVAC, von der internationalen Anwaltskanzlei Thurn, Taxis und Posthorn)
Anwalt: "In unseren Verträgen steht klipp und klar auf Seite 117, dass sämtliche Vergehen vor Ort unverzüglich und wahrheitsgemäß dem Unternehmen gemeldet werden müssen. Als Unterzeichner eines solchen Vertrages ist Herr Vildbjerg nicht berechtigt, irgendein Vergehen zu ignorieren. Es kann nicht sein, dass er eigenmächtig über einen Verstoß gegen dänisches und UN-Recht entscheidet."

> *Ich denk einfach an Orlando,* sagte sich Sam vielleicht zum zwanzigsten Mal in wenigen Stunden. *Dann halt ich schon durch.* Auch wenn sie vor Müdigkeit kaum mehr die Beine heben konnte und sich so sehr nach ihren Eltern und ihrem Zuhause sehnte, dass sie vor Kummer am liebsten laut geschrien hätte, war das nichts im Vergleich zu dem, was Orlando Tag für Tag ertragen hatte.

Aber es hat ihn umgebracht, schoss es ihr gleichzeitig durch den Kopf. *Was hat es ihm also genützt, dass er so tapfer war ...?*

»Ich denke, wir sollten wieder eine Pause einlegen«, meinte !Xabbu. »Wir sind jetzt lange Zeit gegangen.«

»Und nichts hat sich geändert«, sagte sie bitter. »Wird das einfach ewig so weitergehen? Das könnte sein, nicht wahr? Hm? Dass es ewig so weitergeht, meine ich. Schließlich ist das hier alles nicht real.«

»Es könnte sein.« !Xabbu ging geschmeidig in die Hocke. Während Sam vor Erschöpfung die Beine zitterten, war ihm von dem Tagesmarsch nichts anzumerken. »Aber es wäre nicht ... wie soll ich sagen? Wahrscheinlich. Logisch.«

»Logisch.« Sie rümpfte die Nase. »Das klingt nach Renie.«

»Ja, das stimmt«, erwiderte !Xabbu. »Sie fehlt mir, ihre Art, immer zu fragen, immer zu grübeln, die kleinste Kleinigkeit unter die Lupe zu nehmen.« Eine Bewegung auf der Kuppe des niedrigen Uferhügels, den sie gerade herabgekommen waren, ließ ihn aufblicken. Es war Jongleur, der mit einer verbissenen Zähigkeit, die Sam schon beinahe bewunderte, hinter ihnen herstapfte. Auch wenn er den vergleichsweise jungen und gesunden Körper eines fitten Mannes mittleren Alters hatte, sah man deutlich, dass Jongleur selbst keine Übung mehr darin hatte, einen solchen Körper über längere Zeit zu bewegen, und den endlosen Marsch noch mehr in allen Knochen spürte als sie.

»Ich hasse ihn trotzdem«, sagte Sam leise. »Voll total. Aber irgendwie hält man das schwer durch, wenn man jemand ständig um sich hat, nicht?«

!Xabbu gab keine Antwort. Er und der ältere Mann waren nicht mehr nackt, seit der Buschmann ihnen beiden während der Wanderpausen aus den langen Flussgräsern eine Art Rock geflochten hatte, und Sam musste zugeben, dass ihr dadurch ein wenig wohler war. Sie hielt sich für modern und durch nichts zu schockieren, aber schon damit, dass !Xabbu die ganze Zeit nackt gewesen war und sie selbst beinahe, hatte sie sich nicht leichtgetan; Felix Jongleur in seiner unverhüllten Leibhaftigkeit vor sich zu haben, Tag für Tag für Tag, hatte ihr ein Gefühl bereitet, als könnte sie irgendeine Beschmutzung nicht ganz abwaschen.

»Na ja, von Tagen kann hier eigentlich nicht die Rede sein«, sagte sie unvermittelt. »Nicht so richtig.«

!Xabbu sah sie verwundert an.

»'tschuldigung. Ich hab nur laut gedacht.« Sam runzelte die Stirn. »Aber es stimmt. Es wird hier nicht dunkel oder hell wie im richtigen Leben. Es gibt keine Sonne. Es ist mehr so, als ob jemand am Morgen aufsteht und eine große Lampe anknipst und sie dann am Abend wieder ausknipst.«

»Ja, es ist seltsam. Aber wieso sollte es anders sein? Das alles ist schließlich nicht real.«

»Es ist real genug, um uns umzubringen«, erklärte Jongleur und stellte sich zu ihnen.

»Verbindlichsten Dank, o Aardlar, mein lustiger Haudrauf.« Erst als der Satz heraus war, erkannte Sam, dass sie einen von Orlandos ironischen Sprüchen zitiert hatte.

!Xabbu schlenderte ein Stückchen den Fluss entlang. Während Jongleur sich verschnaufte, beobachtete Sam, wie ihr kleiner, schmächtiger Freund sich durchs Schilf schlängelte. *Sie fehlt ihm so sehr, aber er redet nicht drüber. Er will bloß immerzu weitergehen, weiter und weiter, und sie suchen.* Sie versuchte sich vorzustellen, was das für ein Gefühl sein mochte, wie ihr wohl zumute wäre, wenn Orlando noch leben und irgendwo in dieser abartigen Landschaft herumirren würde, aber der Gedanke machte sie zu traurig. *Er hat wenigstens noch eine Chance, Renie zu finden.*

»Wir sollten weitergehen«, rief !Xabbu. »Es ist schwer zu sagen, wie viele Stunden wir noch Licht haben.«

Jongleur stand klaglos auf und setzte sich wieder schwerfällig in Bewegung. Sam beeilte sich, !Xabbu einzuholen.

»Hier sieht's überall gleich aus«, sagte sie. »Bloß dass es manchmal wieder … ich weiß nicht recht … durchsichtig wird. Wie am Anfang, wo die Landschaft aufgetaucht ist.« Sie deutete auf eine ferne Gebirgskette. »Siehst du? Vorher sahen die Berge ganz okay aus, aber jetzt sind sie wieder verwaschen.«

!Xabbu nickte müde. »Ich kann es mir genauso wenig erklären wie du.«

»Und drüben auf der andern Seite vom Fluss?«, fragte Sam in der Hoffnung, ihn ein wenig abzulenken. »Vielleicht ist Renie dort?«

»Du siehst so gut wie ich, dass das Land dort drüben noch flacher ist als hier«, erwiderte !Xabbu. »Auf dieser Seite gibt es wenigstens noch ein paar Bäume und Pflanzen am Fluss, die Renie vor uns verbergen könnten, solange wir nicht direkt an ihr vorbeigehen.« Seine Miene wurde noch sorgenvoller, und Sam verstand. Er musste nicht erst aussprechen, dass das erst recht galt, falls sie bewusstlos oder tot am Boden lag.

Ein kalter Schauder lief ihr über den Rücken. Sie hätte sich gern an eines der Gebete erinnert, die sie in der Sonntagsschule auswendig gelernt hatte, aber der Jugendpfarrer hatte es mehr mit dem gemeinsamen Singen beschwingter Jesuslieder gehabt als mit Erklärungen, was man macht, wenn man mit seinen Freunden in einem imaginären Universum gestrandet ist.

Bei dem Gedanken an die Jugendgruppe und einen Jungen mit Hosenträgern, der Holger geheißen und versucht hatte, sie gegen ihren Widerstand auf der Jugendfreizeit am Lagerfeuer zu küssen, war Sam mehrere Schritte weitergegangen, ehe sie merkte, dass !Xabbu stehen geblieben war. Sie drehte sich um, und der bestürzte Ausdruck auf seinem Gesicht ließ sie schon befürchten, dass der schlimmste Fall eingetreten war, dass er Renies Beine aus einem Gebüsch hervorschauen oder ihre Leiche im Fluss auf dem Bauch treiben sah. Sie wirbelte in seine Blickrichtung herum, sah aber zu ihrer Erleichterung nur eine kleine Baumgruppe auf einem ansonsten leeren Wiesenhügel dicht am Wasser.

»!Xabbu …?«

Er stürzte an ihr vorbei auf die Bäume zu. Sam eilte hinter ihm her.

»!Xabbu, was ist los?« Er berührte einen der Zweige, strich mit den Fingern langsam über die Rinde. Sein Schweigen, seine niedergeschmetterte Miene brachten Sam beinahe zum Weinen. »!Xabbu, was hast du?«

Er sah ihr ins Gesicht, dann auf die Füße. Sie wollte einen Schritt auf ihn zu tun, doch er packte sie mit überraschender Kraft am Arm. »Nicht bewegen, Sam!«

»Was? He, du machst mir Angst!«

»Dieser Baum. Es ist derselbe, an den Renie das Stück Stoff band.« Er schwenkte den ausgefransten weißen Streifen, den er mit sich herumtrug wie eine heilige Reliquie, seit sie ihn entdeckt hatten.

»Was redest du da? Das ist doch schon zwei Tage her!«

»Schau, Sam.« Er deutete auf den Boden. »Was siehst du?«

»Fußspuren. Und was …?« Da begriff sie.

Hinter ihr, dort wo sie gerade gegangen war, führte die Linie ihrer Fußspuren über den sandigen Boden. Aber ringsherum waren noch viele andere, darunter auch !Xabbus kleine Abdrücke, die noch zierlicher waren als ihre und daher nicht zu verkennen – viel zu viele, um frisch von ihnen gemacht zu sein. Sie setzte ihren Fuß in eine der älteren Spuren. Er passte genau.

»O Gott«, stöhnte sie. »Das ist zu scännig …«

»Ja«, sagte !Xabbu so kläglich, wie sie es von ihm gar nicht gewohnt war. »Wir sind an unseren Ausgangspunkt zurückgekehrt.«

Obwohl es bis zum raschen Übergang in die Nacht noch mindestens eine Stunde hin war, machte !Xabbu ein Feuer; er hatte keine Lust mehr weiterzugehen, und Sam desgleichen. Die dünnen, silbrigen Flammen, die ihren Nachtlagern gewöhnlich eine heimelige Atmosphäre verliehen, wirkten in dem Moment einfach nur fremd.

»Das ist doch widersinnig«, sagte Sam zum wiederholten Male. »Wir haben uns höchstens mal ein Stückchen vom Fluss entfernt. Auch ohne Sonne können wir uns doch nicht dermaßen verlaufen haben … oder?«

»Auch wenn unsere Fußspuren nicht hier am Boden wären, wäre mir dieser Ort unvergesslich. Ich könnte ihn mit keinem anderen verwechseln«, sagte !Xabbu unglücklich. »Nicht den Baum, an dem wir ein Zeichen fanden, dass Renie lebt und uns sucht. Dort, wo ich aufwuchs, kennen wir Bäume genauso, wie wir Menschen kennen – eher besser, da die Bäume an einem Ort bleiben, während die Menschen sterben und der Wind ihre Spuren verweht.« Er schüttelte den Kopf. »Ich merkte schon lange, dass das Land sehr ähnlich wie vorher war, aber ich wollte mir einreden, dass ich mich irrte.«

»Aber das erklärt noch nicht, wie wir uns derart voll verlaufen konnten«, wandte Sam ein. »Vor allem du – das kann doch irgendwie nicht wahr sein.«

»Euer Problem ist, dass ihr immer noch glaubt, ihr wärt in einer realen Welt«, ließ sich Jongleur vernehmen. Er hatte seit fast einer Stunde nichts mehr gesagt, und sie zuckten bei seiner plötzlichen Bemerkung zusammen.

»Was soll das jetzt wieder heißen?«, fragte Sam unwirsch. »Es gibt doch auch hier oben und unten, oder? Links und rechts. Wir sind dem Fluss durch dein ganzes verdumpftes Netzwerk gefolgt …«

»Das hier ist nicht mein Netzwerk«, unterbrach Jongleur sie. »Meines wurde von Technikern, Ingenieuren, Designern geplant, von Menschen für Menschen. Links, rechts, oben, unten – sehr praktisch, wenn man ein Mensch ist. Dem Andern ist das nicht so wichtig.«

!Xabbu sah ihn gramerfüllt an, aber sagte nichts.

»Willst du damit sagen, dass alles hier sich immerzu verändert?«, fragte Sam. »Dass es keine Regeln gibt?«

Jongleur hob einen Zweig vom Boden auf. Auch wenn die Landschaft mal mehr und mal weniger lichtdurchlässig war, fand Sam es irritierend, dass eine Umgebung, die ihnen einen derart üblen Streich spielen konnte, so normal aussah, so gewöhnlich.

»Es könnte sein, dass wir an einen Ort kommen, wo es so gut wie keine ›Regeln‹ mehr gibt, wenn wir sie einmal so nennen wollen«, sagte der alte Mann, wobei er den langen Zweig zwischen den Fingern drehte. »Doch ich vermute, dass hier im Grunde recht feste Regeln herrschen, nur nicht von der Art, wie wir sie erwarten.« Er bückte sich und wischte mit dem Unterarm eine Stelle am Boden blank, dann zeichnete er mit dem Zweig etliche kleine Kreise nebeneinander, aufgereiht wie Perlen. »Das Gralsnetzwerk ist ungefähr so aufgebaut«, erklärte er. »Jeder Kreis eine Welt.« Er zog einen Strich durch die ganze Reihe der Kreise – der Faden, an dem die Perlen hingen. »Der große Fluss zieht sich durch alle und schließt am Ende jeder Welt eine andere Welt daran an. Wenn man den Fluss nie verlässt und nur die Durchgänge an den Enden der Simulationen benutzt, hat man irgendwann einmal sämtliche Welten passiert und kommt wieder an den Ausgangspunkt zurück, wo man von vorn anfangen kann.«

Sam betrachtete die rohe Skizze. »Und? Wieso funktioniert das hier nicht? Wie sind wir vom Fluss abgekommen?«

»Ich glaube nicht, dass wir von ihm abgekommen sind.«

»Hä?«

»Es gibt keinen Grund, weshalb diese Welt linear sein sollte, so wie das Gralsnetzwerk. Wir gehen davon aus, dass ein Fluss eine Quelle und eine Mündung haben muss, aber selbst der verbindende Fluss in meinem Netzwerk fängt letztlich nirgends an und hört nirgends auf.« Jongleur wischte die Perlenkette weg, dann zeichnete er einen neuen Kreis, größer diesmal, mit einem zweiten welligen Kreis darin. »Dieses Environment hier hat es noch weniger nötig, sich an das Vorbild der wirklichen Welt zu halten. Ich vermute, dass wir dem Fluss von hier«, er tippte den kurvigen Kreis mit der Zweigspitze an, »bis hier gefolgt sind.« Er fuhr die Schlangenlinie einmal herum, bis er wieder am selben Punkt angelangt war.

Sam blickte verdattert. Neben ihr zeigte !Xabbu auf einmal mehr Interesse als in der ganzen vergangenen Stunde. »Und … das war's?«, fragte sie. »Mehr gibt's hier nicht? Einmal im Kreis rum und fertig?« Sie schüttelte unwillig den Kopf. »Das ist zu wuffig, um wahr zu sein. Eine Sache zum Beispiel: Wenn wir diese ganze Welt abgeklappert haben, wo ist dann Renie? Und dein Kollege, dieser Klement? Sie können nicht einfach verschwunden sein.«

Oder vielleicht doch, kam es Sam plötzlich. *In einem Loch. In einem Fluss. Weg. Weg wie Orlando …*

»Vielleicht ist das Modell noch absonderlicher«, sagte Jongleur. Gerade kam er ihr fast normal vor, wie einer ihrer Lehrer – kein Gefährte ihrer Wahl, aber auch kein Erzschurke. Und wie ihre besseren Lehrer schien er sich tatsächlich für das zu interessieren, wovon er sprach. Sam erinnerte sich, dass dieser Mann sich unterfangen hatte, und sei es mit fragwürdigen Methoden, die Sterblichkeit zu überwinden.

Wie dieser alte Grieche in den Sagen, der den Göttern das Geheimnis des Lebens stahl. Orlando würde seinen Namen wissen.

Jongleur hatte inzwischen auch die zweite Zeichnung weggewischt und sie durch den bislang größten Kreis ersetzt, der nun ein halbes Dutzend konzentrischer Wellenkreise fasste, so dass das Ganze ein wenig wie ein nasses Bullauge aussah. »Überlegt einmal Folgendes«, sagte er. »Vielleicht sind in dieser Welt noch andere Welten verborgen, viele, wie russische Puppen. Doch der Fluss ist diesmal nicht der Verbindungsstrang zwischen ihnen, sondern eine Barriere. Statt dem Fluss zu folgen«, er fuhr einen der Flussringe einmal rundherum, »und so immer bloß zum Ausgangspunkt zurückzukommen, sollten wir vielmehr *über* den Fluss setzen, in die nächste Welt.« Er zog einen Strich über eine schlängelige Flusslinie, von einem Zwischenraum in den nächstinneren. »Es gibt hier keine Veranlassung, die Geometrie der wirklichen Welt zu imitieren. Der selbst ernannte Gott dieses Environments hat von der wirklichen Welt ohnehin nicht viel Ahnung.«

Sam starrte auf das Bullauge. »Wart mal, das scännt doch. Guck mal da drüben hin! Guck!« Sie deutete auf die andere Seite des Flusses, auf die niedrigen Hügel und Uferwiesen, die noch von dem richtungslosen Licht erhellt wurden. »Wie !Xabbu schon sagte, wir hätten Renie gesehen, wenn sie da drüben wäre. Und außerdem, wenn das da eine andere Welt ist, dann hat dein Betriebssystem nicht viel Fantasie, denn sie sieht genauso aus wie die hier.«

Jongleur gluckste selbstzufrieden, so dass Sam ihm am liebsten eine geknallt hätte. »Wenn du etwas siehst, heißt das noch lange nicht, dass es existiert, Kind.«

»Was?«

»Es gibt im Otherlandnetzwerk viele Welten, in denen nur eine Seite des Flusses gebaut wurde. Wer versucht, auf die andere Seite zu kommen, stellt fest, dass das ausgeschlossen ist, obwohl er sie deutlich vor sich sieht. Dennoch bleibt die Illusion von zwei Seiten bestehen. Wenn es uns gelänge, diesen Fluss zu überqueren, wer weiß, wohin wir dann kämen? Oder was wir sehen würden, wenn wir hier an dieses Ufer zurückblickten …«

Die Dämmerung hatte eingesetzt, und die andere Seite wurde schlechter zu erkennen. Sam war zu müde und zu deprimiert, um sich noch weiter für die Diskussion des nächsten Rätsels zu interessieren. Selbst wenn Jongleur recht hatte, selbst wenn sie zu einer Lösung kamen und Renie fanden, vielleicht sogar den Andern selbst, waren sie trotzdem immer noch nirgendwo. Sam erinnerte sich an den Andern, an seine kalte Gegenwart, daran, wie er aus dem Gefrierschrank in der Küchenwelt ein Loch in das totale Nichts gemacht hatte …

Was Mama und Papa wohl grade machen? dachte sie plötzlich. *Sie können nicht ständig im Krankenhaus sitzen und mich beobachten.* In ihre Einsamkeit mischte sich ein leiser Anflug von Neid. *Vielleicht sitzen sie zuhause beim Abendessen. Vielleicht gucken sie was im Netz. Oder Mama font mit Oma Katherine …*

!Xabbu blickte immer noch auf den Fluss. »Da ist jemand.« Er klang ganz ruhig, aber Sam wusste, dass der Schein trog. Sie hatte ihn in der Zeit ihres Beisammenseins ein wenig kennen gelernt.

»Wo denn?« Sie richtete sich auf und spähte zu dem halbdunklen anderen Ufer hinüber. »Ich sehe niemand.«

»Im Schilf direkt am Fluss.« Er stand auf. »Es ist eine menschliche Gestalt.«

Sam konnte nur die sanfte Bewegung der Halme erkennen, eine sich wiegende graue Wand. »Ist es ... Kannst du sehen, wer es ist?« Sie versuchte, sich die Aufregung nicht anmerken zu lassen, denn es konnte ja genauso gut der Zombie Klement sein wie Renie. Vielleicht war es sogar Hans Kuckeldiluff oder eines der anderen seltsamen Geschöpfe, die sie zwei Nächte zuvor getroffen hatten.

Tatsächlich, da arbeitete sich eine Gestalt aus dem Schilf heraus, eine Gestalt mit sehr menschlichen Bewegungen.

Ihr Hoffnungsschimmer erlosch bei !Xabbus nächsten Worten, die so tonlos waren, dass Sam den Schmerz dahinter nur vermuten konnte. »Es ist ein Mann.« Straff gespannt wie eine Bogensehne hatte er dagestanden, bereit, den Hang hinunterzustürzen. Jetzt sah sie ihn förmlich in sich zusammensinken, gleichgültig gegen die mögliche Gefahr angesichts der Tatsache des Verlusts.

Der Fremde hielt beide Hände hoch. »Lauft nicht weg!«, rief er. »Noch eine Nacht in der Kälte halte ich nicht aus!«

Er hinkte, und seine schwarze Hose und sein weites weißes Hemd waren zerschlissen und hatten verwaschene rötliche Blutflecke. Wenn er sich verstellte, um sie in Sicherheit zu wiegen, dachte Sam, machte er das verdammt überzeugend. Er taumelte wie ein Läufer auf den letzten Metern eines aufreibenden Marathons und schien zudem triefend nass zu sein. !Xabbu beobachtete sein Näherkommen mit einem eigentümlichen Ausdruck im Gesicht, aber anscheinend unbesorgt.

Der Fremde war ungefähr normal groß und hatte einen sehr kräftig gebauten Körper, älter als ihrer, aber jünger als der von Jongleur. Abgesehen von dem hängenden schwarzen Schnurrbart und den angeklatschten Haaren sah er ziemlich gut aus, fand Sam, wie ein braun gebrannter Netzserienheld, und schien auf dem Gipfel seines Lebens und seiner Kraft zu stehen.

»Ach, bitte, lasst mich an euer Feuer!«, flehte er, als er die letzten Schritte auf sie zustolperte. Als keiner von ihnen etwas erwiderte, sank er zitternd neben den Flammen zu Boden. »Gott sei Dank. Es gibt hier nichts, was wirklich für ein Floß taugt. Ich habe trotzdem eins gebaut, aber es geht immer wieder unter. Die ganze letzte Nacht habe ich nass und frierend verbracht. Ich habe euer Feuer gesehen, aber konnte nicht hin. Ich bin euch gefolgt. Ach Gott, was für eine trostlose Öde!«

Sam wunderte sich, dass !Xabbu den Fremden nicht willkommen hieß. Sie sah ihn von der Seite an, wartete auf einen Fingerzeig, doch der kleine Mann wirkte weiterhin merkwürdig distanziert. »Wir können dir nicht viel geben«, sagte sie, »nicht mal eine Decke. Aber du kannst dich gern an unserm Feuer aufwärmen.«

»Vielen Dank, junge Frau. Das ist sehr gütig.« Der Fremde versuchte ein Lächeln, doch seine Zähne klapperten so sehr, dass es sofort verwackelte. »Du tust mir einen großen Gefallen, das wird Azador dir nie vergessen.«

»Wir sollten mehr Holz holen gehen«, sagte !Xabbu unvermittelt und tippte Sams Arm an. »Komm mit, dann bekommen wir eine Ladung zusammen, die für die ganze Nacht reicht.«

Auf dem Weg hügelan zu einem kleinen Gehölz, wo er den ersten Arm voll toter Äste gesammelt hatte, ging !Xabbu ganz dicht neben ihr. »Schau dich nicht um!«, flüsterte er ihr zu. »Erinnerst du dich an den Namen Azador?«

»J-ja … jetzt wo du's sagst, kommt er mir irgendwie bekannt vor.«

»Er war eine Zeit lang mit Paul Jonas zusammen. Und davor mit Renie und mir. Das Feuerzeug – das Zugangsgerät – kam von ihm.«

»O Gott! Ungeduppt?« Sie musste sich bezähmen, nicht zurückzuschauen. »Aber was macht er hier?«

»Wer weiß? Aber er ahnt nicht, dass wir ihn kennen, das ist wichtig. Er hat mich nämlich nur in der Gestalt eines Pavians gesehen.«

»Er soll nicht wissen, wer du bist?«

»Wir bekommen mehr aus ihm heraus, wenn er uns alle für Fremde hält. Wenigstens ist die Wahrscheinlichkeit höher, dass wir es merken, wenn er uns belügt.« !Xabbus Stirn legte sich in Falten. »Aber jetzt, wo ich darüber nachdenke, ist das ein sehr kompliziertes Problem. Wenn ich Paul Jonas recht verstanden habe, hat dieser Mann sich als ein Opfer der Gralsbruderschaft dargestellt. Wenn er herausfindet, wer Jongleur ist …« Er wiegte besorgt den Kopf. »Und Renie und ich haben vor ihm unsere richtigen Namen gebraucht, du darfst mich also nicht mit Namen nennen. Aber wenn du mich anders ansprichst, mit einem falschen Namen, wird Jongleur es merken.«

»Mann, mir brummt jetzt schon der Schädel«, sagte sie, als sie bei den Bäumen ankamen. »Vielleicht sollten wir ihn einfach umbringen.« !Xabbu sah sie mit großen Augen an. »He, das war bloß ein Witz, irgendwie.«

»Ich mag solche Witze nicht, Sam.« !Xabbu bückte sich und begann, Äste vom Boden aufzuklauben.

»Okay«, sagte sie, während sie ihrerseits totes Holz aufsammelte, »es war kein sehr guter Witz, zugegeben. Bong. Aber wenn wir Renies Namen nicht vor ihm gebrauchen können, deinen auch nicht, und wenn wir nicht offen reden können, dann haben wir mit ihm einen ziemlichen Klotz am Bein. Was ist wichtiger: diesen Typ hinters Licht zu führen oder Renie zu finden?«

!Xabbu nickte langsam. »Da hast du recht, Sam. Lass uns heute Abend hören, was Azador zu erzählen hat – wir können ihn ja ganz unverfänglich fragen, was ihn an unser Lagerfeuer geführt hat. Dann sehen wir schon, wie wir uns am besten verhalten.«

»Natürlich möchtet ihr meine Geschichte hören«, sagte Azador gut gelaunt. Das Feuer hatte ihn durchgewärmt, und bis auf einen geschwollenen Knöchel und den hängenden Schnauzer, mit dem er ein wenig wie ein nasser Hund aussah, wirkte er gänzlich wiederhergestellt. »Sie ist voll von Gefahren und Abenteuern, um nicht zu sagen, Heldentaten. Aber vor allen Dingen wollt ihr sicher wissen, wie es kommt, dass Azador an diesem gottverlassenen Ort auf euch gestoßen ist, stimmt's?«

Sam hätte am liebsten die Augen verdreht, aber beherrschte sich. »Stimmt.«

»Dann werde ich euch ein Geheimnis verraten.« Mit der Verschwörermiene eines Kaspers im Kindertheater beugte der stattliche Fremde sich vor, zog die Brauen hoch und blickte kurz nach links und rechts. »Azador verfolgt euch schon lange.«

Sie widerstand dem Impuls, zu !Xabbu hinüberzuschauen. »Echt?«

»Seit … Troja.« Azador setzte sich wieder gerade hin und verschränkte die Arme über der bleichen Brust, als hätte er ein Zauberkunststück vollführt.

»Wie … wie bitte?«

Er schmunzelte freundlich. »Versuche nicht, mich zu täuschen, schöne Maid. Ich weiß über dieses Netzwerk besser Bescheid als irgendjemand sonst. Ihr seid die einzigen Menschen an diesem Ort. Ich habe euch auf dem Berggipfel gesehen – ja, daran erinnert ihr euch! Das sehe ich euch an. Ich weiß, dass ihr dieselben Leute seid, denen ich von Troja gefolgt bin.«

Sam war ratlos. Drohte ihnen Gefahr? Musste sie !Xabbus Warnungen jetzt doch in den Wind schlagen? Sie blickte von dem gespannten Gesicht des Buschmanns zu Jongleur, dessen Miene völlig unergründlich war. »Aber … aber *warum* bist du uns gefolgt? Angenommen wir wären die Leute, für die du uns hältst, heißt das.«

»Weil ihr mit Ionas zusammen wart. Mir war klar, dass er sich mir nicht ganz offenbart hatte, und als ich sah, wie er euch und die andern durch die brennende Stadt in einen Tempel führte, wusste ich, dass er auf der Suche nach einem Gateway war. Vergesst nicht, dass Azador dieses ganze Netzwerk durchstreift hat. Überall gejagt von der Gralsbruderschaft! Es gibt Stimmen, die meinen, dass ich der tapferste Mann in all diesen Welten bin.« Er breitete mit gespielter Bescheidenheit die Hände aus. »Ich selbst würde so etwas niemals von mir behaupten.«

Sein kindisches Gehabe dämpfte ihre Befürchtungen, aber das konnte natürlich beabsichtigt sein, sagte sie sich. *Herrje, diese ganze Geschichte scännt megamäßig. Es ist, als ob man Kindergeburtstagsspiele in einem stockdunklen Zimmer macht, monatelang, aber wer verliert, wird leider umgebracht.*

»Und wieso hast du diesen … Ionas verfolgt?«, fragte !Xabbu.

»Weil er mein Freund ist. Ich wusste, dass er in dieser trojanischen Welt in Schwierigkeiten geraten würde, schließlich hatte er nicht meine reiche Erfahrung, meine Kenntnisse. Ich wollte ihm helfen, ihn … beschützen.«

!Xabbu achtete darauf, sich seinen Zweifel nicht anmerken zu lassen. Sam räusperte sich. »Du bist also … diesen Leuten in … einen Tempel gefolgt?«

Azador lachte. »Du möchtest weiter mit mir Katz und Maus spielen, junge Frau? Wie du willst, ich habe nichts zu verbergen. Ja, ich bin Ionas und … seinen Freunden in den Tempel gefolgt. Durch den ganzen Irrgang – ich konnte sie die ganze Zeit vor mir hören. Dann blieben sie stehen. Ich blieb auch stehen und hielt mich hinter ihnen im Gang versteckt, während sie heftig stritten. Es war ein langes Hin und Her, und ich dachte schon, das Gateway wäre funktionsunfähig, sie würden alle umkehren, und ich müsste ihnen wieder nach draußen in die Stadt folgen, wo die Leute wie Tiere niedergemetzelt wurden. Aber dann ging das Gateway doch auf, und unter großem Schreien und weiterem Streiten gingen alle hindurch. Ich wartete so lange wie möglich, aber ich hatte Angst, der Durchgang würde sich wieder schließen, und so sprang ich hinterher.«

»Aber wenn Ionas dein Freund war, wieso wolltest du dann nicht gesehen werden?«

Ein ärgerliches Zucken huschte über Azadors Gesicht. »Weil ich die Leute nicht kannte, mit denen er zusammen war. Ich habe viele Feinde.«

»Okay«, sagte Sam. »Du bist also mit durch. Und dann?«

»Dann war ich auf einmal an einem höchst merkwürdigen Ort, dem merkwürdigsten überhaupt bisher. Vor mir am Berg hörte ich Stimmen, und so wartete ich ab, bis sie sich in Bewegung setzten. Dann schlich ich ganz vorsichtig, ganz leise hinterher. Ihr … oder sollte ich sagen, Ionas' Freunde …?« Er lächelte auf eine Art, die er bestimmt, dachte Sam, für außerordentlich gewinnend hielt. »Die Leute vor mir also, sie gingen sehr langsam. Doch ich folgte ihnen geduldig, ließ ihnen allerdings einen großen Vorsprung. Als ich den Gipfel erreichte, waren sie weit vor mir. Ich sah den Riesen dort liegen.« Bei der Erinnerung wirkte er ehrlich konsterniert. »Was für ein Schauspiel! In allen diesen Welten habe ich nichts Vergleichbares gesehen. Und ganz in der Nähe von ihm erblickte ich Ionas und die andern. Doch als ich weiterging … geschah etwas.« Er schloss die Augen, überlegte. »Alles zerbrach, als ob jemand ein Fenster eingeworfen hätte, und die Splitter flogen in alle Richtungen.«

Neben ihr gab es eine ruckartige Bewegung: Jongleur hatte sich kerzengerade hingesetzt. Aus dem Augenwinkel sah Sam die Anspannung in der Haltung des alten Mannes. Was in diesem ganzen Wust von Abstrusitäten erschien ihm auf einmal so besonders bemerkenswert? »Alles zerbrach«, half sie Azador auf die Sprünge.

»An das, was dann kam, kann ich mich kaum mehr erinnern«, sagte dieser. »Ich stürzte. Ich glaube, ich schlug mit dem Kopf irgendwo an.« Er rieb sich den Hinterkopf. »Als ich wieder wach wurde, war der Berg fort, und ich war von einem grauen Nichts umgeben – wie ein Nebel, doch es gab weder Oben noch Unten. Seitdem bin ich auf der Suche, und auch als ich endlich so etwas wie eine Welt fand, war kein Mensch dort. Azador war allein, abgesehen von diesen unheimlichen Jägern. Bis ich das Licht eures Feuers sah.«

»Unheimliche Jäger?« !Xabbu stocherte das Feuer auf. »Was meinst du damit?«

»Habt ihr sie nicht gesehen? Da habt ihr Glück gehabt.« Azador klopfte sich auf die Brust. »Gestalten, bei denen einem das Blut gefriert. Ungeheuer, Gespenster – wer weiß? Aber sie machen Jagd auf Menschen. Sie haben Jagd auf mich gemacht. Nur auf dem Fluss war ich sicher, darum habe ich mir ein Floß gebaut.«

Zufrieden mit seiner dramatischen Schilderung setzte sich der Mann zurück und blickte mit ernster Miene in die tanzenden Flammen.

»Gut, du durftest dich an unserm Feuer aufwärmen«, sagte Sam. »Was willst du sonst noch?«

»Mit euch ziehen«, antwortete er prompt. »Je mehr Leute, desto mehr Sicherheit. Und Azador als Gefährten zu haben, kann euch viel nützen. Ich kann Fallen stellen und Tiere fangen, ich kann fischen …«

»Wir essen nicht«, wandte Sam ein.

»… und ich kann mit den bloßen Händen ein Floß bauen.«

»Das leider immer untergeht, wie du selbst gesagt hast.« Halb belustigt, halb genervt sah sie !Xabbu an. War es bloß Zufall, dass sie ständig irgendwelche widerwärtigen Weggenossen aufgebürdet bekamen?

»Es gibt hier keinen Ionas«, erklärte !Xabbu. »Ich kann wahrhaftig sagen, dass mir in dieser Welt noch nie ein Mensch mit diesem Namen begegnet ist.«

»Sicher, selbst mit euern veränderten Gesichtern war mir klar, dass er nicht bei euch ist«, erwiderte Azador unverdrossen. »Ionas war auf seine Art recht tapfer – für einen Engländer, heißt das. Er hätte nicht geschwiegen und sich vor seinem Freund Azador als jemand anders ausgegeben. Aber wenn er irgendwo in dieser Welt verirrt ist, werde ich ihn finden.«

Sam blickte !Xabbu an, der seinerseits Jongleur beobachtete, doch das Gesicht des alten Mannes war eine undurchdringliche Maske. Als !Xabbu sich ihr wieder zuwandte, merkte sie, dass der einzige Mensch hier, dem sie traute, hinter seiner gesammelten Miene genauso besorgt und ratlos war wie sie. Sie hätte beinahe seinen Namen gesagt, konnte sich aber noch bremsen. »Also, was machen wir?«

!Xabbu sah den zuversichtlich lächelnden Azador an. »Ich weiß es nicht.« Er stützte den Kopf in die Hand. »Ich denke, wir lassen dich mit uns gehen, Azador. Wenigstens eine Weile.«

Der Fremde grinste breit und strich mit dem Finger über seinen Schnurrbart. »Ihr werdet es nicht bereuen. Das schwöre ich.«

Kapitel 20
THOMPSONS SCHIESSEISEN

NETFEED/NACHRICHTEN:
Experte warnt vor Spiel mit der Apokalypse
(Bild: Szene aus "Wir bringen unsern Lehrer um")
Off-Stimme: Nach Ansicht Sian Kellys von der Ethischen Netzkontrolle gehen die Kinderprogramme heute viel zu weit - bis zum Ende der Welt sozusagen.
Kelly: "Es ist ein Trend, und absolut kein positiver. So viele interaktive Kindersendungen - Teen Mob, Tyrannic Park, Dolchstoß, dieses Ding mit dem Lehrerumbringen - sind randvoll mit apokalyptischer Stimmungsmache. Kinder sind sehr leicht zu beeinflussen, und dieses Suhlen in Selbstmordkulten und dem Ende der Welt ist unverantwortlich und Besorgnis erregend."
Off-Stimme: Die Netzwerke bestreiten einhellig jede Absprache zwischen den Textern und Designern der angeführten Sendungen.
(Bild: Ruy Contreras-Simons von GCN)
Contreras-Simons: "Es ist ein Trend, gewiss, aber er wird doch von niemand gesteuert oder so. Ich denke mal, das Thema liegt einfach in der Luft …"

> Der Transport in das Erdloch war grauenhaft gewesen. Wie totes Fleisch waren sie weggeschleppt worden, und genau das waren die vier Gefährten in den Augen der mutierten Spinnennetzbauer zweifellos bereits. Paul hatte heftige Gegenwehr geleistet, ohne sich aus dem harten Klammergriff lösen zu können und mit dem einzigen Ergebnis, dass er brutal über scharfkantige Steine geschleift wurde und von einer

hässlichen Klaue, die weder Hand noch Huf war, einen schmerzhaften Schlag auf den Kopf bekam.

Das einzig Gute war, dass man sie nicht gefesselt hatte. Die klebrigen Kabel waren Teil des Netzes geblieben; die Bestien hatten ihre Gefangenen mit einem übel riechenden Schleim vollsabbern müssen, um sie davon loszubekommen.

Etliche Dutzend der Scheusale befanden sich im selben offenen Teil des Baues, in den man die Gefangenen geworfen hatte, aber die Dunkelheit schärfte Pauls Sinne, und so meinte er, auch in den Seitengängen schnatternde Stimmen zu hören. Es war nicht vollkommen dunkel; in einem der Gänge brannte ein Feuer oder sonst ein Licht, das die krabbelnden Kerkermeister und ihr Nest so weit erhellte, dass Paul einsehen musste, wie aussichtslos jeder Gedanke an Flucht war.

Die Bestien handelten nicht aus menschlicher Bosheit. Er musste sich das immer wieder vorhalten, um das Grauen ein wenig zu dämpfen und die Glut der Hoffnung nicht ganz ausgehen zu lassen. Die Spinnenbisons ließen in der Art ihres Vorgehens kaum eine oder gar keine Ordnung erkennen und waren sichtlich Opfer gewohnt, die entweder betäubt oder schon tot waren. Sie hatten T4b grob zurückgestoßen, als dieser versucht hatte, aus der Grube herauszuklettern, doch ansonsten hatten sie keinerlei Vorkehrungen gegen eine Flucht getroffen. Es waren auch keine weiteren Vorkehrungen nötig: Sie waren mehr als zehnmal so viele wie Paul und seine Freunde und einzeln mindestens so stark wie ein Mensch.

Es hatte keinen Zweck, sich den Kopf darüber zu zerbrechen, was diese Wesen eigentlich waren, ob sie vielleicht irgendwelche Schwächen hatten. Sie waren einfach das Produkt einer perversen, möglicherweise beabsichtigten Veränderung der Simwelt, vielleicht lag sogar ein grausamer Witz in ihrer Ähnlichkeit mit den Bisons des amerikanischen Westens, die man ihrer Felle wegen ausgerottet hatte, indem man sie zu Tausenden massakrierte, abhäutete und dann auf der Prärie verfaulen ließ. Auf jeden Fall waren sie groß, flink, skrupellos und hatten offensichtlich eine Vorliebe für Menschenfleisch. Menschliche Gebeine waren der knirschende Bodenbelag auf den Gängen und in noch größerer Menge hier in der Grube, und weiter unten in den schwarzen Tiefen des abschüssigen Loches wurden es noch mehr.

Wie zur Bestätigung dieser Tatsache stieß Paul mit der Hand plötzlich auf etwas Scharfes. In der Erwartung, den nächsten Kinnbacken zu finden, betastete er es, doch es war klein, viereckig und hart. Als er es in den schwachen Lichtschein hielt, stellte es sich als eine rostige Gürtelschnalle heraus, verbogen, als ob der noch umgeschnallte Gürtel mit großer Gewalt aufgerissen worden wäre. Paul drehte sich der Magen um. Es war nicht schwer, sich die gierige Hast vorzustellen, mit der die wilden Zottelbestien über das zarte Fleisch darunter hergefallen waren.

Verzweiflung überkam ihn wie ein kalter Regenguss. Was konnten sie tun? Diese Ungeheuer mit den bloßen Händen und einer Gürtelschnalle bekämpfen? Oder sich einen Kinnbacken greifen wie Simson und ihre Feinde damit erschlagen?

Ich bin aber kein Simson, verdammt noch mal!

»Paul?« Es war Florimel ein kleines Stück weiter oben. »Bist du da? Du hast so ein Geräusch gemacht. Hast du dir wehgetan?«

»Ich bin nur mit der Hand an etwas gekommen.« Er blickte nach oben auf die im Halbdunkel herumhuschenden grotesken Mutanten – wahrscheinlich damit beschäftigt, auf ihre Art den Tisch zu decken – und versuchte, sich die völlige Mutlosigkeit nicht anhören zu lassen. »Hast du irgendwelche Ideen?«

Er konnte sie nicht sehen, aber die Resignation in ihrer Stimme war unverkennbar. »Nein. Ich kann kaum kriechen. Ich bin hart gelandet, als wir vom Wagen gefallen sind.«

»Wie geht's den andern?«

»Martine lebt, aber ich glaube, sie hat sich auch was getan. Sie ist da drüben und redet ganz leise mit sich selbst. T4b ... T4b betet.«

»Er betet?« Das erstaunte ihn, doch er konnte nicht behaupten, dass er eine bessere Idee hatte.

»Diese Monster sind so viele, und wir sind alle mit den Kräften am Ende. Ich habe Angst, Paul.«

»Ich auch.«

Florimel verstummte. Paul sah keinen Grund, sie zum Reden zu animieren. Es wäre etwas Anderes gewesen, wenn sie einen Plan gehabt hätten, aber für billige Aufmunterungen war die Situation zu trostlos.

Dann hab ich wohl jetzt den schwarzen Peter, was? Ich muss mir was einfallen lassen. Dabei bin ich der Einzige, der sich nicht freiwillig in dieses Scheißnetzwerk begeben hat. Wenigstens bildete er sich das ein – er hatte keine Erinnerung daran, aber er konnte sich nicht vorstellen, dass er so etwas gesagt hatte wie: *»Ach, und wenn du mal einen Moment Zeit hättest, Herr Jongleur, wie wär's, wenn du mich in eine Simulation des Ersten Weltkriegs einsperren und mich ein bisschen foltern würdest, ja?«*

Aber warum dann? Er war ein Niemand, ein Museumsangestellter mit einem Abschluss in Kunstgeschichte, einer, der weniger Macht hatte als ein Lehrer oder ein Betriebsrat. Wenn er bei der Erziehung von Jongleurs Tochter etwas vermasselt hatte, warum hatten sie ihn dann nicht einfach gefeuert? Wenn er irgendwie etwas über das Gralsprojekt herausgefunden hatte, was wahrscheinlich war, warum hatten sie ihn nicht einfach umgebracht? Vielleicht hatten sie den Aufwand gescheut, einen Unfall zu inszenieren oder einen Selbstmord, aber die Vorstellung war absurd, dass Leute wie Felix Jongleur und seinesgleichen soviel Aufmerksamkeit an ein Nichts verschwenden würden.

Selbst wenn die Weltkriegssimulation schon vorher bestanden hatte, Finch und Mullett, ansonsten als Finney und Mudd bekannt, hatten viel Zeit für ihn geopfert und ihn verbissen durch das ganze Otherlandnetzwerk verfolgt. Warum?

Gruselige Erinnerungen an seine Flucht aus den Schützengräben kamen ihm wieder, verschlimmert noch durch die Ähnlichkeit mit seiner gegenwärtigen Lage. Der Schlamm, die Leichen, die zerschmetterten Einzelteile von Männern und Maschinen unter den Füßen …

Da hatte er einen Geistesblitz. Er hatte in der Hocke gesessen, doch jetzt ließ er sich auf alle viere fallen, kroch die Schräge hinunter und tastete dabei den Boden ab. Es war eine eklige Arbeit. Nicht nur wurden die menschlichen und tierischen Überreste mehr, je tiefer er kam, sondern bei vielen war zudem das Fleisch nicht völlig abgenagt worden, vielleicht weil die Spinnenmonster irgendwann bei einem großen Festschmaus nicht alles bewältigt hatten. Mit Schrecken wurde ihm klar, dass auf ihn und seine Freunde wahrscheinlich ein ähnliches Schicksal wartete – dass sie bis dahin nur deshalb unverletzt geblieben waren, weil sie bei irgendeinem grausigen Galadiner das Hauptgericht abgeben sollten.

Der Gestank nahe dem unteren Ende der Grube war grässlich, und auf Boden und Resten gleichermaßen wimmelte es von Kleingetier, das von der Großzügigkeit der Netzbauer schmarotzte. Am schlimmsten war, dass er weiter unten immer weniger Licht hatte und gezwungen war, alles in die Hand zu nehmen, was herumlag, suchte er doch nach etwas, das ihm und seinen Gefährten das Leben retten konnte.

Während er so durch Moder und Fäulnis kroch, gingen ihm die letzten Stunden in der Weltkriegssimulation durch den Kopf. Ava – Avialle – war ihm auch dort erschienen, wie eine Vampirprinzessin hatte sie in einem Sarg gelegen. *»Komm zu uns«,* hatte sie gesagt. Sprach sie einfach den Text nach, den der Andere ihr vorgab, wie Martine vermutete? Um Paul und die anderen zu einer großen Rettungstat wie im Märchen zusammenzuführen? Aber warum? Und was hatte Ava für ein Interesse daran? Warum nahm sie immer auf so merkwürdigen Wegen Kontakt mit ihm auf?

Er befingerte das Ding bereits mehrere Sekunden, bevor ihm aufging, was es war. Zuerst hatte er den verrottenden Gürtel fraglos als unbrauchbar abgetan – wenn schon eine Schnalle zu nichts nutze war, dann der erst recht –, doch als seine Finger ihn abtasteten und schließlich an die dreieckige Tasche kamen, pochte ihm das Herz, als ob es gleich aussetzen wollte.

Er hatte nur auf einen Spazierstock oder vielleicht ein Messer gehofft, irgendetwas, das die Kreaturen weggeworfen hatten und woraus sich wenigstens ein kleiner Vorteil ziehen ließ. Jetzt wagte er kaum zu atmen, als er die Waffe aus dem Halfter zog. Es war anscheinend ein Revolver, wie er sie in alten Western gesehen hatte. Das Ding war überraschend schwer, aber mehr war der bloßen Berührung nicht zu entnehmen – er war kein Fachmann und hätte nie vermutet, dass er einmal mit Schusswaffen zu tun bekommen würde, einerlei ob mit alten oder neuen. Andererseits konnte sich wohl nicht einmal der paranoideste Waffenfanatiker in seinen schlimmsten Albträumen eine solche Situation vorstellen.

Langsam und vorsichtig, obwohl er innerlich unter Hochspannung stand, zog und drückte er an der Trommel, bis sie endlich vom Lauf wegklappte. Er spähte angestrengt, konnte aber nichts erkennen. Ein behutsam in eines der Löcher gesteckter Finger stieß auf ein Hindernis, und weitere Untersuchung ergab, dass es bei den übrigen fünf Patronenkammern genauso war. Kugeln oder Schmutz? Ohne Licht und Zeit war das nicht auszumachen, und Paul bezweifelte, dass er unter den Umständen genug vom einen oder anderen bekommen konnte. Und selbst wenn es Kugeln sein sollten, war damit noch lange nicht gesagt, dass Feuchtigkeit und Dreck die Waffe nicht untauglich gemacht hatten.

Er zögerte. Der Erfolg hatte einen Spielertrieb in ihm geweckt, der ihn drängte, weiter hinunterzusteigen und sein Glück zu versuchen. Vielleicht fand er dort unten ja genug Revolver, um die ganze Mannschaft damit auszurüsten. Dies hier war schließlich Dodge City, viele der hierher verschleppten Opfer mussten bewaffnet gewesen sein. Mit etwas Glück stieß er auf etwas, das noch wirkungsvoller war. Er mochte nicht daran glauben, dass in den moderigen Tiefen des Loches ein Gatling-Maschinengewehr lag, aber eine Schrotflinte war doch im Bereich des Möglichen. Paul wusste sogar, wie man damit umging, denn er hatte mehrere Jagdwochenenden in Staffordshire mit Niles und seiner Familie durchlitten, bevor er den Mut aufbrachte, sich und dann Niles zu gestehen, dass er nie wieder mit einer Gruppe von Leuten im kalten Moor herumstehen wollte, die unter fröhlicher Geselligkeit verstanden, dass man sich betrank und kleine Tiere in Fetzen ballerte.

Wobei er durchaus nichts dagegen hätte, die über ihm herumhüpfenden Viecher in Atomteilchen zu zerstäuben, nicht das Geringste. Eine Schrotflinte hätte bestimmt eine festigende und beruhigende Wirkung auf ihn, denn damit müsste er nicht seine ganze Hoffnung auf das Funktionieren eines Revolvers setzen, der möglicherweise schon seit Jahren, oder was dem in dieser Simwelt entsprach, hier im Dunkeln vor sich hinrostete.

Es war verlockend, aber er durfte das Risiko nicht eingehen. Er war fast fünfzig Meter von seinen Gefährten entfernt – was war, wenn die Bestien sie jetzt holen kamen? Er musste ganz dicht herankommen, sonst war das Zielen in dieser Düsternis ein reines Lotteriespiel.

Paul machte kehrt und kraxelte wieder die Steigung hinauf, wobei er die Knochen und verwesenden Reste, die er auf dem Weg nach unten so begierig gesucht hatte, jetzt mit wüsten Schimpfworten bedachte, wenn er auf ihnen ausglitt. Wie zur Bestätigung seiner schlimmsten Befürchtungen ließen sich oben am Rand der Grube eindeutige Anzeichen von Geschäftigkeit vernehmen: Die Spinnenwesen versammelten sich aufgeregt und putschten sich gegenseitig mit ihren hohen, halb verschluckten Rufen auf. Da hörte er Martine in panischer Angst aufschreien, und er rutschte aus und fiel hin. Vor Schreck vergaß er sogar das Schimpfen, während er auf allen vieren weiterrobbte wie ein Tier und dennoch darauf achtete, dass er den Revolver nicht mit dem Modder in Berührung brachte.

»Ich komme!«, rief er. »Macht euch bereit zu fliehen!«

Oben angekommen sah er gerade noch, wie eine der Frauen – in dem Halbdunkel konnte er nicht erkennen, welche – von einigen zottigen Gestalten weggeschleift wurde, obwohl die beiden anderen ebenso heldenhaft wie aussichtslos versuchten, sie den Angreifern zu entwinden und zurückzuziehen. Als Paul neben sie trat, war er plötzlich nur einen Meter von der vordersten Bisonspinne entfernt, die ihm bei seinem unerwarteten Auftauchen ihr zerhauen wirkendes Gesicht zuwandte und ihn giftig anschielte. Sie überließ es ihren Genossen, Florimel zur Schlachtbank zu befördern, und grapschte mit grauenhaft langen Armen nach Paul. Er hob den Revolver und drückte ab. Der Hahn machte klick. Nichts geschah.

Die horngepanzerte Pranke der Bestie traf ihn am Kopf und schleuderte ihn zurück. Der Revolver flog ihm aus der Hand in den dunklen Morast. Er sank auf die Knie, und die trüben Lichter und schwarzen Schatten flirrten vor seinen Augen, als sähe er sie durch Wasser. Das Scheusal, das ihm den Hieb verpasst hatte, zögerte einen Moment, sichtlich hin- und hergerissen dazwischen, ihn vollends zu erledigen, und seinen Kollegen wieder beim Abtransport des ausgewählten Leckerbissens behilflich zu sein. In dieser Spanne weniger hämmernder Herzschläge raffte Paul sich so weit auf, dass er hinter dem Revolver herkriechen konnte. Obwohl er sicher war, dass es keinen Zweck hatte, wiederholte er das Anlegen und Abdrücken.

Diesmal gab es einen Knall, als ob eine Bombe explodierte. Feuer schoss aus der Mündung, und gleichzeitig war der hässliche Schädel der Bestie mit einem Mal weg. Ihre Artgenossen sprangen kreischend wie aufgescheuchte Möwen zurück, doch Paul konnte sie kaum hören, so sehr dröhnten ihm die Ohren.

»Lauft!« Obwohl er laut schrie, klang ihm seine eigene Stimme weit entfernt, wie von Watte gedämpft. »Kommt!«

Er packte die nächstbeste Hand, Martines, wie sich herausstellte, und zerrte sie den Hang hinauf. Die Kreaturen hatten Florimel losgelassen, und jetzt sprang ihm eine der unmenschlichen Erscheinungen in den Weg. Paul stieß ihr den Revolver ins Mittelstück, und als der Schuss krachte, krümmte sie sich und flog nach hinten. In zunehmender Verwirrung hüpften die Bestien durch den düsteren Bau, doch Paul konnte sich nur auf das Geschehen unmittelbar vor ihm konzentrieren.

Im Vertrauen darauf, dass die anderen zwei ihm folgten, schleifte Paul Martine auf den Tunnel zu, von dem ein schwacher Lichtschein ausging, und betete, es möge die Sonne sein. Er musste den Kopf einziehen, als er den niedrigeren Gang betrat, und ein Überraschungsschlag von einer der Kreaturen kostete ihn beinahe das Gesicht. Zu Tode erschrocken drückte Paul auf den Abzug, ohne erst zu zielen. Er hatte nicht den Eindruck, getroffen zu haben, aber das Mündungsfeuer und der Pulverknall schlugen den Angreifer heulend in die Flucht.

Ein kurzes Stück weiter sank ihm der Mut. Es war nicht die Sonne. Der Tunnel verbreiterte sich zu einer großen Höhle mit einem Feuer in der Mitte, das ein Ring rußgeschwärzter Schädel von Menschen und Tieren und angebrannter zerbrochener Knochen umgab. Etliche andere Ungeheuer waren vor Schreck über das plötzliche Erscheinen der fliehenden Gefangenen an die Wand zurückgewichen, doch sie sahen aus, als sammelten sie schon den Mut zum nächsten Angriff.

Keine Sonne. Wir werden bloß durch diese Gänge hetzen, bis sie uns umstellt haben oder bis mir die Kugeln ausgehen ... Das adrenalintrunkene Gefühl flaute ein wenig ab. Er merkte, dass er bereits um Atem rang, dass ihm vom Rückstoß des Revolvers das Handgelenk schmerzte. Hinter ihm riss Martine wie wild an seinem Arm.

»Zwecklos«, japste er. »Bloß ihre ... ihre Küche. Keine Sonne.«

»Weiter, weiter!« Ihre Stimme war kurz vor dem Überschnappen. »Die Richtung stimmt. Weiter!«

Er konnte nur hoffen, dass sie wusste, was sie sagte. Die kleine Schar eilte durch den flackernden gelben Schein. Er schwenkte den Revolver, und mehrere der Kreaturen prallten zurück. Eine jedoch ließ sich nicht einschüchtern, und so drückte Paul abermals ab. Zischend und zuckend stürzte sie vor ihnen zu Boden, so dass sie gezwungen waren, sich mit dem Rücken an der feuchten Lehmwand daran vorbeizudrücken. Die Eingeweide des Monsters waren herausgequollen, und von dem Gestank wurde ihm fast übel.

Wie viele Kugeln sind weg? Habe ich noch welche übrig?

Beim Stolpern durch den dunklen Bau verloren sie jedes Zeitgefühl.

Mit jeder Gabelung schienen die Gänge kleiner und enger zu werden. In Paul stieg die grässliche Gewissheit auf, dass Martine sich verrechnet hatte, dass die nächste oder übernächste Abbiegung sie in einen Schlauch führen würde, wo sie auf Händen und Knien krabbeln mussten, und zuletzt vor eine Erdwand, wo sie endgültig in der Falle saßen.

Nein, das war damals im Krieg, sagte er sich. Das Schrillen der erbosten Spinnenbisons ertönte jetzt von allen Seiten. Er spürte, wie seine Gedanken zerfaserten. *Konzentrier dich auf das, was vor dir ist ... was vor dir ist ...*

»Nach rechts!«, schrie Martine. »Paul! Nach rechts!«

Er stockte einen Moment, weil er wirklich nicht mehr wusste, wo rechts und links war. Da gab ihm Martine von hinten einen Stoß, und er ließ sich in einen Durchgang lotsen, der scharf nach oben abknickte, einen gewundenen Pfad zwischen geborstenem Gestein hindurch.

»Ich sehe Licht!«, rief er aufgeregt. Ein trüber, dämmerblauer Kreis hing etwa hundert Meter über ihm, doch diesmal war es keine Täuschung, kein Bratfeuer der Ungetüme, denn er erkannte schwach schimmernde Sterne darin, echte, ehrliche Sterne, willkommen wie die Gesichter alter Freunde. »Schnell!«

Er streckte die Hand aus, um Martine über einen Stein hinwegzuhelfen, der wie ein Reißzahn in dem Durchgang aufragte, und bekam einen furchtbaren Schreck, als er hinter ihr niemand erblickte. Doch da erschienen zum Glück T4b und Florimel, die sich schier überstürzten, aus dem unteren Gang hinauszukommen.

»Sie kommen!«, schrie Florimel und schaufelte dabei mit beiden Händen Erde und Steine in die Tunnelöffnung, um die Verfolger aufzuhalten. »Massen!«

Paul konnte den steilen Aufgang mit nur einer freien Hand nicht bewältigen; er steckte den Revolver in eine Tasche seines schmutzigen und zerrissenen Overalls und kletterte los, wobei er alle paar Meter Martine helfend die Hand hinhielt. Die Geräusche der Verfolger wurden lauter. Paul spürte gerade, wie ihm der erste Hauch frischer Luft von außen ans Gesicht wehte, da schrie Florimel von hinten, die Biester seien schon in den Durchgang eingedrungen.

Paul hievte sich oben aus dem Loch ins Freie und schnappte gierig nach Luft. Da er Martine und den anderen hinaushelfen musste, konnte er sich nur kurz umschauen, doch was er sah, machte ihm keinen Mut. Sie befanden sich an einem nahezu kahlen felsigen Abhang, vielleicht tausend Meter über einer Talsohle, die schon im Abendschatten versank. Der Gipfelgrat des Berges war viel näher, hätte aber einen schwierigen Aufstieg über schroffes Gestein und loses Geröll erfordert.

»Wir müssen nach unten«, keuchte er, während er und Martine Florimel über den Rand des Loches schleiften. Hinter ihr brabbelte T4b zusammenhanglose Wortfetzen und hätte in seiner Eile, nach draußen zu kommen, die ältere Frau beinahe den steilen Abhang hinunter in den sicheren Tod gestoßen.

»Hängen mir voll im Nacken, äi«, japste er. »Ham mich gleich.«

»Los«, sagte Paul. »Vielleicht verfolgen sie uns im offenen Gelände nicht.«

Er glaubte selbst nicht wirklich daran, und nachdem sie ein Stück bergab gesprungen und gerutscht waren, erwies sich die Hoffnung als vergebens. Eine Horde der Spinnenbisons ergoss sich aus dem Loch über den Hang. Sie glucksten und schnatterten aufgeregt und blickten sich kurzsichtig um, bis einer von ihnen Paul und die anderen erspähte. Sogleich wogte die ganze struppige Meute den Berg hinab wie Termiten, die aus einem gespaltenen Baumstamm quollen.

Paul zog den Revolver und zielte auf die Verfolger. Von der Wucht der Detonation prallte er zurück und taumelte gegen T4b, so dass die beiden fast den Hang hinuntergepurzelt wären, doch obwohl die vordersten Bestien vor dem Schuss zurückzuckten und damit das ganze Rudel einen Moment lang durcheinanderbrachten und aufhielten, ging keine zu Boden.

Paul drehte sich um und hastete wieder hinter seinen Gefährten her. Er war sich ziemlich sicher, dass er alle Kugeln verschossen hatte, und der Revolver in der Hand behinderte ihn auf der halsbrecherischen Flucht, doch die Vorstellung, dem Ansturm dieser haarigen Ungeheuer nur mit den bloßen Händen zu begegnen, war ihm unerträglich. Wenn das Ding leer war, würde er es als Hammer benutzen.

Bevor sie mich kriegen, schlage ich ein paar von diesen hässlichen eingedrückten Fratzen ganz ein. Selbst in seinen eigenen Ohren klangen diese Worte wie erbärmliches und sinnloses Maulheldentum.

Martine lief jetzt an der Spitze, doch Paul ganz hinten hatte kaum die Zeit, sich zu fragen, wie klug es wohl war, einer Blinden die Führung zu überlassen. Der Boden war denkbar heikel, überall lose Steine und flache Erdplacken; er konnte nur beten, dass Martine mit ihren eigenartigen Kräften auf solchem Gelände eine bessere Führerin war als jemand anders. Jeder eilige Schritt drohte eine Lawine auszulösen: Mal wollte Paul sich Halt suchend an T4bs Schultern festklammern, mal hätte er ihn seinerseits am liebsten gestützt, wenn der junge Bursche auf Geröllabschnitten kleine Felsrutsche lostrat. Florimel litt sichtlich Schmerzen und kam nur schlecht voran, doch ihr relativ langsames Tempo war bei diesem mühsamen Geschlidder bergab weniger hinderlich, als wenn sie zu ebener Erde geflohen wären. Trotzdem musste Martine alle paar Schritte stehen bleiben und der Deutschen zur nächsten halbwegs trittfesten Stelle hinüberhelfen.

Paul traute sich nicht, die Augen vom Abhang vor ihm zu nehmen, aber als die Verfolger plötzlich ein großes Geheul anstimmten, einen schrillen Chor, der sich beinahe wie Panik anhörte, musste er sich umdrehen. Mehrere der Monster waren zu rasch über eine Geröllhalde gehoppelt, die Paul und seine Gefährten schon lockergetreten hatten, und ins Rutschen gekommen. Der Untergrund brach unter ihnen weg, und in einem Hagel von Steinen und Erdbrocken sausten sie pfeifend und kreischend talwärts. Einen Moment lang glomm in Paul eine schwache Hoffnung auf, doch es hatte nur wenige erwischt, und obwohl die Übrigen anhalten und ein Stück bergauf klettern mussten, um die lebensgefährliche Stelle zu umgehen, war die Verzögerung nur kurz.

Die Sonne war jetzt zwischen den Hörnern des schroffen Gebirgszuges auf der anderen Seite des Flussbeckens untergegangen. Kalte Schatten stiegen aus dem Tal auf. Paul konnte fast fühlen, wie ihm das Herz in der Brust erfror.

Das schaffen wir nie. Wir werden alle hier in dieser idiotischen Pipifaxwelt umkommen …

Ein feuchtes Bellen aus nächster Nähe ließ ihn erstarren. Er wirbelte herum und sah zwei der Kreaturen auf einem Felsvorsprung direkt über ihm hocken, die schiefen Mäuler aufgerissen und vor Aufregung sabbernd. Sie hatten einen schnelleren Weg am Hang gefunden und ihn seitlich überholt.

Die vorderste beugte sich über den Rand der Felsplatte, die langen Beine neben dem Kopf hochgezogen wie eine haarige Mitternachtsgrille. Paul konnte gerade noch entsetzt aufschreien, da stieß sich die Bestie auch schon zu einem mächtigen Sprung ab.

Zu seiner vollkommenen Verblüffung verfehlte sie ihn, ja schien sogar in der Luft einen Haken zu schlagen und die Richtung zu wechseln. Sie plumpste ihm schwer vor die Füße, schlaff wie ein Mehlsack, und rutschte ein paar Meter bergab, bevor sie bewegungslos liegen blieb. Das zweite Monster sprang genau in dem Moment, als der Knall des Schusses, der das erste getötet hatte, Pauls Ohren erreichte.

Die zweite Bisonspinne kam knapp oberhalb von ihm auf und konnte sich noch hochdrücken und nach ihm schnappen, ehe etwas an seinem Ohr vorbeizischte wie eine Peitsche und in die zottige Brust einschlug, so dass Paul über und über mit Blut bespritzt wurde.

Der unsichtbare Schütze nahm jetzt die große Meute der Angreifer weiter oben am Hang aufs Korn. Kugeln prallten von Felsen ab und ließen Erdfontänen aufstieben, doch fast ebenso viele trafen ihr Ziel, und Sekunden später kullerte ein halbes Dutzend der Kreaturen den Hang hinunter, während die Übrigen blubbernde Schreckensschreie ausstießen und die Augen rollten.

»Runter!« Paul stürzte vor, riss T4b zu Boden und presste sich dann seinerseits flach auf die Erde, während die Schüsse ihre Verfolger weiter dezimierten. Er konnte den Kopf gerade weit genug zur Seite drehen, um den Rücken der in der Nähe liegenden Florimel zu sehen. Er hoffte inständig, dass sie nicht getroffen war und dass Martine weiter vorn ebenfalls in Deckung gegangen war.

Aus der Jagd auf ihr Abendessen und dessen praktisch unvermeidlicher Erlegung war für die Spinnenbisons ein Horrorszenario geworden. Die noch übrigen eilten in wilder Flucht den Hang hinauf und ließen ihre Toten und Verwundeten einfach liegen; manche Leichen hüpften noch einmal kurz, wenn sie eine Kugel abbekamen. Wäre Paul nicht so müde und erschüttert gewesen, dass er sich kaum mehr an seinen Namen erinnerte, hätte er ein lautes Triumphgebrüll erhoben.

Die letzten Schüsse pfiffen hinter den überlebenden Bestien her, bis sie im Schatten der Felsen hoch oben verschwunden waren, dann war es still am Berg.

»Was …?«, krächzte Florimel. »Wer …?«

Paul wartete, aber es kam kein Warn- oder Begrüßungsruf. Er setzte sich hin und hielt vorsichtig Ausschau nach der Herkunft der Schüsse, doch außer der mittlerweile ziemlich dunklen Bergflanke konnte er nichts erkennen. »Ich weiß nicht. Ich hoffe bloß, sie sind auf unserer Seite …«

»Da«, sagte Martine und streckte die Hand aus.

Zweihundert Meter tiefer, nahe einem Haufen recht wacklig aufeinanderliegender Felsen, bewegte sich ein Licht. Jemand schwenkte eine Laterne, signalisierte ihnen. Es war nur ein kleines, blasses Geflacker, das kaum vom letzten Abendrot abstach, doch in dem Moment kam es Paul vor wie ein Strahl vom Himmel.

Die Person, die die Laterne hielt, war klein. Ein Tuch und ein tief nach vorn gezogener Hut verbargen das Gesicht fast ganz, und der lange, wallende Mantel schien für die schmächtige Statur zu groß zu sein, aber dennoch war Paul überrascht, als ihm die helle Stimme einer Frau entgegentönte.

»Bleibt da stehen«, sagte sie mit einem breiten, altertümlichen Dialekt. »Hier sind ein paar Gewehre auf euch gerichtet, und falls ihr euch nicht einbildet, 'ner Kugel eher zu entkommen als den Biestern da oben, schlage ich vor, ihr erzählt uns, was ihr hier zu suchen habt.«

»Suchen?« Florimel war völlig erledigt, und ihre Nerven waren so aufgerauht wie ihre Stimme. »Was würdest du suchen, wenn solche Monster hinter dir her wären? Die wollten uns fressen!«

»Ja, genau«, pflichtete Paul bei. »Und wir sind euch sehr dankbar, dass ihr sie vertrieben habt.« Er überlegte, was er sonst noch sagen konnte; er war so erschöpft, dass er das Gefühl hatte, jeden Augenblick umzukippen. »Bitte nicht schießen. Sollen wir die Hände hochnehmen?« Das war so ziemlich das Einzige, woran er sich aus Netzwestern noch erinnern konnte.

Die Frau trat ein paar Schritte auf sie zu und hielt dabei die Laterne hoch, die jetzt die Hauptlichtquelle am Berg war. »Haltet euch ruhig, damit ich einen Blick auf euch werfen kann.« Sie musterte Paul und seine Gefährten kritisch, dann rief sie über die Schulter: »Scheinen normale Leute zu sein. Halbwegs.«

Jemand hinter den Felsen rief etwas zur Antwort, das Paul nicht verstehen konnte, aber das allem Anschein nach eine Zustimmung war. Die Frau winkte ihnen mit der Laterne, näher zu treten.

»Keine falsche oder hastige Bewegung!«, sagte sie, als Paul und die anderen auf sie zugestolpert kamen. »Die Jungs haben einen langen Tag hinter sich, aber wenn's sein muss, lassen sie auch gern noch'n paar ins Gras beißen.«

»Rumgezicke, blödes«, knurrte T4b ärgerlich. »Passt mir nicht, der Fen-fen.«

»Das hab ich gehört.« Die Stimme der Frau war eiskalt geworden. Eine bleiche Hand kam aus dem weiten Ärmel hervor und richtete eine kleine Pistole auf T4b. »Um mit dir fertig zu werden, Jüngelchen, brauch ich Billy und Titus nicht, das kann ich sehr gut selber besorgen.«

»Himmel, nein!«, rief Paul. »Er hat's nicht so gemeint! Er ist bloß ein dummer Junge. Entschuldige dich, Javier.«

»Seyi-lo oder was! Ich soll ...?«

Martine packte ihn am Arm und riss ihn herum. »Entschuldige dich, du Idiot!«

T4b starrte auf die Mündung des Derringers, dann schlug er die Augen nieder. »'tschuldigung. Bin total alle, äi. Die Viecher wollten uns exen, tick?«

Die Frau schnaubte. »Halt dein loses Mundwerk im Zaum, Junge. Ich bin vielleicht keine feine Dame, aber ein paar da drinnen sind welche, von den Kindern ganz zu schweigen.«

»Es tut uns sehr leid«, beteuerte Paul. »Wir dachten, wir würden alle in diesem Nest da oben sterben.«

Die Augenbrauen der Frau gingen hoch. »Ihr seid aus einem von den Nestern raus?«, sagte sie. »Na, nicht schlecht. Das wird meinen Mann interessieren, wenn's denn stimmt.«

Paul hörte T4bs grimmiges Schnaufen und warf ihm einen scharfen Blick zu. »Es stimmt. Aber ohne eure Hilfe hätten wir es nicht geschafft.«

»Das könnt ihr Billy und Titus sagen, wenn ihr reingeht«, erwiderte sie und deutete dabei auf eine Lücke zwischen zwei aufrechten Felsen. »Die haben die meiste Schießarbeit gemacht.«

Paul zog den Kopf ein und trat in den flackernden Flammenschein eines ansonsten stockdunklen Raumes, der im ersten Moment so sehr dem Spinnenbau glich, dass er schon einen grässlichen Hinterhalt befürchtete.

»Annie hat selber 'ne sichere Hand mit der Büffelbüchse«, ließ sich jemand hinter ihm vernehmen. Paul fuhr herum. »Schießt jedenfalls besser, als sie tanzt. Lasst euch von ihr bloß nichts Anderes weismachen.« Der Mann, der das gesagt hatte, hatte lange blonde Haare und ein mit Flecken besprenkeltes Gesicht, in denen Paul erst nach einer Weile Pulverspuren erkannte. Mehrere andere standen hinter ihm im Schatten, wo das Licht des Feuers kaum mehr hinkam.

»Das ist Billy Dixon«, sagte die Frau, als sie und Pauls Freunde nacheinander dazutraten. Die Höhle stach weit ins Innere des Berges hinein, aber über dem Eingang war vor langer Zeit ein Felsrutsch niedergegangen. Offensichtlich hatten diese Leute für ihre Festung eine gute Wahl getroffen – nur wenige Ritzen zwischen den großen Felsbrocken ließen einen Blick auf den Abendhimmel zu. »Billy könnte gut und gern der beste Schütze unter der Sonne mit dem Sharps-Karabiner sein – das würde sogar mein Mann zugeben.«

Dixon, dessen breites Gesicht ein dünner Schnurrbart und die ersten Anfänge eines richtigen Bartes zierten, verzog den Mund zu einem Grinsen, aber sagte nichts.

»Und ich heiße Annie Ladue«, fuhr die Frau fort, wobei sie das Halstuch abnahm. Sie hatte ein spitzes Kinn und große, schwerlidrige Augen, und man hätte sie hübsch nennen können, wenn sie nicht so schlechte Zähne gehabt hätte und eine unschöne waagerechte Narbe auf einer Backe. »Wenn ihr euch anständig aufführt, werden wir uns vertragen. Titus«, rief sie über die Schulter, »was ist draußen los?«

»Nichts«, antwortete eine tiefe Stimme. »Kein Einziger nich von dem Kroppzeug zu sehen, bloß die toten.« Ein hochgewachsener Schwarzer mit einem sehr langen Gewehr schwang sich von einem höheren Platz zwischen den Felsen herunter, einem Beobachtungsposten, vermutete Paul. Er landete direkt neben ihnen.

»Und das ist Titus. Er hat das Langhaxvieh durchsiebt, das auf Sie runtergesprungen ist und Ihnen 'nen Haar- und Bartschnitt verpasst hätte, den Sie nicht so schnell vergessen hätten, Mister«, stellte Annie vor.

Paul hielt dem Mann die Hand hin. »Danke. Dank euch allen.«

Nach kurzem Zögern ergriff Titus die Hand. »Sie hätten dasselbe für mich getan, nich wahr? Da spielt die Hautfarbe keine Rolle nich mehr, wenn *so was* auf einen losgeht.«

Paul war zunächst verdutzt, doch dann fiel ihm ein, dass dies das Amerika des Neunzehnten Jahrhunderts sein sollte, wo Sachen wie

Rassenunterschiede noch eine große Bedeutung hatten. »Absolut«, versicherte er. »Allerdings lege ich keinen gesteigerten Wert darauf, je wieder ein Schießeisen in die Hand zu nehmen.«

Billy Dixon ließ ein belustigtes Schnauben hören und verzog sich in die Tiefen der Höhle. Jetzt kamen die anderen Bewohner näher. Wie Annie Ladue gesagt hatte, waren viele Frauen mit Kindern darunter. Überhaupt schienen Billy und Titus die einzigen rüstigen Männer in der Höhle zu sein, zwei knorrige Alte nicht mitgerechnet, die angehumpelt kamen, um die Neuankömmlinge zu begutachten und die Schützen zu beglückwünschen.

»Freut mich, dass dir die Vorstellung gefallen hat, Henry«, sagte Annie zu einem der beiden Alten, der sich, hatte Paul den Eindruck, durch völlige Zahnlosigkeit auszeichnete. »Denn jetzt kannst du dir die Springfield greifen und die erste Wache schieben. Inzwischen dürfte es draußen kühl sein. Und pass auf, dass du nicht mit dem Lauf an die Felsen rumst.« Sie wandte sich Paul und den anderen zu. »Auf die Art kann er noch zu was nutze sein, bevor er sich zusäuft.«

Der Alte lachte und ging das Gewehr holen. Annie schien hier das Sagen zu haben. Paul war fasziniert, aber seine Müdigkeit war stärker als alles andere. Der Energieschub war vorbei, und die Kraft entwich ihm wie Luft einem durchstochenen Reifen.

»Wollt ihr vielleicht was essen, Leute?«, fragte Annie. »Viel ist nicht da, aber Bohnen und Schiffszwieback gibt's noch. Das ist auf jeden Fall besser als nichts.«

»Ich denke, wir würden uns einfach gern irgendwo hinsetzen«, sagte Paul.

»Hinlegen«, korrigierte Martine ihn leise. »Ich muss schlafen.«

»Dann kommt am besten mit rüber in die Schanze, wie wir dazu sagen, da könnt ihr euch hinhauen«, erklärte ihre Wirtin. »Da bleiben euch auch die Kleinen vom Hals – wenn ihr euch da hinten zwischen alle andern packt, werdet ihr die Racker nicht mehr los.« Sie führte sie auf einem schmalen Trampelpfad zwischen den schützenden Felsen vor dem Höhleneingang hindurch nach oben, bis sie ein mehrere Meter breites Plateau erreichten. Ein paar ausgebreitete Tierfelle – von Bisons, vermutete Paul – machten einen einladenden Eindruck. An einem Rand saß der alte Mann, den sie Henry genannt hatte, und lugte durch eine Spalte zwischen zwei großen Felsbrocken, ein langes Gewehr neben sich postiert.

»Diese Leutchen müssen sich ein bisschen erholen«, verkündete Annie. »Das heißt, wenn ich höre, dass du ihnen lästig fällst, bekommst du's mit mir zu tun. Also halt deinen zahnlosen Mund.«

»Ich werde schweigen wie das Grab«, versprach der Alte und riss vor gespielter Furcht die Augen auf.

»Und genau da wirst du enden, wenn du dich nicht dran hältst«, drohte Annie zum Abschied.

»Legt euch ruhig hin«, meinte Henry. »Ich halt die Augen offen, und ich seh besser, als ich kaue.« Er kicherte.

»O Gott«, seufzte Florimel und ließ sich schwer auf das nächste Bisonfell plumpsen. »Ein Witzbold.«

Paul war das egal und alles andere auch. Schon während er niedersank, fühlte er, wie der Schlaf ihn ergriff und einsaugte, als ob der Stein unter ihm sich verflüssigt hätte und er in ihn hineinglitt, hinab in die Tiefe.

Er erwachte mit einem schmerzenden Schädel, einem trockenen Mund und einem leichten, aber bestimmten Druck in den Rippen. Der Mann namens Titus stand vor ihm; seine hochknochigen afrikanischen Züge verrieten nichts.

»Ihr sollt alle aufwachen und mitkommen«, sagte er und versetzte Paul abermals einen leichten Stups mit der Stiefelspitze. »Die andern sind zurück, und der Boss will mit euch reden.«

»Der Boss?«, fragte Paul duselig. »Von wo zurück?«

»Von der Jagd.« Titus lehnte sich an die Felsen und wartete, dass die vier sich aufrappelten. »Ihr meint doch nich, dass wir diese vermaledeiten Langhaxviecher essen, oder?«

Während sie dem langen, schlaksigen Titus folgten, musste Paul an seinen Aufenthalt in der imaginären Eiszeit denken, an die Aufregung, mit der die Jäger bei ihrer Rückkehr begrüßt worden waren. Überall in der geräumigen Höhle herrschte ein geschäftiges Treiben, und mehrere Feuer brannten, während es vorher, als er und seine Gefährten eingetroffen waren, nur eines gewesen war – vielleicht um besser sehen zu können, was sich draußen vor der Festung abspielte.

»Wie spät ist es?«, erkundigte sich Paul.

»Weiß nich genau, jedenfalls isses Morgen«, antwortete ihm Titus. »Ihr habt alle geschlafen, als hättet ihr's nötig gehabt.«

»Haben wir.«

Titus führte sie in eine zweite große Höhle, von der Paul vermutete, dass sich darin am Vorabend die anderen Bewohner zurückgezogen hatten. Jetzt ging es darin genauso rege zu wie in der vorderen, Bratengeruch hing in der Luft und vor allem Qualm. Verwundert sah Paul drei Männer mit langen Messern ein großes Kalb zerlegen. »Haben sie Kühe gejagt?«

»Besser wir kriegen sie als die Langhaxviecher und die Teufel«, sagte Titus.

»Teufel?«, fragte Florimel. »Wer soll das sein?«

Titus antwortete nicht, sondern blieb stehen und deutete mit dem Kinn auf die Kalbsmetzger. »Geht rein. Er will euch sehen.«

Paul und die anderen traten ein. Ein breitschultriger, stattlich gebauter Mann mit einem vollen Schnurrbart und einem staubigen Bowler auf dem Kopf erhob sich mit der leichten Geschmeidigkeit eines aus dem Gras aufstehenden Löwen.

»Ich würde euch ja die Hand geben«, sagte er, »aber wie ihr seht, bin ich bis zu den Ellbogen blutbesudelt. Trotzdem herzlich willkommen. Ich heiße Masterson, aber meine Freunde und ein paar von meinen intimeren Feinden nennen mich Bat.«

»Bat Masterson?« Paul blickte ihn konsterniert an. Eigentlich war es ja nicht verwunderlich, in diesem künstlichen Universum auf die Kopien berühmter Persönlichkeiten zu stoßen, aber wenn es einem passierte, war man doch überrascht.

»Schon mal von mir gehört, was? Tja, das kommt davon, wenn man sich mit Zeitungsfritzen einlässt.«

»Das meiste, was über ihn geschrieben wird, ist gelogen«, sagte Annie Ladue, die jetzt neben ihm aufstand. Paul hatte sie schon wieder für einen Mann gehalten. Sie gab ihrem Liebsten einen zärtlichen Klaps auf den Allerwertesten. »Aber gerechterweise muss man sagen, dass nur die Hälfte der Lügen auf Bats Konto geht.«

»Hock dich hin und schaff was, Frau«, sagte er. »Wir haben fünfzig Mäuler zu stopfen, da sollten wir uns ranhalten.« Er wandte seine Aufmerksamkeit wieder Paul und den anderen zu und musterte sie von Kopf bis Fuß, wobei besonders die Overalls, die sie in Kunoharas Insektenwelt geerbt hatten, seine Neugier erregten. »Und was seid ihr für welche? Zirkusartisten? Fahrende Musikanten? Da würdet ihr hier ein dankbares Publikum finden. Die Kleinen werden mächtig kratzbürstig nach den vielen Tagen hier drinnen.«

»Nein, wir sind keine … Artisten.« Paul musste ein amüsiertes Lächeln unterdrücken. Wenn dies ein Netzfilm wäre, müssten sie sich wahrscheinlich als solche ausgeben. Mit was für einer bizarren Nummer konnte ihre Truppe wohl auftreten? *Bestaunt den sagenhaften Irrfahrer und Blindgänger! Den pampigsten Teenager der Welt!* »Wir sind ganz normale Leute, wir kommen nur von weither. Wir waren auf der Durchreise und sind vom Weg abgekommen, und dann haben diese … Biester uns angegriffen.«

Ein weiteres Mal räumte die Fähigkeit des Systems, Anomalien zu integrieren, ein Hindernis umstandslos aus dem Weg: Ihre eigentümliche Kleidung wurde nicht wieder erwähnt. »Davon hab ich gehört«, sagte Bat. »Und von euerm Ausbruch hab ich auch gehört – verdammt eindrucksvoll, wenn die Damen den ungehörigen Ausdruck entschuldigen wollen. Wie habt ihr das geschafft?«

»Ich … ich hab einen Revolver gefunden«, antwortete Paul und zog die Waffe vorsichtig aus der Tasche. »Es waren genug Patronen drin, dass wir uns den Weg freischießen konnten, aber mehr nicht. Wir wären umgekommen, wenn eure Leute nicht gewesen wären.«

»Dass der Bau so dicht dran ist, macht uns einen Haufen Scherereien«, gab Bat lakonisch zu, wobei er den Blick auf Pauls Revolver gerichtet hielt. »Aber im Umkreis von Meilen ist dies die am besten zu haltende Stellung, da haben wir uns für das kleinere von zwei Übeln entschieden.«

»Wie ist es dazu gekommen, dass ihr …?«, begann Paul.

»Ich unterbreche nur ungern«, sagte Bat, »und möglicherweise nehmen Sie es mir übel, aber ich hoffe nicht. Wären Sie vielleicht so freundlich und ließen mich einen Blick auf Ihr Schießeisen da werfen?«

Paul stockte kurz, verwirrt von Mastersons leicht angespanntem Ton.

»Nicht«, flüsterte T4b gut hörbar und stöhnte im nächsten Moment auf, weil Florimel ihm fest auf den Fuß trat.

»Natürlich.« Paul streckte ihm die Waffe mit dem Griff zuerst entgegen, aber Masterson zog vorher noch ein Taschentuch aus seiner Westentasche, damit er sie beim Anfassen nicht mit Blut beschmierte. Er hielt sie in einen Lichtstrahl, der durch eine Spalte hoch oben in der Höhlenwand fiel.

»Sie sagen, Sie hätten den Revolver in dem Bau gefunden?« Seine Stimme war normal, aber etwas an seinem Ton machte Paul nervös.

»Ich schwör's. Im Dreck, ganz unten bei den ganzen Knochen von Tieren und ... Menschen. Er hat in einem Halfter gesteckt.«

Bat seufzte. »Mir wär's fast lieber, Sie würden lügen. Der hat Ben Thompson gehört, und einen besseren Kerl und besseren Schützen wüsste ich kaum zu nennen. Ich hab ihn nicht mehr gesehen, seit hier die Hölle ausgebrochen ist, aber ich hatte immer gehofft, er wäre irgendwo noch am Leben, vielleicht in einem der andern Lager weiter oben in den Bergen. Aber wenn Sie ihn unten in einem dieser gottverfluchten Nester gefunden haben ...« Er schüttelte den Kopf. »Lebendig hätte Ben sich von niemandem sein Schießeisen abnehmen lassen.« Er hielt Paul den Revolver wieder hin. »Ich denke mal, er ist Ihre rechtmäßige Beute.«

»Um die Wahrheit zu sagen«, entgegnete Paul, »ich habe vorher kaum jemals einen Revolver abgefeuert, und es wäre mir sehr lieb, wenn ich das nie wieder machen müsste. Wenn er einem Freund von dir ... äh, Ihnen gehört hat, können Sie ihn gern behalten.«

Eine von Bat Mastersons dunklen Brauen stahl sich nach oben. »Ich würd's Ihnen gönnen, dass Ihr pazifistischer Wunsch sich erfüllt, Sir, aber sehr wahrscheinlich ist das leider nicht. Bevor uns hier der Ärger ausgeht, werden die Kugeln schon lange ausgegangen sein.«

»Aber was ist das für ein Ärger?«, schaltete sich Florimel ein. Sie hatte sich schon lange ungeduldig zurückgehalten. »Wieso sind hier Berge? Die gibt's doch in der Gegend normalerweise gar nicht. Und was sind das für scheußliche Kreaturen?«

»Was noch wichtiger ist«, fügte Martine hinzu, »wie kommen wir nach Dodge City? Können wir es von hier aus erreichen?«

Im ersten Moment wunderte sich Paul über ihre Frage, doch dann fiel ihm ein, was sie über den Durchgang nach Ägypten gesagt hatte.

Masterson, Annie und Titus staunten noch weitaus mehr als Paul und sahen Martine an, als hätte sie den Verstand verloren, auch wenn Bat seinen höflichen Ton beibehielt. »Nichts für ungut, Verehrteste, aber wo in aller Welt kommt ihr Greenhorns eigentlich her? Nach Dodge

City? Da könnt ihr auch gleich beim Saloon der Hölle anklopfen! Ihr kämt noch glimpflicher weg, wenn ihr euch nackt auszieht – bitte um Verzeihung für meine unverblümte Art –, ins nächste Komantschenlager lauft und schreit: ›Alle Indianer sind Lügner und Deppen!‹«

Titus kicherte. »Der war gut.«

Annie fand es weniger lustig. »Sie wissen es nicht, Bat. Sie sind von woanders her, daran liegt's. Wir sollten sie lieber fragen, woher eigentlich, vielleicht wäre da viel besser sein als hier.«

Bat schmunzelte. »Die Frau hat einen besseren Kopf als ich, und bessere Manieren. Vielleicht solltet ihr ein bisschen was darüber erzählen …«

Bevor er seinen Satz beenden konnte, kam der langhaarige Billy Dixon herein. »Der Gefangene macht Zicken«, teilte er mit.

»Verdammt. Vielleicht kannst du hier kurz zur Hand gehen, Billy, mir kommt anscheinend laufend was dazwischen.«

Bat hielt ihm das Messer hin, aber Dixon hatte so schnell selbst eines aus einer Scheide am Bein gezogen, dass es aussah, als hätte er es direkt aus der Luft gegriffen. »Hab mein eigenes.«

»Wenn ihr mitkommt und das kleine Goldstück in Augenschein nehmt, das wir mitgebracht haben«, sagte Bat und winkte Pauls Schar einladend zu, »erspart mir das 'nen Haufen Erklärungen.« Er ging ihnen voraus zum hinteren Ende der Höhle, abseits vom Feuer. Andere hartgesotten wirkende Männer blickten ihnen entgegen. Paul vermutete, dass sie Masterson auf seiner Jagdpartie begleitet hatten.

»Einen Tag, nachdem die Erde verrückt zu spielen begann, kamen diese Burschen angeprescht«, erzählte Bat, während sie nach hinten schlenderten. »Es hing so viel Staub in der Luft, dass wir sie erst sahen, als sie unmittelbar vor der Stadt waren. Auf einmal kommt einer am Long Branch Saloon vorbeigaloppiert und brüllt, dass ein Kriegstrupp der Cheyenne angreift. Wir sofort alle Frauen, Kinder und Alten in die Kirche, wir übrigen satteln die Pferde und schnappen unsere Gewehre. Hat uns nicht viel genützt. Einmal waren die anders als alle Cheyenne, die ich je gesehen habe …« Er blieb stehen. »Wie ich höre, wird er bockig, Dave«, sagte er zu einem der Männer, der gerade aufstand.

Der Mann, hager und mit einem imposanten Schnauzbart, der fast seine ganze untere Gesichtshälfte bedeckte, zuckte mit den Achseln. »Hals abschneiden, schlag ich vor. Er sagt uns eh nichts Anderes als seinen Namen – wenigstens denk ich, dass es sein Name ist. ›Ich Dread‹, plärrt er in einem fort …«

»Herrgott im Himmel!«, rief Florimel aus und taumelte einen Schritt zurück. »Wie kann das sein?«

»Das Schwein hat auf mich geschossen«, fauchte T4b.

»Es *ist* Dread«, flüsterte Martine. Sie war leichenblass geworden. »Er hat zwar nicht mehr Quan Lis Körper, aber ein Irrtum ist ausgeschlossen.«

Paul sah betreten seine Gefährten an, dann den schlanken, nur mit einem Lendenschurz bekleideten Mann, der vor ihnen am Boden lag, an Händen und Füßen stramm gefesselt und am ganzen Leib zerschunden und blutverkrustet. Der Gefangene blickte zu ihnen auf, aber schien sie nicht zu erkennen. Mit angestrengt verzerrtem Gesicht und gebleckten Zähnen wand er sich in seinen Fesseln wie eine Schlange. Seine dunkle Haut und seine asiatischen Augen gaben ihm ein leicht indianisches Aussehen, aber Paul hatte keine Zweifel an der Richtigkeit von Martines Wahrnehmung. Er war dem gefürchteten Dread nie persönlich begegnet, aber hatte mehr als genug von ihm gehört. Trotz der offensichtlichen Hilflosigkeit des Mannes trat auch er einen Schritt zurück.

Der Gefangene lachte, als er Paul zurückweichen sah. »Ha! Ich euch alle töten!«

Bat Masterson verschränkte die Arme vor der Brust. »Tja, wenn euch der hier schon so wenig gefällt, solltet ihr eure Reisepläne vielleicht überdenken. Von der Sorte gibt's nämlich gut und gern noch tausend andere, die ihm gleichen wie ein Haar dem andern, und zurzeit lassen sie auf der Front Street in Dodge die Sau raus, dass die Fetzen nur so fliegen.«

Kapitel 21
SCHLANGEN AUFHEBEN

NETFEED/KUNST:
Bigger X - totes Genie oder schlicht tot?
(Bild: Schauplatz des Unfalls auf der Coxwell Avenue in Toronto)
Off-Stimme: Die Kunstwelt diskutiert über den Tod des Gewaltperformancekünstlers Bigger X, der bei einem Unfall mit Fahrerflucht im kanadischen Toronto ums Leben kam. Es haben sich schon mehrere Lager gebildet. Viele glauben, dass X auf diese Weise in den "Selbstmordwettbewerb" mit einem anderen Künstler namens No-1 eintreten wollte und seinen tödlichen "Unfall" selbst arrangierte, sowohl als Annahme von No-1s Herausforderung wie auch als eine weitere Hommage an den von ihm bewunderten TT Jensen. Andere sind der Ansicht, TT Jensen selbst könnte bei dem Unfall die Fäden gezogen haben, sei es aus Verärgerung darüber, dass Bigger X sich ständig auf ihn berief, sei es (eine noch aberwitzigere Alternative), um seinem Verehrer symbolisch zu danken. Wieder eine andere Gruppe meint, No-1 könnte die Sache organisiert haben, und zwar aus Wut darüber, dass Bigger X nicht öffentlich auf seine Herausforderung zum "Selbstmordwettbewerb" reagierte. Und zuletzt gibt es noch ein tapferes Grüpplein, das die Auffassung vertritt, der Tod von X sei genau das, was er zu sein scheint - ein Unfall, wie er Leuten passiert, die eine verkehrsreiche Straße überqueren, ohne nach links und rechts zu schauen …

> Sie hatte den Wandbildschirm so lange angestarrt, dass sie in einen Traum gesunken war. Als das Geschrei anfing, zuckte sie abrupt hoch und wäre beinahe vom Sessel gefallen.

Reflexartig warf Dulcy einen Blick auf das Komabett, aber Dread hatte sich nicht bewegt. Er war jetzt schon wieder seit fast einem Tag online. Sie kam sich langsam so vor, als hielte sie ihm die Totenwache.

Jemand kreischte unten auf der Straße, ein Mann, auch wenn die Wut- und Schmerzensschreie hoch und schrill waren. Sie hatte zu lange in einer Haltung gesessen, deshalb prickelten ihr die Beine, als sie zu einem der Fenster ging und eine Ecke des lichtundurchlässigen Vorhangs lüftete.

Draußen war es dunkel, was sie fast genauso erschreckte wie vorher die Geräuschkulisse – war es so schnell wieder Abend geworden? Unten auf dem Bürgersteig sprangen Gestalten herum, schattenhafte Körper, die einen aggressiven Drohtanz aufführten. Drei oder vier junge Männer bufften und schubsten sich, aber es sah mehr nach Schau als nach einem richtigen Kampf aus. Dulcy hatte zu viele Jahre in Manhattan gelebt, um überrascht oder betroffen zu sein, und nichts lag ihr ferner, als sich Sorgen darüber zu machen, dass sie sich verletzen könnten.

Männer. Sie sind einfach drauf programmiert, nicht wahr? Wie diese kleinen Bauroboter. Immer stur weitermachen, bis man gegen ein Hindernis rennt, und dann schieben und stoßen, bis es nachgibt – es sei denn, dass es härter zurückstößt.

Sie ging durch den Raum zurück zu dem Schrank, wo sie sich beim Warten auf Ergebnisse ihres Cräckgears in einem Anfall von gelangweilter Häuslichkeit einen Sessel hingestellt und allen Knabber- und Süßstoff sowie die sonstige Grundausstattung für eine Art Kaffeepausenecke versammelt hatte. Während draußen der Streit lautstark weiterging, kam ihr zum ersten Mal in den Sinn, dass sie keine Ahnung hatte, wie Dread diese Wohnung gesichert hatte. Sie konnte sich nicht vorstellen, dass er keine Vorkehrungen gegen Einbrecher oder Gewalttäter getroffen hatte, zumal in einem derart unruhigen Viertel wie diesem, aber sie wusste auch, dass es schwerlich eine der gängigeren Abschreckanlagen wie ein Alarmsystem mit gebührenpflichtiger Direktverbindung zur Polizei sein konnte. Dread war eindeutig niemand, der die Polizei rufen würde. Genauso wenig erschien es ihr denkbar, dass er sich im Notfall von einem privaten Sicherheitsunternehmen retten ließ, nicht einmal, wenn er die Männer persönlich zusammengestellt hatte wie damals beim Überfall auf die Isla del Santuario. Nein, sie konnte sich partout nicht vorstellen, dass er sich von irgendjemandem retten ließ. Dread war der Typ, der immer alles allein regeln wollte.

Ja, toll, das wird mir echt was bringen, wenn hier die schweren Jungs einsteigen und er irgendwo im Traumland unterwegs ist.

Ein weiterer Schrei ließ sie zusammenzucken, ein wütender Fluch unmittelbar unter ihrem Fenster, wie es klang. *Bis du ihn geweckt hast,* dachte sie, *kann dir schon jemand ein Messer in den Leib gerammt haben, Anwin.* Sie stellte ihren Kaffee ab und ging in das Zimmer, das Dread ihr gegeben hatte, kniete sich hin und zog ihren Koffer und ihre Aktentasche unter dem Bett hervor.

Während sie die diversen Plastikteile zusammensuchte, einige den Ecken und Rädern des Koffers angeformt, andere als gewöhnliche Reiseutensilien getarnt – ein Schreibset, ein Wecker für jene exotischen Weltgegenden, wo einem mitunter der Netzzugang verwehrt wurde, ein portmoneegroßer Lockenstab –, dachte sie über die eigentümlich wechselhafte Beziehung zu ihrem Auftraggeber nach. Er hatte mittlerweile recht deutlich zu verstehen gegeben, dass er körperlich an ihr interessiert war, und sie musste gestehen, dass sie ihn ihrerseits nicht uninteressant fand. Er hatte sich nach seinem letzten Aufenthalt im Netzwerk vor guter Laune schier überschlagen, und sie hatte sich zu ihrer eigenen Verwunderung von seiner Stimmung anstecken lassen und ihm euphorisch von ihren Erfolgen bei Jongleurs Privatdateien berichtet. Er hatte sie gelobt und über ihre Erregung gelacht, hatte geradezu vibriert von jener hyperaktiven Fröhlichkeit, die ihn manchmal erfasste, und in dem Moment hätte sie ihn am liebsten auf der Stelle gehabt, kurz und hart wie in den Pornobüchern aus Papier, die ihre Mutter zeitweise im Haus hatte herumliegen lassen, als Ersatz für ein persönliches Gespräch mit ihrem einzigen Kind über die langweiligen Details von Sex und Liebe.

Doch obwohl sie in einer Art von hyperkinetischem Tanz durch den weitläufigen Raum geflitzt waren und Dread ihr beim Kaffeemachen und Duschen immer wieder Fragen zugerufen hatte, war ihr Timing schlecht gewesen: Zu dem Zeitpunkt schien er keinerlei Interesse an ihr zu haben, wenigstens sexuell, und war bei aller Freude über ihren Erfolg und trotz seiner eigenen Hochgestimmtheit nichts weiter als ihr freundlicher Mitstreiter.

Aber er war zufrieden gewesen, und das war immerhin etwas. Zum ersten Mal seit ihrer Ankunft in Sydney hatte sie ihren Wert zweifelsfrei bewiesen. Nach der Dusche – die schwarzen Haare glatt und glänzend, den Bademantel bis zum harten Waschbrettbauch locker geöffnet – hatte er ihr erklärt, ihre Arbeit verschaffe ihm die letzten Waffen, die er für seinen großen Schlag noch benötige.

Sie hielt inne und blickte versonnen auf den Haufen kleiner Plastikteile, die jetzt verstreut auf dem Läufer neben ihrem Bett lagen. Was *war* eigentlich sein großer Schlag? Er schien die Kontrolle über das VRNetzwerk seines einstigen Arbeitsgebers an sich gerissen zu haben, und das war sicherlich eindrucksvoll und möglicherweise allein schon genug, um ihn reich zu machen, auch wenn sie sich nicht recht vorstellen konnte, wie das funktionieren sollte. Wollte er das Gralsprojekt fortsetzen und die Aussicht auf Unsterblichkeit an reiche Leute verkaufen, allerdings anstelle von Felix Jongleur die Gelder selber einstreichen? Oder, was wahrscheinlicher war, hatte er vor, die Geheimnisse seines einstigen Arbeitgebers an den Meistbietenden zu verkaufen? Wo war Jongleur überhaupt? Hatte Dread ihm dasselbe Schicksal bereitet wie seinerzeit Bolívar Atasco? Warum hatte man dann nichts davon gehört? Wenn einer der reichsten und mächtigsten Männer der Welt gestorben wäre, wäre doch inzwischen wenigstens ein Gerücht davon durch die Nachrichtennetze gegangen.

Dulcy nahm das Rohr vom Lockenstab und schraubte es in das Gehäuse des Reiseweckers, langsam, weil sie mit der Konstruktion noch nicht vertraut war. Beinahe hätte sie keine Pistole mitgenommen – sie hatte immer noch Albträume von Cartagena –, aber die eingefleischten Gewohnheiten einer Spezialistin, zumal in ihrem besonderen Gewerbe, waren schwer abzuschütteln. Die Pistole, mit der sie auf den Gearmann in Kolumbien geschossen hatte, war natürlich niemals außer Landes gekommen: Dread hatte sich erboten, sie für sie zu beseitigen, aber sie hatte genug Thriller gelesen und gesehen, um zu wissen, dass man auf keinen Fall jemandem Belastungsmaterial gegen sich in die Hand geben durfte. Sie hatte sie auseinandergenommen, sie so klinisch sauber gemacht, wie es mit Nagellackentferner möglich war, und die einzelnen Stücke auf ein Dutzend verschiedene Abfalleimer in ganz Cartagena verteilt.

Das heißt, du traust ihm zu, dass er dich mit einer Mordwaffe erpresst, aber schlafen würdest du mit ihm? Interessante Differenzierungen, Anwin.

Sie fand es extrem schwer, sich über ihre Gefühle klar zu werden. Er war natürlich sprunghaft, den einen Augenblick so, den anderen so, aber war es nicht genau das, was sie wollte? Sie hatte schon vor Langem festgestellt, dass ihr Herz bei Werbetextern von Long Island und Börsenmaklern, die bei ihrem ersten gepanzerten Benz fast platzten vor lauter VIP-Gefühlen, kein bisschen schneller schlug.

Nimm's, wie es ist, Anwin. Die Bösis sind dir lieber.

Und noch lieber sonnte sie sich in dem Gefühl, dass sie selbst mindestens so böse war, nur diskreter. Aber wenn man sich in die Außenbezirke des Sex begab, veränderte sich mehr als das Straßenbild. Man hatte es mit ... na ja, einer krasseren Klientel zu tun.

Na schön, Dulcy, du bist heiß auf den Typ, und es haut nicht hin. Na und? Dann fliegst du eben nach New York zurück, und ein paar Tage lang trinkst du und guckst Netzsoaps und bemitleidest dich – es gibt weiß Gott Schlimmeres. Du glaubst doch nicht im Ernst, dass er was für länger wäre, oder?

Sie musste zugeben, dass sie sich nicht vorstellen konnte, längere Zeit mit dem Mann in einer Stadt zu leben, schon gar nicht, mit ihm zusammen Vorhänge aussuchen zu gehen. Aber war das verkehrt? Er erregte sie. Sie dachte ständig an ihn, hin- und hergerissen zwischen Faszination und gelegentlich einem Gefühl, das viel stärker und gefährlicher war als Groll oder Abneigung, eher wie Hass und Furcht.

Und wenn schon! Er ist von der Sorte, die dich anmacht – ein Bösi. Er ist einfacher böser als die meisten, und das macht dir Angst. Aber du kannst nicht auf dem Hochseil tanzen und dich gleichzeitig mit einem Netz absichern, da wäre das Hoch-seil völlig witzlos. Na schön, seine Umgangsformen lassen zu wünschen übrig. Der Kerl ist ein internationaler Verbrecher. Wenigstens ist er nicht langweilig.

Sie hatte kaum auf ihre automatisch weiterarbeitenden Hände geachtet, aber trotz der Unterschiede von einem Modell zum andern war das egal: Wenn man einmal ein paar von diesen Plastikpistolen zusammengesetzt hatte, konnte man es fast im Schlaf machen. Sie stand aus dem Kniesitz auf, hockte sich aufs Bett, schüttelte ein paar Keramikkugeln aus einer Vitaminflasche und schob sie ins Magazin. Klick, klick, klick ... wie kleine Babys, Achtlinge, die man in eine gemeinsame Wiege packte. Babys, Pistolen, virtuelle Welten, alte Männer, die ägyptische Götter spielten – in ihrem Gehirn ging es wirklich drunter und drüber.

Du brauchst Urlaub, Anwin. Einen langen.

Sie überlegte einen Moment, dann ging sie in den Hauptraum des Loft zurück. Der laute Streit draußen hatte aufgehört; ein verstohlener Blick aus dem Fenster ergab, dass die Straße leer war. Sie steckte die Pistole in die mittlere Schublade des Küchenschranks, unter die Servietten.

Oder vielleicht muss irgendwas Aufregendes passieren. Irgendwas Großes.

> In der einen Hand hielt Christabel das Glas. Ihre andere Hand war am Wasserhahn, aber sie traute sich nicht, ihn aufzudrehen, obwohl sie solchen Durst hatte, dass sie weinen konnte. Sie war wütend, dass sie Durst hatte und aus dem Bett aufgestanden war, um sich ein Glas Wasser zu holen, wütend auf sich selbst. Jetzt musste sie wie eine verängstigte Maus im dunklen Badezimmer stehen und mit anhören, wie ihre Eltern sich im Nebenzimmer stritten.

»... Es reicht wahrhaftig, Mike. Ich kann dich nicht zwingen, mit mir zurückzufahren, aber ich werde auf keinen Fall mit Christabel hier bleiben und sie weiter diesen ganzen Gefahren aussetzen. Bei meiner Mutter werden wir vollkommen sicher sein.«

»Herrgott noch mal, Kay!« Papis Stimme war so laut und verletzt, dass Christabel beinahe das Glas auf den harten Badezimmerboden hätte fallen lassen. »Hast du denn immer noch nicht mitgekriegt, was hier los ist?«

»Das habe ich allerdings. Und jeder Mensch mit einem Fünkchen Verstand würde einsehen, dass das kein Ort für ein kleines Mädchen ist. Mike, du hast zugelassen, dass jemand sie mit einer Waffe bedroht! Unsere Tochter!«

Lange sagte niemand etwas. Christabel, die gerade das Glas hatte hinstellen wollen, weil ihr der Arm wehtat, blieb weiter unbewegt stehen, als wäre sie in einem schrecklichen Freeze-Tag-Spiel immobilisiert worden.

Als ihr Papi wieder sprach, war seine Stimme leise und unheimlich. Sie hatte ihn noch nie zuvor so bitter gehört – am liebsten wäre sie davongelaufen. »Das ist so ziemlich das Schlimmste, was du je zu mir gesagt hast, weißt du das? Meinst du, ich hätte nicht immer noch jede Nacht Albträume deswegen? Ich hab sie nicht zu dem Gespräch mit Ramsey mitgenommen. *Du* hast sie allein zum Klo geschickt. Was hätte ich denn machen sollen?«

»Es tut mir leid. Das war gemein.« Auch ihre Mami klang noch bitter. »Aber ich habe furchtbare Angst, Mike. Ich ... es gibt gar kein Wort dafür, wie ich mich fühle. Ich möchte einfach mein kleines Mädchen nehmen und weg von hier, und das werde ich auch tun. Den Jungen nehme ich auch mit. Ob er arm ist oder nicht, er ist ein Kind und hat ein Recht darauf, beschützt zu werden.«

»Kaylene, hörst du mir vielleicht mal zu? Wenn ich der Meinung wäre, dass es irgendwo einen sichereren Ort für euch gäbe, wäre ich der Erste, der euch beide dorthin brächte – lieber Himmel, das musst du mir glauben! Aber ich bin nur deswegen noch hier, weil Yacoubian dachte, er könnte seine Nummer mit normalen Soldaten vom Stützpunkt abziehen. Wenn jemand anders als Ron mich aufgegriffen hätte, hättest du nie wieder von mir gehört. Daran habe ich nicht den geringsten Zweifel.«

»Ach, und das soll mich jetzt beruhigen oder was?«

»Nein! Aber was auch immer an Sellars' Geschichte dran ist, eines kann ich dir sagen: Diese Festnahme, die ganze Sache, die der General da laufen hatte, war oberfaul. Das alles war in keiner Weise ordnungsgemäß – es war eine Entführung. Nur die Tatsache, dass Ron und Ramsey da waren, hat mir das Leben gerettet.«

»Und?«

»Und was ist, wenn diese Leute es noch einmal versuchen? Diesmal ohne sich mit militärischen Formalitäten aufzuhalten – bei Nacht vielleicht, als Einbrecher getarnt. Meinst du nicht, dass das Haus meiner Schwiegermutter ein Ort wäre, wo sie suchen würden? Und wenn ich nicht da bin, meinst du nicht, dass du und Christabel gute Geiseln für ihre Zwecke abgeben würdet? Das sind keine Pfadfinder. Was will deine Mutter machen, die Katze auf sie hetzen? Die Penner von der

Trailer-Park-Aufsicht alarmieren, wie sie's immer wegen der Kids auf ihren Skimboards macht?«

»Was soll das, Mike? Das ist nicht sehr witzig.«

»Nein, überhaupt nicht. Du hast vorhin recht gehabt, Kay, es *ist* furchtbar. Aber wenn ich euch beide bei mir habe, kann ich euch wenigstens beschützen. Wir können den Aufenthaltsort wechseln, und Sellars versteht sich anscheinend recht gut darauf, unsere Spuren zu verwischen. Wenn ihr länger irgendwo bleiben würdet, und sei es in einem Versteck, das nicht so offensichtlich ist wie bei deiner Mutter, dann könnten wir bloß hoffen, dass sie euch nicht finden.«

»Du klingst, als würdest du an diese ... Verschwörung glauben. Diese ganze verrückte Geschichte.«

»Du nicht? Dann erklär mir Sellars! Erklär mir Yacoubian und sein Hotelzimmer und diese Nazibullen, die er zu Leibwächtern hatte!«

Christabel stand schon so lange steif an einer Stelle, dass sie Angst hatte, vor Schmerz zu wimmern, wenn sie nicht gleich das Glas absetzte. Sie streckte den Arm ganz langsam nach dem Waschbecken aus und suchte nach einer flachen Stelle.

»Das kann ich nicht erklären, Mike, und ich will's gar nicht erst versuchen. Ich will nur mein Kind in Sicherheit bringen, weg von diesem ganzen ... Irrsinn.«

»Das will ich doch auch, so bald wie möglich. Aber die einzige Möglichkeit, die ich sehe ...«

Das Glas wackelte und fiel. Christabel haschte danach, aber es sprang ihr aus den Fingern und zerschmetterte mit einem Knall wie eine Explosion im Netz am Boden. Im nächsten Moment ging grell das Badezimmerlicht an, und ihr Vater stand groß und grimmig in der Tür, so dass Christabel zurücktrat, umknickte und das Gleichgewicht verlor. Ihr Vater sprang vor und packte sie so fest am Arm, dass sie quiekte, aber immerhin fiel sie nicht hin.

»Herrje, was machst du? *Autsch!* Scheiße! Hier liegt überall Glas!«

»Mike, was ist los?«

»Christabel hat ein Glas zerbrochen. Ich hab einen Splitter im Fuß, der so groß wie ein Steakmesser ist. Scheiße!«

»Schätzchen, was ist passiert?« Ihre Mami nahm sie auf den Arm und trug sie in das Zimmer, in dem ihre Eltern sich eben noch gestritten hatten. »Hast du schlecht geträumt?«

»Ich kehr derweil das Glas auf«, sagte ihr Vater aus dem Badezimmer. »Und amputier mir den Fuß, um das Bein zu retten. Kümmert euch nicht um mich.« In seiner Stimme war Ärger, und dennoch entspannte sich Christabel ein wenig – es war nicht der Wir-lassen-uns-scheiden-Ärger von vorher.

»Ich … ich hatte Durst. Dann hab ich euch gehört …« Sie hatte es nicht sagen wollen, aber ein bisschen glaubte sie immer noch, dass alles irgendwie gut werden würde, wenn sie es nur der Mami sagte. »Ich hab euch streiten gehört, und da hab ich Angst gekriegt.«

»Ach, Schätzchen, kein Wunder.« Ihre Mutter drückte sie an sich und küsste sie auf den Scheitel. »Kein Wunder. Aber es ist alles gut. Dein Papi und ich versuchen uns nur zu einigen, was wir tun sollen. Erwachsene streiten manchmal.«

»Und dann lassen sie sich scheiden.«

»Ist es das, was dir Angst macht? Ach, Herzchen, nimm's nicht so ernst. Wir waren bloß verschiedener Meinung.« Doch die Stimme ihrer Mutter klang immer noch ganz wacklig, und sie sagte nicht: *»Dein Papi und ich, wir werden uns niemals scheiden lassen.«* Christabel schmiegte sich an sie und hielt sie fest und wünschte, sie hätte keinen Durst gehabt.

Im Nebenzimmer ging das Gespräch weiter, jetzt aber viel leiser. Christabel hatte sich wieder ins Bett gelegt, den größtmöglichen Abstand zwischen sich und Cho-Cho, der in seine Decken gewickelt dalag wie eine ägyptische Mumie. Christabel bemühte sich, langsam zu atmen, wie ihre Mami es ihr gesagt hatte, aber immer wieder wollte das Weinen hochkommen, so dass ihre Atemzüge ganz zittrig waren.

»Gib Ruh, mu'chita.« Cho-Chos Stimme war durch das Kissen gedämpft, das er vor dem Gesicht liegen hatte. »Leute wolln schlafen.«

Sie beachtete ihn gar nicht. Was wusste der schon? Er hatte keine Mami und keinen Papi, die stritten und sich scheiden lassen wollten. Es war nicht seine Schuld, dass alle schimpften, es war ihre. Obwohl sie so traurig war, dass es wehtat, war sie auch ein klein wenig stolz.

»Transe cräsh«, sagte Cho-Cho und wälzte sich aus dem Bett, wobei er fast sein ganzes Bettzeug mitzog, so dass die Matratze mit dem Laken auf einmal nackt und weiß war und aussah wie ein Eiskremsandwich, von dem man die obere Waffel abgehoben hatte. »Kann kein Mensch schlafen bei diese mierda.« Er ließ die Decken fallen und stakste ins Badezimmer, ganz dürr in seiner Unterwäsche.

»Wo willst du hin? Da kannst du nicht rein!«

Er schaute sie gar nicht an und machte nicht einmal die Tür zu. Als er anfing zu pinkeln, vergrub Christabel den Kopf unter der Bettdecke. Nach dem geräuschvollen Spülen war es lange still. Als sie schließlich wieder unter der Decke hervorlugte, saß er auf seinem Bett und blickte sie mit seinen großen, dunklen Augen an.

»'ase Angst, so Monster komm' dich holen oder was?«

Christabel war schon einem richtigen Monster begegnet, einem lächelnden Mann in einem Hotelzimmer mit Augen wie kleinen Nägeln. Sie hatte es nicht nötig, diesem doofen Jungen zu antworten.

»Schlaf, eh«, sagte er nach einer Weile. »Brauch *du* kein Angst 'aben vor nix.«

Das war so blöd, dass sie nicht mehr still sein konnte. »Du hast ja keine Ahnung!«

»Pah, kleine ricas wie dir passiert nix.« Er fixierte sie mit einem fiesen kleinen Lächeln, aber er sah nicht glücklich aus. »Was denkse, was passiert? Sag ich dir, was passiert mit mir, willse wissen? Wenn hier alles fertig, du kommt wieder in so Mamapapahaus irgendwo, und Cho-Cho kommt in Arbeitslager. Dein Papa, der is noch einer von die Netten. Los otros, Mann, vielleicht die einfach mich 'olen und schießen, peng!«

»Was für ein Lager?« So schlecht klang das gar nicht – ihre Freundin Ophelia war im Bluebird-Lager gewesen, und die hatten Kunstprojekte gemacht und Marshmallow-Brote gegessen.

Cho-Cho winkte ab. »Cross City, da war mein tío eingelocht. Immer graben und so. Brot mit kleine bichos drin, eh.«

Christabel sah ihn verständnislos an. »Was?«

Er stutzte einen Moment. »Ah so. Bichos, sind Käfer und so.« Der Junge schlüpfte ins Bett zurück und starrte an die Decke. Sie sah von ihm nur noch die Nasenspitze über dem Kissen. »Sag dir eins, wart ich nich mehr lange. Nächste Mal, wo geht, Cho-Cho is ex und weg.«

»Du … du willst weglaufen? Aber … Herr Sellars, er braucht dich!« Sie konnte es nicht verstehen. Es hörte sich an wie die bösen Sachen, von denen sie manchmal in der Kirche erzählten, nicht in der Sonntagsschule, sondern in dem großen Saal mit den Bänken und dem Glasfenster von Jesus. Weglaufen – von diesem armen alten Mann?

Und ihre Mutter wäre auch traurig, spürte Christabel. Mami beschwerte sich viel darüber, aber eigentlich schien es ihr zu gefallen, dass sie Cho-Cho dazu brachte, sich zu baden und saubere Sachen anzuziehen, und dass sie ihm extra Sachen zu essen gab.

Der Junge machte ein Geräusch, das sie kaum hören konnte – es hätte ein Lachen sein können. »Dachte, 's gäb efectivo zu 'olen, Zaster, aber is bloß'n 'aufen Spinner, wo irgend so 'ne mierda wie in Agentenfilm abziehn. Cho-Cho is bald ex … und … weg.«

Er sagte nichts mehr. Christabel konnte nur still im Bett liegen, angestrengt auf die leisen Stimmen ihrer Eltern lauschen und sich fragen, wie es sein konnte, dass die Welt so furchtbar geworden war.

> Die ganzen Hieroglyphen, die sie mit Milchpulver auf die Küchenplatte gezeichnet hatte, reichten aus für eine komplette laktosefreie Ausgabe des *Ägyptischen Totenbuches.* Sie hörte schon so lange zu, wie das teure Komabett ihres Auftraggebers sich mit leisem Zischen und Summen seinen Bewegungen anpasste, dass sie am liebsten geschrien hätte. Tausend Kanäle mit Netzberieselung, und sie konnte für keinen einzigen Interesse aufbringen.

Dulcy wusste, dass sie sich hinlegen sollte, aber genauso sicher wusste sie, dass sie stundenlang keinen Schlaf finden würde. Sie zog ihren leichten Regenmantel an und gab die Sicherheitskombination des Haustürschlosses ein. Beim Öffnungston zögerte sie, ging dann zurück und holte ihre frisch zusammengesetzte Pistole aus dem Versteck im Küchenschrank hervor.

Es war kurz vor Mitternacht, und die hügeligen Straßen von Redfern glänzten noch vom Regen, obwohl der Himmel im Augenblick klar war. Ein lauter Haufen junger Leute strömte ein Stück vor ihr aus einem Gruftclub, größtenteils weiße und asiatische Kids in Trauerkleidung, weiten schwarzen Chutes und kefiyeartigen Kapuzen. Sie ging hinter der größten Gruppe her, ließ sich von ihnen mitziehen. Ihre Stimmen hallten von den Häuserfassaden wider wie das aufgeregte Kreischen eines Fledermausschwarms. Der Dialekt, in dem sie sich Bemerkungen zuriefen, schien irgendein Abo-Pidgin zu sein. Dulcy erinnerte sich an eine Zeit, als sie auf den Straßen von Soho oder dem Village bei jungen Leuten wie denen hier noch jedes Wort ethnosoziologisch hätte einordnen können, jedes Ausstattungsstück und seine Plazierung. Jetzt wusste sie nicht einmal mehr, ob es sich bei dieser speziellen Subsubgruppe um Dirt Farmer oder No-Sider handelte, und von denen wusste sie auch nur noch, dass sie auf organischen Halluzinogenen, lauter, langsamer Musik und künstlicher Hautbleichung standen.

Wenn du jung bist, kommt dir das alles so wichtig vor, dachte sie. *Du bedeckst dich mit Zeichen, damit alle wissen, wer du bist. Die Leute sollten im realen Leben genauso Merkmalslisten haben wie VR-Sims, dann könnten sie auf den ganzen Aufwand verzichten, sich die Haut zu verkabeln oder das Gesicht zu brandmarken, und stattdessen einfach eine kleine Info aufleuchten lassen: »Ich mag Katzen und Fesseln, höre keine Musik, die älter ist als sechs Monate, und bestrafe meinen Vater, indem ich mir zu viele Subs unter die Haut pflanzen lasse.«*

Oder in meinem Fall: »Ich bestrafe meine Mutter, indem ich mit meinem Leben Sachen anstelle, die ihr wahrscheinlich nicht passen würden, wenn sie davon wüsste.« Sehr sinnig, was?

Sie war deprimiert, merkte sie. Nach der verpassten Gelegenheit mit Dread, wegen schlechtem Timing oder warum auch immer, war die erregende Möglichkeit einer spontanen und leicht brisanten Eskapade der ständigen bangen Frage gewichen: »Soll ich oder soll ich nicht?« Zwar genoss sie es einerseits, wenn einer so mit ihr umsprang wie er, sie emotional von einem Extrem ins andere jagte, sie mal erschreckte und dann wieder streichelte, aber andererseits konnte sie jetzt diesem zu lange hingezogenen Werben, wenn es denn eines war, nicht mehr ihre ungeteilte Aufmerksamkeit schenken. Die Tatsache, dass sie ihn im Grunde nicht *mochte,* bekam allmählich mehr Gewicht, als ihr lieb war.

Außerdem hat er mir, bei Lichte betrachtet, nicht das Geringste erzählt. Er hat mich mit ziemlich windigen Versprechungen in eine hochgefährliche Industriespionagesache reingezogen, zahlt mir einen anständigen, aber unspektakulären Stundensatz, und dabei kann es gut und gern sein, dass er einen Weg gefunden hat, Blei in Gold zu verwandeln. Ich habe keinerlei Garantien. Und wenn es nun danebengeht? Ich habe ihm seinerzeit nicht die Pistole gegeben, wieso sollte ich es mir dann gefallen lassen, dass er mich ins Ausland lockt und mich völlig im Dunkeln tappen lässt? Ich weiß nicht mal, wie in Australien die Gesetze für solche Sachen sind.

Und was war das noch, was er zu mir gesagt hat, als ob es überhaupt das Höchste wäre? »Willst du ein Gott sein, Dulcy?« Was könnte das heißen? Unsterblichkeit im Otherlandnetzwerk? Tja, wer weiß? Tatsache ist, dass er nichts Konkretes angeboten hat. Das einzige konkrete Angebot ist er selbst, und auch wenn das so schlecht nicht ist, reicht es doch nicht aus. Nicht für meiner Mutter Tochter.

Die Meute zerstreute sich, einige gingen zu den Bushaltestellen, andere winkten sich Taxis. Heimfahrt nach der Après-Dschihad-Party, dachte sie mit grimmiger Ironie, als ein Grüpplein Jugendlicher mit schwarzem Schlabberkopfputz sich in ein gemeinsames Taxi quetschte. Dann wurde ihr bewusst, dass eine breite, aber dunkle Straße, die eben noch belebt und munter gewesen, jetzt so gut wie menschenleer war.

Wo bin ich? Das wäre klasse – mich hier mitten in der Nacht zu verlaufen.

Die Straßenschilder waren nicht besonders hilfreich, und sie hatte ihre T-Buchse im Loft gelassen und konnte sich daher keinen Stadtplan angucken. Wütend auf sich, aber nicht allzu besorgt – es waren immer noch Leute auf der Straße, darunter auch ein, zwei Pärchen – ging sie zurück in die Richtung, aus der sie gekommen war, und versuchte sich zu besinnen, wie oft sie im Schlepptau der Jugendlichen abgebogen war. Die alten Häuserreihen mit den rostenden schmiedeeisernen Balkonen schienen sie wie starre, missbilligende Gesichter zu beobachten. Zur Beruhigung betastete sie ihre Jackentasche. Wenigstens war sie bewaffnet.

Drei dunkelhäutige Männer beäugten sie, als sie sich der Straßenecke näherte, an der sie standen, und obwohl keiner von ihnen sich bewegte oder etwas sagte – der jüngste lächelte sie sogar sehr charmant an, als sie vorbeiging –, beschleunigte sie unwillkürlich ihre Schritte, nachdem sie hinter ihnen in eine dunkle Seitenstraße eingebogen war.

Es ist irgendwie, als wenn wir ständig in ihrem Schatten leben würden, dachte sie. *Männer sind einfach da und stehen uns im Licht, und wir können nichts dagegen machen. Liegt es nur daran, dass die Gesellschaft im Lauf der Zeit so geworden ist, oder hat das irgendwelche vorgeschichtlichen Gründe – dass sie am Anfang die Stärkeren waren oder so?*

Felix Jongleur, das Paradebeispiel eines alten männlichen Raubtiers, ging ihr durch den Kopf. Seine komische Uschebti-Datei war anscheinend so etwas wie ein letzter Wille, eine dramatische Nummer nach dem Strickmuster »Wenn du das siehst, bin ich schon tot«, inszeniert für einen Erben, den es allem Anschein nach nie gegeben hatte. Was würden seine wirklichen Nachfolger wohl davon halten, wenn er irgendwann doch das Leben, in das er sich so sehr verbissen hatte, loslassen musste? Ob sie wohl genauso ratlos waren wie sie?

Männer und ihre Geheimnisse. Aber so funktionierte ihre Macht anscheinend. Sie hatten solche inneren Widerstände dagegen, über wichtige Dinge zu reden, dass man meinen konnte, jemand versuchte ihnen die Seele zu stehlen. Dread war ein weiteres Beispiel – ein überaus treffendes Beispiel, wenn sie's recht überlegte. Was wusste sie denn schon über ihn? Klar, bei dem Gewerbe, dem er nachging, konnte sie nicht erwarten, gleich etwas Brauchbares zu finden, wenn sie kurz einmal die Nase in seine persönlichen Angelegenheiten steckte, aber es konsternierte sie immer noch, wie sehr er ein unbeschriebenes Blatt war – oder sich zu einem gemacht hatte. In keiner der internationalen Dateien, in Verbrecherdatenbanken oder sonst wo, war auch nur so etwas wie ein dreadförmiges Loch zu finden, nirgends. Er war Australier und dem Aussehen nach gemischtrassiger Herkunft, aber das traf auf Millionen andere auch zu. Wo stammte er her? Was hatte er für eine Geschichte? Sie war bestimmt nicht uninteressant. Jongleur hatte Geheimnisse. Alle mächtigen Männer hatten Geheimnisse. Was also hatte John More Dread zu verbergen?

Sie hörte es, bevor sie die Schattenform auf dem Bürgersteig einen halben Block vor sich sah – ein leises Würgen wie von einer Katze, die ein Haarknäuel heraufholt. Sie ging langsamer, weil sie nicht wusste, womit sie es zu tun hatte, und nach einigen stockenden Schritten erkannte sie den Umriss eines stehenden Mannes und einer knienden Frau. Zuerst dachte Dulcy, er hielte ihr den Kopf, während sie sich übergab – die Folge eines spätnächtlichen Besäufnisses in einer der vielen Kneipen –, aber als sie gerade auf die Straße treten wollte, um einen Bogen um das Paar zu machen, sah sie, dass der Mann ihr in Wirklichkeit den Kopf niederhielt und sie auf das Pflaster drückte.

Der blonde Mann schaute auf, und der Blick, mit dem er Dulcy kurz taxierte, war dermaßen deutlich wegwerfend, dass sie trotz ihrer jäh aufflackernden Angst die Wut packte. Er wandte sich wieder der Frau zu und herrschte sie in einer slawisch klingenden Sprache barsch an, und die weinende Frau würgte in derselben Sprache eine Antwort heraus. Dulcy fiel ein, dass Dread die vielen Einwanderer erwähnt hatte, die nach der Serie katastrophaler Missernten in der Ukraine nach Redfern gekommen waren. Er hatte es in einem beinahe ärgerlichen Ton gesagt, den sie zu dem Zeitpunkt für eine Art von Weißenfeindlichkeit gehalten hatte; erst hinterher war ihr klar geworden, dass der exotische Mister Dread mit dem Rest der Menschheit eine sehr verbreitete Empfindung teilte – Unbehagen über die Veränderung der altvertrauten heimischen Umgebung.

Die Frau, die aus einem Riss in der Lippe zu bluten schien, machte einen unbeholfenen Versuch aufzustehen. Der Mann, dessen Mund ein harter Strich quer über dem breiten Kiefer war, drückte sie in der fiesen Art eines Schulhofschlägers wieder nach unten. Etwas an der Situation reizte ihre vom langen Leben in Manhattan abgestumpften Nerven auf. Dulcy blieb ein paar Meter vor der Szene des ungleichen Kampfes stehen und sagte laut: »Lass sie in Ruhe!«

Der Mann warf ihr einen finsteren Blick zu, dann wandte er sich wieder der Frau zu und stieß sie so heftig zu Boden, dass sie ihr Sträuben aufgab und ganz auf Hände und Knie plumpste.

»Ich hab gesagt, du sollst sie in Ruhe lassen!«

»Du willst auch?« Er hatte einen starken Akzent, war aber gut zu verstehen.

»Lass sie aufstehen. Wenn sie deine Freundin ist, dann gewöhn dir an, sie anständig zu behandeln. Wenn nicht, hetz ich dir in zwanzig Sekunden die Polizei auf den Hals.«

»Nein«, sagte die Frau mit fast panischer Stimme. Sie hatte immer noch die breite Hand des Mannes auf dem Kopf und blickte unter den gespreizten Fingern hervor wie ein geprügelter Hund. »Nein, okay. Ist okay. Er nichts tun mir.«

»Quatsch. Du blutest.«

Das Gesicht des Mannes, in dem zunächst eine leise Belustigung gespielt hatte, veränderte sich. Seine finstere Miene wurde drohend. Er versetzte der Frau abermals einen jähen Stoß, so dass sie in den Rinnstein kippte, und baute sich dann vor Dulcy auf. »Du willst? Dann komm her!«

Eine Aggressivität, die schon den ganzen Tag in Dulcy geschwelt hatte, flammte jetzt heiß auf. Sie zog die Pistole aus der Jackentasche und legte auf ihn an, das Handgelenk in bester Schießstandmanier abgestützt. »Nein, komm *du* her, du Arschloch!« Eigenartig, diese durch den ganzen Arm gehende Macht, das Gefühl, dass ihre Fingerspitzen Blitze sprühen konnten. »Auf die Knie mit dir, aber plötzlich!« Dem Mann klappte der Unterkiefer herunter, und ihre fiebrige Aufgeputschtheit wurde noch stärker. So mussten sich diese baptistischen Schlangenaufheber fühlen, wenn sich der lebendige Tod in ihren Händen ringelte.

»Du … du verrückt!« Der Mann wich zurück, wobei er vergeblich versuchte, seine harte Miene zu bewahren. Die Frau im Rinnstein wimmerte und hielt sich die Arme über den Kopf.

Sie hatte gute Lust abzudrücken, das miese Schlägerschwein wenigstens den Luftzug am Gesicht spüren zu lassen, aber sie hatte noch keinen Probeschuss damit abgegeben, wusste nicht, ob vielleicht der Abzug klemmte oder sonst etwas war.

Dann schieß ihm halt das Ohr ab, dachte sie. *Oder noch mehr. Na und?*

Aber da stieg aus dem Dunkel ihres inneren Tumults das Gesicht des kolumbianischen Gearmannes Celestino auf, die großen braunen Augen angstgeweitet wie bei einem verwundeten Hund, obwohl sie im wirklichen Leben gar keine Angst in seinem Gesicht gesehen hatte, denn er war online gewesen und hatte sie gar nicht wahrnehmen können, als sie ihn erschoss.

Der junge Russe, oder was er sonst war, machte kehrt, und an der Hast, mit der er sich entfernte, merkte man, dass er am liebsten gelaufen wäre. Bevor Dulcy einen Schritt tun und ihr aufhelfen konnte, rappelte sich die Frau, die er misshandelt hatte, taumelnd auf, warf Dulcy noch rasch einen Blick zu wie ein verängstigtes Kaninchen und eilte hinter ihm her. Ihre beiden hochhackigen Schuhe ließ sie auf dem Bürgersteig zurück.

Vor Erregung zitternd atmete Dulcy immer noch ein wenig zu schnell, als sie schließlich den Weg zurück in ihre Straße fand, doch langsam bekam ihre aufgekratzte Stimmung einen bitteren Beigeschmack.

Die Crux ist das mit der Macht, dachte sie. *Du gibst ihnen alle Macht, lässt sie alle Geheimnisse für sich behalten, und sie können dich niederdrücken. Ohne ein scharf geladenes Gegengewicht ist das Spiel einfach nicht fair.*

Und, was wird Dread wohl verbergen? Bloß seine Schweizer Bankkonten? Material, um ein paar von diesen Gralstypen zu erpressen?

Sie dachte an die unsichtbare kleine Box in seinem System, die Schachtel mit schmutzigen Geheimnissen, die ein halbwüchsiger Junge vor der Schwester und der Mutti unterm Bett versteckte.

Aber das find ich raus, wenn ich will. Wenn ich die ganze J Corporation geknackt kriege, dann werde ich todsicher auch mit einem verborgenen Speicher in Dreads Privatsystem fertig. Ich komme rein und wieder raus, ohne dass er das Geringste spannt. Dann hab ich zur Abwechslung mal was gegen ihn in der Hand. Was er wohl dazu sagen würde, wenn er es wüsste?

Sie hatte das Gefühl, dass es ihm nicht sehr gefallen würde, aber im Augenblick, wo ihr Furcht und Wut und Triumph in wilder Mischung durch die Adern rauschten, war ihr das einerlei.

Kapitel 22
HOLLA BUSCHUSCHUSCH

NETFEED/MODERNES LEBEN:
Bürgermeister verbietet Sterben
(Bild: High Street in Ladley Burn)
Off-Stimme: Der Bürgermeister von Ladley Burn, einem reizenden Städtchen im ländlichen Cheshire in England, hat es für gesetzwidrig erklärt, innerhalb der Gemeindegrenzen zu sterben. Was sich wie ein schrulliger Windmühlenkampf gegen den Tod anhört, ist in Wahrheit ein pragmatischer Schritt mit dem Ziel, den örtlichen Friedhof aus dem 13. Jahrhundert zu retten, dessen Kapazität so gut wie erschöpft ist und um dessen wenige verbleibende Plätze ein heftiger Wettstreit unter den Einheimischen ausgebrochen ist.
(Bild: Bürgermeister Beekin vor dem Friedhof)
Beekin: "Im Grunde ist es ganz einfach, nicht? Wer in Ladley Burn stirbt, verstößt gegen das Gesetz, und zur Strafe muss er sich anderswo beerdigen lassen. Wo? Das ist leider Gottes nicht unsere Sache."

> Verwirrt und demoralisiert ließ sich Renie neben dem schwarzen Wasser hinsinken, das nach dem Verschwinden des Wutschbaums immer noch schwache Wellen schlug. Das Steinmädchen war vor Schreck über die Gewalt von Renies Zorn ein Stück zurückgewichen.

»Komm wieder her«, sagte Renie. »Es tut mir leid. Ich hätte nicht so schreien sollen. Komm bitte wieder her.«

»Du hast den Wutschbaum weggemacht«, sagte das kleine Mädchen aus Erde. »Das hat's noch nie gegeben.«

Renie seufzte. »Was hat er dir verraten? Darf ich das erfahren? Ich hab was vom Auslöschen gehört, und irgendwelche Verse von einer goldenen Brücke ...«

Das Steinmädchen sah sie skeptisch an. »Du hast gesagt, der Baum hätte deinen Bruder entführt.«

»Das ... das ist schwer zu erklären. Aber nicht der Baum, nein.« Plötzlich kam ihr ein Gedanke. Es war unwahrscheinlich, aber fragen konnte ja nichts schaden. »Kennst du jemanden, der Stephen heißt? Einen kleinen Jungen ...?«

»Stephen?« Die Kleine kicherte. »Was für ein komischer Name.«

»Ich nehme an, das heißt Nein«, sagte Renie. »Liebe Güte, was hab ich getan? Was für ein Irrsinn ist das hier bloß?« Sie ließ die Schultern hängen und spürte seit Längerem zum ersten Mal wieder, dass es kalt wurde im Wald. »Was hat der Wutschbaum dir sonst noch erzählt?«

Ihre Führerin wurde wieder ernst. »Dass es schlecht steht. Dass das Auslöschen immer näher und näher kommen wird, bis man nirgends mehr hinkann. Dass ich zusammen mit allen andern zum Brunnen kommen soll, weil der noch bis zuletzt übrig bleibt.«

»Zum Brunnen? Was ist das?«

Das Steinmädchen legte seine erdige Stirn in Falten. »Das ist so ein Platz wie hier, bloß viel größer, über den Fluss und über den Fluss und über den Fluss. Wo die gute Frau manchmal hinkommt und mit uns allen spricht.«

»Die gute Frau?« Renie prickelte es im Nacken – sie wusste, wer das sein musste. »Sie kommt zu diesem Brunnen und ... was dann?«

»Erzählt sie den Leuten, was der Eine denkt.« Das Steinmädchen schüttelte den Kopf. »Aber jetzt kommt sie nicht mehr. Seit das Auslöschen losgegangen ist.« Es stand auf. »Ich muss los. Der Wutschbaum hat gesagt, ich muss zum Brunnen, da geh ich mal lieber.« Es zögerte. »Willst du nicht mitkommen?«

»Ich kann nicht, ich muss auf meine Freunde warten.« Renie fühlte, wie ihr alles entglitt. »Aber ich weiß nicht mal, wo ich bin. Wie komme ich dorthin zurück, wo ich war, bevor wir uns getroffen haben?«

Das Steinmädchen legte den Kopf ein wenig schief. »Wo bist du denn hergekommen?«

Renie bemühte sich nach Kräften, ihr zu beschreiben, was sie von dem welligen Wiesenland, den fernen Bergen, ihrer Durchsichtigkeit noch in Erinnerung hatte. Im Rückblick kam ihr alles wie ein blasser Traum vor.

»Du musst im Städtelelenaus gewesen sein«, meinte das kleine Mädchen. »Aber das ist wahrscheinlich inzwischen ganz weg. Als ich nach dem Wutschbaum gesucht hab, war das Auslöschen schon da. Deshalb war's zum Teil auch ganz leer, wie du sagst.«

Und sie war sich so sicher gewesen, dass sie endlich einen Ort gefunden hatte, der Gestalt annahm! Große Angst um !Xabbu und Sam durchzuckte Renie. Wenn sie nun nicht das Glück gehabt hatten, auf einen Übergang zu stoßen wie sie? Sie musste sie unbedingt finden.

Ja, aber wie? Soll ich allein von einem Fantasieort zum andern rennen, während sich ringsherum alles auflöst? Was soll mir das nützen?

Aber was war die Alternative? Einer Märchenfigur wie diesem Steinmädchen noch tiefer in den Irrsinn hinein folgen?

Ich hätte mich nicht so gehen lassen dürfen. Warum hab ich nicht ein einziges Mal den Mund halten können? Vielleicht hätte ich ein paar brauchbare Informationen aus dem Ding herausgeholt, wenn ich freundlicher gewesen wäre. Sie hätte sich daran erinnern sollen, was die Erfahrung mit Stephen sie gelehrt hatte – dass Schreien und Schimpfen ihn nur noch verstockter machte. Das Betriebssystem glich so sehr einem Kind, und was hatte sie getan? Sie hatte sich ihm gegenüber wie eine zornige Mutter aufgeführt. Und keine besonders kluge zornige Mutter.

»Wie war das? Was hat dir das ... der Baum erzählt? Du sollst zu diesem Brunnen gehen, und alle andern gehen auch dorthin?«

Das Steinmädchen, das noch am Rand der Lichtung stand, nickte.

Und wenn Stephen nun wirklich hier ist? dachte Renie. *Wenn er einer von denen ist, die von diesem Brunnen angezogen werden oder zu ihm hinbestellt sind? Wenn ich ihn zu guter Letzt doch noch finden könnte, ihn ... erreichen?*

Genau das war die Frage. Renie war erschöpft, aber sie musste sich entscheiden, hier und jetzt. Das kleine Mädchen würde gehen, mit ihr oder ohne sie. Sollte sie !Xabbu und die anderen im Stich lassen oder diese Gelegenheit, Stephen zu finden, in den Wind schlagen?

Jahrelang studiert, und wofür? Wie soll man eine solche Entscheidung treffen – keine Fakten, keine erkennbare Logik, keine richtigen Informa-

tionen ...? Es war qualvoll, an !Xabbu zu denken, der bestimmt genauso fieberhaft nach ihr suchte wie sie nach ihm. Nicht weniger qualvoll war der Gedanke an Stephen, ihren wunderbaren, strahlenden kleinen Mann, der fast wie ihr eigenes Kind war und der jetzt verkrümmt in einem Krankenhausbett lag, ein Bündel Haut und Knochen, wie ein kaputter, weggeworfener Drachen. Sie fühlte sich innerlich roh und wund, ohnmächtig, trostlos.

Und dabei bin ich hier im Netzwerk letztlich nichts weiter als ein lebendes Gehirn. Ein Gehirn, dem das Leid bald das Herz bricht, sozusagen ...

Das Steinmädchen scharrte mit dem Fuß am Boden, wippte ein wenig hin und her. Es war sichtlich schwer, ja bedrückend für die Kleine, noch zu warten, nachdem der Wutschbaum ihr deutlich gesagt hatte, was sie tun sollte. »Ich muss jetzt wirklich ...«

»Ich weiß«, sagte Renie. Sie atmete tief ein. »Ich komme mit. Ja, ich komme mit dir.«

Ich habe keine Wahl, sagte sie sich immer wieder, aber sie kam sich wie eine Verräterin vor. *!Xabbu und die andern sind vielleicht überhaupt nicht aus diesem grauen Irgendwas rausgekommen. Möglicherweise sind sie in einen andern Teil des Netzwerks befördert worden, oder es könnte sogar sein ...* Schon der Gedanke war zu viel. *Ich könnte ewig nach ihnen suchen. Und gleichzeitig könnte dies meine letzte Chance sein, Stephen zu helfen.*

Natürlich immer unter der Voraussetzung, dass ich überhaupt etwas für ihn tun kann, falls ich ihn finde, dachte sie bitter. *Wenn man bedenkt, dass ich nicht mal selber offline gehen kann, ist das eine verdammt kühne Voraussetzung.*

»Bist du mir böse?«, fragte das Steinmädchen.

»Was?« Renie merkte, dass sie lange vollkommen wortlos dahingegangen waren. Ihr kam plötzlich die Erinnerung, wie es war, mit einem verärgerten Erwachsenen zusammen zu sein und zu meinen, man selbst wäre die Ursache des Ärgers, und sie schämte sich. Schon in der Zeit vor dem Tod ihrer Mutter hatte ihr Vater gelegentlich die Tendenz gehabt, mürrisch vor sich hinzuschweigen. »Nein! Nein, ich war bloß in Gedanken versunken.« Sie betrachtete die glitzernden Bäume, von denen sie immer noch umgeben waren, die endlose Abfolge von belaubten Tunneln durch den Wald. »Wo sind wir überhaupt? Ich meine, hat dieser Ort einen Namen? Heißt er Wutschbaum oder so?«

»Der Wutschbaum ist kein Ort, er ist ein Baum.« Das Steinmädchen war sichtlich erleichtert; selbst Renies nicht auszurottende Unwissenheit zog nicht den üblichen ungläubigen Blick nach sich. »Es gibt viele Orte, wo er sein kann – deshalb mussten wir ihn ja suchen gehen.«

»Und wir haben ihn … wo gefunden?«

»Hier. Ich hab's dir doch gesagt, er ist immer im Wald.«

»Und wo gehen wir jetzt hin?«

Das Steinmädchen überlegte einen Moment. »Weiß ich nicht genau. Aber ich glaube, wir müssen durch Holla Buschuschusch und vielleicht noch über die Pong Dawinong. Das wird schwer, wenn wir da rübermüssen.«

»Rüber …?«

»Über den Fluss natürlich.« Renies Gefährtin runzelte die Stirn. »Ich hoffe bloß, wir müssen nicht durchs Häckselhaus. Das ist mir zu unheimlich.«

Holla Buschuschusch und Häckselhaus. Das mussten … der Holderbusch aus dem Ringelreihelied und das Hexenhaus von Hänsel und Gretel sein, vermutete Renie. So langsam bekam sie den Bogen raus. »Was ist daran so unheimlich?«

Das Steinmädchen legte die Hand auf den Mund. »Da will ich nicht drüber reden. Da gehen wir bestimmt nicht hin. Tecks und Schnöre hat's da, massenweise.«

Tecks und Schnöre. Irgendetwas klang bei den Namen an, doch während die Ortsnamen offenbar kindliche Verballhornungen von Dingen aus Liedern und Märchen waren, zum Beispiel von der Brücke von Avignon, bot sich für diese anderen keine nahe liegende Erklärung an. Aber wenn es im Häckselhaus Schnöre gab, war sie nach ihrer Begegnung mit den Ungeheuern genauso dafür, es zu meiden, wie ihre Gefährtin.

»Was sind Tecks? Sind sie so schlimm wie Schnöre?«

»Schlimmer!« Das kleine Mädchen erschauerte theatralisch. »Sie sind ganz glotzig. Sie haben zu viele Augen.«

»Uäh. Bin schon überzeugt. Gut, wenn wir demnach einen weiten Weg vor uns haben, sollten wir da nicht lieber Rast machen und etwas schlafen? Ich bin müde, und du, wenn ich das mal sagen darf, bist mit Sicherheit weit über die Schlafengehenszeit hinaus.«

Jetzt zog ihre kleine Führerin doch noch ein empörtes Gesicht. »Im Wald schlafen? Das ist eine doofe Idee.«

»Okay, okay«, beschwichtigte Renie sie. »Du bist der Boss. Aber wie weit müssen wir gehen, ehe wir schlafen *können?*«

»Bis wir eine Brücke finden natürlich.«

Gebührend gemaßregelt gab Renie Ruhe.

Unter dem riesengroßen Scheibenmond, der keinerlei Anstalten machte, sich auf einen Horizont zuzubewegen, gingen sie immer tiefer in den Wald hinein – was Renie daran merkte, dass die Bäume um sie herum zusehends höher wurden. Den schwarzen See und seinen vernunftbegabten Baum hatten sie schon lange hinter sich gelassen, aber Renie fühlte sich trotzdem irgendwie beobachtet, obwohl sie nicht recht sagen konnte, ob von den kleinen, heimlichen Augen unsichtbarer Waldbewohner oder von einem größeren, eher gottähnlichen Wesen. Auf den Lichtungen mit ihren domhohen Astwerkgewölben, die von Elfenlichtern funkelten wie ein Himmel voll heller Sterne, war das Beschattungsgefühl besonders stark. Die skurrile Bilderbuchschönheit der Szenerie konnte nicht den gruseligen Eindruck aufheben, durch feindliches Territorium zu marschieren.

Wieso sollte ich mich auch nicht gruseln? sagte sie sich. *Wenn ich richtig sehe, bin ich gar nicht mehr im Netzwerk, sondern im Innern des Betriebssystems selbst, direkt im Bauch der Bestie.*

Als sie, angeweht von einer frischen Waldbrise, ihre schützende Decke fester um sich zog, fühlte Renie plötzlich die eckige Form des Feuerzeugs, das sie unter dem Oberteil an der Brust trug.

»Oh, nein! Ich hatte ja Martine angerufen ...« In der nicht abreißenden Kette seltsamer Begebenheiten seitdem hatte sie ihren Notruf am Hang, als die Schnöre von allen Seiten auf sie zugekommen waren, völlig vergessen. »Sie muss denken ...«

Mit verwundert hochgezogenen Augenbrauenklumpen blieb das Steinmädchen stehen und sah zu, wie Renie das kleine, glänzende Ding aus ihren Sachen hervorzog und hineinsprach. »Martine, kannst du mich hören? Martine, hier ist Renie, kannst du mich hören?«

Es kam keine Antwort. Renie schüttelte das Feuerzeug, als wäre es eine stehen gebliebene Uhr, obwohl ihr im selben Moment aufging, wie dämlich RL-mäßig das war. Aber so oder so blieb das Feuerzeug stumm wie ein Stein.

Sie gingen weiter, und Renie setzte den Schreck, den sie Martine und etwaigen anderen in ihrer Gesellschaft eingejagt haben musste, auf die Liste ihrer Sünden.

Die Liste wird allmählich lang, dachte sie. *Ich hab meinen Bruder nicht gefunden, hab nichts Nennenswertes getan, um die Pläne der Bruderschaft zu vereiteln, hab !Xabbu und Sam im Stich gelassen und hab auch noch meine andern Freunde angerufen und bei ihnen den Eindruck erweckt, dass ich gleich umgebracht werde.*

Ja, aber du warst wirklich knapp davor, umgebracht zu werden, rief sie sich ins Gedächtnis. *Reg dich ab, Frau.*

Auf ihrem Weg unter glitzernden Bäumen und durch waldige Täler mit Teppichen aus dunklem Gras, das ohne Windeinwirkung flatterte, und mit Ringen bleicher, matt schimmernder Pilze dazwischen nahm Renie nach und nach noch andere Zeichen von Leben im Wald wahr. Sie hörte es im Laubwerk rascheln, und ein- oder zweimal meinte sie, Schatten zu sehen, die gerade um die nächste Biegung eines der langen, offenen Gänge vor ihnen verschwanden. Sie erwähnte es gegenüber dem Steinmädchen, und dieses nickte wissend.

»Andere, die zum Brunnen unterwegs sind«, sagte es. »Das Auslöschen kommt schnell, vermute ich.«

»Es sind also keine … Schnöre? Oder Tecks?«

Das kleine Mädchen lächelte verkniffen. »Das würden wir merken.«

Der große Mond hatte sich immer noch nicht merklich von einer Seite des Himmels zur anderen bewegt, aber Renie war gerade zu dem Schluss gekommen, dass er vielleicht ein bisschen tiefer gerutscht war, als die beiden vor sich auf einem kleinen Erdhügel ein Lagerfeuer zwischen den Bäumen sahen. Das Steinmädchen zögerte kurz und beäugte den flackernden Schein, dann machte es Renie mit seinem stummeligen Finger ein Zeichen, dass sie still sein sollte, und ging voraus. Merkwürdige Gestalten drängten sich um die Flammen. Das Steinmädchen verlangsamte seinen Schritt wieder, beugte sich spähend vor und richtete sich dann auf.

»Es sind bloß Zwerge«, sagte es erleichtert und nahm Renie an der Hand.

Ein Wache stehender Schatten am Rand des Erdhügels hob einen Stock und sagte mit einer hohen, quengeligen Stimme: »Wer da?«

Mein Gott, dachte Renie. *Noch mehr Kinder. Gibt es denn nur Kinder hier?*

»Wir sind Freunde«, verkündete das Steinmädchen. »Wir tun euch nichts.«

Die um das Feuer versammelten Gestalten beobachteten misstrauisch, wie sie näher traten. Renie vermerkte zunächst mit stiller Befriedigung, dass die Zwerge exakt sieben an der Zahl waren, doch als sie gleich darauf ihr Äußeres genauer sah, wurde ihr ein wenig unbehaglich. Sie entsprachen wohl der Vorstellung, die sich jemand von Zwergen machen konnte, aber wie bei so vielen Dingen, die sie in letzter Zeit gesehen hatte, war das eine sehr eigenartige Vorstellung.

Die kleinen Männchen hatten alle Zwergengröße – das vorderste, der Wachposten mit dem Stock, ging ihr gerade bis an die Hüften –, doch obgleich der Andere, wenn er denn tatsächlich der Schöpfer war, anscheinend verstanden hatte, dass »Zwerg« gleichbedeutend mit »klein« war, hatte er zur Umsetzung der Idee nicht normale menschliche Gestalten verkleinert, sondern stattdessen Teile weggelassen oder zusammengeschoben. Die Gesichter wuchsen den Zwergen direkt aus der Brust, und als Renie den tapsigen Gang des Wachpostens, der neben ihnen herwatschelte, genauer betrachtete, stellte sie fest, dass seine Beine an den Knien endeten: Sie hatten kein Gelenk in der Mitte, so dass der kleine Kerl ein wenig wie ein Pinguin ging. Seine Arme jedoch waren normal lang; er stützte sich damit ab, indem er die Knöchel aufsetzte wie ein Schimpanse.

Renie zwang sich, ruhig zu bleiben, obwohl der Anblick sie unangenehm an die grotesk zusammengeflickten Kreaturen in der Kansas-Simulation erinnerte – nicht nur Grausamkeit schuf Monster, wie es schien. Als Renie und ihre Freundin am Feuer eintrafen, erhoben sich die kleinen Gestalten und begrüßten sie mit unbeholfenen Verbeugungen. Der größte, dessen Schultern so hoch waren wie Renies Taille, fragte: »Sucht ihr auch?«

»Nein«, erwiderte das Steinmädchen. »Wir gehen bloß. Wollt ihr auch zum Brunnen?«

»Bald. Aber erst müssen wir finden, was wir verloren haben. Und wir haben alles verloren, sogar unser Häuschen.«

Einer der anderen Zwerge blickte Renie direkt in die Augen. »Und Schneewischen«, fügte er kummervoll hinzu.

»Äh … aha«, sagte sie und fragte sich, was so schlimm daran war, wenn er keinen Schnee mehr wischen konnte. Dann ging ihr plötzlich auf, wer damit gemeint.

»Schneewischen ist fort!«, jammerte der Anführer und riss dabei von einer freien Rippe zur anderen den Mund auf. »Und auch die sieben Berge, die Wiesen, unsere schönen Gruben! Fort!«

»Das Auslöschen ha-ha-hat alles w-weggenommen«, sagte der neben Renie und unterdrückte ein Schluchzen. »Als wir von der Arbeit nach Hause kamen, war unser Häuschen weg – und Schneewischen! Und auch unsere Stühlchen und Tellerchen und Brötchen und Gemüschen und Gäbelchen und Messerchen und Becherlein und Bettchen – alle weg!« Die anderen Zwerge untermalten sein Leid mit einem wortlosen Seufzerchor.

»Die Stiefmütter sind gekommen und haben uns gesagt, wir müssen weglaufen«, erklärte der Anführer. »Die Leute, denen wir hier im Wald begegnen, sagen alle, wir müssen zum Brunnen gehen. Aber erst müssen wir Schneewischen finden! Es kann doch sein, dass es entkommen ist!«

»Ohne Schneewischen sind wir gar keine richtigen Zwerge«, verkündete ein anderer düster. Ein tiefes, schwermütiges Schweigen legte sich auf die Schar.

»Dann … dann habt ihr also auch Stiefmütter?«, erkundigte Renie sich schließlich, wobei sie sich auf einem Baumstamm neben dem Feuer niederließ und sich alle Mühe gab, nicht auf die verunstalteten Leiber zu glotzen. Die Zwerge neben ihr rutschten und machten Platz. Sie musste sich nachhaltig daran erinnern, dass diese Ereignisse, auch wenn sie ihr nur absurd vorkamen, für die Betroffenen genauso schrecklich waren wie für Flüchtlinge in der wirklichen Welt.

Der schüchtern blickende Knirps neben ihr, dessen Gesicht so tief auf dem Bauch saß, dass sein Gürtel ihn zu erwürgen schien, hielt ihr einen dampfenden Napf hin. »Steinsuppe«, sagte er einladend. »Schmeckt gut.«

Renies Begleiterin bekam eine besorgte Miene. »Ihr esst … Steine?«

Der Anführer machte eine begütigende Handbewegung. »Wir würden dir nie etwas tun, Kind, wir essen nur leblose Minerale. Außerdem, wenn du mir die Bemerkung gestattest, scheinst du hauptsächlich aus

Sediment zu bestehen. Das ist nicht nach unserm Geschmack, entschuldige bitte.«

»Keine Ursache«, erwiderte das kleine Mädchen erleichtert.

»Die Leute, die hier in ... an diesen Orten leben, haben sie alle Stiefmütter?«, fragte Renie noch einmal.

Die Zwerge konnten ihre Köpfe nicht schief legen, da sie keine Hälse hatten, aber sie verkrümmten sich zu Haltungen, die Verwunderung anzeigten. »Natürlich«, sagte der Wortführer. »Woher sollten wir sonst wissen, wann Gefahr droht? Wer sollte uns behüten, wenn wir schlafen?« Er ließ seine Unterlippe fast bis zum Schritt herunterhängen. »Aber das Auslöschen können sie nicht aufhalten.«

Die Stiefmütter sind also ein Teil des Betriebssystems, entschied Renie. *Eine Art Kontrollprogramm, vielleicht eines von der strengen Art, ähnlich den bösen Stiefmüttern in den Märchen. Aber woher stammen diese Monster, diese Tecks und Schnöre?* Sie überlegte, ob sie einen Namen kannte, in dem »Teck« oder etwas ähnlich Klingendes vorkam, aber außer »Daumesdick« wollte ihr nichts einfallen, und das war eigentlich nicht besonders ähnlich.

»Wo seid ihr her?«, fragte einer der Zwerge Renie. Sie blickte ratlos das Steinmädchen an.

»Aus dem Hansischen Bohnengarten«, antwortete das kleine Mädchen. »Aber wir sind zum Wutschbaum gegangen, und der hat uns gesagt, wir müssten schleunigst zum Brunnen.«

Mir hat er das nicht gesagt, grummelte Renie im Stillen. *Ich hab so gut wie gar nichts von ihm erfahren.* Ein plötzlicher Einfall bewegte sie zu der Frage: »Habt ihr irgendwelche andern gesehen, die so ähnlich aussehen wie ich? Einen braunhäutigen Mann und ein Mädchen mit etwas hellerer Haut?«

Die Zwerge verneinten mit einem traurigen Achselzucken. »Aber der Wald ist voll von Leuten, die auf der Flucht sind«, meinte einer. »Vielleicht ist deine Familie ja dabei.«

Der Gedanke verschlug Renie im ersten Moment die Sprache. !Xabbu und Sam Fredericks ihre Familie. Da war etwas dran, mehr als die gemeinsame Hautfarbe. Wenige Menschen hatten mit ihrer richtigen Familie größere Gefahren und Nöte bestanden, und ganz bestimmt keine, die von A bis Z derart unbegreiflich waren.

Das Gespräch versiegte rasch. Die Zwerge gaben sich größte Mühe, gute Gastgeber zu sein, aber sie waren mit den Gedanken deutlich woanders, und Renie und das Steinmädchen waren hundemüde. Sie rollten sich zum Schlafen auf dem Boden zusammen, während die Zwerge sich mit leisen, kummervollen Stimmen weiter unterhielten. Obwohl ihm die Kälte bisher viel weniger ausgemacht hatte als Renie, schmiegte sich das Steinmädchen jetzt dicht an ihren Körper und war nach wenigen Sekunden eingeschlafen, so tief, dass Renie überhaupt keine Atmung mehr feststellen konnte. Sie schlang die Arme um die kompakte kleine Gestalt und beobachtete, wie der Feuerschein über ihr in den Wipfeln spielte. Sie irrte durch eine abstruse, kindliche Traumwelt, eine massiv bedrohte Traumwelt. Sie hatte alle und alles verloren. Von den ganzen Leuten, die Sellars' Ruf gefolgt waren, war sie als Einzige noch übrig. Selbst das Betriebssystem, der Gott dieser kleinen Welt, hatte sich geschlagen gegeben. Was konnte sie da tun?

Ich kann dieses Kind halten, dachte sie. *Und wenn es nur für eine Nacht ist, kann ich ihm ein bisschen Wärme geben, ein Gefühl der Sicherheit – und sei es bloß eine Illusion.*

Und während die mächtige Scheibe des Mondes auf den Horizont zukroch und Renie in den dringend benötigten Schlaf sank, tat sie genau das.

Als sie aufwachte, lag ein diffuser Schimmer über der Welt, ein tristes graues Licht, das nicht dazu angetan war, sie hoffnungsvoller zu stimmen. Die Zwerge waren fort und hatten nur die Glut ihres Feuers zurückgelassen. Das Steinmädchen war bereits wach, kauerte neben dem verlöschenden Feuer und stocherte mit einem Stock in der Asche.

Renie gähnte und streckte sich. In diesem kläglichen Morgengrauen war es gut, eine Decke zum Einmummeln und jemanden zum Reden zu haben. Sie lächelte das kleine Mädchen an. »Mir kommt's vor, als ob ich lange geschlafen hätte, aber das stimmt wahrscheinlich gar nicht. Sag mal, wenn's hier einen Mond gibt, warum gibt es dann keine Sonne?«

Das Steinmädchen warf ihr einen befremdeten Blick zu. »Sonne?«

»Schon gut. Wie ich sehe, sind unsere Freunde fort.«

»Schon lange.«

»Warum haben sie nicht gewartet, bis die Sonne … äh, bis zum Morgen?«

»Haben sie. So war's schon, bevor sie los sind.« Erst jetzt fiel Renie auf, dass ihre Begleiterin Angst hatte. »Ich glaube nicht, dass es mehr Licht geben wird als das.«

»Oh.« Renie guckte sich um. Das trübe Trauergrau des Himmels war eher dunkel als hell zu nennen. »Oh. Kommt das ... häufig vor?«

»Dass es nicht Tag wird?« Das kleine Mädchen schüttelte den Kopf. »Nie.«

Heiliger Bimbam, dachte Renie, *heißt das, dass das System jetzt abspackt? Gehört das mit zu diesem Auslöschen, vor dem sich alle so fürchten?* Wenn das Betriebssystem ein Mensch wäre, hätte Renie bei ihm zum allermindesten eine schwere Depression diagnostiziert. »Gibt das verdammte Ding jetzt etwa den Geist auf?«, murmelte sie vor sich hin.

Und wenn? Verschwinden wir dann auch, wo wir ja quasi in ihm drinstecken? Es war schwer vorstellbar, dass sie und ihre Freunde in dieser Situation – eingesperrt im System, Verletzung und Tod genauso ausgesetzt wie im richtigen Leben – einen vollständigen Zusammenbruch des Netzwerks überleben würden.

Und Stephen, und die ganzen andern Kinder hier, gefangen, hilflos ...

»Wir müssen los.« Renie rappelte sich auf. »Zum Brunnen, vermute ich. Ich hoffe, du weißt den Weg.«

Das Steinmädchen schaukelte leicht im Fersensitz und blickte auf den dichten Ring des Waldes. »Wir müssen eine Brücke finden«, sagte es gedrückt. »Dann können wir nach Holla Buschuschusch gehen. Oder vielleicht nach Thule. Da gibt's einen König«, fügte es hinzu.

Renie war sich nicht sicher, ob sie diese verdrehte Version eines Märchenkönigs kennen lernen wollte. Wer konnte wissen, ob er nicht Allüren hatte wie die Königin in Alices Wunderland, die allen Leuten den Kopf abschlagen wollte. »Dann finden wir halt eine Brücke.« Sie stockte. »Heißt das, wir müssen erst den Fluss finden?«

Die Kleine schnaubte. »Na klar.«

»Sei nicht so streng mit mir.« Renie war froh, dass ihre Gefährtin eine normalere Reaktion zeigte. »Ich fange erst langsam an, hier durchzublicken.«

Aus den geheimnisvollen, funkelnden Elfenpfaden der Nacht waren gewundene Wege durch einen feuchten, dunklen Wald geworden – sehr viel weniger reizvoll, aber nicht weniger verwirrend. Selbst in dem trüben Zwielicht erkannte Renie, dass noch andere durch den Wald zogen, doch nur wenige erwiderten ihren Blick, und auf ein Gespräch stehen bleiben tat gar niemand. Viele hatten Wagen mit höchst zweifelhaften Zugtieren davor, Pferden, Ziegen und Ochsen, die wie dreidimensionale Attrappen nach dem Vorbild von Kinderzeichnungen aussahen. Renie erkannte ein paar Flüchtlinge aus den Büchern und Sendungen ihrer Kindheit wieder, etwa ein Trio von kleinen Schweinen und einen nervös dreinblickenden Wolf, die sich anscheinend für diese Fahrt zusammengetan hatten, aber die Mehrzahl konnte sie nicht identifizieren, zumal einige so bizarr waren, dass die Zwerge im Vergleich einen geradezu perfekten Körperbau gehabt hatten. Doch alle, die auf den düsteren Schleichwegen durch den Wald stapften oder huschten, hatten eines gemeinsam, den sorgenvollen Gesichtsausdruck – jedenfalls diejenigen, die Gesichter hatten. Einige weinten hemmungslos. Andere taumelten mit leerem Blick vor sich hin, als ständen sie unter Schock.

Das Steinmädchen hielt auf einer Lichtung an, um mit den Anführern einer größeren Schar zu reden, die vielleicht an die vierzig Flüchtlinge zählte. Während die Kleine mit einem Hirschen und einem winzigen, zwischen den Geweihstangen sitzenden Hummelmann Neuigkeiten austauschte, musterte Renie die Gesichter der von ihnen geführten Gruppe, ob sie vielleicht Stephen darunter erblickte.

Aber er wird nicht wie Stephen aussehen, sagte sie sich. *Was bedeutet, dass er jeder von denen hier sein könnte – jeder von allen, die wir heute getroffen haben!*

Dennoch trat sie heran, um die Figuren näher in Augenschein zu nehmen.

»Habt ihr vielleicht Leute gesehen, die ähnlich aussehen wie ich, mit ähnlicher Haut?«, fragte sie. Mehrere Gesichter, von Tieren und Menschen gleichermaßen, wandten sich ihr mit stumpfen, niedergeschlagenen Mienen zu. »Einen kleinen Jungen, und außerdem einen Mann und ein Mädchen? Es müssen Neue sein, Leute, denen ihr zum ersten Mal begegnet seid.«

»Der Wald ist voll von Fremden«, sagte eine Frau, die einen Igel in einer Kinderdecke auf dem Arm trug. Sie sprach, als wäre jedes Wort ein schwerer Stein, den sie heben musste.

»Aber ich meine richtige Neue. Von draußen.« Sie versuchte sich darauf zu besinnen, wie die anderen es ausgedrückt hatten. »Von jenseits des Weißen Ozeans.«

Es kam etwas Bewegung in die Menge, aber nur kurz. Der Hirsch und der Hummelmann schauten sich nach ihr um, dann nahmen sie wieder ihr Gespräch mit dem Steinmädchen auf.

»Es ist schon lange niemand mehr über den Weißen Ozean gekommen«, erklärte die Igelmutter. »Schon bevor das Auslöschen angefangen hat.«

»Ist doch egal«, meldete sich ein fischgesichtiger Mann. »Wen interessiert das schon?«

»Mich interessiert das ...«, begann Renie, doch sie wurde von einem kleinen Jungen unterbrochen, der eine Nase so lang wie ein Finger hatte.

»Hat doch Neue geben«, piepte er. »Stiefmutter hat's mir gesagt.«

»Was für Neue?«, fragte Renie. »Wie sahen sie aus?«

»Weiß nicht.« Er steckte einen langen Finger in seine fingerlange Nase und bohrte andächtig. »Sie hat bloß gesagt, es wären Fremde, und Fremde wären gefährlich, und deshalb würde uns das Auslöschen unser Hüttlein wegnehmen.«

»Wo war das? Hier im Wald?«

Der Junge schüttelte den Kopf. »In Wichtelhausen, wo unser Hüttlein ist.« Sein Finger hielt inne. Sein Gesicht wurde traurig, als ihm die Größe des Verlusts wieder bewusst wurde. »War.«

»Und wo ist das? Sind sie da noch?«

Ein anderes Kind, das die rotbraunen Ohren eines Fuchses hatte, gab einen schrillen Ton der Geringschätzung von sich. »Von wegen! Die Stiefmütter ham sie weggejagt.«

Der mit der Fingernase nickte. »Hamster Krumpf hat helfen müssen, weil Igel Pieks krank ist.«

»Renie!« Das Steinmädchen winkte ihr. »Wir müssen gehen.«

Während sie die Flüchtlinge aus Wichtelhausen hinter sich zurückließen, war Renie ein wenig hoffnungsvoller gestimmt. Es gab also doch Neue – jemand hatte sie gesehen. Das mussten !Xabbu und Sam sein. Wenn es nicht Martine und die anderen waren ... Da Paul, Martine und die übrigen Gefährten nach der Katastrophe nicht mehr auf dem Gipfel des schwarzen Berges gewesen waren, hatte Renie angenommen, dass sie irgendwo anders hinbefördert worden waren – aber wer konnte schon sagen, ob diese Kindermärchenwelt nicht das Irgendwo Anders war? Und wenn alle zu diesem sogenannten Brunnen hingezogen wurden, würden sie sich bestimmt wiederfinden.

Als der graue Tag nach Renies Zeitempfinden die Mitte überschritten haben musste, fanden sie schließlich den Fluss und stapften nun auf dem morastigen Boden daneben her. Über das Gurgeln des dunklen Wassers versank Renie in ein träumerisches Einen-Fuß-vor-den-anderen-Setzen. Seltsamerweise trafen sie nach den vielen Fliehenden im Wald jetzt am Fluss nur noch wenige, und diese Wenigen eilten zum Teil in die entgegengesetzte Richtung. Alle hatten verzweifelte Mienen. Keiner sprach sie an.

So langsam begann Renie auch an ihrer Begleiterin zu zweifeln. Nachdem das Steinmädchen vorher so forsch ausgeschritten war, dass Renie sich oft hatte sputen müssen, um mitzukommen, wirkte es jetzt zunehmend müde und durcheinander. Mehrmals blieb es stehen und blickte über den Fluss hinaus, als ob es nach etwas Ausschau hielte, obwohl Renie dort nur unbelebten Wald sah.

Als das Zwielicht des Tages gerade einen dunkleren Ton anzunehmen begann, ließ sich das Steinmädchen zuletzt auf einen gestürzten Baum plumpsen. Seine kleinen Schultern hingen herab, sein Erdgesicht blickte verzagt.

»Ich kann die Brücken nicht finden«, sagte es. »Wir müssten mittlerweile längst auf eine gestoßen sein.«

»Was für Brücken?«

»Die Stellen, wo man den Fluss überquert. Das ist die einzige Möglichkeit, aus dem Wald herauszukommen, wenn wir uns nicht den ganzen Weg zurück zum andern Fluss machen wollen.« Es schniefte leise. »Dann könnten wir in den Hansischen Bohnengarten zurückgehen. Falls er noch da ist.«

»Zum andern Fluss? Es gibt einen andern Fluss?«

»Es gibt immer einen andern Fluss«, erklärte das Steinmädchen trübselig. »Wenigstens war das früher so. Vielleicht ist der ja jetzt auch weg.«

Durch vorsichtiges Fragen wurde Renie schließlich klar, dass jedes dieser Gebiete – der Wald, die Gegend, wo Renie das Steinmädchen getroffen hatte, auch die Gegenden, die sie nur dem Hörensagen nach kannte wie Holla Buschuschusch und das Zwergenland über den Bergen – am Anfang und Ende von einem Fluss begrenzt war. Man musste einen Fluss überqueren, um in das nächste Land zu kommen. Das Ganze erinnerte sie ein bisschen an Lewis Carrolls Schachbrettwelt, wo Alice auf jedem Feld ein anderes Abenteuer erlebte.

Tja, kann sein, aber »immer merkwürderlicher« trifft's hier nicht, dachte sie. *Eher »immer schlimmerlicher«.* »Heißt das«, fragte sie, »wenn wir keine Brücke finden, sitzen wir hier fest?«

Das Steinmädchen zuckte kläglich mit den Schultern. »Ich weiß nicht. Wieso sollte der Wutschbaum uns sagen, wir sollen zum Brunnen gehen, wenn wir nicht hinkommen können?«

Weil der Wutschbaum, oder was dahinter steht, in den letzten Zügen liegt, antwortete Renie im Stillen. *Oder aufgegeben hat.*

Es war Dread, begriff sie mit einem Mal. Oben auf dem Berg hatte er etwas darüber bemerkt, dem Betriebssystem Schmerz zuzufügen. Es könnte eine Metapher gewesen sein, aber es war ziemlich offensichtlich, dass sie einen wahren Kern enthielt. Ob absichtlich oder nicht, Dread war dabei, die Kraft, die das Otherlandnetzwerk – und vor allem diesen Teil davon – zusammenhielt, langsam umzubringen. »Wir haben nichts davon, hier rumzusitzen. Komm! Lass uns weitersuchen!«

»Aber … aber meine ganze Familie …!« Das Steinmädchen sah flehend zu Renie auf. Zwei kleine Rinnsale liefen über seine erdigen Wangen. »Sie sind noch da hinten, und das Auslöschen …!«

Die Tränen besiegten Renies Ungeduld. Sie ging neben dem kleinen Kind aus Erde und Steinen auf die Knie und nahm es in die Arme. »Ich weiß, ich weiß«, gluckte sie begütigend. Was konnte sie schon sagen? Was hatte sie immer zu Stephen gesagt, wenn er sich gefürchtet hatte oder vor Enttäuschung untröstlich gewesen war? Bloß dasselbe, was alle Erwachsenen zu Kindern sagten: »Es wird schon wieder gut.«

»Nein, wird es nicht!« Das Steinmädchen schnaubte zornig. »Ich hätte nicht weggehen sollen! Lotta und Sumsemann und Himpelchen, die ganzen Kleinen, sie werden Angst haben. Was ist, wenn sie nicht mehr wegkönnen? Das Auslöschen wird kommen und sie kriegen!«

»Sch-sch.« Renie tätschelte der Kleinen den Rücken. »Die Stiefmutter wird's schon richten. Dafür sind Stiefmütter doch da, nicht wahr? Es wird bestimmt wieder alles gut.« Sie verabscheute sich selbst dafür, Dinge zu versichern, von denen sie keine Ahnung hatte, aber sie sah wenig Nutzen für sie beide darin, einen langen Fußmarsch durch den Wald zurück ins Land der Riesenschuhe und -jacken zu unternehmen.

Renies Zureden schien ein wenig zu helfen. Das Steinmädchen stand auf, wenn auch immer noch laut schniefend. »Na gut. Dann suchen wir noch ein Weilchen nach der Brücke.«

»Braves Mädchen.«

Das Licht nahm jetzt definitiv ab, und sehr hell war es ohnehin nicht gewesen. Da sie nichts weniger wollte, als noch eine Nacht auf dieser Seite des Flusses zu verbringen, hielt Renie tapfer mit ihrer Führerin Schritt und setzte sich an manchen Stellen, wo das Steinmädchen nicht über das Schilf und das Ufergestrüpp hinausschauen konnte, sogar an die Spitze.

Gerade erklommen sie eine Erhebung zwischen zwei Flussbiegungen, vor der sie dem Mädchen wieder die Führung überlassen hatte, als dieses stehen blieb und einen Schrei ausstieß.

»Sieh mal! Eine Brücke!«

Renie setzte so hastig hinter ihr her, dass sie ausrutschte und sich mit den Händen abfangen musste; immer noch damit beschäftigt, Matsch und nasses, eklig bleiches Gras von ihrer Decke abzuwischen, trat sie neben das kleine Mädchen. Vor ihnen lag eine weite Schleife des Flusstals. Eine große Menge hatte sich auf dieser Seite des Flusses am ersten Stein einer der ungewöhnlichsten Brücken versammelt, die Renie je gesehen hatte. Sie bestand zur Gänze aus rechteckigen, aufrecht stehenden Steinen, die ein wenig aussahen wie Stonehenge in eine Reihe gestellt. Sie waren nach Höhe gestaffelt und beschrieben so einen Bogen über den Fluss, aber anscheinend betrug der Abstand von einem zum anderen nie mehr als einen Meter. Renie sah, dass man durchaus hinüberkommen konnte, aber der Anblick, den die Säulenreihe bot, wie ein Mund voll ungleicher Zähne, ließ erst einmal ihren Mut sinken.

Es ist wie der Mund an der Außenfassade von Mister J's, dachte sie. *Diese ganze Welt ist wie ein Zerrspiegel auf dem Jahrmarkt. Auf seine Art gibt der Spiegel alles wieder, was man dem Andern aufgezwungen hat.*

»Wieso geht niemand drüber?«, fragte sie.

Das Steinmädchen zuckte mit den Achseln und trottete steif den Hügel hinunter.

Beim Näherkommen erkannte Renie am anderen Flussufer deutlich die Fortsetzung des Waldes, aber die Brücke war ab der Mitte in Nebel gehüllt, so dass nicht richtig auszumachen war, wo sie drüben ankam. Das erklärte jedoch nicht, warum die davor versammelten Phantasmen aus irgendwelchen Kinderwelten, knapp hundert an der Zahl, schweigend und sehnsüchtig hinüberblickten, aber niemand die Brücke betrat.

»Ist sie … kaputt oder so?«

Als sie den Rand der mutlosen Menge erreichten, erkundigte sich das Steinmädchen bei einer Frau in einer kunterbunten mittelalterlichen Fantasietracht nach der Ursache. Die Frau musterte die beiden, besonders Renie, von Kopf bis Fuß, bevor sie antwortete.

»Es ist wegen der Tecks, Herzchen. Da gibt's ganz viele Tecks.«

»Tecks?« Das Steinmädchen riss ängstlich die Augen auf. »Wo?«

»Auf der andern Seite«, erwiderte die Frau mit einer gewissen bitteren Befriedigung. »Es sind schon welche rüber – wegen diesem Auslöschen, ihr wisst schon. Meinten, so'n paar Tecks wärn nur halb so wild. Aber es sind nicht bloß ein paar, nicht? Ein oder zwei von denen sind wiedergekommen und ham von erzählt, aber die andern hamse gefressen.«

Als ob seinem erdigen Körper plötzlich der Lebensstrom abgedreht worden wäre, sackte das Steinmädchen auf die Knie. »Tecks«, ächzte es. »Die sind so *schlimm!*«

Renie überlief es eiskalt. »Und du meinst wirklich, sie sind schlimmer als die Schnöre?«

»Sie sind schlimm«, wiederholte das Steinmädchen nur.

»Und es heißt, die Tecks hätten da drüben'n paar Neue eingebunkert«, fuhr die Frau in der bunten Tracht fort. »So Fremde – von wo ganz anders her.«

»Was?« Renie konnte kaum den Impuls bezähmen, die Frau an ihrem Mieder zu packen und zu sich heranzuziehen. »Was für Fremde?«

»Weiß ich wirklich nicht, Herzchen«, antwortete die Frau und bedachte Renie dabei mit einem Blick, der deutlich sagte, dass sie selbst gerade als Fremde eingeordnet worden war. »Hab's von 'nem Kaninchen gehört, nicht, und die ham's immer furchtbar eilig. Oder war's eins von den Eichhörnchen …?«

»Auf der andern Seite, sagst du?« Renie wandte sich dem Steinmädchen zu. »Das könnten meine Freunde sein. Ich muss rüber und ihnen helfen.«

Das kleine Mädchen sah starr vor Entsetzen aus großen, dunklen Lochaugen zu ihr auf.

»Okay, bleib hier. Mach's gut und vielen Dank.« Unter Einsatz der

Ellbogen drängelte Renie sich durch die am Ufer versammelten Scharen, die aussahen, als ob sie für ein surrealistisches Gemälde Modell ständen. Die meisten schienen im Bann derselben Angst zu sein, die dem Steinmädchen in die Glieder gefahren war. Nur wenige murrten, als Renie sich an ihnen vorbeizwängte.

Der erste Stein der Brücke ragte fast so hoch über das flache Wasser hinaus, wie Renie groß war. Sie fand eine Stelle, wo sie sich festhalten konnte, und zog sich mit einiger Mühe hoch. Sie war müde nach dem langen Tagesmarsch, und als sie sich schließlich bäuchlings auf die rauhe Oberseite des Steins geschoben hatte, musste sie erst einmal ein Weilchen verschnaufen. In ihrer schutzlosen Lage kam ihr unwillkürlich die Erinnerung, wie sehr die Brücke einer Reihe malmender Zähne geglichen hatte.

»Hilf mir hoch«, sagte jemand.

Renie blickte über den Rand in das dunkle Gesicht des Steinmädchens.

»Was hast du vor?«

»Ich will nicht hier bleiben. Du bist meine Freundin. Und außerdem hast du von nichts eine Ahnung.«

Der Gedanke, !Xabbu und die anderen könnten in Gefahr sein, bedrängte sie, und so besann sie sich nicht lange. Mit einem hatte das Mädchen recht – es kannte sich sehr viel besser aus als Renie. Und da das System allem Anschein nach dabei war, die Simwelt ringsherum aufzulösen, war nicht gesagt, dass es für das Kind sicherer war, wenn es hier wartete, wenigstens nicht auf längere Sicht.

Dämliche Ausrede, Sulaweyo. Aber was blieb ihr übrig?

»Nimm meine Hand«, sagte sie.

Als das kleine Mädchen oben war, bedeutete es Renie mit einer Geste, still zu sein.

»Ele mele mink mank
Pink pank«,

rezitierte das Steinmädchen feierlich,

»Use buse ackadeia
Rille ralle rüber.«

»Das muss man *immer* sagen, bevor man rübergeht«, erklärte es Renie. Die Furcht machte seine Stimme schrill. »Weißt du das nicht? Das ist ganz wichtig.«

Sie kletterten zügig von einem Zahn zum anderen, bis die warnenden Rufe der Zurückgebliebenen sie nicht mehr erreichten. In der Flussmitte strömte das schwarze Wasser schneller und schleuderte zwischen den dicht stehenden Pfeilern scharfe und kalte Spritzer bis zu ihnen hinauf. Der Nebel, den Renie vom Ufer aus gesehen hatte, umgab sie jetzt ganz, nahm ihnen die Sicht und machte die Steine schlüpfrig. Sie zwang sich, die Füße ganz langsam und vorsichtig zu setzen.

Nur wenige Steine hinter dem Punkt, der nach ihrer Einschätzung die Flussmitte gewesen sein musste, lichteten sich die Dunstschwaden ein wenig. Renie, die gerade zu einem langen Schritt von einem Felsenzahn zum nächsten ansetzte, war so verblüfft, dass sie beinahe abgerutscht wäre, und musste mit einem Ruck ihr Gewicht nach vorn werfen, um auf die Steinfläche unter ihr zu springen.

Das andere Ufer hatte sich vollkommen verändert.

Während sich vorher auf beiden Seiten nur endloser Urwald ausgebreitet hatte, sah sie sich jetzt einer ganz andersartigen Landschaft gegenüber. Im ersten Augenblick hielt sie es für eine Art Ziergarten mit Hecken und kunstvoll beschnittenen Bäumen und Sträuchern, dann aber ging ihr das Ausmaß des Ganzen auf, und sie begriff, dass sie eine ganze Stadt vor sich hatte, völlig überwachsen von Dornengestrüpp und verflochtenen Kriech- und Kletterpflanzen, eine lebendige grüne Skulptur in der Form von Häusern, Straßen und Kirchtürmen.

»Ist das … Holla Buschuschusch …?«

Die Kleine wimmerte nur zur Antwort.

Beinahe der einzige Kontrast zu den tausend Grünschattierungen waren die vielen bleichen Gestalten, die dazwischen wimmelten wie Maden in einem verwesenden Kadaver. Wie die Schnöre waren sie eklig weiß, aber während jene nahezu vollkommen formlos gewesen waren, hatten diese hier eine gewisse Ähnlichkeit mit tierischen Bodenlebewesen. Sie waren lang und hatten Zacken an den unteren Rändern, die wie eine Parodie von Beinen aussahen, aber mit denen sie sich dennoch erschreckend schnell bewegten, halb trippelnd und halb schliddernd. Sie waren außerdem annähernd so groß wie Renie, und es waren Hunderte. Der größte Teil umschwärmte den Fuß eines im

Grün fast erstickenden Turmes weiter innen in der Stadt und bildete so einen wuselnden weißen Ring, der auch in dem abnehmenden Licht gut zu erkennen war. Sie wirkten aufgeregt wie Ameisen, die eine unbeaufsichtigte Hochzeitstorte entdeckt hatten.

»Um Gottes willen«, japste Renie, und die Angst schnitt ihr eiskalt ins Herz. »Und das … sind Tecks?«

Die Stimme des Steinmädchens erhob sich kaum über das Rauschen des Flusses unter ihnen. Es weinte wieder, und das Schluchzen zerhackte seine Worte.

»Ich w-w-will z-zu meiner *Sch-Sch-Sch-Stiefmutter!*«

Drei
GEZÄHLTE STUNDEN

Wie viele Meilen nach Babylon?
Hundertelf hin und zurück.
Schaff ich das bis zur Kerzenzeit?
Ja, mit ein bisschen Glück.

Englischer Kinderreim

Kapitel 23

EINFÜHRUNG

NETFEED/SPORT:
Streiter gegen "Bodyfaschismus" beim Training getötet
(Bild: Note nach seinem Sieg vor dem Gerichtssaal)
Off-Stimme: Edward Notes Freude war nicht von langer Dauer. Nachdem ein Gericht seiner Auffassung recht gegeben hatte, die Weigerung eines Footballteams, mit ihm als Spieler überhaupt einen Versuch zu machen, sei eine bodyistische Diskriminierung, kam er am zweiten Trainingstag mit seinem neuen Team ums Leben. Die Spieler der Pensacola Fishery Barons, die an die Antidiskriminierungsbestimmungen der UN gebunden sind, weil ihr Stadion aus staatlichen Steuereinnahmen finanziert wurde, geben sich in öffentlichen Stellungnahmen bedauernd, aber hinter vorgehaltener Hand erklären einige Spieler, Note habe "nur bekommen, was er verdient hat". Spieler (unkenntlich gemacht): "Was hat der gewogen, 55 Kilo oder so was? Und will's mit Leuten aufnehmen, die drei- oder viermal so schwer sind? Ist doch kein Wunder, wenn der dämliche Hänfling da unter die Räder kommt. Schlimme Sache natürlich für seine Kinder."
Off-Stimme: Der achtunddreißigjährige Note, der den modernen Profisport für eine Bastion des "Bodyfaschismus" erklärte, kam anscheinend beim Training unter ein Gedränge und erstickte dabei. Seine Familie verlangt eine gerichtliche Untersuchung seines Todes.

»Sag mal, Olga.« Die Frau, natürlich eine Fremde, aber mit dem Gehabe einer alten Freundin, reichte ihr eine Tasse Kaffee, die lebensecht dampfte. »Wie ich höre, arbeitest du jetzt für diese J Corporation. Das muss ja spannend sein – man hört so viel von denen in den Nachrichten. Wie ist denn das so?«

»Ich darf leider keine Auskunft über meine Arbeit geben«, erwiderte sie.

Die Frau lächelte. »Ja, natürlich, das weiß ich doch! Aber ich will schließlich keine wichtigen Geheimnisse aus dir rausholen, nicht wahr? Bloß … wie es so ist. Ist das wirklich auf einer Insel?«

Das wusste nun bestimmt jeder. Dennoch blieb Olga eisern. »Tut mir leid, aber ich darf überhaupt keine Auskunft über meine Arbeit geben.«

Die Frau runzelte die Stirn. »Du stellst dich echt zickig an. Wahrscheinlich bist du nicht richtig ausgeschlafen. Musst du denn da auch Nachtschicht machen?«

»Es tut mir wirklich leid, aber ich darf über meine Arbeit keinerlei Auskunft geben.«

Die Frau machte eine genervte Handbewegung. Im nächsten Moment verwackelte und wechselte der Raum so rasch, dass Olga leicht schwindlig wurde.

Die sollten sich beim Umschalten ein bisschen mehr Mühe geben, dachte sie. *Wenn die im richtigen Netz tätig wären, für Obolos oder so jemand, würde man sie für einen solchen Pfusch in Stücke reißen.*

Sie ließ es über sich ergehen, dass jemand, der wohl einen Verwandten darstellen sollte, sie bat, ein paar entbehrliche Bürosachen für die Kinder mit nach Hause zu bringen – nichts Großes, bloß ein paar Selbstkleber oder Heftklammern, damit die armen, unterprivilegierten Kleinen bei Kunstprojekten für die Schule mitmachen konnten. Olga seufzte und fing mit ihren abschlägigen Antworten an, durchlitt so geduldig wie möglich die Spirale sich verschärfender Vorwürfe, wartete sehnsüchtig darauf, dass der Quatsch endlich aufhörte.

»So, ein hervorragendes Ergebnis«, sagte Herr Landreaux, als sie aus dem Hologrammzimmer trat. Er war ein kleiner Mann mit einem kahlrasierten Schädel und ein paar implantierten Glitzersteinen im Handgelenk – etwas allzu bemüht, auf jung zu machen, dachte Olga bei sich. »Du hast dich echt gut vorbereitet, was?«

Sie verkniff sich das Grinsen. Eine Viertelstunde am Abend davor, in der sie das voluminöse Anstellungspaket des Unternehmens flüchtig durchgegangen war, hatte ihr hinreichend deutlich gemacht, worauf es im Großen und Ganzen ankam. »Ja, Sir«, antwortete sie. »Diese Stelle ist sehr wichtig für mich.« *Du ahnst gar nicht, wie sehr, Freundchen.*

»Freut mich zu hören. Mir ist das auch sehr wichtig.« Der Personalchef spähte auf seinen Wandbildschirm. »Deine Referenzen sind gut, sehr gut. Vierzehn Jahre bei Reichert Systems – das ist eine sehr solide Firma.« Er lächelte, aber sie bemerkte ein Funkeln in seinen sanften grauen Augen. »Erzähl mir doch noch einmal, warum du aus Toronto weg bist.«

Der ist wirklich bloß ein Abklatsch des Mannes, der das Entlassungsgespräch bei Obolos mit mir geführt hat, dachte Olga, *auch so ein pinkes Schmusetier mit scharfen Zähnen. Züchtet dieser Jongleur die Typen vielleicht in Containern, wie diese Weltraumtomaten?* Unterdessen spulte sie die Geschichte ab, die Catur Ramsey für sie erfunden hatte und aus der seine Freunde irgendwie eine vollendete datenfeste Tatsache gemacht hatten. »Wegen meiner Tochter Carole, Sir. Seit ihrer ... seit sie sich von ihrem Mann getrennt hat, braucht sie Unterstützung mit den Kindern, damit sie ihre Stelle behalten kann. Sie arbeitet sehr hart.« Olga schüttelte den Kopf. Ein Klacks, das Ganze. Hundert überdrehte Gören dazu bringen, ganz leise zu sein, damit sie nicht das Schlaf-Schaf erschreckten, das war eine schauspielerische Leistung. Wenn das Ganze nicht so furchtbar ernst gewesen wäre, hätte ihr dieses kleine Täuschungsmanöver vermutlich sogar Spaß gemacht – diese Bürohengste waren denkbar simpel zu bedienende und doch irgendwie befriedigende Spielzeuge. »Und da dachte ich, nicht wahr, wenn ich näher dran wäre ...«

»Da bist du also aus dem hohen Norden den ganzen Weg bis zu uns hier im Big Easy gekommen«, sagte Landreaux jovial. »Na, laissez les bontemps roulez, wie wir sagen.« Er beugte sich mit gespielter Verschwörermiene vor. »Aber selbstverständlich nicht während der Arbeitszeit.«

Sie tat gebührend beeindruckt von seiner ungezwungenen Art. »Selbstverständlich nicht, Sir. Ich nehme meine Pflicht sehr ernst.«

»Da bin ich sicher. Gut, alles in Ordnung, da bleibt mir nur noch die angenehme Aufgabe, dich in der Familie der J Corporation willkommen zu heißen.« Er hielt ihr die Hand hin, ohne aufzustehen, so dass sie sich vorbeugen musste. »Deine Schichtleiterin ist Maria. Du findest sie in Block zwölf ein Stück die Esplanade runter. Du begibst dich jetzt direkt zu ihr. Kannst du heute Abend gleich anfangen?«

»Ja, Sir. Vielen Dank, Sir.«

Er beachtete sie bereits nicht mehr und wollte sich gerade wieder seinem Wandbildschirm zuwenden, als sein Blick an dem weißen Fleck hängen blieb, den sie am Hals hatte. »Ach so, was ich dich noch fragen wollte«, sagte er mit gespielter Beiläufigkeit, von der sie sich nicht im Geringsten täuschen ließ. »Dieses Pflaster, das du da am Hals hast. Du hast doch nicht etwa ein gesundheitliches Problem, von dem du uns nichts erzählt hast, nicht wahr, Frau Czotilo?«

Sie stutzte ein wenig darüber, nach so vielen Jahren Aleksanders Nachnamen wieder zu hören, obwohl sie ihn selbst ausgesucht hatte, weil sie dieses Pseudonym schwerlich vergessen würde. Dann hatte sie sich wieder gefangen. »Ach, das?« Sie tippte auf den Heftstreifen über ihrer T-Buchse. »Ich habe mir einen Leberfleck entfernen lassen. Das macht doch nichts, oder? Er war nicht krebsverdächtig oder so, ich … ich mochte ihn bloß nicht leiden.«

Er lachte und winkte ab. »Ich will nur sichergehen, dass Leute sich nicht deswegen von uns anstellen lassen, weil sie in den Genuss unserer Krankenversicherung kommen wollen.« Seine Miene veränderte sich ein wenig, und das ungute Funkeln blitzte wieder auf. »Wir lassen uns nicht gern zum Narren halten, Olga. Die J Corporation ist eine große Familie, aber eine Familie muss sich schützen. Die Welt da draußen kann sehr gemein sein.«

Da draußen, vermutete sie, bedeutete wahrscheinlich alles, was weiter als fünf Kilometer von dem schwarzen Turm weg war. »Oh, ganz bestimmt, Herr Landreaux«, pflichtete sie ihm bei. »So viele schlechte Menschen.«

»Eben«, sagte er zerstreut. In Gedanken war er bereits wieder bei dem vor ihm liegenden Tag, den kleinen Kniffen und Schlichen des mittleren Managements.

Olga erhob sich. Sein Rücken war ihr zugekehrt, als sie hinausschlich.

Während sie über die Plaza vor dem Einführungszentrum des Unternehmens auf die Esplanade zuging, vermied sie es bewusst, zu dem auf der anderen Seite des Wassers aufragenden schwarzen Turm aufzuschauen. Sie konnte sich des Gefühls nicht erwehren, beobachtet zu werden, obwohl es mehr als unwahrscheinlich war, dass bei Tausenden von Beschäftigten mit der frisch eingestellten Putzfrau ein solcher Aufwand getrieben wurde. Und warum sollte eine neue Mitarbeiterin nicht zu dem Turm aufblicken, dem Wahrzeichen des Konzerns?

Trotzdem, sie wollte es vermeiden, jedenfalls so lange, wie sie noch nicht auf dem Schiff war. Sie hatte eine geradezu abergläubische Furcht davor entwickelt, so als ob sich automatisch eine schwere Hand auf ihre Schulter legen und die Sache diesmal mit ein paar harmlosen Fragen nicht abgetan sein würde, wenn sie sich ein derart ungezwungenes Verhalten erlaubte.

Block zwölf war eine riesige Halle, die direkt auf den Pier hinausging. Die vor Anker liegenden mächtigen Hovercrafts, die das Wartungs- und Reinigungspersonal zwischen Festland und Insel hin- und herbeförderten, bufften bei dem leichten Wellengang aneinander. Im Innern der Halle befand sich ein ganzer Komplex – Magazine und Umkleideräume, die im Augenblick von hundertstimmigem Geplapper widerhallten, da eine der Reinigungsschichten gerade von der Insel zurückgekommen war.

Maria stellte sich als eine schwergewichtige und nicht besonders geduldige Frau mit silberschillernden Haaren heraus, deren schwarze Wurzeln darauf hindeuteten, dass der verbrauchte Schick dringend wieder aufgefrischt werden musste.

»O je, schon wieder eine«, stöhnte sie, als Olga sich bei ihr meldete. »Wissen denn die Heinis im EZ nicht, dass ich die Woche keine Zeit habe, Leute einzuweisen?« Sie warf Olga einen Blick zu, der zu sagen schien, das Beste für alle Beteiligten wäre, wenn sich der Neuzugang augenblicklich im Lake Borgne ersäufte. »Esther? Wo zum Teufel steckst du? Hier, nimm die Neue mit, besorg ihr 'ne Uniform, sag ihr, was sie zu tun hat! Guck, ob's im Automaten 'ne Marke für sie gibt! Und wenn sie irgendwas verbockt und Ärger kriegt, bist du dran, tick?«

Esther war eine dünne Hispanofrau beinahe in Olgas Alter, die trotz ihres müden Aussehens etwas Mädchenhaftes und ein freundliches, schüchternes Lächeln hatte. Sie half Olga, auf einer Kleiderstange, die in einem Skywalker-Jet von einer Flügelspitze zur anderen gereicht hätte, eine zweiteilige graue Arbeitskluft in der richtigen Größe zu finden, und gab dann bei ein paar gelangweilten Verwaltungskräften keine Ruhe, bis Olga ihre Marke und einen Spind in einem der Umkleideräume bekommen hatte. Es hatte etwas von einem Internat für Schülerinnen mit wehen Füßen und steifen Gelenken – Hunderte von schwarzen und braunen Frauen, darunter ein paar Dutzend europäische Typen wie Olga, und bei fast allen war Englisch die zweite Sprache.

Während sie beim Umziehen zuhörte, wie die Frauen sich durch den muffigen Raum witzige Bemerkungen zuriefen, kam es Olga beinahe so vor, als ob dies tatsächlich ihr Leben wäre, als ob es die Jahre der Netzarbeit niemals gegeben hätte.

»Mach, mach«, drängte Esther sie. »Schiff geht in fünf Minute.«

Olga betrachtete ihr ausdrucksloses Gesicht auf der Marke, drehte das Hologramm ins Profil. *Ich sehe aus wie eine alte Frau,* dachte sie. *Herrje, ich* bin *eine alte Frau. Worauf habe ich mich hier bloß eingelassen?* Als sie sich ihren Rucksack griff und den Spind zudrückte, ging ihr durch den Kopf, dass sie diese Sachen wahrscheinlich nie wiedersehen würde. *Vielleicht hätte ich die Etikette heraustrennen sollen, wie in dem Krimi, den ich neulich gesehen habe.* Aber wenn sie tatsächlich vorgehabt hätte, eine Frau ohne Vergangenheit zu sein, hätte sie sich wahrscheinlich bei einem Unternehmen einschleichen sollen, das nicht schon ihr Gesicht und ihren wirklichen Namen irgendwo in seinem Riesenbestand von Personaldaten gespeichert hatte.

Sie klemmte den Rucksack unter den Arm und reihte sich in die Masse graugekleideter Frauen ein, die auf den Kai zuschoben.

In diesem verrücktesten Monat in Olgas Leben stand das Treffen mit Catur Ramsey auf der Liste der Verrücktheiten zweifellos ziemlich weit oben. Es war allein schon merkwürdig gewesen, bei Slidell von der Straße auf einen Rastplatz abzubiegen und ihn dort auf einer Bank sitzen zu sehen – denselben jungen Mann, der, so schien es ihr, erst vor Tagen an ihrer Haustür geklingelt hatte, etliche Tausend Meilen entfernt in einem anderen Land. Er hatte sie umarmt, und auch das hatte sie recht ungewöhnlich gefunden. Seit wann umarmten Anwälte die Leute, mit denen sie zu tun hatten? Selbst ein netter Anwalt wie Ramsey.

Als dann der große, blonde Mann aus dem geparkten Van gestiegen war, war ihr vor Schreck fast das Herz in die Hose gerutscht. Er sah ganz nach einem Polizisten aus, und während der zehn Schritte, die er bis zum Tisch brauchte, war sie von der furchtbaren Gewissheit erfüllt gewesen, dass Ramsey sie verraten hatte – nur zu ihrem Besten, hätte er behauptet, aber am Verrat hätte das nichts geändert. Doch stattdessen hatte der Mann ihr nur die Hand gegeben, sich als Major Michael Sorensen vorgestellt und war zum Wagen zurückgegangen.

Als könnte er ihre Gedanken lesen, hatte Ramsey zu ihr gesagt: »Warte ab, es kommt noch viel toller.« Und als sie die Person sah, die Sorensen hinten aus dem Van hob, musste Olga zugeben, dass er recht hatte.

Sie hatten eine Stunde lang geredet, während unmittelbar hinter den Bäumen der Verkehr vorbeibrauste, aber Olga konnte sich nur noch an wenig erinnern. Der verschrumpelte Mann namens Sellars hatte so leise und bedächtig gesprochen, dass sie anfangs ein wenig eingeschnappt war, weil sie meinte, sie bekäme eine schonende Sonderbehandlung für psychisch Labile verpasst. Nach einer Weile merkte sie, dass das einfach seine Art war und dass dieser erschreckend dünne Mann mit der faltigen Haut gar nicht tief genug atmen konnte, um laut zu sprechen. Und als sie seinen Worten schließlich zuhörte, entfachte das in ihr einen Funken freudiger Erleichterung. Bis dahin war ihr gar nicht bewusst gewesen, wie einsam sie geworden war.

»Es ist mir immer noch nicht klar, wieso du diese Dinge erlebt hast, Frau Pirofsky«, hatte er gemeint, »aber was auch die Ursache sein mag, sie sind real. Selbst wenn ich den ganzen Tag Zeit hätte, könnte ich dir nicht sämtliche unglaublichen Entdeckungen schildern, die ich gemacht habe, seit ich mich genauer mit diesen Vorgängen beschäftige. Woher deine Stimmen auch kommen mögen, es kann kein Zufall sein, dass sie dich zu Jongleurs Turm geführt haben. Wir möchten dich bei deinem Vorhaben unterstützen, damit du die größtmögliche Chance hast, unbeschadet Licht in das Dunkel zu bringen, Licht, das wir selbst dringend brauchen, um eine grässliche kriminelle Verschwörung zu vereiteln.«

Die Verschwörung selbst, wenigstens in Sellars' eiliger und gedrängter Darstellung, hatte sie völlig perplex gemacht. Und außer der Tatsache, dass er irgendein militärischer Sicherheitsspezialist war, hatte sie auch die Rolle des Majors in dieser winzigen Widerstandsbewegung nicht recht verstanden. Zu allem Überfluss hatte er noch am Rande erwähnt, dass seine Frau und sein Kind in einem Motel in der Nähe warteten. Sie war sich zudem nicht ganz darüber im Klaren, wie tief Ramsey in der Sache steckte, ob er bei seinem ersten Gespräch mit ihr von alledem schon etwas gewusst hatte, aber die schlichte Tatsache, dass sie endlich über einiges Aufschluss bekam und nicht nur mitfühlende Blicke, hatte die noch verbleibende Verwirrung mehr als wettgemacht.

In einer knurrigen, aber umsichtigen Art, die sie an ihren lang verstorbenen Vater erinnerte, hatte Sorensen die paar Gegenstände inspiziert, die sie auf die Insel mitzunehmen gedachte, und noch ein Stück hinzugefügt, einen kleinen silbernen Ring mit einem einzelnen kristallklaren Stein. Bei diesem handele es sich nicht um einen Edelstein, hatte er ihr erläutert, sondern um eine Linse, hinter der ein winziger Transponder versteckt war. Es sei ein Kameraring.

»Damit werden wir sehen, was du siehst, Frau Pirofsky«, hatte Sellars hinzugefügt.

Nach dem wochenlangen Schmoren im eigenen Saft und der freiwilligen Verbannung in eine Einsamkeit, die noch drückender geworden war, als die Stimmen der Kinder sie verlassen hatten, wäre Olga liebend gern länger in der freundlichen Gesellschaft von Ramsey und den anderen geblieben, aber Sellars hatte ihr klargemacht, dass die Zeit knapp war. Auf seine sanfte Art hatte er sie gedrängt, so rasch wie möglich zur Tat zu schreiten, und da er versprochen hatte, ihr mit seinen nicht näher beschriebenen Fähigkeiten die Möglichkeit zu verschaffen, legal auf die Insel zu kommen, hatte sie keine Einwände gehabt.

Und er hatte Wort gehalten.

Sobald sie zusammen mit allen anderen auf dem Vorderdeck des Hovercrafts war, in der heißen, schwülen Brise, verbot Olga sich nicht länger, den schwarzen Turm anzuschauen. Vom Festland aus hatte er ein wenig wie eine mittelalterliche Kathedrale ausgesehen, himmelwärts über die erdnäheren Wohnstätten der Menschen hinausragend, doch je gewaltiger er den gestreiften Sonnenuntergangshimmel ausfüllte, desto mehr kam er ihr wie der Berg in ihren Träumen vor, ein unheimlicher Monolith aus schwarzem Stein, die Fassade stellenweise im modernistischen Stil verzogen und gewellt und so voller Riefen wie Sellars' verbranntes Gesicht.

Mir ist, als würde er seit Langem auf mich warten – mein ganzes Leben schon. Aber wie kann das sein, wenn ich die Stimmen doch vor wenigen Wochen zum ersten Mal gehört habe? Dennoch wurde sie das Gefühl nicht los, dass sie unmittelbar vor einer lang ersehnten Offenbarung stand.

Es ist so, wie ich neulich schon dachte, wie eine religiöse Bekehrung, eine urplötzliche Glaubensgewissheit. Man weiß einfach, man ist sich fraglos sicher, es spielt gar keine Rolle, wie oder warum oder was andere sagen.

Doch die meisten Religionen versprachen einem Erlösung. Etwas derart Hoffnungsvolles hatte sie von dem schwarzen Turm nicht zu erwarten.

Sie legten bei einem anderen riesigen Lagergebäude in solcher Nähe des Turmes an, dass der halbe Himmel schwarz war. Die schiere Höhe allein war es nicht, was sie überwältigte – obwohl er bestimmt mindestens dreihundert Meter hoch war –, sondern seine Massigkeit, mit der er alles beherrschte. Sein Anblick von ferne oder durch den Bayounebel hatte sie nicht auf diese erschlagende Wirkung vorbereitet.

Das ist kein Bürohochhaus, das ist eine Festung, erkannte sie. *Wer den gebaut hat, hat Krieg geführt oder geplant. Vielleicht nicht gegen Armeen, aber gegen irgendetwas.*

Erinnerungen an die alten Bauten wurden wach, die sie und ihre Zirkustruppe beim Tingeln quer durch Europa gesehen und die ihren Vater zu so manchem Vortrag inspiriert hatten – die Hinterlassenschaften dieses oder jenes großmächtigen Regimes, ob kommunistisch oder faschistisch, maßlos kapitalistisch oder unverhohlen imperial. Auch diese Bauwerke damals hatten vor Wichtigkeit gestrotzt, aber alle hatten sie noch etwas Anderes gehabt, eine Dimension von Öffentlichkeit, die diesem Konzernturm hier fehlte. Das Einzige auch nur annähernd Vergleichbare, das ihr einfiel, waren, wenn man vom Größenunterschied absah, die mittelalterlichen Geschlechtertürme in Italien, befestigte Inseln inmitten der Städte, zur Verteidigung gebaut, nicht zum Prunk.

Ich habe noch nie ein milliardenschweres Hochhaus gesehen, das so deutlich »Geh weg!«, ausgedrückt hat, dachte sie. *Und ich ignoriere diese Warnung. Genauso gut könnte ich fröhlich pfeifend an dem Schild vor der Hölle vorbeischlendern, auf dem steht: »Die ihr hier eingeht, lasst die Hoffnung fahren.« Was tust du, Olga?*

Doch sie kannte die Antwort schon.

Esther trat zu ihr, als sie starr in einer Ecke stand und den Mut aufzubringen versuchte, den anderen schwadronierenden Arbeiterinnen in den klotzigen Vorbau zu folgen, in dem sich die Eingänge zu den Fluren und Aufzügen des Servicepersonals befanden. »Na, komm schon«, riss sie Olga aus ihren düsteren Gedanken und tätschelte ihr den Arm. »Count-down läuft, seit du mit Marke da hinten durch Tür bist. Mehr als zehn Minute bis zu unsere Station, und halbe Stunde Lohn weg.«

Olga murmelte eine Entschuldigung und schloss sich Esther an. Sie musste sich überwinden, den schwarzen Monsterbau zu betreten, auf dessen blanken Oberflächen sich das Abendlicht spiegelte.

»O nein, warum hast du Rucksack?«

Olga bemühte sich, überrascht zu schauen. »Was ist damit?«

»Darfst du nicht hier mitbringen so was«, sagte Esther. »Die denken, glaub ich, wir könnten stehlen was, ne?« Sie zog eine übertrieben beleidigte Grimasse. »Aber sind total streng damit. Ach, Olga, hättst du mich fragen sollen, hätt ich dir gesagt, dass du auf andere Seite in Spind lässt.«

»Das wusste ich nicht. Es ist bloß was zu essen drin und eine Medizin, die ich einnehmen muss.«

»Gibt vorgeschriebene Box für Essen, die leuchten sie alle durch, ne, wenn Schiff ankommt.« Esther runzelte die Stirn. »Na, finden wir Platz, wo du lassen kannst. Dass du nicht gleich erste Tag kriegst Ärger.«

Olga schüttelte den Kopf. Nein, sie wollte ganz gewiss keinen Ärger kriegen an ihrem ersten Tag, aber genauso wenig hatte sie vor, sich von ihrem Rucksack zu trennen. Bei flüchtiger Inspektion sah der Inhalt ganz harmlos aus, aber eine gründlichere Überprüfung hätte zur Folge gehabt, dass sie sehr viel mehr Aufmerksamkeit bekam als sonst eine einfache Raumpflegerin.

Nachdem ihr Rucksack sicher in einem der Fächer lag, in denen das Personal Regenkleidung und andere im normalen Dienst nicht benötigte Dinge verstauen konnte, begann Olgas erster Tag (und, wie sie inbrünstig hoffte, ihr letzter) als Putzfrau für die J Corporation. Ein Aufseher wies dem Team, bestehend aus Esther, Olga und sechs anderen Frauen, die Ebene B zu, das zweite unterirdische Geschoss. Die Vorstellung war leicht verstörend, dass sie in einer großen Röhre unter der Oberfläche des Sees arbeitete, aber jede Neigung, sich darüber oder über die viel unmittelbareren Gefahren ihres Vorhabens Gedanken zu machen, wurde rasch von der schieren Masse der Arbeit verdrängt. Mit ihren radkappengroßen Saugrobotern, über die sie vorsichtig hinwegtraten, zogen die Frauen von einem Büro zum nächsten, leerten Mülleimer, wischten Oberflächen und räumten die Gemeinschaftsbereiche auf. Die Toiletten mussten besonders gründlich gesäubert und bis in den letzten Winkel geschrubbt und gescheuert werden. Als Neue durfte Olga die unangenehmsten Arbeiten verrichten, wozu natürlich das Reinigen der Toilettenbecken und Urinale mit einer Bürste und einem enzymatischen Reinigungsspray gehörte, dessen blumige Obertöne den strengeren chemischen Geruch darunter nicht ganz überdecken konnten. Esther schärfte ihr ein, nichts davon zu verschütten, was sie erst für eine Ermahnung zu Sparsamkeit hielt. Doch als ihr etwas davon auf den Handrücken tropfte und ihre Haut wie Feuer brannte, verstand sie den Grund.

Die Ebene B war ausgedehnter als die oberirdischen Turmstockwerke und fasste Hunderte von Büroräumen. Während die Nacht dahinkroch, begleitet von diversen Duftwolken, dem falschen Gesinge von zweien der anderen Frauen und den ständigen Schlotz- und Kaugeräuschen der grauen Saugroboter, ging Olga auf, wie sehr sie sich glücklich preisen konnte, dass ihre Fantasiegeschichte geschwindelt war und sie es in Wirklichkeit gar nicht nötig hatte, mit diesem Job ihren Lebensunterhalt zu verdienen.

Wie halten die andern das bloß aus? fragte sie sich. *Dazu ständig von Aufsehern kontrolliert wie von strengen Lehrern, und manche lassen es nicht mal zu, dass man sich anders als flüsternd unterhält. Ich dachte immer, bei so einer Arbeit könnte man wenigstens mit den Kolleginnen schwatzen und scherzen, aber davon kann kaum die Rede sein, seit wir vom Schiff runter sind. Ist das Unternehmen tatsächlich so knickrig, dass diese Frauen nicht einmal ein paar Minuten ihrer bezahlten Arbeitszeit verbummeln dürfen?*

Die Antwort darauf erhielt sie, als sie sich kurz einmal an einen der Schreibtische in der Nähe einer Toilette lehnte und der Wandbildschirm plötzlich ansprang, von der Berührung aktiviert. Es erschien nur eine Szene mit Kindern auf einem Segelboot, ein privates Foto, das jemand als Hintergrundbild benutzte, aber im Nu stand einer der Aufseher neben ihr, ein dicker Mann namens Leo mit einem unangenehm pfeifenden Atem.

»Was machst du da?«

»Nichts. Ich … ich habe mich bloß an die Kante gelehnt. Ich wollte nicht …«

»Dann lass es auch. Wo ist deine Marke?«

Sie zeigte sie ihm. Er beäugte sie stirnrunzelnd, als ärgerte er sich, etwas tun zu müssen, was vermutlich zu seinen Aufgaben gehörte.

»Erster Tag, was?«, knurrte er. Er klang nicht sonderlich besänftigt. »Dann schreib dir eines hinter die Ohren, ein für allemal. Du hast hier *gar nichts* anzufassen außer den Sachen, die du sauber machst. Das muss klar sein, wenn du die Stelle behalten willst. Es gibt jede Menge andere, die sich freuen würden, das Geld zu verdienen. Du hast hier nichts anzufassen! Los, wiederhol das!«

Erbittert und wütend auf diesen miesen, kleinen Grobian musste Olga sich zusammenreißen, um sich weiter den äußeren Anschein ängstlicher Unterwürfigkeit zu geben. »Ich habe hier nichts anzufassen.«

»Genau. Merk dir das!« Er drehte sich um und watschelte davon, ein dickleibiger Hüter des Privateigentums und der heiligen Hausordnung.

Erst gegen Ende ihrer Schicht, als die glücklicheren Beschäftigten in den oberen Etagen vielleicht schon einen Streifen Tageslicht an den Rändern ihrer dicht verhängten Fenster zu sehen bekamen, ergab sich für Olga endlich eine Gelegenheit, allein zu sein. Ohne Esthers Erlaubnis schlich sie sich in eine der Toiletten, die sie noch nicht geputzt hatten, und setzte sich in die hinterste Kabine. Da sie damit rechnete, dass Augen und womöglich auch Ohren alles überwachten, was sie tat, streifte sie ihre Hose und Unterhose herunter, bevor sie sich zur Wahrung des Scheins auf die Brille setzte, und sprach ein stilles Dankgebet dafür, dass sie nicht laut reden musste. Sie subvokalisierte das Codewort, das Ramsey ihr gegeben hatte. Gleich darauf hörte sie seine Stimme im Ohr.

»Alles in Ordnung? Wir haben uns schon Sorgen um dich gemacht.«

Sie verbiss sich ein Lachen. *Ich muss bloß arbeiten wie die meisten normalen Menschen,* dachte sie bei sich, doch sie sagte nur: »Alles läuft gut. Ich hatte nur bis jetzt keine Gelegenheit, mich zu melden.«

»Ich bin die ganze Zeit mit diesem Knoten verbunden, also wenn irgendwas ist, ruf an! Wirklich, Olga, jederzeit, wenn du mich brauchst!« Er hatte einen beschwörenden, schuldbewussten Ton in der Stimme, der ihr vorher nicht aufgefallen war, als ob er sich Vorwürfe machte, sie in Gefahr gebracht zu haben, wo es doch in Wirklichkeit ihre freie Entscheidung gewesen war.

»Wozu?«, fragte sie leicht stichelnd. Sobald man das Subvokalisieren einmal heraus hatte, war es gar nicht so schwer, fand sie, solange man nicht plötzlich erschrak und anfing, laut zu reden. »Wenn ich hier in Gefahr gerate, wollt ihr dann kommen und mich rausboxen?«

Ramseys betretenes Schweigen war beredt. »Sellars möchte mit dir sprechen«, sagte er schließlich. »Aber brich nicht ab, wenn er fertig ist, ich hätte dich gern noch mal.«

Die hauchige Stimme des alten Mannes war unerwartet beruhigend. Was er auch sonst noch sein mochte, dieser Sellars war eindeutig einer, dem solche extremen Situationen nicht unbekannt waren. »Hallo, Frau Pirofsky«, sagte er. »Wir sind alle sehr froh, von dir zu hören.«

»Ich würde vorschlagen, du sagst Olga zu mir. Ich sitze hier mit runtergelassenen Hosen auf dem Klo, da kommt mir ›Frau Pirofsky‹ ein bisschen förmlich vor.«

Sie konnte das Lächeln in seiner Stimme hören. »Einverstanden, Olga. Es ist mir ein Vergnügen, wieder mit dir reden zu können, einerlei unter welchen Umständen. Gab es beim Einstellungsgespräch irgendwelche Probleme?«

»Ich glaube nicht. Es lief alles sehr glatt. Wie hast du das bewerkstelligt?«

»Die Einzelheiten ersparen wir uns lieber. Konntest du deinen Rucksack mitnehmen?«

»Ja. Ich habe ihn im Moment nicht bei mir, aber ich komme bestimmt an ihn ran.«

»Ruf mich an, wenn deine Schicht vorbei ist und du ihn hast. Wir halten dich jetzt besser nicht zu lange auf, deshalb warte ich mit dem, was ich dir noch zu sagen habe, bis dahin. Oh, aber eines noch! Könntest du deine Marke an die Buchse in deinem Hals halten? Mach sie doch kurz mal frei – falls du denkst, dass du beobachtet wirst, tu so, als wolltest du die Stelle unter dem Pflaster sauber machen. Ich denke, auf die Art kann ich die Kodierung lesen.« Als sie es zu seiner Zufriedenheit getan hatte, sagte er abschließend: »Gut. Danke. Jetzt möchte Herr Ramsey dich noch mal sprechen.«

Eine Sekunde später hatte sie wieder Ramseys Stimme im Ohr. »Olga? Ich wollte bloß noch sagen: Pass auf dich auf, ja?«

Jetzt lachte sie doch noch, aber ehrlich vergnügt. »Alles klar, Sohnemann. Und du zieh dich warm an, und iss immer brav deinen Spinat.«

»Wie bitte? Was soll ...?«, stammelte er, während sie grinsend die Verbindung abbrach.

Am Ende ihrer zehnstündigen Schicht war sie körperlich so zerschlagen wie seit vielen Monaten nicht mehr und konnte sich nur noch taumelnd auf den Füßen halten. Aus Freitagnacht war Samstagmorgen geworden, obwohl das in den sonnenlosen Tiefen des Wolkenkratzers nur den Chronometern an der Wand zu entnehmen war. Sie konnte den gewaltigen Berg aus Plastahl und Fibramic über ihr förmlich fühlen, wie er sie vom Tageslicht abschnitt, als ob sie in einer unterirdischen Höhle oder einem Verlies gefangen wäre.

Und die wirkliche Arbeit fängt jetzt erst an, dachte sie. *Gott, ich möchte nichts weiter als schlafen.*

Sie klönte müde mit Esther und den anderen, während sie ihre Putzsachen wegräumten und dann den Rückweg zum Kai antraten. Ihr klopfte das Herz aus Angst vor dem nächsten Schritt, und gleichzeitig verspürte sie eine verrückte, unerwartete Euphorie. Sie blieb stehen.

»O nein!«

Esther drehte sich um. Sie hatte Ringe unter den Augen, und Olga kam erst jetzt darauf, sich zu fragen, in was für ein Zuhause die Frau heimkehren mochte. Zu einer liebenden Familie und einem freundlichen Mann? Oder wenigstens in eine Situation, wo sie es ein bisschen besser hatte als bei dieser abstumpfenden Plackerei in Pharaos Bergwerken? Sie wünschte es ihr. »Was ist, Olga? Siehst aus, als hättst du ein Gespenst gesehen.«

»Mein Rucksack! Ich habe meinen Rucksack vergessen!«

Esther schüttelte den Kopf. »Ich sag ja, du sollst nicht mitnehmen, ne? Na, ist okay, holst du Montag, wenn wir wiederkommen.«

»Das geht nicht. Da ist meine Medizin drin. Ich muss meine Medizin nehmen.« Sie trat einen Schritt zurück und hob sofort die Hand, um die Frau davon abzuhalten, sie zu begleiten, falls sie trotz ihrer Müdigkeit das Angebot machen wollte. »Ich geh ihn holen. Bin gleich wieder da. Geh schon vor.«

»Aber Schiff fährt in fünf Minute ...«

»Ich laufe. Falls ich dich auf dem Schiff nicht mehr sehe, noch ein schönes Wochenende!« Dann fügte sie noch ganz ehrlich hinzu: »Und danke für deine Hilfe«, drehte sich um und schob sich durch die andrängende Masse grau gekleideter Arbeiterinnen, bis Esther mit ihren besorgten Ermahnungen außer Sicht- und Hörweite war. *Jetzt kann ich nur hoffen, dass sie auf dem vollen Schiff, oder wenn es angelegt hat, nicht nach mir sucht, wenigstens nicht sehr.* Sie hatte schon ein wenig Vorarbeit geleistet, indem sie erzählt hatte, ihre Tochter würde sie abholen und gleich mit ihr zu einem Arzttermin fahren, sie könnte sich nicht einmal mehr umziehen. *Und wenn Sellars die Information von der Marke wie versprochen benutzt hat, dann wird es so aussehen, als wäre ich an Bord gegangen und drüben wieder ausgestiegen. Damit habe ich Zeit bis ... ja, bis Montagabend, wenn ich Glück habe.*

Zweieinhalb Tage, um in das Herz der Bestie zu kommen. So viel Zeit. So wenig.

Der große Raum mit den Fächern war leer bis auf einen einzelnen Servicearbeiter, der mit Mopp und Eimer bewaffnet den Boden wischte. Sie nickte ihm zu, nahm ihren Rucksack und ging zurück in Richtung der Anlegestelle, bog dann aber in einen der Treppenschächte ab und stieg wieder zur Ebene B hinunter, die mittlerweile relativ vertrautes Gelände war. Sie wusste, dass Sellars und Major Sorensen Manipulationen an den Sicherheitskameras vorgenommen hatten, aber wenn sie lebendigen Aufsichtskräften in die Arme lief, konnten die beiden ihr nicht helfen, und deshalb begab sie sich zügig zu ihrem Ziel, einer Abstellkammer in einem der Servicekorridore. Nachdem sie sich vergewissert hatte, dass sie die Tür von innen wieder aufbekam, zog sie sie hinter sich zu und ließ sich im Dunkeln zu Boden sinken. Ihr Herz klopfte wie wild, und sie zitterte am ganzen Leib.

Als sie sich ein wenig erholt hatte, sagte sie wieder das Codewort und hatte sofort Ramseys Stimme im Ohr, wohltuend vertraut inmitten von so viel Unbekanntem.

»Olga? Wie sieht's aus?«

»Ganz gut, solange meine Anleiterin auf dem Schiff nicht allzu eifrig nach mir sucht. Aber die arme Frau sah fix und fertig aus. Das hier ist harte Arbeit, weißt du. Mir tun sämtliche Glieder weh, und meine Hände sind aufgesprungen – schon nach einem Tag!«

»Ich werde meiner Raumpflegerin in diesem Jahr ein sehr viel höheres Weihnachtsgeld zahlen, das verspreche ich«, sagte Ramsey, doch der witzelnde Ton gelang ihm nicht sehr überzeugend. *So todernst,* dachte Olga. *Und selbst wenn es wirklich das Ende der Welt ist, warum so todernst?*

»Wenn du als Jude geboren wärst wie ich«, bemerkte sie, »hättest du gelernt, mit solchen Situationen umzugehen.«

Verdattertes Schweigen am anderen Ende. »Ich habe keine Ahnung, was du damit meinst, Olga. Immer schaffst du's, dass ich mich wie ein Hornochse fühle. Aber ich bin froh, dass dir nichts passiert ist. Und ich bin stolz auf dich. Sellars möchte dich sprechen.«

»Hallo, Olga«, meldete sich der alte Mann. »Ich schließe mich meinem Vorredner an. Ich habe vielleicht nicht viel Zeit, deshalb erkläre ich dir einfach so viel, wie im Augenblick möglich ist. Schreib nichts auf, nur für den Fall, dass du aufgegriffen wirst.«

»Keine Bange«, erwiderte sie von ihrem Platz im Dunkeln aus und wunderte sich ein wenig darüber, wie sie hier lautlos mit Leuten plauderte, die ebenso gut auf einem anderen Planeten hätten sein können. »Ich habe nicht mal mehr die Kraft, einen Stift zu halten.«

»Leider wirst du zumindest das, was in deinem Rucksack ist, halten müssen. Würdest du es bitte herausholen?«

»Die Schachtel?«

»Genau.«

Sie tastete im Rucksack herum, bis sie ihre Taschenlampe gefunden hatte, dann holte sie den Militärproviant heraus, den Ramsey – oder eigentlich Sorensen, vermutete sie – ihr besorgt hatte, Verpflegung für mehrere Tage, die weniger Platz beanspruchte als normales abgepacktes Essen. Sorgfältig stapelte sie die Päckchen neben sich auf. Es gab auch eine Flasche Wasser, die ihr ein bisschen überflüssig vorkam in einem Gebäude, in dem es wahrscheinlich tausend Wasserspender gab. Ganz unten fand sie die eingepackte Schachtel mit dem Etikett eines gängigen Schilddrüsenmittels und einem Zettel, auf dem in Olgas Handschrift stand: »Zwei nach jeder Mahlzeit.«

»Ich habe es gefunden.«

»Mach es bitte auf. Ich muss einen kleinen Test vornehmen.«

Sie wickelte die Schachtel aus, ganz vorsichtig, damit sie ihr hinterher wieder das gleiche harmlose Aussehen geben konnte, und zog ein schmales graues Rechteck hervor, so groß wie ihr Handteller. Es war eigenartig schwer, und sie beäugte es misstrauisch. »Ich hab's.«

»Sag mir, was passiert«, forderte Sellars sie mit sanfter Stimme auf. Im nächsten Moment leuchtete an der Seite ein kleines rotes Licht auf.

»Ein rotes Licht ist angegangen.«

»Gut. Ich wollte nur sicher sein. Du kannst es jetzt wieder einpacken und wegstecken, Olga.«

Ihr Argwohn war noch nicht ausgeräumt, als sie es wieder zusammen mit dem Proviant verstaute und zuletzt ihren Pullover darüber stopfte. »Ist das Ding ... ist es eine Bombe?«, fragte sie schließlich.

»Eine Bombe? Liebe Güte, nein.« Sellars klang verwundert. »Nein, wir wollen keinesfalls das System zerstören – das Leben von Mitstreitern hängt davon ab. Das wäre, als würde man eine Bombe auf ein Haus werfen, in dem Geiseln festgehalten werden. Nein, Olga, das ist eine sogenannte Vampirklemme, eine besondere Anzapfung, an die ich mit Hilfe des Majors herangekommen bin. Wenn wir wirklich finden, wonach wir suchen, werde ich vermutlich mit sehr viel höherem Tempo als jetzt senden und empfangen müssen, um etwas auszurichten.«

»Das beruhigt mich.«

»Die Wasserflasche hingegen, die *ist* eine Bombe.« Er gab leise, luftige Kichertöne von sich. »Aber eine sehr kleine, die nur Rauch erzeugt. Zur Ablenkung. Ts-ts, jetzt hätte ich beinahe vergessen, dir das zu sagen.«

Ich bin aus der Wirklichkeit ausgestiegen, schien es Olga. *Ich dachte, die Traumkinder wären verrückt. Das hier ist noch verrückter.*

»Nun gut«, sagte Sellars. »Hör genau zu, ich werde dir erklären, was du als Nächstes tun musst. Wir haben weniger als drei Tage, bevor sie darauf kommen werden, dass etwas nicht stimmt – das heißt, falls alles optimal läuft. Es sind weiterhin Leute im Haus, und du solltest dich ab sofort von niemandem mehr sehen lassen. Ich werde dir nach Kräften beim Überwachungssystem helfen, aber dennoch wird es schwieriger werden, als du dir vorstellen kannst, und wenn ich ganz ehrlich bin, ist es wahrscheinlich aussichtslos. Aber wir haben keine andere Wahl.«

Olga überlegte. »Tja, dich könnte ich mir gut als Juden vorstellen, Herr Sellars.«

»Ich fürchte, ich kann dir nicht folgen.«

»Macht nichts.« Sie seufzte und streckte ihre schmerzenden Beine so weit aus, wie es die winzige Kammer erlaubte. »Sprich weiter. Ich höre zu.«

Kapitel 24
FLUCHT AUS DODGE CITY

NETFEED/WIRTSCHAFT:
Schlechtes Jahr für Industriemagnaten
(Bild: Beisetzung von Dedoblanco in Bangkok)
Off-Stimme: Der Tod von Ymona Dedoblanco von Krittapong Electronics hat einmal mehr bewiesen, dass es ein schlechtes Jahr für Industriemagnaten ist. Mehrere Wirtschaftsführer, von denen der chinesische Finanzier Jiun Bhao vielleicht der reichste und sicherlich der berühmteste war, sind in den letzten paar Monaten gestorben. Einige andere sind öffentlich wenig in Erscheinung getreten, darunter auch der greise Konzernchef Felix Jongleur, der sein Anwesen in Louisiana selten verlässt.
(Bild: Wirtschaftsjournalistin She-Ra Mottram)
Mottram: "Ja, es gibt in der Welt der Wirtschaft mehrere einschneidende Verluste zu beklagen, und die Finanzmärkte haben darauf ein wenig empfindlich reagiert. Natürlich waren die meisten dieser Leute außerordentlich alt. Deshalb ist es auch eine Ironie des Schicksals, dass zwei der ältesten, Jongleur und Robert Wells, immer noch quicklebendig sind. Es muss ihnen eine gewisse Befriedigung bereiten, mitzuerleben, wie ihre jüngeren Rivalen auf der Strecke bleiben …"

> Paul starrte den schlanken, dunkelhäutigen Mann an, der gefesselt auf dem Höhlenboden lag. Der Gefangene erwiderte den Blick, die Augen zusammengekniffen, als ob er ein Hund wäre, der gleich beißen wollte;

Paul hatte keinen Zweifel, dass er ihnen bei der ersten Gelegenheit tatsächlich an die Gurgel springen würde. »Tausend andere? Was soll das heißen?«

Bat Masterson stieß dem Gefangenen mit der Stiefelspitze in die Seite, was ihm einen besonders hasserfüllten Blick eintrug. »Genau das, was ich gesagt habe, Kamerad. Als sie über uns herfielen, dachten wir erst, es wäre ein normaler Kriegstrupp der Komantschen oder Cheyenne. Wir hatten allerdings nicht viel Gelegenheit, uns mit ihnen bekannt zu machen, weil wir zu sehr damit beschäftigt waren, uns umbringen zu lassen, und so haben wir erst nach einer Weile gemerkt, dass sie alle genau gleich aussehen. Das ist weiß Gott eine vertrackte Sache. Ich schätze mal, dass irgendein Stamm zu lange Inzucht getrieben hat.« Aber er klang nicht sehr überzeugt von seiner Theorie.

»Teufel sind das«, meinte der Schnurrbartträger, der Dread bewacht hatte. »Ist doch klar wie Kloßbrühe. Die Erde ist aufgeklafft. Die Hölle ist hochgekommen.«

»Aber, Scheiß noch mal, Dave, wieso soll die Hölle voll sein von Mulattenpack?« Masterson zupfte sich am Schnurrbart. »Oh, bitte vielmals um Verzeihung, Ladys.«

Von denen schenkte zumindest Martine dem, was gesagt wurde, wenig Aufmerksamkeit. »Es ist Dread«, murmelte sie versonnen, »aber dann auch wieder nicht. Das kann ich jetzt fühlen. Er hat sich irgendwie kopiert, hat irgendwas als äußeren Kontext genommen, vielleicht einen der Indianerstämme, und sich dann vervielfacht.«

»Ma'am«, wandte sich Masterson an sie, »ich muss sagen, es ist mir ein Buch mit sieben Siegeln, was Sie da reden. Kennen Sie diese Kerle von irgendwoher?«

Paul zuckte mit den Schultern und wusste nicht recht, was er sagen sollte. »Eigentlich nicht. Es ist schwer zu erklären.«

»Kennen ihn, yeah«, bemerkte T4b. »Geext ham wir'n auch schon mal«, fügte er nicht sehr hilfreich hinzu.

Während Masterson sich unter seinem Bowler den Kopf kratzte, legte Paul Martine die Hand auf die Schulter. Sie mussten etwas tun, das war klar, aber jeder Versuch, den Sims, die in diesem Netzwerk lebten, dessen Degeneration zu erklären, war zum Scheitern verurteilt. »Was jetzt?«

»Selbst wenn eine Million von denen dort auf uns warten«, entgegnete sie leise, »müssen wir dennoch an ihnen vorbei. Wir kommen sonst nie hier raus.« Sie drehte sich Masterson zu. »Könnt ihr uns nach Dodge City bringen? Oder uns wenigstens den Weg beschreiben? Wir gehen zwar nur ungern dorthin, aber wir haben keine Wahl.«

»Wenn ihr das Leben satt habt«, schaltete sich der Mann namens Dave ein, »dann springt doch einfach von dem Felsen da drüben. Wär schneller und sehr viel sauberer.«

»Dave der Schweiger redet nicht viel«, meinte Masterson mit einem säuerlichen Lächeln, »aber wenn, dann hat es meistens Hand und Fuß. Er hat recht. Wenn ihr da runtergeht, kommt ihr alle um. Gar keine Frage. Nein, bleibt hier bei uns und am Leben, wir können ein paar tüchtige Helfer gebrauchen.«

»Das geht nicht«, sagte Paul, obwohl er inständig das Gegenteil wünschte. Was er von Dread gehört hatte, erfüllte ihn mit Entsetzen – ein Monster, mindestens so schlimm wie Finney und Mudd, aber mit Hirn. Die Vorstellung, tausend von ihnen gegenüberzutreten … »Es geht nicht. Herrje, ich wünschte, wir *könnten* bleiben. Aber wir müssen da hin.«

»Aber warum, verflixt noch eins?«, schrie Masterson beinahe. »Wo seid ihr her? Anders gefragt, hatten eure Mütter auch Kinder mit Verstand?«

Florimel, die den Dreadsim mit einer Mischung aus Grauen und Ekel betrachtet hatte, meldete sich schließlich zu Wort. »Wir können nicht hier bleiben. Es gibt zwingende Gründe, weshalb wir in euer Dodge City müssen. Aber sie lassen sich einfach nicht erklären.«

»Es … es sind religiöse Gründe, könnte man vermutlich sagen.« Vielleicht war das dem Mann halbwegs begreiflich, dachte Paul. »Wir haben ein Gelübde abgelegt.«

Masterson schwieg einen Moment und musterte sie alle. »Hätte ich mir eigentlich denken können bei dem komischen Aufzug, in dem ihr rumlauft. Aber es ist trotzdem ein schlechtes Geschäft für alle Beteiligten. Wir verlieren eure Hilfe, ihr verliert euer Leben.« Er spuckte unwillig aus, nur knapp neben das fauchende Gesicht von Dread.

»Könnt ihr uns sagen, wie man am besten dort hinkommt?«, fragte Martine. »Wir kennen uns hier in den Bergen nicht aus, und wir möchten nicht wieder auf diese Bestien treffen, bei denen wir gefangen waren.«

»Ihr werdet feststellen, dass die Sippschaft von diesem Kerl da viel schlimmer ist als alle Langhaxviecher der Welt«, knurrte Masterson. »Und was den Weg in dieses Höllenloch angeht ...«

»Ich bring sie bis zum Fluss«, meldete sich eine Stimme.

Paul drehte sich um und sah den schwarzen Mann namens Titus an der Höhlenwand lehnen. »Danke. Das ist sehr freundlich.«

»Mal sehen, ob ihr immer noch der Meinung seid, wenn sie euch skalpieren«, meinte Titus. »Ich denk, ihr seid verrückt, aber ich muss sowieso auf Patrouille gehen, da isses kein großes Ding, euch den Zoff vom Leib zu halten, bis ihr näher dran seid. Aber ihr müsst bis Abend warten.«

Masterson hatte sich kurz entfernt und kehrte jetzt mit dem Revolver zurück, den Paul vorher bei sich gehabt hatte. »Da«, sagte er. »Hab ihn wieder geladen. Quält mich wie die Sünde, dass er draufgeht und die Kugeln verschwendet werden, aber ich denke mal, es ist meine Pflicht als Christenmensch oder so.«

Paul blickte den elfenbeinernen Griff und den dunklen, stählernen Lauf an, als wäre das Schießeisen eine Schlange. »Ich sagte doch schon, ich will ihn nicht wiederhaben. Außerdem, wenn das tausend Mann sind, was nützen mir dann schon sechs Kugeln?«

Masterson presste ihm die Waffe in die Hände und beugte sich dicht an Pauls Ohr. »Ich dachte, du hättest wenigstens ein bisschen Grips, Kamerad. Meinst du, ich lass zu, dass du die Frauen da runterschaffst und hast nicht mal eine Waffe, um zu tun, was die Ehre gebietet? Meinst du, wenn sie euch fangen, töten sie euch einfach nur?«

Paul konnte nur den Kloß in der Kehle hinunterschlucken und den Revolver entgegennehmen.

Nur wenige erschienen, um Abschied zu nehmen. Die übrigen Flüchtlinge waren anscheinend zu dem Schluss gekommen, dass es keinen Zweck hatte, sich weiter mit einem Grüpplein todgeweihter Fanatiker abzugeben. Von dem halben Dutzend, das am äußeren Rand der Höhle stand, wirkte nur Annie Ladue ehrlich bekümmert.

»Ich kann's nicht fassen, dass ihr loszieht in dieses ... dass ihr loszieht, ohne wenigstens eine Kleinigkeit mit uns gegessen zu haben.«

Paul seufzte. Wie begreiflich machen, dass sie keine Nahrung benötigten und schlicht keine Zeit mit Essen verschwenden konnten?

Ständig mussten sie Ausflüchte erfinden, durften niemandem die Wahrheit über sich sagen … Man kam sich ein wenig vor wie ein Gott unter Sterblichen, allerdings bezweifelte er, dass sich Götter jemals so elend gefühlt hatten. »Es ist wegen unserer Religion«, versuchte er zu erklären.

Annie schüttelte den Kopf. »Na, ich bin gewiss nicht die größte Christin unter der Sonne, aber Gottes Segen wünsch ich euch trotzdem.« Sie drehte sich abrupt um und ging wieder hinein.

»Ich werde euch nicht die Hand geben«, sagte Masterson. »Ich kann einen solchen Wahnsinn nicht gutheißen. Aber ich schließe mich Annie an und wünsch euch viel Glück. Ich kann mir allerdings nicht vorstellen, wo so viel Glück zu finden wäre, wie ihr bräuchtet. Titus, sieh zu, dass wenigstens du heil wiederkommst.«

»Was … was werdet ihr mit dem Gefangenen machen?«, erkundigte sich Paul.

»Mit Rücksicht auf zarter besaitete Naturen«, antwortete Masterson, »will ich's mal so sagen: Wir werden ihm kein Ehrenbankett ausrichten. Aber es wird viel kürzer und schmerzloser sein, als was euch unten in Dodge blüht, wenn seine Sippschaft euch in die Finger kriegt.« Er neigte den Kopf, tippte vor Martine und Florimel an den Hut und schritt mit dem restlichen schweigenden Abschiedskomitee zurück in die Höhle.

»So, und mit dieser rosigen Aussicht vor Augen«, meinte Titus, »sollten wir uns auf die Socken machen. Bleibt dicht bei mir, und seid leise. Wenn ich meine Hand hochhalte, so, dann bleibt stehen – nix sagen, einfach stehen bleiben. Kapiert?«

Unten im Tal lag der Fluss bei ihrem Aufbruch bereits im Dunkeln, und schwarzviolette Abendschatten streiften die Flanken der Berge gegenüber. Paul, der die Nachhut bildete, konnte seine Gefährten kaum erkennen, obwohl der nächste nur wenige Meter vor ihm ging.

Wie viele Welten? sinnierte er. *Wie viele Welten fallen gerade unter die Herrschaft des Dunkels?*

Er konnte sich jedoch nicht allzu lange und gründlich mit dieser Frage befassen, denn der Hang, den sie hinunterstiegen, war steil, und sie befanden sich mehrere Hundert Meter über der Talsohle.

Selbst mit dem flotten, ortskundigen Titus an der Spitze kamen sie nicht sehr schnell voran. Florimels verletztes Bein hielt sie auf, und ohne die Vorstellung, er befände sich in einem bekannten Netzspiel, schien T4b den Höhen nicht mehr viel abgewinnen zu können. Die Nacht war beinahe halb verstrichen, ehe sie die Feuchtigkeit des Flusses in der Luft fühlten, auch wenn sie ihn schon eine ganze Weile hatten rumoren hören.

Titus war wortkarg, aber während der kurzen Ruhepausen, die sie einlegten, erzählte er ihnen ein wenig aus seinem Leben, von seiner Kindheit in Maryland als Sohn eines befreiten Sklaven und von seinem persönlichen Ausbruch nach Westen. Er hatte hauptsächlich als Viehtreiber gearbeitet – Paul hatte von der Existenz schwarzer Cowboys nie gehört gehabt, aber Titus sagte, im ganzen Südwesten gäbe es Tausende von seiner Sorte. Er hatte einen Viehtrieb von Texas bis zum Verladebahnhof in Dodge City mitgemacht und war in der Nacht, als die Erde verrückt spielte, in der Stadt gewesen, um seinen Lohn auf den Kopf zu hauen.

»Das Schrecklichste, was ich je gesehen hab.« Er war im Mondschein beinahe unsichtbar, doch seine schiefen Zähne blitzten einen Moment auf, als er sich einen Priem Tabak in den Mund schob. »Noch schlimmer als die ganze Masse von gleich aussehenden Rothäuten, die später schreiend und johlend über uns hergefallen is. Alles hat gebebt, dann is einfach das Land hochgegangen. Erst denk ich, wir sinken in die Erde rein, aber dann seh ich, dass überall um uns rum Berge aus dem Boden schießen, als wären's Schilfhalme im Ried. Ich dachte, das is jetzt das Jüngste Gericht, wie meine Mama's mir beigebracht hat. Vielleicht stimmt's ja. Vielleicht is jetzt das Ende der Tage. Das glauben viele.«

Und für sie trifft das auch zu, dachte Paul. *Aber wenn sie alle tot sind, werden sie dann wieder aufstehen und von vorne anfangen wie die Leute in der Carrollschen Schachbrettwelt? Oder hat Dread diese Simulation im permanenten Verfallsstadium eingefroren?*

Titus hatte recht, die Berge waren einfach aus dem Boden gesprossen wie Unkraut. Weiter unten im Tal gab es keine Vorhügel, keine Abflachung des Steilhangs, nur Aufschüttungen von Felsbrocken und Geröll direkt am Fuß der Berge. Dieser Teil des Weges war der schwierigste, denn jeder Schritt drohte einen Steinschlag auszulösen, daher nahm Paul die Feuer von Dodge City erst richtig wahr, als sie tatsächlich unten in der Flussebene angekommen waren, obwohl er das Leuchten schon eine Weile bemerkt hatte.

»Großer Gott«, sagte Florimel leise. »Was haben sie gemacht?«

»Was sie mit euch auch machen werden«, flüsterte Titus. »Und mit mir auch, also seid still!«

Er winkte sie vorwärts in einen Hohlraum unter drei großen Felsen, die sich vom Hang gelöst und sich zur Form eines dreiblättrigen Kleeblatts aufgetürmt hatten. Von diesem steinernen Versteck aus erblickten sie jenseits des Flusses und des engen Tales auf der Hauptstraße ein riesiges Feuer, dessen gewaltige Rauchwolke die Sterne verdeckte, sowie zahllose kleinere Brände, die auf den Dächern von Dodge City wie Rauschgold funkelten. Schatten sprangen und wirbelten durch die kahlen, rot erleuchteten Straßen; selbst aus ihrer Entfernung konnten sie Schreie hören.

»Die Stadt brennt ab«, flüsterte Paul.

»Nee. So is es, seit diese Teufel sie genommen ham«, entgegnete Titus. »Es brennt und brennt und hört nich auf.« Er schüttelte langsam den Kopf. »Das Ende der Tage.«

»Und wohin genau wollen wir?«, erkundigte sich Paul leise bei Martine. Sein Herz hämmerte wie wild, und er sah, dass Florimel und T4b genauso wenig angetan waren von der Vorstellung, sich an einen solchen Ort des Grauens zu begeben.

»Ich weiß es nicht. Ich brauche einen Moment Ruhe zum Nachdenken.« Sie stemmte sich auf und kroch ein paar Meter weiter, wo sie durch einen der großen Felsbrocken von ihren Gefährten getrennt war.

»Ich störe nur ungern«, sagte Titus, »aber für meine Wenigkeit wird's Zeit abzuhauen.«

»Bleib doch noch einen Moment«, bat Paul. »Vielleicht haben wir gleich noch eine Frage an dich …«

Der Moment zog sich hin, und derweil konnten sich Paul und die anderen davon überzeugen, dass Titus die Wahrheit gesagt hatte: Einen knappen halben Kilometer entfernt loderten die Flammen auf den Hausdächern und an den hohen falschen Fassaden, ohne sie zu verbrennen, obwohl die Holzhäuser einen reichlich leicht gebauten Eindruck machten.

»Es hat keinen Zweck«, sagte Martine und kam wieder zurückgekrochen. »Ich werde nicht daraus schlau – zu viele Störfaktoren, zu viel

Unruhe. Wenn Dread sich bewusst vorgenommen hätte, meine Sinne zu behindern, hätte er es nicht besser machen können.«

»Und wohin jetzt?«, wollte Florimel wissen. »Einfach so in die Stadt spazieren? Das wäre Wahnsinn.«

»Vielleicht dem Fluss folgen«, schlug T4b vor. »'n Floß bauen. Bloß weg von diesem Scänpalast.«

»Hörst du denn nie zu?« Obwohl Martine leise sprach, klang ihre Stimme sehr ärgerlich. »Es gibt keinen anderen Weg zu dem Ort, den wir suchen. Auch wenn wir auf dem Fluss bis zum Gateway am anderen Ende kommen und unterwegs nicht von irgendwem oder -was getötet werden, besteht wenig Hoffnung, dass der Durchgang offen ist, und keinerlei Garantie, dass wir nicht irgendwo landen, wo es noch schlimmer ist. Wenn wir nach Ägypten wollen, müssen wir dieses nähere Gateway finden.«

»Den satten Ex werden wir finden, weiter nix«, grummelte T4b, aber widersprach nicht mehr.

»An was für Orten haben wir diese Durchgänge bisher angetroffen?«, fragte Martine und drehte sich dabei Paul und Florimel zu. »In Labyrinthen. In Katakomben.«

»Die Bergwerke?«, überlegte Florimel. »Weiter oben am Berg gab es welche.« Sie stöhnte auf. »Lieber Himmel, ich glaube kaum, dass ich da noch mal hochklettern kann.«

»Friedhöfe«, meinte Paul. »Stätten der Toten. Der kleine Insiderwitz der Bruderschaft.« Er gestattete sich ein bitteres Lächeln. »Der ist ihnen ziemlich nach hinten losgegangen, was?« Er wandte sich an Titus, der ihnen gebannt und verständnislos zuhörte. »Gibt es einen Friedhof in der Stadt?«

»Aber sicher, knapp außerhalb im Nordwesten. Die Richtung.« Er deutete über den Fluss auf die Dunkelheit zur Linken der lodernden Stadt. »Hat irgendso 'nen bescheuerten Namen. Boot Hill oder so ähnlich.«

»Boot Hill«, hauchte Paul. »Das hab ich schon mal gehört. Können wir nicht einfach über den Fluss und direkt dort hingehen?« Er blickte seine Gefährten an. »Da müssten wir überhaupt nicht erst in die Stadt rein.«

»Ich hab keine Ahnung, was für Flausen ihr alle im Kopf habt, aber eins kann ich euch sagen: Wenn ihr Dodge in der Richtung umgeht, kommt ihr nie zum Boot Hill. Als die Berge hochgeschossen sind, hat's da drüben den Uferstreifen zerbröselt. Das is jetzt ein Sumpf, und da gibt's Schlangen, dick wie 'ne Bettrolle und lang wie'n Zwanzig-Muli-Gespann, von bussardgroßen Mücken gar nicht zu reden.« Er zuckte mit den Achseln. »Ich weiß, das is nich zu begreifen, dass Schlangen und Langhaxviecher und was weiß ich noch alles plötzlich einfach so aus der Erde kommen – wieso hat die vorher nie ein Mensch gesehen? Deshalb denk ich, es is das Gericht.«

»Mit den Schlangen hier in der Gegend haben wir schon Bekanntschaft gemacht«, sagte Paul. »Was ist mit der andern Seite, östlich um die Stadt rum?«

»Auch nich zu empfehlen. Unmittelbar hinter der Stadt stürzt der Arkansas zack nach unten«, er klappte seine langen Finger senkrecht ab, »und der Canyon, wo der Wasserfall reinfällt, is so tief, dass es auf dem Grund selbst am Mittag stockdunkel is. Der Canyon zieht sich meilenweit in die Richtung. Was meint ihr, wieso wir alle da am Berg hockenbleiben, statt uns schleunigst aus dem Staub zu machen?« Er stand auf. »Ihr hätt' auf Masterson hören und bei uns bleiben sollen. Er is'n anständiger Kerl und hat mehr Grips im Kopf als die meisten. So, und jetzt werd ich mich verziehen. Passt mir gar nich, so nah an Dodge dran zu sein.«

»Warte noch«, sagte Florimel mit einem Unterton von Panik in der Stimme. »Sollen wir einfach ... über die Brücke gehen?«

»Wenn ihr's gar nich erwarten könnt, euern Skalp loszuwerden, nur zu. Ein kleiner Trupp von den Teufeln sitzt Tag und Nacht da Wache. Aber wenn ihr das Ganze noch'n bisschen rauszögern wollt, schlag ich vor, ihr watet so hundert Meter vor der Brücke durch den Fluss. Der Arkansas is um die Jahreszeit ruhig und seicht, selbst bei dem ganzen Tohuwabohu hier.«

Er salutierte ironisch und verschwand dann in der Dunkelheit, lautlos wie ein entfliegender Vogel.

»Alle Welt scheint sich verdammt sicher zu sein, dass wir draufgehen«, sagte Paul leise.

»Alle Welt hat wahrscheinlich recht«, knurrte Florimel.

Der Arkansas war zwar nirgends mehr als hüfttief, fühlte sich aber irgendwie unheimlich an, warm und ölig. Der Fluss hatte sogar einen überraschenden tieferen Sog, der trotz der Trägheit der Strömung unentwegt an den vieren zerrte wie ein Bettler, der sein gutmütiges Opfer gefunden hatte und nicht mehr lockerließ.

Paul spürte, dass er nicht allzu sehr über das Wasser nachdenken wollte, nicht nur wegen des unangenehmen Gefühls, sondern auch weil er sich dann unwillkürlich die vielen verschiedenen Geschöpfe vorstellte, die möglicherweise aus dem von Titus erwähnten Sumpf angeschwommen kamen.

Weit rechts von ihnen am Flussufer, erleuchtet von einer weiteren Gruppe hochschlagender Brände, zeichnete sich eine massive Umzäunung ab, die ursprünglich, vermutete Paul, wohl ein Viehpferch gewesen war. Trotz der späten Stunde klang es, als würde dort immer noch mit dem Brandeisen gearbeitet, obwohl den wortlosen, aber dennoch unverkennbaren Schreien zu entnehmen war, dass die Opfer keine Rinder waren.

Nicht alle Stimmen schrien vor Schmerz. Als eine Woge von Grölen und Gelächter aus dem Viehhof schwappte, sah Paul, wie Martine taumelte und beinahe ins Wasser fiel. Er packte sie am Arm und stützte sie.

»Dass ich diese Stimme noch mal hören muss«, hauchte sie, die Augen fest zugepresst, als ob sie sich mit gesteigerter Blindheit taub machen könnte. »Aus so vielen Mündern und von allen Seiten …«

»Es ist eine Täuschung. Es sind bloß schlechte Kopien, das hast du selbst gesagt. Er ist in Wirklichkeit gar nicht hier.« Aber stimmte das, fragte er sich, oder war es bloß Wunschdenken? Vielleicht hatte Dodge City einen neuen Sheriff.

Etwa fünfzehn Meter vom Ufer entfernt fasste Martine abermals Pauls Arm. Zunächst dachte er, das Schauspiel überstiege nun doch ihre Kräfte, doch obwohl ihr Gesicht Anspannung verriet, war sie aufmerksam, lauschte, prüfte.

»Titus hat recht gehabt«, zischte sie. »Es sind Männer auf der Brücke.«

»Deshalb gehen wir ja durchs Wasser«, erwiderte Paul, doch er winkte T4b und Florimel, stehen zu bleiben.

»Aber direkt vor uns am Ufer sind auch welche«, sagte sie. »Nicht so nahe, dass wir sie hören können, aber ich spüre sie. Wenn wir aus dem Fluss steigen, laufen wir ihnen geradewegs in die Arme.«

»Und was sollen wir tun?« Paul hatte Mühe, seine eigene Panik unter Kontrolle zu halten. Schreie der Qual und des Schreckens schallten durch das Tal und wurden diffus von den Bergwänden zurückgeworfen. »Doch nicht etwa umkehren!«

»Nach Westen«, sagte Martine entschieden. »Wir bleiben im Fluss und gehen unter die Brücke. Da sind wir näher an der Stadtseite, auf die wir wollen, und müssen nicht so weit über offenes Gelände.«

»Du hast doch gesagt, es wären Männer auf der Brücke«, flüsterte Florimel nahe herangebeugt. »Was ist, wenn sie uns hören?«

»Wir haben keine andere Wahl«, erklärte Martine, aber dennoch setzte sich niemand in Bewegung. Paul spürte das allgemeine Zögern und begriff schließlich verwundert, dass die anderen von ihm eine Entscheidung erwarteten. Er drehte sich um und watete auf die Brücke zu.

Beim Näherkommen erblickte er auf der langen Waagerechten über dem Fluss schattenhafte menschliche Silhouetten vor dem Schein zahlreicher Feuer, aber zu Pauls Erleichterung standen sie auf der stadtnahen Seite. Er hielt auf die tiefere Flussmitte zu, wo das ölige Wasser ihm wieder bis dicht unter die Brust ging und den beiden Frauen noch höher. Die hölzerne Brücke war breit und niedrig, aber der Zwischenraum reichte aus. Als Paul daruntertrat, umschloss ihn die Finsternis wie eine Faust.

Noch vor der Brückenmitte hörte er laute Schritte über sich. Er erstarrte und hoffte, dass die anderen sich genauso verhielten, auch wenn sie ihn nicht sehen konnten. Wieder knarrte die Brücke, weil mehrere andere sich dem ersten Mann anschlossen. Paul fluchte still vor sich hin: Die Männer schienen direkt über ihnen zu sein. Waren sie entdeckt worden? Vielleicht warteten die Dreadkopien nur ab, bis sie wieder aus dem Schatten der Brücke heraustraten, um sie dann abzuschießen wie Fische in einem flachen Tümpel.

Während er regungslos dastand und der Puls in seiner Schläfe so stark pochte, als klopfte ihm jemand an den Kopf, hörte er ein paar Meter hinter sich ein gedämpftes Platschen, dann ein Strömungsrauschen. Irgendetwas oder jemand war mit ihnen im Wasser – war einer der Männer von der Brücke geklettert, um nachzuschauen? Paul zog den Revolver aus der Innentasche seines Jumpsuits und hielt ihn hoch über den Wasserspiegel. Ihm graute davor, damit zu schießen, aber viel mehr noch vor dem Gedanken an einen Ringkampf mit jemandem, der so drahtig und stark war wie der Mann, den sie in der Höhle gesehen hatten.

»Was …?«, flüsterte Florimel, aber sie konnte die Frage nicht beenden. Ein Donnerschlag ertönte von oben, eine derart jähe und laute Explosion, dass Paul im ersten Moment dachte, er hätte versehentlich auf den Abzug seines Revolvers gedrückt. Der Schuss dröhnte ihm noch in den Ohren, als etwas Großes und Festes gegen ihn prallte und ihn zur Seite schleuderte. Wenn er nicht gegen einen seiner Gefährten getaumelt wäre, wäre er mitsamt der Waffe untergegangen. Die Männer über ihnen schrien und lachten und übertönten damit die Schreckenslaute, die Pauls Freunde von sich gaben, als sie merkten, dass etwas Riesiges direkt neben ihnen war und heftig um sich schlug.

»Schlange!«, zischte Martine und hörte sich in ihrer Angst selber schlangenhaft an. T4b stieß einen unterdrückten Schrei aus, als ein umherdreschender, muskulöser Schwanz ihn umstieß. Paul hastete durch das Wasser und packte den wie wild strampelnden Burschen am Arm. Auch Florimel fasste zu, und gemeinsam zerrten sie ihn wieder an die Oberfläche. Er prustete und japste.

»Keine Bewegung!«, wisperte Martine. »Still!«

T4b hätte vielleicht widersprochen, aber vor lauter Wasserspucken kam er nicht dazu. Florimel hielt ihn fest. Die Schlange wühlte immer noch ganz in der Nähe das Wasser auf, doch bewegte sie sich von ihnen weg, hatte also wohl eher vor Schreck getroffen als mit Absicht. Als sie auf der Ostseite der Brücke ins Helle schwamm, überlief es Paul eiskalt. Das Ding, das an ihn geschrammt war, hatte beinahe die Größe des Bergwerkzugmonsters, das sie die Gebirgsstraße hinuntergehetzt hatte.

Eine weitere Salve von Schüssen donnerte herab und zernadelte das Wasser um den mächtigen Schlauch des Schlangenkörpers. Die Männer auf der Brücke kreischten vor blutrünstiger Begeisterung.

»In Gottes Namen«, sagte Martine, »jetzt, jetzt!«

So schnell sie konnte, kämpfte sie sich voran, und Paul packte abermals T4b und half Florimel, ihn auf die Westseite der Brücke zu zerren. Hinter ihnen schäumte das Wasser im Feuerschein vom Todeskampf der verwundeten Schlange. Die Männer sprangen auf der Brücke herum, als tanzten sie, und gaben einen Schuss nach dem anderen in den Fluss und das sterbende Reptil ab.

Obwohl die Mitternacht so heiß war wie ein Backofen, zitterte Paul am ganzen Leib, als er sich hundert Meter westlich der Brücke an einer dunklen Stelle ans Ufer schleppte. Er und seine Gefährten blieben einige Minuten lang keuchend im Matsch liegen. Noch immer hörten sie den Trubel auf der Brücke, auch wenn nur noch vereinzelte Schüsse fielen.

Als sie sich endlich zwangen, aufzustehen und die Uferböschung hinaufzuschleichen, drängten sich die anderen Geräusche der Stadt wieder in den Vordergrund, wilde, kaum mehr menschliche Schreie, inbrünstiges Flehen und wieder das Johlen und teuflische Lachen der Zerstörer und Peiniger. Aber zu Pauls Verwunderung erklang auch Musik, eine Melodie, die ihm bekannt vorkam, etwas Klassisches, geklimpert auf einem billigen Klavier, das immer wieder aus dem Takt kam, so dass es sich anhörte, als ob jemand das Foltern und Massakrieren als festliches Schauspiel inszenieren wollte und sich dazu die unpassendste musikalische Untermalung ausgesucht hätte, die man sich vorstellen konnte.

Um von den Vorgängen in Dodge City so wenig wie möglich mitzubekommen, führte Paul das Grüpplein trotz Martines warnendem Kopfschütteln weiter nach Westen, musste jedoch bald feststellen, dass Titus recht gehabt hatte: Bald schon gerieten sie auf sumpfiges Gelände und sanken bis zu den Knien ein.

Plötzlich verlor Florimel völlig den Boden unter den Füßen. Wenn sie nicht den immer noch leise vor sich hin würgenden und spuckenden T4b unmittelbar hinter sich gehabt hätte, wäre sie im Treibsand untergegangen, bevor Paul oder Martine ihr Fehlen überhaupt bemerkt hätten. Während T4b sie festhielt, fand Martine, die sich trotz ihrer Blindheit im Dunkeln deutlich besser orientieren konnte als die anderen, einen Stock und hielt ihn der Sinkenden hin. Glücklich herausgezogen brach Florimel weinend zusammen.

»Es geht nicht«, sagte sie. »Ich bin zu schwach. Ich kann ja kaum auf ebener Erde gehen.«

Paul wandte sich Martine zu. »Okay, du hattest recht, ich habe mich geirrt. Wohin gehen wir jetzt?«

»Das kann ich nicht sicher sagen, weil meinen Sinnen alles stark verzerrt erscheint, aber der Sumpf grenzt hier unmittelbar an die Stadt. Wir müssen zwischen den Häusern hindurch, wenn wir nicht riskieren wollen, noch einmal in Treibsand zu kommen.«

Paul schloss die Augen und holte tief Luft. »Na gut. Los geht's.«

Vorsichtig begaben sie sich zurück an die Stelle, wo sie aus dem Fluss gestiegen waren. Wieder hatten sie die Front Street vor sich, deren Häuser alle in unverlöschlichen Flammen standen. Etwa vierhundert Meter östlich, zwischen dem Hauptschienenstrang und dem Nebengleis, loderte mitten auf der Straße ein riesiger Scheiterhaufen, und zahllose dunkle Gestalten tanzten und taumelten darum und feierten ein Vernichtungsfest, das anscheinend schon Tage dauerte. Die meisten der vandalischen Zerstörer schienen dort versammelt zu sein, aber trotzdem wankten noch Dutzende andere an dem Ende über die Straße, wo Paul und seine Gefährten sich in den Schatten duckten und verzweifelt auf ein Wunder hofften, das es ihnen ermöglichte, unbeobachtet die breite Straße zu überqueren.

Zwar standen sämtliche der brennenden Gebäude in der Front Street noch, doch einige der Fassaden waren eingestürzt, so dass sich den entsetzten Blicken der vier das Innere darbot wie ein Museumsdiorama nach dem anderen – und es war ein Museum des Schreckens. In den Saloons tanzten völlig ausgelaugte Frauen mit angesengten Beinen auf brennenden Bühnen und wichen dabei den Flaschen und scharfen Gegenständen aus, die das grölende Publikum nach ihnen warf, lauter replizierte Dreads. Männer baumelten kopfunter mit durchgeschnittener Kehle an Kronleuchtern, ausgeblutet wie Wild, das vor dem Räuchern abhängen muss. Weitere Leichen häuften sich auf den Straßen, wobei einige sogar an Hauswände gelehnt oder auf Bänke gesetzt worden waren und dort grausige Tableaus bildeten. Die torkelnden Dreadmänner schütteten sich mörderisch starken Corn Whiskey aus Krügen in die Kehle und waren zum Teil dermaßen betrunken, dass sie wie Hunde bellend in der Gosse krabbelten oder von Erbrochenem an Mund und Brust besudelt herumtanzten.

Es ist nicht wirklich, versuchte Paul sich einzuhämmern. *Es ist bloß wie was im Netz – nicht mal. Es sind ja nicht mal Schauspieler, bloß Replikanten.* Aber es war schwer, das zu glauben, wenn alle Gerüche und Geräusche grauenhaft lebensecht waren und wenn ihm zudem noch klar war, dass die Bestien um ihn herum ihn verletzen oder sogar töten konnten.

Ein Stück weiter oben rollte einer der Dreads ein Fass in den riesigen Scheiterhaufen und glotzte dann mit offenem Mund, als die Munition darin zu explodieren begann. Sekunden später wurde der Hasardeur von fliegendem Blei in blutige Fetzen gerissen, und dennoch rannten etliche seiner Doppelgänger, angelockt von dem Lärm, auf das Feuer zu. Einige gingen in dem wilden Kugelhagel zu Boden, aber andere fanden das Spektakel offenbar ungemein lustig und bildeten einen krakeelenden Kreis um die Flammen.

Das war die Gelegenheit! Paul gab den anderen ein Zeichen, und sie hasteten auf die offene Straße und zu den Eisenbahngleisen, die mitten auf der Front Street verliefen, sehr bemüht, nicht zu lange auf die überwiegend weiblichen Leichen zu blicken, die an die Schienen gefesselt waren. Viel war von ihnen ohnehin nicht mehr zu sehen, denn die Teufel waren offenbar mehrmals mit einer Lokomotive darüber hinweggefahren und hatten zuletzt, des Spiels wohl überdrüssig, die Lokomotive selber angezündet. Deren Überreste standen immer noch auf den Gleisen wie das rußgeschwärzte Gerippe eines großen Meeresungeheuers und boten ihnen kurzfristig Schutz vor zufälligen Blicken in ihre Richtung, doch der Gestank der verstümmelten Leiber trieb sie rasch weiter.

Sie hatten beinahe schon das sichere Dunkel hinter der Straße erreicht, als Martine plötzlich stehen blieb und sich in Pauls Arm krallte. Zwar hopsten die meisten der Dreadmänner jetzt um die Lohe am anderen Ende der Straße, doch das Häuflein der Fliehenden stand immer noch ungedeckt und gut sichtbar da. Paul drohten die Nerven durchzugehen, und er merkte kaum, dass Martine hartnäckig an ihm zerrte.

»Nicht da lang!«, japste sie. »Dorthin, in die Seitenstraße!«

Er hatte seine Lektion gelernt. Obwohl es gegen seine sämtlichen Instinkte ging, drehte er sich ohne Widerrede um, trabte ein kurzes Stück die Front Street zurück stadteinwärts und bog dann neben einem zweistöckigen Haus, an dessen schwelender Fassade noch ein Schild mit der stolzen Aufschrift »Wright, Beverley and Co.« prangte, in die nördliche Nebenstraße ein. Kaum waren sie von der Hauptstraße herunter, als ein Trupp Reiter aus der Richtung, die sie hatten einschlagen wollen, um die Ecke galoppiert kam, ein Haufen betrunkener Dreads, die auf mutierten Pferden laut brüllend an der im Schatten liegenden Gasse vorbeipreschten, in der Paul und die anderen sich an die Hauswand drückten.

Die Musik war hier lauter, so als ob sie in einem höllischen Vergnügungspark in Lautsprechernähe ständen, und etwas an den verwackelten Tönen weckte in Paul den Wunsch, auf der Stelle kehrtzumachen und zurück auf die Hauptstraße zu laufen. Seine vernünftigeren Impulse gewannen: Er winkte den anderen, und zum an- und abschwellenden Klimpern des Klaviers eilten sie von der Front Street fort.

»Mozart«, hauchte Martine. »Er hat mir gesagt, dass er Mozart mag.«

Paul musste nicht erst fragen, wen sie meinte.

Als sie ein Stück die Gasse entlanggehetzt waren, immer bemüht, sich in den schattigen Nischen zu halten, sah Paul schließlich den Pianisten. Der Raum, in dem er spielte, mochte einst das Hinterzimmer eines der Saloons an der Hauptstraße gewesen sein, ein stiller Winkel, wo Cowboys oder Spieler mit Geld in den Taschen sich ungestört mit den Animierdamen der Stadt verlustieren konnten, aber eine Explosion hatte fast die ganze Wand weggerissen, und Ungestörtheit war ohnehin etwas, das der Vergangenheit angehörte. Der Klavierspieler war ein alter Schwarzer, allerdings war seine Farbe derzeit eher grau zu nennen. Er war umringt von torkelnden Dreadduplikaten, die entweder zu betrunken waren, um sich groß zu bewegen, oder die tatsächlich dieser Mozarttravestie andächtig lauschten. Die falschen Töne wurden noch verständlicher, als Paul den beinlosen Pianisten sah, der mit Stacheldraht an seinen Hocker gefesselt worden war und inmitten einer immer größer werdenden Pfütze seines eigenen Blutes saß.

Jetzt war es Paul, der beinahe ohnmächtig umgekippt wäre und sich von den anderen stützen lassen musste.

Sie brauchten etliche Minuten, um geduckt von Haus zu Haus zu huschen, die Haut glühend von der Hitze der Feuer, die Ohren voll von den Schreien der Sterbenden und der um den Tod Flehenden – ein quälend langer Streifzug durch das Inferno. Paul musste sich zwingen, weiterzugehen. Jedes bisschen schützende Dunkelheit war wie eine Oase des Friedens. Jedes Stück Weg im Freien gab ihm das Gefühl, von hundert Augen gesehen zu werden.

Gott sei Dank geht das hier schon seit Tagen so, dachte er, während er sich in der schwelenden, verräucherten Ecke eines Mietstalls verschnaufte. *Zum Glück suhlen sich diese Dreadklone schon so lange in ihrem bestialischen Treiben, dass sie davon fast bewusstlos sind.* Er durfte bloß nicht an die vielen Einwohner von Dodge City denken, die ihm und seinen Begleitern mit ihrem Leid diese Chance erkauft hatten.

Sie hatten jetzt die zweite Straße überquert und standen als zitterndes Häuflein gegenüber der verwüsteten Zeitungsdruckerei in einem Hauseingang. Auf der staubigen Straße lag ein Stapel unförmiger Lappen, die auf den ersten Blick wie Tierhäute aussahen, doch in denen Paul beim zweiten Hinschauen menschliche Überreste erkannte, Bürger, die man durch die Druckerpresse geschoben hatte, bis sie völlig zermalmt und platt waren; auf der ausgewalzten Leiche eines Unglücklichen stand sogar groß und breit »Herzlich willkommen in Dodge City!«, gedruckt. Dass Martine plötzlich ein Zeichen gab, still zu sein, war unnötig, denn keiner von ihnen hatte noch den Atem, etwas zu sagen.

»Da drüben«, keuchte sie schließlich. »Es war nur ganz kurz, aber ich ... ich hab's gespürt.«

»Was gespürt?« Florimels Stimme war tonlos vor Schock und Erschöpfung.

»Ein Gateway, glaube ich.«

T4b raffte sich auf. »Besser als hier ist's überall, äi.«

Sie folgten ihr die Front der ausgebrannten Häuser entlang und dann westlich die Walnut Street hinunter. Hinter ihnen wurde der Mozart immer langsamer, wie ein Grammophon, das neu angekurbelt werden musste. Als sie in die Dunkelheit außerhalb der Stadt hinausstolperten, sah Paul, dass der Mond eben erst über die Gipfel der Berge kam, wie verwirrt von den Katastrophen, die seine vertraute Prärie verändert hatten.

»Da lang«, stieß Martine hervor.

Es war so eine Erleichterung, nicht von brennenden Wänden umgeben zu sein, dass Paul die Dunkelheit beinahe wie ein kühles, feuchtes Tuch empfand. Sie stapften am Rand des Sumpfs in nordwestlicher Richtung durch klebrigen, glitschigen Morast, doch der war ihnen tausendmal lieber als das Grauen in ihrem Rücken. Selbst als ein brummendes Etwas von der Größe einer Ratte sich auf Martines Schulter setzte, so dass sie aufkreischte und zu Boden stürzte, änderte das Pauls Meinung nicht. Er schnappte es sich mit der Selbstverständlichkeit eines Menschen, den nichts mehr erschüttern kann, und verdrehte es mit bloßen Händen, bis es zerbrach und schleimend verendete.

»Da!«, japste Florimel, als Paul Martine aufhalf. »Ich glaube, das ist er.«

Sie deutete auf eine niedrige Erhebung einen knappen halben Kilometer vor ihnen, die im fahlen Mondlicht aussah wie die Schädeldecke eines begrabenen Riesen. Obwohl sie sich vor Erschöpfung kaum mehr auf den Beinen halten konnten, schlugen sie auf dem rutschigen, tückischen Gelände einen Trab an.

»Fen-fen!«, schrie T4b plötzlich erschrocken. Erst dachte Paul, der junge Mann wäre hingefallen, doch als er sich umdrehte, sah er, dass T4b auf einen Schwarm kleiner Feuer starrte, die sich von dem großen Stadtbrand gelöst hatten. »Fackeln«, stöhnte T4b. »Die verfolgen uns, äi.«

Paul zerrte den Stockenden weiter, und sie eilten den Frauen hinterher. »Schnell!«, rief er. »Wir sind entdeckt!«

Der Boden um den Boot Hill herum war fester und trockener, und sie konnten jetzt schneller laufen. Paul stolperte und sah schon im Sturz die Erde auf sich zuschießen wie eine zuschlagende Riesenhand, doch jetzt war es T4b, der blitzschnell zugriff und ihn wieder hochriss.

Der Friedhof auf dem Hügel war erstaunlich klein, ungefähr dreißig Holzkreuze und ein paar bescheidene Grabsteine standen auf dem holprigen Gelände verstreut. Es gab mehr Stolpersteine als Grabmäler. Das Einzige außer Büffelgras, das Paul über die Taille ging, war eine schlanke Esche mit einer Schlinge, die an einem langen Ast hing – ein Galgenbaum.

»Wo ist es?«, fragte Florimel. »Das Gateway?«

Martine rotierte langsam hin und her wie eine Radarschüssel, die den Himmel absuchte. »Ich … ich kann es nicht sagen. Es reagiert nicht auf meinen Befehl, und anscheinend ist nichts hier groß genug, um es zu fassen. Ein Grab …?«

»Wenn ich graben soll, sag's«, rief T4b, bückte sich und fing an, am erstbesten Grabhügel herumzuscharren wie ein wildgewordener Hund. »Bloß weg hier – egal wie!«

Die Lichter kamen mit erschreckender Schnelligkeit näher, und Paul konnte schon erkennen, dass es sich bei den Fackelträgern um mindestens ein Dutzend Dreadreiter auf den verunstalteten schwarzen Pferden mit Händen handelte. Trotz ihres grotesken Gangs galoppierten die Pferdewesen in Windeseile heran, und bleischwer legte sich die Apathie auf Paul. Er zog Ben Thompsons Revolver aus der Tasche. Das Ding fühlte sich schwer wie ein Anker an.

»Javier, sei still!«, schrie Martine hinter ihm. »Lass mich nachdenken!«

Paul ging auf ein Knie und bemühte sich, die Waffe ruhig zu halten.

Der erste der Dreads hatte den Fuß des Hangs erreicht. Paul zielte, so gut er konnte, und wünschte sich zum ersten Mal in seinem Leben, er wäre auch einer von diesen waffennärrischen Jungen gewesen. Er wartete so lange, wie er sich traute, dermaßen in Schweiß aufgelöst, dass er kaum den Finger am Abzug halten konnte. Als der Reiter keine zwanzig Meter mehr entfernt war, drückte er ab.

Ob es nun blinder Zufall war oder ein Relikt der ursprünglichen Simulation, die menschliche Teilnehmer bevorzugt behandelt hatte, jedenfalls traf sein Schuss das affenartige Pferd und streckte es zu Boden. Es musste seinen Reiter unter sich begraben haben, denn dieser erhob sich nicht, als das Tier nach seinem schliddernden Sturz mit zuckenden Beinen liegen blieb. Die anderen Dreadkopien scherten zur Seite aus und schlugen um den Fuß des Hügels einen Bogen, kreischend vor Wut jetzt oder vielleicht auch vor Vergnügen über die Abwechslung. Viele waren mit Gewehren und Revolvern bewaffnet, und Schüsse krachten und Kugeln jaulten über den Hang. Paul warf sich lang hin, und Florimel und T4b folgten seinem Beispiel. Martine jedoch nicht.

»Was machst du?«, schrie er ihr zu. »Runter, Martine, runter!«

»Na klar«, sagte sie, während die Kugeln zu ihren Füßen durchs Gras pfiffen. »Das hätte ich gleich erkennen müssen.« Sie lief auf den Baum zu. »Auf geweihtem Grund darf normalerweise kein Galgen sein!«

Entsetzt über die Gefahr, in die sie sich begab, sprang Paul auf und feuerte die paar Kugeln ab, die er noch hatte, um nur ja die Aufmerksamkeit der im Kreis reitenden Dreads von diesem leichten Ziel abzulenken, aber das Glück hatte ihn verlassen: Er meinte zwar zu sehen, wie eine der fackelschwingenden Gestalten im Sattel zurückprallte, aber seine sonstigen Kugeln zeigten keinerlei Wirkung. Er blickte über die Schulter und sah, wie Martine die Henkerschlinge ergriff und sie auseinanderzog, als wollte sie sie für einen besonders dicken Hals herrichten. Goldenes Licht brach daraus hervor. Im Nu war die Öffnung größer als sie und reichte jetzt vom Schlingenknoten bis zum Boden. T4b und Florimel liefen bereits gebückt über den Hügel. Bei diesem Anblick sprengten die Reiter den Hang hinauf, und ihre Schreie schwollen an wie das Gekläffe von Jagdhunden, die ihre Beute gestellt hatten. Er gab seinen letzten Schuss ab, schleuderte den leeren Revolver nach den funkelnden Fackeln und lief auf das Leuchten zu.

Martine stand wartend auf der Schwelle. Sie griff seinen Arm, und gemeinsam tauchten sie in das wärmelose goldene Licht ein.

Als Paul auf hartem Steinuntergrund aufschlug, dachte er zunächst, ihre Verfolger wären mit ihnen durchgekommen, denn überall flackerten Fackeln.

Etwas zuversichtlicher gestimmt von der Stille setzte Paul sich auf. Die Fackeln steckten in Wandhaltern an einer langen Steinmauer, so viele, dass sie selbst die Sterne am schwarzen Himmel überstrahlten. Die Mauer war mit Wandmalereien im steifen ägyptischen Stil geschmückt, bunten Darstellungen von Menschen und tierköpfigen Göttern.

Er stand auf und prüfte tastend, ob er sich irgendetwas gebrochen hatte, fand aber nichts Schlimmeres als abgeschürfte Knie und Löcher im Overall. Neben ihm rappelten sich derweil Martine, Florimel und T4b auf. Die Stille, die im Angesicht der zyklopischen Mauer eine nahezu greifbare Dichte hatte, wurde nur vom Atmen seiner Gefährten unterbrochen.

»Wir haben's geschafft«, flüsterte Paul. »Klasse, Martine.«

Bevor die Gelobte etwas erwidern konnte, trat eine Gestalt um die Ecke, ungeheuer groß, aber leise wie eine Katze. Mit einem Sprung stand das Wesen vor ihnen und blickte auf sie nieder, ein riesiges Ungetüm mit Löwenkörper und Menschenkopf. Obwohl der Sphinx an vielen Stellen grob geflickt war wie eine altertümliche Puppe, rieselte aus mehreren aufgeplatzten Nähten Sand. Seine Augenlider waren zusammengenäht.

»Ihr entweiht den heiligen Bezirk«, dröhnte er mit einer so tiefen und mächtigen Stimme, dass die Steine davon zu beben schienen. *»Dies ist der Tempel des Anubis, des Herrn über Leben und Tod. Ihr seid Frevler.«*

Vor Entsetzen über die unglaubliche Größe des Wesens brachte Paul kaum ein Wort heraus. »W-w-wir … w-wir wollten … n-nicht …«

»Frevler!«

»Lauft!«, schrie Paul und drehte sich um, doch er hatte noch keine drei Schritte getan, da traf ihn ein Schlag wie von einem samtenen Güterzug und beförderte ihn in die Finsternis.

Kapitel 25
DIE VERBORGENE BRÜCKE

NETFEED/INTERAKTIV:
GCN, Hr. 7.0 (Eu, NAm) - "Escape!"
(Bild: Zelmo auf einem Fenstersims)
Off-Stimme: Nedra (Kamchatka T) und Zelmo (Cold Wells Carlson) sind aus der Eiseninsel-Akademie geflohen, aber Agenten von Lord Lubar (Ignatz Reiner) treffen Zelmo mit einem Suizidstrahl, und jetzt will er sich unbedingt selbst umbringen. Dies ist die letzte Folge der Serie, von nun an wird "Escape!" in der Handlung von "Ich hasse mein Leben" aufgehen. 5 Nebenrollen, 25 Statisten offen, Außendreharbeiten bei kaltem Wetter. Flak an: GCN.IHMLIFE.CAST

> Zum drittenmal stakten sie das Floß durch die träge Strömung auf das andere Ufer zu. Es schien kaum mehr als einen guten Steinwurf weit weg zu sein, doch auch nach heftigen Anstrengungen von Sam und dem neu zu ihnen gestoßenen Azador auf der einen und !Xabbu und Jongleur auf der anderen Seite schafften sie es nicht, näher heranzukommen.

Schließlich holten sie die Stangen ein und richteten sich auf, um zu verschnaufen. Der Strömung überlassen trieb das Floß langsam flussabwärts. Die Wiesen drüben, die so gewöhnlich aussahen, nicht anders als das Ufer, von dem sie aufgebrochen waren, gewannen allmählich die Aura eines mythischen Kontinents aus ferner Vergangenheit.

»Jemand muss schwimmen«, meinte Jongleur. »Ein Einzelner wird vielleicht zugelassen, auch wenn ein Floß zurückgewiesen wird.«

Sam ärgerte sich. Der Alte mochte recht haben mit seiner Vermutung, dass man über den Fluss setzen, nicht ihm folgen musste, wenn man dieses komische Land durchqueren wollte, aber dennoch passte ihr sein Befehlston nicht.

»Wir sind nicht deine Untergebenen«, stieß sie zwischen zusammengebissenen Zähnen hervor. Da bekam sie einen Stups ins Kreuz und wirbelte herum, um Jongleur anzuschreien, doch es war !Xabbu, der sie geknufft hatte. Er warf ihr einen beredten Blick zu, den Sam erst nach einem Moment der Besinnung verstand.

Wir dürfen nicht durchblicken lassen, wer Jongleur ist, erinnerte sie sich und schämte sich. Jahrelang war sie in Mittland als Dieb durch die Häuser der Reichen und Mächtigen geschlichen, jedenfalls der imaginären Reichen und Mächtigen, und hier, wo es drauf ankam, hätte sie beinahe aus schierer Unachtsamkeit ein wichtiges Geheimnis ausposaunt. Sie schlug die Augen nieder.

»Er hat recht«, sagte Azador. »Wir werden keine Sicherheit haben, solange nicht jemand den Versuch macht. Ich würde es ja tun, aber mit meinem Bein ...« Er machte eine Geste des Bedauerns, sein Heldentum nicht unter Beweis stellen zu können.

Sam wartete darauf, dass !Xabbu sich erbot, und war überrascht, als er sich nicht rührte. Normalerweise übernahm der kleine Mann immer die riskanten Aufgaben und ließ nicht zu, dass sich jemand anders, schon gar nicht Sam, der Gefahr aussetzte. »Na, dann werd ich's wohl machen«, sagte sie. Endlich bekamen ihre jahrelangen morgendlichen Schwimmübungen einmal einen praktischen Nutzen. Sie hoffte, eines Tages ihrer Mama davon erzählen zu können. Bei dem Gedanken an etwas so wunderbar Alltägliches, wie mit ihrer Mutter über diese verhassten Schwimmrunden zu lachen, durchzuckte sie eine geradezu schmerzhafte Sehnsucht.

»Warte, ich weiß nicht, ob ich ...«, begann !Xabbu.

»Lass nur, im Schwimmen bin ich echt gut.« Ohne sich noch Zeit für sorgenvolle Gedanken zu geben, streckte sie die Arme aus und stieß sich vom Rand des Floßes ab. Als sie wieder auftauchte, hörte sie Azador und Jongleur über das heftige Schaukeln fluchen, das sie mit ihrem Sprung verursacht hatte.

Das Wasser war ein leichter Schock, denn es war kälter, als sie erwartet hatte, und obwohl die Strömung schwach war, fand sie es viel schwerer, gegen diesen konstanten Zug anzuschwimmen, als zuhause im Becken. Dennoch bekam sie ihren Körper nach kurzem Strampeln in eine gerade Lage und schnitt eine schräge Bahn durch den Fluss, auf die einladende Grasböschung am anderen Ufer zu.

Zwei, drei Minuten, schätzte sie.

Nach etwa fünfzig Schlägen wurde deutlich, dass entweder die Strömung stärker war als vermutet oder dass sie das gleiche Schicksal erlitt wie das Floß. Sie hob den Kopf aus dem Wasser und ging zum Brustschwimmen über, um besser erkennen zu können, was los war. Sie schaufelte das Flusswasser zur Seite, pflügte sich durch die Wellen, kam gut voran … aber das Land rückte nicht näher. Irritiert tauchte sie unter, bis sie mit einer Hand über die am Grund des Flusses wogenden dichten Gräser streifte, und versuchte es dann so. Sie trat aus, so fest sie konnte, schlängelte sich wie ein Fisch. Sie war stolz auf ihre Kraft: Sie dachte nicht daran aufzugeben, sie wollte es dieser Simulation beweisen.

Als sie den Atem nicht mehr anhalten konnte, stieß sie noch zweimal mit den Füßen aus und ließ sich dann nach oben treiben. Das Ufer war immer noch genauso weit entfernt. Missmutig Wasser tretend hatte sie sich gerade umgedreht, um nach dem Floß zu sehen, als ihr ein jäher Schmerz durchs Bein schoss.

Etwas hat mich gepackt …! konnte sie gerade noch denken, bevor sie unter Wasser glitt. Mit einem bewegungsunfähigen Bein kämpfte sie sich mühsam wieder nach oben und erkannte dabei, dass kein Fleisch fressender Flussbewohner sie angegriffen hatte, sondern dass es schlicht ein Krampf in der Wade war. Der Unterschied allerdings war gering: Sie konnte sich nicht mehr richtig über Wasser halten, zumal sie nach ihrer vergeblichen Schwimmanstrengung erschöpft war.

Sam schrie nach !Xabbu, doch sie bekam Wasser in Nase und Mund und brachte nur ein Gurgeln zustande. Sie konnte mit dem blockierten Bein einfach nicht austreten und auch sonst nicht mehr viel tun. Sie versuchte sich auf den Rücken zu drehen und sich zu entspannen – der Ausdruck »toter Mann spielen« ging ihr durch den Kopf und trug nicht eben zu ihrer Beruhigung bei –, doch der Schmerz in ihrem Bein war heftig, und Flusswasser spülte ihr übers Gesicht.

Sie war soeben zum zweitenmal untergegangen, als sie einen harten Schlag an die Schulter bekam. Sie grapschte nach der Floßstange und klammerte sich daran fest, als ob sie der Hirtenstab ihres persönlichen Schutzengels wäre. Und in gewisser Hinsicht war sie das auch.

»Ich hatte große Angst um dich, Sam.« !Xabbu hatte nicht von ihrer Seite weichen wollen und das Feuermachen Azador überlassen. Dicht an die kleine Flamme gekauert und immer noch zitternd, obwohl schon eine halbe Stunde vergangen war, entwickelte sie regelrecht dankbare Gefühle für den Mann mit dem Schnurrbart. »Ich konnte nur inständig hoffen, dass wir mit dem Floß so weit auf den Fluss hinauskommen, wie du geschwommen warst«, fuhr !Xabbu fort. »Oh, ich hatte solche Angst.«

Sam war gerührt. Irgendwie schien ihr Erlebnis für ihn schlimmer gewesen zu sein als für sie. »Mir ist nichts passiert. Du hast mich gerettet.«

!Xabbu konnte nur den Kopf schütteln.

»Das heißt, wir sind geschlagen«, erklärte Jongleur. »Wir kommen nicht über den Fluss, nicht mit dem Floß und nicht mit Schwimmen.«

Sam spannte die Kiefermuskeln an, damit ihre Zähne zu klappern aufhörten. »Aber es muss eine Brücke geben. Diese kleinen Tiere oder was sie sonst waren, die Hoppelpoppel kannten und so, die haben etwas davon gesagt, dass sie eine Brücke suchen. Wir haben nur nicht erfahren können, was es damit auf sich hatte.« Sie warf Jongleur einen giftigen Blick zu, da es sein Wutausbruch gewesen war, der diese einheimischen Wesen vertrieben hatte. Sie meinte, den Schatten eines Schuldgefühls über sein Gesicht huschen zu sehen.

Vielleicht hat er ja doch ein bisschen was Menschliches, dachte sie. *Ein ganz klein bisschen was.* Natürlich konnte es auch sein, dass er bloß bedauerte, seine eigenen Überlebenschancen verschlechtert zu haben.

»Es gibt keine Brücken«, ließ sich Azador vernehmen. »Ich bin diesen verdammten Fluss dreimal rundherum gegangen. Ihr seid selber einmal herum gegangen. Habt ihr irgendwelche Brücken gesehen?«

»So einfach ist das nicht«, beharrte Sam. »Wir können die andere Seite sehen, und dennoch kommen wir nicht hinüber. Wenn wir also Dinge sehen, sie aber nicht erreichen können, warum sollte es dann nicht auch Dinge geben, die wir *nicht* sehen, aber die wir *erreichen* können?« Sie musste innehalten und sich das im Stillen noch einmal vorsagen, um zu schauen, ob das einen Sinn hatte. Es hatte einen, fand sie. Ein bisschen.

»Wir können heute nichts mehr unternehmen.« !Xabbus bekümmerte Miene war nicht verschwunden, aber sie hatte sich leicht verändert, wirkte distanzierter. »Wir denken morgen früh weiter darüber nach.« Er legte Sam die Hand auf den Arm. »Ich bin sehr froh, dass dir nichts passiert ist, Sam.«

»Es war bloß das Bein, und das fühlt sich schon viel besser an.« Sie lächelte, um ihn ein wenig aufzumuntern, aber fragte sich, wie gut das mit klappernden Zähnen gelingen konnte.

Trotz seiner Sorge um sie war !Xabbu nicht an ihrer Seite, als Sam irgendwann mitten in der Nacht aufwachte. Sie sah die schattenhaften Formen der beiden andern im Schein der verglimmenden Glut, aber keine Spur von dem kleinen Mann.

Wird ein menschliches Bedürfnis befriedigen, vermutete sie und war schon fast wieder eingeschlafen, als ihr einfiel, dass es so etwas für sie alle nicht mehr gab. Sie fuhr hoch. Die Vorstellung, ihn zu verlieren, mit Jongleur und Azador alleingelassen zu werden, erschreckte sie zutiefst.

Ich will das alles nicht. Ich will nach Hause.

Sie versuchte sich zu beruhigen, zwang sich, darüber nachzudenken, was Renie oder Orlando tun würden. Wenn !Xabbu fort war, musste sie los und nach ihm suchen, klarer Fall. Sie überlegte, ob sie die anderen wecken sollte, entschied sich aber dagegen. Wenn sie im Umkreis von vielleicht hundert Metern um das Lagerfeuer keinerlei Anzeichen von ihm fand, konnte sie es sich ja noch einmal durch den Kopf gehen lassen.

Sie wollte gerade einen glimmenden Stock als Fackel aus dem Feuer ziehen, als sie bemerkte, dass jemand anders schon vor ihr auf die Idee gekommen war: Ein gutes Stück vom Lager entfernt stach ein einzelner rötlicher Lichtfleck von den samtig schwarzen Bergen ab. Sam trabte darauf zu.

!Xabbu hatte seine Fackel in den weichen Lehm eines Wiesenhangs gesteckt und sich danebengesetzt. Er schaute bei ihrem Nahen nicht auf, und sie bekam es schon wieder mit der Angst zu tun, da riss er sich mit einem Schütteln aus seiner Träumerei und wandte sich ihr zu.

»Alles in Ordnung, Sam?«

»Yeah, chizz. Ich bin bloß wach geworden, und … ich hab mir Sorgen gemacht, weil du nicht da warst.«

Er nickte. »Das tut mir leid. Ich dachte, du würdest so fest schlafen, dass du es nicht merkst.« Er blickte wieder zum Himmel auf. »Die Sterne sind sehr eigenartig hier. Sie bilden Figuren, aber ich kann sie nicht behalten.«

Sie setzte sich neben ihn. Das Gras war feucht, aber nach dem Vorfall im Fluss merkte sie das kaum.

»Wirst du nicht frieren?«, fragte er.

»Mir ist nicht kalt.«

Eine Weile saßen sie schweigend da, und Sam musste ihren inneren Drang bezähmen, mit freundlichem Geschwätz die Angst zu vertreiben. Als !Xabbu sich schließlich räusperte, sprach aus dem Ton eine für ihn so untypische Unsicherheit, dass Sam eine Gänsehaut bekam.

»Ich … ich habe heute ein großes Unrecht an dir begangen«, sagte er.

»Du hast mich gerettet.«

»Ich habe dich in den Fluss springen lassen. *Ich* hätte es tun sollen, aber ich fürchtete mich.«

»Wieso hättest du es tun sollen? Du bist genauso schlimm wie Renie – du meinst immer, du müsstest alle gefährlichen Sachen machen, ja niemand anders.«

»Es war deswegen, weil ich Angst vor dem Wasser hatte. Als Kind wurde ich einmal im Fluss bei mir zuhause fast getötet. Von einem Krokodil.«

»Wie schrecklich!«

Er zuckte mit den Achseln. »Das gibt mir nicht das Recht, dich tun zu lassen, was ich mich nicht traue.«

Sam stieß zornig die Luft aus. »Du musst nicht alles machen«, sagte sie. »Das ist Fen-fen voll pur.«

»Aber …«

»Hör mal zu.« Sie beugte sich vor, zwang ihn, sie anzuschauen. »Du hast mir schon x-mal das Leben gerettet. Erinnerst du dich noch an den Berg? Wie du uns über diesen verschwindenden Pfad gelotst hast? Du hast mehr als genug getan, aber das bedeutet nicht, dass wir andern nicht auch mal was tun können, irgendwie.« Sie hob die Hand, um seinen Einwand abzuschneiden. »Orlando hat sich für uns geopfert, auch für mich. Wie könnte ich es ertragen, noch am Leben zu sein, wenn ich nicht auch mal was wage? Wenn ich mich einfach zurücklehne wie … wie so 'ne Märchenprinzessin und zugucke, wie die andern sich für mich krumm legen? Ich weiß nicht, wie das bei euch im Okidongodelta ist, oder wie das heißt, aber da wo ich herkomme, ist so was scänniger als scännig.«

!Xabbu lächelte, wenn auch leicht gequält. »Renie nennt es ›altmodischen Quark‹.«

»Und das wird sie wieder sagen, wenn wir sie finden und du dich bis dahin nicht gebessert hast.« Jetzt musste Sam lächeln. Sie betete, dass es so kommen möge, so unwahrscheinlich es war. Renie und !Xabbu hatten sich gegenseitig verdient, in jeder Hinsicht. So viel Liebe, so viel Sturheit. Sie wünschte ihnen, dass sie sich den Rest ihres Lebens darüber streiten konnten, wer von ihnen den schwereren Teil übernehmen sollte. »Hast du dich deswegen hierhin verzogen? Weil du dir Vorwürfe gemacht hast, dass nicht du geschwommen bist, sondern ich, und dass ich einen Krampf gekriegt hab?«

Er hob abwehrend die Hand. »Nicht nur deswegen. Irgendetwas lässt mir keine Ruhe, aber ich weiß nicht, was es ist. Manchmal muss ich allein sein, um nachzudenken. Manchmal reicht das nicht aus. Ich hatte daran gedacht zu tanzen.«

»Tanzen?« Wenn er erklärt hätte, er habe sich vorgenommen, eine Rakete zu bauen, wäre ihre Verwunderung nicht größer gewesen.

»Für mich ist das … wie beten. Manchmal.« Er schnippte mit den Fingern, verdrossen über seine unzureichenden Ausdrucksmöglichkeiten. »Aber ich bin nicht so weit. Ich fühle es nicht.«

Sam wusste nicht, was sie sagen sollte. Nach kurzem Zögern stand sie auf. »Willst du, dass ich dich allein lasse? Oder sollen wir zurückgehen?«

!Xabbu zog seine Fackel aus dem Boden und schwang sich behende auf. »Es ist etwas Anderes, was mich plagt«, sagte er. »Es reicht nicht aus, Jongleurs wahre Identität vor Azador zu verschweigen.«

Sam merkte, wie sie vor Scham rot wurde. »Tut mir leid. Das war dumm von mir heute.«

»Es ist schwer, ja unnatürlich, ständig auf solche Sachen zu achten. Aber ich glaube, wir müssen Jongleur begreiflich machen, dass Azador einen Hass auf die Gralsbruderschaft hat. Dann wird er wohl seine Zunge hüten müssen, und sei es bloß, um sich selbst zu schützen.«

»Das ist so abartig«, sagte Sam, während sie zu ihrem fast niedergebrannten Lagerfeuer zurückgingen. »Nichts hier ist wirklich, man kann nichts und niemandem trauen. Na ja, fast niemandem.« Sie versetzte !Xabbu einen kameradschaftlichen Stups. »Es ist wie ... ich weiß nicht. Wie Karneval. Wie eine Maskerade.«

»Aber eine schreckliche Maskerade«, entgegnete er. »Gefährlich und schrecklich.«

Auf dem restlichen Weg zurück zum Lagerfeuer und den schlafenden Gestalten ihrer beiden Begleiter sagten sie nichts mehr.

Den nächsten Tag verbrachten sie mit der für Sams Gefühl völlig aussichtslosen Suche nach einer Möglichkeit, den Fluss zu überqueren. Sie streiften durch die Röhrichte am Flussrand, um irgendeinen Hinweis darauf zu finden, wie andere hinübergekommen waren – Fußspuren, die Überreste einer Brücke oder einer Anlegestelle –, aber ohne Erfolg. Sam war deprimiert, !Xabbu in sich zurückgezogen und grüblerisch. Jongleur war wie üblich mit sich selbst beschäftigt und sprach wenig. Nur Azador wirkte ungebeugt. Er redete fast den ganzen Tag, schwadronierte zwanghaft darüber, was für Abenteuer er im Netzwerk erlebt und was er alles herausgefunden hatte, alle möglichen Tricks und Finten, heimliche Abkürzungen innerhalb der Simwelten und gut versteckte Gateways zwischen ihnen. Einiges war zweifellos Angabe, aber dennoch war Sam vom Umfang seiner Kenntnisse beeindruckt. Wie lange irrte dieser Mann schon durch das Otherlandnetzwerk?

»Wo kommst du eigentlich her?«, fragte sie ihn, als sie gerade durch einen seichten Altwasserarm wateten. Etliche verheißungsvoll aufgehäuften Steine erwiesen sich bloß als die Trümmer einer geborstenen größeren Felsplatte. »Ich meine, wo hast du vor dem hier gelebt?«

»Ich ... ich möchte nicht darüber sprechen«, erwiderte er. Mit finsterer Miene stocherte er mit einem Schilfrohr in dem Schlick zwischen seinen Füßen. »Aber ich habe meine Zeit hier so sinnvoll genutzt wie überhaupt nur möglich. Ich habe Dinge in Erfahrung gebracht, die nach dem Willen der Erbauer dieses Netzwerks für alle Zeit hätten verborgen bleiben sollen ...«

Sam hatte keine Lust, sich die nächste Litanei seiner Großtaten anzuhören. »Na ja, aber einen Weg über den Fluss weißt du auch nicht, da ist alles andere im Moment auch nicht viel wert.«

Azador blickte beleidigt. Das tat Sam leid – anders als Jongleur hatte er weder ihr noch ihren Freunden etwas getan –, und so versuchte sie, ein anderes Thema anzuschneiden.

»Aber ich denke, das Floß hast du ziemlich gut hingekriegt.« Obwohl es erst durch !Xabbus geschickte Reparatur flusstauglich geworden war, wie sie wohl wusste, aber lieber nicht erwähnte. »Es ist ja nicht deine Schuld, dass das System uns damit nicht rüberlässt.«

Er wirkte ein wenig versöhnt.

»Bist du wirklich ein Zigeuner?«, fragte sie.

Seine Reaktion war heftig und unerwartet. »Wer hat dir so eine gemeine Verleumdung gesagt?«

Sam konnte sich gerade noch beherrschen, nicht !Xabbu anzuschauen, der sich dreißig Schritte weiter im schlammigen Flachwasser leise mit Jongleur unterhielt. »Niemand ... Ich ... ich dachte, du hättest so was erzählt.« Sie hätte sich am liebsten in den Hintern getreten. »Vielleicht bin ich bloß drauf gekommen, weil ... weil du so einen Schnurrbart hast.«

Er strich über die erwähnte Manneszierde, als wäre sie ein gekränktes Tier, das er tröstete. »Zigeuner, das sind Gauner und Diebe. Azador ist ein Entdecker. Du darfst es nicht falsch verstehen, wenn ich dir von meinen Abenteuern berichte. Ich bin ein Gefangener. Ich habe das Recht, meinen Kerkermeistern jedes Geheimnis und auch sonst alles abzuluchsen, was ich kann.«

»Entschuldige. Da habe ich wohl was missverstanden.«

»Du solltest besser aufpassen.« Er fixierte sie streng. »Hier mehr als anderswo muss man vorsichtig sein mit dem, was man zu Fremden sagt.«

In diesem Punkt musste Sam ihm recht geben.

Eine weitere Stunde fruchtlosen Forschens verstrich, ehe sich für Sam eine Gelegenheit ergab, außer Hörweite der anderen mit !Xabbu zu reden. Er war zu ihr gestoßen, um mit ihr ein letztes Rohrdickicht zu durchstöbern. Azador und Jongleur hatten aufgegeben und sich auf einen der Wiesenbuckel gesetzt, von wo aus sie ihnen zusahen.

»Ich bin so eine Scäntüte«, sagte sie, nachdem sie ihm den Vorfall erzählt hatte. »Ich hätte den Mund halten sollen.«

!Xabbu blickte besorgt. »Vielleicht machst du dir zu viele Vorwürfe, so wie ich gestern Nacht. Vielleicht haben wir damit sogar etwas erfahren, auch wenn ich nicht sagen kann, was. Zum Beispiel ist es sehr merkwürdig, dass er das jetzt abstreitet. Das war fast das Einzige, was er uns beim letztenmal von sich erzählte – er sei ein Zigeuner, ein Rom, wie er sich ausdrückte. Er schien sehr stolz darauf zu sein.« Der kleine Mann schob einen Vorhang schwankender Rohrkolben zur Seite, doch was aus der Ferne wie die Überreste eines Holzbauwerks ausgesehen hatte, war tatsächlich nur ein Haufen von einem Sturm entwurzelter und übereinandergeschobener Baumstämme. »Wer weiß, was er für Gründe hat, seine Vergangenheit geheim zu halten.«

»Ich weiß nicht. Er wirkte nicht ängstlich oder nervös, wie ich es wäre, wenn jemand was über mich wüsste, was ich verheimlichen wollte. Er war einfach ... wütend.« Sie sah zum Hügel hinüber. Jongleur und Azador unterhielten sich, hatte es den Anschein. Sie hatte ein ungutes Gefühl dabei. »Sieh nur, wie seelenruhig dieses alte Scheusal da oben thront! Es ist seine Schuld, dass wir niemand fragen können, wie man über den Fluss kommt.« Ob es nun wirklich Jongleurs Schuld war oder nicht, jedenfalls hatten sie keine weiteren Bewohner der Simwelt mehr erblickt, seit der alte Mann Hans Kuckeldiluff und seine Schar von ihrem Lagerfeuer verscheucht hatte.

»Schon möglich. Aber es kann auch sein, dass sie alle schon auf das andere Ufer übergesetzt sind.«

»Ja, vielleicht.« Sam runzelte die Stirn. »Was können die beiden da miteinander zu reden haben?«

!Xabbu schaute auf. »Ich weiß es nicht. Ich habe Jongleur gesagt, dass Azador gewalttätig werden könnte, wenn er entdeckt, mit wem er es in Wahrheit zu tun hat. Ich glaube daher nicht, dass er ihm irgendetwas darüber erzählt.«

Schließlich waren sie aus dem Röhricht heraus und stiegen den Hügel hinauf, doch da hatte Azador sich schon erhoben und sich ein Stück von Jongleur entfernt. Er stand mit dem Rücken zu ihnen. Als sie beinahe oben waren, drehte er sich unvermittelt um und rief: »Kommt, kommt her! Seht euch das an!«

Sam und !Xabbu liefen die Letzten paar Meter.

»Da!«, sagte Azador. »Seht ihr?«

»O nein!« Ein eiskalter Schauder überlief Sam. »Sie verblassen.«

Die fernen Berge waren nur noch milchige Umrisse, schwach im Sonnenschein spiegelnde Schemen, die vage die festen Formen von vorher andeuteten. Selbst Teile der ebenen Wiesenlandschaft waren schon durchsichtig wie Glas. Sam sah sich erschrocken um, doch der Fluss und seine Ufer hinter ihnen waren noch klar und deutlich, und auch der Hügel unter ihren Füßen hatte nichts von seiner beruhigenden Lebensechtheit verloren.

»Sie verschwinden«, sagte Azador. Zum ersten Mal klang in seiner Stimme etwas wie echte Furcht durch. »Was hat das zu bedeuten?«

»Das bedeutet, dass uns die Zeit davonläuft«, antwortete Jongleur, der hinter ihnen herangetreten war. Seine Miene war betont ausdruckslos, aber seine Stimme war nicht ganz fest. »Die Simulation zerfällt.«

!Xabbu weckte sie mit einer leichten Berührung. »Ich werde mich eine Zeit lang entfernen«, flüsterte er. »Ich denke, ich sollte dich lieber nicht mit den beiden allein lassen.«

Sam rappelte sich schläfrig auf und stolperte hinter ihm her. Die Sterne strahlten heller denn je, als leuchteten sie in vorzeitiger Trauer um die vergehende Welt.

Als sie die nächste Erhebung erreichten, setzte !Xabbu sich hin und schnürte sich etwas um die Fesseln, Bänder aus Schilfhalmen und Samenkapseln, die rasselten, wenn sie bewegt wurden.

»Wozu sind die?«, erkundigte sich Sam.

»Zum Tanzen«, antwortete er. »Bitte, Sam, ich brauche jetzt Stille.«

Zurechtgewiesen setzte sie sich neben ihn, zog die Knie an und legte das Kinn darauf ab. Der Umhang aus geflochtenen Halmen, den !Xabbu ihr gemacht hatte, bot wenig Schutz gegen Kälte, aber die Nacht war mild. Sie sah ihm zu, wie er seine Vorbereitungen beendete, dann ein paar Schritte von ihr wegging und aufgerichtet zum Himmel und seinen leuchtenden Sternen emporblickte.

Lange blieb er so stehen. Sam nickte wieder ein, und als sie mit einem jähen Zucken wach wurde, stand er immer noch am selben Fleck, unbewegt wie eine Statue. Ihre schweifenden Gedanken hefteten sich traurig an ein Bild der Sterne über ihrem Garten zuhause, wo sie und ihr Vater einmal in Schlafsäcken draußen kampiert hatten. Trotz der nächtlichen Geräusche im Freien hatte Sam sich in der Gesellschaft ihres schweigenden Vaters und beim Anblick der Silhouette ihrer Mutter im Küchenfenster sicher gefühlt.

Was sie wohl gerade machen? Sie können nicht die ganze Zeit bei … bei mir sein. In irgendeinem Krankenhaus. Ob sie noch andere Sachen machen? Netz gucken? Mit Freunden zu Abend essen? Selbst wenn ich hier sterbe, müssen sie irgendwann wieder ein normales Leben führen, nicht wahr? Es kam ihr ungerecht vor, unfair. Aber wäre es besser, wenn sie nie drüber hinwegkämen?

O Gott, Mama, Papa, es tut mir so leid …!

Langsam begann !Xabbu sich zu regen, hob einen Fuß in die Luft und schwenkte ihn hin und her wie ein Pferd, das ungeduldig den Boden scharrt. Er tat einen Schritt, hob den anderen Fuß und bewegte ihn, dann setzte er auch ihn ab. Die Rasseln ließen ein leises, trockenes Zischen hören. Nach und nach kam er in einen ausgeprägten, komplexen Rhythmus, dem die fast vollkommene Stille etwas noch Unwirklicheres verlieh.

Anfangs beobachtete Sam ihn genau, versuchte, aus der konzentrierten Miene des kleinen Mannes darauf zu schließen, was in seinem Innern vorging, aber der Tanz zog sich zu lange hin und war zu monoton, um ihre Aufmerksamkeit auf die Dauer fesseln zu können. Als er die erste langsame Runde in einem Kreis beendete, den er allein sehen konnte, zerstreuten sich ihre Gedanken wieder. Seine exakten Bewegungen erinnerten sie an ein Spiel im Netz, das sie früher einmal, als sie noch klein gewesen war, sehr gern gemocht hatte, ungefähr zwei Wochen lang: Unregelmäßig geformte Bausteine schwebten dabei langsam durch den Raum und konnten zu immer größeren geometrischen Gebilden zusammengeschoben werden. Wie !Xabbus Tanz hatten die trudelnden Blöcke den Eindruck gemacht, schwer und leicht zugleich zu sein. Ihre verwinkelten, facettenartigen Seiten hatten sich mit der gleichen Mischung von Behutsamkeit und Bestimmtheit geküsst und aneinandergeheftet, mit der der kleine Mann seine Füße hob und absetzte, als wäre es nicht blinde, rohe Schwerkraft, was ihn an die Erde band, sondern eine überlegt getroffene Wahl.

Ich frag mich, ob Orlando das je gespielt hat, überlegte sie schläfrig. *Was er wohl daraus gemacht hätte? Bestimmt etwas Anderes, soviel ist sicher. Etwas Lustiges und Trauriges.*

Ich frag mich, was !Xabbu daraus machen würde …

Und dann trudelte sie ihrerseits davon und träumte von dunklen, hohen Bergen und einsamen Vogelschreien.

»Wach auf, Sam!« Seine Stimme klang ungewohnt; im ersten Moment, noch benommen von den Träumen, dachte sie, Orlando hätte gesprochen.

»Lass mich schlafen, du Oberscänner!«

»Es wird hell. Wir haben heute keine Zeit, lange zu schlafen, glaube ich.«

Sie schlug die Augen auf und sah !Xabbu über sich gebeugt, das Gesicht schweißglänzend, der Brustkasten pumpend, als wäre er soeben einen Marathon gelaufen. Und dennoch schien er vor Energie fast zu bersten. »Mann, tut mir leid. Ich dachte, du wärst …« Sie rieb sich die Augen. »Ist was mit dir?«

»Mir geht es gut, Sam. Ich habe viel nachdenken können. Es war gut, zu tanzen, wieder … ich selbst zu sein.«

Sie ließ sich von ihm aufhelfen. Ihre Füße waren kalt und prickelten; sie stampfte eine Weile auf den Boden, um sie wieder zu durchbluten. »Bist du auf irgendwas gekommen?«

Er lächelte. »Auch in der Hinsicht bist du wie Renie. Mein Tanz ist nicht etwas, das einfach auf Knopfdruck funktioniert … wie ein Automat. Karte hineinstecken, und schon kommt die Antwort heraus. Aber ich merkte, dass mich etwas beunruhigte, und darauf, was das sein könnte, bin ich in der Tat gekommen.« Er lachte. Er wirkte gelöster als die ganzen Tage zuvor, beinahe heiter. »Wir werden sehen, ob uns das weiterhilft, Sam. Komm jetzt.«

»Was hast du damit gemeint?«, fragte sie, als sie durch das nasse Gras zurückgingen. Sie konnte kaum glauben, dass es schon bald in ein silbernes Nichts zergehen sollte, so naturgetreu fühlte es sich an ihren Füßen an, aber die fernen Berge waren erschreckend blass, eine in Kristall gehauene Landschaft. Ohne zu überlegen beschleunigte sie ihre Schritte. »Als du gesagt hast, es wäre gut, wieder du selbst zu sein?«

»Ständig versuche ich, dies alles hier zu verstehen, so zu denken wie die Leute, die es geschaffen haben, so wie Renie und ihr anderen auch. Aber auf die Weise denke ich nicht gut. Und es ist mir fremd, so als hätte ich Sachen an, die mir nicht richtig passen. Ich kann nicht in einigen Wochen ein ganzes Leben über Bord werfen. Manchmal muss ich ... zurückgehen. Zurück zu meiner althergebrachten Art.«

Sam nickte langsam. »Ich glaub, ich versteh dich. Ich weiß manchmal auch nicht mehr, wer ich bin – was mein wirkliches Ich ist.« Etwas verunsichert von seinem fragenden Blick fuhr sie fort: »Ich mein damit, seit ich wieder ein Mädchen bin – na ja, seit ich diesen Körper hab –, da rede ich anders als vorher, ich denke sogar anders, irgendwie. Ich fange an, mich zu benehmen wie ... wie ein Mädchen!«

Sein Lächeln war freundlich. »Ist das schlimm?«

»Nicht immer, nein. Aber als ich einfach Fredericks war, Orlandos Schatten, auch ein Junge ... ich weiß nicht. Es war irgendwie leichter. Ich hab mehr Sachen gewagt, anders geredet.« Sie lachte. »Mehr geflucht.«

»Ah, da legst du den Finger auf etwas, Sam. Das war eine der Sachen, die mich beunruhigten.«

Vor lauter Überraschung stolperte sie über eine Bodenwelle und hatte Mühe, sich zu fangen. »Es beunruhigt dich, dass ich nicht fluche?«

»Nein. Aber lass jetzt, wir sind fast da. Du wirst bald sehen, worüber ich nachdachte.«

Jongleur und Azador saßen sich stumm und verschlafen am Feuer gegenüber. Der ältere Mann warf ihnen einen kalten Blick zu, als sie herantraten. »Nach euerm ganzen Gerede über Dringlichkeit und Gefahr findet ihr also noch Zeit für einen romantischen Nachtspaziergang? Sehr niedlich.«

Sam fühlte, wie ihr Gesicht heiß wurde, und wollte schon eine patzige Antwort geben, doch !Xabbu berührte sie am Arm.

»Es gibt viele Wege, Probleme zu lösen«, sagte der kleine Mann ruhig. »Aber wir brauchen einen neuen, oder wir werden immer noch hier sein, wenn diese Welt sich um uns herum auflöst.«

Jongleur schnaubte verächtlich. »Dann war das also ein Erkundungsgang?«

»Gewissermaßen.« !Xabbu wandte sich Azador zu, der sie mit trüben Augen beobachtete und aussah, als bedauerte er es, dass es auf dieser Wiese jenseits der Welt keinen Kaffee gab. »Ich möchte ein Wort mit dir reden, Herr Azador. Ich habe ein paar dringende Fragen.«

Etwas flackerte in seinen Augen, doch er machte nur eine lässige Handbewegung. »Frage.«

»Erzähle mir noch einmal, wie du hierherkamst – wie du zum schwarzen Berg gelangtest und dich dann auf einmal in dieser Umgebung hier befandest.«

Verwirrt, aber bestrebt, es sich nicht anmerken zu lassen, sah Sam !Xabbu an, während Azador ein wenig widerstrebend seine Geschichte wiederholte – wie er ihnen in den Irrgang im Demetertempel gefolgt war und wie er irgendwann im diesigen Nichts aufgewacht und der Berg nicht mehr da gewesen war.

»Ich habe nachgedacht«, unterbrach !Xabbu ihn plötzlich, als er sich dem Ende näherte. »Es war nämlich so, dass wir uns nach unserem Übergang aus Troja lange an der Flanke des schwarzen Berges aufhielten, weil es heftige Auseinandersetzungen gab. Als wir uns endlich auf den Weg zum Gipfel machten, war der Durchgang schon lange wieder geschlossen. Wie kamst du dann durch, ohne dass wir dich sahen?«

»Willst du behaupten, dass ich lüge?« Azador machte Anstalten aufzustehen, doch als !Xabbu beschwichtigend die Hand hob, setzte er sich gleich wieder, als ob die heftige Reaktion nicht wirklich ernst gemeint gewesen wäre.

»Vielleicht – aber vielleicht auch nicht.« !Xabbu trat ein paar Schritte näher und setzte sich neben die rauchenden Überreste des Lagerfeuers. Azador rutschte ein kleines Stück zurück. Sam starrte wie gebannt auf die Szene. Was wusste !Xabbu, oder was vermutete er? Azador sah tatsächlich eingeschüchtert aus. »Ich glaube dir, dass du hinter uns herkamst«, sagte !Xabbu, »und es könnte sein, dass du uns ehrlich sagst, woran du dich erinnerst – aber ich glaube nicht, dass es sich wirklich so zutrug.«

»Wieso verschwenden wir unsere Zeit mit solchen Spielereien?«, knurrte Jongleur.

»Falls du den Fluss überqueren möchtest, bevor diese Welt verschwindet«, gab !Xabbu kühl zurück, »schlage ich vor, dass du den Mund hältst.«

Als ob diese Bemerkung an ihn gerichtet gewesen wäre, klappte Azador abrupt seine herunterhängende Kinnlade hoch. »Was willst du damit sagen?«, ereiferte er sich nach kurzem Zögern. »Dass ich verrückt bin? Dass ich nicht weiß, was wirklich geschehen ist? Oder bist du jetzt doch der Meinung, dass ich schlicht und einfach ein Lügner bin?«

»Wie konntest du einen Durchgang passieren, der sich schon geschlossen hatte, es sei denn, er hätte sich für dich wieder geöffnet? Wie konntest du durch dieses graue Nichts den Weg vom Berg hinunter finden, wenn ich dazu die ganze Pfadfinderkunst benötigte, die sich mein Jägervolk in Tausenden von Generationen erwarb? Wie konntest du dein Floß gegen den Strom fortbewegen, um uns einzuholen? Und was das Merkwürdigste ist, wieso bist du bekleidet, während wir anderen alle nackt hier ankamen? Wie lassen sich diese Fragen anders beantworten als damit, dass du nicht zum ersten Mal hier bist?« !Xabbu machte eine Pause. »Ob du dich daran erinnerst oder nicht, ist eine andere Frage.«

»Genau!«, sagte Sam, der es allmählich dämmerte. »Scänblaff! Daran hab ich überhaupt nicht gedacht. Er hat was an!«

»Das ist lachhaft!«, blubberte Azador, doch er hatte wieder den gehetzten Blick in den Augen. »Da wäre es vernünftiger, du nennst mich gleich einen Lügner.«

»Wenn du willst«, erwiderte !Xabbu schlicht. »Doch es gibt noch andere Fragen. Erzähle mir von den Roma, Herr Azador. Erkläre mir, warum ihr den Gadschos nicht eure Geheimnisse verratet, wie du einst sagtest. Wie du mit deinen Zigeunerfreunden auf dem Romamarkt zusammenkommst, um Geschichten und Informationen auszutauschen.«

Jetzt wirkte Azador wie vom Donner gerührt und starrte !Xabbu an, als ob dieser auf einmal in Zungen redete. »Was soll das heißen? Ich habe nie etwas dergleichen zu dir gesagt. Es war das Mädchen, das mit diesem Zigeunerquatsch angefangen hat.«

Sam merkte plötzlich, dass ihr Herz wie rasend hämmerte. Selbst Jongleur schien über die Szene die Sprache verloren zu haben.

!Xabbu schüttelte den Kopf. »Nein, Azador. Du hast damit angefangen. In der Gefängniszelle, in der wir uns das erste Mal begegneten. Dann auf dem Schiff auf einem Fluss in Kansas. Erinnerst du dich wieder? Du nanntest mich Affenmann, weil ich den Körper eines Pavians hatte ...«

»Du!« Azador fuhr so ungestüm auf, dass die letzte Glut des Feuers in alle Richtungen stob. »Du und deine elende Freundin – ihr habt mein Gold gestohlen!« Er sprang auf !Xabbu zu, doch dieser trat nur einen Schritt zurück.

»Stopp!«, kreischte Sam. Der schrille, panische Ton war ihr unangenehm, aber nicht sehr. Sie zerrte den Stumpf von Orlandos Schwert aus dem Bund. »Wenn du ihn anrührst, schlitz ich dir den Bauch auf!«

»Ich brech dir den Hals, Mädchen«, fauchte Azador, ließ es aber lieber nicht darauf ankommen. Jongleur war ebenfalls aufgestanden, und einen Moment lang standen sich alle angespannt in einem Viereck allseitigen Misstrauens gegenüber.

»Bevor du etwas unternimmst«, meinte !Xabbu, »sage mir erst, was wir dir stahlen.«

»Mein Gold!«, schrie Azador, doch sein Gesicht wirkte verstört, beinahe ängstlich. »Mein ... Gold.«

»Du kannst dich nicht mehr erinnern, was es war, stimmt's?«

»Ich weiß, dass ihr es mir gestohlen habt!«

!Xabbu schüttelte den Kopf. »Das stimmt nicht. Wir wurden durch ein Versagen des Systems getrennt«, erklärte er so ruhig, als ob Azador ihn nicht drohend anfunkelte und Sam nicht das abgebrochene Schwert auf den Bauch des Mannes gerichtet hielt. »Woran erinnerst du dich wirklich? Ich denke, du warst schon früher hier, in dem sogenannten Weißen Ozean. Kannst du nicht versuchen, daran zurückzudenken? Wir sind alle in großer Gefahr.«

Azador taumelte zurück, als hätte er einen Schlag bekommen. Mit wildem Blick schwenkte er die Arme und deutete dann auf !Xabbu. »Du, nicht ich – du bist verrückt! Azador ist nicht verrückt.« Feindselig starrte er auf Sam und ihre Waffe, dann auf Jongleur. »Ihr seid alle verrückt!« Ein Schluchzen erstickte seine Worte. »Nicht Azador!« Er wirbelte herum und lief humpelnd und stolpernd über die Wiese und einen flachen Hang hinauf, wo er im Gras zusammenbrach und liegen blieb wie erschossen.

»Was hast du getan?«, fragte Jongleur, aber nicht in seinem üblichen herrischen Befehlston.

»Uns vielleicht gerettet. Geh zu ihm. Ich denke, er wird jetzt weder Sam noch mich bei sich haben wollen, aber wir brauchen ihn.«

Jongleur gaffte ihn an, als ob auch !Xabbu sich plötzlich wie ein Wilder aufführte. »Zu ihm gehen ...?«

»Verdammt noch mal, geh einfach!«, schrie Sam und fuchtelte mit dem Schwertstumpf herum. »Vor zwei Tagen hätten wir dich beinahe sitzen lassen. Mach zur Abwechslung auch mal was Nützliches!«

Jongleur schien mehrere Erwiderungen abzuwägen, dann aber kehrte er ihnen nur den Rücken zu und schritt zu dem am Boden liegenden Azador hinüber.

»Das hat gut getan!«, sagte Sam. Ihr Herz raste immer noch.

»Aber Jongleur ist ein Feind, bei dem Vorsicht angebracht ist«, meinte !Xabbu. »Es ist, als hielte man eine hochgiftige Schlange in der Hand – wir sollten unser Glück nicht herausfordern.«

»Woher hast du das gewusst? Das mit Azador? Und wer ist er? *Was* ist er?«

Jetzt, wo die Konfrontation vorbei war, schien !Xabbu ein wenig in sich zusammenzusinken. »Was Azador ist, kann ich nicht sicher sagen – nicht an einem Ort, der so verwirrend ist wie dieses Netzwerk. Aber vielleicht gleicht er dieser Ava, die wir alle gesehen haben, oder dem kleinen Jungen, mit dem Jonas zusammen war – jemandem, der in diesem Netzwerk von einer Welt in die andere gerät und nicht weiß, wer er ist. Auf jeden Fall verhält er sich nicht wie der Azador, den ich seinerzeit kennen lernte. Der war zwar auch sehr von sich eingenommen, aber tat die meiste Zeit kalt und überheblich. Und Jonas beschrieb Azador als einen, der kaum etwas sagte.«

»Du meinst, es sind alles verschiedene Personen?«

»Ich glaube nicht. Aber wie gesagt, wer kann das an diesem Ort schon mit Bestimmtheit sagen.« !Xabbu ließ sich neben dem Feuer nieder. »Aber nicht, wer er ist, interessiert uns im Augenblick, sondern wo er gewesen ist.«

»Das verstehe ich nicht.«

!Xabbu zog ein müdes Grinsen. »Warte ab. Vielleicht habe ich mit meinen Vermutungen abermals recht, und dann wirst du mich für einen sehr klugen Mann halten. Aber wenn ich mich irre, muss ich mich weniger schämen, wenn ich nicht vorher mit meinen Plänen prahle. Was als Nächstes kommt, wird schwierig werden.«

»Du kommst mir auch verändert vor«, sagte Sam plötzlich. »Nicht wie ein anderer Mensch oder so, aber … aber zuversichtlicher.«

»Ich hatte Zeit, dem Klingen der Sonne zu lauschen«, antwortete er. »Obwohl es hier gar keine Sonne gibt. Zu den Sternen zu sprechen, unseren Großeltern.«

Sam zuckte mit den Achseln. »Ich hab keinen Dunst, was das heißen soll.«

!Xabbu tätschelte ihr freundlich den Arm. »Das macht nichts, Sam Fredericks. Lass uns jetzt sehen, ob wir bei Herrn Azador ein kleines Wunder wirken können.«

»Und was wollt ihr tun, wenn ich nicht mitspiele?«, fragte Azador scharf. »Mich mit diesem Schwert erstechen?« Sein empörter Ton war derart übertrieben, dass Sam sich fragte, ob er womöglich auch eines der entführten Kinder war, getarnt als erwachsener Mann.

»Ich hätte nicht übel Lust«, sagte sie leise, doch ein strenger Blick von !Xabbu zügelte sie.

»Wir werden dir auch in dem Fall nichts tun«, erklärte der kleine Mann. »Wir werden dann einfach weiter darauf warten, dass diese Welt um uns herum verschwindet.«

Jongleur stand ein Stück abseits und sah zu. Er hatte seine übliche eidechsenartige Unbewegtheit zurückgewonnen. Sam wusste nicht, womit er den Mann mit dem Schnurrbart bewegt hatte zurückzukommen, aber sie musste ihm wohl oder übel dafür dankbar sein.

»Ich bin in der Hand von Verrückten«, sagte Azador.

»Mag sein«, entgegnete !Xabbu. »Aber ich verspreche dir, dass dir nichts geschehen wird.« Er streckte die Hand aus. »Gib mir dein Hemd.«

Azador murrte, aber zog das Hemd aus. !Xabbu nahm es, rollte es zusammen, stellte sich hinter ihn und verband ihm damit die Augen. »Siehst du etwas?«

»Nein, verdammt, natürlich nicht!«

»Es ist wichtig. Lüge mich nicht an.«

Azador drehte den Kopf hin und her. »Ich sehe nichts. Wenn ich mir das Bein breche, sorge ich dafür, dass dir dasselbe passiert, egal ob ihr mir den Bauch aufschlitzt.«

!Xabbu machte ein ungehaltenes Geräusch. »Dir wird nichts geschehen. Schau, ich werde neben dir gehen, Sam auf der anderen Seite. Komm schon, Herr Azador, du hast uns oft erzählt, wie tapfer und geschickt du bist. Warum hast du jetzt Angst, mit verbundenen Augen zu gehen?«

»Ich habe keine Angst. Aber die ganze Sache ist idiotisch.«

»Vielleicht. Wir anderen werden jetzt still sein. Wir werden am Fluss entlanggehen. Du gehst bitte so lange weiter, bis du das Gefühl hast, dass es eine gute Stelle zum Hinüberkommen ist.«

Sam war verblüfft, aber hielt sich still. Selbst Jongleur schien ein gewisses widerwilliges Interesse an dem Experiment gefasst zu haben. Sie führten Azador an den äußersten Rand des festen Ufers und lenkten ihn dann stromaufwärts.

Sie marschierten lange, ohne ein Wort zu sagen. Nur Azadors grimmige Flüche, wenn er über ein Hindernis stolperte, brachen das Schweigen. Stellenweise war das Röhricht so dicht, dass sie beinahe in den Fluss tappten, dann wieder erstreckten sich die Wiesen vor ihnen schier endlos ins Weite, und Sams Vertrauen auf !Xabbus Klugheit ließ spürbar nach. Nur Fluss und Gras, so weit sie schauen konnte. Was sollte ein Mann mit verbundenen Augen daran ändern?

Nach einer Weile ebbte Azadors Gegrummel langsam ab. Wie ein Schlafwandler schritt er jetzt unbeirrt voran, machte Pause, wenn die anderen Pause machten, beschwerte sich nicht einmal mehr, wenn sie in Schlammlöcher gerieten. Sie hörte ihn murmeln, aber die Worte verstand sie nicht.

Auch seine Aufmerksamkeit veränderte sich nach der ersten Stunde. Eine Ruhe kam über ihn, und von Zeit zu Zeit hielt er an und neigte den Kopf, als lauschte er auf etwas, das die anderen nicht hören konnten.

Doch als am späten Nachmittag das Licht sich zu verändern begann und einen kaum merklich dunkleren Ton annahm, waren sie immer noch nicht fündig geworden.

So ein Theater! dachte Sam. Die Füße taten ihr weh. Ihr war heiß, und die Sachen klebten ihr am Leib. Sie verspürte den starken Drang, sich hinzulegen und sich und alles andere einfach dem Schicksal zu überlassen; die letzte Stunde war sie überhaupt nur noch aus Loyalität gegenüber !Xabbu weitergegangen. *Azador hat recht – das ist idiotisch. Vier Leute torkeln am Fluss entlang und suchen etwas, obwohl sie längst wissen, dass es nicht da ist.*

Sie kamen gerade aus dem nächsten raschelnden Schilfdickicht, als sie die Brücke erblickten.

Sam stockte der Atem. »Aber wie …? Hier waren wir doch schon mal! Und da war keine … da war nichts zu sehen von … Dsang!«

Sie war schmal, kaum mehr als eine Mauer aus aufgehäuften Steinen mit bogenförmigen Durchlässen für den Fluss, aber sie war immerhin so breit, dass sie zu viert nebeneinander gehen konnten. Vor allen Dingen aber führte sie zu den Wiesen am anderen Flussufer hinüber – jedenfalls hatte es den Anschein, denn das dortige Ende der Brücke war von tief hängenden Nebelschwaden verschleiert.

»Du kannst die Binde abnehmen«, sagte !Xabbu zu Azador.

Als Einziger von ihnen zeigte Azador sich nicht überrascht, so als ob er die Brücke bereits in irgendeiner Weise wahrgenommen hätte. Dennoch hatte er ein banges Flackern im Auge, und nach einer Weile wandte er sich ab. »Ich … ich will da nicht rüber.«

»Wir haben keine Wahl«, erklärte !Xabbu nachdrücklich. »Komm. Führe uns hinüber.«

Azador schüttelte den Kopf, begab sich aber dennoch widerwillig an den Kopf des Steindamms. Er zögerte noch einmal kurz, doch schließlich stieg er hinauf. !Xabbu folgte ihm, dann kamen Sam und Jongleur. Sam staunte über die Massivität des Bauwerks – sie wusste, dass sie erst einen Tag zuvor an genau dieser Stelle vorbeigekommen waren, aber zu dem Zeitpunkt war da keine Brücke gewesen.

Azador tat ein paar Schritte, dann blieb er stehen. »Nein«, sagte er mit einem seltsam entrückten Ton in der Stimme. »Erst … erst müssen wir etwas sagen.«

Sie warteten gespannt.

»Ele mele mink mank«,

murmelte Azador, und ein Gefühl, das Sam sich nicht zu deuten wusste, machte ihm hörbar die Kehle eng,

»Pink pank
Use buse ackadeia Rille ralle rüber.«

Nach kurzem Zaudern schaute er sich zu ihnen um und schritt dann hinaus auf den steinernen Pfad über dem glitzernden, träge fließenden Wasser. Betroffen erkannte Sam, dass die Augen des Mannes jetzt, von der Binde befreit, tränennass waren.

Kapitel 26
FLIEGEN UND SPINNEN

NETFEED/NACHRICHTEN:
Geruch - letztes Neuland der Simulationstechnik
(Bild: WeeWins olfaktorisches Testlabor)
Off-Stimme: Der euro-asiatische Spielzeughersteller WeeWin hat angekündigt, "das erste echte Duftübertragungssystem" für Netzbenutzer ohne Neurokanülen auf den Markt zu bringen. Nach Angaben des Unternehmens kann das System NozKnoz (von englisch "noseknows", Nase-weiß) mit einer Ausgangspalette der wesentlichen olfaktorischen Reize Millionen verschiedener Gerüche erzeugen.
(Bild: Dougal Craigie, PR-Chef von WeeWin)
Craigie: "Viele Leute benutzen keine Neurokanülen - nicht nur weil sie sich keine leisten können, sondern auch aus medizinischen und religiösen Gründen. Daher sind wir hocherfreut, ja ich darf sagen, außerordentlich stolz, verkünden zu dürfen, dass niemand mehr eine direkte Eingabe ins Gehirn braucht, um die vielen Gerüche des Netzes genießen zu können. NozKnoz ist keines von diesen billigen Schokolade-Käse-Mischmaschsystemen - unsere Nasenstöpsel bringen Ergebnisse, die von neurokanulärer Stimulation nicht zu unterscheiden sind."

> Dulcy warf ihrem still daliegenden Auftraggeber abermals einen verstohlenen Blick zu, auf irgendeiner irrationalen Ebene ihres Wesens davon überzeugt, dass er selbst in seinem todesähnlichen Schlaf in der Lage sein musste, ihre Schuldgefühle zu spüren – doch wenn er

das konnte, war ihm jedenfalls äußerlich nichts davon anzumerken. Sie wandte sich wieder dem kleinen Bildschirm ihres Pads zu, für den sie sich entschieden hatte, weil er ihr unauffälliger vorkam als der breite Wandbildschirm.

Dreads verborgener Speicher hatte ihren Bemühungen eisern widerstanden. Sie hatte das Ding mit jedem erdenklichen Entschlüsselungs- und Codeknackgear bombardiert und dabei festgestellt, dass sein einziger Schutz ein simples Passwort war, nichts Quantenkryptographisches oder sonst etwas Ausgefallenes, aber die schier unvorstellbare Menge von Zahlen- und Buchstabenkombinationen, die ihr Gear durchprobiert hatte, war ohne Erfolg geblieben.

Himmel Herrgott! Es ist bloß ein beschissenes Passwort! Wieso kann ich das nicht knacken?

Klar, bei Passworten war es immer nicht schlecht, wenn man etwas über die Person wusste, bei der man einsteigen wollte.

Widerstrebend gab sie es auf, in die Geheimnisse ihres Auftraggebers einzudringen, koppelte sich von Dreads System ab und ließ dann ein Aufräumgear durchlaufen. Sie bezweifelte, dass Dread oder sein Sicherheitsprogramm clever genug waren, um ihren Zugriff zu bemerken, aber es war besser, sie ging kein überflüssiges Risiko ein.

Wütend auf sich, nachdem ihre vorherige Draufgängerlaune zunehmend den Sorgen und Bedenken gewichen war, öffnete sie die Jongleurdateien und machte sich an die Arbeit, zu der sie befugt war – sofern man zu einem vorsätzlichem Datendiebstahl befugt sein konnte. Sie fluchte, als die Symbole den winzigen Bildschirm füllten, und übertrug den Vorgang auf den Wandbildschirm – es war schwer genug, sich in zwei Dimensionen zu orientieren, da musste sie sich nicht auch noch einen Bildschirm antun, der nur Zentimeter groß war. Aber weiter ging sie nicht: Aus irgendeinem Grund war ihr nicht wohl bei dem Gedanken, sich in ein 3D-Environment zu begeben, obwohl sie in voller Immersion viel effektiver arbeiten konnte.

Ich habe Angst, hilflos in einer VR zu sein, während ich mit Dread im selben Raum bin, wurde ihr klar. *Nicht Straßengangster oder Einbrecher sind es, die ich fürchte ... sondern er. Das ist echt toll, Anwin! Nach zwei Wochen kommt die Erkenntnis ein bisschen spät.*

Sie betrachtete die dunkle Linie seines Profils, das sich jetzt, wo das Bett ihn massierte, ganz leicht auf und ab bewegte, und plötzlich sprang ihr ein Bild aus ihrer Lektüre als junges Mädchen ins Gedächtnis. Sie hätte beinahe ihren Kaffee fallen lassen.

Liebe Güte, ich bin Renfield. Der Typ, der die Fliegen und Spinnen frisst. Und es ist mein Job, auf Graf Dracula aufzupassen.

Nach einer kurzen Dusche fühlte sie sich etwas besser, doch sie hatte beschlossen, für den Rest des Tages ein Koffeinmoratorium einzulegen.

Dracula? Werd bloß nicht zu morbid, Anwin, sagte sie sich, als sie sich wieder vor die Jongleurdateien setzte. Dennoch, wenn ihr Boss jetzt aus seinem summenden Sarg aufsteigen und ihr auf die charmante Art kaum verhüllte sexuelle Avancen machen würde, wie er es manchmal tat, würde sie kaum sehr empfänglich darauf reagieren können.

Sie gab sich alle Mühe, mit ungeteilter Aufmerksamkeit das Jongleurmaterial zu durchforsten, das nicht in die erste Auswahl gekommen war, aber dennoch nützliche Daten über das Gralsnetzwerk enthalten konnte. Eine Stunde verging, und sie fühlte sich langsam wieder wie sie selbst, nahm sich sogar ein paar Minuten für einen erneuten Versuch, Jongleurs unheimliche Uschebti-Datei zu öffnen, doch nachdem Dulcy beim ersten Mal nicht den richtigen Schlüssel gefunden hatte, den Code oder das Passwort, blieb das Ding jetzt stumm und verschlossen wie eine Auster.

Sie sind genau dieselbe Sorte, die beiden Scheißkerle! Kein Wunder, dass Jongleur ihn angeheuert hat ... Sie erstarrte. Unfassbar, dass sie vor lauter Dummheit nicht schon früher darauf gekommen war. *Na klar, Mensch, sein Arbeitgeber! Wenn irgendjemand Informationen über unsern Dreadyboy hat, dann Jongleur!*

Sekundenschnell hatte sie die Jongleurdateien wieder auf das Paddisplay übertragen und die Suche gestartet. Die Eingabe »Dread« erbrachte nichts Brauchbares, was sie nicht sonderlich erstaunte, ebenso wenig »Sydney«, »Cartagena«, »Isla del Santuario« oder sonst etwas, das ihr in den Sinn kam. Wie sollte man Informationen über jemanden suchen, wenn man so gut wie keine Informationen als Ausgangsbasis der Suche hatte?

Die Kiefermuskeln vor Konzentration so verkrampft, dass sie später mit Kopfschmerzen rechnen musste, nahm Dulcy sich die unfassbar große Datenbank mit den Buchungsunterlagen der J Corporation vor und ließ Dutzende verschiedener Spezialgears nach Anomalien suchen, während sie gleichzeitig dieselbe Operation an Jongleurs persönlichen Dateien durchführte. *Der Kerl muss doch bezahlt werden,* dachte sie. *Egal, wie sie's nennen, es muss eine Verbindung geben.* Sie holte noch Dreads System dazu, das sie bereits komplett durchforscht hatte bis auf den verborgenen Speicher, »das verbotene Zimmer«, wie sie es mittlerweile nannte – ein irgendwoher genommener Ausdruck, der ein leises Alarmsignal in ihr auslöste, aber zu leise, als dass sie in ihrem Eifer darauf hätte achten können. Es war langweiliger Allerweltskram, aber sie erhoffte sich dort keine große Offenbarung, nicht in den Daten, die sie bereits überprüft hatte. Sie hoffte auf eine wenn auch noch so entlegene Übereinstimmung, eine Stelle, wo ein loser Faden auf der Jongleurseite sich mit einem ähnlichen auf Dreads Seite verknüpfte.

Es dauerte fast zwei Stunden, aber dann hatte sie ihn. Eine kurze Zahlenreihe in einem einzelnen Posten der gigantischen Betriebsunkosten der J Corporation, geschleust durch mehrere kleinere Firmen ohne erkennbare Verbindung zu dem Konzern, eine in Nordafrika, die anderen in der Karibik, deckte sich mit einer Zahlenreihe auf einem Konto, das zwar auf den Namen eines anscheinend fiktiven Unternehmens geführt wurde, aber dennoch auf Dreads privatem System verzeichnet war. Nach den Zeitangaben zu urteilen handelte es sich wahrscheinlich um einen Teil der Ausgaben für die Vorbereitung des Überfalls in Kolumbien. Es schien eine Sondererstattung von irgendwie fehlgeleiteten Geldern zu sein, und nur aus dem Grund war sie überhaupt darauf gestoßen.

Es sind immer die kleinen Fehler, die einem den Hals brechen, dachte sie hämisch.

Mit diesem winzigen Fädchen in der Hand arbeitete sie sich in der Adressenkette zurück, was teils mit einfachen Schritten und teils nur mit intuitiven Sprüngen ging, bis sie sich schließlich wieder langsam die Verbindung hinaufbewegte, die sie vorher zwischen der J Corporation und Jongleurs Privatsystem entdeckt hatte. Ihre Hände schwitzten, ihr Herz flatterte.

Die Stränge führten alle zu einer Dateiengruppe in Jongleurs System, die unter »Entsorgung« lief – ein kleiner Scherz des alten Mannes, wie sie zuerst meinte, doch bei näherer Untersuchung stellte sie fest, dass es sich tatsächlich um Verträge, Berichte und andere Angaben über die unerhört komplizierten Abfallbeseitigungssysteme auf der künstlichen Insel handelte, Tausende und Abertausende verschachtelter Dateien, alle vollkommen normal und sterbenslangweilig. Frappiert und enttäuscht setzte sie sich zurück. Wie hatte sie sich dermaßen irren können? Hatte sie irgendwo am Anfang eine Naht verpasst und dann durch das ganze Gewebe den falschen Faden verfolgt? Es würde sie noch einmal mindestens drei, vier Stunden kosten, alles neu durchzugehen und den Fehler zu finden.

Sie wollte gerade schon den ganzen Kram verärgert schließen, als ihr plötzlich die Frage kam, wieso Jongleur ein solches Interesse an der Organisation der Müllentsorgung auf dem Konzerngelände haben sollte, dass er damit sogar sein persönliches System befrachtete. Es war sein Hauptwohnsitz, sicher, aber merkwürdig war es trotzdem. Sie prüfte nach und fand, dass es die gleiche Dateiengruppe auch auf dem Konzernsystem gab, aber das bewies gar nichts – Jongleur konnte schlicht und einfach eine eigene Kopie gewollt haben, vielleicht um einer ganz banalen Buchungsdiskrepanz nachzugehen. Andererseits kam ihr der Jongleur, von dem Dread ihr erzählt hatte, nicht wie ein Mann vor, der sich allzu sehr für die alltäglichen Verwaltungsarbeiten im Konzernhauptquartier interessierte.

Dulcy startete einen Vergleich der beiden Dateien. Ungeduldig trommelte sie mit den Fingern, bis das Arbeitszeichen zu blinken aufhörte.

Zwei Dateien mit demselben Namen, sah sie mit erneut steigender Erregung. *Und die J-Version ist kleiner als die Jongleursche. Bingo!*

Ein kurzes Drehen an dem digitalen Schloss, und die größere Datei war auf. Dulcys Finger klopften jetzt nicht mehr auf den Rand des Pads, sondern waren gekrümmt wie die Klauen eines schlagbereiten Raubvogels. Die Mehrinformation befand sich auf einer niedrigeren Ebene, ähnlich dem falschen Boden, den ein Schmuggler unter das Fahrgestell eines Lasters montiert. Sie gab den Öffnungsbefehl und hielt den Atem an.

Es gab einen Jaulton wie von einem Zahnbohrer.

Dateien und Symbole sprangen auf den Bildschirm und lösten sich auf. Anzeiger blitzten wie kleine Explosionen. Ihre Abwehr kreischte so schmerzhaft schrill Alarm, dass sie im ersten Moment nicht begriff, was los war.

O Scheiße, ein Phage! Aber warum kann ihn mein Gear nicht stoppen?

Sie hatte die Datei ohne Autorisierung geöffnet und einen Datenfresser in Gang gesetzt, mit dem ihr Gear anscheinend nicht fertigwurde. Nur wenige Sekunden, und er hatte das gesamte Material in der Datei vernichtet, nicht bloß die Marker gelöscht, sondern auch die Daten aus dem Speicher entfernt. Wer konnte wissen, was er dabei noch anrichten mochte – vielleicht ihr ganzes System ruinieren?

Als jugendlicher Babysitter in einem fremden Haus hatte sie einmal einen Aschenbecher in den Papierkorb geleert und dabei dessen Inhalt in Brand gesteckt, ohne es zu merken. Als sie wieder ins Zimmer kam, kletterten die Flammen bereits die langen Vorhänge eines Panoramafensters hinauf. Das Entsetzen und das Gefühl, etwas Verbotenes getan zu haben, waren damals genauso gewesen. In ihrer Verzweiflung wäre sie am liebsten aufgesprungen und hätte das Pad auf den Boden geschmettert, um nur ja dieses grauenhafte Ding zu zerstören, das sie geweckt hatte.

Da sie wusste, dass es um Sekunden ging, schaltete sie das Pad auf Sprachbefehl um und rief die Nothilfe auf, gewissermaßen die freiwillige Feuerwehr ihres Systems, da der blitzartige Angriff des Datenfressers die automatischen Regler bereits außer Kraft gesetzt hatte. Binnen Kurzem war es ihr gelungen, den krebsartig wuchernden Phagen von ihren restlichen Daten abzuwehren, aber die Zerstörung der Entsorgungsdatei, die sie sich aus Jongleurs System kopiert hatte, war nicht aufzuhalten. Und trotz ihrer raschen Eingrenzung des Schadens schien der Phage bereits merkwürdige Dinge mit ihrem System angestellt zu haben: Die Kommunikationsmarker blinkten, als ob sie versucht hätte, eine Verbindung nach draußen herzustellen.

Mit einer weiteren Minute hektischer Arbeit schaffte sie es, ein anderes, beinahe vergessenes Notfallgear zu finden, mit dem sie wenigstens den eingegrenzten Teil der Daten einfrieren konnte, aber die Zerstörung war riesig, wenn nicht total. Sie bezweifelte sehr, dass von der ursprünglichen Dateiengruppe noch etwas übrig war.

Aber das ist bloß eine Kopie, sagte sie sich. *Die Ursprungsversion ist immer noch auf Jongleurs System. Ich ruf sie einfach auf und kopier sie noch mal runter, und beim nächstenmal bin ich dann vorsichtiger …*

Da erst begriff sie langsam die Bedeutung der blinkenden Kommunikationsmarker. Erschrocken brach sie die Verbindung ab, doch es war schon zu spät. Der eingebaute Datenfresser war eine Extremmaßnahme, denn er war dafür gedacht, nicht nur die entwendete Datei zu zerstören, sondern zudem automatisch zurückzurufen und mit der Stammdatei genauso zu verfahren, wahrscheinlich nachdem er dem Eigentümer eine hochdringliche Alarmmeldung geschickt hatte, um ihm die Gelegenheit zum Gegenbefehl zu geben.

Aber wenn Jongleur weg vom Fenster ist, dann ist das ganze Ding jetzt futsch. Futschikado. Und wenn nicht, dann habe ich ihm soeben mitgeteilt, dass jemand eine seiner bestgehüteten Dateien gekapert hat.

Eine rasche Überprüfung vermehrte ihre wachsende Bestürzung noch. Die fragliche Stammdatei existierte offiziell nicht mehr.

»Scheiße!«, rief sie. »Scheiße, Scheiße, *Scheiße!*«

»Was ist dir denn über die Leber gelaufen, Süße?«

Dulcy schrie auf, und das Pad rutschte ihr vom Knie und schlug auf den Teppichboden. Dread stand neben ihr, braun, muskulös und nur mit einem Handtuch um die Hüften bekleidet, so dass er aussah wie eine vom Sockel gestiegene Statue. Sie hatte ihn überhaupt nicht gehört.

»Mensch, h-hast du mich erschreckt!« Doch die bloße Tatsache seines plötzlichen Auftauchens war nicht die einzige Ursache für ihr Herzstottern. Das Pad lag mit dem Bildschirm nach oben auf dem Boden, voll von belastenden Daten. Sie ging auf die Knie, hob es auf und brabbelte derweil konfuses Zeug, um ihre wahre Angst zu verbergen. »Ich wusste nicht ... Ich dachte, du wärst ... Es ist so still hier drin, aber ich hab dich gar nicht gehört ...«

Ein amüsiertes Grinsen zuckte um seinen Mund, während er zusah, wie sie hastig den kleinen Bildschirm ausstellte. »War nicht meine Absicht, dass du 'nen Herzinfarkt kriegst«, sagte er. »Was ist los?« Er beäugte ihr Pad. »Warum nimmst du nicht die Wand?«

»Meine Augen ... Ich kriege ... Kopfschmerzen davon, manchmal.«

Er nickte. »Und wieso bist du so stinksauer?«

»Was?« Aufgeregt überlegte sie, was wohl noch offen war und weiter an ihr Pad übertragen wurde. Was tun, wenn er jetzt in sein System hinein wollte? »Och, bloß ... so Probleme mit den Sicherheitsvorkehrungen bei einigen von Jongleurs Dateien. Bankzeugs und so.« Soweit sie sich erinnerte, waren Dreads Kontendaten noch in der Leitung, wartete ihr Gear auf weitere Suchbefehle. Sie verfluchte sich, dass sie so unvorsichtig gewesen war, die Dateien, die sie überprüfte, nicht auf ihr eigenes System zu überspielen. Sie hatte das ungute Gefühl, dass sie Schlimmeres zu befürchten hatte als die in solchen Fällen übliche Kündigung, wenn er dahinter kam. Sie bemühte sich, ihre bebende Stimme zu beruhigen und einen lockeren Ton anzuschlagen. »Ich mach das jetzt schon seit Stunden und bin total durch den Wind. Wirst du eine Weile auf sein?«

Er legte den Kopf schief. »Warum?«

»Einfach so. Könnten wir nicht irgendwohin was essen gehen? Bloß mal ein oder zwei Stunden hier raus?«

Etwas zuckte in seinen dunklen Augen. Sie betete, dass sie ihn nicht in seiner misstrauischen Stimmung erwischt hatte. »Okay«, sagte er nach einem Moment. »Warum nicht? Lädst du mich ein?«

Sie zwang sich zu lachen. »Klar. Ich mach hier bloß noch schnell klar Schiff …«

Während Dread sich anzog, schloss und sicherte Dulcy alles und aktivierte dann ihr Aufräumgear. Sie zitterte so sehr, dass sie ihr Pad auf den Tisch stellen musste, damit sie es nicht noch einmal fallen ließ.

Wie kann er sich so leise bewegen? Er ist hinter mir von dem Ding aufgestanden und durch den ganzen Raum gegangen, ohne dass ich was gehört hab. Vielleicht ist er wirklich ein Vampir. Es war kein sehr guter Witz, zumal in der Situation. Sie beendete die Spurenbeseitigung und schaltete das Pad aus, dann wischte sie sich mit dem Ärmel übers Gesicht. Der Raum war kühl, aber sie schwitzte.

Vielleicht sollte Renfield über einen Arbeitsplatzwechsel nachdenken …

Während des Essens war Dread die Liebenswürdigkeit in Person, strahlte sie mit seinen weißen Zähnen an und übertrieb scherzhaft seinen Aussie-Machismo, um sie zum Lachen zu bringen. Wenn es ihr erstes Zusammensein mit ihm gewesen wäre, hätte er Dulcy mit seinen Geschichten von den ungewöhnlichen Orten und noch ungewöhnlicheren Leuten, die ihm in seinem speziellen Gewerbe begegneten, im Sturm erobert. Noch vor einer Woche hätte sie möglicherweise ein drittes Glas Wein bestellt, ein viertes, und sich in eine warme Willigkeit sinken lassen. Stattdessen dachte sie die ganze Zeit nur daran, wie knapp sie dem Schicksal entgangen war, entdeckt zu werden, fragte sich jedes Mal, wenn er sie mit einem seiner durchdringenden Blicke bedachte, ob er jetzt gleich verkünden werde, er wisse genau, was sie getrieben habe.

Ob er sie nun der Falschheit verdächtigte oder nicht, irgendetwas tat sich mit Sicherheit unter der Oberfläche. Dread hatte immer wieder einmal diese aufgeputschten, geradezu fiebrigen Anfälle von Euphorie. An diesem Abend auch, aber gepaart mit dem wachsamen Dread, den sie ebenfalls kannte, so als ob er sich hart an die Kandare nahm, weil er wusste, dass er kurz davor war, die Zügel völlig schießen zu lassen. Auf dem Heimweg vom Restaurant verfiel er in Stillschweigen und sah weder sie noch die regennassen Straßen an, sondern hielt den Blick auf einen Punkt irgendwo über dem unsichtbaren Horizont gerichtet. Sein Schritt war federnder als sonst, zeugte von einer leichten, aber ständigen Muskelanspannung, so dass man meinen konnte, er allein von allen Menschen hätte die Schwerkraft überwunden, aber beschlossen, dennoch weiter so zu tun, als unterläge er ihr.

Im Hauptraum des Loft war die Deckenbeleuchtung noch aus, und nur die roten und weißen Lichtpünktchen des Komabettes ließen die dunklen Wände hervortreten. Er legte den Arm um sie und zog sie an sich. Er war erschreckend stark, selbst bei dieser raschen und offenbar beiläufigen Bewegung, so dass sie im ersten Moment befürchtete, er wolle ihr das Rückgrat brechen. Sie zweifelte nicht daran, dass er dazu in der Lage war. Doch dann legte er seine Wange an ihre und die Lippen dicht an ihr Ohr.

»Wollen wir tanzen, Süße? Ich hab Musik in mir drin, weißt du? Ich kann sie für dich spielen.«

Die Chance zu einem lockeren Abgang hatte sie bereits verspielt, indem sie bei seiner Berührung stocksteif geworden war. Die Vorstellung, mit diesem Mann Sex zu haben, erschien ihr plötzlich viel bestürzender, als sie es sich jemals ausgemalt hatte, erfüllte sie mit einem Grauen, das nichts mit der etwaigen Reue am Morgen danach zu tun hatte. Eine kleine Stimme tief in ihrem Innern – das Kind, das sich alle Geschichten merkte – quiekte: *Er will deine Seele stehlen …!* Sie zwang sich zur Ruhe, obwohl sie sicher war, dass er mit seinen scharfen tierischen Sinnen ihre Furcht wittern musste. »Ich … ich fühl mich nicht besonders. Krämpfe. Aber … es war ein sehr netter Abend.«

Seine Zähne bissen ganz, ganz sanft in ihr Ohrläppchen. Der leichte Schmerz schoss ihr wie ein schwarzer Blitz durchs Rückgrat. »He, Dulcy, Süße, du würdest doch keine Spielchen mit 'nem Kerl treiben, oder?«

»Nein.« Ihr Herz schlug schmerzhaft heftig. *Ich bin ganz allein.* »Nein, ich bin keine von der Sorte ... So was mach ich nicht.«

Er nahm ihr Kinn zwischen Daumen und Zeigefinger und drehte ihr Gesicht, so dass er sie genau anschauen konnte. Sein Lächeln passte überhaupt nicht zu den dunklen Höhlen, aus denen sein Blick sie traf, ähnlich den schwarzen Augenlöchern einer Maske. Sie verspürte den würgenden Drang, laut aufzuschreien, doch wie in einem Albtraum brachte sie keinen Laut heraus.

Als er sie losließ, wäre sie beinahe hingefallen.

»Tja, dann«, sagte er leichthin. »Wenn's so ist, kann ich ja wieder an die Arbeit gehen. Ist schließlich kein Klacks, Gott zu sein.« Er küsste eine Fingerspitze und tippte damit ihre trockenen Lippen an. »Nicht dass du denkst, ich wär einer von den Typen, die sich nicht beherrschen können.« Er lachte, dann zog er sich völlig unverklemmt aus, um sich wieder auf das Komabett zu legen. Dulcy flüchtete ins Badezimmer.

Ich traue mir selbst nicht mehr, dachte sie. *Ich kann nicht sagen, was wirklich ist und was nicht. Ist er ein Monster? Warum hat er mich dann nicht einfach gezwungen? Ich hätte keinen Finger rühren können. Kein Druck, kein Versuch, mir Angst zu machen.*

Aber sie *hatte* Angst, obwohl die logischen Erklärungsinstanzen ihres Tagbewusstseins eifrig Begründungen formulierten, Ausschüsse bildeten, Sitzungen anberaumten.

Er ist einfach ... unheimlich. Finster. Aber was hast du denn erwartet? Der Typ ist ein internationaler Auftragskiller, verdammt noch mal, nicht Muttis Musterknabe.

Los, fahr zum Flughafen! drängte eine ängstlichere Stimme. *Sieh zu, dass du wegkommst! Erzähl ihm, deine Mutter liegt im Sterben. Erzähl ihm irgendwas.*

Aber ich kann mich nicht einfach verdrücken, wurde ihr plötzlich klar. *Er wird mich nicht lassen, stimmt's? Ich bin die Einzige, die weiß, was er treibt.* Der Schreck, der ihr noch in den Gliedern saß, überzog sich plötzlich mit einer dicken Eiskruste, wurde ganz schwer und kalt.

Wenn er seinen Boss umgebracht hat, wird er dann mich einfach gehen lassen? Bestimmt nicht, wenn ich es eilig damit habe – das stachelt ein Raubtier doch erst zur Jagd an.

Komm wieder auf den Teppich, Anwin – ein Raubtier? Übertreib's mal nicht. Was hat er denn schon getan? Er hat dich engagiert. Er bezahlt dich. Na schön, du fährst jetzt doch nicht mehr so auf ihn ab ...

Mit hämmerndem Kopf setzte sie sich im Bett auf. Sie durchwühlte eine Weile ihre Handtasche, bevor ihr einfiel, dass sie die Pistole in die Schublade zu den Kaffeesachen gesteckt hatte.

Bin ich jetzt völlig durchgedreht? Außerdem ist er so schnell – wenn er beim nächstenmal beschließt, sich nicht einfach abwimmeln zu lassen, hätte ich überhaupt die Chance, sie zu ziehen? Sie ließ ihre Tasche zu Boden gleiten. *Zu viel. Das ist mir alles zu viel – ich muss schlafen.*

Eine halbe Stunde später hatten die Schmerztabletten zwar das Dröhnen im Schädel gelindert, aber an Schlaf war dennoch nicht zu denken. Sie stand auf und schlich leise durch den kurzen Flur in den Hauptteil des Loft.

Dread lag wieder in seinem Spezialbett, friedlich wie ein Buddha. Ein nicht ganz erwachsener Teil von ihr flüsterte: *Typisch Mann. Ich hab Kopfweh und überlege mir, ihn zu erschießen, und er schläft einfach seelenruhig.*

Aber er schlief natürlich nicht. Er war wieder im Netzwerk und machte dort ... Dulcy hatte keine Ahnung, was er dort machte. Es kam ihr vor, als wäre sie seit Wochen nicht mehr dort gewesen, und irgendwie bekam sie nostalgische Gefühle, wenn sie daran zurückdachte.

Was zum Teufel führt er im Schilde?

Erbost von ihrer Ängstlichkeit, auch wenn sie diese noch keineswegs los war, schnappte sie sich ihr Pad vom Tisch, verzog sich damit auf ihr Zimmer und schloss die Tür ab. Gleich darauf besah sie sich die fast vollständige Vernichtung der Entsorgungsdateien, die der Datenfresser angerichtet hatte, aktivierte ihr Wiederherstellungsgear und lehnte sich zurück. Sie wünschte, sie hätte ein unkomplizierteres Hobby, um sich die Zeit zu vertreiben – Rauchen oder Alkoholismus oder russisches Roulette.

Ist jetzt die Zeit für die seelische Generalinventur gekommen, Dulcy? Sie spielte mit dem Gedanken, aber schob ihn dann beiseite. Das Leben war im Augenblick zu konfus, und es empfahl sich nie, Entscheidungen zu treffen, wenn man deprimiert und ausgelaugt war.

Solange das Gear gearbeitet hatte, war sie dreimal durch die ganze Wohnung marschiert und hatte Mitteilungen von Leuten aus den Staaten beantwortet, darunter einen wunderlichen, langatmigen Erguss ihrer Nachbarin Charlie darüber, warum sie Dulcys Katze Jones versehentlich Hundefutter gegeben hatte, ein Vorfall, der nicht einmal mit einem direkten Rückruf ganz aufzuklären war. Jetzt öffnete sie mit äußerst geringen Hoffnungen die geretteten Dateien, und was sie fand, entsprach ungefähr ihren Befürchtungen – Fragmente. Einige waren völlig unverständliche gescrambelte Textfetzen, die vielleicht einmal zu Buchungsdateien oder sogar persönlichen Mitteilungen gehört hatten, aber jetzt genauso gut Schriftstücke in einer toten Sprache hätten sein können. Es gab ein paar klarere Passagen, aber sie waren ungefähr das, was nach der statistischen Wahrscheinlichkeit herauskam, wenn ein zufälliges halbes Prozent einer einstmals riesigen und vielfältigen Datenmasse wiederhergestellt wurde, sinnlose Reste von Berichten ohne genug erklärenden Kontext. Das einzige Bemerkenswerte war, dass einige der Fragmente in einem medizinischen Jargon gehalten waren, so als ob sie Teile von ärztlichen Untersuchungsergebnissen wären. Es gab Äußerungen über einen Medikamentenwechsel und eine Liste von anscheinend hirnchemischen Laborwerten, aber viel detaillierter, als man es in der Med-Akte selbst eines so wichtigen und ungewöhnlichen Beschäftigten wie Dread vermuten würde.

Im Grunde konnte sie anhand des Wenigen, das nach dem Vernichtungsangriff des Datenfressers übrig geblieben war, nicht einmal mit Bestimmtheit sagen, dass diese unzusammenhängenden Bruchstücke wirklich Dread betrafen. Es war der logische Schluss, aber gänzlich unbeweisbar. Schlimmer noch war jedoch die Tatsache, dass die ganze Arbeit ihr genau nichts von dem lieferte, was sie gesucht hatte, nämlich Informationen über ihren Auftraggeber auf dem Umweg über seine Beziehung zu seinem eigenen Boss, Felix Jongleur.

Der einzige nennenswerte Datenblock, der einen gewissen Zusammenhang bewahrt hatte, war eine Bilddatei, der Signatur zufolge eine von Hunderten, aber die einzige, die die Datenexplosion überstanden hatte. Es gelang ihr, sie zu öffnen und laufen zu lassen, aber sie konnte mit dem kleinen, körnigen Bild nichts anfangen – eine Aufnahme in einem schlecht beleuchteten Raum, wie es aussah, und vielleicht mit einer Kamera gemacht, deren Akku fast leer war. Auf einen Helligkeitsblitz folgte eine starre Einstellung auf eine kleine, dunkelhaarige Gestalt, die an einem Tisch in einem weißen Raum saß. Eine Off-Stimme gab eine Testnummer an, und sofort zoomte die Kamera auf die Hände der Versuchsperson und einen kleinen Gegenstand, der zwischen ihnen auf dem Tisch lag. Ansonsten geschah zwanzig Sekunden lang nichts, dann ging die Kamera wieder zurück, eine Stimme nannte ein paar Zahlen, und das Segment war vorbei.

Konsterniert setzte sich Dulcy zurück. Normalerweise hätte sie die ganze Sache als Reinfall verbucht und abgebrochen, aber sie war nach wie vor aufgedreht und nervös und bestimmt noch stundenlang außerstande zu schlafen. Zudem gestand sie sich eine Niederlage nur höchst ungern ein, auch wenn diese Niederlage noch so offensichtlich war. Sie durchsuchte ihr System nach einem Bildoptimierungsgear – sie hatte einmal einem flüchtigen Bekannten, der ebenfalls in den dunkleren Zonen des Informationstransfers tätig war, einen Gefallen getan, und er hatte sich bei ihr mit einem Paket revanchiert, das nach seinen Angaben den ultimativen Standard der militärischen Bildzauberei enthielt – und begann dann zu experimentieren, um zu sehen, ob sie damit an diesem mehr als spärlichen Filmausschnitt etwas ausrichten konnte.

Als Erstes probierte sie, das Gesicht der Versuchsperson optisch zu verbessern. Viel besser wurde es nicht, aber immerhin bekam sie das Bild klar genug, um sicher sagen zu können, dass es sich um einen dunkelhaarigen und ziemlich dunkelhäutigen Jungen handelte. Sie starrte einen Moment verdattert darauf und wusste nicht, ob sie glauben sollte, was doch offensichtlich zu sein schien.

Kann das Dread sein? Aber er sieht aus wie dreizehn. Wieso sollte Jongleur Filmmaterial von ihm als Dreizehnjährigem haben? Was könnte das für eine Bedeutung haben?

Jetzt wollte sie es wissen. Sie tüftelte mit dem unbekannten Gear herum, um eine bessere Auflösung zu bekommen, und wünschte dabei, sie würde sich mit dieser Art von Tätigkeit besser auskennen. Es gelang ihr, den Kontrast so weit zu verändern, dass Backenknochen und Kinn unter den glatt herabhängenden schwarzen Haaren hervortraten, und ihr Puls schlug schneller – das Gesicht war auf jeden Fall ähnlich wie Dreads geformt. Aber so sehr sie auch daran herummanipulierte, sie bekam das Bild nicht schärfer, was merkwürdig war, wo sie doch Sachen wie die Tischkante oder die Hände der Person zu einem zwar körnigen, aber deutlichen Bild optimieren konnte.

Enttäuscht, aber innerlich fest überzeugt, dass er es war, nahm sie sich als Nächstes den zwischen seinen Händen liegenden Gegenstand vor, eine dunkle Rautenform, ungefähr zehn Zentimeter hoch und fünf breit. Als sie begriff, dass es kein alltäglicher Gegenstand war, und sie aufhörte, ihn als solchen zu sehen, bekam sie ihn besser fokussiert. Es war eine Art Timer mit einer Digitalanzeige, ungefähr wie eine längliche Armbanduhr ohne Armband. Sie ließ die Aufnahme vor- und zurücklaufen und konnte nach und nach die Zahlenfolgen ausmachen, obwohl sie sich mehrmals vertat, bevor ihr endlich aufging, dass etwa in der Mitte des Experiments oder Tests die Zahlen auf der Anzeige plötzlich rückwärts zu laufen begannen.

Dulcy schüttelte den Kopf. Ein präpubertärer Dread mit einem Timer vor sich, der erst normal vorwärtslief, dann umschaltete und die Zahlen rückwärts abspulte? Was für ein Experiment war das, zum Donner? Und wieso hatte Jongleur es in dieser streng geheimen Personalakte, oder was es sonst war, abgelegt?

Sie ließ die Versuchsbilder ein ums andere Mal ablaufen, und obwohl sie mittlerweile keinen Zweifel mehr daran hatte, dass die Person Dread war, konnte sie sich keinen Reim darauf machen. Erst als sie die Sequenz noch einmal bis ganz zum Anfang zurücklaufen ließ, um sie ein letztes Mal zu studieren, wurde ihr klar, dass sie das vorausgehende weiße Aufleuchten nicht beachtet und einfach angenommen hatte, es sei bloß eine Leerstelle, verursacht durch einen Datenfehler. Als sie das Bild anhielt, sah sie, dass es in Wirklichkeit etwas Weißes war, das kurz vor der Kamera vorbeistrich. Sie war sich zwar sicher, dass es sich bloß als ein Laborkittel herausstellen würde oder vielleicht als die stark verzerrte Hand des Filmenden beim Einstellen der Linse, aber dennoch begann sie damit zu spielen.

Es war eine Karte, entdeckte sie, nachdem sie etliche Minuten an der Feinauflösung herumgedoktert hatte – vielleicht mit der Versuchszahl darauf oder so etwas. Der Anfang der Aufnahme war fort, man sah daher nur den Sekundenbruchteil, in dem sie wieder weggezogen wurde, aber die schwachen grauen Zeichen, die sie erkannte, waren mit

Sicherheit Schrift. Entschlossen, die Schatten lesbar zu machen, ging sie mit der Bildoptimierung in die nächste Runde.

Eine halbe Stunde später spuckte das Programm die fünfte und beste Iteration aus. Das Licht, das von einer Leuchtstoffröhre an der Decke auf die Karte fiel, war so grell, dass die Schrift darauf für die Kamera fast nicht mehr darstellbar war, aber das Gear war ursprünglich dafür gedacht, Gesichtszüge aus erdnaher Umlaufbahn erkennbar zu machen. Es hatte die Krakel tatsächlich in deutliche Buchstaben verwandelt:

DR. CHAVEN – VORGANG # 12831 – WULGARU, JOHN

Dulcy überkam auf einmal das Gefühl, beobachtet zu werden, nackt und verletzlich zu sein. Sie riss panisch den Kopf hoch, weil sie davon überzeugt war, dass Dread sich wieder in ihrem Rücken angeschlichen hatte, aber das Zimmer war leer, die Tür verriegelt. Sie klappte ihr Pad zu und trat leise in den Flur, um sich zu vergewissern, dass er auch bestimmt noch in seinem summenden Sarkophag lag.

John Wulgaru, dachte sie, als sie wieder zurück war. Ihre Hände bebten. *Heißt er so? Bin ich der einzige Mensch, der das weiß? Der einzige, der noch am Leben ist?*

Sie tat diese melodramatische Anwandlung als Produkt ihrer Nervosität ab. Wichtig war vor allem eines: Sie hatte es gecräckt. *Wer sonst hätte das hingekriegt? Verdammt wenige.*

Auf der Gefühlsachterbahn ging es jetzt wieder nach oben. Dulcy brannte darauf, mit diesem hart erkämpften Wissen etwas anzufangen, irgendetwas. Sie rief Dreads verbotenes Zimmer auf, doch der geheime Speicher reagierte nicht auf den Namen, einerlei in welcher Kombination. Nur geringfügig enttäuscht brach sie die Verbindung ab. Selbst wenn sein wirklicher Name so gut wie völlig unbekannt war, würde Dread ihn wahrscheinlich kaum als Passwort benutzen, zumal nicht für eine Datei, bei der man vermuten durfte, dass sie belastendes Material aus seinem Verbrecherleben enthielt. Aber es war ein erster Schritt – den Besitzer eines Systems in Erfahrung zu bringen, war die beste Voraussetzung, um es zu knacken, und sie hatte jetzt etwas Wichtiges über Dread in Erfahrung gebracht.

Dulcy dachte eine Weile darüber nach, warum Jongleur diese Information über Dread so hochexplosiv gesichert, aber die Uschebti-

Datei, bei der es dem Anschein nach um etwas viel Größeres und Bedeutenderes ging, um die Übergabe seines gesamten Besitzes, ohne ähnlichen Schutz gelassen hatte. Vielleicht weil Jongleur wusste, dass niemand außer ihm einen guten Grund haben konnte, sich die Sachen über Dread anzuschauen, nahm sie an, wohingegen die andere Datei irgendwann durch die Hände von Notaren, Anwälten, Managern und diversen anderen Dritten gehen konnte.

Sie trommelte mit den Fingern, wollte unbedingt irgendwie weitermachen. Zumindest konnte sie schauen, ob etwas dabei herauskam, wenn sie den neu entdeckten Namen ihres Auftraggebers ins Netz eingab. Sie bezweifelte, dass viel Interessantes unter dem Namen kursierte, aber als Veteranin der Informationskriege wusste sie, dass sich aus der ungeheuren weltweiten Matrix nur schwer etwas vollkommen löschen ließ.

Sie schickte ihr Gear auf eine verdeckte Suche nach »Wulgaru« in allen möglichen Schreibungen, dann legte sie sich hin und starrte zähneknirschend an die Decke.

Wie sie vermutet hatte, erbrachte die Suche wenig außer ein paar verstreuten Hinweisen auf einen uraustralischen Mythos. Die längste und vollständigste Version, verfasst von zwei Leuten namens Kuertner und Jigalong, stammte aus einer akademischen Zeitschrift für Volkskunde. Es war eine unheimliche kleine Geschichte mit offenem Ausgang. Obwohl sie ihr nichts Brauchbares über ihren Auftraggeber verriet, wurde sie in den Stunden danach, in denen sie dalag und auf den Schlaf wartete, innerlich ohnehin schon aufgewühlt von allem, was sie an dem Tag erfahren und getan und riskiert hatte, von der Vorstellung eines unbarmherzigen hölzernen Mannes mit Steinen als Augen heimgesucht.

> Dread stellte die Musik lauter. Der Chor klagte die Zwölftonleiter auf und ab und zerbrach dann in einzelne scharfe Schreie, die sich anhörten wie ein Schauer leidender Regentropfen. Er befand sich in seiner privaten Simulation, schwebte in seinem luftigen weißen Haus, umgeben vom klaren Licht des australischen Outback.

Er öffnete ein Fenster, um noch einmal einen Blick auf seine Mitarbeiterin zu werfen, aber sie schlief jetzt. Er hatte sie die letzten Stunden zwischendurch immer wieder einmal dabei beobachtet, wie sie sich an ihrem Pad mit irgendetwas abstrampelte, und sich Gedanken gemacht, was er wegen dem Dulcy-Problem unternehmen sollte. Da er mit der gleichen professionellen Neugier Menschen studierte, mit der ein Kammerjäger die Klasse Insecta zu verstehen suchte, war Dread der Wandel ihrer Gefühle ihm gegenüber nicht entgangen. Während er mit seinen verschiedenen Experimenten im Netzwerk beschäftigt gewesen war, hatte sich der Fisch vom Haken losgezappelt. Was bedeutete, dass ihr nicht mehr zu trauen war.

Tja, vielleicht hat unsere gute Frau Anwin zu guter Letzt ausgedient.

Er badete in der Musik, der Luft, dem glitzernd reinen Wüstenlicht und dachte nach. Er hatte sich weiß Gott ein bisschen Abwechslung verdient. Vielleicht sollte er ihr noch ein oder zwei Tage lassen, damit sie die Arbeit an den Jongleurdateien abschließen konnte, und dann ihre Akte schließen.

Aber konnte er es sich leisten, Dulcy jetzt schon zu eliminieren? Er hatte noch viele Fragen. Sein Interesse am Gralsnetzwerk hatte zwar ein wenig nachgelassen, aber allein auf sich gestellt, ohne das fantastische Betriebssystem des Netzwerks, würde es ihm schwerfallen, seine Pläne in der Außenwelt zu verwirklichen, und genau in dem Punkt biss er derzeit auf Granit. Die Grundfunktionen des Netzwerks hatte er inzwischen fast vollkommen unter Kontrolle, aber der vernunftbegabt erscheinende Teil des Betriebssystems reagierte nicht mehr so stark auf die Schmerzstimuli, als ob das System entweder gelernt hätte, die schlimmsten Effekte abzublocken … oder vielleicht einfach am Ende war.

Ein ruiniertes System jedoch nützte ihm nichts. Dread musste wissen, wie weit er gehen konnte und auch ob irgendwelche Alternativen zur Verfügung standen für den Fall, dass er das Betriebssystem überstrapazierte und das ganze Ding kollabierte. Ob er der virtuellen Zerstörungsorgie nun überdrüssig war oder nicht, jedenfalls war das Gralsnetzwerk als Land, in dem keinerlei Auslieferungsverträge galten, immer noch unschlagbar. Auch wenn seine anderen Pläne scheiterten, konnte er sich jederzeit in die Gralswelten zurückziehen und dort die Ewigkeit verbringen, genau wie Jongleur und seine Kumpane es vorgehabt hatten. Allerdings konnte er das nur, wenn Jongleurs Unsterblichkeitsprogramm wirklich funktionierte. Er selbst hatte durch seinen Angriff auf das Betriebssystem die erste Bewährungsprobe des Programms sabotiert, aber es war bestimmt lehrreich, diesen Ricardo Klement von der Bruderschaft zu finden und zu untersuchen, denn der war anscheinend der Einzige, der den Prozess überlebt hatte.

Das virtuelle Universum hatte also weiterhin seine Reize, deren nicht geringster das Wissen war, dass seine früheren Weggefährten, die blinde Martine und diese Sulaweyo und Konsorten, sich immer noch dort vor ihm versteckten – bis zu ihrer Gefangennahme und gebührenden Bestrafung.

Aber die Macht, die ihm Jongleurs weltweites Unternehmensnetz verschaffte, und die nahezu grenzenlose Fähigkeit des Gralssystems, mit Informationen nach Belieben zu schalten und zu walten, eröffneten ihm ein noch viel größeres Betätigungsfeld. Was für ein Gefühl wäre es wohl, aus reinem Vergnügen einen Krieg anzuzetteln? Eine Großstadt mit der Drohung biologischer Waffen zur Evakuierung zu zwingen? Die großen Monumente der Welt zu bombardieren?

Und was seine ganz speziellen Neigungen anbelangte, warum nicht auch denen frönen? Es gab etliche kleine, krisengeschüttelte Staaten in Afrika und Asien, wo er sich mit Jongleurs Einfluss und Geld fünfzigtausend Hektar Land und vollkommene Ungestörtheit kaufen konnte. Er konnte sich Frauen in jeder gewünschten Menge heranschaffen lassen – die Brautmärkte allein des indischen Subkontinents konnten alle seine Bedürfnisse außer dem nach Abwechslung vollauf befriedigen.

Die Aussicht war so verheißungsvoll, dass Dread sich in seiner Säule halbfester Luft wohlig rekelte. *Ich könnte das Gelände einfach einzäunen lassen und sie dann aussetzen. Ein Jagdreservat ganz für mich allein.*

Die kleinen musikalischen Leidausbrüche ergossen sich über ihn. Das gottgleiche Gefühl war wiedergekehrt – einem schwächeren Geist und Willen wäre es wie Wahnsinn erschienen, aber Dread wusste es besser. Es gab keinen, der ihm gleich war. Keinen.

Und wie es sich für einen Gott gehörte, vergaß er auch, wenn er sich zu den höchsten Höhen seiner Herrlichkeit aufschwang, die niederen Dinge nicht.

Dulcy. Wenn sie also mit den Nachforschungen über das Betriebssystem fertig ist, soll ich mit ihr dann vielleicht einen kleinen Campingausflug in den Busch unternehmen? Er ließ sich das eine Weile genüsslich durch den Kopf gehen, bis plötzlich ein winziger Störfaktor auftrat.

Aber so war's nicht geplant – und ich habe sie im Taxi herkommen lassen. Es gibt wahrscheinlich Zeugen, Dokumente. Wenn es wie Mord aussieht, wird es Fragen geben, und noch so viele schützende Puffer zwischen mir und dieser Mietwohnung ändern nichts daran, dass ich derlei Stunk nicht gebrauchen kann. Nicht jetzt. Es wird also wie ein Unfall aussehen müssen.

Was aber nicht heißt, dass ich mich nicht vorher ein bisschen mit ihr amüsieren kann.

Er beschloss, seiner Mitarbeiterin achtundvierzig Stunden zu geben, um ihre Arbeit abzuschließen. In einer Anwandlung von Großzügigkeit erhöhte er die Zahl auf zweiundsiebzig.

Drei Tage. Und dann wird der armen kleinen Touristin aus New York leider etwas Schreckliches zustoßen.

Die unterhaltsame Entscheidung, wie es vonstatten gehen sollte, wollte er erst treffen, wenn er sich um die dringende Angelegenheit der gefangenen Kreismitglieder und einige andere Projekte im Netzwerk gekümmert hatte. Aber zum Teil würde er es natürlich bis zum letzten Moment hinauszögern, es der spontanen Eingebung überlassen.

Die Kunst durfte auf keinen Fall zu kurz kommen.

Kapitel 27
DER GRÜNE KIRCHTURM

NETFEED/NACHRICHTEN:
Weiterer Mordfall gefährdet den Frieden in Utah
(Bild: Eltrims zertrümmerter Wagen in Salt Lake City, Utah)
Off-Stimme: Das Bombenattentat, bei dem gestern Joachim Eltrim ums Leben kam, ein Anwalt, der für den Bürgermeister von Salt Lake City tätig war, droht auch den wackligen Frieden zu sprengen, der eine Zeit lang zwischen dem Bundesstaat Utah und der radikalmormonischen Separatistengruppe namens Deseret Covenant herrschte. Nach Angaben der Stadtverwaltung und der Polizei von Salt Lake City richtet sich der Verdacht eindeutig auf die Separatisten, die jedoch die Täterschaft weit von sich weisen.
(Bild: Edgar Riley, Sprecher von Deseret)
Riley: "Ich bestreite nicht, dass es vielen von unsern Leuten nur recht wäre, wenn solche Rechtsverdreher wie Eltrim ihre quertreiberischen, heimtückischen Machenschaften mit dem Leben bezahlen müssten, aber ich bestreite sehr wohl, dass wir irgendetwas damit zu tun hatten …"

> In den zugewucherten Straßen von Holla Buschuschusch wimmelte es nur so von bleichen, trippelnden Gestalten. Schon auf der Mitte der steinernen Brücke erfüllte der Anblick Renie dermaßen mit Grauen und Ekel, dass sie zurücktaumelte und beinahe in den rasch dahinströmenden Fluss gestürzt wäre.

»Ich … muss dorthin«, stieß sie hervor, obwohl alles in ihr sich dagegen auflehnte. »Die gefangenen Fremden, das könnten meine Freunde sein.«

Das Steinmädchen konnte nur schluchzen und das Gesicht hinter seinen plumpen Händen verbergen.

Es war das gleiche Gefühl wie kürzlich bei den Schnören am Berghang, schlimmer noch, weil diese Kreaturen hier in solchen Massen auftraten. Nur der Gedanke, dass !Xabbu und die anderen möglicherweise in dem Turm nahe der Stadtmitte waren und dort von diesen wie Riesentermiten herumschwärmenden hässlichen Dingern belagert wurden, hielt sie auf den Beinen. Dies und das neben ihr auf dem Stein kniende kleine Mädchen, das sich sichtlich noch mehr fürchtete als sie.

»Ich kann dich nicht hier zurücklassen«, sagte Renie zu ihm. »Und ich kann auch nicht umkehren und meine Freunde ihrem Schicksal überlassen. Kommst du allein zurück?« Die Schultern des Steinmädchens hoben und senkten sich. Renie legte der Kleinen sanft eine Hand auf den Rücken. »Ich verspreche, ich warte, bis du sicher wieder am andern Ufer bist.«

»Das geht nicht!«, jammerte das Steinmädchen. »Ich hab den Rüber-Spruch gesagt! Ich kann nicht zurück.«

So viele unbegreifliche Regeln! Wenn man eine KI programmieren wollte, schien es ihr mittlerweile, musste es effektivere Mittel geben, als ihm Märchen beizubringen. »Tja, wenn wir nicht zurück können, müssen wir weiter«, sagte Renie so schonend, wie sie konnte, und nach Kräften bemüht, das Kind ihre eigene Angst nicht merken zu lassen. »Es muss sein.«

Das Steinmädchen konnte nicht aufhören zu weinen. Renie sah zum dunkel werdenden Himmel auf. »Komm.« Sie zupfte das Mädchen am Arm und versuchte dabei krampfhaft, sich auf Sachen zu besinnen, mit denen sie Stephen immer herumgekriegt hatte, wenn er bockte. »Mach … mach einfach, was ich mache. Ich sing jetzt ein Lied. Du machst genau das, was ich mache, wenn ich einen Vers singe, okay? Schau einfach zu, und wenn ich mich bewege, bewegst du dich auch, ja?« *Verdammt, eigentlich sollte ich ein Kinderlied singen,* dachte sie, aber so sehr sie sich auch das Gehirn zermartete, ihr fiel partout nichts Passendes ein. In ihrer Verzweiflung stimmte sie einfach das erste Lied an, das ihr in den Sinn kam, die Erkennungsmelodie einer asiatischen Spielshow, die ihre Mutter früher gern geguckt hatte.

»Bist du eine schlaue Maus«,

sang sie,

»Komm zu uns ins Sprootie-Haus …«

»Ja, das kannst du schon«, ermunterte sie das Steinmädchen. »Schau, beweg dich einfach so.« Sie sang ganz langsam und betonte dabei den Takt. »*Bist* du *ei*-ne *schlau*-e *Maus …«*

Als das kleine Mädchen schließlich aufblickte, stand ihm der Jammer ins Gesicht geschrieben … und noch etwas Anderes. Im Stillen hatte es die große, inständige Kinderhoffnung, dass Renie das *Richtige* tat. Dass sie das Unmögliche möglich machte. Dass die vielen kleinen Lügen zur Wahrheit wurden.

Renie schluckte und fing noch einmal von vorne an.

»Bist du eine schlaue Maus,
Komm zu uns ins Sprootie-Haus!
Ist das Quiz dir nicht zu schwer,
Wirst du Sprootie-Millionär!«

Langsam, als watete es durch geschmolzenen Karamell, passte das Steinmädchen seine Schritte Renies brüchigem, fast tonlosem Gesang an.

»Willst du Reichtum ohne Plage,
Stell dich unsrer Superfrage!
Wenn du superclever bist,
Wirst du Sprootie-Kapitalist!

Didaktastisch!
Pädagenial!
Sprootie Smart ist infoepochal!«

Renie sang es zu ihrem gemeinsamen Tanz über die Brücke noch sechsmal und wurde dabei immer leiser, je näher sie dem letzten Steinpfeiler kamen, obwohl die nächsten der bleichen Wesen immer noch gut hundert Meter entfernt waren und keinerlei Interesse an ihnen zeigten. Renie ließ sich vorsichtig auf die grasbewachsene Uferböschung gleiten, fasste dann die kleinen, kühlen Hände des Steinmädchens und half ihm hinunterzuspringen. Erst als es neben ihr gelandet war, merkte sie, dass das Kind vor Furcht die Augen ganz fest zugekniffen hatte.

»Schon gut«, flüsterte Renie.

Das Steinmädchen sah sich ängstlich um und musste sich sichtlich beherrschen, nicht gleich wieder loszuweinen. »Wer … wer ist Sprootie?«

»Bloß so ein blöder … ach, egal. Wir sollten leise sein, damit sie uns nicht hören.«

»Tecks hören nicht. Tecks gucken.«

Renie war erleichtert, wenn auch nur geringfügig. »Können wir irgendwas machen, damit sie uns nicht sehen?«

»Uns nicht bewegen.«

Jetzt, wo der Fluss hinter ihr war und ein Fluchthindernis darstellte, wuchs Renies Furcht vor den leichenblassen, herumwuselnden Dingern noch mehr. »Wir können nicht einfach hier stehen bleiben. Können wir sonst noch was tun, das hilft, außer uns nicht bewegen?«

»Uns ganz, ganz langsam bewegen.«

Renie spähte zu der schattenhaften Stadt hinüber und suchte nach möglichen Wegen zu dem Turm, auf den sich die Aufmerksamkeit der Tecks zu konzentrieren schien. Die Straßen und Häuser waren gleichmäßig grün zugewachsen, als ob sie alle für irgendein verrücktes Gartenexperiment als Spaliere zweckentfremdet worden wären, aber wenn dem so war, dann hatten sie schon lange keine pflegende Hand mehr gesehen, denn die Ecken und Kanten der Gebäude waren von Laubwerk verstruppt. Kletterpflanzen hatten sich von einer hohen Stelle zur anderen gerankt und hingen jetzt zwischen Türmen und Giebeln wie große, schlaffe Spinnweben.

»Es wird dunkel«, sagte Renie leise. »Wir müssen los.«

Das Steinmädchen gab keine Antwort, aber wich nicht von ihrer Seite, als sie sich vorsichtig in Bewegung setzten. Sie schlichen die Uferböschung hinauf zu einer niedrigen Mauer am Rande der Stadt, ohne Aufmerksamkeit zu erregen, und duckten sich dahinter. Renie wünschte inbrünstig, sie hätte irgendeine Waffe. Das Einzige, was sie hatte, war das Feuerzeug, und die Vorstellung, eine lappige Gestalt, die wie ein zwei Meter langer Tintenfisch aussah, mit einem Minisolar anzuzünden, war ein Witz, über den sie im Augenblick nicht sehr lachen konnte. Eine Fackel wäre eine Möglichkeit gewesen, aber die nächsten Bäume waren ein ziemliches Stück entfernt.

»Haben Tecks vor irgendwas Angst?«, fragte sie. Der ungläubige Blick des Steinmädchens war eigentlich Antwort genug, aber Renie griff in das Gestrüpp, das die Mauer bedeckte, weil ihr der Gedanke kam, dass sie sich mit einem großen Stein in der Hand wenigstens ein bisschen besser fühlen würde. Sie langte viel tiefer in das Dornengesträuch hinein, als sie für nötig gehalten hätte, um einen losen Stein zu finden, und staunte dann noch mehr, als die Hand auf der anderen Seite durchkam. Die Mauer bestand nur aus Strauchwerk.

»Wo ist die Mauer? Ist denn gar keine Mauer drunter?«

Das Steinmädchen war noch eine Idee aschgrauer geworden, als es mit seiner Lehmfarbe ohnehin schon war. Es sah Renie nervös an. »Das *ist* die Mauer.«

»Aber ... ist da nicht ... nichts Hartes unter diesen ganzen Blättern?« Plötzlich kam ihr ein verstörender Gedanke. »Bestehen etwa alle diese Häuser und so weiter bloß aus Pflanzen?«

»Das hier ist Holla Buschuschusch«, erwiderte das kleine Mädchen zur Erklärung.

»Scheiße.« Also nichts war mit Steinen als behelfsmäßigen Waffen. Außerdem bedeutete das, dass ihre Freunde, wenn sie wirklich in diesem Turm nahe des Stadtkerns steckten, nicht durch richtige Mauern vor diesen Kreaturen geschützt waren.

Aber wodurch waren sie dann geschützt?

Renie holte ein weiteres Mal tief Luft und konnte sich noch schwerer als vorher dazu bringen, weiterzugehen. Eine Wolke der Angst hing über der ganzen Stadt, und das war nicht allein ihre nahe liegende und nur zu berechtigte Furcht vor den unheimlichen Tecks, sondern etwas Tieferes, schwerer Erklärliches. Sie erinnerte sich an die Woge der Panik, die sie erfasst hatte, als sie von den Schnören gejagt worden war.

Wir sind im Innern des Betriebssystems. Empfinden wir seine Furcht? Aber wovor würde sich eine künstliche Intelligenz fürchten?

Sie führte das Steinmädchen zu einer Stelle, wo die Wand besonders niedrig war und sie leicht darüber hinwegklettern konnten, auch wenn es für Renie nicht ohne ein paar zusätzliche Schrammen abging. Auf der anderen Seite blieben sie stehen. Über die Pflanzendecke am Boden kam ein Teck mit einer wellenartigen Bewegung auf sie zu, die aussah, als schwämme er über den Meeresgrund. Obwohl das Steinmädchen erklärt hatte, dass es ungefährlich war, Geräusche zu machen, schnürte es Renie die Kehle zu.

Der Teck hielt zehn, fünfzehn Meter vor ihnen an. Er hatte keine Beine, doch jede Spitze seiner gezackten Seiten endete in etwas wie einem Pseudopodium; eine sanfte Wellenbewegung lief durch alle Zacken, obwohl das Ding stillstand. Dunkle Punkte schwammen unter der durchscheinenden Haut, als ob es mit Billardkugeln und Gallert gefüllt wäre. Erst als die dunklen Punkte einer nach dem anderen gegen die Haut pressten und dann wieder zurücktraten, erinnerte sich Renie an die Worte des Steinmädchens: Tecks hatten zu viele Augen.

»Lieber Gott!«, würgte sie hervor.

Ob er sie nun tatsächlich nicht sehen konnte, solange sie sich nicht bewegten, oder ob sie zu weit weg waren, um von Interesse zu sein, jedenfalls drehte der Teck sich um und schlängelte sich wieder die Hauptstraße hinauf. Mehrere seiner Artgenossen stießen ihn im Vorbeigehen an, einige krochen sogar über ihn hinweg. Renie konnte nicht ausmachen, ob sie sich durch Körperkontakt verständigten, oder ob sie einfach hochgradig dumm waren.

»Ich will hier nicht sein«, sagte die Kleine.

»Ich auch nicht, aber wir sind nun mal hier. Nimm meine Hand, und lass uns weitergehen. Soll ich dir das Sprootie-Smart-Lied noch mal vorsingen?«

Das Steinmädchen schüttelte den Kopf.

Langsam bewegten sie sich weiter ins Innere der Stadt vor. Jedes Mal, wenn einer der Tecks in ihre Nähe kam, gingen sie so weit wie möglich in Deckung und blieben stocksteif stehen. Renie war jetzt richtig dankbar für die fortschreitende Abenddämmerung: Wenn die Kreaturen sich hauptsächlich nach dem Gesichtssinn richteten, dann war die Dunkelheit ein Geschenk. Dennoch wollte sie, wenn es sich irgend machen ließ, vor diesen scheußlichen Schleichern in Sicherheit sein, bevor es finstere Nacht war.

Sie erreichten das erste Haus, eine einfache Kate aus grünen Blättern und Ranken. Nachdem Renie einen raschen Blick hineingeworfen hatte – selbst die Möbel waren aus Pflanzen –, konnte sie sich eine Frage nicht verkneifen. »Wer hat vorher in dieser Stadt gelebt?«

»Frauen mit Kindern hauptsächlich«, antwortete das Steinmädchen mit gepresster Stimme. »Sie haben gern Rotwein getrunken und Fisch gegessen. Außerdem ein paar Kaninchen. Und eine große Familie von Igeln, die Tickel oder Blickel oder so ähnlich hießen, g-g-glaub ich ...« Tränen quollen aus den Augenlöchern.

»Sch-sch. Schon gut. Wir werden ...«

Drei Tecks glitten um die Ecke des nächsten Hauses und krochen über die zugewucherte Gasse direkt auf sie zu. Das Steinmädchen stieß einen leisen Schreckenslaut aus und sackte zusammen. Renie packte es und hielt es möglichst aufrecht und still, obwohl sie selber am ganzen Leib zitterte.

Die Tecks hielten an und blieben etwa fünf Meter von der Stelle entfernt, wo Renie und das Steinmädchen standen, sacht pulsierend auf dem Pflanzenteppich liegen. Nur ihre längliche Gestalt deutete darauf hin, dass es bei ihnen vorn und hinten gab; beide Enden sahen genau gleich aus, doch nach der Haltung der Tecks hatte Renie keinen Zweifel, dass sie ihnen die Vorderseite zukehrten. Sie hatten etwas gewittert und lauerten jetzt.

Einer der Tecks trippelte ein kleines Stück auf das Haus zu. Ein anderer kam nach und glitt über den ersten, dann trennten sie sich und lagen wieder parallel. Helle und dunkle Farbwellen liefen im Wechsel ihre Leiber hinauf und hinunter. Die Augenflecken traten an den Vorderseiten vor, drei oder vier dunkle Kugeln bei jedem, die gegen die elastische Haut drückten.

Ein kaum hörbarer Wimmerton entfuhr dem Steinmädchen, und Renie spürte, wie die Arme des Kindes sich strafften. Jeden Moment konnte es die Nerven verlieren und panisch davonlaufen. Renie versuchte, es unbeirrt festzuhalten, aber auch sie konnte ihr Grauen kaum mehr bezähmen.

Mit einem lauten Rascheln, bei dem Renie fast das Herz stehen blieb, sprang plötzlich etwas direkt vor den Tecks aus dem Bodengestrüpp und raste so schnell am Haus vorbei auf die offene Straße zu, dass man nur einen grauhaarigen Streifen mit großen, glänzenden Augen sah. Die augenblicklich hinterherschießenden Tecks schienen kaum die Bodendecke zu berühren. Das kindgroße Kaninchen mit der knappen blauen Jacke erreichte die Straße, aber musste dort einem anderen Teck ausweichen, der sich vor ihm aufbäumte, so dass man an der Kopfunterseite die schartige Öffnung des Mauls sah. Durch den jähen Richtungswechsel konnte das kopflos fliehende Tier nicht anders, als direkt auf seine Verfolger zuzurennen. Es stieß noch einen nur allzu menschlich klingenden Schreckensschrei aus, dann stürzten sich die Tecks in einer sich windenden, fleischigen Masse darauf.

Renie zerrte das Steinmädchen um das Haus herum, weg vom Anblick der Straße und den schmatzenden Fressgeräuschen. Sie hatten Glück, dass dort keine weiteren Tecks warteten. Sie schob das stolpernde kleine Mädchen vor sich her durch die kniehohe Vegetation der Gasse und ins schützende Nachbarhaus hinein.

Dort drinnen drang gerade so viel Licht durch ein kleines Fenster, dass sie einen Teil der aus lebenden Pflanzen bestehenden Einrichtung erkennen konnten, Stühle, einen Tisch, Schüsseln und sogar einen Kerzenleuchter; ansonsten war die kleine Hütte leer. In ihrer ohnmächtigen Furcht ballte Renie die Fäuste. Durch das Fenster hatte sie jetzt einen Blick auf den Kirchturm, der von Kletterpflanzen umwunden war wie ein Maibaum, doch obwohl er nur etwa fünfzig Meter entfernt war, hätten es genauso gut tausend sein können. Das Gelände zwischen ihrem notdürftigen Asyl und dem Turm wimmelte von den bleichen Bestien.

»Ich lass mir was einfallen«, beteuerte Renie. »Verlier nicht den Mut. Ich bring uns hier wieder raus.«

Das kleine Steinmädchen holte tief und zittrig Luft. »W-w-wirklich?«

»Ja, versprochen«, sagte Renie bestimmt. Dabei schlang sie die Arme um sich, um das Zittern zu beruhigen. Was sollte sie denn sonst sagen?

> Drei leere Plastikflaschen Mountain Rose lagen vor ihm auf dem Boden wie ausgebleichte Knochen. Long Joseph betrachtete sie mit einem Gefühl, das nicht sehr weit von Verzweiflung entfernt war.

Musste so kommen, haderte er mit sich. *Auch wenn du immer nur 'nen Tropfen trinkst, irgendwann is trotzdem mal Schluss …*

Und das Verreckte war, dass er absolut nichts machen konnte und insofern einen heilenden, wärmenden Schluck hin und wieder dringender denn je gebraucht hätte. Und gerade jetzt, wo ein kleines Stück über ihm Männer darauf aus waren, ihn und seine Tochter umzubringen, und er zudem schon wochenlang hier in diesem Berg lebendig begraben war, als Gesellschaft nur den langweiligen, pingeligen Jeremiah Dako und noch Del Ray Chiume, auf den er auch hätte verzichten können – ausgerechnet jetzt hatte er nichts zu trinken.

Er fuhr sich mit der Hand über den Mund. Er wusste, dass er kein Säufer war. Er kannte Säufer, er sah ständig welche, Männer, die vor den Kneipen herumtorkelten und sich kaum noch auf den Beinen halten konnten, Männer mit eingetrockneten, alten Pisseflecken auf den Hosen und einem Atem, der wie Farbverdünner roch, Männer mit Augen wie Gespenster. So einer war er nicht. Aber er wusste auch, dass er ein bisschen Trost gut gebrauchen konnte. Es war gar nicht so sehr, dass er unbedingt trinken wollte, es war nicht der Geschmack, nicht einmal das sanfte, beglückende Glühen, wenn die ersten paar Schlucke sich im Magen sammelten. Aber ihm war, als ob sein ganzer Körper ein bisschen locker wäre und schlecht passte, als ob sein Gerippe sich nicht richtig ins Fleisch fügte, als ob seine Haut die falsche Größe hätte.

Joseph grunzte und stand auf. Wozu das alles überhaupt noch? Selbst wenn Renie zurückkam und aus ihrer elektrischen Badewanne stieg wie dieser Dingsbums, dieser Lazarus aus der Bibel, gesund und glücklich und stolz auf ihren Papa, selbst dann würden sie nicht lebendig aus diesem Berg herauskommen. Nicht mit vier Killern da oben, brutalen, gnadenlosen Kerlen, die entschlossen waren, sie auszugraben wie ein Ameisenbär einen Termitenbau.

Joseph begab sich mit steifen Schritten zur Reihe der Monitore hinüber. Die Männer oben hatten zwar den Rauch noch nicht ganz hinausgewedelt, aber die Luft sah schon viel klarer aus. Sie würden sich bald wieder an die Arbeit machen und durch den Rest der Betondecke brechen. Was dann – Granaten? Loderndes Benzin auf sie kippen, damit sie verbrannten wie Ratten? Er zählte die Gestalten in der trüben Atmosphäre. Ja, vier. Na, wenigstens hatten sie einen von ihnen mit Sellars' Großbrand erledigt. Aber das bedeutete nur, dass die Übrigen noch fieser mit ihnen umspringen würden, wenn es so weit war.

Fieser? Du machst wohl Witze, Mann. Dies hier war nicht wie in Pinetown, bloß eine von diesen Massenkeilereien nach zu viel Bier, bei denen die Leute mit Fäusten und Brettern aufeinander losgingen und das Weite suchten, sobald ein Messer gezückt wurde, nicht einmal eine von der üblen Sorte, wo die rivalisierenden Horden junger Männer plötzlich ihre Ballermänner tackern ließen, wie wenn ein Stock über einen Zaun gezogen wird, und die Leute mit langen Gesichtern stehen blieben und genau wussten, dass gerade etwas Schreckliches passiert war … Nein, dies war von Anfang an eine ganz andere, sehr viel härtere Nummer gewesen.

Der Druck war jetzt ziemlich schlimm, der Impuls zu fliehen, abzuhauen, so schnell wie möglich ins Freie zu kommen. Vielleicht konnte er ja noch einen anderen Weg nach draußen finden als den vorher, ein Heizungsrohr oder so etwas. Sie würden Renie und den kleinen Mann aus diesen Badewannen holen müssen, diesen verkabelten Särgen, aber das, was sie da drin machten, konnte auf keinen Fall wichtiger sein als ihr Leben.

Und was dann? Über die Berge rennen, verfolgt von diesen Männern in ihrem großen gepanzerten Laster?

Er schlug mit der Hand auf die Konsole und wandte sich ab. Er wollte nichts weiter als sich irgendwas in die Kehle kippen. War das zu viel verlangt, wenn einer zum Sterben verurteilt war? Selbst im Westville Prison kriegte das arme Schwein vor der Hinrichtung eine Henkersmahlzeit, nicht wahr, und ein Bier oder einen Wein dazu.

Joseph knetete nervös mit den Fingern. In so einer Riesenanlage musste es doch wenigstens einen gegeben haben, der auch im Dienst gern einen trank und irgendwo eine Flasche versteckt hatte, bloß *eine* Flasche, die bei der allgemeinen Räumung vergessen worden war. Er blickte zu der Kammer hinüber, wo Jeremiah in der offenen Tür stand und im Schein der Lampe mit Del Ray über die Versorgungslage diskutierte. Sie brauchten ihn nicht. Sie konnten ihn nicht einmal leiden, einen einfachen Handarbeiter, der nicht den Affen machte, damit er für reiche Burentussen arbeiten konnte. Wenn seine Tochter nicht gewesen wäre, hätte er sich einen Luftschacht nach draußen gesucht, und die beiden hätten von ihm aus zum Teufel gehen können.

Er wischte sich abermals mit dem Handrücken über den Mund, und ohne wirklich darüber nachzudenken – denn dann wäre ihm klar gewesen, dass es dumm und aussichtslos war, dass er die ganze Basis schon ein halbdutzendmal von oben bis unten durchstöbert hatte – trollte er sich davon, um nach dieser imaginären Flasche Bier zu fahnden, die ein gesichtsloser Soldat oder Techniker irgendwo verstaut hatte, um sich die langen Wachstunden zu versüßen.

Nein – Wein, dachte er. Wenn er schon einem hoffnungslosen Traum nachhing, warum sollte der dann nicht perfekt sein? *'ne ganze Flasche von 'nem guten Tropfen, richtig was Süffiges. Noch nich mal angebrochen. Er hat sie versteckt gehabt, und auf einmal is der Befehl gekommen, und alle ham losgemusst.* Er zog im Geiste den Hut vor seinem anonymen Wohltäter. *Du hast es nicht gewusst, aber du hast sie für Joseph Sulaweyo liegen gelassen. In seiner Stunde der Not, wie man sagt.*

Seine Haut kribbelte. Der Aktenschrank lag an der Wand der Abstellkammer auf der Seite, wunderbar wie eine Schatztruhe aus einer Piratengeschichte.

In einem Anfall von nervöser Energie, ausgelöst von Angst und Bitterkeit, hatte er einen Haufen Klappstühle weggeräumt, an dem er schon viele Male vorbeigegangen war. Er hatte dabei nicht mehr Hoffnung gehabt als sonst beim wiederholten Öffnen der Schränke und Schubladen, die er im letzten Monat bestimmt dutzendmal durchwühlt hatte, doch zu seinem Erstaunen hatte er unter den Stühlen den umgekippten Büroschrank entdeckt. Jetzt wagte er kaum zu atmen vor Angst, das Wunder könnte sich in Luft auflösen.

Wahrscheinlich nix drin als Papiere, meldete sich die leise Stimme der Vernunft in seinem Innern. *Oder Spinnen. Falls überhaupt was drin is.*

Dennoch waren seine Handflächen verschwitzt, so dass es eine Weile dauerte, bis er begriff, dass die Schubladen nicht allein deswegen nicht aufgingen, weil er an den Griffen abrutschte. *Klappt nich, solange er liegt,* erkannte er. *Muss das Ding hinstellen.*

Es war ein großes, klotziges Stück, dafür gebaut, Brände und andere Katastrophen zu überstehen. Josephs Muskeln protestierten gegen die Anstrengung, die er ihnen zumutete, so dass er einen Moment lang sogar daran dachte, Jeremiah zu Hilfe zu rufen, aber es wollte ihm keine glaubhafte Ausrede dafür einfallen, dass er den Schrank gern aufgerichtet hätte. Mit viel Grunzen und Fluchen wuchtete er schließlich das Kopfende vom Boden hoch, doch als er es hüfthoch hatte, machte sein Rücken nicht mehr mit. Er musste erst einmal in die Knie gehen und sich das volle Gewicht auf die Schenkel packen, bevor er das restliche Stück in Angriff nehmen konnte. Der Schrank fühlte sich an, als ob er voll mit Steinen wäre. Joseph meinte zu spüren, wie seine Knöchel unter dem Druck zerkrümelten, doch zugleich schöpfte er Hoffnung – da musste auf jeden Fall *irgendwas* drin sein.

Er holte tief Luft und stemmte erneut mit schmerzverzerrtem Gesicht, während die Ecken sich in seine Unterarme bohrten, und endlich konnte er den ganzen Körper darunter schieben und richtig Rücken und Schultern zum Einsatz bringen. Der Schrank wackelte kurz – vor seinem inneren Auge sah er sich schon mit gebrochenem Rückgrat darunter liegen, während Jeremiah und Del Ray hundert Meter entfernt ahnungslos weiterplauderten –, doch dann gelang es ihm, sich aus der Hocke hochzudrücken und ihn beinahe aufrecht hinzustellen. Leider blieb die Kante am Gitter eines Lüftungsschlitzes in der Betonwand hängen und ging nicht mehr weiter. Mit bebendem Rücken, flatternden Armen und von Schweiß brennenden Augen schob Joseph dagegen an, bis die Befestigungsschrauben heraussprangen und das Gitter laut scheppernd zu Boden fiel. Der Aktenschrank rutschte daran vorbei und stellte sich mit einem Rums auf die Unterseite.

Heftig keuchend beugte sich Joseph vornüber, und sein Schweiß triefte auf den Boden. In dem engen Raum war es heiß, das Licht trübe. Das Bedürfnis nach Heimlichkeit kämpfte gegen das körperliche Unbehagen. Das Heimlichkeitsbedürfnis verlor. Er stieß die Tür in den Hauptbereich auf und ließ die kühlere Luft hereinströmen, ehe er die oberste Schublade probierte.

Sie war nicht abgeschlossen. Doch damit war sein Glück schon zu Ende.

Wer vergeudet so einen Schrank und stopft ihn mit lauter Aktenscheiß voll? Eine dumpfe, ohnmächtige Wut breitete sich in ihm aus wie ein Bluterguss. Der Schrank war so schwer, weil er nichts als Papiere enthielt, sinnlose Papiere, Personalakten oder ähnlichen Quatsch, Schublade für Schublade bis zum Rand vollgepackt mit altmodischen Ordnern.

Joseph konnte sein tiefes Unglück nur einen Moment lang auskosten, da stürzte plötzlich etwas von oben auf ihn herab.

Im ersten Schreck dachte er, ein Teil der Decke wäre heruntergekommen, wie es Del Ray passiert war, das Burenschwein und seine Kumpane wären direkt über ihm durchgebrochen. Als dann das merkwürdig hängige Gewicht ihn zu Boden zog und Finger nach seinem Gesicht krallten, dachte er stattdessen, Jeremiah wäre gekommen und griffe ihn an, wollte ihm aus irgendeinem Grund ans Leder.

Ich hab doch bloß was zu trinken gesucht! wollte er rufen, doch die Finger legten sich um seine Kehle, drückten ihm die Luft ab. In seiner Panik rollte sich Joseph ruckartig auf die Seite und knallte schmerzhaft gegen den stehenden Schrank, doch es gelang ihm, die würgenden Hände zu lösen. Hustend kroch er vor dem unerklärlichen Angriff zurück und konnte gerade noch »Was …?«, flüstern, bevor sein Gegner sich wieder auf ihn warf.

Wer es auch war, er wirkte mehr wie ein Krake als ein Mensch, schien nur aus Armen und Beinen zu bestehen, die ihn packten, ihn niederzuhalten und zu erdrosseln versuchten. Joseph wehrte sich und wollte schreien, doch jetzt hatte er einen Arm quer über der Kehle, der unbarmherzig zudrückte, bis er meinte, sein Hals müsse gleich abbrechen und der Kopf sich vom Rumpf trennen. Er trat wie wild um sich. Seine Füße stießen mit Wucht gegen den Schrank, und er fühlte ihn kippen und hörte ihn gegen die Wand knallen, dann daran entlangschrammen und zu Boden donnern. Er bekam eine Hand unter den quetschenden Arm und drückte mit letzter Kraft dagegen, so dass er ein bisschen Luft in die Lungen saugen konnte, aber immer noch tanzten ihm Funken vor den Augen. Etwas schob sich über ihn, direkt vor sein Gesicht, eine schwarzrote Dämonenmaske mit gefletschten weißen Zähnen. Joseph trat wieder aus, doch traf auf nichts, und der Druck auf seinen Hals war jetzt zu stark für jede weitere Gegenwehr. Die Teufelsfratze entschwand durch einen schwarzen Tunnel in immer weitere Fernen, doch der Griff wurde fester. Er wusste immer noch nicht, was los war, wer ihn da eigentlich umbrachte.

Als die von Blitzen durchzuckte Nacht beinahe total war, ließ der Druck auf einmal nach und hörte dann ganz auf – oder fast ganz, denn er hatte immer noch eine Sperre im Hals. Er wälzte sich auf den Bauch, keuchte und würgte durch eine Luftröhre, die sich anfühlte, als ob sie nie wieder aufgehen würde.

Jemand schrie, und etwas rumste, als ob ein schweres Gewicht eine Treppe hinuntergeschleift würde. Joseph fühlte kühlen Beton an der Backe, fühlte die noch kühlere Luft durch seine kratzende Kehle strömen wie den erlesensten aller Weine. Er robbte zur Wand der Abstellkammer, drehte sich um und hob abwehrend die zitternden Hände.

Es war wirklich Jeremiah, und er hatte einen Blick, den Joseph nie für möglich gehalten hätte, einen Blick entsetzter Raserei. Aber was machte er da? Warum hörte er nicht auf, mit seinem Prügel zu schlagen, diesem stählernen Stuhlbein, das er seit Josephs Rückkehr mit sich herumtrug? Und warum weinte er?

Jeremiah schien Josephs verwirrten Blick zu spüren. Mit tränennassen Augen sah er ihn an, dann ein dunkles Bündel am Fußboden. Die Form, die dort lag, war ein Mann, ein weißer Mann, obwohl man das in seinem ganzen rauchgeschwärzten, blutigen Gesicht nur an einem rosigen Stück Ohr erkennen konnte. Sein Hinterkopf war zertrümmert, und Knochensplitter stachen aus der blutroten Masse heraus. Das Ende von Jeremiahs Stuhlbein tropfte. Jeremiahs Blick ging von Joseph nach oben zur Wand und dem dunklen Loch, vor dem zuvor das Gitter gewesen war. Jetzt erschien auch Del Ray in der Tür.

»Mein Gott«, sagte er. »Was ist passiert?« Seine Augen wurden weit. »Wer ist das?«

Jeremiah Dako hielt das blutige Stuhlbein hoch und starrte es an, als hätte er es nie zuvor gesehen. Er zog eine derart scheußliche Grimasse, dass er wie ein Wahnsinniger aussah.

»Wenigstens … wenigstens haben wir immer noch … zwei Kugeln übrig«, sagte Jeremiah. Er lachte. Dann fing er wieder zu schluchzen an.

»Das war der Fünfte«, erklärte Del Ray. »Am Monitor sehe ich nach wie vor vier. Das ist der, von dem wir dachten, er wäre am Rauch erstickt.«

»Na und?«, sagte Jeremiah wegwerfend. »Das heißt bloß, dass da oben immer noch genauso viele sind, wie wir heute Morgen gezählt haben.«

Joseph konnte nur stumm zuhören. Ihm war, als hätte jemand ihm den Kopf abgerissen und ihn dann in großer Hast wieder aufgesetzt.

»Das heißt, dass sie wahrscheinlich von dem Luftschacht nichts wissen«, meinte Del Ray. »Er wird da reingeklettert sein, um sich vor dem Rauch in Sicherheit zu bringen. Vielleicht dachte er, es würde brennen, und auf einmal saß er abgeschnitten von den anderen in einem weit entfernten Teil der Anlage fest. Dann ist er einfach immer weiter gekrochen, bis er zu dieser Öffnung gelangt ist und von unserer Seite Luft bekommen hat. Möglicherweise ist er auch nicht mehr rausgekommen.«

Er blickte auf die Leiche, die sie in das hellere Licht des offenen Flures gezogen hatten. »Das heißt, dass die andern nicht durch den Schacht eindringen und uns im Schlaf überraschen werden.«

Jeremiah schüttelte den Kopf. Er hatte aufgehört zu weinen, aber wirkte noch genauso unglücklich. »Wir wissen gar nichts.« Sein Stimme war beinahe so krächzend wie Josephs.

»Wieso das?«

»Schau ihn dir an.« Jeremiah stieß den Körper mit einem Finger an, sah aber selbst nicht hin. »Er hat stark geblutet. Überall sind Blutkrusten. Brandwunden. Abschürfungen und Schnitte. Es kann gut sein, dass er sich die erst beim Einstieg in den Luftkanal zugezogen hat, weil er es eilig hatte, vor dem Rauch zu fliehen. Er gibt bestimmt Spuren, wo er eingestiegen ist, vielleicht liegt sogar irgendwo ein Gitter am Boden. Wenn der Rauch sich verzogen hat, werden sie die Spuren finden. Sie werden nach ihm suchen.«

»Dann müssen wir ... was weiß ich. Die Öffnung in der Abstellkammer zuschweißen. Irgendwas.« Jeremiah und Del Ray hatten bereits Versuche unternommen, das Gitter wieder hinzunageln, aber mit mäßigem Erfolg.

»Sie können uns einfach vergiften – Giftgas einleiten, bis wir ersticken.« Jeremiah starrte auf den Boden.

»Warum haben sie das dann nicht längst gemacht?«, wandte Del Ray ein. »Sie könnten bestimmt unsere Entlüftung finden, wenn sie wollten. Umbringen könnten sie uns jederzeit, wenn es ihnen nur darum ginge.«

Jeremiah ließ den Kopf hängen. »Es ist zu spät.«

Es machte Joseph betroffen, dass der Mann so niedergeschlagen war. War es, weil er jemanden getötet hatte? Wie konnte einer, selbst eine empfindsame Seele wie Jeremiah Dako, es bereuen, dass er den Mann getötet hatte, der ihn, Joseph, zu töten versucht hatte?

»Jeremiah«, sagte er leise. »Jeremiah. Hör mal zu.«

Der Angesprochene blickte mit geröteten Augen auf.

»Du hast mir das Leben gerettet. Wir streiten uns manchmal, du und ich, aber das werd ich dir nie vergessen.« Er suchte nach etwas, das die Dinge für sein Gefühl ins rechte Lot brachte. »Danke. Das mein ich ganz ehrlich.«

Jeremiah nickte, aber seine Miene war und blieb todtraurig. »Ein

Aufschub. Mehr ist es nicht.« Er zog beinahe zornig die Nase hoch. »Aber gern geschehen, Joseph. Und ich meine das auch ehrlich.«

Eine Weile sagte keiner etwas.

»Was mir gerade durch den Kopf geht«, sagte Del Ray: »Was machen wir hier unten mit einer Leiche?«

> »Sie kommen mir vor wie Bodentierfresser«, meinte Renie. »Wenn das zutrifft, haben wir vielleicht Glück.« Sie redete eigentlich mehr mit sich selbst. Ihre Gefährtin, das Steinmädchen, hatte zu viel Angst, um groß aufzupassen.

Renie warf abermals einen Blick aus dem Fenster auf den Kirchturm aus Sträuchern und Ranken, der so qualvoll nahe war und von dem sie doch mehrere Dutzend Tecks trennten, Wesen von einer solchen Blässe, dass sie im schwindenden Abendlicht beinahe zu leuchten schienen. Im Augenblick jedoch waren es die vielen von dem Turm wie Zeltschnüre ausgehenden Schling- und Kletterpflanzen, die ihre Aufmerksamkeit erregten.

»Hier, halt den mal fest«, sagte sie, als sie vorsichtig auf den Tisch stieg, der wie alles andere in dieser seltsamen kleinen Sonderwelt gänzlich aus dicht verschlungenen lebenden Pflanzen bestand. Er wackelte, aber hielt; anscheinend waren die Möbel tatsächlich dazu gedacht, benutzt zu werden, wenn auch nicht zu dem Zweck, der Renie vorschwebte. Das Steinmädchen trat heran und tat sein Bestes, den Tisch ruhig zu halten.

Renie streckte sich, langte mit beiden Händen in die Vegetation der niedrigen Decke und wühlte. Was von dem verflochtenen Astwerk nicht wegzuknicken oder abzureißen war, schob sie zur Seite, bis sie ein Loch gemacht hatte, durch das sie den samtig dunklen Himmel sehen konnte und die ersten blassen Sterne. Ermutigt vergrößerte sie rasch das Loch, und bald war es breit genug für ihre Schultern. Sie zog sich ächzend hoch und schaute sich auf dem Dach um. Erleichtert, dass keines der Schlängelwesen dort auf sie wartete, ließ sie sich wieder hinab.

»Komm«, forderte sie ihre Begleiterin auf. »Ich heb dich hoch.«

Sie musste dem Steinmädchen ein Weilchen gut zureden, aber schließlich ließ es sich durch das Loch schieben.

»Dort«, sagte Renie, als sie neben dem Mädchen auf dem Dach

hockte, »auf der andern Seite. Siehst du? Mit diesen Lianen kommen wir zu dem Haus direkt neben dem Turm, und von dort können wir hinüber.«

Das Steinmädchen warf einen Blick auf die am Boden schwärmenden Tecks und beäugte dann misstrauisch die hängenden Kletterpflanzen. »Wie stellst du dir das vor?«

»Wir können auf ihnen balancieren. Wir setzen die Füße auf die unteren und halten uns an denen weiter oben fest. Brücken im Dschungel werden auf die Art gebaut.« Sie war innerlich nicht so überzeugt, wie sie sich gab – sie hatte in Wirklichkeit noch niemals eine solche Brücke überquert, weder in einem Dschungel noch sonst wo –, aber es war auf jeden Fall besser, als in dem kleinen Haus sitzen zu bleiben und darauf zu warten, dass die Tecks sie aufspürten.

Das Steinmädchen nickte nur und ergab sich müde in sein Schicksal.

Es vertraut mir, weil ich eine Erwachsene bin. Wie eine von diesen Stiefmüttern.

Das war eine unangenehme Belastung, aber es war niemand da, mit dem sie sie hätte teilen können. Renie seufzte und schob sich vorsichtig an die Dachkante. Sie winkte das Steinmädchen zu sich und hob es dann zu der dicken Liane hoch, die neben ihnen schräg nach oben führte. Erst als sie sicher war, dass die Pflanze ihr gemeinsames Gewicht tragen würde, ließ sie los. »Halt dich gut fest«, wies sie das Kind an. »Ich komm jetzt dazu.«

Nach einem kühnen Aufschwung musste sie sich zunächst mit Händen und Beinen anklammern und stemmte sich dann vorsichtig hoch, bis sie die höhere Liane zu fassen bekam. Die untere schwankte heftig unter ihren nackten Füßen, als sie sich hochzog, doch schließlich stand sie sicher im Gleichgewicht. »Geh los«, sagte sie zu dem Steinmädchen, nachdem sie ihm geholfen hatte, sich zu strecken und den oberen Strang zu greifen. »Mach langsam. Auf dem Dach da drüben ruhen wir uns noch mal aus, dort auf dem hohen Haus zwischen uns und dem Turm.«

Sie hatten gar keine andere Wahl, als langsam zu machen. Es war schwer genug, auf der schlüpfrigen Liane nicht auszurutschen und gleichzeitig über die dichten Knäuel der Seitensprosse zu treten. Obwohl die Tecks nicht den Anschein machten, sie bemerkt zu haben, hatte Renie ihre Zweifel, ob ihre Sinne wirklich so beschränkt waren, wie das Kind gemeint hatte, denn bei denen direkt unter ihnen nahm sie eine zunehmende Unruhe wahr. Sie musste sich unwillkürlich vorstellen, wie die Kreaturen wohl reagierten, falls sie und ihre Gefährtin plötzlich mitten unter sie stürzten.

Es kam ihr geraten vor, anderswo hinzuschauen als nach unten.

Das Licht war inzwischen fast gänzlich erloschen. Als sie sich dem Dach des hohen Hauses auf halbem Weg zum Turm näherten, kam Renie der Gedanke, dass sie vielleicht doch keine Rast einlegen und lieber das letzte bisschen Licht für ihre schwierige Kletterpartie ausnützen sollten. Da blieb das Steinmädchen mehrere Schritte vor dem Dach stehen.

»Was ist los?«

»Es g-geht nicht mehr.«

Renie fluchte im Stillen. »Geh bis zum Dach, dann ruhen wir uns aus.

Wir sind ja fast da.«

»Nein! Ich kann nicht mehr! Es ist zu hoch.«

Renie blickte nach unten und wusste nicht, was die Kleine auf einmal hatte. Bis zum Boden waren es ungefähr fünf Meter. Natürlich war sie ein kleines Mädchen, das durfte Renie auf keinen Fall vergessen, aber trotzdem ... »Schaffst du es nicht noch das kleine Stück? Wenn wir auf dem Dach sind, siehst du den Boden da unten nicht mehr.«

»Nein, das mein ich nicht!« Sie weinte fast vor Erbitterung über soviel Begriffsstutzigkeit. »Die *Liane* ist zu hoch!«

Die Tecks schienen sich unter ihnen zu sammeln. Abgelenkt von ihrem Gewimmel dauerte es einen Moment, bis Renie sah, dass das Kind recht hatte. Die höhere der beiden Lianen, die sie als Brücke benutzten, führte die ganze Zeit schon steiler nach oben als die untere. Das Steinmädchen hatte seine Arme bis zum Äußersten gestreckt, um weiter festzuhalten, aber beim nächsten Schritt würde es nicht mehr hinkommen.

»O Mensch, tut mir leid! Ich bin wirklich zu doof.« Renie kämpfte gegen die Panik an. Die Tecks wuselten jetzt zu ihren Füßen übereinander wie Würmer in einem Eimer. »Ich komm ein Stück näher und helf dir.« Sie schob sich vor, nahm einen Arm von der oberen Liane und legte ihn um das kleine Mädchen. »Kannst du dich an meinem Bein festhalten? Oder dich vielleicht sogar auf meinen Fuß stellen?«

Das Steinmädchen, das bis dahin trotz seiner Angst Ruhe bewahrt hatte, brach jetzt in Tränen aus. Mit etwas Nachhelfen schlang es die Arme um Renies Schenkel und nahm ihr Fesselgelenk mit den Füßen in die Zange – eine verkrampfte und leicht affenartige Haltung, aber auf die Weise konnte Renie sich vorsichtig Stück für Stück weiterhangeln. Dennoch dauerte es noch einmal eine ganze Weile, bis sie sich endlich auf das weiche, sichere Dach plumpsen ließen, und das letzte Tageslicht war fort.

»Wo ist der Mond?«, fragte Renie, als sie wieder Atem schöpfen konnte.

Das Steinmädchen schüttelte traurig den Kopf. »Ich glaube, in Holla Buschuschusch gibt's keinen Mond mehr.«

»Dann muss es das Sternenlicht tun.« *Klingt wie ein Schlagertitel,* fand Renie. Schon nach dem ersten Teil der anstrengenden Kletterpartie über den Köpfen der Tecks war ihr vor Erschöpfung ganz schwindlig. Sie setzte sich auf. Das Licht war minimal, doch es reichte aus, um die Silhouette des Turms und sogar einen schwachen Schein in der Glockenstube zu erkennen. Ihr Herz tat einen Sprung. Konnte das !Xabbu sein? Sie hätte ihm am liebsten zugerufen, war aber mittlerweile sehr viel weniger von der Taubheit der Tecks überzeugt.

»Wir müssen weiter«, erklärte sie. »Wenn wir noch länger warten, krieg ich einen Krampf. Komm!«

»Aber ich komm doch nicht hin!« Das Steinmädchen war schon wieder nahe daran zu weinen.

Eine kurze gereizte Aufwallung legte sich sofort. *Mein Gott, was mute ich dem Kind eigentlich zu? Das arme kleine Ding!* »Ich werde dich auf den Rücken nehmen. Du bist klein.«

»Ich bin das größte Kind in meinem Haus«, entgegnete es mit einem Anflug von gekränktem Stolz.

»Ja, und du bist sehr tapfer.« Renie ging in die Hocke. »Steig auf.«

Das Steinmädchen hängte sich an Renies Rücken und wurde von dort auf die Schultern gehievt, so dass seine kühlen, stämmigen Beinchen links und rechts von ihrem Hals hingen. Renie erhob sich und schwankte ein wenig, fand aber das Gewicht des Mädchens erträglich.

»Jetzt kommt der letzte Teil«, sagte sie. »Halt dich gut fest. Ich werde meinen Freunden erzählen, wie sehr du mir geholfen hast.«

»Das hab ich«, flüsterte das Steinmädchen, während sie sich zusammen wieder auf die Lianen hinausbegaben. Glücklicherweise hing die untere ein bisschen tiefer als die Dachkante, so dass Renie einfach mit einem Schritt darauftreten konnte und nicht mit dem klammernden Kind auf dem Rücken hinaufsteigen musste. »Ich hab dir echt geholfen. Bei den Schnören, weißt du noch? Da hab ich dir das Versteck gezeigt, stimmt's?«

»Aber sicher stimmt das.«

Der letzte Teil des Seilakts war der schwerste, und nicht nur, weil Renie durch das Gewicht des Mädchens zusätzlich belastet und behindert war. Ihre Muskeln, die sich schon zu lange nicht mehr wirklich hatten erholen können, waren überstrapaziert, und ihre Sehnen waren straff gespannt wie Klaviersaiten. Wenn die bohrende Angst nicht gewesen wäre, dass ihnen die Zeit weglief, dass der Andere jeden Moment die Gegenwehr aufgeben und sich dann die ganze Welt um sie herum in Nichts auflösen konnte, wäre Renie vielleicht wieder umgekehrt und hätte sich auf dem Dach schlafen gelegt, obwohl ihre Freunde möglicherweise nur noch einen Steinwurf entfernt waren.

Da jeder Schritt eine Qual war, zumal die Lianen in der Nähe des hohen Turmes immer steiler wurden, versuchte sie, an etwas Anderes zu denken.

Was zum Teufel sind Tecks eigentlich? Wieso sollte eine Maschine sich vor so Raupendingern fürchten? Und Schnöre? Was sind die?

Und Schnöre. Die Lautfolge blieb in ihrem Kopf hängen wie ein unverdaulicher Brocken, und sie kaute darauf herum. *Und Schnöre ... Unschnöre ... Unschenöre ...!* Beinahe hätte sie losgelassen. Das Steinmädchen quiekte vor Schreck, und Renie schloss ihre schmerzende Faust fest um die Liane. Unter ihnen schwärmten die Tecks aufgeregt zusammen. *Inschenöre – Ingenieure! Wer arbeitet mit Maschinen? Ingenieure und ... und Techniker – Techs. Schnöre und Tecks.*

Renie stieß ein hysterisches Kichern aus. *Aber das bedeutet, dass ich auch ein Schnör bin – ich hab einen Abschluss in Virtualitätstechnik. Wieso hat der Andere aus mir nicht auch eine gespenstische Killerqualle gemacht?*

»Warum lachst du?«, fragte das Steinmädchen mit zitternder Stimme. »Du machst mir Angst.«

»Entschuldige. Ich hab bloß an was gedacht. Kümmer dich gar nicht drum.«

Aber, mein Gott, was haben die Techniker und Ingenieure dieser KI, oder was es sonst sein mag, bloß angetan, dass sie ihnen diese Gestalten gibt…?

Der solide wirkende Pflanzenturm war auf einmal ganz nahe. Renie sah das offene Fenster nur zwei oder drei Meter über ihrem Kopf in die Dunkelheit hinausleuchten, aber auf den Lianen, die ganz an der Spitze des vorspringenden Daches hingen, kam sie nicht nahe genug heran, und der Winkel war ohnehin demnächst zu steil.

»Wir müssen die Lianen lassen und an der Wand hochklettern«, sagte sie möglichst ruhig und gelassen. »Ich beuge mich so weit vor, wie es geht, bevor ich loslasse, aber ich werde springen müssen. Wirst du gut festhalten?«

»Springen?«

»Anders komm ich nicht hin. Ich bin sicher, die Sträucher werden uns halten«, erklärte sie, obwohl sie alles andere als sicher war. Sie packte die obere Liane fester, musste aber vorher noch sanft, aber bestimmt die Finger des Steinmädchens lösen, das beschlossen hatte, ebenfalls festzuhalten. »Das geht nicht. Wenn ich springe, und du hältst noch fest… tja, das wäre nicht so gut.«

»Okay«, sagte die kleine Stimme dicht an ihrem Ohr.

Sie vertraut mir. Ich wünschte beinahe, sie würde es nicht tun…

Renie spreizte leicht die Beine und brachte die Liane zum Schwingen, denn sie konnte jeden zusätzlichen Zentimeter gebrauchen. Beim vierten Schwung sprang sie zu der düsteren Wand hinüber.

Als ihr das trockene Laubwerk unter den Händen zerriss wie Papier und sie beide nach unten rutschten, war sie sicher, dass dies das Ende war. Da fühlte sie etwas Dickeres und Härteres, und sie grapschte danach und stemmte sich zusätzlich mit den Füßen ab, ohne Rücksicht darauf zu nehmen, was ihre nackten Finger und Zehen dazu sagten. Das Rutschen hörte auf, und sie blieb heftig schnaufend an der Wand hängen.

Weiter. Ich kann mich nicht halten. Keine Kraft mehr.

Sie zwang sich, Griff für Griff mühsam nach oben zu kraxeln. Was aus der relativen Sicherheit der Liane wie höchstens drei Meter ausgesehen hatte, fühlte sich jetzt eher wie hundert an. Jeder Muskel in ihrem Körper schien vor Qual zu schreien.

Der Lichtschein im Fenster kam ihr vor wie eine Halluzination. Zu guter Letzt zog sie sich über den dornigen Sims und ließ sich keuchend und stöhnend auf den mattenartigen Boden gleiten, wo ihr schwarz vor Augen wurde.

Das Erste, was ihr ins Auge fiel, als sie wieder etwas erkennen konnte, war die Lichtquelle im Turmzimmer, eine große, nickende Blume, die am höchsten Punkt des Deckengewölbes hing und in der Mitte zwischen den Blütenblättern wachsgelb leuchtete. Sie hörte, wie sich das Steinmädchen hinter ihr regte, und setzte sich hin. Jemand saß auf der anderen Seite des kleinen Raumes, halb verborgen von Laub und Schatten. Es war nicht !Xabbu. Es war Ricardo Klement, der Einzige, der den Gralsprozess mit Erfolg durchlaufen hatte – oder mit halbem, denn er war zwar jung und gut aussehend, aber geistesgestört.

»Ist das dein Freund?«, fragte das Steinmädchen leise.

Renie stieß ein scharfes, überdrehtes Lachen aus. »Wo sind die andern?« Sie brachte kaum die Kraft zu sprechen auf. »Meine Freunde. Sind sie hier?«

Klement sah sie gleichgültig an. Er hielt etwas Kleines in den Armen, doch sie konnte es nicht erkennen. »Andere? Keine anderen? Nur ich … wir.«

»Wer?« Ein höchst ungutes Gefühl beschlich sie. »Wer – wir?« Klement hob langsam das Ding hoch, das er im Arm hatte. Es war klein und eklig anzuschauen, ein blaugrauer, augenloser Klumpen mit rudimentären Arm-, Bein- und Kopfformen und einem schlaffen Spalt als Mund.

»Igitt!«, sagte Renie verärgert und angewidert. »Was ist denn das für eine Missgeburt?«

»Es ist …« Klement zögerte. Mit ausdruckslosem Gesicht suchte er nach dem rechten Wort. »Es ist ich … nein … es ist mein …«

Nach all diesen Strapazen nichts Anderes zu finden als Klement und dieses unerklärliche kleine Monstrum! Sie hatte am ganzen Leib feurige Schmerzen, aber schlimmer als alles andere war die Enttäuschung, die sie wie eine Kugel in die Brust traf. »Was machst du hier?«

»Warten auf … etwas«, antwortete Klement tonlos. »Nicht auf dich.«

»Mir geht's ganz genauso.« Vor ohnmächtiger Wut fing Renie an zu weinen. »Himmel, Arsch und Zwirn!«

Kapitel 28
DER ERÖFFNER DES SCHWEIGENS

NETFEED/PRIVATANZEIGEN:
Einsam und unglücklich …
(Bild: InserentIn M.J. [unkenntlich gemacht])
M.J.: "Mir ist jetzt alles egal. Niemand ist hier, und ich bin's leid, es noch weiter zu versuchen. Es … es ist echt einsam hier. Dunkel. Ich wollte, dass jemand mich anruft, weil ich allein bin – und unglücklich. Aber es hat sich nie jemand gemeldet. Wahrscheinlich hört überhaupt niemand zu da draußen …"

> Der harte Übergang von Dodge City nach Ägypten war schlimm genug gewesen, aber dieses zweite Erwachen war noch viel schwerer, viel schmerzhafter. Als Pauls Bewusstsein zurückkehrte, schien es in einem dunklen, blutigen Gewässer zu schwimmen wie ein urzeitlicher Fisch.

Er schlug die Augen auf und blickte in ein gelbes Gesicht, das nur Zentimeter vor ihm hing und ihn angrinste. Paul stöhnte auf.

»Oh, gut«, sagte die zitronengelbe, clowneske Fratze. Der dazugehörige Körper war in makellos reine Mumienbinden gewickelt. »Du bist wach. Ich hatte schon Angst, der Sphinx hätte dich zu sehr ramponiert – aber er ist sehr schonungsvoll auf seine Art.«

Martine ächzte hinter ihm vor Schmerzen, als wäre sie nicht minder unsanft an diesen Ort befördert worden, einen fensterlosen Raum mit grauen Steinwänden. T4b und Florimel waren bereits wach und starrten ihren Kerkermeister mit grimmigen Mienen an.

»Was hast du mit uns vor?« Obwohl er es nicht wollte, hörte Paul sich hoffnungslos und kläglich an. Seine Arme waren ihm auf den Rücken gefesselt, und auch seine Fußgelenke waren gut verschnürt. Die vier Gefangenen waren in einer Reihe an die Wand gesetzt worden und sahen aus wie bestellt und nicht abgeholt.

»Ehrlich gesagt bin ich mir darüber noch nicht ganz im Klaren«, erwiderte der Mann mit dem gelben Gesicht. »Ich nehme an, Ptah der Demiurg sollte so etwas wissen, aber ich habe mit diesem Götterwesen erst vor Kurzem so richtig angefangen.« Er gluckste. »Aber jetzt frage ich mich wirklich, wo ich dich schon mal gesehen habe. Meine alten Reisegefährten hätte ich natürlich auch dann erkannt, wenn sie nicht mehr dasselbe anhätten wie vorher. Hallo! Schön, euch wiederzusehen. Aber dich …« Er legte den Kopf schief und musterte Paul eingehend. »Doch, ich *hab* dich schon mal gesehen, stimmt's? Na klar, du bist dieser Freund von Kunohara!«

»Wells?« Paul war schockiert, obwohl er die vage Ähnlichkeit mit dem unfertig wirkenden Mann in der Insektenwelt jetzt sah. »Robert Wells?«

Die Antwort war ein weiteres vergnügtes Glucksen. »O ja. Aber im Moment hat mich meine ägyptische Identität ziemlich übernommen. Der große Anubis war so gnädig, mir meinen früheren schlechten Umgang zu vergeben.«

»Anubis?«, sagte Martine mit hohler Stimme. »Du meinst Dread, nicht wahr? Du meinst Jongleurs bezahlten Mörder.«

»Ja, ich vermute, so heißt er. Von außen wäre es mir viel leichter gefallen, hinter diese Sachen zu kommen, aber ich musste mich wohl oder übel mit den Verhältnissen arrangieren.«

»Das ist stark untertrieben«, sagte Paul. »Du bist ziemlich tief gesunken, Wells, wenn du jetzt gemeinsame Sache mit einem psychopathischen Schlächter machst.«

»Verschwende nicht deine Zeit, Paul.« Florimels Stimme war brüchig, der trotzige Ton mühsam erzwungen. »Er ist nicht besser als Dread.«

»Jeder, der etwas vom Geschäftsleben versteht, weiß, dass man manchmal bei seinem Topmanager gewisse kleine Macken übersehen muss, wenn man einen mit Pack-an haben will«, meinte Wells jovial. »Und Tatsache ist, dass Mister Dread im Augenblick alle Trümpfe in der Hand hat. Was bedeutet, dass ich stolz bin, in seinem Team mitmischen zu dürfen.«

»Und … und du schaust also nur untätig zu und lässt ihn alles machen, was er will?«, schnaubte Paul. »Das Netzwerk zerstören, vergewaltigen und morden und Gott weiß was noch alles …?«

»Kurz gesagt, ja«, erwiderte Wells. »Aber er wird das Netzwerk nicht zerstören. Er will ewig leben, genau wie alle andern auch. Genau wie ich.« Er drehte sich um und klopfte an die Tür. »Aber er wird sehr bald zurück sein, unser gnädiger Herr Anubis, und wird euch ganz bestimmt gern alles höchstpersönlich erklären.«

Die schwere Tür schwang auf und gab den Blick frei auf ein Trio kahl geschorener Wächter mit ölglänzenden Muskelpaketen. Krachend fiel die Tür hinter Wells wieder ins Schloss, und der Riegel wurde vorgeschoben.

»Dread hat uns!« Martine klang vollkommen aufgelöst. »O Gott, dieser Teufel hat uns!«

Erschöpft, todunglücklich und mit Fesseln gebunden, die bei jeder Bewegung ins Fleisch schnitten, verspürten weder Paul noch seine Gefährten große Lust zum Reden. Eine knappe Stunde verging, bevor der Riegel knirschte und die gelbe Fratze von Robert Wells wieder in der Tür erschien.

»Hoffe, ihr unterhaltet euch gut«, sagte er. »Vielleicht mit fröhlichen Fahrtenliedern oder so? *Michael, row the boat ashore …?«* Sein Grinsen, ja überhaupt sein ganzes Auftreten, fand Paul, wirkte regelrecht geisteskrank. »Ich habe ein paar Kumpels von euch mitgebracht.« Zwei breitschultrige Wächter betraten den Raum, jeder eine leblos wirkende Gestalt am Schlafittchen. Als sie die Gefangenen losließen, sackten diese zu Boden. Die kleine, rundliche Frau in zerfetzten ägyptischen Gewändern kannte Paul nicht, aber beim zweiten Hinschauen erkannte er das Gesicht des Mannes, obwohl es blutig und zerschunden war.

»Nandi …?«

Der Angesprochene schielte mit geröteten und geschwollenen Augen in seine Richtung. »Verzeih mir … Ich … dachte nicht …«

»Jawohl!«, sagte Wells. »Er dachte nicht, dass du wirklich hier sein könntest, ansonsten hätte er vielleicht über das Zusammentreffen mit dir den Mund gehalten.« Die gelbe Maske nickte. »Ich habe ein Weilchen gebraucht, um zwei und zwei zusammenzuzählen. Dann wurde mir klar, dass es ein ziemlicher Zufall wäre, wenn du ein anderer Paul wärst als der, über den dieser Herr uns so bereitwillig Auskunft gegeben hat.«

»Du Scheusal!« Nandi Paradivasch machte Anstalten, auf Wells zuzukriechen, aber wurde vom nächsten Wächter mit einem brutalen Fußtritt wieder zu Boden befördert, wo er würgend und keuchend liegen blieb.

»Paul Jonas.« Wells betrachtete ihn mit einem Funkeln in den Augen. »Oder ›X‹, wie ich dich lange genannt habe – Jongleurs geheimnisvolles Experiment. Erst hatte ich einen Namen dazu, jetzt habe ich ein Gesicht.« Er verschränkte seine verbundenen Arme vor der Brust. »Und bald werde ich noch viel mehr haben. Du kannst alles erklären. Es hat zwar nicht mehr viel zu besagen, jetzt, wo Jongleur tot beziehungsweise als vermisst gemeldet ist, aber dennoch, es interessiert mich.«

Paul blitzte ihn streitbar an. »Selbst wenn ich etwas wüsste, würde ich dir nichts verraten. Aber ich weiß nichts – mein Gedächtnis wurde vollkommen gelöscht.«

»Dann wirst du mir vielleicht noch mal dankbar sein.« Wells schmunzelte. »Wenn ich dir helfe, dich zu erinnern.« Er schnippte mit den Fingern, und die Wächter traten prompt vor und griffen sich Paul wie einen zusammengerollten Teppich. Er hatte keine Zeit mehr, seinen Gefährten eine Durchhalteparole zuzurufen, nicht einmal einen Abschiedsgruß, so rasch wurde er durch einen von Fackeln erhellten Gang abtransportiert. Wells' Stimme hallte ihnen hinterher.

»Ich komme gleich nach, Jungs. Achtet darauf, dass er gut gefesselt bleibt. Ach ja, und schärft die nötigen Sachen, ja?«

> »*Code Delphi. Hier anfangen.*

Ich hatte nicht erwartet, diese Worte noch einmal zu sagen.

Ich hatte mich schon davon überzeugt, dass es im Angesicht des so gut wie sicheren Todes reiner Wahnsinn wäre, dieses Journal fortzuführen, ein Journal, das niemand außer mir jemals finden wird, selbst wenn dieses Netzwerk weiterbesteht. Denn diese Diktate spreche ich nur für den unwahrscheinlichen Fall ins Leere, dass ich einst aus einer mir gegenwärtig unvorstellbaren Zukunft auf diese Zeit zurückblicken kann und mich daran erinnern will, was ich empfunden und gedacht habe. Aber vor einigen Stunden hatte ich wieder einmal seelisch den tiefsten Punkt erreicht, und da kam mir dieses Diktieren mehr als vermessen vor – stumpfsinnig und zwecklos. Ich sehe keinen Sinn darin, einen dramatischen letzten Willen zu hinterlassen, den niemand hören wird. Tapferkeitsbeweise ohne Hoffnung haben mich noch nie interessiert, und selber wollte ich ganz gewiss keinen erbringen.

Kurz und gut, ich hatte kapituliert.

Soweit ich sehen kann, hat sich nichts grundlegend verändert – unsere Überlebenschancen sind immer noch verschwindend gering –, aber ich habe eine kleine, unerwartete Hoffnung gefunden. Nein, keine Hoffnung. Ich glaube nach wie vor, dass wir unser Leben verlieren werden, bevor dies hier alles zu Ende ist. Ein Ziel? Vielleicht.

Als uns nach dem irrsinnigen Grauen der Dodge-City-Simwelt in Ägypten kein anderes Schicksal erwartete als die Gefangenschaft und vor allem als wir entdeckten, dass wir Dread vorgeführt werden sollen, stürzte ich zunächst in die tiefste Verzweiflung. Die innere Hölle. Ein finsteres Loch. Ich konnte nicht sprechen, konnte an nichts Anderes denken als an den Albtraum jenes Raumes in der Hauswelt, in dem Dread mich seinerzeit quälte. Wenn sich jemand in dem Moment erboten hätte, mir eine Kugel in den Kopf zu schießen, hätte ich dankbar ja gesagt.

Dann wurde alles noch schlimmer, sofern das überhaupt möglich war. Robert Wells, der uns gefangen genommen hat und der anscheinend mittlerweile Dreads rechte Hand ist, brachte zwei weitere Gefangene in unsere Zelle und ließ Paul Jonas zum Verhör abführen. Ich war so unglücklich, dass ich mich kaum bewegen konnte. Jetzt habe ich Angst um Paul, schreckliche Angst. Er hat schon so viel durchgemacht. Ich schäme mich, dass mein eigenes Leid so wenig an meinem Egoismus geändert hat. Das Ausmaß seiner Not kann ich mir nicht einmal richtig vorstellen – verirrt in diesem Netzwerk, kaum eine Erinnerung an sein wirkliches Leben und keine Ahnung davon, was mit ihm gemacht wurde. Dass er bei alledem so klar geblieben ist, so freundlich und tapfer … Es ist erstaunlich. Und genauso erstaunlich ist, dass ich erst, als er weggebracht wurde, merkte, wie sehr ich ihn bewundere.

Er könnte jetzt bereits tot sein. Oder ganz furchtbare Qualen leiden. Was wäre schlimmer?

Dies ist der Fluch, der mir schon vorher klar geworden ist, die Bürde, vor der ich mich mein Leben lang gedrückt habe. Wenn man Menschen gern hat, Menschen ... liebt, macht man sich damit zu einer Geisel der Zukunft.

Damit begann mein Versinken im Abgrund. Nachdem Paul abgeführt worden war, konnte ich minutenlang – für mein Gefühl waren es Stunden – kein Wort reden. Konnte nicht denken. Die Angst hatte mein Herz gepackt, meine Gedanken eingefroren. Ich konnte mich nicht vom Fleck bewegen, und wenn ich gekonnt hätte, hätte ich nicht gewusst, wohin.

Dies war, wie ich jetzt erkenne, eine direktere Version meiner Überlebensstrategie in der wirklichen Welt. Vom Leben verschreckt habe ich mich immer mehr im steinigen Innern des Gebirges abgeschottet, in dem Asyl, das ich nur mit meinen Apparaten teile. Ohne mir dessen bewusst zu sein, habe ich aktiv daran mitgewirkt, wesentliche Aspekte meines Menschseins zu eliminieren.

In den Klauen der Angst erkannte ich das noch nicht, sondern erst jetzt, wo es vorbei ist. Vielleicht wäre ich überhaupt nie wieder aus dieser inneren Umnachtung herausgekommen, wenn nicht meine Freunde Florimel und T4b, die dachten, ich hätte einen Herzanfall, sich um mich gekümmert hätten. Ich fühlte sie und hörte sie wie aus weiter Ferne, und eine Zeit lang wollte ich nicht wieder an meine Nerven und Sinne angeschlossen werden. Lieber im schwarzen Loch versteckt bleiben. Lieber mich hinter dem Panzer der Furcht verschanzen, so wie arktische Jäger sich gegen die Kälte eine schützende Behausung aus Eisblöcken bauen.

Dann, immer noch weit von mir selbst entfernt, fühlte ich andere Hände auf mir, unbeholfene, stockende Hände, und hörte eine andere Stimme. Die neue Mitgefangene hatte sich herübergeschleppt, um mir ungeachtet ihrer eigenen Verletzungen zu helfen. Selbst in meiner tiefen Abgeschnittenheit von allem schämte ich mich. Diese Frau hatte durchlitten, was ich nur fürchtete, und brachte dennoch die Kraft auf, sich um mich zu sorgen, eine Fremde!

Ich hatte gedacht, ich würde nie wieder in einen normalen Geisteszustand zurückkehren, ich würde einfach nur immer weiter wie in Zeitlupe in diese Schwärze abstürzen. In gewisser Weise war es mir dadurch viel härter, wieder zu mir zu kommen, dass ich mich von meinen erschöpften Freunden umsorgt sah und obendrein von dieser Unbekannten, deren Glieder noch von den erlittenen Schmerzen zitterten, als ob ich ein übermüdetes, nörgeliges Kind wäre, das die Aufmerksamkeit einer Gruppe Erwachsener für sich beansprucht.

Es gibt Zeiten, da ist Güte und Menschlichkeit die schmerzhafteste Wunde überhaupt.

Doch schließlich verging auch meine Scham. Ich stellte fest, dass ich die beiden Neuen zumindest dem Namen nach kannte – Bonnie Mae Simpkins, die sich so freundlich um Orlando und Fredericks gekümmert hatte, und Nandi Paradivasch, der als Erster Paul darüber aufgeklärt hatte, dass er in Jongleurs Simulationsnetzwerk gefangen war. Nandi, der sich mit Vorwürfen quälte, er habe Paul verraten, war in einem ähnlich unzugänglichen Zustand wie ich vorher und zudem sichtlich das Opfer schrecklicher Martern, aber diese Simpkins sprach für sie beide. Sie berichtete, dass nach der Öffnung des Gateways, durch das Orlando und Fredericks entkommen waren, die verbleibenden Mitglieder des Kreises zu lange warteten und dass sie dann vom Einsturz des großen Retempels, verursacht durch Jongleurs Erscheinen als oberster Gott Osiris, ihrerseits an der Flucht gehindert wurden. Jongleur blieb nicht lange in seiner Simulationswelt, und die Überlebenden versteckten sich in den Trümmern und hofften, einen anderen Weg hinaus zu finden, doch wenige Tage darauf wurde Osiris von Anubis verdrängt, woraufhin sich die ohnehin schon schrecklichen Verhältnisse rapide weiter verschlechterten.

Bonnie Mae Simpkins beschrieb das Zerstörungswerk, das auf Dreads Machtübernahme in der Simwelt folgte, eine Orgie des Mordens und Folterns, die mindestens so grauenhaft war wie das, was wir in Dodge City erlebt haben. Obwohl ich mich an dem Punkt schon als vollkommen abgestumpft empfand, entsetzte mich ihre Schilderung der Ereignisse: öffentliche Verbrennungen, Dreads sorgfältig orchestrierte Mordsymphonien, wilde Schakale, die in den Straßen die Kinderleichen fraßen, während die Eltern zum Zuschauen gezwungen wurden. Was mich vor allem entsetzte, war die Erkenntnis, dass diese Bestialität nicht einmal hier im Netzwerk, wo man jeder Laune hemmungslos frönen kann, an eine äußerste Grenze stoßen wird.

Dreads Macht wächst, und mit ihr wächst seine Gier, aber wie lange können bloße Simulationen einen solchen Trieb befriedigen? Wenn er Jongleurs Herrschaftsgewalt im gleichen Maße außerhalb des Netzwerks hat wie innerhalb – und wenn Jongleur wirklich tot ist, wieso sollte Dread dann nicht auch dessen weltweite Fäden ziehen? –, dann bieten sich ihm schier unendliche Möglichkeiten.

Während Bonnie Mae redete, kam mir plötzlich ein Gedanke, und ich fragte: ›Was ist eigentlich mit den anderen Kindern? Diesen herumfliegenden kleinen Kindern, von denen Orlando erzählt hat?‹ Ich konnte mich nicht mehr an den Namen erinnern, den sie sich gegeben hatten – Fiese Gruppe, Bösenclub, irgendetwas in der Art.

Diese Frage stimmte sie noch trauriger. Sie erzählte uns, die Affenkinder hätten Orlando und Fredericks durch das Gateway folgen wollen, seien aber vom Chaos im Tempel des Re abgelenkt worden und daher alle noch da gewesen, als das Gateway zuging.

Bonnie Mae Simpkins sagte, als die Soldaten sie und Nandi ausfindig machten und hierherbrachten, habe sie die Affenkinder verstecken wollen, doch diese seien weggeflogen, verfolgt von einigen Tempelwächtern. Bestimmt seien sie gefangen genommen und wahrscheinlich getötet worden, da selbst Dread wohl habe einsehen müssen, dass aus einer Horde von Kindern, die noch nicht einmal im Schulalter waren, kaum Informationen herauszuholen waren.

Im Weiteren berichtete sie von den Qualen, denen sie und Nandi vor allem deswegen unterzogen worden waren, weil Dread wusste, dass man sie in der Gesellschaft von Orlando und Fredericks gesehen hatte. Auch das entsetzte mich. Schlimm genug, dass wir in Bälde an Dread ausgeliefert werden sollen, aber noch viel schlimmer war es zu erfahren, dass er aktiv nach uns gesucht hat. Er hat, scheint es, seine Rache von langer Hand geplant.

Doch der Gedanke an Orlandos Affenfreunde wollte mir nicht aus dem Kopf gehen.

Ich hatte in gewisser Weise eine Schwelle überschritten. Ich war auf den Tod gefasst und bin es noch, obendrein auf einen höchst unangenehmen Tod, aber ich halte es nicht aus, einfach passiv darauf zu warten. Wohin mich das geführt hat, will ich gleich erzählen. Aber ich hörte Bonnie Mae Simpkins' furchtbaren Geschichten immer weniger aufmerksam zu, weil ... weil ich über etwas Anderes nachdenken musste. Ich verstehe jetzt Renies dickköpfigen, chronischen Drang, immer weiterzumachen – auch wenn es eigentlich nichts mehr zu tun gibt, willst du trotzdem etwas tun.

Wir werden alle sterben. Das ist es doch, was dem Leben die Form gibt und vielleicht sogar die Schönheit, diese Kürze, diese Beschränktheit. Warum also unter diesen Umständen etwas Anderes tun, als es sich möglichst leicht zu machen? Und wenn man weiß, dass das Ende buchstäblich jeden Moment kommen kann, so wie wir es wissen, warum nicht einfach kapitulieren?

Ich weiß es nicht. Aber ich weiß jetzt, dass ich das nicht vermag.

Ich sagte zu den beiden vom Kreis: ›Ich glaube nicht, dass die kleinen Affen gefasst wurden. Dread wollte euern inneren Widerstand brechen – das macht ihm noch mehr Spaß, als Schmerz zu bereiten. Und er wollte ganz bestimmt alles aus euch herausquetschen, was ihr über Renie und uns andere wisst. Das heißt, wenn die Wächter die Kinder geschnappt hätten, hätte er euch mit der Drohung, sie zu foltern, unter Druck gesetzt. Diese Freude hätte er sich nicht entgehen lassen.‹

›Dann sind sie vielleicht doch entkommen‹, sagte Bonnie Mae Simpkins. ›Der Herrgott behüte sie. Ich wünsche ihnen so sehr, dass sie verschont geblieben sind, die armen kleinen Kerlchen.‹ Ich konnte förmlich fühlen, wie sie ihr letztes bisschen Optimismus mobilisierte, und schämte mich wieder, als ich das mit meinem Verhalten vorher verglich.

Florimel erinnerte sich, dass Orlando und Fredericks über Nandis Spezialkenntnisse gesprochen hatten, und so fragte sie diesen, ob es möglich sei, hier in der Gefängniszelle ein Gateway zu öffnen. Ich glaube, der Mann hat mehrere Rippen gebrochen – obwohl das eine absurde Vorstellung ist, wo wir doch alle virtuelle Körper haben –, denn er erläuterte langsam und unter großen Schmerzen, dass er einen Durchgang nur an einer dafür vorgesehenen Stelle öffnen kann und dass es in diesem Kerker hier gewiss keinen gibt. Während er sprach, dachte ich eingehender darüber nach, was möglich sein könnte und was nicht, und besann mich darauf, dass wir allem Anschein zum Trotz in Wirklichkeit nicht in einem steinernen Tempel gefangen sind, sondern in der *Vorstellung* eines Tempels.

Nach und nach kamen mir noch andere Ideen. Nichts Dramatisches, nichts, womit ich die Türen aufsprengen oder die Wachen erschlagen konnte, aber immerhin war ich innerlich beschäftigt, und dafür war ich dankbar. Als Nandi mit seinen Ausführungen fertig war, bat ich die anderen, eine Weile still zu sein. Nicht einmal T4b machte Einwände. Überhaupt finde ich ihn so zurückhaltend wie noch nie, seit Nandi und Bonnie Mae Simpkins mit uns zusammengesteckt wurden.

Dieses virtuelle Universum gründet, wie es scheint, auf Geschichten, und ich habe den Verdacht, dass dafür wenigstens zum Teil mich die Verantwortung trifft. Ich glaube, ich habe dem Andern die ersten Kindermärchen gefüttert, von denen ausgehend das System sich geformt und definiert hat, und vor allem das Märchen, das offenbar seine Hoffnungen definiert, sofern man einer künstlichen Intelligenz so etwas nachsagen kann. Und in gewisser Weise ist jeder Einzelne von uns als eine Märchenfigur definiert worden – Renie als kühne und manchmal allzu verbissene Heldin, !Xabbu als ihr weiser Freund, Paul als Spielball des Schicksals, sich selbst und anderen ein Rätsel. Lange dachte ich, meine Rolle sei klar. Ich war die blinde Seherin – der Name, den ich diesen Journaldiktaten für eine spätere Auffindung gab, war sogar eine ironische Anspielung darauf. Aber mit !Xabbus Hilfe wuchs ich über diese Rolle hinaus und öffnete einen Durchgang an einem nicht dafür vorgesehenen Punkt, wozu keiner der anderen imstande gewesen wäre. Viele Male konnte ich dank der ungewöhnlichen Sinneskräfte, die mir hier zuteil werden, schier unmögliche Dinge vollbringen.

Anscheinend bin ich eine Zauberin, eine Hexe. Eine gute Hexe, hoffe ich.

Hier in dieser erfundenen Welt verfüge ich über besondere Kräfte. Während ich darüber nachgrübelte, mit welchen Mitteln Nandi versucht hatte, auf das System Einfluss zu nehmen, wurde mir klar, dass ich diese Kräfte noch nicht voll verwertet habe. Und welcher Zeitpunkt wäre wohl dafür geeigneter als dieser jetzt, wo Dread jeden Moment erscheinen kann?

Ich bat, wie gesagt, meine Gefährten um Ruhe und bemühte mich dann zu erkennen, was jenseits der Mauern unserer kleinen Zelle lag. Bei meinen vorherigen Versuchen, über die unmittelbare Umgebung hinauszugehen, in der Hauswelt oder in der Stätte der Verlorenen, hatte ich immer viel freien Raum, wo ich Informationen an Luftströmungen und Echos ablesen konnte, selbst wenn sie für mich nicht als solche identifizierbar waren. Meine Fähigkeiten kamen mir als Verlängerung der natürlichen Sinne vor, und daher hielt ich sie immer für ähnlich begrenzt wie diese, aber jetzt war mir klar geworden, dass ich das gar nicht sicher wusste. Während nun meine Freunde in bangem Schweigen warteten, öffnete ich mich innerlich und versuchte zu sehen, zu hören, zu fühlen – die Worte reichen alle nicht hin –, was sich außerhalb befand.

Als ich mit !Xabbu zusammen die Funktionsweisen des Systems erforscht hatte, war mir immer eine wesentliche Verschiedenheit in der Art, wie er und ich es wahrnahmen, bewusst gewesen. Diese Verschiedenheit war zwar durch die Symbolik des Fadenspiels und seine mathematischen Grundlagen zum Teil überbrückt, aber nie ganz ausgeräumt worden. Jetzt begann ich mir Gedanken darüber zu machen, was es mit dieser Verschiedenheit auf sich haben mochte: Wieso konnte ein junger Mann mit einer so geringen Erfahrung der Informationssphäre Dinge erfassen, die ich mit meinem jahrelangen Studium und mit den veränderten und gesteigerten Wahrnehmungen, die mir das Netzwerk verschaffte, nur mit Mühe und Not verstand? Es liegt, wie ich jetzt weiß, daran, dass ich von meinen eigenen Erwartungen eingeschränkt werde. !Xabbu lernte bei seinem Volk, alles in sich aufzunehmen, was die Welt an ihn heranträgt, und dann, nachdem er die wichtigsten Elemente herausgefiltert hat, danach zu handeln. Aber er ist überdies klug und unerhört flexibel. Konfrontiert mit einer völlig neuen Welt versuchte er nicht, sie seinen Erwartungen zu unterwerfen, sondern machte sich daran, die herrschenden Regeln von Grund auf zu lernen, ohne Vorurteile gegen die Herkunft der Informationen.

Aber ich – genau wie die Übrigen, vermute ich – habe mich von der Art, wie dieses Netzwerk die Wirklichkeit nachahmt, täuschen lassen und habe versucht, mir diese Welt so zu deuten, als ob sie die reale Welt wäre. Trotz der erstaunlichen Fähigkeiten, über die ich hier verfüge, habe ich mich nur hören lassen, was gehört, nur fühlen lassen, was gefühlt werden kann, und dann diese Daten naiv nach dem Vorbild der äußeren Realität synthetisiert. Wie eine grausame Ironie erscheint mir das jetzt: Eine blinde Frau ringt verzweifelt darum, eine Umgebung, in der sie ihren Gefährten überlegen ist, der wirklichen Welt anzuähneln, in der sie ihnen unterlegen ist.

Was aber würde !Xabbu tun? Selbst in dieser furchtbaren Lage musste ich bei dem Gedanken schmunzeln. *Was würde !Xabbu tun?* Er würde sich öffnen. Er würde, was um ihn herum ist, sprechen lassen, und er würde vorurteilsfrei lauschen, statt die Information in ein vorgefasstes, ordentliches Schema zu pressen.

Ich versuchte, dasselbe zu tun.

Als Erstes bemerkte ich, dass ich trotz meiner äußerlich vorgespiegelten Ruhe immer noch eine Todesangst hatte. Mein Herz raste, und der erschrockene Atemzug, den Paul Jonas getan hatte, als die Wächter ihn packten, klang mir immer noch in den Ohren, so als ob das Echo in unserer Gefängniszelle verewigt worden wäre. Dies brachte mich auf einen anderen Gedanken, den ich aber erst einmal zurückstellte, um mich zuvorderst um Ruhe und Klarheit zu bemühen. Ich tat mein Bestes, aber ich bin viel zu schwach, um es in wenigen Minuten zu einer solchen inneren Gelassenheit zu bringen.

Es war schwer, die Vorstellung loszuwerden, die Zellenwände und überhaupt der ganze Tempel besäßen reale, stoffliche Gegenständlichkeit. Ich nehme an, Mystiker und Wissenschaftler kostet es eine ähnliche Anstrengung, die physische Welt als eine Verdichtung von Energie wahrzunehmen. Ich hatte vage Hinweise darauf, was jenseits unseres Gefängnisses lag – Schalldaten, Gerüche –, und sie waren für mich schon bedeutsamer als für alle meine Gefährten, aber das reichte noch nicht aus. Ich musste das Gefühl bekommen, dass sie genauso bedeutsam waren wie das, was sich innerhalb der Zelle abspielte, musste es so weit bringen, dass die Wände überhaupt keine Rolle mehr spielten, dass die Signatur der simulierten Hindernisse nur eine von vielen Informationen war. Ich musste lernen, *durch* die Wände zu blicken, nicht *auf* sie, um es in die Sprache des Gesichtssinnes zu übersetzen.

Es dauerte lange, doch als es geschah, da ganz plötzlich – eine ruckartige Umstellung der Wahrnehmung, und auf einmal fühlte ich, wie die Information Schicht für Schicht vor mir ausgelegt war, und die Information der Wächter draußen im Gang hatte den gleichen Stellenwert wie die meiner Gefährten in der Zelle. Einer von ihnen kratzte sich am Kopf. Ich lachte. Es war ein bisschen so, wie wenn man hinter einen bestimmten Trick kommt, so wie in meiner Kinderzeit, als ich eines Tages ohne Stützräder mit dem Rad fahren konnte. Ich dehnte vorsichtig meinen Radius aus, sondierte die äußere Festgefügtheit der Wandinformation auf der anderen Seite des Ganges und glitt dann gewissermaßen hindurch, um andere Gänge und Räume zu erkunden.

Diese Fähigkeit ist durchaus nicht unbegrenzt. Je weiter von mir entfernt der Punkt ist, auf den ich mich richte, und je mehr Barrieren ich durchqueren muss, desto unzuverlässiger wird die Information. In hundert Metern Abstand von unserer Zelle war die Signatur eines Menschen – eines Sims, der vorgab, ein Mensch zu sein, heißt das – wenig mehr als eine ungefähr menschenähnliche Gestalt, kenntlich vor allem an den Bewegungen. In der doppelten Entfernung waren nur noch unspezifische Bewegungen wahrzunehmen. Ich ließ meine Aufmerksamkeit schweifen und stieß auf mehrere Konzentrationen menschlicher Gestalten und diffuser Bewegungen, die alle Paul und seine Folterer hätten sein können, doch für eine sichere Identifizierung waren sie zu weit weg.

Ich schickte meine Wahrnehmung weiter nach außen und suchte nach dem Energieschatten eines Gateways, dem Eindruck, der bestehen bleibt, auch wenn das Gateway sich geschlossen hat. Ich fand schließlich einen, der sich direkt am Rand oder knapp außerhalb des Tempelpalastes zu befinden scheint, doch diesmal verspürte ich einen Druck im Kopf. Ich kehrte in die Zelle und zu meinen Gefährten zurück und berichtete ihnen, was ich entdeckt hatte. Ich stellte Nandi ein paar Fragen, und seine Antworten bestätigten ihn als einen Experten für die inneren Übertragungsmechanismen des Netzwerks, genau wie Orlando gesagt hatte. Bewaffnet mit seinen zusätzlichen Angaben konzentrierte ich mich abermals auf das Gateway.

Diesmal war es schwieriger. Ich war müde, und mir brummte der Schädel, aber ich musste das Gateway überprüfen, um sicher zu sein, dass es funktionierte. Doch obwohl es offen und betriebsbereit zu sein schien, kam ich seltsamerweise nicht an die üblichen Gatewayinformationen heran. Wenigstens machte es den Eindruck, als könnte es uns an einen anderen Ort befördern, und das ist im Augenblick unser dringlichstes Anliegen.

Nachdem ich den anderen das erklärt hatte, übermannte mich die Erschöpfung, und ich schlief wie eine Tote. Als ich vielleicht eine Stunde später wieder aufwachte, war das kleine bisschen Zuversicht, das meine Mitteilung in den anderen geweckt hatte, wieder der dumpfen Trostlosigkeit gewichen, denn solange wir in einer Zelle eingesperrt waren, konnte uns auch ein nahes Gateway nicht mehr helfen als eines auf dem Mond.

Obwohl mir war, als bestände mein Schädel aus altem, brüchigem Glas, entschloss ich mich noch zu einem anderen Versuch. Wir hatten – nein, wir *haben* nur noch wenig Zeit. Ich konnte es mir nicht erlauben zu warten, bis es mir wieder besser ging, denn Dread kann jeden Moment auftauchen, aber ich wollte auch niemandem Hoffnungen machen.

Mit diesem letzten Versuch hatte ich zwar einen gewissen Erfolg, doch besteht weiterhin wenig Anlass zur Hoffnung.

Abermals öffnete ich mich. Eine Weile fürchtete ich schon, ich hätte den Trick wieder verlernt und die Mauern würden fest und undurchdringlich bleiben, doch ich dachte an !Xabbu und wurde ruhig, und schließlich kam die Umstellung. Ich dehnte mich aus, nicht in eine bestimmte Richtung, sondern ganz allgemein, und ließ meine Aufmerksamkeit durch die Informationsmuster hindurch diffus nach außen fließen. Ich suchte nach etwas weniger Konkretem als der Signatur eines Gateways, und je weiter weg von der Zelle mich meine Erkundungen führten, desto schwerer wurde es, die Informationen einzuordnen.

Ich hatte schon beinahe aufgegeben, als ich auf etwas stieß, das eine Möglichkeit zu sein schien. Es war ein in sich zusammenhängendes Durcheinander von Signaturen, von kleinen Bewegungen, auf der anderen Seite des Tempels. Nach dem, was ich ausmachen konnte, fand es in einer Art Einbuchtung statt, vielleicht einer Nische hinter einem Wandbehang, was mir gar nicht passte. Wenn es stimmte, erschwerte das den zweiten und weniger gründlich durchdachten Teil meines Planes sehr.

Nachdem ich mir den Standort fest eingeprägt hatte, begab ich mich wieder zurück. Meine Kopfschmerzen waren noch heftiger geworden, aber dann hielt ich mir vor, was Nandi und Bonnie Mae Simpkins durchgemacht hatten und was uns allen weiterhin drohte, und so rappelte ich mich vom Boden auf und begab mich zur Tür der Zelle, wo ich mich wieder hinlegte und das Gesicht an die Lücke darunter hielt.

›Was machst du?‹, fragte Florimel besorgt. ›Hast du Atembeschwerden?‹

›Ich brauche jetzt Ruhe, mehr denn je‹, entgegnete ich. ›Tut mir bitte den Gefallen und geduldet euch. Versucht euch wenn irgend möglich nicht zu bewegen.‹

Ich legte mein Ohr an die Ritze unter der Tür und lauschte. Ich lauschte auf die gleiche Art, wie ich vorher alle Sinne hatte schweifen lassen, aber zielgerichteter. Ich wollte jetzt nur noch Geräusche wahrnehmen, alle Geräusche, die mich erreichten. Ich stellte mir den

Tempel als ein zweidimensionales Labyrinth vor und bemühte mich, die Luftströmungen zu erkennen und ihnen in der Richtung nachzugehen, in der ich mich vorher bewegt hatte, bis ich schließlich das leise Rascheln und Murmeln aus der Nische vernehmen konnte. Ich stelle das jetzt leichter dar, als es war, nicht aus falscher Bescheidenheit – es war außerordentlich schwierig –, sondern weil ich keine Zeit mehr für langwierige Erklärungen habe.

Sobald ich die unglaublich schwachen Geräusche, die ich suchte, gehört hatte, begann der allerschwerste Teil. Ich legte den Mund an den Spalt unter der Tür, hauchte leise, fast lautlos ein Wort und verfolgte dann seine Bahn. Die Schallwelle verlor rasch ihre Einheit und hatte sich am Ende des Ganges vollkommen zerstreut.

Jemand bewegte sich hinter mir, ich glaube, es war T4b, und für meine bis zum Äußersten angespannten Sinne war es wie das Donnern des Ozeans. Ich musste mich beherrschen, um meine Gefährten nicht anzuschreien. Dann versuchte ich es noch einmal.

Es dauerte fast zwei Stunden und hätte ewig dauern können, wenn ich nicht das wunderbare Glück gehabt hätte, dass die Gänge, mit denen ich es zu tun hatte, weitgehend menschenleer waren. Es war ein wenig, als plante ich den kompliziertesten Billardstoß der Welt, denn ich wollte ein kleines Schallpaket von einem Ende des Tempels zum anderen schicken – mit Abprallern an Wänden und Biegungen um Ecken, abhängig von nahezu mikroskopischen Korrekturen der ursprünglichen Richtung und haarscharfen Vorausahnungen der Luftwirbel. Doch trotz meiner extremen Sorgfalt war mein schließlicher Erfolg zum größten Teil Glücksache.

Die Antwort zu hören war leichter, obwohl sie eine Weile brauchte, um zu mir zurückzukommen. Niemand außer mir hätte sie hören können, ja die Schallwelle war so klein, dass ich sie eigentlich nicht hörte, sondern ablas.

›*Wer bissen du?*‹, kam es. ›*Woher kennsen Zunnis Namen? Woher kennsen die Böse Bande?*‹

An ein Gespräch war unter den Umständen nicht zu denken – das hätte stundenlanges Herumprobieren erfordert –, und nach den Geschichten, die man mir erzählt hatte, war mein Vertrauen auf die Geduld der Bandenkinder begrenzt. Ich setzte alles auf eine einzige Durchsage.

›Wir sind Freunde von Orlando Gardiner. Wir sind hier im Tempel in einer Zelle eingesperrt. Sie wollen uns foltern. Wir brauchen schnellstens Hilfe.‹

Diesmal hörte ich keine Antwort. Ein Wächter draußen im Flur hatte zu reden angefangen, was den empfindlichen Strömungskanal in wilde Wellen zerhackte.

Das ist alles. Die Wahrscheinlichkeit ist mehr als gering, dass sie überhaupt meine ganze Mitteilung gehört haben oder dass sie etwas unternehmen können, aber das war der einzige Plan, auf den ich gekommen bin. Wenigstens hatte ich recht mit meiner Annahme, dass die Affenkinder sich immer noch im Tempel versteckt halten. Und gegen jede Aussicht auf Erfolg habe ich *irgendjemandem* mitgeteilt, dass wir hier sind, dass wir Hilfe brauchen. Die Tatsache, dass unser Heil jetzt von einer Gruppe von Kindern im Vorschulalter abhängt, verschlechtert unsere Chancen auf jeden Fall nicht, wenn es sie auch nicht sehr verbessert.

Bonnie Mae Simpkins freute sich zu hören, dass die Kinder am Leben geblieben waren, aber meine übrigen Gefährten zogen, glaube ich, ziemlich lange Gesichter, als ich ihnen den dünnen Faden beschrieb, den zu spinnen mich so viel Zeit und Energie gekostet hatte und an dem jetzt unsere ganze Hoffnung hing.

An dem Punkt jedoch war ich dermaßen müde und zerschlagen, dass ich nicht einmal mehr vor Dread Angst hatte; wenn der Satan persönlich an die Zellentür geklopft hätte, wäre es mir auch egal gewesen. Obwohl mein Kopf wie eine Trommel dröhnte, schlief ich sofort ein. Jetzt bin ich wieder wach, aber nichts hat sich geändert. Das konstante Hämmern in meinem Kopf ist so stark, als wollte es nie wieder aufhören. Der arme Paul Jonas leidet weiß Gott was für Qualen. Wir anderen warten weiter auf den Tod – oder Schlimmeres. Wir warten auf Dread. Und vielleicht habe ich gar nichts ausgerichtet, vielleicht bin ich als Hexe eine Niete. Aber wenigstens habe ich … etwas getan.

Falls ich bald sterben sollte, könnte das ein kleiner Trost sein. Ein sehr kleiner.

Code Delphi. Hier aufhören.«

> Gefesselt lag er derart weit zurückgebogen auf der gewölbten Steinfläche, dass er das Gefühl hatte, bei der leisesten Berührung werde sein Bauch aufplatzen. Im trüben Fackelschein hing das gelbe Gesicht Ptahs über ihm wie eine blasse Sonne.

»Gemütlich?«

Paul bäumte sich gegen die Fesseln auf, die ihm bereits die Haut von den Hand- und Fußgelenken scheuerten. »Warum machst du das, Wells?«

»Weil ich Bescheid wissen will.« Er richtete sich auf und befahl dem Wächter, der Paul verschnürt hatte: »Hol mir Userhotep!«

»Aber ich weiß doch auch nichts! Du kannst doch nicht etwas aus einem rausfoltern, das er selbst nicht weiß!«

Robert Wells schüttelte mit gespieltem Kummer den Kopf. »Aber sicher doch. Wir sind hier nicht in der realen Welt, Jonas. Hier geht es sehr viel komplizierter zu – und auch viel interessanter.«

»Interessant genug, dass es dich das Leben kosten könnte, wenn es deinem neuen Herrn nicht gefällt, was du mit mir machst.«

Pauls Kerkermeister lachte. »Oh, ich lasse noch genug für ihn zum Spielen übrig, keine Bange. Aber zuerst wollen wir auf eigene Faust ein paar Tricks an dir ausprobieren.« Schritte ertönten, und er schaute auf. »Und hier kommt der Meistertrickser persönlich.«

»Ich lebe, um dir zu dienen, o Herr der weißen Mauern.« Ob der Mann, der das sagte, alt oder jung war, konnte man in der düsteren Kammer schlecht erkennen, und die Faltenlosigkeit seines fleischigen Gesichts kam noch erschwerend hinzu. Er war nicht dick – unter der ungewöhnlich blassen Haut seiner Arme zeichneten sich enorme Muskeln ab –, doch er hatte runde, beinahe kurvenreiche Formen und das im Ganzen geschlechtslose Aussehen eines Eunuchen.

»Userhotep ist ein ganz besonderer Vertreter«, erklärte Wells gewichtig. »Er ist ein … verdammt, wie war der Ausdruck noch mal? Ich hab eine kleine Schlange im Ohr, die mir Sachen vorsagt, aber sie hält fast nie den Mund, und da krieg ich das Zuhören schnell satt. Ah, richtig, ein Cheriheb. Ein besonderer Priester.«

»Ein Folterer ist er«, versetzte Paul barsch. »Und du bist ein arrogantes Verbrecherschwein, Wells. Hat dein Schlangengear eine ägyptische Übersetzung dafür?«

»Die kennst du bereits. Der Ausdruck ist … ein Gott.« Robert Wells grinste. »Aber Userhotep ist weitaus kunstreicher als ein normaler Folterer. Er ist ein Vorlesepriester. Das heißt, ein Zauberer. Und mit seiner Hilfe wirst du mir alles sagen, was du weißt. Und alles, was du nicht weißt, auch.«

Userhotep trat näher und hielt die Hände über Pauls ungeschützten Bauch. Als dieser zuckte, runzelte der Priester ein wenig die Stirn, doch seine Augen blieben leer, und er blickte glasig wie ein Fisch.

Nein, ein Hai, dachte Paul angsterfüllt. *Eine Bestie mit scharfen Zähnen, die aus purem Mutwillen zubeißt.*

»Das Gezucke kannst du dir sparen«, meinte Wells. »Die Schmerzen sind das Geringste bei dieser Nummer – ich habe nur davon gesprochen, damit deine Zellengenossen sich ordentlich grämen. Nein, Userhotep hier wird dich verzaubern, und dann wirst du singen wie ein Kanarienvogel.«

»Wenn du meinst, dass du mit Jongleurs altem ägyptischen Hokuspokus irgendwas aus mir rausholen kannst, hat dir der allzu lange Aufenthalt hier den Verstand geraubt.« An den Stricken zerrend drückte er den Kopf hoch, bis er in Userhoteps eunuchenhaftes Gesicht blicken konnte. »Du bist Code, ist dir das eigentlich klar? Dich gibt's gar nicht. Du bist völlig irreal, ein paar Zahlen in einer großen Maschine!«

Wells kicherte. »Er wird nichts hören, was sich nicht mit der Simulation verträgt, Jonas. Und du bist es, um dessen Verstand es schlecht bestellt ist, wenn du meinst, dass dieser ... Hokuspokus bei dir nicht wirkt.«

Userhotep bückte sich. Als er sich wieder aufrichtete, hatte er eine lange Bronzeklinge in der Hand, die eher einem geraden Rasiermesser als einem Dolch glich. Blitzschnell zog der Priester sie Paul über die Brust und hatte drei oberflächliche Schnitte gemacht, bevor dieser den brennenden Schmerz des ersten überhaupt spürte.

»Du Schwein!«

Ohne Pauls Zappeln auch nur zu beachten, hob Userhotep eine Dose vom Boden auf und entnahm mit dem Finger eine schwarze, zähe Masse. Er rieb sie in die Schnitte ein. Paul musste sich beherrschen, um nicht laut aufzuschreien, als sie ihm in den Wunden brannte.

»Ich nehme an, es ist Mohnsamenpaste«, bemerkte Wells. »Ein primitives Opium als eine Art Traumunterstützung. Sie wenden hier ein multidisziplinäres Verfahren an, weißt du – ein bisschen Wissenschaft, ein bisschen Zauber, ein bisschen Schmerz ...«

»Hier ist der Übeltäter, ihr Götter«,

rezitierte der Priester,

»Dessen Mund gegen euch verschlossen ist wie eine Tür.
Hier ist der Schlimme, der nicht die Wahrheit sprechen wird,
So ihr ihm nicht den Mund öffnet, damit sein Geist sich
nicht im Dunkeln verstecken kann.
Eröffnet mir den Urgrund seiner Zunge!
Eröffnet mir die Geheimnisse seines Herzens!«

Während er diesen Zauberspruch aufsagte, ritzte Userhotep Pauls Haut ein ums andere Mal und rieb jeden Schnitt mit der schwarzen Paste ein. Seine singende Stimme klang fern, entrückt, so als ob er das Protokoll einer unwichtigen, vergessenen Tagung verläse, doch die starren, kalten Augen des Mannes hatten eine eigentümliche Intensität und schienen immer heller zu werden, je mehr er die Schmerzen steigerte, bis das Gesicht das Einzige war, was Paul von dem ins Dunkel zurücktretenden Raum noch sah.

»Siehst du, es spielt gar keine Rolle, ob du daran glaubst oder nicht«, sagte Wells aus dem Hintergrund. Das runde Gesicht des Priesters hatte sich vor die gelbe Ptahmaske geschoben wie der Mond bei einer Sonnenfinsternis vor die Sonne. »Das ist eine der pfiffigen Sachen an diesem Netzwerk, fast schon genial, das muss man dem alten Jongleur lassen ...«

»Ich *weiß* nichts!«, ächzte Paul, der sich weiter vergeblich gegen die Stricke sträubte, gegen das Brennen der Haut.

»O doch. Und wenn wir das System richtig bedienen, den richtigen Zauber veranstalten und so, dann wirst du reden, ob du willst oder nicht, ob du dich zu erinnern meinst oder nicht. Es ist dir doch mittlerweile bestimmt schon aufgefallen, dass das Netzwerk unterhalb der bewussten Ebene operiert, nicht wahr? Dass es alles realer erscheinen lässt. Dass es Sachen vor dir versteckt, obwohl du weißt, dass sie da sind, ja sogar Leute umbringt, einfach indem es ihnen einredet, dass sie tot sind. Wenn ich gewusst hätte, wie Jongleur das alles hingekriegt hat, hätte ich ihn schon vor Langem abserviert.« Wells' theatralisches Schurkengekicher erreichte Paul kaum noch, so heftig ergriffen ihn Schmerz und Verwirrung.

»Sieh her, die Götter erwarten dich in den Höhlen der Unterwelt!
Sieh her, wie sie das Herz deines Schweigens zermalmen!
Sieh sie in all ihrer Macht, sieh sie voll Furcht!
Den Aufgerichteten!
Den Grimmigen!
Den Hintersichschauer!
Den Eingesargten!
Die Kämmende!
Die in Flammen sprechende Kobra!«

»… Und wahrscheinlich durfte genau deshalb keiner von uns erfahren, wie es funktioniert.« Wells' Stimme war jetzt über dem Singsang des Priesters kaum mehr zu hören. Heiße Krämpfe zerrten an Pauls Gelenken, drohten sie zu zerreißen. »Realitätsoptimierung hat er das gern genannt. Reality Enhancement Mechanism, kurz REM. Verstehst du den Witz? Wie die REM-Phasen im Schlaf, wo man besonders intensiv träumt. Aber hol ihn der Teufel, man muss zugeben, dass es hinhaut. Spürst du es schon?«

Paul bekam keine Luft mehr. Ein schwarzes Fieber durchströmte ihn langsam, heiß und dick wie die Mohnpaste, dunkel wie die Höhlen aus dem Zauberspruch des Priesters, Höhlen, die er beinahe vor sich sehen konnte, unglaublich tief, voll starrender Augen …

»Jetzt, Jonas, ist es, glaube ich, so weit, dass du mir alles erzählst, was du über unsern Freund Jongleur weißt.« Das gelbe Gesicht des Gottes erschien wieder zwischen den treibenden Schatten vor Pauls Blickfeld. »Sag mir, was geschehen ist …«

»Gebt mir Macht über seine Zunge, dass ich sie zu einer Peitsche mache, die Feinde der Götter damit zu züchtigen!«,

ließ sich der Priester vernehmen, und in sein monotones Rezitativ trat ein triumphierender Ton,

»Gebt mir Macht über seine Zunge, dass er seine Geheimnisse
nicht mehr verbergen kann!
Macht mich zum Eröffner seines Schweigens!
Macht mich zum Priester seines verborgenen Herzens!
Sprich jetzt!
Sprich jetzt!
Sprich jetzt!
Die Götter befehlen es …!«

»Ich … weiß … nicht …« Die Stimme des Priesters klang ihm wie Donner in den Ohren, war so laut, dass er keinen Gedanken fassen konnte. Bilder wirbelten an ihm vorbei, Bruchstücke aus seinem Leben im Turm, Avas traurige dunkle Augen, der Geruch nasser Pflanzen. Seine eigenen Worte hallten in ihm und um ihn herum nach. »Ich bin … ich bin …« Er sah sich selbst, sah alles, und die Vergangenheit platzte auf wie zerreißendes Fleisch, schmerzhaft, entsetzlich schmerzhaft, und die Erinnerungen stürzten heraus.

Die Finsternis verfloss, und er sank tiefer und tiefer. Er hörte seine eigenen Worte wie aus großer Ferne.

»Ich bin … eine Waise …«

Kapitel 29
STEINERNES BOLLWERK

NETFEED/MUSIK:
Horrible Animals vor der Wiedervereinigung?
(Bild: die Benchlows betreten das Krankenhaus zur Voruntersuchung)
Off-Stimme: Selbst die eingefleischtesten Fans geben zu, dass die Geschichte von Saskia und Martinus Benchlow, Gründungsmitglieder von My Family and Other Horrible Horrible Animals, mittlerweile bizarre Züge annimmt. Denn die einstigen siamesischen Zwillinge, die sich erst vor wenigen Monaten operativ trennen ließen, um ungehindert ihre eigenen musikalischen Wege gehen zu können, denken über eine Wiederverbindung nach.
S. Benchlow: "Trotz der Trennung hängen wir ständig zusammen und zanken uns rum. Mein neuer Manager meinte: 'Was geht denn bei euch ab? Es ist, als wärt ihr an der Hüfte zusammengewachsen.' Na ja, da sind wir ein bisschen nachdenklich geworden …"
M. Benchlow: "Die ganze Trennung ist voll para. Ich hätt nie gedacht, dass man sich auf dem Klo so einsam fühlen kann."

> *Aus einem merkwürdigen Wiederholungszwang heraus sagte er es noch einmal. Die Schwärze vor den Augen hatte sich fast verzogen, aber seine Stimme hallte immer noch merkwürdig fern, als stände er unbeteiligt dabei und hörte zu. »Ich bin eine Waise …!«*

»Tut mir leid, dass du's auf diesem Wege erfahren musst, Paul.« Niles hörte sich ehrlich bekümmert an, aber sein Gesicht auf dem Bildschirm

war undurchschaubar taktvoll wie immer. »Aus irgendeinem Grund konnte das Krankenhaus dich da in den Staaten nicht erreichen, deshalb haben sie mich angerufen. Ich nehme an, du hast meine Nummer für Notfälle irgendwo angegeben oder so.«

»Ich . . . ich bin eine Waise«, sagte Paul zum drittenmal.

»Na, das ist wohl ein bisschen übertrieben.« Niles' Ton war freundlich. »Ich denke, als Waise gilt man nur, wenn man noch ein Kind ist, meinst du nicht auch? Jedenfalls mein herzliches Beileid, Paul. Immerhin hat sie's nicht schlecht gehabt alles in allem, was? Wie alt war sie?«

»Zweiundsiebzig.« Er war jetzt über ein halbes Jahr in Amerika, ging ihm auf. »Dreiundsiebzig. Das ist noch gar nicht so alt. Ich dachte . . . ich dachte, sie würde noch ein paar Jahre leben.« Ich dachte, ich würde sie wiedersehen. Wie konnte ich sie allein sterben lassen?

»Na ja, gesundheitlich war sie nicht obenauf. Noch das Beste für sie, nicht?«

Einen Moment lang verabscheute Paul das adrette Gesicht und billige Mitgefühl seines Freundes. Das Beste für sie? Ja, wenn man aus einer Familie stammt, die ihre alten Hunde und Pferde erschießt, kommt einem das wahrscheinlich so vor. *Aber gleich darauf war die Bitterkeit wieder verflogen.*

»Ja, vermutlich«, sagte er bedrückt. »Ich sollte wohl anrufen und regeln, was da zu regeln ist . . .«

»Hab ich schon alles erledigt, Amigo. Kein Problem bei den genauen Anweisungen, die sie hinterlassen hat. Soll ich die Asche überführen lassen?«

Die Vorstellung war so abstrus in ihrer Widerwärtigkeit, dass Paul sie tatsächlich einen Augenblick in Erwägung zog. »Nein. Nein, ich glaube nicht. Ich glaube nicht, dass Louisiana nach ihrem Geschmack wäre. Ich nehme an, sie wollte in diesem Park neben meinem Vater beigesetzt werden.« Er kam einfach nicht auf den Namen des sogenannten Gedenkparks, hatte niemals die letzte Ruhestätte seines Vaters besucht – falls man ein quadratisches Loch mit einer Tür davor in einer auf Marmor getrimmten Fibramicwand derart titulieren konnte. »Ich werde mich informieren und ruf dich dann morgen an.«

»Mach das. Wir sind in The Oaks.« Was auf saloppe Art heißen sollte, dass Niles' Familie eines ihrer halbjährlichen rustikalen Wochenenden in ihrem Landhaus in Staffordshire verbrachte.

»Danke, Niles. Du bist ein echter Freund.«

»Schon gut. Und wie sieht's bei dir so aus? Ich hatte vor einer Weile einen ziemlich merkwürdigen Anruf von deinen Amerikanern.«

»Ich weiß.« Er überlegte, ob er Niles die ganze Geschichte erzählen sollte, aber er stand ohnehin schon in der Schuld seines Freundes – wie dankbar musste man eigentlich jemandem sein, der dafür sorgte, dass man die Verbrennung der eigenen Mutter nicht selbst verfügte? – und wollte diese nicht noch vermehren, indem er ihn mit weitschweifigen Klagen und Verdächten und schlichten Verrücktheiten am Fon festhielt. »Hier ist alles okay. Wird viel zu erzählen geben, wenn wir uns wiedersehen. Ein bisschen absonderlich, aber im Großen und Ganzen ist alles in Butter.«

Niles sah ihn fragend an, aber wischte den Blick auf die übliche flotte Art rasch mit einem Lächeln weg. »Prima. Na dann, bleib hübsch sauber, altes Haus. Und das mit deiner Mutter tut mir wirklich leid.«

»Ich melde mich morgen. Nochmals vielen Dank.«

Es war ihm peinlich, dass er es vor Niles ausgesprochen hatte, doch während der Fahrstuhl lautlos nach oben schoss, wollte ihm das Wort einfach nicht aus dem Kopf gehen.

Waise. Ich bin eine Waise. Ich habe keinen Menschen mehr …

Es war wohl wirklich ein wenig übertrieben. Er hatte seine Mutter seit der Abreise aus England nicht mehr gesprochen, und vorher, nach ihrer ersten Krankheitsattacke, hatte er auch nicht gerade Himmel und Hölle in Bewegung gesetzt, um sie an seiner Seite zu haben. Dennoch hatte sich dadurch, dass sie jetzt fort war, eindeutig etwas verändert.

Wen hast du denn sonst noch? Niles? Er wäre genauso freundlich und umsichtig, wenn es dich erwischt hätte, und dann würde er einfach zur Tagesordnung seines tollen Glamourlebens übergehen. »Ihr erinnert euch doch noch an Paul Jonas«, würde er zu seinen Freunden sagen, die sich nicht erinnerten. »Den hab ich noch von Cranleigh gekannt, und studiert haben wir auch zusammen. Hat in der Tate gearbeitet. Armer, alter Paul …«

Sie wartete in dem altertümlichen Studierzimmer auf ihn, die feinen Züge starr, beinahe maskenhaft, und bedachte ihn mit einem sehr verhaltenen, sehr höflichen Lächeln. »Treten Sie ein, Herr Jonas. Ich hoffe, dass wir jetzt mit unserem Unterricht beginnen können.«

Er blieb in der Tür stehen. Das Funkeln in ihren Augen verwirrte ihn, es wirkte aufgeregt, wenn nicht ängstlich. »Ava, ich …«

»Bitte!« Ihr Lachen war ein wenig zu schrill. »Wir sollten keine Zeit mehr verschwenden. Sie sind bereits etwas spät dran, mein lieber Herr Jonas, wobei das natürlich keine Kritik sein soll. Sie müssen nur verstehen, dass ich zwischen meinen Verpflichtungen zeitlich sehr im Druck bin.«

Er ließ sich von ihr hineinziehen und konnte gerade noch mit einer schnellen Reaktion verhindern, dass die schließende Tür auf seine freie Hand schlug. Bevor er Atem holen konnte, hatte sie sich ihm an den Hals geworfen und bedeckte sein Gesicht mit Küssen.

»Ava!« Er versuchte sich von ihr loszumachen, doch sie klebte an ihm wie eine Muschel am Felsen. »Ava! Hast du den Verstand verloren?« Es gelang ihm, einen Arm vor ihren fest korsettierten Bauch zu schieben und sie so weit zurückzudrängen, dass er sie an den Schultern fassen und von sich fern halten konnte. Erschüttert musste er sehen, wie ihr die Tränen aus den Augen stürzten.

»Sie können uns hier nicht sehen!«, rief sie. »Unser Freund beschützt uns!«

Er registrierte am Rande, dass ihr Phantomfreund mittlerweile auch seiner geworden war. »Und wenn schon, Ava! Ich habe dir doch gesagt, dass es ein Unding ist! Dass es einfach nicht sein darf!«

»Oh, Paul, Paul.« Zu seiner Bestürzung beugte sie den Kopf und küsste seine Hand, die ihren Oberarm umklammert hielt. Obwohl er in seiner furchtbaren Verlegenheit nichts dringender wünschte, als diesem Wahnsinn ein Ende zu machen, verspürte er ein Pulsen im Schritt, ein Zucken der Schlange, die in seinem Rückgrat schlief.

»Ava, hör auf! Du musst aufhören!«

»Hör doch, Paul!« Sie richtete ihre großen, traurigen, feuchten Augen auf ihn. »Ich habe gerade etwas Schreckliches herausgefunden. Ich glaube, mein Vater … ich glaube, er will dich ermorden lassen!«

»Was?« Es war zu viel. Einen Moment lang hasste er auch sie, trotz ihres hilflosen, aufgelösten Zustands. Wie war er bloß in eine dermaßen irrsinnige Situation hineingeraten? Niles Peneddyn würde so etwas niemals passieren. »Wieso sollte er das machen?«

»Komm mit nach draußen«, sagte sie. »Komm mit ins Wäldchen. Dort können wir reden.«

»Aber du hast doch gesagt, wir könnten hier drin reden. Dein ... dein Geist, oder was er sonst ist, würde uns beschützen.«

»Das tut er auch! Aber ich halte es keine Sekunde mehr in diesem Haus aus. Eingesperrt wie ein Tier! Die ... die Zeit ist hier so lang.« Sie warf sich wieder an ihn, und obwohl er das Gesicht wegdrehte, um ihren Küssen auszuweichen, bewegte ihn die fieberhafte Bedürftigkeit, die aus ihrem angespannten Körper sprach, zur gegenteiligen Reaktion: Er schlang die Arme um sie und streichelte sie begütigend, als ob sie ein verängstigtes Kind wäre.

Und genau das ist sie auch, *dachte er bei sich, und echtes Mitleid mischte sich in seine Furcht und Empörung.* Sie haben ihr irgendwas Grässliches angetan. Und was es auch sein mag, es ist kriminell.

Ihre Brust wogte an seiner. Schließlich beruhigte sie sich ein wenig. »Komm mit nach draußen«, sagte sie noch einmal. »Oh, bitte, Paul!«

Er ließ sich von ihr zur Tür des Studienzimmers führen, wo er im letzten Moment von ihr zurücktrat, damit sie ein halbwegs sittsames Bild abgaben, wenn sie die angebliche Sicherheitszone verließen.

Jetzt glaube ich schon selber daran, *merkte er.* An diesen Geist, ihren geheimen Freund. Entweder jemand hat tatsächlich das System gehäckt, oder Finney und Mudd pennen. Ich kann mir nicht vorstellen, dass sie dieses Benehmen dulden würden.

Das Haus war still, die Dienstmädchen waren nirgends zu sehen – hatten sie frei? Tratschten sie in irgendeinem modernen Pausenraum auf den unteren Etagen über die versponnene Tochter ihres Arbeitgebers? Oder hingen sie in einem Schrank wie Marionetten und warteten darauf, dass der unsichtbare Puppenspieler sie wieder herausholte?

Es müssen richtige Menschen sein, *sagte er sich. Die Spukschlossatmosphäre gab einem die verrücktesten Ideen ein.* Ich bin schon mal mit einer zusammengestoßen. Mit einem Hologramm kann man nicht zusammenstoßen, und derart lebensechte Roboter gibt es nicht. *Er hoffte sehr, dass er trotz alledem eines Tages wieder gesund und wohlbehalten nach England zurückkehren konnte, und sei es nur, um Niles und seinen anderen Freunden davon zu erzählen, am liebsten mit einem Drink in der Hand. Das wäre dann endlich einmal eine Geschichte, die bestimmt keiner von ihnen überbieten konnte.*

Avas Frühstück stand unberührt draußen auf dem Tisch in der Sonne. Paul warf einen sehnsüchtigen Blick darauf und wünschte sich, er hätte seinerseits mehr als eine Tasse Kaffee zu sich genommen. Im Garten schlug seine Schülerin einen forschen Trab an. Im ersten Moment war er versucht, hinter ihr herzueilen, doch dann fielen ihm die Augen ein, die mit ziemlicher Sicherheit alles beobachteten, und er schritt so gemessen, wie es ihm unter den Umständen möglich war, den Weg hinunter.

Mit glänzenden Augen, aber nicht mehr weinend wartete sie im Hexenring auf ihn. »Ach, Paul«, sagte sie, als er in den Kreis trat, »wenn wir doch nur immer so zusammen sein könnten! Uns sagen könnten, was wir wollen, ohne Angst haben zu müssen!«

»Ich verstehe nicht, was hier passiert, Ava.« Er setzte sich mit einem gewissen Sicherheitsabstand neben sie. Sie blickte ihn vorwurfsvoll an, aber er beschloss, nicht darauf einzugehen. »Als wir das letzte Mal hier waren, hast du mir erzählt ... äh, da hast du mir von einem Kind erzählt. Jetzt sagst du, dass dein Vater mich umbringen will. Von deinem Freund aus der Geisterwelt will ich gar nicht reden. Wie soll ich das alles glauben?«

»Aber ich habe wirklich ein Kind gehabt.« Sie war beleidigt. »Ich würde dir so etwas niemals vorlügen.«

»Wer ... wer war der Vater?«

»Ich weiß nicht. Kein Mann, wenn du das meinst.« Sie stockte. »Vielleicht war es Gott.« Es war keine Spur von Ironie zu hören.

Paul war jetzt endgültig und ohne jeden Zweifel überzeugt, dass sie verrückt war. Die Kontrollwut ihres Vaters, ihr eingesperrtes Leben in dieser aberwitzigen Umgebung, einem Zoo mit nur einem Tier im Grunde, das alles hatte ihren Geist vollkommen zerrüttet. Er wusste, er sollte aufstehen und ins Haus zurückgehen, den Fahrstuhl zu Finneys Büro hinunter nehmen und auf der Stelle kündigen, weil eine solche Situation nicht gut enden konnte. Er wusste, er sollte es tun, aber aus irgendeinem Grund, vielleicht wegen des Leids, das sich hinter ihrem sanften Gesicht verbarg, tat er es nicht.

»Und wo ist dieses Kind?«, fragte er.

»Ich weiß nicht. Sie haben ihn mir weggenommen. Ich durfte ihn nicht einmal sehen.«

»Ihn? Du weißt, dass es ein Junge war? Und wer hat ihn weggenommen?«

»Die Ärzte. Ja, ich weiß, dass es ein Junge war. Ich wusste es, noch ehe ich überhaupt wusste, dass ich ihn in mir trug. Ich hatte Träume. Es war sehr seltsam.«

Paul schüttelte den Kopf. »Ich fürchte, ich verstehe das nicht so richtig. Du ... du hattest ein Kind. Du hast es nie gesehen. Die Ärzte haben es dir weggenommen.«

»Ihn. *Sie haben* ihn *weggenommen.«*

»Ihn. Wann war das?«

»Kurz nachdem du mein Hauslehrer wurdest, vor sechs Monaten. Weißt du noch? Ich war krank und konnte mehrere Tage nicht zum Unterricht erscheinen.«

»Kurz nachdem ich kam? Aber ... aber du sahst nicht aus, als ob du schwanger wärst.«

»Es war sehr früh.«

Paul wurde nicht daraus schlau. »Und du hast nie ...« Er zögerte, gehemmt von dem unnatürlichen Druck, mit ihr sprechen zu müssen, als ob sie wirklich ein Mädchen aus einer fast zweihundert Jahre zurückliegenden Zeit wäre. »Und du warst nie ... mit einem Mann zusammen?«

Ihr Lachen war unerwartet laut. Die Vorstellung amüsierte sie sehr. »Wer hätte das sein sollen, lieber, lieber Paul? Der alte Doktor Landreux, der hundert Jahre alt sein muss? Oder einer von diesen beiden grässlichen Kerlen, die für meinen Vater arbeiten?« Ihr schauderte, und sie rückte ein Stück näher. »Ich bin mit niemandem zusammen gewesen. Es gibt für mich keinen andern Mann als dich, mein geliebter Paul. Keinen.«

Ihm ging langsam die Energie aus, ihren Liebesbeteuerungen zu widersprechen. »Aber jemand hat das Kind verschwinden lassen?«

»Ich wusste zu der Zeit nichts davon. Ich hatte mich schon Tage vorher unpässlich gefühlt. Morgens ging es mir besonders schlecht. Ich ging zu den Ärzten, und sie untersuchten mich – wenigstens dachte ich, dass sie das machten. Erst später wurde mir klar, dass sie mir das Kind weggenommen hatten, bevor es wachsen konnte. Aber irgendwie habe ich es trotzdem gemerkt, Paul – ich wusste es! Doch ganz sicher war ich erst, als Frau Kenley es mir erzählte.«

»Frau Kenley ...?« Er kam sich vor, als ob er sich in der Pause in ein laufendes Theaterstück gesetzt hätte und jetzt vergeblich versuchte, zu ergründen, was in der ersten Hälfte passiert war. »Wer ...?«

»Sie war eine der Schwestern, die immer mit Doktor Landreux kamen. Aber Finney sah sie mit mir flüstern, und seitdem ist sie nicht mehr gekommen. Frau Kenley war sehr lieb – sie war eine Quäkerin, wusstest du das? Sie hat nicht gern hier gearbeitet. Sie hätte mir eigentlich nichts

sagen dürfen, aber sie fand es schrecklich, was mit mir geschah, und deshalb sagte sie zu dem Arzt, dass sie schauen wollte, ob ich auf dem Wege der Besserung war, doch stattdessen machte sie mit mir einen Spaziergang im Garten und erzählte mir, dass sie meinen kleinen Jungen herausgeholt hatten.« Eine Träne lief ihr über die Wange. »Bevor er überhaupt wachsen konnte!«

»Du weißt also nur deshalb, dass du ein Kind bekommen solltest, weil diese Schwester dir das erzählt hat.«

»Ich wusste es, Paul. Ich merkte in meinen Träumen, dass ein Kind in mir drin war. Aber als sie mir sagte, was sie Schreckliches getan hatten, da begriff ich alles.«

»Das ist mehr, als ich von mir behaupten kann.« Das unablässige Vogelgezwitscher in den Bäumen über ihnen war laut. Paul fragte sich, wie es möglich sein sollte, dass Geräusche ohne weiteres in den Kreis eindrangen, aber ihr Gespräch geheim blieb.

Aber irgendwas *muss* hier nicht mit rechten Dingen zugehen, *dachte er.* Sie würden uns sonst nicht hier sitzen und über solche Sachen reden lassen, nicht wahr? *Es sei denn, sie wussten bereits, dass das Mädchen verrückt war, und wollten sehen, wie Paul reagierte. War das Ganze eine Art Loyalitätstest?* Wenn ja, dann liegt mir nicht allzu viel an der Stelle. Ach, Scheiße, eigentlich liegt mir gar nichts daran.

Dennoch, da war etwas an Avas Geschichte, das sich nicht so einfach vom Tisch wischen ließ. Das hieß zwar noch lange nicht, dass sie der Wahrheit entsprach – die ganze Sache konnte gut und gern eine hysterische Fantasie sein, die diese Frau Kenley der weltfremd gehaltenen, leichtgläubigen Ava aufgeschwatzt hatte –, aber es hieß möglicherweise, dass das Mädchen nicht völlig unzurechnungsfähig war. Und was sie auch sonst noch sein mochte, sie war auf jeden Fall ein Opfer.

»Lass uns mal einen Moment über was Anderes reden«, sagte er, wobei ihm nicht entging, dass sie schon wieder näher herangerückt war, so dass jetzt ihr Schenkel unter dem Kleid und dem gerüschten Unterrock an seinen drückte. »Wieso meinst du, dass dein Vater meinen Tod will?«

»Oh!« Ihre Augen wurden groß, als ob sie die Gefahr, deretwegen sie noch vor einer halben Stunde in Tränen aufgelöst gewesen war, völlig vergessen hätte. »O Paul, ich könnte es nicht ertragen, dich zu verlieren! Das macht mir solche Angst.«

»Erzähl mir einfach, warum du meinst, dass ich in Gefahr bin.«

»Mein Freund hat es mir gesagt. Du weißt schon, dieser Freund von mir.«

Paul zog eine Grimasse. »Ja, ich weiß. Dein Geist. Was genau hat er dir gesagt?«

»Na ja, er hat mir eigentlich gar nichts gesagt – er hat es mir gezeigt. Genauso wie er mir dich gezeigt hat, wo du neulich in deinem Zimmer gesessen hast.« Sie runzelte die Stirn – ein wenig gekünstelt, fand er, als machte sie ein Bild aus den alten Büchern nach. Kam das automatisch dabei heraus, wenn ein Mädchen wie eine Gestalt aus alten Büchern aufwuchs? »Paul, was ist ein Gral?«

»Gral?« Mit einer solchen Frage hatte er nicht gerechnet. »Ein Gral … na ja, das … das ist so ein mythischer Gegenstand.« Trotz seiner Literaturkurse an der Universität und etlicher Vorlesungen über die Präraffaeliten waren seine Erinnerungen beschämend nebulös. »Der Heilige Gral. Ich glaube, das soll der Kelch gewesen sein, aus dem Jesus beim letzten Abendmahl getrunken hat. Irgend so was in der Art. Er kommt in vielen mittelalterlichen Sagen vor, den ganzen Geschichten um König Artus.« Er hörte sich an, fand er, wie der typische amerikanische Banause, über den er und seine Freunde sich immer lustig gemacht hatten. »Und dann bezeichnet das Wort, glaube ich, noch andere Sachen, so einen Kessel in den irischen Märchen, aber genau weiß ich das nicht mehr. Warum?«

»Mein Vater hat darüber mit diesen grausamen Männern gesprochen, die für ihn arbeiten, Finney und Mudd.«

Paul schüttelte den Kopf. »Da komm ich schon wieder nicht mehr mit, Ava.«

»Mein Freund – er hat mir in dem Spiegel gezeigt, wie sie miteinander sprachen. Das heißt, er hat mir Finney und Mudd im Spiegel gezeigt, und die haben mit meinem Vater gesprochen, der in einem Spiegel so groß wie die Wand war. Er war bei ihnen genauso im Spiegel, wie er hier bei mir immer ist.«

Finney und Mudd, wie sie mit ihrem Boss auf einem Wandbildschirm reden, *dachte Paul. Avas Phantom konnte also nicht nur alle täuschen, die sie und Paul bespitzelten, er konnte seinerseits auch die Spitzel bespitzeln. »Und?«*

»Mein Vater hat ihnen erzählt, der Gral wäre zum Greifen nahe. Deshalb wäre es wohl an der Zeit, dich – ›diesen Jonas‹, sagte er – verschwinden zu lassen.«

Paul haschte verzweifelt nach sinnvollen Fäden in diesem großen, konfusen Wandteppich der Unbegreiflichkeiten und Verrücktheiten. »Leute gebrauchen den Ausdruck ›Gral‹ manchmal im Sinne von irgendetwas Wichtigem, Ava, einem Projekt, einem Ziel. Ich weiß aber nicht, was das mit meiner Entlassung zu tun haben könnte oder warum dein Vater sich überhaupt mit einer solchen Geringfügigkeit abgeben sollte.« Er lächelte zum Zeichen, dass er sich über seine Bedeutungslosigkeit keine Illusionen machte, aber sie fand das weder lustig noch beruhigend.

»Er hat nicht davon geredet, dich bloß zu entlassen, Paul.« Sie blickte streng, so als ob er jetzt der unartige Schüler und sie die Lehrerin wäre. »Nickelblech – Finney – sagte, sie wären jederzeit bereit, mein Vater müsste nur die Anweisung geben, und Mudd meinte: ›Es wird sowieso niemand groß interessieren. Er hat bloß noch eine alte Mutter, und die macht's auch nicht mehr lange. In ihrem Zustand schlägt die keinen Lärm.‹ Ich bin ganz sicher, dass er sich so ausgedrückt hat.«

Jäh krampften sich seine Eingeweide zusammen, wie von einer kalten, nassen Hand gequetscht, und vor Panik wurde ihm regelrecht schwindlig im Kopf. So konnte doch niemand über die Beendigung eines Arbeitsverhältnisses reden, oder? Es hörte sich an wie aus einem Krimi. Bestimmt gab es irgendeine harmlose Erklärung. Ganz bestimmt.

Er sagte: »Sie ist nicht mehr. Meine Mutter. Sie ist gerade gestorben.«

»Das tut mir leid, Paul. Es muss sehr schlimm für dich sein.« Ava schlug die Augen nieder und zeigte ihre malerisch langen, dunklen Wimpern. »Ich habe meine Mutter nie gekannt. Sie ist bei meiner Geburt gestorben.«

Er sah sie prüfend an. Vor Aufregung war die blasse Haut über dem Kragen ihres hochgeschlossenen Kleides gerötet. »Du würdest doch ... Du hast dir das nicht etwa ausgedacht, oder? Bitte, sag es mir, Ava. Ich werde nicht böse sein, aber ich muss es wissen.«

Sie konnte ihre Verletzung so wenig verbergen wie ein Kind. »Ausgedacht ...? Aber, Paul, ich würde dich niemals belügen. Ich ... liebe dich.«

»Ava, das geht nicht, das habe ich dir doch gesagt.«

»Ach, das geht nicht?« Ihr schrilles Lachen tat ihm in den Ohren weh. »›Kein steinern Bollwerk kann der Liebe wehren‹ – dein William Shakespeare hat das gesagt, nicht wahr? Das ist aus Romeo und Julia.*«*

Genau aus dem Grund hätte ich das Stück niemals mit einem einsamen, hocherregbaren jungen Mädchen durchgenommen, *dachte er.* Ihre früheren Hauslehrer haben sich einiges zuschulden kommen lassen. *»Ich muss nachdenken, Ava. Das ist … das ist ziemlich starker Tobak.« Seine Reaktion war so lächerlich wie unangemessen. »Ich brauche ein wenig Zeit, um das alles in meinem Kopf zu sortieren.«*

»Machst du dir gar nichts aus mir, Paul? Nicht das Geringste?«

»Natürlich mache ich mir etwas aus dir, Ava. Aber was du mir erzählst, ist viel größer und komplizierter, ein gottverdammter Irrsinn.« Als sie erbleichte und die Hand an den Mund führte, schämte sich Paul. Für ihre Verhältnisse hatte er sich ausgesprochen unflätig ausgedrückt. »Entschuldige, Ava, ich weiß einfach nicht, was ich von all den Sachen halten soll, die du mir da erzählst.«

Als sie ihre Hand auf seine legte, zog sich seine Haut unter ihren kühlen, trockenen Fingern förmlich zusammen. »Du denkst … du denkst, ich könnte mich irren, nicht wahr? Schlimmer noch, du denkst, ich bin vielleicht … wie sagt man? Hysterisch? Verrückt?«

»Ich denke, dass du ein gutes und ehrliches Mädchen bist.« Er wusste nicht, was er sonst sagen sollte. Er drückte ihr fest die Hand, zog sie dann sanft zurück und stand auf. Da kam ihm ein Gedanke. »Könnte … dein Freund … könnte er mit mir reden? Würde er das tun?«

»Ich weiß nicht.« Ihre Fassung war eine dünne Fassade über einem Abgrund des Elends. Paul war froh, dass er nicht tiefer schauen konnte. »Ich werde ihn fragen.«

Das Flackern weckte ihn.

Nach langem Hirnzermartern bis spät in die Nacht war er zuletzt eingeschlafen, trotz oder wegen des ungewöhnlich vielen Weins, den er getrunken hatte. Sein erster wirrer Gedanke war, die Rollläden vor dem Fenster seien kaputt und zerhackten mit ihrem Gewackel das ihn anstrahlende grelle Frühlicht. Erst nachdem er sich hochgequält hatte, erkannte er, dass das arhythmische Blinken nicht vom Fenster, sondern vom Wandbildschirm kam.

Ein Anruf …? *dachte er benommen.* Wieso hat es nicht geklingelt? *Angst durchschoss ihn.* Ein Unfall. Das Notwarnsystem. Das Gebäude brennt.

Er sprang hastig aus dem Bett und riss die Rollläden auf. Draußen war noch tiefe Nacht. Die Stadt unter ihm war dunkel, nur die rötlichen Lichter der Bohrtürme machten den Sternen Konkurrenz. Keine Flammen schlugen an der schwarzglänzenden Wand des Turms empor, und auch sonst deutete nichts auf ungewöhnliche Vorkommnisse hin. Es konnte nur ein technischer Defekt sein.

»Paul Jonas.«

Er fuhr herum, aber das Zimmer war leer.

»Paul Jonas.« *Die Stimme, die aus keiner bestimmten Richtung kam, hatte die leise Eindringlichkeit einer summenden Fliege an einer Fensterscheibe.*

»Wer ... wer ist da?« Doch noch während er das fragte, ging es ihm auf. Seine verkaterte Benommenheit war auf einmal wie weggeblasen. »Bist du ... Avas Freund?«

»Avialle«, *hauchte die Stimme.* »Engel ...« *Der Wandbildschirm flackerte wieder, dann leuchtete er in bunten Farben auf. Ava erschien darauf, nicht wie sie im Augenblick war, sondern eine Ava, die im vollen, wenn auch künstlichen Sonnenschein unter einem Baum hockte und den Vögeln, die sie wie eine Schar bewundernder Liliputaner umgaben, Brotbröckchen hinstreute.*

»Wer bist du?«, fragte Paul. »Warum redest du mit Ava – mit Avialle? Was willst du von ihr?«

»Will ... will ... schützen. Avialle schützen.« *Der rätselhafte Freund sprach mit einem befremdlichen, aphasischen Nuscheln. Paul hätte Mitleid empfunden, wenn ihm nicht etwas an dem schleppenden, unmenschlichen Tonfall zugleich eine Heidenangst eingejagt hätte.*

»Und wer bist du?«

»Einsam.« *Ein tiefer Klagelaut, knisternd und krachend wie eine statische Störung.* »Einsamer Junge.«

»Einsam? Wo? Wo bist du?«

Während des Schweigens, das sich anschloss, zerflatterte das Bild von Ava, und an seiner Stelle erschienen unregelmäßig flimmernde Lichtstreifen. »Brunnen«, *kam schließlich die Antwort.* »Tief unten ... schwarz schwarz schwarz.« *Wieder das stotternde Klagen, hart und abgehackt.* »Tief unten im schwarzen Brunnen.«

Paul sträubten sich die Haare am ganzen Leib. Er wusste, dass er wach war – jeder zitternde Nerv sagte ihm das –, und dennoch war das ganze Gespräch wie ein Albtraum, in dem man das Furchtbare kommen sieht, aber nicht aufhalten kann.

Er haschte verzweifelt nach einem festen Anhaltspunkt. »Du willst Ava ... Avialle schützen, ist das richtig? Wovor denn?«

»Jongleur.«

»Aber er ist ihr Vater! Er würde ihr doch nichts tun . . .!«

»Nicht Vater!«, *ächzte die Stimme.* »Nicht Vater!«

»Was soll das heißen?« Die Familienähnlicheit war deutlich, auch wenn die raubvogelartigen und grausamen Züge, die Paul auf Bildern von Felix Jongleur gesehen hatte, bei der Tochter weich und hübsch geworden waren. »Ich verstehe nicht . . .«

»Frisst die Kinder«, *stöhnte es zur Antwort.* »Jongleur. Gral. Ihnen helfen. Zu viel Schmerzen, und . . .« *Die Lichtstreifen begannen schneller zu flackern, bis sie beinahe zu einem einzigen, ununterbrochenen Strahlungsausbruch geworden waren. Paul schaute wie gebannt darauf.* »Alle Kinder . . .«

Das strobische Blitzen wurde noch schneller, eine weiße Sonneneruption von einer solchen Helligkeit, dass sich vor seinen starrenden Augen die Wände seines Zimmers auflösten. Plötzlich stürzte er nach vorn in das alles andere auslöschende Licht, und die Geisterstimme umgab ihn jetzt ringsherum mit der ganzen Gewalt ihrer Verlorenheit.

»Der Gral. Frisst die Kinder. So viele . . .! Quält sie!«

Seine Sinne entflammten unter der Flut von Eindrücken, aber er konnte nichts tun. Er konnte sich nicht gegen das Strahlen wehren, das ihn überströmte, ihn durchpulste, sich in seine Augen brannte und sein Gehirn zu einem harten Ball aus reinem Kristall verschmolz. Gesichter erschienen, Kindergesichter, doch es war kein bloßer Bilderstrom: Er erkannte diese Kinder, fühlte ihr Leben und ihre Geschichte, während sie an ihm vorbeiflogen wie ein Schwarm Spatzen in einem Orkan. Hunderte winziger Geister durchflossen ihn, Tausende, jeder einzelne ein Wellenknoten qualvoller Finsternis im Meer aus gleißendem Licht, jeder einzelne kostbar, jeder einzelne todgeweiht. Dann bildete sich aus der wirbelnden Dunkelheit eine neue Form, ein großer, silbriger Zylinder, der in einem schwarzen, leeren Grabgewölbe schwebte.

»Der Gral«, *wiederholte die Stimme beschwörend, klagend.* »Für Jongleur. Frisst sie. Ad Aeternum. In Ewigkeit.«

Paul fand seine Stimme wieder, obwohl er keine Lungen hatte, die Luft ausstoßen, keine Stimmbänder, die den Schrei formen konnten.

»Aufhören! Ich will nichts mehr sehen!«

Doch es hörte nicht auf. Er wurde hineingerissen in einen Sturm des Leids.

Als er auf dem Teppich erwachte, strömte das echte Morgenlicht durchs Fenster. Sein Kopf fühlte sich an wie ein morsches Stück Holz, das man ihm schief auf den Hals gesetzt hatte. Selbst nach einer extrastarken Tasse Kaffee und einer doppelten Dosis Schmerztabletten fühlte er sich kein bisschen menschlicher. Er fühlte sich hundeelend.

Und er hatte Angst.

Es gab keine Erklärung für das, was er erlebt hatte. Er konnte nicht so tun, als wäre es nur ein böser Traum gewesen – die Einzelheiten waren zu klar, die Haltung, in der er vor dem Wandbildschirm aufgewacht war, ließ keinen Zweifel zu. Aber unbegreiflich war es dennoch. Das Wesen, das mit ihm Kontakt aufgenommen hatte, war kein gewöhnlicher Häcker, so viel stand unbedingt fest. Er glaubte nicht an Geister, schon gar nicht an Geister, die auf Wandbildschirmen erschienen. Was blieb da noch übrig?

Paul setzte sich mit zitternden Händen ans Fenster. Unten sah er eines der Hovercrafts des Konzerns an der Esplanade am Fuß des Turms anlegen. Der heitere weißblaue Anstrich des Schiffes passte so gar nicht zu seinem derzeitigen Eindruck: dass die Fähre im Grunde genommen eine vergrößerte Version von Charons Nachen war, der seine menschliche Fracht in einen Hades übersetzte, dem Paul bereits angehörte.

Er raffte sich auf. Der Anblick hatte ihm das Verlangen eingeflößt, woanders zu sein, ganz egal wo. Keinen Tag mehr wollte er in diesem schwarzen Monsterbau verbringen. Er musste weg, raus hier. Vielleicht kam er dann auf vernünftige Gedanken.

Beim Anziehen versetzte ihm die Sorge um Ava einen Stich. Wenn er einfach verschwand, und sei es nur diesen einen Vormittag, würde sie es mit der Angst zu tun bekommen. Aber ganz nach oben zu ihrem Haus wollte er nicht fahren, denn er befürchtete, dass er dann nicht mehr von ihr loskam, und so hinterließ er für sie eine Nachricht bei einer von Finneys vielen Sekretärinnen. »Herr Jonas ist heute verhindert, weil seine Mutter in England gestorben ist. Er hat sich den Tag freigenommen. Fräulein Jongleur möge bitte die Geometrieaufgaben machen und die nächsten zwei Kapitel von *Emma* lesen. Morgen findet der Unterricht wieder wie gewohnt statt.« *Beim Ausklicken hatte er ein ähnliches Schuldgefühl wie als kleiner Junge beim Schuleschwänzen.*

Ich muss hier weg, *sagte er sich.* Bloß für eine Weile.

Während er vom Fahrstuhl durch das riesige Foyer zum Ausgang ging, konnte Paul nicht verhindern, dass er sich umschaute, ob ihm jemand folgte.

Aber ist es nicht genau das, was man nicht tun darf, wenn man den Hades verlässt? *Wo kam das noch vor, in der Orpheussage? Dass man sich nicht umschauen durfte?*

Wie dem auch sein mochte, er wurde jedenfalls weder von weinenden Geistern noch von Wachmännern in dunklen Anzügen verfolgt, obwohl das weitläufige Foyer so voller Menschen war, dass er sich nicht wirklich sicher sein konnte. Das von den Marmorwänden und der kristallartigen Pyramidendecke widerhallende Stimmengewirr war wie das Rauschen des Ozeans, so als ob die Flut von Kindergesichtern, die ihn im Schlaf überschwemmt hatte, in Geräusche umgewandelt worden wäre.

Er blieb kurz auf der Plaza vor dem Haupteingang stehen und schaute zum Turm hinauf, einem berghohen Finger aus verformtem schwarzen Glas, einer Million blitzblanker Rauchglasscheiben. Wenn dies tatsächlich das Tor zur Unterwelt war, was war er dann für ein Schwachkopf, an eine Rückkehr auch nur zu denken? Er hatte sich einen Tagesausflug vorgenommen, um Nachforschungen anzustellen, da er sich nicht traute, über die Matrix der J Corporation ins allgemeine Netz zu gehen, aber was für einen Grund gab es, überhaupt zurückzukehren? Ein missbrauchtes Mädchen? Da bedurfte es eines Menschen mit sehr viel mehr Macht in der Welt als Paul Jonas, um sie aus diesem Käfig herauszuholen. Etwas, das als Gral bezeichnet wurde, eine Gefahr für die Kinder der Welt? Von außen konnte er bestimmt mehr ausrichten als hier unter ständiger Überwachung, vielleicht als geheimer Informant eines einflussreichen Enthüllungsjournalisten.

Soll ich mich einfach absetzen? Einfach gehen? Mein Gott, welcher Job ist einen solchen Wahnsinn wert, eine derartige Paranoia?

»Mit deiner Marke ist etwas nicht in Ordnung«, sagte die Frau. Er sah die Gangway der Fähre direkt hinter der Sicherheitsglastür der Kontrollstelle, aber die Tür ging nicht auf.

»Was soll das heißen?«

Die junge Frau blickte stirnrunzelnd auf die Symbole, die auf der Innenseite ihrer Goggles tanzten. »Sie ist nicht zum Verlassen der Insel freigegeben, Sir. Ich fürchte, du wirst umkehren müssen.«

»Meine Marke *ist nicht freigegeben?« Er starrte erst sie, dann wieder*

die nur wenige Meter entfernte Gangway an. »Dann behalte das verdammte Ding.«

»Du wirst umkehren müssen, Sir. Es ist eine Sicherheitssperre drauf. Du kannst mit meinem Vorgesetzten sprechen.«

Ehe ihm ein paar scharfe Bemerkungen entschlüpft waren, hatten die Wachmänner – genau die Sorte, von der er sich ihm Foyer beschattet gewähnt hatte – ihn in ein stilles Zimmer eskortiert, um dort, wie sie es ausdrückten, ein Wörtchen mit ihm zu reden.

Es war immerhin ein kleiner Trost, dass er hinterher wieder unbegleitet aus der Abfahrtszone zum Turm zurückgehen durfte. Die Sicherheitskräfte hatten keine Anweisung gehabt, etwas mit ihm zu machen, auch nicht, ihn in Gewahrsam zu nehmen, solange er nur auf der Insel blieb. Ein kleiner Trost, aber mehr nicht.

Völlig durchgeschwitzt, obwohl es ein kühler Morgen war, und sich seiner Ausdünstung durch Jacke und Hemd hindurch sehr bewusst, stand Paul im Foyer vor den Aufzügen und wusste nicht, was er tun sollte. Hieß das, dass sie doch gehört hatten, wie er mit der Tochter des Chefs Gespräche führte, die für die J Corporation vermutlich gleichbedeutend mit Hochverrat waren? Oder konnte es nur ein bedauerliches Versehen sein?

Er musste Finney aufsuchen. Wenn er das nicht tat, wenn er einfach seinem Drang nachgab, auf sein Zimmer zu gehen und sich bis zur Besinnungslosigkeit zu besaufen, würde er damit eingestehen, dass diese Behandlung berechtigt war. Er musste den Unschuldigen spielen.

Finneys Sekretärin ließ ihn fünfundzwanzig Minuten warten. Der herrliche Ausblick über die Stadt – qualvoll unerreichbar, obwohl sie so nahe zu sein schien, dass er meinte, sich an der Spitze des Hafenturms in den Finger stechen zu können – hob seine Stimmung nur wenig.

Als er schließlich eingelassen wurde, war Finney gerade dabei, ein Fongespräch zu beenden. Er blickte auf, die Augen hinter den Brillengläsern wie immer nicht richtig zu erkennen. »Was gibt's, Jonas?«

»Ich ... wurde daran gehindert, die Insel zu verlassen. Von Sicherheitskräften.«

Finney sah ihn ruhig an. »Warum?«

»Was weiß ich! Irgendwas mit meiner Marke. Eine Sicherheitssperre sei drauf, hieß es, oder so ähnlich.«

»Gib sie meiner Sekretärin. Wir werden das klären.«

Eine Welle der Erleichterung überspülte Paul. »Dann ... Kann ich dann eine Ersatzmarke bekommen oder so was? Ich habe ein paar Sachen in New Orleans zu erledigen.« Die eintretende Stille gab ihm das Gefühl, es ein wenig dringender machen zu müssen. »Meine Mutter ist gestorben. Ich habe Verschiedenes zu regeln.«

Finney blickte auf seinen Schreibtisch, obwohl die Tischplatte vollkommen leer war. Er nickte zerstreut. »Mein Beileid. Wir können das für dich regeln.«

»Aber ich möchte es selber tun.«

Finney sah wieder auf. »Gut. Wie gesagt, gib deine Marke meiner Sekretärin.«

»Aber ich möchte jetzt gehen! Die Insel verlassen, erledigen, was zu erledigen ist. Schließlich ... könnt ihr mich nicht hier festhalten. Ihr könnt ... mich nicht einfach festhalten.«

»Aber, mein lieber Jonas, warum diese Eile? Es ist doch bestimmt viel praktischer, alles Nötige übers Netz zu veranlassen. Und diese Sicherheitsprozeduren mögen dir vielleicht lächerlich vorkommen, aber ich kann dir versichern, dass sie todernst sind. Todernst. Stell dir vor, jemand würde versuchen, ohne gültige Marke auf die Insel zu kommen – oder meinetwegen auch von ihr runter. Ich möchte nicht einmal daran denken, was für furchtbare Konsequenzen das haben könnte!« Finney grinste ihn süffisant an. »Also halt dich einfach hübsch still und mach keine Schwierigkeiten, ja? Kümmere dich um deine Schülerin. Wir werden alles bereinigen ... zu seiner Zeit.«

Im Fahrstuhl konnte Paul sich kaum noch auf den Beinen halten. Er stolperte zu seinem Zimmer, knipste alle Lichter aus und schaltete sehr entschieden den Wandbildschirm ab. Als schließlich nur noch ein schmaler Lichtstreifen zwischen Fenster und Rollladen in die Dunkelheit drang, setzte er sich hin und suchte sein Heil in der Volltrunkenheit.

Er sah seine Finger den Aufzugknopf berühren, sah das in den Flur einfallende Morgenlicht hinter der zuzischenden Tür verschwinden – er sah es, aber es bedeutete ihm nichts. Die Trunkenheit wirkte immer noch nach, gab ihm ein verdrehtes, fiebriges Gefühl der Losgelöstheit. Er wusste nicht, wie spät es war, wusste nur, es war Morgen, wusste nur, er konnte nicht noch so eine Nacht voll ungeheuerlicher Träume verkraften.

Der Fahrstuhl ging auf, und er stand vor der inneren Tür. Er musste sich anlehnen und den Kopf an den kühlen Rahmen legen, während er unbeholfen seinen Code eingab und die Hand auf das Lesefeld drückte. Benommen blieb er noch eine Weile so stehen, nachdem das Schloss aufgeklickt war, dann setzte er sich schwerfällig in Bewegung.

Eines der Stubenmädchen machte gerade die Haustür auf, als er angetorkelt kam. In ihrem erschrockenen Blick sah er eine ganze Täuschungsmaschinerie arbeiten. »Du bist real«, sagte er. »Also musst du eine Lügnerin sein.«

»Wo wollen Sie hin, Sir?« Sie trat vorsichtig einen Schritt zurück, wie um bereit zu sein, jederzeit die Flucht zu ergreifen.

»Dringende Angelegenheit. Fräulein Jongleur. Wir gehen nach draußen.« Der traurige Anblick, den er bieten musste, wurde ihm endlich bewusst. Er versuchte, eine etwas würdevollere Haltung anzunehmen. »'tschuldigung. Es geht mir gesundheitlich nicht gut. Aber ich muss Fräulein Jongleur ihre Lektionen geben – sie muss ihren Unterrichtsplan für heute bekommen. Nur ein paar Minuten, dann bin ich wieder weg.«

Er schritt die Diele hinunter und bemühte sich dabei, gerade zu gehen.

Ich bin nicht betrunken, *sagte er sich.* Das ist es nicht. Ich gehe verdammt noch mal an sämtlichen Fugen aus dem Leim.

Er klopfte an, wartete, klopfte abermals.

»Wer ist da?«

»Ich bin's«, entgegnete er, dann besann er sich auf die zweifellos mithörenden Ohren. »Herr Jonas. Ich muss Ihnen Ihre Lektionen für heute geben.«

Die Tür flog auf. Sie hatte ein weißes Nachthemd an, weich, aber undurchsichtig, und hatte ihren Morgenmantel darübergezogen, ohne ihn zuzubinden. Ihre dunklen Haare, unfrisiert und überraschend lang, wallten ihr über die Schultern.

Engel, *dachte er, denn unwillkürlich fielen ihm die Worte des gespenstischen Wesens ein.* Du bist wunderschön, *wollte er schon sagen, aber konnte sich gerade noch beherrschen und strich sich stattdessen die schweißnassen Haare aus der Stirn. »Ich muss Sie kurz sprechen, Ava.«*

»Paul! Was ist mit dir?«

»Ich bin krank, Ava.« Er legte den Finger auf die Lippen, um sie zum Schweigen zu ermahnen. »Vielleicht brauche ich ein bisschen frische Luft. Wären Sie so gut, mit mir nach draußen zu kommen, damit wir Ihre Aufgaben für heute besprechen können?«

»Lass mich ... Ich muss mich nur noch kurz anziehen.«

»Keine Zeit«, stieß er heiser hervor. »Ich … Es geht mir wirklich nicht besonders gut. Können Sie mit mir hinauskommen?«

Sie war erschrocken, aber versuchte, es nicht zu zeigen. »Gut, aber Schuhe ziehe ich mir schnell noch an.«

Er konnte sich nur mit Mühe beherrschen, sie nicht am Arm den Flur hinunterzuziehen. Zwei der Stubenmädchen standen in der Tür der Glasveranda und taten nicht einmal mehr so, als arbeiteten sie. Als Paul und Ava näher kamen, traten sie zur Seite und schlugen die Augen nieder.

»Ich bestehe darauf, Herr Jonas«, sagte Ava ihretwegen mit großem Nachdruck. »Sie sehen wirklich sehr schlecht aus. Wenn wir beim Reden eine Runde durch den Garten machen, wird Ihnen das bestimmt unendlich gut tun.«

Er meinte, die Schockiertheit der Dienstmädchen fast körperlich fühlen zu können, und schämte sich für seine Schülerin. Vor lauter Aufgelöstheit und Verwirrung fiel ihm erst, als sie den Gartenpfad erreichten, wieder ein, dass es sich bei Jongleurs Bediensteten, einerlei was sie sonst sein mochten, nicht um junge Frauen vom Anfang des Zwanzigsten Jahrhunderts handelte.

Diesmal beeilte Ava sich nicht, in das Wäldchen zu kommen, sondern ging betont langsam und erkundigte sich dabei fürsorglich nach Pauls Gesundheit, verbunden mit der Ermahnung, nach dem Gespräch mit ihr müsse er unverzüglich eine Tasse Kamillentee trinken und sich ins Bett legen. Erst als sie sich in der vermeintlichen Sicherheit des Pilzrings befanden, warf sie sich ihm an den Hals und drückte ihn so fest, dass er beinahe das Gleichgewicht verloren hätte.

»O Paul, lieber Paul, wo warst du? Als du gestern nicht kamst, hatte ich solche Angst!«

Er hatte nicht die Kraft, sie abzuwehren, hatte für kaum etwas mehr die Kraft. Er hatte keinen Plan, wusste keinen Ausweg. Er hätte nicht beschwören können, dass er nicht selber dabei war, verrückt zu werden. »Dein Geisterfreund. Er hat mich besucht. Er hat mir … Kinder gezeigt.«

»Dann glaubst du mir also?« Sie lehnte sich zurück und betrachtete sein Gesicht, als könnte es sein, dass sie es zum letztenmal sah. »Ja?«

»Ich weiß immer noch nicht, was ich glauben soll, Ava. Aber ich weiß, dass ich dich hier wegschaffen muss, egal wie.« Ein Druck legte sich auf seine Brust. »Aber ich komme nicht mal selber hier weg. Ich habe gestern versucht, die Insel zu verlassen, und wurde daran gehindert.«

»Eine Insel?«, sagte sie. »Wie seltsam. Sind wir auf einer Insel?«

Die Aussichtslosigkeit der ganzen Situation ging ihm mit einem Schlag auf. Was bildete er sich eigentlich ein? Meinte er, er könnte ein Mädchen kidnappen und verstecken, das überhaupt noch niemals das Gebäude verlassen hatte, die Tochter des reichsten Mannes der Welt? Eines Mannes mit einer Privatarmee, mit Panzern und Helikoptern? Eines Mannes, nach dessen Pfeife die Staatsmänner der halben Welt tanzten? Paul wurden die Knie weich, und er ließ sich niedersinken. Da Ava ihn weiter umklammert hielt, ging sie mit ihm zu Boden, und schon lagen sie fest umschlungen im Gras, das Mädchen halb auf ihn gebettet, den schlanken, noch nicht vom Korsett eingeschnürten Körper an ihn gepresst.

»Ich weiß nicht, was ich tun soll, Ava.« Ihm war vor Verzweiflung ganz wirr im Kopf. Ihr Gesicht war sehr nahe, und ihre Haare umflorten beider Köpfe und hüllten sie in ein schummeriges Halbdunkel.

»Liebe mich einfach«, sagte sie. »Dann wird alles gut werden.«

»Ich kann nicht … darf nicht …« Doch er hatte die Arme um ihre Taille gelegt, und sei es nur zur Selbstverteidigung, um sie daran zu hindern, sich voll an seinen Körper zu schmiegen. »Du bist noch ein Kind.«

»Steinernes Bollwerk«, erinnerte sie ihn, und ihr Kichern war so unerwartet, dass er beinahe mitgelacht hätte.

Und ich bin der Narr des Schicksals. *Das Zitat stieg an die Oberfläche wie die Fische in dem kleinen, regulierten Bach, der wenige Meter entfernt gluckerte.* Der Narr des Schicksals. *Er hob den Kopf und küsste sie. Sie erwiderte den Kuss mit der ganzen spontanen Glut ihrer Jugend, schwer und heftig atmend, und nach einer Weile musste er sie von sich wegdrücken und sich hinsetzen. Wo sie gelegen hatten, richteten sich langsam die Gräser wieder auf.*

»Mein treues Herz«, murmelte sie mit Tränen in den Augen.

Ihm fiel keine passende Erwiderung ein. Romeo und Julia, *dachte er.* Lieber Himmel, soll es uns genauso ergehen?

»Ich habe etwas für dich«, sagte sie plötzlich. Sie fasste in den Ausschnitt ihres Nachthemds und zog einen mit Quasten geschmückten Beutel heraus, den sie um den Hals trug. Sie schüttelte sich ein kleines, glitzerndes Ding in die Hand und hielt es ihm hin. Es war ein silberner Ring mit einem blaugrünen Stein in der Form einer Feder. »Er ist ein Geschenk meines Vaters«, sagte sie. »Ich glaube, er hat einmal meiner Mutter gehört. Er hat ihn ihr aus Nordafrika mitgebracht.« Sie hielt den Ring

in die Sonne, dass die Federform im Licht funkelte, klar wie das Wasser tropischer Meere, und reichte ihn dann Paul. »Er sagte, dass der Stein ein Turmalin ist.«

Paul betrachtete das Stück. Die Feder war meisterhaft geschnitten, leicht wie in Stein gebannte Luft, die Härte der Erde in einen Windhauch verwandelt.

»Steck ihn an.«

Wie in einer Trance schob er sich den Ring über den Finger.

»Jetzt kannst du mich nicht mehr verlassen.« Der Ton ihrer Stimme war mehr als nur flehend, er hatte fast die Eindringlichkeit eines Befehls oder einer magischen Beschwörung. »Jetzt kannst du mich nie mehr verlassen.« Bevor er sich's versah, war sie auf seinen Schoß gerutscht, schlang ihm die Arme um den Hals und drückte ihm ihre Lippen auf. Er wehrte sich kurz, dann überließ er sich einfach der mitreißenden Flut der Begierde.

»Oho!«, rief jemand hinter ihnen.

Ava kreischte auf und machte sich mit einem Ruck aus Pauls Armen los. Er fuhr herum und blickte in das widerliche, grinsende Gesicht von Mudd, der sie zwischen den Bäumen hindurch beobachtete.

»Böse, böse«, sagte der dicke Mann.

> Schlagartig wurde alles schwarz, weggesaugt wie durch ein langes Abflussrohr. Das Licht, die Luft, der Ton von Avas Weinen, das Tirilieren der Vögel und das Rascheln der Blätter, alles floh davon. Nichts blieb zurück als Schwärze und Leere und Stille.

Die Dunkelheit nahm schier kein Ende, und er vergaß fast, dass es noch etwas Anderes gab. Plötzlich platschte etwas Kaltes auf ihn, und er erwachte mit einem Schrei.

> Als Paul Jonas aus seiner Umnachtung wieder zu sich kam, brannte seine geschundene Haut und sein Kopf fühlte sich heiß und geschwollen an, als ob er stundenlang in der Wüstensonne gelegen hätte. Doch was er sah, als er die verklebten Augen öffnete, war nicht Sand oder Sonne, sondern das flackernde Halbdunkel des Kerkers.

Der mit undurchdringlicher Miene vor ihm stehende Priester Userhotep hielt immer noch den irdenen Wasserkrug in der Hand, den er über Pauls gefesseltem Körper ausgeleert hatte. Stirnrunzelnd, als hätte er einen Apparat vor sich, der sich als ein schlampiges Stück Arbeit erwiesen hatte, unterzog der Priester Paul einer kurzen Untersuchung, prüfte seinen Puls und zog mit einem schmierigen Finger ein Augenlid hoch. Dann trat er zurück.

Robert Wells' gelbes, haarloses Gesicht verzog sich zu einem breiten Clownsgrinsen. »Alle Wetter, wenn du mal loslegst, hörst du so schnell nicht wieder auf, was?«

Paul wollte etwas erwidern, brachte aber nur ein Stöhnen heraus. Durch die Arterien, die sein Gehirn versorgten, schien etwas viel Dickeres und Heißeres als Blut zu fließen.

»Viel erfahren haben wir allerdings immer noch nicht«, beschwerte sich Wells. »Schön, du hast was über den Gral herausgefunden – na toll, darauf wäre ich auch so gekommen. Das erklärt nicht, wieso der Alte Mann dich nicht einfach um die Ecke gebracht hat. Und aus dem, woran du dich erinnerst, wird klar, dass sein Betriebssystem noch unzuverlässiger ist, als wir schon vermuteten, als selbst Jongleur vermutete – dass es so etwas wie ein Bewusstsein erlangt hat. Aber unmittelbar vor den wirklich interessanten Sachen war Schluss.« Er wiegte den Kopf. »Der Block vor dem letzten Teil ist verdammt stark, was darauf hindeutet, dass ursprünglich genau dieser Teil gelöscht werden sollte. Versteht sich, dass ich genau darüber alles wissen will.«

Pauls Kehle war rauh wie eine Haihaut, aber schließlich konnte er genug Spucke produzieren, um zu reden. »Wozu der Aufwand? Das ist doch alles aus und vorbei. Jongleur ist tot, meine Freunde und ich sind gefangen, Dread hat die Macht. Was spielt es da noch für eine Rolle?« In Wahrheit aber wollte er nicht mehr an diese Erinnerungen rühren. Eine dunkle Drohung überschattete alles, was ihm wieder eingefallen war, eine Ahnung, dass hinter der nächsten Ecke etwas Grauenhaftes lauerte. »Mach doch, bring mich um, wenn du wirklich nicht besser bist als dein neuer Boss.« Damit würden wenigstens die Schmerzen aufhören. Alles würde aufhören.

Wells drohte ihm mit einem zitronengelben Finger. »Egoistisch, Herr Jonas, sehr egoistisch von dir. Wenn der Alte Mann tot ist, erhöht das nur die Notwendigkeit, so viel wie möglich zu erfahren. Du bist vermutlich nicht auf der Gästeliste, aber wir andern haben vor, uns auf lange, sehr lange Zeit hier häuslich einzurichten. Wenn wir nun eine

Generalrenovierung vornehmen müssen, sollten wir über das Ausmaß des Schadens genau im Bilde sein.« Er beugte sich ganz nahe heran. »Und ich muss gestehen, dass du mich neugierig machst. Wer *bist* du? Warum hat Jongleur dir eine solche einzigartige Sonderbehandlung zukommen lassen, statt einfach deine Leiche in seinem Privatsumpf zu entsorgen? Er hat verlangt, dass wir dich bei Telemorphix mit größter Bevorzugung behandeln, musst du wissen. Wir haben uns mehr als einmal gefragt, wer du wirklich bist.«

»Du wirst den Rest nicht rauskriegen«, sagte Paul heiser. »Die Gehirnwäsche, der hypnotische Block, was es auch sein mag, es ist zu stark.«

»Hmmm. Ich denke, es gibt viele Mittel, mit denen wir diese Theorie abklopfen können, ohne dich zu töten.« Ptah der Demiurg wich zurück, und der Vorlesepriester Userhotep trat wieder vor. »Es war allerdings ein Irrtum von mir zu glauben, wir würden das mit nur geringfügigen Unannehmlichkeiten hinkriegen. Wir werden deinen Korpus ein bisschen strapazieren müssen – mal sehen, wie verschleißfest du bist. Es ist erstaunlich, was das Gehirn alles anstellt, wenn es extreme Schmerzen vermeiden will, weißt du. Ziemlich bemerkenswert, was es da an neuralen Effekten gibt. Es würde mich nicht wundern, wenn du singen würdest wie ein Vögelchen, bevor wir zu viel mehr gekommen sind, als dir die Haut abzuziehen.«

Robert Wells verschränkte seine verbundenen Arme über der Brust, musterte Paul eine Weile und nickte dann vergnügt dem Priester zu. »So, Userhotep, dann zeig mal, was du drauf hast.«

Kapitel 30
NACH OBEN

NETFEED/NACHRICHTEN:
Ärztin verklagt, weil sie Patient weiterleben lässt
(Bild: Doktor Sheila Loughlin und Eamons Eltern bei der Medienkonferenz)
Off-Stimme: Die Internationale Medizinische Gesellschaft nennt es "einen erschreckenden Höhepunkt gnadenlosen wirtschaftlichen Rentabilitätsdenkens", dass eine Ärztin von einem Versicherer verklagt wird, weil sie einen Patienten über den Punkt hinaus am Leben erhält, der nach Ansicht der Transeuropäischen Krankenkasse "noch ethisch oder finanziell vertretbar" ist. Der Patient, der zehnjährige Eamon Bellings aus dem irischen Killarney, liegt seit fast einem Jahr im Tandagorekoma, doch entgegen den Forderungen der TEKK weigern sich seine Eltern und die Ärztin, das Lebenserhaltungssystem abzuschalten …

> »Tut mir leid«, sagte Sellars, »aber sie muss ganz weit nach hinten. Damit wird es für Suchende schwerer, den Auslöser zu lokalisieren, und dir könnte es eine zusätzliche halbe Stunde Fluchtzeit verschaffen.«

Olga wischte sich den Schweiß aus den Augen, lehnte sich in das Rohr zurück und stützte sich mit den Schultern ab, damit sie die Hände frei gebrauchen konnte. Als sie eine halbe Stunde zuvor angefangen hatte, war es ihr im Kellergeschoss gar nicht so heiß vorgekommen, aber mittlerweile war ihr zumute, als arbeitete sie in einer Sauna. Sie richtete den Kameraring auf die Ecke, die sie mit der Taschenlampe anstrahlte, damit Sellars etwas sehen konnte. »Da hinten?«

»Ja, das müsste es tun. Aber schau mal, ob du sie noch hinter das Kabelbündel bringst, da fällt sie nicht gleich ins Auge.«

Olga wischte sich die nassen, schlüpfrigen Hände an ihrem Overall ab und holte die Flasche aus dem Rucksack.

»Du musst sie erst zündfertig machen«, sagte Sellars beinahe entschuldigend. *»Dreh am Verschluss, bis er klickt.«*

Sie gehorchte, obwohl ihr kurz die Befürchtung kam, das Ding könnte ihr trotz der Versicherungen von Sellars und Major Sorensen in den Händen explodieren, doch es gab nur das erwartete Geräusch. Erleichtert schob sie die Flasche in eine Lücke zwischen mehreren polymerummantelten Kabeln, von denen sie eines zur Seite gedrückt hatte. Sie richtete sich auf, rieb sich abermals die Hände trocken und sagte: »Sie ist drin. Willst du sie sehen?«

»Schon gut, ich denke …«, begann Sellars, da packte sie jemand von hinten an der Taille.

»Hab dich!«

Olga kreischte, fiel rückwärts auf den Betonboden und stieß sich empfindlich den Ellbogen. Während sie sich ängstlich zusammenduckte, schoss es ihr durch den Kopf, dass sie keine Waffe außer der Taschenlampe hatte und dass sie eher an der Rauchbombe erstickte, wenn Sellars sie jetzt zündete, als dass sie ihr zur Flucht verhalf. Sie hörte seine erschrockene Stimme in ihrem Kopf.

»Olga? Was ist los?«

Mit einem Druck auf die T-Buchse stellte sie den Ton aus. Der Mann, der sie angefasst hatte, blickte genauso geschockt wie sie. Er trug auch die gleiche Einheitskleidung wie sie, und er hatte ziemlich ergraute Haare, doch wie er da mit hochgehaltenen Armen und hängenden Händen vor ihr stand, sah er aus wie ein gescholtenes Kind.

»Du bist gar nicht Lena!« Er wich einen Schritt zurück. »Wer bist du?«

Olgas Herz schlug einen regelrechten Trommelwirbel. Ihr war, als stände sie hoch über der Manege vor dem Absprung an ein fernes Trapez. »Nein«, sagte sie und überlegte, ob sie seine offensichtliche Verwirrung ausnützen und sich an ihm vorbei zur Tür hinausdrängen sollte. »Nein, bin ich nicht.«

Er beugte sich vor und kniff die Augen zusammen. Seine Augen waren ein bisschen verschleiert, und sein Gesicht wirkte irgendwie verformt, so als ob jemand das Knochengerüst fallen gelassen und die zerbrochenen Teile hastig wieder zusammengesetzt hätte. »Du bist nicht Lena«, wiederholte er. »Ich dachte, du wärst Lena.«

Sie holte zittrig Luft. »Ich … ich bin neu.«

Er nickte ernst, als hätte sie eine ihn quälende Frage beantwortet, doch seine Miene war immer noch besorgt. »Ich dachte, du wärst sie. Es … es war nur zum Spaß. Ich hab dir nix tun wollen. Ich und Lena, wir dalbern immer so rum.« Er knabberte an einem Finger. »Wer bist du? Du bist mir doch nicht böse, oder?«

»Nein, ich bin dir nicht böse.« Ihr Puls beruhigte sich ein wenig. Sie erinnerte sich daran, solche milchigen Augen einmal bei einem Mann gesehen zu haben, den man nach einem Unfall operiert hatte, um ihm die Sehfähigkeit zu erhalten. Wer der Mann auch sein mochte, er benahm sich nicht wie ein Wächter, der einen Eindringling gefasst hatte. Jetzt nahm sie auch die Gegenstände hinter ihm bewusst wahr, die sie auf der Suche nach einem Fluchtweg mehrmals mit dem Blick gestreift hatte – einen Plastikeimer auf Rollen und einen langstieligen Mopp. Er gehörte zum Reinigungspersonal.

»Das ist gut. Ich hab bloß so dalbern wollen, weil ich dachte, du wärst Lena.« Er lächelte zaghaft. »Du bist neu, hm? Wie heißt du? Ich heiße Jerome.«

Sie erwog kurz, ihn anzulügen, doch beschloss dann, dass es wenig Zweck hatte – entweder er meldete eine unbefugte Person im Keller oder nicht. Welchen Namen sie angegeben hatte, spielte keine Rolle mehr, sobald man ernsthaft nach ihr suchte. »Sehr erfreut, Jerome. Ich heiße Olga.«

Er nickte und wirkte erleichtert. Gleich darauf kniff er wieder die Augen zusammen. »Was machst du hier? Hast du was verloren?«

Ihr Herz schlug wieder schneller. Hinter ihr hing die Klappe zum Schacht immer noch herunter. Sie drehte sich möglichst selbstverständlich um, drückte sie zu und überlegte dabei verzweifelt, was sie ihm erzählen sollte. »Mäuse«, sagte sie schließlich. »Ich dachte, ich hätte Mäuse gehört.«

Jerome machte große Augen. »Hier unten? Ganz oben hat's mal welche gegeben. Hier unten hab ich noch nie eine gesehen.« Er runzelte die Stirn. »Vielleicht sollte ich ein paar Fallen aufstellen, was? Wegen der Kakerlaken mussten wir das auch machen. Ich mag keine Kakerlaken.«

»Das ist doch eine gute Idee, Jerome.« Sie stand auf, bürstete sich mit den Händen ab und bemühte sich, langsam und ruhig zu sprechen. »Ich muss jetzt wieder nach oben an die Arbeit.«

»Dann kommt Lena nicht dieses Wochenende?«

Olga hatte keine Ahnung, wer Lena war, und bereute jetzt, dass sie ihm ihren Namen genannt hatte. Jerome schien nicht allzu neugierig zu sein, aber vielleicht war es diese Lena. »Ich weiß nicht. Wenn ich sie sehe, sage ich ihr, dass du nach ihr gefragt hast. Aber jetzt muss ich wirklich wieder an die Arbeit.«

»Okay.« Er runzelte abermals nachdenklich die Stirn. Sie nutzte die Gelegenheit, um sich zur Kellertreppe an ihm vorbeizudrücken. »Ol-ga?«

Sie atmete aus und blieb stehen. »Ja?«

»Wenn du Lena siehst, erzähl ihr vielleicht doch lieber nichts. Weil, eigentlich dürfte ich noch gar nicht hier unten sein. Eigentlich müsste ich erst die andere Etage machen. Aber dann hab ich sie hier unten gehört – nein, ich hab *dich* hier unten gehört, nicht? Da bin ich runtergekommen, weil ich mit ihr rumdalbern wollte. Aber Herr Kingery ist bestimmt sauer, wenn er erfährt, dass ich hier runter bin, um mit Lena zu dalbern.«

»Ich werd's niemandem verraten, Jerome. Tschüss.«

»Ja, tschüss. Du kannst ja mal in der Pause hier runterkommen. Ich ess immer hier unten zu Mittag – na ja, eigentlich ist es das Frühstück, weil ich es ja am Morgen esse …«

»Das mach ich bestimmt mal, Jerome.« Sie winkte und eilte die Treppe hinauf. Auf der nächsten Etage stellte sie den Ton der T-Buchse wieder an.

»… Olga, kannst du mich hören? Kannst du mich hören?«

Sie lehnte sich mit dem Rücken an die Wand, schloss die Augen und holte tief Luft. »Ich kann dich hören. Alles in Ordnung. Ein Raumpfleger hat mich überrascht. Ich glaube, er ist … na ja, ein wenig geistig zurückgeblieben.«

»Bist du jetzt allein?«

»Ja. Aber ich muss mich erst mal einen Moment erholen. Ich hätte fast einen Herzanfall gekriegt, als er mich packte.«

»Dich packte?«

»Schon gut. Lass mich kurz verschnaufen, dann erzähle ich es dir.«

»Entschuldige das viele Treppensteigen«, sagte Sellars. *»Aber wenn wir die Überwachungskameras in den Aufzügen zu häufig manipulieren, könnte der Sicherheitsdienst sich fragen, warum so viele leere Aufzüge hin- und herfahren.«*

»Ich … verstehe.« Aber dennoch war sie kurz davor umzukippen.

»Erhol dich erst mal. Nach den Plänen, die ich vor mir habe, ist der Schaltraum auf dieser Etage.«

Sie spähte gerade noch rechtzeitig in den Flur, um am hinteren Ende einen bunten Huscher im Fahrstuhl verschwinden zu sehen. Sie blieb wie angewurzelt stehen und wartete ab, aber zum Glück stieg niemand aus. Sellars konnte ihre Bewegungen kaschieren, indem er in den Output der Sicherheitskamera eine kurze Schleife einfügte, aber nur wenn der Korridor vorher leer war. Es ging schlecht, dass jemand sich am einen Ende plötzlich in Luft auflöste und dann am anderen Ende genauso plötzlich wieder auftauchte.

Die Fahrstuhltür schloss sich nahezu lautlos. Jetzt war der lange, dunkel ausgelegte Flur wieder still und leer wie eine Landstraße bei Nacht.

Sellars' Fernumstellung ihrer Marke funktionierte bei der Tür des Schaltraums genauso wie vorher im Keller. Als die Tür aufzischte, hatte er die Kontrollsignale im Raum bereits auf Schleife geschaltet, und so trat sie rasch ein und machte die Tür hinter sich zu. Der Raum, ein hundert Meter langer Gang mit Apparaten an beiden Wänden, der ein wenig an ein ägyptisches Königsgrab erinnerte, war überraschend kalt.

»Ich werde dich hier nicht länger festhalten als unbedingt nötig«, erklärte Sellars. *»Also auf, machen wir uns an die Arbeit!«*

Nach wenigen Minuten hatte sie den Apparat gefunden, den er haben wollte, und richtete den Ring darauf, damit er sich vergewissern konnte. Sie holte das graue Rechteck aus ihrem Rucksack. »Soll ich es in eines von diesen Löchern stecken?«

»Nein, halte es einfach hochkant an die Enden dieser herausstehenden Teile. Darf ich mal sehen? Ausgezeichnet. Jetzt kipp es in Flachlage.« Es machte klick, und das graue Kästchen vibrierte kurz in Olgas Hand. *»Du kannst jetzt loslassen.«* Sie gehorchte. Das Kästchen blieb, wo es war. *»Am besten, du setzt dich irgendwo hin – wo du von der Tür aus nicht zu sehen bist, um ganz sicherzugehen. Dies hier wird ein Weilchen dauern.«*

Olga entdeckte in einer Nische hinter einigen Geräten einen alten

Drehstuhl und ließ sich dankbar darauf fallen. Es gab nichts zu tun, als auf die endlosen Reihen glatter, anonymer Apparate zu starren. Sie hatte vielleicht ein paar Minuten geschlummert. Als sie erwachte, fröstelte es sie, und Sellars war wieder in ihrem Ohr.

»Irgendwas stimmt nicht.«

Schlagartig war sie hellwach. »Kommt jemand?«

»Nein. Aber … aber dies ist der falsche Raum. Die falsche Anlage. Soweit ich erkennen kann, hat keiner dieser Apparate irgendeine Verbindung zum Gralsnetzwerk. Es ist nichts weiter als die normale Telekominfrastruktur der J Corporation. Es muss noch einen andern Schaltraum geben, einen sehr großen.«

»Und was machen wir jetzt?« Sie war müde und ein wenig verstimmt. Es war gut und schön, irgendwelchen geheimnisvollen Fremden sein Schicksal in die Hand zu geben, aber wenn diese Fremden einen für nichts und wieder nichts in der Gegend herumjagten, sah die Sache schon anders aus.

»Ich weiß es wirklich nicht, Olga. Ich muss mich eine Weile mit dem Problem befassen. Ich werde mich in einer Stunde wieder bei dir melden. Nimm inzwischen die Klemme von dem Gerät, und vielleicht begibst du dich dann lieber in den Lagerraum, von dem wir gesprochen haben, und wartest dort. Ich habe deine Marke dafür eingestellt. Wenn du jetzt gleich gehst, kannst du in fünf Minuten da sein. Ich kümmere mich um die Kameras auf den Treppen.«

»Wieder Treppensteigen.«

»Leider.«

Der besagte Lagerraum nahm fast eine ganze Etage ein, ein riesenhaftes Labyrinth, angefüllt mit Stapeln ungeöffneter Transportkisten und unbenutzter Möbel. Nachdem Sellars das Kontrollsignal auf Schleife geschaltet hatte, begab sich Olga in eine abgelegene Ecke und machte es sich hinter einer Gruppe von Stellschirmen im bequemsten Chefsessel gemütlich, den sie finden konnte.

Sie nickte wieder ein. Sie wachte mit dem Gedanken auf, wie seltsam es war, dass sie hier im Herzen des schwarzen Turmes saß, an dem Ort, den sie in so vielen Träumen gesehen hatte, obwohl die Kinder, die sie hergelotst hatten, verschwunden waren wie Schatten an der Sonne. Die Stille in ihrem Kopf tat beinahe körperlich weh.

Und eine Stille anderer Art kam noch hinzu. Sie sah auf ihre innere Zeitanzeige. Fast zwei Stunden vorbei. Sellars oder Catur Ramsey hätten sich inzwischen melden sollen. Sie stand auf, streckte und lockerte sich ein wenig und fand dann die Toilette der Lagerhalle. Anschließend rief sie Sellars an. Er ging nicht dran. Sie probierte Ramsey, doch auch bei ihm hatte sie kein Glück, und so hinterließ sie ihm eine Nachricht.

Scheint eine ziemlich harte Nuss zu sein, sagte sie sich, setzte sich wieder hin und wartete weiter.

Aus zwei Stunden wurden drei. Eine kalte Gewissheit legte sich langsam auf Olga wie ein Nebel. Sie würden nicht mehr anrufen. Irgendetwas war schiefgegangen, vollkommen.

Aus vier Stunden wurden fünf, dann sechs. Die schwache Sicherheitsbeleuchtung hoch über ihr verbreitete ein trübes Dämmerlicht. Die Kistenstapel erstreckten sich vor ihr wie mehrere Dutzend Pappversionen von Stonehenge, von vielbeschäftigen Druiden aufgestellt und vergessen. Aus Olgas banger Gewissheit war das nackte Elend geworden.

Sie war mutterseelenallein im schwarzen Turm. Erst hatten die Kinder sie im Stich gelassen, jetzt Ramsey und dieser Sellars. Sie war wieder auf sich selbst zurückgeworfen.

> »Ich begreife es einfach nicht«, beendete Sellars seine Ausführungen. Ramsey versuchte, möglichst intelligent dreinzuschauen, aber er hatte den Faden von Sellars' Erklärung schon vor einer ganzen Weile verloren. »Tja, irgendwo in dem Gebäude wird es noch eine andere Anlage geben.«

»Nein«, widersprach der alte Mann, »so einfach ist das nicht. Alle Datenleitungen von dort kommen aus diesem Schaltraum und gehen weiter zu den Telekomunternehmen. Und sämtliche Daten, auch aus Jongleurs Privatbereich ganz oben im Turm, werden durch diese Leitungen nach außen geschickt. Es ist ausgeschlossen, dass ich so etwas Wesentliches übersehen könnte wie den gigantischen Durchsatz, der beim Betreiben des Gralsnetzwerks zwangsläufig anfällt. Das wäre, als wollte man die Daten vor der gesamten NASA verstecken.«

»Nassau?« Ramsey legte die Stirn in Falten. »Auf den Bahamas?«

»Schon gut. Das war vor deiner Zeit.« Einen Moment lang war Sellars damit beschäftigt, durch einen chemisch riechenden Lappen zu inhalieren, den er ständig in seiner krallenartigen Hand hielt und der mittlerweile ebenso zu ihm zu gehören schien wie das Schnupftuch zu einem Höfling in Versailles. Ramsey hatte den Eindruck, dass die Atmung des alten Mannes sich in den letzten zwei Tagen nochmals verschlechtert hatte, und fragte sich, wie lange so ein gebrechlicher Körper derartige Strapazen aushalten konnte. »Aber ich muss mir etwas einfallen lassen«, fuhr Sellars fort. »Frau Pirofsky wartet auf einen Rückruf.«

»Das verstehe ich nicht. Du hast doch das Otherlandsystem schon mehrfach gehäckt, nicht wahr? Wieso kannst du es jetzt nicht finden?«

»Weil es mir noch nie gelungen ist, von Felix Jongleurs Ende aus einzudringen.« Sellars seufzte und senkte den Lappen. »Deshalb dachte ich, Olgas Kommandoaktion, oder wie ich es sonst nennen soll, könnte uns weiterhelfen. Ich bin noch nie direkt an das Betriebssystem herangekommen, ganz gleich, womit ich es versucht habe. In das Netzwerk eingestiegen bin ich immer über Telemorphix, das im Allgemeinen für die Verwaltung des Systems zuständig ist. Bei Telemorphix gehe ich schon seit Jahren ein und aus. Eigentlich müsste ich bei denen auf der Gehaltsliste stehen.« Sein flüchtiges Lächeln verschwand gleich wieder.

Ramsey zuckte mit den Achseln. »Und was machen wir jetzt?«

»Ich weiß es nicht. Ich muss …« Er sank in sich zusammen, dann führte er eine zitternde Hand ans Gesicht, als müsste er sich davon überzeugen, dass sein Kopf noch fest saß. »Die Zeit drängt. Und ich muss mich unbedingt noch um andere Dinge kümmern, die alle von größter Wichtigkeit sind.«

»Kann ich irgendwie helfen?«

»Möglicherweise. Schon dass du mir zuhörst … zwingt mich … es zwingt mich, ein bisschen Ordnung in das ganze Chaos zu bringen. Manchmal bilden wir uns ein, wir wüssten genau über etwas Bescheid, und erst wenn wir versuchen, es zu erklären …« Er richtete sich ein wenig auf. »Guck mal. Ich will dir eine der Sachen zeigen, die mir am meisten zu schaffen machen.«

Der Wandbildschirm ging strahlend hell an. Ramsey zuckte zusammen. Gleich darauf verwandelte sich die Lichtfläche in das eigenartige grüne Gewucher, das Sellars seinen Garten nannte.

»Das habe ich schon mal gesehen«, bemerkte Ramsey höflich.

»Nein, dies hier nicht.« Sellars machte eine Handbewegung, und ein Teil des Bildes trat stark vergrößert in den Vordergrund. Ein Pilzgeflecht, grau und schwammig, aber dennoch wie neu glänzend, war um eine der komplizierter geformten Pflanzen herum an die Oberfläche gekommen. »Das ist erst heute geschehen, während ich mit Olga beschäftigt war. Als ich bei ihr aus der Leitung ging, wurde ich von einer ganzen Reihe von Alarmmeldungen begrüßt.«

»Was ist das?«

»Das ist das Betriebssystem«, antwortete Sellars. »Das Betriebssystem des Otherlandnetzwerks. Oder vielmehr, es sieht aus wie das Muster, das entsteht, wenn das Betriebssystem auf etwas innerhalb des Netzwerks seine ganz besondere Aufmerksamkeit richtet – wenn etwas kurzzeitig zum Epizentrum seiner Bemühungen wird.«

»Ich habe keine Ahnung, was das bedeutet«, sagte Ramsey, »aber ich lerne langsam, mich mit dem Zustand chronischer Unwissenheit abzufinden. Und ich muss gestehen, dass ich beeindruckt bin – ich habe noch nie erlebt, dass jemand außer dir gesprächsweise das Wort ›Epizentrum‹ gebraucht.«

Das brachte den alten Mann abermals zum Lächeln. »Das Bedeutsame daran ist, dass ich damit zum ersten Mal, seit das Ganze, na, sagen wir mal, durchgedreht ist, ein direktes Anzeichen des Betriebssystems gefunden habe. Natürlich ist das Betriebssystem überall im Netzwerk anwesend, aber der Teil, der allem Anschein nach intelligent ist und richtige Entscheidungen trifft, ist seit dem Kollaps nicht mehr in Erscheinung getreten. Jetzt hat er sich zurückgemeldet.«

»Und das heißt …?«

»Ich glaube, ich habe dir schon erzählt, dass ich bis vor Kurzem meine freiwilligen Helfer anhand dieser Anzeichen im Netzwerk lokalisieren konnte. Vielleicht zeigt diese Konzentration der Aufmerksamkeit den Standort der armen Leute an, die ich in Gefahr gebracht habe, der Leute, von denen ich seit Tagen keine Spur mehr habe.« Er schloss die Augen und dachte nach. »Ich will unter anderem deshalb von Jongleurs Ende aus in das System eindringen, weil ich auf die Weise die überaus aggressive Abwehr des Netzwerks umgehen könnte und eine reelle Chance hätte, selbst nach ihnen zu suchen. Und jetzt sehe ich auf einmal, wo sie sind – vielleicht. Gott weiß, wie lange sich diese Gelegenheit bietet.«

»Das klingt, als wolltest du noch einmal versuchen, Kontakt mit ihnen aufzunehmen.«

»Ganz recht – falls ich hineinkommen kann. Bei meinen letzten Versuchen hat das Sicherheitssystem nicht einmal geduldet, dass ich Cho-Cho ins Netzwerk einschmuggelte.« Er schwieg einen Moment und konsultierte offenbar eine nur ihm zugängliche Informationsquelle. »Mir bleibt noch eine halbe Stunde, bis ich mich wieder bei Frau Pirofsky melden muss. Das müsste für einen Versuch gut ausreichen, selbst wenn er glücken sollte – länger als ein paar Minuten habe ich das Abwehrsystem des Netzwerks noch nie in Schach halten können.« Er deutete mit einem Nicken auf die Zwischentür zum Zimmer der Sorensens. »Ich werde deine Hilfe brauchen. Könnte sein, dass es anders läuft, wenn der Junge nicht schläft.«

»Der Junge?«

»Natürlich der Junge. Die eingetretenen Veränderungen werden schwerlich so gravierend sein, dass das System mich selbst einlässt.« Er inhalierte wieder durch den Lappen. »Aber wie gesagt, vielleicht läuft es diesmal anders – ich habe es noch nie probiert, wenn Cho-Cho wach war. Du kannst aufpassen, dass er nicht von der Couch fällt.«

Alle drei Sorensens standen in der Tür und machten gebannt beklommene Mienen wie Zuschauer am Schauplatz eines Verkehrsunfalls, obwohl noch gar nichts passiert war. Vor allem Christabel blickte ängstlich, und Ramsey schämte sich plötzlich. Als Erwachsene hatten sie diesen beiden Kindern gegenüber ziemlich kläglich versagt, zumindest im Hinblick darauf, sie vor den hässlicheren Seiten des Lebens zu bewahren.

»Oh, bitte«, sagte Sellars gereizt. »Ich kann gar nichts machen, wenn ihr alle so um mich herumsteht. Lasst mich mit dem Jungen allein. Herr Ramsey wird mir zur Hand gehen können, wenn ich etwas brauche.«

»Ich verstehe immer noch nicht, was du mit ihm vorhast, aber ich weiß, dass es mir nicht gefällt«, erklärte Kaylene Sorensen. »Bloß weil er ein armer, kleiner mexikanischer Junge ist …«

Ramsey sah, wie Sellars die Galle hochkam. »Madam, er ist genauso Amerikaner wie du, und mit Sicherheit hat er mehr Anrecht darauf, sich einen zu nennen, als ich, der ich noch nicht einmal hier geboren bin.« Sein grimmiger Blick wurde milder. »Tut mir leid, Frau Sorensen.

Du hast natürlich alle Ursache, dir Sorgen zu machen. Ich muss mich entschuldigen. Ich bin ... sehr müde. Bitte, ängstige dich nicht zu sehr. Wir haben das schon mehrmals gemacht, Cho-Cho und ich. Aber ich muss wirklich ungestört sein, um mich konzentrieren zu können. Uns läuft die Zeit weg. Bitte.«

Sie setzte zu einer Erwiderung an, nahm dann aber ihre Tochter an der Hand und zog sie von der Tür weg. »Komm, Christabel. Wir gehen nach draußen und setzen uns an den Pool. Du kriegst auch ein Eis.«

Das kleine Mädchen zögerte in der Tür. »Sei vorsichtig, Herr Sellars«, rief sie. »Und ... und pass gut auf Cho-Cho auf, ja?«

»Das verspreche ich, kleine Christabel.« Sellars erschlaffte ein wenig, als die Kleine und ihre Mutter verschwanden.

Major Sorensen ging als Letzter. »Ich bin nebenan«, sagte er noch, bevor er die Tür zumachte. »Ruft mich, wenn ihr mich braucht.«

Cho-Cho war ans äußerste Ende der Couch gerutscht und lauerte dort wie ein gefangenes Tier. »Was soll werden, das?«

»Das Gleiche, was wir schon öfter gemacht haben, Señor Izabal. Nur diesmal wirst du wach sein. Ich werde dich in diese andere Welt schicken.«

»Wieso wach?«

»Weil ich nicht bis heute Nacht warten kann. Bis dahin sind meine Freunde möglicherweise schon wieder woanders.«

Der Junge zog ein finsteres Gesicht. »Und ich, was soll machen?«

»Erst einmal leg dich hin.«

Cho-Cho gehorchte, aber mit einer angespannten Wachsamkeit, die darauf hindeutete, dass er damit rechnete, jeden Moment einen Schlag versetzt zu bekommen. Unter seiner großspurigen Fassade war die Angst deutlich zu erkennen.

Wenn das Innere der Menschen außen wäre, dachte Ramsey, *dann hätte dieses Kind und nicht Sellars Narbengewebe von Kopf bis Fuß.*

Sellars beugte sich vor und legte dem Jungen eine zitternde Hand an den Hals. Cho-Cho schüttelte ihn ab und fuhr in die Höhe. »Wase mach, loco? Fass mich an und so mierda?«

Der alte Mann seufzte. »Señor Izabal, sei so gut, leg dich hin und halt den Mund. Ich mache nichts weiter, als Kontakt mit dem Ding in deinem Hals aufzunehmen, deiner Neurokanüle.« Er wandte sich an Ramsey. »Ich könnte sie natürlich auch anfunken, aber es ist eine ziemliche

Pfuscharbeit, und ich bekomme weniger Interferenzen, wenn ich den Kontakt direkt herstelle.«

»Eh! ’ab ich satt efectivo für geblecht, Alter.«

»Man hat dich übers Ohr gehauen, Amigo.« Sellars lachte schwach. »Nein, nicht böse werden, ich habe nur Spaß gemacht. Sie erfüllt ihren Zweck vollkommen.«

Cho-Cho legte sich wieder hin. »Aber nich fummeln, eh.«

Sellars nahm den Kontakt wieder auf. »Mach bitte die Augen zu.« Als der Junge das getan hatte, schloss der alte Mann seine ebenfalls und wandte dann das Gesicht nach oben. »Siehst du das Licht noch, mein junger Freund?«

»Bisschen. Ganz grau.«

»Gut. Jetzt warte einfach. Wenn alles gut geht, bist du in wenigen Minuten wieder im Netzwerk wie die andern Male auch – dort, wo es dir so gut gefallen hat. Du wirst meine Stimme im Ohr haben. Mach nichts. Erst wenn ich es dir sage.«

Cho-Chos Mund war schlaff geworden und aufgeklappt. Seine Finger, eben noch zu Fäusten geballt, lösten sich.

»Jetzt …«, sagte Sellars, dann verstummte er. Er war regungslos wie ein Stein, aber im Unterschied zu Cho-Cho wirkte er nicht bewusstlos, sondern im höchsten Maße konzentriert, entrückt wie ein meditierender Heiliger.

Ramsey sah zu und fühlte sich nutzloser denn je. Das Schweigen dauerte so lange, dass er sich schon fragte, ob es Sellars stören würde, wenn er den Wandbildschirm anstellte und Nachrichten guckte, als der alte Mann urplötzlich in seinem Sessel hochfuhr und die Hand vom Hals des Jungen wegriss, als hätte er sich an dessen Haut verbrannt.

»Was ist los?« Ramsey eilte herbei, doch Sellars reagierte nicht. Er zuckte heftig, riss weit die Augen auf und presste sie gleich wieder zu. Dann fiel er vornüber. Wenn Ramsey nicht die Arme um den dünnen Körper geschlungen hätte, der leicht wie ein Sack Federn war, wäre Sellars auf den Boden gestürzt. Ramsey drückte ihn wieder zurück, doch der alte Mann hing haltlos im Sessel und tat keinen Mucks. Der Junge lag nach wie vor auf der Couch, ebenso schlaff, ebenso still. Ramsey versuchte vergeblich, Sellars wachzurütteln, dann sprang er mit wachsender Verzweiflung zur Couch hinüber. Der Kopf des Jungen hüpfte auf den Kissen, als Ramsey ihn schüttelte, doch blieb still liegen, als er damit aufhörte.

»Sie atmen beide noch.« Sorensen ließ Sellars' Handgelenk los und erhob sich. »Bei beiden fühlt sich der Puls normal an.«

»Wenn es dieses Tandagoredings ist, hat das nichts zu besagen«, meinte Ramsey bitter. »Meine Mandanten ... bei ihrer Tochter sind Puls und Atmung seit Monaten normal, seit sie im Koma liegt. Bei ihrem Freund war's genauso – jetzt ist er tot.«

»Scheiße.« Sorensen stopfte sich die Hände in die Taschen – damit man ihm seine Hilflosigkeit nicht so ansah, vermutete Ramsey. »Scheiße! In was für einer gottverdammten Lage sind wir jetzt?«

»In derselben wie vorher, nur noch ein bisschen schlimmer.« Ramsey konnte sich nicht vorstellen, jemals wieder aufzustehen, so schwer fühlte er sich. »Sollen wir sie in ein Krankenhaus bringen?«

»Ich weiß nicht. Scheiße.« Sorensen ging durchs Zimmer und setzte sich in den zweiten Sessel. Auf der Couch wäre zwar noch Platz gewesen, da das bewusstlose Kind nur zwei Drittel davon beanspruchte, aber Ramsey verwunderte die Wahl des Majors nicht. »Hat ein Krankenhaus irgendeinem der Tangadorefälle helfen können?«

»Tandagore. Nein. Na ja, ich nehme mal an, man passt dort auf, dass sie sich nicht wund liegen.« Das brachte ihn auf einen Gedanken. »Und sie müssen mit dem Tropf ernährt werden. Und einen Katheter eingesetzt bekommen, vermute ich.«

»Einen Katheter ...? Schreck lass nach.« Major Sorensen wirkte eher deprimiert als erschrocken – Catur Ramsey wünschte, er hätte das auch von sich behaupten können. »Ich denke, ich sollte Kay erzählen gehen, was hier los ist.« Er runzelte die Stirn. »Ich weiß nicht, wie das gehen sollte, sie in ein Krankenhaus zu schaffen. Den Jungen, gut, aber vom Stützpunkt aus haben wir eine Meldung über Sellars an sämtliche Notaufnahmen in den östlichen Staaten geschickt, weil wir uns dachten, er würde Atemschwierigkeiten bekommen. Scheiße. Atmen ist so ziemlich das Einzige, womit er im Augenblick keine Schwierigkeiten hat.«

»Guck mich nicht so an, Major. Sellars hat das allein veranstaltet. Ich hab nur dumm daneben gestanden.«

Sorensen betrachtete ihn beinahe mitfühlend. »Sicher. Ziemlich happig, was, Ramsey?«

»Kann man wohl sagen.«

Als Sorensen durch die Verbindungstür getreten war, schaute Ramsey sich nach seinem Pad um, weil er hoffte, bei den Nachforschungen, die er für die Fredericks' gemacht hatte, ein paar Informationen über erste Hilfe bei Tandagore zu finden. Als er es aufhob, vibrierte das kleine Gerät.

O Gott, dachte er. *Das muss Olga sein. Sie wartet schon seit mindestens einer Stunde, sie muss vollkommen aus dem Häuschen sein. Aber was kann ich ihr sagen?* Er klappte hastig das Gerät auf, um den Anruf entgegenzunehmen. *Aber ich habe nur höchst nebulöse Vorstellungen davon, was Sellars vorhatte, und nicht die geringste Ahnung, wie er dabei vorgehen wollte.*

»Olga?«, sagte er.

»Nein.« Die Stimme war gespenstisch leise und von Aussetzern gestört. *»Nein, Ramsey, ich bin's.«*

Er erkannte die Stimme und bekam eine Gänsehaut. Ungläubig starrte er die wie knochenlos im Sessel hängende Gestalt an. »Sellars? Wie …?«

»Ich bin nicht tot, Herr Ramsey. Nur … sehr beschäftigt.«

»Was ist passiert? Du … dein Körper ist hier. Ihr beide, du und der Junge, seid …«

»Ich weiß. Und ich habe sehr wenig Zeit zum Reden. Das System ist dabei zusammenzubrechen – es geht, glaube ich, mit ihm zu Ende. Ich weiß nicht, ob ich es dazu bringen kann, den Jungen aus seiner Gewalt zu entlassen, von mir gar nicht zu reden …« Einen Moment lang war die Übertragung abgeschnitten, und es herrschte Totenstille, dann kehrte Sellars' hauchdünne Stimme zurück. *»… von größter Wichtigkeit. Wir müssen den Datenpfad des Betriebssystems finden, damit wir ihn anzapfen können. Davon hängt alles ab. Du musst Olga Pirofsky helfen …«*

Das Signal setzte diesmal so lange aus, dass Ramsey sicher war, ihn verloren zu haben. Sellars' lebendiger Körper verspottete ihn mit seinem Schweigen.

»… ja keine drastischen Maßnahmen mit uns beiden. Ich werde mich stündlich melden, wenn ich kann …« Sellars' Stimme brach wieder ab. Diesmal kehrte sie nicht zurück.

Ramsey starrte auf das Pad, das jetzt so stumm war wie der alte Mann und der schlafende Junge.

»Nein!«, schrie er, ohne zu merken, wie laut er war. »Nein, das kannst du nicht machen! Ich weiß nicht, was ich tun soll! Komm zurück, verdammt noch mal! Komm zurück!«

> An der Art, wie ihr Vater mit ihrer Mutter flüsterte, erkannte Christabel sofort, dass irgendetwas Schlimmes passiert war. Sie beobachtete so aufmerksam, wie sie die Köpfe zusammensteckten und miteinander tuschelten, dass sie ihr Eis völlig vergaß, bis es vom Stiel fiel und als großer, kalter Flatsch auf ihrem Fuß landete.

Sie schleuderte es in die Sträucher neben dem Hotelpool und spülte sich dann den Fuß mit Wasser aus dem Pool ab, weil er bei der prallen Sonne schon zwischen den Zehen klebte. Es dauerte nur ein paar Sekunden, doch als sie aufschaute, war ihr Papi fort, und Mami sah sie so komisch an. Christabel wurde davon ganz hicksig im Bauch. Sie lief zu ihrer Mutter.

»Christabel, du sollst am Pool nicht laufen«, mahnte ihre Mutter, aber ihre Augen huschten dabei zum Hotel, und Christabel merkte, dass sie kaum darauf achtete, was sie sagte.

»Was ist passiert?«

Ihre Mutter packte die Sachen zurück in die große Flechttasche, die sie aus dem Zimmer mitgebracht hatte. Einen Moment lang sagte sie gar nichts. »Ich weiß nicht genau«, antwortete sie schließlich. »Dein Papi sagt, Herr Sellars und Cho-Cho …« Sie legte die Hände auf die Augen, wie sie es machte, wenn sie schlimmes Kopfweh hatte. »Es geht ihnen nicht gut. Ich gehe mal schauen, ob ich mich irgendwie nützlich machen kann. Du kannst ja Netz gucken … Christabel?«

Sie musste nicht warten, bis ihre Mutter ausgeredet hatte. Den ganzen Tag hatte sie schon gewusst, dass etwas Schlimmes passieren würde. Sie lief nicht richtig, aber sie ging die Treppe vom Pool so schnell hoch, wie sie konnte, und musste dabei immerzu an den armen Herrn Sellars denken, an seine pustige Stimme und seinen müden Blick …

»Christabel!« Ihre Mutter klang zornig und erschrocken. »Christabel! Komm sofort zurück!«

»Christabel, was zum Teufel machst du denn hier?«, knurrte ihr Vater, als sie ins Zimmer stürzte. »Wo ist deine Mutter?«

»Sie ist mir weggelaufen, Mike«, sagte Mami, krampfhaft die Sonnencreme und die anderen Sachen an sich gepresst, die sie nicht mehr in die Tasche hatte stecken können. »Sie ist einfach ... O Gott. Was habt ihr mit ihnen gemacht?«

»Wir haben gar nichts mit ihnen gemacht«, entrüstete sich ihr Vater.

»Herr Ramsey, was ist passiert?«, fragte Mami.

Christabel konnte den Blick nicht abwenden. Herr Sellars sah grauenhaft aus. Er saß behutsam hindrapiert in einem Sessel wie eine der mexikanischen Mumien, die sie mal im Netz gesehen hatte, den Mund zu einem O gespitzt, als ob er pfeifen wollte, die Augen halb geschlossen. Das erschreckend ausdruckslose Gesicht verschwamm, als ihre Augen sich mit Tränen füllten.

»Ist er tot?«

»Nein, Christabel«, sagte Herr Ramsey, »er ist nicht tot. Ich habe sogar gerade mit ihm gesprochen.«

»Du willst mir erzählen, obwohl er so aussieht, hätte er mit dir *gesprochen?«,* sagte Christabels Papi.

»Er hat mich angerufen.«

»Was?«

Während die Erwachsenen sich mit leisen, aber hektischen Stimmen unterhielten, trat Christabel zu Herrn Sellars und berührte sein Gesicht. Die Haut, die schon immer wie eine geschmolzene Kerze ausgesehen hatte, war härter, als sie vermutet hätte, fest wie das Leder ihrer guten Schuhe. Sie war jedoch warm, und als sie sich nahe heranbeugte, hörte sie ganz hinten in seiner Kehle ein schwaches Röcheln.

»Stirb nicht«, flüsterte sie ihm ins Ohr. »Stirb nicht, Herr Sellars.«

Erst als sie sich von ihm wegdrehte, bemerkte sie Cho-Cho auf der Couch. Ihr bummerte das Herz in der Brust, als wollte es gleich herausspringen. »Ist er auch krank?«

Die Erwachsenen hörten sie nicht. Herr Ramsey versuchte, ihren Eltern etwas zu erklären, aber sie unterbrachen ihn immer wieder mit Fragen. Er sah müde und ganz, ganz kummervoll aus. Alle Erwachsenen sahen so aus.

»Und ich kann sie nicht mal anrufen«, sagte er gerade über eine Frau, die Christabel nicht kannte. »Aus irgendeinem Grund komme ich bei ihrer Nummer nicht durch. Sie muss am Durchdrehen sein.«

Christabel starrte Cho-Cho an und fand, dass er anders aussah als der Junge, der sie verspottet und ihr Angst eingejagt hatte. Sein Gesicht war gar nicht hart, wenn er schlief, gar nicht zum Angsthaben. Klein war er. Sie sah das Plastikding hinter seinem Ohr – seine Can, wie er es nannte, wenn er damit angab – und die rauhe Haut darum, die nicht richtig verheilt war.

»Werden sie sterben?«, fragte sie. Als die Erwachsenen immer noch nicht antworteten, fühlte sie, wie etwas in ihr ganz heiß wurde, heiß und wütend und platzig. Sie schrie: »Ich hab gefragt, ob sie sterben werden!«

Mami, Papi und Herr Ramsey drehten sich überrascht zu ihr um. Sie war selber ein bisschen überrascht, nicht nur weil sie geschrien hatte, sondern auch weil sie schon wieder weinte. Sie war völlig durcheinander.

»Christabel!«, sagte ihre Mutter. »Schätzchen, was …?«

Sie schob die Unterlippe vor, um zu verhindern, dass sie richtig doll losheulte. »Werden sie … werden sie sterben?«

»Sch-sch, mein Schatz.« Ihre Mami kam zu ihr, hob behutsam den kleinen Jungen von der Couch und setzte sich mit ihm auf dem Schoß hin. »Komm her«, sagte sie, streckte die Hand aus und zog auch Christabel zu sich. Christabel gefiel es gar nicht, wie der Junge aussah, nicht einfach normal schlafend, sondern so schlackerig, und sie wollte ihn nicht anfassen, aber sie presste sich an ihre Mutter und ließ sich von ihr umfangen.

»Schon gut«, sagte Mami leise. »Es wird schon wieder werden.« Sie strich ihr übers Haar, doch als Christabel aufschaute, betrachtete ihre Mutter Cho-Cho mit einem Blick, als wollte sie auch gleich zu weinen anfangen. »Es wird alles gut werden.«

Es war Herr Ramsey, der schließlich ihre Frage beantwortete. »Ich glaube nicht, dass sie sterben werden, Christabel. Sie sind nicht richtig krank – es ist eher so, als ob sie schlafen.«

»Dann weck sie auf!«

Herr Ramsey kniete sich neben die Couch. »Wir können sie jetzt nicht aufwecken«, sagte er. »Das muss Herr Sellars machen, aber er hat im Augenblick sehr viel zu tun. Wir müssen uns einfach gedulden.«

»Wird er Cho-Cho auch aufwecken?« Aus irgendeinem Grund wünschte sie sich das sehr. Sie wusste nicht, warum. Von ihr aus konnte der Junge gern irgendwo anders in der Welt hingehen, aber sie wollte nicht, dass er immer und ewig so schlackerig dalag, selbst wenn sie nicht da war und es nicht mit ansehen musste. »Du musst ihn retten. Er hat echt Angst.«

»Hat er dir das gesagt?«, fragte ihre Mami.

»Ja. Nein. Aber das hab ich gemerkt. Ich hab noch nie im Leben jemand gesehen, der so große Angst hatte.«

Die Erwachsenen setzten ihre Unterredung fort. Nach einer Weile schlüpfte Christabel unter Mamis Arm weg und ging auf die Suche nach etwas Warmem. Sie war nicht stark genug, um von einem der Betten die festgeklemmten Decken herunterzuziehen, deshalb holte sie aus dem Bad zwei große Handtücher und schlang eines um Herrn Sellars' schmale Schultern. Das andere legte sie über den kleinen Jungen und zog es ihm wie eine Decke bis ans Kinn, so dass es aussah, als ob er tatsächlich auf dem Schoß ihrer Mutter ein Nickerchen machte.

»Hab keine Angst!«, flüsterte sie ihm ins Ohr. Sie tätschelte seinen Arm und beugte sich wieder heran. »Ich bin ja da«, sagte sie so leise, dass nicht einmal Mami es hören konnte. »Also hab bitte keine Angst!«

> *»... um einen Kern aus Fibramic herum, wobei dies eines der ersten Male war, dass ein Hochhaus aus diesem synthetischen Material gebaut wurde. Die spiralig darum gezogene Einkleidung aus einem speziell beschichteten Wärmedämmglas hat eine Form hervorgebracht, die fast jeden Interpreten zu einer anderen Deutung inspiriert hat und mit allem Möglichen verglichen worden ist, von einem erhobenen Finger über einen Berg bis zu einem schwarzen Eiszapfen. Die unbestreitbare Ähnlichkeit mit einem menschlichen Finger hat dem Turm im Lauf der Jahre mehr als einen bissigen Kommentar eingetragen, darunter auch die berühmte Bemerkung eines Journalisten, der Gründer der J Corporation Felix Jongleur habe von dem gefügigen Parlament von Louisiana alles zugestanden bekommen, woran ihm gelegen war – ›und jetzt zeigt er dem Rest der Menschheit den Stinkefinger‹ ...«*

Olga hielt die Infodatei bei einem Blick von oben auf das gewaltige Gebäude an, in das sie sich eingeschmuggelt hatte. Sie war in voller Immersion, aber sie hatte keine Lust, den Blickpunkt zu ändern, und sie wusste ohnehin nicht genug über solche Gebäude, um nach etwas Bestimmtem Ausschau halten zu können. Was hatte Sellars gesagt –

es müsse einen anderen Raum mit der ganzen übrigen Technik geben? Ohne seine Anleitung und seinen Schutz hatte sie nicht die geringste Chance, diesen Raum ausfindig zu machen. Und sich dabei nicht erwischen zu lassen. Aber das war sein Projekt, nicht ihres. Was konnte sie dadurch, dass sie Telekomanlagen untersuchte, schon über die Stimmen erfahren, die sie hierhergelockt hatten?

Sie seufzte und ging kurz aus der Immersion, um sich zu vergewissern, dass sie in der riesigen Lagerhalle noch allein war. Dann ließ sie die Datei, die sie von einem Spezialknoten über Wolkenkratzer abgesaugt hatte, weiterlaufen.

»Mit seiner Höhe von knapp unter dreihundert Metern, Sendemast und Satellitenschüsseln auf dem Dach nicht mitgerechnet, ist der Turm der J Corporation seit seinem Bau zwar von mehreren neueren Gebäuden weit übertroffen worden, am spektakulärsten wohl vom fünfhundert Meter hohen Wolkenkratzer der Gulf Financial Services, aber er ist immer noch eines der höchsten Bauwerke in Louisiana. Seine Bekanntheit verdankt er vor allem der gewaltigen bautechnischen Leistung, derer es bedurfte, um die künstliche Insel zu schaffen, auf der er steht – beziehungsweise die ihn umgibt, denn seine Fundamente gehen genauso weit in die Tiefe wie die Insel –, sowie dem Aufsehen erregenden zehnstöckigen Foyer im altägyptischen Stil. Darüber hinaus aber ist der Turm auch der Wohnsitz von Jongleur selbst, dem völlig zurückgezogen lebenden Gründer des Konzerns, der in der Kuppe des schwarzen Riesenfingers einen ausgedehnten Penthousekomplex unterhalten soll, von dem aus er den Lake Borgne, den Golf von Mexiko und fast das ganze südöstliche Louisiana überblicken kann – ein wunderbarer Aussichtsposten, um sich vor Augen zu führen, wie viel davon ihm gehört ...«

Der Gang durch das Foyer war von einer Totale des Sees abgelöst worden, das Wasser rotgolden im Licht der untergehenden Sonne, überragt vom schwarzen Zacken des Turms, ganz ähnlich wie Olga ihn beim ersten Mal gesehen hatte. Sie schloss die Datei und stellte die Bildsicht aus, und im Nu erschien um sie herum wieder die Lagerhalle. Sie hatte ihre Anrufleitung die ganze Zeit über offen gehabt. Ramsey und Sellars hatten immer noch nicht versucht, sie zu erreichen.

Beim Aufstehen merkte Olga, wie steif sie durch das lange Stillsitzen geworden war.

Du bist alt. Was erwartest du denn?

Doch das war das Geringste. So schwer es ihr fiel, musste sie sich eingestehen, dass sie auf sich selbst gestellt war, dass sie allein zurechtkommen musste, ohne fremde Hilfe. Und die körperliche Erschöpfung und das schmerzhafte Ziehen in ihren Muskeln, die von den Putzarbeiten eines ganzen Tages und dann dem endlosen Treppensteigen nach Sellars' Anweisungen überanstrengt waren, ließen das Ganze noch unmöglicher erscheinen. Was meinte sie denn, ausrichten zu können?

Wenn Tiere in der Falle sitzen und nichts machen können, rollen sie sich nach einer Weile einfach zusammen. Legen sich schlafen. Sie erinnerte sich, das irgendwo gelesen zu haben. Das war auch bestimmt das Beste, was sie machen konnte: Hier bleiben, warten, dösen. Warten.

Worauf denn warten?

Auf irgendwas. Weil ich allein völlig hilflos bin.

Doch obwohl die innere Stimme, die sie zur Vernunft anhielt, ihre eigene war, packte sie die Wut. War sie den weiten Weg gekommen, um sich hier wie eine Ratte im Loch zu verkriechen, bloß weil diesem Sellars irgendetwas dazwischengekommen war? Als sie den Beschluss gefasst hatte, hierherzufahren, hatte sie noch nicht einmal seinen Namen gekannt – sie hatte ursprünglich vorgehabt, auf eigene Faust zu handeln.

Aber was genau hatte sie eigentlich vorgehabt? Zugegeben, in das schwerbewachte Konzernhauptquartier einzudringen war ihr vorher so aussichtslos erschienen, dass sie gar nicht darüber hinausgedacht hatte. Sellars' Eingreifen war zu dem Zeitpunkt ein Segen gewesen. Aber wohin jetzt auf ihrer Suche nach verstummten Stimmen, Geisterkindern?

Nach oben, dachte sie plötzlich. *Dieser Mann hat den Turm hier gebaut. Ihm gehört Onkel Jingle. Er ist es, der die Kinder mit irgendwas vergiftet, sie krank macht. Wenn er dort oben ist, dann kann ich ihn wenigstens wissen lassen, dass jemand über seine Verbrechen Bescheid weiß. Falls ich dort hinkomme. Falls die Wächter mich nicht vorher umbringen. Ich werde es ihm ins Gesicht sagen, und dann mag geschehen, was will.*

Was soll ich denn sonst tun?

Olga packte ihre wenigen Habseligkeiten zusammen und machte sich auf den Weg zum Gipfel des Berges.

Kapitel 31
DER ROMAMARKT

NETFEED/NACHRICHTEN:
Multimilliardär macht Kaufangebot für das Marsprojekt
(Bild: Krellor auf einer Medienkonferenz in Monte Carlo)
Off-Stimme: Nachdem er vor wenigen Monaten erst den Bankrott seines Nanotechnikkonzerns erklären musste, hat der Großindustrielle Uberto Krellor jetzt zur allgemeinen Verblüffung angeboten, das lahmliegende Mars Base Construction Project in Bausch und Bogen aufzukaufen, vorausgesetzt die UN räumen ihm langfristige Verwertungsrechte auf dem Mars ein, vor allem Schürfrechte und Eigentumsrechte an terraformierten Siedlungsarealen. Gerüchten nach soll Krellor als Strohmann einer Interessengruppe von Finanziers handeln, die in der Vergangenheit von der Beteiligung am MBC-Projekt ausgeschlossen wurden, weil die UN die vollständige Privatisierung der Marskolonisierung verhindern wollten.
Krellor: "Die Öffentlichkeit ist es leid, dass die Regierungen mit ihren Sperenzchen weiterhin Steuergelder verschleudern. Man sollte einen Geschäftsmann an die Sache ranlassen, jemanden, der es gewohnt ist, Risiken einzugehen. Wenn ich Erfolg habe, wird das ein Triumph für die gesamte Menschheit sein …"

> Sam Fredericks hatte einiges gesehen, seit sie sich in diesem Netzwerk aufhielt. Nach dem blutigen Höhepunkt des Trojanischen Krie-

ges, einer Schlacht zwischen ägyptischen Göttern und Sphinxen und einem Angriff riesiger, Fleisch fressender Salatzangen hätten normale Wunder sie eigentlich anöden müssen, aber dennoch fand sie es einigermaßen beeindruckend, wie beim Gang über den Fluss das andere Ufer auf einmal nicht mehr wiederzuerkennen war.

Der Fluss selbst – tintenschwarz unter dem dunklen Abendhimmel, weiß durchschossen, wo er an Felsen brandete – wirkte weitgehend unverändert. Unter günstigeren Umständen hätte sein sanftes Murmeln vielleicht romantisch und die steinerne Brücke unter ihren Füßen malerisch gewirkt. Als sich dann in der Flussmitte die Dunstschwaden verzogen, sah Sam, dass aus der Wiesenböschung, die sie beim Betreten der Brücke drüben gesehen hatten, ein nebelverhangener Waldrand mit steilen schwarzen Bergen im Hintergrund geworden war. Sie musste zugeben, dass es ein ziemlich gekonnter Trick war.

Andererseits hatte sie von Tricks die Nase gestrichen voll.

»Wie?«, flüsterte sie !Xabbu zu. Azador ging ein Stück vor ihnen wie ein Schlafwandler. »Wie hat er diese Brücke gefunden? Und woher hast du gewusst, dass er das schaffen würde? Wir sind vorher schon an dieser Stelle vorbeigekommen, und da war voll keine Brücke da.«

»Ich habe den Verdacht, dass wir nicht hier waren.« Ihr Freund überflog mit den Augen suchend die geschlossene Front uralter Bäume, vielleicht weil er hoffte, abermals eines von Renies Zeichen an einem Ast flattern zu sehen. »Nicht an dem Hier, wo es eine Brücke gibt, meine ich damit.« Er sah ihren Blick und lächelte. »Mir ist es auch ein Rätsel, Sam, aber ich glaube, Azador stammt ursprünglich aus diesem ... Land des Andern, dieser selbständigen Schöpfung des Betriebssystems, und deshalb geschehen bei ihm Dinge, die bei uns nicht geschehen. Das ist meine Vermutung.«

»So weit nicht schlecht, deine Vermutung«, musste Sam zugeben.

Azador war bereits von der Brücke herunter und schritt jetzt zielstrebig die dunkle Uferböschung hinauf und auf die Bäume zu.

»Wir sollten anhalten«, rief !Xabbu ihm hinterher. »Es wird dunkel!« Azador ging nicht langsamer, drehte sich nicht einmal um. »Wir müssen ihn einholen«, sagte !Xabbu zu Sam. »Wenn wir ihn im Wald verlieren, finden wir ihn vielleicht nie wieder.«

Wo die Brücke sich sanft zum Ufer neigte, stieß sie auf eine derart mit Gras zugewachsene Straße, dass sie vom Fluss aus nicht zu erkennen gewesen war. Die von vielen alten und ein paar neuer aussehenden Spurrillen zerfurchte Piste führte im Bogen in den Wald hinein. Sam sah sich um. Der hinter ihnen her kommende Jongleur hatte den langsamen Schritt eines Mannes, der auf einen finsteren und unheimlichen Ort zugeht.

Sie holten Azador ein, als er gerade zwischen die Bäume eintauchte.

»Ich denke, es ist Zeit, dass wir haltmachen«, sagte !Xabbu zu ihm. »Es wird dunkel, und wir sind müde.«

Azador drehte sich um und betrachtete ihn mit eigentümlich milden Augen. »Es ist gleich da vorne.«

»Was ist da vorne?«

»Da kommen Feuer, viele Feuer. Die Pferde werden gestriegelt sein und glänzen. Die ganze Schar wird aufs Prächtigste herausgeputzt sein. Und singen!« Er schien mit jemand anders zu reden; sein Blick war schon wieder auf den gewundenen Weg durch den Wald gerichtet. »Schun! Horcht! Ich kann sie fast schon hören.«

Sam schluckte eine Frage herunter, die sie hatte stellen wollen. Sie hörte nichts als das samtige Streifen des Windes durch zahllose Kronen.

Auch Azador machte eine lauschende Miene, doch dann verdüsterte sich sein Blick ein wenig. »Nein, doch nicht. Wir sind wohl noch nicht nahe genug.«

Sam war todmüde, und ihr taten die Füße weh. Einen ganzen anstrengenden Tag lang hatten sie nach der Brücke gesucht, und jetzt, wo sie hinübergegangen waren, wollte sie ganz bestimmt nicht auch noch den Abend hinter Azador herlaufen, während dieser hier in der Wildnis nach magischen Elfen oder Waldmusikanten oder sonst was suchte. Sie wollte ihm das gerade klarmachen, als etwas in seinen Augen, ein gehetztes und doch sehnsuchtsvolles Flackern, das sie vorher noch nicht bei ihm gesehen hatte, ihr den Mund verschloss.

Der Wald war wirklichkeitsgetreuer als alles, was ihnen seit ihrer Ankunft auf dem schwarzen Berg begegnet war, auch wenn die Blätter der Bäume höher oben in dem abnehmenden Licht nicht scharf und einzeln umrissen waren, sondern zu einer vagen Masse verschwammen. Aber immerhin gingen sie über unverkennbares Gras, obwohl es dichter und rasenähnlicher war als der Bewuchs, den Sam in einem echten wilden Wald vermutet hätte, und es gab Moos auf den Steinen und den Baumstämmen. Das Einzige, was ihr eindeutig falsch vorkam, war die Geräuschlosigkeit, das Fehlen von Windesrauschen, Vogelsang oder Grillenzirpen. Der Wald war so still wie eine leere Kirche.

Azador führte sie weiter und hatte dabei staunend die Hände ausgestreckt, als wollte er irgendwelche Dinge berühren, die er im Geiste vor sich sah. Er war völlig in einem Wachtraum versunken. Selbst Jongleur, der die Nachhut ihres kleinen Zuges bildete, schien von der Seltsamkeit ihres Waldgangs berührt zu sein und war gänzlich verstummt.

»Wo sind wir?«, flüsterte Sam, doch !Xabbu war gerade mit großen Augen stehen geblieben. Ein helles Stück Stoff hing am Weg und bewegte sich in der schwachen Brise. »Chizz! Ist es von Renie?«

!Xabbus Gesicht wurde lang. »Das kann nicht sein. Die Farbe ist falsch, gelber als das, was du und sie anhaben, und das Stück ist zu groß.«

Azador hingegen schien der Stoffstreifen etwas zu sagen, denn er strich behutsam darüber und bog dann von der breiten Piste in den wegelosen Wald ab. Er schlug jetzt ein flottes Tempo an, so dass Sam und !Xabbu tüchtig ausschreiten mussten, um mitzuhalten.

An einem Strauch baumelte ein blutrotes Tuch: Azador ging nach links. Hundert Schritte weiter markierten zwei weiße Streifen den Rand einer Lichtung. Azador marschierte schnurstracks über die freie Fläche und tauchte gegenüber wieder in den Wald ein. An einem Hang kamen sie ins Freie und trafen erneut auf die Waldstraße oder eine andere, die genauso aussah, von vielen Radspuren aufgerissen.

Sie folgten dieser Piste bergab in einen Hain hochgewachsener Bäume mit knorrigen grauen Stämmen. Jetzt konnte Sam Rauch riechen. Im dichten Ring der Bäume, vor Blicken von außen verborgen, standen die Wagen.

Zuerst meinte Sam, sie wären auf einen etwas ungewöhnlichen Wanderzirkus gestoßen. Selbst in dem schwindenden Licht sahen die Wagen, zwanzig oder dreißig, fantastisch aus mit ihren vielen Farben in geradezu unglaublichen Kombinationen, mit Streifen und Wirbeln und Karos, behängt mit Federn und Troddeln und mit Messingbeschlägen an Rädern und Türen. So großartig war der Anblick, dass es eine Weile dauerte, bis sie merkte, dass etwas nicht stimmte.

»Aber ... wo sind die Leute?«

Aufstöhnend eilte Azador auf die Lichtung und blickte wild in die Runde, als ob sich die Masse der Menschen und Pferde, die die Wagen an diesen Ort gebracht hatten, hinter einem Baum verstecken könnte. Sam und !Xabbu folgten ihm. Azador blieb stocksteif stehen, dann stürmte er los. Ein dünnes Rauchfähnchen stieg hinter einem der letzten Wagen auf, tief mitternachtsblau und mit weißen Sternen besprengt, so dass er im Vergleich zu den übrigen einen eher düsteren Eindruck machte.

Ein kleines Feuer brannte neben dem Wagen in einem Steinkreis. Eine kurze Treppe war zwischen den hohen Holzrädern heruntergeklappt worden. Auf der untersten Stufe saß eine Pfeife rauchende Gestalt mit einer Haube auf dem Kopf, die Sam zunächst für eine alte Frau hielt. Erst beim Näherkommen fiel ihr auf, dass die fremde Erscheinung außen an den Rändern schwach durchsichtig war.

Azador blieb vor der Gestalt stehen und ging vor ihr in die Hocke. »Wo sind sie hin?«

Die Frau blickte auf. Ein kalter Schauder überlief Sam. Was sie vom Gesicht der Frau erkennen konnte, war rauchig wie die grauen Schwaden, die sich über dem Feuer kräuselten, die Augen nur Lichtpunkte, klein, aber hell wie die Glut am Rande.

»Du bist zu uns zurückgekehrt, Azador.« Ihre Stimme war eigenartig volltönend, gar nicht so unkörperlich wie der Rest von ihr. »Zur Unzeit, mein Tschawo, mein Unglücksjunge. Dein Name erweist sich als wahr. Sie sind alle fort.«

»Fort?« Der Schmerz in seiner Stimme war förmlich mit Händen zu fassen. »Alle?«

»Alle. Die Mursche und ihre Majen, alle Kinder. Sie sind vor dem Auslöschen geflohen. Wie du siehst, waren einige so voller Furcht, dass sie sogar ihre Wordins hier gelassen haben.« Sie blickte auf die Wagen und schüttelte missbilligend den Kopf. Azador war wie vom Donner gerührt. Ohne diese bunten, liebevoll hergerichteten Gefährte aufzubrechen, war sichtlich ein sehr unheilvolles Zeichen. »Und du kommst zu guter Letzt doch noch. Es war ein schwarzer Tag, als du fortgingst. Und jetzt ist der Tag deiner Rückkehr genauso schwarz.«

»Wo ... wo sind sie hin, Stiefmutter?«

»Das Auslöschen kommt. Alle Roma sind zum Brunnen gezogen. Der Eine hat es befohlen. Sie hoffen, wenn sie dort hingelangen wird die Schwarze Madonna zu ihnen sprechen, ihnen sagen, wie sie sich retten können.«

»Aber warum bist du noch da, Stiefmutter?«

»Ich konnte keine Ruhe finden, bis ich allen meinen Tschawos Bescheid gesagt hatte. Das war meine Aufgabe. Jetzt, wo du nach all diesen Jahren wieder da bist, ist meine Aufgabe erfüllt.« Sie erhob sich und stieg langsam zur Tür ihres Wagens hinauf. »Jetzt kann ich endlich fahren.«

»Aber wie komme ich zum Brunnen?« Azador war den Tränen nahe. »Ich kann mich an so wenig erinnern. Nimmst du mich mit?«

Sie schüttelte den Kopf; einen Moment lang war das Licht ihrer Augen verschleiert. »Ich fahre nicht dorthin. Meine Aufgabe ist erfüllt.« Sie wollte sich schon abwenden, da zögerte sie noch einmal. »Ich wusste von jeher, dass ein ungewöhnliches, ein unglückliches Schicksal dich erwartete, mein verlorener Tschawo. Bei deiner Geburt las ich die Blätter – o welch traurige Kunde! *Er wird von eigener Hand umkommen, aber gegen seinen Willen,* das sagten sie mir. Aber vielleicht kommt es doch noch anders. Jetzt, wo alles zu Ende geht, wo selbst der Eine stirbt, wer kann da sagen, was geschehen wird?«

»Aber wie gelange ich zum Brunnen?«, fragte Azador abermals. »Ich weiß es nicht mehr.«

»Von allen Roma wirst gerade du, der du aus der Welt deiner Vorväter in eine ungewisse Fremde fortzogst, den Weg zu finden wissen. Nicht in der Welt, sondern durch sie hindurch. Nach innen. Zu dem Ort, wo du mit dem Einen Fühlung hast, so wie wir alle.« Das Mienenspiel in dem rauchigen Gesicht war unmöglich zu deuten, doch aus den folgenden Worten meinte Sam beinahe ein Lächeln herauszuhören. »Vielleicht wirst du sogar vor deinen ganzen andern Leuten dort ankommen. Das würde dem Unglücklichen ähnlich sehen, was? Nach den andern aufzubrechen, aber beim Auslöschen der Erste zu sein?« Mit einem Nicken trat sie in die Dunkelheit ihres Wagens. Azador rappelte sich schwerfällig auf, eine Hand nach der Stelle ausgestreckt, wo seine sogenannte Stiefmutter eben noch gestanden hatte, doch das Feuer flackerte und der Wagen entschwand, bis nur noch die an der Seite aufgemalten hellen Sterne in der Luft hingen wie die verlöschende Figur eines Feuerwerkskörpers. Dann waren auch die Sterne fort.

Azador warf sich auf die Erde und schluchzte laut. Sam tastete nach !Xabbus Hand und fasste sie. Sie begriff nicht, was gerade geschehen war, aber sie wusste, wie sich ein gebrochenes Herz anfühlte.

Azador war offensichtlich fürs Erste nicht zu gebrauchen. Sam hatte sich aufgerafft, !Xabbu beim Holzsammeln zu helfen – wenigstens das Lagerfeuer der Stiefmutter war dageblieben –, als ihr auffiel, dass Jongleur fort war.

»Verdumpft!«, sagte sie. »Er hat gewartet, bis wir abgelenkt waren, und uns dann sitzen lassen.«

»Vielleicht.« !Xabbu klang skeptisch. »Gehen wir nachschauen.«

Sie fanden den alten Mann am Rande der Lichtung an einem Baum sitzen, kalt und starr wie eine Statue. Er saß so unbewegt da, dass Sam im ersten Moment, bevor er ihnen einen ausdruckslosen Blick zuwarf, an einen Schlaganfall dachte. Sie war ein wenig enttäuscht, dass dem nicht so war, konnte sich aber des Eindrucks nicht erwehren, dass sein Verhalten den ganzen Tag über schon etwas merkwürdig gewesen war.

»Was machst du da?«, fragte sie scharf. »Du könntest uns wenigstens mit dem Lagerfeuer helfen und so.«

»Niemand hat mich darum gebeten.« Jongleur erhob sich steif und schritt auf den Feuerschein zu, der an den Stämmen der Bäume flackerte. »Ist dieses Ding fort?«

»Die Stiefmutter, wie Azador sie nannte? Ja, die ist fort«, antwortete !Xabbu. »Weißt du, was das war?«

»Nein. Aber ich kann es mir denken. Eine Funktion des Betriebssystems, die Anleitung und Beistand geben soll. Eine verschrobene Version der Hilfen, die wir in viele unserer Simulationswelten eingebaut haben.«

»Wie Orlandos Schildkröte«, erinnerte sich Sam. Sie setzte an, !Xabbu zu erklären, was es damit auf sich hatte, aber merkte plötzlich, dass sie vor dem Alten nicht über ihren toten Freund sprechen wollte.

Bloß weil mir Azador ein bisschen leid tut, muss das noch lange nicht für diesen alten Mörder gelten.

»Meinst du, es hat mit der Stimme des Einen gesprochen?«, wollte !Xabbu weiter wissen. Als er Jongleurs verdrießlichen Blick sah, korrigierte er sich. »Mit der Stimme des Betriebssystems?«

»Vielleicht.« Trotz seiner finsteren Miene hatte der alte Mann nur wenig von seiner sonstigen Bissigkeit, ja er machte geradezu einen angegriffenen Eindruck. Hatte Azadors Jammer sogar Jongleurs Herz berührt, das Sam sich wie ein Brikett vorstellte, klein, schwarz und hart? Sie konnte es nicht recht glauben.

Azador blickte nicht auf, als sie sich zu ihm ans Feuer setzten, und reagierte auch nicht auf Sams und !Xabbus Fragen. Der Mond war am Himmel aufgegangen und hing jetzt eingerahmt zwischen den schwarzen Silhouetten der Bäume, dahinter klein, aber hell die Sterne.

Sam nickte immer wieder vor Müdigkeit ein und überlegte gerade, ob es zu horrormäßig wäre, in einem der leeren Wagen zu schlafen, als Azador plötzlich zu reden anfing.

»Ich ... ich erinnere mich nicht an alles«, sagte er langsam. »Aber als ich die Brücke fand, stieg vieles wieder in mir hoch, so als hätte ich den Umschlag eines Buches gesehen, das ich als Kind gelesen, aber längst vergessen hatte.

Ich erinnere mich, dass ich hier in diesen Wäldern aufgewachsen bin. Aber ich zog auch mit meiner Familie durch alle Länder. Auf der Suche nach Arbeit überquerten wir die Flüsse, stellten unsere Wagen am Rande von Dörfern und Städten auf. Wir machten alles, was gerade anfiel. Wir hatten genug zum Leben. Und wenn wir uns hier versammelten, auf dem Romamarkt, dann wurde getanzt und gelacht und gefeiert, dass alle Roma wieder beisammen waren.« In der Erinnerung an bessere Zeiten leuchtete sein Gesicht auf, verdunkelte sich aber gleich wieder. »Doch ich fühlte mich niemals voll zugehörig, konnte mich nie damit abfinden, dass dies mein ganzes Leben sein sollte. Ich war selbst dann unglücklich, wenn ich glücklich war. ›Azador‹ nannten mich alle Roma. Das ist ein altes spanisches Zigeunerwort. Es bedeutet ›Einer, der Unglück bringt‹. Dennoch waren sie freundlich zu mir, meine Angehörigen, meine Leute. Sie wussten, es war Schicksal, dass ich so geworden war, nicht meine Schuld.«

»Wie heißt du richtig?«, fragte !Xabbu sanft.

»Ich ... ich weiß es nicht. Ich kann mich nicht erinnern.«

Selbst Jongleur lauschte konzentriert, seine raubvogelartigen Züge wirkten gespannt.

Abrupt setzte Azador sich gerade hin, und Zorn umwölkte sein Gesicht. »Das ist alles, was ich euch sagen kann. Warum quält ihr mich so? Ich wollte nicht hierher zurückkommen. Jetzt habe ich wieder alles verloren, was ich schon einmal verloren hatte.«

»Sie sagte, du könntest ihnen folgen«, bemerkte Sam. »Deine Stiefmutter. Sie sagte, sie wären unterwegs zu … was war es noch? Ein Brunnen?«

»Sie machen eine Pilgerfahrt zur Schwarzen Kali«, erwiderte Azador mit einem verächtlichen Lachen. »Aber genauso gut könnten sie zu den Sternen geflogen sein. Ich weiß keinen andern Weg dorthin als zu Fuß. Wir sind weit vom Zentrum entfernt, wo sich der Brunnen befindet – wir müssten Fluss um Fluss überqueren. Bevor wir die Hälfte der Strecke zurückgelegt hätten, wäre die Welt verschwunden.«

»Und sonst erinnerst du dich an nichts mehr?« !Xabbu beugte sich vor. »Ich lernte dich sehr fern von hier kennen, in einem ganz anderen Teil des Netzwerks. Du musst weite Strecken zurückgelegt haben, um dorthin zu gelangen. Wie hast du das gemacht?«

Azador schüttelte den Kopf. »Ich kann mich an nichts erinnern. Ich habe hier gelebt. Dann bin ich in andere Länder gezogen. Jetzt bin ich wieder da … und meine Leute sind fort.« Er sprang so ungestüm auf, dass Blätter und Reisig in das Feuer flogen und es aufflackerte. »Ich gehe schlafen. Wenn der Eine Mitleid hat, wache ich nicht wieder auf.«

Er schritt davon. Sie hörten die lederne Aufhängung des Wagens knarren, den er bestieg.

»Hat … hat seine Stiefmutter nicht was davon gesagt, er könnte sich umbringen?«, fragte Sam besorgt. »Ich meine, sollten wir ihn allein lassen?«

»Azador wird nicht Selbstmord begehen«, meinte Jongleur lakonisch. »Ich kenne die Sorte.« Auch er erhob sich und verschwand zwischen den Wagen.

Sam und !Xabbu sahen sich über das Lagerfeuer hinweg an. »Ist das bloß meine Einbildung«, fragte Sam, »oder schnellt der Scänfaktor grade wirklich total in die Höhe, irgendwie?«

»Ich verstehe dich nicht, Sam.«

»Ich meine, wird alles immer verrückter?«

»Nein, ich glaube nicht, dass du dir das einbildest.« !Xabbu schüttelte den Kopf. »Ich bin selbst durcheinander und besorgt, aber ich habe auch Hoffnung. Wenn alle zu einem Ort hingezogen werden, den man den Brunnen nennt, dann wird sich vielleicht auch Renie dorthin aufmachen.«

»Aber wir wissen nicht, wie man dort hinkommt. Azador meinte, bis wir zu Fuß dort angelangt wären, hätte sich die Welt längst verflüchtigt.«

!Xabbu nickte traurig, aber rang sich dann ein Lächeln ab, auch wenn es ihn sichtlich Anstrengung kostete. »Aber noch ist es nicht so weit, Sam Fredericks. Und so lange können wir noch hoffen.« Er klopfte ihr sacht auf den Oberarm. »Geh jetzt schlafen. Wenn du dich in den Wagen da legst, kann ich ihn vom Feuer aus sehen. Ich möchte nachdenken.«

»Aber ...«

»Schlaf. Hoffnung ist immer.«

Als Sam aus unruhigem Schlaf erwachte, war die Welt düster und nebelig.

Im Traum hatten ihre Eltern ihr erklärt, Orlando könne nicht mit auf den Campingausflug kommen, weil er tot sei, und obwohl er direkt daneben stand und ein trauriges Gesicht machte, passte er nicht ins Auto, weil sein Thargorkörper zu groß war. Sam war wütend gewesen und hatte sich geschämt, aber Orlando hatte nur gelächelt und die Augen verdreht – »Eltern!«, sollte das heißen – und war dann verschwunden.

Sie setzte sich auf, wischte sich ein paar Tränen weg und stolperte aus dem Wagen. Von Tageslicht konnte keine Rede sein.

»!Xabbu!« Ihr Echo kam zu ihr zurück. »!Xabbu! Wo bist du?«

Zu ihrer unendlichen Erleichterung kam er sofort um die Ecke des Wagens. »Sam, ist etwas mit dir?«

»Nein, chizz. Ich wusste bloß nicht, wo du warst. Wie spät ist es?«

Er zuckte mit den Achseln. »Wer kann das hier schon sagen? Aber die Nacht ist vergangen, und heller wird der Morgen nicht werden, wie es aussieht.«

Sie warf einen Blick auf das nasse Gras, die weißen Nebelschleier zwischen den Bäumen, und erschauerte. »Es geht alles den Bach runter, was?«

»Ich weiß es nicht, Sam. Es kommt mir sehr merkwürdig vor, dass eine Simulation sich so verhält. Aber ermutigend finde ich es gewiss nicht.«

»Wo sind die andern?«

»Azador ist in aller Frühe weggegangen, aber inzwischen zurückgekommen. Jetzt sitzt er dort auf der Wiese und weigert sich, mit mir zu reden. Jongleur macht gerade einen Spaziergang.« !Xabbu sah müde aus. Sam fragte sich, ob er überhaupt geschlafen hatte, doch bevor sie ihn fragen konnte, tauchte eine lange, hagere und weitgehend nackte Gestalt aus dem grauen Dunst am Rand der Lichtung auf.

»Wir können hier nicht länger warten«, verkündete Jongleur, noch bevor er bei ihnen war. »Wir brechen sofort auf.«

In der wirklichen Welt, dachte Sam säuerlich, begann der Tag mit einem Frühstück. In dieser Welt begann er damit, dass ein zweihundert Jahre alter Massenmörder einem Befehle entgegenbellte, bevor man richtig die Augen aufhatte. »Ach ja? Und wohin, bitteschön?«

Jongleur beachtete sie gar nicht. »Azador kann uns zum Betriebssystem bringen«, erklärte er !Xabbu. »Das hast du selbst gesagt.«

!Xabbu schüttelte den Kopf. »Ich nicht. Das … die Stiefmutter sagte das zu ihm. Aber er glaubte es nicht.«

»Dann bringen wir ihn dazu, es zu glauben.«

»Willst du ihn foltern oder so was?«, wollte Sam wissen. »Ihn irgendwie zwingen?«

»Ich denke, ich kann ihm helfen, den Weg zu finden«, entgegnete Jongleur kühl. »Folter ist nicht nötig.«

»Ach, *du* wirst ihm zeigen, wie er es zu machen hat?«

»Sam«, sagte !Xabbu leise.

»Deine Manieren sind typisch für deine Generation. Mit anderen Worten, nicht vorhanden.« Jongleur blickte verstohlen zu Azador hinüber, der ein paar Meter entfernt saß und trostlos den Wald anstarrte. Er senkte die Stimme. »Ja, das werde ich. *Ich* habe dieses System gebaut, und mittlerweile sind mir ein paar Dinge über diese Hinterwelt hier klar geworden.« Er wandte sich wieder !Xabbu zu. »Azador ist ein Konstrukt, ein Spielzeug des Betriebssystems, wie diese ganze Welt. Das hast du bewiesen – alle Achtung.« Unangenehmerweise versuchte er zu lächeln. Sam musste an Krokodile denken. »Er muss in sich irgendeine direkte Verbindung haben, auch wenn er sich dessen nicht bewusst ist. ›Zu dem Ort, wo du mit dem Einen Fühlung hast, so wie wir alle‹, hat das Stiefmutter-Programm gesagt. Habe ich recht?«

!Xabbu sah ihn eindringlich an, dann senkte er den Blick. »Und wie sollen wir vorgehen?«

»Wir müssen den nächsten Fluss finden. Dort sind die Übergangspunkte, die Verbindungen, wie die Gateways, die wir in das Gralssystem eingebaut haben. Das Übrige könnt ihr mir überlassen.«

»Woher weißt du überhaupt, was die Stiefmutter gesagt hat?«, fragte Sam plötzlich. »Du hast das gar nicht mitgekriegt. Du hattest dich irgendwohin verdrückt.«

Jongleurs Gesicht war eine Maske.

»Du hast schon mit Azador geredet, stimmt's?«, beantwortete sie ihre eigene Frage. »Voll ihm ins Ohr geblasen und so.«

»Er traut euch nicht«, sagte Jongleur ruhig. »Er ist unglücklich, und er denkt, dass ihr ihn gezwungen habt, hierher zu kommen.«

»Ach, und du bist jetzt sein Freund? Er will alle Gralstypen umbringen. Hast du erwähnt, dass du ein klein bisschen was mit denen zu tun hast?«

!Xabbu legte ihr eine Hand auf den Arm. Weiter hinten auf der diesigen Wiese hatte Azador sich umgedreht und sah zu ihnen hinüber. »Leise, Sam, bitte.«

Jongleur sah aus, als wollte er ihr eine geharnischte Antwort geben, doch dann legte sich sein aufbrausender Zorn wieder oder wurde unterdrückt. »Ist es wichtig, was er von mir halten würde, wenn er Bescheid wüsste? Wir brauchen ihn. Dieser Teil des Netzwerks – vielleicht das ganze Ding – liegt gewissermaßen in den letzten Zügen. Vorher hast du einmal gesagt, ich wäre nutzlos, Mädchen. Na schön, vielleicht war ich das bis jetzt, auch wenn eure abwesende Freundin sich vielleicht daran erinnern würde, dass ich ihr auf dem Berg das Leben gerettet habe. Aber jetzt kann ich etwas Nützliches tun.« Er durchbohrte sie mit seinem kalten, starren Blick. »Es wird niemandem schaden, wenn ich es versuche, höchstens deinem Stolz.«

Perplex starrte Sam ihn ihrerseits an. Jongleurs steife Art war irgendwie merkwürdig, er wirkte beinahe verunsichert. *Seit wir Azador hierher gefolgt sind, ist er so komisch,* dachte sie. Einmal mehr fragte sie sich, ob er tatsächlich so etwas wie menschliche Züge entwickelte.

Sie bezweifelte es, doch trotz ihrer Abneigung und ihres Misstrauens gegen den Mann konnte sie ihm nicht widersprechen. »Ich nehme mal an, wir müssen ... irgendwas machen.« Sie warf !Xabbu einen Blick zu, doch der kleine Mann reagierte nur mit einem kurzen Nicken.

»Gut.« Jongleur klatschte in die Hände. Das Echo hallte über die verhangene Lichtung. »Dann sollten wir uns auf den Weg machen.«

»Eins noch«, sagte Sam. »Da in dem Wagen, wo ich geschlafen hab, liegen Kleidungsstücke rum. Wenn es hier so dunkel bleibt, wird es auch kalt sein, deshalb will ich mir vorher noch was zum Anziehen suchen.«

Jongleur lächelte diesmal nicht, wofür Sam dankbar war, aber er nickte zustimmend. »Solange wir rasch machen, ist das eine gute Idee.« Er sah auf seinen notdürftigen Sarong aus Schilfhalmen und Blättern herab. »Einen Körper zu haben, verliert langsam seinen Neuheitswert. Es wird mir leid, mich von Ästen und Dornen zerkratzen zu lassen. Ich werde mich auch bekleiden.«

Die Sachen in Sams Wagen waren bunt, geradezu schrill, doch in einem der anderen Wagen entdeckte Felix Jongleur einen alten, etwas abgetragenen schwarzen Anzug und ein kragenloses weißes Hemd. Sam fand, er sah aus wie ein Prediger oder ein Leichenbestatter aus einem Netzwestern.

Um sich der Allgemeinheit anzuschließen, hatte !Xabbu seinerseits den kurzen geflochtenen Schurz gegen eine Hose eingetauscht, die geringfügig dunkler war als seine goldbraune Haut, aber es dabei belassen.

Sam betrachtete die blaue Seidenhose und das Rüschenhemd, die sie sich ausgesucht hatte, das Beste, was sie hatte finden können, auch wenn sie so etwas zuhause um keinen Preis der Welt angezogen hätte. *Wie die letzten Nachzügler der traurigsten, pannigsten Parade der Welt, so sehen wir aus.*

Eine leise Unterredung mit Jongleur hatte Azador anscheinend bewogen, sich dem Plan des alten Mannes zu fügen. Ungeachtet der Gefühle, die der Ort in ihm ausgelöst hatte, sah er sich nicht einmal mehr um, als er an der Spitze des kleinen Zuges die Lichtung und den Kreis der bunten Wagen hinter sich ließ. Sam warf noch einen letzten, sehnsüchtigen Blick auf die gespenstischen Gefährte, die über dem verschleierten Gras zu schweben schienen. Es war angenehm gewesen, in einem Bett zu schlafen, auch wenn es klein und eng gewesen war. Sie fragte sich, ob sie noch jemals Gelegenheit dazu bekommen würde.

Sie folgten Azador auf einem langen, gewundenen Fußweg durch den Wald, bis es schließlich weit nach Mittag war beziehungsweise gewesen wäre, falls es so etwas wie einen Mittag gegeben hätte. Das schwache, diffuse Licht verlor sich im dämmerigen Halbdunkel des Waldes. Ein paar winzige Lichtpünktchen, die an sterbende Glühwürmchen erinnerten, pulsten in den Wipfeln, aber hellten die graue, kalte Welt in keiner Weise auf.

Sam hatte es mittlerweile so satt, durch den feuchten, düsteren Wald zu stapfen, dass sie am liebsten geschrien hätte, und sei es bloß, um ein anderes Geräusch zu hören als tropfendes Wasser oder schlurfende Schritte. Plötzlich blieb Azador stehen.

»Da ist der Fluss«, sagte er apathisch und deutete bergab auf eine Schneise zwischen den Bäumen. Das graue Wasser glänzte nicht und sah eher wie ein breiter Bleistiftstrich aus als wie das muntere Flüsschen, das sie vorher gesehen hatten. »Doch selbst wenn ich die Brücke finde, wird sie uns nur ins nächste Land bringen, noch weit entfernt von dem Zentrum, wo der Brunnen ist.«

»Ich vermute einmal, dass wir weit vom Romamarkt entfernt waren, als du die letzte Brücke gefunden hast«, bemerkte Jongleur. »Nicht in dem Land daneben. Habe ich recht?«

Azador blickte verwirrt. »Kann sein. Ich weiß nicht.«

»Du hast den Romamarkt gefunden, weil du dort hinwolltest. Genauso wie du seinerzeit einen Weg aus diesen Welten hinaus gefunden hast, nicht wahr?«

Azador schwankte. Er hielt sich die Hände vors Gesicht. »Es fällt mir zu schwer, mich zu erinnern. Ich habe alles vergessen.«

Jongleur nahm ihn am Arm. »Ich werde allein mit ihm sprechen«, erklärte er Sam und !Xabbu. Der alte Mann zog Azador am Hang entlang außer Hörweite und beugte sich dann dicht an ihn heran, als wollte er ein bockendes Kind zur Aufmerksamkeit zwingen. Sam dachte schon, Jongleur würde gleich den Zigeuner am Kinn nehmen, um zu verhindern, dass er den Kopf wegdrehte.

»Wieso kann er nicht vor uns reden? Ich traue ihm nicht. Du etwa?«

»Natürlich traue ich ihm nicht«, erwiderte !Xabbu. »Aber er ist irgendwie anders. Hast du das bemerkt?«

Das musste Sam zugeben. Sie beobachteten, wie Jongleur seinen Appell beendete und mit Azador zu ihnen zurückkam.

»Jetzt werden wir die Brücke finden«, erklärte er lapidar. Azador wirkte resigniert und erschöpft, wie einer, der jeden Widerstand aufgegeben hatte, weil er wusste, dass er nicht gewinnen konnte. Er beäugte Sam und !Xabbu flüchtig, als ob er sie noch nie zuvor gesehen hätte, dann drehte er sich um und schritt den steilen, bewaldeten Hang hinunter.

»Was hast du ihm gesagt?«, erkundigte sich Sam schwer atmend.

»Wie er denken soll.« Jongleur führte das nicht näher aus.

Als sie tiefer am Hang zwischen den Bäumen hervorkamen, lag der Fluss direkt unter ihnen. Azador stand mit schlaff herabhängenden Armen da, den Blick starr auf eine Brücke gerichtet.

»Block mich kreuzweise«, keuchte Sam. »Er hat's geschafft.«

Es war eine überdachte, ziemlich morsch wirkende Holzbrücke, ein wenig wie eine Bretterbude, die man absurd in die Länge gezogen hatte, damit sie den dunklen, ruhigen Fluss überspannte. Sam konnte zwar durch den über dem Wasser lagernden Nebel gerade noch die Stelle erkennen, wo die Brücke das andere Ufer berührte, aber sie saß mittlerweile nicht mehr der Illusion auf, dass die Überquerung sie in die hügelige Waldgegend dort drüben führen würde, ein Spiegelbild der Landschaft, in der sie sich befanden.

Als sie neben Azador traten, stellten sie fest, dass er die Augen geschlossen hatte.

»Ich will da nicht rüber«, sagte er leise.

»Unsinn«, meinte Jongleur. »Du willst doch deine Leute finden, nicht wahr? Du willst tun, was der Eine dir befohlen hat.«

»Mich erwartet dort das Ende«, klagte Azador. »Wie es mir prophezeit ist. Ich kann es fühlen.«

»Du fühlst deine eigene Furcht«, widersprach Jongleur. »Man erreicht nichts im Leben, wenn man nicht seine Furcht überwindet.« Er zögerte, dann legte er Azador die Hand auf den Arm – abermals eine nachgerade menschliche Geste, die Sam fast genauso überraschte wie den Zigeuner. »Komm. Wir brauchen dich alle. Ich bin sicher, deine Leute brauchen dich auch.«

»Aber …«

»Selbst der Tod lässt sich überlisten«, sagte Jongleur. »Habe ich dir das nicht erklärt?«

Azador begann zu schwanken. Sam sah förmlich, wie er innerlich einknickte. Sie wusste nicht, ob sie wollte, dass er nachgab, oder nicht.

»Na schön«, sagte er bedrückt. »Ich werde hinübergehen.«

»Sehr tapfer.« Jongleur drückte ihm den Arm. Der Alte machte einen erregten, geradezu fiebrigen Eindruck, aber Sam konnte sich nicht vorstellen, warum. Ihr Misstrauen flammte wieder auf, doch da trat er bereits zusammen mit Azador auf die Brücke.

Sam und !Xabbu folgten wenige Schritte hinter ihnen. Unter der Überdachung war es so finster, dass das diesige Zwielicht draußen ihnen im Vergleich wie die helle Mittagssonne erschien. Beklommen strebte Sam dem grauen Lichtpunkt entgegen, der in der Ferne vor ihnen hing, der Ausgang der Brücke am anderen Ende. Ihre Schritte hallten in dem engen Raum. Die Bodenbretter knarrten unter ihr.

»Wart mal«, sagte sie. »Wenn das da das Licht am andern Ende ist, wieso sehen wir dann Jongleur und Azador nicht vor uns …? !Xabbu?« Sie blieb stehen. »!Xabbu?«

Selbst der Lichtpunkt verdüsterte sich jetzt, als ob vom Fluss Nebel hereintrieb und den überdachten Raum füllte. Sams Herz machte einen Sprung. Sie fuhr herum, aber auch hinter ihr war kein Licht mehr zu sehen. »!Xabbu? Wo bist du?«

Sie hörte nur noch das Klopfen ihres Herzens und das leise Knarren der Bohlen unter ihren Füßen. Die Dunkelheit war so drückend, so stark, dass Sam sich von ihr umfangen fühlte wie von einem lebendigen Wesen. Sie streckte die Hände nach den Seitenwänden der Brücke aus, doch ihre Finger fühlten nur kalte Luft. Entsetzt ging sie weiter vorwärts, oder was sie für vorwärts hielt, zuerst langsam, doch schon bald gab sie die Vorsicht auf, und aus dem Gehen wurde ein Zuckeltrab und dann ein halsbrecherischer Lauf.

Sie rannte direkt in eine eisige Umklammerung hinein, die so stark war, dass sie körperlich wehtat.

Eine Furcht, die nicht ihre eigene war, packte sie wie eine dunkle Riesenfaust. Im Bruchteil einer Sekunde fraß sich die tödliche Kälte in sie hinein, betäubte ihren Körper, löschte ihn aus, bis nichts mehr davon übrig war als ein winziges Flämmchen, ein Gedanke, ein Hauch, der sich verzweifelt gegen das alles erstickende Nichts wehrte.

Das hab ich doch schon mal erlebt – in diesem Tempel in der Wüste. Aber ich hatte vergessen, wie … wie furchtbar das war …!

Sie war nicht allein. In irgendeiner Weise fühlte sie !Xabbu und sogar

Jongleur, als ob sie beide in der Dunkelheit durch einen wackelnden, versagenden Stromkreis mit ihr verbunden wären, fühlte, wie !Xabbu in der Leere versank, wie Jongleur aufschrie und nach der Schwärze fasste, als wollte er sie in eine besser begreifbare Form ziehen, doch es war nur ein kurzes Aufblitzen. Dann waren die anderen fort, und sie blieb allein als verlöschendes Fünkchen zurück.

Lass mich gehen, dachte sie, aber es schien nichts zu geben, das sie hören konnte oder hören wollte.

Die Kraft, die sie festhielt, drückte mit aller Macht zu, und die Leere hüllte sie ein und zog sie nach unten …

Es war der Park bei ihrem alten Haus, den sie seit vielen Jahren nicht mehr gesehen hatte, aber die Schaukeln und das Klettergerüst waren ihr immer noch so vertraut wie ihre eigenen Hände. Sie saß am Rand des Spielbereichs im hellen Sonnenschein auf dem Rasen, scharrte mit den nackten Füßen im Sand und guckte sich die Muster an, die dabei entstanden, die Rindenmulchstückchen, die aus den Sandwellen herausschauten wie Treibholz auf einem gefrorenen Meer.

Orlando saß neben ihr. Nicht der Barbarenheld Orlando, auch nicht der grotesk verhutzelte Kranke, der ihr manchmal in ihren dunkleren Fantasien erschienen war, nachdem sie von seiner Krankheit erfahren hatte, sondern der Orlando, den sie sich früher einmal vorgestellt hatte, der dunkelhaarige Junge mit dem schmalen, aufgeweckten Gesicht.

»Er will dich nicht«, sagte Orlando. »Eigentlich ist ihm mittlerweile so ziemlich alles egal.«

Sam starrte ihn an und versuchte sich zu erinnern, wie sie an diesen Ort gekommen war. Das Einzige, was sie einigermaßen sicher wusste, war, dass Orlando tot war, und den Umstand anzusprechen, kam ihr nicht sehr nett vor.

»Ich denke, wenn du kannst, solltest du lieber abhauen«, fuhr er fort, bückte sich dann und rupfte einen langen Grashalm ab.

»Abhauen …?«

»Von dort, wo du jetzt bist. Er will dich nicht, Sam. Er versteht dich nicht. Ich glaube, er hat längst jeden Versuch aufgegeben.«

Der Boden bebte, nur ein wenig, aber Sam spürte es im Gesäß, als ob jemand der Welt einen kräftigen Schlag versetzt hätte, aber weit weg von ihnen. »Ich habe Angst«, sagte sie.

»Kein Wunder.« Er lächelte. Es war genau das schiefe Grinsen, das er in ihrer Vorstellung immer gehabt hatte. »Hätte ich auch, wenn ich noch leben würde.«

»Dann weißt du, dass ...?«

Er hielt den Grashalm zwischen den Fingern hoch und blies ihn fort. »Ich bin nicht wirklich hier, Sam. Wenn es so wäre, würde ich dich ›Fredericks‹ nennen, nicht wahr?« Er lachte. Ihrem liebevoll mitleidigen Blick entging nicht, dass sein Hemd verkehrt zugeknöpft war. »Du redest quasi nur mit dir selbst.«

»Aber wieso weiß ich, was ... was er denkt?«

»Weil du in ihm drin bist, du Oberscänner. Du bist in seinen Gedanken drin, könnte man vermutlich sagen, ganz tief. In seinen Träumen. Und im Moment ist das kein besonders lauschiges Plätzchen.«

Der Boden bebte wieder, stärker, rüttelnder als vorher, als ob ein Wesen unter ihnen entdeckt hätte, dass es eingesperrt war, und sich gegen seine Fesseln aufbäumte. Die Ringe am Klettergerüst begannen langsam zu schaukeln.

»Aber ich weiß nicht, wie ich abhauen soll!«, rief sie. »Ich kann doch nichts machen!«

»Man kann immer was machen.« Diesmal war das Lächeln traurig. »Selbst wenn es nicht ausreicht.« Er stand auf und klopfte sich die Knie seiner Hose ab. »Ich muss jetzt gehen.«

»Sag mir, was ich machen soll!«

»Ich weiß nichts, was du nicht auch weißt«, erklärte er, dann drehte er sich um und schritt über die Wiese davon, eine weite grüne Fläche, ungleich viel weiter als in ihrer Erinnerung. Im Nu war der schlaksige Junge so klein geworden, dass es ihr vorkam, als könnte sie ihn in eine Hand nehmen.

»Aber ich weiß gar nichts!«, rief sie ihm hinterher.

Orlando drehte sich um. Es war dunkel geworden, weil die Sonne sich hinter den Wolken verzogen hatte, und er war undeutlich zu erkennen. »Er hat Angst«, rief er zurück. Wieder ging ein Stoß durch die Erde, so dass Sam leicht in die Höhe hüpfte, aber Orlando wankte nicht. »Er hat echt Angst. Vergiss das nicht.«

Sam wollte hinter ihm hereilen, aber auf einmal begann die Erde sich unter ihren Füßen aufzuwölben, und sie verlor das Gleichgewicht. Einen Moment lang meinte sie, sie hätte sich wieder gefangen, könnte ihn doch noch einholen, bevor er weg war – sie war immer eine schnelle Läuferin gewesen, und Orlando war doch ein Krüppel, oder? –, da stieß ein riesiges schwarzes Ungetüm durch die zerbröckelnde Erdkruste empor wie ein Wal aus dem Meer, und Sam flog kopfüber in den klaffenden dunklen Abgrund.

Das hastige Kratzen, erkannte sie schließlich, war das Geräusch ihres eigenen hechelnden Atems. Sie fühlte Erde unter den Fingern, Erde am Gesicht. Sie wollte nicht die Augen aufmachen vor lauter Angst, sich einem Wesen gegenüber zu sehen, das so groß war wie die gesamte Schöpfung.

Erst das Schnaufen eines anderen Menschen direkt neben ihr gab ihr den Mut zu gucken.

Sie lag auf dem Rücken unter einem Himmel, der mit seinem Violett-Grau noch drückender und unheimlicher war als vorher über dem Wald. Der Boden unter ihr fühlte sich hart und tragfähig an. Sie befanden sich an einem Hang, umgeben von Erhebungen, die an den Zackenkranz des schwarzen Berges erinnerten, eine öde Landschaft ohne eine einzige Pflanze.

Sam setzte sich hin. !Xabbu lag neben ihr auf Händen und Knien, das Gesicht an die Erde gepresst, der Brustkasten heftig pumpend wie bei einem Herzanfall, erstickte Keuchtöne in der Kehle. Sie kroch zu ihm und legte den Arm um ihn.

»!Xabbu, ich bin's! Sam. Sag doch was!«

Das Keuchen beruhigte sich ein wenig. Sie fühlte seinen kompakten Körper zittern. Schließlich fasste er sich. Er wandte ihr sein tränennasses Gesicht zu, aber schien sie im ersten Moment nicht zu erkennen.

»Es tut mir so leid«, sagte er. »Ich habe dich im Stich gelassen. Ich bin ein Nichts.«

»Was redest du da? Wir leben!«

Er riss die Augen auf, schüttelte heftig den Kopf. »Sam?«

»Ja, Sam. Wir leben! O Gott, ich hätte nicht gedacht ... ich wusste nicht ... doch ich wusste, ich hatte es bloß vergessen, vielleicht wegen der Schmerzen oder so. Als ich mit Orlando in dem Tempel in der Wüste war, war es genauso ...« Sie merkte, dass !Xabbu sie verwirrt ansah und dass sie dummes Zeug redete. »Schon gut. Ich freu mich bloß so, dass du da bist!« Sie drückte ihn fest an sich und setzte sich dann aufrecht hin. Sie hatte immer noch die geborgte bunte Zigeunertracht an, genau wie er. »Aber wo sind wir?«

Bevor er ihr antworten konnte, hörten sie von weiter unten am Hang einen Schrei. Sie sprangen auf und eilten den Rutsch aus dunkler, bröckelnder Erde hinunter. Hinter einer kleinen Bodenwelle fanden sie Felix Jongleur. Er lag mit fest zugepressten Augen auf der Seite und wand sich wie eine mit Salz bestreute Schnecke.

»Nein«, japste der alte Mann, »lasst das …! Die Vögel … die Vögel werden …!«

!Xabbu legte ihm behutsam eine Hand auf die Schulter. Auf die Berührung hin riss Jongleur sofort die Augen auf.

»Sie gehört mir!«, schrie er und schlug unkontrolliert in !Xabbus und Sams Richtung. »Sie gehört …« Er verstummte, und sein Gesicht erschlaffte. Einen Moment lang blickte er die beiden schutzlos mit den Augen eines gehetzten, verzweifelten Tieres an. Dann war sofort die Maske da. »Rühr mich nicht an!«, bäffte er. »Rühr mich nie wieder an …!«

»Ich habe ihn gefunden!«, schrie Azador.

Sie drehten sich um. Weit vorgebeugt kam er den steilen Hang heraufgeeilt. Als er den Kopf hob, ließ ein überraschendes Lachen sein Gesicht erstrahlen. »Du hattest recht! Kommt und seht selbst!«

Sam blickte !Xabbu an, doch der zuckte bloß mit den Achseln und nickte. Während Jongleur sich noch ein wenig schwankend, aber mit eisiger Entschlossenheit aufrappelte, folgten sie Azador bergab.

Binnen weniger Minuten kamen sie an einen Platz, von dem aus sie einen Blick über die letzte kleine Erhebung hinaus auf den ganzen Talkessel hatten. Wie schon der Hügelring hatte er eine starke Ähnlichkeit mit dem Gipfel des schwarzen Berges, doch keine riesenhafte, gefesselte Gestalt beherrschte das Tal, sondern ein ungeheuer großer Krater, in dessen schwarzem Wasser gedämpfte Lichter schimmerten. Eine große Menge, zu weit weg, als dass man Einzelne hätte erkennen können, drängte sich an seinem Rand.

»Was … was ist das?«, fragte Sam schließlich.

»Das ist der Brunnen«, antwortete Azador triumphierend. Er trat zu Jongleur und schlug ihm so kräftig auf die Schulter, dass dieser beinahe umgekippt wäre. »Du hattest recht! Du bist ein sehr, sehr kluger Mann.« Er streckte die Hand aus. »Seht ihr das ganze Volk dort unten?

Alle Kinder des Einen haben sich versammelt. Die Roma werden auch dort sein. Meine Leute!«

Als ob damit seine Geduld erschöpft wäre, eilte Azador nach dieser Erklärung den Hang hinunter in die Ebene. Sam und die anderen starrten ihm fassungslos hinterher.

Kapitel 32
DAS HÄCKSELHAUS

NETFEED/UNTERHALTUNG:
Wer ist der Spielverderber?
(Bild: Ausschnitt aus dem "Großen JubiTrubiläum")
Off-Stimme: Die Macher und Akteure der beliebten interaktiven Kindersendung "Onkel Jingles Dschungel" sind einigermaßen durcheinander. Nach einer Serie von seltsamen Vorkommnissen während der Sendung sprechen jetzt einige Leute bei der Produktionsfirma Obolos Entertainment offen von Sabotage und lassen auch deutlich durchblicken, dass sie dabei WeeWin in Verdacht haben, einen Spielwarenhersteller mit Sitz in Schottland, dessen Haupteigentümer aber eine Tochtergesellschaft von Krittapong Electronics ist. In den letzten Wochen verschwanden mitten in der Onkel-Jingle-Sendung plötzlich Figuren, andere, die eigentlich gar nicht vorgesehen waren, tauchten auf, und hin und wieder wurden Interaktionen von rätselhaften Geräuschen unterbrochen, die ein Teilnehmer als "Stöhnen und Brüllen und sogar Weinen" beschrieb.
(Bild: Firmensprecher Sigurd Fallinger)
Fallinger: "Kann es purer Zufall sein, dass diese Attacken anfingen, unmittelbar nachdem wir eine mehr als gerechtfertigte Grundsatzklage wegen Verletzung unserer geistigen Eigentumsrechte erhoben hatten? Ich will es mal so sagen: Wir bezweifeln es. Wir können uns nicht vorstellen, dass es solche Zufälle gibt."

> Die Tecks umschwärmten den Fuß des Pflanzenturms. Zu Dutzenden und Aberdutzenden wimmelten die bleichen Gestalten im abend-

lichen Dunkel wie Maden in einem verwesenden Stück Fleisch. Renie erinnerte sich an die Szene, wie nur ein paar von ihnen das Kaninchen zerrissen hatten, und musste die Augen abwenden, damit ihr nicht schlecht wurde.

Sie trat vom Fenster zurück. »Wir müssen hier weg sein, bevor es wieder hell wird – falls es das überhaupt noch mal wird.« Sie sah zu Ricardo Klement hinüber. Dieser hielt weiterhin das unförmige Ding im Arm, das Renie im Stillen das Blaue Baby getauft hatte. »Irgendwelche Ideen? Wie bist du eigentlich hergekommen?«

Mit Klement gab es kaum jemals Blickkontakt, deshalb war schwer zu sagen, ob er sie verstanden hatte. Nach einer ganzen Weile sagte er: »Wir sind gegangen. Ich bin gegangen. Mit Füßen.«

»Oh, mit Füßen!« Renie hatte sich vorher über ihr Weinen geärgert, doch wenn die Alternative dazu war, ein derart gefühlloser Hohlblock zu sein, dann war sie stolz auf ihre Tränen. »Wieso haben diese Viecher dich nicht geschnappt?«

Klement antwortete nicht. Das Blaue Baby zappelte mit seinen missgestalteten Gliedmaßen unruhig in seinen Armen. Renie graute zwar vor dem Ding, doch mit ansehen zu müssen, wie Klement es hielt, wie einen Stein oder ein Stück Holz, weckte in ihr fast den Wunsch, es ihm abzunehmen und ihm ein wenig menschliche Wärme zu geben. Stattdessen kniete sie sich neben das Steinmädchen.

»Geht's dir gut?«

Die Kleine schüttelte den Kopf. »Hab Angst.«

»Ja, ich auch. Wir verschwinden von hier, dann wird alles besser.«

Falls ich hier ein Maschinengewehr oder einen Flammenwerfer entdecke, den jemand freundlicherweise aus Zweigen und Blättern gebastelt und für mich liegen gelassen hat. Die Idee mit dem Flammenwerfer beschäftigte sie. »Ich frage mich, wie sie uns sehen«, sinnierte sie laut. »Ob sie das gleiche sichtbare Spektrum haben wie wir? Vielleicht kommt bei ihnen ja noch der Infrarotbereich dazu.«

Das Steinmädchen blickte traurig auf seine pummeligen kleinen Finger. »Was ist ›Impfarot‹?«

»Das kann ich dir jetzt nicht erklären.« Renie fasste in ihren Behelfsbüstenhalter und zog das Minisolarfeuerzeug heraus. »Aber ich frage mich, ob man dieses grüne Zeug zum Brennen bringen kann.«

Das Steinmädchen riss den Kopf hoch und sah sie mit erschrockenen Augen an. »Du willst ein Feuer machen? Das ist gefährlich!«

Renie entfuhr wider Willen ein rauhes Lachen. »Liebe Güte, Kind, wir sind von diesen menschenfressenden Krabbelmonstern umzingelt und warten auf den Weltuntergang, und du machst dir Sorgen, dass ich was Gefährliches tun könnte?« Spontan beugte sie sich vor und küsste das Steinmädchen auf seinen runden, kühlen Kopf. »Du bist ein Schatz. Komm, wir schauen mal, ob ein paar von diesen Zweigen wenigstens halbwegs dürr sind.«

Es wäre sicherlich schneller gegangen, wenn sie es allein gemacht hätte, aber sie wollte das Kind lieber beschäftigen als seinen eigenen Gedanken überlassen. Während sie es mitzog und zum Mithelfen ermunterte, musste sie immer wieder an Stephen denken. Renie hatte im Laufe der Jahre so viele Kämpfe mit dem unwilligen Jungen ausgetragen, damit dieser wenigstens einen kleinen Beitrag zur Hausarbeit leistete, obwohl das die Zeit, die sie allein gebraucht hätte, verdoppelte oder sogar verdreifachte. Ihr Bruder sollte nicht einer von diesen Männern werden, die davon ausgingen, dass eines Tages eine Frau in ihr Leben treten und ihnen die ganze Dreckarbeit abnehmen würde.

Einer von diesen Männern wie mein Vater zum Beispiel. Doch noch während sie das dachte, fielen ihr die Tage ein, als sie jung gewesen und Joseph Sulaweyo abgerackert und schweißglänzend von der Arbeit nach Hause gekommen war. *Es gab eine Zeit, da hat er hart gearbeitet,* gestand sie sich ein. *Ehe er kapituliert hat.*

»Ist das hier dürr, Renie?«, fragte das Steinmädchen.

»Immerhin braun, würde ich sagen«, erklärte sie nach einem prüfenden Blick. Das Licht von der nickenden Blume an der Decke war schwach. »Reiß es einfach ab, und leg es hier auf einen Haufen.«

In Holla Buschuschusch strotzte alles vor Saft und Kraft, so dass Renie und ihre kleine Helferin eine gute Stunde brauchten, um einen kniehohen Haufen nicht mehr ganz frischer Blätter zusammenzubringen, und das meiste davon war immer noch eher grün als braun zu nennen. Ricardo Klement sah von Zeit zu Zeit stumpf und desinteressiert zu ihnen hinüber. Hilfe bot er nicht an.

»Wenn das hier hinhaut«, knurrte Renie ihm ungehalten zu, »wirst du kaum weiter sitzen bleiben können – es sei denn, du willst geröstet werden wie eine Kartoffel.«

Klement schaute wieder weg. Das Blaue Baby wandte ihr kurz sein blindes Gesicht zu, wie um die Gleichgültigkeit seines Hüters wettzumachen.

»Gib mir das große Blatt da«, sagte sie zu dem Steinmädchen. »Es macht nichts, dass es grün ist – ja, das. Weißt du was, gib mir zwei! Ich nehme das eine als Unterlage und das andere als Fächer.« Renie hockte sich vor den Blätterhaufen. »Jetzt wünsch mir Glück.«

»Glück«, sagte das Steinmädchen ernst.

Renie knipste das Feuerzeug an und hielt es an das dürrste Blatt, das sie finden konnte. Zu ihrer Erleichterung wurde der Rand des Blattes schwarz, und etwas Rauch stieg auf. Sie wölbte die Hand darüber, um die Zugluft vom Fenster abzuhalten, bis es richtig brannte, dann nahm sie andere trockene Teile vom Haufen, schob sie dicht an das winzige Feuer und wedelte. Nach einer Weile wurde ihr unangenehm heiß. Das efeuförmige Unterlegblatt, das fast so groß und zäh war wie ein Elefantenohr, begann sich ebenfalls zu ringeln und schwarz zu werden.

»In ein paar Minuten müssen wir hier raus und zur nächsten Brücke fliehen«, erklärte sie dem Steinmädchen.

»Die Tecks werden uns kriegen!«

»Nicht wenn das Feuer sie ablenkt. Es müsste uns wenigstens einen guten Vorsprung verschaffen. Aber wir müssen schnurstracks zu dieser Brücke rennen. Du hast gesagt, sie wäre nicht so weit weg.«

»Über die Brücke können wir nicht.«

»Was? Was soll das heißen? Als ich dich vorhin gefragt hab, hast du gesagt, es würde gehen, wir könnten den Fluss überqueren!« Obwohl das Feuer noch nicht groß war, arbeitete es sich bereits zu der niedrigen Decke empor. Die orchideeartige Lichtblume begann, an den Rändern braun zu werden und sich leicht zu kräuseln. »Ich weiß nicht mal, ob wir das jetzt noch ausbekommen. Wieso meinst du, dass wir nicht über die Brücke können?«

»Sie führt zum Häckselhaus.«

»Mir egal. Ich bin sicher, es ist furchtbar, aber wenn wir hier bleiben, werden diese Biester uns irgendwann fangen und umbringen.«

»Ich will nicht zum Häckselhaus.«

»Keine Widerrede. Ich kann dich nicht hier zurücklassen.« Sie erhob sich und griff sich den langen, faserigen Stengel, den sie beiseite gelegt hatte. »Jetzt da rüber neben das Fenster, durch das wir gekommen sind.« Renie drehte sich zu Klement um. »Du auch. Wir müssen hier raus.«

Klement betrachtete sie eine Weile und stand dann auf. Renie wandte ihre Aufmerksamkeit wieder dem Feuer zu. Mit dem Stengel hielt sie das schwelende Blatt an die Turmwand gegenüber dem Fenster. Brennende Teilchen fielen davon ab und verglommen auf dem Fußboden, weil sie zu schwach waren, um die dunkle, saftige Pflanzendecke anzustecken, doch die Blätter an der Wand fingen an zu qualmen.

»So, in wenigen Minuten wird hier alles brennen.« Renie drehte sich um und blickte verwirrt hin und her. Nur noch das Steinmädchen war mit ihr in der kleinen, grünen Glockenstube. »Wo ist Klement?«

»Er ist da runtergegangen.« Das Mädchen deutete auf die Treppe nach unten.

»O nein! Diese Viecher werden ihn fressen!« Renie trat auf die Astwerktreppe zu, doch ein brennendes Blatt löste sich von der Wand und heftete sich an ihre umgehängte Decke. Als sie es ausgeklopft hatte, stand bereits die ganze Wand in Flammen und es herrschte eine solche Hitze, dass auch die lebenden Pflanzen erfasst wurden, als ob sie Stroh wären. Renie zögerte. Das Steinmädchen sah sie mit schreckensweiten Augen an. Was war Klement schon anders als ein Mörder, ein Ungeheuer? Diese neue Version hatte zwar keinen so gemeingefährlichen Eindruck gemacht, aber hatte sie das Recht, das Leben des Kindes zu riskieren, bloß um ihn vor den Folgen seines Schwachsinns zu schützen?

Eine Flammenlinie zog sich knisternd quer über den Boden und nahm ihr die Entscheidung ab. »Raus an die Lianen!«, rief sie. »Los!«

Renie kraxelte zum Fenster hinaus. Sobald sie in dem Pflanzendickicht der Wand einen einigermaßen festen Stand gefunden hatte, half sie dem kleinen Mädchen, hinaus auf ihre Schultern steigen. »Ich muss ein Stück nach unten klettern«, erklärte sie dem Kind. »Halt dich gut fest!«

Als Renie den letzten Blick hinein warf, bevor ihr Kopf unter dem Fenstersims versank, brannte der ganze Raum lichterloh; Flammen prasselten an der Decke und hatten bereits mehrere Löcher in die Wand gefressen. Da fühlte Renie auch schon die erste Liane unter sich, und als sie mit den Füßen weitertastete, kam ein Stück tiefer die nächste, so dass sie das erste dieser elastischen Seile zum Festhalten nehmen konnte. Als sie sicher Tritt gefasst hatte, stellte sie das Steinmädchen neben sich, und so standen sie jetzt beide schwankend über der dunklen Tiefe und den wimmelnden Tecks.

»In einer Minute wird der ganze Turm in Flammen stehen«, flüsterte Renie. »Also los! Wenn wir Glück haben, wird der ganze brennende Kladderatsch über diesen Viechern zusammenstürzen und sie durcheinander bringen, vielleicht sogar ein paar töten, wenn wir noch mehr Glück haben.«

Stückchen für Stückchen hatten sie sich etwa zwanzig Meter vom Turm entfernt, dessen Spitze inzwischen wie eine Fackel loderte und große glühende Teile in die Luft spuckte, als das Steinmädchen an Renies Decke zerrte. »Was … was passiert, wenn er umkippt?«, fragte es.

»Schhh.« Renie versuchte, das gefährliche Schaukeln einzudämmen, das durch das Zerren angefangen hatte. Das ganze Zentrum der Pflanzenstadt – und sie beide mit – war jetzt von flackerndem roten Licht erhellt, und obwohl das Feuer alle Aufmerksamkeit auf sich zog, fürchtete sie, jeden Moment entdeckt zu werden. »Das hab ich dir doch gesagt! Es wird einen großen brennenden, qualmenden Haufen geben, und damit sind diese Monster abgelenkt, und wir können entkommen.«

»Aber werden die Lianen nicht auch herunterfallen?«

Renie hielt auf dem immer noch schaukelnden Seil inne. »O Scheiße!«

»Du hast ein böses Wort gesagt!«

»Ich fürchte, ich werde gleich noch mehr sagen. Verdammt noch mal, wie kann ein einzelner Mensch nur so dämlich sein?« Sie balancierte mit erhöhter Geschwindigkeit auf der Liane weiter. Sie waren bis jetzt nur deshalb verschont geblieben, erkannte sie, weil das Feuer sich viel rascher nach oben ausbreitete als nach unten zu der Stelle, wo die Lianen am Turm verankert waren.

Sie blickte zwischen den Füßen hindurch auf den Boden, um zu sehen, wohin sie fallen würden, wenn die Lianen rissen, und wünschte sofort, sie hätte es nicht getan. Massen von weißen Gestalten schlängelten sich dort unten im Strauchwerk hin und her wie Delphine, die im Kielwasser eines Schiffes spielten.

»Eil dich!«, zischte sie dem Steinmädchen zu. »Wenn du nicht mehr kannst, trage ich dich wieder.«

Jetzt war es ein Rennen gegen das Feuer, das sie selbst gelegt hatte, und Renie wünschte, sie hätte sich mehr Zeit genommen, die Lianen zu inspizieren, und nicht unbesehen den erstbesten vertraut. Sie blieben zwar leidlich weit auseinander, aber nicht immer eine über der anderen: Nach noch einmal zehn Metern war die, an der sie sich mit den Händen entlanghangelten, abgesunken und kaum mehr höher als die andere. Renie nahm das Steinmädchen wieder auf den Rücken, da sie sich fast waagerecht strecken musste und das Mädchen sich nicht mehr an Renies Bein abstützen konnte, wenn der Abstand zwischen den Lianen zu groß wurde.

Hinter ihnen am Turm riss etwas mit einem scharfen Knall, und die untere Ranke sackte gefährlich ab. Zum Glück hielt sie, und Renie konnte fast wieder aufrecht stehen, nur fühlte sich die Liane mit einem Mal sehr locker an. Sie schaute zurück und sah, dass aus dem obersten Teil des Turmes die Flammen haushoch in den Himmel schlugen. Plötzlich begann ein großes brennendes Stück zu kippeln und brach ab. Irgendwer musste ihr entsetztes Gebet erhört haben, denn die Turmwand fiel in die andere Richtung, doch der Sturz brachte den ganzen elastischen Bau zum Wackeln. Die Lianen hüpften wie gezupfte Saiten, und Renie musste beide Arme um den oberen Strang schlingen, um mit dem zappelnden Steinmädchen auf dem Rücken nicht das Gleichgewicht zu verlieren.

Ihnen blieben jetzt nur noch Sekunden – wenn sie Glück hatten –, und Renie verfluchte sich dafür, dass sie sich blindlings für die längsten Lianen entschieden hatte. Sie hatte vor der unvermeidlichen Rückkehr auf den Boden so weit wie möglich vom Turm wegkommen wollen, doch jetzt wünschte sie sehnlichst, sie könnten irgendwo in der Nähe auf ein Dach springen. Sie starrte angespannt auf ihre seitwärts vorrückenden Füße, um in dem grell flackernden Licht ja keinen Fehltritt zu tun, während das Steinmädchen sich an ihre Schultern hängte und still vor sich hinweinte.

Dann war es so weit: Der Haltestrang straffte sich in ihrer Hand, als ob jemand kräftig daran gezogen hätte, und Renie entschied sich blitzschnell, loszulassen und mit beiden Händen die untere Liane zu packen.

»Halt dich an mir fest!«, schrie sie, während sie die Beine um diesen letzten Halt schlang. Das Gewicht des kleinen Mädchens riss sie nach hinten, doch Renie klammerte sich mit der Kraft der Verzweiflung an und das Steinmädchen auch. Während sie kopfunter dort hingen, riss weit hinter ihnen der obere Strang mit einem Knall ab, und im nächsten Moment sauste das rot glühende Ende an ihnen vorbei wie eine Peitsche. Renie fühlte, wie die rauhe Oberfläche ihr die Finger aufschrammte.

Hätte mir den Kopf abreißen können, durchzuckte es sie. Die gerissene Liane, ein tonnenschweres Faserseil, war schnell wie ein Geschoss vorbeigepfiffen. *Wir müssen loslassen,* begriff sie entsetzt, *bevor die nächste ...*

Diesmal blieb ihr nicht einmal mehr die Zeit, das kleine Mädchen zu warnen. Renies Finger lösten sich genau in dem Moment, als der zweite Strang mit einem ähnlichen Peitschenknall zerbarst. Im Stürzen hörte sie ihn an der Stelle vorbeizischen, wo sie eben noch gehangen hatten.

Sie landeten in dichten Sträuchern, wie es sich anfühlte, aber dennoch trieb der Aufprall Renie die Luft aus den Lungen wie der Schlag einer Riesenhand. Sekundenlang konnte sie nicht einatmen und lag würgend mit dem Gesicht nach unten im stachelnden Gezweig.

Als sie sich schließlich taumelnd hinstellen konnte, sah sie, dass der flammende Turm eingestürzt und zu einem Großbrand von gut fünfzig Metern Durchmesser geworden war, von dem aus bereits lodernde Zungen die umgebenden Pflanzenbauten beleckten. Einige Tecks waren unter dem Wust begraben worden – sie sah zuckende Gestalten in den Flammen –, doch sehr viel mehr wimmelten als aufgeregte Masse im sicheren Abstand darum.

Das Steinmädchen stöhnte. »Ist dir was passiert?«, flüsterte Renie. »Hast du was gebrochen?« Die Kleine schien sich bewegen zu können, aber erhob sich nicht. Renie zog das Kind hoch und nahm es auf den Arm. »Welche Richtung?« Das Steinmädchen stöhnte abermals und streckte die Hand aus. Renie lief los.

Das Gelände war im Dunkeln äußerst unwegsam, denn der feste Boden war völlig von Pflanzen überwuchert, überall Dornenranken und Schlingpflanzen und lange Wurzeln, die nach ihr grapschten und sie zum Stolpern brachten wie bösartige Finger. Nach wenigen Hundert Metern rang sie um Atem und fühlte jetzt auch die Prellungen von ihrem Sturz. Sie hielt an und schaute zurück, nachdem sie vorher das zwar kleine, aber sehr massive Mädchen abgesetzt hatte. Zu ihrer großen Erleichterung war das weiter um sich greifende Feuer immer noch von konfus durcheinanderwuselnden Tecks umgeben und sie konnte keine anderen in ihrer Nähe entdecken.

»Kannst du selber gehen? Ich weiß nicht, ob ich dich noch viel weiter tragen kann.«

»Ich … vielleicht kann ich.« Das Mädchen erhob sich mühsam. »Ich hab mir die Beine wehgetan, glaub ich.«

»Probier's. Wenn es nicht geht, trage ich dich wieder. Komm, schnell! Wir wissen nicht, wie lange das Feuer sie noch ablenkt.«

Sie stolperten hastig weiter. Renies Füße waren wund und ihre Beine über und über zerkratzt und aufgeschürft, aber darum konnte sie sich jetzt nicht kümmern. *Lauf oder stirb,* dachte sie. *So geht das schon die ganze Zeit in diesem verdammten Netzwerk, vom ersten Moment an.* »Sind wir bald da?«, fragte sie das kleine Mädchen. »Stimmt die Richtung noch? Kannst du das erkennen?«

Das Steinmädchen stapfte nur stur voran. Renie blieb keine Wahl, als ihm zu vertrauen.

Ein rascher Blick zurück jagte ihr den nächsten Schreck ein: Diesmal erspähte sie bleiche Gestalten hinter ihnen. Sie hatte keine Ahnung, ob die Tecks eine Spur verfolgen konnten oder ob das überhaupt welche von denen waren, die den Turm umlagert hatten, aber falls sie nahe genug herankamen, um sie und das Mädchen zu erkennen, würde das keine Rolle mehr spielen. Renie bildete sich nicht ein, dass sie mit dem Kind an der Seite schneller laufen konnte als die leichenblassen Scheusale – sie hatte gesehen, mit welchem Tempo diese dahinschossen, wenn sie wollten.

Da trat vor ihnen eine Gestalt aus dem dunklen Buschwerk. Renie keuchte entsetzt, geriet ins Stolpern und schlug auf ein Knie; das Steinmädchen, an dem sie sich festhalten wollte, zerrte sie mit in das dichte Gestrüpp hinab. Verzweifelt tastete sie den Boden ab, um so etwas wie eine Waffe zu finden – die ihr doch nichts nützen würde, wie sie wohl wusste –, aber der erwartete Angriff blieb aus.

Die Gestalt vor ihr hatte ein Gesicht.

»Klement! Wie bist du …? Sie haben dich nicht …?« Der Gralsherr hatte immer noch das absonderliche blaue Wesen auf dem Arm, obwohl es in der finsteren Nacht so gut wie unsichtbar war. »Sie sind hinter uns her«, stieß Renie hervor. »Ich hab sie grade gesehen. Lauf, Mensch, lauf!«

»Ich … warte.«

»Worauf denn? Dass du gefressen wirst?«

Klement schüttelte den Kopf. »Ich weiß nicht, ob das hier der richtige … Ort ist. Ich … wir … fühlen nicht …«

Renie rappelte sich auf und zog das leise weinende Steinmädchen mit hoch. »Für so was hab ich jetzt keine Zeit. Mach doch, was du willst, zum Teufel!« Sie nahm die Kleine auf den Arm, ein Spiegelbild von Klement mit seinem unförmigen Schützling, und rannte weiter.

Einmal hatte Renie beim Umschauen den Eindruck, dass die madenweißen Gestalten sie verfolgten, ein andermal sah sie hinter sich nichts als das ewig gleiche Gewucher. Sie traute ihren eigenen Augen nicht mehr. Ihre Lungen brannten. Sie konnte sich kaum noch vorstellen, dass sie jemals etwas Anderes gemacht hatte, als durch diese grüne Albtraumwelt zu fliehen.

Stolpernd und krabbelnd hastete sie einen lang gezogenen Hang hinauf, der Brand in der Stadt nur noch ein kleiner Lichtpunkt hinter ihr in der schwarzen Nacht, als das Steinmädchen auf einmal die Arme fester um ihren Hals legte.

»Ich spür's«, sagte es. »Wir sind fast da.«

Oben auf dem Hügelrücken verlief eine hohe Mauer, die natürlich wie alles in Holla Buschuschusch eine Hecke war. Völlig ausgepumpt lehnte sich Renie dagegen, um vor dem Hinübersteigen noch einmal kurz zu Atem zu kommen. Sie blickte zurück und sah etwa zweihundert Meter entfernt Klement unbeirrt den Hügel hinaufspazieren. Hinter ihm glitten sechs oder sieben Tecks durch das Dickicht wie Haie und kamen rasch näher. Von dieser Warte aus war kein Irrtum möglich. Ob sie nun hinter Klement oder hinter Renie und ihrer Gefährtin her waren, sie hatten auf jeden Fall zielgerichtet die Verfolgung aufgenommen.

Renie schimpfte wie ein Rohrspatz. Sie hob das Mädchen, dessen Gewicht sich verdreifacht zu haben schien, auf die Hecke hinauf und kletterte dann ihrerseits hinterher, während die Kleine sich oben festhielt. In ihrem erschöpften Zustand war die Anstrengung beinahe zu viel für sie, aber schließlich brachte sie doch noch die Kraft auf, sich hochzuziehen.

Von oben sah sie ein Stück weiter unten einen breiten schwarzen Streifen, der sich durch das schier endlose Gestrüpp schlängelte: Der

Fluss war ganz nahe! Hinter ihr jedoch hatten sich die Tecks zum Fuß des Hügels vorgeschlängelt und Ricardo Klement beinahe eingeholt. Sie sausten die Anhöhe hinauf wie eine jagende Hundemeute, doch als sie ihn erreichten, wichen sie ihm aus, als wäre er ein im Weg stehender Baum, und ließen ihn unbehelligt weitergehen, ja schienen ihn nicht einmal zu bemerken. Ohne zu zögern hielten sie auf die Stelle zu, wo Renie immer noch entgeistert gaffend oben auf der Hecke hing.

Mit einem Fluch packte sie das Steinmädchen und ließ es so weit ab, bis es springen konnte, dann schwang sie ihrerseits die Beine hinüber und rutschte an den kratzenden Ästen zu Boden.

»Wo ist die Brücke?«, schrie sie dem Steinmädchen zu. »Sie sind direkt hinter uns!«

Die Kleine nahm ihre Hand und zog sie auf schräger Bahn den Hang hinunter. Die Tecks glitten hinter ihnen über die Pflanzenwand wie Wolkenfinger über eine Bergkette. Renie raffte das kleine Mädchen auf und lief, so schnell sie konnte.

Als sie das dichte Gebüsch am Ufersaum erreichten, hörte Renie schon das Knacken und Streifen ihrer Verfolger.

»Da!«, quiekte das Steinmädchen.

Die Brücke war kaum zu sehen gewesen. Wie alles in Holla Buschuschusch bestand sie aus lebendigen Pflanzen und versank völlig im Uferdickicht, bevor sie sich in einem weiten Bogen über das Wasser spannte. Renie nahm die letzten Schritte Anlauf und sprang dann mit dem Mädchen auf dem Arm zum rettenden Brückenaufgang empor. Erst als sie Wasser unter sich hatte, riskierte sie einen Blick zurück.

Die Tecks hatten hart am Rand des Flusses angehalten, waren sich aber über die greifbare Nähe ihrer Beute sichtlich im Klaren. Sie machten ein paar Ansätze, die Brücke zu betreten, doch irgendetwas hinderte sie daran.

»Ich denke, wir sind in Sicherheit«, keuchte Renie. »Müssen wir … müssen wir jetzt nicht … einen Spruch aufsagen … bevor wir rübergehen? ›Ene mene muh‹ … oder so?«

»Ich will nicht rübergehen.«

»Wir müssen. Wir können nicht zurück – schau dir diese Bestien an! Die warten nur auf uns.« *Aber wieso haben sie Klement nichts getan?* »Auf, gehen wir!«, sagte sie zu dem Kind. »Wir werden's schon packen.«

»Nein, werden wir nicht«, murmelte das Steinmädchen, sagte dann aber trotzdem schicksalsergeben den Abzählreim auf. »Es ist das Häckselhaus«, betonte sie danach noch einmal. »Der Weg hier führt zum Häckselhaus.«

»Na, schlimmer kann's nicht werden.« Renie drehte sich zur Flussmitte zurück.

»Doch, kann es«, widersprach das kleine Mädchen. »Du wirst sehen.«

Sie war auf den Nebel gefasst gewesen, der zur Brückenmitte hin immer dichter wurde, auf die Art, wie der Fluss unter ihnen verschwand und sogar sein Rauschen ganz leise wurde, kaum lauter als ein ununterbrochenes Einatmen, doch die plötzliche Dunkelheit kam unerwartet. Die wenigen fernen Sterne von Holla Buschuschusch erloschen abrupt, und der schwarze Himmel schien zu verlaufen und wie Farbe über alles zu fließen. Und als die ersten vagen Umrisse des Ortes, den das kleine Mädchen das Häckselhaus genannt hatte, aus dieser Dunkelheit auftauchten, erkannte Renie, dass sie darauf in keiner Weise gefasst gewesen war.

Sie hatte, nachdem ihr die Herkunft des Wortes aufgegangen war, mehr oder weniger ein verschrobenes Hexenhaus aus dem Märchen erwartet – überdimensional vielleicht oder sogar so ausufernd wie die Hauswelt, endlose Pfefferkuchenwände mit Zuckerverzierung –, aber mit der vollkommenen Absurdität des Häckselhauses hatte sie nicht gerechnet.

Es war gänzlich formlos. Sie sah davon nur silbern schimmernde Formen, so als ob seine Kurven und Winkel von einer unsichtbaren Lichtquelle angestrahlt würden, dünne Sicheln und ebene Flächen, die kamen und gingen, als ob das ganze Ding sich drehte. Aber es schien auch irgendwie … verkehrt herum zu sein. Auf schlaglichtartige Vorspiegelungen eines Außen folgten augenblicklich – oder erschienen gleichzeitig – nahezu unbegreifliche Inversionen, wodurch sich alle begrenzenden Wände in den imaginären Raum hinaus öffneten. Und dennoch erzeugte das undefinierbare Gleißen und Funkeln paradoxerweise auch den Eindruck von etwas Rundem, wirkte das Ganze abgeschlossen und geheim.

Sie konnte zwar die Brücke nicht mehr erkennen, aber worauf ihre Füße traten, war auf jeden Fall nicht mehr das holperige Pflanzenkonstrukt von vorher. Es gab nur noch das Gefühl einer Brücke, die Idee einer Verbindung zwischen ihr und … dem Ort. Dem Häckselhaus. Und der Nebel wurde dichter.

Plötzlich wurde ihr bewusst, dass sie die Hand des Steinmädchens nicht mehr fühlte. »Wo bist du?«, fragte sie. »Steinmädchen?«, rief sie lauter. Keine Antwort. Renie blieb stehen, ging sogar ein paar Schritte zurück und fuchtelte mit der Hand hin und her, aber fand nichts. Mit jagendem Herzen hielt sie inne und meinte, ein schwaches Geräusch wie von einem Kind zu hören, das in einem fernen Zimmer weinte, doch es war vor ihr, nicht hinter ihr.

Bestürzt und beschämt konnte Renie kaum einen Gedanken fassen. Sie hatte das Mädchen gegen seinen erklärten Willen hierhergeschleift, und jetzt hatte sie es verloren. Sie konnte nicht zurück, auch wenn ihre Instinkte das noch so dringend von ihr forderten.

Sie schritt weiter voran in die Finsternis. Das Häckselhaus öffnete sich vor ihr und schloss sich dann um sie. Sie war drin.

Auch das hatte sie schon einmal erlebt, und dennoch kam die erdrückende Leere so unerwartet und erschreckend, dass sie sich zunächst beinahe völlig aufgegeben hätte. Dieser gnadenlos kalte Würgegriff musste es gewesen sein, was den alten Singh umgebracht hatte, dachte sie in ihrem verzweifelten Bestreben, an so etwas wie Vernunft festzuhalten. Und obwohl sie es schon einmal erlebt hatte, *er*lebt und *über*lebt, hatte sie das Gefühl, jetzt ihrerseits nur noch um Haaresbreite von der gänzlichen Auslöschung entfernt zu sein.

Ich bin drin, begriff sie. *Im Betriebssystem. Nicht in einer seiner Schöpfungen – nein, in ihm selbst!*

Doch mit diesem Erkenntnisfunken kam gleichzeitig ein Schock, der beinahe ihren letzten schwachen Kontakt zur Vernunft abgerissen hätte. *Ist dies das Gefühl, das es permanent hat? Fühlt es sich so an … der Andere zu sein?*

Als ob diese Einsicht einen schwarzen Kristall zertrümmert hätte, zerbarst damit die Dunkelheit und flog in tausend Stücke auseinander. Bilder durchzuckten sie, manche so schnell, dass sie nur wie ein ununterbrochener Laserstrahl durch ihr Gehirn schossen, andere individuell genug, um wahrnehmbar zu werden, aber nur ganz kurz, so als würde sie durch ein Universum aus zerbrochenen Spiegeln fallen und auf unzählige verschiedene Szenen flüchtige Blicke werfen.

Stimmen kamen in Hunderten von Sprachen, Kinderstimmen voll

Furcht und Schmerz, Erwachsenenstimmen, die vor Schreck und Wut heulten, gequälte Gesichter, Wechselbäder eisiger Kälte und sengender Hitze. Dann wurde der Takt langsamer und gleichmäßiger, und allmählich entstand der normale Eindruck von Raum und Zeit. Ein weißes Zimmer erschien. Helle Lichter leuchteten auf. Tiefe Stimmen brüllten, laut und unverständlich wie das Dröhnen eines mächtigen Flusses, und Gesichter drängten sich an sie heran, gigantisch und verzerrt. Dann gab es eine gewaltige Konvulsion, in der das Universum selbst zu würgen und sich zu erbrechen schien, und die Gesichter sprengten blutbefleckt und schreiend in alle Richtungen davon.

Die Stimmen kreischten. Weiß und rot. Weiße Wände rot bespritzt. Die tief polternden Erwachsenenstimmen wurden schlagartig schriller. Das Blut wurde ein feiner Sprühnebel in der Luft. Dunkle Gestalten fielen hin und blieben zuckend am Boden liegen.

Renie war mitten in diesem Horror, drohte darin zu ertrinken, doch er war nicht gegen sie gerichtet. Er war einfach da, und sie war darin, wie ein Schwimmer im Ozean, dessen Kräfte zuletzt erlahmen.

Halt dich an was, dachte sie. *Greif dir was. Einen Stock, irgendwas. Du ertrinkst.*

Stephen.

Aber in ihrem schwindligen Zustand konnte sie sich nicht gleich erinnern, wer Stephen war, wie er zu ihr stand. War er eines von diesen zerfetzten Gesichtern, die sie da ankreischten? War sie eines?

Mein Bruder. Mein kleiner Bruder.

Sie klammerte sich an diesen Gedanken, als die Furcht auf sie eindrosch und die Finsternis und das Chaos sie durchtobten, hängte sich mit ihrem ganzen Gewicht daran. Sie zwang sich sein Bild vor Augen – Stephen, mit seinen strahlenden Augen und seinen kurzgeschorenen Haaren, die seine Segelohren erst recht hervortreten ließen, mit seinem latschigen Gang, mit dem er ein cooles Teenagerschlurfen nachmachen wollte, aber stattdessen kindlicher denn je aussah. Sie hatte ihn verloren. Dieses Ungeheuer, diese eisige Grauensflut hatte sich ihn gekrallt. Das wollte sie nicht vergessen. Das durfte sie nicht vergessen.

Ich will ihn wiederhaben! Wenn sie einen Mund gehabt hätte, hätte sie es herausgeschrien. *Ich werde nicht aufhören, nach ihm zu suchen. Du musst mich umbringen, genau wie du die andern umgebracht hast.*

Die Schwärze stürzte auf sie ein wie eine Eislawine. Die Bilder waren jetzt fort und die scharfen Spitzen des Chaos gefroren zu einer noch viel vernichtenderen, viel unnachgiebigeren Härte.

Stephen, dachte sie. *Seinetwegen bin ich hier. Er gehört dir nicht. Es ist mir egal, was du bist, was man dir angetan hat, wie sie dich gebaut oder wie sie dich benutzt haben. Er gehört dir nicht. Keines der Kinder gehört dir.*

Die Schwärze wollte sie zermalmen, sie zum Schweigen bringen. Renie fühlte, wie sie zerging, wie sie in eine kalte Verzweiflung versank, die so endlos war wie eine Reise durchs Weltall.

Ich werde nicht aufhören. Es war ein letzter Gedanke – eine Lüge, eine erbärmliche Prahlerei, denn alles, was sie war, hörte in diesem Moment auf.

Und dann verwandelte sich die Schwärze in etwas Anderes.

Es war, schien es, nur noch so wenig von ihr übrig, dass sie lange nichts Anderes tun konnte als mit geschlossenen Augen ausgestreckt auf dem Rücken liegen und sich zu erinnern versuchen, nicht wer sie war oder wo, sondern warum diese Fragen sie überhaupt interessieren sollten. Erst der ferne Ton eines Weinens zwang sie schließlich, wieder ins Leben zurückzukehren.

Renie schlug die Augen auf und war von Grau umgeben. Zunächst nahm sie es nur als einen vertikalen Schatten wahr, auf der einen Seite von ihr dunkler als auf der anderen. Erst nach längerem verwirrten Überlegen gelang es ihr, sich einigermaßen zu orientieren.

Sie lag auf einem rauhen Pfad, der an einer steinernen Wand verlief und ein bisschen an den Spiralweg erinnerte, auf dem sie den schwarzen Berg hinauf- und wieder hinabgestiegen waren. Doch wie um zu beweisen, dass hier das Gesetz der Umkehrung galt, führte dieser Pfad an der Innenseite eines gewaltigen, kreisrunden Loches herum, das schwarz und leer neben ihr gähnte. Obwohl es so breit war, hatte sie den Eindruck, die Wand gegenüber ganz vage erkennen zu können.

Eine Grube, dachte sie. *Ich liege auf einem Weg, der in eine riesengroße Grube hinuntergeht.*

Der Brunnen, schoss es ihr im nächsten Moment durch den Kopf. *Dahin wollten wir, hat das Steinmädchen gesagt.*

Wo kam das Licht her? Renie blickte auf und meinte, in der Düsternis hoch über ihr Sterne zu erkennen, einen runden Ausschnitt, der wohl der Rand des Loches sein musste. Der Kreis war ungeheuer groß, doch die Hoffnung, demnach müsse sie ganz weit oben sein, erwies sich als Illusion, als sie den Blick an der Wand gegenüber emporwandern ließ. Der Aufstieg zum Rand würde Stunden dauern, auch wenn dieses kolossale Loch in seinen Dimensionen der realen Welt etwas näher kam als vorher der unmöglich hohe schwarze Berg.

Genau! Dies hier ist gewissermaßen die Umkehrung des Berges . . ., begann sie einen Gedanken, doch da zog das gedämpfte Schluchzen eines Kindes ihre Aufmerksamkeit wieder auf sich.

Das Steinmädchen. Es ist irgendwo unter mir.

Renie versuchte sich zu erheben, stöhnte, versuchte es noch einmal.

Ihr Körper fühlte sich an wie ein nasser Sack, der bei der kleinsten heftigen Bewegung reißen konnte. Ihr Kopf kam ihr viel zu schwer vor, um vom Hals getragen zu werden.

Beim dritten Versuch kam sie schließlich auf die Füße. Der Pfad war uneben, aber breit, und das Licht der milchigen Sterne reichte aus, dass sie sich mit etwas Vorsicht sicher darauf fortbewegen konnte.

Das Weinen ertönte in Abständen immer wieder. Während ihr holperiger Weg nach unten sich immer mehr in die Länge zog, kam Renie die Befürchtung, dass irgendeine akustische Täuschung sie weiter von dem Geräusch wegführte, dass dieses in Wirklichkeit von oben kam. Allein die Tatsache, dass der Brunnen, wenn er es denn tatsächlich war, langsam enger wurde und die gegenüberliegende Wand mit jedem vollendeten Kreis näher heranrückte, hielt sie davon ab, resigniert aufzugeben.

Als zuletzt ihr ohnehin schon erschöpfter Körper dem Zusammenbruch nahe war und ihr Wille zu versagen drohte, erspähte sie den Grund des Brunnens. Doch er war unerreichbar.

Der Weg, der erst immer schmäler geworden war, verschwand auf einmal vollends in der Wand. Sie stand zehn oder fünfzehn Meter über dem Boden, wo ein dunkles Rinnsal, durchzogen von matten blauen Lichtern, über das rauhe Gestein murmelte. Eine kleine, krumme Gestalt kauerte neben diesem Flüsschen.

»Bist du das?«, fragte Renie. Die Gestalt blickte nicht auf. Das Geräusch leisen Weinens, herzzerreißend und unheimlich, stieg zu Renie empor. »Steinmädchen?«

Die kleine Gestalt verstummte. Sie fürchtete schon, es sei eine Illusion gewesen, sie habe einen Felsbuckel dort unten an diesem öden Ort im ödesten aller Universen mit einem Kind verwechselt, das Weinen komme in Wirklichkeit von nirgendwo oder überall, es sei endlich an der Zeit, dass sie sich hinlegte und starb und damit sämtliche Probleme ein für alle Mal löste. Da schaute das Kind auf.

Es war Stephen.

Vier
DIE ARMEN KINDER

Als sie auf die Wiese kam, so lag da der Wolf an dem Baum und schnarchte, dass die Äste zitterten. Sie betrachtete ihn von allen Seiten und sah, dass in seinem angefüllten Bauch sich etwas regte und zappelte. »Ach Gott«, dachte sie, »sollten meine armen Kinder, die er zum Abendbrot hinuntergewürgt hat, noch am Leben sein?«

Brüder Grimm, »Der Wolf und die sieben jungen Geißlein«

Kapitel 33
WOCHENENDARBEIT

NETFEED/NACHRICHTEN:
SeeScheidenStoßtrupp – ein Schuss in den Ofen?
(Bild: S3-Mitglieder mit Fischmasken und Schottenröcken)
Off-Stimme: Der "SeeScheidenStoßtrupp", der militante Arm einer Antinetzgruppe, die sich selbst das Dada Retrieval Kollektiv nennt, hat einen weiteren Fehlschlag in seinem Kampf hinnehmen müssen, "das Netz zu killen", wie es im Gruppenjargon heißt. Zum fünften Mal seit der Ausgabe dieses Ziels ist eine SeeScheiden-Aktion völlig gescheitert. Diesmal kam bei dem Versuch, die Bestelldaten eines der größten Online-Händler zu löschen, was theoretisch einen Einnahmeverlust in Milliardenhöhe bedeutet hätte, nichts Anderes heraus, als dass die Kunden elektronische Weihnachtskarten mehrere Monate zu früh erhielten.
(Bild: DRK-Mitglied mit Sepp-Oswalt-Maske)
DRK-Mitglied: "Ihr unterschätzt total, was für ein Schock das für die jüdischen und muslimischen Kunden war, diese Weihnachtskarten zu kriegen. Es hat ein paar Rückschläge gegeben, bong, aber wir sind weiter voll auf dem Weg, unser Ziel zu erreichen. Wartet ab, bis wir die Präsidentschaftswahlen häcken."

> Calliope Skouros saß inmitten ihres Samstagmorgenchaos – ungespülte Kaffeetassen und Frühstücksteller, manche noch vom Mittwoch, auf dem Wandbildschirm das Geplapper der Nachrichten, dazu

in einem Fenster das Gackern und Quietschen einer turbulenten Kindersendung, bei der sie hängen geblieben war – und fragte sich, wie es Menschen gehen mochte, die so etwas wie ein Privatleben hatten.

Dabei dachte sie gar nicht einmal so sehr an Sex, eher einfach an Gesellschaft. Was wäre es wohl für ein Gefühl, neben einem anderen Menschen zu sitzen – der Kellnerin Elisabetta nur mal zum Beispiel – und sich über den bevorstehenden Tag zu unterhalten, vielleicht einen Gang ins Museum oder in den Park zu planen, statt ständig bloß zu überlegen, wie lange sie ihren Waschtag noch hinausschieben wollte oder ob sie die Schale Eis nach dem Abendessen einsparen musste, wenn sie jetzt noch eine zweite Waffel aß?

Wenn es in der Arbeit Pannen gab oder drastische Veränderungen wie jetzt, wo sie und Stan von dem nunmehr offiziell beerdigten Fall Merapanui abgezogen worden waren, war es viel schwerer, mit der Einsamkeit fertigzuwerden.

Vielleicht sollte ich mir ein Haustier zulegen, dachte sie. *Ach was, kannste nullen. Einen armen Hund hier den ganzen Tag einsperren, während du auf der Arbeit bist? Dagegen gibt's Gesetze.*

Es war eine volle, wenn auch langweilige Woche gewesen, die sie hauptsächlich mit unerledigtem Papierkram verbracht hatte – ein wunderbar antiquierter Ausdruck, dem ein Flair von alten Büroräumen und staubigen Aktenordnern anhaftete. Das Aus für Merapanui hatte bedeutet, dass sie und Stan zu einer Reihe anderer anstehender Fälle zurückgekehrt waren, größtenteils tristes Herumgerenne, um verstockte oder sich dumm stellende Zeugen wegen irgendwelcher Messerstechereien zu verhören oder Nachbarn über die letzten belastenden Einzelheiten häuslicher Zwistigkeiten auszuquetschen, die urplötzlich einen tödlichen Ausgang genommen hatten. Was war es, das sie an dem Fall Merapanui so fasziniert hatte? Der höllische Schwefelgeruch, der über allen Erinnerungen an John Dread zu hängen schien? Oder die Hoffnungslosigkeit von Polly Merapanui, die im Tod genauso unbeachtet blieb, wie sie es im Leben gewesen war, und mit der Engelsgeduld der ewig Untergebutterten darauf wartete, dass irgendjemand Licht in ihre brutale Ermordung brachte?

Es ist aus, Skouros, sagte sie sich. *Du hast deine Chance gehabt. Es hat nicht hingehauen. Jetzt darfst du wieder schmutzige Wäsche waschen. So geht's im Leben.*

Sie zog den Gürtel ihres aufgegangenen Morgenmantels fester und fing an, Tassen und Löffel zusammenzusuchen.

Die Nachricht war am späten Freitagnachmittag an ihre Dienstadresse gegangen. Sie war von Kell Herlihy aus dem Archiv, und das aufdringliche Blinken erinnerte sie daran, wie müde sie gestern gegen Feierabend gewesen war, so müde, dass ihr selbst ein Blick in die Post wie eine grausame Zumutung erschienen war, und an ihr kleines, süßes Triumphgefühl, als sie sich dagegen entschieden hatte.

Das kann warten, sagte sie sich jetzt. *Wahrscheinlich das Zeug über diesen Dingsbums, den Typ, der den Maxie Club abgefackelt hat.* Aber worauf sollte sie ihre Aufmerksamkeit sonst richten als auf die letzte Frühstückswaffel?

Fünfzehn Sekunden, nachdem sie die Nachricht geöffnet hatte, war sie in der zentralen Datenbank, um Kell Herlihys Privatnummer ausfindig zu machen.

Als sie schließlich anrief und durchkam, blieb der Bildschirm dunkel. Sie hörte zwei oder drei Kinder im Hintergrund streiten, dazu einen lauten Sportbericht, der nach Australian Football klang. »Hallo?«, sagte eine Frau.

»Kell? Hier ist Calliope Skouros. Tut mir leid, wenn ich dich störe. Ich habe grade deine Nachricht erhalten.«

Das Bild ging an. Herlihy aus dem Archiv sah aus, als dürfte sie sich an der Familienversion von Calliopes Samstagmorgenchaos erfreuen. Immerhin, musste sie zu ihrem Verdruss feststellen, hatte die Frau mit Kindern es geschafft, sich anzuziehen.

»Ja?« Herlihy wirkte ein wenig tranig. Beim Anblick der drei Mädchen hinter ihr, die anscheinend daran arbeiteten, einer Katze Babysachen anzuziehen, nahm Calliope an ihrer Vorstellung von den Vorzügen geselligen Zusammenlebens ein paar kleine Korrekturen vor.

»Entschuldige vieltausendmal, Kell, aber ich musste dem einfach nachgehen. Du sagtest, du hättest irgendwas über John Wulgaru?«

»Mach halblang, Skouros, es ist Wochenende. Machst du nie was Anderes als arbeiten? Außerdem dachte ich, Merapanui wäre zu den Akten gewandert.«

»Das war nicht meine Entscheidung. Sag mir einfach, was du hast.«

Kell Herlihy gab einen gereizten Ton von sich. »Kopfschmerzen.

Herrje, was war es noch mal? Es war auch nicht John Wulgaru, es war einfach ›Wulgaru‹. Eine Suche. Ich hatte das automatische Überwachungsdings für dich laufen.« Stirnrunzelnd verließ sie kurz den Bildschirm, um die Katze zu retten und ihre Töchter aus dem Zimmer zu schicken, die dreistimmig Protest erhoben, bevor sie schließlich abzogen. »Falls du jemals die Freuden der Mutterschaft vermisst, bist du herzlich eingeladen, bei mir zu babysitten.«

Calliope rang sich ein Lachen ab. »Sehr verlockend, Kell. Also, was soll das heißen, ›einfach Wulgaru‹?«

»Genau das. Es war eine Wortsuche. Jemand wollte wissen, was es bedeutet. Ich dachte, es würde dich interessieren, zumal das unser einziger aktiver Treffer ist, seit ich die Überwachung gestartet habe.«

»Eine Wortsuche?« Calliopes Aufregung flaute ein wenig ab. »Wo war sie her?«

»Von einer Universität, irgendwas völlig Abseitiges. Helsinki, glaube ich. Das ist in Finnland, nicht wahr?«

»Ist es.« So schnell, wie er ausgebrochen war, legte sich der innere Aufruhr wieder. »Also bloß jemand von einer Uni in Finnland, der irgendwas recherchiert. Scheiße.«

»Ich dachte mir schon, dass es nichts Großartiges ist, aber wenn du der Sache weiter nachgehen willst, die Trackbackinfos hängen an der ursprünglichen Nachricht dran.«

»Nein. Trotzdem danke, Kell. Aber wie du selbst sagst, der Fall ist abgeschlossen. Sinnlos, sich mit irgendeinem Studenten in Finnland abzugeben.« Sie streckte den Finger aus, um das Gespräch zu beenden.

»Ja, wahrscheinlich, ob jetzt in Finnland oder sonst wo.«

Calliope stockte. »Was meinst du damit?«

»Na, ob der wirklich da sitzt, meine ich.« Herlihy wandte den Blick ab, abgelenkt von einem unheilkündenden Geräusch aus dem Nebenzimmer, das Calliope nicht hören konnte.

»Aber du hast doch gesagt, die Suche käme aus Finnland. Von einer Universität.«

Herlihy starrte sie an, als könnte sie soviel Naivität nicht fassen. »*Angeblich*. Angeblich kommt sie da her. Aber Universitäten sind sehr beliebt, wenn Leute was hintenrum machen wollen. Leicht zu häcken, großes Knotenkuddelmuddel, schlampige Buchungen, weil viele Studenten andere auf ihren Namen reingehen lassen – du weißt schon.«

»Nein, ich weiß nicht. Heißt das, diese Suche könnte ... könnte von ganz woanders kommen?«

»Na klar.« Herlihy zuckte mit den Achseln. »Oder auch von dort, wo sie herzukommen scheint.«

»Könntest du das für mich rausfinden?«

»O Gott. Wenn ich dazu komme, Montag oder Dienstag ...« Sie blickte zweifelnd. »Ich kann's versuchen, Calliope. Aber ich bin im Moment echt bis über die Ohren mit Arbeit eingedeckt.«

Sie musste die Frage stellen. »Und wie sieht's dieses Wochenende aus?«

»Was?« Kell Herlihys müde Belustigung wich einem Ausdruck echter Verärgerung. »Soll das ein Witz sein? Ich hoffe doch sehr! Sag mir, dass das ein Witz war! Ich hab hier drei Kinder, die mir das Haus auf den Kopf stellen, mein Mann, dieser Penner, braucht den ganzen Tag, bis er sich mal bequemt, den Wagen zu waschen, und du willst wissen, ob ich alles stehen und liegen lasse und für dich irgendeine ...!«

»Schon gut, schon gut! Blöde Idee. Tut mir leid, Kell.«

»Also, im Ernst! Bloß weil du Single bist und an Wochenenden nichts zu tun hast ...«

»Entschuldige.« Sie bedankte sich mehrmals bei der Archivfrau und sah zu, dass sie so schnell wie möglich aus der Leitung kam. »Ich bin ein Idiot. Du hast völlig recht.«

Nach diesem Gespräch stierte sie erst einmal eine Weile auf den Wandbildschirm. Die Nachrichten brachten einen Hintergrundbericht über ein wackelndes asiatisches Gearimperium und das unerwartete Ableben der megareichen Besitzerin. Das Gesicht der Frau, das mit seinen harten Linien und künstlich gestrafften Flächen an eine Osterinsel-Statue erinnerte, war erschreckend nichtssagend und leer, selbst in einer PR-Archivaufnahme, die ihr zweifellos schmeicheln sollte.

Das passiert mit Leuten, die nicht wirklich leben, dachte Calliope bei sich. *Sie sterben innerlich, aber lange Zeit merkt es niemand.*

Der verstörende Gedanke arbeitete eine Weile in ihr. *Aber ich kann das nicht einfach sausen lassen. Ich muss diesen letzten Hinweis überprüfen, egal was es ist. Klar, wahrscheinlich hat es nichts zu besagen ...*

... Aber vielleicht ja doch. Und klüger ist man immer erst hinterher.

Stan saß auf der Couch zwischen seinen beiden Neffen, von denen Calliope nur Teile sah, ein langes, dünnes Bein und einen nackten Fuß. Der Geräuschkulisse nach war auf dem Bildschirm der Chans außer ihr dasselbe Sportereignis zu sehen, das sich auch Kell Herlihys angetrauter Penner angeguckt hatte.

»Du hast echt zu viel freie Zeit, Skouros«, sagte Stan, nachdem sie ihm die Neuigkeit berichtet hatte. »Es ist Samstag.«

»Wieso nimmt sich alle Welt das Recht heraus, Kommentare über mein Privatleben abzugeben?«

Die Chansche Augenbraue ging nach oben. »Und wer hat mich die ganze letzte Woche pausenlos mit den neuesten Meldungen über das Lieben und Leiden der Kellnerinnen traktiert? Ohne einmal mein Plazet einzuholen, möchte ich hinzufügen.«

»Na schön. Ich bin heute ein bisschen empfindlich. Du kannst mich verklagen.« Sie war froh, dass sie wenigstens nicht mehr im Morgenmantel war, sondern Straßenkleidung anhatte, die Außenaktivität signalisierte. »Du könntest dich natürlich auch von deiner freundlichen Seite zeigen. Du musst doch jemand kennen, der mir weiterhelfen kann.«

»Am Wochenende? Es ist ein abgeschlossener Fall, Skouros. Finito. Basta. Wenn jemand seine Zeit für dich verschwenden soll, warum lässt du den armen Kerl nicht wenigstens bis Montag in Frieden?«

»Weil ich es wissen will. Am Montag geht die ganze übliche Scheiße wieder los, und die arme kleine Polly Merapanui rückt in immer weitere Fernen.« Sie probierte es mit einer anderen Tour. »Ganz zu schweigen davon, dass ich am Montag Dienstzeit für einen, wie du so richtig bemerkst, abgeschlossenen Fall opfern müsste. Im Moment kostet er mich nur meine private.«

»Und meine.« Dennoch hielt Stan eine Weile den Mund und dachte nach. »Ehrlich, mir fällt absolut niemand ein, niemand, den ich am Wochenende erreichen könnte.« Einer seiner Neffen sagte etwas, das Calliope nicht verstand. »Das soll ein Witz sein, oder?«, fragte Stan.

»Keineswegs«, erwiderte Calliope beleidigt.

»Nein, ich rede mit Kendrick. Er sagt, er hat einen Freund, der dir helfen kann.«

»Einen Freund … das heißt, jemand in seinem Alter?«

»Jo. Ich glaube kaum, dass du sehr wählerisch sein kannst, Skouros.«

Stan grinste. »Nicht, wenn du einen suchst, der für dich Wochenendarbeit macht.«

Calliope sank ein wenig in ihrem Sessel zusammen. »Scheiße. Okay, gib mir Kendrick.«

Sie hatte das Gefühl, dass zehn Minuten vergangen waren, seit die ältere Schwester von Kendricks Freund losgegangen war, um ihn zu finden. Der schmächtige Junge, der auf Calliopes Wandbildschirm erschien, kaum ein Teenager, hatte ein dunkles, rundes Gesicht, gekrönt von einem mächtigen schwarzen Lockenschopf, den er weiß gesprayt hatte, so dass er wie ein mutierter Löwenzahn aussah.

»Du bist die Frau von der Polizei?« Kendrick hatte ihn also schon vorgewarnt, wie es schien.

»Ja, ich bin Detective Skouros. Und du bist Gerry Two Iron, stimmt's?«

»Tick.«

Sie stockte, weil sie nicht recht wusste, wie man mit einem Teenager umgeht, der nicht eines Verbrechens bezichtigt wurde. Das war ein Metier, in dem sie nicht viel Erfahrung hatte. »Tja ... he, Two Iron ist ein echt ungewöhnlicher Name. Von welchem Stamm kommt der?«

Er blickte amüsiert. »Golf.«

»Wie bitte?«

»Mein Vater ist der Vize im Trial Bay Golfclub, Nummer zwei quasi. Alle Leute nennen ihn so, und irgendwann haben die Jungs in der Schule angefangen, mich auch so zu nennen. In Wirklichkeit heißen wir Baker.«

»Aha.« *Als was hast du dich vor einer Weile so treffend bezeichnet, Skouros? Als Idiot, war es nicht so?* »Äh, hm, hat Kendrick dir gesagt, worum es geht?«

Er nickte. »Du willst wissen, woher ein bestimmter Suchbefehl kommt, ob die Adresse echt ist oder geduppt, irgendwie.«

»Genau. Ich schick dir schnell mal die Angaben, die ich habe – die Frau, die mir das besorgt hat, meint, der ganze Trackback wär mit dabei.«

Gerry Two Iron studierte bereits den Unterrand seines Bildschirms. »Keine Bange. Sieht einfach aus.«

»Bist du sicher ... bist du sicher, dass das klargeht? Deine Eltern haben nichts dagegen? Soll ich vielleicht mal mit ihnen reden?«

»Nö. Mama ist übers Wochenende sowieso bei ihrem Freund in Penrith. Und meine Hausaufgaben hab ich eh schon gestern Abend gemacht, deshalb wär ich heut Nachmittag sonst bloß in No Face Five oder in Mittland. Das Wetter blockt auch – ich hab Asthma, tick? Wenn ich das für dich rauskriege, kann ich dann so was wie'n offizieller Polizeihelfer werden, irgendwie?«

»Tja ... äh, mal sehen.«

»Chizz. Ich meld mich, wenn ich's hab. Ex und.« Das Bild verschwand, und Calliope blieb mit dem Gefühl zurück, durch eine Maschine gelaufen zu sein, deren einziger Zweck es war, dass sie sich alt und dämlich vorkam.

> Der Serviceaufzug fuhr nicht über den fünfundvierzigsten Stock hinaus.

Von hier ist kein Durchkommen, dachte Olga. *Wer hat das noch mal gesagt? Es ist irgendein Witz, eine Bemerkung aus einem alten Film oder so was. Ja, ein Witz. Aus einer Zeit, wo es noch was zu lachen gab.* Sie atmete tief ein, um ihr jagendes Herz zu beruhigen, und drückte dann die Etage.

Als der Aufzug in *»45 – Wachzentrale«* anhielt und aufzischte, befürchtete Olga Pirofsky halb, in irgendeinen abgedichteten Durchgang geschleust und mit grellweißen Scheinwerfern angestrahlt zu werden wie bei einem Polizeiverhör in einem alten Netzkrimi. Umso mehr staunte sie über die kleine Grotte vor der Fahrstuhltür, die verdeckten Lichter an den dunklen Wänden, den leise plätschernden Springbrunnen und den leeren Tisch mit den hängenden Gardenien in der Vase.

Olga warf im Vorbeigehen einen kurzen Blick auf den Tisch, über dessen schwarzglänzende Platte gerade irgendwelche Naturszenen zogen. War es das, was sie für Sellars hätte finden sollen, ein Bildschirmterminal auf der Wachetage? Wenn, dann spielte es jetzt keine Rolle mehr – Sellars meldete sich nicht, und selbst wenn der Tisch das Portal zu allen Geheimnissen der J Corporation gewesen wäre, hätte sie nicht die geringste Ahnung gehabt, wie sie es anstellen sollte, diese aufzudecken.

Plötzlich fiel ihr ein, dass überall ringsherum Kameras sein mussten und dass sie keinen heimlichen Verbündeten mehr hatte, der sie unsichtbar machte, und so zog sie einen Lappen aus ihrem Overall und staubte den Tisch kurz ab, bevor sie weiterging zu einer Tür in der linken Seitenwand. Sie war sicher, dass es irgendwo auf diesem Stockwerk einen Fahrstuhl zu Jongleurs privatem Penthouse geben musste – in den Informationen, die sie sich angeguckt hatte, war davon die Rede gewesen, dass über dieser Etage Platz für noch mindestens ein Dutzend weitere war. Mit angehaltenem Atem streckte sie dem Leser ihre Marke hin und wappnete sich innerlich dagegen, von einem ohrenbetäubenden Alarm begrüßt zu werden. Stattdessen glitt die Tür auf und gab den Blick auf den Raum dahinter frei. Was sie dort sah, ließ sie zurückprallen.

Der Raum war groß, vielleicht fünfzig Meter lang und genauso breit. Außen herum war er leer – bis auf den Teppichboden. Den Mittelteil, ungefähr drei Viertel des Raumes, nahm ein bis zur Decke reichender Kubus aus dickem Plexiglas ein, so dick, dass es bestimmt kugel- und bombensicher war. Im Innern des Plastikkäfigs befand sich ein komplettes Büro – kein schickes Gartenidyll wie der Empfangsbereich, sondern eine Arbeitsumgebung mit Schreibtischen und Apparaten und einer langen Zeile großer Monitore. Die Beleuchtung war gedämpft, und Datenströme zogen direkt über die Plexiglaswände und machten das düstere Innere noch schlechter erkennbar. Holografische Strukturmodelle des Gebäudes rotierten über zweien der Tische; ansonsten schien sich im Augenblick nichts zu bewegen außer den Neonlinien, die über die Scheiben flackerten. Doch als Olgas Augen sich an das Schummerlicht gewöhnt hatten, sah sie, dass etliche muskulöse Männer in Hemdsärmeln über die ganze Wachzentrale verteilt saßen wie Affen in einem Zookäfig und sie anstarrten.

Olga blieb die Luft weg. Am liebsten wäre sie zurück durch den Empfangsbereich gerannt und hätte sich in den Aufzug gestürzt. *Ich bin ertappt!*

Einer der Männer stand auf und winkte ihr. Die Beine wollten ihr nicht gehorchen. Er runzelte missmutig die Stirn und dröhnte mit elektronisch verstärkter Stimme: *»Komm her!«*

Sie zwang sich, auf eine schwere Plexiglastür in der durchsichtigen Wand zuzuschleichen. Hinter den Wachmännern, am hinteren Ende des Plastikkubus, ragte ein einzelner breiter, rechteckiger Schacht aus schwarzem, glänzendem Fibramic bis zur Decke. Eine blanke Tür blickte in ihre Richtung. *Ein Fahrstuhl in die oberen Etagen,* erkannte sie, doch ohne Freude oder großes Interesse. Er hätte sich genauso gut in einem anderen Land befinden können.

»Gib mir deine Marke!«, sagte der Mann. Er war ungefähr halb so alt wie Olga und hatte einen bis auf zwei Streifen über den Ohren völlig kahl geschorenen Kopf. Er sprach ruhig, doch seine Augen waren erschreckend kalt, und unwillkürlich musste sie die große Pistole anstarren, die er in einem Achselhalfter trug. »Deine Marke!«, wiederholte er ein wenig schärfer.

»'tschuldigung, 'tschuldigung.« Sie fummelte das Ding von ihrem Overall ab und warf es in eine Klappe, die in der Tür aufging. Ihre Hände zitterten so sehr, dass sie sicher meinte, sie würden sie allein aus dem Grund schon eliminieren.

»Was machst du hier?« Der Mann hielt ihre Marke an einen kleinen Kasten. »Du hast keine Befugnis, in diesem Stockwerk zu sein.«

Olga fühlte, wie das Misstrauen des Mannes mit jeder Sekunde wuchs. Seine Gefährten plauderten miteinander – einer lachte sogar und gestikulierte, erzählte vielleicht eine lustige Geschichte –, aber selbst in ihrer Lockerheit wirkten sie noch wachsam. »Ich suche ... ich ...« Sie übertrieb ihren Akzent, um einen besonders harmlosen Eindruck zu machen, aber es war eigentlich auch egal. Ihr Gehirn war wie gelähmt. Sie kam nicht auf den Namen. Sie war noch keine Stunde von Sellars' Leine los, und schon hatte sie alles verpatzt.

Ich will nicht sterben – nicht so, wegen so einem blöden Fehler. Ich will nicht, dass diese Männer mich erschießen und mich irgendwo in den Sumpf schmeißen, wo Wasserhyazinthen über mir wachsen wie auf diesen wracken Booten ...

»Jerome!«, sagte sie, auch wenn sie nicht glaubte, dass es ihr viel nützen würde. »Ich suche Jerome.«

»Jerome? Wer zum Teufel ist Jerome?«

»Er ist Raumpfleger.« Sie gab sich alle Mühe, wie eine völlig beschränkte russische Bäuerin zu klingen, der kein Kosak mit einem Fünkchen Selbstachtung die geringste Aufmerksamkeit schenken würde. »Er ist ... Freund von mir?«

Der Wachmann sah sich zu einem seiner Kollegen um, der etwas zu ihm sagte, das sie nicht verstehen konnte.

»Ach, *der* Jerome?«, sagte der Mann, der sie verhörte, und lachte. »*Der* Heini, hm?« Er wandte sich wieder Olga zu. »Und wie kommst du auf den Gedanken, er könnte hier oben sein, Frau Zsch…« Er kniff die Augen zusammen und spähte auf den Monitor. »Frau Czotilo. Wieso suchst du ihn hier? Er arbeitet auf den unteren Stockwerken.«

»Oh, ich finde nicht ihn dort«, sagte sie und hoffte, dass ihre Angst als passend zu ihrer Stellung und ihrer Situation empfunden wurde. »Ich denke, vielleicht ihr seht ihn auf eure Kameras und mir sagt.«

Der junge Wachmann fixierte sie mit einem langen, harten Blick, dann wurde seine Miene ein wenig milder. »Hast du gedacht, was?« Er machte über die Schulter eine kurze Bemerkung, die sie nicht mitbekam, und seine Kollegen lachten. »Na gut, ich schau mal. Ist Jerome dein Liebster?«

Olga schaute möglichst verlegen drein. »Ist nur … gut Freund. Wir essen Mittag zusammen, ja? Manchmal?«

Der Mann begab sich an einen der Monitore und kam gleich wieder zurückgeschlendert. »Ich hab ihn grade aus einer der Toiletten im Stockwerk A kommen sehen. Wenn du sofort mit dem Aufzug runterfährst, müsstest du ihn noch erwischen.« Sein Lächeln erfror. »Eins noch. Pass nächstens auf, wo du in diesem Gebäude hingehst. Die Chefs können ziemlich unangenehm werden, wenn Leute sich rumtreiben, wo sie nichts zu suchen haben. Klar?«

Sie nickte eifrig, während sie sich rückwärts auf den Ausgang zuschob. »Vielen Dank!« Ihre Dankbarkeit war nicht gespielt.

Im Fahrstuhl klemmte Olga sich die Hände unter die Achseln, um das Zittern abzustellen. Sie war wütend auf sich. Was hatte sie denn gedacht – dass es ein Klacks sein würde? Sie hatte sehr, sehr großes Glück, dass sie in diesem Moment nicht in einer Zelle saß.

Aber was macht das schon? An diesen Leuten vorbeizukommen ist ausgeschlossen. Ich habe versagt. Ich habe die Kinder ein für allemal verloren.

Sie wünschte, der Aufzug würde durch das Fundament des Hochhauses hindurch weiterfahren in den Deltaschlamm und sie dort spurlos begraben.

> *Zeit*, dachte Ramsey. *Die Zeit läuft uns weg. Wie viel haben wir noch? Keine achtundvierzig Stunden mehr, bis das Wochenende vorbei ist und jemand merkt, dass Olga beim Arbeitsantritt nicht in ihrer Schicht ist, ganz zu schweigen davon, dass das Gebäude wieder von Angestellten wimmeln wird …*

»Verdammt!« Er setzte sich und starrte verzweifelt sein Pad an. Sellars und der kleine Cho-Cho lagen bewusstlos im Nebenzimmer, starben vielleicht, und auf Catur Ramsey lastete jetzt die alleinige Verantwortung für die Sicherheit von Olga Pirofsky … aber er konnte ihre Fonnummer nicht finden.

»Wir können doch nicht einfach … abgeschnitten sein!« Er blickte Sorensen flehend an. »Wir müssen doch noch mit ihr in Verbindung stehen!«

»Hat Sellars dir nicht gesagt, was du tun sollst?« Major Sorensen beäugte die Anzeige von Ramseys Pad mit der Miene eines stümperhaften Automechanikers, der sich zu dem Eingeständnis genötigt sieht, dass er leider keine Ahnung hat, was ein Ringventil ist.

»Er hat mir so gut wie gar nichts gesagt. Er hat irgendwas davon gebrabbelt, das System würde zusammenbrechen oder so. Er würde sich bald wieder melden. Und das war's dann.« Ramsey stützte den Kopf in die Hände. Er hatte in den letzten vier Stunden nichts Anstrengenderes getan als mitgeholfen, den vogelleichten Körper des im Koma liegenden Sellars umzubetten, doch er war noch nie im Leben so erschöpft gewesen. »Er hat die Verbindung zu Olga über irgendein verrücktes Karussel von Relaisstellen geleitet – aus Sicherheitsgründen, wie er mir erklärte. Aber ich kann sie nicht finden! Ich blicke bei diesem ganzen Kram einfach nicht durch. Es muss doch bei euch auf der Militärbasis jemand geben, der das für dich hinkriegen könnte, Sorensen.«

Nach seinem Gesichtsausdruck zu schließen ging es Michael Sorensen nicht besser als Ramsey. »Wie stellst du dir das vor? Wir sind auf der Flucht, verdammt noch mal, und auch wenn wir im Moment vielleicht gar nicht gesucht werden, dürfen wir es nicht drauf ankommen lassen. Und wir wissen nicht, wie ausgedehnt Yacoubians privates Kontaktnetz auf dem Stützpunkt ist. Ich kenne einen Knaben in meinem eigenen Büro, dem ich nicht über den Weg trauen würde, um nur ein Beispiel zu nennen. Und da soll ich anrufen und jemanden bitten, für mich auszutüfteln, wie wir den Kontakt zu unserer Spionin bei der J Corporation wiederherstellen?«

»Und der eine da, der uns kürzlich geholfen hatte, dein Freund Parkins? Wie wär's mit dem?«

Sorensen lachte bitter. »Ron versteht von solchem Informationsgear ungefähr so viel wie ich von Ballett. Außerdem hat er deutlich erklärt, dass er nicht in die Sache reingezogen werden will.«

»Herrje, da kann sich niemand raushalten!« Ramsey stellte das Pad hin und ging ins Bad, um sich das Gesicht zu waschen, wobei er es vermied, Sellars und den Jungen anzuschauen, die nebeneinander auf dem Bett lagen wie Opfer einer Katastrophe, die noch identifiziert werden mussten. Er fühlte, wie die Zeit ihm zwischen den Fingern zerrann; am liebsten hätte er zugepackt und sie festgehalten. Sellars' Stimme in der Leitung, die düstere Bemerkung über das Ende des Netzwerks, hatte Ramsey infiziert wie ein Virus.

»Hör zu, wir sind derzeit beide nicht zu viel nutze«, sagte Sorensen, als Ramsey mit triefendem Gesicht ins Zimmer zurückkehrte. »Ich hab da drüben eine ziemlich aufgebrachte Frau sitzen, und mein Töchterlein vergeht fast vor Angst. Ich muss damit rechnen, dass Kaylene jeden Moment aus der Tür rennt und zum nächsten Polizeirevier fährt. Ich geh jetzt wieder nach nebenan und kümmer mich ein bisschen um die beiden. Wenn dir irgendwas einfällt, sag Bescheid.«

Ramsey winkte ab. »Ja, geh nur. Sag ihnen ... sag ihnen, es tut mir leid.«

»Es ist nicht deine Schuld.« Der Versuch eines Lächelns misslang. »Meine zwar auch nicht, aber ich glaube kaum, dass ich Kay im Augenblick davon überzeugen kann.«

Als der Major die Verbindungstür geschlossen hatte, trat Catur Ramsey an die Minibar und nahm sich eine winzige Flasche Whiskey heraus. Er ging damit ins Bad, wobei er diesmal die Augen zumachte, als er an der Schlafzimmertür vorbeikam, goss den Inhalt in ein Trinkglas und füllte es bis zur Hälfte mit Wasser auf. Damit ließ er sich im Hauptraum in einem Sessel nieder. Er war so müde, dass er meinte, im Sitzen einschlafen zu können, und er wusste, dass Alkohol eine schlechte Idee war, aber manchmal kam man einfach nur noch auf schlechte Ideen.

Wir haben diese arme Frau in das Gebäude geschmuggelt, was sie allein wahrscheinlich niemals geschafft hätte, und haben ihr obendrein noch einen Ring an den Finger gesteckt, der als Belastungsmaterial gegen sie kaum zu überbieten ist. Und jetzt haben wir sie sitzen gelassen. Dazu war der Whiskey da – das schmerzliche Gefühl des Verrats, des Versagens zu dämpfen. *Es ist, als ob man einen wegen eines kleinen Verkehrsdelikts verteidigt, und der kriegt daraufhin die Todesspritze. Willst du meinen juristischen Rat hören, Olga? Such dir einen andern Anwalt!*

Es war beschämend, an so etwas zu scheitern, nicht in der Lage zu sein, sich durch ein bisschen Telekomgemauschel durchzufinden und die Verbindung wieder herzustellen. Bestimmt gab es im Umkreis von fünfzig Meilen hundert helle High-School-Kids, die das mit links hinkriegen würden. Dieser Orlando Gardiner hätte wahrscheinlich nur ein paar Minuten dafür gebraucht. Aber es war nicht Catur Ramseys Welt, und die Notwendigkeit, alles geheim zu halten, erschwerte es außerordentlich, jemanden zu finden, der ihm helfen konnte, zumal in der kurzen Zeit, die ihm blieb, bevor alles aus war.

Das ist also deine Alternative? fragte er sich selbst und starrte dabei den noch unangetasteten Drink an. *Deine großartige Lösung? Orlando Gardiner von den Toten zurückzuholen?*

Ramsey setzte das Glas an und nahm einen ordentlichen Schluck. Er dachte an Dunkelheit und Sterben, an tote Leitungen.

Das Brennen des Whiskeys in seinem Magen hatte noch nicht ganz aufgehört, da fiel ihm jemand ein, den er anrufen konnte.

Es kam ihm sehr lange her vor, dass er die Nummer das letzte Mal angewählt hatte. Beim zwölften Summton geschah immer noch nichts, und seine schlimmsten Befürchtungen schienen sich zu bestätigen. Er wollte es gerade aufgeben, als sich eine Stimme meldete.

»Hallo? Wer ist da?« Der Bildschirm blieb dunkel, aber der Tonfall war unvergesslich.

»Catur Ramsey. Du erinnerst dich doch noch an mich, nicht wahr?«

»Ich erkenne die Leitung nicht, auf der du anrufst.« Kurze Pause. »Eine ziemlich merkwürdige Verbindung, muss ich sagen.«

Sellars' Sicherheitsvorkehrungen, begriff Ramsey. Ihre Anrufe vom Hotel aus nach draußen mussten quer durch die Hölle und Kansas geleitet werden – ein Lieblingsspruch seines Vaters. »Ich bin es, ich schwör's. Kannst du … kannst du nicht eine Stimmüberprüfung oder so was machen?«

»Yeah.« Er schien ein wenig langsamer zu sprechen, als Ramsey es in Erinnerung hatte. »Aber ich müsste sie über dieses Polizeisystem laufen lassen, das ... das ein Freund von mir aufgetan hat. Das würde eine Weile dauern.«

»So lange kann ich nicht warten. Hör mal, hast du noch meine alte Nummer? Ruf mich auf der an. Ich werde nichts weiter sagen als ›Ich bin's‹, auflegen und dich zurückrufen. Klar?« Selbst wenn seine normale Leitung abgehört wurde, würde auf die Art bestimmt nicht mehr passieren, als dass jemand einen sonderbaren kurzen Wortwechsel mitbekam, oder?

Zwei Minuten später war der elektronische Pas de deux erfolgt, und Ramsey rief wieder auf der geschützten Leitung an.

»Zufrieden?«

»Halbwegs«, knurrte der andere. »Aber kann sein, dass ich dich trotzdem noch durch das Kenngear laufen lasse.«

Ramsey konnte sich ein müdes Grinsen nicht verkneifen. So weit war es also gekommen. Dass man sich gegenüber misstrauischen Apparaten ausweisen musste. »Wie geht's, Beezle?«

»Geht so. Lange nichts von Orlando gehört.«

Obwohl er allein im Zimmer war und nur mit einem zu Ehren gekommenen Kinderspielzeug redete, zuckte er unwillkürlich schuldbewusst zusammen. Beezle wusste nicht Bescheid?

Woher auch? Ziemlich unwahrscheinlich, dass jemand daran denkt, Orlandos Gear zu kontaktieren und vom Tod seines Herrn zu benachrichtigen. Im Gegenteil, seine Eltern waren hinter Beezle her und wollten ihn abschalten. Kein Wunder, dass er sich abgeseilt hat.

»Ich brauche dich«, sagte er, womit er zwar um das Thema herumkam, nicht aber um die Frage, ob es unmoralisch war, einen Apparat anzulügen, oder eher zu verzeihen, wenn es nur durch Verschweigen geschah. »Ich bin immer noch an derselben Sache dran, die du und ich letztens verfolgt haben, aber jetzt stecke ich in ernsten Schwierigkeiten.«

»Ich weiß nicht so recht.« Die Taxifahrerstimme klang nach wie vor ein wenig schwerzüngig, so als ob Beezle sich die elektronische Entsprechung von ein paar Samstagnachmittagsbierchen genehmigt hatte und jetzt nur schwer in die Gänge kam. »Ich muss meine Leitungen freihalten, falls Orlando mich erreichen will.«

Ramsey schloss die Augen. Er war so müde, dass er kaum noch reden konnte, so von Sorgen um Olga Pirofsky gequält, dass er schon Magenschmerzen hatte. Nur seiner zehnjährigen Gerichtserfahrung hatte er es zu verdanken, dass er nicht die Fassung verlor und etwas Dummes, nicht Wiedergutzumachendes sagte, aber er war nahe dran. »Wenn er mit dir in Kontakt treten will, hast du doch bestimmt Möglichkeiten, das mitzukriegen. Bitte, Beezle. Das hier ist wichtig. Wenn ... wenn das, was Orlando getan hat, einen Sinn haben soll, dann ist das die Sache, um die es geht.«

Wieder schwieg Beezle eine Weile, höchstwahrscheinlich um Ramseys verquaste Ausdrucksweise zu entschlüsseln; vielleicht wog er auch die Dringlichkeit in Ramseys Stimme ab. »Sag mir, was du brauchst, Boss«, meinte der Agent schließlich. »Ich schau mal, ob ich was machen kann.«

»Gott sei Dank«, schnaufte Ramsey. »Und dir auch. Danke, Beezle.« Während er sich anschickte, ihm alles von Sellars zu übermitteln, was er auf seinem Pad hatte, auch die Aufzeichnung des letzten Anrufs, ging ihm die Frage durch den Kopf, was Beezle wohl in der Zeit seit ihrem letzten Gespräch gemacht hatte. »Wo bist du eigentlich derzeit?«

»Nirgends so richtig«, antwortete die Reibeisenstimme. »Ich ...« Sie verstummte wieder. Ramsey verfluchte sich für die dumme Frage – was bedeutete schon ein physischer Standort für eine elektronische Schaltlogik? Und überhaupt, fand Ramsey, den das chaotische Universum, das er gegenwärtig bewohnte, nicht aufhörte zu befremden, war die Frage nicht bloß dumm, sondern ausgesprochen grausam. Als wollte man eine Waise fragen: »Wo sind deine Eltern?«

Tatsächlich klang in Beezles Stimme, als er weiterredete, eine Verwirrung durch, die Ramsey bei ihm zum ersten Mal hörte. »Wo ich bin? Ich ... warte halt, nicht? Ich warte.«

> Der Samstagnachmittag war dahingekrochen wie ein sterbendes Tier. Nur mit Mühe konnte Calliope sich davon abhalten, Kendricks Freund anzurufen und einen Fortschrittsbericht zu verlangen.

Er ist ein Kind, Skouros. Und er macht das freiwillig. Überhaupt, wieso die Eile? Elisabetta hatte nicht zurückgerufen. Zudem hatte ihre Mitbewohnerin so fahrig und verpennt gewirkt, dass sich Calliope alles andere als sicher war, ob sie ihr den Anruf ausgerichtet hatte. Um die Langeweile und eine unerklärliche Erregung zu bekämpfen, war ihr als letztes Mittel die überfällige Hausarbeit eingefallen.

Gemischte Resultate, meldete sie einer imaginären Vorgesetzten. *Den Mörder der kleinen Merapanui haben wir leider nicht gefasst, aber dafür habe ich endlich mein Waschbecken gescheuert und ein paar alte Sachen aus meinem Kleiderschrank ausgemustert.*

Der Nachmittag ging schleichend in den Abend über. Nachdem die Wohnung zu guter Letzt sauber war, zumindest sauberer als seit vielen Wochen, beschloss sie, sich einen Film zu gönnen, den sie schon länger schauen wollte, ein figurativistisches Opus aus Belgien, über das Fenella bei ihrem letzten Zusammensein geredet hatte. Das war doch einmal eine neue Erfahrung, dachte sich Calliope, auch etwas zu kennen, worüber andere Leute redeten. Allerdings, bis sie Fenella wiedersah, schwärmte diese bestimmt schon wieder von etwas Anderem, von einer Museumsretrospektive oder einem Ballett über den Völkermord an den tasmanischen Aborigines.

Nach einer halben Stunde hatte Calliope den Faden der Handlung vollkommen verloren, sofern man von einer Handlung sprechen konnte. Als sie nur noch den Wunsch verspürte, einen leibhaftigen belgischen Figurativisten kennen zu lernen, um ihn zu erwürgen, stellte sie das Ding ab und rief ihre Kopie der Merapanui-Datei auf. Die schemenhaften Bilder von John Dread waren wie ein Hohn. *Du meinst, du kannst mich finden?* schienen sie zu sagen. *Ich bin Staub. Ich bin der Wind. Ich bin das Dunkle in deinem Schatten.*

Während die Sonne hinter dem Hafen versank, ging sie abermals ihre Aufzeichnungen durch, um vielleicht doch etwas zu finden, das sie übersehen hatte, irgendetwas. Wenn John Dread am Leben war, woran sie keinen Zweifel hatte, warum wusste das dann keiner? Oder wussten es Leute und hatten einfach zu viel Angst, um es zuzugeben? Der merkwürdige Ausdruck, der über das Gesicht von 3-Big Pike gehuscht war, fiel ihr wieder ein. *»Wenn du den verpfeifst, steht er aus dem Grab auf und murkst dich dreifach ab.«*

Wo in aller Welt steckte er bloß? In einem Zug in Europa, in einem amerikanischen Einkaufszentrum, schon dabei, sein nächstes Opfer zu taxieren? Oder näher? Vielleicht sogar noch auf dem australischen Kontinent? Versteckt auf einer Rinderstation im Outback, wo er den richtigen Moment abwartete, um mit einer neuen Identität in sein altes Revier zurückzukehren? Lauernd wie ein böser Geist …

Das Piepen ihres Pads riss sie jäh aus ihren Gedanken.

»Ja?«

Es war Gerry Two Iron. »Ich sitz an diesem Ding von dir, tick?«

Sie fühlte ihr Herz höher schlagen. »Und hast du was rausgefunden?«

Er blickte ein wenig betreten. »Ist schwerer, als ich dachte. Da zieht jemand 'n echt para Venture ab. Verdupptes kleines Stück Fen-fen.«

Sie war stolz auf ihre Selbstbeherrschung. »Gerry, ich verstehe nicht, was das heißen soll. Gib mir die Untertitel zum O-Ton.«

Er verdrehte die Augen. »Es ist irgendwie kompliziert, irgendwie. Du hängst dich dran, aber es geht in tausend Richtungen. Alle möglichen Kurven und Ecken, blinde Relaisstellen, so'n Fen.«

»Heißt das, es ist nicht von der Universität Helsinki?«

»Von der Universität Megascän isses, das heißt es. Irgendwer hat das total verkniffelt. Einer, der weiß, wie man Spuren verwischt.«

Calliope rutschte vor. »Es ist also nicht bloß eine ganz normale Recherche?«

Gerry Two Iron zuckte mit den Achseln, dass seine gesprayten Haare sanft wippten. »Weiß nicht, könnte einfach von jemand sein, der's voll privat will. Der nicht will, dass irgendwer Wind von seinem Venture kriegt.«

Sie versuchte ihren inneren Jubel zu bezähmen. Was hatte das schon zu besagen? Der Junge hatte recht, es konnte eine völlig normale Recherche von jemandem sein, der, aus welchen Gründen auch immer, ein gut abgeschirmtes System hatte. Aber unwillkürlich wanderte ihr Blick zu dem verwischten Gesicht von John Wulgaru auf dem Wandbildschirm über ihr. *Ich kriege dich, du Dreckskerl. Irgendwie. Irgendwann.*

»Bis wann kannst du mit Sicherheit sagen, woher das kommt?«

»Weiß nicht.« Er schob nachdenklich die Unterlippe vor. »Grad hab ich ziemlich den Drezz. Ich mach mich morgen wieder dran. Aber 'n paar Tage könnt's dann noch dauern.«

»Vor morgen kannst du dich nicht noch mal dransetzen?«

Gerry Two Iron bedachte Calliope mit dem weltweit gebräuchlichen Teenagerblick speziell für bescheuerte Erwachsene. »Hab den ganzen

Tag noch nichts gegessen, he.« Ein künstliches Grinsen verriet seinen Unwillen. »Selbst die Polizei lässt einen was essen, oder?«

»Okay, natürlich. Ich bin dir wirklich sehr dankbar für deine Hilfe. Tut mir leid, wenn ich mich so anstelle.«

Als er ausgeklickt hatte, ärgerte sie sich über sich selbst. Einen echten Zeitdruck gab es doch gar nicht. Polly Merapanui war seit fünf Jahren tot und begraben. John Wulgaru alias Johnny Dread war angeblich schon ein paar Monate länger tot. Wozu die Eile?

Doch während sie so in der dunkel werdenden Wohnung saß, mit den verschwommenen Aufnahmen und den endlos studierten Dateien auf dem Wandbildschirm als einziger Lichtquelle, konnte sie sich des Gefühls nicht erwehren, dass ihr mehr als nur ein Wochenende in die Binsen ging.

Als sie sich endlich aus dem Bett quälte, war der Vormittag schon halb vorbei. Sie hatte nach dem Abendessen vier Bier gebraucht, um die nötige Bettschwere zu bekommen, und jetzt saßen sie ihr in den Knochen. Sie schlürfte im Wohnzimmer hinter heruntergelassenen Jalousien ihren Kaffee und grübelte darüber, ob Gott die hellen Sonntagmorgen absichtlich zu einer Qual für das Auge gemacht hatte, um die Sünder zu zwingen, in dunklen Kirchen Zuflucht zu suchen.

Sie hatte sich nach der zweiten Tasse gerade zu dem Entschluss durchgerungen, es doch mit einem Happs zum Frühstück zu versuchen, als ihr endlich aufging, dass das vermeintliche und hartnäckig ignorierte Symptom beginnender Kopfschmerzen in Wirklichkeit ein Blinken in der Ecke ihres Wandbildschirms war. Eine Mitteilung. Sie hatte im Schlaf offenbar einen Anruf überhört.

Elisabetta? Oder Kendricks Freund? War der Tag doch noch nicht ganz verloren? Mit dem sauren Gefühl im Magen und dem trockenen, pappigen Gefühl im Mund mochte sie nicht recht daran glauben, aber sie rief die Nachricht dennoch auf.

Sie war von Gerry Two Iron. Er habe eine Nachtschicht eingelegt, teilte er mit, und er habe eine Kleinigkeit für sie. Die *Sache,* die sie wissen wollte, erklärte seine Bildaufzeichnung bedeutungsschwer. Trotz ihrer Ungeduld und diesmal tatsächlich einsetzender Kopfschmerzen musste sie grinsen. *Der Knabe guckt zu viele Thriller.* Sie rief ihn zurück.

Nachdem er seine Ergebnisse vorgetragen hatte, bedankte sie sich vielmals bei ihm – ja, versprach sie, sie werde auf jeden Fall die Möglichkeit eruieren, ihn zu einem Polizeihelfer zu machen (was immer das heißen mochte) – und starrte dann versonnen auf den inzwischen kalt gewordenen Kaffee in ihrem Becher. Möglicherweise war mit den Früchten von Gerry Two Irons Detektivarbeit etwas anzufangen, aber genauso gut konnte sich herausstellen, dass sich dahinter tatsächlich nicht mehr verbarg als eine stinknormale Wortsuche, jemand, der ein bestimmtes Detail aus der uraustralischen Mythologie brauchte. Aber der Ausgangspunkt war ein Telekomrouter bei ihr in Sydney, wenn sie jetzt also den Anbieter dazu brachte, eine Hausadresse auszuspucken …

Calliope seufzte. War das eine Art, den Sonntag zu verbringen? Falls die Telekomgesellschaft ihr nicht freiwillig Auskunft gab, musste sie eine richterliche Anordnung erwirken. Wie sollte sie die bekommen, ohne sich einen Riesenanschiss von oben einzuhandeln, vielleicht sogar eine offizielle Untersuchung?

Sie wollte es zuerst beim Telekomanbieter mit vorsichtiger Überzeugungsarbeit versuchen, mal sehen. Damit war der zweite Wochenendtag im Eimer. Na, immer noch besser als Hausputz.

Und was tun, wenn sie die Adresse tatsächlich bekam? Bis Montag warten?

Stan ließ es eine Ewigkeit klingeln. Als der Anruf endlich angenommen wurde, starrte ihr die Fratze eines Monsters entgegen, taubenblau, mit Insektenaugen und langen Fühlern.

»Huch!«, rief sie erschrocken.

»Stanley Chan ist nicht zuhause«, erklärte das Ungetüm mit hohler Stimme. »Er ist nicht mehr auf diesem Planeten.«

»Entführt!« Eine andere Maske mit Facettenaugen drängelte sich ins Bild. »Von Außerirdischen!«

Jetzt erblickte Calliope Stan, der auf der Couch saß und den Gefesselten spielte, während seine Neffen die Nachricht aufnahmen. Er winkte mit zusammengelegten Händen, um die allem Anschein nach der Gürtel eines Bademantels geschlungen war. »Tut mir leid, Leute! Ich werde auf einen andern Planeten verschleppt«, rief er. »Oder in den Zoo. Oder so.«

»In den Weltraum. Da wird er gefoltert«, sagte das erste Monster und rieb sich in freudiger Erwartung die Hände.

»Nachricht«, zischte das zweite.

»Ach so, ja. Falls ihr eine Nachricht hinterlassen wollt, nur zu. Aber es wird Herrn Chan nichts nützen, weil er da schon auf unserm Heimatplaneten ist und voll totgefoltert wird, irgendwie.«

Calliope sprach eine Nachricht, in der sie den Gefangenen bat, sie für den Fall seiner Heimkehr zurückzurufen. Auch wenn ihr Partner nicht mehr in der Galaxis weilte und sie ihren Sonntag damit verplemperte, ein bedeutungsloses Detail aus einem abgeschlossenen Fall zu ermitteln, wollte sie den Kontakt zu ihm nicht völlig verlieren.

Kapitel 34
DER WÜSTENTEMPEL

NETFEED/DOKU/SPIEL:
IEN, Nr. 17 (Eu, NAm) - "Tick Tick Tick"
(Bild: Kandidat in Flammen)
Off-Stimme: Für diese Spielzeit steigt heute die letzte Episode der beliebten Nervenkitzel-Show, in der zwölf Kandidaten Spritzen mit ungewisser Wirkung bekommen und eine Woche auf das Ergebnis warten müssen. Zehn sind harmlos, und die Kandidaten gewinnen nur die Heimversion des Spiels. Eine Spritze hat zur Folge, dass das berühmte Logo "Wahnsinnskredite!" auf der Haut des Gewinners oder der Gewinnerin erscheint, was bedeutet, dass er oder sie um eine Million Schweizer Kredite reicher ist. Der zwölfte Kandidat - ein Ausdruck, der durch die Sendung mittlerweile zum geflügelten Wort geworden ist - explodiert vor laufenden Kameras. Der Spaß daran ist, die wartenden Kandidaten während des siebentägigen Count-downs zu beobachten, bis sie am Ende der Woche live in der Sendung ihr Schicksal erfahren. Die heutige letzte Episode in dieser Saison bringt das spannende Finale und zusätzlich eine Retrospektive mit einigen der anrührendsten und verrücktesten Szenen aus früheren Shows …

> Der Priester mit dem stumpfen Blick stellte die Elfenbeinschatulle neben Paul auf den Stein. Eine Ecke drückte ihm ins Fleisch, als der Priester sie aufklappte und ihr Stück für Stück eine Kollektion von Bronzemessern und anderen Gegenständen, deren Zweck nicht unmittelbar einsichtig war, entnahm.

»Hier ist der Übeltäter, ihr Götter«,

sang Userhotep,

»Dessen Mund gegen euch verschlossen ist wie eine Tür.«

Paul versuchte verzweifelt, sich auf die leiernde Stimme des Priesters zu konzentrieren, auf das an der Decke flackernde Lampenlicht, selbst auf die feixende Gottesmaske von Robert Wells, um bloß nicht an das zu denken, was gleich geschehen würde.

Als der Mann mit den toten Augen sich über ihn beugte, eine blanke Bronzesichel gezückt wie einen kleinen Mond, spannte Paul die Muskeln an und warf den Oberkörper mit einem so ungestümen Ruck zur Seite, dass seine Fesseln vernehmlich knarrten. Das Messer machte nur einen flachen Schnitt, der dennoch einen höllisch brennenden Streifen auf seinem Brustkorb hinterließ. Paul atmete schwer von der plötzlichen Anstrengung, doch er hatte nur wenige Sekunden gewonnen. Userhotep warf ihm einen Blick der Verachtung zu und setzte zum nächsten Schnitt an.

»Es ist wirklich zwecklos, mein lieber Jonas«, bemerkte Robert Wells. »Dieser ganze Widerstand. Sei doch kein Spielverderber.«

Ein saurer Geschmack von Wut und Verzweiflung breitete sich in Pauls Mund aus, während er in das widerliche gelbe Gesicht starrte. Etwas brannte sich ihm in die Seite wie eine weißglühende Flamme, und ein Schrei entrang sich ihm wie ein Tier, das aus seinem Bau ausreißt.

»Je eher du dich entspannst und die Gegenwehr aufgibst, desto eher können wir diesen hypnotischen Block brechen.« Wells' hallende Stimme schien aus weiter Ferne zu kommen. »Dann werden die Schmerzen vorbei sein.«

»Du Schwein!«, keuchte Paul. Die Schatten im Raum schienen zum Leben zu erwachen. Ein sich verbreiternder schwarzer Umriss bewegte sich hinter Wells.

Der Cheriheb ließ auf einmal das Messer fallen. Noch bevor es klirrend am Steinboden aufkam, war der Folterer von der Schlachtbank zurückgetaumelt, mit beiden Händen vor dem Gesicht fuchtelnd. Er wurde von etwas umschwärmt, das Paul nicht richtig erkennen konnte, einer sausenden Wolke aus hellen Teilchen.

»Herr!«, kreischte der Priester. »Rette mich!«

Aber Wells hatte es auch erwischt: Paul sah aus den Augenwinkeln seine lange Mumiengestalt mit einem kleinen, haarigen Angreifer ringen, der sein Bein gepackt hielt wie ein Hund. Wells fluchte vor Schreck und Schmerz und schlug auf seinen Bedränger ein. Andere Gestalten strömten in den Raum. Leute schrien. Die Fackeln flackerten heftig, so dass die eben noch so ruhigen Schatten wie wild über die Wände zuckten. Alles schien sich auszudehnen und zu verwackeln.

Jetzt kämpfte Wells mit einer dunkelhaarigen Figur, die beinahe so groß war wie er. Eng umklammert wälzten sie sich am Boden, als plötzlich ein greller Blitz ringsherum alles blau aufleuchten ließ. Mühsam hob Paul den Kopf vom Stein und blinzelte gegen die Blendwirkung der Lichtexplosion an.

Was geschieht hier …? war alles, was er noch denken konnte, da schoss der immer noch schreiende Userhotep neben ihm in die Höhe, ein anderes Messer in der Hand und das Gesicht voll wild zappelnder kleiner Gestalten. Der Priester fiel quer über den Altar und schmetterte Pauls Kopf auf den Stein zurück. Dann wurde alles schwarz.

Seine Glieder waren endlich frei, aber sie glühten wie Feuer, und sein Herz stotterte wie ein Motor, der mit schlechtem Treibstoff fuhr. Seinem Kopf ging es noch miserabler. Jemand hatte ihn unter die Achseln gefasst und hielt ihn hoch.

»Mein Gott, er ist ganz nass! Er blutet …!«

Mit grenzenloser Dankbarkeit erkannte Paul Martines Stimme. Er wollte die Augen öffnen, aber er hatte irgendetwas Salziges darin, das brannte. »Flach …«, japste er und machte einen vergeblichen Versuch, auf eigenen Beinen zu stehen. Das wieder einströmende Blut fühlte sich an wie ein Schwarm mörderisch beißender Ameisen. »Flache Schnitte. Haben erst … angefangen …«

»Nicht reden!«, befahl Florimel von der anderen Seite. »Spar deine Kräfte. Wir werden dir helfen, aber wir müssen hier verschwinden.«

»Ich hätte nie gedacht, dass ich den Gelbgesichtigen einmal so sehen würde.« Diesen Satz sagte eine tiefe und rauhe Stimme, die Paul nicht kannte und die von ziemlich weit unten kam, so als ob der Sprecher am Boden kniete. »Da windet er sich wie ein Wurm auf einem heißen

Stein.« Das Lachen klang schadenfroh. »Das ist ein mächtiger Zauber, den du da in deiner Hand hast, mein Freund.«

»Will nix wie weg hier, äi«, hörte Paul T4b sagen. Er war so atemlos, als ob er gerade einen Marathon gelaufen wäre. »Ehe dieser seyi-lo Killer uns auf die Pelle rückt.«

»Sollen wir ihn erledigen?«, fragte Florimel, und in seinem wirren, zerschlagenen Zustand meinte Paul zunächst, seine Freunde hätten die Absicht, ihn von seinem Leiden zu erlösen.

»Guck, guck!«, fistelte ein hohes Stimmchen beinahe in seinem Ohr. »Voll Blut! Bise hindefallen, Mister? Hasen zoomsigen Ratzfatz macht, hn?«

»Was ist das für ein Zirkus, verdammt?«, stöhnte Paul. »Was geht hier vor?«

»Du redest leichtfertig davon, Ptah zu erledigen«, bemerkte die rauhe Stimme, als ob Paul gar nichts gesagt hätte, »aber ich muss dich warnen: Einen Gott zu töten verändert die Ordnung des Himmels, zumal einen so wichtigen Gott wie den Herrn der weißen Wände.«

»Wells ist nicht unser wirklicher Feind«, meinte Martine. »Das wahre Ungeheuer kommt erst noch, und es kann jeden Moment hier sein.«

Der Sprecher neben Pauls Knien schnaubte. »Wenn euer Feind unser neuer Herr und Gebieter Anubis ist«, sagte er, »dann braucht ihr keine andern Feinde mehr. Wenn er uns in die Hände bekommt, wird er euch – und mich – unter seinen schwarzen Fersen zu Staub zermalmen.«

Paul hatte sich endlich die Augen freigezwinkert. Der Mann neben ihm kniete gar nicht. Es war ein Zwerg mit einem langen, zottigen Vollbart und einem unglaublich hässlichen Gesicht, das sich zu einem breiten Grinsen verzog, als er Pauls Blick bemerkte.

»Euer Freund kann wieder sehen«, sagte er und verneigte sich. »Du brauchst Bes nicht dafür zu danken, dass er dich und deine Gefährten gerettet hat. Es gibt für einen Hausgott wenig zu tun in einem Land, wo alle Häuser in Trümmern liegen.« Der Zwerg lachte. Er schien viel zu lachen, aber einen sehr glücklichen Eindruck machte er auf Paul nicht. »Aber auch so, denke ich, lässt sich alles, was ich tue, als Kleinkram bezeichnen.«

Paul schüttelte benommen den Kopf. Ein fingerlanges gelbes Äffchen schwirrte ihm direkt vors Gesicht, und sofort stießen mehrere andere dazu. »Niemand sagt uns, wo Landogarner is«, jammerte das Äffchen. »Weiß dus? Und Freddicks?«

Robert Wells wand sich ein paar Meter weiter auf dem Steinboden, als hätte er einen Anfall, und hielt sich seinen verbundenen Kopf. Der Priester Userhotep lag an der hinteren Wand in einer sich ausbreitenden dunklen Lache, die im Fackelschein spiegelte.

»Was geht hier vor?«, fragte Paul abermals.

»Das sagen wir dir später.« Martine zog eine Hand unter seiner Achsel hervor und strich ihm übers Gesicht. Die Hand blieb kurz dort liegen, kühl und beruhigend. »Du bist jetzt in Sicherheit.«

»Jedenfalls so sehr in Sicherheit wie wir andern auch«, ergänzte Florimel. »Hier sind deine Sachen.«

»Lasst Wells liegen«, sagte Martine. »Wir müssen los. Ich weiß nicht genau, wie weit es zum Gateway ist.«

»Gateway ...?« Paul war zumute, als schwappte schwarze Farbe oder schmutziges Motoröl in seinem Kopf hin und her, irgendetwas Zähflüssiges, das die Anschlüsse verklebte. Es waren noch zwei andere Leute im Raum, bemerkte er jetzt, die Gefangenen, die in die Zelle gebracht worden waren, kurz bevor man ihn abgeführt hatte. Als Nandi Paradivasch sah, dass er ihn anschaute, humpelte er zu ihm herüber.

»Ich bin froh, dass du noch lebst, Paul Jonas.« In Nandis Gesicht und an den Armen war stellenweise die Haut abgeschabt, und er hatte grausige handtellergroße Brandwunden an den Beinen. Er wirkte geschrumpft, war nur noch ein Schatten des früheren tapferen und scharfsinnigen Streiters. »Ich werde mir den Verrat an dir nie verzeihen.« Paul zuckte mit den Achseln und wusste nicht, was er sagen sollte. Nandi schien sich eine Art Absolution zu erhoffen, doch im Augenblick konnte Paul mit so einer abstrakten Vorstellung nichts anfangen. »Missus Simpkins und ich ...« Nandi deutete verlegen auf die Frau, »wir waren viele Tage lang ... Gefangene des Mannes, den ihr Dread nennt.«

»Darüber reden wir später.« Die Frau namens Simpkins hörte sich vernünftig und ruhig an, doch ihre verschatteten Augen begegneten Pauls Blick nicht, und ihre Hände hingen herab, als hätten sie keine Knochen.

»Kannst du gehen, wenn wir dir helfen, Paul?«, fragte Martine. »Wir müssen uns beeilen, und dich zu tragen würde uns aufhalten. Wir haben die Wächter abgelenkt, doch sie werden bald zurück sein.«

Kichernd schritt Bes zur Tür und machte sie auf. Im Gang hörte Paul ferne Schreie. »Sehr eindrucksvoll, wie ablenkend es sein kann, wenn man einer Horde fliegender Affen eine Fackel gibt.«

Eine gelbe Affenwolke stob in die Luft und in den Flur hinaus.

»Brennebrennebrenne!«, kreischten sie und wirbelten dabei wie ein Tornado. »Brennebrenne ganz toll!«

»Fuego grande!«

»Stärkste Bande!«

T4b hinkte hinter ihnen her. Er hielt sich eine Hand, als ob sie ihm wehtäte. Es entging Paul nicht, dass die Hand leuchtete.

Gestützt von Martine und Florimel wankte Paul aus der Folterkammer. Er musste über eines von Wells' Beinen treten, das ruckte und zuckte, als stände es unter Strom.

Die riesige weiße Scheibe der Sonne stand hoch am Himmel, und die Luft draußen in Abydos-Olim war so trocken und heiß, dass sie Paul schier die Lungen ausdörrte. Eingestürzte, ausgebrannte Häuser umgaben den großen Tempel an allen Seiten, und schwarzer Rauch stieg aus einigen noch zum Himmel empor. Dread schien hier ähnlich gewütet zu haben wie in Dodge City.

Paul musste sich ein wenig auf Florimel lehnen, doch er war wieder so weit bei Kräften, dass Martine ihn loslassen und auf dem steinernen Pier vorgehen konnte, der auf der Rückseite des Tempels in das braune Wasser eines breiten Kanals hinausragte. Die Affen umschwirrten sie kurz und schossen dann vorwärts, um das gewaltige goldene Ruderschiff zu inspizieren, das am Ende des Piers lag wie ein schwimmendes Hotel. Martine blieb auf halbem Wege stehen und drehte langsam den Kopf hin und her.

»Es ist nicht hier.« Ihre gepresste Stimme hatte einen Anflug von Panik. »Das Gateway – ich kann es fühlen, aber es ist nicht hier.«

»Was kann das bedeuten?«, fragte Florimel. »Ist es unsichtbar?«

»Nein, es ist ganz einfach nicht da. Im Tempel konnte ich spüren, dass es hier draußen ist, und ich fühle es immer noch, sehr stark, aber …« Sie drehte sich, bis sie in die Gegenrichtung des Tempels blickte, das Flusstal hinunter nach Süden. »Mein Gott«, flüsterte sie. »Es ist … es ist weit entfernt. Aber so stark! Deshalb dachte ich, es wäre hier, gleich hinter dem Tempel.« Sie wandte sich Bes zu, der sie mit unerschütterlicher Ruhe betrachtete, als wollte er sagen, dass er jeden Tag Wunder sah und auch selbst welche wirkte. »Was ist da draußen?«

»Sand«, knurrte er. »Skorpione. Mehr Sand. Du solltest besser fragen, was da draußen *nicht* ist – Wasser, Schatten, solche Sachen.« Er zupfte an seinem Ringelbart. »In der Richtung liegt die Rote Wüste.«

»Aber was ist da draußen? Was spüre ich? Etwas Großes, Mächtiges – eine Öffnung.« Sie runzelte die Stirn. Paul vermutete, dass sie überlegte, wie sie es dem Zwerg begreiflich machen konnte. »Ein … ein sehr starker und dunkler Zauber.«

Bes schüttelte nur den Kopf. »Du willst dort nicht hin, Frau.«

»Himmel, wir müssen!« Martine eilte den Pier zurück auf ihn zu. »Bitte, gib Antwort! Unsere Entscheidung werden wir selber treffen.«

Der bärtige Gott musterte sie eine Weile und schüttelte dann wieder den Kopf. »Als die kleinen Affen mich aufsuchten, bin ich euch zu Hilfe gekommen, weil es mich reute, dass ich diese beiden«, er deutete auf Nandi und Missus Simpkins, »in einer schlimmen Stunde im Tempel des Re alleingelassen hatte. Und jetzt willst du dich an einen noch schlimmeren Ort begeben? Ich bin gewiss nicht der edelmütigste unter den Göttern, Frau, aber es ist auch nicht meine Art, gute Menschen in ihr Verderben zu schicken.«

»Sag uns einfach, was da draußen ist!«, drängte Martine.

Missus Simpkins trat vor; mit ihren nutzlos herabhängenden Händen sah sie ein wenig aus wie ein bettelnder Hund. »Wir müssen es wissen, Bes«, sagte sie. »Für alles Weitere tragen wir die Verantwortung, nicht du.«

Er funkelte sie zornig an. »Der Tempel des Seth«, sagte er schließlich. »Das Haus des Verlorenen. Das ist es, was du da draußen in der Wüste fühlst. Es ist ein Loch in die Unterwelt, ein Ort, den selbst der große Osiris mit dem Gebaren eines Sterblichen aufsuchte, der lebendigen Leibes in sein eigenes Grab gezerrt wird. Und wenn ihr dort hingeht, wird es euer Untergang sein.«

Martine hatte ihr blindes Gesicht mit einer Miene auf ihn gerichtet, der nichts zu entnehmen war. Nandi und T4b kamen vom Ende des Piers zurückgehumpelt, wo sie die riesige Barke in Augenschein genommen hatten.

»Haufenweise Schwarze mit so Rudern drin, äi«, meldete T4b. Er hielt immer noch seine leuchtende Hand, als wäre sie verwundet. »Sitzen bloß und glotzen. Scännt vollblock.«

»Wohlan denn«, sagte Bes zu Martine. »Steigt einfach in das Schiff und sagt, wohin ihr wollt. Das Schiff wird euch hinbringen. Ihr werdet eher dort sein, als euch lieb ist.«

»Wir müssen es tun«, erwiderte sie leise.

»Dann fahrt ihr ohne Bes.« Der kleine Gott wandte sich schroff ab und schritt zum Tempel zurück. »Mögen die sieben Hathors euch ein gnädiges Ende gewähren.«

Missus Simpkins rief ihm hinterher: »Danke, dass du uns geholfen hast! Gott schütze dich!«

Bes machte eine Geste, die halb Abschied, halb Geringschätzung zu bedeuten schien. Die Affen drehten noch eine wilde Runde um seinen Kopf und sausten dann zu Paul und den anderen zurück.

»Ist das nur meine Einbildung«, fragte Florimel zerknirscht, »oder ist es wirklich so, dass uns ständig irgendwelche Leute erzählen, der nächste Ort wäre noch grauenhafter als der, wo wir gerade sind?«

Selbst an der heißen ägyptischen Luft überlief Paul ein Schauder. »Tja, und sie haben jedes Mal recht gehabt«, sagte er.

> *»Code Delphi. Hier anfangen.*

Wir haben unglaubliches Glück gehabt. Nein, *ich* habe unglaubliches Glück gehabt. Mein verzweifelter Versuch, Hilfe zu finden, hat die Böse Bande aufgerüttelt, und die Kinder ihrerseits haben den kleinen Gott Bes ausfindig gemacht, den Freund unserer Mitgefangenen Nandi Paradivasch und Bonita Mae Simpkins. Das an sich war schon ein Geschenk des Himmels, denn allein hätten die winzigen Bandenkinder niemals den Riegel vor unserer Zellentür heben können. Bes jedoch ist viel stärker, als man bei seiner Größe vermuten würde. Schließlich ist er ein Gott.

Und all meinen düsteren Vorahnungen zum Trotz haben wir auch Paul Jonas retten können, verletzt und traumatisiert, aber immerhin am Leben, immerhin bei Verstand. Ich habe ihm das Blut abgewaschen und seine vielen Wunden verbunden, so gut ich es konnte, und im Augenblick schläft er zu meinen Füßen. Nandi und Bonnie Mae haben die

Folter ebenfalls überlebt, aber auf beiden liegt ein Schatten. Die virtuellen Galeerensklaven rudern derweil die Barke des Osiris stromaufwärts wie eine Maschine, der es gleichgültig ist, wer sie bedient – stromaufwärts zum Tempel des Seth.

Ich hätte auch ohne Bes gewusst, wie gefährlich unser Unterfangen ist. Orlando und Fredericks wurden einmal von diesem Tempel angezogen und hineingesaugt wie Blätter in einen Strudel, und Orlando meinte, sie seien nur knapp mit dem Leben davongekommen. Dennoch habe ich ein wenig Zuversicht gefasst, auch wenn das dumm sein mag. Wir leben noch, gegen jede Wahrscheinlichkeit. Und wir sind Dread praktisch durch die Finger geschlüpft, wenigstens fürs Erste. In mir tanzt und jubiliert es wie ein Kind, das nach einem langen, langweiligen Tag im Haus endlich in den Garten darf. Ich lebe! Nichts ist wichtiger als das. Es ist alles, was ich habe. Im Augenblick ist es genug.

Wenn ich sehe, wie Paul im Schlaf zittert, erinnert mich das an Robert Wells, nachdem Javier ihm seine verrückte leuchtende Hand in den Hinterkopf steckte und ihn, der in dieser ägyptischen Simwelt ein großer Gott ist, damit zu Boden warf wie einen geschlachteten Ochsen. Ich frage mich, was das alles zu bedeuten hat. Ist es purer Zufall, dass wir schon wieder gerettet wurden? Wir sind im Banne eines Betriebssystems, das mit Geschichten, mit Märchen gefüttert wurde, da könnte es sein, dass die vielen Zufälle in einem tieferen Zusammenhang stehen. Vielleicht hat T4b diese merkwürdige Verletzung eigens zu unserer Rettung bekommen, vielleicht gehört das mit zur Geschichte des Netzwerks. Aber das erklärt noch nicht die vielen eigenartigen Glücksfälle. Ich bin aus freien Stücken hierher gekommen, um Renie Sulaweyo bei der Suche nach ihrem Bruder zu helfen, völlig ahnungslos, dass es irgendeinen Zusammenhang mit dem lange vergangenen Tag geben könnte, an dem ich mein Augenlicht verlor. Wie könnte es so ein unglaubliches zufälliges Zusammentreffen geben?

Es sei denn, dass Geschichten eine viel weitreichendere Bedeutung haben, als uns unmittelbar einsichtig ist.

Sind Geschichten nicht das Mittel, mit dem wir Menschen die Welt gestalten, ja die Zeit selbst? Machen wir es nicht genauso wie in den einfachsten und tiefgründigsten Märchen, dass wir den Rohstoff des Chaos nehmen und darin einen Anfang, eine Mitte und ein Ende setzen, um so unser eigenes kleines Leben zu spiegeln? Und wenn die

Physiker recht haben, dass sich die materielle Welt mit der Beobachtung verändert und dass wir ihre einzigen bekannten Beobachter sind, kann es dann nicht sein, dass wir das gesamte chaotische Universum, das ewige, rastlos tätige Jetzt, in diese vertraute Form zu bringen suchen?

Wenn ja, dann hat das Universum, vom feinsten Quantenstaub bis hin zu den gewaltigsten leeren Räumen, in der Tat die Gestalt einer Geschichte. Sie beginnt: ›Es war einmal …‹

Und wenn das stimmt, dann können nur wir Menschen, arme, nackte Halbaffen, die im trüben Licht dieses kleinen Sternes am Rand einer unbedeutenden Galaxie dahinvegetieren, das letzte Wort darüber sprechen, ob es am Schluss heißen wird: ›Und sie lebten vergnügt bis an ihr seliges Ende.‹

Mir wird ganz schwindlig bei diesen Gedanken. Es ist eine zu kolossale und außerordentliche Möglichkeit, als dass ich sie lange fassen könnte, vor allem jetzt, wo wir noch in solcher Gefahr schweben.

Das Schiff des Osiris schaukelt unter mir. Es durchschneidet die träge Strömung, während die knarrenden Ruder einen unmenschlich gleichmäßigen Takt schlagen. Wir fahren den Nil hinauf zum finstersten Ort in dieser Welt, vielleicht in all diesen Welten. Ich bin sehr müde. Ich denke, ich werde mich eine Weile schlafen legen.

Code Delphi. Hier aufhören.«

> Dread schwebte in den weißen Weiten seines spartanisch kargen Outback-Schlosses. Das zum Torweg hereintönende Jaulen eines Dingos bildete einen unheimlichen, aber eindrucksvollen Kontrapunkt zu der in der Luft zitternden Klaviermelodie. Dread dämpfte das Licht und ließ es über der wüsten Landschaft Abend werden, damit er die Übersicht besser erkennen konnte, die Dulcy Anwin für ihn erstellt hatte.

Unwillig runzelte er die Stirn; er hätte lieber seinen Tagträumen nachgehangen, als trockene Studien zu treiben. Die Übersicht war ein bodenloses Fass voller Tabellen, dreidimensionaler Schaubilder und Vermögensaufstellungen, eine ordentliche Zusammenfassung der unendlich weitgestreuten Besitztümer und Beteiligungen von Felix Jongleur. Aus jedem Punkt schoss ein Wald von Markern hervor, die Informationen über Zugriff und Verbindung enthielten, und eine Zeit lang erging er sich in Fantasien, wie jeder Subkonzern, jede Holdinggesellschaft und jede Aktienmehrheit sich als Werkzeug der Vernichtung einsetzen ließe.

Er lauschte entzückt den atonalen Sprüngen des einsamen Klaviers. *Ich könnte eine richtige Symphonie daraus machen,* dachte er. *Ein Wirtschaftskrach hier, eine Seuche dort, so dass selbst die Reichen ihr Fett abkriegen. Krieg, Hunger, sämtliche apokalyptischen Reiter, einer nach dem andern. Wie der Dritte Weltkrieg, nur in Zeitlupe. Auf die Weise kann man ihn besser genießen.*

Natürlich muss ich aufpassen, dass mir die Sache nicht aus der Hand gleitet. Schließlich will ich nicht, dass mir *was passiert, nicht wahr?*

Aber bevor der Spaß richtig losgehen konnte, musste er noch die letzten Vorkehrungen treffen. Es war eine Sache, an Felix Jongleurs geheime Daten heranzukommen, aber eine ganz andere, die wilden Kunstprojekte zu realisieren, die Dread im Augenblick vorschwebten. Zweifellos würde Jongleurs Abwesenheit irgendwann seine offizielle Todeserklärung zur Folge haben, und dann würden seine diversen Verwaltungsräte und designierten Nachfolger mit Heerscharen von Revisoren und Datenanalysten auf den Plan treten. Bevor es so weit kam, musste er alles unter Dach und Fach haben und Herr über sämtliche Finanzen und Verbindungen sein, die er brauchte.

War er dafür auf Dulcy angewiesen? Nein. Ihre Brauchbarkeit hatte sich erschöpft. Nicht nur das, sie wusste viel zu viel. Ein, zwei Tage noch konnte sie ihm bei dem komplizierten Machttransfer behilflich sein, dann war ihr Australienurlaub beendet. Er war zu dem Schluss gekommen, dass er die nötige unverdächtige Lösung doch mit ein bisschen Vergnügen in eigener Sache verbinden konnte. Wen würde es schon wundern, wenn eine amerikanische Touristin in einem der anrüchigeren Viertel von Sydney ausgeraubt und ermordet aufgefunden wurde?

Zum Klavier gesellte sich abermals ein anderer Ton, diesmal nicht das Kläffen eines Wildhundes, sondern das leise Piepen einer dringlichen Mitteilung. Dread wollte es erst ignorieren, doch er wusste, dass es Dulcy sein konnte. Da ihre gemeinsame Zeit dem Ende zuging, wollte er noch das Maximum an Arbeit aus ihr herausholen. Ein guter Manager nutzte jedes Produktionsmittel bis zum Letzten aus.

Zu seiner Überraschung war der Anruf auf einer Leitung, die er noch nie benutzt hatte. Der Kopf, der das Sichtfenster füllte, war kahl geschoren, die Gewänder grauschwarz mit Ruß besudelt.

»O Herr über alles!« Der Priester stotterte vor Hast und Panik. »Unglück ist über uns hereingebrochen, o großes Haus. Deine Diener sind verzweifelt, das ganze Schwarze Land ist in Schrecken!«

Dread wunderte sich. Das war einer der virtuellen Priester des Alten Mannes. Der Anruf war über Jongleurs Verbindung zum Gralsnetzwerk direkt zu ihm durchgestellt worden, genau als ob der Lakai aus der wirklichen Welt statt aus einem imaginären Ägypten angerufen hätte.

»Was willst du?«

»O gepriesener Anubis, Herr der letzten Fahrt, im großen Abydos brennt es! Viele Priester sind tot, viele andere liegen mit schweren Verbrennungen im Sterben!«

Ein ziemlich kurioser Gedanke, gerade ihn deswegen anzurufen, fand Dread, da er vor noch nicht vierundzwanzig Stunden höchstpersönlich im Tempelkomplex von Abydos-Olim Priester gefoltert und umgebracht hatte. »Und?«

Das rußbeschmierte Gesicht wurde noch grauer. Der Mund des Mannes bewegte sich, doch einen Moment lang kam kein Ton heraus. »Und die Gefangenen des großes Gottes sind entflohen.«

»Was?« Er verengte die Augen. »Ihr habt diese Schwachköpfe vom Kreis entkommen lassen? Alle beide?«

Der Priester schluckte. Die nächsten Worte brachte er nur flüsternd über die Lippen. »Alle. Alle Gefangenen des großes Gottes.«

»Was soll das jetzt schon wieder heißen?« Er hörte, wie seine Stimme zornig anschwoll, als ob er in Wahrheit der Gott wäre, den der Priester vor sich sehen musste. »Rühr dich nicht von der Stelle!«

Ein kurzer Gedanke genügte, und er war in Ägypten.

Wells hockte geduckt auf dem Boden der Folterkammer. Seine Mumienbinden waren schmutzig und zerrissen, und mit Furcht und Trotz in seinem bananengelben Gesicht schaute er zu der riesenhaften Gestalt des schakalköpfigen Anubis auf.

»Woher sollte ich das wissen?« Wells sprach nuschelnd, als ob sein Gehirn etwas abbekommen hätte. »Es war bloß so ein junger Kerl – muss derselbe gewesen sein, der Yacoubian fertig gemacht hat. Er hat einfach … seine Hand in mich reingesteckt. Ich war total gelähmt. Es war fast so, als wäre ich offline befördert worden, nur dass ich nach wie vor in diesem virtuellen Körper drin war.«

»Was brabbelst du da für einen Scheiß?« Dread streckte Wells ganz plötzlich mit einer kräftigen Ohrfeige zu Boden. »Ich geb dir gleich gelähmt, du winselnde Tunte! Die Priester sagen, meine Gefangenen wären entflohen, *alle* meine Gefangenen. Ich hatte mir noch zwei von diesen miesen, kleinen Frömmlern aufgehoben, aber die hätten keinen Ausbruch mehr zustande gebracht. Die waren so gut wie tot. Also von wem reden die Priester?«

»Sie sind einfach ... hier aufgetaucht«, antwortete Wells hastig. »Dieselben, mit denen ich zusammen in Kunoharas Welt war. Sie sind hier aufgetaucht, und ich habe sie für dich festgenommen.«

»Kunoharas Welt ...?« Dread funkelte die geduckte Gestalt an. »Willst du damit sagen ...?«

Wells machte Anstalten, aufzustehen. »Paul Jonas war bei ihnen, verstehst du?«

»Wer zum Teufel ist das?« Der Name kam ihm irgendwie bekannt vor, aber ein heißer Wutschwall, bei dem ihm war, als würde er gleich in Flammen ausbrechen, löschte alle Erinnerungen aus.

»Jemand, nach dem Jongleur gefahndet hat!« Wells schien der Meinung zu sein, mit dieser Mitteilung alles wieder gutgemacht zu haben, denn er rappelte sich vollends auf. »Der Alte Mann hat das ganze Netzwerk auf den Kopf gestellt, um ihn zu finden, aber wir haben nie erfahren, warum – wir kannten nicht mal seinen Namen. Jonas' Gedächtnis ist irgendwie hypnotisch blockiert, deshalb dachte ich, eine kleine Behandlung von einem der Cherihebs könnte da was in Bewegung bringen ...«

»Halt's Maul!«, brüllte Dread. »Dieser Jonas ist mir scheißegal. Wer war hier? Was für Gefangene? Wer ist entflohen?«

Wells zuckte ängstlich zurück. »Ich sag doch, die ... die Leute aus Kunoharas Welt. Weißt du nicht mehr? Du hast diese ganzen mutierten Insekten auf sie gehetzt. Da war der Junge mit dieser seltsamen Hand. Die Frau mit dem Kopfverband. Die blinde Frau ...«

»Du ... du hast Martine hier gehabt?« Dread blieb einen Moment lang die Luft weg. Seine Hände zitterten. »Du hast Martine Desroubins und ihre Freunde hier gehabt und mir nicht Bescheid gesagt?«

Wells trat einen Schritt zurück. Er versuchte, sich höher aufzurichten. »Ich hätte dir schon Bescheid gesagt. Bestimmt! Aber ich kann sehr gut selber Entscheidungen treffen. Ich habe eines der größten Unternehmen der Welt geleitet – und jetzt bin ich auch ein Gott!«

Dread hatte ihn so blitzschnell geschnappt, dass Robert Wells nicht einmal mehr piep sagen konnte. Der Schakalgott packte ihn mit seiner großen Hand an der Kehle und hob ihn hoch, bis seine umwickelten Füße einen guten Meter über dem Boden baumelten.

»Wo sind sie hin?«

Mit vortretenden Augen schüttelte Wells heftig den Kopf.

»Na schön. Das find ich schon selber raus.« Er zog Wells ganz dicht an seinen Rachen heran, so dass er den haarlosen Ptah-Schädel mit einem einzigen Biss wie eine Walnuss hätte knacken können. »Ihr beschissenen Yankees haltet euch für besonders schlau, was? Aber eines ist dir anscheinend trotzdem nicht klar: Ob du ein Gott bist oder nicht ... der Allmächtige hier bin ich.«

Der Festgehaltene wehrte sich in seiner Todesangst, aber nur kurz. Dreads Hand schoss vor wie eine zuschnappende Kobra, fuhr in Robert Wells' aufgerissenen Mund und stieß mit den Fingern nach oben durch die Schädeldecke, als ob sie eine Eierschale wäre. Nachdem er den kleineren Gott fest im Griff hatte, nahm er die andere Hand von der Kehle und zog damit die gelbe Oberlippe grauenhaft weit zurück wie eine Latexmaske, bis das Gesicht komplett verschwunden war. Mit einem gewaltigen Ruck seines langen Armes riss er Ptah das ganze Skelett aus dem Leib und ließ es zu Boden fallen. Eine Puppe aus Knochen und Sehnen zuckte wie ein an Land geworfener Fisch neben dem leeren, gummiartigen Fleischlappen. Die noch in den Höhlen des blanken Schädels sitzenden Augen rollten wie wild, bis das Licht der Intelligenz in ihnen verglommen war.

»Ein Gott bist du also, was?« Dread spuckte neben die feuchten, glänzenden Knochen. »Dann heil das.«

Geringfügig aufgeheitert machte sich Anubis auf die Suche nach seinen Gefangenen.

> Langsam wurde sein Kopf wieder klarer. Die drückende Wolke, die seine Gedanken verdunkelt und verwirrt hatte, verzog sich, wie weggebrannt von der feurigen ägyptischen Sonne, doch trotz der Besserung

hatte Paul nicht nur keine Lust zu denken, sondern einen aktiven Widerstand dagegen. Die Erinnerung an seinen hilflosen Zustand war ihm qualvoll.

Beim Aufwachen auf dem Schiffsdeck hatte er sich in den Schatten des goldenen Baldachins geschleppt. Sie schienen den Kanal verlassen zu haben und auf dem Nil zu fahren: Auf beiden Seiten des breiten braunen Flusses erstreckte sich nichts als Sand. Die in der Ferne verschwimmenden gelbgrauen Berge unterstrichen nur die Leere der flachen, kahlen Wüste.

Doch ob er wollte oder nicht, schwirrten ihm Erinnerungsfetzen durch den Kopf – Ava, das Zwitschern der Vögel, der Triumph auf Mudds unmenschlichem Gesicht, als er sie eng umschlungen ertappt hatte.

Ich habe sie geküsst. Habe ich sie geliebt? Wieso kann ich das nicht fühlen? Wenn man jemanden liebt, kann man das doch nicht vergessen.

Doch es war alles zu dunkel, zu leidbefrachtet. Er wollte nicht noch mehr wissen – bestimmt hatte eines von ihnen das andere verraten. Nichts sonst konnte seine Abwehrreaktion auf die Vorstellung erklären, noch weitere Erinnerungen heraufzuholen.

Er war dankbar, als Nandi Paradivasch sich leicht ächzend neben ihm niederließ und ihn aus diesen trübsinnigen Betrachtungen riss. »Ich sehe, du bist wach.« Er sprach viel langsamer als bei ihrer ersten Begegnung. Überhaupt wirkte dieser Nandi ganz anders als die energische Persönlichkeit, mit der er im Boot durch Xanadu gefahren war – hart und trocken, als ob er im Herzen versteinert wäre. »Ich freue mich, dich wiederzusehen, Paul Jonas.«

»Ich freue mich auch. Ich hatte nie Gelegenheit, mich bei dir zu bedanken, dass du mich gerettet hast.«

»Vor den Männern des Khans?« Ein müdes Lächeln erschien auf Nandis Gesicht. »Sie haben mich tatsächlich erwischt, aber ich konnte entkommen. Es ist so ähnlich wie ein Abenteuerspiel, dieses Leben, was? Aber viel zu gefährlich, für den Leib wie für die Seele.«

»Nichts um dich herum ist wahr, und doch kann das, was du siehst, dich verletzen oder töten«, zitierte Paul aus dem Gedächtnis. »Das war die Botschaft, die ich erhielt – ich glaube, das habe ich dir damals erzählt. Und du hast mich noch in einer andern, viel wesent-

licheren Hinsicht gerettet. Du hast mich darüber aufgeklärt, wo ich war. Von da an musste ich nicht mehr fürchten, den Verstand zu verlieren.«

Darauf bedacht, seine verbrannten Beine zu schonen, nahm Nandi vorsichtig den Lotussitz ein. Beim Anblick des rohen Fleisches traten Paul seine letzten Stunden im Tempel so plastisch wieder vor Augen, dass ihm fast schlecht wurde.

Nandi schien es nicht zu bemerken; seine Augen waren auf das Ufer gerichtet. »Gott wird uns vor den Bösen bewahren. Er wird ihre Werke vereiteln.« Er wandte sich Paul zu. »Und ihre Werke sind in der Tat vereitelt worden, nicht wahr? Ich habe erzählt bekommen, was mit der Unsterblichkeitszeremonie der Gralsbruderschaft geschah.«

»Ja, aber trotzdem macht es nicht den Anschein, als würden wir siegen.«

Nachdem sie eine Weile geschwiegen hatten, sagte Paul unvermittelt: »Übrigens hattest du recht. Mit den Pankies.«

Nandi runzelte die Stirn. »Mit wem?«

»Das war dieses englische Paar. Der Mann und die Frau, die bei mir waren, als wir beide uns das erste Mal begegneten. Du meintest damals, sie wären nicht, was sie zu sein scheinen.« Er berichtete die merkwürdige Episode in den Katakomben unter Venedig, als die Zwillinge und die Pankies sich kurz wie Spiegelbilder gegenübergestanden hatten, und wie Sefton und Undine Pankie sich umgedreht hatten und verschwunden waren. »Aber was sie sind, ist damit immer noch nicht geklärt«, sagte er.

»Frühe Versionen vielleicht«, meinte Nandi. »Ein Modell, das später von einem verbesserten Produkt abgelöst wurde. Doch man hat vergessen, die ältere Version zu löschen.«

»Aber es hat noch andere gegeben«, wandte Paul ein, der sich an Kunoharas Welt erinnerte. »Ich bin zweien begegnet, die Insekten waren, und die hatten auch kein Interesse an mir. Sie faselten ständig was von einer kleinen Königin.« Ein Gedanke regte sich in ihm. »Und die Pankies waren auf der Suche nach ihrer eingebildeten Tochter.«

»Eine Gemeinsamkeit in beiden Versionen, kein Zweifel«, sagte Nandi. »Martine hat mir erzählt, dass du die Originale kennst.«

Paul war ein wenig unwohl bei der Vorstellung, dass Leute sich hinter seinem Rücken über seine hässlichen Geheimnisse unterhielten, sein lückenhaft erinnertes Leben. Es war *sein* Leben und ging niemanden etwas an!

Aber das Geheimnis betrifft alle, wies er sich selbst zurecht. *Alle hier sind in großer Gefahr.*

»Ja, stimmt, aber ich kann mich noch immer nicht an alles erinnern.« Da war er wieder, dieser Schatten am äußersten Rand seines Gedächtnisses, eine verschwommene Wahrnehmung von etwas, das er nicht genauer wissen wollte. »Aber wieso sollten sich verschiedene Versionen verschieden verhalten? Wieso sind welche hinter mir her wie besessen, und andern bin ich völlig egal?« Wieder sah er die venezianischen Katakomben vor sich, die Konfrontation der beiden spiegelbildlichen Paare im Beisein von ihm, dem armen Gally und der gespenstischen Eleanora.

»Vielleicht sind sie schlicht unterschiedlich programmiert.« Nandi sah offenbar keinen großen Sinn darin, Spekulationen anzustellen, doch Paul suchte sich an etwas Anderes zu erinnern, etwas, das Eleanora ihm gesagt hatte, oder gezeigt …

»Mein Gott«, sagte er plötzlich, »es sind wirklich bloß Kopien.« Er setzte sich kerzengerade hin, ohne auf den scharfen Schmerz über den Rippen zu achten. »Eleanora – eine reale Frau, die in der venezianischen Simwelt lebte –, sie zeigte mir ihren ehemaligen Geliebten, einen Mafioso, der diese Welt für sie gebaut hatte. Er war tot, aber die Gralsleute hatten zu seinen Lebzeiten eine Kopie von ihm gemacht. Ich glaube, das war eine Vorform des Gralsprozesses. Er wirkte real – er konnte Fragen beantworten –, aber er war in einer Art Informationsschleife, vergaß ständig, was man ihn gefragt hatte, wiederholte immer wieder dieselben Sachen. Könnte es nicht sein, dass die Pankies und die andern Versionen der Zwillinge etwas Ähnliches sind?«

»Du blutest«, sagte Nandi sanft.

Paul sah an sich herab. Durch seine ruckartige Bewegung waren die Schnittwunden auf seiner Brust aufgeplatzt, und das austretende Blut sickerte durch den schmutzigen Jumpsuit.

»Jonas, was machst du?« Florimel eilte auf ihn zu. »Martine, er blutet wieder.«

»Sie kann dich nicht hören«, bemerkte Nandi. »Sie ist vorne im Bug.«

»Hilf mir, ihn zu säubern.«

»Lass nur, das geht schon.« Doch Paul sträubte sich nicht, als Florimel seinen Jumpsuit vorne öffnete und sich leise schimpfend an den durchgeweichten Stoffstreifen zu schaffen machte, mit denen Martine ihn verbunden hatte.

»T4b?«, rief sie. »Wo bist du? Besorg mir irgendwas, das ich als Verband benutzen kann. T4b?« Sie bekam keine Antwort. »Verdammt, Javier, wo bist du?«

»Javier?«, fragte Nandi, während er Florimel half, Paul bis zur Taille aus seinem Anzug zu pellen.

Paul ärgerte sich – seine Wunden waren nicht lebensgefährlich, und der Gedanke, der in seinem Kopf arbeitete, kam ihm wichtig vor. Viele Kopien, einige weniger vollkommen als andere …

Ich bin ein zersprungener Spiegel, hatte sie zu ihm gesagt. *Ein zersprungener Spiegel …*

»Du hast dir ja Zeit gelassen, Javier«, raunzte Florimel den jungen Burschen an, als er schließlich erschien. »Hast du noch Stoff gefunden?«

»Gibt keinen.« Er warf Nandi einen Blick zu, als wäre der ihm unangenehmer als Florimels Ärger.

»Javier … Javier Rogers?«, fragte Nandi.

»Nein!«, stieß T4b schroff hervor, dann wurde er steif und starrte seine Füße an. »Yeah.«

»Ihr kennt euch?« Florimel blickte von einem zum anderen.

»Ich denke schon«, antwortete Nandi. »Der Kreis ist dafür verantwortlich, dass Javier hier ist.«

Florimel wandte sich T4b zu. »Stimmt das?«

»Oh, Fen-fen«, sagte er niedergeschlagen.

So wie sie alle um den Jungen herumstanden, musste Paul unwillkürlich an eine Inquisitionsszene denken. Aber T4b, dem die Peinlichkeit quer über sein schweißnasses Teenagergesicht geschrieben stand, gab keinen sehr überzeugenden Märtyrer ab.

»Worüber hast du uns sonst noch belogen?«, wollte Florimel wissen.

»Gar nicht gelogen, äi«, wehrte sich T4b. »Bin kein Dupper. Hab bloß nix gesagt, tick?«

»Du musst dich nicht für deinen Glauben rechtfertigen, mein Junge«, versicherte ihm Bonnie Mae.

»Er hat euch keine gefährlichen Geheimnisse vorenthalten«, erklärte Nandi. »Wir haben viele wie ihn angeworben, vielversprechende gläubige junge Männer und Frauen. Wir haben ihnen Informationen und eine Grundausbildung gegeben, und wir haben sie technisch ausgerüstet. Dies ist ein Krieg, den wir hier führen, was gerade ihr besser als sonst jemand wissen solltet. Und wurdet ihr selbst nicht von jemandem angeworben, dessen Motive sehr viel undurchsichtiger sind als unsere?«

»Arbeitest du vielleicht auch für Kunohara?«, fragte Florimel T4b. Sie wirkte außerordentlich aufgebracht, fand Paul. »Hatte Martine recht damit?«

»Nein! Ich hab nix zu tun mit diesem Kunoheini.« Er sah aus, als ob er gleich losweinen würde. »Und gegen euch gemacht hab ich auch nie nix. Bloß euch nix erzählt ... über den Kreis.«

Paul sah Martine an, doch diese schien nur mit halber Aufmerksamkeit zuzuhören. »Was hast du mit ›gläubigen Männern und Frauen‹ gemeint?«, fragte er Nandi.

»Wir sind eine Gruppe, die vereint ist in dem Glauben an eine höhere Macht, die über den Menschen steht«, antwortete Nandi. »Daraus habe ich kein Geheimnis gemacht, als wir uns kennen lernten.«

»Aber Javier ...?«

Der Junge zog ein trotziges Gesicht, als er merkte, dass ihn schon wieder alle ansahen. »Wiedergeboren bin ich, äi. Jesus hat mich gerettet.«

»So ist's recht«, sagte Bonnie Mae. »Schäm dich nicht des Pfads, den du gewählt hast. ›Selig sind, die hungern und dürsten nach der Gerechtigkeit‹, hat Jesus in der Bergpredigt gesagt; ›denn sie werden gesättigt werden.‹ An einem Hunger nach Gerechtigkeit ist nichts auszusetzen.« Sie wandte sich an die anderen. »Dieser Junge hat durch Christus seinen Weg gefunden. Stört euch das? Was ist dann mit mir? Ist es ein Fehler, Gott zu lieben?«

»Durch Jesus bin ich vom Charge losgekommen«, erklärte T4b ernst. »Ich war verloren, irgendwie. Dann hat er mich gerettet.«

»Ist er bei dir zuhause vorbeigekommen und hat dir ein paar Entziehungstricks gezeigt?« Florimel lachte bitter. »Tut mir leid, aber ich bin mit diesem Quatsch groß geworden. Er hat das Leben meiner Mutter vergiftet und meines auch. Verzeiht meine Reaktion, aber ich komme mir verraten vor, wenn ich erfahren muss, dass T4b die ganze Zeit einem andern Herrn gedient hat.«

»Einem andern Herrn gedient?« Jetzt war es Nandi, der zornig wurde. »Wie das? Wir haben nicht mehr mit Javier gesprochen, seit er in das Netzwerk eingetreten ist. Sind eure Ziele nicht auch unsere? Die Kinder zu retten und dieses teuflische Betriebssystem zu zerstören, diese furchtbare Unsterblichkeitsmaschine, die Blut und Seelen als Treibstoff frisst?«

Ich hatte gerade einen wichtigen Gedanken, als das hier losging, suchte Paul sich zu erinnern, aber er konnte sich nicht von seinen grimmig und verstört blickenden Gefährten losreißen. Nur Martine Desroubins schien woanders zu sein und auf Geräusche zu lauschen, die sie allein hören konnte. »Martine?«, sprach er sie an.

»Es ist nahe«, sagte sie. »Ich fühle es. Es ist anders als alles, was ich sonst hier erlebt habe – vielleicht wie die Höhle der Verlorenen, aber zugleich lebendiger und weniger lebendig. Und es ist sehr stark.« Sie zog eine Grimasse. »Nah. Ganz nah.«

Paul sah auf. Unermüdlich getrieben von den roboterhaft rudernden Galeerensklaven bog das Schiff um eine Kurve des breiten, träge dahinfließenden Stromes. Als sie an einer Gruppe felsiger Hügel vorbeistrichen, blickte Paul auf einmal in ein weites Tal aus rotem Sand.

»Gütiger Himmel«, sagte er leise. »Der Tempel.«

»Er ist leer.« Martines Gesicht war immer noch schmerzverzogen. »Und doch nicht leer. Tief im Innern ist etwas, das heiß und aktiv ist. Er ist wie ein Hochofen mit dicht geschlossener Klappe.«

Die Böse Bande, die über den Redenden gehangen hatte wie ein bildlicher Gedankenwirrwarr über den Köpfen von Comicstripfiguren, sauste jetzt als gelbes Geschwader nieder und sammelte sich auf Paul.

»Schlimm da«, sagte eines der Äffchen.

»Warn da schoma«, meinte ein anderes. »Bloß nich noma. Schnell weg!«

Mehrere flogen auf und zogen Paul an den Haaren. »Nix wie weg! Wohin, wos Spaß gibt. Schnell!«

Die Auseinandersetzung über T4b brach ab, als nunmehr alle Streithähne und -hennen in der Ferne den braunen Umriss des Tempels sahen, die wuchtige Fassade mit den Sandsteinsäulen und den pechschwarzen Rechtecken dazwischen.

»Es ... es sieht aus wie ein Zähnefletschen«, sagte Florimel.

»Tot«, setzte Nandi langsam hinzu. »Wie ein zähnefletschender Totenschädel.«

Der Tempel sah nicht nur leer aus, sondern war auch halb unter Wanderdünen begraben, ein vergessener Ort, wo seit Langem niemand mehr gewesen war. Aufgewirbelt von einer Brise, die sie alle nicht spürten, verschleierten glitzernde graue Sandwolken den Bau noch zusätzlich, so dass seine vollen Ausmaße nicht zu erkennen waren.

Das leise Platschen der Ruder verstummte. Während das Schiff gemächlich an den Kai trieb und anlegte, starrten Paul und seine Gefährten den unheimlichen Tempel an, dessen windgepeitschte Front hoch wie ein Bürogebäude und mehrere Häuserblocks breit war. Nirgends am Ufer war ein Geräusch zu hören.

»Will nicht da rein«, sagte T4b schließlich.

»Wir müssen«, erklärte Martine sanft, aber bestimmt. Falls sie den Streit über seine heimliche Kreismitgliedschaft verfolgt hatte, war der Junge anscheinend dadurch nicht in ihrer Achtung gesunken. »Dread wird uns suchen kommen, er kann jeden Moment hier sein. Er wird sich nicht überlisten oder besiegen lassen wie Wells. Und er wird sehr wütend sein.«

T4b sagte nichts mehr, doch als die anderen zum Laufsteg traten, schloss er sich ihnen an, als würde er zur Hinrichtung geführt. Die Kinder der Bösen Bande hingen an seinen, Pauls und Florimels Sachen wie schlafende Fledermäuse und benahmen sich vor Angst ausnahmsweise einmal manierlich.

»Nich so schlimm diesmal«, flüsterte eines Paul ins Ohr, doch die Kinderstimme klang nicht völlig überzeugt. »Schläft fester. Vielleicht merks nich, dass wir da sind.«

Trotz Martines antreibender Worte konnte Paul sich nicht dazu aufraffen, schneller als im Schleichtempo durch die heiße, sonnengleißende Wüste zu tappen. Der wehende Sand biss ihm ins Gesicht. Die hochragende Säulenreihe sah aus, als wollte sie ihn verschlingen. Selbst die Luft war schwer, glich einer festen, zähen Masse, durch die sie sich kämpfen mussten. Hinter ihm gab Florimel ein ersticktes Röcheln von sich, denn die Furcht schnürte ihr die Kehle zu, und sie bekam kaum noch Luft.

Die glühende Hitze ließ nur wenig nach, als sie zwischen die zyklopischen Säulen in den Schatten traten. Die lange Mauer vor ihnen war über und über mit kunstvoll gearbeiteten Relieffeldern bedeckt, die aber im Laufe der Zeit verwittert waren und nur noch ein sinnloses und beklemmendes Gekrakel erkennen ließen. Der einzige Eingang war ein schlichtes schwarzes Quadrat in der Mitte der mächtigen Mauer, ein Loch in ein tieferes Dunkel.

Martine ging als Erste hinein. Trotz der drückenden, geradezu erwartungsvollen Stille des Ortes hielt sie sich die Ohren zu – ganz als ob direkt neben ihr jemand schrie, dachte Paul, während er ihr zusammen mit den anderen folgte.

Als die Augen sich langsam an die Dunkelheit im Innern gewöhnten, die nur das Licht vom Eingang geringfügig aufhellte, sah Paul überall weißgewandete Körper liegen, insgesamt vielleicht fünfundzwanzig. Keiner regte sich; alle schienen unter Qualen gestorben zu sein. Er wandte sich schaudernd von der am nächsten liegenden Leiche ab: die Finger am rauhen Steinboden blutig gekratzt, die Augen verdreht wie Ausschau haltend nach einer Rettung, die nicht gekommen war.

»Das sind keine Replikanten«, sagte Nandi leise. Paul sah ihn verwundert an. »Es sind leere Sims«, erläuterte der dunkelhäutige Mann. »Schau, sie sind nicht verwest oder irgendwie verändert, lediglich erstarrt. Hier sind lebendige Menschen gestorben oder offline gegangen und haben ihre Sims zurückgelassen.«

Martine war vor einem gewaltigen Tor in der Innenwand stehen geblieben, das bis zur Decke aufragte und dessen beide Flügel mit gehämmerter Bronze verkleidet waren. Angesichts seiner schieren Größe rutschte Paul fast das Herz in die Hose.

Ich will gar nicht sehen, was dahinter ist ...

Eine Berührung an seinem Arm ließ ihn zusammenfahren.

»Hab nicht gelogen, äi«, sagte T4b leise. Paul war erstaunt, dass es dem jungen Burschen in dieser unheilschwangeren Atmosphäre keine Ruhe ließ, was andere von ihm dachten.

»Ich glaube dir, Javier.«

»Tut ... tut mir leid ... dass ich dich exen wollt.« Er sprach so leise, dass Paul ihn nicht gleich verstand. »Auf dem Berg da.«

»Oh! Ach so, das! Das ist längst vergeben und vergessen.«

»Weil, das Mädchen, Emily, die war chizz. Auf die hab ich echt geopt. Satt.« Anscheinend wollte er unbedingt, dass Paul ihn begriff. »Als dann der ganze Fen gecräsht ist ...«

Das Gespräch war surreal. *Erst Nandi, jetzt er. Bin ich hier der Beichtvater oder was? Oder kommt das, weil beide der Meinung sind, dass wir wahrscheinlich nicht mehr lange leben, dass es für Entschuldigungen bald zu spät sein wird ...*

»Wollt ihr hier bloß rumbummeln, bis jemand kommt und uns umbringt?«, rief Martine. Ihr rauher Ton, ob infolge von Schmerz, Furcht oder beidem, ließ sowohl Paul als auch T4b zusammenfahren. »Kommt her und helft mir, dieses Tor zu öffnen!«

Sie eilten durch den hallenden Saal. Die anderen hatten sich vor dem Tor versammelt und flüsterten untereinander. Paul hätte fast gelacht, wenn nicht der Druck der Furcht gewesen wäre. Was sollte die Leisetreterei? Meinten sie etwa, das Ding auf der anderen Seite schlief tatsächlich und hörte sie nicht? Die ungeheuerliche Erscheinung, die er auf Ithaka beschworen hatte, fiel ihm ein, das Wesen, dem Orlando und Fredericks im Kühlschrank begegnet waren. Hatten sie denn gar nichts begriffen? Der Andere schlief immer – und doch hörte er alles.

Bedrückt von finsteren Vorahnungen, die jeden Gedanken und jede Bewegung zu lähmen drohten, ließ er sich zwischen T4b und Nandi stellen und zog mit an den mächtigen Torflügeln. Zuerst regte sich nichts, dann schwangen die riesigen bronzenen Flächen mit einem Kreischen wie von einem wütenden Urzeitungeheuer nach außen. Die Böse Bande schoss von der Toröffnung zurück, als ob die Höhle dahinter voll Giftgas oder kochend heißem Dampf wäre. Unwillkürlich musste Paul an Martines Bemerkung über einen Hochofen denken.

»Nich reingehn!«, schrie eines der Äffchen. »Draußen warten!« Sie schraubten sich in die oberen Regionen des Vorraums empor und wichen ängstlich und aufgeregt schnatternd in die Nähe des Ausgangs zurück.

Martine war bereits vorausgegangen wie eine, die gegen einen starken Wind ankämpft. Paul folgte ihr und rechnete damit, jetzt etwas Ähnliches wahrzunehmen wie sie, doch das Gefühl von Bedrohung war weiter drinnen nicht größer als draußen.

Der Raum war an allen Seiten aus rauhem, dunklem Stein und machte den Eindruck, in großer Eile aus einem Berg herausgehauen worden zu sein. In der Mitte stand in krassem Kontrast dazu ein mächtiger Steinsarkophag, kunstvoll gearbeitet und schwarz glänzend.

Die anderen kamen dicht hinter ihm, doch Paul wollte keinen Schritt mehr tun. Martine hielt sich wieder die Ohren zu und schwankte, als wäre ihr schwindlig. Paul fürchtete, sie könnte stürzen, doch selbst das konnte ihn nicht dazu bringen, näher an den stummen schwarzen Kasten heranzutreten.

»Er … er fühlt mich …«, wisperte Martine mit erstickter Stimme. Es hallte in Fetzen von den Wänden wider: *»Fühlt mich … fühlt …«*

Da flammte zwanzig Meter vom Sarg entfernt nahe der Wand ein geradezu schmerzhaft grelles Licht auf. Wie in einem Albtraum konnte Paul sich nicht bewegen, doch sein Herz schlug ihm bis in die Kehle.

Funken regnend wie brennendes Magnesium blieb das Licht einen Moment lang im Raum hängen und bildete sich dann zu einem menschgestaltigen weißen Loch um. Paul war leicht enttäuscht, denn er hatte das unbestimmte Gefühl, diese Erscheinung schon einmal gesehen zu haben. Dennoch waren weder er noch seine Gefährten auf die hohe Stimme gefasst, die gleich darauf durch die Höhle scholl.

»Mann! Was für 'ne mierda is das jetzt, wo der alte Spinner mich da rein 'at?«

Das wundersame Schauspiel einer zappelnden, blanken Silhouette, die auf Spanisch fluchte, wurde durch den explosionsartigen Einfall einer Wolke fingergroßer gelber Affen unterbrochen.

»Kommt wer! Kommt wer!«, plärrten sie. »Da! Großer Hund!«

Ihr aufgeregtes Gekreische machte es fast unmöglich zu verstehen, was sie mitteilen wollten. »Warum in Herrgotts Namen schreit ihr Kinder so?«, rief Bonita Mae Simpkins. »Zunni, sag du's ordentlich! Ihr andern haltet mal den Mund!«

»Kein Wunder, wenn ihr seid Freunde von Sellars«, erklärte die leuchtende Gestalt mit einer Mischung aus Belustigung und Verachtung. *»Echt loco, ihr alle!«*

»Sellars?«, sagte Florimel verdutzt.

»Er kommt«, bestätigte das Äffchen namens Zunni.

»Wer?«

»Großer, schwarzer Hund«, quiekte sie. »Kommt durch die Wüste hierher.«

»Le grand chien!«, fiepte ein anderes Äffchen. »Grooooß, groß wie Berg. Kommt ganz schnell!«

Kapitel 35
DER SCHUH DES REGENBOGENS

NETFEED/NACHRICHTEN:
Chargeheads kommen "in Stimmung"
(Bild: ambulante VNS-Patienten beim Warten auf die Moduleinstellung)
Off-Stimme: Die Vagusnervstimulation, kurz VNS genannt, eine künstliche Stimmungsveränderung, die von einigen Ärzten zur Behandlung von Chargesüchtigen eingesetzt wird, steht neuerdings im Verdacht, ihrerseits süchtig zu machen.
(Bild: Doktor Karina Kawande, Bildfenster)
Kawande: "Es war im Grunde abzusehen. Den Vagusnerv als Mittel gegen Zwangsverhalten zu reizen ist nur dann ein vertretbarer Ersatz für gefährliches Straßengear, wenn die Pulsdosis kontrolliert werden kann. Aber jedes mit Code arbeitende Gerät lässt sich häcken, und so gibt es heute Patienten, die ihre VNS 24 Stunden am Tag pulsen lassen …"

> Beim Gang durch die Menge glitt ein fremdes Gesicht nach dem anderen an Sam Fredericks vorbei wie in einem endlosen Albtraum – Hunde, Bären, Schlangen mit Opalaugen, Kinder mit Flügeln und Vogelköpfen, Jungen und Mädchen aus Holz oder Pfefferkuchen oder sogar aus Glas. Doch von den Tausenden, die den Brunnen und seine flirrenden Lichter umlagerten, ein ganzes Flüchtlingscamp unter dem weiten, dämmerigen Himmel, war kein Einziger bekannt.

Renie Sulaweyo war nicht darunter.

Sam konnte es kaum ertragen, !Xabbu anzuschauen, der bestimmt noch viel enttäuschter war als sie. Nachdem sie Azador bei seiner wiedergefundenen Zigeunerfamilie zurückgelassen hatten, war !Xabbu fast im Laufschritt auf die Suche nach Renie gegangen, doch je weiter der Tag sich dem Ende zuneigte, ohne dass er eine Spur von ihr fand, desto langsamer wurden die Schritte des kleinen Mannes. Auf ihrer ganzen Irrfahrt, selbst in den schlimmsten Zeiten, hatte sie ihn nur selten müde gesehen. Jetzt bewegte er sich, als brächte er kaum noch die Kraft zum Atmen auf.

»Wir sollten zurückgehen.« Sam fasste ihn am Arm. Sie fühlte sein Widerstreben, doch nahm ihre Hand nicht fort. »Wir können später weiterschauen.«

Als er sich zu ihr umdrehte, war sein Gesicht hohläugig und niedergeschmettert. »Sie ist nicht hier, Sam. Nirgends. Und wenn dies die letzte Zuflucht in dieser Welt ist ...«

Sie wollte nicht darüber nachdenken, und sie wollte auch nicht, dass !Xabbu darüber nachdachte. »Nein, wir wissen überhaupt nicht, wie dieser scännige Laden hier läuft. Und es kann auch sein, dass wir sie übersehen haben. Mir tränen vor Müdigkeit schon die Augen.«

Er seufzte. »Es ist schrecklich von mir, dich so mitzuschleifen, Sam. Wir gehen jetzt zurück und ruhen uns eine Weile bei Azadors Leuten aus.«

»Chizz. Weißt du noch, wo sie sind?« Sie sah sich im Rund der schroffen Hügel um. »Ich hab keine Orientierung mehr.« Sam hatte leichte Schuldgefühle – sie hatte ganz bewusst an seinen Beschützerinstinkt appelliert –, wusste aber, dass es zu seinem eigenen Wohl war. Es war komisch, wie sehr !Xabbu Orlando glich, dachte sie. Beide waren kaum dazu zu bringen, etwas für sich selbst zu tun, aber für Freunde hätten sie sich von einem Hochhaus geworfen.

Orlando ist meinetwegen sogar ums Leben gekommen ... Es war kein guter Gedanke, und sie drängte ihn weg.

Der Rückweg durch die ziellose, verunsicherte Masse schien Stunden zu dauern. Einige der anderen Flüchtlinge hielten ebenfalls eifrig Ausschau nach ihren verlorenen Genossen, und hilfreiche Leute hatten Sam und !Xabbu auf winzige Exilgemeinden von Orten mit Namen wie Hansischer Bohnengarten oder Wichtelhausen aufmerksam gemacht, aber sehr viel mehr waren offenbar einfach so nahe wie möglich an den Brunnen herangegangen und hatten sich dann dort niedergelassen.

Azadors Zigeunersippe war entweder frühzeitig eingetroffen oder hatte ihre Platzansprüche aggressiver durchgesetzt als die meisten. Ihr Lager mit den bunten Wagen befand sich hart am Rand des Brunnens am Fuß eines Steilfelsens und machte ein wenig den Eindruck, als ob eine Gruppe von Ausflüglern beschlossen hätte, direkt neben einem gewaltigen Bombenkrater zu picknicken – doch kein Bombenkrater hatte jemals so ausgesehen. Auf den ersten Blick hatte Sam gedacht, in dem schwarzen Wasser spiegelte sich der unveränderliche Abendhimmel mit seinen schwach leuchtenden Sternen. Als sie und die anderen näher gekommen waren, alle still und in sich gekehrt außer Azador, noch mitgenommen von ihren Erfahrungen bei der Überquerung der geschlossenen Brücke, hatte sie festgestellt, dass der Brunnen ein Spiegel ganz anderer Art war. Die Sterne beziehungsweise die unsteten Lichtpunkte in seinen dunklen Tiefen leuchteten nicht gleich bleibend wie die am Himmel, sondern schienen zu phosphoreszieren, flammten auf und erloschen. Manchmal erglühte auch ein ganz großes Licht tief unten, so dass der Brunnen eine Weile von einem rötlichen Glanz erfüllt war, als ob an seinem Grund eine Supernova geboren worden wäre. Dann wieder wurden die strahlenden Punkte matt und verschwanden schließlich ganz, und eine Zeit lang war der Brunnen völlig schwarz, ein lichtloses Loch in der wüsten Erde.

»Es ist der Berg umgekehrt«, hatte !Xabbu gesagt, als sie das erste Mal herantraten und Azador ihnen vorauseilte wie ein Mann, der es nicht mehr erwarten kann, nach langer Trennung seine Geliebte in die Arme zu schließen. Sam hatte das erst nicht richtig verstanden, aber mittlerweile leuchtete es ihr ein. Alles in diesem andersten aller Anderländer schien die Verkehrung von irgendetwas zu sein.

Sie war dankbar, als sie schließlich die Feuer des Zigeunerlagers erspähten. Je länger sie den Brunnen anschaute, vor allem in den Phasen der Verdunkelung, desto mehr erinnerte er sie an eine Höhle, einen Tierbau. Sie konnte sich vorstellen, dass ein Wesen von der Größe des Riesen auf dem Berg, aber noch viel erschreckender, plötzlich aus den unruhigen Tiefen emporstieg. Die Zigeuner jedoch schienen genau wie die übrigen Märchengestalten, die diese Welt bewohnten, nicht die geringste Angst vor dem Brunnen zu haben. Für sie war das Ende der Welt die Gelegenheit zum allgemeinen Wiedersehen und sogar zum Feiern geworden. Als Sam und !Xabbu am Fuß der Steilwand zurück ins Lager gingen, hörten sie Musik und Gesang.

Felix Jongleur hatte sie bei ihrer Suche nicht begleitet. Sam war das mehr als recht gewesen, allerdings fand sie es merkwürdig, dass so ein griesgrämiger, kalter Mann lieber in dem Zigeunerlager blieb, wo er von lebenden Stereotypen unbeschwerter Lustigkeit umgeben war. Als sie jetzt mit !Xabbu den äußeren Ring des Lagers durchquerte, sah sie ihn allein auf den Stufen eines Wagens sitzen und drei Zigeunerinnen mit langen Schultertüchern beobachten, die zu einer fröhlichen Fiedel tanzten. Sie zog !Xabbu in eine andere Richtung: Im Augenblick waren sie beide zu bedrückt, um diesem schrecklichen alten Mann zu begegnen.

Azador erblickte sie, wie sie durchs Lager schlichen, und begab sich zu ihnen. Er hatte seine abgetragenen Sachen gegen neue eingetauscht, eine bunte Weste und ein weißes Hemd mit Puffärmeln. Seine schwarzen Stiefel glänzten. Er hatte seine Haare gekämmt und sogar geölt, so dass sie beinahe so einen Schimmer hatten wie die Stiefel. Mit seinem übertriebenen Lächeln und seinem markanten Kinn sah er wie einem billigen Netzfilm entsprungen aus.

»Da seid ihr ja!«, rief er. »Kommt! Es gibt Musik und gute Unterhaltung. Wir werden warten, bis die Madonna zu uns kommt, dann wird sie uns retten.«

Während er sie zwischen den vielen kleinen Familiengruppen hindurchführte, aus denen sich das Lager zusammensetzte, wunderte sich Sam darüber, wie rasch seine Wut darüber, für einen Zigeuner gehalten zu werden, in ein fast religiöses Zugehörigkeitsgefühl umgeschlagen war. Bei näherer Betrachtung der versammelten Roma, die gelegentlich ihren Blick erwiderten, konnte sie sich des Eindrucks nicht erwehren, dass sie alle ganz ähnlich wie Azador waren, so extrem … *zigeunerhaft,* oder wie sie es sonst nennen sollte, dass sie ihr fast schon wie Karikaturen vorkamen. Es gab Männer mit imposanten geringelten Schnurrbärten, die auf kleinen Ambossen Hufeisen hämmerten, und ganz in Schwarz gekleidete alte Frauen, die miteinander tratschten wie Krähen auf der Leitung. Am Rande des Lagers hatten andere mit Glücksspielen begonnen und waren eifrig dabei, alle interessierten Nichtzigeuner aus der Umgebung zu schröpfen, indem sie sie raten ließen, unter welchen der flink hin und her geschobenen Fingerhüte getrocknete Erbsen steckten.

So was kommt vermutlich heraus, wenn man sich Zigeuner nach alten Märchenbüchern ausmalt, dachte sie.

Azador brachte sie in die unmittelbare Nähe des Brunnens, wo seine eigene Großfamilie sich niedergelassen hatte. Während er ihnen seine Verwandten vorstellte, die meisten zum zweitenmal, eine ganze Parade von Tschels und Tschais und Tschawos mit blitzenden dunklen Augen und blitzenden weißen Zähnen, musste Sam sich zusammenreißen, um nicht im Stehen einzuschlafen. !Xabbu bemerkte es, nahm sie am Arm und erkundigte sich bei Azador nach einem Platz, wo sie sich hinlegen konnte. Sam wollte einwenden, !Xabbu habe die Ruhe viel nötiger als sie, aber schon wurde sie von einer zungenschnalzenden Zigeuneroma zu einem der Wagen geleitet. Das Bett, das sie dort zugewiesen bekam, war zwar kaum breiter als ein Bücherregal, aber dennoch war sie nach wenigen Sekunden tief und fest eingeschlafen.

Falls sie geträumt hatte, erinnerte sie sich beim Aufwachen nicht mehr daran. Sam stolperte nach draußen und wäre beinahe das steile Wagentreppchen hinuntergefallen. Die Alte war fort. Überall ringsherum schliefen Zigeuner auf dem Boden, als ob das Fest so lange getobt hätte, dass sie einfach an Ort und Stelle umgekippt waren, doch der Himmel war unverändert, immer noch das gleiche stumpfe Grau.

Ich vermisse die Zeit, dachte sie traurig. *Ich vermisse die Morgen und die Sonne und ... und alles.*

Jemand sang leise ein Lied, eine zarte, vagierende Weise in Moll. Sie ging um den Wagen herum und sah !Xabbu neben einem ausgehenden Feuer hocken und mit einem verkohlten Astende beim Singen etwas in den grauen Staub zeichnen. Er blickte auf und begrüßte sie mit einem schwachen Lächeln.

»Guten Morgen, Sam. Oder guten Abend.«

»Du kannst es auch nicht auseinanderhalten, was? Manchmal kommt's mir so vor, als wär das von diesem ganzen Fen das pannigste überhaupt.« Sie hockte sich neben ihn. »Was zeichnest du da?«

»Zeichnen?« Er sah auf den Boden. »Nichts. Ich ließ nur meinen Arm beim Nachdenken wandern. Wie Tanzen vielleicht, nur nicht so anstrengend.« Obwohl die Bemerkung witzig gemeint war, brachte er kein zweites Lächeln zustande.

»Worüber denkst du nach?« Sie war ziemlich sicher, das schon zu wissen, doch er überraschte sie.

»Über Jongleur.« Er sah sich um. »Aber ehe wir reden, lass uns irgendwo hingehen, wo wir …« Er suchte nach dem richtigen Wort.

»Ungestörter sind?«

»Genau. Wo wir rundherum freie Sicht haben.« Er ging ihr voraus zwischen den Wagen hindurch, an weiteren verglimmenden Feuern und schlafenden Zigeunern vorbei auf die Steilwand zu, die sich über dem Lagerplatz erhob. Sie stiegen hinauf, bis sie ein kleines Plateau am Ende eines langen Hanges erreichten, gut hundert Meter über den Wagen. Es waren noch andere Leute in der Nähe, manche lagerten sogar an dem Hang – keine Zigeuner, sondern Märchenwesen, wie Sam sie im Stillen getauft hatte, sprechende Katzen und Pfefferkuchenkinder –, aber sie wirkten apathisch und zeigten kein Interesse an den neu Hinzukommenden.

»Was denkst du über Jongleur?«, fragte Sam, als sie sich gesetzt hatten.

»Dass es zwischen ihm und Azador ein Geheimnis gibt, das ich nicht verstehe.« !Xabbu legte die Stirn in Falten. »Zunächst einmal ist da die Art, wie er Azador dazu brachte, uns hierherzuführen. Dann ist da sein Interesse an dem Zigeunerlager – dieser Mann, der sonst nur Verachtung für alle anderen Menschen und Tierwesen hat, denen er hier begegnet!«

»Ich weiß.« Sam zuckte mit den Achseln. »Aber vielleicht gibt es dafür eine einfache Erklärung. Er hat dieses Netzwerk gebaut. Wir können davon ausgehen, dass er Sachen darüber weiß, die wir nicht wissen und die er uns nicht sagen will. Er ist nicht gerade die Mitteilsamkeit in Person, irgendwie.«

»Das stimmt. Aber dennoch befremdet mich etwas daran.«

Sie beobachteten das nach und nach erwachende Zigeunerlager wie auch die sonst noch um den Brunnen versammelten Scharen, die teils mehr, teils weniger menschenähnlich aussahen. Die unheimliche Mondlandschaft löste in Sam wieder eine heftige Sehnsucht nach zuhause aus.

»Und wir warten hier wirklich auf das Ende der Welt?«, fragte sie.

»Ich weiß es nicht, Sam. Doch es gibt immer Hoffnung. Habe ich dir die Geschichte davon erzählt, wie der Allverschlinger zum Kraal von Großvater Mantis kam? Das ist eine Geschichte, die von der Hoffnung handelt. Ich habe sie Renie erzählt, weil sie das geliebte Stachelschwein ist.«

»Was?« Trotz ihrer Niedergeschlagenheit musste Sam lachen.

!Xabbu nickte ernst. »Ja, genauso hat Renie auch reagiert, als ich ihr das sagte. Die Stachelschweinfrau ist die Schwiegertochter von Großvater Mantis, diejenige, die er von allen ersten Menschen am meisten liebt. Und sie ist auch die tapferste von allen – als selbst Großvater Mantis von Furcht übermannt wurde, behielt sie einen klaren Kopf und tat, was nötig war. Das klingt wie Renie, findest du nicht?«

Sam sah ihn fast zärtlich an. »Du liebst sie wirklich, was?«

Er antwortete nicht gleich, doch über sein Gesicht zogen mehrere widerstreitende Gefühle. »Mein Volk hat kein Wort, das so viele Bedeutungen hat wie euer Wort ›Liebe‹, Sam. Ich mag sie sehr gern. Sie fehlt mir sehr. Ich bin in großer Angst und Sorge, weil wir sie nicht finden. Wenn ich sie nie mehr wiedersehen sollte, wäre dadurch mein Leben für alle Zeit kleiner und trauriger.«

»Klingt mir nach Liebe. Willst du sie heiraten?«

»Ich würde gern … ein gemeinsames Leben mit ihr versuchen, glaube ich. Ja.«

Sam lachte. »Du bist vielleicht aus einer andern Kultur, !Xabbu, aber die Singlenummer hast du ziemlich gut drauf. Kannst du es nicht einfach sagen? Du liebst sie, und du willst sie heiraten.«

Er zog ein finsteres Gesicht, aber der Ärger war nur gespielt. »Na schön, Sam. Es ist, wie du sagst.«

Sie hatte den Verdacht, dass seine Scherzhaftigkeit nicht sehr tief ging. »Wir werden sie finden, !Xabbu. Sie ist hier irgendwo.«

»Ich muss glauben, dass es so ist.« Er seufzte. »Ich wollte dir eigentlich die Geschichte vom Allverschlinger erzählen. Sie ist erschreckend, aber sie ist, wie gesagt, auch eine Geschichte der Hoffnung.«

Sam setzte sich gemütlich hin. »Erzähl.«

!Xabbu war ein guter Geschichtenerzähler, aktiv und engagiert. Er wechselte bei den verschiedenen Figuren die Stimmlage und untermalte das Geschehen mit ausladenden Gesten und tanzartigen Bewegungen, indem er etwa auf die Füße sprang, um den Gang der Stachelschweinfrau zum Haus ihres Vaters darzustellen, oder gierig die Hände zum Mund führte, um zu zeigen, wie der Allverschlinger alles fraß, was ihm unter die Finger kam. Als er sich hinkauerte und mit der verschreckten Stimme des auf den Unhold wartenden Mantis ausrief: *»O Tochter, warum wird es so dunkel, wo doch gar keine Wolken am Himmel sind?«*, hatte Sam wirklich das Gefühl, einen Menschen vor sich zu sehen, der von seinen Sünden eingeholt wird.

Als er geendet hatte, bemerkte sie, dass einige der Märchenfiguren von den umliegenden Lagerplätzen näher gekommen waren, um zuzuhören. »Das war toll, !Xabbu. Aber auch echt gruselig!« Es war nicht das schlichte Märchen gewesen, das sie erwartet hatte. Eine tiefe Bedeutung lag in den unbekannten Bildern, in dem Durcheinander der Motive, und sie wünschte, sie könnte das alles besser verstehen.

»Die Geschichte lehrt, dass selbst nach der größten Finsternis Licht kommt. Großvater Mantis und seine Sippe überlebten und zogen weiter.« Sein Gesicht wurde lang. »Ich hielt es für meine Aufgabe, sie und damit die Geschichte meines Volkes in der Erinnerung zu bewahren. Ich hielt es für die Arbeit meines Lebens, aber ich habe in Wirklichkeit nichts dafür getan.«

»Du wirst es tun«, sagte sie, aber !Xabbus zustimmendes Nicken war rein mechanisch. Sie wollte, dass er wieder lebendig wurde, dass er an etwas Anderes dachte als an Renie und die schreckliche Lage, in der sie sich alle befanden. Eilig hatten sie es nicht mehr. Sie konnten nirgends mehr hin. »Erzählst du mir noch eine? Magst du?«

Er zog eine Augenbraue hoch, als argwöhnte er ihre Motive, sagte aber nur: »Ja, aber dann würde ich gern weiter nach Renie suchen. Möglicherweise sind neue Leute eingetroffen, während wir schliefen.« Er blickte auf den Brunnen. »Wenn ich diesen Ort sehe, fällt mir eine andere Geschichte ein, eine der größten Sagen meines Volkes.«

»Chizz«, sagte sie. »Wovon handelt sie?«

»Sie handelt wieder von Großvater Mantis, davon, wie der Mond an den Himmel kam … und noch von anderen Dingen. Du wirst sehen, warum ich hier an diesem Ort daran denken muss, neben diesem tiefen Erdloch voller Sterne, die dort im Wasser der Schöpfung schwimmen.«

»Im Wasser der … Meinst du das im Ernst?«

»Ich weiß es nicht, aber mir sieht es so aus wie die Bilder, die mir in der Großstadtschule gezeigt wurden, aufgenommen durch die Augen von Teleskopen, die in die Weiten des Weltraums schauen – und auch in zurückliegende Zeiten, wie mir erklärt wurde, da das Licht schon alt sei, wenn es bei uns ankommt. Mir sieht dieser Brunnen aus wie ein Ort, wo Welten entstehen.«

Ein leichter Schauder überlief Sam. Sie fragte sich unwillkürlich, wie es wohl wäre, in diesem tiefen Loch zu ertrinken, umkreist von leuchtenden Galaxien das Leben auszuhauchen. »Scännig«, sagte sie leise.

!Xabbu lächelte. »Aber in den Sagen meines Volkes geht es selten um große Dinge, um Kriege der Sterne oder die Erschaffung der Welt, und wenn, dann wird im Kleinen davon gesprochen. Wir sind kleine Menschen, weißt du. Wir treten sehr sacht auf, und wenn wir sterben, hat der Wind unsere Fußspuren bald verweht. Selbst Großvater Mantis, der einst das Feuer unter dem Flügel des Straußes stahl und es seinen Leuten gab, damit sie sich nicht im Dunkeln fürchteten, ja, selbst der Mantis, der größte von uns allen, ist nur ein winziges Insekt. Aber er ist auch ein Mensch. Alle Wesen waren damals am Anfang Menschen.« Er nickte, wobei er die Augen schloss, als sammelte er seine Gedanken. »Diese Geschichte fängt tatsächlich mit etwas ganz Kleinem an, wie du sehen wirst. Mit einem Stück Leder.

Eines Tages ging Großvater Mantis umher, da sah er am Weg ein Stück Leder liegen. Es war ein Stück von einem Schuh – einer Sandale, würdest du vermutlich sagen –, der dem Regenbogen gehörte, seinem Sohn. Es war abgebrochen und liegen gelassen worden, vergessen. Aber etwas an dem Schuhstück sprach Großvater Mantis an. Etwas an diesem kleinen, missachteten Ding erregte seine Aufmerksamkeit, und so hob er es auf und nahm es mit.«

Im Erzählen fiel alle Besorgtheit und Gedrücktheit von !Xabbu ab. Seine Stimme wurde lauter, seine Hände flatterten durch die Luft wie aufgescheuchte Vögel. Sam bemerkte, dass weitere Flüchtlinge sich ihnen näherten, angezogen von seiner Lebendigkeit an diesem stillen, traurigen Ort.

»Der Mantis kam an einen Wassertümpel«, fuhr !Xabbu fort, »an dem ringsherum Schilf wuchs, einen verborgenen, fruchtbaren Ort, und er legte das Schuhstück ins Wasser. Es war fast, als hätte er es im Traum befohlen bekommen, dabei schlief er gar nicht und hatte nicht geträumt.

Großvater Mantis ging davon, doch der Gedanke daran ließ ihm keine Ruhe. Schließlich kehrte er zu dem Tümpel zurück und rief:

›Schuhstück des Regenbogens! Schuhstück des Regenbogens! Wo bist du?‹

Im Wasser aber war aus dem Schuhstück eine winzige Elenantilope geworden. Du wirst das sicher nicht wissen, aber bei meinem Volk ist die Elen die herrlichste aller Antilopen. Mein eigener Vater verfolgte einst eine so lange und hartnäckig, dass er schließlich die Wüste verließ, die einzige Welt, die er kannte, und in das Flussdelta geriet, wo die Leute meiner Mutter wohnten. Und von Großvater Mantis selbst heißt es, dass er zwischen den Hörnern einer großen Elen reitet, wenn er seine Würde und Macht demonstrieren will.«

!Xabbu machte den stolzen Gang der Elenantilope in einer Art Tanz nach, den Kopf hoch erhoben, so dass Sam fast die wie eine Krone getragenen Hörner zu sehen meinte. Die Schar der Flüchtlinge wuchs und bildete mittlerweile einen Halbkreis von mehreren Reihen um sie herum. Große Augen hingen wie gebannt an dem kleinen Mann, !Xabbu aber schien sein zunehmendes Publikum gar nicht zu bemerken.

»Doch diese Elen im Tümpel war nicht groß und stark. Sie war klein und nass und ganz frisch, und sie zitterte, so dass Großvater Mantis bei ihrem Anblick Tränen in die Augen traten. Voll Dankbarkeit sang er ein Loblied, doch er rührte sie nicht an, denn sie war noch zu klein und schwach. Er ging wieder weg, doch als er das nächste Mal kam, entdeckte er im Boden neben dem Tümpel kleine Hufspuren, und vor Freude tanzte er. Da erblickte ihn die Elenantilope und kam zu ihm, als ob er wirklich ihr Vater wäre. Daraufhin holte der Mantis Honig, dunklen, süßen, heiligen Honig, und rieb ihn der kleinen Elen auf die Rippen, damit sie groß und kräftig werde.

Nacht für Nacht begab er sich zum Tümpel und zu seiner Elen. Nacht für Nacht sang er sie an und tanzte und bestrich sie mit süßem Honig. Zuletzt merkte er, dass er jetzt fortgehen und abwarten musste, ob die junge Elenantilope wachsen würde. Drei Tage hielt er sich von dem Tümpel fern und auch die drei Nächte, obwohl sein Herz sehr darunter litt. Als er am Morgen nach der dritten Nacht zurückkehrte, trat die Elen im Licht der Sonne mit klackenden Hufen aus dem Wasser. Sie hatte eine stattliche Größe erreicht, und Großvater Mantis freute sich so, dass er ausrief: ›Seht her, da kommt ein Mensch! Ha! Da kommt das Schuhstück des Regenbogens!‹ Denn er war voll von dem Gefühl, dass er dieses lebendige Wesen aus dem missachteten Stück Leder vom Schuh des Regenbogens geschaffen hatte.

Aber der Regenbogen und seine Söhne Ichneumon und Jüngerer Regenbogen freuten sich gar nicht, als sie erfuhren, was der Mantis getan hatte. ›Er will uns mit seinen Geschichten hinters Licht führen‹, sprachen sie untereinander, ›und das Fleisch für sich behalten. Jeder weiß, dass der alte Mantis ein Gauner ist.‹ Also begaben sie sich zu dem Tümpel und sahen dort die junge Elenantilope am Ufer äsen. Sie umstellten sie und töteten sie mit ihren Speeren. Sie waren sehr aufgeregt, denn es war eine schöne, große Elen, und während sie sie zerlegten, lachten und sangen sie.

Großvater Mantis war auf dem Weg zum Tümpel, als er ihre Stimmen hörte. Er versteckte sich in den Büschen und beobachtete sie, und bald wurde ihm klar, was geschehen war. Zorn und Trauer erfüllten ihn, nicht allein weil sie seine Elen getötet hatten, sondern auch weil sie ihm nichts abgegeben und alles ohne Zeremonie oder auch nur einen Danksagungstanz getan hatten. Doch er fürchtete sich vor ihnen, weil sie zu dritt waren und er ganz allein, und so wartete er im Schilf, bis sie endlich abzogen. Immer noch lachend und singend trugen sie das erbeutete Fleisch davon, eingewickelt in das abgezogene Fell.

Der Mantis kam aus seinem Versteck und ging zu der Stelle, wo die Elen gestorben war. Der Regenbogen und die beiden Enkel von Großvater Mantis hatten nur ein Teil zurückgelassen, nämlich eines der Organe aus dem Bauch der Elen, die Blase mit der schwarzen, bitteren Galle, die nicht einmal meine Leute verzehren können, obwohl die Not sie sonst lehrt, beinahe alles zu essen. Sie hatten die Gallenblase an einem Busch hängen lassen. Der Mantis war so traurig und wütend, dass er seinen Speer nahm und die Blase damit stieß. Da sprach die Galle darin zu ihm: ›Stoß mich nicht!‹

Der Mantis wurde noch wütender. ›Ich stoße dich, so viel ich will‹, erklärte er. ›Ich werde dich auf den Boden werfen und auf dich treten. Ich werde dich mit meinem Speer durchbohren.‹

Da sprach die Galle abermals zu ihm und sagte: ›Wenn du das tust, werde ich herauskommen und dich mit meiner Dunkelheit überschütten.‹

Doch Großvater Mantis war zu wütend, um Vernunft anzunehmen. Er hob den Speer und durchbohrte die Blase. Wie angedroht kam die

Galle heraus, bitter, finster wie eine sternenlose Nacht, und sie überschüttete den Mantis und flog ihm in die Augen und blendete ihn.

Der Mantis warf sich auf die Erde und rief: ›Helft mir! Ich kann nichts mehr sehen! Die schwarze Galle ist mir in die Augen gekommen, und ich weiß nicht mehr, wo ich hingehe!‹ Aber niemand hörte sein Rufen an diesem abgelegenen Tümpel, und niemand kam ihm zu Hilfe. Der Mantis konnte nur am Boden dahinkriechen und sich blind und hilflos vorantasten. ›Die Hyäne wird mich so finden‹, dachte er, ›oder irgendein anderer hungriger Räuber, und ich werde sterben. Wenn Großvater Mantis auf diese Art ums Leben kommen muss, wäre das nicht traurig?‹

Doch niemand erhörte ihn, und somit blieb ihm nichts übrig, als weiter durch die Dunkelheit zu kriechen. Als er schließlich so müde und verzweifelt war, dass er nicht mehr weiterkonnte, legte er seine Hand auf etwas. Es war eine Straußenfeder, weiß wie Rauch, leuchtend wie eine Flamme, und das Herz von Großvater Mantis füllte sich mit Hoffnung. Er nahm die Feder und wischte sich die schwarze Galle aus den Augen. Als er die Schönheit der Welt wieder sehen konnte, wischte er sich mit der Feder auch die übrige bittere Galle weg, und diese ging einfach ab und ließ die Feder makellos sauber. Staunend über dieses Wunder und glücklich über seine Rettung warf Großvater Mantis die Feder hoch an den Himmel, wo sie hängen blieb, ein weißer Bogen vor der gallenschwarzen Finsternis. Er tanzte und sang. ›Jetzt liegst du oben am Himmel‹, sprach der Mantis zu der Feder. ›Vom heutigen Tage an wirst du der Mond sein, und du wirst in der Nacht scheinen und allen Menschen Licht spenden, wenn sonst Dunkelheit herrschen würde. Du bist der Mond, du wirst leben, du wirst vergehen, und dann wirst du wieder leben und allen Menschen Licht spenden.‹ Und so war es. Und so ist es.«

!Xabbu verstummte und senkte den Kopf, als ob er am Ende eines Gebetes Amen sagte. Sam blickte unwillkürlich die vielen Gesichter an, die sie in dem wandellosen Zwielicht umringten, kindliche, erwartungsvolle Gesichter. Die Zuhörer waren noch mehr geworden und drängten sich jetzt um die kleine Erhebung wie besorgte Angehörige, die nach einem Unglück Auskunft über die Opfer haben wollen.

Sie hatte das Gefühl, dass sie ihm für die Geschichte danken sollte, doch andererseits merkte sie, dass sie wieder nicht richtig mitgekommen war. Was sollte das bedeuten, dass so ein ekliger schwarzer Fen-

fen das Insekt vollspritzte, von dem die Geschichte handelte? Und wie konnte ein Insekt einen Regenbogen zum Sohn haben? Außerdem verwirrte es sie, dass die eine Geschichte darüber, wie aus einer Sandale eine Antilope entstanden war, plötzlich eine ganz andere Geschichte geworden war: Das widersprach ihrer Vorstellung davon, wie Geschichten eigentlich zu gehen hatten. Aber sie wusste, dass diese Sachen für !Xabbu wichtig waren, in gewisser Hinsicht wie eine Religion, und sie wollte niemanden verletzen, den sie so gern hatte.

Da rief eine hohe Stimme aus der schweigenden Menge: »Erzähl noch eine!«

!Xabbu sah ein wenig verdutzt auf, doch bevor er oder Sam ausmachen konnte, von wem die Bitte gekommen war, schlossen sich andere an, bis es ein ganzer Chor war.

»Eine Geschichte!«

»Erzähl noch eine!«

»Bitte!«

»Sie wollen noch mehr Geschichten hören«, sagte !Xabbu verwundert.

»Sie fürchten sich«, meinte Sam. »Das Ende der Welt kommt. Und es sind alles Kinder, nicht wahr?« Beim Blick in die Runde bittender, sehnsüchtiger Gesichter kamen ihr fast die Tränen. Wenn Jongleur in der Nähe gewesen wäre, hätte sie sich auf ihn gestürzt, hätte versucht, ihn niederzuschlagen und dafür büßen zu lassen, was er in seinem rücksichtslosen Egoismus diesen Unschuldigen angetan hatte. »Das müssen sie sein«, sagte sie mehr zu sich selbst als zu !Xabbu. »Das müssen die gestohlenen Kinder sein.«

Da blieb ihr Auge an einem bekannten Gesicht in der Menge hängen, doch es dauerte eine Weile, bis ihr einfiel, wo ihr der gut aussehende, dunkelhaarige Mann schon einmal begegnet war. Er stand in einer der hinteren Reihen, hielt in der Hand ein Bündel, das Sam nicht richtig erkennen konnte, und fixierte !Xabbu mit einem stieren, geistesabwesenden Blick. Die Märchenkinder hielten alle ein wenig Abstand von ihm, als spürten sie, dass etwas mit ihm nicht stimmte.

Sam zog !Xabbu am Arm. »Schau mal, da ist dieser Gralstyp – der Kerl, der gleichzeitig mit Renie verschwunden ist.«

»Ricardo Klement? Wo?«

»Da drüben«, sagte Sam, doch jetzt war dort, wo Klement eben gestanden hatte, nur mehr ein leerer Fleck. »He, vor einer Sekunde war er noch da, ungeduppt!«

Während sie ihre suchenden Blicke über die Masse der Flüchtlinge schweifen ließen, wurde Sam gewahr, dass jemand ganz dicht bei ihr stand, ein kleines Kind, das anscheinend aus Erde bestand. Sie versuchte, um das Hindernis herumzutreten, doch das Kind bewegte sich mit und zupfte mit einer plumpen Hand an Sams Zigeunerkleidern.

»Er ist nicht mehr da«, sagte !Xabbu. »Er ist größer als die meisten anderen hier, wir würden ihn sehen, denke ich ...«

»Er kann nicht so schnell verschwunden sein«, meinte Sam irritiert. Hinter den Flüchtlingen, die weiter um noch eine Geschichte quengelten, war der graue Hang ein großes Stück weit leer. »Wir hätten ihn gesehen.« Das Erdkind ließ nicht ab, um ihre Aufmerksamkeit zu betteln. »Hörst du vielleicht mal auf, an mir rumzuzerren!«, fauchte Sam.

Das Kind ließ los und trat einen Schritt zurück. Bei seinem groben Gesicht, dessen Züge nur Dellen und Kerben waren, konnte von Ausdruck kaum die Rede sein, doch es straffte die Schultern in einer Art, die deutlich machte, dass es nicht vorhatte, sich verscheuchen zu lassen. »Ich will mit euch reden«, sagte es mit der Stimme eines kleinen Mädchens.

Sam seufzte. »Worüber?«

»Seid ihr ... seid ihr Renies Freunde?«

Sam hatte mit einer besonders penetranten Bitte gerechnet, !Xabbu möge noch ein Märchen erzählen, und konnte die Kleine im ersten Moment nur fassungslos anstarren. »Renie ...?«

Im Nu war !Xabbu herbeigesprungen und kniete neben dem Kind. »Wer bist du?«, fragte er. »Kennst du Renie? Weißt du, wo sie ist? Ja, wir sind ihre Freunde.«

Das Mädchen sah ihn an. »Ich ... ich bin das Steinmädchen.« Der rohe Strich, der sein Mund war, zuckte, und es fing an zu weinen. »Wisst ihr auch nicht, wo sie ist?«

An der Art, wie er die Augen schloss und ächzte, als hätte er einen schmerzhaften Schlag versetzt bekommen, erkannte Sam !Xabbus herbe Enttäuschung. »Vielleicht erzählst du uns einfach alles«, sagte sie zu dem weinenden Steinmädchen.

»... Und dann sind wir vor den Tecks davongelaufen, den Hügel hinauf und über die Brücke.« Das Kind zog noch ein wenig die Nase hoch, hatte sich aber ansonsten beim Erzählen ihrer Wanderung mit Renie einigermaßen beruhigt. »Und da haben wir den komischen Mann gesehen, der auch ihr Freund war, aber der ist einfach so gegangen, und die Tecks sind um ihn rumgelaufen!« Davon war sie sichtlich beeindruckt. »Als ob er sie gar nicht interessieren würde.«

»Total scännig!«, meinte Sam. »Das muss dieser Dings gewesen sein ... Klement.«

!Xabbu runzelte die Stirn. »Und was geschah dann? Als ihr die Brücke überquert hattet?«

Das Steinmädchen kaute kurz auf einem erdigen Finger und überlegte. »Wir sind eigentlich gar nicht ins Häckselhaus rein, nicht wie normal. Na ja, wir sind schon irgendwie rein, doch dann war ich sofort hier am Brunnen. Aber Renie nicht.« Sie kniff die Augen zusammen, um weitere Tränen zu unterdrücken. »Was meint ihr, geht's ihr gut?«

»Das hoffen wir voll«, antwortete Sam und wandte sich !Xabbu zu. »Aber wo ist sie?«

Die Unruhe stand dem kleinen Mann ins Gesicht geschrieben. »Wir anderen gelangten auf ähnliche Weise hierher, denke ich. Wir kamen dem Andern nahe, wurden gewogen, vielleicht beurteilt, und dann fortgeschickt. Diejenigen wie Azador und dieses kleine Mädchen, die in diese Welt gehören, wurden dem gar nicht unterzogen, sondern einfach geradewegs hierher versetzt.«

»Was hat das zu bedeuten?«

Er erhob sich und tätschelte dem Steinmädchen gedankenverloren den Kopf, wirkte dabei aber noch niedergeschlagener als zuvor. »Vielleicht irre ich mich, aber ich denke, dass Renie eingelassen wurde.«

»Eingelassen?« Sam verstand ihn nicht.

»In den Brunnen.« !Xabbu schaute sich nach dem Krater und seinem Meer unruhiger Lichter um. »Ich denke, sie befindet sich im innersten Herzen des Andern.«

»Ach, du Schreck«, sagte Sam. »Gott, wirklich?«

Zum ersten Mal, seit Sam zurückdenken konnte, berührte !Xabbus Lächeln sie unangenehm. »Ja, Gott, wirklich. Der Gott dieser Welt jedenfalls. Der sterbende, verrückte Gott.«

Sams Puls raste. Sie hatte das Steinmädchen ganz vergessen, das immer noch zwischen ihnen stand und ein ratloses und trauriges Gesicht machte. »!Xabbu, was sollen wir tun?«

»Was *ich* tun werde, weiß ich: Ihr folgen.« Er starrte auf den Brunnen, als sähe er ihn zum ersten Mal. Sam musste daran denken, wie sehr er sich schon davor gefürchtet hatte, in einen gemächlich dahinströmenden Fluss zu springen. »Ich ... ich werde hinuntertauchen.«

»Aber nicht ohne mich.« Ihre Furcht davor, allein zurückzubleiben, war in dem Moment größer als das Grauen, das ihr der widernatürliche Brunnen einflößte. »Ich hab dir ja schon gesagt, was ich von diesem ganzen heldenmütigen Fen-fen halte.«

Er schüttelte den Kopf. »Du verstehst mich nicht, Sam. Der Andere – ich glaube, dass er mich bereits abgewiesen hat, dich auch, uns alle.« Seine Stimme war sehr leise geworden. »Ich glaube nicht, dass ich zu Renie gelangen werde, aber ich muss es versuchen.« Er blickte sie beinahe flehend an. »Ich kann dich nicht mitnehmen, Sam, wenn ich das sichere Gefühl habe, dass es aussichtslos ist.«

Sie hatte schon eine zornige Erwiderung auf der Zunge, als ihr plötzlich klar wurde, dass ein lautstarkes Schimpfen, das seit etlichen Sekunden im Hintergrund ertönte, aus Felix Jongleurs Mund kam. Sie drehte sich um und erblickte den alten Mann auf halbem Wege zwischen der Stelle, wo sie mit !Xabbu stand, und dem Rand des Zigeunerlagers.

»... aber jetzt glaube ich das nicht mehr. Ich denke, dein Schweigen ist eine gezielte Unverschämtheit – oder Schlimmeres.«

Bei dem Angeschrienen handelte es sich um Ricardo Klement.

!Xabbu eilte bereits den Hang hinunter. Sam tat ein paar Schritte, doch ein kläglicher Ruf hinter ihr ließ sie innehalten. Sie hatte das Steinmädchen vergessen.

»Komm mit«, sagte Sam. »Soll ich dich tragen?«

Das Steinmädchen schüttelte steif den Kopf, fasste dann aber Sams Hand mit einem kühlen und überraschend festen Griff.

Als sie schließlich die anderen erreichten, versuchte !Xabbu gerade verzweifelt, Klement nach Renie zu befragen, doch Jongleur in seiner kalten Wut ließ ihn nicht zu Wort kommen. Jetzt endlich konnte Sam das Ding erkennen, das Klement in der Hand hielt, und sie war schockiert und angewidert. Die Kleinkindgestalt und die rudimentären Züge passten schlecht zu der schmutzigen graublauen Farbe.

»Du willst mir also nicht einmal antworten, was?«, herrschte Jongleur Klement an. »Ich dachte, du wärst mein Verbündeter, Ricardo. Ich habe deinetwegen viele Opfer auf mich genommen. Und dennoch verschwindest du im Augenblick der größten Not und willst mir hinterher nicht einmal erzählen, wo du gesteckt hast? Und vermutlich willst du mir auch nicht dein kleines … Souvenir da erklären?«

Es sah fast so aus, als drückte Klement daraufhin die kleine Babyform fester an sich, die erste halbwegs menschliche Geste, die Sam bis jetzt bei dem Mann gesehen hatte. »Es … ist mein.«

»Erzähl mir einfach, was du gemacht hast!«, verlangte Jongleur.

»Gewartet«, sagte Klement nach einer langen Pause.

»Worauf?«

»Auf … etwas.« Klement drehte sich langsam zum Brunnen um, dann wieder zu Jongleur, !Xabbu und Sam. »Und jetzt … habe ich es gefunden.«

Im nächsten Moment war Ricardo Klement verschwunden.

Sam starrte wie vom Donner gerührt auf die leere Stelle, dann wandte sie sich !Xabbu zu, halb in der Hoffnung, dass sie an einer Bewusstseinstrübung litt. Ihr Freund blickte genauso verdattert, doch immer noch weitaus weniger als Jongleur, der aussah wie ein Mann, dessen Möbel sich gerade vor seinen Augen in die Luft geschwungen und ihn angegriffen hatten.

»Was …?«, sagte er und machte vor Verblüffung den Mund nicht mehr zu. »Wie …?«

Im selben Moment gab es einen ungeheuren Ruck, und die ganze Welt lief stotternd aus und blieb stehen. Sam hatte seit vielen Tagen nichts dergleichen mehr mitgemacht und das Grauen dieser raumzeitlichen Aussetzer schon fast vergessen. Farben und Töne verschwammen zu einem einzigen sensorischen Mischmasch. Sam war überzeugt, dass jetzt das Ende gekommen war, der Totalabsturz des Systems, und versuchte sich noch gegen die grässlichen, knochentiefen Schmerzen zu wappnen, die sie von dem einen Mal her kannte, als sie aus dem Gralsnetzwerk herausgerissen worden war. Doch stattdessen fügte sich das sinnlose optisch-akustische Chaos jäh wieder zusammen, als ob jemand ein abgelaufenes Uhrwerk aufgezogen hätte. Die Wirklichkeit funktionierte wieder. Wenigstens zum größten Teil.

Das Steinmädchen zog an Sams Arm, doch Sam konnte es kaum erkennen, so wenig wie irgendetwas Anderes, weil das wieder angegangene Licht viel trüber war als vorher, so als ob das ganze virtuelle Universum von einem einzigen uralten, schwachen Generator betrieben würde. Die Gestalten um sie herum waren kaum mehr als Schatten. Da erhob sich unter den um den Brunnen versammelten Flüchtlingen ein ängstliches Raunen, ein Geräusch wie Wind in hohen Baumwipfeln.

Das Steinmädchen zog sie abermals am Arm. »Guck mal, die Sterne«, flüsterte die Kleine mit erstickter Stimme.

Sam schaute nach oben.

Am Himmel wurde es nach der langen Dämmerung endlich richtig Nacht, doch die Sterne wurden nicht heller. Sie verblassten vielmehr und erloschen, und über das Land um den Brunnen legte sich vollkommene Finsternis.

Kapitel 36
OHNE NETZ

NETFEED/WERBUNG:
ANVAC heißt "Vertrauen"
(Bild: Szenen von Hunden, Kindern, Vorstadtvillen und Parks)
Off-Stimme: Es wird heutzutage viel dummes Zeug geredet, doch wenn bestimmte Leute unser Unternehmen geheimniskrämerisch oder arrogant oder rachsüchtig nennen, dann geht das entschieden zu weit. Wir haben es uns zur Aufgabe gemacht, Menschen zu beschützen. Jawohl, einige unserer Kunden sind führende Persönlicheiten in der internationalen Politik und Wirtschaft, aber viele sind auch ganz normale Leute wie ihr. Anständige Leute. Leute, die wissen, dass Glück von Sicherheit kommt – und Sicherheit kommt von ANVAC.
Wir werden oft gefragt: "Was bedeutet eigentlich euer Name? Stehen die Buchstaben für irgendetwas?" Aber das, müssen wir leider sagen, geht niemanden etwas an. Wir sind ein Konzern in privater Hand, und genau wie ihr nicht möchtet, dass jemand in euer Haus kommt und eure alten Briefe liest, so haben auch wir ein Recht auf unsere Privatsphäre. Es reicht aus, wenn die Öffentlichkeit weiß, dass wir für das Recht unserer Kunden auf ein sicheres Leben stehen und dass die Buchstaben A-N-V-A-C vor allen Dingen eines bedeuten: "Vertrauen" …

> Sie stand wie gelähmt da und beobachtete den Bogen, den das Trapez beschrieb, während es auf sie zukam, ausschwang und in die Düsternis

ganz oben in der Kuppel des großen Zeltes zurückpendelte. Sie wusste, beim nächsten Schwung musste sie springen und es fassen, oder sie würde es nicht mehr schaffen, würde nie mehr von dem hohen Artistenstand herunterkommen. Aber genauso sicher wusste sie auch, dass es kein Netz gab und dass ein Sturz auf die mit Sägemehl bestreute Manege unter ihr, unsichtbar im grellen Licht der Scheinwerfer, wie ein Schwalbensprung auf Beton aus fünfundzwanzig Meter Höhe wäre.

Das Trapez hatte wieder umgekehrt, und sein leicht verkürzter Bogen bestätigte ihr, dass dies ihre letzte Chance war. Sie spannte die Muskeln an, fühlte den schmalen Artistenstand durch die Sohlen der weichen Schuhe und ließ sich dann allen protestierenden Instinkten zum Trotz nach vorn kippen, bis sie das Gleichgewicht unwiederbringlich verloren hatte. Als die Stange im Ausschwingen langsamer wurde und sich dem Punkt näherte, an dem sie anhalten und für einen Sekundenbruchteil in der Luft hängen würde, sprang sie in die Lichtsäulen hinaus, die die Dunkelheit durchbohrten.

Erst als sie die Sprosse berührte, packte und aus den Händen glitschen fühlte wie ein Stück Seife, erst in dem blitzartigen Moment, wo auch sie gewichtslos war und sich gleichzeitig das ganze Gewicht des Todes und der Ewigkeit an sie hängte, um aus ihr statt eines Menschen eine bloße Demonstration der Schwerkraft zu machen, erst da ging Olga auf, dass sie träumte. Das Publikum im Traum stieß einen verzerrten Schreckensschrei aus, der ihr noch im Sturz die Ohren betäubte, dann lag sie auf dem Boden des Lagerraums, wo sie eingeschlafen war, und rang zitternd und keuchend nach Atem, während über ihr die Klimaanlage wie ein Düsentriebwerk röhrte.

Als sie schließlich den Wasserspender gefunden und ausgiebig getrunken hatte, ließ das Zittern allmählich nach. Eine tiefe Frequenz in der Klimaanlage fing an, ihr auf den Magen zu schlagen, und so nahm sie ihre paar Sachen und zog auf die andere Seite des Lagers um.

Das unbeabsichtigte Nickerchen hatte sie nicht gestärkt. Der Augenblick des Abgleitens und Fallens hing ihr immer noch nach. Selbst damals, nach jahrelangem Üben mit ihrem Vater und seinen Luftakrobaten über einem Netz, war sie die Angst davor nie ganz losgeworden.

Es wäre kein richtiger Zirkus, wenn nicht tatsächlich jemand ums Leben kommen könnte.

Seltsamerweise tröstete sie der Gedanke ein wenig. Es gab keine hundertprozentige Sicherheit im Leben, weder damals noch heute; selbst ein Netz war keine Garantie. Jansci, der ungarische Seiltänzer, ein guter Freund ihres Vaters, war beim Üben ins Netz gefallen, beim Hochprallen mit dem Fuß hängen geblieben und irgendwie über den Rand gekippt. Keine vier Meter, und doch war er nach dem Sturz gelähmt gewesen.

Keine Garantie, nicht einmal mit Netz.

Sie trank noch einmal etwas Wasser und probierte dann zum x-ten Mal, Catur Ramsey zu erreichen, doch der Zauber, der sie vorher über die telematische Buchse mit der realen Welt außerhalb dieses künstlichen schwarzen Berges verbunden hatte, wirkte nicht mehr. Die Kutsche war wieder ein Kürbis geworden, der Lakai ein Hund, die Pferde Mäuse. Sie musste es allein schaffen.

Wieder packte sie ihre wenigen Habseligkeiten zusammen und begab sich zu den Serviceaufzügen.

Fast einen ganzen Tag in Felix Jongleurs Haus zu leben wie eine Ratte in der Wand, hatte sie vorsichtig gemacht. Als der Fahrstuhl im Zwischengeschoss aufzischte, lugte sie um die Ecke, bevor sie hinaustrat, wich dann aber sofort wieder zurück und wartete, bis der junge Mann am Ende des Korridors in einem Seitengang verschwunden war. Er trug ein kragenloses Hemd und Arbeitshosen, doch er sah eher nach einem leger gekleideten Büroangestellten als nach einem Raumpfleger aus, vielleicht ein aufstrebender Jungmanager, der sich bei den Vorgesetzten mit unbezahlten Überstunden beliebt machen wollte.

Selbst in der Hölle müssen sich die Unterteufel am Wochenende nicht fein anziehen, ging es ihr durch den Kopf. *Kann mich nicht erinnern, dass Herr Dante das erwähnt hätte.*

Während sie die Tür am Schließen hinderte und sicherheitshalber noch ein wenig abwartete, musste sie unwillkürlich an die Dutzende von ach so gewöhnlichen Mitarbeitern denken, die sie hier und da im Haus gesehen hatte, allesamt beschäftigt mit ach so gewöhnlichen Sachen. Bis jetzt war ihr noch kein Indiz dafür begegnet, dass ihre Gründe, sich heimlich hier einzuschleichen, etwas Anderes als Wahnvorstellungen waren. Das Hauptquartier der J Corporation barg hinter seiner abweisenden schwarzen Fassade nichts, was sie nicht in jedem anderen Bürohochhaus auch angetroffen hätte. Selbst der bombensichere Raum der Wachmannschaft fiel nicht aus dem Rahmen, wenn man berücksichtigte, dass dies zugleich der Wohnsitz eines der reichsten Männer der Welt war.

Jeder vernünftige Mensch musste zugeben, dass die Fantasien von verlorenen Kindern und weltweiten Verschwörungen ziemlich weit hergeholt waren – und Olga *war* ein vernünftiger Mensch.

Kann man gleichzeitig vernünftig und geisteskrank sein? überlegte sie. *Das wäre allerdings ein psychologisch höchst ungewöhnlicher Fall.*

Als sie sich so gut es ging überzeugt hatte, dass der Flur leer war, stieg sie die Treppe vom Zwischengeschoss in das riesige Foyer mit der pyramidenförmigen Decke hinab. Sie hatte zwar mehrere Leute von einer Fahrstuhlzeile zur anderen wechseln sehen, doch im Augenblick war es leer und machte genauso einen verbotenen Eindruck, wie ihn nur ein geschlossenes öffentliches Gebäude machen konnte. Während sie hastig über den schwarzen Marmorboden zur Hauptempfangstheke ging, kam ihr das Echo ihrer Schritte laut wie Geschützfeuer vor. An der Rezeption spielte sie für die verborgenen Kameras das nervöse Huhn, das »zufällig« eine eckige Blumenvase über die Theke kippte, so dass das Wasser und die vor sich hinwelkenden Schwertlilien vom Freitagmorgen auf den Boden platschten. Sie tat so, als hätte sie nichts gemerkt, und begab sich schleunigst in die relative Sicherheit des Zwischengeschosses zurück.

Von einem sicheren Platz aus, im Schutz eines Hains von Zierbäumen in Töpfen, beobachtete sie voller Unruhe, wie hin und wieder ein einsamer Beschäftigter durch die kleine Personaltür im Haupteingang kam, um am Wochenende irgendetwas nachzuarbeiten, oder von einem Teil des Gebäudes zum anderen durch das Foyer spazierte. Mehrere schienen die Pfütze und die hingefallenen Blumen vor der Theke zu bemerken, doch falls jemand von ihnen eine Meldung deswegen machte, tat er oder sie das per Telematik. Olga konnte sich dessen nicht sicher sein.

Eine Stunde verging. Zwischen zwanzig und dreißig Mitarbeiter waren mittlerweile durchs Foyer getrabt, doch noch immer hatte sich niemand der umgekippten Vase erbarmt. Die riesige Uhr an der Wand, ein goldenes Rechteck von der Größe eines Lieferwagens mit ägyptischen Figuren und Zeichen, zeigte kurz nach acht an. Samstagabend, ihre Zeit war halb um, und nichts war geschehen. Olga war immer ein geduldiger Mensch gewesen, aber jetzt fühlte sie sich wie ein dünner Faden, der bis zum Zerreißen gespannt war und bei jedem Windhauch zitterte. Sie hatte schon fast den Entschluss gefasst, dass sie sich allen Risiken zum Trotz aufmachen wollte, die unteren Geschosse zu durchsuchen, als eine schlaksige Gestalt aus einem Servicefahrstuhl kam und durchs Foyer schlurfte, einen Plastikeimer auf Rädern vor sich herschiebend und einen Mopp geschultert wie ein Gewehr.

Erleichtert stieß Olga einen tiefen Seufzer aus. Sie beobachtete, wie der Servicearbeiter mit langsamen, bedächtigen Bewegungen die Schwertlilien vom Boden aufklaubte und dann den Mopp von der Schulter nahm. Als sie sicher war, dass sie sich nicht irrte – wer konnte schon wissen, wie viele Raumpfleger hier am Wochenende arbeiten? –, begab sie sich eilig zum Aufzug und stieg ein. Gleich darauf wurde er auf die Foyerebene geholt. Sie gab sich alle Mühe, überrascht zu wirken, als er zustieg.

»Na, sag mal, Jerome, hallo!«, begrüßte sie ihn, als er mit seinem Eimer über die winzige Lücke zwischen Fahrstuhl und Tür holperte. Sie schenkte ihm ihr sonnigstes Lächeln. »Was machst du denn hier oben?«

»Kann schon sein, dass ein Aufzug durchfährt, Ol-ga.« Seine Stimme war sanft, doch das Thema war ihm sichtlich unangenehm. »Aber das ist ganz egal, diese Etagen sind alle verboten. Ich komm da nur hoch, wenn die Wachleute wollen, dass ich was umsetzen helfe oder so.« Grübelnd saß er da, den Mund aufgesperrt und die milchigen Augen fast geschlossen, und hatte das angebissene Brot, das er in die Luft hielt, ganz vergessen.

Olga zwang sich, von dem Leberwurstbrot abzubeißen, das er ihr aufgenötigt hatte. Da sie sich gegen den offiziellen Pausenraum ausgesprochen und ihn stattdessen überredet hatte, mit ihr im Lagerraum Brotzeit zu machen, wo sie sich allmählich richtig zuhause fühlte, wäre es undiplomatisch gewesen, das angebotene Brot auszuschlagen, obwohl die Leberwurst sie mit höchst gemischten Gefühlen erfüllte. »Dann ... dann warst du also schon mal auf den Etagen?«

»Na klar. Oft. Aber nur bis zum Wachzentrum.« Er runzelte abermals die Stirn. »Einmal auch im Raum drüber, wo diese ganzen Apparate stehen. Einer der Bosse war wütend, weil da Mausdreck rumlag, und den wollte er mir zeigen. Aber ich hab ihm gesagt, für das Putzen da oben bin ich nicht zuständig, also woher hätte ich wissen sollen, dass da oben Mäuse waren?« Er lachte und wischte sich dann verlegen einen Leberwurstkrümel vom Kinn. »Lena hat gemeint, die Mäuse kämen im Aufzug hoch! Das war echt witzig!«

Olga versuchte ihr außerordentliches Interesse an diesem zweiten Apparateraum zu unterdrücken. Was konnte ihr der schon nützen? Sie hatte keine Ahnung, wie sie Sellars' Gerät anbringen sollte oder woran, und ohnehin war auch kein Sellars da, der davon etwas gehabt hätte. Aber der Raum befand sich in dem Teil des Turms, in den sie wollte. »Dann könntest du also einen Aufzug finden, der durchfährt, und mich dort hochbringen?«

Er schüttelte den Kopf. »Ich weiß nicht. Das dürfen wir nicht. Da kriegen wir Ärger.«

»Aber ich hab dir doch gesagt, wenn ich nicht da hochkomme, kriege *ich* Ärger.«

»Das versteh ich immer noch nicht«, sagte er und fing wieder an, energisch zu kauen.

»Wie gesagt, meine Freundin von der andern Schicht hat mich am Freitag mit hochgenommen, einfach um mir den Raum mal zu zeigen. Aber ich hab da oben meine Brieftasche verloren, verstehst du? Zufällig. Und wenn jemand sie findet, ist der Teufel los. Ganz abgesehen davon, dass ich meine Karten zum Einkaufen und so nicht habe.«

»Da wär der Teufel los, hm?«

»O ja. Die würden mich bestimmt feuern. Und ich könnte meiner Tochter und ihrer Kleinen nicht mehr finanziell unter die Arme greifen.« Olga war hin- und hergerissen zwischen Abscheu vor sich selbst und zunehmender Verzweiflung. Nur einer, bei dem es mit dem Denken haperte, würde auf eine derart schlecht erfundene Geschichte hereinfallen. Sie nutzte Jerome schamlos aus, weil er leichtgläubig und weichherzig war, wahrscheinlich geistig gestört, und sie kam sich wie der allerletzte Abschaum vor. Allein indem sie an die Traumkinder dachte, als ob die Erinnerung ein Mantra wäre, an die Art, wie sie sich um sie geschart hatten wie aufgeschreckte und Schutz suchende Vögel, und an ihre flehenden, klagenden Stimmen, konnte sie ihre Schuldgefühle betäuben.

»Vielleicht ... vielleicht könnten wir es einfach einem der Wachmänner sagen«, meinte Jerome schließlich. »Sind eigentlich ganz nette Kerle. Die könnten sie für dich holen.«

»Nein!« Sie dämpfte ihren Ton und probierte es noch einmal. »Nein, die müssten eine Meldung machen, denn sonst würden *sie* Ärger kriegen, verstehst du? Und die Freundin, die mich hochgebracht hat, würde dann auch Ärger kriegen. Ich möchte auf keinen Fall, dass jemand anders gefeuert wird, bloß weil ich einen Fehler gemacht habe.«

»Du bist echt nett, Ol-ga.«

Sie wand sich innerlich, doch bemühte sich, weiterhin zu lächeln.

»Kannst du nicht irgendwas machen, Jerome?«

Die Vorstellung, die Vorschriften zu verletzen, quälte ihn deutlich, doch sie sah, dass er überlegte. »Ich könnt's probieren, aber ich weiß nicht, ob der Fahrstuhl aufgeht. Auf welcher Etage hast du deine Brieftasche verloren?«

»Auf der mit den Apparaten.« Das musste die mit der dünnsten personellen Besetzung sein, und vielleicht kam man von dort ja in die übrigen Stockwerke – mussten nicht selbst die am strengsten gesicherten Gebäude der fiesesten Schurken nach dem Gesetz Treppen und Feuerleitern haben? Wie sie Jerome loswurde, damit sie in Ruhe stöbern konnte, musste sie der spontanen Eingebung überlassen.

Vielleicht könntest du ihn einfach bewusstlos schlagen, wenn du dort bist, Olga, dachte sie grimmig. *Der Vollständigkeit halber, um ja keine Widerwärtigkeit auszulassen.*

Jerome steckte den Rest seiner Stulle in den Vakuumbeutel zurück und verschloss ihn sorgfältig. Er schien den Appetit verloren zu haben. »Wir können ja mal losfahren und es probieren, Ol-ga. Aber wenn es nicht klappt, darfst du mir nicht böse sein, okay?«

»Versprochen.« *Und möge Gott mir vergeben,* setzte sie im Stillen hinzu.

> Ramsey konnte sich vor Eindrücken kaum retten, als er sich im Zimmer umsah. Selbst für ein virtuelles Environment, wo Schwerkraft und räumliche Grenzen nur vorgespielt wurden, war es irrsinnig vollgestopft. Ein grausiger Stapel von Köpfen in durchsichtigen Kästen, eine Sammlung menschlicher und nichtmenschlicher Trophäen, die mehr wie Augenblickshologramme als wie richtig abgeschlagene Häupter

wirkten, beherrschte den mehrgeschossigen Raum, doch es gab jede Menge Konkurrenz. Merkwürdige Gegenstände waren überall aufgehäuft, Schwerter und Lanzen und komplette Rüstungen, Edelsteine so groß wie Catur Ramseys virtuelle Faust, mächtige Totenschädel von Tieren, die Gott sei Dank niemals in der wirklichen Welt gelebt haben konnten, selbst ein Geländer, das aus einer riesigen, erstarrten Schlange bestand, deren Kopf halb so lang war wie Ramsey hoch. An den wenigen Stellen, wo zwischen den windschiefen Stapeln von Erinnerungsstücken die Wände durchblickten, waren zwei Szenen zu sehen, denen Ramsey nur an ihrer vollkommenen Verschiedenheit anmerkte, dass es Displays waren und nicht die simulierte Außenwelt vor Orlando Gardiners elektronischem Wohnsitz im Inneren Distrikt.

Bei dem Sumpf aus der Kreidezeit, wo gerade eine Hadrosauriermutter einen schlanken Dromeosaurus verscheuchte, der zwei halbherzige Angriffe auf ihre Eier unternommen hatte, war es ziemlich einleuchtend, dass ein Junge sich für so etwas interessierte; die andere Szene dagegen, eine ungeheuer weite, leblose Landschaft aus rotem Staub, wirkte ein wenig weiter hergeholt.

Alles in allem war es ein Teenagerzimmer in einer Umgebung ohne Grenzen, und die Dinge waren die stolzen Besitztümer eines Jungen, der nie wieder zu ihnen zurückkehren würde. Ramsey musste an den kindlichen König Tutanchamun denken, dessen Grab voll persönlicher Schätze Jahrtausende nach seinem Tod geöffnet und aller Welt vorgeführt worden war. Würde Orlandos Zimmer einfach im Netz fortbestehen? Er vermutete, dass die Gardiners dann dafür bezahlen mussten. Aber wenn sie das nun taten? Würde ein Mensch zukünftiger Generationen zufällig darauf stoßen und versuchen, sich davon ausgehend ein Bild vom Innenleben und der Welt eines vergessenen Kindes aus dem Einundzwanzigsten Jahrhundert zu machen? Es war ein trauriger Gedanke, ein Leben in all seiner Komplexität reduziert auf ein paar Spielzeuge und Souvenirs.

Na ja, mehr als ein paar …

Ein Loch im Boden ging auf, und etwas wie der Kopf eines zottigen schwarzen Staubwedels erschien, begleitet von einer Cartoonstaubwolke.

»Nett, dass du hergekommen bist«, sagte Beezle.

»Gern geschehen. Ist das hier …?« Er wollte fragen, ob der Ort dem

Agenten besonders lieb war, aber kam schon wieder durcheinander. Beezle war ja nicht einmal eine richtige artifizielle Person. Er war im Prinzip ein Kinderspielzeug. »Bist du oft hier?«

Beezle verdrehte einmal kurz seine Glupschaugen. Seine Antwort kam seltsam zögernd. »Ich weiß, wo alles ist. Deswegen isses hier ganz gut. Um was zu machen.«

»Klar.« Ramsey schaute sich nach einer Sitzmöglichkeit um. Das Einzige, was offensichtlich der menschlichen Bequemlichkeit diente, war eine in der Ecke aufgespannte Hängematte.

»Willste 'nen Stuhl?« Beezle langte in das Loch im Boden und zog mit ein paar kuriosen Geräuscheffekten einen Stuhl heraus, der dreibis viermal so groß war wie er. »Bittschön. Ich erzähl dir, was ich rausgekriegt hab.«

Während Ramsey sich setzte, ließ Beezle mitten im Raum einen kleinen schwarzen Würfel erscheinen, schnippte dagegen, und schon erblickte man im Innern ein nebeliges, dreidimensionales Gebilde. Gleich darauf verzog sich der Nebel, und eine hohe schwarze Form war zu erkennen.

»Das ist das Gebäude der J Corporation.«

»Jo.« Beezle tippte den durchsichtigen Würfel an, und das Gebäude klappte auf wie ein Papierbuch, so dass man hineinsehen konnte. »Das ist aus dem Material von diesem Sellars.«

»Du hast es gefunden!«

»Jo. Was ist das eigentlich für'n Heini, 'n Roboter oder so was? Er führt sein Zeug in Maschinensprache.«

»Er ist kein Roboter, soviel ich weiß, aber das ist eine lange Geschichte, und ich hab's eilig. Kannst du mich mit Olga Pirofsky verbinden?«

»Willste sehen, wo sie ist?« Beezle bewegte einen unförmigen Fuß, und ungefähr auf Drittelhöhe des Gebäudes glomm ein winziges rotes Pünktchen auf. »Sellars hat ihr'n Signal verpasst – sie hat 'ne Marke oder so was, stimmt's? –, und das kannste an den Lesern verfolgen, die sie da auf allen Stockwerken haben. Es ist ziemlich schwach, aber reicht aus, um sie zu orten.«

Ramsey sah, wie das rote Pünktchen sich langsam zur Seite bewegte. *Jedenfalls ist sie am Leben,* dachte er. *Es sei denn, jemand trägt sie.* »Kannst du in Sellars' Material erkennen, was er vorhatte? Irgendwie wollte er den Datenstrom des Gebäudes anzapfen, das ist alles, was ich weiß.«

»So lala«, erwiderte Beezle, doch seine Taxifahrerstimme klang plötzlich abgelenkt. »Deine Freundin – sie bewegt sich.«

»Ich weiß …«, begann Ramsey, da bemerkte er, dass der rote Punkt nicht mehr horizontal wanderte, sondern langsam nach oben stieg. »O Gott, was ist jetzt los? Was macht sie?«

»Serviceaufzug. Sie fährt hoch.«

»Aber ganz oben … Herrje, Sellars hat gesagt, dass da die Privatwohnungen sind. Ich muss sie aufhalten!« Da kam ihm ein Gedanke. »Kommt sie mit der Marke da oben rein?«

Beezle reagierte mit einem Achselzucken, jedenfalls sofern ein Wesen ohne Schultern und mit zu vielen Beinen dazu imstande war. »Höchstens wenn sie was dran geändert hat. Wart, ich check mal.« Nach kurzem Schweigen sagte er: »Nö. Ist aber auch egal, weil sie mit dem Aufzug gar nicht da hinkommt. Sie muss vorher in der Wachzentrale im fünfundvierzigsten Stock aussteigen und den Aufzug wechseln. Aber die Sicherheitsleute lassen sie nie vorbei.«

»Mist. Kannst du mich mit ihr in Kontakt bringen?«

»Ich hab den Kram noch nicht ganz durchgefilzt, aber ich probier's.«

Ein anderes Loch im Boden öffnete sich neben Beezle. Er setzte an, darin zu verschwinden, dann hielt er inne. »Weißt du, dass die da auf der Insel 'nen kompletten Armeestützpunkt haben? Habt ihr 'nen Knall, euch mit so Leuten anzulegen?«

»Herrje, verbinde mich einfach!«, schrie Ramsey.

Beezle machte ein paar watschelnde Schritte und tauchte in das Loch ab. Gleich darauf hallte das elektronische Cottage von lautem Gehämmer und dem ohrenbetäubenden Schrillen einer Kreissäge wider.

»Lieber Himmel, was machst du?«

Beezles Stimme kam hallend aus dem Loch im Boden herauf. »Was du mir gesagt hast, Boss. Kann ich jetzt gefälligst in Ruhe arbeiten?«

Das rote Licht klomm stetig den Turm empor. Ramsey konnte nicht mehr hinschauen. Er wandte sich der rostroten Wüste zu, die eine ganze Wand einnahm. Er erkannte jetzt kleine, käferartige Gestalten im Sand, halb begraben und regungslos wie Fossilien. Er erinnerte sich dunkel, im Netz etwas über das MBC-Projekt auf dem Mars gelesen zu haben – die kleinen Roboter sollten die Arbeit eingestellt haben.

Das wird sie lehren, Maschinen zu vertrauen, dachte er bitter. Er zuckte zusammen, als die Säge wieder loslegte, begleitet, dem Lärm nach zu urteilen, von einem Presslufthammer, der die Wände des El-Cots erzittern ließ und es schier zum Einsturz zu bringen drohte. Eine Staubwolke stieg aus dem Loch auf. Ein Drachenschädel vibrierte so lange, bis er von seinem Regal rutschte und zerbrach, und ein Stück des Kiefers blieb neben Ramseys Füßen liegen.

Unterdessen fuhr der rote Punkt unbeirrt weiter nach oben.

> Obwohl die Bewegung des lautlosen Aufzugs kaum zu merken war, hatte Olga ein Gefühl, als ob ein abscheulicher Riese sie in seiner Faust hätte und sie hochführte zu einem Gesicht, das sie auf keinen Fall sehen wollte. Sie wusste auf einmal genau, warum sie vom Zirkus geträumt hatte, dessen Artisten inzwischen alle tot waren, so wie auch der ganze Teil ihres Lebens tot war. Wenn sie die Leiter zu dem hohen Artistenstand hochgeklettert war, war es jedes Mal genauso gewesen wie jetzt, einerlei wie oft sie es machte. Das eingespielte Hand-über-Hand war fast mechanisch erfolgt, und sie hatte an kaum etwas Anderes gedacht als an die Lektionen, die ihr Vater ihr Tag für Tag eingebläut hatte, damit sie lernte, sich zu konzentrieren und auf alle Eventualitäten gefasst zu sein.

»Du musst immer in deinem Bewusstsein und außerhalb deines Körpers sein, mein Liebes.« Plötzlich konnte sie ihn beinahe neben sich im Fahrstuhl stehen sehen, genauso nahe wie Jerome jetzt stand, Papa mit seinem adretten, ergrauenden Bart, mit der Narbe quer über dem Nasenrücken nach einem Bruch, den ihm sein eigener Bruder mit der Ferse beigebracht hatte, als sie beide junge Artisten gewesen waren. Es war nur eine von vielen Narben – seine großen Hände waren zerfurcht von den vielen Rissen, die er sich an Netzen und Hochseilen und Spanndrähten geholt hatte. Er prahlte oft damit, dass er an seinen freien Tagen mit dem Messerwerfer des *Cirque Royale* Klingenfangen spielte. Zum ersten Mal hatte sie das von ihm gehört, als sie drei oder vier gewesen war, und sie hatte furchtbare Angst um ihn gehabt, bis er ihr schließlich versicherte, es sei ein Witz gewesen.

Er roch immer nach Kiefernharz, womit er sich die Hände einrieb, damit sie in der Manege trocken blieben. Das und die Zigaretten ihrer

Mama, diese widerlichen russischen Glimmstengel – selbst nach all diesen Jahren brachten ihr die beiden Gerüche im Nu ihre Kindheit zurück. Wie ihr Vater seine großen Hände von hinten auf Mamas Schultern oder um ihre Taille gelegt hatte, während sie die Probe verfolgten. Mama immer, immer mit einer Zigarette im Mundwinkel, das Kinn leicht angehoben, damit sie sich den Rauch nicht in die Augen blies. Vor ihrer Krankheit hatte sie den kerzengeraden, schlanken Körper einer Tänzerin gehabt, fest und muskulös noch mit über siebzig.

»Meine polnische Prinzessin«, hatte Papa Mama genannt. »Seht sie euch an«, hatte er immer halb spöttisch, halb stolz gesagt. »Sie hat vielleicht kein königliches Blut, aber einen königlichen Körperbau. Hintern nicht für fünf Pfennig, Hüften wie ein Junge.« Und dann gab er Mama einen freundlichen Klaps auf das gelobte Körperteil, und sie fauchte ihn an wie eine Katze, wenn sie von einem Kind geärgert wird. Papa lachte und zwinkerte Olga und die Welt im Allgemeinen an. *Seht, was für eine schöne Frau ich habe!* hieß das. *Und seht, was für ein Temperament sie hat!*

Beide waren jetzt schon lange tot, Mama an Krebs gestorben, Papa ihr bald darauf gefolgt, wie alle es erwartet hatten. Er hatte es selbst angekündigt: *»Ich will ohne sie nicht weiterleben. Dir und deinem Bruder, Olga, möge Gott langes Leben schenken. Nimm's mir nicht übel, wenn ich die Enkel nicht mehr abwarte.«*

Aber es hatte natürlich keine Enkel gegeben. Olgas Bruder Benjamin war nicht lange nach den Eltern gestorben, weil er das seltene Pech gehabt hatte, auf einer Bergwanderung mit Kommilitonen einen Blinddarmdurchbruch zu erleiden. Und Jahre vorher schon hatte sie in einer Woche ihr Kind und ihren Mann verloren, ihre ganze Hoffnung auf Glück im Leben, wie sie damals gedacht hatte und im Grunde heute noch dachte.

Ich bin die Letzte, sagte sie sich. *Die Linie von Mamas und Papas Eltern und Großeltern endet mit mir – vielleicht heute, hier in diesem Gebäude.* Zum ersten Mal seit Tagen brach die Verzweiflung über Olga herein. *So traurig, so ... endgültig. Die ganzen Pläne, die diese Menschen machten, die Kinderdeckchen, die sie strickten, das Geld, das sie auf die Seite legten, und am Ende all dessen steht eine alte Frau, die wahrscheinlich wegen einer Wahnvorstellung ihr Leben wegwirft.*

Der Fahrstuhl schien träge wie eine steigende Flut aufwärts zu kriechen. Eine nach der anderen leuchteten die Zahlen auf der kleinen schwarzen Glastafel auf. *So traurig.*

»Hast du Angehörige hier in der Gegend?«, fragte sie Jerome, nur um eine menschliche Stimme zu hören.

»Meine Mutter.« Er starrte wie hypnotisiert auf die wechselnden Ziffern der Anzeige. Sie fragte sich, wie gut sein Sehvermögen war. Sie stiegen von 35 auf 36 auf 37. Für einen modernen Aufzug, fand Olga, fuhr das Ding elend langsam. »Sie wohnt in Garyville«, fuhr Jerome fort. »Mein Bruder wohnt in Houston, Texas.«

»Olga? Kannst du mich hören?« Die plötzliche Stimme in ihrem Kopf überraschte sie so, dass sie einen leisen Schreckenslaut ausstieß.

»Was ist los, Ol-ga?«, fragte Jerome.

»Bloß Kopfschmerzen.« Sie legte eine Hand an die Schläfe. *»Wer ist da?«,* subvokalisierte sie. *»Herr Ramsey, bist du das?«*

»O Mann, ich hätte nicht gedacht, dass ich dich noch mal erreiche. Du musst sofort aus dem Aufzug raus.«

Sie blickte auf die Anzeigetafel. *40.41.* *»Wieso denn das? Woher weißt du überhaupt …?«*

»Ol-ga, du siehst echt schlecht aus.«

Sie machte eine abwehrende Handbewegung zum Zeichen, dass sie nicht reden wollte.

»Du musst aus dem Aufzug raus!« Ramseys unüberhörbare Panik rüttelte sie auf. *»Sofort! Ich weiß nicht, was du vorhast, aber sämtliche Aufzüge von unten fahren nur bis zum fünfundvierzigsten Stock, zum Sicherheitsdienst. Wenn du da aussteigst, wirst du festgenommen.«*

Die gespielten Kopfschmerzen wurden ernst. »Halt mal an!«, sagte sie zu Jerome. »Auf welchem Stock sind wir?« Die Leuchttafel zeigte 43 an. »Ich muss dringend auf die Toilette, Jerome. Geht das?«

»Na klar.« Doch als er den Knopf drückte, war der Aufzug schon zum nächsten Stockwerk weitergeglitten. Olga hielt den Atem an. Der Aufzug blieb stehen, die Tür ging auf, und man sah einen mit Teppichboden ausgelegten Flur und eine merkwürdig festliche Beleuchtung. Erst auf den zweiten Blick erkannte sie, dass schimmernde Neonkunstwerke an den Wänden hingen. Jerome stellte sich in die offene Tür. Olga stutzte. Natürlich, begriff sie, er ging davon aus, dass sie wusste, wo die Toiletten waren. Schließlich war sie auch hier beschäftigt, nicht wahr?

»Auf dieser Etage bin ich noch nie gewesen«, gestand sie ihm. Nachdem er ihr gesagt hatte, wo sie hinmusste, bat sie ihn, im Aufzugvorraum zu warten. Sonst konnte jemand bemerken, dass ein Aufzug auf einer Etage zu lange festgehalten wurde.

Die Toilette war leer. Sie setzte sich in die hinterste Kabine und zog die Füße hoch. »Erzähl mir, was los ist«, sagte sie zu Ramsey. »Wo seid ihr die ganze Zeit gewesen? Ich versuche schon den ganzen Tag, euch zu erreichen.«

Seine Erklärung war nicht dazu angetan, ihr Mut und Zuversicht einzuflößen. Im Gegenteil, man hätte meinen können, er hätte sie sich eigens zu dem Zweck ausgedacht, ihr das letzte bisschen Hoffnung zu rauben. »Oh, Gott steh uns bei, Sellars ist ... bewusstlos? Und wer ist dieser Beezle, der für ihn eingesprungen ist? Ist er einer der Spezialisten von diesem Offizier oder was?«

»Das ist eine lange Geschichte.« Ramsey klang nicht sehr erpicht darauf, sie zu erzählen. »Jetzt müssen wir erst mal entscheiden, was wir machen. Bist du an einem sicheren Ort?«

Sie musste lachen. »Ich bin in feindlichem Territorium, Herr Ramsey! Ich bin ungefähr so sicher wie eine Kakerlake in der Badewanne, wenn das Licht angeht. Wenn jemand mich nicht mit einem Schuh zerklatscht, ja, dann bin ich wohl bestens aufgehoben.«

»Ich tue, was ich kann, Olga, ehrlich. Du kannst dir nicht vorstellen, was ich alles versucht habe, um dich zu erreichen, seit Sellars ... seit das mit ihm passiert ist.« Er holte tief Luft. »Ich stelle dich jetzt zu Beezle durch. Er ... er ist ein bisschen verschroben. Aber keine Bange, er ist auf seine Art sehr kompetent.«

»Mit Verschrobenheit kann ich leben, Herr Ramsey.«

Die Stimme, die nach kurzem Warten ertönte, klang wie die eines alten Komikers aus der Fernsehära. »Du bist Olga, was? Sehr erfreut.«

»Gleichfalls.« Sie schüttelte den Kopf. Da saß sie nun voll bekleidet auf dem Klo und unterhielt sich mit einem abgehalfterten Tingeltangelheini, und das wahrscheinlich fünf Meter unterhalb von bewaffneten Männern, die sie mit Wonne erschießen oder zumindest bewusstlos prügeln würden, wenn sie wüssten, was sie im Schilde führte. *Es müsste eigentlich eine leichtere, vernünftigere Art geben, Selbstmord zu begehen,* sagte sie sich.

»Also, wenn's auf der Etage 'nen Haufen Apparate gibt, dann isses vielleicht das, wo Sellars hinterher ist«, meinte Beezle, nachdem sie ihm die Informationen von Jerome weitergegeben hatte. »Werden wir erst wissen, wenn wir da oben den Durchblick haben, und selbst das wird uns nix helfen, weil dieser Sellars laut Ramsey im Moment 'n verdammt stiller Teilhaber ist, könnte man sagen.« Sein abfälliges Schnauben war gut hörbar und beinahe komisch. »Aber gesetzt den Fall, du kommst überhaupt hoch, biste Hackfleisch, wenn du da unbefugt reinspazierst, tick?«

Er hörte sich ein bisschen alt für solchen Kiddieslang an, aber Olga war ihr Leben lang mit Schauleuten zusammen gewesen, die sich gern betont locker gaben. »Von mir aus auch tick.«

»Das heißt, wir müssen erst noch mal was mit deiner Marke anstellen. Ich hab keinen Dunst, was Sellars vorgehabt hat. Ich hab dazu bei ihm nix gefunden, aber ich such noch weiter. Kann sein, dass er 'nen amtlichen Code zum Reinkommen hatte, aber ich hab den nicht. Vielleicht kannst du jemand Zugangsberechtigten auftreiben, dann könnt ich irgendwie 'ne Befugnis türken.«

»Es gibt einen Raumpfleger, der mir hilft«, sagte Olga zögernd. »Er ist schon mal auf dieser Etage gewesen.«

»Was?« Ramsey hatte mitgehört. »Olga, wir dürfen auf keinen Fall jemand Fremden einweihen ...!«

»Ich habe ihn nicht eingeweiht«, versetzte sie ärgerlich. »Wofür hältst du mich? Ich habe ihn auf hinterhältige Weise angelogen. Er ist geistesgestört oder wenigstens ein bisschen minderbemittelt, du kannst dir also vorstellen, wie mir dabei zumute ist, ihn derart auszunutzen.« Sie war wieder den Tränen nahe. »Würden die Daten auf seiner Marke dir helfen?«

»Yeah.« Der Fremde namens Beezle überlegte sich die Sache eine Weile. »Vielleicht könntest du ihn mit 'ner Ausrede vorschicken, und ...«

»Auf keinen Fall! Und wenn er deinetwegen irgendwie in Gefahr gerät, bringe ich dich um!«

»Mich umbringen?« Das rauhe Lachen schnarrte ihr in den Ohren. »Lady, die Eltern von dem Jungen ham wochenlang versucht, mich zu drezzen, und sind elend gescheitert, da weiß ich nicht, wie du das zuwege bringen willst.«

Auf diese völlig unmotivierte Bemerkung wusste Olga nichts zu erwidern.

»Sieh erst mal zu, ob du uns diese Daten auf der Marke beschaffen kannst«, schaltete Ramsey sich ein. »Du hast doch noch den Ring, nicht wahr?«

»Wenn sie mit der T-Buchse drangeht, ist mir mehr gedient«, meinte Beezle.

»Gut. Mach das, Olga. Dann beschließen wir die nächsten Schritte.«

Sie fühlte sich wie eine Figur aus einer altertümlichen Schnurrenkomödie, als sie die Toilette verließ und den Korridor hinuntertrabte. Jerome stand stocksteif vor dem Aufzug und blickte auf seine Schuhe. Angestrahlt von der Deckenbeleuchtung glänzten seine auffälligen Gesichtsknochen, so dass er wie ein Roboter aussah, der mit leer gelaufenem Akku stehen geblieben war.

Als er sie hörte, hob er den Kopf. Das Lächeln verlieh seinem verformten Gesicht etwas Liebenswertes, ähnlich einer alten Puppe, einem kaputten, aber vertrauten Spielzeug.

»Ich wollte dir nur Bescheid sagen, dass ich noch ein Weilchen brauche«, erklärte sie. »Oh, mein Schuh! Kann ich mich kurz an deiner Schulter festhalten?« Während sie so tat, als richtete sie etwas an ihrem Schuh, lehnte sie sich mit ihrer telematischen Buchse dicht an seine Marke und eilte dann in die Toilette zurück. Ramsey und sein neuer Helfer waren bereits dabei, die Ergebnisse auszuwerten.

»Ich kann was basteln, dass du reinkommst«, meinte Beezle schließlich. »Aber wenn dich jemand checkt, biste dran, und wie wir dich an den Sicherheitsdienstlern vorbeikriegen sollen, ist mir eh schleierhaft.«

»Es geht nicht«, sagte Ramsey niedergeschlagen. »Die gefälschte Zugangsberechtigung ist gut und schön, aber bei dem Problem, Olga überhaupt auf die sechsundvierzigste Etage zu bringen, hilft sie uns kein bisschen weiter.«

Angesichts der Erleichterung, die sie bei dem Gedanken verspürte, den Zugang ins obere Stockwerk verwehrt zu bekommen, wurde Olga auf einmal klar, wie sehr sie sich fürchtete. »Das heißt, es ist aussichtslos?«

»Ich kann nicht zaubern, Lady«, knurrte Beezle. »Orlando, wo mein Besitzer ist, sagt immer …«

»Wart mal«, unterbrach Ramsey die nächste verwirrende Bemerkung. »Du hattest doch noch mehr Sachen dabei. Wir könnten die Rauchbombe zünden.«

»Was soll das nützen?« In gewisser Weise hatte Olga sich bereits mit der Vorstellung des Scheiterns angefreundet. Aller Antrieb weiterzumachen, selbst die Erinnerung an die Kinder, war inzwischen von der immer stärker werdenden Furcht gedämpft worden. Sie sehnte sich danach, den Himmel wiederzusehen, richtigen Wind im Gesicht zu spüren, und sei es die warme Suppe, die sie in diesem Teil der Vereinigten Staaten als frische Luft bezeichneten. »Es wird nicht die Türen wegsprengen oder etwas ähnlich Gravierendes machen, und es ist auch zu weit unten im Gebäude. Wenn der Rauch so weit hinaufzieht, dass er mich verbirgt, dann erstickt er mich gleichzeitig auch.«

»Aber wenn sie das Gebäude evakuieren müssen, werden sie nicht mehr darauf achten können, wer sich im sechsundvierzigsten Stock oder sonst wo aufhält.«

»Da oben gibt es doch bestimmt Kameras. Selbst wenn sie mich nicht gleich bemerken, können sie sich die Aufnahmen angucken, sobald sie feststellen, dass es falscher Alarm war.«

»Wenn wir Glück haben – wenn *du* Glück hast, sollte ich sagen, denn natürlich bist du es, die das Risiko eingeht –, wirst du zu dem Zeitpunkt fertig sein, vielleicht sogar schon aus dem Gebäude heraus, und dann kann dir das alles egal sein. Du musst nur rasch machen mit der Anzapfung. Bring das Gerät an, und verschwinde sofort wieder.«

Ihr schwindelte bei dem Gedanken. »Ich … ich werd's versuchen. Willst du die Rauchbombe jetzt gleich zünden?«

»Noch nicht«, meinte Ramsey. »Beezle muss noch deine Autorisierung fälschen. Ein vorgetäuschter Feueralarm nützt uns nichts, solange du von dem Geschoss ausgesperrt bist. Und ich würde vorher gern Sellars' Material studieren. Ich habe dich völlig überstürzt angerufen und hatte noch keine Gelegenheit, einen klaren Gedanken zu fassen.« Er hörte sich wieder bedrückt an. »Ich bin für solche Sachen nicht ausgebildet.«

»Meinst du vielleicht, ich?« Olga setzte ihre Füße auf den Toilettenboden.

»Kannst du dich noch mal irgendwo verstecken? Wir rufen dich um Mitternacht an.«

»Na schön.« Sie brach die Verbindung ab, und dabei war ihr ein bisschen zumute, als sähe sie gerade das Schiff abfahren, das sie auf einer einsamen, unbewohnten Insel abgesetzt hatte.

Die Toilettentür saugte sich hinter ihr zu, und sie machte sich auf, Jerome zu erklären, dass ihre Pläne sich geändert hatten. Es war immerhin ein kleiner Trost, dass sie ihn nicht in Gefahr bringen musste. Sie dachte an die unglücklichen Kinder. Sie schien vom Schicksal zu ihrer Streiterin und Schützerin auserkoren zu sein, so wenig sie auch den Grund begriff, und ob sie wollte oder nicht. Sie hoffte, sie würden es ihr danken. Wie war das, was ihre Mutter immer über Dankbarkeit gesagt hatte?

»Du solltest mir jetzt dankbar sein, solange ich noch am Leben bin. Das spart dir später das Porto.«

Aber es würde mir gar nichts ausmachen, das Porto zu bezahlen, Mama, dachte sie. *Wenn ich nur deine Adresse hätte.*

> Ihre Mutter wollte, dass sie zum Einkaufen mitkam, aber Christabel hatte keine Lust. Sie hatte zu gar nichts Lust. Sie erklärte ihrer Mami, sie wolle im Hotel bleiben und Netz gucken, aber das stimmte gar nicht. Mami und Papi stritten sich ein wenig – Papi passte es nicht, dass Mami irgendwo hinfahren wollte, wo sie von jemand gesehen werden konnte.

»Wir müssen unsichtbar bleiben«, sagte er.

»Ich habe nicht vor, mich so unsichtbar zu machen, dass mein Kind nur noch Mist zu essen bekommt«, erwiderte sie. »Wir haben hier eine Küchennische, und ich gedenke, sie zu benutzen. Das Kind hat seit Tagen kein Gemüse gegessen, das nicht frittiert war.«

Sie stritten sich nicht sehr, und das war auch nicht der Grund für Christabels gedrückte Stimmung, aber blöd fand sie es trotzdem. Mami und Papi scherzten nicht mehr miteinander. Papi legte nicht mehr die Arme um Mami, und er küsste sie auch nicht mehr zwischendurch in den Nacken. Er nahm Christabel zwar noch auf den Arm und hatte sie lieb, aber er war nicht fröhlich und Mami auch nicht. Und seit der schlimmen Sache, die Herrn Sellars und dem Jungen passiert war, redeten sie kaum mehr miteinander, ohne sich zu streiten.

»Bist du sicher, dass du nicht mitkommen willst, Schätzchen?«, fragte ihre Mutter. »Du könntest dir ein Müsli aussuchen, das du magst.«

Christabel schüttelte den Kopf. »Ich bin müde.«

Mami machte die Tür zu und kam zurück, um Christabel die Stirn zu fühlen. Sie seufzte. »Keine Temperatur. Aber es geht dir nicht gut, stimmt's?«

»Nicht besonders.«

»Wir fahren bald hier weg«, versprach Mami. »So oder so. Ich bring dir was Schönes mit.«

»Ruf an, falls du's nicht schaffst, in einer halben Stunde wieder da zu sein, Kay«, sagte ihr Vater.

»Eine halbe Stunde? So lange brauche ich, nur um hin- und wieder zurückzufahren.« Doch dann verschwand der gereizte Blick, den sie derzeit fast ständig hatte, und sie sah Papi so an wie früher. »Wenn es länger dauert, melde ich mich in einer Stunde. Versprochen.«

Als sie fort war, ging Papi ins Nebenzimmer, um mit Herrn Ramsey zu reden. Christabel guckte eine Weile, was auf dem Wandbildschirm kam, aber nichts interessierte sie. Selbst Onkel Jingle war doof und traurig: Es ging darum, dass Prinz Popo, das neue Baby von Königin Wolkenkatze, sich im Zirkus verlaufen hatte. Auch bei der lustigsten Szene, als ein Elefant Onkel Jingle am Fuß packte und ihn immer im Kreis herum und herum und herum schwang, musste sie nur ein klein wenig lächeln.

Gelangweilt, aber auch mit einem Gefühl, als müsste sie gleich weinen, machte sie die Verbindungstür auf und ging ins Nebenzimmer. Ihr Papi unterhielt sich mit Herrn Ramsey, und beide schauten dabei auf Herrn Ramseys Pad und bemerkten sie gar nicht. Sie ging durch den Flur in das Schlafzimmer, wo Herr Sellars und Cho-Cho Seite an Seite auf einem der Betten lagen, immer noch still, immer noch regungslos. Sie hatte schon viele Male nach ihnen geschaut und dabei immer gehofft, Herr Sellars würde die Augen aufschlagen, und sie könnte zu ihren Eltern und Herrn Ramsey laufen und ihnen sagen, dass er wieder wach war. Sie würden sehr stolz sein, dass sie es bemerkt hatte, und Herr Sellars würde sich hinsetzen und sie »kleine Christabel« nennen und sich bei ihr bedanken, dass sie so gut auf ihn aufgepasst hatte. Vielleicht würde auch Cho-Cho aufwachen und ein bisschen netter zu ihr sein.

Aber Herrn Sellars' Augen waren nicht auf, und sie konnte nicht einmal erkennen, ob seine Brust sich bewegte. Sie berührte seine Hand. Sie fühlte sich warm an. Hieß das nicht, dass jemand nicht tot war?

Oder musste man am Hals anfassen? Im Netz machten das die Leute ständig, aber sie konnte sich nicht mehr so recht erinnern, wie.

Cho-Cho sah sehr klein aus. Auch seine Augen waren zu, aber sein Mund stand auf, und auf das Kissen war etwas Spucke gelaufen. Christabel fand das ziemlich eklig, aber kam dann zu dem Schluss, dass er nichts dafür konnte.

Sie beugte sich nahe heran. »Wach auf, Herr Sellars«, flüsterte sie laut genug, dass er sie hören konnte, aber ihr Papi im Zimmer nebenan nicht. »Du kannst jetzt aufwachen.«

Aber er wachte nicht auf. Er sah schlecht aus, wie jemand, der überfahren worden war und jetzt am Straßenrand lag. Ihr war schon wieder nach Weinen zumute.

Onkel Jingle wurde nicht besser. Sie probierte verschiedene andere Sendungen, sogar *Teen Mob,* das ihre Eltern ihr verboten hatten, weil sie meinten, es wäre »vulgär«, was schlecht oder gruselig bedeutete, eins von beiden. Vielleicht auch beides. Da kam ihr Papi herein, und sie musste schnell umschalten.

»Wieso in aller Welt guckst du dir Lacrosse an, Christabel?«, fragte er sie.

Das war vermutlich der Name von dem Spiel. Die Leute hauten mit Stöcken in der Gegend herum. »Weiß nicht. Es ist interessant.«

»Na schön. Ich leg mich ein paar Minuten hin. Deine Mami müsste in einer Viertelstunde anrufen. Wenn sie nicht anruft, kommst du und weckst mich, ja?« Er deutete auf die Uhr in der Ecke des Wandbildschirms. »Wenn da 17:50 steht, okay?«

»Okay, Papi.« Sie sah ihn ins Schlafzimmer gehen und schaltete dann auf *Teen Mob* zurück. Die Leute in der Sendung schienen ständig darüber zu reden, wer mit wem tanzte. Von den Tänzen hatte sie noch nie gehört, Sachen wie »Hack mich« und »Pop in die Box«. Jemand sagte: »Klorine spielt Knallbonbon mit allem, was Sprays anhat«, und Christabel war sich nicht sicher, ob von einem anderen Tanz oder richtigen Knallbonbons die Rede war. Es waren zwar in der Sendung bisher noch keine vorgekommen, aber jemand anders sagte: »Yeah, und deswegen verbrennt sie sich ständig die Finger«, was sich mehr nach Knallen als nach Tanzen anhörte. Sie stellte den Wandbildschirm aus.

Es war ungerecht. Herr Sellars war krank, vielleicht sterbenskrank, und sie riefen nicht einmal einen Arzt. Und wenn er jetzt eine Medizin brauchte, um wieder gesund zu werden? Mami war zwar einkaufen gegangen, aber Christabel wusste, dass man im Lebensmittelgeschäft keine richtige Medizin bekam, bloß Hustensaft mit Fruchtgeschmack und solche Sachen. Wenn man wirklich krank war, so wie Oma Sorensen, brauchte man Medizin aus der Apotheke oder musste sogar ins Krankenhaus.

Sie schlenderte durch das Zimmer und fragte sich, ob sie zu Herrn Ramsey hinübergehen und mit ihm reden konnte. Mamis Anruf war erst in zehn Minuten fällig, und Christabel war, als würden das die längsten zehn Minuten der Welt werden. Außerdem hatte sie Hunger. Und die Langeweile war noch schlimmer als die gedrückte Stimmung. Sie hätte doch mit ihrer Mutter einkaufen fahren sollen.

Sie durchstöberte gerade die Jackentasche ihres Papis nach den kleinen Salzbrezeln, die er ihr am Morgen weggenommen hatte, weil sie etwas Anderes frühstücken sollte als Brezeln, als sie die MärchenBrille fand.

Sie wunderte sich ein wenig, weil sie der Meinung gewesen war, Papi hätte sie zuhause liegen gelassen. Bei dem Gedanken an den Tag, an dem sie abgefahren waren, bekam sie ganz starkes Heimweh. Sie wollte die anderen Kinder wiedersehen, sogar Ophelia Weiner, die gar nicht *immer* eingebildet war. Und wieder in ihrem eigenen Zimmer schlafen, mit ihrem Zoomer-Zizz-Poster und ihren Puppen und Tieren.

Sie nahm die MärchenBrille mit zur Couch und setzte sie auf. Eine Zeit lang blickte sie einfach in das Schwarz, weil das noch interessanter war als alles andere in diesem doofen, langweiligen Hotel. Dann stellte sie sie mit einem Fingertippen an, und obwohl die Brille schwarz blieb, hatte sie auf einmal Herrn Sellars' Stimme im Ohr.

Zuerst dachte sie, es wäre eine von seinen alten Mitteilungen. Aber von denen war es keine.

»Wenn du das bist, kleine Christabel, sag mir dein Codewort. Weißt du es noch?« Sie musste einen Moment nachdenken. »Rumpelstilzchen«, flüsterte sie.

»Gut. Ich möchte dir etwas erzählen …«

»Wo bist du? Geht's dir gut? Bist du aufgewacht?« Sie war schon halb durchs Zimmer auf die Verbindungstür zugeeilt, um ihn zu begrüßen, doch als sie jetzt nach den Fragen, die ihr aus dem Mund gesprudelt waren, still war, redete er immer noch. Er hatte sie gar nicht gehört.

»... und ich kann dir das nicht so recht erklären, aber ich habe jetzt ganz, ganz dringende Sachen zu tun. Ich weiß, es sieht aus, als ob ich krank wäre, aber das stimmt nicht – ich kann nur gerade nicht in meinem Körper sein. Ich hoffe, du machst dir nicht allzu große Sorgen.«

»Wirst du wieder wach und gesund werden?«, fragte sie, doch er sprach schon wieder weiter, und da begriff sie endlich, dass es doch eine Aufzeichnung war, dass er sie gar nicht angerufen hatte, um ihr zu sagen, dass er wach war. Er hatte sie überhaupt nicht angerufen. Es war bloß eine Mitteilung.

»Du musst mir jetzt genau zuhören, kleine Christabel. Ich möchte, dass du keine Angst hast. Ich habe nur kurz Zeit, dann muss ich mich wieder um meine dringenden Sachen kümmern, aber vorher wollte ich dir das noch sagen.

Ich vermute, dass es Cho-Cho genauso geht wie mir, dass er krank aussieht oder schlafend. Sorge dich nicht zu sehr. Er ist hier bei mir.«

Sie wollte fragen, wo »hier« war, aber sie wusste, dass es keinen Zweck hatte.

»Ich spreche diese Mitteilung an dich noch aus zwei andern Gründen«, fuhr Herrn Sellars' Stimme fort. *»Zum einen wollte ich dir sagen, dass wir Erwachsenen, auch wenn wir manchmal anders tun, nicht immer alles in der Hand haben. Ich hoffe, dass wir uns wiedersehen und fröhlich zusammen sein können und dass wir noch lange Freunde bleiben. Aber falls mir etwas zustößt – vergiss nicht, Christabel, ich bin sehr alt –, sollst du immer wissen, dass ich dich für das tapferste, netteste kleine Mädchen halte, das mir je begegnet ist. Und da ich in meinem langen Leben vielen Menschen begegnet bin, ist das kein kleines Lob.*

Das andere, was ich dir sagen möchte, ist dies: Falls es mir gelingt ... noch ein Weilchen gesund zu bleiben, und falls ich mit den Sachen, an denen ich arbeite, Glück habe, kann es sein, dass ich noch einmal deine Hilfe brauche. Ich verstehe es derzeit selbst noch nicht richtig und habe leider auch keine Zeit für lange Erklärungen – ich habe genauso viel zu tun wie in der Nacht, als wir mein Haus abbrannten und ich mich im Tunnel verstecken ging, weißt du noch? –, aber ich möchte, dass du mir genau zuhörst und über das, was ich dir sage, gut nachdenkst.

Als du Cho-Cho kennen gelernt hast, da hat er dir Angst gemacht, das weiß ich. Ich glaube, inzwischen siehst du ein, dass er eigentlich gar nicht so schlimm ist. Vielleicht verstehst du, dass er bis jetzt ein schwieriges Leben hatte und den Menschen nicht traut, dass er immer meint, ihm könnten nur schlimme Sachen passieren. Sein Leben hat ihn anders gemacht, als du bist, aber es steckt viel Gutes in ihm.

Ich möchte, dass du dir das merkst, kleine Christabel, weil ich vielleicht deine Hilfe brauchen werde. Wenn es dazu kommt, werde ich dich bitten ... jemanden zu treffen. Besser kann ich es leider nicht erklären. Und dann könnte es sein, dass dieser Jemand dir noch mehr Angst macht als Cho-Cho. Dann wirst du so tapfer sein müssen wie in deinen tapfersten Momenten, Christabel. Und das ist in der Tat sehr tapfer ...«

Kapitel 37
DAS VERBOTENE ZIMMER

NETFEED/NACHRICHTEN:
Kinder setzen sich gegen weltverbessernde Eltern zur Wehr
(Bild: Wahlstrom-Erben beim Betreten des Stockholmer Gerichtsgebäudes)
Off-Stimme: Die vier Kinder der berühmten schwedischen Umweltschützer Gunnar und Ki Wahlstrom fechten das Testament ihrer unlängst verstorbenen Eltern an. Sie fordern, dass die erheblichen Summen, die die Wahlstroms verschiedenen Umweltschutzverbänden vermacht haben, stattdessen an sie gehen sollen.
(Bild: Per Wahlstrom)
Wahlstrom: "Alle Welt tut so, als ob wir ein schreckliches Verbrechen begehen würden. Aber diese Kritiker mussten nicht mit Eltern leben, die sich um alles gekümmert haben, nur nicht um ihre Kinder. Keiner von uns hat sich im Geringsten für Wale oder Regenwälder interessiert. Was ist mit uns? Gebührt uns nicht eine Entschädigung dafür, dass wir all diese Jahre unter ständig abwesenden Eltern zu leiden hatten? Denen haben irgendwelche Schnecken mehr am Herzen gelegen als ihre eigenen Kinder."

> Paul lief zum Ausgang des Tempels und betete dabei, dass die Böse Bande übertrieben hatte. Als er ins Freie trat, trafen ihn die Hitze und das Licht wie ein Schlag, und im ersten Moment konnte er nur geblendet gegen die grelle Sonne anblinzeln.

Als seine Augen sich einigermaßen an die Helle gewöhnt hatten, erblickte er zuerst einen ursprungslosen Schatten, der schwarz und schnell über den Wüstensand glitt. Obwohl die Kinder ihn vorgewarnt hatten, begriff er erst, als er die Erscheinung in wenigen erderschütternden Schritten einen der nahen Berge besteigen und dabei hohe Staubwolken aufwirbeln sah, wie ungeheuer groß sie war.

Sie blieb auf der Kuppe stehen, ein zum Leben erwecktes Riesenstandbild. Die hundeartige Schnauze reckte sich zu einem Heulen empor, und Sekunden später zerriss die Schallwelle die Luft vor dem Kilometer entfernten Tempel. Das Monster senkte den Kopf und lief wieder los.

Paul stolperte zurück ins Tempelinnere. Seine Beine fühlten sich an wie abgebrannte Streichhölzer.

»Er kommt! Dread kommt!« Er stürzte in die Grabkammer und blieb taumelnd stehen. Florimel, T4b und die anderen blickten ihn mit weit aufgerissenen Augen an, die Gesichter völlig ausgemergelt von den nicht enden wollenden Schrecken. »Sie haben recht. Er ist riesig!«

Nur Martine hatte sich nicht umgedreht. Sie blieb der rein weißen menschlichen Silhouette zugewandt, die kurz vorher erst aufgetaucht war und jetzt wie eine Marionette dicht über dem Boden hing. »Sag«, forderte sie die Gestalt auf, »kannst du mit Sellars reden?«

»El viejo?« Das Wesen wand sich, so dass seine Konturen undeutlich wurden. »Manchmal. Ich 'ör ihn. Aber grad 'at voll viel zu tun. Soll ich bei euch bleiben, sagt er.«

»Dann hat er dich zum Tod verurteilt!« Paul hörte an Florimels brüchiger Stimme, dass sie alle Hoffnung verloren hatte. Ein fernes Dröhnen wie von einer gigantischen Trommel – bumm, bumm, *bumm!* – ließ die mächtigen Steinplatten des Tempelbodens vibrieren.

»Der wird uns zermatschen!«, schrie T4b.

»Ruhe bitte!« Martine stellte sich vor den großen schwarzen Sarkophag in der Mitte der Grabkammer. »Bleibt zusammen!«, rief sie. »Kann sich jemand um die kleinen Affen kümmern?«

»Was hast du vor?«, fragte Nandi Paradivasch, während er die Böse Bande mit dringlichen Handbewegungen aus der Luft herbeiwinkte. Ein paar von ihnen ließen sich auf Paul nieder und klammerten sich an seinen Kleidern und Haaren fest.

»Seid einfach still.« Martine hatte die Augen geschlossen, den Kopf gesenkt. »Wir haben nur noch Momente.«

Der Boden wackelte jetzt bedenklich, als ob tief unter dem Tempel Bomben detonierten. Jeder titanische Schritt war lauter als der davor.

»Höre mich an!«, rief Martine. »Seth, Anderer, wie du auch heißen magst – kannst du dich an mich erinnern? Wir sind uns, glaube ich, schon einmal begegnet.«

Der Sarkophag lag still und stumm wie ein unausgebrütetes Ei. Die Erschütterung war jetzt so stark, dass Paul sich breitbeinig hinstellen musste, um das Gleichgewicht zu halten.

»Issen das für'n Paraladen 'ier?«, quäkte die weiße Silhouette ängstlich.

Bonita Mae Simpkins betete. »Vater unser, der du bist im Himmel, geheiligt werde dein Name ...«

»Hör mir zu! Ich bin Martine Desroubins«, sagte sie zu dem niedrigen schwarzen Kasten. »Ich habe dir damals die Geschichte von dem Jungen im Brunnen erzählt. Kannst du mich hören? Ich bin hier in dieser Simulationswelt gefangen, und viele andere, die du in dein Netzwerk gebracht hast, auch. Einige davon sind Kinder. Wenn du uns nicht hilfst, werden wir sterben.« Es kam keine Reaktion. Das Schnaufen des herannahenden Monsters dröhnte ihnen wie ein Sandsturm in den Ohren. »Er hört mich nicht«, jammerte Martine mit versagender Stimme. »Ich schaffe es nicht, dass er mir zuhört.«

Der Boden bebte so heftig, dass der ganze Tempel zu verrutschen schien. Gesteinsstaub rieselte die Wände hinunter. Bonnie Mae und T4b wurden zu Boden geworfen. Dann hielten die Schritte inne. Sogar das furchtbare Schnaufen hörte auf.

Paul leckte sich die trockenen Lippen. Er brachte kaum einen Ton heraus. »Noch ... noch mal, Martine.«

Sie presste fest die Augen zusammen und legte die Hände an den Kopf. »Hilf uns, wer oder was du auch sein magst. Herrgott, ich kann es *fühlen,* dass du mich hörst! Ich weiß, dass du leidest, aber diese Kinder hier werden umkommen! *Hilf uns!«*

Über ihnen krachte es wie eine explodierende Bombe. Dann eine zweite Detonation, und noch eine, und noch eine. Auf den Rücken geschleudert konnte Paul nur mit ohnmächtigem Entsetzen zuschauen, wie riesenhafte Finger sich hoch oben durch die Steinmauern des großen Tempels bohrten. Im nächsten Moment brach unter weiterem Krachen und Steinepoltern die ganze Decke des höhlenartigen Raumes weg und stieg in die Lüfte empor. Ein Felsbrocken von der Größe eines Kleinwagens rollte schlingernd an Paul vorbei und donnerte gegen die hintere Wand, doch er konnte sich nicht einmal bewegen. Sonnenlicht stach herein, und der grenzenlose Wüstenhimmel erstreckte sich wieder über ihnen.

Das schakalköpfige Ungeheuer schwenkte das Tempeldach zur Seite und ließ es fallen. Steinstaub wallte auf wie ein Atompilz, und gleichzeitig beugte sich der Riese zu dem klaffenden Loch der aufgedeckten Grabkammer herunter. Die Zunge hing ihm weit aus dem grinsenden Rachen heraus, in dem ein Tyrannosaurus wie ein Brathähnchen hätte verschwinden können.

»ICH BIN ZIEMLICH VERSTIMMT ÜBER EUCH«, dröhnte Anubis. Wieder ging ein Stein- und Staubregen von den bröckelnden Wänden nieder. »IHR HABT EUCH VOR BEGINN DER PARTY DÜNNEGEMACHT. DAS FINDE ICH GANZ SCHÖN UNHÖFLICH.«

Nur Martine stand noch neben dem Sarkophag schwankend auf den Beinen. Paul krabbelte zu ihr hinüber, um sie zu Boden zu zerren, bevor das Monster zulangte und sie köpfte wie eine Pusteblume.

»Hilf uns!«, hörte er sie abermals flehen. Es war kaum mehr als ein Flüstern.

»SO, SO, UND WAS SIND DAS FÜR WÜRMCHEN, DIE SICH DA AM BODEN WINDEN?«, sagte die Bestie hämisch.

Der Sarkophag begann zu bersten. Risse zuckten über die Seiten und Kanten, rotes Licht quoll hervor wie Blut. Mit einem Mal verkehrte sich das ganze Ding, als ob es nicht den Leichnam eines Gottes enthielte, sondern eine neue raumzeitliche Dimension, und stob wie eine Zeitlupenexplosion in alle Richtungen nach außen, bis Paul nichts Anderes mehr sah als die totale Schwärze und das grell strahlende Rot.

»Er schreit …!«, hörte er Martine klagen. Ihre Stimme war selber schmerzgepeinigt, doch sie erstarb wie ein verklingendes Signal. »Die Kinder sind …« In Pauls Kopf breitete sich Nebel aus, kalt, leer, tot.

»VERDAMMTE SCHEISSE, WAS …?«, war das Letzte, was er hörte, ein donnerndes Brüllen von oben, doch schon eigentümlich gedämpft. Dann verging selbst dieser Steine sprengende Lärm, und Paul versank im lautlosen Nichts.

> Wortlos knurrend und Speichel triefend, der wie Regen auf den verschütteten Boden fiel, durchwühlte Dread die Trümmer wie ein Kind, das in seinem Geburtstagskarton nichts Anderes findet als Seidenpapier. Sie waren fort.

Das Knurren schwoll zu einem wütenden Bellen an. Schwarze Punkte tanzten vor seinen Augen wie negative Sterne. Er trat eine Tempelmauer um, brachte eine andere mit einem Schlag zum Einsturz, dann bückte er sich in den wirbelnden Staub hinunter und griff sich einen steinernen Obelisken. Er riss ihn von seinem Sockel ab und schleuderte ihn, so weit er konnte. Ein Fähnchen Wüstensand zeigte seine ferne Aufschlagstelle an.

Als er den ganzen Tempelkomplex zu Sandsteinbrocken zerschmettert hatte, richtete er sich inmitten seines Vernichtungswerkes auf. Der Zorn brannte immer noch so stark hinter seiner Stirn, dass er meinte, gleich in Flammen auszubrechen. Er warf den Kopf zurück und heulte, doch das brachte keine Erleichterung. Als das Echo in den Bergen verhallt war, war die Wüste wieder still. Niemand außer ihm war mehr da.

Er schloss die Augen und brüllte: *»Anwin!«*

Es dauerte mehrere Sekunden, bis sie reagierte, und jede dieser Sekunden schlug der Puls in seinem Schädel wie ein Dampfhammer. Als das Fenster am Wüstenhimmel aufging, waren ihre Augen vor Schreck geweitet. Er wusste nicht, ob sie seine wirkliche Erscheinung oder die berghohe Gestalt des Totengottes Anubis sah. Im Augenblick war es ihm egal.

»Was? Was ist?« Sie saß in einem Sessel – der Winkel deutete darauf hin, dass sie ihn auf ihrem Pad hatte statt auf dem Wandbildschirm. Sie blickte nicht bloß überrascht, sondern schuldbewusst, und einen flüchtigen Moment lang kühlte sein Zorn so weit ab, dass dieser Umstand ihn ein wenig verwunderte. Dann erinnerte er sich wieder, wie ihm Martine und ihre kleinen Freunde direkt vor das Nase entwischt waren, und die würgende Wut flammte neu in ihm auf.

»Ich bin im Netzwerk«, stieß er hervor, bemüht, sich so weit zu zügeln, dass er klare Sätze artikulieren konnte, obwohl er am liebsten das ganze Universum zertrümmert und zertrampelt hätte. »Eine Verbindung ist grade … zustande gekommen. Ich muss sie haben, mit hindurchgehen. Die Sache hängt mit dem Betriebssystem zusammen.« Das Betriebssystem selbst hatte ihn ausgetrickst, das war das Ärgerlichste daran. Als er begriffen hatte, was ablief, hatte er ihm eine Schmerzdosis verpasst, die eigentlich sämtliche Funktionen hätte lahm legen müssen. Er hatte halb die Möglichkeit einkalkuliert, dass er damit das Ding ein für alle Mal zerstörte, aber in seiner Wut war er außerstande gewesen, noch auf irgendetwas Rücksicht zu nehmen. Stattdessen hatte es die Bestrafung weggesteckt und dennoch gehandelt.

Es hatte ihm seine Gefangenen gestohlen, und jetzt versteckte es sie irgendwo. Es hatte ihn zum Narren gehalten! Und sie hatten ihn ebenfalls zum Narren gehalten. Das sollten sie ihm alle teuer bezahlen.

»Ich … ich schau mal, was ich machen kann«, stammelte sie. »Es kann ein bisschen dauern.«

»Sofort!«, kreischte er. »Bevor die Verbindung abbricht oder verschwindet oder was weiß ich. Los!«

Mit einem Ausdruck in den Augen, der animalischer war als bloße Schuld und auf Tieferes hindeutete als Erschrecken, machte sie sich an ihre Geräte.

»Sie ist noch da«, sagte sie. »Du hast recht. Aber es ist bloß ein Hintertürchen in der Programmierung.«

»Was zum Teufel heißt das?«

»Das ist eine Ein- und Ausstiegsmöglichkeit im Netzwerk, scheint sich allerdings in dem Fall nur nach innen zu öffnen. Ich kann's nicht erklären, weil ich es selbst nicht ganz verstehe.« Ihre Angst war jetzt von Konzentration überlagert, doch er sah ihre Finger über dem Bildschirm noch zittern. Selbst in seiner Weißglut musste er ihre rückhaltlose Hingabe bewundern, ihre vollkommene Liebe zu ihrer Arbeit.

Irgendwie sind wir verwandte Seelen, dachte er. *Aber trotzdem verschieden genug, dass meine Seele deine Seele fressen muss.* Er gedachte, sich mit ihr zu beschäftigen, wenn er mit Martine und den anderen fertig war – war dieses Hurenaas von Sulaweyo dabei gewesen? Er hatte nicht die Zeit gehabt, darauf zu achten. Ach so, und vorher musste er natürlich noch dem Betriebssystem das letzte Fünkchen eigenen Willen austreiben und ein wimmerndes Häufchen Elend aus ihm machen.

»Ich hab dich angeschlossen, so gut ich kann«, erklärte sie schließlich. »Es ähnelt ein bisschen den Gateways in andern Teilen des …«

»Weg jetzt mit dir«, sagte er und warf sie aus der Leitung. Er verengte seinen Fokus, bis er den dahinschwindenden Übergangspunkt beinahe wie ein Irrlicht über dem zerschmetterten Sarkophag schweben sehen konnte. Er fühlte ganz stark seinen *Dreh* in sich, fühlte ihn in seinem Vorderhirn glühen wie einen heißen Draht, ohne seine Absicht von selbst erregt, wie es manchmal geschah, wenn er jagte. *Na, stimmt auch, ich jage,* dachte er. *Und wie.* Sie hatten sich über ihn lustig gemacht, die Pinscher, und jetzt meinten sie, sie wären in Sicherheit. *Ich werde sie alle finden, und dann werde ich sie in Stücke reißen, bis nichts mehr von ihnen übrig ist als ihre Schreie.*

Er trat hindurch, ein Gott mit einem Herzen aus schwarzem Feuer. Ein tollwütiger Gott.

> Paul konnte nur im Staub liegen und sich krampfhaft zu besinnen suchen, wo er war, wer er war ... *warum* er war.

Es war, als wäre er durch das Zentrum eines sterbenden Sternes gesaust. Alles war zu unendlicher Dichte zusammengeschnurrt. Eine unbestimmbare Spanne lang hatte er geglaubt, er wäre tot, es wäre nichts von ihm übrig als sich in der Leere zerstreuende Bewusstseinsteilchen, die immer weiter auseinanderdrifteten wie von ihrem Geschwader getrennte Schiffe, bis schließlich der Kontakt abbrach und jedes ein einsames Stäubchen war.

Er war immer noch nicht ganz sicher, dass er tatsächlich am Leben war.

Paul stemmte sich vom Boden hoch, der genauso trocken und staubig war wie der Vorplatz des Sethtempels. Eine große Verbesserung gegenüber Ägypten gab es: Der Himmel war grau, mit fernen Sternen besprenkelt, die Temperatur kühl. Paul befand sich am Fuß eines niedrigen Hügels inmitten einer Ebene, auf der sich noch andere solcher Hügel aufwölbten. Die Landschaft kam ihm merkwürdig vertraut vor.

Bonita Mae Simpkins setzte sich neben ihm auf und rieb sich den Kopf. »Mir tut alles weh«, sagte sie mit matter Stimme.

»Mir auch. Wo sind die andern? Überhaupt, wo sind wir eigentlich?«

»Im Innern, glaube ich«, antwortete eine dritte Stimme.

Paul drehte sich um. Auf der losen Erde halb gehend, halb rutschend kam Martine den steilen Hang herunter, gefolgt von Nandi, T4b, Florimel und einem Jungen, den er nicht kannte, klein, schmutzig, mit grob gestutzten schwarzen Haaren. Die Böse Bande, deren helle Farbe im Dämmerlicht dunkler wirkte, kreiste über ihnen wie ein Schwarm Mücken.

»Was meinst du damit?«, fragte er. »Und wer ist dieser kleine Junge?«

»Das ist Cho-Cho«, teilte Martine mit. »Sellars' Helfer. Du hast ihn schon kennen gelernt, nur vorher sah er etwas anders aus. Wir haben uns unterhalten, und er wird jetzt bei uns bleiben.«

»Kannste nullen, Lady«, sagte der kleine Junge patzig. »Ihr seid alle loco.«

Als Martine und die anderen unten ankamen, hatten Paul und Bonnie Mae sich endlich aufgerappelt. Paul war so erschöpft und zerschlagen, dass er sich am liebsten sofort wieder hingelegt hätte. Er hatte Fragen, viele Fragen, aber nicht die Kraft, sie zu stellen.

»Was das Wo betrifft«, erklärte Martine, »denke ich, dass wir im Innern des Betriebssystems sind.«

»Aber ich dachte, da wären wir die ganze Zeit schon drin, mehr oder weniger.«

»Nein.« Sie schüttelte den Kopf. »Wir waren im Otherlandnetzwerk, und das Betriebssystem durchzieht dieses ganze Netzwerk wie ein unsichtbares Nervengeflecht. Jetzt aber sind wir wahrscheinlich im Betriebssystem selbst oder wenigstens in einem Privatbereich, der ihm allein gehört und wo es vor all seinen Herren geschützt ist, Jongleur und der Gralsbruderschaft und jetzt Dread.«

»Renie meinte ... sie wäre im Herzen des Systems«, erinnerte sich Paul.

»Woher willst du so etwas wissen?«, bemerkte Nandi scharf. »Es ist nicht ganz abwegig, aber es kann doch nur eine Vermutung sein.«

»Ich weiß es, weil ich den Andern berührt habe, bevor er uns hierher holte«, erwiderte Martine. »Er sprach nicht in Worten zu mir, aber dennoch konnte ich viel verstehen. Und weil wir früher schon einmal an einem solchen Ort waren. Zweimal, genauer gesagt, obwohl die erste Version, die Flickenwelt, unfertig war. Beim letztenmal ist mir die Ähnlichkeit nicht aufgegangen, aber jetzt nehme ich die Muster zum drittenmal wahr.«

»Wir waren hier ... schon mal?« Paul betrachtete die von irgendwoher bekannte Landschaft.

»Nicht hier, aber an einem sehr ähnlichen Ort, einem eigens geschaffenen neutralen Gelände sozusagen, auf dem wir unserem Gastgeber begegnen sollten. Beim ersten Mal warst du nicht dabei, Paul Jonas, aber an das zweite Mal müsstest du dich eigentlich erinnern.«

»Der Berg!«

»Genau.« Martine lächelte sparsam. »Und ich hoffe, dass der Andere auch jetzt wieder auf uns wartet. Vielleicht wird es uns diesmal gelingen, mit ihm zu sprechen.«

»Und wohin sollen wir gehen?«, fragte Florimel. »In der Richtung machen die Hügel einen etwas niedrigeren Eindruck ...«

»So ist es«, unterbrach Martine sie. »Aber wir brauchen die Hügel oder das Landschaftsgefälle nicht, um das zu merken. Ich nehme eine große Datenkonzentration dort draußen wahr, lebendig und aktiv und unvergleichlich stark, genau wie ich sie auf dem Berggipfel gespürt habe.« Auf einmal jedoch wirkte sie verstört. »Das stimmt nicht ganz. Sie ist diesmal anders – kleiner, schwächer. Ich ... ich glaube, der Andere liegt im Sterben.«

»Wie kann das sein?«, wunderte sich Florimel. »Es ist doch bloß ein Betriebssystem – es ist Code!«

»Aber wenn's abext, irgendwie, was passiert dann mit uns?«, wollte T4b wissen.

Martine zog die Schultern hoch. »Das weiß ich nicht, aber ich fürchte die Antwort.« Sie führte die Schar durch das flache Tal und den nächsten Hügel hinauf. Sie waren nur wenige Hundert Meter gegangen, als Paul ein Prickeln im Nacken spürte, als ob jemand ihm folgte. Er fuhr herum, konnte aber in den farblosen Hügeln hinter sich nichts erkennen. Dennoch lag eine Unruhe in der Luft, eine Spannung, eine Druckverstärkung, so dass er nur höchst ungern wieder kehrtmachte.

Auch Martine drehte sich langsam, suchend herum. Sie peilte eine Richtung an und legte lauschend den Kopf schief.

»Lauft!«, sagte sie.

»Was hast du ...?«, begann Florimel, doch da riss der Himmel auf.

Aus dem Nichts brausten auf einmal Winde auf sie nieder, und der Boden bebte. Das Beben ergriff auch die Luft, erschütterte Himmel und Erde zugleich, dann erschien eine ungeheure Gestalt auf der Hügelkuppe, die sie gerade verlassen hatten, verschwommen und dunkel und tierisch. Wetterleuchten umzuckte den hässlichen Kopf. Die Bestie lag auf den Knien und heulte und brüllte vor Wut und möglicherweise

Schmerz in einer Lautstärke, dass Paul die Ohren wehtaten. Weitere Windstöße peitschten übers Land und trieben Staub vor sich her, so dass er sich die Augen zuhalten und zwischen den Fingern hindurchspähen musste.

»Ich sag doch, lauft!«, schrie Martine. »Es ist Dread! Er ist uns nachgekommen!«

Die riesenhafte Gestalt auf dem Hügel wand sich vor Qual; das Geheul wurde noch lauter. »Irgendein Widerstand hält ihn auf!«, rief Paul. »Das System! Es bekämpft ihn!«

»Das System wird verlieren!« Martine packte ihn am Arm und riss ihn vorwärts, und gemeinsam stolperten sie den Hügel hinauf. Einer Sturmbö hilflos ausgeliefert flogen die kreischenden Kinder der Bösen Bande vorbei. Paul blieb stehen und griff nach Bonnie Mae, die hingefallen war; als er einen Blick zurück riskierte, sah er, wie das im Blitzgestöber undeutlich zu erkennende Ungeheuer sich mühsam auf die Beine stellte. Seine Schreie übertönten noch den Sturm.

Paul wandte hastig den Blick ab und lief wieder los. Hinter ihm schwoll das Brüllen der Bestie weiter an, bis die ganze Welt ein einziger durchdringender Schrei animalischer Wut zu sein schien.

Der Himmel verdunkelte sich. Einer nach dem anderen erloschen die Sterne.

> Dulcys Herz hämmerte.

Was macht er bloß? Wieso war er so in Rage? So hab ich ihn noch nie erlebt, nicht mal in den kritischsten Momenten der Atasco-Aktion. So wichtig kann das doch gar nicht sein, dieses irreale Zeug. Es spielt sich doch alles bloß im Netzwerk ab, Herrgott noch mal! Warum hat er mich dann so angebrüllt?

Sie klappte behutsam das Pad zu, wartete, dass ihr Puls sich normalisierte. *Er beobachtet dich nicht,* sagte sie sich. Sie blickte kurz zu Dreads leblos daliegendem Körper hinüber, der nur vom langsamen Massagemechanismus des Bettes bewegt wurde, wusste aber, dass dieser Eindruck gar nichts bewies. Er konnte sie mit versteckten Kameras überwachen, vielleicht sogar über ihr eigenes Pad.

Nein, widersprach sie sich entschieden. *Totaler Quatsch! Über den Wandbildschirm vielleicht, aber in mein privates System kommt er nicht rein – ich hab 'ne bessere Abwehr als die meisten Regierungen. Wenn er solche Geartricks draufhätte, würde er mich gar nicht brauchen.*

Dulcy wusste, dass an Arbeit nicht zu denken war, solange ihre Nerven derart flatterten. Sie setzte Wasser für eine Tasse Earl Grey auf. Auf die altmodische Art ging es langsam, aber den Hotpack-Instanttee hatte sie einmal probiert. Das hatte gereicht.

Er weiß nicht, was du machst, suggerierte sie sich. *Und solange du aufpasst, wird er auch nichts davon mitbekommen. Du musst nur hinterher die Spuren beseitigen.*

Aber eine vorsichtigere Stimme in ihr ließ sich nicht beschwichtigen. *Wieso machst du das überhaupt? Aus sportlichen Gründen? Musst du in seine Privatdateien einbrechen, nur um zu beweisen, dass du besser bist als er?*

Nein, entschied sie. *Ich muss es machen, weil er nicht will, dass irgendjemand davon erfährt – dass ich davon erfahre. Das ist ihm sehr wichtig, und wenn ich es knacken und kopieren kann, habe ich vielleicht ein Verhandlungsunterpfand in der Hand. Etwas, das ich als Druckmittel einsetzen kann, um hier sicher rauszukommen.*

Außerdem hab ich's satt, weiter im Dunkeln zu tappen.

Als der Tee fertig gezogen hatte und ihre Hände wieder ruhiger waren, nahm sie die Tasse und kehrte zu dem Sessel und dem kleinen Tisch zurück, die sie sich in einer Ecke des Loft aufgestellt hatte. Unten auf der Straße hörte sie Leute lachen und Musik aus Autos plärren. Wehmütig überlegte sie, wie viel netter es doch wäre, wenn sie eine vernünftige junge Frau sein könnte, eine, die am Samstagabend mit Freunden ausging, statt in einer totenstillen und total verdunkelten Fabriketage zu sitzen und das Dienstmädchen für einen launischen und gewalttätigen Scheißkerl wie Dread zu spielen.

Sie nahm einen Schluck Tee und starrte auf ihren Padbildschirm. Sämtliche Versuche, Dreads Passwort herauszubekommen, waren bisher fehlgeschlagen. Es war zum Wahnsinnigwerden, geradezu unglaublich. Ein Passwort? Selbst die vertrackteste Zahlen- und Buchstabenfolge musste eigentlich irgendwann auf ihrem Zufallszeichengenerator erscheinen, doch aus irgendeinem Grund passierte das nicht. Und jetzt, wo sie mit einem neuen Kryptogear vom Schwarzmarkt den Aufbau des Passwortes – neun Zeichen – herausgefriemelt hatte, war es noch ärgerlicher, dass sie die Auflösung nicht fand.

Im Grunde war es völlig unmöglich. Neun Zeichen! Das Gear brauchte nicht lange, um jede mögliche Kombination von Buchstaben, Zahlen und Satzzeichen durchzuspielen, aber ein ums andere Mal blieb die Tür zu Dreads verbotenem Zimmer verschlossen.

Aufgrund der Laborsequenz mit den seltsamen, unscharfen Versuchsbildern hatte sie es auch mit jeder Variante von »John Wulgaru« probiert, was ihres Erachtens bestimmt sein Name war. Zwar hätte das Gear als Teil seines Algorithmus diese Varianten ebenfalls generieren müssen, aber sie musste alles probieren, weil sie felsenfest überzeugt war, dass Sachen wie sein Name und seine Geschichte, die er mit so viel Aufwand verborgen hielt, in Beziehung zu seinen anderen sorgfältig gehüteten Geheimnissen wie diesem mysteriösen Speicher standen. Doch sein Name war auch nicht der Schlüssel gewesen, und bevor Dread sie so jäh unterbrochen hatte, hatte sie Namen aus der uraustralischen Mythologie eingegeben, obwohl das Kryptogear in seiner nahezu unendlichen Hartnäckigkeit auch sie von selbst hätte erzeugen müssen.

Dulcy blickte auf ihr Pad, dann wieder auf Dreads lang hingestreckte Gestalt, sein dunkles Buddhagesicht. Es war unbegreiflich. Neun Zeichen, aber sie kam trotz stundenlanger Arbeit einfach nicht dahinter. Es musste etwas geben, das sie übersah – aber was?

Aus einer plötzlichen Eingebung heraus durchsuchte sie ihre Toolbox nach einem Gear, das sie nicht oft benutzte, einem kleinen Codemonster, das noch ausgefallener war als das, mit dem sie die Anzahl der Zeichen im Passwort bestimmt hatte. Ein malaysischer Häcker, mit dem sie gelegentlich zu tun hatte, hatte es ihr im Austausch für etliche Personalakten einer asiatischen Bank gegeben, die sie im Zusammenhang mit einer geplanten, aber am Schluss doch geplatzten feindlichen Übernahme heruntergeladen hatte. Die aufgeflogenen Konzernpiraten waren in Singapur festgenommen und einer davon war hingerichtet worden. Dulcy hatte dafür gesorgt, dass niemand sie mit dem Vorfall in Verbindung bringen konnte, aber sie hatte auch kein Geld dafür gesehen und daher die Dateien gern anonym abgestoßen, um wenigstens noch einen gewissen Nutzen daraus zu ziehen.

Das Codeteil, das sie dafür bekommen hatte – »Stethoskop« hatte ihr malaysischer Bekannter es genannt –, war nicht besonders vielseitig einsetzbar, aber es hatte seine Vorzüge. Am besten eignete es sich dafür, extrem kleine Änderungen der Verarbeitungsgeschwindigkeit festzustellen, geringfügigste Abweichungen, die sich auf der Interfaceebene des Systems niemals bemerkbar machten, aber anhand derer man potentielle Bugs entdecken konnte, bevor sie sich zu größeren Problemen auswuchsen. Da Dulcy keine Gearschreiberin war, hatte sie es niemals zu seinem vorgesehenen Zweck benutzt, aber sie hatte es ab und an dafür gebrauchen können, Abwehrlücken in Systemen zu lokalisieren, die sie angreifen wollte. Sie hatte vor der Australienreise fast ein Jahr keine Verwendung mehr dafür gehabt, doch bei Dreads Eindringen in das Gralssystem hatte es sich als sehr zweckmäßig erwiesen. Jetzt sagte ihr irgendetwas – vielleicht Häcksenintuition –, dass es abermals gute Dienste leisten könnte.

Weil noch irgendwas anderes mit im Spiel sein muss, sagte sich Dulcy, während sie das Stethoskop in Gang setzte.

Sie startete den Zufallszeichengenerator erneut, damit das Gear etwas zu analysieren hatte, dann lehnte sie sich zurück und schlürfte ihren Tee. Sie hatte den tödlichen Schreck fast vergessen, der sie durchzuckt hatte, als Dread schreiend auf ihrem Bildschirm aufgetaucht war. Fast.

Drei Minuten später war der Zeichenzyklus einmal durchgelaufen, genauso erfolglos wie die zwei Dutzend Male vorher. Sie öffnete den Stethoskopbericht, und ihr Herzschlag beschleunigte sich. Da *war* etwas, jedenfalls sah es sehr danach aus: ein kleines Zögern, ein winziger Aussetzer, als ob Dreads Abwehr einen Sekundenbruchteil lang gestockt hätte. Was wohl bedeutete, vermutete sie, dass das Sicherheitsprogramm einen Teil des gewünschten Schlüssels registriert, nachgeprüft und nicht gefunden hatte, was es sonst noch brauchte, um den Zugriff zu gestatten, und daraufhin den Versuch abgeschmettert hatte.

Dulcy biss sich auf die Lippe und dachte nach. Es musste eine Art doppeltes Passwort sein – erst X, dann Y. Aber wenn der Generator die geforderten neun Zeichen geliefert hatte, warum hatte sie dann keine Aufforderung erhalten, das zweite Passwort einzugeben? Wieso hatte das System nicht angehalten und gewartet? Kein Mensch konnte in dieser Mikrosekunde des Zögerns ein weiteres Passwort ausspucken, einerlei ob getippt oder gesprochen.

Gesprochen. Sie spürte ein Kribbeln im Nacken. Sie überprüfte Dreads System, und Freude und Stolz durchströmten sie, als sie wie vermutet entdeckte, dass die Toneingabe ausgestellt war. Das war's. Das zweite Passwort musste man sprechen, nachdem man das erste getippt hatte. Das System hatte das erste gehört, mit einem kurzen Check festgestellt, dass der Ton nicht an war, und damit das Ganze als gescheiterten Versuch abgetan, und das alles so blitzschnell, dass es mit menschlichen Sinnen nicht wahrnehmbar war.

Sie stellte den Ton an, wobei sie sich einschärfte, ihn unbedingt wieder auszuschalten, wenn sie fertig war – ansonsten konnte sie Dread auch gleich mitteilen, dass sie versucht hatte, sein System zu häcken. Dann nahm sie noch ein paar Veränderungen vor und schloss den Zeichengenerator an das Stethoskopgear an. Wenn diesmal das Zögern kam, musste der Zeichengenerator anhalten und sie lesen lassen, was ihr wenigstens das erste Passwort verschaffen würde.

Sie nahm noch einen Schluck Tee, ohne ihn überhaupt zu schmecken, und ließ dann den Generator arbeiten – vor ihrem inneren Auge sah sie ihn als eine Roulettescheibe, die sich so schnell drehte, dass sie fast unsichtbar war. Nach noch nicht einer Minute blieb er stehen, und die Buchstaben »TRAUMZEIT« blinkten im Einlogkasten. Sie kannte den Begriff von ihrer kurzen Beschäftigung mit australischer Mythologie her, und Triumph überkam sie. Diesmal, wo der Ton an war, hatte das System das erste Passwort erkannt und wartete jetzt auf das zweite.

Aber es wird nicht sehr lange warten, wurde ihr plötzlich klar, und das Triumphgefühl verging. *Es wird mir zehn Sekunden geben, höchstens zwanzig, und sich dann abschalten, wenn ich bis dahin nicht das richtige Wort gesagt habe. Und beim nächstenmal, mit Sicherheit aber beim übernächstenmal wird es total dichtmachen, wenn ich ihm nicht das richtige Passwort liefere – jeden Zugang verweigern, vielleicht sogar einen Alarm auslösen. Auf jeden Fall wird es ein deutliches Zeichen hinterlassen, dass jemand versucht hat einzudringen.*

Sie hatte keine Chance, sich das zweite Passwort aus dem Ärmel zu schütteln, kam auf nichts Anderes, als »Wulgaru« zu versuchen, was ihr immer noch zu offensichtlich erschien. Und sie konnte Passworte nicht annähernd in der Geschwindigkeit sprechen, in der sie Zeichen direkt ans System senden konnte, nicht einmal wenn sie den Zeichengenerator modifizierte – was sie zudem Tage, vielleicht Wochen Arbeit auf einem Gebiet gekostet hätte, von dem sie so gut wie nichts verstand.

Zehn Sekunden waren um. »TRAUMZEIT« blinkte immer noch auf

ihrem Bildschirm, verhöhnte sie, und jeden Moment konnte das Fenster zugehen. Sie hatte sich so ins Zeug gelegt, um den ersten Teil des Rätsels zu lösen, und obwohl ihr das gelungen war, hatte sie in ihrer selbstvergessenen Schusseligkeit nicht vorausgedacht. Jetzt war sie aufgeschmissen, machtlos, geschlagen.

»Du bist so eine hirnlose *Schlampe!«,* beschimpfte sie sich wütend. Beim letzten Wort wurde der Bildschirm schwarz. Gleich darauf leuchteten die Worte »ZUGRIFF GEWÄHRT« auf, und die Tür zu Dreads verbotenem Zimmer öffnete sich.

Die sechsundfünfzig Dateien waren nach Datum geordnet, die erste über fünf Jahre alt und schlicht »Nuba 1« betitelt. Sie öffnete sie und sah, dass es sich um eine Bild- und Tondatei handelte, aber nur 2D, keine volle Immersion. Qualitativ war sie noch schlechter als das Labormaterial. Das Ganze war mit einer einzelnen, sehr primitiven, ortsfesten Kamera geschossen worden und erinnerte an Überwachungsaufnahmen.

Zuerst war kaum etwas zu erkennen. Das Bild war extrem dunkel. Erst nach einer halben Minute ging ihr auf, dass die Betonpfeiler im Vordergrund irgendwelche architektonischen Teile im Freien waren, vielleicht Träger einer Freewayauffahrt, und dass der dunkle Hintergrund weiter oben der Nachthimmel war.

In den Bewegungen am Fuß eines der Pfeiler, im Schatten verborgen trotz des Lichtscheins von oben, wohl von einer Natriumlampe am Freeway, erkannte sie schließlich zwei menschliche Gestalten, obwohl es die erste Minute über nur eine Vermutung war, dass es sich um Menschen handelte. Erst dachte sie, dass die dunklen, undeutlichen Formen an einem der hinteren Pfeiler miteinander Sex hatten – erst eine Hand, dann ein Bein wischten in das neben ihnen herabstrahlende Licht. Dann hatte sie zu ihrem Entsetzen den Eindruck, dass die größere Gestalt die kleinere würgte. Doch auch das schien nicht zu stimmen, denn nach einer Weile stand die größere auf, und man sah, dass die kleinere sich noch bewegte: Sie hing schlaff an dem Pfeiler, aber streckte die Hände aus, als flehte sie die andere an, nicht wegzugehen. Der einzige Ton auf der Datei war das unablässige gedämpfte Rauschen des Verkehrs, das darauf hindeutete, dass die Kamera näher an der Straße als an dem aufgenommenen Geschehen war.

Es war schwer zu erkennen, was als Nächstes passierte, und noch schwerer zu verstehen, wieso irgendwer sich die Mühe machte, es auf diese armselige Weise festzuhalten. Die Bildqualität war katastrophal, als ob jemand mit einem technischen Trick Bildmaterial gekapert hätte, das von einer Sicherheitskamera mit einem schlechten Korrekturchip stammte. Warum? Was hatte das alles zu bedeuten?

Die größere Gestalt beugte sich über die kleinere und hielt dabei etwas in der Hand, das nur einen Moment lang im Licht von oben hell aufschien. Eine Flasche? Ein Messer? Ein gefalteter Zettel? Die kleinere Figur gestikulierte heftig, wie beschwörend, aber Dulcys beklommenes Gefühl angesichts der Szene wurde ein wenig durch die Tatsache gelindert, dass sie keinerlei Fluchtversuch unternahm.

Die größere Figur kniete sich neben die kleinere und zog sie so dicht heran, dass es wieder so schien, als wären sie im Liebesakt oder wenigstens beim Vorspiel. Eine ganze Weile – zwei Minuten Laufzeit auf der Datei, aber Dulcy kam es noch länger vor – waren die beiden schattenhaften Gestalten verschmolzen. Ab und zu löste sich wieder eine Hand und bewegte sich träge, als winkte sie der fernen Kamera oder einem abfahrenden Zug. Einmal streckte sich die Hand ganz weit aus, wohl so weit es ging. Die gespreizten Finger schlossen sich langsam wie eine am Abend zugehende Blume, eine in ihrer Schlichtheit beinahe schöne Bewegung.

Nach vielen Minuten stand die größere Person schließlich auf. Die kleinere saß nach wie vor am Pfeiler, doch bevor Dulcy mehr erkennen konnte, brach die Aufnahme ab.

Mit einem sauren Geschmack im Mund starrte Dulcy auf ihr Pad. Es war unmöglich, genau zu sagen, was sich da zugetragen hatte, und wahrscheinlich musste sie stundenlang mit dem Optimierungsgear daran arbeiten, bevor sie auch nur einen Verdacht äußern konnte. Aber was sie letztlich auch tat, sie sollte es mit ausreichend Zeit und auf ihrem eigenen System tun. Es war Irrsinn, hier vor Dreads enthüllten Geheimnissen zu sitzen – besser alles kopieren und dann nach Gutdünken damit verfahren.

Aber sie konnte nicht widerstehen, noch ein paar Dateien zu öffnen, einfach um zu sehen, ob alles, was Dread so sorgfältig unter Verschluss hielt, genauso undurchsichtig war wie der Streifen eben. Sie wählte ein paar aus und sah sich dann zuerst eine Datei an, die »Nuba 8« hieß.

Die Bilder in Nuba 8 waren viel schärfer, obwohl auch sie anscheinend von einer Überwachungskamera heruntergeladen worden waren, die in diesem Falle das Treppenhaus eines großen Büro- oder Wohngebäudes filmte, wie es schien, ebenfalls bei Nacht. Die Szene wurde von Scheinwerfern beleuchtet, und die Gestalt einer Frau, die mit der Handtasche unterm Arm und ihrem Schlüsselpad in der Hand aus der Glastür kam, war gut zu erkennen. Sie war jung, vielleicht in Dulcys Alter, dunkelhaarig, schlank. Sie hielt auf der untersten Stufe an, wühlte in ihrer Handtasche und holte einen Zylinder heraus, der wie eine chemische Verteidigungswaffe aussah, doch noch während sie das tat, blickte sie erschrocken auf. Ein Schatten huschte vor ihr vorbei, flink wie eine Fledermaus; im nächsten Moment war die Treppe leer. Das Bild sprang zur nächsten Einstellung, die jetzt von einer anderen Kamera in einer Parketage im Untergeschoss kam, doch die Frau, die von einer unscharfen Gestalt in dunkler Kleidung darauf zu geschubst wurde, war eindeutig dieselbe, auch wenn ihr Gesicht von Entsetzen verzerrt war.

So sehr dieser kurze Horrorstreifen sie verstörte – war das Dreads hässliches, scheußliches Geheimnis, dass er Live-Mitschnitte von Morden sammelte? –, war Dulcys Abscheu vor sich selbst noch größer als vor dem, was sie sich anguckte.

Das passt, dachte sie. *Zum ersten Mal seit Monaten interessiere ich mich für einen Typen, und da steht der auf so einen grässlichen Scheißdreck. Gott sei Dank hab ich nicht mit ihm ...*

Die Frau wurde zu Boden gestoßen. Auf dieser Datei gab es keinen Ton, aber Dulcy musste nichts hören, um zu wissen, dass die Frau schrie. Dann blickte der Mann, der sie auf den Betonboden geworfen hatte, nach oben in die Kamera – er hatte die ganze Zeit über gewusst, dass sie da war – und lächelte, als wollte er einen Schnappschuss fürs Familienalbum nach Hause schicken.

Dulcy sollte erst später erkennen, dass er genau das tat.

Vor fassungslosem Grauen klappte ihr der Kiefer herunter, als John Dread, auch John Wulgaru und Johnny Dark genannt, mit geübten Bewegungen die Handgelenke der Frau fesselte, ihr mit Rohrwickelband den Mund zuklebte und dann ein außerordentlich langes Messer hervorholte. Er achtete sorgfältig darauf, dass die Überwachungskamera den bestmöglichen Winkel hatte. Während sie gebannt zuschaute, fühlte Dulcy sich wie gelähmt, außerstande sich abzuwenden, als ob auch sie festgebunden wäre und kein Körperteil mehr gebrauchen könnte außer ihren starrenden Augen.

Erst als eine sanfte, sentimentale Klaviermelodie einsetzte, nach wenigen Takten begleitet von Streichern und einem künstlichen Chor, und Dulcy begriff, dass sie den Aufnahmen erst hinterher unterlegt worden war, riss etwas in ihr. Mit einem erstickten Schrei sprang sie auf, fiel aber noch zweimal hin, bevor sie ins Badezimmer getaumelt war, um sich zu übergeben.

Kapitel 38
AM GRUND DES BRUNNENS

NETFEED/WERBUNG:
Smile – Spaß für Erwachsene
(Bild: Smile-Spielsalon, Bühnenshow)
Off-Stimme: Das war heute wieder ein harter Arbeitstag, was? Wäre da ein erotisches Abendentertainment nicht genau das Richtige, ein Erlebnis der Spitzenklasse, bei dem du nicht mal auf die Bequemlichkeit deiner heimischen vier Wände verzichten müsstest? Smile, der Intimclub Nummer eins im Netz, bietet dir ein hochtaktorisches Vergnügen der besonderen Art und völlige Ungestörtheit, dazu alles warum hört es nicht auf tut weh ist so dunkel und kalt und halt nicht nicht nicht wehtun …

> »Stephen?« Renie krabbelte an der Felskante entlang und suchte verzweifelt nach einer Möglichkeit, zu dem Jungen hinunterzuklettern, doch der Pfad hörte nach wenigen Metern auf und verschmolz mit der Wand der Grube wie erhitztes Glas. »Stephen! Ich bin's, Renie!«

Sein Kopf ging langsam hoch, und auf seine verschatteten Augen fiel ein Schimmer von den Sternen hoch oben am Himmel, doch er verriet mit nichts, dass er sie erkannte. Konnte es sein, dass sie sich irrte? Trotz der unnatürlich hellen Sterne war es dunkel hier in der Grube, dunkel wie am späten Abend, und er war viele Meter entfernt.

Renie kroch am Ende des Pfades hin und her wie ein Leopard, der nicht mehr von einem Ast herunterkam. »Stephen, sag doch was! Geht's dir gut?«

Er hatte aufgehört zu weinen. Als das Echo ihres Rufes verklang, hörte sie ihn zitternd ausatmen, dass es ihr einen Stich ins Herz gab. Er war so klein! Sie hatte vergessen, wie klein er war, wie schutzlos der Welt und ihren Grausamkeiten ausgeliefert.

»Hör zu.« Sie gab sich alle Mühe, die Furcht in ihrer Stimme nicht durchklingen zu lassen. »Ich sehe nicht, wie ich hier runterkomme, aber vielleicht kannst du ja irgendwo hochklettern bis zu einem Punkt, wo ich dich erreichen kann. Magst du mal schauen, Stephen? Bitte?«

Er seufzte wieder. Er senkte den Kopf. »Hier geht's nirgends rauf.«

Seine Worte trafen Renie wie ein harter Stoß vor die Brust. Es war seine Stimme, ganz unverkennbar. »Verdammt, Stephen Sulaweyo, red nicht so was, ehe du's nicht versucht hast.« Sie hörte den Zorn in ihrer Stimme, einen Zorn, der der Erschöpfung und der Angst entsprang, und sie begriff, dass sie sich beruhigen musste. »Du machst dir keine Vorstellung, wie lange ich dich schon suche, wo ich überall war, um dich zu finden. Ich hab nie aufgegeben. Du darfst jetzt auch nicht aufgeben.«

»Niemand hat mich gesucht«, sagte er dumpf. »Niemand ist gekommen.«

»Das stimmt nicht! Ich hab's versucht! Immerzu hab ich's versucht und versucht.« Tränen traten ihr in die Augen, und die ohnehin schon undeutliche Szene verschwamm vollends. »O Stephen, du hast mir so sehr gefehlt.«

»Du bist nicht meine Mutter.«

Renie erstarrte und beugte sich weit über den tiefen Abgrund vor. Sie wischte sich die Tränen aus dem Gesicht. Hatte sein Gehirn etwas abbekommen? War er der Meinung, dass Mama noch lebte? »Nein, bin ich nicht. Ich bin deine Schwester Renie. Du erinnerst dich doch an mich, nicht wahr?«

Er dauerte eine Weile, bevor er antwortete. »Ich erinnere mich an dich. Du bist nicht meine Mutter.«

Wie gut funktionierte sein Gedächtnis noch? Vielleicht hatte er eine Schutzfantasie ausgesponnen, in der ihre Mutter noch am Leben war. Würde er vor Furcht in eine Art Katatonie verfallen, wenn sie ihm widersprach? Durfte sie das riskieren? »Nein, ich bin nicht deine Mutter. Mama ist jetzt nicht hier, aber ich bin's. Ich versuche schon … ganz lange, dich zu finden. Stephen, wir müssen hier raus. Gibt es eine Stelle, wo du hochklettern kannst?«

Er schüttelte den Kopf. »Nein«, sagte er traurig. »Gibt's nicht. Ich kann nicht klettern. Ich bin verletzt.«

Langsam, ermahnte sie ihr jagendes Herz. *Langsam. Du kannst ihm nicht helfen, wenn du in Panik gerätst.* »Was ist verletzt, Stephen? Red doch!«

»Alles. Ich will heim. Ich will meine Mutter haben.«

»Ich tue alles, was ...«

»Jetzt!«, kreischte er. Er drosch mit den Armen um sich, schlug sich auf den Kopf. »Sofort!«

»Stephen, nicht!«, schrie sie. »Es ist gut. Alles ist gut. Ich bin jetzt hier. Du bist nicht mehr allein.«

»Immer allein«, versetzte er bitter. »Bloß Stimmen. Täuschungen. Lügen.«

»Lieber Gott.« Renie hatte das Gefühl, an ihrem bis in die Kehle schlagenden Herzen zu ersticken. »O Stephen. Ich bin keine Täuschung. Ich bin's, Renie.«

Er sagte lange nichts, und seine winzige Gestalt war von den Felsbuckeln am Grund der Grube kaum zu unterscheiden. Der Fluss murmelte vor sich hin.

»Du bist mit mir zum Ozean gefahren«, sagte er schließlich mit ruhigerer Stimme. »Da waren Vögel. Ich hab ... ihnen was zugeworfen. Sie ham's in der Luft geschnappt.« Es lag fast etwas wie Verwunderung in der Stimme, als ob ihm gerade eine Erinnerung geschenkt worden wäre.

»Brot. Du hast Brotbröckchen geworfen. Die Möwen haben sich drum gestritten – weißt du noch? Du hast lachen müssen.« *Margate,* erinnerte sie sich. Wie alt war er da gewesen? Sechs? Sieben? »Erinnerst du dich an den Mann, der Musik gemacht hat, den mit dem Hund? Und der Hund hat getanzt.«

»Lustig.« Er sagte es, als könnte er es nicht recht empfinden. »Lustiger kleiner Hund. Mit 'nem Kleid an. Du hast gelacht.«

»Du hast auch gelacht. Ach, Stephen, erinnerst du dich auch an die andern Dinge? An dein Zimmer? Unsere Wohnung? Papa?« Sie sah, wie er steif wurde, und verwünschte sich im Stillen.

»Schimpft. Immer schimpft er. Groß. Laut.«

»Halb so wild, Stephen, er ...«

»Schimpft! Böse!«

Über die Sterne oben zog eine dunkle Welle, so dass es in der großen Höhle einen Moment lang ganz finster wurde und Renies Herz erneut heftig pochte. Sie wagte nicht zu atmen, bis sie Stephens kleine, zusammengekauerte Gestalt wieder sehen konnte.

»Es stimmt, manchmal schimpft er«, räumte sie ein. »Aber er hat dich lieb, Stephen.«

»Nein.«

»Doch. Und ich auch. Das weißt du, nicht wahr? Wie sehr ich dich lieb habe?« Ihre Stimme brach. Es war furchtbar, ihm so nahe und doch von ihm getrennt zu sein. Wie gern hätte sie ihn in die Arme genommen und gedrückt und geküsst, ihn ganz fest an sich gezogen und seine drahtigen Locken gefühlt, seinen Jungengeruch eingesogen. Konnte eine leibliche Mutter mehr empfinden?

Die Erinnerung an seinen Vater schien abermals ein trotziges Schweigen bei dem Jungen ausgelöst zu haben.

»Stephen? Sag doch was, Stephen!« Nur der murmelnde Fluss gab Antwort. »Hör doch auf damit! Wir müssen einen Weg hier raus finden. Wir müssen dich wegschaffen. Aber ich kann nichts machen, wenn du nicht mit mir redest.«

»Kann nicht raus.« Die Stimme wurde so leise, dass Renie kaum mehr etwas verstand. »Lügen. Bin verletzt.«

»Wer hat dich verletzt, Stephen?«

»Alle. Niemand ist gekommen.«

»Ich bin jetzt hier. Ich hab dich ganz lange gesucht. Willst du nicht wenigstens mal schauen, ob du eine Stelle zum Hochklettern findest?« Sie krabbelte auf dem Pfad zurück. Vielleicht kam sie ja irgendwo weiter oben an der steilen Felswand herunter. »Erzähl mir noch ein paar Sachen, an die du dich erinnerst«, rief sie. »Was ist mit deinen Freunden? Erinnerst du dich an deine Freunde? Eddie und Soki?«

Er hob den Kopf. »Soki. Er … er hat was im Kopf abgekriegt.«

Ein Schauder lief ihr über den Rücken. Meinte er Sokis epileptische Anfälle, die Renie seinerzeit mit ihrer Befragung ausgelöst zu haben schien? Wie viel wusste Stephen darüber? Konnten in ihm Erinnerungen an den ersten Besuch der Jungen in diesem grässlichen Nachtclub vergraben sein, Mister J's? »Ja, Soki hat was im Kopf abgekriegt«, sagte sie zögernd, gespannt, was als Nächstes kommen würde.

»Er hatte zu viel Angst«, sagte Stephen leise. »Er ist … zurückgeschreckt. Und dabei hat er was im Kopf abgekriegt.« Ein anderer Ton schlich sich ein. »Ich … ich bin so einsam.«

Renie presste die Augen zu, um die Tränen zurückzuhalten, doch hatte Angst, Stephen könnte verschwunden sein, wenn sie wieder hinschaute. »Weißt du auch noch die schönen Sachen? Wie du, Eddie und Soki zusammen Soldaten gespielt habt? Und Netsurfer auf Streife?«

»Ja … ham wir …« Stephen klang erschöpft, als ob schon das kurze Gespräch ihn sämtliche Kräfte gekostet hätte. Er murmelte noch etwas Unverständliches, dann verstummte er. Wieder flammte in Renies Brust die Panik auf.

»Komm, du musst dir jetzt unbedingt einen Ruck geben«, sagte sie. »Okay? Stephen, hör mir zu. Du musst jetzt aufstehen. Komm einfach hoch. Schaffst du das?«

Er blieb zusammengesunken sitzen, den Kopf auf der Brust.

»Stephen!« Diesmal klang ihre Angst deutlich durch. »Stephen, sprich mit mir! Verdammt, Stephen, hör auf, mich so anzuschweigen!« Sie eilte an den tiefsten Punkt des Pfades zurück und beugte sich so weit vor, dass ihr Gewicht sie beinahe über die Kante gezogen hätte. »Stephen! Ich rede mit dir. Ich will, dass du aufstehst. Hörst du mich?« Er hatte schon eine halbe Minute nicht mehr reagiert. »Stephen Sulaweyo! Reiß dich zusammen! Sonst werde ich echt böse!«

»Nicht schimpfen!« Sein plötzlicher Schrei war laut wie ein Donnerschlag. Er wurde von den Wänden ihres Gefängnisses zurückgeworfen und zerbrach in viele Echos. *»Schimpfen … impfen … pfen … en …«*

Renie klammerte sich am Felsrand fest. Vor Schreck über seinen Ausbruch hätte sie beinahe das Gleichgewicht verloren. »Stephen, was …?«

»›Ein hundsbrutaler Hammer ist das‹, sagte Scoop.«

Renie fühlte, wie ihr Herz aussetzte. Das war aus der Folge von *Netsurfer auf Streife,* die sie ihm im Krankenhaus vorgelesen hatte – aber das war es nicht, was ihr den Atem verschlug.

»Er ließ sein hologestreiftes Pad in der Luft schweben und drehte sich zu seinem aufgeregten Freund um. ›Da muss ein Megastunk im Gange sein – späcig hoch zwei!‹ …«

Dunkelheit legte sich um sie wie ein immer enger werdender Kreis. Ihr wurde schwindlig und übel.

Stephen sprach in ihrer eigenen Stimme mit ihr.

»Was … was machst du …?«

»Mir reicht's, du Bengel!« Das war jetzt Long Josephs gereizter Ton, in jeder Hinsicht perfekt, wie aufgenommen und abgespielt. *»Ich hab die Nase voll von deinem Quatsch. Du machst das jetzt, oder ich wichs dir die Haut vom Hintern! Verdammt, wenn ich noch mal deinetwegen hoch muss, knall ich dir eine, dass du das Gesicht auf'm Rücken hast …!«*

Am schlimmsten war, dass Stephen mit seiner eigenen Stimme lachte, während er gleichzeitig mit der seines Vaters sprach.

»Lass das!« Renie schrie jetzt ebenfalls. »Hör auf damit! Sei einfach Stephen!«

»Aber warum in Gottes Namen sollten irgendwelche Leute ein derartiges Sicherheitssystem haben?« Zu Renies Entsetzen war es auf einmal Doktor Susan Van Bleecks Stimme, die von unten heraufhallte, ihr scharfer, bohrender Ton, aber immer noch lachte Stephen mit einer überschnappenden Lustigkeit, die jeden Moment in Verzweiflung umzukippen drohte. *»Was um alles in der Welt könnten sie schützen wollen?«* Susan, eine Frau, die Stephen niemals kennen gelernt hatte, und zu einem Zeitpunkt, als er bereits im Koma gelegen hatte. Susan Van Bleeck, die tot war. *»Hast du dich mit Verbrechern eingelassen, Irene?«*

Sie hatte das Gefühl, es nicht mehr auszuhalten, vom Grauen erdrückt zu werden. Doch mit einem Mal verstand sie, und ihre Furcht verringerte sich ein wenig. Sie sorgte sich jetzt um ihre eigene Sicherheit, doch gleichzeitig kam anstelle der Furcht eine überwältigende Trostlosigkeit.

»Du … du bist gar nicht Stephen, nicht wahr?« Schlagartig brachen die Stimmen ab. »Du warst von Anfang an nicht Stephen.«

Das Ding, das wie ihr Bruder aussah, blieb weiter geduckt und in Schatten gehüllt am Fluss sitzen.

»Was hast du mit ihm gemacht?«

Es reagierte nicht, aber wurde noch undeutlicher, als würde es nach und nach mit dem Felsboden verschmelzen. Eine erwartungsvolle Stille lud die Luft auf, die knisternde Spannung vor einem Gewitter. Renie bekam eine kribbelnde Gänsehaut, und auf einmal schien der Sauerstoff für ihre Lungen nicht auszureichen.

Abermals stieg Zorn in ihr auf, eine blinde Wut darüber, dass dieses bizarre Ding, dieses Konglomerat von Kode sich als ihr Bruder ausgab, dasselbe unmenschliche Ding, das ihn ihr weggenommen hatte. Sie beherrschte sich mühsam und konzentrierte sich aufs Atmen. Sie steckte irgendwie in seinem Innern. Alles um sie herum musste ein Teil des Andern sein, ein Teil seines Innenlebens, seiner Vorstellungswelt …

Seines Traumes …?

Sie erreichte nichts damit, wenn sie das Ding gegen sich aufbrachte. Es war wie ein Kind – wie Stephen in seinen schlimmsten Zeiten, zwei Jahre alt und ein schreiendes Bündel Trotz, für Sprache und Vernunft praktisch unzugänglich. Wie war sie in solchen Situationen mit ihm umgegangen?

Nicht besonders gut, erinnerte sie sich. *Geduld – ich war noch nie so geduldig, wie es nötig gewesen wäre.*

»Was … was bist du?« Sie wartete, doch das Schweigen dauerte an. »Hast du … einen Namen?«

Das Ding regte sich. Die Schatten wurden länger. Hoch oben schienen die Sterne schwächer und ferner zu werden, als ob das Universum auf einmal seine Ausdehnung beschleunigt hätte.

Aber das ist nicht das wirkliche Universum, machte sie sich klar. *Es ist das Universum im Innern … von diesem Ding.* »Hast du einen Namen?«, fragte sie noch einmal.

»Junge«, antwortete es, wobei es wieder Stephens Stimme benutzte, aber mit einem eigenartigen, kieksenden Tonfall. *»Verlorener Junge.«*

»So … so soll ich dich nennen?«

»Junge.« Eine Ewigkeit schien zäh dahinzuschleichen. *»Hab … keinen Namen.«*

Etwas an seiner Redeweise drang durch ihr Leid, ihre Angst, sogar durch die Wut über die Entführung ihres Bruders.

»Du Armer.« Wieder flossen ihr die Augen über. »Was haben sie mit dir gemacht?«

Das Ding am Grund der Grube wurde noch schlechter zu erkennen. Das Rauschen des Flusses war jetzt laut und vieltönig; Renie meinte, Stimmen darin zu hören. »Wo sind wir?«, fragte sie. »Was machst du hier?«

»Versteck mich.«

»Vor wem versteckst du dich?«

Es schien lange überlegen zu müssen. *»Vor dem Teufel«,* gab es schließlich zur Antwort.

Renie wusste zwar nicht genau, was das heißen sollte, doch in dem

Moment war ihr, als könnte sie seine Gefühle nachempfinden, die hoffnungslose, fassungslose Angst, die Resignation eines missbrauchten, gepeinigten Wesens.

Warum ich? ging es ihr durch den Kopf. *Warum hat es mich eingelassen? In … dies hier. Weil ich so sehr an Stephen hänge?*

Und noch während sie dies überlegte und ihre Gedanken gewissermaßen eine dünne Haut der Vernunft über dem immer tiefer werdenden Abgrund des Grauens bildeten, verstand sie etwas über das Ding, das mit ihr sprach, verstand es auf eine tiefe, fast instinktive Art.

Es stirbt. Sein Licht, seine Lebensflamme war am Erlöschen. Nicht nur seine Worte, sondern alles ringsherum, das schwindende Licht, die dünn werdende Luft taten das kund. Eine solche Mattigkeit konnte nur ein Vorzeichen des Todes sein.

Vielleicht benutzt es Stephen, um mit mir zu sprechen, dachte sie. *Wie eine Maske. Aber nicht nur eine Maske. Denk daran, wie es reagiert hat, als ich Papa erwähnte – irgendwie weiß es, was Stephen weiß, ja sogar was ich weiß. Fühlt, was er fühlen würde.*

»Ich denke, du kannst freikommen.« Sie glaubte es selbst nicht ganz, aber sie konnte hier nicht einfach auf den Untergang warten und sich und ihre Freunde und alle Kinder, die dieses Ding verschlungen hatte, der Vernichtung überlassen, die unweigerlich kommen musste, wenn das Betriebssystem zu funktionieren aufhörte, solange sie alle noch in ihm gefangen waren. »Ich denke, wir können fliehen. Vielleicht können dir meine Freunde sogar helfen, wenn du uns lässt.«

Das schattenhafte Etwas bewegte sich wieder. *»Engel …?«*, fragte es flehend. Die Stimme hörte sich jetzt nicht mehr so sehr nach Stephen an. *»Schläft-nie …?«*

»Sicher.« Sie hatte keine Ahnung, was das heißen sollte, aber sie durfte sich davon nicht irremachen lassen. Ihr fiel ein, wie sie das Steinmädchen weitergetrieben hatte, obwohl es vor Furcht nahezu gelähmt gewesen war. Geduld war das Einzige, was helfen konnte. Geduld und die Illusion, dass eine Erwachsene die Sache sicher im Griff hatte. »Wenn du zu mir hochkommst …«

»Nein.« Das Wort klang müde und endgültig.

»Aber ich kann dir wahrscheinlich helfen …«

»Neiiiiiiin!« Diesmal schienen selbst die Wände des Schachtes näher zusammenzurücken, und die Dunkelheit wurde so groß und drückend,

dass sie den schrumpfenden Raum zu sprengen drohte. Das Echo hielt unnatürlich lange an und verband sich im Verhallen mit dem Geräusch des Flusses, dessen Zungen jetzt sehr klar zu erkennen waren, Schreie der Not und Angst und Verlassenheit in tausend verschiedenen Stimmen – Kinderstimmen.

»Ich will dir helfen«, sagte sie laut und so ruhig und bestimmt, wie sie es in dieser Situation fertig brachte, in der sie am liebsten geschrien und immer weiter geschrien hätte, bis alle Luft aufgebraucht war. Ihre Nervenenden brannten – einen Moment lang meinte sie, den Griff dieser kalten Faust wieder zu spüren, das zermalmende Zentrum der Leere. *Geduld, Renie,* sagte sie sich. *Um Gottes Willen, dräng nicht zu sehr!* Doch es war schwer, sich zu bezähmen. Die Zeit selbst drängte, die verzweifelten Schreie der Kinder. Alles drohte ihr zu entgleiten. »Ich will dir helfen«, rief sie erneut. »Wenn du einfach näher herankommst ...«

»Kann nicht raus!«, schrie das Ding. Renie fiel auf die Knie und hielt sich die Ohren zu, doch die unerträgliche Stimme war in ihr, vibrierte in ihren Knochen und zerfetzte sie. *»Kann nicht! Sie leiden! So, so sehr!«* Das Ding steigerte sich in eine panische Wut hinein, die alles mit Vernichtung bedrohte. *»Ganz böse!«*

Die Stimme, jetzt überhaupt nicht mehr wie Stephen, donnerte ihr in den Ohren.

»Böse! Böse! BÖSE!«

Dunkelheit drosch auf sie ein und löschte alles aus.

> Jeremiah stierte auf die Uhr des größten Konsolenbildschirms und wischte sich den Schlaf aus den Augen. *07:42.* Morgen. Aber welcher Morgen? Welcher Tag? Es war fast unmöglich, hier in diesem Loch im Berg, Hunderte Meter vom Tageslicht entfernt, das Zeitgefühl zu behalten. Er hatte es versucht, hatte sich wochenlang eine klare Ordnung im Kopf bewahrt, genau als ob er noch über der Erde wäre und ein geregeltes Leben führte, doch die Ereignisse der letzten Tage hatten alle seine zwanghaften Ordnungsmuster über den Haufen geworfen.

Sonntagmorgen, entschied er schließlich. *Es muss Sonntagmorgen sein.*

Noch vor wenigen Monaten hätte er jetzt in seiner sauberen, gut ausgestatteten Küche das Frühstück gerichtet. Dann hätte er den Wagen gewaschen, bevor er und Doktor Van Bleeck zur Kirche gefahren wären. Vergebliche Liebesmüh vielleicht – Susan fuhr so selten aus, dass das Auto es kaum je nötig hatte –, aber es gehörte mit zur Routine. Zu der Zeit hatte er manchmal den Eindruck gehabt, in Routine zu ertrinken. Jetzt kam ihm diese wie die schönste Insel vor, die sich ein Ertrinkender nur vorstellen konnte.

Long Joseph Sulaweyo hätte eigentlich vor den Monitoren sitzen sollen, denn er hatte Aufsichtsdienst. Stattdessen saß der hochgewachsene Mann an der Kante des Laufstegs, ließ die Füße baumeln und starrte ins Leere. Er sah verloren und elend aus, und das nicht nur deswegen, weil er keinen Wein hatte. Jeremiah und Del Ray hatten zuletzt beschlossen, dass sie die Leiche des von Jeremiah getöteten Gangsters am sinnvollsten in einen der unbenutzten, unangeschlossenen V-Tanks legten. Sie hatten alle mit angepackt, nachdem sie ihn in ein Laken eingeschlagen hatten, doch sobald der Deckel zugeschraubt und das Ding luftdicht verschlossen war, war Joseph missmutig davongestapft.

Dieses eine Mal konnte Jeremiah mit ihm fühlen. Dass sie den VTank, der ohnehin wie ein Sarg aussah, tatsächlich als solchen benutzten, musste Joseph an seine Tochter gemahnen, die unweit davon in einem fast identischen Behälter lag. Sie und ihr Buschmannfreund mochten zwar noch am Leben sein, doch in der jetzigen Situation war der Unterschied zwischen ihnen und dem toten Killer weitgehend theoretisch.

Und mit uns dreien steht's auch nicht besser, dachte Jeremiah bedrückt. *Der einzige Vorteil, den wir gegenüber Josephs Tochter haben, ist der größere Sarg.*

Der Gedanke platzte wie eine Seifenblase und verschwand, als Jeremiah einen Blick auf die Monitore warf. »Joseph, was ist los, verdammt noch mal? Solltest du nicht eigentlich hier aufpassen oder was?«

Long Joseph sah ihn mit finsterer Miene an und wandte sich wieder seiner Betrachtung des Laborbodens und der stillen Wannen zu.

»Del Ray!«, schrie Jeremiah. »Komm her! Schnell!«

Der jüngere Mann, der gerade dabei war, sich aus den Vorräten ein Frühstück zusammenzukratzen – Jeremiah war mittlerweile sogar zu müde und zu deprimiert, um an den gewohnten Notmahlzeiten festzuhalten –, kam eilig vom unteren Stockwerk herauf.

»Was gibt's?«

»Schau!« Jeremiah deutete auf den Monitor, der den Eingang zeigte. »Der Laster – er ist weg!« Er drehte sich Joseph zu. »Seit wann ist das?«

»Seit wann is was?« Joseph stemmte sich hoch und kam herüber, die Abwehr bereits hochgefahren. »Was machste so'n Theater?«

»Weil der Laster weg ist, verdammt noch mal. Weg!« In seinen Zorn mischte sich ein berauschender, fast schwindelerregender Anflug von Hoffnung. »Der Laster der Killer ist weg!«

»Aber die Killer nicht«, sagte Del Ray grimmig. »Guck, da!« Er deutete auf einen anderen Monitor, den, der den Bereich neben dem Aufzug im Obergeschoss zeigte, wo die Männer gegraben hatten. Ein Häuflein schlafender Körper lag neben dem Loch, das mit umgekippten Stühlen abgesperrt war.

»Wo ist dann der Laster?«

»Keine Ahnung.« Del Ray blickte konzentriert auf den Bildschirm. »Ich zähle drei. Einer von ihnen ist also weggefahren. Vielleicht Vorräte holen.«

»Vielleicht«, sagte Joseph mit einer gewissen düsteren Befriedigung, »Verstärkung holen.«

»Hol dich der Teufel, Joseph Sulaweyo, halt den Mund!« Jeremiah konnte nur schwer den Drang bezähmen, ihm einen Schlag ins Gesicht zu versetzen. *Was für ein Mensch wird hier aus mir?* »Das hätten wir vor Stunden wissen sollen. Er ist wahrscheinlich in der Nacht losgefahren. Aber du warst nicht an deinem Platz!«

»Was für'n Platz?« Auch Joseph schien nicht ganz er selbst zu sein, so kalt, wie ihn die Gelegenheit zu einem Streit ließ. »Was hätt das schon geändert? Wärst du vielleicht rausgerannt und hättst ihn aufgehalten? ›Bitte, bitte, lieber Killer, hol nich noch mehr Männer mit Gewehren!‹ Also was soll das Gemecker?«

Jeremiah ließ sich schwer auf den Stuhl vor den Monitoren fallen. »Sei einfach still.«

»Wenn du willst, dass ich die ganze Nacht aufbleib und so kleine Fuddeldinger anglotz«, meinte Joseph mit der überlegenen Ruhe eines Schizophrenen, der eine weltweite Verschwörung aufdeckt, »dann lern erst mal, anständig mit mir zu reden.«

Es war später Vormittag, als wieder ein Fahrzeug auf dem Eingangsmonitor auftauchte, nicht der offene graue Laster von vorher, sondern ein schwarzer Van. Jeremiah rief die anderen, und gemeinsam beobachteten sie mit ängstlicher Gespanntheit, wie die Fahrertür aufging und der fehlende vierte Killer ausstieg. Er rückte eine große Maschinenpistole in seinem Schulterhalfter zurecht und begab sich ans Heck des Wagens.

»Wie viele, was meinst du?« Obwohl mehrere Hundert Meter Stein und Beton zwischen ihnen und der aufgenommenen Stelle lagen, flüsterte Long Joseph. Jeremiah verkniff sich eine Bemerkung darüber – ihm war ebenfalls nach Flüstern zumute.

»Wer weiß? Da hinten passen ein Dutzend Männer rein.« Del Rays Gesicht war schweißnass.

Der Fahrer machte die Hecktür auf und stieg hinein. Nachdem er fast eine Minute verschwunden war, sagte Joseph: »Was zum Teufel macht er da drinnen?«

»Vielleicht gibt er ihnen noch Instruktionen.« Jeremiah war zumute, als betrachtete er einen Netzbericht über ein tödliches Unglück, nur dass dieses Unglück ihm persönlich widerfuhr.

Die Tür ging wieder auf.

»Um Gottes willen«, stöhnte Long Joseph. »Was sind denn *das* für Dinger?«

Vier Gestalten sprangen dicht hintereinander heraus und beschnüffelten eifrig den Boden. Als der Fahrer nachkam, umkreisten sie ihn wie Haie eine Meeresboje. Jeder der mächtigen Hunde hatte auf dem Rückgrat zwischen den Schultern einen borstigen Fellkamm, was den haiartigen Eindruck noch verstärkte.

»Ridgebacks«, meinte Del Ray. »Die mutierte Sorte – seht ihr, wie die Stirn vorsteht? Es ist verboten, sie zu züchten.« Er hörte sich beinahe pikiert an.

»Ich glaube kaum, dass diese Kerle sich an so was stören.« Jeremiah konnte die Augen nicht vom Bildschirm losreißen. Selbst im hellen Tageslicht draußen vor dem Tor lagen die Augen der Tiere so tief in den Höhlen, dass sie unter den vorspringenden Stirnbeinen nicht zu sehen waren, was ihren Gesichtern etwas Düsteres, Gespenstisches verlieh. Eine unangenehme Erinnerung überkam ihn. »Hyäne«, sagte er leise.

»Quatsch!«, versetzte Long Joseph. »Haste nich gehört, was er gesagt hat? Das sind Ridgebacks, Hunde.«

»Mir ist grade die Geschichte des kleinen Buschmanns eingefallen.« Das Tor ging auf. Der Fahrer klinkte schwere Leinen an die Halsbänder der Hunde und ließ sich von ihnen ins Innere des Stützpunkts ziehen. »Vom Hyänenvater und seiner Tochter.« Jeremiah fühlte, wie ihn der letzte Mut verließ. »Egal. Liebe Güte, was sollen wir bloß machen?«

Nach kurzem bedrückten Schweigen sagte Del Ray: »Tja, ich hab noch zwei Kugeln übrig. Falls wir es schaffen, die Hunde genau in die richtige Position zu kriegen, kann ich einen durchschießen und den dahinter auch noch erwischen. Zwei Kugeln, vier Hunde.«

Long Joseph runzelte grimmig die Stirn, aber seine Augen waren weit und seine Stimme heiser. »Das is doch'n Witz. Das soll'n Witz sein, oder?«

»Natürlich ist das ein Witz, du Blödmann.« Del Ray ließ sich auf den zweiten Stuhl vor der Konsole plumpsen und legte das Gesicht in die Hände. »Diese Biester wurden früher zur Löwenjagd genommen, und zwar schon zu einer Zeit, als noch niemand ernsthaft an ihren Genen rummanipuliert hatte. Die spüren uns überall auf, und dann reißen sie uns in Stücke.«

Jeremiah hörte nur mit halbem Ohr zu. Die Hunde und ihr Führer durchquerten das Garagengeschoss des Stützpunkts, aber auch darauf achtete Jeremiah nicht. Er betrachtete eine kleine Anzeige am unteren Rand eines der Bildschirme.

»Sellars meldet sich nicht«, sagte er dumpf. »Keine Nachricht, nichts.«

»Genauso hab ich mir das vorgestellt!«, explodierte Joseph. »Schlau daherreden, was wir machen sollen, schlau, schlau, schlau, und wenn wir ihn brauchen – weg!«

»Die Idee mit dem Rauch hat uns das Leben gerettet«, widersprach Del Ray ärgerlich. »Die wären sonst schon vor Tagen hier runtergekommen.«

»Gerettet, damit wir von Monsterhunden gefressen werden!«, bäffte Joseph, doch seine Energie war verpufft. »Vielleicht sollten wir noch mal'n Feuer machen. Mal sehen, wie den Kötern der Rauch gefällt.« Er wandte sich Jeremiah zu. »Hunde müssen doch auch atmen, oder?«

Jeremiah betrachtete wieder die Monitore. Die Männer am Aufzug waren aufgewacht und standen mit ihrem zurückgekehrten Genossen zusammen. Die Hunde hatten sich in eine Reihe gesetzt, Maschinen aus Muskeln und Reißzähnen, die nur darauf warteten, losgelassen zu werden. Jeremiah begriff, dass die Killer mit dem Loch durch den Boden fast fertig sein mussten und jetzt mit den mutierten Hunden auf Nummer sicher gehen wollten, falls sie wieder mit giftigem Rauch attackiert wurden oder auf bewaffneten Widerstand stießen.

Wenn die wüssten, dachte er. *Mit dem, was wir haben, könnten wir nicht mal eine Horde entschlossener Schulkinder vertreiben.*

»Ohne Sellars kriegen wir das nicht noch mal hin«, erklärte er. »Wir wissen nicht, wie man die Abluft lenkt. Ich glaube nicht, dass wir von hier unten überhaupt einen Zugriff auf das Lüftungssystem haben.« Nachdenklich kniff er die Augen zusammen. In ihm regte sich eine vage Idee, aber sie drohte in Furcht und innerem Wirrwarr unterzugehen. »Und wir haben auch nichts Brennbares mehr übrig, um so einen Rauch zu erzeugen ...«

»Heißt das, wir sollen hier bloß rumwarten?« Auch Joseph starrte ohnmächtig auf den Bildschirm. »Auf ... diese Viecher?«

»Nein.« Jeremiah stand auf und ging mit forschen Schritten auf die Treppe zu. »Ich zumindest werde das nicht tun.«

»Was willst du machen?«, schrie Del Ray.

»Material für ein Feuer finden«, rief er zurück. »Wir können sie nicht ausräuchern, aber selbst ein Hund, der so groß ist wie ein Haus, hat Angst vor Feuer.«

»Aber wir haben schon alles verbrannt!«

»Nein. Es gibt noch Papier. Da hinten ist ein ganzer Schrank voll, da wo ... wo der fünfte Mann Joseph umbringen wollte. Und wir müssen uns Fackeln machen.«

Er fing an zu laufen und hörte dabei, wie Joseph und Del Ray hinter ihm hereilten.

> Glücklicherweise war es nur ein kurzer Moment, in dem Renie sich abermals im gnadenlosen Griff der Leere fühlte. Diesmal gab es keinerlei Zurückhaltung mehr, nur sinnlose, unbändige Wut. Dann war sie wieder von der Grube umgeben. Von Brechreiz geschüttelt kniete sie auf allen vieren auf dem Felsgesims, aber würgte nur Luft herauf. Die Stimmen des Flusses schwollen an, ein weinender, flehender Chor.

»Er kommt!« Der kindliche Entsetzensschrei schrillte in ihrem

Schädel wie eine Alarmsirene. Eine Flut von Bildern brach über sie herein, riesige Gestalten, heulende Hunde, ein Zimmer voll Blut und kreischender weißer Personen. Ein Schmerz durchzuckte sie wie ein Stromstoß. Renie schrie und wand sich, und ihre dünnen Schreie verbanden sich mit dem Weinen der Kinder im Fluss, als die Stimme in ihrem Kopf abermals losgellte: *»Er kommt hierher!«*

Plötzlich dehnte sich die Grube so schnell in die dunkle Weite aus, dass die Wände in den leeren Raum hinauszustürzen schienen. Auch der Fluss und die kleine Gestalt daneben entfernten sich in Windeseile, sackten durch einen endlosen Tunnel ins Bodenlose ab.

»Wer?«, keuchte sie. »Wer kommt?«

Die Stimme in ihrem Kopf wurde schwach und immer schwächer, bis sie nur noch ein Hauch war.

»Der Teufel.«

Da fielen die Sterne von oben herab, und Renie wurde von einem verzerrten Nachthimmel verschlungen, der sich über sie ergoss wie ein ausgekippter Ozean. Sie flutschte wie eine Luftblase durch das eisige schwarze Nichts und das weiße Strahlen der brennenden Sterne. Gewaltige Massen donnerten auf sie ein, wirbelten sie herum und zermalmten sie.

Ich ertrinke, war ihr letzter Gedanke, ein verlorenes Bewusstseinsfünkchen im lautlosen Toben der großen Lichter. *Ich ertrinke im Universum.*

Kapitel 39
DER VERLÖSCHENDE ENGEL

NETFEED/NACHRICHTEN:
Witwe verklagt Nanotechfirma wegen tödlichem Sexunfall
(Bild: Sabine Wendel bei der Beisetzung ihres Mannes)
Off-Stimme: Während Komiker auf der ganzen Welt Sabine Wendels persönliche Tragödie für ihre Sketsche ausschlachten, hat die Betroffene, wohnhaft in Bonn in Deutschland, rechtliche Schritte gegen die Vertreiber von Masterman eingeleitet, einem Nanotechprodukt, das mit dem Versprechen wirbt, Erektionsstörungen zu beheben. Obwohl die Herstellerfirma Borchardt & Schleicher betont, dass ihr Produkt nur unter ärztlicher Aufsicht benutzt werden darf, verkaufen viele Händler das Mittel ohne Rezept, und auf diesem Wege ist offenbar auch Jörg Wendel an die mikroskopisch kleinen Masterman-Triggerteilchen gekommen - mit den tödlichen Konsequenzen der "Sexplosion", wie der Unfall von vielen Sensationsnetzen bezeichnet wird …

> Während sie aus den Hügeln auf die karge Ebene stolperten, zuckten hinter ihnen Blitze über den Himmel. Sie liefen auf etwas zu, das wie ein Meer voller Sterne aussah. An den Ufern drängte sich eine wartende Menge seltsamer Gestalten. Es wurde Nacht, und die Gestirne über ihnen waren trüber als die in dem Meer schwimmenden Lichter.

Es ist wie das Ende von H.G. Wells' Zeitmaschine, dachte Paul. *Der schauderhafte letzte Anblick der Erde, der sich dem Zeitreisenden bietet –*

grauer Himmel, graues Land, ein verendendes Krabbenmonster an einem leeren Strand.

Bonita Mae Simpkins rutschte aus und stürzte schwer zu Boden, da sie sich mit ihren verkrüppelten Händen nicht abfangen konnte. Paul lief zurück, um ihr aufzuhelfen. Das Brüllen der Bestie, die ihnen aus Ägypten gefolgt war, wurde jetzt von den dazwischenliegenden Hügeln gedämpft, und das Wetterleuchten hing immer noch über derselben Stelle, an der die Erscheinung aufgetaucht war, aber Paul zweifelte nicht daran, dass Martine recht hatte – auch wenn das Betriebssystem noch so heftig Widerstand leistete, würde Dread ihnen bald auf den Fersen sein. Er machte auf sie Jagd.

Bonnie Mae flüsterte vor sich hin, als er sie auf die Füße zog. »… Er weidet mich auf einer grünen Aue und führet mich zum frischen Wasser …«

Und ob ich schon wanderte im finstern Tal, fuhr Paul im Geiste fort, *fürchte ich kein Unglück.* Doch er fürchtete es, weiß Gott. Sie waren von Unglück förmlich überschwemmt.

Die anderen waren inzwischen schon weit voraus, nur Nandi Paradivasch war stehen geblieben und wartete. Paul legte seinen Arm um Bonnie Mae, damit sie schneller vorankamen.

»Danke«, wisperte sie. »Gott segne dich.«

Nandi packte sich kommentarlos den anderen Arm der Frau über die Schulter, und zusammen hielten er und Paul sie aufrecht. Die aufgewühlte, leuchtende Meeresfläche war jetzt ganz nahe. Einige aus der am Rand versammelten Menge schwärmten auf ihre vorausgeeilten Gefährten zu. Als sie zwischen den andrängenden Leibern verschwanden, erschrak Paul heftig, doch dann sah er, dass Martine, Florimel und die Übrigen – der Große musste T4b sein – zwar umringt, aber nicht direkt bedroht wurden. Genauer besehen verhielten sich die wimmelnden Scharen eher wie die Bettlerkinder, die er früher in Rom und Madrid gesehen hatte, als wie feindlich gesonnene Angreifer.

»Diese Leute sind … sie sind …« Auch Nandi betrachtete das Schauspiel. »Ich habe keine Ahnung, was sie sind.«

Paul genauso wenig. Am Rand des Gedränges angekommen, staunte er über das kunterbunte Erscheinungsbild der Figuren: aufrecht gehende Tiere mit menschlichen Gesichtern und Wesen aus allen möglichen Stoffen, aus denen in Wahrheit kein lebendiges Geschöpf, gleich welcher Art, bestehen konnte. Die Vielfalt war überwältigend, aber das Verwirrendste daran war der Anschein vollkommener Willkür und Beliebigkeit. Es war ein Heer reiner Fantasiefiguren, das ihnen da entgegenströmte, die Bevölkerung der verschiedensten Kinderbuchwelten.

Die Vordersten kamen jetzt auf Paul und seine beiden Begleiter zugerannt – anthropomorphe Bären und Schafe, Fische mit Beinen sowie ein hochaufgeschossener Junge und ein rundliches Mädchen, die Paul an eine alte Abbildung zu dem Kinderlied vom spannenlangen Hansel und der nudeldicken Dirn erinnerten, aber deren bekannte Silhouetten ihm im ersten Moment einen ziemlichen Schreck einjagten. Doch aus allen Gesichtern, auch denen, die überhaupt nichts Menschliches hatten, und aus allen schrillen Kinderstimmen sprach unverkennbare Furcht.

»Was gibt's?«, rief der spannenlange Hansel. »Wer seid ihr? Hat der Eine euch geschickt?«

»Wer hat die Sterne weggenommen?«, kreischte die nudeldicke Dirn.

»Habt ihr die gute Frau gesehen?«

»Warum kommt sie nicht zum Brunnen? Warum sagt sie uns nicht, was wir tun sollen?«

Paul wurde von dem Ansturm der zudringlichen Wesen zum Ufer des pulsenden Meeres mitgerissen wie ein Blatt im Wildwasser. »Martine!«, schrie er und kämpfte verzweifelt darum, Bonnie Mae und Nandi festzuhalten, obwohl Unmengen von haarigen Fingern und greiffähigen Flügeln an ihm zerrten. »Florimel! Wo seid ihr?« Jemand zog so heftig an Bonnie Mae, dass Paul, der sie immer noch stützte, das Gleichgewicht verlor und hinfiel. Im ersten Augenblick war er sicher, totgetrampelt zu werden.

Nach allem, was ich durchgemacht habe, werde ich jetzt von Cartoons umgebracht, dachte er, während er in den Staub gedrückt wurde. *Wenn das keine Ironie des Schicksals ist!*

Plötzlich fingen die Leute um ihn herum aufgeregt zu schreien an; die vielen verschiedenen Beine und Füße, die ihn bedrängten, wichen zurück. Paul rappelte sich auf und sah nur wenige Meter entfernt Nandi und Bonnie Mae fassungslos starren. Er schaute sich nach der Ursache ihres Erstaunens um.

Es war nicht der befremdlichste Anblick des Tages, aber ziemlich verblüffend war es doch.

Wer da durch die Menge auf sie zugerollt kam, langsam, damit die Märchenwesen aus dem Weg gehen konnten, aber ab und zu mit der Peitsche leicht nachhelfend, war kein anderer als Azador. Breit grinsend saß er auf dem Bock einer unglaublich farbenprächtigen Kutsche, die von zwei Schimmeln gezogen wurde.

»Ionas, mein Freund!«, schrie er, und seine Zähne blitzten unter dem buschigen Schnurrbart hervor. »Da bist du ja! Kommt, du und deine andern Freunde, steigt auf, oder diese Idioten werden euch noch auf die Füße treten.«

Paul war wie vom Donner gerührt, und das nicht nur wegen der unerwarteten Rettung. In der ganzen Zeit, die er mit Azador unterwegs gewesen war, selbst in den süßen Schlingen des Lotostraumes, war der Mann nicht annähernd so fröhlich gewesen. Paul sah zum Himmel auf, der mittlerweile nahezu pechschwarz war, nachdem die Sterne zu stecknadelkopfgroßen Punkten geschrumpft waren. *Wie kann jemand bei alledem gut gelaunt sein? Doch höchstens, wenn er einen Dachschaden hat.*

Dennoch war es besser, als von Teddybären zertreten zu werden.

Paul kraxelte auf den Wagen und half Nandi und Bonnie Mae auf den Fußtritt neben ihm, dann schnalzte Azador mit der Zunge und knallte mit der Peitsche, und die Pferde wendeten die Kutsche und fuhren auf das flirrende Meer zu.

»Du wirst schon sehnlich erwartet, mein Freund!«, rief Azador. »Du wirst eine große Freude erleben. Wir werden singen und tanzen und feiern!«

Und nicht bloß einen kleinen Dachschaden, dachte Paul, während sie unter dem verglimmenden Himmel dahinrollten. *Eher einen totalen Hau.*

Azadors Zigeuner hatten die Dutzende von Wagen, die sie mitgenommen hatten, am Ufer der eigenartigen Wasserfläche im Halbkreis aufgestellt und sich so in ihrer kleinen Stadt auf Rädern vom Rest der Flüchtlinge abgeschottet. Der Schein der vielen Lagerfeuer und das silberblaue Schimmern in dem riesenhaften Krater spiegelten sich auf den lackierten Kutschen. Paul war dankbar für die Erholungspause, auch wenn sie noch so kurz war, aber er musste sich ständig zu den Hügeln umschauen. Immer noch blitzte es schwertstreichartig über den Höhen, aber die Heftigkeit hatte nachgelassen, so als ob der dort ausgefochtene Strauß sich langsam dem Ende zuneigte.

Paul setzte keine großen Hoffnungen auf den Ausgang des Kampfes. Seine Betrachtungen fanden ein rasches Ende, als mehrere Personen, die seinen Namen riefen, sich eilig einen Weg durch die Scharen neugieriger Zigeuner bahnten. Wenn sie sich nicht namentlich vorgestellt hätten, hätte er Sam Fredericks und den Buschmann niemals wiedererkannt. Wer der kleine Mann mit den Mandelaugen war, hätte er unter etwas ruhigeren Umständen vielleicht noch erraten, aber Fredericks' Geständnis seinerzeit in Troja, dass sie ein Mädchen war, hatte er so gut wie vergessen gehabt.

»Es ist ... sehr überraschend, euch beide zu sehen«, sagte er. »Und sehr erfreulich.« Er zögerte. »Wo ... wo ist Renie?«

!Xabbus Miene wurde starr. Er schüttelte den Kopf.

»Wir wissen es nicht«, erklärte Sam Fredericks. »Wir sind getrennt worden.«

!Xabbu schien noch etwas sagen zu wollen, doch Martine Desroubins, die dem Ansturm der Märchenfiguren offenbar ebenfalls heil entkommen war, hatte sich auf einen der Wagen gestellt und klatschte jetzt laut in die Hände. »Florimel, Paul, Javier, ihr alle!«, rief sie. »Wir müssen uns beraten. Sofort.« Plötzlich schaute sie konsterniert und drehte sich langsam zu der Stelle um, wo Paul stand. Im Unterschied zu ihm schien es ihr keine Mühe zu machen, die unbekannten Gesichter und Gestalten zu durchschauen. »Fredericks ... !Xabbu?« Sie stieg herunter und drängte sich durch die Umstehenden, bis sie die beiden in die Arme schließen konnte.

Im Nu war Florimel zu der Gruppe gesprungen, lachte und drückte !Xabbu so fest, dass Paul befürchtete, sie würde dem kleinen Mann die Rippen brechen. Der Buschmann wirkte eigentümlich reserviert, aber vielleicht war das nur Pauls Wahrnehmung, schließlich sah er !Xabbus menschliches Gesicht zum ersten Mal. Selbst T4b ließ sich in den allgemeinen Wiedersehenstaumel und das Gestammel halb ausgesprochener Fragen und Antworten hineinziehen.

»Genug«, sagte Martine abrupt, obwohl sie immer noch Sam Fredericks' Hand fest umschlossen hielt. »Wir kommen zu keinem glücklichen Zeitpunkt, auch wenn es uns noch so sehr erleichtert, euch zu sehen. Dread ist hinter uns her.«

Fredericks zog ein ängstliches Gesicht. »Dread? O nein!«

»O doch, und er wird bald kommen. Nein, er ist schon da. Das Betriebssystem bekämpft ihn. Dort hinten.«

Nur ein paar letzte Lichtblitze flackerten noch in den fernen Hügeln, helle Schrammen auf dem nächtlichen Himmel, schwach wie Glühwürmchenspuren.

Paul und die anderen scharten sich in der Dunkelheit um eines der Lagerfeuer. Der Brunnen pulste neben ihnen, ein Abgrund voll erdgebundener Nordlichter, in deren Schein selbst die wenigen bekannten Gesichter grotesk aussahen.

Martine versuchte, eine gewisse Ordnung in die Beratungen zu bringen, aber Neugier und Dringlichkeit gaben eine gar zu explosive Mischung: Nur wenige Fragen wurden ganz beantwortet, bevor schon die nächste Salve losging. Nandi und Bonnie Mae und der kleine Junge namens Cho-Cho konnten nur dabeisitzen und staunen, wie die Worte aus den anderen hervorsprudelten. Als die wilden Abenteuer seiner eigenen Gruppe berichtet wurden, hörte sich die Geschichte in Pauls Ohren genauso unglaublich an wie das, was danach !Xabbu und Sam zu erzählen hatten. Doch in ihrer Schilderung gab es etwas, das ihn mehr erregte als alles andere, und schließlich konnte er nicht mehr an sich halten und musste Sam Fredericks mitten im Satz unterbrechen.

»Entschuldige mal, aber …« Sein Schädel dröhnte, sein ganzer Körper war so ermattet und zerschlagen, dass er kaum mehr fähig war zu sitzen, aber das konnte er nicht einfach so hinnehmen. »Ich kann es kaum glauben, was du da erzählst. Ihr wart mit Jongleur zusammen? Mit Felix Jongleur, dem Verbrecher, der dieses ganze Ding hier geschaffen hat?« *Dem Schwein, das mein Leben geraubt hat,* hätte er am liebsten geschrien, aber er sah Sams Miene an, dass sie davon auch nicht begeistert war.

»Wir … wir dachten, wir müssten es tun, auch wenn es megadumpfig war.« Sie blickte sich Hilfe suchend zu !Xabbu um, doch der kleine Mann war wenige Minuten zuvor aufgestanden und davongegangen, und so musste sie selbst versuchen, es Paul zu erklären. »Renie meinte … sie meinte, wir bräuchten ihn. Wir bräuchten seine Kenntnisse des Netzwerks.«

Paul bezähmte seinen Zorn. »Das erstaunt mich.« Er schluckte. »Dass ihr ihn nicht einen Felsen hinuntergestoßen habt, meine ich. Oder ihm mit einem Stein den Schädel eingeschlagen.« Paul setzte sich straff hin und bemühte sich um Ruhe – er musste sich beherrschen, es gab viele wichtige Informationen auszutauschen. »Und wohin hat er sich dann abgesetzt? Was ist mit ihm passiert?«

Sam druckste einen Moment. »Was … was meinst du damit?«

»Na ja, wann habt ihr euch von ihm getrennt – oder hat ihn unterwegs was gefressen? Das wäre natürlich toll.«

Da war ihr zum ersten Mal ihr jugendliches Alter anzumerken. Sie war plötzlich ein nervöser Teenager, der sich einem verärgerten Erwachsenen gegenübersah. »Aber … er ist hier.« Sie blickte Paul und seine Begleiter an, als ob sie das längst wissen müssten. »Da drüben.« Sie streckte die Hand aus.

Ein Druck legte sich Paul um die Schläfen wie ein schmerzhaft festgezogenes Band. Wenige Meter entfernt standen Azador und ein dunkel gekleideter kahlköpfiger Mann und sahen zu ihnen herüber, Azador angeregt plaudernd, der andere schweigsam, die Augen halb geschlossen. »Das … das ist er?« Pauls Brustkasten fühlte sich an, als ob sich jemand daraufgesetzt hätte. »*Das* ist Felix Jongleur?«

»Ja, aber …« Bevor Fredericks ein weiteres Wort herausbringen konnte, war Paul aufgesprungen und losgelaufen.

Azador blickte auf. »Ionas, mein Freund!«, rief er aus und breitete die Arme aus, doch Paul stürmte an ihm vorbei. Er warf sich mit seinem ganzen Gewicht auf den kahlen Mann und riss ihn zu Boden. Jongleur hatte ihn kommen sehen, aber der wütende Paul war dermaßen in Fahrt, dass nichts ihn aufhalten konnte. Er packte Jongleurs Kopf mit beiden Händen und schmetterte ihn auf die Erde, dann schwang er sich auf ihn und drosch mit beiden Händen auf sein Gesicht ein. Der Mann riss die Arme hoch, um Pauls Schläge abzuwehren, und ruckte hin und her, um ihn abzuwerfen. Zu Pauls Befriedigung landeten einige seiner Schwinger voll an Jongleurs hartem Schädel, doch das alles schien weiter weg zu geschehen, als seine Arme reichten. Stimmen schrien in seinem Kopf, und sein Wutausbruch schien die Zeit zum Stillstand gebracht zu haben.

Mein Leben gestohlen! Versucht mich umzubringen!

Wie ein Besessener schlug er wieder und wieder zu.

Verbrecher! Mörder!

Einige der Worte stieß er hörbar hervor. Noch andere Stimmen ertönten – Paul hörte Leute seinen Namen rufen, fühlte sie an seinen Armen zerren –, doch Jongleur blieb eisig stumm. Der ältere Mann hatte den ersten wilden Fäustehagel überstanden; jetzt schoss seine Hand nach oben, packte Paul am Kinn und drückte seinen Kopf nach hinten, dass ihm das Genick zu brechen drohte.

»Ich bring dich um!«, schrie Paul, doch Jongleur glitt unter ihm weg, als ob Paul am Flussufer säße und sein Feind auf einem Boot in der Strömung schwämme. Undeutlich nahmen seine adrenalingetrübten Sinne wahr, dass mehrere Arme ihn umschlangen und ihn vom Boden hochzerrten, weg von seinem Gegner. Wenigstens zwei der Männer, die ihn festhielten, waren Zigeuner, muskulöse Kerle, die nach Holzrauch rochen.

»Lasst mich los!«, brüllte er, doch vergebens. Gegen diese Griffe kam er nicht an.

»Hör auf!«, rief Florimel dicht an seinem Ohr. »Das hat keinen Zweck, Paul.«

Azador hatte Jongleur aus Pauls Reichweite gezogen. »Warum machst du das?«, empörte sich der Zigeuner. »Du bist mein guter Freund, Ionas. Aber dieser Mann ist auch mein Freund. Es muss doch nicht ein Freund den andern bekämpfen!«

Paul hörte Azadors Worte, doch sie sagten ihm nichts. Er stierte Jongleur mit ohnmächtigem Hass an. Der ältere Mann erwiderte seinen Blick mit einem Ausdruck stoischer Verachtung; nur das aus seiner Nase rinnende Blut deutete noch auf das hin, was vorgefallen war.

»Martine?«, sagte jemand. Da erst bemerkte Paul, dass die blinde Frau mit zu den Leuten gehörte, die ihn gepackt hielten. »Martine?«

»Was ist, Sam?«

»Ich kann ihn nicht finden, Martine.« Selbst in dem metallischen Licht, das aus dem großen Krater kam, wirkte Sam Fredericks unnatürlich bleich. »Er ist weg, einfach weg!«

»Von wem redest du?«, fragte Martine. Einige von Pauls Bändigern lockerten ihren Griff, doch die beiden Zigeuner gaben Acht, dass er ihnen nicht entwischte. »Wer ist weg?«

»!Xabbu«, jammerte Sam. »Er hat das Lagerfeuer verlassen, aber dann ist er nicht mehr zurückgekommen. Und jetzt kann ich ihn nirgends finden.«

> Als sie sah, wie die anderen sich paarweise aufteilten, um nach !Xabbu zu suchen, hätte Sam das eigentlich zuversichtlich stimmen müssen, doch dem war nicht so. Die Plötzlichkeit seines Verschwindens erfüllte sie mit der Gewissheit, dass etwas viel Gravierenderes passiert war, als dass er sich einfach kurzfristig abgesetzt oder sich verlaufen hatte.

!Xabbu verläuft sich nicht, sagte sie sich, und wieder überkam sie die Verzweiflung.

Dennoch, sie konnte hier nicht einfach herumstehen und darauf warten, dass die anderen zurückkamen, auch wenn sie nicht wusste, wo sie noch schauen sollte. Sie hatte bereits den ganzen Rand des Zigeunerlagers abgelaufen und den Namen des Vermissten in die dicht gedrängten Flüchtlingsmassen gerufen, die den Halbkreis der Wagen umgaben, und nichts Anderes machten Martine und die Übrigen derzeit wahrscheinlich auch, aber eine sinnvollere Art, die Zeit zu nutzen, fiel ihr nicht ein. Alles war besser, als sich hier am Ende der Welt untätig die Beine in den Bauch zu stehen.

Als sie sich umdrehte, wäre sie beinahe über das Steinmädchen gefallen.

»Du heißt Sam, stimmt's?«, sagte die Kleine.

Sie hätte das Kind im Augenblick zwar am liebsten ignoriert, doch sie brachte es nicht fertig. »Ja, ich bin Sam.«

»Ich soll dir was von deinem Freund ausrichten.«

»Von meinem Freund?« Wie elektrisiert ging sie neben dem Kind in die Hocke. »Von welchem Freund?«

»Von dem Mann mit den Kringellocken, der kein Hemd anhat.« Das Steinmädchen blickte zweifelnd. »Ist er nicht dein Freund?«

»Was sollst du ausrichten? Sag doch!«

»Ich muss überlegen.« Das kleine Mädchen runzelte die lehmige Stirn. Vor Konzentration verengten sich die runden Löcher, die seine Augen darstellten. »Er hat gesagt … äh …«

»Mach schon!«

Das Steinmädchen warf ihr einen beleidigten Blick zu. »Ich denk ja nach! Er hat gesagt ... du wärst jetzt bei Freunden und gut aufgehoben, und da könnte er weg.« Ein zufriedenes Lächeln erschien, und die Stirn glättete sich. »Ja, das hat er gesagt! Jetzt weiß ich's wieder!«

»Wieso weg? Wo ist er hin?« Sam fasste das kleine Mädchen am Arm. »Hat er das nicht gesagt? Hast du nicht gesehen, in welche Richtung er gegangen ist?«

Ein Kopfschütteln war die Antwort. »Nein. Er hat auf dich gezeigt und gesagt, ich soll dir gleich Bescheid geben.« Das Steinmädchen drehte sich um und wies auf eine Stelle ein ganzes Stück weiter hinten am Rand des großen Kraters. »Da drüben war das.«

Da fiel es Sam wie Schuppen von den Augen. »Oh, Fen-fen! Er denkt, Renie ist da unten! Er will sie unbedingt finden!« Das Steinmädchen sah sie befremdet an, doch Sam hatte keine Zeit mehr für Erklärungen. Sie sprintete über das leicht abschüssige Gelände des Zigeunerlagers, weg von den Wagen und den Feuern, zum Ufer hinunter.

Ich sollte die andern dazuholen, ging es ihr durch den Kopf, *Paul und Martine. Allein kann ich ihn nicht aufhalten ...* Doch da erblickte sie am Rand des Brunnens bereits eine schlanke Silhouette, die sie trotz des flirrenden Hintergrunds sofort erkannte. Sie wusste, dass sie keine Chance hatte, die anderen zu informieren und noch rechtzeitig zu kommen.

»!Xabbu!«, schrie sie. »Warte!«

Falls er sie hörte, verriet er es mit keiner Regung. Er verharrte noch einen Moment am Ufer des Meeres voll flimmernder blauer, blassgelber und silbriger Lichter, machte dann ein paar Schritte und sprang hinein. Es war kein Hechtsprung, sondern der taumelnde Plumps eines Selbstmörders, die erste unbeholfene Bewegung, die sie je bei !Xabbu gesehen hatte.

»Nein! Neiiiin!«

Sekunden später war sie an der Stelle, wo er gerade noch gestanden hatte. Er war nicht mehr zu sehen, nur das eigenartige gärende Licht.

Er hat mir erzählt, er hätte große Angst vor Wasser. Und trotzdem ist er gesprungen, hier in ... dieses ... Ihr wurde von Kopf bis Fuß eiskalt. *Es muss ihn dermaßen gegraust haben ...!*

Sie wusste, wenn sie noch eine Sekunde überlegte, würde ihre Vernunft wieder die Oberhand gewinnen, sie würde sich umdrehen und mit einem Loch mitten durch die Brust zum Zigeunerlager zurückgehen. *Orlando verloren,* dachte sie verzweifelt. *Und Renie. Jetzt nicht auch noch !Xabbu!* Sie schwankte einen Moment auf der Kante, dann stürzte sie sich ebenfalls hinein.

Es war kein Wasser, das aufwallte und sie umfing, sondern etwas viel Merkwürdigeres, ein energiegeladener, sprühender, prickelnder Strom, der durch sie hindurchzufließen schien. Ihre Augen gingen auf wie von Fäden gezogen, doch es gab weder Tiefe noch Weite zu sehen, überhaupt nichts außer einer undenkbaren Einheit von Schwärze und blendendem Licht.

Wie kann ich ihn finden …? fragte sie sich, aber nur eine Sekunde lang. Das schillernde Meer zog sich um sie zusammen und ließ sie mit einem kurzen Druck hinausflutschen wie ein nasses Stück Seife aus einer Faust. *Orlando hat gemeint … es will mich nicht …* Dann lag sie benommen und zuckend am Ufer und konnte nur wie im Traum auf den Brunnen starren, unter dessen Oberfläche träge Lichtblasen aufstiegen und platzten. Sie betrachtete sie mit einer eigentümlichen Entrücktheit und fragte sich, ob es sich so ähnlich anfühlte, wenn man starb. Stimmen kamen näher, die von Florimel, Martine und anderen, und alle schrien etwas, wahrscheinlich ihren Namen, doch das Einzige, was sie erfüllte, war die höchst ungewöhnliche Empfindung, geschmeckt und wieder ausgespuckt worden zu sein.

> Paul kniete sich neben Florimel. »Ist was mit Fredericks? Was hat sie?«

Trotz des Strudels von Ereignissen um sie herum kehrte Florimel weiter die burschikose Krankenschwester heraus. »Woher zum Teufel soll ich das wissen? Sie atmet. Sie ist halb bei Bewusstsein. Keine Ahnung, wie es dazu gekommen ist.«

»Gesprungen«, sagte T4b. »Einfach reingesprungen, voll seyi-lo. Hab's gesehn.«

»Aber warum?«, fragte Paul.

Mit dem Ausdruck eines Menschen, der gegen einen starken Sturm ankämpft, spähte Martine auf die pulsierenden Lichter hinaus. »Sie wollte !Xabbu finden …«

»Mein Gott, heißt das …?« Paul sackte der Magen ab. Da hatten sie sich nach so langer Zeit endlich wiedergefunden, und schon hatten sie den einen verloren, vielleicht alle beide …

Martine fuhr urplötzlich herum und kehrte dem unsteten Meer den Rücken zu. Sie war leichenblass im Gesicht. »Wir haben ein größeres Problem«, sagte sie.

»Was?« Paul starrte auf den Brunnen, aber konnte keine Veränderung erkennen. Doch als er sich in dieselbe Richtung drehte wie Martine und über die Ebene schaute, sah er, was sie meinte. »O je! Verdammt!«

Es war nur ein Punkt in der Ferne, der eigentlich in der Dunkelheit unsichtbar hätte sein müssen, doch von dem menschgestalten Umriss ging eine beängstigende negative Strahlung aus, als ob er nicht ganz in die Welt hineingehörte, die er durchquerte.

»Er ist kein Riese mehr«, bemerkte Paul. Dieser überraschende Wandel hätte ihm Hoffnung einflößen sollen, doch von dem Wesen namens Dread, das da gemessenen Schritts über das öde graue Land auf sie zukam, ging so etwas Grauenhaftes aus, dass die Größe keine Rolle spielte. Eine lähmende Angst erfasste Paul, mindestens so stark wie die Aura, die die Zwillinge umgab, aber in gewisser Hinsicht noch schlimmer: Die beiden waren grausam und zerstörerisch, doch dieser lichtlose Schemen schien das pure, konzentrierte Böse zu sein.

»Er hat alles Überflüssige abgestreift«, sagte Martine. »Er ist mit Feuer und Schlägen traktiert worden, und jetzt ist er hart wie ein schwarzer Diamant. Aber er ist derselbe geblieben.« Aus ihrer Stimme war alle Kraft gewichen. »Der Andere konnte ihn nicht aussperren.«

Ihre Gefährten hatten ihn ebenfalls erblickt und starrten jetzt die anrückende Erscheinung wie gebannt mit offenen Mündern an. Ringsherum erhob sich ein Schreien und Jammern, das davon zeugte, dass die Flüchtlinge spürten, was da auf sie zukam. Als die unsichtbare Welle des Schreckens über sie hinwegging, machten die Märchenfiguren am äußeren Rand der versammelten Menge vor dem noch weit entfernten Fremden kehrt und drängten auf den Brunnen zu. Ihre Flucht löste eine Massenpanik aus; Hunderte folgten ihrem Beispiel und liefen kreischend hangabwärts wie Tiere, die einem Waldbrand zu entkommen suchen. Paul und die anderen mussten sich unterhaken und einen Ring um Sam Fredericks bilden, damit sie nicht alle von dem Ansturm der panisch Fliehenden über die Kante gedrückt wurden.

»Wo ist Nandi?«, schrie Martine. »Und diese Simpkins und der kleine Junge?«

»Irgendwo in der Menge!« Paul musste mit aller Kraft T4bs Arm umklammern, um nicht von einer Gruppe weinender Schafe, die rückwärts gegen sie prallten, umgestoßen zu werden. Selbst als Paul dem vordersten einen Faustschlag versetzte, achteten die Schafe gar nicht darauf, sondern blökten nur immer in den kläglichsten Tönen *»Wolf, Wolf, Wolf!«*, den Blick unverwandt auf den herannahenden Schatten gerichtet.

Ich hoffe nur, er bringt diesen Scheißjongleur als Ersten um, war Pauls einziger klarer Gedanke.

Der Massenandrang war jetzt so heftig, dass sie allem Widerstand zum Trotz zurückgeschoben wurden, bis Paul den Brunnen unmittelbar hinter sich sah. Einige der anderen Flüchtlinge wurden schreiend über den Rand gestoßen; sie verschwanden in den lautlosen Lichtwellen und tauchten nicht wieder auf. T4b hatte seinen Ellbogen fest mit Pauls verhakt und murmelte etwas, das sich nach einem Gebet anhörte. Florimel brüllte sie alle an, sie sollten näher zusammenrücken, damit Fredericks nicht zertreten werde. Paul fühlte, wie ein weiterer Arm sich unter seinen schob und ein Körper sich dicht an ihn presste. Es war Martine. Die unverhohlene Furcht eines Kindes stand ihr ins Gesicht geschrieben. Paul zog ihren Arm fester an sich.

Dread war jetzt am Rand des Massenlagers angekommen. Er blieb vor dem Gelände stehen, auf dem die Fliehenden alles niedergetrampelt hatten, und hob die Hände, als wollte er die ganze unübersehbar große Menge in die Arme schließen. Sein Gesicht war schattenhaft, die menschlichen Züge zwar deutlich, aber irgendwie verwackelt, die Augen leere weiße Halbmonde. Nur die Zähne, zu einem breiten, gierigen Grinsen gebleckt, stachen klar heraus. Die Figur strahlte eine solche überlegene, rücksichtslose, blutige Macht aus, dass die nächsten Flüchtlinge kreischend und zappelnd hinstürzten, obwohl er sie nicht einmal angerührt hatte.

Martine hielt es kaum aus. Sie presste ihr Gesicht gegen Pauls Arm. »So muss … das Grauen sein, das der Andere fühlt«, stöhnte sie.

Paul erschien es sinnlos, noch Vergleiche anzustellen. Das war das Ende, ein für allemal.

»Ach, was seid ihr doch so schlau.« Dreads lachende Stimme klang

allen in den Ohren. *»Aber ich weiß, dass ihr hier irgendwo seid.«* Die toten weißen Augen strichen über die jammernden Scharen.

Er sucht uns. Paul drohte das Herz auszusetzen. *Er weiß, dass wir hier sind, aber nicht genau, wo.*

Der Schattenmann und alles um ihn herum wurden mit einem Mal trübe.

Jetzt werde ich auch noch blind wie Martine …

Blind?

Die Luft wurde dicht, diesig. Paul versuchte die Augen freizuzwinkern, doch der Schleier war außerhalb von ihm, ein zäher Dunst, der sich über dem flimmernden Krater und um sie alle herum bildete. Zuerst hatte er Dread in Verdacht, meinte, dieser würde der ganzen Simwelt metaphorisch die Luft absaugen, doch der dunkle Mann wirkte verwirrt und gestikulierte vor seinem Gesicht, als wollte er einen Vorhang wegreißen.

»Aber ich hab dich doch vernichtet!«, bellte Dread. *»Du kannst mich nicht mehr aufhalten!«*

Es war tatsächlich ein Vorhang, erkannte Paul verwundert, eine Sperre aus rasch dichter werdendem Nebel, der zwischen Dread und seinen Opfern aufzog. Die anfangs hauchdünne, durchsichtige Barriere verdickte sich rasch zu einer halbkugeligen Wolkenschicht über dem gesamten Brunnen, durch die man zwar Dreads rabenschwarzen Umriss noch erkennen konnte, aber die doch massiv genug war, um das matte Flimmern ein wenig zu reflektieren. Der Schattenmann sprang und schlug gegen den sich verfestigenden Nebel an, und die Wolkenfasern spannten sich bis zum Zerreißen … doch sie zerrissen nicht.

Dreads erbitterter Aufschrei dröhnte in Pauls Schädel, dass er sich schlotternd niederduckte. Ringsumher stießen sich die vollkommen durchdrehenden Massen gegenseitig zu Boden in ihrem verzweifelten Bestreben, vor etwas zu fliehen, das in ihren Köpfen war. Das Schreien schwoll an, bis Paul meinte, sein Gehirn werde explodieren und aus Nasenlöchern und Ohren müsse Blut laufen, dann klang es aus wie ein abziehender Sturm.

Eine Weile herrschte Schweigen. Im Innern der Wolkenkuppel war es ein Schweigen nicht allein der Qual, sondern auch der Verwunderung über diese letzte Atempause vor dem Unabwendbaren.

Martines Stimme war ganz schwach vor Schmerz und Schock.

»Ich … ich fühle so eine … o Gott! Der Andere hat eine allerletzte Abwehr aufgefahren, aber er hat … kaum noch Kraftreserven.«

Die Figur hinter der Nebelwand war inzwischen ganz ruhig geworden.

»Das dauert nicht lange.« Die eisigen Worte klirrten Paul in den Ohren. Überall hörte er Kinder schluchzen, weil es vor der Stimme des bösen Mannes kein Entrinnen gab. *»Es ist nur eine Frage der Zeit.«*

Die dunkle Gestalt spreizte abermals die Hände und presste sie gegen die Sperre. Die ihm am nächsten stehenden Flüchtlinge heulten auf und drängten weiter nach hinten, doch Dread unternahm diesmal nichts, um durchzubrechen. *»Ich weiß, dass ihr da seid, ihr alle.«* Er hielt kurz inne. *»Du, Martine. Wir haben was zusammen erlebt, Süße. Du weißt, was ich meine.«*

Sie lag mit dem Gesicht am Boden. Paul legte ihr die Hand auf den Rücken, fühlte die krampfartigen Zuckungen.

»Es wird sehr üble Formen annehmen, wenn du mich warten lässt«, raunte Dread. *»Schmerzen. Und nicht bloß für dich, kleine Martine. Es wird ein großes Zetern und Wehklagen geben. Los, gib dir einen Ruck und komm zu mir, dann kannst du die unschuldigen Kinder retten.«*

»Nein«, ächzte sie, aber so leise und tonlos, dass selbst Paul es kaum verstand.

»Komm raus«, sagte die dunkle Gestalt. *»Ich zeig dir noch mal die verborgenen Orte. Die Orte in dir, von denen du dachtest, dass niemand sie finden kann. Du weißt, dass das geschehen wird. Wieso noch länger warten? Die Angst wird nur immer schlimmer werden.«* Die Stimme nahm einen tieferen, schauderhaft lockenden Ton an. *»Komm her zu mir, süße Martine. Ich erlös dich. Du wirst nie wieder Angst haben müssen.«*

Zu Pauls Entsetzen begann sie, auf dem Bauch auf die Barriere zuzurutschen. Er hielt sie an der Taille fest, doch der Zug, der auf sie wirkte, war stark, ungeheuer stark. Tretend, schlagend und schluchzend wehrte sie sich gegen ihn, bis ihm nichts Anderes übrig blieb, als sie mit Armen und Beinen zu umklammern. T4b zwängte sich durch das Gewühl der Leiber und packte ihre Schultern, und schließlich gab Martine den Widerstand auf. Sie weinte jetzt noch heftiger, und ihr ganzer Körper wand sich in Zuckungen. Paul legte sein Gesicht an ihre Wange und drückte sie an sich, murmelte ihr sinnlose Beruhigungsworte ins Ohr.

»Na schön«, sagte Dread. *»Dann muss das Spiel eben anders laufen.«*

Flink wie eine Spinne am Netz huschte er an der Barriere entlang und blieb dann stehen. *»Bloß weil ich draußen bin, braucht ihr nicht zu meinen, ich käme nicht an euch ran. O nein, ich kann durchaus für ein bisschen … Abwechslung sorgen. Diese niedliche kleine Trennwand, die das Betriebssystem da aufgefahren hat, sperrt mich vielleicht ein paar Minütchen aus – aber euch sperrt sie mit ein paar guten alten Freunden* ein!« Er drückte die Nebelhülle mit den Fingern etwas nach innen. *»Sie sind überall, nicht wahr? Das ganze Netzwerk ist von diesen Kreaturen durchseucht. Eigentlich ein ziemlich harmloses Geschmeiß.«* Er kicherte. *»Bis ich sie aufwecke.«*

In der atemlosen Stille, die sich anschloss, zog Paul Martine in eine sitzende Position hoch, behielt aber die Arme fest um sie geschlungen. Ein dünner Schrei stieg ein Stück weiter am Ufer auf, dann ein zweiter und ein dritter, bis ein ganzer schriller Schreckenschor die Luft erzittern ließ. Die dort versammelten Scharen fingen an, hektisch in alle Richtungen nach außen zu drängen wie Ratten, die von einem brennenden Schiff fliehen. Im Zentrum des Durcheinanders schwoll eine unförmige Gestalt an, als wüchse sie aus dem trockenen Staub empor.

Nein, erkannte Paul, und seine Eingeweide krampften sich zusammen. *Zwei Gestalten.* In seinem Kopf hörte er Dreads fieses Lachen, und hinter ihm fluchte T4b wie von Sinnen. Martine hing in seinen Armen wie ein leerer Sack.

Der spannenlange Hansel und die nudeldicke Dirn gingen in einer regelrechten Fleischexplosion zu kolossalen Dimensionen auf, bis sie die Menge hoch überragten. Hansels knochige Finger verformten sich und schossen in die Länge wie blitzschnell wachsende Zweige. Seine Beine streckten und streckten sich, seine Zehen krümmten sich zu Klauen, selbst sein Gesicht verzog sich und wurde immer länger, bis er zuletzt sein jungenhaftes Aussehen völlig verloren hatte und lang und knorrig war wie ein alter Baum. Er packte sich mit seinen dürren Krallen eine kreischende pelzige Tiergestalt mit einem rosa Schleifchen, zerriss sie und streute die blutigen Fetzen über die Märchenwesen, die verzweifelt vor ihm wegzulaufen versuchten.

Die nudeldicke Dirn blähte sich auf wie ein Jahrmarktsballon: Ihre Arme und Beine blieben puppenwinzig, während der widerlich fette Rumpf sich immer weiter ausdehnte und die hilflosen Geschöpfe um sie herum zerquetschte. Der Kopf verschwand nach und nach in den sich aufwölbenden Schulterpolstern, bis davon nur noch ein riesiger Nilpferdrachen voll schiefer Zähne zu sehen war, der über der wabbelnden Brust klaffte. Sie klappte nach vorn wie ein riesiger Pudding und kam mit einem Schock zappelnder Gestalten im Maul wieder hoch. Sie schluckte sie langsam herunter, wobei sich ihr ausgefahrener Hals hierhin und dorthin spannte, da einige der Verspeisten sich noch bewegten.

»Wo ist die Prinzessin?« Der spannenlange Hansel hatte keine Augen mehr, nur eine Hautfalte quer über der schmalsten Partie des Kopfes.

»Die Prinzessin!«, rülpste die nudeldicke Dirn. Ein kleines, durchspeicheltes Wesen versuchte ihr aus dem Mund zu schlüpfen, doch es wurde wieder zurückgesaugt und energisch zermalmt. »Unsere hübsche, leckere Prinzessin!«

Sie setzten sich in Bewegung und trampelten todbringend durch die Menge, der spannenlange Hansel mit Spinnenfingern und fünf Meter hoch, die längst nicht mehr nur nudeldicke Dirn daneben wie eine überdimensionale Qualle. Die Flüchtlinge, die zwischen der Nebelwand und dem Abgrund in der Falle saßen und keinerlei Ausweichmöglichkeit hatten, stießen sich in ihrem kopflosen Entsetzen gegenseitig nieder. Körper und Körperteile flogen durch die Luft. Die Schreie verbanden sich zu einem einzigen ununterbrochenen Schreckensgeheul.

Von dem Andrang zum Zurückweichen gezwungen, konnte Paul nur die schlaffe Martine festhalten, damit sie nicht zu Boden sackte. Licht zuckte hinter ihnen aus dem Krater, als ob sich ein feuriger Ausbruch anbahnte, aber Paul war derart eingekeilt, dass er sich nicht umschauen, ja kaum Atem holen konnte.

»Gebt die Prinzessin heraus!« Der spannenlange Hansel hatte etwas in seinen Knochenfingern, das möglicherweise einmal ein lebendiges Geschöpf gewesen war. Er benutzte es als Keule. »Bringt sie uns her!«

Sie waren jetzt nur noch wenige Meter von Paul und den anderen entfernt. Das Licht flammte auf und leuchtete die Monster an, wodurch sie noch grotesker erschienen.

»Halt!« Die Stimme war dünn, doch sie schnitt durch das Chaos wie ein Rasiermesser. *»Halt!«*, gellte sie abermals. *»Ihr quält sie, ihr tötet sie!«*

Die ungeheuren Zerrgebilde blieben stehen und wandten sich augenlos, doch sichtlich entzückt dem Krater zu.

»Unsere Prinzessin.« Aus dem geradezu schmachtenden Ton der nudeldicken Dirn sprach die gierige, gefräßige Vorfreude auf den langersehnten Schmaus. »Prinzessin!«

Obwohl die Schreie der Verwundeten und Sterbenden immer noch zum Himmel aufstiegen, hatten alle wie einem unwiderstehlichen Zwang gehorchend mit dem Fliehen innegehalten und starrten auf den Abgrund hinaus, dem mörderischen Paar den Rücken gekehrt.

Sie schwebte über dem aufgewühlten Meer des Lichts, die Arme weit ausgebreitet, als hinge sie leidend an einem unsichtbaren Kreuz, flackernd an- und ausgehend wie ein Bild auf einem alten Zelluloidfilm. Paul hatte sie so lange schon nicht mehr gesehen, dass er die Schönheit ihrer Erscheinung ganz vergessen hatte, das helle Licht, das selbst durch diese kümmerliche Inkarnation hindurchstrahlen konnte.

»Ava.« Seine Stimme war wie erstickt, nicht mehr als ein Murmeln. »Avialle.«

Sie sah ihn nicht oder kümmerte sich nicht darum, dass er da war. In der plötzlich eingetretenen Stille wurde sie noch schemenhafter, so dass ihr gequälter und entsetzter Gesichtsausdruck kaum mehr zu erkennen war.

»Lasst … sie.« Sie begann zu verlaufen wie Staub auf einer Fensterscheibe im Regen. *»Ihr … tut uns … weh …«*

»Wir fressen dich, Prinzessin!«, brüllte die monströse nudeldicke Dirn. »Komm zu uns!« Die Zwillinge tappten auf den Rand des Kraters zu, und wer ihnen dabei im Weg stand, wurde beiseitegefegt oder in die graue Erde gestampft.

Klagend stöhnte sie auf, dass es über das Ufer hallte, und schlug sich in hilfloser Resignation die Unterarme vors Gesicht.

»Avialle! *Avialle!«*

Dieser Ruf kam nicht von Paul. Ein Mann quetschte sich durch die Flüchtlingsmassen auf die schwebende Gestalt zu. Es war Felix Jongleur.

»Avialle!«, schrie der kahlköpfige Mann, und diesmal war hinter der Verzweiflung die Wut zu hören. Von Jongleurs hocherregtem Gesicht schien eine solche Helligkeit auszugehen, dass daneben alles andere verblasste, sogar die flimmernde Engelsgestalt, die Paul so lange schon begleitete. »Komm zu mir! Avialle!«

Der Nachhall seiner Worte wurde in Pauls Kopf immer lauter statt leiser und übertönte endlich alles andere. Auf einmal schoss ihr pausenlos wiederholter Name durch sein Gehirn wie eine Kugel und schmetterte sein Bewusstsein in Stücke, so dass die Schwärze darunter aufwallte und ihn vollkommen verschlang.

> *»Oho!«, rief jemand.*

Ava kreischte auf und riss sich aus Pauls Armen los. Er fuhr herum und sah das grinsende, aufgedunsene Gesicht Mudds zwischen den Bäumen hindurchlugen.

»Böse, böse«, sagte der dicke Mann. »Wen haben wir denn da?« Doch trotz des spöttischen Tons wirkte Mudd ein wenig unsicher, als ob auch er von der Situation überrumpelt worden wäre.

»Lass uns in Ruhe!«, schrie Ava.

»Oh, wohl kaum.« Mudd schüttelte seinen breiten Schädel. »Ich denke, unser Herr Jonas hat sich ein bisschen zu viel herausgenommen.« Er warf Paul einen Blick voll giftiger Schadenfreude zu. »Ich denke, er hat eine Strafe verdient.« Er richtete sein höhnisches Grinsen auf Ava. »Ihr beide vielleicht.«

»Nein!« Ava sprang auf, aber verhedderte sich in ihrem langen Morgenmantel und stolperte. Mudd langte mit seiner plumpen Pranke zu, sei es, um sie zu packen, sei es nur, um sie zu stützen, doch als Paul ihn nach ihr grapschen sah, griff er sich instinktiv den ersten schweren Gegenstand, der ihm zur Hand kam, einen faustgroßen Stein, und schleuderte ihn Mudd ins Gesicht. Der Koloss brüllte vor Schmerz und kippte nach hinten. Als er die Hände von der Stirn nahm, waren sie blutbeschmiert.

»Dafür bring ich dich um, du kleiner Scheißer«, schnarrte er. »Ich brech dir sämtliche Knochen!« Paul zerrte Ava hoch und lief los. Hinter ihm sprach Mudd eine Alarmmeldung in die Luft. »Achtung! Sicherheitsdienst auf die Parketage! Schnell!«

Zweige peitschten Paul ins Gesicht, während er blindlings durch das Dickicht lief, Ava fest an der Hand. Wo konnten sie hin? Das hier war kein richtiger Wald, es war eine künstliche Anlage im obersten Geschoss eines Wolkenkratzers. In den Aufzügen fuhren in diesem Moment bereits die Wachmänner nach oben. Ava und er kamen nicht mehr nach unten.

Er verlangsamte seine Schritte. »Es ist sinnlos, Ava. Wir haben keine Chance zu entkommen, und sie könnten dir was tun.« Und mir werden sie auf jeden Fall was tun, *dachte er, aber sprach es nicht aus. »Kannst du deinen Vater auf irgendeinem Wege direkt kontaktieren?«*

»Ich weiß nicht. Ich spreche nur mit ihm, wenn er ... sich meldet.« Ihre Augen waren fiebrig geweitet, als ob sie und nicht er zu viel getrunken hätte. Paul fühlte, wie er kalt und distanziert wurde, so dass alles in einem großem Abstand von ihm zu geschehen schien. »Dir darf nichts passieren«, sagte sie, und ihre Tränen flossen über. »Ich liebe dich, Paul.«

»Das Ganze war Irrsinn«, erklärte er. »Wir hätten das niemals zulassen dürfen. Ich gebe auf.«

»Nein!«

»Doch.« Sie hatten ihn, und sie konnten mit ihm machen, was sie wollten. Plötzlich kam ihm ein Gedanke, ein ganz vager Hoffnungsschimmer. »Kannst du mit deinem Helfer sprechen, dem Geist, wie du ihn nennst? Kannst du ihn jetzt erreichen?« Das war vielleicht die einzig mögliche Versicherung dagegen, dass man ihn einfach zerklatschte und wegschnippte wie ein lästiges Insekt. Falls der geheimnisvolle Unbekannte eine Verbindung zustande brachte, konnte Paul vielleicht seinem Freund Niles Peneddyn Bescheid sagen. Zumindest konnte er Niles eine Nachricht hinterlassen, aus der hervorging, was sich hier abspielte. Das würde es Jongleurs Leuten erschweren, ihn verschwinden zu lassen – vielleicht konnte er es sogar als Pfand einsetzen, um mit ihnen zu verhandeln. »Kannst du ihn erreichen?«, fragte er Ava abermals.

»Ich ... ich weiß nicht.« Sie hielt an und schloss die Augen. »Hilf mir! Mein Freund! Ich brauche dich!«

In der anschließenden Stille hörte Paul die Geräusche der Verfolger, jetzt nicht mehr nur Mudds Stimme, sondern auch mehrere andere, die sich im Dickicht des Wäldchens gegenseitig zuriefen, dazu das aufgeregte Pfeifen und Schreien der Vögel. Die erste Wachmannschaft musste eingetroffen sein, sagte er sich, und gerade hinter ihnen in dem künstlichen Wald ausschwärmen.

»Er ... er antwortet nicht«, sagte Ava kläglich. »Manchmal meldet er sich nicht gleich ...«

Jetzt weiß ich, wieso sie einen wie mich einstellen wollten, einen, der keine von diesen implantierten Buchsen hat, *sagte sich Paul bitter.* Ich dachte, es wäre ihnen unter den Umständen zu modern, aber sie wollten schlicht und einfach niemanden, der ungehindert mit der Außenwelt kommunizieren kann.

»Wo ist er?« Die scharfe, hohe Stimme, die durch die Bäume hallte, gehörte Finney. Jongleurs Jagdhunde hatten jetzt alle die Hatz aufgenommen. Paul überlegte, ob er sich nicht einfach hinsetzen und in das Unvermeidliche schicken sollte.

»Hilf mir!«, rief Ava in die Luft.

»Vergiss es.« Er ärgerte sich jetzt nur noch – über sich selbst, über dieses alberne, verblendete Mädchen, sogar über Niles und seine beschissenen Highsociety-Beziehungen. »Es ist gelaufen.«

»Nein.« Ava riss sich von ihm weg und stürzte los. »Wir fliehen aus dem Wald – es muss einen Ausweg geben!«

»Es gibt keinen Ausweg!«, schrie Paul, doch sie brach sich bereits einen Weg durch das dichte Gestrüpp. Obwohl seine Beine schwer waren wie in einem Albtraum, stolperte er hinter ihr her.

Ringsherum zogen die Jäger ihren Kreis enger, schlossen sie langsam ein, schnitten die Fluchtwege ab. Ava rannte geradeaus, als ob hinter dem Wald tatsächlich irgendwo Hügel und Wiesen lägen und die Freiheit winkte.

»Komm zurück!«, rief er, doch sie hörte nicht. Ihr wehender Morgenmantel verfing sich an langen Ästen, und dennoch lief sie viel flinker als er, enteilte ihm wie ein Phantom. Er hastete ihr nach und versuchte sich dabei krampfhaft zu erinnern, was vor ihnen war. Der Aufzug? Nein, auf der Seite nicht. Aber gab es da nicht eine Feuerleiter? Hatte nicht Mudd oder Finney am ersten Tag etwas davon erwähnt?

Doch. »Wünsch dir lieber, dass du sie niemals nötig hast, Jonas«, *hatte Mudd ihm grinsend erklärt.* »Das Fenster ist nämlich dicht. Herr Jongleur lässt sich von keiner Behörde vorschreiben, was er mit seinem Haus zu machen hat.«

Dicht. Aber was genau heißt das? *Von Ästen geschlagen und gestochen und über den holperigen Kunstwaldboden stolpernd konnte er kaum einen Gedanken fassen. Ava war ihm jetzt zehn Meter und mehr voraus und trieb ihn immer wieder mit Zurufen zur Eile an. Zugleich hörte er, wie die Verfolger knappe Meldungen hin-und hergaben, planvoll wie Roboter.*

»Mach keinen Quatsch, Jonas!« Finney klang schon ganz nahe. »Bleib stehen, bevor dir was passiert!«

Hol dich der Teufel, du Arschloch, *dachte er.*

»Paul, ich kann schon das Freie sehen ...!« Ihre Stimme war voller Hoffnung.

Gleich darauf stieß sie einen wilden Enttäuschungsschrei aus. Pauls Herz machte einen Ruck. Er brach durch die letzten Äste und sah Ava wie erstarrt am Ende der Naturkulisse vor einer weißen Wand stehen. Die glatte Fläche, an der weder Fugen noch sonstige Unterbrechungen zu erkennen waren, ragte gute zehn Meter gerade in die Höhe, bevor sie sich zum Dach krümmte und das ganze Stockwerk mit dem noch viel höheren künstlichen Himmel überspannte. Auch die Lücke zwischen Wald und Wand beschrieb nach beiden Seiten eine Kurve und wurde bald von den dichten Bäumen verdeckt.

»Es ... es ist ...«, stammelte Ava bestürzt.

»Ich weiß.« Pauls Herz schlug so schnell, dass ihm schwindlig wurde. Der kahle Bogen der Außenwand gab keinen Hinweis, wohin sie sich wenden sollten. Ihre näher kommenden Verfolger hatten sie sicher gleich eingeholt. Er musste sich für eine Richtung entscheiden, obwohl er keine Ahnung hatte, wo die Feuerleiter zu finden war. Gegenüber dem Fahrstuhl – aber wo mochte das sein? Sie waren im Zickzack durch den Wald gelaufen und konnten hundert Meter oder mehr davon entfernt sein.

Links, *beschloss er, während seine Gedanken umherschnellten wie aufgeregte Fische.* Die Chancen sind fifty-fifty, und wahrscheinlich ist es sowieso egal. *Er fasste Ava – sie kam ihm leicht wie ein kleines Kind vor, als ob sie hohle Knochen hätte – und zerrte sie an der gekrümmten Wand entlang.*

Einige der Äste ragten über die Grenze des künstlichen Waldes hinaus. Da Paul das Mädchen im Schlepptau hatte, zerkratzten sie ihm das Gesicht, so dass er eine Hand vor die Augen legen musste. Er sah kaum etwas und merkte es zunächst gar nicht, als die Äste ihn nicht mehr erreichten. Da streifte er auf der anderen Seite über etwas Kühles und Glattes, glatter als die Wand.

Paul blieb stehen und nahm die Hand von den Augen. Unter ihm erstreckte sich die ganze Insel, doch der Blick war merkwürdig verzerrt, die Farben verlaufen und zerlegt. Das quadratische Fenster, das in Kniehöhe anfing, maß ungefähr fünf mal fünf Meter. Der Boden davor war Holzparkett – der Wald trat hier weit von der Wand und dem Fenster zurück, so dass sich eine breite Fläche auftat, in der zwei Lastwagen nebeneinander hätten parken können.

Mudd brüllte irgendwo zwischen den Bäumen wie ein Stier. Es hörte sich an, als stieße er die Stämme mit den bloßen Händen um.

»Er ist hier!«, sagte Ava mit erstickter Stimme.

»Ich weiß.« Paul wünschte, er hätte noch einen Stein – er hätte dem dicken Dreckskerl mit dem größten Vergnügen die hässliche Visage zerschmettert. Oder eines von Finneys kleinen Schlangenaugen ausgeschlagen.

»Nein, mein Freund – der ist hier!«

Paul schaute sich um und erwartete halb, eine schemenhafte Gestalt zu sehen, aber natürlich war niemand da. Er warf einen raschen Blick durch das Fenster auf die verformten Gebäude in der Tiefe, die sich ihm entgegenkrümmten, als spiegelten sie sich in der Wölbung eines Löffels. Das Fenster ist irgendwie aufgeladen, *dachte er.* Wahrscheinlich ist es eins von diesen unter Strom stehenden Hyperglasdingern mit Störfunktion, die verhindern, dass jemand eine Rakete hindurchschießt und Jongleur und sein ganzes Irrenhaus in die Luft jagt …

»Sag ihm, er soll das Fenster ausschalten«, rief Paul, »den Strom. Der muss ausgeschaltet sein, sonst kommen wir nicht zur Feuerleiter.«

»Das verstehe ich nicht«, erwiderte Ava, doch jemand anders verstand es offenbar. Das Fenster veränderte sich schlagartig, der Blick wurde klar und unverzerrt, der Himmel grau, die Luft nieselig, die Gebäude unter ihnen jetzt so scharf konturiert wie eine expressionistische Skulptur.

Da flackerte auf einmal die Wand um das Fenster herum. Einen Sekundenbruchteil lang hatte Paul die absurde Vorstellung, sie würde sich auflösen und als schiere Illusion erweisen, so dass sie im nächsten Moment ungeschützt im Freien standen. Stattdessen erschien das zornige Raubvogelgesicht von Felix Jongleur zehn Meter hoch an der Wand, erst doppelt links und rechts des Fensters, von wo es sich dann über die ganze Kurve vervielfachte.

»WER HAT DEN ALARM AUSGELÖST?« Es war das Gesicht eines zürnenden Gottes, eine Stimme wie eine kontrollierte Explosion. Paul prallte zurück und musste sich beherrschen, um nicht automatisch auf die Knie zu fallen. »AVIALLE? WAS MACHST DU DA?«

»Vater!«, schrie sie. »Sie wollen uns umbringen!«

Etliche Sicherheitsdienstler hechteten aus dem Dickicht auf den Gang *hinaus, rollten ab und brachten am Boden kauernd eine erschreckende Vielfalt von Schusswaffen in Anschlag, von denen Paul nie geglaubt hätte, dass sie außerhalb von Netzthrillern existierten. Der Eindruck tödlicher Supereffizienz schwächte sich allerdings ein wenig ab, als die Wachmänner das riesenhafte Gesicht Felix Jongleurs erblickten – einer stieß sogar einen Überraschungsschrei aus. Alle glotzten mit offenem Mund. Finney kam nur wenige Meter von Paul entfernt zwischen den Bäumen hervor; sein teurer Anzug war an mehreren Stellen zerrissen und beschmutzt.*

»WAS GEHT HIER VOR?«, dröhnte Jongleur.

Weinend hängte sich Ava an Paul. »Ich liebe ihn!«

»Alles ist unter Kontrolle, Sir«, erklärte Finney, doch er blickte nervös. Zwanzig Meter hinter Paul und Ava brach Mudd aus dem Wald heraus wie ein wütendes Rhinozeros, gefolgt von einem halben Dutzend weiterer Wächter.

»Da bist du ja, du dreckiger kleiner Tommy«, knurrte Mudd. Er hatte offensichtlich versucht, sich das Blut aus dem Gesicht zu wischen, aber es nur zu einer Art Kriegsbemalung verschmiert. »Knallt ihn ab!«

»Halt's Maul!«, zischte Finney.

»Nein!« Ava sprang schützend vor Paul. »Tut ihm nichts! Vater, sie dürfen ihm nichts tun!«

Der Albtraum war außer Rand und Band geraten. Im Gegensatz zu dem Mädchen glaubte Paul keine Sekunde, dass Jongleur ihn verschonen würde – es sollte bloß nicht vor ihren Augen geschehen. Er schaute kurz über die Schulter, dann wirbelte er herum und stürzte zu dem Griff am Fensterrand. Einen Moment lang hatte er ihn in der Hand, sah sogar das schwarze Metallgestänge der Feuerleiter vor dem Fenster, da feuerte einer der Wächter eine Serie knatternder Schüsse ab. Die Kugeln nadelten knapp an ihm vorbei, sprengten faustgroße Stücke Bauschaum aus der Wand und schlugen Spinnwebmuster in das schwere Glas über seinem Kopf.

»SEID IHR VERRÜCKT GEWORDEN?«, brüllten die vielen Gesichter Jongleurs, die sich über die Wand zogen wie die Masken eines ergrimmten Gottes. Von den Schüssen aufgeschreckt stoben bunte Vögel von den Bäumen und flatterten kreischend durch die Luft. »IHR HÄTTET MEINE TOCHTER TREFFEN KÖNNEN!«

»Feuer einstellen, ihr Idioten!«, schrie Finney.

Paul lag kraftlos, nahezu betäubt unter dem Fenstersims am Boden. Er hatte verloren. Das Fenster war immer noch geschlossen. Eine mächtige Hand packte ihn am Kragen und riss ihn auf die Beine.

»Du kleiner Wichser.« Mudd zog ihn zu sich heran. »Du kannst dir gar nicht vorstellen, wie tief du in der Scheiße steckst.«

Finney hatte sich Ava gegriffen und war im Begriff, sie in den Wald zurückzuzerren. »Vater!«, schrie sie und wehrte sich verzweifelt. »Vater, tu doch was!«

»STELLT SIE RUHIG!«, befahl Jongleur. »DAS HIER WAR EIN FEHLER, UND JEMAND WIRD DAFÜR BEZAHLEN.«

Finney blieb stehen. »Aber, Sir ...«

»UND SCHAFFT DEN LEHRER IRGENDWOHIN! MIT DEM BEFASSEN WIR UNS SPÄTER.«

Mudd gab Paul einen Stoß, und er wankte auf die Wächter zu. Einer von ihnen trat vor, als wollte er ihn sich greifen, doch stattdessen hob er die Faust und verpasste Paul einen Hieb an die Schläfe, dass ein Feuerwerk in seinem Schädel explodierte und er lang zu Boden schlug.

»Nein!«, kreischte Ava, machte sich mit einem Ruck von Finney los und rannte auf Paul zu.

»HALTET SIE FEST, VERDAMMT NOCH MAL!«, donnerte Jongleur.

Finney erwischte sie am Morgenmantel, der einen Herzschlag lang hielt und dann zerriss. Einer der Wächter hechtete nach ihren Füßen und streifte sie leicht, so dass sie ins Stolpern geriet und rückwärts auf das Fenster zutaumelte. Einige der Vögel, die sich auf der Fensterbank niedergelassen hatten, flatterten erschrocken auf, als sie wild mit den Armen rudernd gegen die Scheibe prallte.

Das von Kugeln durchlöcherte Fenster zersplitterte in tausend zackige Risse, und eine Zehntelsekunde lang hing sie im Leeren wie im Flug gebannt, von strahlenförmig nach außen schießenden Linien umgeben wie ein Buntglasengel. Dann barst das Fenster in einem Regen funkelnder Scherben nach außen, und sie flog in die graue Luft hinaus.

Ein dumpfer Schlag beim Aufprall auf der Feuerleiter. Eine endlos lange Sekunde bis zum Ertönen des Schreis, dann eine Ewigkeit, in der er immer leiser von unten heraufklang und erstarb. Es konnte ein wortloser Schreckenslaut gewesen sein. Es konnte Pauls Name gewesen sein.

Alle waren verstummt, Finney, Mudd, die Sicherheitskräfte, sogar die riesigen Masken des entgeisterten Felix Jongleur, eine geschwungene Galerie versteinerter Bilder. Plötzlich kam eine Wolke leuchtender bunter

Formen, die Paul sich im ersten Augenblick nicht erklären konnte, aus den Bäumen geschwirrt und schoss zu dem zerbrochenen Fenster hinaus.

Die Vögel.

Unter heftigem Flügelschlagen und fragendem Rufen, das zu einem vielstimmigen Triumphgeschrei anschwoll, entflohen die Vögel ihrer langen Gefangenschaft, schwangen sich in die diesige Weite hinaus und verstreuten sich in alle Richtungen. Ihre Federn glitzerten wie die Scherben eines zersplitterten Regenbogens.

In der Stille, die folgte, schwebte ein einzelner blaugrüner Farbtupfer in weiten Schleifen zwischen den Bäumen und dem erschreckend leeren Fenster zu Boden und landete schließlich genau zwischen Pauls Händen.

Kapitel 40
DER DRITTE KOPF DES CERBERUS

NETFEED/KINDER INTERAKTIV:
HN, Hr. 2.0 (Eu, NAm) - "Billas BohnenBeet"
(Bild: Billa und Tambu suchen HickiHacki)
Off-Stimme: Billa möchte Blumen pflanzen, aber Lumpi Lampe, der Hase, hat anderes im Sinn und versteckt ihre Geräte. Dazu eine kurze Folge mit dem Magischen Rechenkästchen und der Vater hüt' die Schaf die Mutter schüttelt's Bäumelein da fällt herab da fällt herab da fällt herab da fällt herab …

> »Bleib einfach, wo du bist«, riet Catur Ramsey ihr. »Ich glaube nicht, dass der Rauch bis zu dir ins Lager hochkommt, aber vielleicht solltest du für alle Fälle ein nasses Tuch griffbereit haben, das du dir vor den Mund halten kannst.«

»Nach diesen Berechnungen hier wird der Rauch durch den ganzen Keller ziehen«, bemerkte Beezle. »Und weiter.«

»Sellars hat ihn so dosiert, dass sie nicht gleich runterkommen und herausfinden können, wie groß der Brand tatsächlich ist, vor allem weil es gar keinen Brand geben wird.«

Olga blickte zu den Luftabzügen hoch oben in der Wand des Lagers hinauf. »Seid ihr sicher, dass ich hier nicht ersticke? Oder in einem der Aufzüge?«

»Verlass dich auf mich, Lady«, grunzte Beezle.

»Mich auf dich verlassen?« Olga war müde und überreizt. Sie war in den vergangenen achtundvierzig Stunden so viel mit Aufzügen auf- und abgefahren, dass sie schon nach Nummern Ausschau hielt, sobald sie nur durch eine Tür trat. Die Vorstellung, in so einem Gehäuse festzusitzen, während der Rauch durch die Luftkanäle quoll, war grauenhaft. »Wie käme ich dazu, mich auf dich zu verlassen? Wo bist du überhaupt auf einmal hergekommen – und wer bist du eigentlich?«

»Er ist ein Freund«, beeilte sich Ramsey zu versichern. »Er ...«

»Ich bin ein Agent, Lady. Haste das nicht gewusst?«

»Was?« Olga konnte damit nichts anfangen. »Ein Theateragent? Ein Geheimagent? Was denn für ein Agent?«

Das abfällige Schnauben klang so übertrieben wie ein Cartoonfurz. »Ein Softwareagent. Ich bin Gear. Ein Infosekt, ein virtueller Helfer, hergestellt von FunSmart Entertainment. Mensch, Ramsey, hast du ihr das nicht gesagt?«

»Ich ... ich hatte ... Wir waren so in Eile ...«

»Einen Moment mal, bitte. Du ... du lässt das alles von irgendeinem imaginären Wesen machen?« Da klingelte es bei ihr. »Ein Infosekt? Das ist doch ein Kinderspielzeug! Das haben wir bei Onkel Jingle verkauft. Vor Jahren schon!«

»He, Lady, ich bin vielleicht nicht das neueste Gear im Regal, aber ich bin immer noch das beste.«

»Herr Ramsey, ich fasse es nicht, dass du so was mit mir machst.« Es kam ihr wie Verrat vor. Tränen stiegen ihr in die Augen. »Meine Sicherheit einem Spielzeug anzuvertrauen!«

»Frau Pirofsky ... Olga.« Ramseys zerknirschtes Stammeln hörte sich an, als ob ein Junge beim Stibitzen ertappt worden wäre. »Es tut mir leid, ganz ehrlich. Du hast recht, ich hätte dich informieren sollen, und ich hätte dich auch informiert, aber es ist alles so schnell gegangen. Beezle ist kein Kleinkindergear, er hat jede Menge Upgrades. Und ich arbeite jetzt schon eine ganze Weile mit ihm ...«

»Er ist ein Kinderspielzeug, Herr Ramsey! Wir haben die verdammten Dinger in meiner Sendung verkauft. Herrje, die waren in einem Karton mit einem Bild von einem kleinen Jungen drauf, der ausrief: ›Geil! Mein neuer bester Freund!‹ Wenn du einen Mandanten hättest, bei dem es um Leben und Tod geht, würdest du dann deine Ermittlungen von einem Richter-Jingle-Spiel führen lassen? Wohl kaum. Aber von *mir* erwartest du, dass ich mein Leben diesem ... Scherzartikel in die Hand gebe?«

»Yeah, war mir auch ein Vergnügen, dich kennen zu lernen, Lady.«

»Hör zu, so ist es nicht, Olga, ehrlich.« Ramsey hörte sich ziemlich betroffen an, was ihren Ärger ein wenig milderte. Er gab sich solche Mühe. Bei aller Unbeholfenheit war er im Grunde ein netter junger Mann, immer noch in einem Alter, in dem man meinte, das Leben durch Argumente auf die richtigen Bahnen bringen zu können.

Aber das Leben antwortet nicht mit Argumenten, dachte sie sich. *Es rollt über dich hinweg wie die Flut, wieder und wieder, und gräbt dir jedes Mal ein Stückchen mehr ab.*

»Ach, was stelle ich mich so an?«, sagte sie und lachte beinahe. »Ich bin hergekommen, weil ich innere Stimmen gehört habe, Geisterkinder, die mit mir redeten. Ich schleiche hier rum wie ein Spion. Wir werden das Haus des reichsten Mannes der Welt abbrennen, wenn der Zufall es will. Warum sollte da nicht ein Kinderspielzeug die Operation leiten? Auf, machen wir's.«

»Wie gesagt, Olga, es tut mir furchtbar leid.« Ramsey verstand ihren Stimmungsumschwung falsch, fasste den Galgenhumor als reinen Sarkasmus auf. »Ich kann dir helfen, aber nur wenn Beezle ...«

»Ich sage doch, wir machen es, Herr Ramsey. Warum nicht?« Jetzt lachte sie wirklich. Beinahe ein gutes Gefühl. »Lieber riskieren, sich den Hals zu brechen, als nie zum Himmel aufzuschauen, hat mein Vater immer gesagt.«

Eine Weile herrschte Schweigen. »Weißte was, Lady«, sagte Beezle bewundernd, »du hast echt Klasse.«

»Und das ist im Moment leider alles, was ich habe. Trotzdem vielen Dank.«

»Heißt das ... wir machen weiter?« Ramsey klang immer noch, als hinkte er ein paar Hundert Meter hinterdrein. »Wir zünden die ... den Rauchwerfer?«

»Die Bombe. Ja. Warum nicht?«

»Wir werden gut aufpassen, Olga. Wir haben die Lüftungsdiagramme – wir werden alles genau im Auge behalten ...«

»Bitte, Herr Ramsey. Catur. Mach's einfach, bevor ich wieder den Mut verliere.«

»Klar. Natürlich.« Er holte tief Luft. »Dann ab die Post, Beezle.«

»Okay, los geht's. Drei, zwei, eins – *Bingo!*« Er verstummte, als ob er etwas beobachtete. Olga fragte sich, was ein Softwareagent sehen mochte – Gestalten? Farben? Oder las er einfach Rohdaten, die er durch sich hindurchfließen ließ, so wie eine See-Anemone die Meeresströmungen filterte? »Jawoll. Das Ding hat gezündet!«, verkündete der Agent vergnügt.

Olga schloss die Augen und wartete.

»Wäre ich nicht besser schon vorher in einen der Aufzüge gestiegen?«, fragte Olga, als sich die Tür hinter ihr schloss. »Um Zeit zu sparen?«

»Wir ham jetzt Rauch auf drei Etagen, Boss«, meldete Beezle. »Zieht rasch weiter nach oben. Und die paar Sperrventile, die auf den Diagrammen gekennzeichnet waren, hab ich ausgeschaltet.«

»Zu riskant«, sagte Ramsey als Antwort auf Olgas Frage. »Aus dem Grund schicken wir dich auch von ziemlich hoch oben los. Wir wollen jedes unnötige Aufsehen vermeiden, deshalb warten wir ab, bis wir wissen, dass die Wächter die Brandschutzmaßnahmen eingeleitet haben. Hat schon jemand Alarm geschlagen, Beezle?«

»Jo, einige. Aber Sellars hat ein paar Viren gepflanzt, die Verwirrung stiften sollen – die Codes der Alarmmeldungen verändern und sie an die falsche Stelle schicken oder ’ne falsche Standortangabe machen. Die Meldung ist noch nicht mal bei der Feuerwehr unten in der Militärbasis angekommen. Es wird mindestens ’ne Viertelstunde dauern, ehe jemand außerhalb der Insel mitkriegt, was los ist, vielleicht noch länger.«

Ein quäkender Ton begann durch die Wände zu pulsen, ein rhythmischer Schreckensschrei aus Automatenmund, als ob das Gebäude selbst den Rauch gewittert und Angst bekommen hätte.

»Los jetzt«, sagte Ramsey. »Drück die Etage, Olga. Wollen hoffen, dass wir deine Marke richtig hingekriegt haben.«

Sie drückte und hielt sich dann die Ohren zu. Der Alarmton war lauter und durchdringender geworden. »Ich kann dich kaum noch verstehen!« Ihr war, als erzitterten die Mauern von dem Ton, und sie stellte sich vor, wie der Rauch durch die unteren Geschosse wallte und wie das Wochenendpersonal entsetzt die Flucht ergriff, die wenigen verbliebenen Servicearbeiter – der arme, einfältige Jerome …! »Was passiert mit den Leuten dort unten?«, fragte sie besorgt. »Du hast gesagt, der Rauch wäre nicht giftig, aber wie sollen sie atmen, wenn er sich überall ausbreitet?«

»So schlimm wird’s nicht werden«, knurrte Beezle mit seiner Reibeisenstimme. »Ich lass was abziehen – macht auch optisch ’nen bessern

Eindruck. Der Sicherheitsdienst kriegt schon Anrufe von der ganzen Insel.«

»Du fährst«, bemerkte Ramsey erleichtert, als der Aufzug sich nach oben bewegte.

»Ich weiß.«

»Natürlich, entschuldige. Ich verfolge es nur mit. Höher, höher, höher.« Er hörte sich beinahe überschwenglich an. Olga war zumute, als ob ihr Magen nicht mitkäme.

»Sind noch Leute in der Wachzentrale?«

»Sieht nicht so aus«, antwortete Ramsey. »Sie sind wahrscheinlich schon dabei, die Leute aus dem Gebäude zu schaffen.«

»Unten viel los, auf den Monitoren im Wachgeschoss gar nichts los«, teilte Beezle mit. »Aber wenn die Tür aufgeht, wart noch 'nen Moment, klar?«

Ich lasse mir von einem Spielzeug Befehle erteilen, dachte sie. »Klar.« Während sie im fünfundvierzigsten Stock im Fahrstuhl wartete, fühlte sie Ramsey und Beezle an ihrer Seite wie unsichtbare Engel. Der Alarm schrillte immer noch ohrenbetäubend. *Die brauchen nicht noch extra alarmiert zu werden auf dem Festland,* dachte sie. *Den Ton hört man in ganz Louisiana.*

»Nichts rührt sich«, verkündete Beezle. Die Tür zischte auf.

In dem geschmackvoll beleuchteten Empfangsbereich war niemand, aber auf dem Bildschirmtisch waren die idyllischen Waldszenen durch einen Plan des Stockwerks mit rot blinkenden Ausgängen ersetzt worden. Der Alarm war hier gedämpfter, als ob der obere Teil des Gebäudes aus einem schwereren, schalldichteren Material gebaut worden wäre, doch ein zweiter Alarm säuselte durch die Luft, eine aufreizend ruhige Frauenstimme, die etwaige Anwesende aufforderte, sich »direkt zu euerm bezeichneten Notausgang« zu begeben.

Tja, einige von uns haben keinen Notausgang bezeichnet bekommen, Schätzchen. Die Seitentür ein Stück weiter hinten las ihre veränderte Marke und klickte auf. Trotz Beezles Versicherung trat sie hindurch wie eine Dompteuse, die sich in den Käfig eines besonders unberechenbaren Raubtiers begab.

Der Wachbereich war leer. Die leuchtenden Datenhieroglyphen an den Plexiglaswänden kamen ihr vor wie die Höhlenmalereien einer ausgestorbenen Rasse. Die ruhige Frauenstimme beredete sie unaufhörlich, sich zu ihrem Notausgang zu begeben, doch inzwischen fiel es Olga leichter, sie zu ignorieren.

Sie präsentierte dem Lesegerät in der dicken Plastikwand ihre Marke. Die Tür ging augenblicklich auf, wie erfreut über den Besuch. Rasch schritt sie durch den verglasten Raum zu dem breiten schwarzen Fibramicschacht, den sie beim ersten Mal gesehen hatte. Jawohl, da war eine diskrete Fahrstuhltür und daneben ein schwarzes Lesefeld. Sie atmete tief ein und hielt ihre Marke hoch. Sofort glitt die Tür auf und gab den Blick auf das Kabineninnere und die teure Lederverkleidung frei.

»Es hat geklappt!« Ramsey klang, als hätte er den Atem angehalten.

»Woher weißt du das? Die Tür hat doch gar kein Geräusch gemacht.«

»Dein Ring. Ich habe den Kameraring auf Sendung gestellt, weil wir ihn brauchen werden. Ich habe die Tür aufgehen sehen.«

Die besagte Tür hatte sich aber schon wieder geschlossen, diesmal mit ihr im Innern, und der Fahrstuhl stieg empor wie eine Feder. Drei Sekunden, fünf, zehn …

»Ich dachte, es ist bloß ein Stockwerk«, sagte sie. »Wieso dauert es so lange?«

»Saudicke Zwischendecke«, antwortete Beezle. »Übrigens, falls es euch interessiert, sie evakuieren gerade einen Haufen Leute unten durch den Haupteingang. Immer noch keine Feuerwehr im Anmarsch. Ich hab den Verdacht, Sellars hat noch was anderes veranstaltet, um sicherzugehen, dass tatsächlich alle Leute rausgeschafft werden.«

»Was denn?«, fragte Ramsey.

»Ich sag's dir, sobald ich's weiß.«

Der Fahrstuhl hielt an. Die Tür ging auf, und davor war eine Luftschleuse. Automatische Durchsagen mit Sicherheits- und Reinraumvorschriften konkurrierten kurz mit der Aufforderung, sich zu den Notausgängen zu begeben, doch verstummten, sobald der nächste Leser ihre Marke überprüft hatte und die innere Tür zur Seite glitt. Olga trat hinaus.

Ihr erster Eindruck war, dass sie in einen Netzfilm geraten war, einen Science-Fiction-Thriller mit voller Immersion. Es bedurfte einiger Selbstüberzeugungsarbeit, bevor sie glauben mochte, dass die Szene real war. Die ganze Etage war ein einziger offener Raum mit nur wenigen Stützpfeilern auf einer Grundfläche, die aussah wie mehrere Zehntausend Quadratmeter groß, und diese Fläche schien fast ausschließlich von Maschinen eingenommen zu sein. Die Maschinenhalle hatte keine Fenster, nur einen ganz rundherum gehenden gekrümmten weißen Wandbildschirm, auf dem im Augenblick die Fluchtwege das normale Programm verdrängt hatten. Bis auf die leise Roboterstimme war es in dem ungeheuren Raum still wie in einem Museum bei Nacht. Es war unwirklich.

Aber es war wirklich.

»... begebt euch direkt zu euerm bezeichneten Notausgang! Ich wiederhole, dies ist keine Übung ...«

»O Gott«, sagte Olga. »Das ist ja riesig!«

»Heb den Ring«, forderte Ramsey sie mit scharfer Stimme auf, hörbar angespannt. »Wir sehen nichts weiter als den Fußboden.«

Sie machte eine Faust, streckte den Arm aus und richtete ihn wahllos auf die endlosen Reihen hochgetürmter stummer Apparate. Schon der Maschinenpark unten war ihr gigantisch erschienen, aber hiergegen war er wie ein Toaster im Vergleich zum Maschinenraum eines Ozeandampfers. »Was ... was soll ich jetzt tun?«

»Ich weiß es nicht. Beezle?«

»Bilder lesen ist nicht meine Stärke«, schnarrte der Agent. »Massenhaft Übersetzungseffekte so rum und so rum. Aber ich tu, was ich kann. Geh einfach los. Und schwenk langsam den Arm hin und her, ja?«

Wie geführt von ihrer eigenen vorgereckten Faust marschierte Olga zwischen den Reihen hindurch, vorbei an schimmernden Apparaten, die Milliarden Kredite wert sein mussten. Erst fünf, dann zehn Minuten verstrichen, und je länger sie so dahintrottete, desto mehr wurde ihr Arm steif und schmerzte. Es ging ihr durch den Kopf, ob wohl die Feuerwehrmänner inzwischen im Gebäude waren, und wie lange es dauern mochte, bis die Sicherheitsdienstler wieder an ihren Bildschirmen saßen. Zweimal trat sie über Sachen, die darauf hindeuteten, dass Angestellte den Raum erst kurz vorher in Eile verlassen hatten – ein teuer aussehendes, sehr kleines Pad mitten in einem Gang, das Kabel noch irgendwo eingesteckt, und zwanzig Meter weiter die Scherben einer Kaffeetasse und eine schwach dampfende Pfütze.

Gerade war sie auf ein drittes Indiz gestoßen, ein formloses Stück Synthetikstoff, in dem sie eine Art Reinraumkopfbedeckung vermutete, als Beezle sagte: »Ich denke, das isses, Boss.«

Sie blickte in die Richtung ihrer Faust und sah einen Geräteturm, der sich von vielen anderen kaum unterschied, nur dass eine überdurchschnittlich große Zahl von dicken Glasfaserbündeln in die Kabelrohre im Boden ging. »Das?«

»Versuchen können wir's ja mal«, meinte Ramsey. »Wird irgendwas Schlimmes passieren, wenn du dich irrst, Beezle?«

»Dann fliegt alles in die Luft. War bloß'n Witz.«

»Zum Totlachen«, sagte Olga gereizt. Die unheimliche Situation schlug ihr langsam aufs Gemüt, ganz zu schweigen von der idiotischen Stimme, die immer noch den Evakuierungsaufruf vor sich hinleierte.

»'tschuldigung. Orlando mag so Sachen.« Nach dieser rätselhaften Erklärung begann Beezle ihr Instruktionen zu geben, wie sie Sellars' mysteriöses Kästchen plazieren sollte. Wieder musste sie mehrmals minimal die Position verändern, bis ihr Instrukteur zufrieden war – das erste Mal Sellars, diesmal Beezle, und wenn Beezle Gear war, was in aller Welt war dann Sellars? Sie ließ den Gedanken fahren. Das Kästchen klickte, vibrierte kurz und saß fest.

Nach längerem Schweigen bekam Olga ein mulmiges Gefühl. »Seid ihr noch da? Catur?«

»Ich bin da, Olga. Beezle, ist das der richtige Apparat? Wie sieht's aus?«

Abermals Schweigen, aber diesmal länger, viel länger. Mit wachsender Unruhe rief Ramsey noch mehrmals nach Beezle. Eine ganze Minute verstrich, ehe er sich endlich wieder meldete.

»Mannometer«, sagte er mit einer ziemlich starken Verzerrung in der Stimme. »Ich wünschte, ich dürfte fluchen, aber wie die Lady schon sagte, ich bin ein Kinderspielzeug. Das hier ist absolut unglaublich.«

»Was?«, fragte Ramsey ungeduldig.

»Das ist der Datenstrom einer Großstadt, der hier durchläuft. Kein Witz diesmal.«

»Welcher Großstadt?«

»Keiner wirklichen Großstadt«, stöhnte Beezle. »Nimm doch nicht immer alles so wörtlich. Ich mein damit bloß den Mordsdurchsatz hier. Wahnsinn! Auf dem Dach da oben ist 'ne ganze Lichtwellenfarm, 'n Laserpark, so was habt ihr noch nicht gesehen. Pumpt Daten in die Gegend und liest, was zurückkommt. Total verrückt, den Schautafeln nach irgendso verstärkte Cäsiumlaser. Soll ich Nachforschungen drüber anstellen?«

»Jetzt nicht«, meinte Ramsey.

»Was hat es mit diesen ganzen Daten auf sich?«, fragte Olga verwundert. »Ist das dieses Gralsnetzwerk, von dem ihr mir erzählt habt?«

»Das darfste mich nicht fragen.« Beezle klang beinahe ungehalten. »Das ist mir zu hoch. Die Masse Daten, die da durchflitzen, ist schlicht nicht zu fassen.«

»Aber hat dieser Sellars nicht irgendwelche Vorkehrungen getroffen …?«

»Hör mal, Lady, ich hab keinen Dunst, was Sellars vorgehabt hat. Er hat jedenfalls nichts drüber hinterlassen, was er machen wollte, wenn er sich da reingeschaltet hatte. Und selbst mit den ganzen Upgrades und Extrakapazitäten, wo Orlando mich mit aufgehübscht hat, blick ich trotzdem nicht die Bohne durch. Genauso gut kannste probieren, sämtliche UN-Telekomdaten über'n Rechenbrett abzuwickeln!«

Für ein Spielzeug, fand Olga, hörte er sich ziemlich lebensecht überwältigt an. Und wie er Metaphern gebrauchte, war auch bewundernswert. »Und was machen wir jetzt? Herr Ramsey?«

»Ich … vermute, wir haben getan, was wir konnten«, erwiderte der Anwalt. »Für alles Weitere müssen wir erst wieder Kontakt zu Sellars haben. Beezle, bist du sicher, dass du nicht, was weiß ich, noch ein paar Kapazitäten zulegen kannst, um daraus schlau zu werden, wenigstens ein bisschen?«

Das Schnauben des Agenten war Antwort genug.

»Na schön«, sagte Ramsey. »Dann sind wir vermutlich wirklich am Ende unserer Möglichkeiten angelangt. Gute Arbeit, Olga. Wir können nur hoffen, dass es zu irgendwas nutze ist – dass Sellars sich wieder mit uns in Verbindung setzt und dass ihm vorher klar war, was für ein Rechenaufwand dafür nötig ist.« Catur Ramsey klang nicht hundertprozentig überzeugt. »Gut, dann sollten wir dich jetzt rauslotsen …«

Olga schaute sich in der riesigen Halle um. »Noch nicht.«

Ramsey brauchte einen Moment, bis er verstand, was sie gesagt hatte.

»Olga, bei dir wird es bald von Feuerwehrleuten und Polizisten nur so wimmeln, von den Sicherheitsdienstlern der J Corporation ganz zu schweigen. Sieh zu, dass du wegkommst!«

»Ich bin noch nicht so weit.« Eine Ruhe wie seit Stunden, vielleicht seit Tagen nicht mehr erfüllte Olga auf einmal. »Ich bin nicht hierher gekommen, bloß um eine Vampirklammer, oder wie Sellars das sonst genannt hat, irgendwo reinzuzwicken. Ich bin hergekommen, weil die Stimmen das von mir verlangten. Ich will wissen, warum.«

»Was soll das jetzt, Olga?« In seiner nervösen Stimme klang ein deutlicher Unterton von Panik durch. »Bist du von Sinnen?«

Die Alarmsignale liefen immer noch, sowohl das ferne wortlose Pulsen als auch die mechanische Frauenstimme. »Ich werde nach oben fahren«, erklärte sie. »Wo dieser furchtbare Mensch lebt. Onkel Jingles Haus könnte man es vermutlich nennen. Onkel Jingles Mördergrube.«

»Alle Wetter.« Beezle brachte ein Pfeifen zustande. »Du bist echt irre, Lady.«

»Wahrscheinlich stimmt das sogar«, sagte sie. Mittlerweile fand sie es ganz natürlich, sich mit einem Stück Code zu unterhalten. »Als ich jünger war, habe ich längere Zeit in einer Heilanstalt zugebracht. Und seit Kurzem – na ja, wir wissen alle, was es zu bedeuten hat, wenn man Stimmen im Kopf hört.«

»Gerade hörste auch Stimmen im Kopf«, gab Beezle zu bedenken.

»Ja, das stimmt. Langsam gewöhne ich mich daran.« Sie drehte sich um und schritt durch den kolossalen Raum auf den Fahrstuhl zu.

»Olga, nicht!« Ramsey war völlig außer sich. »Wir müssen dich rausschaffen!«

»Und allmählich bekomme ich auch Übung darin, sie zu ignorieren«, fügte sie hinzu.

> Es war jetzt ein wenig leichter, aber nicht viel. Er hatte das Gefühl, doch nicht ganz so rasch sterben zu müssen.

Zum hundertstenmal, tausendstenmal, er wusste es selbst nicht, wehrte Sellars einen Angriff ab und schaffte es dennoch, die Verbindung zum Gralsnetzwerk offen zu halten. Trotz aller Erfahrung, die er bei dieser nicht enden wollenden Konfrontation wie auch bei seinen früheren Vorstößen gewonnen hatte, verblüffte es ihn, wie das Ding reagierte.

Er schwebte körperlos in einer Dunkelheit, in der die schiere Bosheit zu regieren schien. Nachdem er die anfängliche Abwehrkanonade überstanden hatte, kamen jetzt die nachfolgenden Attacken in völlig willkürlichen Intervallen. Manchmal blieb ihm fast eine ganze Minute zum Überlegen und Planen, dann erfolgten die Angriffe Schlag auf Schlag, und er musste sich wieder völlig aufs nackte Überleben konzentrieren.

Er hatte bei seinen früheren Begegnungen die Erfahrung gemacht, dass die Abwehrmethoden des Systems mehr waren als bloß automatische, wenn auch hochgradig raffinierte Gegenmaßnahmen. Es fuhr alle Ablaufverfolgungen, Rückstoßeffekte und Abschaltversuche auf, die er von erstklassigem Gear erwartete, und ging so rasch von Angriff zu Verteidigung zu Gegenangriff über, dass es wie Krieg im Weltraum mit Lichtgeschwindigkeit war. Aber es kam jetzt noch ein physischer Aspekt dazu, möglicherweise die Ursache der Tandagorekrankheit: Bei jedem Angriff spürte er, dass nicht nur sein System ins Visier genommen wurde, sondern auch er selbst, dass das Ding versuchte, die Tätigkeit seines autonomen Nervensystems zu beeinflussen, seinen Herzschlag und seine Atmung zu verlangsamen oder zu beschleunigen, gewissermaßen seine Nervenschaltungen umzuprogrammieren.

Aber Sellars war kein ahnungsloses Kind, das in die Klauen eines lauernden Ungeheuers tappte. Er hatte das System lange beobachtet und seine eigenen inneren Strukturen so modifiziert, dass die meisten der offensichtlicheren Versuche, ihn zu manipulieren, in unschädliche Bahnen abgelenkt werden konnten, wo ihre Wirkung von Puffern neutralisiert wurde, beinahe so wie ein Blitzableiter mit der tödlichen Stromwirkung verfuhr. Dennoch musste er sich physisch gewissermaßen vollkommen abschalten, solange er online gehalten wurde und mit der Abwehr des Netzwerks rang, weil sonst die Gefahr bestand, dass sein alter, verbrauchter Körper sich buchstäblich in Krämpfen zerriss. Zwar mochte das Sicherheitssystem noch nicht imstande sein, ihn umzubringen, doch genauso wenig konnte er sich davon abkoppeln, ohne den Kontakt zu Cho-Cho zu verlieren, und er durfte nicht noch einen Unschuldigen in der Dunkelheit im Herzen des Systems verschwinden lassen – er hatte bereits zu viele Sünden auf dem Gewissen. Und obwohl das Betriebssystem deutlich schwächer wurde und wahrscheinlich dem Ende nahe war, brauchte er darauf keine Hoffnungen zu setzen, denn der endgültige Zusammenbruch würde wahrscheinlich alle, die dann noch online waren, mit ins Verderben reißen. Sellars und das System blieben ineinander verkrallt, ermattende Gegner, die in ihrem unbarmherzigen Todestanz nicht voneinander ablassen konnten.

Die vorerst letzte Angriffswelle verebbte. Er hing in der Schwärze und dachte verzweifelt über eine Möglichkeit nach, die Pattsituation zu durchbrechen. Wenn er nur wüsste, was er da bekämpfte ...! Auch wenn sein Eindruck stimmte, dass das Ding finster und wütend war (er hatte solche anthropomorphen Kategorien lange vermieden, bis ihm klar geworden war, dass er damit die subtile Unberechenbarkeit seines Feindes unterschätzte), hatte er damit das Wesen des Betriebssystems bei weitem nicht erfasst.

Der Teil, mit dem er am unmittelbarsten zu tun hatte, das Sicherheitsprogramm, das ihn nach Kräften umzubringen versuchte, war nur einer der Köpfe dieses Cerberus. Ein anderer Kopf beobachtete ihn und schätzte ihn mitten im wildesten Ringen ab, ja schien sogar auf eine paradoxe Art, die er nur fühlen, aber nicht näher definieren oder erklären konnte, keinerlei Groll gegen ihn zu hegen. Er fragte sich, ob die Abwehrreaktionen ein Verhalten waren, worüber das Betriebssystem als Ganzes so gut wie keine Kontrolle hatte, ähnlich wie ein normaler Mensch sein eigenes Immunsystem nicht bewusst kontrollieren konnte. Dieser zweite Kopf, vermutete er, war der Teil des Betriebssystems, der es zu etwas wie echter Intelligenz gebracht hatte. Er musste auch der Teil sein, der Kinder wie Cho-Cho unangetastet in das Netzwerk einließ – denn woher sollte ein bloßes Sicherheitssystem wissen, ob ein menschlicher Benutzer ein Kind war oder nicht? – und der Sellars' Helfer auf Schritt und Tritt durch das Netzwerk verfolgte.

Und es gab, spürte Sellars, noch einen dritten Kopf, der schweigend von ihm abgewandt war, doch was dieser Kopf dachte – was er träumte? –, konnte er nur vermuten. In gewisser Hinsicht beunruhigte ihn dieser dritte Kopf am allermeisten.

Eine neue Salve von Abwehrschlägen brach unvermittelt los, eine brutale Generaloffensive, die ihn mitriss wie ein Orkan und ihn minutenlang an nichts Anderes denken ließ als an das nackte Überleben. Wieder fühlte er die Hand, die nach seinem Nervenzentrum griff. Der Versuch schlug fehl, doch Sellars wusste, wenn das Hin und Her lange genug dauerte, würde diese monströse und erschreckend schlaue Maschinenintelligenz einen Weg finden, seine Verteidigung zu unterlaufen. Allmählich fragte er sich, wie lange er schon hier im Nirgendwo mit diesem Cerberus rang.

Nachdem er den Sturmangriff überstanden und sich ein paar Sekunden lang eine dringend nötige Verschnaufpause gegönnt hatte, griff er ganz kurz auf sein eigenes System zu und stellte fest, dass fast ein ganzer Tag vergangen war, seit er und Cho-Cho die Verbindung zum Netzwerk hergestellt hatten. Einen ganzen Tag lang kämpfte er schon um sein Leben! Kein Wunder, dass er völlig erschöpft war.

In der wirklichen Welt war es bereits Sonntagnachmittag. Ihm lief die Zeit davon. Wenn er das System zerstörte oder wenn das System ihn zerstörte, war es vorbei. Er musste sich etwas Anderes ausdenken. Seine einzige Hoffnung war, dass Olga Pirofsky und Catur Ramsey die Datenklemme anbringen konnten und dass er dann aus dem Gralsnetzwerk die nötigen Aufschlüsse herausziehen konnte.

Nein, sagte er sich, *nicht bloß Aufschlüsse, sondern eine wirkliche Lösung für dieses unmögliche Problem.*

Aber er konnte es sich nicht einmal erlauben, sich über den Fortgang ihrer Bemühungen zu informieren, solange er nicht wenigstens noch eine Angriffswelle des Sicherheitssystems überstanden hatte. Ganz am Anfang hatte er in den kurzen Zwischenpausen ein paar eilige Notanrufe gemacht und das eine oder andere essentielle Abwehrgear aufgestöbert und aktiviert, aber um sich mit der Anzapfung zu befassen, brauchte er viel mehr Zeit.

Die nächste Attacke folgte recht bald, und er war froh, dass er gewartet hatte. Sie war mindestens so heftig wie die vorherigen, doch noch während er die vielen zustoßenden Speerspitzen abschlug, meinte er, diesmal noch etwas Anderes wahrzunehmen, ein leichtes Nachlassen der Entschlossenheit, oder wie er es sonst nennen sollte. Nachdem er die meisten Sicherheitsroutinen kurzfristig deaktiviert hatte, alle außer den elementarsten, die er bedenkenlos seiner Abwehrautomatik überlassen konnte, gedachte er, seine Aufmerksamkeit den Vorgängen im Turm der J Corporation zuzuwenden. Doch als er gerade auf sein eigenes System und seine Verbindungen zur realen Welt umschalten wollte, stockte er noch einmal und verharrte zögernd im Dunkeln. Etwas, das er nicht benennen konnte, störte ihn.

Dieses Zögern war seine Rettung. Der Angriff, der nur wenige Augenblicke nach der Niederschlagung des letzten folgte, war der bis dahin aggressivste, denn er richtete sich nicht nur mit verdoppelter Kraft gegen seinen Anschluss, sondern war ein konzentrierter, von vielen Seiten geführter Versuch, seinen Widerstand gegen die subtilere und totalere physische Kontrolle zu brechen. Eine ganze Weile fühlte er körperlich, wie das Ding durch die Leitung nach ihm fasste, ein Ungeheuer, von dem ihn nur noch eine dünne, zersplitternde Tür trennte, und Sellars packte das Grauen. Aus der schwarzen Bildlosigkeit wurde eine Finsternis anderer Art, eine endlose Leere, in der er allein, isoliert, ausgeliefert war.

Er wusste nicht wie, aber er hielt durch, und als die tastende, forschende Hand schließlich zugriff, gelang es ihm, durch den teilweise geöffneten Kanal einen starken Gegenstoß zurückzuschicken. Er hatte das sichere Gefühl, dass das körperlose Etwas vor Schmerz und Schreck auffuhr, dann wurde der Angriff blitzartig abgebrochen.

Die Bestie war in ihre Höhle zurückgehumpelt.

Obwohl Herzschlag und Atmung fast schon kritische Werte erreichten und er nach dieser jüngsten Tour de force der Ohnmacht nahe war, musste Sellars das bisschen Zeit, das er sich erkämpft hatte, unbedingt nutzen. Er gab seiner Automatik den Befehl, ihn bei einem erneuten Angriff zu alarmieren, und glitt in sein eigenes System zurück.

Sein geliebtes und gehegtes Interface, der Garten poetischer Formen, in den er so viel Zeit, Pflanz-, Pflege-, Zuchtarbeit, schlicht *Leben* investiert hatte, war so gut wie dahin. An seiner Stelle wucherte eine mutierte Wildnis, ein chaotisches Treiben von Datenwurzeln und virtuellen Schlingpflanzen, in dem nur er noch die Spur einer Ordnung hätte entdecken können.

Er verschickte kurz einige dringende Mitteilungen und brachte ein paar kleinere Arbeiten in Gang, dann wandte er seine Aufmerksamkeit dem schlanken schwarzen Schössling zu, der am Rand des Pflanzenmeeres aufgeschossen war. Drei Schlingpflanzen hatten sich an der steilen, dunklen Form emporgerankt und eine erstaunliche Höhe erreicht. Er wusste, was zwei der Ranken verkörperten, aber bei der dritten, deren grelle, unnatürliche Farbe und glatte Oberfläche eher an ein Plastikrohr als an eine Pflanze denken ließ, war er sich weniger sicher. Sorensen? Es wäre merkwürdig, wenn der Garten ihn derart darstellen würde. Mit unguten Gefühlen stellte Sellars eine Verbindung her.

Wie ein Gespenst belauschte er Catur Ramseys Gespräch mit Olga, und obwohl er Ramseys Sorge um sie teilte und sogar mit dem Gedanken spielte, sich einzuschalten und Ramseys Warnung zu bekräftigen, ließ die wichtigere und dringendere Angelegenheit der Anzapfung das nicht zu. Nur ein kurzes vergnügtes Schmunzeln gestattete er sich, als ihm die Identität der dritten Schlingpflanze aufging. Orlando Gardiners Softwareagent! Was für eine Idee – aber eine gute. Gemeinsam hatten sie offenbar einen Weg gefunden, die Datenklemme zu installieren. Ramsey stieg noch mehr in seiner Achtung und seiner Sympathie, und Olga desgleichen. Er wünschte, er hätte mehr Zeit, sie beide kennen zu lernen. Zu schade, dass er dazu wahrscheinlich nicht mehr lange genug leben würde.

Rasch wandte er seine Aufmerksamkeit der Anzapfung zu und holte sich Beezles Bildaufzeichnungen heran, um den verketteten Riesenkomplex von Informationsmaschinen, die das Gralsnetzwerk zu betreiben schienen, sorgfältig zu untersuchen. Auch ohne ihren genauen Charakter und Standort zu kennen, hatte er vermutet, was der Softwareagent ihm jetzt bestätigte, und mit Hilfe der Leute von TreeHouse und anderer Ressourcen dafür gesorgt, dass er genug Rechenkapazität hatte, um den zu erwartenden Datenzufluss bewältigen zu können. Er überprüfte seine ohnehin schon äußerst gründlichen Berechnungen einmal und noch einmal. Er flüsterte das Gebet, das er als Flieger vor jedem Start gesprochen hatte. Er öffnete die Anzapfung.

Der Garten explodierte.

Es war zu viel Information, unvorstellbare Mengen. Der beschränkte Rahmen seines Gartens zerbarst und löste sich auf, die Modelle waren außerstande, den Strom zu fassen. Im Nu stand sein gesamtes System am Rand des Zusammenbruchs. Wenn es dazu kam, wusste er, war alles verloren. Dann lag er in der Nacht des Tandagorekomas und hatte nicht einmal eine Online-Existenz, oder er war dem nächsten Abwehrzyklus des Betriebssystems hilflos ausgeliefert. Damit wäre alles zu Ende. Alles.

Er kämpfte, doch überall um ihn herum starb der Garten, gingen Pflanzen ein und wurden in Mikrosekunden zu zufälligen, sinnentleerten Bits. Vor seinem inneren Auge zerfiel die komplexe Matrix der Vegetation in abstrakte Hell-Dunkel-Muster, ein wahllos blinkendes und sich verzerrendes Sternengewimmel.

Gerade als er meinte, dass es jetzt nicht mehr schlimmer kommen konnte, setzten die Alarmsignale ein. Das Betriebssystem fuhr den nächsten Angriff und versuchte, seine Verbindung zum Netzwerk zu kappen.

Nein, erkannte er, *es greift nach mir. Nach mir.* Er fühlte, wie die Sonde des Systems durch seine zerbröckelnde Abwehr in sein Inneres stieß. Er konnte nichts mehr dagegen machen.

Sellars schrie auf, als es ihn berührte, doch an diesem leeren Ort endlos strömender Daten war keinerlei Geräusch zu hören, keinerlei Hilfe zu erwarten. Es gab nur das seelenlose Pulsen eines Universums vor dem Urknall der Entstehung.

Oder dem Endknall des Untergangs.

> Sie wusste nicht, wie sie in den Sessel zurückgekommen war oder warum, doch sie starrte abermals auf ihr Pad. Es waren nur Minuten vergangen, seit sie den gesperrten Speicher ihres Auftraggebers geknackt hatte, aber diese Minuten waren für sie mit der Langsamkeit von Erdzeitaltern dahingekrochen. Ein Tunnel der Finsternis umschloss sie und verengte ihren Blick, bis sie nichts Anderes mehr sehen konnte als den Bildschirm, den furchtbaren Bildschirm. Auf ihm lief derzeit eine Datei, die »Nuba 27« hieß. In einem Zimmer – einem Hotelzimmer, wie es schien –, durch dessen Fenster helles Sonnenlicht fiel und allem eine grelle, unheimliche Klarheit verlieh, tat Dread einer Frau unsägliche Dinge an.

Steh auf, sagte sich Dulcy. *Steh auf.* Doch der sie umgebende Tunnel schloss alles außer dem Bildschirm aus. Sie sah nur noch das grässliche, sonnenhelle Hotelzimmer. *Steh auf.* Sie wusste nicht einmal mehr, ob sie zu der Frau redete, die auf das mit einer Plastikplane abgedeckte Bett geschnallt war, oder zu sich selbst.

Ein dumpfes Gongen unterbrach ihre noch dumpferen Gedanken. Sie bemerkte, dass sie den Ton der Datei abgestellt hatte, eine winzige Wohltat in einem unendlichen Grauen, weil sie einfach nicht länger hatte zuhören können. Die musikalische Untermalung war noch schlimmer gewesen als das Schreien. Aber wenn der Ton abgestellt war, woher kam dann das Geräusch?

In der Ecke des Padbildschirms ging ein Fenster auf. Darin sah man eine manteltragende Gestalt vor einer Haustür stehen. Im ersten Moment meinte sie, das gehöre mit zu der Horrorinszenierung auf der Datei, vielleicht ein zweites Opfer, mit dem ihr Auftraggeber gleich ein schauderhaftes Wimmer- und Kreischduett aufführen wollte. Dann wurde ihr langsam bewusst, dass das Fenster den Eingang des Loft zeigte, gefilmt von der Wachkamera über der Tür. Es brauchte noch einmal eine Weile und weiteres Tönen des Türgongs, ehe sie begriff, dass sie eine reale Szene sah. In der Gegenwart.

Mach die Augen zu! beschwor eine innere Stimme sie. *Das alles soll weggehen. Mach sie nie wieder auf. Es ist ein Albtraum.*

Doch es war kein Albtraum. Sie wusste, dass es keiner war, auch wenn es fast das Einzige war, was sie in diesem Moment noch wusste. Mit einer Hand hielt sie eine leere Kaffeetasse so fest umklammert, dass sie schon einen Krampf in den Fingern hatte, dabei konnte sie sich gar nicht erinnern, sie genommen zu haben. Sie schaute durch den strudelnden dunklen Tunnel und sah Dread ruhig auf seinem Komabett liegen, eine Million Meilen weit weg.

Das Licht der Sterne, dachte sie fahrig. *Es braucht Jahre, deshalb wirkt es so kalt, wenn es hier ankommt. Aber wenn man nahe dran wäre, würde es einen sofort verbrennen ...*

Der Türgong tönte wieder.

Er wird mich umbringen, dachte sie. *Auch wenn ich fliehe. Wo ich auch hingehe, was ich auch mache ...*

Steh auf, dumme Kuh! Diese letzte Stimme war sehr leise, aber die Dringlichkeit darin durchbohrte den Nebel in ihrem Kopf, das dumpfe Unwirklichkeitsgefühl, das ihr einziger Schutz davor war, vom Grauen überwältigt zu werden. Sie erhob sich schwankend und wäre gestürzt, wenn sie sich nicht an der Lehne festgehalten und gewartet hätte, bis ihre Beine etwas weniger zitterten. Der Sessel knarrte. Sie riss entsetzt den Kopf herum, doch Dread lag immer noch regungslos da, die Grabskulptur eines Gottes aus dunklem Tropenholz. Sie stolperte zur Treppe und stieg sie hinunter wie eine Gehbehinderte. Abermals gongte es, aber die Sprechanlage war oben; hier unten am Fuß der Treppe war es nur ein fernes Geräusch, das klang, als ob etwas im Meer versank.

Wenn ich mich hier hinlege, dachte sie, *werde ich es nach einer Weile nicht mal mehr hören.*

Doch ein innerer Zwang war stärker: Mit dem Daumen entriegelte sie das Sicherheitsschloss und öffnete dann die Tür. Aus der Nähe sah sie, dass die Gestalt in der Tür kleiner war als sie, allerdings breiter gebaut. Dunkle Locken, die Augen verengt, als wäre sie misstrauisch oder verärgert. Eine Frau.

Eine Frau …, dachte sie. *Wenn es eine Frau ist, muss ich ihr Bescheid sagen … sie warnen …* Aber sie konnte keinen klaren Gedanken fassen. Sie konnte sich an nichts erinnern. Die Dunkelheit war sehr dicht.

»Entschuldigung«, sagte die Fremde nach kurzem Zögern. Ihre Stimme war tief und fest. »Tut mir leid, dich am Sonntag zu stören. Ich suche jemand namens Hunter.«

»Hier … gibt's …« Dulcy musste sich an den Türpfosten lehnen. »Hier gibt's niemand mit dem Namen.« Ein bisschen war sie froh. Sie konnte die Tür schließen und wieder hinaufgehen und die Schwärze über sich ziehen wie eine Decke. Aber … Hunter? Wieso kam ihr der Name bekannt vor? Andererseits, wieso kam ihr überhaupt noch irgendetwas bekannt vor?

»Bist du sicher? Entschuldige, aber habe ich dich geweckt?« Die Frau musterte sie eingehend mit einer Miene, aus der Besorgnis sprach – und noch etwas Anderes. »Geht's dir nicht gut?«

Da kam es ihr, eine Erinnerung wie aus einem anderen Land, aus einem anderen Leben. Hunter – das war der Name auf allen Dokumenten für den Loft. Sie hatte ihn in Dreads System gesehen, hatte ihn für ein x-beliebiges Pseudonym gehalten, aber jetzt … Der Jäger … »O Gott«, sagte sie.

Die Frau trat vor und fasste sie am Arm, sanft, aber mit einem Griff, der verriet, dass sie sehr viel fester zupacken konnte, wenn sie wollte. »Könnten wir uns vielleicht unterhalten? Mein Name ist Skouros – ich bin Polizistin. Ich hätte da ein paar Fragen.« Ihre Augen spähten kurz in das Dunkel hinter Dulcy. »Magst du einen Moment mit rauskommen?«

Dulcy war überrumpelt, gelähmt, so als hätte sie einen Anfall in Zeitlupe. »Ich … ich kann nicht … Er …«

»Ist sonst noch jemand zuhause?«

Das war eine witzige Frage, wenn man's recht bedachte. Ja, wo war er eigentlich? *Otherland nennt es sich. Irgendwo? Nirgendwo?* Dulcy musste lachen. Doch als sie sich hörte, klang das Lachen nicht gut. »Nein, er ist … weg …«

»Dann lass uns doch raufgehen. Wäre dir das recht?«

Sie konnte nur nicken. *Ich bin ein Gespenst,* dachte sie und versuchte sich zu erinnern, wie das Leben vor der Dunkelheit gewesen war. *Alles egal – ob ich jetzt vor Gericht gestellt oder ausgewiesen werde. Ich kann es nicht ändern.*

Während sie die Treppe hochgingen, holte die Frau etwas aus ihrer Manteltasche. Dulcy dachte schon, es wäre eine Pistole, doch es war nur ein kleines, schwarzsilbernes Pad. Die Frau führte es an den Mund, wie um hineinzusprechen, da fielen Dulcy plötzlich die Dateien ein, die auf ihrem Pad weiterhin über den Bildschirm liefen, für jedermann gut sichtbar. *Nuba 27. Diese zuckenden Finger, wie eine Ertrinkende auf dem Meeresgrund* … Zugleich mit dem eisigen Schreck überkam sie eine heftige Scham, so als ob die grässlichen Szenen von ihr wären, ihre eigene Schande, und als sie den oberen Treppenabsatz erreichten, nahm sie die Hand der Frau.

»Es sind nicht meine«, erklärte sie. »Ich wusste von nichts. Ich … er …«

Und als sie sich umdrehte, immer noch die Hand der Frau gefasst, sah sie, dass das Komabett leer war.

»Erzähl mir einfach …«, begann die Frau, doch weiter kam sie nicht. Mit einem scharfen Keuchen stieß sie die Luft aus, taumelte vier oder fünf Schritte in den Raum hinein und fiel dann vornüber aufs Gesicht. Ein großes Messer ragte aus ihrem Rücken, als wäre es durch ein Wunder dort erschienen, und ein mehrere Zentimeter langes Stück Klinge funkelte zwischen dem Griff und dem roten Fleck, der sich um die Einstoßstelle im Mantel herum rasch vergrößerte. Dulcy konnte nur fassungslos die Frau anstarren, die eben noch geredet hatte und auf einmal stumm und regungslos dalag. Augenblicklich kam die Schwärze zurück, legte sich um sie wie wehender Nebel.

»Ach, Süße, was machst du für Sachen, wenn Papa nicht aufpasst?« Dread trat aus dem Schatten hinter der Wohnungstür hervor. Er hatte seinen weißen Bademantel an, locker zugebunden. Lautlos wie eine Katze ging er auf nackten Füßen an ihr vorbei und stellte sich neben die Polizistin. Ihre Augen, sah Dulcy, waren noch offen. Eine rote Speichelblase zitterte in ihrem Mundwinkel. Dread beugte sich zentimeterdicht an das Gesicht der Frau heran.

»Schade, dass ich keine Zeit habe, es dir richtig zu geben«, sagte er zu ihr. »Das muss viel Arbeit gewesen sein, mich hier aufzuspüren. Aber grade geht alles etwas hopplahopp, da kann ich leider keine Pause für ein kleines Spielchen einschieben.« Grinsend stand er auf, von manischer Energie leuchtend wie ein Weihnachtsbaum. »Und du, Dulcy, mein Schnuckelchen, was hat dir denn dein hübsches Köpfchen verdreht?« Sein Blick glitt zu ihrem noch auf dem Sessel stehenden Pad, auf dessen Bildschirm es wildbewegt herging, und seine Augen wurden noch ein wenig größer – dabei hatte er sie schon so weit aufgerissen wie in der Achterbahn auf Sturzfahrt. »So, so, du warst ja wirklich ein neugieriges kleines Hurenaas, was?«

Ohne es zu merken, war sie langsam in ihr liebevoll hergerichtetes Kaffee-Eckchen zurückgewichen. »Ich hätte nicht ... Ich hab nicht ... Warum ...?«

»Warum? Tja, das ist die Frage, nicht wahr, Süße? Warum? Weil ich will. Weil ich kann.«

Da stupste sie mit dem Steiß an das Schubfach, und vorsichtig tasteten ihre Finger nach dem Griff. Ihr war eingefallen, was darin lag. Mit einem Ruck war sie wieder zum Leben erwacht, als ob sie mit eiskaltem Wasser übergossen worden wäre, und zum ersten Mal seit einer Stunde war sie innerlich klar. *Lieber Gott, mach, dass er weiterredet!* betete sie. *Er ist ein Monster, aber er redet gern.*

»Aber warum? Du ... hast das doch gar nicht nötig.«

»Weil ich Sex auch ohne Gewalt kriegen kann?« Das Grinsen hielt an. Er war high, auf irgendetwas abgefahren und jetzt auf Höchstgeschwindigkeit. »Nee, das Spiel läuft anders. Sex, das ist gar nichts. Im Vergleich.«

Lautlos zog sie das Schubfach auf, ganz langsam und vorsichtig, denn mit ihrem jagenden Puls und ihren zitternden Fingern konnte es leicht passieren, dass es zu weit herauskam und zu Boden polterte. »Was ... was willst du mit mir machen?«

»Dich abservieren. Du weißt, dass es sein muss, Herzchen. Aber du hast gute Arbeit für mich geleistet, deshalb werd ich's kurz machen. Entlassungen sollen doch kurz und schmerzlos vonstatten gehen, nicht wahr? Lernt man das nicht so in den Managerkursen? Außerdem bin ich im Moment ziemlich beschäftigt, sehr beschäftigt.« Er lächelte. Wenn sie mittlerweile nicht gewusst hätte, was sich hinter der Maske verbarg, hätte sie geschworen, dass es ganz echt und aufrichtig gemeint war. »Und ich komm jetzt auch ohne dich zurecht. Ich hab alles im Griff. Du solltest mal sehen, was mit dem Netzwerk und deinen alten Freunden passiert! Ich hab mich schweren Herzens davon losgerissen – so aufregend, wie das ist, möchte ich eigentlich keine Minute versäumen –, aber der direkte Kontakt zu den Mitarbeitern geht mir über alles.«

Das Schubfach war offen. Sie gab ein kleines verängstigtes Stöhnen von sich, um das Geräusch ihrer suchenden Hand zu kaschieren. Die Angst musste sie nicht spielen, ganz und gar nicht. Er beobachtete sie mit hypnotischer Intensität, die Pupillen groß und schwarz wie die Mündung einer …

Pistole. Wo ist die Pistole?

Jetzt musste sie alles riskieren. Sie wirbelte so schnell herum, wie sie konnte, und riss das Schubfach ganz auf. Es war leer.

»Suchst du die?«, fragte er.

Sie drehte sich wieder zurück und sah gerade noch, wie er die Waffe aus der Tasche seines Bademantels zog. Der Lauf, der einmal zu einem Lockenstab gehört hatte, kam hoch und zielte zwischen ihre Augen.

»Ich bin kein Idiot, Süße.« Dread schüttelte mit gespielter Enttäuschung den Kopf. »Ach, übrigens, was ich da eben über kurz und schmerzlos gesagt habe …«

Er ließ die Pistole sinken und richtete sie auf ihre Mitte. Dulcy hörte den lauten Knall, und im selben Moment bekam sie einen Schlag in den Bauch und prallte nach hinten. Dann lag sie auf der Seite und versuchte zu verstehen, wie so viele Dinge gleichzeitig aufhören konnten zu funktionieren. Sie wollte Lärm schlagen, um Hilfe schreien, doch es ging nicht: Etwas quetschte die Luft aus ihr heraus, eine große Faust auf ihrer Brust. Ihre Hände waren instinktiv zum Bauch gezuckt. Sie blickte darauf und sah Blut durch die Finger sickern. Als sie sie wegnahm, rann es auf den Boden und sammelte sich dort in einer größer werdenden Pfütze.

»Ich hab's mir anders überlegt«, sagte er.

Kapitel 41
DER RITTER DES ANDERN

NETFEED/NACHRICHTEN:
Gericht entscheidet: "Autoterror" nicht illegal
(Bild: der Avatar "Lächelnder Rächer" des Angeklagten Duncan)
Off-Stimme: Ein UN-Landesgericht hat entschieden, dass ein Gearteil, das Benutzern in virtuelle Simulationen folgt und ihrem Simuloiden Schaden zufügt, nicht per se illegal ist, solange es nicht gegen die Gesetze verstößt, die für den entsprechenden Knoten gelten. Amanda Hoek, ein siebzehnjähriges Schulmädchen aus Südafrika, wird online von dem Codekonstrukt eines Jungen verfolgt, dem sie vor einiger Zeit den Laufpass gegeben hat, und ihrem Anwalt zufolge "systematisch schikaniert, bis hin zur Vergewaltigung".
(Bild: Jens Verwoerd, Hoeks Anwalt)
Verwoerd: "Das arme Mädchen kann das Netz nicht mehr benutzen - auf das sie weder schulisch noch sozial verzichten kann -, weil der Avatar des Angeklagten, der keinen andern Zweck hat, als sie zu terrorisieren, ihre Online-Person keinen Moment in Ruhe lässt, einerlei welchen Knoten sie aufsucht. Sie ist zahlreiche Male beschimpft, attackiert und sexuell belästigt worden, sowohl verbal als auch über die Taktoren der VR-Knoten, und dennoch scheint dieses Gericht der Meinung zu sein, das Ganze sei nicht ernster zu nehmen als die derben Späße, die manche Erwachsene im Netz miteinander treiben ..."

> Renie trieb sterbend in der von Lichtern durchfunkelten Dunkelheit, und immer noch wurde sie das Gefühl der Furcht nicht los – doch es war eine Furcht, die von jemand anderem kam.

Nicht jemand, dachte sie, *etwas. Wie kann ein Ding, ein Konstrukt aus Code, sich dermaßen fürchten …?*

Das Betriebssystem hatte sie zu sich geholt und dann weggestoßen, es war wieder in seine innere Emigration geflohen und ließ sie hier in einem Sternenmeer ertrinken. Es war ein langsamer Tod, ein Verebben des Bewusstseins, ein Zerfall des Ich. Schon bei den vorigen Wutanfällen des Systems hatte sie etwas Ähnliches empfunden, und damals hatte sie das mit Grauen erfüllt. Jetzt trieb sie nur noch dahin, pulste wie ein verhallendes Echo durch die menschenfernen Lichter und erkannte dabei, dass das Betriebssystem in einem Zustand der Furcht lebte, der viel schlimmer war als alles, was sie sich vorstellen konnte, in einer so allumfassenden und übermenschlichen Angst, dass selbst ihre fernen Resonanzen tödlich wirken konnten.

Aber macht das einen Unterschied? sinnierte sie. *Ob ich so sterbe oder vor Furcht einen Herzschlag kriege?* Sie spürte, wie sie losließ, sich auflöste, doch es geschah alles so allmählich, war so … unwichtig. Der Tod durch Erfrieren war angeblich ein gnädiger Tod. Körper und Geist trennten sich, die quälende Kälte fühlte sich auf einmal warm an, und zuletzt kam der Schlaf wie ein Freund. Dies hier musste ungefähr so sein.

Aber ich will nicht sterben, dachte sie flüchtig und glaubte sogar ein wenig daran. *Auch wenn es nicht wehtut. Ich will den Faden nicht zerreißen.*

Stephen nie mehr wiedersehen, Martine nicht und die anderen nicht, Fredericks … und !Xabbu … Das war aus seinem Gedicht, nicht wahr? Es ging dabei um den Tod – oder bloß um einen Faden …?

»Leute, bestimmte Leute waren es,
Die mir den Faden zerrissen,
Darum
Ist mir dieser Ort jetzt verödet,
Weil der Faden gerissen ist.«

Sie konnte es ihn beinahe sagen hören, seine sanfte Stimme, seine leicht fremdartige Sprachmelodie, wenn er an unerwarteten Stellen schneller wurde und dann mittendrin auf einer Silbe verharrte, sie geradezu sang. !Xabbu.

»Der Faden riss mir,
Darum
Ist mir dieser Ort nicht mehr,
Wie er einst war,
Weil der Faden gerissen ist.«

Was war der nicht gerissene Faden gewesen? Ein Leben? Ein Traum? Das Band, von dem das Universum zusammengehalten wurde?

Das alles in einem?

Jetzt konnte sie es hören, als ob er neben ihr stünde, wie er in so vielen Notsituationen neben ihr gestanden hatte, eine beständige Flamme in allen Finsternissen.

»Dieser Ort ist mir,
Als ob er offen stünde,
Leer,
Weil der Faden riss,
Darum
Ist dieser Ort jetzt freudlos,
Weil der Faden gerissen ist.«

Dieser Ort ist jetzt freudlos, wiederholte sie sich. *Weil der Faden gerissen ist. Weil ich allein bin.*

Dieser Ort ist mir, als ob er offen stünde, sagte sie zu der Dunkelheit, während sie dahinschwamm und verging, ein Stück Treibgut, das ein ängstlich weglaufendes Kind-Ding zurückgelassen hatte.

Leer, flüsterte es in der glitzernden Stille. *Weil der Faden gerissen ist.*

Leicht befremdet sank sie weiter und versuchte sich darüber klar zu werden, was da eben in ihr zerfaserndes Bewusstsein gedrungen war. Eine Stimme. Eine Stimme?

Das Betriebssystem, dachte sie. *Es ist zu mir zurückgekehrt. Was »zurück« auch bedeuten mag. Was »zu mir« auch bedeuten mag …* Das Denken fiel ihr immer schwerer.

Weil der Faden gerissen ist.

Der Worthauch wehte sie durch die Leere an, aber ohne jedes Geräusch, mehr als ein Geräusch und zugleich weniger. Es war ein Flimmern wie von einer fernen Explosion im Vakuum, eine winzige Wärmeschwingung am Grunde eines zähen, zufrierenden Ozeans. Es war ein Flüstern aus einem Traum, vernommen auf der Schwelle des Erwachens, eine Idee, ein Duft, ein gedämpfter Herzschlag. Es war …

!Xabbu?

Vom anderen Ende des Universums die ruhige, leise Erwiderung: *Renie …?*

Unmöglich. Unmöglich! *!Xabbu! Um Gottes willen, bist du das?*

Und plötzlich war das Dahinschwinden nicht mehr erlösend, sondern entsetzlich. Plötzlich wollte sie alles wiederhaben, was sie verloren hatte, obwohl sie wusste, dass es bestimmt zu spät war. Es waren fast nur noch Spurenelemente von ihr übrig, die sich in dem wolkigen Gewaber des Sternenmeeres zusehends verflüchtigten.

Nein, dachte sie. *Er ist dort irgendwo. Er ist da!* Sie wollte sich aufraffen, doch sie fühlte sich kaum noch – es gab keinen Halt, keinen Widerstand. *!Xabbu! Ich ertrinke!*

Renie. Ganz leise. Nur eine Stimme und selbst das kaum. *Komm mir entgegen.*

Wo bist du?

Neben dir. Immer neben dir.

Da öffnete sie sich und fühlte ihn, wie er es gesagt hatte, genauso nebelhaft und verweht wie sie, aber direkt neben ihr, als ob sie zwei Galaxien wären, die auf den langen Nachtwellen des Universums aufeinander zurollten und sich gegenseitig durchdrangen.

Ich fühle dich, sagte sie. *Verlass mich nicht.*

Nicht zu sagen, ob er ihr *Verlass mich nicht* wiederholte oder ihr versicherte: *Ich verlass dich nicht.*

Sie glaubte seiner Versicherung. Sie streckte sich ihm entgegen, um mit aller Kraft zu verhindern, dass der Faden riss.

Da, sagte sie. *Ich berühre dich.*

Ich fühle es.

Und dann trafen sie zusammen und vereinigten sich – Lichtjahre weit auseinandergezogen und doch so nahe wie die zwei Phasen eines einzigen Herzschlages, zwei Matrizen aus nacktem Bewusstsein, in der

Dunkelheit voneinander angezogen und zusammengehalten vom unendlichen Druck der Liebe.

Sie hatte wieder einen Körper. Sie merkte es sogar mit geschlossenen Augen, denn sie fühlte ihn inniger und näher als je zuvor einen anderen Menschen.

»Wo sind wir?«, fragte sie schließlich. Sie hörte sein Herz schlagen, schnell und kräftig, hörte den Atem in seinen Lungen. Sonst herrschte vollkommene Stille, aber sie brauchte nicht mehr.

»Das spielt keine Rolle«, sagte er. »Wir sind zusammen.«

»War das ... ein Liebesakt?«

»Auch das spielt keine Rolle.« Er seufzte, dann lachte er. »Ich weiß es nicht. Ich denke ... es war Liebe, die keines Aktes mehr bedurfte.«

Sie scheute sich, die Augen zu öffnen, merkte sie. Sie presste ihn noch fester an sich, obwohl das eigentlich gar nicht mehr möglich war. »Du hast recht, es spielt keine Rolle«, pflichtete sie ihm bei. »Ich dachte, ich würde dich nie mehr wiederfinden ...«

Seine Finger berührten ihr Gesicht – kühl, leibhaftig. Sie war so überrascht, dass sie ihrem Vorsatz zum Trotz schaute. Es war tatsächlich sein Gesicht, sein liebes Gesicht, das da im milden Abendlicht auf sie niederblickte. Er hatte Tränen in den Augen. »Ich ... ich wollte es nicht hinnehmen ... konnte es nicht ...« Er senkte den Kopf, bis seine Stirn ihre berührte. »Ich schwamm so lange ... in diesem Licht. Ich war am Ertrinken. Rief nach dir. Löste mich auf ...«

Sie weinte. »Wir haben Körper. Wir können weinen. Sind wir wieder in ... der wirklichen Welt?«

»Nein.«

Verwundert von seinem merkwürdigen Ton setzte Renie sich hin, behielt allerdings die Arme um ihn geschlungen, als befürchtete sie, er oder sie könnte sich sonst in Luft auflösen. Die Landschaft, grau im Dämmerlicht, war fremdartig und doch eigentümlich vertraut. Im ersten Augenblick dachte sie, sie wären auf den Gipfel des schwarzen Berges zurückgekehrt, doch der Umriss eines blattlosen Baumes, die struppige Gestalt eines Strauchs verwirrten sie.

»Erst dachte ich, wir wären in dem Abgrund, in den ich sprang, um dich zu finden«, sagte !Xabbu langsam.

»Abgrund? Sprang? Wohin?«

»In den Brunnen. Das war aber ein Irrtum.« Er deutete zum Himmel empor. »Schau.«

Sie hob den Kopf. Die Sterne schienen hell. Der gelbe Mond hing rund und voll über dem Horizont wie eine reife Frucht.

»Das ist ein afrikanischer Mond«, sagte er. »Der Mond der Kalahari.«

»Aber … aber du hast doch gesagt, wir wären nicht wieder … zuhause …« Sie lehnte sich zurück und betrachtete ihn. Er trug einen Lendenschurz aus rohem Leder. Ein Bogen und ein primitiver Köcher mit Pfeilen lagen neben ihm im Sand. Und auch sie war mit einem Stück Tierhaut bekleidet.

»Das ist ja deine Welt«, sagte sie leise. »Die Buschmannsimulation, in die du mich einmal mitgenommen hast – Gott, das kommt mir vor, als wäre es hundert Jahre her! Wo wir getanzt haben.«

»Nein.« Er schüttelte den Kopf. Er hatte sich die Tränen abgewischt. »Nein, Renie, das ist etwas Anderes, etwas … Größeres.«

Er stand auf und hielt ihr die Hand hin. Die Samenschoten an seinen Fußgelenken rasselten, als er sich bewegte. »Aber wenn das nicht *deine* Welt ist …?«

»Dort ist ein Feuer«, sagte er und deutete auf einen rötlichen Schein, der auf dem Wüstensand flackerte. »Gleich hinter dem Hügel.«

Auf dem Gang durch die trockene Mulde wirbelten ihre Füße so viel Staub auf, dass sie über Wolken zu gehen schienen. Der Mond überzog die Dünen, Felsen und Dornensträucher mit einem silbernen Hauch.

Das Lagerfeuer war klein, bestand nur aus wenigen über Kreuz liegenden Stöcken. Außer dem Feuer gab es in der ganzen unermesslichen Weite der Wüstennacht kein Zeichen menschlichen Lebens.

Bevor Renie noch einmal nachfragen konnte, deutete !Xabbu auf eine Bodenfurche, die sich neben dem Lagerfeuer durch die rissige Erde zog, das leere Bett eines seit Langem ausgetrockneten Baches. »Dort unten«, sagte er. »Ich sehe ihn. Nein, ich fühle ihn.«

Renie sah nichts außer den tanzenden Schatten des Feuers, doch auf !Xabbus Tonfall hin schaute sie zu ihm hinüber. Sein Gesicht war ernst, aber da war noch etwas, ein euphorisches Leuchten in den Augen, das sie bei jedem anderen für ein Anzeichen von Hysterie gehalten hätte.

»Wen denn? Was denn?« Mit jäher Angst ergriff sie seine Hand.

Er erwiderte ihren Druck und führte sie in die Mulde hinunter.

Neben dem Feuer blieb er stehen. Es entging ihr nicht, dass ihre Fußspuren die einzigen waren, die den Sand durchquerten. Als sie in das Bachbett blickten, sah Renie, dass es doch nicht völlig trocken war: Ein dünnes Rinnsal kroch über den Boden, so schmal, dass sie es mit einem Fuß hätte stauen können, wenn sie hinuntergestiegen wäre. Neben diesem Wasserfaden bewegte sich etwas, etwas ganz Kleines.

!Xabbu setzte sich am Rand der flachen Furche in den Staub. Seine Rasseln wisperten.

»Großvater«, sagte er.

Der Mantis blickte auf, den dreieckigen Gottesanbeterkopf schief gelegt, die Arme mit den Dornenreihen angehoben.

»Striemenmäuserich. Stachelschweinfrau.« Die ruhige Stimme kam von überall und nirgends. »Ihr habt einen weiten Weg zurückgelegt, um das Ende zu erleben.«

»Dürfen wir uns zu dir ans Feuer setzen?«

»Ihr dürft.«

Renie begriff allmählich. »!Xabbu«, flüsterte sie. »Das ist nicht Großvater Mantis. Das ist der Andere. Er hat das irgendwie aus deinem Unterbewusstsein gesaugt. Mir ist er als Stephen erschienen und hat so getan, als wäre er mein Bruder.«

!Xabbu lächelte nur und drückte ihr die Hand. »An diesem Ort *ist* er der Mantis«, sagte er. »Wie du ihn auch nennen magst, wir sind zu guter Letzt dem Traum begegnet, der uns träumt.«

Sie setzte sich neben ihn, willenlos und emotional ausgelaugt. Sie wollte nur noch mit !Xabbu zusammen sein. *Vielleicht hat er ja recht,* dachte sie. *Warum dagegen kämpfen? Mit Logik hat das alles nichts zu tun. Wir befinden uns ganz zweifellos im Traum von jemand anders.* Wenn der Andere auf diese Art kommunizieren mochte, vielleicht gar nicht anders kommunizieren *konnte,* dann sollten sie sich besser damit abfinden. Sie hatte versucht, ihm als Stephen ihre Sicht der Dinge aufzuzwingen, und seine Wut und Erbitterung hatten sie beinahe umgebracht.

Der Mantis senkte sein glänzendes Köpfchen, dann hob er es wieder und betrachtete sie mit winzigen, vorstehenden Augen. »Der Allverschlinger wird bald hier sein«, sagte er. »Er wird auch zu meinem Lagerfeuer kommen.«

»Es lässt sich noch etwas tun, Großvater«, meinte !Xabbu.

»Moment mal«, flüsterte Renie. »Ich dachte, wenn jemand der Allverschlinger in der Geschichte wäre, dann er. *Es.* Das Betriebssystem, meine ich, der Andere.«

Das Insekt schien sie gehört zu haben. »Wir sind jetzt am Ende angekommen. Mein Kampf ist aus. Ein großer Schatten, ein hungriger Schatten wird alles fressen, was ich geschaffen habe.«

»Das muss nicht so sein, Großvater«, widersprach !Xabbu. »Es gibt Menschen, die dir helfen können – unsere Freunde und Verbündeten. Und sieh her! Hier ist dein geliebtes Stachelschwein, die Frau mit dem klaren Verstand und dem tapferen Herzen.«

Tapferes Herz vielleicht, dachte Renie. *Aber klarer Verstand? Pustekuchen. Nicht mitten in diesem komplett durchgeknallten Märchen.* Doch sie sagte: »Wir wollen helfen. Wir wollen nicht bloß unser eigenes Leben retten, sondern auch das der Kinder. Aller Kinder.«

Ein winziges Zucken deutete das Kopfschütteln des Mantis an. »Es ist zu spät für die ersten Kinder. Der Allverschlinger ist schon dabei, sie zu vertilgen.«

»Aber du kannst … wir können nicht einfach aufgeben!« Renies Stimme wurde all ihren guten Vorsätzen zum Trotz laut. »Auch wenn es noch so schlecht aussieht, wir dürfen nicht aufhören zu kämpfen! Alles zu versuchen!«

Der Mantis schien noch kleiner zu werden. Er duckte sich zusammen, bis er kaum mehr als ein dunkles Pünktchen war. »Nein«, flüsterte er, und einen Augenblick lang klang seine Stimme so schutzlos und kläglich wie die eines kleinen Kindes. »Nein. Zu spät.«

!Xabbu drückte ihre Hand. Renie lehnte sich zurück. So frustrierend es war, sie musste einsehen, dass es keinen Zweck hatte, dieses … dieses Ding, wie es auch entstanden sein mochte, was auch immer seine Gedanken und Träume formte, zum entschlossenen Handeln überreden zu wollen.

Schießlich brach !Xabbu das lange Schweigen. »Denkst du nicht an eine Welt jenseits von dieser? Eine Welt, wo das Gute bewahrt bleibt und wieder wachsen kann?«

»Sein Maul ist voll Feuer«, flüsterte der Mantis. »Er rennt wie der Wind. Er verschlingt alles, was ich geschaffen habe. Jenseits davon gibt es nichts.« In sich zusammengesunken schwieg er eine Weile und rieb sacht seine Fangarme aneinander. »Aber es ist gut, nicht allein zu sein, glauben wir. Es ist gut, dort zu sein, wo noch ein Lagerfeuer brennt, wenigstens für ein Weilchen. Gut, Stimmen zu hören.«

Renie schloss die Augen. Das also war bei all ihren Kämpfen herausgekommen: Gefangen von den Fantasien eines verrückten Systems warteten sie in einer Welt, gebaut aus !Xabbus Gedanken und Erinnerungen, auf das Ende. Eine interessante Art zu sterben. Nur schade, dass sie nie die Gelegenheit haben würde, jemandem davon zu erzählen.

»Kommt, es ist zu leise«, sagte der Mantis. Seine Stimme war jetzt ganz schwach, so schwach wie der zarteste Windhauch durch die Dornensträucher. »Stachelschwein, meine liebste Tochter, du bist traurig. Striemenmäuserich, erzähle noch einmal die Geschichte von der Feder, die zum Mond wurde.«

Leicht verdutzt blickte !Xabbu auf. »Du kennst die Geschichte?«

»Ich kenne inzwischen alle deine Geschichten. Erzähle sie bitte.«

Und in einer kurzen Ruhepause unter den feurigen Sternen eines afrikanischen Nachthimmels – einer Pause, die einen Geschmack von Ewigkeit hatte, auch wenn Renie wusste, dass der Schein trog – hob !Xabbu mit der Geschichte davon an, wie der Mantis aus einem weggeworfenen Stück Schuhleder Leben erschuf. Der sterbende Mantis kauerte neben dem dünnen Rinnsal, lauschte andächtig der Schilderung seiner eigenen Klugheit und schien völlig gefesselt zu sein.

> Sie hatten nicht nur einen Haufen, sondern einen ganzen Wall aus Papieren, Kisten, leeren Getreidesäcken und anderem brennbaren Material im Bogen um eine der Ecken aufgeschichtet. Hinter der Barriere hatten sie sämtliche noch verbliebenen Möbel aufgetürmt, die nicht im Boden verankert waren – Schreibtische und Stühle, sogar die Abdeckungen der V-Tanks, die nicht gebraucht wurden. In die Lücken dazwischen hatten sie dünne Armeematratzen gestopft.

Aber der ganze Kram hält keine Kugeln nich auf, dachte Joseph traurig. *Und auch keine Hunde nich.*

Eine Bewegung auf dem Bildschirm riss ihn aus seinen Gedanken. »Es geht los. Zünd das Feuer an.«

»Das ist zwar v-verlockend«, sagte Del Ray, dem es nur schlecht gelang, seine Panik zu verbergen, »aber ich warte doch lieber, bis du wieder bei uns bist. Sag uns einfach, was da oben vor sich geht.«

Joseph wurde zunehmend mulmig zumute, während er die vier Gangster dabei beobachtete, wie sie sich gestikulierend über das Loch beugten. Sie hatten bereits ihre Kampfgarnituren angezogen, dicke Westen und Hauben mit Schutzbrillen. Es ärgerte ihn, dass er zum Dienst am Monitor eingeteilt worden war, bloß weil er angeblich vorher etwas verpatzt hatte. *Quatsch! Wie hätten wir denn den Laster aufhalten und verhindern sollen, dass sie diese Monsterköter ankarren?* Doch sein Groll war nichts gegen die würgende Gewissheit, dass ihnen Furchtbares bevorstand. »Die sind so weit«, sagte er. »Das bringt nix, wenn ich hier noch weiter rumsteh.«

»Sag uns, was sie machen«, forderte Jeremiah ihn auf.

»Takeln die Hunde auf«, erklärte Joseph.

»Was?«

Er spähte auf den Monitor. »Nein. Dachte erst, sie würden die Köter in Decken einwickeln, aber sie machen irgendwas andres.« Schon allein beim Anblick der Viecher zerflossen ihm schier die Innereien vor Angst. Die großen Tiere zitterten vor Erregung und wackelten mit ihren steifen Schwanzstummeln. »Sie ... sie haben irgendwas mit den Decken vor. Vielleicht wollen sie sie tragen.« Mit Schaudern beobachtete er, wie die Männer auf die Öffnung zuschritten, die sie in den Boden gebrochen hatten, und dabei die mit Seilen verknotete Decke schleppten, in deren Mitte der erste der mutierten Ridgebacks aufrecht thronte wie eine königliche Durchlaucht. »Oh. O je. Sie benutzen die Decken, um die Hunde damit durch das Loch runterzulassen.«

»Scheiße«, fluchte Del Ray. »Zeit, das Feuer anzuzünden. Komm.«

Das musste man Joseph nicht zweimal sagen. Er sprintete durch das abgedunkelte Labor, sprang über die Hürde aus Akten und kraxelte so hastig über die Möbelbarrikade, dass er beinahe Del Ray umgerissen hätte, als er drüben herunterpurzelte. »Mach schon! Zünd an!«

»Ich versuch's ja«, ächzte Jeremiah. »Wir hatten nicht genug Benzin übrig, um es gründlich zu tränken.« Mit zitternden Fingern warf er die nächste von Renies Zigaretten. Die Papiere entzündeten sich mit einem lauten *Wusch!* Als die blauen Flammen über die notdürftige Absperrung züngelten, wurde in Joseph ein klein wenig Hoffnung wach.

»Wieso sind die Lichter aus?«, flüsterte er. »Da sehen wir doch nix und können sie nich abknallen.«

»Weil wir zwei Kugeln haben und sie wahrscheinlich Tausende«, erwiderte Del Ray. »Hör auf zu meckern, Joseph. Bitte!«

»Macht keinem Hund was aus, wenn's dunkel is«, grummelte Joseph, aber leiser.

Del Ray stieß scharf die Luft aus. »So leid es mir tut, Joseph, eigentlich will ich nicht als letztes Wort zu dir ›sei still‹ sagen. Aber *sei still!*«

Long Joseph fühlte, wie ihm das Herz in der Brust anschwoll, wie es groß, aber schwach wurde und sich anstrengte, ganz schnell zu schlagen, obwohl eine mächtige Faust es zusammenquetschte. »Mir tut's leid, dass wir alle hier sind.«

»Mir auch«, sagte Del Ray. »Weiß Gott, mir auch.«

»Da kommt was«, krächzte Jeremiah mit versagender Stimme. Alle starrten sie durch die Flammen, versuchten, in den Schatten am anderen Ende des Labors Bewegungen zu erkennen.

Josephs Brustkasten wurde immer enger. Er stellte sich seine Zulu-Vorväter, mit denen er so gerne angab, dabei vor, wie sie an ihrem Lagerfeuer in die afrikanische Nacht hinausgespäht hatten, und versuchte sich ein Beispiel daran zu nehmen, mit welcher Unerschrockenheit sie selbst das Grollen eines Löwen vernommen hatten, doch es ging nicht. Seine einzige Waffe, ein Stahlrohr von der Unterseite eines Konferenztisches, hing schlaff in seiner schwitzenden Hand.

Bitte, Gott, dachte er. *Mach, dass Renie nix passiert! Mach, dass es schnell geht!*

Joseph sah, wie sich am hinteren Ende des Labors etwas bewegte – ein niedriger, lautloser Schatten. Dann noch einer. Der erste blickte auf und drehte den Kopf hin und her. Zwei gelbe Punkte funkelten böse, als sich der Feuerschein in den Augen spiegelte.

Ein lautes Krachen ließ Joseph auffahren. Etwas durchbrach Funken sprühend ihre kleinere brennende Barriere. Eine Rauchwolke wallte über ihn hinweg, biss ihm in die Augen, kratzte in seinen Lungen. Er fuchtelte wie wild, hörte Jeremiah würgen und schreien, doch bevor er etwas machen konnte, sprang eine große, dunkle Gestalt über die zweite, höhere Flammenwand und landete knurrend auf ihm.

Er wurde zu Boden gestoßen und bekam einen Biss in den Arm – er fühlte einen sengenden Schmerz, heißer als jedes Feuer. Er wehrte sich, doch etwas, das schwerer war als er, presste ihn nieder, etwas, das ihm seine Zähne in den Bauch schlagen wollte. Ein Salve von Schüssen schlug krachend über seinem Kopf ein, doch sie schienen weit weg zu sein, ohne Bedeutung. Das Vieh hatte ihn, die Bestie hatte ihn. Er hörte einen seiner Gefährten entsetzt aufkreischen, dann knallte und flammte Del Rays Revolver direkt neben seinem Kopf, und die schwere Last rutschte von ihm herunter.

Nach Luft ringend rappelte er sich auf. Ein wildes Stakkato von Schüssen knatterte los wie eine Kiste voller Knallkörper. Abermals brachen Tiergestalten durch das bereits versprengte Feuer; er hörte Männer schreien, dann weitere Schüsse. Mehrere menschliche Umrisse drängten sich durch die Tür in den rauchvernebelten Raum. Mit seinen triefenden Augen schien es Joseph so, als wären es zu viele, viel mehr als vier.

Das gibt's nich! wollte er rufen, doch sein Mund brannte, seine Kehle war wie zugeschnürt. Del Ray kauerte schlotternd neben ihm, den Revolver mit der letzten Kugel in der ausgestreckten Hand. Über das Donnern der anderen Schüsse hinweg konnte Joseph nicht hören, wie er ihn abfeuerte, sah nicht einmal das Mündungsfeuer, doch zwei der Hunde fielen um.

Zwei mit einem Schuss, staunte Joseph, halb betäubt von dem Rauch in seinen Lungen und in seinem Kopf. *Genau wie du gesagt hast. Wie bringst du das fertig, Del Ray?*

Aber bevor er ausgestaunt hatte, sprang noch einer der Mutantenhunde aus dem Rauch hervor und über die Sperre aus Tischen und Matratzen hinweg. Er traf Joseph wie ein Blitz und schmetterte ihn auf den Rücken. Ein fauchender Schädel stieß nach seinem Gesicht, grub eine heiße, feuchte Schnauze in seine Kehle und nahm ihm die Luft.

> Paul Jonas lag zu Sams Füßen, zuckend und stöhnend wie einer, der einen elektrischen Schlag bekommen hatte. Sam selbst hatte sich erst kurz zuvor von ihrem jähen Rauswurf aus dem Brunnen erholt und verstand zunächst die Szenen nicht, die sich ringsherum abspielten. Die weinende Engelfrau war mit einem letzten Flackern über dem Brunnen erloschen. Die Zwillinge in Gestalt der Kinderliedfiguren des spannenlangen Hansels und der nudeldicken Dirn waren über ihr Verschwinden in ein unartikuliertes Wutgeheul ausgebrochen, schnappten sich wahllos schreiende Opfer und warfen sie in den leuchtenden

Abgrund, als könnten sie die Entflohene dadurch zur Rückkehr zwingen. Keines der unglücklichen Geschöpfe, die in das Lichtermeer fielen, tauchte wieder auf, und auch der Engel erschien nicht mehr.

»Sam Fredericks!« Es war Martines Stimme. Sam konnte sie in dem Aufruhr nirgends erblicken. Sie packte Paul am Arm, um ihn an einen sicheren Fleck zu zerren, doch er war glitschig von Schweiß und wand sich wie in einem Albtraum. Jemand drängte sich neben sie und half ihr ziehen, und gemeinsam schafften sie es, Jonas aus dem ärgsten Gewühl an einen Ort ein Stück außerhalb zu schleifen. Nach den irrsinnigen Vorgängen der letzten Minuten überraschte es Sam nur ein wenig, als sie entdeckte, dass ihr Helfer Felix Jongleur war.

»Wir müssen hier weg«, fauchte er. »Ich habe über diese Version von Finney und Mudd keine Gewalt. Wo sind deine Freunde?«

Sam schüttelte den Kopf. Es erschien ihr unmöglich, irgendjemanden in dem Chaos ausfindig zu machen, wo sie nur mit Mühe und Not imstande war, sich auf den Beinen zu halten und zu verhindern, dass Paul von kopflos fliehenden Feen und Zwergen zertrampelt wurde.

»Fredericks!« Martine schrie abermals nach ihr, aber diesmal erspähte Sam sie, mit mehreren anderen zusammengedrängt, etwa fünfzehn Meter weiter in einer Senke direkt am Ufer, die nur eine Handbreit über der Oberfläche des Brunnens zu liegen schien. Sam bückte sich, fasste Paul unter den Achseln und hob unter Aufbietung aller Kraft seinen Oberkörper hoch. Sein Kopf wackelte schlaff hin und her, doch seine Augen waren offen und himmelwärts gerichtet. Jongleur nahm die Füße, und halb trugen, halb zogen sie ihn zu der Stelle, wo Martine und die anderen sich kurzfristig vor dem Schlimmsten in Sicherheit gebracht hatten.

Paul Jonas' Gesicht drehte sich ihr zu. Einen Moment lang schienen seine Augen sie wahrzunehmen.

»Sag ihm, er soll das Fenster ausschalten …«, beschwor er sie, als wäre das eine nahe liegende und vernünftige Bitte, dann rutschten seine Augen nach oben, und über seine Lippen kam nur noch sinnloses Gemurmel.

Sie waren schon ein gutes Stück weit mit ihrer Last gewankt, als plötzlich eine Hand Sam am Fußgelenk fasste und sie zu Boden riss.

»Hol die Prinzessin wieder!«, zischte eine Stimme hinter ihr. Sie versuchte wegzukriechen, doch der schmerzhafte Griff an ihrem Bein war zu stark: Sie wurde auf den Rücken geschleudert, als ob sie ein Scheuerlappen wäre. »Wir wollen die Prinzessin!«, herrschte der spannenlange Hansel sie an und schüttelte etwas mit drohender Gebärde. Es war ein anderes Opfer – ein kleiner, grün gekleideter Mann mit vorquellenden Augen, den der Unhold mit der zweiten Hand am Hals gepackt hatte. Mit seinem blinden Gesicht, das gemasert war wie altes weißes Holz, beugte sich das Hanselmonster nahe heran. Obwohl sie vor Schreck keinen Ton herausbrachte, trat Sam heftig aus, doch sie konnte die knorrigen Finger nicht lockern. Der baumhohe Kerl riss sie empor und ließ sie kopfunter baumeln, dann richtete er seine Aufmerksamkeit auf das zappelnde Männlein in Grün. Er drückte diesem sacht, wie versuchsweise den Hals zu und beobachtete interessiert, wie das Zappeln seines Opfers erst schneller und dann langsamer wurde.

»Das Schwert!«, schrie Felix Jongleur. »Gib mir das Schwert!«

Mit leiser Verwunderung darüber, dass der alte Mann sich an das abgebrochene Schwert erinnerte, sie aber nicht, zerrte sie es aus dem Gürtel und ließ es zu Boden fallen. Jongleur griff es sich mit einem derart triumphierenden Blick, dass Sam sich sofort für ihre Dummheit verfluchte.

Na, den sehen wir nicht wieder …, ging es ihr durch den dröhnenden, schmerzenden Schädel, während sie zwei Meter über dem Boden wie ein Pendel in der Luft schwang. Doch zu ihrer Überraschung machte Jongleur einen Satz und hackte mit aller Kraft nach der astharten Hand an ihrem Fuß. Der spannenlange Hansel, der immer noch fasziniert den Todeskampf seines anderen Opfers verfolgte, schien Jongleurs Angriff kaum zu registrieren, doch seine Finger öffneten sich abrupt. Sam stürzte so hart auf den Boden, dass sie einen Moment lang nicht mehr wusste, wo oben und unten war.

»Schnell!«, rief Jongleur. »Hilf mir mit Jonas!«

Ganz schwindlig im Kopf rappelte Sam sich auf. Abermals hoben sie Paul hoch und drängten sich zwischen jammernden und schluchzenden Flüchtlingen hindurch zum Rand des Brunnens. Hände streckten sich aus der kleinen Vertiefung am Ufer empor und nahmen Paul entgegen, dann kletterte Sam mit Hilfe von unten über die Kante auf ein zwei Meter tiefer liegendes schmales Gesims, das höchstens drei Schritte breit und zwölf Schritte lang war und von dem aus die flimmernde Oberfläche des Brunnens zum Greifen nahe war. Jongleur kam hinter ihr her und hockte sich schwer atmend neben sie auf das kleine Plateau, ohne die verblüfften oder gar feindseligen Blicke der anderen zu beachten.

Martine, Florimel, T4b, sogar Bonnie Mae und Nandi waren bereits auf dem Gesims versammelt, und auf einigen hockten die schnatternden Äffchen der Bösen Bande. Der fremde Junge namens Cho-Cho hatte sich an Martine gekuschelt, den Rücken an die graue Erde gelehnt, die Augen schreckensweit aufgerissen.

»Sollen wir einfach hier warten, bis sie uns finden?«, flüsterte Bonnie Mae Simpkins atemlos.

»Was sind das für Bestien?«, fragte Florimel. »Woher sind sie auf einmal gekommen?«

Nandi Paradivasch richtete seinen Blick auf Paul, der neben Sams Füßen lag, nach wie vor von Traumgesichten gequält. »Es sind Kopien der echten Zwillinge, der Männer, die Jonas durch das Netzwerk verfolgt haben. Anscheinend gibt es viele von diesen Duplikaten, alle beherrscht vom Verlangen nach Jongleurs Tochter, aber in der Regel harmlos. Dread hat das System in der Gewalt, auch wenn der Andere ihn im Augenblick noch in Schach hält. Er wird einen Weg gefunden haben, diese Kopien umzufunktionieren.«

»Aber warum?«, rief Florimel aus. Sie zuckte zusammen, als ein lang gezogener Schrei durch die ohnehin schon furchtbare Geräuschkulisse über ihnen schnitt, zupfte sich ein nervös hampelndes Äffchen von der Stirn und setzte es sich auf die Schulter. »Auf die Art kann er doch das Betriebssystem nicht zerstören, er bringt bloß die Kinder um! Ist er schlicht wahnsinnig?«

»Er will, dass wir aufgeben«, sagte Martine mit schleppender, hohler Stimme. »Er will uns zwingen, um der Kinder willen zu kapitulieren.«

»Aber selbst wenn wir das machen, wird er sie nicht am Leben lassen.« Sam fuchtelte mit den Händen, damit die anderen ihr zuhörten. »Er wird das Betriebssystem vernichten! Dann sterben sie alle mit!«

»Vielleicht … vielleicht ist Dread intelligenter, als wir es ihm zutrauen.« Martine klang erschreckend ausgebrannt, als ob ihr schon alles gleichgültig wäre. Es machte Sam Angst. »Er war sichtlich verdutzt und sehr verärgert, als er feststellen musste, dass der Andere sich ihm weiterhin widersetzt, aber wenn er ihn völlig zerstört, verliert er die Kontrolle über das Netzwerk. Vielleicht rechnet er gar nicht damit, uns aus der Reserve zu locken. Vielleicht tut er den Kindern, die der Andere beschützt, diese ganzen Greuel an, weil er das Betriebssystem zum Wahnsinn treiben will.«

»Habt ihr denn alle gar kein Herz?«, rief Florimel verzweifelt über den Lärm hinweg. »Das sind unsere Kinder da oben! *Unsere Kinder!* Und diese Bestien morden sie in einem fort! Meine Tochter Eirene – ich kann sie jetzt in diesem Moment neben mir fühlen, kann ihren wirklichen Körper neben meinem fühlen, ich schwöre es! Sie muss Todesängste ausstehen, ihr Herz rast wie verrückt! Der Teil von ihr, den der Andere entführt hat, muss auch dort oben sein – und diese Ungeheuer werden sie ermorden!«

Und wer mag sonst noch da oben bei ihr sein? überlegte Sam unglücklich. *Wer sonst wird gerade unmittelbar neben uns zermalmt und gefressen? Renies Bruder? T4bs Freund? Der arme Junge, der sich in Mittland Senbar-Flay nannte?* Eine große, kalte Hoffnungslosigkeit legte sich über sie. Es hatte alles keinen Zweck mehr. Wenn sie ein gemeinsames Ziel gehabt hatten, dann dies, die Kinder zu retten und lebendig wieder aus dem Netzwerk herauszukommen. Mit beidem standen sie kurz vor dem Scheitern.

»Was sollen wir tun?«, rief Bonnie Mae mit gepresster, drängender Stimme. »Wir können nicht zulassen, dass sie weiter die unschuldigen Kindlein abschlachten!«

»Prinzessin!« Die wabbelnde Masse der nudeldicken Dirn tauchte nur wenige Meter entfernt am Ufer auf. Sam und ihre Freunde duckten sich in den Schatten, doch das unförmige Gesicht glotzte auf die weite, pulsende Fläche hinaus und sah sie gar nicht. Die geifernde Stimme klang überhaupt nicht mehr menschlich. »Komm zu uns zurück, Prinzessin, wir wollen dich auffressen!«

Ihr spindeldürrer Genosse trat hinter ihr an den Rand des Kraters und bewegte sich dann daran entlang, wobei er alles packte und erdrosselte, was er erwischen konnte. Er kam direkt auf ihr Versteck zu. Auch wenn er nicht wusste, dass sie dort waren, musste er in wenigen Sekunden zwangsläufig auf sie stoßen. »Wir morden, bis du uns fütterst«, knarrte er. »Bis du uns fütterst.«

Bonnie Mae hatte wieder angefangen zu beten. Fast gelähmt vor Furcht starrte Sam die riesigen Zwillinge an und wandte dann den Kopf ab. Auch sie hätte am liebsten die Augen geschlossen – nicht um zu beten, sondern damit sie die Ungeheuer nicht sehen musste, die sie alle gleich umbringen würden. Doch stattdessen blickte sie auf einen sich ausbreitenden dunklen Fleck im Brunnen, eine Düsternis, die in Wellen von einem ufernahen Punkt ausging und die pulsierenden Lichter nach und nach überdeckte.

Es stirbt wirklich, dachte sie. *Wir werden alle im Dunkeln sterben ...!* Da erregte etwas Anderes ihre Aufmerksamkeit. Ein Strom kleinerer Lichter sprudelte durch die Dunkelheit nach oben, winzige strahlende Bläschen, die mit jeder Sekunde mehr wurden.

»Seht«, sagte sie leise. Dann ging ihr auf, dass niemand sie hören konnte. *»Seht doch!«*

Etwas stieg in dem aufgewühlten Meer empor. *Noch mal der Engel?* fragte sich Sam. *Der Andere? Kommt jetzt zum Schluss der Andere selbst hoch?* Aber es fühlte sich nicht so an, hatte überhaupt nichts von der Kälte jener ungeheuren Erscheinung, die sie seinerzeit im Gefrierfach heimgesucht hatte. Es war viel kleiner und sah mehr nach einem Menschen aus – sie nahm schon einen ungefähren Umriss wahr, eine trübe Silhouette, die inmitten der perlenden Lichter nach oben schwamm.

Der Schwimmer, der die Oberfläche des Brunnens durchstieß und an Land kletterte, war ein Mann mit einem schlanken, muskulösen Körper, der an manchen Stellen noch phosphoreszierte. Die Lichter des Brunnens schimmerten nur mehr ganz schwach, selbst die riesenhaften Zwillinge waren schattenhafte, undeutliche Gestalten geworden. Mit den Lichtspuren, die ihm am Leib klebten, war der den Wellen entstiegene Mann das Hellste weit und breit, und aller Augen richteten sich auf ihn. Einen ernüchternden Augenblick lang meinte Sam, es wäre Ricardo Klement, doch dann drehte er sich um, zückte sein Schwert und hob den Kopf, so dass sie sein Profil sehen konnte, seine lange schwarze Mähne. Ihr Herz explodierte schier vor Überraschung und Glück.

Die Kinder der Bösen Bande flogen laut kreischend auf. *»Landogarner! Landogarner!«*

»Orlando!«, schrie Sam. »O mein Gott, es ist Orlando!«

Das Brüllen der Mörder und ihrer Opfer war verstummt, doch falls der neu Erschienene Sams Ruf gehört hatte, ließ er es sich nicht anmerken. Er wandte sich den Zwillingen zu und richtete halb grüßend, halb drohend sein Schwert auf sie. Die Bestie, die einmal der spannenlange

Hansel gewesen war, stieß einen keuchenden Laut aus – Sam brauchte einen Moment, bis sie darin ein erregtes Lachen erkannte – und stürzte auf ihn zu. Schlagartig leuchteten die Lichter des Brunnens wieder auf und tauchten die Welt erneut in ein dämmeriges Zwielicht.

Sam war schon dabei, über den Rand ihres Uferasyls zu klettern, als jemand sie am Bein packte und zurückzerrte. Sie schrie zornig auf und schlug ungestüm auf die haltende Hand ein, weil sie meinte, es wäre Jongleur, doch es war Nandi Paradivasch, dessen Gesicht im Licht des Brunnens wie grauer Marmor aussah.

»Lass ihn«, redete er ihr zu. »Das ist sein Kampf, denke ich.«

»Ach, Fen-fen! Ich muss ihm helfen ...!« Sie trat aus, doch da fasste Florimel ihr anderes Bein und hielt eisern fest.

»Nein, Sam«, widersprach sie. »Wir anderen wären ihm nur hinderlich. Sieh doch!«

»Ja, sieh«, sagte Martine. »Der Andere führt seinen Ritter ins Feld.«

Sam hatte keine Ahnung, was sie damit meinte, und es war ihr auch egal; sie wollte nichts weiter, als sich den Händen ihrer Freunde entwinden. Mit einer Geschwindigkeit, die sie seit den Tagen in Mittland nicht mehr gesehen hatte, war Orlandos Thargorkörper auf seinen um vieles größeren Gegner zugesprungen. Blitzschnell, so dass es in dem Halbdunkel kaum zu sehen war, hatte er mit dem Schwert drei harte Streiche gegen die Beine des spannenlangen Hansels geführt, ehe dieser ihn richtig attackieren konnte, und ihn mitten im Schlag ins Wanken gebracht. Dennoch zischten die zweigartigen Finger nur knapp an Orlando vorbei und hätten ihm den Kopf von den Schultern gerissen, wenn er sich nicht zu Boden geworfen hätte.

Die anderen drängten hinter ihr aufgeregt heran, aber Sam konnte nicht die Augen von der Szene abwenden. Es war ein Traum, ein Albtraum – Orlando! In einem Kampf auf Leben und Tod!

Doch etwas an ihm war anders, erkannte sie jetzt, nicht nur seine Schnelligkeit, auch seine Gestalt. Sein Körper war nicht der Thargor aus den letzten Spieltagen in Mittland, der vernarbte, kampferprobte Veteran von hundert Schlachten, und auch nicht die jüngere Version, zu der er beim Eintritt in das Otherlandnetzwerk geworden war. Dieser neue Thargor war muskelbepackt wie gewohnt, aber dabei geschmeidiger und behender, als er in Mittland jemals gewesen war, so dass Sam den Eindruck hatte, eine ihr bisher unbekannte Version zu sehen, einen jünglingshaften Thargor, der nur in Orlandos Fantasie existiert hatte.

Das größere Gewicht der älteren Versionen hatte allerdings auch seine Vorteile gehabt, denn gerade verpasste ihm sein Gegner einen überraschenden Schlag mit dem Handrücken, der ihn durch die Luft segeln ließ und wenige Meter vor der aufgedunsenen Gestalt der nudeldicken Dirn auf die Erde schmetterte. Das zweite Monster kam mit erstaunlicher Geschwindigkeit angewabbelt, reckte sich auf und klappte dann über ihm ab wie ein Berg aus lebendiger Gallertmasse. Sam blieb fast das Herz stehen, denn sie dachte, Orlando wäre in dem ungeheuren Maul verschwunden, stattdessen jedoch stach plötzlich seine Schwertklinge an der Seite durch den Kopf der Bestie, und sie prallte mit einem blubbernden Gebrüll zurück. Orlando hatte sich vor dem tödlichen Zuschnappen zur Seite geworfen und hechtete jetzt unter einem zweiten Schlag des spannenlangen Hansels hindurch, der herangeeilt war, um ihn zu fassen, solange er mit der anderen Gegnerin beschäftigt war.

Diese griff nun abermals an, obwohl ihr Kopf überströmt war von einer ekligen Flüssigkeit, die aus ihrer Wunde rann, so dass er zwischen den beiden in der Zange saß. Die Scheusale hatten ihre Lektion gelernt und rückten jetzt mit größerer Vorsicht gegen ihn vor. Er wich zurück, um mehr Manövrierraum zu gewinnen, doch er hatte den Brunnen im Rücken, und es wurde eng für ihn.

Sams Freude war in ohnmächtige Verzweiflung umgeschlagen. Es war ausgeschlossen, dass er sie beide besiegte. Sie musste ihn zum zweitenmal sterben sehen. Sie schlug auf die Hände ein, die sie festhielten, doch ihre Freunde ließen nicht los. »Lauf!«, schrie sie. »Lauf, Orlando!«

Er trat einen letzten Schritt zurück. Als er den Rand des Brunnens unter der Ferse spürte, warf er einen raschen Blick hinter sich auf das flackernde Wandelmeer. Sein beklommener Ausdruck verriet Sam eine schreckliche Wahrheit: Er war zwar daraus hervorgegangen, aber wenn er wieder darin eintauchte, war es endgültig aus mit ihm.

Er wird sich wieder auflösen, wenn er reinfällt, dachte sie zu Tode erschrocken, *er wird verschwinden.* Sie wusste nicht, woher sie ihre Gewissheit nahm, aber sie war sich ganz sicher: Es war nicht mehr genug Energie im Brunnen übrig, um ihn noch einmal hervorzubringen.

Hervorbringen? Aber das ist doch Orlando, mein Orlando, wie er leibt und lebt ...!

Das Hanselmonster humpelte auf seinen verwundeten Beinen gegen ihn an und schwenkte seine Arme wie riesenhafte Besen, um ihn schlicht und einfach über den Rand zu fegen. Aller Rückzugsmöglichkeiten beraubt tat er das Einzige, was ihm noch übrig blieb: Er sprang nach vorn zwischen den hauenden Händen hindurch und rollte wie eine Bowlingkugel mit voller Wucht gegen die dürren Beine. Ein Bein brach mit einem trockenen Knacken, und der Unhold taumelte und stieß ein schrilles Wutgeheul aus. Er hinkte einen Schritt, fing sich und wollte schon zulangen, doch Orlando war inzwischen hinter ihm und durchtrennte ihm das gebrochene Bein mit einem beidhändig geführten Schlag. Dann warf er sich mit seinem ganzen Gewicht gegen den auf einem Bein kippelnden Riesen und stieß ihn über die Kante.

Noch im Fallen jedoch gelang es dem spannenlangen Hansel, sich in der weichen Erde am Rand festzukrallen, und sein unverletztes Bein strampelte heftig über den aufgewühlten Wellen. Er war sogar schon dabei, sich wieder hochzuziehen, da duckte sich Orlando unter einem wuchtigen Schwinger der anderen Bestie weg und zerhackte die grapschenden Finger. Zischend und pfeifend wie ein kochender Hummer glitt das Ungetüm in die pulsierenden Tiefen, kämpfte sich noch einmal mit wild fuchtelnden Armen nach oben und verging zuletzt in der flirrenden Masse, die den Brunnen füllte.

Doch schon baute sich die monströse, gallertartige Gestalt der nudeldicken Dirn wutschnaubend hinter Orlando auf. Nur um Haaresbreite konnte er ausweichen, als ihre Faust wie ein gigantischer Hammer aus Weichgummi niederdonnerte. Mit einem blitzschnellen Herumglitschen schnitt sie ihm den Fluchtweg ab, reckte sich abermals in die Höhe und riss ihr Maul sperrangelweit auf, so dass sie wie eine ungeheure, fettwuchernde Handpuppe aussah. Doch ehe sie abklappen und Orlando zermalmen konnte, rammte dieser ihr seine Klinge tief in den Wanst und sprang augenblicklich zur Seite, ohne das Schwert loszulassen. Prall traten seine Muskeln hervor, als er es durch das gummiartige Fleisch zog, und in dem Moment ließ sich das Scheusal auf ihn fallen.

Sams Herz stockte vor Schreck und schlug erst wieder, als sie Orlando schleimbedeckt unter der schwabbeligen Masse hervorrobben sah. Die Wut der schrill heulenden Bestie kippte um in Schmerz und

Angst. Sie wuchtete sich abermals hoch, doch eine zähe Flüssigkeit quoll aus dem langen Riss quer über ihrem Bauch. Die nudeldicke Dirn wankte und wurde schlaff wie ein angestochener Luftballon, dann fiel sie zu einem glibberigen Klumpen zusammen und rutschte über den Rand in den Brunnen.

Sam war bereits hochgeklettert und drängte sich durch die Masse der wie vom Donner gerührten Flüchtlinge, ohne auf die Toten und Sterbenden zu achten, über die sie hinwegspringen musste. Orlando wandte sich vom Brunnen ab, taumelte und sank auf die Knie.

»Orlando!«, schrie sie. »Oh, dsang, Gardiner, bist du's wirklich?« Sie kniete sich neben ihn und schlang die Arme um ihn. »Stirb nicht, hörst du, trau dich ja nicht zu sterben! O Gott, ich wusste, dass du nicht tot sein konntest. Du bist zurückgekehrt! Wie Gandalf! Du bist voll zurückgekehrt!«

Er wandte sich ihr zu und blickte sie an. Einen Moment lang schien er sie nicht zu erkennen, und ihr krampfte sich der Magen zusammen. Dann lächelte er. Es war ein klägliches, müdes Lächeln, doch ihr kam es vor, als hätte sie im ganzen Leben noch nie so etwas Wunderbares gesehen. »Aber ich *bin* tot, Fredericks«, sagte er. »Echt.«

»Nein, bist du nicht!« Sie umarmte ihn, so fest sie konnte. Sie weinte und plapperte wirres Zeug, doch es war ihr ganz egal. Er lebte, er lebte! Die anderen kamen nun gleichfalls angelaufen, doch sie wollte ihn nicht loslassen, nie mehr. »Nein, bist du nicht. Du bist hier.«

Eine ganze Weile blieben sie so, dann lehnte er sich ein wenig zurück. »Gandalf?« Er musterte sie kritisch, seinerseits gegen die Tränen anzwinkernd, und schließlich musste er lachen. »Verdammt, du hast es doch gelesen. Du hast es gelesen, ohne mir was davon zu sagen. Du bist so ein Oberscänner, Fredericks.« Und dann wurde er in ihren Armen ohnmächtig.

Kapitel 42
UNERWARTETE GEMEINSAMKEITEN

NETFEED/NACHRICHTEN:
Arme Länder bieten sich als Gefängnisse an
(Bild: neue Anstalt in Totness)
Off-Stimme: Die Regierungen armer Staaten wie Surinam und Trinidad und Tobago konkurrieren um den Gefangenenüberschuss aus den Vereinigten Staaten und Europa, wo die Häftlingszahlen schneller steigen, als Anstalten gebaut werden können. Doch in vielen dieser kleinen Länder formiert sich entschlossener Widerstand.
(Bild: Vicenta Omarid, Vizevorsitzende von Resistid!)
Omarid: "Unser Land ist keine Deponie für Gifte gleich welcher Art, seien es Abfälle oder Menschen. Die Staaten der Ersten Welt wollen unsere Bürger genauso zynisch ausbeuten wie ihre eigenen und versuchen jetzt, die Folgen ihrer Armenverfolgungspolitik zu vertuschen, indem sie hungernden Staaten wie Trinidad und Tobago finanzielle Versprechungen machen …"

> Zuerst hatte Sellars keine Ahnung, wo er war. Er war tief auf einem gepolsterten Sitz eingesunken, der sich eher wie ein Mutterschoß als wie ein Sessel anfühlte, umfangen, geborgen, versorgt. In dem großen Fenster vor ihm brannten helle Lichtpunkte, und er spürte die nahezu lautlose Vibration der Triebwerke – nein, er spürte nicht nur die Vibration, wurde ihm klar, sondern registrierte ganz unmittelbar und bis ins kleinste Detail, wie der Antiprotonenantrieb und die Millionen

anderer Funktionen des Raumschiffes arbeiteten, die alle in sein verändertes Nervensystem eingespeist wurden. Er flog durch die Sternennacht.

»Es ist die *Sally Ride*«, murmelte er. *Mein Schiff …! Mein schönes Schiff!*

Aber irgendetwas stimmte nicht.

Wieso bin ich hier? Erinnerungen schossen in ihn ein, ein Kaleidoskop von Situationen, von Feuer und Schrecken, gefolgt von Jahren des Eingesperrtseins. Erinnerungen an eine Vergangenheit, in der diese silberne Perle in einem Hangar in South Dakota zu einem Wrack geworden war, ohne jemals oberhalb der unteren Ionosphäre geflogen zu sein.

Aber die Sterne …! Da sind sie, überlebensgroß. Kann es sein, dass alles, was ich für real gehalten habe, die Vernichtung von PEREGRINE, meine lange Gefangenschaft, dass alles bloß ein Traum war, ein Albtraum während meines Tiefkühlschlafes?

Er wollte es glauben. Er wollte es so sehr glauben, dass er es förmlich schmecken konnte. Wenn dies jetzt real war, dann waren auch seine qualvollen fünf Jahrzehnte als Krüppel nichts als eine Einbildung, die er sich nur aus dem Kopf schlagen musste, um mit seinem Schiff und den endlosen gestirnten Weiten allein zu sein.

»Nein«, sagte er. »Das ist alles nicht wirklich. Du hast meine Abwehr durchbrochen. Du hast das irgendwie aus meinem Kopf genommen.«

Eine ganze Weile hörte er nur das Summen der Triebwerke. Die Sterne flogen am Fenster vorbei wie Schneeflocken. Dann meldete sich das Schiff.

»Bleib«, sagte es. »Bleib bei … ihm hier.« Er kannte die Stimme natürlich von früher, hatte sie bei zahllosen Tests gehört, die eigentümlich geschlechtslosen, computergenerierten Töne seines Raumschiffs. »Er hier ist einsam.«

Es ging ihm zu Herzen. Nach der Katastrophe in Sand Creek hatte er das Schiff aus seinen Gedanken verbannt wie eine tote Geliebte. Nach all diesen Jahren seine Stimme zu hören war ein Wunder. Aber er war misstrauisch. Wollte das Betriebssystem des Gralsnetzwerks, das diesen Traum in seinem Kopf fabrizierte, wirklich nur reden? Sellars hatte das Ding so lange bekämpft, dass er es kaum glauben konnte. »Ich weiß, dass dies alles nicht wirklich ist«, sagte er. »Aber warum machst du das?

Warum hast du mich nicht einfach getötet, als du mich überwältigt hattest?«

»Du … bist anders«, erwiderte die mechanische Schiffsstimme. Draußen vor der dicken Scheibe ging das Sternengestöber weiter. »Du bestehst aus Licht und Zahlen. Wie er hier.«

Meine Verkabelung, meine inneren Systeme. Hält es mich wirklich für ein Ding, wie es selbst eines ist? Kann es sein, dass es bloß eine … eine verwandte Seele sucht? Er konnte nicht glauben, dass es nur das sein sollte – das Betriebssystem wusste schon seit langer Zeit von ihm, hatte ihn bei jedem Eindringen genauso sorgfältig studiert, wie er es seinerseits studiert hatte. Warum hatte es sich so viel Zeit gelassen, Kontakt zu ihm aufzunehmen? Waren seine eigenen Abwehrmechanismen der einzige Hinderungsgrund gewesen? Oder lag es an noch etwas Anderem?

Sellars war ratlos und erschöpft. Der verführerische Traum, die Erfüllung seines innigsten Wunsches, der schon vor Langem zu Asche verbrannt war, erschwerte ihm die Konzentration außerordentlich.

»Die Sterne«, sagte das Ding, als ahnte es seinen Gedanken. »Kennst du die Sterne?«

»Früher habe ich sie gekannt«, antwortete Sellars. »Ich dachte, ich würde mein Leben in ihrer Nachbarschaft verbringen.«

»Sehr einsam«, sagte die Stimme des Raumschiffs.

Das, wenn sonst nichts, war echt menschlich. Kein Sprechprogramm der Welt brachte eine derart abgrundtiefe Trostlosigkeit zustande. »Manche Leute sehen das anders«, sagte er beinahe freundlich.

»Einsam. Leer. Kalt.«

Sellars setzte zu einer Antwort an – es war schwer, eine solche kindliche Verzweiflung zu hören und nicht etwas Tröstendes zu sagen –, aber die Erfahrung verlor langsam ihre Traumhaftigkeit, und immer mehr verstörte ihn ihre Widersinnigkeit.

Wenn es bloß mit mir reden wollte, warum gerade jetzt? Es ist schon lange imstande, über das Netzwerk hinauszugreifen, man denke nur daran, wie es in Mister J's in Erscheinung getreten ist, an die Art, wie es andere Systeme in der wirklichen Welt sondiert hat. Wieso hat es mich nicht einfach kontaktiert, statt abzuwarten, bis ich ins Gralsnetzwerk einzudringen versuchte? Und selbst wenn es das aus irgendeinem Grund abwarten musste, warum hat es dann bis jetzt gezögert? Ich war doch früher schon viele Male drin. Er bemühte sich zu rekonstruieren, was unmittelbar vor der Kontaktaufnahme geschehen war. *Wir haben gekämpft, wenigstens habe ich mit seinen Sicherheitsroutinen gekämpft. Dann bin ich kurz weggegangen, um die Anzapfung zu öffnen … und dann kamen die Informationen aus dem Gralsnetzwerk, dieser ungeheure, überwältigende Datenstrom. Genau in dem Moment hat es mich wieder angegriffen und meine Abwehr weggefegt.*

Als ich die Anzapfung geöffnet habe.

»Du und er hier, wir sind gleich«, sagte die Schiffsstimme plötzlich. Sie klang beinahe ängstlich.

»Du hast mich benutzt, nicht wahr?« Sellars nickte. »Du ausgefuchster Teufel. Du hast gewartet, bis ich in Jongleurs System drin war, und hast dich dann an meine Verbindung gehängt. Da gab es irgendetwas, womit du nicht allein fertigwurdest, stimmt's? Etwas, das eigens dazu gedacht war, dich abzuhalten. Und ich musste am Leben und mit dir verbunden sein, damit du hineinkonntest.« Kaum hatte er das verstanden, ergriff ihn eine tiefere Furcht. Was hatte sein Widersacher mit seinem zähen, heimtückischen Ringen erreichen wollen? Was führte er jetzt im Schilde, wo er ihn mit einer Montage aus Erinnerungsteilen unterhielt?

Und was würde er mit ihm machen, wenn er ihn nicht mehr brauchte?

»Nein. Einsam im Dunkeln. Will nicht mehr hier sein.« Die mechanische Stimme verzerrte sich zusehends.

»Dann lass dir helfen«, bat Sellars. »Du hast gesagt, ich sei wie du. Gib mir eine Chance! Ich will dasselbe wie du – ich will die Kinder in Sicherheit bringen.«

»Keine Sicherheit«, kam flüsternd die Antwort. Selbst die Sterne vor dem Fenster wurden langsam fahl, als ob die *Sally Ride* jetzt schneller flog als dieses Licht aus uralten Zeiten. *»Zu spät. Zu spät für die Kinder.«*

»Welche Kinder?«, fragte er scharf.

»Alle Kinder.«

»Was hast du getan?«, fragte Sellars. »Wie hast du mich benutzt? Wenn du es mir sagst, kann ich dir vielleicht noch irgendwie helfen – oder wenigstens den Kindern.«

»Keine Hilfe«, sagte das Ding traurig, dann begann es, mit klagender, stockender Stimme zu singen.

»Ein Engel hat mich angerührt,
Ein Engel hat mich angerührt,
Der Fluss hat mich gewaschen ...«

Sellars kannte weder den Text noch die einfache Melodie. »Ich verstehe dich nicht. Sag mir einfach, was du getan hast. Warum hast du mich hier festgehalten? *Was hast du getan?«*

Wieder begann es zu singen. Diesmal erkannte Sellars das Lied.

»Schlaf, Kindlein, schlaf!
Der Vater hüt' die Schaf ...«

Und dann war das Raumschiff fort, die Sterne waren fort, alles war fort, und er war in die bekannte Umgebung seines Gartens zurückversetzt.

Aber es war kein Garten mehr, wenigstens nicht der überschaubare, begrenzte Raum, den er so lange gepflegt hatte. Jetzt erstreckte er sich kilometerweit in alle Richtungen, wie es aussah, weiter als die Parks in Kensington oder Versailles, ein unglaublich chaotisches Pflanzengewirr.

Er hat gehalten, erkannte Sellars. *Mein Garten hat die Daten aus dem Otherlandnetzwerk absorbiert und hat gehalten. Und ich bin auch noch am Leben. Der Andere hat getan, was er tun wollte, und mich dann wieder freigelassen.* Er vergewisserte sich, ob seine Verbindung zum Netzwerk noch bestand, ob er noch Kontakt zu Cho-Cho hatte, und stellte erleichtert fest, dass es so war.

Aber was hat das Betriebssystem gemacht? fragte er sich. *Was hat es gewollt?*

Er stürzte sich auf die riesigen Datenfelder mit Informationsmengen, an deren eingehender Analyse ein Spezialistenteam jahrelang zu tun gehabt hätte. Er aber war allein, und er hatte keine Jahre dafür, nicht einmal Monate. Wahrscheinlich, vermutete er, blieben ihm nur ein oder zwei Tage, bis alles total auseinanderfiel.

Es dauerte nicht lange, bis er Aufschluss bekam, wenigstens teilweise. Als er die jüngsten Vorgänge im und um das Otherlandnetzwerk überflog, wobei er sich aus Zeitgründen auf das beschränkte, was geschehen war, seit er die Anzapfung geöffnet hatte, und sich dann hastig durch die Dateien der Gralsbruderschaft wühlte, um seinen Verdacht zu bestätigen, entdeckte er, was das Betriebssystem war und was es getan hatte.

Es war viel schlimmer, als er befürchtet hatte. Ihm blieben keine Tage mehr. Wenn er Glück hatte, blieben ihm drei Stunden, um seine Verbündeten und zahllose andere Unschuldige zu retten.

Mit irrsinnig viel Glück möglicherweise sogar vier.

> Soweit es ging, richteten sie sich zwischen den Trümmern von Azadors Zigeunersiedlung ein. Die zerbrochenen Gerippe der Wagen ragten in dem Halbdunkel auf wie die Skelette fremdartiger Tiere. Zerschmetterte und zerrissene Leichen von Märchenwesen lagen überall herum. Viele der Überreste waren von Freunden geborgen und weggebracht worden, und die Zigeuner hatten ihre getöteten Angehörigen am Rande des Lagers ausgelegt und mit bunten Decken verhüllt, doch viele Leichen waren unbetrauert und unbestattet geblieben. Paul ertrug es kaum hinzuschauen. In gewisser Weise war es ein Segen, dass der Brunnen erstarb, das Licht erlosch.

Das Meer war mittlerweile fast völlig dunkel, die strahlenden Lichter, die vorher darin getanzt hatten, brachten es nur noch zu einem müden Flackern, das den sich darüber wölbenden grauen Wolkenkokon kaum anzuhauchen vermochte. Selbst die spärlichen Lagerfeuer schienen heller als der Brunnen. Die zunehmende Dunkelheit beiderseits der Barriere hatte noch einen anderen Vorteil: Paul bezweifelte nicht, dass Dread nach wie vor hinter der Wolkenwand lauerte, aber wenigstens mussten sie nicht mehr mit ansehen, wie diese menschgestalte Verkörperung schwärzester Nacht auf der anderen Seite gelassen hin und her patrouillierte.

Aus seiner Kindheit kam ihm eine Bibelstelle in den Sinn. *»Wo kommst du her?« Der Satan antwortete dem Herrn und sprach: »Auf der Erde bin ich umhergestreift und hin und her gewandert.«*

Aber in diesem Universum gibt es zwei Satane, dachte Paul. *Und einer von ihnen ist hier. Bei uns.*

Er blickte Felix Jongleur an, der wie Paul ein Stück abseits vom Feuer und den anderen Überlebenden saß. Jongleur erwiderte den Blick. Ihre Gefährten schienen sich viel mehr für Orlando zu interessieren, der noch nicht wieder zu Bewusstsein gekommen war. Aber abgesehen davon, dass er tot gewesen war – ein Zustand, den Paul bis dahin eigentlich für unheilbar gehalten hatte –, schien der Junge an nichts Schlimmerem zu leiden als an Überanstrengung.

Niemand beachtet mich, dachte er. *Außer dem Mann, der mich umbringen wollte. Aber warum sollten sie auch? Sie wissen nicht, was ich weiß.*

Ihm war alles wieder ins Gedächtnis zurückgekehrt, nicht bloß die fürchterlichen letzten Augenblicke im Turm, sondern auch die vielen kleinen fehlenden Stücke, die alltägliche Langeweile und Routine, alles, was ihm durch den hypnotischen Block unzugänglich gewesen war.

»Sie ist tot«, sagte er zu Jongleur. »Ava war die ganze Zeit schon tot, stimmt's?«

»Dann sind deine Erinnerungen jetzt aufgeschlossen.« Jongleur sprach langsam. »Ja, sie ist tot.«

»Warum war sie dann hier? Warum hat sie nicht aufgehört ... mir zu erscheinen?« Er sah sich über die Schulter nach den anderen um, die Orlando umdrängten. Sie waren nur wenige Meter entfernt, aber er fühlte sich so getrennt von ihnen, als wäre es hundertmal so weit. »War mit ihr etwas Ähnliches wie mit dem Jungen da, Orlando Gardiner?«

Jongleur warf ihm einen kurzen taxierenden Blick zu. Selbst der in seinen Augen funkelnde Feuerschein machte ihn nicht lebendiger. *Er sieht aus wie ausgestopft,* dachte Paul. *Als ob er Glasaugen hätte. Tote Augen.*

»Ich weiß es nicht«, antwortete Jongleur schließlich. »Ich weiß nicht, was mit dem Jungen ist, auch wenn ich einen Verdacht habe. Aber meine Avialle, als sie starb ... da waren nur noch Kopien von ihr übrig.«

»Kopien?« Obwohl er es halb erwartet hatte, sandte ihm das Wort einen eisigen Schauder über den Rücken.

»Aus früheren Versionen des Gralsprozesses. Gehirnscans aus verschiedenen Phasen. Alle nicht voll zufriedenstellend.« Er runzelte die Stirn, als wollte er einen langweiligen Wein zurückgehen lassen.

»Wie dieser Tinto in der venezianischen Simulation«, meinte Paul. »Ich hatte also recht.« Jongleur zog bei dem Namen eine Augenbraue hoch, sagte aber nichts. »Wie ist die ... wie ist Ava ... wie sind diese ganzen Avas in das System gelangt? Wieso ist sie mir ständig erschienen?«

Jongleur zuckte mit den Achseln. »Als ich nach ihrem Tod herausfand, dass diese ganzen gespeicherten Kopien, selbst die von Finney und Mudd, eingespeist worden waren, dachte ich erst an eine Funktionsstörung im Gralssystem. Es ist schließlich ein riesiges und ungeheuer komplexes Projekt.« Seine Augen verengten sich. »Mir war nicht klar, dass der Andere – das Betriebssystem – seine Fesseln gesprengt hatte und aus der Zwangsjacke des Netzwerks in mein privates System gelangt war. Selbst als ich ... sie zum ersten Mal in einer meiner Simulationen sah, begriff ich noch nicht, wie eine der Kopien sich in das Gralsnetzwerk verirrt hatte.« Sein Rücken straffte sich, und er spannte die Kiefermuskeln an; Paul hatte den Eindruck, dass er entweder großen Schmerz oder Zorn zu verbergen suchte. »Es war auf einem Besuch meiner elisabethanischen Simwelt. Ich sah sie in Southwark, in der Nähe des Globe Theatre, wo sie gerade von zwei Schurken verfolgt wurde, die wie Mudd und Finney aussahen. Ich fing die beiden und immobilisierte sie, um sie später genauer zu untersuchen, doch Avialle entkam. An dem Punkt erkannte ich, dass irgendjemand alle fehlenden Kopien in das Gralsnetzwerk eingeschleust haben musste, aber ich hatte immer noch nicht das Betriebssystem in Verdacht.«

»Dann sind ... alle Versionen der Zwillinge bloß Kopien?« Es war grässlich, diesem grausamen Mann, diesem Mörder Informationen aus der Nase zu ziehen, aber sein Verlangen nach Aufklärung war zu stark.

»Nein, Finney und Mudd gibt es noch. Nach ... dem, was mit Avialle geschah, wurden sie bestraft, eingesperrt, könnte man sagen, aber sie arbeiten weiterhin für mich. Sie waren es, die dich nach deiner Flucht durch ganz Otherland hetzten.«

»Aber warum, verdammt noch mal?« Der Zorn schoss ihm heiß das Rückgrat hinauf und brach wider Willen aus ihm hervor. Mit Mühe und Not gelang es ihm, sitzen zu bleiben. »Warum ich? Warum bin ich so verdammt wichtig?«

»Du? Du bist nichts. Aber meiner Avialle hast du etwas bedeutet.« Der alte Mann zog ein mürrisches Gesicht und senkte den Blick. »Die Kopien von ihr, diese ganzen Phantome, sie wurden von dir angezogen. Erst war mir das gar nicht klar. Nachdem Avialle dahin war, ließ ich dich aus dem Verkehr ziehen und einschläfern. Ich hatte noch viele Fragen zu dem, was vorgefallen war. Ich ließ dir eine Neurokanüle einsetzen und dich in eine meiner Simulationen im Gralsnetzwerk bringen, um ... Genaueres zu ermitteln.«

»Um mich zu foltern«, ereiferte sich Paul.

Jongleur zuckte mit den Achseln. »Nenne es, wie du willst. Physisch lebe ich praktisch nicht mehr. Ich wollte dich in einer mir genehmen Umgebung haben. Aber bald fiel mir auf, dass du die Aufmerksamkeit von … irgendetwas erregt hattest. Es entzog sich mir immer, aber es gelang mir, Spuren zu sichern. Es war Avialle – oder vielmehr die kopierten Versionen von Avialle. Sie wurden irgendwie von dir angezogen. Sie konnten dir nicht lange fernbleiben.«

»Sie hat mich geliebt«, sagte Paul.

»Halt den Mund! Du hast kein Recht, noch von ihr zu sprechen.«

»Es ist wahr. Und meine Sünde war, dass ich für sie in Wahrheit nur Mitleid empfinden konnte. Aber das ist immer noch mehr, als du von dir behaupten kannst, was?«

Bleich vor Wut sprang Jongleur auf und hob die geballten Fäuste. »Schwein. Ich sollte dich umbringen.«

Auch Paul erhob sich. »Versuch's doch! Na los, alle andern erdenklichen Scheußlichkeiten hast du mir schon angetan.«

Pauls Gefährten hatten sich zu ihnen umgedreht, als seine Auseinandersetzung mit Jongleur lauter geworden war. Azador eilte zu ihnen. »Aber, aber, meine Freunde, kein Streit mehr! Wir haben bereits einen Feind – meint ihr nicht, dass er für uns alle reicht?«

Paul winkte ab und setzte sich wieder. Azador flüsterte Jongleur etwas ins Ohr, dann begab er sich zu der um Orlando versammelten Gruppe zurück. Jongleur fixierte Paul eine ganze Weile, bevor er sich wieder niederließ. »Du wirst kein Wort mehr davon sagen«, erklärte er herrisch.

»Ich werde sagen, was ich will. Wenn du sie nicht eingesperrt und wie ein Museumsstück behandelt hättest, wäre das alles nicht geschehen.«

»Du begreifst nichts«, versetzte Jongleur, doch die Bissigkeit war aus seiner Stimme gewichen. »Gar nichts.«

Eine Zeit lang lauschte Paul nur dem fernen Zischen und Knacken des Feuers, der murmelnden Unterhaltung seiner Gefährten. »Du hast mich also in diesen simulierten Ersten Weltkrieg gesteckt«, sagte er schließlich. »Du hast mich bewachen lassen. Ich war der Köder.«

Jongleur betrachtete ihn wie aus großer Ferne. »Ich hoffte, sie anlocken und fangen zu können, ja. Vielleicht irgendwann genug Kopien für eine möglichst genaue Rekonstruktion der wirklichen Avialle beisammen zu haben.«

»Warum? War so was Normales wie väterliche Liebe die Ursache? Oder etwas Perfideres? Hast du es nur deswegen gemacht, weil sie dir gehörte und du dein rechtmäßiges Eigentum wiederhaben wolltest?«

Der alte Mann versteinerte. »Was in meinem Herzen ist ... geht niemanden etwas an.«

»Herz? Du hast ein Herz?« Er rechnete mit einem Wutausbruch, doch diesmal war Jongleur für eine Erwiderung anscheinend zu matt und verbittert. »Was sollte das Ganze dann? Das Haus, der Park, dieses ganze irrsinnige Museum, in dem die Zeit stillstand – was hast du damit bezweckt?«

Jongleur reagierte lange nicht. »Weißt du, was ein Uschebti ist?«, fragte er schließlich.

Paul schüttelte verwirrt den Kopf. »Ich kenne das Wort nicht.«

»Es spielt keine Rolle«, sagte Jongleur. »Überhaupt ist dieses ganze Gerede sinnlos. Wir werden beide bald tot sein. Wenn das System zusammenbricht, werden alle hier sterben.«

»Wenn es keine Rolle spielt, dann kannst du mir genauso gut die Wahrheit sagen.« Paul beugte sich vor. »Du wolltest mich umbringen, nicht wahr? Ava hatte recht damit. Du wolltest mich umbringen, mich zertreten wie einen Wurm. Stimmt's?«

Felix Jongleur musterte ihn mit einem langen, abschätzenden Blick, dann sah er wieder ins Feuer. »Ja.«

Paul setzte sich mit einem makabren kleinen Triumphgefühl zurück. »Aber warum?«

Jongleur schüttelte den Kopf. »Es war ein Fehler. Ein fehlgeschlagenes Projekt. Benannt wurde es nach den Uschebtis der ägyptischen Gräber, den kleinen Statuetten, die im Jenseits für den toten Pharao arbeiten sollten.«

»Da komm ich nicht ganz mit. Du wolltest, dass ich für dich arbeite, wenn du tot bist?«

Ein eisiges Lächeln zog über Jongleurs Gesicht. »Nicht du. Du nimmst dich selbst zu wichtig, Herr Jonas. Eine verbreitete Angewohnheit bei den Bewohnern deiner kleinen Insel.«

Paul schluckte eine scharfe Entgegnung hinunter. Der alte Franzose wollte also die Briten beleidigen – na schön. Er hatte niemals im Ernst mit der Möglichkeit gerechnet, mit dem Mann von Angesicht zu Angesicht reden zu können. Er durfte die Gelegenheit nicht ungenutzt verstreichen lassen. »Wer dann? Oder was?«

»Ich nahm das Uschebtiprojekt vor vielen Jahren in Angriff, zu einem Zeitpunkt, an dem ich mir ziemlich sicher war, dass der Gralsprozess nicht gelingen würde. Die ersten Ergebnisse mit dem Thalamusdoppler waren sehr schlecht, und das Betriebssystem des Gralsnetzwerks – der Andere, wie manche es nennen – war instabil.« Jongleur runzelte die Stirn. »Ich war schon sehr, sehr alt. Wenn das Gralsprojekt nicht glückte, musste ich sterben. Aber ich wollte nicht sterben.«

»Wer will das schon?«

»Wenige verfügen über Mittel wie ich. Wenige haben den Mut, die feige Kapitulation der Menschen vor dem Tod nicht mitzumachen.«

Paul bezähmte seine Ungeduld. »Du hast also dieses ... Uschaktiprojekt begonnen?«

»*Uschebti.* Ja. Wenn ich schon mein tatsächliches Ich nicht verewigen konnte, wollte ich wenigstens das Zweitbeste tun. Wie die Pharaonen wollte ich meine Linie unsterblich machen. Ich wollte das heilige Blut bewahren. Zu diesem Zweck wollte ich eine Version von mir erschaffen, die meinen Tod überlebte.«

»Aber du hast doch gerade gesagt, dass das technisch nicht ging ...«

»Gewiss. Deshalb dachte ich mir die bestmögliche Alternative aus.

Ich konnte, wie es schien, dem Tod nicht entkommen, deshalb erzeugte ich einen Klon.«

Eine Reihe von schrecklichen Gedanken zuckte Paul durch den Kopf. »Aber das ... das gibt doch keinen Sinn. Ein Klon ist nicht derselbe Mensch, er hat bloß dasselbe Erbgut. Er würde sich zu einem völlig andern Menschen auswachsen, weil seine Erfahrungen ... andere wären ...«

»Ich sehe, dass du langsam begreifst. Ja, er wäre nicht ich. Aber wenn ich ihn unter Bedingungen aufwachsen lassen würde, die meinen eigenen so weit wie möglich gleichen, dann wäre er mir ähnlicher. Ähnlich genug, um würdigen zu können, was ich getan habe. Vielleicht sogar ähnlich genug, um mich eines Tages aus den bereits angefertigten Gralskopien, auch wenn sie mangelhaft waren, wieder zum Leben zu erwecken.« Jongleur schloss sinnend die Augen. »Alles war bereit. Wenn er eines Tages als Erwachsener seinen wahren Namen – Harsa-Iset, der jüngere Horus – in mein System gesprochen hätte, wäre das sein Zugangscode gewesen. Das ist der *wahre* Horus der ägyptischen Mythologie, der aus dem Leichnam des Osiris geborene Horus. Alle meine Geheimnisse wären an ihn übergegangen.« Er zog ein verdrießliches Gesicht. »Wenn ich bei der Gründung der Gralsbruderschaft schon an das Uschebtiprojekt gedacht hätte, hätte ich diesem schwachsinnigen Yacoubian niemals den Codenamen ›Horus‹ gegeben …«

»Moment mal. Du … du wolltest für einen Klon deine eigene Kindheit neu erschaffen?« Der Wahnsinn des Mannes überstieg Pauls Vorstellungsvermögen. »Im obersten Geschoss eines Wolkenkratzers?« Da traf ihn ein Gedanke wie ein Stein. »O Gott – Ava? Sie sollte …«

»… die Mutter sein. *Meine* Mutter, oder wenigstens die Mutter meines Uschebti. Ein Gefäß für die Bewahrung des Blutes.«

»Lieber Himmel, du bist wirklich verrückt. Wo hast du das arme Mädchen hergenommen? War sie irgendeine Schauspielerin, die du gekauft hast, damit sie deine gebenedeite Mama abgibt? Deine wirkliche Tochter kann sie ja nicht gewesen sein, es sei denn, du hättest auch sie in einem genetischen Labor gezüchtet.« Da fiel es ihm wie Schuppen von den Augen. Alle Kraft wich aus seinem Körper, und ihm wurde eiskalt bis ins Mark. »O nein. So war es, nicht wahr? Du hast sie … erzeugt?«

Pauls Erschrecken schien Jongleur gelinde zu amüsieren. »Ja. Sie war ein anderer Klon von mir, natürlich weiblich modifiziert und damit letztlich doch recht verschieden. Guck nicht so schockiert – bei den Ägyptern waren Geschwisterehen gang und gäbe. Wieso sollte ich für das Fortleben meines Blutes weniger tun? Ich hätte sogar meine leibliche Mutter als Spenderin von Avialles Erbgut genommen, aber ich konnte mich nicht dazu durchringen, ihre Leiche zu exhumieren. Sie hatte zu dem Zeitpunkt fast zweihundert Jahre auf dem Friedhof in Limoux geruht und ruht dort immer noch. Ihr Friede wurde nicht gestört.« Er machte eine abwinkende Handbewegung. »Aber das war ohnehin nur von geringer Bedeutung. Die Mutter sollte schließlich keine DNS liefern. Sie war nur der Wirtsorganismus, der meinen wahren Sohn austragen, gebären und dann großziehen sollte.«

»Gott steh mir bei, es wird immer schlimmer. Dann hatte Ava also doch recht – sie *war* schwanger!«

»Kurz. Aber dann gelang uns ein Durchbruch mit dem Gralsprojekt, und ich gab die Uschebti-Idee auf.«

»Und hast den Embryo wieder entfernen lassen. Aber Ava hast du weiter … behalten. Als Gefangene.«

Einen Moment lang verrutschte Jongleurs verächtliche Maske. »Ich … ich hatte Gefühle für sie entwickelt. Meine leiblichen Kinder sind schon lange tot. Ihre Nachfahren kenne ich kaum.«

Paul legte den Kopf in die Hände. »Du … du …« Er tat einen tiefen, zittrigen Atemzug. »Ich sollte aufhören, aber ich muss einfach weiterfragen. Was ist mit mir? Was hattest du vor, bevor Ava sich in mich verliebte und damit deine Pläne vereitelte?«

Das kalte Lächeln erschien wieder. »Sie hat gar nichts vereitelt. Genau damit hatte ich gerechnet. Meine eigene Mutter hatte eine Affäre mit ihrem Hauslehrer. Er beging Selbstmord. In ihrem Kummer ließ sie sich von ihren Eltern mit meinem Vater verheiraten, aber die Traurigkeit ist sie niemals losgeworden, sie hat ihr ganzes weiteres Leben bestimmt. Ohne diese Geschichte wäre sie nicht die Mutter gewesen, die ich kannte.« Sein Lächeln verzerrte sich. »Diese Idioten Mudd und Finney waren schuld, dass die Situation außer Kontrolle geriet. Sie hätten euch beide in Ruhe lassen sollen, bis wir so weit waren, dich zu beseitigen. Ich hatte gerade das Uschebtiprojekt abgeblasen, deshalb war es sowieso ohne Bedeutung.«

»Es war von Bedeutung für mich«, sagte Paul mit verhaltenem Zorn. »Es war von Bedeutung für mich und Ava.«

»Du sollst nicht mehr so von Avialle reden. Ich bin deine Vertraulichkeit leid.«

Paul presste die Augen zu, um die Wut zu unterdrücken, deren Ausbruch alle Fragen und Antworten beendet hätte. »Dann sag mir noch eines: Warum hast du von allen armen Schweinen auf dieser Welt gerade mich ausgesucht? War es purer Zufall? Hast du einfach den ersten akzeptablen Kandidaten für diese kleine … Ehre genommen? Oder gab es an mir irgendetwas Besonderes?«

Als er wieder aufschaute, waren die Augen des alten Mannes abermals glasig und tot. »Weil du in Cranleigh warst.«

»Was?« Das war die letzte Antwort, mit der er gerechnet hatte. »Das ist nicht dein Ernst! Meine Schule?«

Jongleurs Feixen sollte wohl hämisch wirken, doch zu Pauls Überraschung sah es beinahe wehleidig aus. »Ich wurde als Kind dorthin geschickt. Die englischen Jungen nahmen mich als schwächlichen Ausländer aufs Korn. Ich wurde von ihnen gepeinigt.«

»Und aus dem Grund hast du *mich* ausgewählt? Du wolltest mich bloß deshalb ermorden, weil ich in Cranleigh war?« Wider Willen brach ein wildes, fast hysterisches Gelächter aus Paul heraus. »Herrje, ich hab den Laden gehasst. Die älteren Jungen haben mich genauso behandelt wie dich.« *Mit Ausnahme von Niles,* fiel ihm ein, und der Gedanke zog einen anderen nach sich. »Und was ist dann später mit mir passiert – mit meinem wirklichen Körper? Bin ich tot wie Ava? Hast du mich umbringen lassen?«

Der alte Mann war erschlafft. »Nein. Wir haben einen Autounfall inszeniert, aber nicht mit deinem Körper. Der liegt immer noch hoch und trocken in einem der am Projekt beteiligten Labore und lebt, soweit ich weiß. Die nach England überführten Überreste waren die irgendeines Penners. Die britischen Behörden hatten keinen Anlass, die Identität der Leiche anzuzweifeln.«

Na schön, ich bin nicht wirklich tot, aber der Unterschied ist gering, dachte er. *Niles setzt mit Sicherheit nicht Himmel und Hölle in Bewegung, um mich zu finden. Er wird den Spruch über den »armen, alten Paul« schon vor Langem abgelassen haben.* »Wie lange?«, fragte er.

Jongleur blickte ihn mit gereiztem Unverständnis an. »Was?«

»Wie lange bin ich schon in deinem verdammten System? Wie lange ist es her, dass du deine Tochter getötet hast und mich so gut wie?«

»Zwei Jahre.«

Mit buttrigen Beinen und zitternden Knien rappelte Paul sich auf. Er konnte dem Mörder nicht länger gegenübersitzen. Zwei Jahre. Zwei Jahre gelöscht und sein Leben ruiniert, ohne jeden Grund. Wegen eines gescheiterten, geisteskranken Projekts. Weil er auf die falsche Schule gegangen war. Es war der trostloseste Witz, den man sich vorstellen konnte. Er stolperte vom Feuer weg, zum Brunnen. Er wollte weinen, doch er konnte nicht.

> Orlando regte sich, wehrte sich sogar ein wenig gegen sie. Widerstrebend ließ Sam ihn los und setzte sich hin. »Hat er was?«

»Er wacht einfach auf, denke ich«, antwortete Florimel.

Über T4bs Schulter hinweg sah Sam, dass Paul Jonas abrupt aufstand und durchs Lager davonwankte, auf den Krater zu. !Xabbu fiel ihr ein, und sie war hin- und hergerissen zwischen der Furcht um Paul und dem abgrundtiefen Widerwillen dagegen, von Orlandos Seite zu weichen, doch Martine erhob sich bereits.

»Ich gehe Paul nach«, erklärte sie. »Ich kann auch später noch mit Orlando sprechen.«

Orlandos Lider flackerten, dann gingen sie auf. Er blickte in die über ihn gebeugten Gesichter. »Ich hatte einen total irren Traum«, sagte er nach ein paar Sekunden. »Du warst darin, und du und du und du!« Seine Lippen zitterten. »Das sollte ein Witz sein.« Er brach in Tränen aus.

Sam schlang die Arme um den weinenden Barbarenkrieger. »Schon gut. Wir sind ja da. Ich bin da. Du bist gut aufgehoben.«

Florimel räusperte sich und stand auf. »Es gibt hier viele Verletzte überall. Ich will mal sehen, ob ich für irgendjemand was tun kann.« Von den anderen hatte sich niemand erhoben. Florimel bedachte T4b mit einem strengen Blick. »Javier, ich bin immer noch ziemlich empört, dass du uns angelogen hast, aber vielleicht verzeihe ich dir eher, wenn du mitkommst und mir hilfst.«

»Will aber noch Orlando auschecken …«, begann er, doch dann verstand er Florimels Gesichtsausdruck. »Yeah, tacko, komm schon.« Er stand auf, bückte sich noch einmal und gab Orlando einen leichten Klaps. »Echt sattes Wunder mit dir, äi. Kannste Gott danken, tick?«

»Nandi, Missus Simpkins, vielleicht könntet ihr mir auch behilflich sein?«, drängte Florimel. »Und Azador, einige von deinen Leuten brauchen bestimmt genauso jemanden, der nach ihnen schaut.«

»Schon gut, ich muss es nicht mit dem Holzhammer beigebracht bekommen«, sagte Bonita Mae Simpkins. Auch sie streichelte Orlando kurz, bevor sie ging. »Javier hat recht, Junge, es ist ein Wunder, dass du wieder bei uns bist. Wir lassen euch beide ein bisschen allein. Ihr habt euch sicher viel zu erzählen, nehm ich mal an.«

Sam schnitt hinter dem Rücken der Abziehenden eine Grimasse. »Blöd. Die tun grad so, als ob wir verliebt wären oder so.«

Orlando lächelte matt. »Ja, blöd.« Seine Augen und Wangen waren noch nass. Er wischte sich mit dem Handrücken das Gesicht. »Das ist mir furchtbar peinlich. Thargor weint nie.«

Durch Sams Herz ging abermals ein Stich. »Ach, Orlando, du hast mir so gefehlt! Ich hätte nie gedacht, dass ich dich noch mal wiedersehe.« Jetzt weinte sie auch. Unwirsch betupfte sie sich mit dem zerfetzten Ärmel ihres Zigeunerkleides die Augen. »So was Albernes! Jetzt wirst du anfangen, in mir ein Mädchen zu sehen!«

»Aber du bist ein Mädchen, Frederico«, sagte er sanft. »Das ist zwar das erste Mal, dass ich dich als eines sehe, aber du bist eindeutig ein Mädchen.«

»Nicht für dich! Nicht für dich, Gardiner! Du hast mich immer wie einen Menschen behandelt!«

Er seufzte. »Ich hab deine Stimme erkannt, als ich ... zurückgekommen bin. Ich hab gesehen, wie du mir gegen diese Bestien helfen wolltest. Ich hätte dich gut und gern selber umbringen können. Was hast du dir dabei gedacht?«

»Ich wollte nicht dasitzen und zuschauen, wie du ermordet wirst, du verdumpfter Idiot! Ich hab dich schon einmal für tot gehalten.«

»Ich war tot. Ich *bin* tot.«

»Red keinen Fen-fen!«

»Mach ich gar nicht.« Er nahm ihre Hand. »Hör zu, Sam. Das ist wichtig, echt wichtig. Was auch geschehen mag, das muss dir ein für alle Mal klar sein. Ich will nicht, dass du meinetwegen noch mehr leidest.«

Etwas an seinem Ton rührte sie an, machte ihr Herzflattern. Es war nicht Liebe, ganz gewiss nicht die Art Liebe, von der die Kids in der Schule und im Netz immer redeten, sondern etwas, das größer, tiefer und fremdartiger war. »Was meinst du damit?«

»Ich bin gestorben, Sam. Ich weiß es genau. Ich hab's gespürt. Ich hab mit diesem Kerl gekämpft, diesem Gralssack mit dem Vogelkopf ...« Er stockte. »Was ist da eigentlich passiert, sag mal?«

»Du hast ihn getötet«, erklärte sie stolz. »T4b hat ihm seine Hand in den Kopf gesteckt – diese leuchtende Hand, erinnerst du dich? Und dann hast du ihm dein Schwert ins Herz gestoßen, und er ist auf dich gefallen ...« Da fiel ihr etwas ein. »Oh, dein Schwert ...!«

Orlando winkte ab und ließ sie nicht ausreden. »Das hab ich hier in der Hand. Hör zu, Sam. Ich hab mit diesem Vogelkerl gekämpft, und alles in mir ... ging aus. Das hab ich gespürt. Und danach war ich weg – total weg! Ich war irgendwo anders, und ... ich kann's nicht erklären.

Alles war schwarz, und irgendwann bin ich dann hier durch die Lichter nach oben geschwommen und hab genau gewusst, dass ich diese beiden Bestien töten muss, und … und …« Er zog die Stirn kraus und wollte sich aufsetzen, doch Sam drückte ihn mit sanfter Gewalt zurück. »Und im Grunde ist mir das völlig unklar. Aber eins weiß ich. Der andere Orlando, der mit der Progerie, der mit einer Mutter und einem Vater und einem Körper … der ist weg.«

»Was soll das heißen?«

»Erinnerst du dich noch, was diese Gralsbrüder bei ihrer Zeremonie gesagt haben? Dass sie ihren Körper aufgeben müssten, um im Netzwerk zu leben? Tja, ich denke, genau das ist mit mir passiert. Ich weiß nicht wie, aber … aber ich war tot, Sam! Und jetzt bin ich's irgendwie nicht mehr.«

»Aber das ist doch toll, Orlando! Das ist großartig!«

Er schüttelte den Kopf. »Ich bin ein Geist, Sam. Mein Körper – der andere Orlando – ist tot. Ich kann nie mehr zurück.«

»Zurück …?« Langsam kam ihr die Einsicht, kalt, unausweichlich. »Du kannst nicht …?«

»Ich kann nicht in die wirkliche Welt zurück. Selbst wenn wir das alles hier überleben, selbst wenn ihr andern alle wieder heimkehrt … ich kann nicht mit euch gehen.« Er sah sie lange mit großen, beinahe fiebrigen Augen an. Dann entspannte sich seine Miene. »Verdammt, Fredericks, du weinst schon wieder.« Er wischte ihr eine Träne von der Backe und hielt den Finger hoch, so dass sie im Feuerschein funkelte. »Nicht doch.«

»Was … was sollen wir machen?«, wisperte sie schwer atmend und bemüht, das Schluchzen zu unterdrücken.

»Uns möglichst nicht umbringen lassen. Oder in meinem Fall mich möglichst nicht noch mal umbringen lassen.« Er drückte sich in eine sitzende Haltung hoch. »Und jetzt erzähl mir, was nach meinem Tod alles passiert ist.«

Überrumpelt von seiner Lakonik lachte sie wider Willen schrill auf, doch sie hatte ein ganz hohles Gefühl dabei. »Verdammt, Gardiner, lass den Quatsch!«

Er grinste. »'tschuldigung. Manche Sachen ändern sich einfach nicht, wie's scheint.«

> Sie holte ihn an der Uferkante ein. Ohne ein Wort zu sagen, hakte sie sich bei ihm unter. Er zuckte bei dem unerwarteten Kontakt leicht zusammen, aber machte sich nicht los. Es war angenehm, angefasst zu werden, merkte er, und dabei merkte er auch, dass er gern weiterleben wollte.

»Ich hatte nicht vor, reinzuspringen«, sagte er.

»Das habe ich auch nicht erwartet«, entgegnete sie. »Aber es wäre dumm gewesen, wenn du zufällig hineingefallen wärst.«

Er bog ab, und sie drehte sich an seiner Seite mit. Gemeinsam gingen sie am Ufer entlang.

»Sag«, forderte sie ihn auf, »ist dir diesmal alles wieder eingefallen?«

»Mehr als mir lieb ist«, antwortete er.

Während er ihr seine wiedergewonnenen Erinnerungen – eigentlich sein wiedergewonnenes Leben – und Jongleurs bizarre Bekenntnisse schilderte, begann er sich mehr denn je dafür zu schämen, dass er so ein Weichling gewesen war, dass er sich von den Ereignissen seines früheren Lebens so widerstandslos zu so einem furchtbaren Ausgang hatte mitreißen lassen.

»... Und Ava – sie war so jung!« Er hatte die Fäuste so fest geballt, dass Martine das Beben in seinem Arm fühlen musste. »Wie konnte ich bloß ...?«

»Wie konntest du was?« Zu seiner Verwunderung hörte er Ärger in ihrer Stimme. »Ihr Trost bieten? Dein Bestes tun, um ihr in einer aberwitzigen, erschreckenden, unerklärlichen Situation beizustehen? Hast du versucht, sie zu verführen?«

»Nein!«

»Hast du dir ihre Ahnungslosigkeit zunutze gemacht, ihre behütete Unschuld ...?«

»Nein, natürlich nicht. Jedenfalls nicht vorsätzlich. Aber indem ich das Spiel mitmachte und weiter ihr Lehrer blieb, obwohl ich wusste, dass die ganze Sache faul war ...«

»Paul.« Sie verstärkte den Druck auf seinen Arm. »Jemand ... ein Bekannter ... hat mir einmal etwas gesagt. Es war auf mich gemünzt, aber auf dich trifft es genauso zu. ›Du lässt nie eine Gelegenheit aus, den Blick konsequent auf die falschen Sachen zu richten‹, meinte er.« Sie gab einen Laut von sich, der möglicherweise ein Lachen war. Paul überlegte zum ersten Mal, wie die wirkliche Martine aussehen mochte, und bedauerte, dass ihr simuliertes Äußeres wegen ihrer Blindheit langweilig und nichtssagend war. »In Bezug auf mich war der Spruch natürlich noch witziger«, sagte sie. »Wegen dem Blick.«

»Klingt grausam, dein Bekannter.«

»Das fand ich damals auch, und ich habe ihn deswegen geschätzt – ich war in meiner Studentenzeit sehr zynisch. Aber heute denke ich, dass er einfach nicht die innere Stärke besaß, herzlich zu sein.« Sie lächelte. »Das können für uns alle die letzten Stunden sein, Paul Jonas. Willst du sie wirklich damit verschwenden, dir vorzuhalten, was du womöglich alles falsch gemacht hast?«

»Lieber nicht.«

Sie gingen eine Weile schweigend neben dem schwach pulsenden Brunnen einher.

»Es ist hart«, sagte er schließlich. »Die ganze Zeit habe ich gedacht, ich würde sie irgendwie finden ... sie retten. Oder sie würde vielleicht mich retten.«

»Du sprichst von ... Ava?«, fragte sie behutsam.

Er nickte. »Aber es gibt in Wirklichkeit keine Ava. Avialle Jongleur ist tot, und was von ihr übrig ist, sind nur Fragmente. Zusammengehalten vom Andern, nehme ich an, aber nicht wirklich sie selbst. Es ist, als wollte man ein Puzzle zusammensetzen, ohne dass man alle richtigen Stücke hat. Auf seine Art muss der Andere sie mehr geliebt haben als irgendwer sonst – sicherlich mehr als ihr sogenannter Vater. Mehr als ich. Sie war sein Engel.«

Martine erwiderte nichts.

»Da ist noch etwas«, sagte er nach einer Weile. »Jongleur hat gemeint, dass mein Körper, soweit er weiß, noch am Leben ist.«

»Glaubst du, er lügt?«

»Nein. Aber ich glaube, dass es nicht mehr mein Körper ist.«

Martine stutzte. »Was meinst du damit, Paul?«

»Ich habe nachgedacht – in den kurzen Augenblicken, in denen nicht irgendjemand versucht hat, uns umzubringen, heißt das.« Er rang sich ein schiefes Lächeln ab. »Sehr kurz, die Augenblicke. Jedenfalls glaube ich, dass ich jetzt weiß, was geschah, als Sellars mich aus der Weltkriegssimulation rausgeholt hat. Schau, solange die Gralsleute meinen Körper hatten, hatten sie auch mein Bewusstsein. Sellars – und Ava –

konnten nur mit mir reden, wenn ich träumte. Aber irgendwie bin ich aus der Simulation rausgekommen.«

»Und du meinst …«

»Ich meine, dass ich die Zeremonie der Gralsbrüder durchlaufen habe – dass mein Bewusstsein irgendwie abgespalten wurde, genau wie sie es für sich selbst planten. Vielleicht war es ein Zufall – ich weiß nicht, was sie dazu bewog, für mich so ein virtuelles Double anzulegen wie für sich selbst. Aber ich glaube, dass es geschah, und Sellars hat dieses virtuelle Double irgendwie zum Leben erweckt. Und dieser zweite, virtuelle Paul Jonas … bin ich.«

Sie sagte nichts, aber hielt seinen Arm fester.

»Das heißt, die ganzen Dinge, die mir genommen wurden, die einfachen, banalen Dinge, die mir in Situationen Antrieb verliehen, in denen ich mich am liebsten hingelegt hätte und gestorben wäre, meine Wohnung, mein mittelmäßiger Job, mein ganzes altes Leben … sie gehören mir gar nicht. Sie gehören dem wirklichen Paul. Dem Paul, dessen Körper irgendwo in einem Labor liegt. Und selbst wenn dieser Körper stirbt, kann ich sie niemals haben …«

Er schwieg eine Weile. Das Reden tat zu weh. Sie gingen weiter den öden Ufersaum ab.

»Wie waren noch mal diese Verse von T.S. Eliot?«, murmelte er, als er sich wieder zu sprechen traute. »Irgendwas wie: ›Ich hätte als ein scharfes Scherenpaar / Über die Gründe stiller Meere trippeln sollen …‹«

Sie wandte ihm ihr blickloses Gesicht zu. »Bist du schon wieder dabei, dich zu kritisieren?«

»Eigentlich habe ich von der Landschaft gesprochen.« Er blieb stehen. »Dies ist wirklich der richtige Ort, um auf das Ende der Welt zu warten, was?«

»Ich habe es satt, auf das Ende der Welt zu warten«, sagte sie. Sie hatte den Kopf eigentümlich schief gelegt.

»Tja, ich befürchte, wir haben keine Wahl«, meinte er. »Dread steht immer noch da draußen und wartet, und auch wenn Orlando mit den Zwillingen fertig geworden ist, glaube ich nicht, dass er dem nahezu allmächtigen Monster gewachsen ist, zu dem Dread geworden ist …«

»Da hast du wahrscheinlich recht. Der Andere hat seinen Ritter ins Gefecht geschickt und sich damit ein wenig Zeit erkauft, aber sonst nichts.«

»Seinen …?«

»Seinen Ritter. Erinnerst du dich an das Märchen von dem Jungen im Brunnen? Einer der Leute, die zu seiner Rettung kamen, war ein Ritter. Ich vermute, der Andere hatte Orlando von Anfang an für diese Rolle auserkoren.« Sie legte die Stirn in Falten und hob die Hand. »Sei bitte einmal still. Nicht bewegen!«

»Was ist?«, fragte Paul nach kurzem Schweigen.

»Der Wasserspiegel sinkt.« Sie deutete darauf. »Kannst du es sehen?«

»Was es auch sein mag, ich kann's nicht erkennen.« Doch dann hatte er den Eindruck, dass die Lichter schon wieder ein wenig schwächer geworden waren.

»Ich spüre, wie ihm die Kraft ausgeht«, sagte sie kummervoll. »Wie einem Motor, der zu lange gelaufen ist. Das Ende kommt jetzt sehr rasch, denke ich.«

»Was können wir tun?«

Schweigend lauschte sie eine ganze Weile. »Nichts, fürchte ich.

Zurückgehen zu den anderen und mit ihnen zusammen warten.« Sie drehte sich ihm zu. »Vorher wollte ich dich noch um etwas bitten. Magst du mich im Arm halten, Paul Jonas? Nur kurz? Es ist schon so lange her … bei mir. Ich möchte nicht … nicht sterben … ohne noch einmal menschliche Nähe zu fühlen.«

Er legte die Arme um sie, erfüllt von widerstreitenden Gefühlen. Sie war klein, wenigstens in dieser Bekörperung; ihr Kopf schmiegte sich genau unter sein Kinn, ihre Wange lag an seiner Brust. Er fragte sich, wie sein beschleunigter Herzschlag auf ihre gesteigerten Sinneswahrnehmungen wirken mochte.

»Vielleicht in einer anderen Welt.« Ihr Mund lag an seiner Brust, ihre Worte klangen gedämpft. »In einer anderen Zeit …«

Dann hielten sie sich einfach im Arm und sagten nichts mehr. Schließlich ließen sie sich los und gingen Seite an Seite über die graue Erde zum Feuer zurück, wo ihre Freunde warteten.

Kapitel 43
TRÄNEN DES RE

NETFEED/MODERNES LEBEN:
Pornostar ignoriert Proteste gegen geplante interaktive Kindersendung
(Bild: Violet in einem Auszug aus "Ultra Violet")
Off-Stimme: Die Interaktivaktrice Vondeen Violet äußert sich erstaunt über die Kontroverse, die sie mit ihrem Vorhaben ausgelöst hat, Kindern unter zwölf Jahren "interaktiven Aufklärungsunterricht", wie sie es nennt, zu geben.
Violet: "Kids wollen Bescheid wissen, und irgendwie kommen sie dahinter. Ist es nicht besser, sie machen ihre ersten Erfahrungen in einer gewaltfreien Interaktivsendung, wo sie von ausgebildeten Spezialisten wie mir angeleitet werden, statt dass sie sich ihre Informationen auf dem Schulhof oder auf der Straße holen? Herrje, die Drehbücher werden von einem Kinderarzt geschrieben! Was will man denn mehr?"

> »Ich sehe es«, sagte Catur Ramsey, »aber ich kann's nicht glauben.«

»Ich stehe direkt davor«, meinte Olga. »Und ich weiß auch nicht, ob ich es glauben soll.«

Ramsey lehnte sich zurück und rieb sich die müden Augen. Bestimmt wachte er im nächsten Moment auf, und der ganze Irrsinnstag stellte sich als Traum heraus. Doch als er wieder auf den Bildschirm schaute, übertrug Olga Pirofskys Kameraring immer noch die gleichen unfassbaren Fischaugenbilder.

»Es ist ein Wald«, staunte er. »Du trittst aus dem Aufzug ins oberste Geschoss und stehst in … einem Wald?«

»Tot«, sagte sie leise.

»Was?«

»Sieh her.« Der Blick ging nach oben, und jetzt erkannte Ramsey, dass die meisten Äste kahl waren. Selbst an den Nadelbäumen hingen nur noch wenige Büschel brauner Nadeln. Der Kameraring senkte sich wieder. Ramsey sah Olgas Beine durch kniehohe Haufen brauner und grauer Blätter stapfen und mit jedem Schritt Staubwolken aufwirbeln. Das Bild hörte auf zu wackeln, als Olga stehen blieb und einen Teil der Laubdecke mit dem Fuß beiseite schob, dann schwenkte die Kamera über eine schwarze Fläche mit weißen Flecken.

»Was ist das?«, fragte Ramsey. »Ich kann es nicht erkennen.«

»Ich glaube, es war einmal ein Bach«, sagte sie. »Jetzt ist er ausgetrocknet.« Der Blick ging näher heran, bis Ramsey erkannte, dass die weißen Streifen vertraute Umrisse hatten.

»Sind das Fische?«

»Es waren welche.«

Sie klang ruhig und sachlich, doch Ramsey hörte noch einen Unterton, der ihm gar nicht gefiel, einen Ton großer Bedrücktheit. »Komm jetzt, Olga. Beezle sagt mir gerade ins andere Ohr, dass die Evakuierung des Gebäudes so gut wie abgeschlossen ist. Uns bleiben wahrscheinlich nur noch Minuten, um dich rauszuschaffen.«

»Ich sehe etwas.« Gleich darauf ging die Kamera nach oben. Ramsey sah es jetzt auch. Im obersten Stockwerk eines Wolkenkratzers war es ein noch befremdlicherer Anblick als die toten Bäume und die Fischgerippe.

»Ein Haus? Ein *Haus?*«

»Ich gehe mal schauen.«

»Ich wünschte, du würdest es lassen.« Ramsey wechselte auf seine zweite Leitung. »Ich kann sie noch nicht zum Weggehen bewegen, Beezle. Wie viel Zeit haben wir noch?«

»Das fragste mich? Sellars hat dafür gesorgt, dass alles total drunter und drüber geht – falsche Alarmsignale, umgeleitete Verbindungen und dergleichen mehr. Grad geht sogar'n Reaktoralarm los. Kann sein, dass in fünf Minuten die Armee da ist, kann sein, dass sich tagelang kein Schwein in die Nähe traut.«

»Reaktoralarm? Es gibt hier einen Reaktor? Ach, du Schreck! Sei so gut und halt mich auf dem Laufenden, ja?«

Beezle schnaubte. »Sobald ich was weiß, weißt du's auch.«

Der Ausschnitt auf Ramseys Padbildschirm war im Augenblick so wildbewegt, dass er nicht mehr hinschauen konnte: Olga bahnte sich einen Weg durch dichtes Gestrüpp, und ihre Hand schwang auf und nieder. Er schloss die Augen. »Wie groß ist dieser Wald?«, fragte er. »Kannst du sonst noch was sehen? Was ist über dir?«

»Nichts. Nur eine nackte weiße Kuppeldecke in gut fünfzig Meter Höhe.« Sie zeigte mit dem Ring auf das Haus, das jetzt viel größer erschien, und das Bild wurde ruhig. »Kannst du es erkennen?«

»Du kannst da nicht einfach reingehen, Olga. Was machst du, wenn jemand drin ist?«

»Du hast offenbar keinen sehr guten Blick darauf«, sagte sie, aber erklärte nicht, was sie damit meinte. Ramsey hielt unwillkürlich den Atem an, während sie durch die traurigen braunen Überreste eines großen Gartens streifte, der einmal sehr schön gewesen sein musste.

»Es sieht nicht sehr amerikanisch aus, dieses Haus«, meinte Olga. »Eher wie ein europäischer Landsitz, ein kleiner. Als ich jünger war, habe ich viele solcher Villen gesehen.«

»Sei vorsichtig!«

»Keine Bange, Herr Ramsey. Hier lebt schon seit Längerem niemand mehr, denke ich.« Das Bild sprang nach vorn – sie fasste nach der Türklinke. »Aber wer hat hier gelebt? Das ist die Frage.«

Die Tür öffnete sich knarrend. Ramsey hörte es auf ihrem Kanal ganz deutlich, und genauso deutlich hörte er die anschließende Stille. »Olga? Alles in Ordnung?«

»Es ist … niemand da.« Sie trat aus einem schmalen Flur heraus und gab ihm einen langsamen Rundblick über ein Zimmer, das wie ein alter Salon aussah. Vor den Fenstern waren Läden, das Zimmer war dunkel. Ramsey korrigierte Helligkeit und Auflösung des Bildes, doch außer den ungefähren Konturen der antiken Möbel konnte er immer noch wenig erkennen.

»Ich sehe nicht viel. Was ist da?«

»Staub«, antwortete sie lakonisch. »Überall liegt Staub. Die Möbel machen einen ziemlich alten Eindruck. Als wären sie zwei- oder dreihundert Jahre alt. Der Teppich ist auch staubig, aber ich sehe keine Fußspuren. Es ist schon lange, sehr lange niemand mehr hier gewesen.« Sie machte eine lange Pause. »Mir ist nicht wohl hier. Ich finde es unheimlich.«

»Dann geh, Olga. Bitte. Ich habe dir doch schon gesagt ...«

»Ich frage mich, wer hier gelebt hat. Dieser Felix Jongleur? Aber was für ein Aufwand, sich so etwas auf die Spitze seines Wolkenkratzers zu setzen, wenn er genauso gut ein echtes New Orleanser Herrenhaus am Boden haben kann, mit echten Gärten, echtem Park ...«

»Er ist reich und wahrscheinlich verrückt, Olga. Diese Kombination treibt oft die wunderlichsten Blüten.«

»Wer hier auch gewohnt hat, er kann nicht glücklich gewesen sein.« Die Kamera strich an der Wand entlang, über eine Kommode mit gerahmten Bildern darauf; Ramsey sah strenge Gesichter aus hohen Krägen schauen. »Ein richtiges Spukhaus ...«

»Es wird Zeit, Olga.«

»Ich denke, du hast recht. Mir ist unbehaglich hier. Aber vorher möchte ich noch in einige der Zimmer gucken.«

Ramsey hielt seine Zunge im Zaum, doch es fiel ihm schwer. Er konnte ihr nichts befehlen, nur Vorschläge machen – es hatte keinen Wert, ihr ein Ultimatum zu stellen, dem er keine Konsequenzen folgen lassen konnte. Dennoch zerrte ihre distanzierte Gelassenheit an seinen Nerven.

»Das Esszimmer – schau, der Tisch ist immer noch gedeckt. Nur für eine Person. Als ob jemand einfach nicht zum Essen nach Hause gekommen wäre.« Der Blick schweifte über staubiges Geschirr und Besteck. Die Gläser waren von Spinnweben zugesponnen. »Es ist wie in Pompeji. Warst du dort schon mal, Herr Ramsey?«

»Nein.«

»Ein eigentümlicher Ort. Selbst die alltäglichsten Dinge bekommen unter bestimmten Umständen eine magische Aura.«

Sie schlenderte noch durch einige andere Zimmer. Nachdem sie sich einen Raum angesehen hatte, dessen zugewebtes Regal mit großäugigen Puppen ihn deutlich als Mädchenzimmer verriet, brach sie ihr langes Schweigen. »Jetzt werde ich gehen. Es ist zu traurig, was es auch damit auf sich haben mag.«

Ramsey sagte nichts, um sie ja nicht durch irgendetwas von ihrem Entschluss abzubringen. Er hielt sich still, während sie sich wieder nach draußen in den verödeten Garten begab.

»Olga …?«, meldete er sich schließlich, als sie vor einem leeren steinernen Brunnenbecken verharrte.

»Die Kinder, sie sind nicht in diesem Stockwerk.« Sie seufzte. »Hier oben ist nichts, gar nichts mehr.«

»Ich weiß …«

»Gut. Dann gibt es noch einen Ort, wo ich schauen muss«, sagte sie.

»Was? Wo denn?«

»Es gibt ein Stockwerk zwischen diesem hier und dem Saal mit den ganzen Apparaten«, erwiderte sie. »Dort muss ich noch hin.«

»Olga, du hast keine Zeit …!«

»Ich habe nichts als Zeit, Herr Ramsey. Catur. In meinem ganzen Leben gibt es nichts Anderes mehr als diesen Ort hier, diesen Augenblick.« Trotz des träumerischen Tones war ihre Stimme fest. »Ich habe Zeit.«

»Wie es scheint, habe ich den Weg zum Fahrstuhl vergessen«, sagte sie nach einer Weile. Sie hatte den Ring schon einige Minuten nicht mehr hochgehoben, und Ramsey hatte nur ein Hin- und Herschwingen über dem Boden gesehen, über dürrem Laub, knorrigen, toten Wurzeln und rissiger Erde.

»Beezle«, sprach er in die andere Leitung. »Wohin muss sie gehen?«

»Mann, keine Ahnung«, schnarrte der Agent. »Ich hab keine Pläne für dieses Stockwerk. Aber die Wand geht im Kreis rum, und wahrscheinlich ist außen am Rand ein Gang, derselbe, der links und rechts vom Aufzug abgeht. Sag ihr, sie soll den einfach langgehen. Früher oder später muss sie drauf stoßen.«

»Früher oder später?« Ramsey schloss die Augen und holte tief Luft. »Lieber Himmel, bin ich denn der Einzige hier, der's eilig hat?« Doch er gab die Auskunft an Olga weiter.

Beezle hatte recht. Nach einigen hundert Schritten trat sie auf einen Parkettboden und sah vor sich die Wand, die den toten Wald umgab. »Welche Richtung?«, fragte sie.

»Beezle meint, du kannst es dir aussuchen.«

Sie ging nach rechts, immer an der kahlen gebogenen Wand entlang.

Nach einer Weile wurde sie langsamer und blieb dann stehen. Ramsey, der weiterhin nur ihre Füße sehen konnte, platzte beinahe vor Ungeduld.

»Was ist denn?«

Der Blick ging nach oben. Ein großes Quadrat aus transparentem Rauchplexiglas war in die Wand eingesetzt worden. Beim Durchschauen erkannte er die vagen Konturen von Hausdächern tief unten und dachte im ersten Moment, es wäre bloß ein normales Fenster, doch an der Schlampigkeit, mit der der Haftschaum ringsherum an den Kanten verspritzt war, sah man, dass es eine nachträgliche und hastig ausgeführte Reparatur war. Trotz des heruntergekommenen Zustands, in dem sich die Etage befand, war alles andere dort hervorragend gearbeitet.

»Ich kann … sie fühlen.«

Er brauchte eine Weile, bis er verstand. »Die … die Stimmen? Du kannst sie fühlen?«

»Ganz schwach.« Er hörte sie kurz auflachen. »Ich weiß, jetzt glaubst du mir endlich, was ich dir damals klarmachen wollte. Ja, ich *bin* verrückt. Aber ich kann sie fühlen, ein ganz klein wenig.« Sie schwieg einen Moment. »Ungut. Wieder so eine traurige Stelle – anders als in dem Haus, noch schlimmer. Ungut.«

Sie ging weiter. »Aber was hier auch geschehen sein mag, ich bin nicht deswegen hergeführt worden«, fügte sie hinzu. Ihr gelassener Ton, ihre ruhige Gewissheit jagten Ramsey einen Schauder über den Rücken.

»Aber … du hast sie gefühlt?«

»Ich habe Geister gefühlt, Herr Ramsey.«

Sie gelangte zum Fahrstuhl und rief ihn mit ihrer Marke. Als sie eingetreten war und die Tür sich hinter ihr geschlossen hatte, ging Ramsey auf seine andere Leitung.

»Sie lässt sich elend viel Zeit, Beezle. Sie will sich erst noch im Stockwerk darunter umschauen. Wie sieht's ansonsten aus? Ist die Feuerwehr schon im Anmarsch?« Der Agent antwortete nicht. »Beezle?«

»Ich musste mich dazuschalten und fürchte, ich habe ihn abgehängt«, sagte eine Stimme, die eindeutig nicht Beezle war. »Es ist im Moment alles ein bisschen … schwierig.«

»Sellars?«

»Was noch von ihm übrig ist, ja.«

Es war unzweifelhaft seine Stimme, aber sie hatte einen gruseligen Beiklang, als wäre er hinter seiner äußeren Ruhe bis zum Zerreißen gespannt. Ramsey fand, er klang wie jemand, der die blanken Drähte eines Stromkabels von fünfzigtausend Volt in der Hand hielt. »Mein Gott, was ist los?«

»Das ist eine lange Geschichte. Wie ich sehe, ist Olga immer noch im Turm ...«

»Ja, und ich kann sie nicht dazu bringen zu gehen. Wir haben sämtliche Alarme ausgelöst, die ganzen Sachen, die du vorbereitet hattest, und die Polizei wird wahrscheinlich jeden Moment zur Tür hereingestürmt kommen. Ich dränge sie in einem fort, endlich zu verschwinden, aber sie will nicht auf mich hören. Sie bummelt immer noch rum und sucht nach den Kindern, du weißt schon, die Stimmen in ihrem Kopf ...«

»Herr Ramsey«, unterbrach ihn Sellars, »ich schwimme bereits in Informationen – ach was, ich ertrinke. Ich bin von Daten überflutet, mehr Daten, als du dir vorstellen kannst. Jeder Nerv in meinem Körper steht im Begriff, Feuer zu fangen und zu Asche zu verbrennen.« Sellars holte zitternd Atem. »Also tu mir den Gefallen und halt jetzt den Mund.«

»Klar. Ja, klar, natürlich.«

»Gut. Ich muss mit Olga reden. Währenddessen musst du nach nebenan gehen und mit den Sorensens reden. Wenn mir die Zeit bleibt, komme ich dazu und spreche selbst mit ihnen. Das ist von allergrößter Wichtigkeit. Wenn sie nicht da sein sollten, musst du sie sofort holen.«

»Klar.«

»Und wenn ich mit Olga fertig bin, möchte ich, dass du auf der andern Leitung bei ihr bleibst.«

»Ich? Aber ...?«

So knapp wie nur irgend möglich erläuterte Sellars, was er herausgefunden hatte und was er gleich Olga Pirofsky erzählen wollte. Ramsey war zumute, als hätte ihm ein Pferd in den Magen getreten.

»... Vielleicht verstehst du jetzt, warum ich will, dass du hinterher bei ihr bist«, schloss Sellars ein wenig schroff. Er blieb ruhig, doch es kostete ihn spürbar Mühe.

»Wahnsinn.« Ramsey glotzte auf den Bildschirm, doch er nahm kaum etwas wahr. »O Mann. Wahnsinn.« Olgas Füße waren immer noch im Bild: Sie traten gerade aus dem Fahrstuhl auf einen Teppichboden. »Sie ... sie steigt jetzt aus.«

»Ich weiß«, sagte Sellars, aber diesmal ein wenig sanfter. »Sei so gut und sprich bitte mit den Sorensens, ja?« Und damit war er fort.

»Wer zum Deibel war'n das?«, meldete sich Beezle unwirsch. »Der Saftsack hat mich einfach abgeschnitten. Voll aus der Leitung geschmissen hat er mich!«

»Ich kann jetzt nicht reden«, teilte Ramsey dem Agenten mit. »Herrje, ich fass es nicht! Bleib in der Leitung. Ich bin gleich wieder da.«

»Meine Fresse«, knurrte Beezle. »Das war das letzte Mal, dass ich mit Fleisch gearbeitet hab.«

> »Können wir denn gar nichts machen?«, fragte Florimel grimmig. »Müssen wir schon wieder warten?«

»Solange wir keinen Weg finden, wie man hier wegkommt«, erwiderte Martine, »bleibt uns kaum eine andere Wahl.«

Orlando setzte sich auf und streckte seine langen Arme, dann prüfte er mit der Fingerkuppe die Spitze seines Schwertes. Es war eine altvertraute Thargorgeste, und sie lenkte Sam von etwas Wichtigem ab, an das sie sich gerade zu erinnern versuchte. Einen Moment lang fühlte sie sich fast wie in Mittland, in einer Welt, wo man nach festen Regeln spielte. Thargor war hier. Hieß das nicht, dass sie siegen würden? Thargor siegte immer.

Aber in Wahrheit gibt es keinen Thargor, dachte sie traurig. *Es gibt bloß Orlando, und der ist schon einmal getötet worden.* Sie blickte zu der unwirklichen grauen Wolkenwand hinüber. *Und selbst wenn wir ihn im Augenblick nicht sehen können, ist dieser Dread immer noch da draußen.* Sam kam sich vor wie eine von ihrem Loch abgeschnittene Maus, gestellt von einer Katze, die es überhaupt nicht eilig hatte.

Ich werde sterben, ging ihr auf. Bis jetzt war das nicht richtig zu ihr durchgedrungen – es hatte immer noch Hoffnung gegeben oder wenigstens eine Ablenkung. Jetzt gab es zwischen ihr und dem Tod nichts mehr als die letzten Abwehrmanöver des sterbenden Systems. *Ich werde Mama und Papa nie mehr wiedersehen. Meine Schule. Nicht mal mein blödes Zimmer …*

»Was ist mit dem Jungen?«, fragte Nandi Paradivasch. »Es hieß, er wäre eine Kontaktperson von diesem Sellars.«

»Nix Kontakt, vato«, fauchte der kleine Cho-Cho, der so weit von den anderen abgerückt war, dass der mürrische Felix Jongleur ihm am nächsten saß. »Nie nich antatscht 'at er mich, und stech ich ab, wenn wer versucht. Ich tu ihm nur 'elfen, eh.«

»Genau das meint er damit, Junge«, sagte Bonnie Mae Simpkins. »Eine Kontaktperson ist ein Helfer. Einer, der mit jemand anders in Verbindung steht, Botschaften übermittelt.«

»Aber was für eine Botschaft?« Florimel hatte sich ein wenig beruhigt, seit die Zwillinge erledigt worden waren, aber sie war und blieb gereizt und konnte sich nur schwer bezähmen. Beim Blick auf die Verwüstung, die die Zwillinge hinterlassen hatten, die Hunderte von Überlebenden, die sich ängstlich am Rand des Brunnens zusammendrängten, und die vielen Opfer, die immer noch dort lagen, wo sie gefallen waren, konnte Sam ihr das nicht verdenken. Jede der geduckten Märchenfiguren konnte Florimels Tochter oder Renies Bruder sein, aber gelegentliche Nachfragen hatten bestätigt, dass keine von ihnen sich an ein früheres Leben erinnerte. »Was für eine Botschaft?«, wiederholte Florimel. »Wir wissen nichts. Wir sind nach wie vor so ahnungslos wie am Anfang.«

»Hat Sellars dir irgendetwas aufgetragen?«, fragte Martine den kleinen Jungen. »Kannst du ihn überhaupt hören?«

»Nix mehr seit der Kotzblocker mit 'undskopf 'at das Dach von den Dings weg«, antwortete Cho-Cho verdrossen. »Abserviert 'at er mich, eh.«

»Es sieht also so aus, als hätten wir von Sellars nicht viel zu erwarten«, sagte Paul matt. »Was jetzt?«

Felix Jongleur brach das unbehagliche Schweigen. »Es ist ein Wunder, dass ihr alle so lange am Leben geblieben seid. Wenn man die Demokratie mal aus der Nähe betrachtet, kann man das Grausen kriegen.«

»Halt's Maul, Mensch!«, fuhr Florimel ihn an. »Du Schweinehund, willst du mal die grausige Seite der Demokratie erleben? Vergiss nicht, wir sind viele, und du bist nur einer!«

»Gedacht war doch, dass er uns etwas *nützt«,* bemerkte Paul scharf. So von kalter Wut erfüllt hatte Sam ihn bis jetzt noch nicht erlebt. »Dann wär's langsam an der Zeit, dass es mal dazu kommt. *Viel* nützen kann er uns eh nicht mehr, wie es aussieht, aber ein paar Aufschlüsse hätte ich trotzdem gern. Über das Betriebssystem – über die ganze Geschichte ...«

Mehrere andere pflichteten ihm bei, und ein immer feindseligeres Raunen erhob sich um das Lagerfeuer. Alle wandten sich Jongleur zu, der ihren Blicken mit seiner üblichen starren, abweisenden Miene begegnete, aber Sam meinte, hinter der Maske noch etwas Anderes zu bemerken. Schämte er sich? Hatte er Angst? Er wirkte beinahe ... nervös.

»Komm, mein Freund«, rief der neben Martine sitzende Azador. »Diese Menschen haben Fragen. Du solltest sie zufrieden stimmen.«

»Und was ist eigentlich in dich gefahren, Azador?«, herrschte Paul den Zigeuner an. »Weißt du, wer dein sogenannter Freund in Wirklichkeit ist? Das ist Felix Jongleur, das Oberhaupt der Gralsbruderschaft. Weißt du noch, wie du über die Schweine hergezogen bist, die dich gejagt und deine Leute als Futter für ihre Maschinen missbraucht hätten? Das ist der Kopf des Ganzen – der Mann da drüben.«

Sam hielt den Atem an. Ob Azador jetzt wohl Jongleur angreifen würde, wie Paul es vorher getan hatte? Es war geradezu ein Wunder, dass das Stillschweigen, das sie und !Xabbu ganz am Anfang verabredet hatten, noch nicht gebrochen worden war ...

»!Xabbu!«, sagte sie unvermittelt. Den hatte sie ganz vergessen!

Azador beachtete sie nicht. Er blickte lange Jongleur an, dann Paul Jonas. Schließlich zuckte er verlegen mit den Achseln. »Das liegt alles so lange zurück.«

»Was?« Paul schrie beinahe. »Menschenskind, dieser Kerl hat deine Leute ermordet, und du willst einfach sagen, ach, Schwamm drüber, weil ihr beide jetzt ... dicke Freunde seid oder was? Das darf doch nicht wahr sein!«

»Doch«, schaltete sich Jongleur ein. »Weil es nämlich nie geschehen ist. Da *sind* ja seine Leute, der Rest, der noch übrig ist.« Er ließ seine Hand über die zertrümmerten Wagen und die verbliebenen Zigeunermänner und -frauen an ihren Feuern schweifen. »Alles andere war Einbildung.«

»!Xabbu!«, wiederholte Sam, lauter diesmal. »Hört mal, ich hab !Xabbu total vergessen – wegen dieser Monster, und Orlando, und ... und überhaupt. Er ist in dieses Leuchtwasser gesprungen! Ich bin hinterher, aber es hat mich wieder ausgespuckt, und ich konnte ihn nicht erreichen. Er dachte, Renie ist da unten!«

Das versetzte die Runde um das Lagerfeuer abermals in helle Aufregung.

»Dann ist er verloren, Sam«, meinte Florimel schließlich. Ihr Ton war jetzt sanfter und trauriger.

»Orlando ist doch auch von da zurückgekommen!«, widersprach Sam hitzig.

»Das ist etwas Anderes, Sam«, sagte Martine. »Und das weißt du auch.«

Weil er nicht lebendig ist wie !Xabbu, dachte Sam, aber sprach es nicht aus. *Das meint sie damit.* Tief im Innern wusste sie, dass Martine recht hatte, auch wenn sie sich noch so sehr dagegen sträubte. Mehrere ihrer Gefährten redeten gleichzeitig auf sie ein. *Weil Orlando gar nicht von dort zurückgekommen ist, sondern dort … neu geboren wurde.*

»Das lässt sich leicht feststellen, ob sie wirklich da unten ist«, warf Jongleur ein. Ein säuerliches Lächeln spielte um seine Mundwinkel. »Aber bestimmt seid ihr längst schon selber darauf gekommen und braucht keinen Rat von einem Ungeheuer wie mir.«

»Treib es nicht zu weit!«, warnte ihn Martine. »Wenn du etwas Brauchbares zu sagen hast, dann heraus damit!«

»Na schön. Hast du dein Sprechgerät noch? Ich war mit deiner Renie zusammen, als du sie das letzte Mal angerufen hast. Warum willst du es nicht noch mal versuchen?«

»Mein Gott«, sagte Martine. »Im Wirbel der Ereignisse habe ich das völlig vergessen.« Sie zog ein klobiges silbernes Feuerzeug aus der Tasche ihres Overalls.

»Wo hast du das her?«, fragte Sam vollkommen konsterniert. »Renie hatte es doch!«

»Es ist eine Kopie«, erwiderte Martine. »Ich erkläre es dir später.«

Sam sah ein Funkeln in den Raubvogelaugen des Mannes – Zufriedenheit? Oder noch etwas Anderes? Sie sprang auf und deutete auf Jongleur. »Pass auf, dass er nicht in die Nähe davon kommt!«

Er spreizte die Hände. »Ich bin auf der andern Seite des Feuers. Und wie ihr selbst gesagt habt, seid ihr viele gegen einen.«

Martine hielt sich das Feuerzeug an den Mund. »Renie«, sagte sie, »kannst du mich hören? Ich bin's, Martine. Renie, bist du da?«

Keine Antwort.

»Kannst du mich hören, Renie?«

Plötzlich ertönte die bekannte Stimme in ihrer Mitte, so nahe und deutlich, als ob sie sich zu ihnen ans Lagerfeuer gesetzt hätte. *»Martine? Martine, bist du das?«*

Martine jauchzte vor Freude. »Renie! O wie schön, dich zu hören! Wo bist du?«

»Ich ... ich weiß nicht so recht. Im Innern des Betriebssystems, nehme ich an. Aber das ist bei weitem noch nicht das Verrückteste. !Xabbu ist bei mir ...«

»!Xabbu!« Sam brach einmal mehr in Tränen aus. »Er lebt!«

»Kannst du Sam Fredericks hören?«, rief Martine lachend. »Sie ...«

Da wurde Martine plötzlich zu Boden gestoßen. Mit einem Schrei sprang Sam auf. Orlando, der von dem Kampf noch leicht benommen war, brauchte volle zwei Sekunden, um sich neben ihr aufzurappeln. Azador stand vor Martine, das Feuerzeug in der Hand und ein breites, triumphierendes Grinsen im Gesicht.

»Ich habe es wieder!«, schrie er. »Ich habe es wieder!«

> Die Stimme schien aus dem Nichts zu kommen.

»Renie«, sagte sie, *»kannst du mich hören? Ich bin's, Martine. Renie, bist du da?«*

Sie war in einen flachen Halbschlaf gesunken, nachdem die Erschöpfung zuletzt stärker als alles andere gewesen war, und wusste im ersten Moment nicht einmal mehr, wo sie war.

»!Xabbu, was ist das?« Sie starrte auf die trockene Wüstenmulde, die Dornensträucher und den klaren Sternenhimmel und überlegte krampfhaft, wo Martine sein konnte. Konnte man in einem Traum träumen?

»Kannst du mich hören, Renie?«, meldete Martine sich abermals.

»Es ist in deinem Kaross.« !Xabbu deutete auf den Umhang aus Antilopenhaut, den sie trug. Renie nestelte das Gerät heraus. Es war immer noch ein Feuerzeug, genau wie eh und je, obwohl es ihr jetzt wie der unwahrscheinlichste Gegenstand in einer ganz und gar unwahrscheinlichen Welt vorkam. Sie drückte hintereinander einige Punkte und betete inbrünstig, dass sie sich die richtige Reihenfolge gemerkt hatte. »Martine? Martine, bist du das?«

»Renie! O wie schön, dich zu hören! Wo bist du?«

Sie warf einen Blick auf !Xabbu, dann auf die kleine Gestalt von

Großvater Mantis weiter unten auf dem Grund des Bachbetts neben dem dünnen Rinnsal. Er lag jetzt auf der Seite, die Beine angezogen. *Er muss noch atmen,* dachte sie flüchtig, *oder das alles hier wäre verschwunden.*

Aber atmen Götter? schoss es ihr gleich darauf durch den Kopf.

»Ich … ich weiß nicht so recht. Im Innern des Betriebssystems, nehme ich an. Aber das ist bei weitem noch nicht das Verrückteste. !Xabbu ist bei mir …«

»Kannst du Sam Fredericks hören?« Martine klang überglücklich. Renie fühlte, wie ihr Tränen in die Augen traten. *»Sie …«*

Urplötzlich brach die Verbindung ab.

»Martine?«, rief Renie nach kurzem Warten. »Martine, bist du noch da?« Sie wandte sich !Xabbu zu. »Es hat einfach … aufgehört.«

Der Mantis regte sich. Sie hörte seine Worte in ihrem Kopf, aber sie waren erschreckend leise. *»Du hättest nicht … nicht sprechen sollen. Der Allverschlinger wird jetzt deinen Worten folgen. Er wird geradewegs hierher kommen.«*

»Hast du uns getrennt?« Renie stemmte sich in die Höhe, auch wenn es natürlich absurd war, aufzustehen, um ein sterbendes Insekt anzuschreien. »Das sind unsere Freunde!«

»Zu spät. Zu spät für sie.« Es war nur mehr ein Hauch, ganz schwach und fern. *»Wir hatten nur noch … ein kleines bisschen Zeit. Und die ist jetzt auch weg.«*

»Martine!«, schrie Renie in das Feuerzeug. »Martine, melde dich!« Aber als das Gerät schließlich wieder einen Ton von sich gab, war es nicht Martines Stimme, die sie hörte.

> Azador wich von der blinden Frau zurück, die bereits wieder auf den Knien war, allem Anschein nach unverletzt. »Meins!«, rief er erregt. »Sie dachten, sie könnten es mir wegnehmen – mein Gold! Aber Azador vergisst nicht!«

Wutschnaubend zückte Orlando sein Schwert, doch bevor er einen Schritt auf den Dieb zu tun konnte, erscholl der Ruf: *»Niemand rührt sich von der Stelle!«*

Mit einem Gefühl wie in einem Unterwasseralbtraum drehte Sam sich um und sah, dass Felix Jongleur den kleinen Cho-Cho gepackt hatte, der zappelte und strampelte wie eine verbrühte Katze, bis Jongleur ihm die abgebrochene Klinge von Orlandos altem Schwert an die Kehle hielt.

»Ich bluffe nicht«, sagte Jongleur. »Wenn ihr nicht wollt, dass eure einzige Verbindung zu diesem Sellars vor euren Augen stirbt, werdet ihr euch brav hinsetzen und sitzen bleiben.« Er fixierte Orlando mit einem bösen Blick. »Vor allem du.«

Azador trat auf Jongleur zu, das Feuerzeug wie eine Weihgabe in beiden Händen, einen ehrfürchtigen Blick im Gesicht. »Schau, ist es nicht wunderschön? Du hattest recht, mein Freund. Du hast gesagt, die Blinde müsste es haben, und so war es.«

Jongleur lächelte. »Du bist sehr geduldig gewesen. Darf ich es mal sehen?«

Azador stockte, und seine Freude schlug in Misstrauen um. »Du darfst es nicht anfassen.«

»Ich will es gar nicht anfassen«, erklärte Jongleur. »Ich wollte nur mal schauen, mich vergewissern, dass sie dich nicht hereingelegt haben – du hast ja gehört, dass sie von einer Kopie geredet haben.«

»Es ist keine Kopie!«, sagte Azador entrüstet. »Das würde ich merken! Das ist meins!«

»Natürlich«, pflichtete Jongleur ihm bei.

Urplötzlich riss Cho-Cho sich aus dem Griff des alten Mannes los und stürzte durch das Zigeunerlager davon. Azador schaute sich nach dem Jungen um, und in dem Moment packte Jongleur ihn von hinten, setzte ihm die abgebrochene Klinge an die Kehle und zog durch. Blut sprudelnd und mit völlig entgeistertem Blick drehte sich der Zigeuner nach dem Mann um, den er für seinen Verbündeten gehalten hatte, und holte zum Schlag aus, doch Jongleur hielt ihm den Arm fest. Azador sackte zusammen und fiel zu Boden, während Jongleur triumphierend vor ihm stand, das Feuerzeug in der blutbesudelten Hand.

»Schwein!«, schrie Paul Jonas. Orlando sagte nichts, aber eilte bereits auf den kahlköpfigen Mann zu.

Jongleur hielt das Feuerzeug hoch. »Vorsicht. Ich kann es von hier aus ohne weiteres in den Brunnen werfen, nicht wahr? Dann habt ihr eure Freundin Renie verloren.«

Orlando blieb stehen. Er schnaufte wie eine Bulldogge an der Kette, und sein Gesicht war wutverzerrt.

»Ich hab's gewusst!« Sam warf einen Blick auf Azador. Das Blut hatte neben dem Zigeuner auf dem Boden eine schwärzliche Lache gebildet. Seine erloschenen Augen waren immer noch vor Schreck geweitet. »Ich hab's gewusst!«, schrie sie den alten Mann an. »Du Lügner! Du Mörder!«

Jongleur lachte. »Lügner? Ja, sicher. Mörder? Vielleicht, aber nicht, wenn du ihn meinst.« Er stieß Azador mit der Spitze seines Zigeunerstiefels an. »Er war kein Mensch. Er war bloß eine Kopie, genau wie die Zwillinge. Wie meine Avialle.«

»Eine Kopie?«, fragte Paul zögernd.

»Ja – eine Kopie von mir«, antwortete Jongleur. »Eine ziemlich schlechte und unvollständige aus einer frühen Phase, von unserem widerspenstigen Betriebssystem hier in eine heimische Umgebung versetzt. Vielleicht wurde sie gemacht, während ich schlief, ich weiß es nicht. Jedenfalls war sie von vielen Fantasien beherrscht, die ich als Junge hatte. Dieses alberne Zigeunerlager, das es in der Form überhaupt nur in viktorianischen Romanen gegeben hat – ich habe es sofort wiedererkannt.« Er grinste höhnisch. »Als Kind habe ich mir gern vorgestellt, so eine Umgebung wäre meine wahre Herkunft, nicht mein langweiliges Zuhause und meine langweiligen Eltern.«

»Was meinst du, mit deiner Tat erreicht zu haben, Jongleur?«, fragte Martine Desroubins scharf; von Azadors Angriff hatte sie immer noch Erdspuren im Gesicht. »Das ist ein Patt. Wir werden dich nicht mit dem Feuerzeug entkommen lassen.«

»Tja, aber leider könnt ihr mich nicht aufhalten.« Er bleckte die Zähne zu einem raubtierhaften Grinsen. »Ich habe mit Engelsgeduld auf diesen Moment gewartet. Jetzt verabschiede ich mich und werde euch und meinem ehemaligen Lakaien und meinem ganzen aufsässigen System den Saft abdrehen. Ihr könnt mir dankbar sein – es wird schmerzlos abgehen. Vermutlich wird euch einfach das Herz stehen bleiben.« Jongleur hielt das Feuerzeug hoch. *»Oberste Priorität«,* sagte er. *»Tränen des Re.«*

Im nächsten Augenblick war er aus dem wüsten Land am Brunnen spurlos verschwunden.

Kapitel 44
DIE STIMMEN

NETFEED/NACHRICHTEN:
Arizona – die Wahlscheingesellschaft?
(Bild: Thornley vor dem Sitz der Landesregierung)
Off-Stimme: Durwood Thornley, der erste Gouverneur der Freiheitlichen in Arizona, beabsichtigt, das Schulwahlscheinverfahren auf das Steuersystem auszuweiten. Seine Kritiker sind davon gar nicht erbaut.
Nach Thornleys Vorstellungen soll der individuelle Steuerzahler die Möglichkeit bekommen, seine Steuergelder von bestimmten Aufgabenbereichen, die er nicht unterstützen will, abzuziehen und anderen Zwecken zuzuführen. Als Beispiel führen Thornleys Mitarbeiter an, dass Leute ohne eigenes Auto ihre Straßenbauwahlscheine für Reparaturarbeiten an öffentlichen Plätzen und Bürgersteigen einsetzen könnten, oder Steuerzahler, die keine Haustiere halten, könnten mit Tierkontrollscheinen die Ausrottung unerwünschter Schädlinge in Haus und Garten finanzieren …

> Zuerst hatte er die Befürchtung, dass der Prioritätsbefehl nicht funktioniert hatte – dass es dem System irgendwie gelungen war, seine eigene Grundprogrammierung aufzuheben –, doch dann ging die kurze Dunkelheit in das vertraute tiefenlose Grau seines privaten Systems über. Er konnte seinen Körper wieder fühlen – nicht seine robuste virtuelle Erscheinungsform, sondern seinen tatsächlichen sterbenden Körper, der in seinem Tank von zahllosen teuren Apparaten versorgt

und am Leben erhalten wurde. Doch trotz allem Grauen, das ihm die Rückkehr in seinen wahren Zustand einflößte, war es dennoch ein wunderbares Gefühl.

Felix Jongleur war wieder zuhause.

Und jetzt die Apep-Sequenz auslösen. Der Andere musste ohne Frage zerstört werden, vor allem wenn Dread ihn in seiner Gewalt hatte. Es war eine Schande, dass die Millionen Arbeitsstunden, die darin eingegangen waren, umsonst gewesen sein sollten, aber dieses Betriebssystem hatte längst bewiesen, dass Jongleurs schlimmste Befürchtungen bei weitem nicht schlimm genug gewesen waren.

Auf keinen Fall jedoch durfte das Gralsnetzwerk selbst irreparablen Schaden davontragen. Die darin gefangenen Menschen interessierten Jongleur nicht – er hatte keinerlei Skrupel, Paul Jonas und die Übrigen umzubringen, zumal Jonas' Uhr eigentlich ohnehin seit zwei Jahren abgelaufen war –, aber er wusste nicht, wie gut das Netzwerk ein vollständiges Abschalten verkraftete. Selbst mit einem austauschbereiten Backup-Betriebssystem musste er zweifellos gewaltige Abstriche bei der Genauigkeit und der Ansprechzeit in Kauf nehmen, da das Netzwerk völlig auf die einzigartigen, ans Wunderbare grenzenden Fähigkeiten des sogenannten Andern zugeschnitten worden war. Und außer Jonas und seinen Freunden mussten natürlich auch alle anderen sterben, die sich noch in Otherland und somit in der Matrix des Andern befanden. Er konnte nicht einmal mit Sicherheit sagen, ob die Phantomversionen von Avialle überleben würden, obwohl sie eigentlich als Code im Speicher erhalten bleiben mussten, bis das Netzwerk wieder in Betrieb genommen wurde.

Er wünschte jetzt, seine Bemühungen darum, ein anderes Betriebssystem zu finden und zu entwickeln, hätten Erfolg gehabt, selbst wenn es bedeutet hätte, zusammen mit Robert Wells an einem alternativen System herkömmlicherer Art zu arbeiten, doch für solche reumütigen Gedanken war es zu spät. Er führte Krieg, einen Krieg um die Kontrolle über sein eigenes Netzwerk, das schon irrsinnige Mengen an Geld, Schweiß und Blut verschlungen hatte, und im Krieg musste man immer Verluste in Kauf nehmen.

Der prekärste Punkt war natürlich seine persönliche Sicherheit. Er hatte von jeher davor zurückgescheut, sich ein für alle Mal in einen virtuellen Körper zu begeben, wie sollte er da jetzt einem der minderwertigeren Systeme aus Wells' Telemorphix-Werkstatt vertrauen, die zwar vielleicht zuverlässiger waren als seines, aber bei weitem nicht die Leistung brachten?

Aber wenn Avialles Kopien das Abschalten und Auswechseln des Systems überstehen, dachte er, *dann müsste mein bereitstehender virtueller Körper das ebenfalls tun. Und wenn ich das Risiko eingehen muss, den Gralsprozess ganz zu durchlaufen, und sei es ohne volles Vertrauen in das neue System – nun ja, vor Risiken bin ich noch nie zurückgeschreckt.* Die Ereignisse der vergangenen Tage waren unvorhersehbar gewesen. Er war nahe daran gewesen, den Mut zu verlieren, doch er war stark geblieben. Um jetzt zu überleben und zu siegen, musste er nur weiterhin klüger und aggressiver sein als alle anderen, genau wie immer.

Es war ihm nicht leichtgefallen, Jonas und den anderen gegenüber geduldig und zahm zu bleiben, schon gar nicht mit dem Wissen, dass eines der Zugangsgeräte im Besitz dieser Martine und damit wieder in seiner Reichweite war. Aber ein einzelnes Zugangsgerät war für seine Zwecke wertlos gewesen, ansonsten hätte er schon Tage vorher das von Renie Sulaweyo mit Gewalt an sich bringen können. Er hatte schon befürchtet, selbst irgendwie einen Weg in das Herz des Systems finden zu müssen, doch zum Glück hatte diese rauhbauzige Sulaweyo einen Zufallstreffer gelandet. Jongleur hatte nur darauf warten müssen, dass ein Kontakt zwischen den beiden Geräten zustande kam, und dann alles auf eine Karte gesetzt in der Hoffnung, dass das System notgedrungen gehorchen musste, wenn sein Prioritätsbefehl Renie Sulaweyos Standort im Innern des Andern erreichte.

Natürlich war ein Risiko eine Sache und ein leichtsinniges Risiko eine andere. Deshalb hatte er sich mit kluger Berechnung bei dem dümmlichen Azador eingeschmeichelt und den Pseudozigeuner heimlich dazu aufgehetzt, sich zurückzuholen, was er in seiner Verblendung für sein Eigentum hielt. Auf die Weise hätte Jongleur es noch einmal auf eigene Faust unternehmen können, das Gerät zu stehlen, wenn dieser erste Versuch fehlgeschlagen wäre.

Allerdings musste er sich eingestehen, dass es ihn ein wenig störte, wie leicht er eine andere Version von sich selbst überlisten und nach seinem Willen lenken konnte, und sei es eine mangelhafte Version. Es kränkte ihn beinahe in seinem Stolz.

Aber das war nur ein kleiner Schönheitsfehler. Alles andere hatte geklappt wie geplant. Er hatte abgewartet, gesetzt und gewonnen.

Und jetzt ist es so weit. Zeit für die letzte Runde.

Er gab den Befehl zur Einleitung des Apep-Prozesses und setzte damit die komplizierten Vorbereitungen in Gang, die nötig waren, damit er ihn so bald wie möglich auslösen konnte und dann sein rebellisches Betriebssystem endlich vom Hals hatte. Daraufhin wechselte er aus dem grauen Systemraum in die Wirklichkeit seines großen Hauses über.

Das zu seiner unendlichen Überraschung völlig leer zu sein schien.

Was ist da los? Durch die Systeme des Gebäudes liefen widersprüchliche Alarmmeldungen – Feuer in den unterirdischen Geschossen und ein Störfall mit giftigen Emissionen in dem Atomkraftwerk ein Stück abseits der Insel wurden gemeldet. Er rief seine Kameraaugen auf und klickte sich durch die einzelnen Etagen. Es war Sonntag, und von daher war natürlich nicht mit einer vollen Besetzung zu rechnen, aber die Flure und Büros waren alle durch die Bank wie ausgestorben. Jongleur schickte dem Sicherheitsdienst einen vordringlichen Befehl, aber niemand nahm ihn entgegen. Er ließ sich die Ansicht der Wachzentrale des Gebäudes geben, zwei Stockwerke unter ihm. Sie war leer.

Unmöglich. Irgendetwas war da faul. Oberfaul. Er schickte einen noch vordringlicheren Befehl an die private Militärbasis der Insel, aber alle Leitungen waren besetzt. Außerdem hatte jemand seine Verbindung zu den Überwachungskameras der Basis deaktiviert. Er ging auf einen der erdnahen Satelliten und zoomte sich heran, bis er Bewegung erkennen konnte, ein wildes Durcheinander, genauer gesagt, wie ein Ameisenstaat auf der Wanderung. Seine Truppen bestiegen gerade mehrere firmeneigene Fähren. Sie wurden evakuiert.

Jongleur merkte, wie seine Herzapparatur ansetzte zu rasen und wie sofort automatische Gegenmaßnahmen ergriffen wurden. Als er die durch seinen Organismus strömenden Chemikalien fühlte und den kühlen Frieden, den sie verbreiteten, übernahm er selbst die Steuerung und reduzierte den Beruhigungseffekt: Etwas Schreckliches war geschehen, geschah in diesem Augenblick, da wollte er nicht eingelullt werden.

Der Keller, dachte er. *Der zuerst.* Er rief die Displays auf. Die unterirdischen Geschosse waren in der Tat voller Rauch, der alles vernebelte und sogar bis ins Foyer gedrungen war, doch er sah keine Spur von Flammen. Er prüfte nach, wann der Alarm ausgegeben war. Die erste Feuermeldung lag fast zwei Stunden zurück. Jongleur konnte sich das nicht erklären. Ein Schwelfeuer, das größtenteils aus Rauch bestand, konnte natürlich ohne weiteres so lange dauern, aber war das eine solche Gefahr, dass man deswegen nicht nur das Gebäude vollkommen räumte, sondern sogar die ganze Insel? Wo war die Feuerwehr? Er befahl eine Blitzanalyse der Lüftungsanlage im Haus und fand keine ungewöhnlichen Werte, keinerlei unerwartete Giftstoffe.

Was zum Teufel geht da vor?

Der Reaktorunfall hätte die Antwort sein können, doch die Protokolle zeigten an, dass der entsprechende Alarm erst eine halbe Stunde nach Ausbruch des Feuers ausgelöst worden war, obwohl er mit ziemlicher Sicherheit die Ursache für die Massenevakuierung der Basis war. Doch das war widersinnig: Das Kraftwerk befand sich auf einer separaten winzigen Insel, nicht auf der Hauptinsel mit dem Stützpunkt und dem Bürohochhaus. Jongleur hatte einen eigenen kleinen Reaktor haben wollen, um sicherzustellen, dass es für das Betriebssystem des Gralsnetzwerks immer eine weitere Energiequelle als Reserve gab, aber er war nicht so dumm gewesen, ihn direkt neben das Firmengebäude zu plazieren, neben den Ort, wo sein hilfloser Körper ruhte.

Er holte sich eine Liste mit Werten der Kraftwerksfunktionen, aber sie waren konfus und unergiebig. Definitiv fest stand, dass Alarm geschlagen und das Gelände verlassen worden war, aber er konnte sich kein klares Bild davon machen, was geschehen war. Die Bilder gaben keinen Aufschluss: Der Reaktor selbst schien völlig einwandfrei zu funktionieren, und bei genauerer Inspektion ergaben die Betriebsdaten des Reaktors, dass er bei normaler Temperatur abgeschaltet worden war, und das allem Anschein nach lange vor der Alarmmeldung. Es sah so aus, als ob die Techniker auf einen völlig unabhängigen Befehl hin den Reaktor gesichert und die Containmentschilde erhöht hätten, bevor sie geordnet abgezogen waren.

Wenn also der Brand geringfügig und der Reaktor nicht in Gefahr war, warum flohen dann alle?

Könnte einer meiner Feinde daran schuld sein? Hat Wells es ebenfalls geschafft, offline zu kommen? Aber warum sollte er die Zerstörung des ganzen Netzwerks riskieren, seine eigenen riesigen Investitionen, bloß um mir eins auszuwischen?

Dread. Es überfiel ihn wie ein jäher Wintereinbruch – einen Moment lang verschwamm ihm das Gesicht seines früheren Untergebenen sogar mit den grausigen Zügen von Mister Jingo, dem Schreckgespenst seiner Kindheit. *Das muss sein Werk sein. Es reicht diesem Straßenganoven, diesem miesen Mörder nicht aus, mein Netzwerk in seine Gewalt zu bringen, jetzt hat er mich auch noch in meinem Haus angegriffen und benutzt dazu mein eigenes Betriebssystem. Aber was verspricht er sich davon, selbst wenn die ganze Insel geräumt wird? Weiß er nicht, dass ich über mehrere verschiedene Energiequellen verfüge und mit meiner gesicherten Stromversorgung wenn nötig monatelang in meinem Tank ausharren kann?*

Je mehr er darüber nachdachte, desto unbegreiflicher wurde das Ganze. Fürs Erste hatten die rätselhaften Vorgänge jeden Gedanken daran verdrängt, die Apep-Sequenz auszulösen.

Von einem jähen Schreck gepackt kontrollierte er eilig den hangargroßen Raum, der den Maschinenpark des Gralsprojekts enthielt, um sich zu vergewissern, dass alles noch ordnungsgemäß funktionierte. Über die Kameras sah er, dass der riesige Saal leer war, doch auch wenn die Techniker die Zeilen der Prozessoren und Switcher verlassen hatten, arbeiteten diese doch fehlerfrei vor sich hin.

Was bezweckt John Dread dann? Will er lediglich meine Abwehr austesten? Oder ist es etwas Irrationales – er hat immer schon so kindische Anwandlungen gehabt. Vielleicht ist das bloß eine gigantisch aufgeblasene Abart von Fonterror, mit der er seinen alten Arbeitgeber erschrecken will. Vielleicht weiß er nicht einmal, ob ich tot oder noch online bin.

Sehr viel beruhigter und jetzt mit der Gewissheit, dass innerhalb des Gebäudes keine unmittelbare Gefahr bestand, begab Jongleur sich wieder an die Vorbereitung der Apep-Sequenz, doch eine Anomalie in den Anzeigen des Programmes ließ ihn erstarren. Das musste ein Irrtum sein. Bei dem ganzen Informationskuddelmuddel auf der Insel, den falschen Alarmen und Schadensmeldungen, mussten sogar die Kerndaten des Gralsnetzwerks verfälscht worden sein. Nach dem, was er vor sich sah, war das Apep-Programm bereits gestartet worden, und das konnte einfach nicht stimmen. Die für den Vorgang vermerkte Zeit lag knapp zwei Stunden zurück. Aber er selbst hatte doch mit der Einleitung erst wenige Minuten zuvor begonnen.

Es muss ein Irrtum sein, dachte er. *Auf jeden Fall!* Der Beweis dafür war, dass die Flugbahn völlig widersinnig war. Da lenkte ein Huschen auf einem der Kontrollbildschirme seine Aufmerksamkeit sogar von einer so hochwichtigen Angelegenheit wie dem Schicksal seines ungebärdigen Betriebssystems ab.

Da bewegte sich etwas. Es war noch jemand im Haus.

Als er das Bild vergrößerte und die anderen Aufnahmen in den Hintergrund schob, fiel sein Blick auf die Standortbezeichnung der Kamera. Ein Angststoß durchzuckte ihn. Der Eindringling war *hier,* im selben Stockwerk wie sein Tank! Einen Moment lang hatte er die Halluzination, wieder in seine Kindheit versetzt zu sein – der Geruch der Handtücher und gestärkten Laken nahm ihm schier den Atem, während er sich vor Halsall und den anderen älteren Jungen im Wäschetrockenschrank versteckte. Er konnte sie beinahe hören.

»Jingle? Jingle-Jangle? Komm raus, Franzmann. Wir ziehen dir die Hosen runter, du kleiner Scheißer!«

Mit einem kurzen tonlosen Wimmern verdrängte er die Erinnerung. *Wie? Wie hat irgendjemand in mein Allerheiligstes eindringen können?*

Die verzweifelte Hoffnung, dass es ein tapferer Techniker war, der sich zum Bleiben entschlossen hatte, zerbrach in tausend kalte Scherben, als er das Bild näher betrachtete. Der Eindringling war eine Frau, eine ältere Frau mit kurzen Haaren. Er hatte sie nie zuvor gesehen. Noch erstaunlicher war, dass sie die Arbeitsuniform seines eigenen Unternehmens trug.

Eine Putzfrau? Auf dieser Etage? Auf meiner *Etage?* Es war so absurd, dass er fast gelacht hätte, wenn nicht die Angst gewesen wäre, die diese ungeheuerliche Verletzung seiner Privatsphäre ihm einjagte, und wenn alles, was außen vor sich ging, ihn nicht mit Verwirrung und Misstrauen erfüllt hätte. Nein, im Augenblick war ihm nicht im Geringsten nach Lachen zumute. Er starrte ihr Gesicht an, versuchte darin irgendetwas zu erkennen, das ihm verriet, wer sie war, was sie bezweckte. Sie bewegte sich langsam und schaute sich sichtlich unsicher und verwundert um, genau wie eine, die sich zufällig in den Raum verirrt hatte. Von planmäßigem Handeln war nichts zu bemerken, nichts von der

Entschlossenheit eines Saboteurs oder Attentäters. Jongleur atmete ein wenig auf, doch er fürchtete sich immer noch. Wie konnte er sie loswerden? Es waren keine Angestellten greifbar, nicht einmal seine Sicherheitsdienstler. Wut baute sich in ihm auf.

Sie wird mich zu hören bekommen, beschloss er, *und zwar laut. Wie das Brüllen eines zornigen Gottes. Das wird sie in die Flucht schlagen.* Doch bevor er seine Stimme durch das Tonsystem donnern ließ, rief er das Identifizierungsprotokoll des Raumes auf, weil er wissen wollte, wie sie hereingekommen war.

Es war eine einfache Blankovollmacht, die gleiche Zulassung, mit der sich seine speziell ausgewählten und bewährten Techniker zwischen den Etagen bewegten. Sie war auf *Olga Czotilo, Raumpflegerin,* ausgestellt. Etwas an dem Namen kam ihm vage bekannt vor. Und zu seinem Erstaunen war auf ihrer Kontrollliste ein Code aufgeführt, den er nicht gleich erkannte. Wo war sie zuletzt gewesen? Eine Weile zermarterte er sein Gehirn – er hatte diesen Code schon lange nicht mehr gesehen.

Oben, durchfuhr es ihn, und vor Schreck krampfte sich alles in ihm zusammen. *Sie ist auf der verschlossenen Etage gewesen ... am Todesort ... Wie ist sie da reingekommen ...? Wer hat ihr geholfen ...?* Und in dem Moment fiel ihm ein, woher er ihren Namen kannte.

Felix Jongleurs Atmung wurde beängstigend flach. Sein Puls flatterte und schnellte dann in die Höhe. Wieder wurden beruhigende Chemikalien eingespritzt, floss ein Strom von Herzmitteln durch Plastikschläuche in seinen steinalten Körper, doch nicht genug, um das jähe, tödliche Grauen zu dämpfen, nicht annähernd genug.

> Das Stockwerk war genauso groß wie das darunter und das darüber, aber beklemmend leer. Es gab hier weder die kalte Erhabenheit von tausend in Reihen stehenden Apparaten noch das surreale Gewucher eines unübersehbaren Zimmerwaldes. Nur ein nicht ganz geschlossener Ring von Apparaten, klotzig und hoch aufragend wie ein druidisches Steindenkmal, stand in einem Lichtkegel in der Mitte des riesigen, ansonsten dunklen Saales. Und in der Mitte dieser Anlage wiederum waren auf einem Kreis aus Marmorplatten vier schwarze Behälter zu einem Dreieck angeordnet, einer von fast fünf mal fünf Metern Grundfläche

im Zentrum, ein fast genauso großer direkt darüber und zwei kleinere etwas abgesetzt an den Basisenden.

Kein Dreieck, sagte sie sich. *Eine Pyramide.*

Särge, dachte sie nach einer Weile. *Sie sehen aus wie die Särge toter Könige.*

Sie trat heran, ohne dass es ein Geräusch gab, da der nachtschwarze Teppichboden den Schall ihrer Schritte schluckte. Die übrige Raumbeleuchtung ging langsam an, und obwohl der Scheinwerfer, der das Ensemble der Apparate und Kunststoffsarkophage bestrahlte, nach wie vor das stärkste Licht war, konnte sie jetzt die fernen Wände erkennen. Sie waren sämtlich fensterlos und mit einem Stoff überzogen, der genauso dunkel und nicht reflektierend war wie die Auslegware, so dass die Anlage in der Mitte des Saales selbst jetzt bei der größeren Helligkeit im sternenlosen Weltraum zu schweben schien.

Lieber Himmel, dachte sie. *Es ist wie eine Leichenhalle.* Sie rechnete halb damit, leise Orgelmusik zu hören, doch der Raum blieb still. Selbst die mahnenden Automatenstimmen waren hier in den oberen Etagen des Turmes nicht zugelassen.

Als sie in der Raummitte angekommen war, betrachtete sie lange die stummen schwarzen Formen und musste dabei gegen eine leise Regung abergläubischer Furcht ankämpfen. Der mittlere Behälter war so hoch, dass er sie deutlich überragte, der zweite große ein bisschen niedriger, die anderen beiden dagegen geradezu gedrungen. Sie beäugte den Behälter unmittelbar vor ihr, der rechts von dem in der Mitte stand, aber die Plastikwand war undurchsichtig und ging direkt in den Boden über. Plastikrohre, in denen sie irgendwelche Kabel vermutete, kamen aus Öffnungen an der Seite und gruben sich in den schwarzen Teppich wie Wurzeln.

Sie ging daran vorbei und blieb neben dem Behälter stehen, der die Spitze der horizontalen Pyramide bildete, dem zweitgrößten. Sie atmete einmal tief durch und fasste ihn an. Als ihre Finger den glatten, kühlen Kunststoff berührten, blinkte an der Seite ein rotes Licht auf. Erschrocken sprang sie zurück, doch sonst tat sich nichts. Kleine Leuchtbuchstaben erschienen neben dem roten Licht. Sie beugte sich vor, aber achtete darauf, das Ding kein zweites Mal zu berühren.

Projekt: Uschebti
Inhalt: Blastozyten 1.0, 2.0, 2.1; Horus 1.0
Achtung: Kryogenischer Verschluss – Unbefugtes Öffnen oder Reinigen verboten

Sie starrte die Schrift an und versuchte sich zu erinnern, was Blastozyten waren. Irgendwelche Zellen – Krebszellen? Nein, irgendwas mit Schwangerschaft. Was ein Horus sein mochte, wusste sie nicht, wahrscheinlich eine andere Zellart. Es war ihr vollkommen schleierhaft, warum jemand Interesse daran haben sollte, in solch einem mächtigen Tank Zellgewebe aufzubewahren.

Sind die Dinger alle gleich? überlegte sie. *Irgendwelche Kühltruhen für medizinische Forschungen? Machen sie hier gentechnische Experimente?*

Sie berührte einen der kleineren Behälter. Wieder blinkte ein rotes Licht auf, aber die Schrift daneben besagte nur: *Mudd, J.L.,* dazu noch eine Kette von Ziffern. Auf dem zweiten kleinen Sarkophag leuchtete *Finney, D.S.D.,* mit einer anderen Zahlenfolge auf. Sie musste ihren ganzen Mut zusammennehmen, um den größten Behälter anzufassen, doch als sie ihn leicht mit einem Finger antippte, geschah nichts. Sie wartete, bis ihre Hand etwas weniger zitterte, dann berührte sie ihn erneut und hielt den Kontakt.

»Frau Pirofsky?«

Sie kreischte auf und sprang zurück. Die Stimme war in ihrem Kopf.

»Entschuldige, ich wollte dich nicht erschrecken. Ich bin es. Sellars.«

Seine Stimme war rauh, als ob er Schmerzen hätte, aber sie klang nach ihm. Olga taumelte und setzte sich auf den Teppch.

»Ich dachte, du wärst im Koma. Du hast mir wirklich einen Schreck eingejagt. Hier drin ist es wie im Grab der Mumie. Ich hätte mir fast in die Hose gemacht.«

»Es tut mir wirklich sehr leid. Aber ich muss mit dir sprechen, und ich fürchte, es ist unaufschiebbar.«

»Wo bin ich hier? Was sind das für Dinger?«

Sellars zögerte einen Moment mit der Antwort. »Der größte ist der wahre Aufenthaltsort von Felix Jongleur. Dort wohnt der Mann, dem die J Corporation gehört, der Mann, der das Otherlandnetzwerk gebaut hat.«

»Er wohnt …?«

»Sein Körper ist so gut wie tot, und das schon seit Jahren. Viele, viele Apparate sind an diesen Lebenserhaltungsbehälter angeschlossen – er geht fast zehn Meter tief in den Fußboden hinein.«

»Er ... er ist hier ...?« Verwirrt betrachtete sie den Behälter. »Er kann da nicht raus?«

»Nein, er kann nicht raus.« Sellars räusperte sich. »Ich muss mit dir reden, Frau Pirofsky.«

»Olga, bitte. Ja, ich weiß, ich muss hier weg. Aber ich habe noch nichts gefunden, was die Stimmen erklären würde ...«

»Aber ich.«

Sie begriff nicht gleich. »*Du* hast etwas gefunden? Was?«

»Das ist schwer zu erklären, Frau ... Olga. Bitte, mach dich auf etwas gefasst. Ich fürchte, es wird dich sehr ... schockieren.«

Sie konnte sich kaum vorstellen, dass etwas schockierender sein konnte als das, was sie bereits durchgemacht hatte. »Sag's mir einfach.«

»Du hattest einmal ein Kind.«

Das war das Letzte, womit sie gerechnet hätte. »Ja. Einen Jungen. Er ist tot. Er ist bei der Geburt gestorben.« Es war erstaunlich, dass der Schmerz immer noch so prompt zuschlagen konnte, so stark. »Ich habe ihn nie gesehen.«

Wieder zögerte Sellars. Dann stieß er die Worte beinahe überhastet hervor. »Du hast ihn nie gesehen, weil er nicht bei der Geburt gestorben ist. Er ist nicht tot, Olga. Man hat dich belogen.«

»Was?« Ihr kamen keine Tränen, nur dumpfer Zorn regte sich. Wie konnte jemand so etwas Grausames, Absurdes sagen? »Was redest du da für ein Zeug?«

»Dein Kind war eine ganz seltene Mutation – ein Telepath. Er war ... ist ... ein Kind, das unter normalen Umständen niemals überlebt hätte. Seine ungebändigten geistigen Kräfte waren so ungeheuer stark, dass trotz vieler Sicherheitsvorkehrungen ein Arzt im Kreißsaal einen Schlag erlitt und starb, während er den Kaiserschnitt vornahm. Zwei Schwestern hatten ebenfalls Anfälle, aber es standen etliche andere bereit, und einer gelang es, dem Kind eine hohe Dosis eines Sedativs zu verpassen.«

»Das ist doch Unsinn! Wie hätte so etwas ohne mein Wissen geschehen können?«

»Du warst bereits ruhiggestellt worden – man hatte dir gesagt, es müsse mit einer sehr schwierigen Geburt gerechnet werden, einer Steißgeburt, weißt du nicht mehr? Es hatte nämlich schon vorher Anzeichen dafür gegeben, dass das Kind abnorm war. Erinnerst du dich noch an die ganzen Tests? Ist dir nie der Gedanke gekommen, dass etwas daran ungewöhnlich war? Die Ärzte und Schwestern waren alle Spezialisten. Hoch bezahlte Spezialisten.«

Olga hätte sich am liebsten zusammengerollt und sich die Ohren zugehalten. Ihr Kind war tot. Über dreißig Jahre lang hatte sie darunter gelitten und schließlich gelernt, damit zu leben. »Was du sagst, verstehe ich überhaupt nicht.«

»Der Mann dort in dem Behälter – Felix Jongleur. Er hatte nach einem Kind mit genau den Fähigkeiten deines Sohnes gesucht. Er und seine Geschäftspartner hatten Verbindungen zu Dutzenden von Krankenhäusern in ganz Europa, zum Teil gehörten sie ihnen ganz offiziell. Du hast dir das Krankenhaus nicht selbst ausgesucht, stimmt's?«

»Wir ... wir wurden dorthin überwiesen. Von einem Arzt – aber er war ein freundlicher Mann!«

»Vielleicht. Vielleicht war ihm nicht klar, was er tat. Aber Tatsache ist, dass du und dein Kind in die Hand von Menschen gerieten, die nichts weiter wollten als dieses Kind – deinen Sohn. Jongleurs Spezialisten gewannen anhand von Tests eine Vorstellung von der Besonderheit ihres Funds und gaben ihm schon im Mutterschoß die ersten Sedativa. Sie waren optimal auf ihn vorbereitet, und dennoch wäre er um ein Haar an dieser traumatischen Geburt gestorben – zu viel mentale Energie, eine Hyperaktivität, die ihn binnen Minuten umgebracht hätte. Wenigstens eine Person, die bei seiner Geburt zugegen war, kam tatsächlich ums Leben. Aber wie gesagt, im Großen und Ganzen waren sie vorbereitet. Er wurde in eine kryogenische Anlage gesteckt und seine Temperatur drastisch reduziert. Sie versetzten ihn in einen Zustand weitgehender Leblosigkeit.«

Jetzt kamen die Tränen doch noch. Mit ihnen kamen Erinnerungen – an die Nächte, die sie neben dem schlafenden Aleksander wach im Bett gesessen und das ebenso feste wie unerklärliche Gefühl gehabt hatte, dass etwas mit ihrem Baby nicht stimmte. Dann an die anderen Male, wo sie geschworen hätte, dass sie spürte, wie es in ihr ... *dachte,* die erschreckende Wahrnehmung eines fremdartigen kleinen Wesens, das in ihrem Bauch wohnte. Doch sie hatte sich eingeredet, dass andere Mütter bestimmt genau die gleichen Empfindungen hatten, und die Ärzte hatten ihr beigepflichtet.

»Woher weißt du das alles?«, fragte sie. »Wie kannst du das wissen? Warum hast du bis jetzt gewartet, um mir das zu sagen? Du hast dir das ausgedacht – das ist irgendein irrsinniges Spiel, es ist deine Verschwörung, deine verrückte Verschwörungstheorie!«

»Nein, Olga«, entgegnete er traurig. »Ich habe es dir deswegen nicht gesagt, weil ich es selbst nicht wusste. Bis jetzt. Ich hatte keine Ahnung, wie das Betriebssystem des Otherlandnetzwerks funktioniert, da es in keiner Weise den Regeln zu gehorchen schien, die selbst für die höchstentwickelten neuronalen Netzwerke gelten. Aber ...«

»Mein Junge!« Olga sprang auf und wankte zu dem Behälter an der Spitze der Pyramidenformation. Ihr war eingefallen, wo sie das Wort »kryogenisch« gesehen hatte. »Ist er hier? Ist er hier drin?« Sie kratzte hilflos an der Plastikoberfläche. »Wo ist er?«

»Er ist nicht dort, Olga.« Sellars klang, als müsste er selbst mit den Tränen kämpfen. »Er ist nicht in dem Gebäude. Er ist nicht einmal auf der Erde.«

Ihr knickten die Beine ein. Sie sackte zusammen und fiel vornüber, so dass sie mit der Stirn auf den Teppichboden schlug. »Was soll das heißen?«, jammerte sie. »Ich verstehe das nicht.«

»Bitte, Olga. Bitte. Es tut mir unendlich leid. Aber ich muss dir alles sagen. Wir haben sehr wenig Zeit.«

»Zeit? Ich habe mein Leben lang gedacht, mein Kind wäre tot, und du erzählst mir jetzt, ich hätte keine Zeit? Wieso? Was soll das?«

»Bitte. Hör mir zu.« Sellars tat einen tiefen, zittrigen Atemzug. »Jongleur und seine Techniker haben das Gralssystem um dein Kind herum konstruiert. Seine Anomalie ... seine besondere Begabung, wie du es nennen willst, die Hypermutation, die ihn unter andern Umständen lange vor dem Geburtstermin umgebracht hätte und dich vielleicht auch, gerade sie machte ihn für die Gralszwecke ideal. Trotz des kolossalen Aufwands, mit dem sie sich eine Welt für die Ewigkeit entwarfen, konnten sie kein virtuelles Environment erschaffen, das von der Umsetzung her schnell und lebensecht genug war, auch nicht mit den besten Informationstechnologien, die es gab. Was nützte es ihnen, unsterblich zu sein, wenn sie keinen geeigneten Ort hatten, um diese

Unsterblichkeit zu genießen? Also bauten Jongleur und seine Wissenschaftler einen gewaltigen Simultanprozessor auf der Grundlage menschlicher Gehirne, größtenteils von Föten, und vertrauten darauf, dass dein Sohn mit seinen angeborenen Fähigkeiten zwischen diesen Gehirnen Verbindungen herstellen konnte, zu der keine Apparatetechnik der Welt in der Lage war, dass er sie beherrschen und daraus das Betriebssystem für ihr Netzwerk gestalten konnte.

Doch es gab von Anfang an Probleme. Das menschliche Gehirn ist kein Computer. Es braucht ein menschliches Umfeld und eine entsprechende Betätigung, um zu reifen. Wenn es nicht lernt, entwickelt es sich nicht. Dein Sohn war ein Sonderfall, wie er unter Milliarden nur einmal auftritt, Olga, aber er war dennoch ein menschliches Kind. Die Ingenieure und Wissenschaftler des Gralsprojekts sahen schließlich ein, dass sie dieses unglaublich leistungsstarke Betriebsmittel unterrichten mussten, wenn sie damit etwas anfangen wollten. Wenn es nicht mit andern menschlichen Gehirnen in Kontakt kam, kommunizieren und gewissermaßen sogar vernünftig denken lernte, würde es für sie wertlos bleiben.

Paradoxerweise machten die Gralsleute ihn nur deswegen mit menschlicher Kultur bekannt, um ihn zur bestmöglichen Maschine auszubilden. An seiner Menschlichkeit hatten sie kein Interesse. Und das wurde ihnen letztlich zum Verhängnis.« Aus seiner Stimme sprach eine gewisse grimmige Befriedigung.

»Um also seine Entwicklung zu fördern, führten sie von früh an Experimente durch, in denen sie ihn mit andern Kindern, normalen Kindern, in Kontakt brachten. Eine der Personen, die sich derzeit in dem System aufhalten, eine Frau namens Martine Desroubins, war eines dieser Kinder. Sie kannte deinen Sohn nur als Stimme – aber sie kannte ihn.«

Olga hatte inzwischen aufgehört zu weinen. Sie saß an den Behälter gelehnt und starrte auf ihre Hände. »Ich verstehe nichts von alledem. Wo ist er jetzt? Was haben sie mit ihm gemacht?«

»Sie haben ihn benutzt, Olga. Dreißig Jahre lang haben sie ihn benutzt. Es tut mir weh, dir das zu sagen – das musst du mir bitte glauben –, aber sie haben ihn nicht gut behandelt. Er ist im Dunkeln aufgewachsen, bildlich und wörtlich gesprochen. Er weiß nicht einmal, was er ist – er handelt fast ohne Überlegung, nur halb wach, träumend, verworren. Er hat die Kräfte eines Gottes, aber das Weltverständnis eines autistischen Kindes.«

»Ich will zu ihm! Es ist mir egal, was er ist!«

»Ich weiß. Und ich weiß, dass du schonungsvoll sein wirst, wenn du mit ihm sprichst. Du wirst versuchen zu verstehen.«

»Was zu verstehen?« Sie atmete jetzt schwer, die Hände zu Fäusten geballt. *Eine Feueraxt,* dachte sie. *Es muss doch irgendwo eine Feueraxt geben. Ich werde damit den schwarzen Sarg von diesem Jongleur in Stücke hauen, ihn ans Licht zerren wie einen Wurm aus seinem Loch ...*

»Dein Sohn ist ... kein normaler Mensch. Wie denn auch? Er spricht fast ausschließlich durch andere. Irgendwie ist er eine Verbindung mit den Kindern eingegangen, die jetzt im Tandagorekoma liegen. Diesen Teil begreife ich noch nicht ganz, aber ...«

»Er spricht durch ... andere ...?«

»Kinder ... die Kinder in deinen Träumen. Ich denke, sie sind seine Stimme, mit der er dich zu erreichen versucht.«

Olga drohte das Herz auszusetzen. »Er ... er kennt mich?«

»Nicht richtig. Aber ich vermute, dass er irgendetwas Bezeichnendes an dir wahrgenommen hat. Hast du nicht erzählt, du wärst anfangs dadurch misstrauisch geworden, dass die betroffenen Kinder allesamt keine Zuschauer deiner Sendung waren? Dein Sohn ist den Fesseln des Otherlandnetzwerks schon vor einiger Zeit entkommen und hat viel herumgeforscht, und ich vermute, dass er besonders von den Kindern angezogen wurde, die deine Sendung guckten, so wie von andern Kindern auch. Was er in dir wahrgenommen haben könnte, weiß ich nicht, aber er hat möglicherweise eine tiefe Verbundenheit gefühlt, eine ... Ähnlichkeit mit sich. Wortlos und unreflektiert verlor er sofort jedes Interesse an deinen kindlichen Zuschauern. Stattdessen versuchte er in seiner nur halb bewussten Art ... Kontakt aufzunehmen. Mit dir.«

Sie schluchzte konvulsivisch, aber ihre brennenden Augen blieben trocken, als ob sie so viel geweint hätte, dass sie nie wieder eine Träne vergießen konnte. Diese fürchterlichen Kopfschmerzen, die verwirrenden Stimmen, sie waren gar kein Fluch gewesen, sondern ... »Mein K-Kind! Mein Junge! Er w-w-wollte mich finden!«

»Die Zeit drängt, Olga. Wir haben nur noch Minuten, dann wird es für alles zu spät sein. Ich werde versuchen, dich zu ihm zu bringen, dich selbst mit ihm sprechen zu lassen. Fürchte dich nicht allzu sehr.«

»Ich würde mich niemals vor meinem eigenen …«

»Warte ab. Warte ab, bis du mit ihm gesprochen hast. Er ist von Geburt anders, und zusätzlich wurden seine natürlichen menschlichen Anlagen von kalten, selbstsüchtigen Männern geformt. Und jetzt hat ihm ein anderer, noch grausamerer Mann furchtbar mitgespielt und ihn missbraucht, so dass er praktisch kapituliert hat. Möglicherweise ist es schon zu spät. Aber wenn du mit ihm sprechen kannst, ihn beruhigen kannst, kann das viele Menschenleben retten.«

»Ich verstehe immer noch nicht. Wo ist er?« Sie blickte sich hektisch um und stellte sich ein unförmiges Frankensteinmonster vor, das plötzlich aus den unergründlichen Schatten des riesigen Raumes auftauchte. »Ich will zu ihm. Es ist mir egal, was er ist, wie er aussieht. Lass mich zu ihm!«

»Du musst mir genau zuhören, Olga.« Sellars klang jetzt noch angestrengter. Man hatte den Eindruck, dass er sich nur mit den Fingernägeln am Rand eines Abgrunds festklammerte. »Die Zeit ist knapp. Es gibt noch vieles, was ich dir nicht gesagt habe, Dinge von größter Wichtigkeit …«

»Dann sag sie mir doch!«

Und während sie in dem Lichtkreis des großen, dunklen Saales saß, wo sich außer ihr nichts bewegte, erzählte er ihr so schonend wie möglich, wo ihr Sohn war und was er machte. Dann ließ er sie allein, damit er sich um die übrigen Punkte seines schier übermenschlichen Aufgabenkatalogs kümmern konnte.

Olga war der Meinung gewesen, sie hätte sich vollkommen ausgeweint. Sie hatte sich geirrt.

> Die Frau sprach immer noch mit jemandem – mit einer Person, die Jongleur nicht sah. In seinem Konservierungsbad schwimmend wand er sich vor ohnmächtiger Wut. Er wollte die Sprechanlage des Raumes betätigen, doch abermals musste er feststellen, dass er blockiert wurde, dass die Befehle außer Kraft gesetzt waren. Er wusste, das alles musste auf das Konto seines früheren Untergebenen gehen, aber warum sollte dieser Straßenkiller einen solchen absurden Aufwand treiben, bloß um ihn zu erschrecken?

Jongleur starrte auf den Bildschirm wie ein tollwütiges Tier, ein alter

Falke, der nur noch dafür lebte, alles anzugreifen, was sich regte. Die Lippen der Frau bewegten sich – was mochte sie sagen? *Verdammt noch mal, redet sie mit Dread?*

Er beobachtete, wie die Frau abermals weinte, wie ihr Körper bebte und sie sich ins Gesicht krallte, und sein automatenbetriebenes Herz wurde wieder eiskalt. Sie wusste Bescheid. Irgendwie hatte sie es herausgefunden. Was bedeutete, dass sein Feind es ebenfalls wusste, denn wer sonst hätte es ihr sagen können?

Wieso zieht er diese Frau mit rein? Was meint er, dass sie ausrichten kann?

Sie stand jetzt unmittelbar vor seinem Behälter – vor *seinem* Behälter, nur wenige Meter von den kläglichen Überresten seines lebenden Körpers entfernt. Er wechselte die Kameras, damit er ihr Gesicht sehen konnte: Es war ganz verzerrt vor Wut und Leid. Sie machte eine Faust und schlug gegen den Behälter – ein kraftloser, lächerlicher Hieb auf den bombenfesten Plastahl, doch Felix Jongleur war mit einem Mal zum Ersticken zumute, so sehr würgte ihn die Furcht. Eine Fremde in seinem Haus – sie verging sich an ihm. Sie hatte ihn verfolgt und gestellt, und jetzt verging sie sich an ihm.

Nein! Das lasse ich nicht zu! Ein Dutzend möglicher Vergeltungsmaßnahmen schoss ihm durch den Kopf, doch die Evakuierung und die Blockierung seines Systems vereitelten sie alle. Selbst seine Sicherheitsvorkehrungen für den äußersten Notfall funktionierten nicht. Er konnte keine lähmenden Gase oder Schallwellen in den Raum schicken.

Das lasse ich nicht zu!

Plötzlich kam ihm eine Idee, doch im ersten Moment war er unschlüssig, ob sie genial oder völliger Irrsinn war. Monate – sie waren seit fast vierundzwanzig Monaten immobilisiert. Ob es gehen würde? Ja doch, es musste gehen. Er gab Befehl, beiden eine extrem hohe Dosis Adrenalin zu verabreichen. Es würde gehen. Er wusste es. Er war jetzt ganz aufgeregt, und auf einmal raste sein Puls vor fiebriger Schadenfreude, nicht mehr vor Angst. Wie war noch mal die Freilassungssequenz? Wenn sie einen solchen Adrenalinstoß bekamen und nicht herauskonnten, würden sie völlig durchdrehen – vor lauter Erregung die Atemmasken herunterreißen und in der Suspension ertrinken.

Da. Er wählte die entsprechenden Befehle. In dem Fenster, das er hinter geschlossenen Lidern sah, zeigte das System ihm die physiologischen Werte, deren Graphen bereits normalen Höhen entgegenkletterten und dann, angetrieben von dem Adrenalinschub, darüber hinausschossen. Er holte sich wieder die Ansicht der nichtsahnenden Frau, die selbstvergessen auf dem Boden seines Sanctum sanctorum saß, in der Mitte zwischen seinem eigenen hilflosen Körper und den letzten Überresten des Uschebti, des schrecklichen Fehlers, der ihn letztlich seine schöne Avialle gekostet hatte.

Sie vergeht sich an mir. Sie …

»Wenige Schritte von euch entfernt ist ein Eindringling, eine Frau«, dröhnte er seinen Dienern mit hoher Lautstärke in die Ohren, damit sie seine Worte behielten, wenn sie nach zwei Jahren zum ersten Mal völlig verwirrt in ihren wirklichen Körpern aufwachten. *»Greift sie euch und quält sie und findet heraus, was sie weiß. Wenn ihr das tut, dürft ihr danach draußen bleiben.«*

Die Anzeigelichter blinkten, dann blinkten sie abermals, und die Deckel der zwei schwarzen Behälter klappten langsam auf.

Kapitel 45
ABSCHICKEN

NETFEED/NACHRUF:
Robert Wells, Gründer von TMX
(Bild: Wells beim Telemorphix-"Gipfeltreffen")
Off-Stimme: Robert Wells, ein Pionier der modernen Technik und einer der reichsten Männer der Welt, starb gestern an einem Herzinfarkt. Wells, der Gründer der Telemorphix Corporation, war einhundertelf Jahre alt.
(Bild: Owen Tanabe, Wells' rechte Hand)
Tanabe: "Er schied aus dem Leben, wie er es sich gewünscht hätte - an seinem Arbeitsplatz, ans Netz angeschlossen, bis zum letzten Moment unermüdlich im Einsatz für die Verbesserung des menschlichen Lebens. Auch wenn er jetzt von uns gegangen ist, werden die großen Visionen von Bob Wells für uns alle noch lange wegweisend sein …"

> Er lachte, lachte aus vollem Halse. Er konnte nicht anders. Sein Herz loderte vor Ekstase, seine Gedanken waren wie ein großes, Funken sprühendes Rauchgewirbel. Er barst schier vor Leben – es war, als ob der letzte Moment der Jagd durch eine halluzinatorische Zeitverzerrung zu einem stundenlangen Orgasmus ausgedehnt worden wäre.

Der Chor in seinem Kopf hatte sich zum Crescendo gesteigert. *Kamera in Nahaufnahme. Gesicht gerötet, aber cool und attraktiv. Der Sieger. Keiner hält ihn auf.*

Alle seine Feinde im Netzwerk waren ihm jetzt wehrlos ausgeliefert – die blinde Frau, Jongleur, das Hurenaas von Sulaweyo, sogar das

Betriebssystem selbst. Sie duckten sich vor ihm. Er war der Zerstörer, das Tier, der erzteuflische Teufel. Er war ein Gott.

Und außerhalb des Netzwerks …?

Zurück auf Fernaufnahme. Die Feinde zu seinen Füßen. Der Einzige, der noch steht.

Dread besah sich die beiden Körper auf dem Boden des Loft. Dulcy lag regungslos und zusammengeklappt da wie eine Marionette mit durchgeschnittenen Fäden, während sich um sie herum eine Blutlache ausbreitete. Die Polizistin bewegte sich noch, aber nur wenig; ihr Kopf zuckte im Takt zu ihren kurzen, hechelnden Atemzügen, und das frische hellrote Blut bildete auf ihren Lippen kleine Blasen. Er runzelte die Stirn. Selbst in der strahlenden Herrlichkeit dieses Augenblicks dachte er an sein Mantra gegen übersteigertes Selbstvertrauen.

Dread stellte seine innere Musik leise, bückte sich und wälzte die Polizistin auf die Seite. Sie gab ein schwaches pfeifendes Geräusch von sich, doch zeigte ansonsten keine Reaktion, nicht einmal als er am Messer in ihrem Rücken wackelte. Eine Schande, sich ihr in den letzten Momenten nicht widmen zu können, aber er hatte jetzt größere Fische am Haken. Sie war sowieso nicht sein Typ – er mochte die Stämmigen nicht. Er langte in ihren Mantel und zog die Glock aus dem Pistolenhalfter. Er setzte der Polizistin den Lauf an die Schläfe, doch dann fiel ihm ein, dass ihr Todeskampf von den Überwachungskameras des Loft aufgezeichnet wurde, auch wenn er wieder im Netzwerk war.

Warum sich einen langsamen Tod durch die Lappen gehen lassen? sagte er sich. Dulcys Ende war leider doch enttäuschend rasch ausgefallen.

Er überlegte kurz, dann schüttete er die Kugeln aus der Pistole der Polizistin und aus Dulcys zusammengestecktem Teil und verstaute beide Waffen in den Taschen seines Bademantels. Er fasste noch einmal in die Brusttasche der Frau und fand ihr Polizeipad. *Tut mir leid, Süße, keine Anrufe.* Er zerstampfte es mit der Ferse, bis er das Innere brechen hörte, und beförderte es dann mit einem Fußtritt durchs Zimmer.

Sterbende Frauen soll man nicht in Versuchung führen, dachte er vergnügt. Frauen konnten Versuchungen einfach nicht widerstehen – hübschen Sachen, bunten Farben, falschen Hoffnungen. Da waren sie wie Tiere.

Er stieg wieder auf das Komabett und bemerkte stirnrunzelnd das

Blut, das er auf die makellos weißen Oberflächen schmierte. *Lässt sich nicht ändern. Editier ich hinterher raus.* Andererseits wäre es vielleicht ein netter Effekt …? Er machte einen kurzen Check, um sicherzugehen, dass die Kameras alles aufnahmen, was in der Wohnung passierte, und dass er auch vom Netzwerk aus hin und wieder einen Blick darauf werfen konnte. *Selbstsicher, großspurig, faul, tot, was? Alle vielleicht, aber ich nicht.*

Dread drehte seine Musik wieder auf, ein Anschwellen triumphierender Streicher und Pauken. Der Chor setzte ein, Hunderte von Stimmen, die in seinen Schädelknochen sangen, während er sich zurück in das Universum begab, das er erobert hatte.

> Paul konnte nur stier die Stelle angaffen, wo Felix Jongleur eben noch gestanden hatte. Im einen Moment da, im nächsten einfach weg, puff, wie eine Seifenblase.

T4b fand als Erster die Sprache wieder. Er klang verängstigt und jünger als sonst, fand Paul. »Dann hat der alte Gralssack … gewonnen, äi? Aus … irgendwie? Alles aus?«

Sam Fredericks weinte. Orlando Gardiner legte ihr einen muskulösen Kriegerarm um die Schulter. »Ich hab's gewusst!«, sagte sie zum vierten oder fünften Mal. »So was von ätzig! Wir waren alle so doof! Er hat bloß drauf gewartet!«

Paul konnte nur dumpf vor sich hinnicken. *Ich hätte es kommen sehen müssen, hätte ahnen müssen, dass ein Gerät wie das Feuerzeug für jemanden wie Jongleur einen Wert hat.* Doch er hatte sich von Jongleurs ungewöhnlicher Redseligkeit einschläfern lassen, von der Offenherzigkeit, mit der er auf einmal seine Geheimnisse preisgab. Der alte Mann hatte sich wie einer verhalten, der keine Hoffnung mehr hatte. Paul hatte das Gefühl erkannt und es deswegen geglaubt.

»Wir haben nur noch Augenblicke«, sagte Martine leise.

»Es liegt in Gottes Hand«, meinte Bonita Mae Simpkins. »Wir kennen seinen Plan nicht.«

»Es liegt jedenfalls nicht in *unserer* Hand«, entgegnete Martine. »Das ist alles, was wir mit Sicherheit sagen können.«

Florimel stand auf. »Nein. Ich kann das nicht glauben. Ich werde mein Leben und das Leben meiner Tochter nicht kampflos aufgeben.«

»Gegen wen willst du denn kämpfen?« Paul war so deprimiert, dass ihm das Sprechen schwerfiel. »Wir haben ihn unterschätzt. Jetzt ist er weg. Und selbst wenn irgendwas ihn daran hindern sollte, das System abzuschalten, bleibt immer noch der da.« Er deutete auf die Wolkenkuppel, hinter der sich Dreads Silhouette hin- und herbewegte wie ein Schattenspieldämon. »Den werden wir nicht los.«

»Wo ist der Junge hin?«, fragte Nandi. »Sellars' Junge. Er hatte Angst. Er ist weggelaufen.«

Orlando streckte die Hand aus. »Da drüben.«

Paul sah Cho-Cho am Rand des Brunnens kauern, einen kleinen Schatten vor den flackernden Lichtern. »Ich geh ihn holen«, sagte er mit schwerer Stimme. Er wusste, was es hieß, sich verloren und orientierungslos zu fühlen. *Wir sollten jetzt alle zusammen sein, wie Martine gesagt hat.*

»Irgendetwas geschieht.« Martine Desroubins' Gesicht nahm einen angespannten, konzentrierten Ausdruck an. Paul zögerte, doch dann machte er sich auf, den Junge zu holen.

Das Ende, dachte er. *Was soll sonst geschehen als das Ende?*

Bei dem schwächer werdenden Funkeln des Brunnens musste er daran denken, wie Ava das letzte Mal erschienen war, wie sie gelitten und dennoch gegen das Unvermeidliche angekämpft hatte, ohne Aussicht auf Erfolg. *Es tut mir leid,* sagte er zu ihrem Erinnerungsbild. *Was oder wer du warst, spielt keine Rolle. Du hast alles für mich gewagt – und alles verloren. Und ich habe dich im Stich gelassen.*

Der Junge hockte schlotternd auf allen vieren. Als Paul ihn berührte, krabbelte er hart am Rand hastig davon, so dass Paul Angst hatte, er könnte in den Brunnen stürzen.

Und wenn schon, es wäre kein großer Unterschied. Dennoch hielt er ihm die Hand hin. »Schon gut, Junge, schon gut. Ich bin einer von denen, die für das Gute kämpfen.« *Und wenn das nicht zum Schießen ist, was dann?*

»Er's da«, sagte der Junge.

»Nein, er ist fort. Der Mann ist fort.«

»Ise nich! Is in mein Kopf, verdad!«

Paul stockte, die Hand weiter dem Jungen entgegengestreckt. »Von wem redest du?«

»El viejo! Sellars! In mein Kopf – kann ihn 'ören!« Der Junge wich noch ein Stück weiter am Rand des Kraters zurück, damit er auch bestimmt außer Pauls Reichweite blieb. »Tut weh!«

Mein Gott, dachte Paul. *Erschreck ihn bloß nicht, sonst fällt er noch wirklich rein.* Er ging in die Hocke und streckte abermals die Hand aus. »Wir können dir helfen. Bitte, komm mit.« *Und wenn er jetzt fällt? Wenn er fällt und wir nicht dahinter kommen?* »Was sagt Sellars zu dir?«

»Weiß nich! Versteh nix – tut weh in Kopf! Er will ... will ... dass ihr zu'ört ...« Der Junge fing an zu weinen, dann rieb er sich wütend das Gesicht, als wollte er die Tränen in die Augen zurückschieben. »Lass mich in Ruh, m'entiendes?« Es war schwer zu sagen, wen er damit meinte.

Paul wagte es, sich kurz umzudrehen und seinen Gefährten Hilfe suchend zuzuwinken, doch er konnte nicht erkennen, ob jemand ihn bemerkt hatte. »Cho-Cho – so heißt du doch, nicht wahr? Komm mit mir zurück. Der Mann, der dir was tun wollte, ist weg. Sellars kann uns sagen, wie wir hier rauskommen, wie wir alle hier rauskommen können. Das willst du doch auch, oder?«

»Mentiroso«, fauchte der Junge. »Vorher 'ase ganz anders gesagt, 'ab ge'ört. Werden alle sterben.«

»Nicht wenn Sellars uns helfen kann.« Er kam vorsichtig ein Stückchen näher. »Bitte, komm doch mit! Ich werde dich nicht anfassen, ich versprech's. Niemand wird dich anfassen. Ich dreh mich jetzt um und geh zu den andern zurück, und du kommst einfach mit.« Der Junge kroch noch weiter weg. Paul schaute sich um, doch von den anderen kam ihm keiner zu Hilfe, obwohl einige mit einer gewissen müden Neugier herübersahen. »Hör zu. Ich steh jetzt auf und geh zum Feuer zurück. Du kommst mit, wenn du willst. Wir meinen es gut mit dir.« *Wer ist dieser Junge überhaupt? Womit könnte ich ihn überzeugen?* »Es gibt wirklich Menschen auf der Welt, die andern helfen wollen, weißt du? Ob du's glaubst oder nicht.«

Er wartete ein paar Sekunden, doch der Junge rührte und muckste sich nicht. Obwohl er höchstwahrscheinlich eine Dummheit beging – wie viele Minuten mochten sie noch haben? –, stand Paul auf und ging gemessenen Schrittes zum Lagerfeuer zurück. Er schaute sich nicht um. Er hörte auch kein Geräusch hinter sich: Falls der Junge ihm folgte, bewegte er sich völlig lautlos.

Florimel und Nandi saßen am nächsten; sie hoben den Kopf und sahen ihn fragend an. Paul blieb bei ihnen stehen und ließ sich dann langsam nieder, die Augen weiterhin abgewandt.

»Wenn mich anfass'«, drohte der Junge, »den stech ich ab.«

»Setz dich einfach zu uns«, sagte Florimel.

Paul räusperte sich. »Sellars spricht zu ihm.«

»Was?«

»Versucht sprechen«, sagte der Junge unwirsch. »Aber block voll in Kopf.«

Die anderen am Feuer hatten sich ihnen jetzt zugewandt. »Das Kind hat Angst«, meinte Bonnie Mae.

»Erzähl uns, was er sagen will – was du davon verstehst«, forderte Florimel ihn auf. »Mehr wollen wir nicht. Martine, hörst du zu?«

»Ich … ich versuch's. Es ist … es gibt … Ablenkungen.«

Paul war sicher, dass es etwas viel Schlimmeres sein musste als eine Ablenkung. Martine Desroubins sah aus, als hätte sie einen schweren Migräneanfall.

»Jetzt redet wieder«, sagte Cho-Cho plötzlich. Die anderen beugten sich vor. »Er sagt … sagt …« Der Junge seufzte und presste die Augen zu. Eine Weile schwieg er angespannt, nur seine Kiefern malmten. *»Das … ist sehr schwierig«*, sagte er schließlich. *»Ich bitte um Verzeihung … für das Durcheinander.«* Doch obwohl es weiterhin Cho-Chos Stimme war, eine Kinderstimme, war der Tonfall jetzt ein anderer.

»Sellars?«, fragte Florimel. »Bist du das?«

»Ja.« Cho-Chos Augen blieben geschlossen, obwohl sein Mund sich bewegte, ganz als ob das Kind im Schlaf redete. *Als ob es besessen wäre,* dachte Paul. *»Eigentlich«*, fuhr Sellars fort, *»müsste ich für vieles um Verzeihung bitten, aber dafür haben wir leider keine Zeit. Es ist nicht leicht, über die Neurokanüle des Kindes direkt mit euch zu sprechen, aber was ich zu sagen habe, ist zu wichtig und zu kompliziert, als dass der kleine Cho-Cho es übermitteln könnte.«*

»Was ist los?« In Florimels Stimme hielten sich Zorn und Erleichterung die Waage. »Wo warst du die ganze Zeit? Während alles in diesem verdammten künstlichen Universum uns umbringen wollte?«

»Leider ist keine Zeit für Erklärungen. Ich stecke tief in den Abläufen des Netzwerks und des Betriebssystems drin, und mein Kopf fühlt sich an, als würde er gleich explodieren – und das ist noch das Geringste unserer

Probleme.« Paul hörte die kolossale Anstrengung sogar durch die quäkige Stimme des Kindes.

»Dann weißt du also, dass Jongleur entkommen ist?«, fragte er.

»Was?« Das Gesicht des Jungen blieb unbewegt, doch die Stimme klang hörbar erschrocken. *»Jongleur?«*

Paul erzählte es ihm, unterstützt von den anderen.

»Er hat es die ganze Zeit über vorgehabt«, sagte Sam Fredericks zerknirscht.

»Es ist nicht deine Schuld, Frederico«, tröstete Orlando sie. »Aber wenn wir noch 'ne Chance kriegen, hauen wir ihm die Rübe runter, okay?«

»Holla«, sagte Sellars. *»Ist das ... höre ich ... Orlando Gardiner?«*

Orlando grinste verkniffen. »Echt scännig, hm?«

»Wie gesagt, Erklärungen müssen bis später warten – falls es ein Später geben wird«, beschied ihn Sellars. *»Das Betriebssystem ist am Ende und bereitet seine eigene Vernichtung vor. Ich muss jetzt direkt mit ihm in Kontakt treten. Das ist unsere einzige Hoffnung, das System lange genug zu erhalten, um euch rauszuholen, und es ist eine sehr schwache Hoffnung. Schnell jetzt. Vor wenigen Minuten habe ich einen Kontakt zwischen eurer Gruppe und dem innersten Kern des Systems bemerkt.«*

»Ja, Renie Sulaweyo ist dort, direkt im Zentrum. Mit ihr haben wir über das Zugangsgerät gesprochen«, erklärte Florimel bedrückt. »Aber Jongleur hat es uns abgenommen.«

Paul wartete, dass Sellars darauf etwas erwiderte, doch die Stimme, die durch Cho-Chos virtuellen Körper gesprochen hatte, blieb stumm. »Und, war's das schon?«, fragte Paul schließlich. »Wir hatten praktisch aufgegeben, bevor wir deine Stimme hörten. Ist das alles, was wir von dir zu erwarten haben?«

»Ich denke nach, verdammt«, versetzte Sellars scharf. *»Aber ich muss gestehen, dass ich ratlos bin. Ich habe alles versucht, was von meiner Seite aus möglich ist, aber der bewusste Teil des Betriebssystems hat sich abgeschottet und reagiert nicht auf mich.«*

Paul wandte sich Martine Desroubins zu, die nur mit halber Aufmerksamkeit zuzuhören schien. »Martine, du hast mir erzählt, wie du aus dieser andern merkwürdigen Welt herausgefunden hast – wie du und !Xabbu es schafften, ein Gateway zu öffnen. Könntest du das nicht noch mal machen?«

»Ein … Gateway öffnen …?« Die Qual in ihrer Stimme war nicht zu überhören. Sie und Sellars klangen beide wie Leute, die so taten, als wäre nichts, während sie von Bienen zu Tode gestochen wurden. »Renie … !Xabbu … sie sind … über jedes Gateway hinaus, denke ich.«

»Aber du hattest den Kommunikator in der Hand.« Paul beugte sich näher heran, um ihre Aufmerksamkeit zu bannen. »Kannst du … ihn fühlen? Du hast gesagt, bevor wir von dem Berg in Kunoharas Welt kamen, hättest du eine Verbindung gefühlt, sie irgendwie geistig wahrgenommen – du hättest sie festgehalten, damit wir ihr folgen konnten. Komm, Martine, du kannst Sachen machen, die sonst keiner von uns vermag! Wir haben keine andere Chance!«

»Mach's«, sagte T4b. Er streckte die Hand aus und berührte die Finger der Blinden. Erschrocken zuckte sie leicht zurück. »Sei stark. Der darf uns nicht exen – noch nicht!«

»Aber die Verbindung damals zu Kunoharas Welt war aktiv«, entgegnete Martine schwach. »Ich habe sie erwischt, kurz bevor sie weg war.«

»Versuch's«, redete Paul ihr zu. »Wir brauchen dich. Niemand sonst kann es tun.«

»Er hat recht«, pflichtete Florimel mit unerwartet sanfter Stimme bei. »Du hast es in der Hand.«

»Das ist ungerecht.« Martine schüttelte heftig den Kopf. »Die Schmerzen sind so schon … Ich kann sie … nicht ertragen.«

Paul kroch neben sie und schlang die Arme um sie. »Du kannst es«, sagte er. »Du hast schon etliche Wunder getan. Bitte, Martine, auf eines mehr kommt es doch gar nicht an.«

Sie bedeckte ihr Gesicht mit den Händen. »Als es mir nicht so wichtig war«, flüsterte sie heiser, »tat es nicht so weh.« Sie winkte ab, als Paul noch etwas sagen wollte. »Nein. Sprich es nicht aus. Ich muss Stille haben.«

> Verdutzt und erbittert starrte Renie das Feuerzeug an. Die rötliche Scheibe des Mondes hing tief am Himmel wie ein höhnendes Gesicht. »Nein! Ich hab sie gehört – du hast sie auch gehört! Sie war da!«

»Ich hörte sie«, sagte !Xabbu. »Aber ich hörte auch Jongleurs Stimme.«

»Was ist geschehen?« Renie konnte die Extreme nicht zusammenbringen – die Freude, Martine sprechen zu hören, den beglückenden Kontakt mit ihren Freunden, dann die hässliche Überraschung, als plötzlich Felix Jongleurs Stimme etwas von oberster Priorität bäffte. Und jetzt …

»Nichts«, sagte sie, während sie abermals die Sequenzen durchspielte. »Es ist tot.«

!Xabbu streckte die Hand aus. Renie gab ihm das Gerät und richtete dann den Blick wieder auf die klitzekleine Gestalt des sterbenden Mantis. »Ich hoffe, du bist zufrieden«, bellte sie ihn an. »Unsere Freunde sind jetzt weg. Wenn ich nicht sicher wüsste, dass Jongleur es war, wenn ich der Meinung wäre, du hättest es getan …«

Sterbe. Die von überall und nirgends kommende Stimme war inzwischen so schwach, dass sie kaum mehr zu hören war. *Wollte aushalten … bis die Kinder … gerettet werden.*

»Die Kinder?«, fragte Renie bitter. »Du hast keine Kinder gerettet. Hast du nicht gehört? Jongleur, der Mann, der dich gebaut hat, hat jetzt wieder das Heft in der Hand.«

Nein. Der Teufel. Immer noch … der Teufel. Der nur immerzu quält und quält …

»Ich fühle etwas«, sagte !Xabbu leise.

»Was?«

»Ich … ich bin mir nicht sicher. Ganz fern.« Er schloss mit konzentrierter Miene die Augen. »Wie eine schwache Fährte. Wie der Schweißgeruch einer Antilope im Wind, einen halben Tagesmarsch entfernt.« Er riss die Augen auf. »Das Fadenspiel! Jemand fragt nach dem Fadenspiel!«

»Was willst du damit …?«, begann Renie, dann erinnerte sie sich. »Martine! War das nicht das Mittel, mit dem du und Martine …?«

Er schloss abermals die Augen. »Ich kann etwas fühlen, aber es ist so … schwierig.«

Nein. Das Windhauchmurmeln der Mantisstimme war ein wenig stärker geworden. *Nein, du darfst uns nicht wieder diesem … diesem …*

»Sei still!« Renie kochte vor Wut. »Unsere Freunde versuchen uns zu erreichen!«

Der Mantis stellte sich mühsam auf seine krummen, dünnen Beinchen. Die winzigen Augen waren von einem Film überzogen, dunkel. *Ihr werdet zu schnell den Teufel herbeirufen, die letzten Momente rauben …*

»Ich glaube, ich verliere es.« !Xabbu hielt das Feuerzeug so fest in der Hand, dass seine Knöchel ganz bleich von der braunen Haut abstachen. »Sie ist so weit entfernt.«

Könnt nicht … dürft nicht … Nein!

»Hör auf!«, rief Renie, da begann die Wüste um sie herum zu schmelzen, und alles verschwamm: die dunklen Nachtfarben, der bernsteingelbe Mond, selbst die strahlenden Sterne. »Halt!«

Es war zu spät. Himmel und Erde liefen ineinander und verquirlten sich, als ob jemand einen Stock in einen Farbtopf getunkt hätte und damit umrührte. Renie griff nach dem dünnen Insekt, doch es wuchs und schrumpfte gleichzeitig, wurde im Zurückweichen und Kleinerwerden allbeherrschend, ein winziges Pünktchen Nichts, das vor ihr ins Weite sauste.

Die Turbulenz hielt noch eine Weile an, dann kam die Welt wieder zur Ruhe.

»!Xabbu?«, hauchte sie. Ihr war so schwindlig, dass sie schwankte.

»Ich bin hier, Renie.« Seine Hand berührte ihre, griff zu, hielt fest.

Sie waren immer noch in der Wüste, in !Xabbus imaginärer Kalahari, doch war sie auf eine unfassbare Art auch die Grube, in der Renie mit dem falschen Stephen gesprochen hatte. Die eben noch so hellen Sterne waren auf einmal unendlich weit weg und schwach wie die letzten Glutpünktchen eines Feuers. Renie und !Xabbu kauerten auf einem Streifen Erde, der vorher den Rand der trockenen Mulde gebildet hatte, doch das Land hatte sich zur Wand der Grube in die Höhe gestreckt, und das Bachbett mit dem dünnen Rinnsal war unerreichbar tief abgesunken, gut fünfzig Meter unter ihr Gesims. Trotz der Entfernung und der verlöschenden Sterne hatte das Licht die unwirkliche Klarheit eines Traumes. Renie sah, dass die Gestalt, die neben dem stärker gewordenen Wasserlauf hockte, keine Ähnlichkeit mehr mit einer Gottesanbeterin hatte, aber ein Kind war sie auch nicht. Es war etwas vollkommen Anderes, nicht recht definierbar – klein, dunkel und furchtbar allein.

Alle werden sterben. Die hauchige Stimme stieg auf wie Rauch. *Konnte … die Kinder … nicht retten.*

Ein schimmerndes silbernes Etwas lag auf dem rauhen grauen Steinboden der Grube, genauso unerreichbar, als ob es sich auf einem der Sterne am Himmel befände. Vor Renies Augen wuchsen ihm plötzlich Beine. Wie ein kleiner metallener Käfer krabbelte es von dem Kindwesen weg, bis es blind über die Uferkante in den Fluss stürzte und verschwand.

Das Feuerzeug, erkannte Renie. Der letzte schwache Hoffnungsschimmer, den sie in der Wüste noch gehabt hatte, ging aus. *Wir haben es verloren. Wir haben alles verloren.*

»Das ist die Sonne«, murmelte !Xabbu neben ihr. Im ersten Moment meinte sie, er redete mit ihr, doch seine Augen waren geschlossen, und was er sagte, war krauses Zeug. »Ja. Und jetzt sinkt sie tiefer. Finger so, Daumen abgespreizt. Da – sie geht hinter den Hügeln unter.«

> Sie konnte die Augen nicht länger geschlossen halten, auch wenn das Risiko noch so groß war. Schon legte sich die Todesmüdigkeit über sie, ein dunkler Nebel durchzuckt von rotem Licht und winzigen, platzenden Sternen. Wenn sie noch weiter wartete, würde sie der Versuchung erliegen, einfach aufzugeben. Der bohrende Schmerz – er saß im Rücken, wie sie wusste, doch ihr war, als ginge er durch sie hindurch und zur Brust wieder hinaus – trat mehr und mehr in den Hintergrund. Die Empfindung ließ nach.

Calliope Skouros wusste, dass das kein gutes Zeichen war.

Hätte Stans Rückruf abwarten sollen, sagte sie sich und hustete den nächsten blasigen Blutschwall hoch. *Wünschte, er wäre hier. Guck mal, Chan, könnte ich zu ihm sagen. Dieses eine Mal hab ich meine Balli getragen. Deshalb ist das Messer nicht ganz durch in die Lungen und ins Herz gegangen. Deshalb werde ich mindestens zwei, drei Minuten länger leben. Reichlich Zeit.*

Ja. Reichlich Zeit wofür?

Calliope versuchte, sich von der Seite auf den Bauch zu wälzen. Wenn sie kriechen konnte, gab es die kleine, die klitzekleine Chance, noch etwas zu tun – vielleicht sich die Treppe hinunterzuschleppen, zur Haustür hinaus. Außerdem war die Gefahr geringer, dass sie mit dem Messer hängen blieb. Sie wusste, dass sie es nicht herausziehen durfte – die Klinge und das schützende Gel der ballistischen Weste waren es wahrscheinlich, was die Wunde wenigstens teilweise geschlossen hielt. Ohne das Messer, das sie beinahe getötet hatte, würde sie in wenigen Sekunden ihr Leben aushauchen.

Es hatte keinen Zweck. Ihre Arme waren nicht stark genug, um die Drehung hinzukriegen, und somit auch mit Sicherheit unfähig, ihren Körper hochzustemmen. So viele Stunden im Fitness-Center, und jetzt konnte sie nichts weiter als hilflos zappeln wie ein Fisch an Deck eines Schiffes. Vielleicht konnte sie sich mit Ach und Krach ein paar Zentimeter vorwärtsziehen, aber die Treppe hinunter kam sie niemals. Sie hustete, und ein jäher Stich durchschoss sie. Danach konnte sie eine ganze Weile nur stöhnen und die Zähne gegen den Schrei zusammenbeißen, der wahrscheinlich die Wunde tödlich weit aufgerissen hätte.

Hinter ihr ertönte ein leises Ächzen. Calliope strengte sich an, den Kopf zu heben, doch aus ihrer Perspektive am Fußboden konnte sie nichts erkennen. Johnny Dread musste ganz am anderen Ende sein – sie hatte ihn quer durch den Raum gehen und sich auf das merkwürdige Bett in der Ecke legen hören, dann war es still geworden. Wer hatte das Geräusch gemacht?

Die Frau – die Frau, die bei ihm gelebt hat. Die er gerade umgebracht hat.

Calliope drückte sich ein wenig nach hinten und drehte sich ganz langsam um die Achse ihrer Hüfte, in der glitschigen Pfütze ihres eigenen Blutes, bis sie die Frau sehen konnte, die ebenfalls auf der Seite lag, so als ob sie und Calliope ein Paar völlig abartiger Bücherstützen wären. Das Gesicht war leichenblass, aber die Augen weit geöffnet. Sie blickten. Blickten sie an.

Die erschossene Frau gab ein schwaches Wimmern von sich.

Jo, ich auch, Schwester. Calliope bemühte sich verzweifelt um einen klaren Kopf, wehrte sich, ohne zu wissen warum, gegen die Dunkelheit, die sich ihr über die Augen legen wollte, gegen das Zerfasern ihrer Gedanken. *Wir wollten ihn beide haben, auch wenn du vermutlich andere Gründe hattest als ich. Und wir haben ihn beide falsch eingeschätzt.*

Die Augen der anderen Frau wurden noch weiter. Sie stieß abermals einen leisen Seufzer aus.

Als ob sie mir was sagen wollte. Es tut ihr leid? Sie wusste nicht, dass er zuhause war? Er hat sie gezwungen, mich reinzulocken? Was hat das jetzt noch zu besagen?

Da sah sie unter der Brust der Frau eine Ecke ihres Pads hervorstehen, rot beschmiert, als ob ein Kind es angemalt hätte. Sie war daraufgefallen, und ihr Körper hatte es vor Dread verborgen. Die Augen der Frau zeigten darauf, dann richteten sie sich stumm flehend auf Calliope.

»Ich seh's«, wollte Calliope sagen, doch statt der Worte kamen nur blutige Blasen heraus. *Bis ich da hinkomme, bin ich tot,* dachte sie verschwommen. *Aber wenn ich's nicht schaffe, auch.*

Sie wollte die Arme ausstrecken, um sich mit den Nägeln in den Teppich zu krallen und sich vorwärtszuziehen, doch sobald sie sie in Brusthöhe hatte, durchfuhr sie ein solcher Schmerz, als hätte jemand auf den Griff des Messers in ihrem Rücken getreten. Schon wurden die Schatten vor ihren Augen dichter, und selbst die Fasern des Teppichs schienen immer weiter zu entschwinden, bis sie wie eine verschneite Waldlandschaft vom Flugzeug aus betrachtet aussahen, da merkte sie auf einmal, dass sie in ihrer Seitenlage ein winziges Stück vorankam, wenn sie mit den Beinen wackelte.

Den Trick haben sie uns nie beigebracht ... Sie kämpfte gegen die sengenden Schmerzen an, die jede Bewegung auslöste. Der Teppich zerrte an ihr wie mit Fingern. *Den ganzen Quatsch, wie man Mauern hochklettert, auf Zielscheiben schießt. Kriechen ... hätten sie uns beibringen sollen ... wie ein Wurm ...*

Der Wurm hustete. Der Wurm krümmte sich wie elektrogeschockt, wand sich, stieß sogar ein leises Gurgeln aus. Als der rote Nebel des Schocks sich verzog, fluchte der Wurm still vor sich hin und versuchte weiterzukriechen.

Schade, dass ich nicht an jedem Ende ein Gehirn habe. Ist das bei Würmern nicht so? Oder waren das die Dinosaurier? Stans Neffen würden das wissen.

Seit wann interessierst du dich für Dinosaurier, Skouros? fragte Stan sie.

Sie sind lehrreich, antwortete sie. *Sie sind ausgestorben, weil sie dumm waren. Zu groß. Zu langsam. Haben nie ihre ballistischen Westen angezogen.*

Stimmt ja gar nicht – sie haben *ihre Ballis angezogen, selbst bei einem Wochenendeinsatz an ihrem freien Tag. Sie haben bloß ihre Partner nicht mitgenommen. Das war das eigentliche Problem. Frag Kendrick, der kennt sich damit aus.*

Na ja, schon gut. Ist auch egal. Sie sind schon lange tot, nicht? Ich setz mich einfach auf die Couch … ruh mich ein bisschen aus.

Bist du müde, Skouros?

O ja, Stan. Ich bin total müde … toootaaal … müde …

Der Nebel hatte sich gelichtet. Sie sah etwas Bleiches vor sich. Den Mond? Er war überraschend nahe. Aber war es denn die richtige Tageszeit?

Der gespenstisch weiße Umriss war das Gesicht der Frau, nur Zentimeter entfernt. *Himmel, nein. Ich war weggetreten, voll weggetreten. Sauerstoffmangel …*

Calliope schob sich vor, bis sie mit den Fingern an das Pad stieß, das abgerundete Gehäuse fühlte.

Krieg's nicht auf – es steckt unter ihr …

Sie drückte schwach mit dem Kopf gegen die Frau, damit diese ein wenig rutschte, doch obwohl die andere die Augen noch offen hatte, reagierte sie nicht. *Scheiße, sag bloß nicht, dass sie tot ist. Bitte, bitte nicht … Totes Gewicht. Genau obendrauf.* Calliope machte die Hand auf und beobachtete fasziniert, wie sie sich um das Pad schloss. Sie zog daran, rutschte von der schlüpfrigen Oberfläche ab. Sie probierte es noch einmal, trotz des vielen Blutes, das jetzt anscheinend nicht nur auf ihren Händen und auf dem Fußboden und dem Pad war, sondern rings um sie herum wie eine Dunstwolke, sogar in ihren Ohren, so dass der Schlag ihres eigenen Herzens so nahe und zugleich fremd tönte wie das Rauschen des Meeres in einer Muschel.

Langsam schob sie ihre andere Hand hoch. Der strahlende Schmerz in ihrem Rücken wurde greller, hitziger, drohte ihr Inneres zu entflammen. Ihre Finger fassten zu. Sie zog. Es kam mit.

Calliope befingerte den blutigen Deckel, bis sie die Stelle zum Drücken fand. Das Pad sprang auf – erstaunlich sauber und hell der Bildschirm.

Kein Blut, sah sie. *Muss der letzte Fleck auf Erden ohne Blut sein …*

Sie wurde nicht recht schlau aus dem Bild, das sie darauf sah, den offenen Dateien, den jähen Bewegungen in einem Fenster – ihre Sehstörungen nahmen zu. Sie konnte nur beten, dass der Ton auf Empfang gestellt war. Sie bemühte sich zu sprechen, hustete, weinte, versuchte es wieder. Als sie schließlich etwas herausbrachte, war ihre Stimme so leise wie das Flüstern eines schüchternen Kindes.

»Rufe null … null … null.«

Calliope ließ den Kopf auf den Boden sinken, der sich weich wie ein Federkissen anfühlte, sie zum Schlafen einlud. Es gab einen Polizeicode für höchste Dringlichkeit, den sie hätte hinzufügen können, doch er fiel ihr nicht ein. Es lag jetzt alles in den Händen der Götter – hatte das Ding ihre Stimme empfangen? War es so eingestellt, dass es auf einen gesprochenen Befehl hin anrief? Und selbst wenn es klappte, wie lange mochte es dauern, bis sie auf den Ruf hin einen Wagen losschickten?

Mehr kann ich nicht tun, dachte sie. *Vielleicht … jetzt ein bisschen … ausruhen.*

Sie wusste nicht, ob Sekunden oder Minuten vergangen waren, doch als sie aus einer anderen, noch dichteren Nebelbank auftauchte, sah sie neben sich eine Bewegung. Calliope riss die Augen auf, doch zu mehr war sie nicht imstande. Selbst wenn es Dread selbst war, glaubte sie nicht, sich auch nur einen Zentimeter bewegen zu können.

Es war eine andere blutige Hand. Nicht ihre.

Die Frau mit dem kalkweißen Gesicht griff nach dem Pad, ihre Finger krabbelten langsam darauf zu wie eine rotweiße Spinne. Calliope konnte nur ohnmächtig zuschauen, wie die Hand auf den Bildschirm kroch und schwerfällig, aber entschlossen begann, Dateien zu öffnen, Sachen zu verschieben.

Sie wird den Ruf abbrechen. Calliope wollte es verhindern, doch ihre Muskeln gehorchten ihr nicht. *Was ist, wenn noch niemand drangegangen ist? Was macht diese blöde Kuh?*

Die blutige Hand wurde langsamer, tippte noch einmal, stockte und glitt dann vom Bildschirm ab. Ein durchsichtiger hellroter Streifen blieb zurück. Durch die rasch dicker werdende Watteschicht auf den Ohren hörte Calliope die Frau neben sich tief und gurgelnd Luft holen.

Das war's, dachte sie. *Sie ist tot.*

»Abschicken«, hauchte die Frau.

Kapitel 46
GEDANKEN WIE RAUCH

NETFEED/NACHRICHTEN:
UN-Gerichtshof verhandelt Klage gegen "Lifejack!"
(Bild: Auszug aus der Folge von "Lifejack!" mit Svetlana Stringer)
Off-Stimme: Der UN-Gerichtshof in Den Haag hat dem Antrag auf Anhörung des Falls von Svetlana Stringer stattgegeben. Stringer bestreitet, dass die Netzsendung "Lifejack! - Her mit deinem Leben!", das Recht hatte, ohne ihre Zustimmung Überwachungsaufnahmen mitzuschneiden und daraus eine Doku über ihr Liebesleben und ihre familiären Probleme zu produzieren. Nach Auffassung ihrer Anwälte muss der oberste Gerichtshof der fortschreitenden Aufweichung der Privatsphäre durch die Medien Einhalt gebieten, andernfalls werde bald gar niemand mehr ein Recht auf sein Privatleben haben. Die Anwälte des amerikanischen Produktionsnetzwerks von "Lifejack!" verweisen dagegen auf eine Verzichterklärung, die Frau Stringer vor etlichen Jahren unterzeichnet hat. Auch wenn diese Genehmigung, sie zu filmen, für eine andere Sendung gegolten habe, eine Doku über Musikerziehung in ihrer Jugend, habe sie damit ihr Recht aufgegeben, sich der Beobachtung zu widersetzen.
(Bild: Bling Saberstrop, Rechtsvertreter des IEN)
Saberstrop: "Die UN-Richtlinien zur Privatsphäre sind genau das - Richtlinien, keine Gesetze. Unseres Erachtens haben wir es hier mit einem Fall zu tun, wo die Klägerin aus rein eigennützigen Motiven mal auf ihre Privatsphäre verzichten und sie dann wieder einfordern will."

> Nachdem er wieder ins Netzwerk eingetreten war, beobachtete er noch ein Weilchen, wie die sterbende Polizistin sich in ihrem Blut wand, doch dann musste er das Fenster schließen. Es war zu ablenkend. Zu unterhaltsam. Das Problem war, dass er immer alles gleichzeitig haben wollte.

Wie ein Kind im Süßwarenladen, dachte er.

Er hätte sich zu gern die letzten Momente der Bullensau angeguckt, aber das war eine der Sachen, die er sich für später aufheben musste. Er hätte auch gern das Betriebssystem aus seinem Versteck gescheucht und ein für allemal seinen Pseudowillen gebrochen, ihm diesen ärgerlichen, sinnlosen Widerstand ausgetrieben und es zur vollständigen Kapitulation gezwungen. Und ganz besonders gern hätte er Martine Desroubins und diese Sulaweyo und die anderen Entflohenen zur Strecke gebracht, sie in sein grenzenloses weißes Haus im virtuellen Outback geschleppt und allen einen herrlich effektvollen, lang hingezogenen Tod bereitet. Die Vorstellung war berauschend: Er würde sie einsperren, sie in Angst und Schrecken versetzen, ein paar Fluchtversuche scheinbar gelingen lassen, ja sogar den Platz des einen oder anderen einnehmen, damit er ihr ganzes Grauen mit ihnen durchleben und auskosten konnte, genau wie er es bei der alten Quan Li getan hatte. Er würde sie in ein Wechselbad von Hoffnung und Verzweiflung stürzen, bis alle dem Wahnsinn nahe waren.

Aber natürlich nicht völlig wahnsinnig. Sonst verlor der krönende Abschluss seinen Kitzel.

Und er würde alles aufnehmen. Dann würde er es sich nach der Vollendung des großen Werkes immer wieder anschauen, die künstlerische Seite durch sorgfältiges Editieren noch mehr herausstreichen, Musik und Effekte hinzufügen – Stunden um Stunden der fantastischsten Unterhaltung, die je ein Mensch produziert hatte. Vielleicht würde er eines Tages sogar anderen erlauben, es anzuschauen. Es würde geradezu religiöse Bedeutung gewinnen, wenigstens unter den paar Leuten, die wirklich begriffen, wie die Welt lief. Man würde seinen Namen noch immer ehrfürchtig flüsternd aussprechen, wenn er schon lange tot war.

Aber ich werde nicht tot sein, nicht wahr? Ich werde niemals sterben.

Kein Wunder, dass er so erregt war. Er hatte so viele Pläne … und die ganze Ewigkeit, um sie zu verwirklichen.

Er musste sich zwingen, herunterzukommen, sich zu beruhigen. *Keine Fehler,* sagte er sich. Entspannende Musik plätscherte durch seinen Kopf, glissando spielende Streicher, zart flirrende Becken. *Zuerst das Betriebssystem.*

Dread stand in der idiotischen Mondlandschaft und prüfte die Barriere, die das versagende System zwischen ihm und seinen Opfern errichtet hatte. Er strich über den hauchfeinen, aber undurchdringlichen Dunst. Wo war dieses Zeug hergekommen? Und wie kam er am besten hindurch?

Es war klar, dass er das Gralsbetriebssystem zum Zusammenbruch getrieben hatte, doch obwohl er es unterwerfen und brechen wollte, wollte er es doch nicht gänzlich zerstören und damit das ganze Netzwerk gefährden, bevor er einen Ersatz installieren konnte. Das konnte jetzt, wo Dulcy mit einem Bauchschuss tot auf dem Boden des Loft lag, etwas komplizierter werden, aber sie hatte vorher noch Jongleurs Hausdateien für ihn geknackt: Der Alte Mann würde schon irgendein Backup-System parat haben. Am klügsten wäre es somit zu warten, bis er ein anderes System online bringen konnte. Aber wenn dadurch nun nicht nur dieses Betriebssystem draufging, sondern auch Martine und die Übrigen? Und wenn auch noch Jongleur bei ihnen war? Der Gedanke, dass ihm alle seine Feinde durch einen gnädig raschen Tod aus der Hand gerissen wurden, war unerträglich.

Dabei habe ich sie direkt hier vor der Nase ...! Er tigerte an der Barriere entlang und versuchte, dahinter etwas zu erkennen. Gleichzeitig ließ er sich die Infrastruktur des Netzwerks durch den Kopf gehen. Es war eine vertrackte Sache, an zwei Stellen gleichzeitig sein zu wollen, sehr vertrackt. Da stand er nun, mit den Kräften eines Gottes ausgestattet, und konnte nicht einmal seinen eigenen Standort bestimmen: Er war Martine und den anderen hierher gefolgt, doch dieser Ort selbst schien auf keinem Schema des Netzwerks zu existieren.

Ein verdammt merkwürdiges Environment, was es auch sein mag, dachte er. Er hatte hier sogar noch mehr Macht als in anderen Teilen des Netzwerks – die Bewohner waren schreiend vor ihm geflohen, bevor er auch nur einen Finger gerührt hatte –, aber das Betriebssystem hatte hier ebenfalls mehr Macht.

Verdammt noch mal! Die jähe Erkenntnis traf ihn wie ein Schlag. *Ich muss in dem Scheißding ... drin sein!*

Er lachte, und die Nebelwand bebte vor ihm zurück wie empfindliches Gewebe, das von einem Chirurgenskalpell angepiekst wurde. *Natürlich bin ich hier mächtig. Es weiß, wer ihm die Schmerzen zufügt. Es fürchtet mich.*

Das heißt, wenn es etwas für wahr hält, erkannte er, *dann wird das hier auch wahr.* Das erklärte, warum die Barriere ihn abhalten konnte – sie versinnbildlichte den Glauben des Systems an die Wirksamkeit seiner allerletzten Abwehrmaßnahmen. Doch wenn das letzte Fünkchen Glaube daran, dass es sich ihm widersetzen konnte, erlosch …

Es ist alles Spiegelfechterei, dachte er. *Eine Welt der Geister, der Magie. Wie in den Geschichten meiner beschissenen Mutter.* Der Gedanke passte nicht so recht zu seiner Feierstimmung, und er verdrängte ihn.

Aber wo steckt dann das verdammte Ding? Wo verbirgt sich das System? Dread schloss im Hin- und Hergehen die Augen und betrachtete seinen inneren Übersichtsplan. Das Ding, der denkende Teil des Betriebssystems, musste ganz nahe sein. Wieder hatte er das eigenartige Gefühl, an zwei Orten gleichzeitig zu sein. Es beunruhigte ihn ein wenig – eine lebenslange Abneigung gegen unabgesicherte Situationen und ein starker Kontrolltrieb machten es ihm widerwärtig, sich auf zwei Wirkungssphären verteilen zu müssen –, doch sein Stolz und sein Selbstvertrauen wuchsen gleichzeitig mit seiner Macht, und er schüttelte das Gefühl ab. Aber das Rätsel selbst wurde er damit nicht los.

Die zwei Sachen sind unlösbar verbunden. Wenn ich das Gehirn des Systems nicht ein für alle Mal kaputtmache, kriege ich diese ausgebüchsten Penner niemals in die Hand. Aber wenn ich es zu sehr kaputtmache, wenn ich es ganz zerstöre, sind sie weg, tot … entkommen.

Er konnte die beiden monströsen Agenten Jongleurs nicht mehr hinter der Sperre erkennen. Er wusste nicht, was sie ausgerichtet hatten, aber auf jeden Fall hatten sie das Betriebssystem nicht zur Aufgabe gezwungen, denn die Sperre war noch da, und genauso wenig hatten sie ihm Martine oder einen der anderen ausgeliefert. Es gab keine weiteren Kopien der Agenten im Innern der Wolkenkuppel. Was er auch als Nächstes tat, er würde es selbst tun müssen.

Ist mir sowieso das Liebste, dachte er.

Schon baute sich die Erregung der Jagd wieder in ihm auf. Er richtete seine Aufmerksamkeit abermals auf die Netzwerksteuerung, suchte nach einem Hinweis auf die letzte Zuflucht des Systems. Es hatte einen ganzen Haufen neuerer Aktivitäten gegeben, doch sie sagten ihm alle nichts, und während er sich mit den Komplikationen der Vorgangsprotokolle herumschlug, musste er sich kurz über Dulcys Treulosigkeit ärgern. *Dafür hätte ich sie gut gebrauchen können, dieses Hurenaas.* Die Entflohenen und das System selbst blieben vor ihm verborgen, sowohl hinter der virtuellen Barriere in dieser absonderlichen Welt als auch in dem ungeheuren, wegelosen Wirrwarr des Netzwerks. Es machte ihn ganz fuchtig, dass er sie bei all seiner gottgleichen Macht nicht einfach finden konnte, dass er gezwungen war, virtuelle Landschaften zu durchforsten oder Gespräche mit virtuellen Kommunikatoren abzuhören.

Kommunikatoren ...! Er machte eine Geste und hielt das silberne Feuerzeug in der Hand. Er öffnete den Kommunikationskanal und stellte fest, dass er aktiv war, doch was er hörte, war blanker Unsinn – schwache, nicht zu identifizierende Stimmen, die irgendwas über Fäden und Sonnenuntergänge und einen sogenannten »Honiganzeiger« brabbelten. Mit der Leitung stimmte offensichtlich etwas nicht, und in seinem Zorn dachte er kurz daran, in sein Loft zurückzukehren und mit Hilfe von Jongleurs Zugangscodes dem ganzen Netzwerk den Saft abzudrehen, es zu töten und es dann mit einem anderen und fügsameren Betriebssystem wiederzubeleben ... aber das hätte bedeutet, dass Renie Sulaweyo und Martine und die Leute vom Kreis einen viel zu glimpflichen Abgang geschenkt bekamen.

Er starrte das Feuerzeug wütend an. Was nützte ihm das verdammte Ding? Ein Kommunikationsgerät, das nicht kommunizierte, voll von Geisterstimmen.

Aber Dulcy Anwin hatte gemeint, es wäre noch etwas Anderes. Wie hatte sie es genannt? Einen V-Fektor. Ein Ding, das nicht bloß Stimmen übertrug, sondern auch ... Positionsdaten.

Dread grinste.

Wieder öffnete er die Stammdateien des Netzwerks. Die Leitung war heiß, also musste jemand sie benutzen, auch wenn die Übertragung selbst fehlerhaft war. Er fand rasch die Positionsangaben, aber beide Seiten des aktuellen Gesprächs schienen keinen Standort zu haben. Dread musste die nächste Zorneswallung unterdrücken. Na klar, wenn sie sich im Innern des Systems selbst befanden, gab es natürlich keine normalen Effektordaten. Aber *irgendwo* im virtuellen Raum des Netzwerks musste diese Märchenwelt angesiedelt sein; genau wie er dem Betriebssystem durch seine Lücken nachgejagt war, würde er dieser Verbindung nachjagen, bis er das eine oder andere Ende gefunden hatte.

Er griff jetzt danach, streckte sich geistig danach aus, und sein *Dreh* erwachte zum Leben wie ein weißglühender Faden. Der offene Kommunikationskanal war ein silbernes Drähtchen, zart, vibrierend. Er würde hindurchströmen und sie alle aufspüren. Er würde das System aus seinem Loch treiben und es peinigen, bis die Barriere fiel, und dann würde er die anderen packen, und sie würden ihm ausgeliefert sein, ganz und gar, bis zu ihrem letzten hechelnden Atemzug.

> »Ich glaube, ich … fühle !Xabbu«, keuchte Martine. Sam erschrak über ihr gequältes, fratzenhaftes Gesicht. »Aber er ist eine Million Kilometer entfernt – eine Milliarde! Auf der anderen Seite des Universums! Es ist zu … zu weit.«

Martine Desroubins erhob sich taumelnd, hielt sich den Kopf. Paul Jonas wollte sie stützen, doch sie machte sich mit einem Ruck von ihm los.

»Lass mich!«, bat sie. »Es ist so schwer … so schwer … zu hören …«

»Du musst die Verbindung offen halten«, sagte Sellars durch den Mund des kleinen Cho-Cho. *»Ich bin noch nicht bereit.«*

»Kann nicht …« Martine krümmte sich und presste die Finger gegen den Schädel, als fürchtete sie, er könnte zerbersten. »Etwas Schreckliches … ah! Aaah! Der Andere! Er leidet … ganz furchtbar!« Dann knickten ihre Knie ein, und sie fiel vornüber aufs Gesicht.

Paul Jonas stürzte zu ihr. Als er sie hochhob, hing sie schlaff in seinen Armen.

»Ob bereit oder nicht.« Es war Dread, und er flüsterte direkt in Sams Kopf. *»Jetzt komme ich!«* Sie schrie vor Angst auf.

Die anderen hatten ihn offensichtlich auch gehört: Vor Schreck ließ Paul Martine beinahe zu Boden plumpsen. Dann erbebte die ganze Szenerie ein weiteres Mal und blieb stehen. Es dauerte nur einen Moment, doch als die Welt um Sam herum sich wieder ruckend in Bewegung setzte, war alles anders.

Es ist so kalt …! Ein tiefwinterlicher Frost war über das raumtemperierte Universum hereingebrochen. Und mit der Kälte kam noch etwas, eine würgende Todesangst, die ihr fast den Atem nahm. Sie hörte mehrere ihrer Gefährten aufschreien, doch sie hielt die Augen fest geschlossen, weil ihre sämtlichen kindlichen Instinkte sie drängten, sich die Decke über den Kopf zu ziehen und darunter zu bleiben, bis das Grauen vergangen war.

Aber es gab keine Decke.

»Um Gottes willen, jetzt ist es aus!«, rief Paul. Über den anschwellenden Lärm, den die am Brunnenrand verteilten Märchenwesen in ihrer Panik machten, konnte Sam seine Stimme kaum verstehen. Starke Finger schlossen sich um ihren Arm, und sie schrie auf.

»Steh auf, Sam«, sagte Orlando. »Es geht los.«

Sie machte die Augen auf. Orlandos Thargorkörper kam ihr anders vor, irgendwie nicht richtig, und das lag nicht allein an dem merkwürdigen Licht. Er sah unfertig aus, so als ob die äußere Schicht der Wirklichkeit abgeschält worden und nur das Grundgerüst übrig geblieben wäre.

»Es stirbt wirklich«, sagte er, und sie konnte die Angst in seiner Stimme hören. »Das ganze Ding stirbt. Guck uns an.«

Sam besah sich ihren vertrauten braunen Arm, jetzt rötlich grau in dem trübe glimmenden Licht des Brunnens und so unwirklich wie alles andere. Der Krater, die Landschaft, ihre Gefährten, alles hatte etwas Wesentliches eingebüßt, wodurch es naturgetreu wurde, war in einen primitiveren Zustand zurückgefallen, genau wie vorher der schwarze Berg während des langen Abstiegs nach und nach degeneriert war.

Wir sind keine Menschen, dachte sie, während sie die glatten Flächen von Paul Jonas' Gesicht betrachtete, Orlandos steife Muskelpakete. *Wir sind in Wirklichkeit Puppen.*

Sie rappelte sich auf, krampfhaft bemüht, die aufsteigende Furcht niederzuhalten. *Nein, es ist das Betriebssystem, der Andere, nicht wir. Es verliert die Kontrolle. Der Traum entgleitet ihm …*

»O Mann, das dumpft ultra«, schnaufte Orlando. Er hielt sein Schwert hoch, aber nicht kampfbereit, sondern wie um damit einen erschreckenden Anblick zu verdecken.

Die Barriere war dabei zu verschwinden.

Am Rand der großen Ansammlung zerfiel das schillernde Wolkennetz, das sie geschützt hatte, wieder in einfachen Nebel, der aufriss und sich zerstreute. Die vielen Flüchtlinge, die ebenfalls ihre entscheidende Feinauflösung verloren hatten, hasteten und stolperten davon wie fehlprogrammierte Roboter und schrien in kindlichem Entsetzen. Eine dunkle Gestalt schälte sich aus dem abziehenden Dunst heraus und schritt, spinnwebartig umflort von den letzten Resten der Barriere, auf den Brunnen zu. Märchenfiguren, die sich zu sehr in der Nähe des zerfleddernden Vorhangs aufgehalten hatten, warfen sich vor dem Schattenmann zur Seite und pressten in hilfloser Panik das Gesicht auf den Boden. Die unheimliche Erscheinung beachtete sie gar nicht und schritt durch die sich teilenden Massen wie ein grässlicher lichtloser Mose durchs Rote Meer. Sam war vor Furcht wie gebannt. Orlando stand schwankend neben ihr, und das Schwert fiel ihm aus der Hand in den Staub.

»Jetzt rechnen wir ab«, ertönte die furchtbare, hämische Stimme in Sams Kopf, so dass sie am liebsten ihren Schädel gegen einen Stein geschlagen hätte, bis sie nichts mehr hörte. *»Ende. Abblende. Nachspann.«*

»Der Brunnen!«, heulte Florimel auf. Sie klang unendlich weit entfernt. »Er sinkt!«

Sam drehte sich um und sah, dass der Inhalt des Brunnens langsam abfloss, so dass das geringe Restleuchten ganz erstarb und der schwarze Himmel sich drückend auf sie legte wie eine mottenzerfressene Decke. Das einzige Licht in der Welt schien jetzt von den Augen und den gefletschten Zähnen ihres Feindes auszugehen.

»In den Brunnen!«, schrie jemand hinter ihr – Paul, Nandi, sie wusste es nicht. »Ein anderer Ausweg bleibt uns nicht! In den Brunnen runter!« Doch Sam konnte den Blick nicht von der herannahenden Finsternis losreißen.

Jetzt passiert's.

Das Ding unterm Bett ... das Geräusch im Schrank ... der lächelnde Fremde, der auf deinem Heimweg von der Schule neben dir am Straßenrand hält ...

Orlandos harte Hand packte zu und riss sie hoch. Er zog sie zu der Stelle am Rand des Kraters, wo Martine Desroubins auf Hände und Knie gefallen war. Die meisten der übrigen Gefährten hasteten bereits auf einem Pfad, den Sam noch nicht erkennen konnte, ins Dunkel hinab. Die blinde Frau sah aus, als ob sie vor Qual schrie. Orlando und Paul Jonas griffen sie und hoben sie hoch.

»Wo seid ihr?« Sanft wie eine Schlangenzunge streichelte Dreads

Stimme ihre Ohrmuschel. *»Ihr könnt euch nicht vor mir verstecken. Ich kenne euch alle zu gut.«*

Sie trat hinter Orlando und Paul auf einen Felsenpfad, der an der Innenwand des leeren Kraters in die Tiefe führte. Obwohl sie Martine zwischen sich baumeln hatten, schritten die beiden zügig aus. Sam wollte ihnen eilig folgen, doch da stolperte sie über etwas und fiel hin. Als sie wieder auf den Beinen war, waren die beiden schon unter ihr im Dunkel verschwunden. In panischer Angst schaute Sam zurück, weil sie das Scheusal mit der eiskalten Stimme unmittelbar hinter sich wähnte, und sah, worüber sie gestolpert war – einen menschlichen Fuß. Der kleine Cho-Cho lag seitlich am Weg im Schatten, kaum zu erkennen. In ihrer kopflosen Angst vor dem Grauen, das ihr im Nacken saß, wäre sie am liebsten sofort weiter hinter den anderen hergerannt.

Nein, er ist doch noch ein Mikro! Ich kann ihn nicht diesem ... Ding überlassen. Obwohl alles in ihr sich dagegen auflehnte, eilte sie die paar Schritte zurück. Cho-Cho schien zu schlafen und von der tödlichen Gefahr, in der sie schwebten, gar nichts mitzubekommen. Als sie ihn aufraffte und auf den Arm nahm, geriet sie unter dem schlaffen Gewicht ins Taumeln.

»Was ist los?«, drang Sellars' Phantomstimme aus dem offenen Mund des Jungen. *»Wer bist du?«*

»Alles – alles ist los! Ich bin's, Fredericks.« Sie stolperte erneut und wäre beinahe über die Kante gestürzt.

»Wo ist Martine?«

»Ach ... sei still«, ächzte Sam. Sie hatte Mühe, sich beim Abstieg auf dem holperigen Pfad auf den Beinen zu halten. Die Seitenwände verloren rasch den letzten Anschein von Wirklichkeit; ein trüber Schimmer ging jetzt von ihnen aus, ähnlich den flüssigen Sternen, nur dunkler. Sie meinte, wenige Meter vor sich die verschwommenen Silhouetten von Orlando und Paul wahrzunehmen.

Umgekehrt – !Xabbu hatte recht! Ihre Gedanken schwirrten wie ein aufgebrachter Wespenschwarm. *Es ist der umgekehrte Berg ...!*

Sie konnte hinter sich noch niemanden sehen, doch die Bilder in ihrem Kopf waren plastisch genug: Der schattenhafte Dread mit den leeren Augenhöhlen war in ihrer Vorstellung zu einem Riesen angewachsen, der mit schwarzen Klauen die kreischenden Flüchtlinge händeweise aufschaufelte, sie prüfend beäugte und dann von sich schleuderte, so dass sie zerbrochen und zermatscht auf dem Boden landeten.

Er sucht uns, dachte Sam. *Uns! Jeden Moment wird er diesen Pfad runterkommen …* Sie war vor Furcht ganz außer sich, so dass sie beinahe in Ohnmacht gefallen wäre, als sie um eine Biegung auf ein breiteres Stück des Weges kam und von hinten gegen Paul Jonas lief.

»Sam?«, rief er, genauso erschrocken wie sie.

Sie hatten Martine abgesetzt, und sie lag wie ein Embryo zusammengerollt mitten auf dem Weg. Orlando trat um sie herum und fasste Sam so fest am Arm, als ob er sie nie wieder loslassen wollte. »Menschenskind …« Er warf einen flüchtigen Blick auf den schlaff dahängenden Cho-Cho, als ob er ihn nicht richtig wahrnehmen würde. »Mann, Frederico, ich wusste nicht, wo du warst!«

»Ich … musste zurück«, japste sie. »Es ist der kleine Junge – das heißt, es ist Sellars …«

»Ich kann nicht länger bei euch bleiben.« Sellars' gehetzte Stimme neben ihrem Ohr jagte ihr den nächsten Schreck ein. *»Es gibt zu viel zu tun. Sagt Martine, sie muss die Verbindung um jeden Preis offen halten. Ich komme wieder.«*

»Geh nicht!«, sagte Paul. »Dieser Mörder … Dread … er ist direkt hinter uns.«

»Ich kann nichts mehr für euch tun«, erklärte Sellars kurz angebunden. *»Tut mir leid, aber mir wächst hier bei mir alles über den Kopf. Was auch geschieht, Martine darf auf keinen Fall die Verbindung zum Herzen des Systems verlieren. Sie muss um jeden Preis daran festhalten!«*

»Verdammt, Sellars, untersteh dich und …!«, begann Paul, da torkelte Sam gegen ihn und wäre beinahe vom Pfad in die Tiefe gefallen: Der kleine Körper, den sie über der Schulter hängen hatte, fing plötzlich an, wie wild um sich zu schlagen.

»Lass mich runter!«, schrie Cho-Cho. Mit einer freien Hand grapschte er nach ihrem Gesicht, und sie geriet abermals ins Stolpern. Auf einmal spürte sie keinen Boden mehr unter ihrem linken Fuß, fand dann aber mit der Ferse den Rand des Weges. Sie schwankte und versuchte verzweifelt, das Gleichgewicht wiederzugewinnen.

»Lass los!« Der Ellbogen des Jungen traf sie so fest an der Schläfe, dass ihr die Knie weich wurden und sie zur Seite kippte. Das Gewicht schwand von ihren Schultern.

Ich hab ihn fallen lassen, durchfuhr es sie, und schon schien auch sie ins Leere zu stürzen, da packte eine mächtige Faust sie hinten am Hemd und riss sie wieder auf den Felsabsatz zurück.

Ein kurzes Flackern tief unten im Brunnen malte schwache silberne und blaue Streifen auf Orlandos Heldengestalt. Er hielt den immer noch zappelnden Cho-Cho an die nackte Brust gedrückt. »Bist du total durchgescännt?«, herrschte er den Kleinen an und stieß ihm hart mit dem Kinn auf die Schädeldecke. Die erzieherische Wirkung machte sich augenblicklich bemerkbar, denn Cho-Cho hörte auf, sich zu sträuben, und hing mucksmäuschenstill in der Beuge von Orlandos muskulösem Arm.

»Ihr seid alle da unten im Loch, stimmt's?« Es war wieder Dread, halb belustigt und halb verärgert. Seine Worte kribbelten durch Sams Schädel wie eine Ameisenstraße. Orlando hörte es auch, denn er verzog gequält das Gesicht. *»Wollt ihr wirklich, dass ich euch holen komme? Habt ihr die Spielchen nicht langsam satt?«*

Paul Jonas war neben Martine in die Knie gegangen und machte Anstalten, sie wieder hochzuheben.

Orlando drückte noch einmal Sams Arm. »Tja, vielleicht bild ich mir das ja bloß ein, Frederico.« Sein heroischer Versuch, einen beiläufigen Ton anzuschlagen, konnte das Beben in seiner Stimme nicht verbergen. Seine Hand zitterte wahrscheinlich auch, aber Sam schlotterte ihrerseits so heftig, dass sie es nicht sagen konnte. »Aber könnte unser Freund Graf Dreadula vielleicht Australier sein?«

> Catur Ramsey platzte gerade noch rechtzeitig ins Nebenzimmer, um Sellars' letzte Worte zu hören. Der alte Mann klang schlimmer denn je, so schwach, als spräche er vom anderen Ende der Galaxis durch einen Gartenschlauch.

»... keine Zeit, alles noch mal zu erklären«, sagte er. *»Es geht jetzt um Minuten.«*

Kaylene Sorensen stand breitbeinig und mit geballten Fäusten vor Christabel, als stellte die versagende, körperlose Stimme, die vom Wandbildschirm kam, eine unmittelbare Bedrohung für ihre Tochter dar. »Du musst verrückt sein! Mike, bin ich denn die Einzige hier, die nicht den Verstand verloren hat?«

»Ich habe keinerlei Alternativen, Frau Sorensen.« Sellars schien kurz vor dem völligen Zusammenbruch zu stehen.

»So, aber ich.« Sie wandte sich ihrem Mann zu. »Ich hab dir gesagt, es ist schon schlimm genug, dass eine solche ... Spinnerei uns alle zur Flucht aus unserm Haus getrieben hat, als wären wir polizeilich gesuchte Verbrecher. Aber wenn du denkst, ich lasse zu, dass Christabel weiter reingezogen wird in dieses ... dieses ... *Hirngespinst ...!«*

»Es ist die Wahrheit, Frau Sorensen«, unterbrach Ramsey sie. »Ich wünschte, es wäre nicht so. Aber ...«

»Ramsey, was hast du denn da zu schaffen?«, sagte Sellars mit überraschender Schärfe. *»Du solltest doch die Verbindung zu Olga Pirofsky halten.«*

»Sie will nicht mit mir reden. Ich soll dir sagen, du sollst dich beeilen – sie wartet auf ihren Sohn.« Das Gespräch war natürlich sehr viel absonderlicher gewesen. Die Olga, mit der er gesprochen hatte, glich in nichts mehr der Frau, die er vorher gekannt hatte, war distanziert und geradezu erschreckend kühl gewesen, so als ob Sellars ihn mit ganz jemand anderem verbunden hätte. Sie hatte überhaupt nicht auf seine Mitleids- und Beileidsbezeigungen reagiert, ja hatte den Anschein erweckt, sie gar nicht recht zu begreifen. Wie Sellars schien sie sich in intergalaktische Fernen zurückgezogen zu haben.

»Wir haben nur diese eine Chance«, erklärte Sellars. *»Wenn ich das Betriebssystem nicht erreichen kann, ist alles verloren. Doch selbst jetzt, wo so viele Menschenleben auf dem Spiel stehen, kann ich euch nicht zwingen.«*

»Nein«, versetzte Christabels Mutter bissig. »Das kannst du nicht. Nie und nimmer.«

»Kaylene ...« In seiner Verzweiflung klang Major Sorensen zornig und hilflos zugleich. »Wenn Christabel nichts zustoßen kann ...«

»Das hat er nie gesagt!«, fauchte seine Frau. »Schau dir den kleinen Jungen nebenan an – der war auch unter dem Schutz dieses Kerls. Soll deiner Tochter vielleicht dasselbe passieren?«

Sellars sprach wie ein Bergsteiger, der bereits wusste, dass er nicht mehr die Kraft hatte, den Gipfel zu erreichen. *»Nein, es gibt keinerlei Garantien. Aber Cho-Chos Fall ist anders. Er ist über seine Neurokanüle direkt an das System angeschlossen. Diese Verbindung kann bei Christabel nicht entstehen.«*

Ramsey kam sich wie ein Verräter vor, aber er musste es sagen. »Und was ist mit den andern, die im System gefangen sind – von denen haben auch einige keinen direkten neuronalen Anschluss. Viele der Tandagorekinder auch nicht.«

»Siehst du!«, rief Kaylene Sorensen zornig triumphierend.

»Anders«, widersprach Sellars matt mit kaum noch hörbarer Stimme. *»Wenigstens glaube ich das. Das Betriebssystem ... Olgas Sohn ... stirbt. Ich kann die automatische Zurückleitung ... nicht abstellen.«*

Da die Sorensens mit dem Gesicht zum Wandbildschirm standen, sah nur Catur Ramsey, wie Christabel vom Bett rutschte, wobei sie die nackten Füße strecken musste, um auf den Boden zu kommen. *So klein,* dachte er. Sie sah verängstigt aus und sehr, sehr jung.

Mein Gott, ging es Ramsey durch den Kopf. *Was tun wir diesen Leuten an?*

Das kleine Mädchen ging still ins Schlafzimmer und machte die Tür hinter sich zu.

Es ist zu viel für sie – zu viel. Es wäre für jeden zu viel.

»Ich kann ... ich kann meiner Frau nicht widersprechen«, sagte Major Sorensen gerade.

»Was soll das heißen?«, rief seine Frau. Weder sie noch ihr Mann hatten darauf geachtet, dass Christabel hinausgegangen war.

»Beruhige dich, Liebling«, sagte Sorensen. »Ich geb dir ja recht. Ich bring's auch nicht über mich.«

»Dann gibt es nichts mehr zu sagen«, erklärte Sellars im Ton eines Sterbenden. Absurderweise lief auf dem Wandbildschirm, von dem seine Stimme kam, das Hausprogramm des Hotels, Aufnahmen von fröhlichen Gästen in diversen Restaurants und Freizeitparks von New Orleans. *»Ich muss sehen, was ich noch machen kann.«*

Ramsey brauchte kein Bild, um zu wissen, dass Sellars aus der Leitung gegangen war. Die Sorensens starrten sich an, ohne auf ihn oder sonst etwas zu achten. Ramsey stand verlegen in der Tür; mit Sellars' Abgang war er im Nu von einem Gesprächspartner zu einem Voyeur geworden.

»Ich muss gehen«, teilte er mit. Keiner der Sorensens nahm Notiz von ihm.

Hinter der Verbindungstür lehnte er sich an die Wand und fragte sich, was gerade geschehen war und was es tatsächlich zu bedeuten hatte. War Sellars wirklich auf die Hilfe eines kleinen Mädchens angewiesen, das gerade aus dem Kindergarten heraus war? Und wenn er keinen Erfolg hatte, was für Konsequenzen mochte das haben? Alles passierte so rasch, dass Ramsey kaum noch mitkam. Allein in den letzten zwei Stunden hatte er mehrere schwere Gesetzesübertretungen begangen – Räumung eines Bürogebäudes mit einer Rauchbombe, Manipulation der Alarmanlagen einer ganzen Insel, Anbringung einer Datenklemme in einem der größten Konzerne der Welt. Von den noch bizarreren Dingen, die dabei ans Licht gekommen waren, wollte er gar nicht reden: Dem verödeten Haus im Wald auf der obersten Etage des Wolkenkratzers, dem gruftähnlichen Raum mit den vier Behältern, der unfassbaren Eröffnung, dass Olgas verlorenes Kind das Betriebssystem des Otherlandnetzwerks war.

Olga, dachte er. *Verdammt, ich muss zu Olga zurück.*

Die Tür zum Zimmer der Sorensens knallte auf und hätte ihn um ein Haar getroffen. Michael Sorensens Gesicht war bleich, beinahe grau.

»Christabel«, stieß er hervor. Seine heisere Stimme und sein bestürzter Ausdruck ließen Ramsey das Schlimmste befürchten.

Kaylene Sorensen umschlang auf dem Bett ihre Tochter und rief immer wieder ihren Namen, als ob das Kind draußen auf der Straße wäre. Die herabhängenden Glieder des Mädchens und die nach oben gerutschten Augen, von denen man nur noch das Weiße sah, sagten alles oder jedenfalls genug. Eine Brille mit dicken schwarzen Sonnengläsern lag neben Christabels Beinen auf der Bettdecke.

»Er hat das getan!«, zischte Frau Sorensen Ramsey mit ungezügelter Wut an. »Dieses Monster! Erst tut er noch so, als ob er uns um Genehmigung fragt ...«

»Ich ruf einen Arzt«, sagte ihr Mann, dann wandte er sich mit einer derart verstörten Miene Ramsey zu, dass diesem regelrecht schlecht wurde. »Soll ich einen Arzt rufen?«

»Warte. Mach ... mach nichts, gar nichts. Warte!« Ramsey setzte an, in sein Zimmer zu laufen, als ihm klar wurde, dass er auch hier über den Wandbildschirm anrufen konnte, wo er nicht riskierte, die Verbindung zu Olga zu kappen. Er brüllte die Nummer und betete, dass er sie sich richtig gemerkt hatte. »Sellars! Geh dran, sofort!«

»Ja? Ramsey, was ist?« Er klang noch schlimmer als vorher, falls das überhaupt möglich war.

»Christabel liegt im Koma, Herrgott noch mal! Im Tandagorekoma!«

»Was?« Sein Erstaunen hörte sich echt an. *»Wie kann das sein?«*

»Frag mich nicht. Sie liegt auf ihrem Bett. Ihre Eltern haben sie gerade gefunden.« Er versuchte sich zu erinnern. »Neben ihr liegt so eine Sonnenbrille ...«

»O weh. Lieber Himmel.« Sellars schwieg einen Moment. *»Ich hatte eine Eintrittssequenz vorkodiert, aber ... aber nur für den Fall, dass die Eltern zugestimmt hätten ...!«* Trotz der Anspannung in seiner Stimme, der ungewohnten Unsicherheit, bekam er plötzlich einen scharfen Befehlston. *»Sag ihnen, sie dürfen sie nicht bewegen. Sie muss in diesem Augenblick in das System eintreten. Ich muss sofort eingreifen.«* Stille trat ein, doch bevor Ramsey die Verbindung abbrechen konnte, meldete sich Sellars noch einmal. *»Und sag ihnen, dass es mir ehrlich leid tut. Ich wollte das nicht – nicht auf die Art. Ich werde alles tun, was menschenmöglich ist, um ... um sie zurückzubringen.«*

Dann war er fort.

Ramsey hatte die beiden schweigend auf dem Bett sitzen lassen, den reglosen Körper ihrer kleinen Tochter im Arm. Trotz seines unbestimmten Verantwortungsgefühls, oder vielleicht gerade deswegen, hatte er es eilig, aus dem Zimmer zu kommen.

Er griff zum Pad, um mit Olga zu reden, und überlegte dabei, ob er ihr erzählen sollte, was sich bei ihm derzeit abspielte – aber wenn sie noch so war wie bei ihrem letzten Gespräch, würde sie nicht einmal zuhören. Ratlos und innerlich aufgewühlt starrte er mehrere Sekunden lang auf den Bildschirm, ehe er begriff, was er da sah.

Olga Pirofsky saß immer noch neben den vier wuchtigen schwarzen Behältern auf dem Boden, das Gesicht in den Händen und sich hin- und herwiegend, ein Inbild übergroßen, alles verzehrenden Jammers. Sie hatte sichtlich keine Ahnung, was hinter ihr geschah.

Die Deckel von zweien der Behälter klappten auf, langsam und anscheinend lautlos. Im ersten Moment verspürte Ramsey die gleiche grauenvolle, beinahe sexuelle Erregung, die ihn als Kind im dunklen Kino immer gepackt hatte. Ein UFO war gelandet, die Tür ging auf, jeden Moment musste etwas herauskommen – aber was?

Dies jedoch war kein Film. Dies ereignete sich wirklich.

Eine Gestalt bewegte sich zuckend in dem vorderen Behälter und stemmte sich dann schwerfällig in die Höhe, beschienen von der sanften Beleuchtung am Innenrand des Deckels.

Auf Ramseys Seite war die Leitung offen, und er schrie jetzt den Bildschirm an, kam aber offensichtlich nicht zu Olga durch. Er konnte nur immerzu ihren Namen brüllen, während ein ungeheuer dicker, nackter Mann aus dem leuchtenden Behälter kletterte.

> Sie setzte die MärchenBrille auf. Es war gut, im Dunkeln hinter den Gläsern zu sein. Sie konnte die Stimme ihrer Mutter im Nebenzimmer hören. Mami war echt wütend – wütend auf Herrn Sellars, wütend auf Papi, sogar wütend auf Herrn Ramsey, obwohl der gar nichts gemacht hatte, soweit Christabel sehen konnte.

Es war gut, im Dunkeln zu sein. Sie wünschte, sie hätte auch eine Brille für die Ohren.

»Erzähl mir eine Geschichte«, sagte sie zu der Brille, doch nichts geschah. Die Gläser blieben schwarz. Es gab nicht einmal eine Mitteilung von Herrn Sellars. Das machte sie traurig – er hatte so müde geklungen, so weh. Sie wünschte beinahe, ihre Eltern hätten die Geheimnisse nicht herausgefunden, die sie mit ihm gehabt hatte, ihre Besuche, die Sachen, mit denen sie ihm geholfen hatte, alles, die ganzen geheimen Sachen. Wie er lächelte und sie »kleine Christabel« nannte.

Ihr geheimes Wort.

»Rumpelstilzchen«, sagte sie. Licht entfaltete sich vor ihren Augen wie eine Blume.

»Das ist jetzt wie ein Anruf an jemanden, der ganz weit weg ist«, sagte Herrn Sellars' Stimme in ihren Ohren. *»Oder wie wenn du ins Netz gehst. Ich werde gleich bei dir sein ...«*

»Wo bist du?«, fragte sie, doch seine Stimme redete einfach weiter, er hörte sie nicht. Es war wieder eine aufgezeichnete Mitteilung, wie das Mal davor.

»... und dann werde ich bei dir bleiben, das verspreche ich. Aber ich mache gerade viele Sachen auf einmal, kleine Christabel, und es kann einen Moment dauern, bis ich dich erreiche. Hab keine Angst. Warte einfach.« Das Licht bewegte sich jetzt, tanzte, kreiselte. Sie bekam davon Kopfweh. Sie wollte die Brille absetzen, aber aus irgendeinem Grund konnte sie sie nicht finden, als sie hinfasste. Sie betastete ihren Kopf,

aber er schien sich zu verändern – erst fühlten sich ihre Haare an den Fingern ganz komisch an, dann überhaupt nicht mehr wie Haare. Auf einmal strömte das Licht von ihr fort und zog sie mit, als ob sie in den Abfluss der Badewanne gesaugt würde, und das Licht hatte auch einen Ton, ein Heulen wie der Wind oder wie weinende Kinder.

»Hör auf!«, kreischte sie. Sie hatte jetzt ganz arg Angst. Ihre Stimme klang verkehrt, laut in ihrem Kopf drin und dabei doch so echoig und weit weg. »Ich will nicht …!

Das Licht war überall. Dann war das Licht fort. Alles war dunkel, und sie hatte gar kein Gefühl mehr. Ein paar Sekunden lang war sie ganz allein, so allein, wie sie im Leben noch nie gewesen war, wie in einem bösen Traum, nur wach, und es gab niemand anders mehr auf der ganzen Welt, Herrn Sellars nicht, Mami nicht, Papi nicht …

Aber dann gab es doch noch jemanden.

Sie hielt ängstlich den Atem an, doch es war mehr wie ans Atemanhalten Denken, weil sie keinen Druck auf der Brust spürte. Ihr war, als würde sie gleich Pipi in die Hose machen, aber auch das fühlte sich nicht wirklich an. Irgendetwas suchte sie. Etwas Großes. Es war in der Dunkelheit.

Es berührte sie. Christabel wollte schreien, schlagen, doch sie hatte keinen Mund, keine Hände. Es war so kalt! Es war, als ob das ganze Schwarz gefroren wäre, als ob sie im Kühlschrank wäre, und die Tür war zu und das Licht aus, und sie konnte nicht raus und niemand hörte sie und niemand hörte sie und niemand …

Das große, kalte Etwas berührte sie in ihrem Kopf drin.

Diese Geschichte im Netz, die eine da, die ich nicht gucken durfte, von einem Riesengorilla, der eine Frau hochnimmt und sie beschnüffelt und betrachtet, und es war so gruselig, dass ich dachte, gleicht schmeißt er sie auf den Boden, oder er steckt sie in sein Maul und zerkaut sie mit seinen Zähnen, und dann hab ich in die Hose gemacht, und ich hab's nicht mal gemerkt, bis Mami reingekommen ist und gesagt hat Ach du liebe Güte was schaust du dir denn da an Mike du hast den Bildschirm angelassen und jetzt hat sie in die Hose gemacht und die Couch ruiniert bloß wegen deinem dämlichen Monster ich hab dir doch gesagt dass sie zu klein ist …

Und dann ließ es sie los. Das große, kalte Etwas durchwehte sie wie ein Wind, und sie konnte es riechen, aber sie roch dabei auch, wie es dachte, wie es fühlte, und es war müde und traurig und wütend und außerdem ganz arg verängstigt, aber es interessierte sich nicht mehr für kleine Mädchen, und es ließ sie los.

Sie hing in der Dunkelheit. Sie war nirgends.

»Christabel?«

Als sie Herrn Sellars' Stimme hörte, seine freundliche, pusteweiche Stimme, gab es kein Halten mehr. Sie fing an zu weinen und weinte so sehr, dass sie meinte, sie würde nie mehr aufhören, nie nie mehr.

»Ich w-will ... meine Mami.« Sie brachte kaum die Worte heraus.

»Ich weiß«, sagte er. »Es tut mir leid, ich wollte nicht, dass es so passiert.« Sie konnte ihn nicht fühlen, nicht so, wie sie das eisige Dunkel gefühlt hatte, aber sie konnte ihn hören, und in der tiefen Schwärze war das wenigstens etwas. Sie hörte zu weinen auf. Sie hatte einen Schluckauf. »Ich bin jetzt bei dir«, versicherte Herr Sellars ihr. »Ich bin bei dir, kleine Christabel. Wir müssen gehen. Ich brauche deine Hilfe.«

»Ich hab's nicht gewollt ...!«

»Ich weiß. Es war mein Fehler. Vielleicht sollte es so sein – vielleicht auch nicht. Auf jeden Fall wird es bald vorbei sein. Komm mit.«

»Ich will zu meiner Mami.«

»Das weiß ich. Und du bist nicht die Einzige.« Jetzt fürchtete sie sich nicht mehr ganz so sehr wie vorher, und sie hörte an seiner Stimme, wie er sich quälte. »Komm jetzt mit, Christabel. Ich möchte, dass du jemand kennen lernst. Es tut mir leid, dass es so gekommen ist, aber ich bin froh, dass du hier bist, sonst hätte ich deinen Freund allein zu dieser Begegnung schicken müssen.«

Da hörte sie eine neue Stimme, und sie war überrascht, denn sie wusste, dass der Junge, dem die Stimme gehörte, gar nicht reden konnte, weil er auf dem Bett schlief wie ein Toter. Aber Herr Sellars schlief ja auch wie ein Toter, oder?

Schlafe ich etwa auch so? Werden Mami und Papi da keine Angst um mich haben?

»'ol mich raus!«, schrie die Stimme. »Mach ich diese mierda nich mehr mit!«

»Cho-Cho«, sagte sie.

Im ersten Moment reagierte er nicht. Christabel hing in der Finsternis und fragte sich, ob es sich so anfühlte, wenn man tot war. »Tussi?«, sagte er schließlich. »Bise du?«

»Ja.« Herrn Sellars' Atem ging ganz hart und rauh, als wäre er kurz irgendwo hingerannt und wieder zurück. »Das ist sie, Señor Izabal. Und wir werden zusammen jemanden aufsuchen. Ihr zwei sollt einem verirrten kleinen Jungen helfen. Und hinterher … und hinterher werde ich alles tun, was ich kann, um euch wieder nach Hause zu bringen.«

»Bise voll loco«, ertönte Cho-Chos Stimme. »Mach ich nich, gar nix!«

Doch als die Dunkelheit sich langsam aufhellte, grau wurde wie ein Morgenhimmel, aber überall gleichzeitig, unten wie oben, da fühlte Christabel, wie jemand ihre Hand nahm.

»Bise okay, Tussi?«, flüsterte Cho-Cho.

»Ich glaub schon«, flüsterte sie zurück. »Und du?«

»Yeah«, antwortete er. »Fürcht ich mich nich vor gar nix.«

Sie wusste nicht, ob das stimmte, aber als das graue Licht immer heller wurde, nahm der Druck seiner Finger zu.

> Paul und Orlando trugen Martine das kurvige Felsgesims hinab, bis sie auf die anderen stießen, die auf dem Weg stehen geblieben waren. »Weiter!«, drängte Paul. »Habt ihr den Irren nicht gehört? Er kommt hinter uns her!«

»Der Pfad ist zu Ende«, sagte Florimel. »Er ist weggebrochen. Oder geschmolzen. Was weiß ich.«

»Wie der Berg«, murmelte Sam, die hinter Paul hergewankt kam. Sie stellte Cho-Cho auf seine eigenen Füße. »Alles weg.«

Das war's dann also, dachte Paul. *Vorbei das ganze Treibenlassen und Weglaufen. Die Falle ist immer enger und enger geworden, und jetzt bin ich am Ende angekommen.* Er schaute die anderen an, Nandi, den jungen T4b, alle mit gehetztem Blick. Ihre unecht wirkenden Gesichter zerlegten sich zusehends in schematische Flächen, und die Farben ihrer Haut und ihrer Kleidung, selbst des Gesteins ringsherum, verblassten. Die Seitenwände sahen merkwürdig abstrakt aus, als ob ein expressionistischer Maler sie mit hastigen, dicken Pinselstrichen hingeworfen hätte.

»Wir können immer noch kämpfen«, erklärte Orlando. Paul fand diese Behauptung dermaßen absurd, dass sie fast schon komisch war, ein trostloser Witz, für den ihre sinnlosen Tode die einzig passende Pointe waren.

Martine erschauerte und machte Anstalten, sich aufzusetzen. »B-bist d-du das, P-Paul?« Sie zitterte so heftig, dass er sich neben sie hockte und ihre Beine festhielt, damit sie nicht vor lauter Schlottern über den Rand in die Tiefe stürzte. Der schwarze Abgrund war das Einzige, was noch völlig real aussah.

»Ich bin's«, antwortete er und strich ihr sanft übers Gesicht. Sie war kalt. Ihm war auch kalt. »Wir sind alle hier, aber wir müssen leise sein. Dieser Kerl, Dread, er sucht uns.«

»Ich h-habe nicht l-losgelassen«, sagte sie. »Ich fühle ... w-wo !Xabbu ist ... und noch w-weiter. Ich fühle sogar, wo ... der Andere ist. Ganz bis ... zum Ende.« Ihr Zittern hatte nachgelassen, dafür wirkte sie jetzt entrückter.

»Ich bin hier.«

»Kalt. Es ist so kalt. Wie im Vakuum.«

Er wollte ihre Hand reiben, doch sie zog sie weg. »Komisch, ich fühle deine Berührung, aber wie auf einem anderen Planeten. Lass. Lass mich denken, Paul. Es ist so schwer ... dranzubleiben ... festzuhalten ...«

»Hallo, Freunde«, säuselte Dreads Stimme. *»Ich weiß, ihr müsst es langsam leid sein, ständig auf mich zu warten.«* Der Pfad hinter ihnen war noch leer, das Licht eigenartig verzerrt. *»Ich wäre schon längst zu euch gekommen, aber ich musste vorher noch mit den Kindlein spielen. Hört mal.«* Ein dünner, wimmernder Schrei hallte Paul in den Ohren und seinen Gefährten auch, denn alle zuckten zusammen und schrien auf, gleichzeitig von Entsetzen durchschossen wie von Strom.

»Er lässt sich absichtlich Zeit«, ächzte Florimel. »Der Sadist. Wir sollen vorher noch leiden.«

»Riecht unsere Angst, irgendwie«, meinte T4b.

»Still!«, zischte Nandi. »Wir wissen nicht, wie weit weg er ist. Vielleicht will er uns nur dazu bringen, ihm unseren Aufenthalt zu verraten.«

»Wie schwer wird es ihm fallen, uns auf diesem Pfad zu finden?«, widersprach Florimel grimmig. »Ich werde nicht vor ihm in die Knie gehen.«

»Ich auch nicht«, erklärte Orlando. »Ist mir schnuppe, ob er Dracula oder der Wolfmann oder die böse Hexe des Westens ist – er soll auch sein Fett abkriegen, ehe ... ehe es zu Ende ist.« Während der Junge das sagte, stellte sich Sam Fredericks im schwach flackernden reflektierten Licht beherzt neben ihn, obwohl sie ziemlich wacklig auf den Füßen war. Paul wurde das Herz weit von einem Gefühl, das er nicht benennen konnte. *Diese armen, tapferen Kinder. Wie gibt's das, dass sie so was durchmachen müssen?*

»Kalt …!«, schrie Martine. Erschrocken hielt Paul ihr den Mund zu. Sie schüttelte die Hand ab. Ihre nächsten Worte waren nur noch ein Murmeln. »Ich kann den Andern fühlen – aber er ist so klein! Er hat Angst! Die Kinder … sie weinen nicht mehr. Sie sind still, so still …!«

»Es ist kalt, wo der Andere ist.« Sellars' Stimme ließ sie alle zusammenfahren.

»Er ist wieder da«, sagte Sam tonlos.

»Wir haben keine Zeit zu verlieren.« Cho-Cho lag jetzt wie ein unruhiger Schläfer zu Sams Füßen, und aus dem offenen Mund des Jungen kam Sellars' völlig unpassende prononcierte Stimme. *»Martine, ich werde versuchen, dich zu erreichen – mein Ende der Leitung mit deinem zu verbinden. Es wird bestimmt ein unheimliches Gefühl sein, aber bitte versuche, dich nicht gegen mich zu sträuben.«*

»Kann nicht denken. Zu kalt … tut weh …«

»Der Andere ist in einer großen Kälte gefangen, innerlich wie äußerlich«, erläuterte Sellars mit großer Hast. *»Wenn du dir das klarmachst, wirst du weniger Angst haben. Er ist kein technisches Konstrukt, wenigstens nicht von Geburt. Er war ein Kind, ein Menschenkind, das von der Gralsbruderschaft missbraucht und zum Kern ihrer großen Unsterblichkeitsmaschine gemacht wurde.«*

Eine Woge des Hasses überspülte Paul. Der Andere, der kleine Gally, Orlando und Sam Fredericks, die kreischenden Opfer oben am Brunnenrand – so viele Unschuldige, die geopfert wurden, bloß damit ein Kerl wie Jongleur noch ein paar Jahre länger durchs Leben kriechen konnte.

»Angst …« Martine weinte. »Er ist so klein …!«

»Das ist er immer gewesen, wenigstens in seiner eigenen Vorstellung. Verängstigt. Missbraucht. Im Dunkeln eingesperrt, im bildlichen wie im wörtlichen Sinne, weil sie seine nahezu unbegrenzten Fähigkeiten fürchteten. Er beeinflusste die Gehirne seiner Bewacher, und deshalb wurde er verbannt, in das grausamste, sicherste Gefängnis gesteckt, das diese Bestien sich ausdenken konnten.«

»Gefängnis …?«

»Ein Satellit.« Sellars sprach leise, doch auf dem Felsenpfad über dem Abgrund klangen seine Worte geradezu überlaut. *»Der Andere befindet*

sich in einem Satelliten auf einer festen Umlaufbahn um die Erde. Kryogenische Apparate verlangsamen seinen Stoffwechsel, machen ihn besser beherrschbar – wenigstens meinten sie das. Sie verbannten ihn in die Leere des Weltraums und versahen sein Gefängnis mit einer Pannensicherung der besonderen Art: Sollte irgendetwas schiefgehen, konnten sie die Raketen starten und ihn aus der Umlaufbahn in den äußeren Weltraum hinausschießen.« Sellars' Stimme war rauh, brüchig. *»Die Apep-Sequenz nannte Jongleur das. Nach der Schlange, die allnächtlich versuchte, die fliegende Barke des Re, des Königs der Götter, zu verschlingen.«*

Martine keuchte. »Mach schnell! Ich … ich kann nicht …« Sie zuckte einmal, noch einmal – rhythmisch, machte es den Eindruck. Paul sah, dass sie ihre Hände vor der Brust hielt und mit den Fingern eigenartige Flechtbewegungen vollführte. »!Xabbu auch … er leidet …«

»Ich ringe darum, die Verbindung herzustellen«, sagte Sellars durch das schlafende Kind. *»Es ist … als wollte man mit einem Faden, der eine Million Meilen lang ist … durch ein Nadelöhr kommen. Und ich … habe das hintere Ende des Fadens … in der Hand.«*

Etwas bewegte sich jetzt weiter oben an der Brunnenwand, ein Punkt von einer solchen Nachtschwärze, dass Paul selbst in dieser düsteren Unterwelt erkennen konnte, wie er mit einer furchtbaren Ruhe und Bestimmtheit den Pfad hinunterschritt.

»Er kommt«, flüsterte Paul, obwohl er wusste, dass die Bemerkung sinnlos war, dass Sellars nicht schneller machen konnte. »Dread kommt.« Er streifte mit den Fingern über Martines Bein, um sie zu ermuntern. Sie stöhnte und wand sich unter der federleichten Berührung.

»Nein!« Ihre Hände bewegten sich jetzt schneller, gingen so flink auf und zu, dass die Finger in dem Zwielicht kaum zu sehen waren. »Nicht! Das tut weh!«

»Bitte berühre sie nicht«, stieß Sellars hervor. *»Bitte. Es … ist … ganz nahe. Sehr … schwierig.«*

Die Schattengestalt schraubte sich unbeirrt auf dem Pfad nach unten. Obwohl sie noch weit weg war, erkannte Paul das Glimmen zweier heller Augen. Sein Herz jagte noch schneller in seiner Brust. *Wir fühlen, was der Andere fühlt,* sagte er sich. *Aber das Gefühl hatte ich schon die ganze Zeit, als die Zwillinge mich jagten – seine Angst vor ihnen, seine Angst vor Jongleur. Ich bin nicht mal ein richtiger Mensch, ich bin bloß ein Teil des gottverdammten Netzwerkcodes. Ich habe nicht einmal meine eigenen Gefühle!*

Der dunkle Mann bewegte sich weiter den Pfad hinunter.

Was hatte das alles in Wahrheit zu bedeuten? Pauls panische Gedanken flackerten wie Flammen im Wind. Wer waren diese Figuren in Wirklichkeit? Ein Mörder oder der Teufel persönlich? Ein Junge, der sich für ein Betriebssystem hielt? Ein Betriebssystem, das sich für einen kleinen Jungen hielt, der in einen Brunnen gefallen war? Wahnsinn. Albträume.

Es ist tatsächlich der Traum des roten Königs. Genau so. Wenn der Traum vorbei ist, wenn dieses Netzwerk stirbt, wird Paul Jonas verlöschen wie eine Kerze.

Aber ich bin nicht einmal Paul Jonas, dachte er mit jäher, eisiger Klarheit. *Nicht in Wirklichkeit. Ich bin das Produkt des Gralsprozesses, eine Kopie wie Ava. Ich bin bloß eine bessere Kopie, mehr nicht.*

Wie erstarrt blickte er seine Gefährten an. Das einzige Geräusch war das schwere Atmen Martines.

Das ist das Ende, dachte er, *und ich laufe immer noch davon. Lasse mich immer noch treiben. Dabei hatte ich mir vorgenommen, das nicht mehr zu tun …*

Sellars braucht Zeit. Dieser neue Gedanke zerriss den ersten wie ein Schrei. *Das Einzige, was wir nicht haben. Er braucht Zeit, um meine Freunde zu retten.*

Und was habe ich zu erwarten, selbst wenn ich überlebe? Eine Ewigkeit in diesem Universum hinter den Spiegeln?

Umgeben von einer unsichtbaren Wolke des Schreckens kam die schwarze Gestalt um die letzte Biegung.

»Hallo«, rief Dread lachend. *»Wartet ihr schon lange?«* Die Augen und die gebleckten Zähne des Monsters hoben sich schimmernd von dem kopfförmigen Schatten ab, so dass es aussah, als trüge er die verkohlte Maske der Komödie. *»Habt ihr schon Sehnsucht nach euerm alten Kumpel Johnny Dark?«*

Das Ende, dachte Paul. Dann lief er los.

Er hörte die anderen hinter ihm herrufen, hörte das Erschrecken in ihren Stimmen, doch das war ihm nur leerer Schall. Die giftige Furcht, die von der Schattengestalt ausging, kam über ihn wie eine Gewitterfront aus nervenzerreißender, lähmender Panik, die seinen Lauf bremste, bis er nur noch mit äußerster Mühe einen Fuß vor den anderen setzen konnte. Er wankte den Pfad hinauf, als kämpfte er gegen Orkanwinde an.

Das Ding genannt Dread blieb stehen und beobachtete, wie er herantorkelte. Er spürte sein amüsiertes Interesse, doch das war nur ein einzelner, versprengter Ton in einer donnernden Symphonie des Grauens, die immer lauter und mächtiger wurde, je näher er kam.

Nullpunkt. Totales Dunkel. Er konnte nicht mehr denken. Er zwang sich zwei weitere Schritte vorwärts. *Aus. Aus und vorbei. Ich laufe durchs Dunkel, und alles ist aus.* Wieder ein Schritt, und jetzt schlug sein Herz so schnell, dass es beinahe einen durchgehenden Ton machte wie ein aufschnurrender Reißverschluss, *tackatackatackatackatackatack ...*

»So, welcher bist du denn?« Das Scheusal griff mit einer Hand nach ihm, die kalt war wie das Grab. Die leeren Augen wurden größer, als mit einem letzten taumelnden Schritt Pauls Wille endgültig versagte und er zu Boden fiel. Hilflos zuckend lag er vor den Füßen des Schattenmannes.

»Na, was darf's sein?«, fragte ihn dieser. *»Sportlicher Boxkampf gefällig? Und welche Regeln – Marquis of Queensbury?«* Er beugte sich herunter. Ein kalter Finger hob Pauls Kinn an, so dass er dem Blick der weißen Blindfischaugen begegnen musste, dem Grinsen, das im schwarzen Umriss des Gesichtes wie Eis glitzerte. *»Ich werd dein Herz fressen, Freundchen. Und deine Freunde nehm ich mit zu mir nach Hause und reiß ihnen die Seelen auf.«*

Pauls bebende Hände, die sich kurz ein paar Zentimeter über den Boden erhoben hatten, fielen wieder herunter. Die Schwärze legte sich drückend um ihn, und er klammerte sich verzweifelt an ein letztes winziges Pünktchen innerer Klarheit.

»Schluss«, japste er.

Dread bückte sich, bis sein grinsender Mund nur noch einen Fingerbreit entfernt war. Paul drohte das Herz stehen zu bleiben. *»Du willst doch nicht etwa jetzt schon aufgeben, was? Och, da bin ich aber enttäuscht ...«*

»Schluss ... mit dem *Treibenlassen!«*, schrie er und stieß sich vom Boden ab. Er schlang die Arme um die nächtige Kreatur und riss sie mit sich über den Rand des Felsabsatzes.

Eine Weile stürzten sie in die Tiefe, und der dunkle Mann schlug in Pauls Klammergriff um sich wie eine ungeheure Fledermaus. Paul fühlte Dreads Überraschung und Schreck, und ungeachtet seiner eigenen Todesangst verspürte er beinahe so etwas wie Triumph. Dann verlangsamte sich ihr Fall und hörte auf.

Sie standen in der Luft, und Paul hing an Dreads ausgestrecktem Arm wie ein kleines Kind. Der Mund, der vorher gegrinst hatte, war jetzt wutverzerrt. Eine furchtbare, lodernde Hitze schoss an Pauls Körper empor, Flammen prasselten plötzlich an seinen Gliedern, in seinen Haaren, selbst in seinem Innern, wo sie ihm durch die Gurgel in den Mund schlugen. Er stieß einen rauchenden Schmerzensschrei aus, während das Monster ihn in die Höhe schwang und dann wie einen flammenden Kometen mit voller Wucht gegen die Kraterwand schleuderte.

Der Aufprall war wie ein Blitzschlag, restlos vernichtend. Er spürte noch dunkel, wie er als schlaffes Bündel an der schroffen Felswand hinunterschlidderte, aber das schien sehr weit weg zu geschehen, ihn kaum zu betreffen. Alles in ihm war gebrochen, zerrissen.

Zuletzt kam er zum Stillstand. Er vermutete, dass er immer noch brannte, doch die Flammen waren nur tanzende Lichter vor seinen Augen, genau wie die anderen auch, und jetzt verdüsterten sich alle Lichter.

Fühlt sich gar nicht an, als ob ich eine Kopie wäre, ging es ihm durch den Kopf. *Fühlt sich an ... wie sterben.*

Ein Schatten schwebte von oben herab und blieb vor ihm in der Luft stehen.

»Du hast bloß meine Zeit verschwendet. Selbst schuld.«

Paul hätte gelacht, aber nichts funktionierte mehr. Wie belanglos, so etwas zu sagen. Wie belanglos, so etwas zu denken. Seine eigenen Gedanken waren wie Rauch, ringelten sich in die Höhe, leichter als die Luft, leichter als alles, was es gab und je gegeben hatte.

Ich frage mich, ob es auch vom Himmel eine Kopie gibt ...

Und dann dachte er nichts mehr.

Kapitel 47
STERN ÜBER LOUISIANA

NETFEED/GESUNDHEIT:
Warum die Ernährung umstellen, wenn du die Gene umstellen kannst?
(Bild: das gentechnische Labor des Institut Candide)
Off-Stimme: Das Institut Candide im französischen Toulouse meldet einen Durchbruch bei der Suche nach "Junk-Food-Genen", wie sie von bösen Stimmen bezeichnet werden. Dies würde die Methoden, mit denen die schlechten Essgewohnheiten in der Ersten Welt bisher bekämpft wurden, praktisch auf den Kopf stellen.
(Bild: Claudia Jappert, Forscherin im Institut Candide)
Jappert: "Manche Leute können sich einfach nicht gesünder ernähren, auch wenn sie's noch so sehr versuchen. Wir halten nichts von erhobenen Zeigefingern, und wir sind strikt dagegen, Menschen wegen ihrer persönlichen Unzulänglichkeiten zu bestrafen, vor allem nicht, da wir heute fest davon überzeugt sind, dass wir anstelle der Ernährung den Körper direkt optimieren können. Wenn ein paar kleine genetische Korrekturen die Menschen dazu befähigen, ohne Reue eine Kost mit zu viel gesättigten Fettsäuren, Zucker und Fleisch zu genießen, warum sollten sie dann unnötig an lebensverkürzenden Krankheiten leiden müssen ...?"

> Die Tränen waren versiegt. Olga konnte nur noch warten. Das Einzige, was sie hörte, innen wie außen, war das Rauschen eines leeren

Kanals. Sie hatte ihre Verbindung zu Sellars bis zum Anschlag aufgedreht – zuletzt war er so leise geworden, dass sie ihn kaum mehr verstehen konnte –, und jetzt empfing sie nichts als das Geräusch seiner langen Abwesenheit.

Vielleicht liegt es an mir, dachte sie trübsinnig. *Vielleicht höre ich einfach nichts mehr.*

Bevor sie sich in den Turm eingeschlichen hatte, war sie in dem Glauben gewesen, dass sie mit allem abgeschlossen hatte, aber in wenigen Minuten hatte sie einsehen müssen, wie albern dieser Glaube gewesen war. Dreißig Jahre lang hatte sie einer furchtbaren Lüge geglaubt, hatte ihr Leben auf diese Lüge gebaut und sich damit abgefunden wie mit einem baufälligen, aber altgewohnten Haus. Jetzt war das Haus eingestürzt.

Wie oft hat mein Junge geweint? Und niemand ist zu ihm gekommen. Sie konnte sich nicht rühren, konnte nicht die Augen öffnen. *Wenn ich's doch nie erfahren hätte! Etwas Schlimmeres kann es nicht geben.*

Über die Verbindung zu Sellars wisperten ihr weiterhin nur die Geister der Elektronen ins Ohr, die Phantomstimmen der Quanten. Sie versuchte, sich ein solches Leben vorzustellen, ein lebenslanges Lauschen auf eine derartige Leere, ohne überhaupt zu wissen, dass man ein Mensch war. Dass dieses Schicksal ihren Sohn getroffen hatte, dass von allen Müttern, die je gelebt hatten, ausgerechnet ihr ein solches Grauen beschieden war …

Das Licht hatte sich verändert. Durch die Ritzen zwischen den Fingern erspähte Olga eine dunkle Masse, den breiten schwarzen Streifen eines bewegten Schattens. Ihr Herz machte einen Sprung, drohte vollends auszusetzen.

Hat Sellars ihn hierhergebracht? Aber wie? Es war nur ein blitzartiger Gedanke im Umdrehen, eine Aufwallung von Angst und Hoffnung, die absurd war, das wusste sie, aber dadurch wurde die kolossale triefende Erscheinung, die auf sie zugeschlurft kam, nur noch unbegreiflicher.

»Ha-oo.« Große Zähne bleckten aus einem breiten Grinsen. »Ha-oo, kei-e Hhau.«

Der dicke Mann brachte nur breiige Laute heraus; er schien seinen klobigen Unterkiefer nicht richtig bewegen zu können. Er schleifte Fiberglaskabel und Versorgungsschläuche hinter sich her wie ein von

Seetang umwundenes Tiefseeungeheuer. Auf der bleichen Haut seiner wabbelnden Fleischpakete schillerte eine glitschige Schmiere.

Hinter ihm stand der Deckel seines schwarzen Sarkophages offen. Auf der anderen Seite von Jongleurs großem Behälter in der Mitte war noch ein anderer Deckel hochgeklappt. Der Insasse wollte offenbar heraussteigen, denn knochige Hände begrabbelten den Rand.

Der dicke Mann machte abermals einen schlurfenden Schritt und hob einen mächtigen, fleischigen Arm. Olga taumelte zurück. Er war langsam, wurde aber schneller. Selbst in dem gedämpften Licht sah sie die schleimigen Fußabdrücke hinter ihm auf dem Teppich, wie die Spur einer riesigen Schnecke. »Lauf nich weg«, sagte er. Seine Aussprache wurde besser, aber nicht viel. »Wiä waan ganch lange in hen Hingern ha. Kein wißchen Swaß gehab. Hinney? Wo wisu?«

Eine andere Gestalt stand jetzt aufrecht in dem zweiten Behälter, ein nackter Mann, klapperdürr, aber ansonsten viel normaler aussehend. Er wandte sich dem Dicken zu und blinzelte ihn triefäugig an. »Ich k-kkann nichs sehn …«, klagte der Dünne. »Wos …mei- e … Wille …?«

Der Dicke lachte. Blauer Schaum glänzte auf seinen Lippen und seinem Kinn. »Keine Wange, Hinney, du regs dich imme chuviel auf. Du bauchs keine Bille. Ich hal sie fess … dann köpfsu … knöpfs du … sie dir vor …«

Olga drehte sich um und lief davon.

Im Nu hatte sie den Fahrstuhl erreicht, doch die Tür war zu. Sie schrie nach Ramsey und seinem Agentenfreund, ehe ihr einfiel, dass sie seine Leitung abgestellt hatte, damit sie auf jeden Fall Sellars' Rückkehr mitbekam.

»Ramsey!«, rief sie, als sie die Verbindung wieder aktiviert hatte. »Mach die Fahrstuhltür auf!«

»Kommt schon!«, schrie er und klang dabei genauso entsetzt wie sie. *»Ich hab ihn schon geholt. Ich rufe die ganze Zeit nach dir. Du hast mich nicht gehört.«*

Die Fahrstuhltür zischte auf. Sie sprang hinein und fuhr mit der Hand über den Schließsensor. Die beiden Männer kamen bereits auf sie zugetorkelt; der Dicke schwenkte die Hände und brüllte vergnügt. »Komm zurück! Komm zurück, kleine Frau! Wir wollen bloß ein bisschen Spaß haben!«

»Dieser Fahrstuhl bringt dich nur bis zur Sicherheitszentrale«, erinnerte Ramsey sie, als die Tür endlich zuglitt. »Dort musst du in den andern umsteigen, der ins Foyer runterfährt. Glaub ich wenigstens. Stimmt das, Beezle?«

»Soweit ich weiß, aber auf mich hört ja keiner«, antwortete die Cartoonstimme.

Etwas krachte mit einer solchen Wucht gegen die schwere Metalltür des Aufzugs, dass Olga sie tatsächlich ein wenig nachgeben sah.

»Hoch«, sagte sie. »Hoch!«

»Wieso hoch? Über dir gibt es nur noch ein Stockwerk. Da sitzt du in der Falle …!«

»Ich fahre nicht nach unten. Na schön, da mach ich's eben selbst.« Sie schwenkte ihre Marke und berührte den Aufwärtspfeil, doch der Aufzug bewegte sich nicht.

»Dazu muss deine Marke extra freigegeben werden, weißt du nicht mehr?«, sagte Ramsey. »Beezle hatte ziemlich daran zu knacken.«

»Mach's«, bat sie. Ein weiterer Donnerschlag drückte die Tür einen vollen Zentimeter nach innen. Sie hörte, wie der dicke Mann draußen ekelhafte Angebote schrie. »Mach es, um Gottes willen!«

»Schon geschehen, Lady«, ließ sich Beezle vernehmen. Der Fahrstuhl stieg nach oben.

»Selbst mit den vielen Bäumen, diesem verrückten Wald, kannst du dich dort oben nicht lange verstecken, Olga«, redete Ramsey auf sie ein. »Ich verstehe dich nicht.«

»Ich werde mich nicht sehr lange verstecken müssen«, entgegnete sie.

> Sam konnte nur ohnmächtig in den Abgrund starren, aus dem das Ungeheuer mit den toten Augen und den schimmernden Zähnen zu ihnen heraufstieg. Ihre Brust war vor Angst wie erfroren, ein einziger Eisblock, wo das Herz und die anderen Organe hätten sein sollen. Sie hatte hilflos mit ansehen müssen, wie Paul Jonas verbrannt und in die Tiefe geschleudert worden war. Sie konnte nicht einmal mehr schreien vor lauter Angst.

Neben ihr auf dem Felsenpfad schnaufte Martine in kurzen, harten Stößen wie eine Frau bei der Entbindung. Orlando hielt den Kopf der Blinden. Florimel, T4b und die anderen waren alle vor Furcht verstummt. Ein Wirbelwind winziger Schatten ging auf Orlando nieder, einige auch auf Sam.

»'s kommt, 's kommt, Freddicks«, erklang ein klägliches Flüstern. Sam fühlte, wie die kleinen Affenfinger an ihren Haaren zogen, um einen guten Halt zu finden. »Müssen hier weg!«

»Wir können nirgends hin«, erwiderte sie.

Mit einem Schreckenslaut setzte Martine sich auf, die Augen weit aufgerissen, aber ungerichtet. »Ich fühle ihn, den Andern! Es ist grauenhaft! Er hat keinen Körper. Er ist nur ein Gehirn, ein riesiges Gehirn!«

Sam nahm ihre Hand und unterdrückte einen Schmerzensschrei, als Martine ihre Finger so heftig quetschte, dass sie meinte, die Knochen würden gleich brechen.

Ist eh bald egal, sagte sich Sam. Sie fühlte, wie Orlando ihre andere Hand fasste. Die grinsende Schattengestalt schwebte zu ihnen empor wie ein schwarzes Blatt auf einer lauen, linden Brise.

»Mit dem Körper haben sie sich gar nicht erst abgegeben«, hauchte Sellars' Stimme eine Million Meilen weit entfernt. Cho-Chos Mund bewegte sich kaum noch. *»Es war leichter ... bloß das Gehirn ... zu behalten.«* Die Stimme wurde noch ferner, ein kaum mehr hörbares Signal. *»Künstlich erzeugte Zellen ... im Falle ... ersetzen ... sich verkalkuliert ... füllte den ... Satelliten.«*

Martines Atmung ging wieder schneller, wurde ein Stakkato rauher Hecheltöne, die sich nicht mehr menschlich anhörten. Der Schatten hing jetzt direkt vor ihnen.

»Tschüss«, sagte Sam, zu niemand Bestimmtem, nicht einmal zu Orlando. Vielleicht zu sich selbst. »Vorbei«, flüsterte sie. »Es tut mir leid.«

> Der Mond war zu einem weißen Schemen am Himmel verblasst. Selbst die strahlenden Wüstensterne waren so gut wie verschwunden. Renie hielt !Xabbus Kopf auf dem Schoß. Er war kaum mehr bei Bewusstsein und sein Atem ein leises, vibrierendes Schnarren, wie sie es noch nie gehört hatte. Nachdem er zu reden aufgehört hatte, hatten seine Hände noch minutenlang die Haltungen der Fadenfiguren angenommen. Jetzt bewegten sie sich nicht mehr.

»Verlass mich nicht, !Xabbu. Nicht nach alledem. Ich will nicht, dass du als Erster gehst.«

Da flackerte etwas. Sie blickte nach unten, und in ihrer Benommenheit hatte sie den Eindruck, dass der Grund der Grube noch weiter weg war als vorher. Wieder das Glitzern.

Der Fluss begann zu leuchten.

Die schwachen Lichtfunken verdichteten sich nach und nach, wurden zu Streifen, die hell aufstrahlende Lichtwellen an die Seiten der Grube warfen, doch die düstere kindliche Gestalt am Ufer bewegte sich nicht, ja schlug nicht einmal die Augen auf. Erst als der ganze Fluss in schillerndem Flammenglanz stand, regte sich die kleine Erscheinung und hob den Kopf.

Zwei Kinder, ein Mädchen und ein Junge, standen in der Mitte des Flusses, als ob sie über das Wasser gewandelt wären. Renie hatte sie nie zuvor gesehen, oder wenigstens erkannte sie sie nicht: Das Licht wallte auf und umzüngelte sie so hell, dass sie in dem kalten Feuerschein fast verschwanden.

Das kleine Mädchen hielt der zusammengekauerten Gestalt die Hand hin. Sie sah aus wie eine Traumerscheinung, doch ihre Stimme war zittrig, und sie klang wie ein ganz normales Kind, das sich fürchtet. »Komm mit uns. Es geht schon. Du kannst es.«

Das Schattenkind schaute auf die beiden im Licht. Es sagte nichts, schüttelte nicht einmal den Kopf, doch der Fluss wogte plötzlich höher und stieg den zwei Kindern bis an die Brust. Sie flohen nicht, aber Renie sah, dass ihre Augen schreckensweit wurden.

»Nein, hab keine Angst«, sagte das kleine Mädchen. »Wir wollen dich zu deiner Mami bringen.«

»Lüge!«

Sie wandte sich dem dunkelhaarigen, finster blickenden Jungen an ihrer Seite zu, der den Mund fest zusammengekniffen hatte – wohl um nicht vor Entsetzen laut loszuschreien, vermutete Renie. Er sah sie seinerseits an und schüttelte heftig den Kopf.

»Sag du's ihm«, forderte das Mädchen ihn auf. »Sag ihm, dass es stimmt.«

Der Junge schüttelte abermals den Kopf.

»Du musst«, sagte sie. »Du … du bist mehr so wie er.« Sie wandte sich wieder dem Schattenkind zu. »Wir wollen dich doch bloß zu deiner Mami bringen.«

»Lüge!« Die Gestalt wand sich und schrumpfte, wurde noch kleiner

und dunkler und unkenntlicher. Der Fluss loderte auf und verschlang die Kinder einen Moment lang ganz, und Renie stockte das Herz in der Brust. *»Der Teufel lügt immer!«*

Das flammende Licht ließ nach. Ängstlich, aber nach wie vor nicht wankend und nicht weichend standen der Junge und das Mädchen über dem rauschenden, funkelnden Wasser. Sie hielten sich an den Händen. »Sag's ihm«, forderte das kleine Mädchen ihren Begleiter erneut auf. Ihre flüsternde Stimme trug bis zu Renie hinauf, so als ob ihre Worte für sie bestimmt wären. »Er fürchtet sich so!«

Der kleine schwarzhaarige Junge weinte jetzt, seine Schultern zuckten. Er sah das Mädchen an, dann das am Flussufer kauernde Schattenkind. »S-so Leute«, sagte er langsam und so leise, dass Renie sich unwillkürlich vorbeugte, um ihn zu verstehen, »so'n p-paar Leute, wollen 'elfen, tick?« Er atmete abgehackt. »'n paar Leute wollen dir echt 'elfen.« Er weinte so sehr, dass er kaum ein Wort herausbrachte. »Echt w-w-wahr.«

Der leuchtende Fluss wirbelte auf und sprühte Funken. !Xabbu wand sich in Renies Armen, doch als sie ihn erschrocken ansah, wirkte sein Gesicht ein wenig entspannter. Sie blickte wieder auf den Grund der Grube.

Das Schattenkind erhob sich am Ufer und trat nach kurzem Zögern in den leuchtenden Fluss. Eine ganze Weile standen die Kinder sich gegenüber und sahen sich schweigend an, und dieses Schweigen schien die tiefste Kommunikation überhaupt zu sein – zwei strahlend im Licht des Flusses, das andere so klein und düster verschwommen, dass es sogar von der blendenden Helle gänzlich unberührt blieb. Auf einmal waren alle drei fort. Renie hatte keine Ahnung, was geschehen war, doch ihre Augen schwammen in Tränen. Im nächsten Moment fühlte sie, wie die Dunkelheit sich über sie legte und die Wüste verschlang, die Grube, alles. Mit letzter Willenskraft drückte sie !Xabbu fest an sich.

Das Ende, dachte sie. *Jetzt ist es so weit.* Und dann: *Oh, Stephen …!*

> Als Olga schließlich das verlassene Haus erreichte, war sie über und über zerkratzt und blutete an mehreren Stellen. Sie eilte hinein und verriegelte die Haustür. Das würde die beiden nicht lange aufhalten,

aber auch das kümmerte sie nicht besonders. Sie beobachtete, wie die zwei Gestalten, die dicke und die dünne, unten am Rand des Gartens schwankend zwischen den Bäumen hervorkamen und zum Haus hinaufschauten. Die Zeit, die sie in den Tanks gelegen hatten, war offensichtlich lange genug gewesen, um sie bei der Verfolgung zu behindern.

Ich bin fit geblieben, ging es ihr durch den Kopf. *Wer hätte gedacht, dass es dafür sein würde?*

Im Fahrstuhl nach oben hatte sie plötzlich eine geradezu erschreckende innere Freiheit verspürt. Ihr Leben war eine Lüge gewesen, ganz und gar auf Lügen gebaut. All die Jahre, in denen sie andere Kinder unterhalten und dabei den eigenen Verlust betrauert hatte, war ihr Kind am Leben gewesen und hatte gelitten, wie vielleicht kein anderes lebendes Wesen jemals gelitten hatte. Was sollte sie jetzt mit diesem Wissen anfangen? Die Faust gegen die ganze Welt schütteln? Vor Gott ausspucken? Was auch immer, es war jetzt bedeutungslos.

»Olga …« Sellars' Stimme in ihrem Ohr war donnernd laut und klang doch zugleich sehr schwach. Sie regulierte die Lautstärke. *»Er kommt jetzt zu dir. Hab keine Angst.«*

»Angst?«, murmelte sie. »Ganz gewiss nicht.«

Als ihr Sohn schließlich kam, hörte sie ihn nicht, aber sie fühlte ihn – eine kleine Konstellation von Lichtern, die über unvorstellbare Entfernungen aus unterirdischen Tiefen zu ihr aufstieg. Er kam wie ein Schwarm von Vögeln, von Schattengestalten, mit einem Schwirren und Flattern, das Verwirrung und Furcht ausdrückte.

»Ich bin hier«, sagte sie mit großer Zärtlichkeit. »Ach, mein Kleiner, ich bin hier.«

Sie hämmerten jetzt auf die Tür des verlassenen Hauses ein, um den Riegel zu sprengen. Olga zog sich von einem Raum in den Nächsten zurück, bis sie schließlich das Mädchenzimmer erreichte. Sie setzte sich auf die verstaubte Tagesdecke unter das Regal mit den alten, großäugigen Puppen.

»Ich bin hier«, wiederholte sie.

Die Stimmen setzten ein, wie sie sie in ihren Träumen gehört hatte: ein chaotisches Flüstern, ein klagender, lachender Chor von Kindern. Sie schwollen zu einem Rauschen an wie von einem Fluss, strömten zusammen, verschmolzen, bis sie zuletzt nur noch eine Stimme waren, auch wenn sie nicht menschlich klang – eine einzige, einsame Stimme.

»Mutter ...?«

Sie fühlte ihn jetzt ganz deutlich, fühlte alles, obwohl ihre Ohren im Hintergrund das Krachen registrierten, mit dem die Haustür aus den Angeln gebrochen wurde. Gleich darauf hörte sie das hämische Geschrei des dicken Mannes in den Fluren, die scharfen Töne seines dünnen Gefährten.

»Ich bin hier«, flüsterte sie. »Sie haben dich mir weggenommen. Aber ich habe dich nie vergessen.«

»Mutter.« Es lag eine Traurigkeit darin, wie keine normale Stimme sie hätte ausdrücken können. Er trieb nach oben wie ein blindes Wesen vom Grund des Meeres. *»Einsam.«*

»Ich weiß, mein Kleiner. Aber nicht mehr lange.«

»Juhuu!« Der Ruf des Dicken ertönte jetzt unmittelbar vor der Zimmertür. Das schwache Türschloss würde nur wenige Momente standhalten.

Da platzte eine Stimme auf dem Nebenkanal dazwischen. *»Olga, hier ist Ramsey. Du musst sofort weg!«*

Sie ärgerte sich über die Störung, doch dann sagte sie sich, dass Catur Ramsey sich in einer anderen Welt befand, in der Welt der Lebenden. Dort sah alles anders aus.

»Ein paar Minuten haben wir vielleicht noch Zeit, genug, um ...«

»Gedulde dich bitte, Herr Ramsey. Ich muss erst noch Herrn Sellars' Auftrag ausführen.« Sie hängte ihn ab und stand auf. »Ich bin immer noch hier«, versicherte sie dem ungeheuren, einsamen Wesen. »Ich gehe nicht weg. Aber du musst dir helfen lassen, mein gutes Kind. Fühlst du, wie jemand dich erreichen will? Gib ihm, was er haben will.« Ein schuldbewusstes Gefühl durchzuckte sie kurz, weil sie diese wenigen kostbaren Augenblicke mütterlicher Liebe dazu ausnutzte, ein Kind zu beeinflussen, das zeitlebens immer nur von anderen beeinflusst worden war, aber sie hatte es versprochen. Sie war den Lebenden noch etwas schuldig.

»Ihm geben ...?«

»Er wird retten, was er kann. Dann ist dir die Last von den Schultern genommen.«

Die Zimmertür bebte in den Angeln, ein erstes Splittern war zu hören.

»Ja … Mutter.« Eine kurze Pause, dann spürte sie ihn wieder. *»Erledigt.«*

Sie stieß einen Seufzer aus. Jetzt war sie aller Verpflichtungen ledig.

Eine Erinnerung, qualvoll und lange vergraben, kam an die Oberfläche. »Du hast einen Namen, mein Kleiner, wusstest du das? Nein, natürlich nicht, du konntest es gar nicht wissen – aber du hast einen Namen. Dein Vater und ich haben ihn dir gegeben. Wir wollten dich Daniel nennen.«

Eine ganze Weile kam keine Antwort. *»Daniel …?«*

»Ja. Daniel, der Prophet, der selbst in der Löwengrube den Glauben behielt. Aber hab keine Angst – die Löwen können dir nichts mehr tun.«

»Hab … einen Namen. Daniel.«

»Ja, so heißt du.« Das Sprechen fiel ihr schwer. Keine Tränen, nur eine trockene Taubheit, stärker als jeder Schmerz. »Ich komme jetzt zu dir.«

Als sie die Tür aufmachte, prallten der dicke und der dünne Mann überrascht zurück, waren aber sofort abwehrbereit. Sie hob die Hände, um ihnen zu zeigen, dass sie leer waren.

»Ich denke, es gibt etwas, das ihr euch anschauen solltet«, sagte sie und schritt dann ruhig an ihnen vorbei in den Salon. Die beiden glitschigen nackten Männer glotzten fassungslos hinter ihr her. Die Hände des Dicken zuckten in ihre Richtung, doch sie war schon fort. Sie wechselten einen Blick, dann folgten sie ihr durch den Salon auf die Veranda hinaus.

»Gut, dass du endlich Vernunft annimmst«, begann der dünne Mann.

»Herr Ramsey, könntest du deinen Agentenfreund bitten, ein Fenster in diesem Stockwerk zu öffnen?«, fragte sie. »Ein großes Fenster, so dass ich von hier aus nach draußen gucken kann?«

»A-aber Olga …!«, stammelte er in ihrem Ohr.

»Tu's einfach, bitte.«

»Was zum Teufel wird hier gespielt?«, knurrte der Dicke. Er legte seine große, fleischige Pranke um ihr Handgelenk. »Was für ein Trick …?« Er brach verdutzt ab, als ein riesiger quadratischer Abschnitt des Daches in lange nicht mehr benutzten Schienen knirschend zurückglitt und der dunkle Abendhimmel erschien, der wirkliche Himmel mit seinen Sternen, die vom Lichterschein der Stadt darunter getrübt wurden. Alle Sterne bis auf einen, der am Horizont immer heller und heller wurde.

»Olga . . .!«

»Es ist gut, Herr Ramsey. Catur. Danke für alles. Ganz ehrlich. Aber ich gehe nirgends mehr hin.« Sie drehte sich um und lächelte den dicken Mann und seinen dünnen Kompagnon an. »So, meine Herren, das war's. Eine kleine Weile haben wir noch, da könnt ihr euch ein bisschen verschnaufen.«

Der Dicke wandte sich dem Dünnen zu. »Wovon redet sie eigentlich?«

»Von meinem Sohn«, sagte Olga Pirofsky. »Wir warten auf meinen Sohn.«

> Sellars hing schon so lange im eisigen Nichts, dass er sich kaum mehr erinnern konnte, wo er war oder wer er war, aber mit jeder Faser fühlte er die straff gespannte Leidenskette, eine vom Zerreißen bedrohte Leitung ins Herz der Leere. Die blinde Frau, der Buschmann, die beiden verängstigten Kinder – wie viel länger konnten sie alle noch durchhalten?

Da spürte er es. In der Finsternis hatte etwas die Verbindung berührt. Wie ein Fischer, der entdeckt, dass er den Leviathan am Haken hat, machte Sellars sich auf den Wutausbruch gefasst. Er setzte sich dem Betriebssystem jeder Abwehr entblößt aus, riskierte alles, um es nur ja nicht zu verschrecken. Selbst in seinen letzten Momenten konnte es ihn mühelos umbringen, wenn es wollte.

Nein, nicht es, dachte er. *Er.*

Als der Kontakt erfolgte, war er überraschend sanft.

»Hab einen Namen.« In der unmenschlichen Stimme schwang ein neuer Ton. *»Daniel.«*

»Aha«, sagte Sellars. »Daniel. Gott segne dich, Kind, das ist ein guter Name.« Er zögerte. Er durfte keine Zeit mehr verlieren, aber wenn er zu sehr drängte, konnte er die hoch empfindliche Verbindung zerstören.

Der Andere jedoch hatte seine eigenen Pläne. *»Schnell. Mutter … meine Mutter … sie wartet.«* Er nahm Sellars ein letztes Versprechen ab, dann übergab er ihm die Schlüssel zu dem Reich, das er sich gebaut hatte, aus sich selbst heraus, die Insel eines Verbannten im Ozean seiner eigenen Furcht und Einsamkeit.

»Ich werde mein Bestes tun, sie alle zu retten«, versicherte Sellars.

Ein leises Ächzen – Erlösung? Angst? *»Alles erledigt. Alles erledigt.«*

»Lebwohl, Daniel.«

Aber das große, kalte Etwas war schon fort.

> Dread barst förmlich vor strahlender Finsternis, fühlte sich, als ob das Feuer in ihm einen ganzen Planeten fräße, endlosen Brennstoff, die Speise der Götter. Seine innere Musik schmetterte laut, Bläser und donnernde Trommeln. Noch im Emporschweben streckte er die Hand nach den bibbernden Jämmerlingen auf dem Felsabsatz aus, und gleichzeitig stieß er mit seiner Willenskraft, seinem glühenden *Dreh,* durch den silbernen Faden in das Herz des Systems, richtete sich auf das verendende Ding, das sich vor ihm versteckt und ihm so lange Widerstand geleistet hatte.

Jetzt war aller Widerstand gebrochen. Er hatte gesiegt.

Endlich fand er es, ein zuckendes Häuflein Leben im innersten Zentrum, ein geprügeltes, geducktes Etwas. Er versetzte ihm Schmerzen, um sich daran zu weiden, dass es dahinschwand wie ein brennendes Blatt. Sein Dreh loderte auf, geschürt von seiner gehässigen Freude, seinem triumphierenden, alles verschlingenden Zorn.

Mein, jubilierte er. *Alles mein!*

Er nahm sich einen Moment Zeit, um sich näher anzuschauen, was er da endlich gefangen hatte, das Fünkchen Individualität und Wille, das von dem intelligenten Kern des Systems als Einziges noch übrig war. Er konnte es jetzt mit nur einem Gedanken ersticken. Dann war das System sein willenloser Sklave. Und danach …?

Es bewegte sich in seinem Griff, wäre beinahe entwischt. Überrascht konzentrierte er seinen Willen, nagelte es fest wie ein hilflos zappelndes Insekt, obwohl es sich zusammenrollte und sich abermals zu verstecken suchte. Wie konnte es sich immer noch gegen ihn behaupten? Nach all diesen Qualen? Keine Frage, auf der ganzen Welt konnte allein Dread aus einem solchen Leiden Kraft ziehen. Kein Konstrukt war dazu imstande, nur John Dread. Denn war er nicht ein schwarzer Engel, ein Herr der Welt? Ein Gott?

Er riss es auf. Er fand nichts weiter als ein schwaches Stimmlein, einen Hauch.

»Selbstsicher ... großspurig ...«, flüsterte es. *»Faul. Tot.«*

Es gab seine letzten Geheimnisse preis, und plötzlich begriff er alles.

Entsetzt bot er seine ganze Kraft auf, um sich loszumachen, um wieder in seinen physischen Körper zu kommen, doch während er noch versuchte, seinen glühenden Dreh aus dem Herzen des Systems zu ziehen, packte es ihn wie ein sterbendes Tier, das seine Zähne in seinen Peiniger schlug. Seine Musik geriet ins Stottern, verstummte. Er drosch mit seinem Willen auf es ein, verletzte es, verkrüppelte es, aber es ließ nicht locker.

Vordringlicher Befehl. Die Worte flammten vor seinem inneren Auge auf. Obwohl er mit aller Macht versuchte, sich freizuschlagen, konnte er es nicht niederringen, konnte sich nicht einmal die Frage stellen, wo ein derartiges Irrsinnsding herkommen mochte. Seine überlegene Stärke zeigte ihre Wirkung, doch das Ding hielt weiter fest, wild entschlossen, ihn in seine Selbstvernichtung mitzureißen.

Bilder schossen jetzt durch sein Bewusstsein. Leichen ... Frauenleichen, zerschnitten und verstümmelt, nass und besudelt. *Aber wieso? Woher kommen sie?* Er durfte sich nicht ablenken lassen, er hatte nur noch Sekunden, doch die Bilder füllten sein Gehirn, stürzten durch ihn hin wie aus dem Himmel katapultierte Engel. Das Rinnsal wurde eine Flut, eine obszöne, unaufhaltsame Bilderschwemme: Zerstückelung und Tod, sein eigenes Gesicht, das ihn aus tausend Spiegeln anfeixte, tausend schreiende Münder, so laut schreiend, dass er keinen Gedanken mehr fassen konnte. Er schlug um sich, um irgendwie davon wegzukommen die Oberhand zu gewinnen wegzukommen er musste wegkommen aber die Augen sahen ihn jetzt alle an harte Augen wissende Augen spöttische Münder die Gesichter das lachende Gesicht seiner Mutter die Schreie das Blut die lautlose Musik des Todes und des Sterbens und es hörte nicht auf hörte nicht auf nicht auf nicht ...

> Finney und Mudd hatten die Frau ins oberste Stockwerk verfolgt, aber Felix Jongleur konnte nicht sehen, was dort geschah – er hatte sich seinerzeit selbst den Kontakt dorthin abgeschnitten. Der älteste Mann

der Welt konnte nur hilflos in seiner konservierenden Flüssigkeit zappeln und bangen.

Dread. Es war alles Dreads Schuld. Jongleur hatte ihn aus der Gosse zu sich emporgehoben, doch irgendwann war der Lakai auf ihn losgegangen wie der Hund, der er war. Seine Zähne waren scharf, gewiss, aber letzten Endes war er nur ein Tier, fast ganz und gar eine Kreatur Jongleurs …

Die Kakophonie der Alarmsignale beanspruchte wieder seine Aufmerksamkeit. Er versuchte sich zu konzentrieren, doch in ihm ging es drunter und drüber. Er hatte sich schon seit Jahrzehnten nicht mehr so gefürchtet – wie hatte das alles geschehen können? Wie lange würde es dauern, um das ganze Schlamassel zu bereinigen? Er zwang sich, einen Blick auf die Sicherheitsinformationen zu werfen, doch sie waren ein hoffnungsloses Durcheinander. Die neuen Alarmmeldungen schienen eine drohende Verletzung des Luftraums zu betreffen. *Wieso kümmern sich meine Helikopter und Senkrechtstarter nicht darum?* Es waren wahrscheinlich bloß wieder Fehlanzeigen, aber dennoch, dafür bezahlte er diese unnütze, verpennte Bande schließlich …

Nicht da. Natürlich, sie waren nicht da. Evakuiert.

Er starrte die Kurve aus blinkenden Lichtpunkten an. Sie begann hoch oben in der Atmosphäre und endete … hier?

Daneben leuchteten die Apepdaten auf. Vor Überraschung, vor Schreck über den Einbruch in seine Privatsphäre hatte er völlig vergessen, dass das Programm unsinnigerweise darauf beharrte, es sei bereits aktiviert worden. Falsch – die Angaben mussten falsch sein. Ihnen zufolge waren die Raketen schon vor Stunden abgefeuert worden und beförderten den Satelliten mit einer Geschwindigkeit von vielen Tausend Meilen die Stunde aus seiner Umlaufbahn in den Weltraum hinaus, genau wie vorgesehen, aber die Flugbahn war so offensichtlich verkehrt …

Die Flugbahn. *Sie geht nach unten, nicht nach oben.*

Er schaltete auf seine Außenkameras, aber die auf den Himmel gerichtete konnte er nicht finden. Als er schließlich eine hatte, die sich hochschwenken ließ, schien es ewig zu dauern. Endlich hielt sie an und stellte sich scharf, und da sah er den Feuerball über den Himmel auf sich zurasen.

Mit jähem Entsetzen verstand er alles, oder wenigstens genug. Aber

Felix Jongleur hatte nicht zuletzt deswegen so lange überlebt, weil er sich niemals von der Panik regieren ließ, nicht einmal in einer solchen Situation. Auch wenn alles verloren schien, ein Ausweg stand noch offen. Binnen Sekunden konnte er den Gralsprozess auslösen – seit der Ankündigung der Zeremonie seinerzeit war alles dafür bereit. Der physische Felix Jongleur mochte sterben, doch im Speicher des Netzwerks, dem riesigen Telemorphix-Reservoir auf der anderen Seite des Landes, konnte sein unsterbliches Ich selbst diesen katastrophalen Systemabsturz wohlbehalten überstehen. Eines Tages würde er im elektronischen Universum wieder frei sein, dem Tod ein für alle Mal entkommen und im Besitz eines Wissens, mit dem er sich seine ganze Macht zurückholen konnte.

Jongleur begab sich unverzüglich in sein Haussystem zurück und öffnete eine Leitung zum Netzwerk. Lange, bange Sekunden des Wartens verstrichen, doch dann gewährten ihm die autonomen Sicherheitsroutinen des Andern seinen rechtmäßigen Zugriff. Er rief die Steuerung auf, mit der er den Gralsprozess in Gang setzen und seinen schlafenden virtuellen Doppelgänger erwecken wollte, einen Felix Jongleur, der ewig leben würde, einerlei was seinem Fleisch widerfuhr, den Felix Jongleur, in den er schlüpfen würde, erfrischt und unsterblich, als ob der Tod nur ein Mittagsschläfchen wäre.

Das graue Licht schwand. Die Dunkelheit kam.

Er war perplex. Er hatte doch noch gar nichts getan. Der Gralsprozess war immer noch in der Leitung, war nicht aktiviert worden. Wieso wurde der Raum um ihn herum schwarz?

Die Dunkelheit nahm langsam Gestalt an – lang, niedrig, fest verschlossen. Sprachlos starrte Felix Jongleur darauf. Irgendwie war er, ohne es befohlen zu haben, in seine eigene ägyptische Simulation versetzt worden – denn das da war auf jeden Fall Seths Sarg. Aber wo war der restliche Tempel? Wieso war alles düster?

Ein roter Strich erglühte an der Kante des Sarkophages. Jongleur wurde gegen seinen Willen davon angezogen. Er suchte verzweifelt nach den Ausschaltbefehlen, doch er war ohnmächtig wie in einem Albtraum. Der feurige Strich wurde breiter. Der Deckel ging auf. Es war jemand darin.

Der Mann setzte sich auf. Sein schwarzer Anzug war vor der Finsternis im Innern des Sarges nahezu unsichtbar. Sein kalkweißes Gesicht leuchtete unter seinem schwarzen Zylinder wie eine Kerze, als er grinste und seine blassen, uralten Hände ausstreckte.

Todesangst packte Felix Jongleur, würgte ihn, zerquetschte ihn. Die flammenden Augen durchbohrten ihn, verbrannten ihn innerlich zu Asche, und doch konnte er den Blick nicht abwenden. Er versuchte zu schreien, doch seine Kehle war wie zugeschnürt, und sein Puls raste so wild, dass kein Präparat ihn verlangsamen, kein Apparat ihn normalisieren konnte.

»Endlich ist es so weit.« Mister Jingos zähnefletschendes Grinsen wurde immer breiter, bis es alles zu verschlucken schien. »Ich komme vom Himmel und hole dich.« Er riss seinen Mund weit auf, so dass man die Schwärze hinter den Zähnen sah. Der neue Stern mit dem Flammenschweif brannte in dieser Schwärze, immer größer und heller werdend stürzte er auf ihn zu wie der Scheinwerfer eines heranbrausenden Zuges.

»Ich komme, Felix«, sagte Mister Jingo.

Dieses Grinsen. Jongleurs Herz krampfte sich qualvoll zusammen. *Dieses leere, feurige Grinsen ...*

»Und jetzt habe ich dich.«

Da brach zuletzt in der Dunkelheit und Stille, wo nur Elektronen kreisten, der Schrei aus dem alten Mann heraus. Er gellte in der Leere hinter aller Vergänglichkeit, hallte schwächer werdend, aber nicht ersterbend immer weiter durch jenen Raum, wo die Zeit nicht mehr regierte.

> Der Stern sauste vom Himmel herab auf sie zu, ein Feuerstreif wie die Zeiger einer auf Mitternacht weisenden Uhr.

Olga schaute sich nicht einmal um, als der dicke und der dünne Mann kreischend zum Fahrstuhl rannten. Der stürzende Satellit wurde jeden Augenblick größer; er füllte jetzt den Himmel, den man durch das geöffnete Dach sah, wie ein feuriges Auge aus. Sie konnte ihren Sohn innerlich fühlen, nahe wie den eigenen Herzschlag. Die Flammen umgaben ihn ganz, und obwohl er mit eigener Hand das Träumelein vom Baum geschüttelt hatte, ängstigte er sich über alle Maßen.

Sie griff in ihre Tasche und holte einen Ring aus laminiertem Papier hervor.

»Ich bin hier, Daniel.« Sie warf einen letzten Blick auf das Krankenhausarmband und schloss die Augen. »Ich bin hier bei dir.«

Und dann konnte sie ihn spüren, wirklich spüren, als ob sie ihn in den Armen hielte und nicht bloß in Gedanken – so wie es eigentlich hätte sein sollen. Sie nahm ihn zu sich und tröstete ihn.

Irgendwo hinter ihr, in einer anderen Welt, war der Fahrstuhl gekommen. Die Tür ging halb auf und stockte dann. Der dicke und der dünne Mann gingen brüllend aufeinander los, weil jeder vor dem anderen hineinwollte. Der Dicke drückte dem Dünnen die Kehle zu. Der Dünne biss dem anderen in die Hand und kratzte ihm blutige Furchen in den nackten Bauch.

An einem Ort hinter ihren Augen, in einer zeitlosen Zeit hielt Olga ihren Sohn. Das Licht des fallenden Sterns, mit jedem Moment heller werdend, strahlte sie an. Von allen Wänden schrillten Alarmsirenen, unliebsame Stimmen zeterten in ihrem Ohr, und die beiden Männer vor dem Aufzug kämpften unter lauten Schmerzensschreien, sie aber hörte nur eines.

»Schhh«, beruhigte sie ihn. »Nicht weinen. Mama ist bei dir.«

> Ramsey schrie immer wieder ihren Namen, doch Olga Pirofsky reagierte nicht.

Er konnte sie in dem Fenster sehen, das Sellars geöffnet hatte. Trotz der Umstände starrte sie mit einer geradezu unheimlichen Ruhe durch das Oberlicht in die Nacht hinaus, doch die zwei nackten Männer, die sie verfolgt hatten, lieferten sich jetzt vor dem Fahrstuhl einen mörderischen Kampf. Er begriff gar nichts mehr.

Er rief Sellars an, doch auch der antwortete nicht.

»Beezle, was zum Teufel ist da los? Sellars hat gesagt, wir hätten nur ein paar Minuten, um sie rauszuschaffen, aber sie will nicht kommen, antwortet mir nicht einmal mehr. Wahrscheinlich ist es inzwischen zu spät. Ist der Wachdienst schon unterwegs?«

»Der Wachdienst nicht.« Selbst für ein Stück Gear hatte Beezle einen seltsamen Ton. »Aber was anderes.«

Ein neues Sichtfenster ging auf Ramseys Bildschirm auf. Er glotzte fassungslos darauf, dann rutschte ihm das Pad vom Schoß. Er stolperte ans Fenster und hantierte hektisch an der Jalousie herum, dann riss er sie herunter und warf sie beiseite, um hinausschauen zu können.

»Du lieber Himmel«, stöhnte er auf. *»Sorensen! Alle runter auf den Fußboden!«*

Aus dem Nebenzimmer drangen laute Geräusche, Rumsen, Major Sorensens schreiende Stimme, aber er konnte sich nicht von dem Anblick am Himmel losreißen. Ein neuer Stern leuchtete in der Nacht über Louisiana, ein Stern, der heller brannte als alle anderen und der mit jeder Sekunde wuchs.

Als der Flammenstreif über ihm vorbeisauste, schossen in der dunklen Ferne kleinere Lichtstrahlen von der Insel im Lake Borgne auf.

Muss automatische Flugabwehr sein, ging es ihm durch den Kopf. *Raketen. Sonst sind ja alle von der Insel runter. Fast alle.*

Oh, Scheiße, dachte er. *Warum, Olga?*

Die kleineren Strahlen flogen dem Stern mit dem Kometenschweif entgegen. Zwei von ihnen zischten wirkungslos vorbei und entschwanden in den endlosen Nachthimmel, aber einer traf den brennenden Körper. Feurige Teile wurden abgesprengt und wirbelten durch die Luft, doch der Kern war nur kleiner geworden, nicht zerstört. Er raste weiter auf den Horizont zu, und dann verlor Ramsey ihn aus den Augen, als er hinter den Gebäuden und der großen, dunklen Fläche der Sümpfe versank.

Stille. Kein Laut in der Nacht. Catur Ramsey atmete vorsichtig aus.

Ein greller Blitz löschte eine Sekunde lang den ganzen Himmel aus.

Eine Feuersäule schoss mitten aus dem dunklen See in die Höhe. Mit offenem Mund beobachtete Ramsey, wie sie auf die Wolken zuwallte und ihr hartes Licht die Stadt und die Sümpfe weiß erstrahlen ließ. Er warf sich nach hinten und rollte über die Couch auf den Boden, und im selben Moment tat es einen Schlag, als ob das Ende der Welt gekommen wäre, und sämtliche Hotelfenster gingen zu Bruch.

Als er sich eine halbe Minute später wieder aufrappelte, dröhnten ihm immer noch die Ohren. Mit knirschenden Schritten ging er über die Scherben zum Fenster und ließ sich die kühle, feuchte Luft vom Golf ins Gesicht wehen. Die brodelnde Flammensäule war ein wenig geschrumpft, aber sah immer noch hoch genug aus, um die Unterseite des Himmels zu versengen.

Kapitel 48
UNWIRKLICHE KÖRPER

NETFEED/NACHRICHTEN:
ANVAC präsentiert den "Zerrotter"
(Bild: Versuchspersonen winden sich in Krämpfen)
Off-Stimme: Die ANVAC Corporation hat heute ein Produkt auf den Markt gebracht, mit dem sie auf dem Gebiet der Massenkontrolle neue Maßstäbe setzen will. Der auf der Weltausstellung für Sicherheitstechnik erstmals vorgestellte Elektronische Paralysator zur Zerstreuung von gewalttätigen Rottenbildungen (salopp der "Zerrotter" genannt) ist ein Werfer, der ein faustgroßes Projektil abfeuert und damit eine Fläche von mehreren Hundert Quadratmetern mit einem genau dosierten elektromagnetischen Feld belegt. Jede Person in seinem Einflussbereich ohne einen Neutralisator, den ANVAC-Kunden mit dem Kauf dazubekommen, verliert die Beherrschung über ihren Körper und häufig auch das Bewusstsein. ANVAC bezeichnet den Zerrotter als einen "großen Schritt vorwärts bei der gezielten Kontrolle gefährlicher Menschenmengen".

> Sam ließ langsam Orlandos Arm los. Ein paar Sekunden lang blieben auf seiner Haut weiße, in dem Zwielicht hellgrau wirkende Fingerabdrücke zurück.

»Wir ... sind noch da«, sagte sie.

Orlando lachte rauh, ließ sich auf den Rücken fallen und breitete die Arme aus. »Dsang, Frederico. Du bist immer noch derselbe Schnellmerker wie eh und je.«

Sie starrte in die Grube. Vor wenigen Augenblicken noch war hier ein satanisches Ungeheuer aus der Tiefe emporgestiegen. Jetzt war es … fort.

»Ich wollte sagen … wir leben!«

»Kann ich von mir nicht behaupten.« Orlando wälzte sich herum und erhob sich, wobei er sich die Stelle rieb, wo Sam sich an ihn gekrallt hatte. Empört über die Vertreibung stob eine kleine Affenwolke auf und kreiste unter lautem Protest über dem nunmehr leeren Brunnen. Obwohl sie völlig durcheinander war, hätte Sam beinahe geschmunzelt. Der echte Thargor hätte sich nicht einmal den Arm gerieben, wenn ein Drache ein Stück abgebissen hätte.

»Alles fühlt sich … anders an«, meinte Florimel, die ebenfalls aufgestanden war.

»Der große Bösi's weg«, piepste eines der Äffchen, das sich aus der Meute gelöst hatte und jetzt wie lauschend vor ihr in der Luft stand. »Alle *beide* große Bösis.«

»Das ist noch nicht alles«, sagte Orlando und blickte zur Öffnung hoch oben empor, zu den schwachen Sternen. »Das ganze Environment ist irgendwie anders. Scännig anders, aber ich kann nicht sagen, wieso.«

Auch Sam sah auf. Waren die Sterne nicht wenige Stunden zuvor erst völlig ausgelöscht worden? Jetzt hingen sie am dunklen Himmel, als wäre nichts gewesen. Orlando hatte recht, alles war anders. Die Grube hatte endlos, bodenlos, unglaublich riesig gewirkt, auch nachdem sie ihr realistisches Aussehen verloren hatte. Jetzt kam sie ihr trotz ihrer Größe nahezu normal vor. Sie war einfach ein großes Loch im Boden. Hatte sich alles verändert? Oder sahen sie bloß alles mit anderen Augen …?

»Martine! Wo ist sie?« Sam wirbelte herum. Der Körper der blinden Frau lag lang gestreckt auf dem Pfad, das Gesicht der Grubenwand zugekehrt, im Schatten fast verborgen. Sam drehte sie auf den Rücken. Sie war bewusstlos, aber sie atmete.

Florimel bückte sich und untersuchte sie. »Wir haben alle überlebt, wie es scheint.«

»Alle außer Paul«, wandte Sam ein. Sie war wütend darüber – so ein sinnloser Tod! »Es war überhaupt nicht nötig.«

»Seiner Meinung nach doch«, sagte Florimel sanft. Sie zog eines von

Martines Augenlidern hoch, runzelte die Stirn, überprüfte das andere Auge.

»Aber was ist passiert? Kann mir das jemand erklären?« Sam suchte das Felsgesims nach dem Jungen ab, der mit Sellars' Stimme gesprochen hatte, aber konnte ihn nirgends entdecken.

»Er ist einfach ... verschwunden«, sagte Bonnie Mae Simpkins. »Dieser Cho-Cho. Frag mich nicht wie, Kind, ich weiß es auch nicht.«

»Sellars hat ihn ins Netzwerk gebracht«, meldete sich Nandi. »Wenn er fort ist, dann bedeutet das vielleicht, dass Sellars auch fort ist ... oder tot.«

»Wer hat denn nu gewonnen?«, wollte T4b wissen. Seine übliche Patzigkeit war wie weggeblasen, ja er wirkte beinahe kindlich, fand Sam. »Wir?«

»Ja, in gewisser Weise«, antwortete eine Stimme aus dem Nichts. *»Unsere Feinde sind tot oder ausgeschaltet. Aber auch wir haben viel verloren.«*

»Sellars?« Florimel blickte leicht gereizt auf, als hätte ein Nachbar sie bei der Hausarbeit gestört. Sam vermutete, dass die Deutsche, genau wie sie alle, nicht mehr ganz auf der Höhe war. »Wo bist du? Wir haben die Spielereien satt.«

Der unsichtbar Anwesende lachte. Sam fragte sich, ob sie ihn vorher schon einmal lachen gehört hatte. Es klang überraschend sympathisch. *»Wo ich bin? Überall!«*

»Scännig«, knurrte T4b. »Vollblock scännig.«

»Ja«, sagte Sellars. *»Es ist weiß Gott alles sehr merkwürdig. Aber Florimel hat recht, ich sollte mich auf meine guten Manieren besinnen und uns allen das Gespräch ein wenig erleichtern.«* Und plötzlich war er da, eine eingefallene Gestalt in einem Rollstuhl, das Gesicht verrunzelt wie eine Trockenfrucht. Die Räder des Rollstuhls setzten nicht auf dem Felsabsatz auf – mehrere Meter davon entfernt schwebte er über dem großen Loch. »Hier bin ich. Ich weiß, ich bin kein besonders erhebender Anblick.«

»Heißt das, wir werden alle weiterleben?«, fragte Florimel. »Kannst du mir mit Martine helfen?«

Sellars schwebte ein Stück näher. »Sie wird bald wach werden, denke ich. Es geht ihr körperlich so gut, wie man es unter den Umständen erwarten kann.« Er schüttelte seinen entstellten Kopf. »Sie hat eine ungeheure Last getragen, Schmerz und Angst in einem Maße, wie nur wenige es ausgehalten hätten. Sie ist eine außerordentliche Persönlichkeit.«

Martine stöhnte auf, schlug sich die Hände vors Gesicht und wälzte sich herum, so dass sie ihnen wieder den Rücken zukehrte. »Du sagst freundliche Sachen über mich.« Ihre Stimme war heiser und beinahe tonlos. »Ich hoffe, das heißt, dass ich tot bin.«

Sam kroch zu ihr und strich ihr verlegen übers Haar. »Nicht doch, Martine.«

»Es stimmt aber, du hast Erstaunliches vollbracht, Martine Desroubins«, sagte Sellars. »Wobei es natürlich fast genauso erstaunlich ist, dass wir alle am Leben geblieben sind. Und es kann gut sein, dass wir bald Zeugen von etwas noch Erstaunlicherem werden.«

»Schluss mit dem aufgeblasenen Geschwätz«, schnaubte Florimel. »Ich bin zwar wider Erwarten am Leben, aber ich habe keine Lust, mich von einer Rede über unsere großartigen Leistungen einlullen zu lassen. Wo ist meine Tochter Eirene? Ich kann sie fühlen, glaube ich – ihr wirklicher Körper lebt zum Glück noch, aber was ist mit dem Koma?« Sie wandte sich von Martine ab und stellte sich mit finsterem Blick vor Sellars hin. »Ihre Seele muss irgendwo da oben sein – völlig verwirrt und entsetzt nach all dieser Vernichtung. Ich werde sofort zu ihr hinaufsteigen. Ihr andern könnt von mir aus so lange hier reden, wie ihr wollt.«

»Ich bedaure sehr, Florimel.« Schweben war nicht das richtige Wort, fand Sam, für die Art, wie Sellars felsenfest über der Leere saß, als ob ihn kein Orkan einen Zentimeter vom Platz bewegen könnte. »Ich wünschte, ich könnte dir die Mitteilung machen, dass sie wieder gesund ist und ihr realer Körper in diesem Moment erwacht, aber leider kann ich das nicht. Es gibt vieles, was ich einfach nicht weiß, denn die Geheimnisse sind bei weitem nicht alle gelüftet. Allerdings kann ich dir wenigstens versichern, dass die Eirene, die du liebst, nicht irgendwo dort oben ängstlich am Rand des Brunnens kauert. Sie war überhaupt nie dort. Willst du mich jetzt den Teil ausführen lassen, den ich weiß?«

Florimel fixierte ihn scharf, dann nickte sie einmal kurz. »Ich werde zuhören.«

»Ich werde anfangen zu erzählen, aber wir sollten uns unterdessen in Bewegung setzen«, meinte Sellars. »Eine letzte Sache muss hier noch getan werden, und ich traue mir nicht zu, damit allein fertigzuwerden.«

Orlando seufzte. »Müssen wir noch jemand umbringen?«

»Nein.« Sellars lächelte. »Und diese Pflicht hat auch eine erfreuliche Seite. Freunde warten auf uns. Nein, nicht da lang, Javier.«

T4b war bereits losgestapft, den Hang hinauf. »Was?«

»Nach unten.« Sellars begann, parallel zum Felsgesims in die Tiefe zu schweben. »Wir müssen hinunter auf den Grund.«

»Hat leicht reden, der olle Runzelkopp«, knurrte T4b leise Sam und Orlando zu, die Martine aufhalfen. Auch die anderen murrten vor Gliederweh und Erschöpfung, als sie sich schwerfällig erhoben. »Muss nicht gehen, kann einfach fliegen wie so'n seyi-lo Schmetterling.«

> Er schwieg und lag ganz still, doch seine Brust bewegte sich.

»!Xabbu?« Sie rüttelte ihn sanft. »!Xabbu?« Sie wollte nicht, konnte nicht glauben, dass jetzt, nachdem sie so viel durchgemacht hatten, doch noch alles unglücklich ausging. »!Xabbu, ich denke ... ich denke, es ist vorbei.«

Wenn sie sich umschaute, konnte sie noch immer nicht sicher sagen, was anders war. Der Grund der Grube lag in einem Zwielicht, das nur zum geringen Teil von den Sternen hoch über ihnen kam.

Sterne. Waren vorher Sterne da?

Die Helligkeit kam hauptsächlich vom Fluss, sofern der diese Bezeichnung noch verdiente. Obwohl eigenartige blaue und silberne Lichter darin flimmerten, war er wieder zu einem winzigen Bächlein geschwunden.

Aber der Mantis, das Schattenkind ... der Andere ... war fort.

Diese beiden Kinder sind gekommen, erinnerte sie sich. *Sie haben es ... ihn ... mitgenommen. Wo in aller Welt sind sie hin?*

Doch nicht allein der Fluss war verändert. Die Beschaffenheit des Lichts, das Gefühl des Steins unter ihr, alles – die ganze Szenerie war zugleich wirklicher und unwirklicher geworden. Die vollkommen übertriebenen Dimensionen waren auf ein fassbares Maß geschrumpft, doch als Renie rasch den Kopf bewegte, meinte sie, eine minimale Verzögerung zu bemerken. Und da war noch etwas ...

Eine Bewegung von !Xabbu lenkte sie ab. Seine Augen waren offen, doch er schien sie noch nicht wahrzunehmen. Sie legte den Kopf auf seine Brust, fühlte, wie sie sich hob und senkte, lauschte auf sein Herz.

»Sag mir, dass es dir gut geht. Bitte.«

»Ich … ich lebe«, erwiderte er. »Das ist das eine. Und anscheinend lebe ich … obwohl die Welt untergegangen ist.« Er machte Anstalten, sich hinzusetzen, und sie ließ ihn. »Das ist das andere. Eine sehr merkwürdige Situation.«

»Das ist noch nicht alles«, sagte sie. »Fühl mal dein Gesicht.«

Er sah sie verwundert an. Die Verwunderung nahm noch zu, als er seine Backe abtastete, dann die Finger zum Kinn führte und weiter zu Mund und Nase. »Da … da ist etwas.«

»Die Maske«, sagte sie, und plötzlich musste sie lachen. »Die Maske aus dem V-Tank. Ich hab meine auch auf. Das heißt, eigentlich müssten wir wieder offline gehen können.« Noch während sie das aussprach, kam ihr ein Gedanke. *»Jeremiah, Papa, könnt ihr uns hören?«,* rief sie. Sie rief es noch einmal, lauter. »Nein. Woran es auch liegen mag, die Kommunikation mit ihnen klappt noch nicht wieder. Was ist, wenn mit den Tanks was nicht in Ordnung ist?«

!Xabbu schüttelte den Kopf. »Entschuldige, Renie, das ist zu viel für mich. Ich bin … müde. Durcheinander. Ich hatte nicht mit diesen ganzen … Eindrücken gerechnet.« Er rieb sich mit beiden Händen den Kopf, eine Geste der Ermattung, die Renie bei ihm gar nicht gewohnt war. Sie nahm ihn zärtlich in die Arme.

»Tut mir leid«, sagte sie. »Natürlich musst du erschöpft sein. Ich hab mir bloß Sorgen gemacht, weiter nichts. Wenn wir nicht mit Jeremiah und meinem Vater sprechen können, wissen wir nicht, ob die Tanks aufgehen werden. Es gibt Notöffnungsgriffe innendrin, aber …« Sie merkte auf einmal, dass sie genauso müde war wie !Xabbu. »Aber wenn sie aus irgendeinem Grund nicht funktionieren, sitzen wir da grad so in der Falle.« Bei der Vorstellung, nach ihren ganzen Strapazen und Leiden nur Zentimeter von der Freiheit getrennt in einem pechschwarzen Tank voll Gel gefangen zu sein, wurde ihr ganz flau im Magen.

»Vielleicht sollten wir … warten.« !Xabbu hatte Mühe, die Augen offen zu halten. »Warten, bis …«

»Ein Weilchen jedenfalls«, stimmte sie zu und zog ihn an sich. »Ja, schlaf. Ich halte Wache.«

Doch die beruhigende Wirkung seines warmen Kopfes an ihrer Brust ließ auch sie rasch in den Schlaf sinken.

Als sie langsam wieder zu sich kam, waren ihre Lider verklebt und so schwer zu öffnen, dass sie sich in der ersten Schrecksekunde sicher war, doch im Tank aufgewacht zu sein. Ihr benommenes Zappeln weckte !Xabbu, der von ihr herunter auf das Felsgesims rollte.

»Was …?« Er stützte sich auf die Ellbogen.

Renie sah sich auf dem mittlerweile vertrauten Pfad um, betrachtete die steinerne Wand hinter und den düsteren Abgrund vor ihnen. »Nichts. Ich … Nichts.« Sie kniff die Augen zusammen und schaute noch einmal hin. Der Fluss hatte aufgehört zu leuchten – er war jetzt nur noch ein dunkler Strich am Grund der Grube –, doch etwas Anderes erzeugte ein warmes, rötlich gelbes Licht, das dort, wo das Kindwesen gekauert und gewartet hatte, auf die Steine fiel.

»Da unten leuchtet was«, sagte sie.

!Xabbu kroch vor und spähte hinab. »Es kommt aus einer Spalte in der Felswand – da, auf der Seite des Flusses.« Er setzte sich hin. »Was kann das sein?«

»Ich weiß es nicht, und es ist mir egal.«

»Aber vielleicht ist es ein Weg hinaus.« Er schien bereits seine natürliche Spannkraft zurückzugewinnen, wohingegen Renie jetzt, ohne Adrenalinausschüttung, zumute war, als ob sie eine saftige Tracht Prügel bezogen hätte. !Xabbu deutete den Pfad hinauf. »Sieh nur, wie weit es wäre, wieder hinaufzusteigen.«

»Wer hat was von Hinaufsteigen gesagt? Wir warten, bis Jeremiah oder mein Vater wissen, dass wir bereit sind, rauszukommen. Und wenn wir nichts von ihnen hören, dann werden wir halt irgendwann das Risiko eingehen und es auf eigene Faust wagen, denke ich mal. Also warum sollten wir uns darum scheren, ob es noch einen andern Weg gibt?«

»Weil es auch etwas Anderes sein könnte. Es könnte eine Bedrohung sein. Oder unsere Freunde, die nach uns suchen.«

»Was, mit Taschenlampen?« Renie tat die Idee mit einer geringschätzigen Handbewegung ab.

»Dann bleibe du hier und ruhe dich aus«, sagte er. »Ich gehe nachschauen.«

»Untersteh dich!«

!Xabbu drehte sich zu ihr um, und seine Miene war überraschend ernst. »Renie, liebst du mich wirklich? Du hast es jedenfalls gesagt.«

»Na klar.« Sie war von der Frage überrumpelt, fast erschrocken. Ihre Augen brannten ein wenig, und sie zwinkerte. »Selbstverständlich.«

»Ich habe dasselbe zu dir gesagt. Und es ist die Wahrheit. Wenn dir etwas wichtig wäre, würde ich dich nicht davon abhalten. Wie können wir zusammenleben, wenn du mir nicht so viel Achtung entgegenbringst?«

»Zusammenleben?« Sie fühlte sich, als ob der Kerl, der ihr vorher die Tracht Prügel verabreicht hatte, ihr noch einen letzten K.-o.-Schlag verpasst hätte.

»Das werden wir doch sicherlich versuchen. Willst du das etwa nicht?«

»Doch. Ich denke schon. Ja, klar, ich hatte bloß ...« Sie musste innehalten und Atem holen. »Ich hatte bloß noch keine Gelegenheit, groß drüber nachzudenken.«

»Dann kannst du jetzt nachdenken, während ich schauen gehe.« Er lächelte beim Aufstehen, doch er wirkte ein wenig distanziert.

»Setz dich, verdammt noch mal! So hab ich's nicht gemeint.« Sie versuchte, ihre Gedanken zu ordnen. »Natürlich, !Xabbu, natürlich werden wir zusammenleben. Ich könnte nicht mehr ohne dich sein. Das weiß ich. Ich hatte nur nicht damit gerechnet, dass wir dieses Gespräch in einer imaginären Welt führen.«

Diesmal war sein Lächeln ein bisschen echter. »Wir hatten in letzter Zeit keine andere Welt, um ein Gespräch zu führen.«

»Komm bitte her.« Sie streckte die Arme aus. »Das ist wichtig. Wir sind in der wirklichen Welt noch nie zusammen gewesen – als Liebende, meine ich. In mancher Hinsicht kann das genauso kompliziert und anstrengend werden wie unsere Erlebnisse hier in dieser ... *nicht*-wirklichen Welt.«

»Ich denke, da hast du recht, Renie.« Er war wieder ernst geworden.

»Also fangen wir mit den elementaren Sachen an. Wir scheinen hier festzusitzen, wenigstens fürs Erste. Wer oder was dieses komische Licht da macht, scheint sich nicht fortbewegen zu wollen. Wir sind schon seit Stunden hier, und es hat uns bis jetzt nichts getan. Es wird nicht heller – und dunkler auch nicht.«

»Das ist alles richtig.«

»Gut. Und statt dass wir uns über irgendeinen neuen virtuellen Blödsinn streiten, solltest du lieber herkommen und mich in die Arme nehmen.« Sie war ein wenig unsicher, merkte sie, aber sie sehnte sich nach seiner Berührung. Sie hatten zahllose Schrecken überstanden. Jetzt stand ihr der Sinn nach etwas Anderem. »Wir haben ein Plätzchen. Wir haben Zeit. Wir haben uns. Fangen wir doch lieber damit was an.«

Er zog eine Augenbraue hoch. Sie hätte fast geschworen, dass er verlegen war. »Ihr Stadtfrauen seid nicht schüchtern.«

»Nein, sind wir nicht. Wie steht's mit euch Wüstenmännern?«

Er setzte sich und beugte sich vor, legte ihr die Hand um den Hals und zog sie sanft zu sich. Sie kam zu dem Schluss, dass er doch nicht verlegen war.

»Wir sind sehr gesund«, sagte er.

Sie hatte wieder geschlafen, wurde ihr bewusst, doch diesmal war die Ursache der Müdigkeit erfreulicher gewesen. Ihre Augen öffneten sich langsam, und sie ging Stück für Stück die Umgebung durch. Der Stein, die Tiefe, der ferne Himmel – nichts schien sich verändert zu haben. Aber andererseits hatte sich natürlich alles verändert.

»Zählen wir das als unser erstes oder unser zweites Mal?«, fragte sie.

!Xabbu hob träge den Kopf von ihrer Brust. »Hmmm?«

Sie lachte. »So mag ich dich gern. Entspannt. Benimmt sich so ein Jäger nach einem großen Essen?«

»Nur wenn das Essen so gut war.« Er rutschte hoch und küsste sie am Kinn, am Ohr. »Eine komische Sache, dieses Küssen. Ihr macht das so viel.«

»Du lernst es ziemlich schnell«, meinte sie. »Also – erstes oder zweites Mal?«

»Du denkst daran, wie wir vorher zueinander fanden ... in der großen Dunkelheit?«

Sie nickte und zupfte an seinen Ringellocken.

»Ich weiß nicht so recht.« Er stemmte sich über ihr hoch und schmunzelte. »Aber ein anderes erstes Mal steht uns jedenfalls noch bevor.«

Sie musste einen Moment überlegen. »Im wirklichen Körper. Lieber Gott, das hätte ich fast vergessen. Wirklich genug angefühlt hat es sich.«

Er blickte in die Grube hinab. »Das Licht ist immer noch da.«

Renie verdrehte die Augen. »Na schön. Ich kapituliere. Aber du gehst mir nicht allein.«

Die Kapitulation zeigte keine unmittelbare Wirkung. Renie ließ ihn nur ungern aufstehen und hätte am liebsten gleich noch ein Experiment mit den Möglichkeiten der Virtualität nachgeschoben, aber !Xabbu hatte keine Ruhe. Schließlich ließ sie sich von ihm unter Protest auf die Beine ziehen.

»Es ist einfach so schön«, schmollte sie. »Bloß deshalb will ich nirgends hingehen. So schön, einfach ein Weilchen … Mensch zu sein. Nicht ums Leben rennen zu müssen. Keine Angst zu haben.«

Er lächelte und drückte ihre Hand. »Vielleicht ist das ein Unterschied zwischen uns. Ich bin glücklich mit dir, Renie, so glücklich, dass ich es gar nicht sagen kann. Aber ich werde mich nicht völlig sicher fühlen, solange ich nicht weiß, was um uns herum vorgeht. In der Wüste kennen wir jeden Strauch, jede Fährte, jede Sandwehe.«

Sie erwiderte den Druck, dann ließ sie ihn los. »Na schön. Aber mach bitte langsam, und lass uns vorsichtig sein. Ich bin echt erschöpft – und daran bist du mit schuld.«

»Ich verstehe, mein Stachelschweinchen.«

»Weißt du was«, sagte sie, während sie sich an die Stelle begaben, wo der Pfad endete, »langsam fange ich an, den Namen zu mögen.«

!Xabbu musterte die Felsen unter ihnen. Sei es wegen des Lichtes oder wegen einer grundsätzlicheren Veränderung der ganzen Umgebung, jedenfalls wirkte der Abstieg nicht mehr so unmöglich steil wie zuvor. »Ich glaube, ich sehe einen Weg«, erklärte er. »Es wird nicht ganz leicht sein. Möchtest du nicht vielleicht doch lieber auf mich warten?«

»Wenn ich deinen Wunsch achten soll, hier ohne jeden Grund in der Gegend rumzuklettern«, erwiderte sie bestimmt, »dann solltest du dir merken, dass ich es nicht leiden kann, irgendwo sitzen gelassen zu werden.«

»Ja, mein Stachelschweinchen.« Er warf einen prüfenden Blick in die Tiefe. »Hast du etwas dagegen, wenn ich vorgehe?«

»Himmel, nein.«

Nach Renies Schätzung dauerte es fast eine halbe Stunde, doch zu ihrer großen Erleichterung stellte sie fest, dass ihr erster Eindruck richtig gewesen war: Es war keine unmögliche Kletterstrecke, vor allem nicht für Leute, die den Marsch den schwarzen Berg hinunter überlebt hatten, nur eine, die ein wenig Umsicht verlangte. Da !Xabbu unter ihr sie auf Stellen hinwies, wo sie sich gut festhalten oder sicher stehen und sich kurz verschnaufen konnte, erreichten sie den Boden ohne Zwischenfälle.

Der Grund der Grube war eigentümlich glatt, eher wie eine abgekühlte Schmelzmasse als wie die Sohle einer richtigen Schlucht. Renie sah zu den Sternen und dem kreisrunden dunklen Himmelsausschnitt hoch oben auf. Die Entfernung war schwindelerregend. Gerade wollte sie zu !Xabbu eine Bemerkung über den Wiederaufstieg zum Felsgesims machen – sie überlegte bereits, ob sie es ohne eine längere Erholungspause schaffen konnte –, da hielt er die Hand hoch zum Zeichen, dass sie still sein sollte.

Aus der Nähe betrachtet war die Spalte in der Felswand größer als erwartet. Bis zu ihrer schmalen Spitze war sie vier- oder fünfmal so hoch wie Renie, und weiter unten war die in pfirsichfarbenem Licht glühende Öffnung breit genug, dass ein Auto durchfahren konnte.

!Xabbu trat lautlos und vorsichtig darauf zu. Das Licht überflutete ihn, als wäre es flüssig, so dass sie von ihm nur noch die schlanke Silhouette sehen konnte. Von jäher Angst gepackt eilte sie an seine Seite.

Als sie eintraten, befanden sie sich in einem hohen Gang aus rauhem Gestein, in dem Renie wegen des milden Glanzes, der ihn erfüllte, zunächst nichts erkennen konnte. Nach einer Weile meinte sie, eine Ordnung in dem Leuchten wahrzunehmen, so als ob die Wände des Ganges voll abgeschlossener Nischen wären und jede eine kleine Lichtquelle enthielte.

Was sind das für Lichter? fragte sie sich. *Es ist wie in einem Bienenstock. Es müssen Hunderte sein … Tausende …*

»Ich hörte euer Sprechen und eure anderen Laute«, sagte eine ruhige Stimme hinter ihnen. Renie fuhr herum. »Ich überlegte – ich fragte mich … wunderte mich? … wann ihr kommen würdet.«

Im Eingang des Felsenschlunds stand ein hochgewachsener Mann und versperrte ihnen den Fluchtweg. Ganz benommen vor Schreck und dem ganzen Leuchten ringsherum dauerte es einen Moment, ehe Renie ihn und das unförmige Ding, das er in der Hand hielt, erkannte.

Es war Ricardo Klement.

> »Okay, also der Andere war in so 'nem Satelliten drin, und die Gralsdaten sind auf so spezial Laserstrahlen zu ihm hochgesaust und wieder zurück … oder so ähnlich. Chizz. Und dann ist der Andere mit dem Satelliten runter und auf Jongleur draufgeknallt, und der ist in die Luft geflogen und jetzt tot.« Sam gab sich alle Mühe, die vielen neuen Informationen zu sortieren. »Das ist voll megachizz. Aber Dread nicht. Ist nicht tot, meine ich.«

»Wie gesagt, ich weiß es nicht«, entgegnete Sellars. »Ich versuche herauszufinden, was mit ihm geschehen ist, aber es kann eine Weile dauern …«

»Gut. Wir wissen nicht, was mit Dread ist, also der Teil ist weniger chizz. Aber heißt das, dass wir den Andern bloß dafür gerettet haben, dass er *sich umbringen* konnte?« Sie schüttelte den Kopf. »Mann, das dumpft doch!«

»Wir haben ihn nicht gerettet«, sagte Sellars. »Der Andere hatte zu viel erlitten, erst von Jongleur und der Gralsbruderschaft, dann von diesem Dread. Er hatte bereits beschlossen, dass er nicht mehr leben wollte. So etwas … so etwas kommt vor.« In der Stimme des Mannes schwang ein merkwürdiger Ton, den Sam nicht verstand. Sie wandte sich Orlando zu, um zu sehen, ob ihm der Ton auch aufgefallen war, aber ihr Freund starrte auf den Pfad, als fürchtete er zu stolpern. »Als ich Cho-Cho online brachte und mich dabei mit den Abwehrmechanismen des Netzwerks herumschlug, wurde ich vom Andern überlistet. Ich dachte, seine ganze Aufmerksamkeit wäre darauf gerichtet, mich zu bekämpfen, doch während ich noch voll damit beschäftigt war, ihn und seine Strategie zu verstehen und seine Angriffe abzuschlagen, traf er Vorbereitungen dafür, mich zu benutzen. Als ich die Datenklemme öffnete und erst einmal von der gewaltigen Informationsschwemme überwältigt wurde, war er bereit.

Wenn er gewollt hätte, hätte er mich mühelos töten können – aber er wollte etwas ganz Anderes. Er gelangte über meine Leitung in Felix Jongleurs zentrales Steuerungssystem für das Netzwerk, in den einzigen Teil, von dem er strikt ausgeschlossen war, weil dazu die Mechanismen gehörten, die ihn gefangen hielten. Bis ich endlich begriff, was vor sich ging, hatte er bereits den Satelliten aus der Umlaufbahn gelenkt und seinen sorgfältig gezielten Sturzflug angetreten. Von da an war er nicht mehr zu retten: Die Schwerkraft hatte bereits den Vollstreckungsbefehl unterzeichnet.«

»Wie grauenhaft!« Sam mochte gar nicht daran denken. »Er muss so unglücklich gewesen sein.«

Martine trottete die ganze Zeit neben ihnen her wie ein Zombie, doch jetzt kam sie zu sich. »Er hatte ... ein bisschen Frieden am Ende. Das habe ich gefühlt. Wenn es nicht so gewesen wäre, gäbe es mich wahrscheinlich nicht mehr.«

»Du hast nicht ... alles gefühlt, nicht wahr?« Sellars bremste ein wenig ab, bis er neben ihr schwebte. »Ich hoffe, du musstest nicht auch noch die allerletzten Momente durchleiden.«

Sie schüttelte müde den Kopf. »Er hat mich weggestoßen. Vor dem Ende.«

»Dich weggestoßen?« Sellars fixierte sie mit seinen scharfen gelben Augen. Sam fragte sich, ob das ihre richtige Farbe war. »Gab es noch einen ... Kontakt anderer Art? Hat er etwas gesagt?«

»Darüber möchte ich nicht reden«, erklärte Martine bestimmt.

»Aber wenn der Andere weg ist, warum ist das alles dann noch da?«, fragte Orlando. Auch er wirkte beunruhigt. »Ich meine, dies alles war doch bloß ... ein Traum, oder? Das Otherlandnetzwerk war so was wie sein Körper, aber dieser Teil hier war das Innere seines Gehirns, nicht wahr? Also warum ist es nicht weg? Warum hat sich nicht alles um uns herum in Luft aufgelöst?«

»Und wenn das Netzwerk verschwindet, verschwindest auch du – das ist es doch, was du denkst, nicht wahr, Orlando Gardiner?« Sellars' Stimme war gütig. »Das ist eine gute Frage. Und die Antwort hat zwei Teile, die beide wichtig sind. Den zweiten Teil hebe ich mir auf, bis wir unten angekommen sind – ich habe meine Gründe dafür. Aber Tatsache ist, dass ich mich auf diesen Tag lange vorbereitet habe – ich hatte nur nie damit gerechnet, dass ich die Gelegenheit bekommen würde, diese Vorbereitungen irgendwie zu verwerten. Der wahre Charakter des Andern war mir natürlich bis heute verborgen, aber ich wusste, dass er zumindest zu einem gewissen Grad mit Bewusstsein begabt und sehr gefährlich war. Ich hatte auch den Verdacht, dass das Netzwerk ohne ihn nicht überlebensfähig war. Die Grundbausteine des Systems, der harte Code und die Simulationen, sind in den Unmengen von Prozessoren in der Zentrale der Telemorphix Corporation abgespeichert. Dank dem verstorbenen Robert Wells sind sie dort relativ sicher.«

»Moment mal«, warf Florimel ein. »Der *verstorbene* Robert Wells? Im Netzwerk war er noch am Leben, in der ägyptischen Simwelt. Wenn wir überlebt haben, hat er das wahrscheinlich auch.«

Sellars' Lachen klang diesmal weniger freundlich. »Er hat Dread eure Gefangennahme verschwiegen. Dread hat es herausbekommen.« Der alte Mann entfernte sich ein Stück von der Felswand und blickte nach unten. »Also die harten Daten waren sicher, aber *dies hier* hätte nicht dazugehört.« Er machte mit seiner hageren Hand eine ausladende Bewegung über die Grube, den spiralförmigen Pfad. »Denn dies war ein Teil des Andern selbst. Das heißt, wenn er zerstört wurde, musste dies alles mit untergehen. Das Ersatzbetriebssystem, das ich mit Hilfe der Leute von TreeHouse im Hinblick auf diesen Tag zusammengebastelt habe, enthielt nichts davon.«

Sellars seufzte. »Jetzt kommen wir zum ersten Geständnis, das ich zu machen habe. Als ich Paul Jonas aus der Simulation befreite, in der Felix Jongleur ihn so lange gefangen gehalten hatte, war ich mir nicht völlig darüber im Klaren, was ich da tat. Ich wusste nicht, was es mit dem Gralsprozess tatsächlich auf sich hatte, und noch weniger, wer der Andere in Wahrheit war. Ich hatte keine Ahnung, dass er für Paul einen der virtuellen Doppelgänger angelegt hatte, wie sie die Gralsbrüder für sich erzeugten. Ich bin mir immer noch nicht sicher, warum er das tat, aber ich vermute, es hing damit zusammen, dass Avialle Jongleur in Paul verliebt war und dass der Andere eine tiefe Zuneigung zu ihr gefasst hatte.

Auf jeden Fall gab ich ihm in meiner Kurzsichtigkeit die Freiheit. Ich dachte nur daran, sein Bewusstsein aus Jongleurs Klauen zu bekommen, damit ich herausfinden konnte, was er wusste und warum er festgehalten wurde. Doch er entkam nicht nur seinen Verfolgern, sondern auch mir. Erst später wurde mir klar, dass ich eine virtuelle Kopie befreit hatte – dass der echte Paul Jonas immer noch bewusstlos in den unterirdischen Gewölben der Telemorphix Corporation lag.«

Martine stieß einen Laut aus, als hätte sie einen Schlag bekommen.

»Der echte Paul Jonas …«, murmelte sie. Sam fand, dass sie den Tränen nahe klang, aber Sellars schien es nicht gehört zu haben.

»Wie dem auch sei, in den letzten Stunden verschlechterte sich die Situation ständig. Schon bevor der Endkampf begann, hatte der Andere größte Mühe, das Netzwerk am Laufen zu halten und gleichzeitig Betriebsmittel in diese Privatwelt umzuleiten. Es gab mehrfach Situationen, in denen es beinahe zum Zusammenbruch kam …«

»Diese, na, Realitätshickser«, warf Sam ein.

»Am Schluss jedoch kapitulierte der Andere vor der Verzweiflung. Er leitete seinen eigenen Tod in die Wege, wollte nur noch das Symbol seiner Qualen und seinen grausamen Herrn Felix Jongleur zerstören. Der Rest des Netzwerks wäre dabei vermutlich verschont geblieben, aber dieser geheime Ort nicht, das wusste ich. Da ihr … nun, sagen wir, in der Zurückleitungsschleife des Andern gefangen wart, den Fesseln seiner übermächtigen Hypnose, wärt ihr bei seinem Tod mitgestorben.«

»Und die Kinder auch«, fügte Florimel hinzu. »Hat er nicht versucht, die Kinder hier versteckt zu halten und dadurch zu retten?«

Sellars zögerte einen Moment mit der Antwort. »Ja, er hat versucht, auch die Kinder zu schützen«, sagte er schließlich. »So also sah es aus. Ich konnte das Netzwerk retten, nicht aber die Dinge, die der Andere aus sich selbst heraus geschaffen hatte.«

»Momentchen«, sagte Orlando langsam. »Willst du damit sagen, dass wir gar nicht im Netzwerk sind? Dass wir uns schon die ganze Zeit … irgendwo anders befinden? Im Gehirn von irgendwem?«

»Wo befinden sich die Erinnerungen eines Menschen?«, fragte Sellars zurück. »In seinem Gehirn, aber wo? Dieses Environment besteht im Gesamtzusammenhang des Netzwerks genau wie ein menschlicher Gedanke im Gehirn, aber es kann gut sein, dass wir in beiden Fällen niemals einen eindeutigen Ort werden angeben können.« Er hob die Hand. »Bitte, lasst mich ausreden. Der Andere hatte kapituliert, aber *ich* hatte noch einen letzten Plan. Wenn er mich ließ, wollte ich versuchen, in letzter Minute etwas in der Art der virtuellen Matrix zu erzeugen, die der Andere für Paul Jonas geschaffen hatte. Der Gralsprozess ist eine aufwendige, zeitraubende Angelegenheit, aber ich hoffte, wenigstens die Grundlagen generieren zu können, so wie ja auch der Gralsprozess mit den einfachsten Funktionen des Gehirns anfängt und davon ausgehend Schicht für Schicht Gedächtnis und Persönlichkeit hinzufügt. Ich brauchte den Andern dazu nicht, nur seine elementarsten Funktionen. Aber ohne seine Mitwirkung konnte ich nichts machen.

In seinen allerletzten Momenten fand er sich zu dieser Mitwirkung bereit – was wir einer andern tapferen Frau zu verdanken haben, die euch allen unbekannt ist. Aber es war mehr als knapp, und es gab keine Garantie dafür, dass wir genug kopiert bekommen würden, um diese Matrix, dieses innere Otherland, am Leben zu erhalten.« Sellars schüttelte bei der Erinnerung daran den Kopf. »Da hast du nun die erste Hälfte deiner Antwort, Orlando, wie versprochen. Es hat in der Tat geklappt. Wir befinden uns in einer Art Gralsversion des ursprünglichen Betriebssystems, des Andern.«

»Er lebt?« Für Sam geriet auf einmal die ganze Welt wieder ins Wanken.

»Nein. Dafür war die Zeit zu kurz. Das äußere Netzwerk läuft weiter, und auch dieser Ort hier hat es überstanden und besteht jetzt als so etwas wie ein geretteter Speicher fort. Er funktioniert einigermaßen. Die entstandenen Schäden dürften reparabel sein.«

»Reparabel?« Nandi blieb abrupt stehen. »Dieses Netzwerk ist ein Greuel, eine Sünde wider die Natur, erbaut auf den Leibern unschuldiger Kinder. Wir vom Kreis sind hierher gekommen, um es zu zerstören, nicht zu reparieren.«

Sellars sah ihn mit einer undurchdringlichen Miene an, von der Sam nicht glaubte, dass die Verunstaltungen im Gesicht des Mannes daran schuld waren. »Dein Einwand ist berechtigt, Herr Paradivasch. Das ist eine der Sachen, über die wir diskutieren müssen. Aber wenn ich mit meiner Rettungsaktion keinen Erfolg gehabt hätte, könnte es keine Diskussion mehr geben. Das System wäre dahin, und ihr müsstet eure Gespräche im Himmel führen.«

Nandi starrte ihn ärgerlich an. »Du hast kein Recht, eine solche Entscheidung zu treffen, Sellars. Dieses Ding darf nicht bestehen bleiben, nur weil es dir gerade passt. Dutzende von Mitgliedern des Kreises haben ihr Leben gelassen, um das zu verhindern.«

»Märtyrer«, ergänzte Bonnie Mae leise. »Wie mein Mann Terence.«

»Aber ihr wisst noch nicht genau, *wofür* sie den Märtyrertod gestorben sind«, erwiderte Sellars unbeeindruckt. »Deshalb schlage ich vor, wir verschieben dieses Gespräch, bis ihr es wisst.«

»Wir sind keine Kinder wie die meisten deiner angeblichen Freiwilligen.« Nandi rümpfte die Nase. »Und wir haben vor unseren Soldaten keine Geheimnisse. Wir lassen uns nicht durch große Worte oder Spiegelfechtereien von unserer Überzeugung abbringen.«

»Gut«, meinte Sellars. Er lachte müde. »Möchte mich sonst noch jemand anschreien?«

»Wir hören zu«, sagte Sam. Der Wortwechsel zwischen Sellars und Nandi machte sie nervös, obwohl sie nicht ganz sicher war, dass sie den Gegenstand des Streits begriff. Wieso sollte jemand das Netzwerk abschalten wollen, zumal wenn es jetzt keine Gefahr mehr darstellte? Es war riesengroß und teuer und in jeder Hinsicht total einmalig. *Außerdem, muss es nicht von … Wissenschaftlern erforscht werden?* fragte sie sich. *Irgendso Leuten?*

»Ich versteh das immer noch nicht«, warf Orlando dazwischen. »Wieso hat der Andere so lange gekämpft und dann einfach aufgegeben? Wenn er das alles aus seinen eigenen Gedanken geschaffen und sich solche Mühe gegeben hat, die Kinder hier zu schützen, warum hat er dann nicht noch ein bisschen länger gekämpft? Und wieso waren ihm auf einmal die Kinder so wichtig, wo er es doch war, der sie überhaupt erst entführt hat?«

»Einen Teil der Antwort darauf habe ich schon gegeben«, erklärte Sellars. »Der Andere wurde so lange gequält, dass er zuletzt verzweifelte.« Er fand sein Lächeln wieder. »Aber das Übrige gehört zu deiner Frage vorher, zu dem Teil, den ich, wie gesagt, später beantworten möchte, wenn wir unten angekommen sind.«

»Herrje«, rief Orlando. »Wie lange sollen wir denn noch warten?«

»Genug.« Es war Martine. »Ich habe genug von diesem Geschwätz.« Sie schaute nicht auf. Ihre Stimme klang hohl und ausgebrannt. »Ihr zankt euch herum, und ihr stellt Fragen, und dabei hat das alles nichts mehr zu besagen. Ein guter Mensch ist tot. Paul Jonas ist tot.« Jetzt hob sie den Kopf. Sam meinte, eine ungewöhnliche Heftigkeit in der Art wahrzunehmen, wie sie Sellars den Kopf zudrehte. »Wer hat ihn in diesem Albtraum zum Leben erweckt, ohne ihn aufzuklären oder um Erlaubnis zu fragen? Du. Wird dies alles ihn zurückbringen? Nein. Dennoch platzt du fast vor Stolz. Du bist zufrieden, dass alles so gut gelaufen ist. Und wir trotten unterdessen in diese Hölle ohne Boden hinab, trott, trott, trott. Lass uns heimkehren, Sellars. Lass uns zurück in unsere Löcher kriechen und unsere Wunden lecken.«

Ein neuer Ausdruck huschte über das vernarbte Gesicht des alten Mannes, überrascht und bekümmert zugleich. »Ich wollte keinesfalls respektlos gegen Paul Jonas erscheinen, Frau Desroubins. Wir müssen ihn noch ordentlich betrauern, wie er es verdient hat, da hast du recht. Doch ich versichere dir, dass dies kein Gang ist, auf den ich euch leichten Herzens führe.« Er wandte sich den anderen zu. »Und es gibt einen Boden. Ich bin zu Recht an etwas erinnert worden, das ich in der ganzen Aufregung vergessen hatte. Es ist nicht notwendig, dass ihr … trottet.«

»Was soll das heißen?«, fragte Florimel.

»Dies.« Und plötzlich fühlte Sam sich zu ihrer großen Überraschung emporgehoben wie durch ein perfektes Zusammenwirken der Luftmoleküle, ohne spürbaren Druck an einer bestimmten Stelle, und im nächsten Moment hing sie über dem tiefen, dunklen Abgrund, neben sich die mehr oder weniger erschrocken zappelnden und strampelnden anderen.

»Runter!«, schrie T4b und schlug wie ein Wahnsinniger um sich. »Zurück!«

»Vorher war diese Ebene hier nicht … verbunden mit dem Ort, wo wir hinwollen. Jetzt ist das alles relativ einfach, relativ … real.« Sellars nickte. »Ich hatte leider ganz vergessen, wozu ich imstande bin – dass ich die Fähigkeit gewonnen habe, das Netzwerk zu lenken. Ihr habt euch unnötig abmühen müssen. Ich bitte um Entschuldigung.«

Auf einmal fiel Sam nach unten, nicht wie ein Stein, aber auch nicht wie eine Feder. T4b stieß eine Reihe überaus origineller Flüche aus, während er seinerseits durch die Dunkelheit stürzte. An allen Seiten sah Sam die Körper ihrer Gefährten, und alle bewegten sich im selben Tempo abwärts. Winzige gelbe Äffchen hoben flatternd von ihren Haaren und Schultern ab, schafften es aber nicht, gegen die Kräfte, die sie alle zogen, zurück nach oben zu fliegen.

Ich hab diese ganzen Scännereien satt, dachte sie. *Ich will nur noch nach Hause. Ich will Mama und Papa wiedersehen …*

»Wie die Himmelfahrt umgekehrt.« Florimel klang gereizt und nervös.

»Halt dich einfach an deinem Sitzkissen fest«, bemerkte Orlando ironisch. »Die sind bei so was total praktisch. Deshalb weisen sie einen immer drauf hin.«

Klar, und meinst du nicht, dass Orlando auch gern nach Hause käme? Es war ein schmerzhafter Gedanke.

»Rett mich, Jesus!«, schrie T4b.

Zwei Minuten Fall, fünf, es war schwer zu sagen. Trotz des Eindrucks von Geschwindigkeit bremsten sie nicht ab, als sie unten ankamen, sondern hielten einfach schlagartig an und standen nunmehr auf einem glatten Steinboden. Die Wände erstreckten sich jetzt nur noch in die Höhe und bildeten einen unglaublich langen, riesigen Schacht mit dem Kreis des Nachthimmels am Ende. Doch der Ort, an dem sie sich befanden, hatte sein eigenes Licht.

»Hier«, sagte Sellars, dessen Rollstuhl nach wie vor schwerelos über dem Boden schwebte. Er fuhr voraus zu einer großen Spalte in der Wand, aus der sich ein warmes, leicht rötliches Licht ergoss.

»Ich wette, wir müssen doch noch was töten«, flüsterte Orlando. Er tippte mit dem Schwert an den steinernen Rand der Spalte. Es gab ein metallisches Klirren.

Sam trat durch die Öffnung und befand sich auf einmal in einem großen, strahlend hellen Raum, dessen Seiten wie Lichterwaben wirkten. Drei Gestalten standen dort in der Mitte, als warteten sie auf etwas. Sam hatte bereits eine Hoffnung, doch sie spähte genau hin, um ganz sicher zu sein.

»Renie?«, rief sie. »!Xabbu?« Und schon lief sie auf die beiden zu.

Die Angerufenen drehten sich überrascht um. Die dritte Gestalt, die etwas an der Brust hielt, regte sich nicht. Sellars glitt an Sams Seite, und sein welliges Gesicht wirkte in dem nahezu richtungslosen Licht noch surrealer.

»Halt, Sam!«, sagte er mit einem ungewöhnlichen Ton in der Stimme. »Warte.«

Zögernd hielt sie an. Sellars schwebte ein Stück voraus, dann blieb er in der Luft stehen. Er beachtete Renie und !Xabbu gar nicht, sondern wandte sich allein an den Dritten. »Wer bist du?«

Erkennt er denn diesen Klement nicht? wunderte sich Sam. *Er weiß doch sonst alles.*

»Wart's ab«, bemerkte Orlando leise neben ihr. Er hatte sich lautlos wie eine Katze angeschlichen. Als er ihren Arm berührte, fühlte sie die vibrierende Kraft in seiner breiten Hand. »Ich wette, das ist der, den wir töten sollen.«

»Das ist Ricardo Klement«, erklärte Renie Sellars, wobei sie ebenfalls verblüfft dreinschaute. »Einer aus der Gralsbruderschaft. Er ist eine Weile mit uns gezogen.«

»Nein.« Der Mann stand eine ganze Weile unbewegt da, bevor er den Kopf schüttelte, als hätte er sich erst auf die Geste besinnen müssen. Sam sah jetzt, was er in der Hand hielt, konnte sich aber auf den grotesken, halb menschlichen Klumpen keinen Reim machen. »Nein, ich bin nicht Ricardo Klement. Ich trage den ... Körper ... der für den Genannten bestimmt war. Eine Zeit lang, am Anfang, denke ich ... dachte ich ... ich *wäre* Ricardo Klement. Weil es konfus macht, dieses Körperleben. Es macht das Denken ... unklar. Aber ich bin nicht der Genannte.

Mein Name ist Nemesis.«

Kapitel 49
DIE NÄCHSTEN

NETFEED/NACHRICHTEN:
Endlich Einigkeit im Nahen Osten
(Bild: Juden und Araber demonstrieren gemeinsam an der Westmauer)
Off-Stimme: Die Erzfeinde Palästinenser und Israelis haben endlich etwas gefunden, worin sie sich einig sind: ihren Hass auf die UN-Schutzherrschaft über Jerusalem.
(Bild: Professor Yoram Vul vom Washingtoner Brookings Institute)
Vul: "Zusammenzubringen sind diese Leute anscheinend nur dadurch, dass jemand anders den Versuch unternimmt, ihrem gegenseitigen Morden Einhalt zu gebieten. Es wäre zum Totlachen, wenn es nicht so tragisch wäre, aber nachdem bei dem Bombenanschlag auf den Hashomaim-Tunnel schon wieder elf Soldaten der UN-Friedenstruppe ums Leben gekommen sind, ist der häufigste Kommentar, den man zu hören bekommt: 'Was regt ihr euch so auf - das hier ist der Nahe Osten!'"

> Ihr verdatterter Blick irrte hin und her – von dem Wesen, das sie für Ricardo Klement gehalten hatte, zu ihren verloren geglaubten Gefährten. Renie hatte nicht damit gerechnet, sie jemals wiederzusehen, und konnte ihr plötzliches Auftauchen gar nicht fassen, doch genau wie sie selbst und !Xabbu standen die anderen nur verwirrt da, statt freudig Wiedersehen zu feiern. Ein weiteres Mal herrschte Ratlosigkeit. *Und Furcht,* spürte Renie. *Ich fürchte mich schon wieder, dabei weiß ich nicht mal, wovor und warum.*

»Nemesis?«, fragte sie. »Was … was ist das?«

»Das ist ein Programm – ein Stück Code.« Martine Desroubins klang, als wäre sie mit dem Leben fertig. »Es wurde ausgesandt, um Paul Jonas zu finden, glaube ich. Ich bin ihm begegnet, als ich Dreads Gefangene war. In dem ganzen Wirrwarr hinterher habe ich wahrscheinlich vergessen, euch davon zu erzählen.« Martine drehte sich zu dem unmenschlichen, hübschen Gesicht um, das der wirkliche Ricardo Klement in alle Ewigkeit hatte tragen wollen. »Und was willst du jetzt noch?«, fragte sie bitter. »Jonas ist tot. Das sollte dich glücklich machen – so glücklich, wie so was wie du sein kann.«

»O nein!« Renie schlug sich die Hand vor den Mund. »Nicht Paul.«

»Doch, Paul«, sagte Martine.

»Aber wie ist es zu diesem Gralstypen geworden?«, fragte Sam Fredericks. »Wir haben doch gesehen, wie er bei diesem … dings, dieser Zeremonie, lebendig wurde.«

»Und was ist das für'n hässlicher blauer Affe?« Jetzt, wo er mit den Füßen wieder fest auf dem Boden stand, hatte T4b etwas von seiner Chuzpe zurückgewonnen.

»Ich habe das Ding seinerzeit in einer anderen Gestalt kennen gelernt«, erklärte Martine. »Da hat es eine Tote imitiert. Eines von Dreads Opfern. Etwas Ähnliches hat es mit Klement gemacht, vermute ich. Vielleicht hatte es sich schon in Klements leerem virtuellen Körper eingenistet, bevor die Zeremonie überhaupt anfing.«

Renie konnte es kaum ertragen, wie verzweifelt ihre Freundin klang. Sie wäre am liebsten zu ihr gegangen und hätte sie in den Arm genommen – sie alle, Sam, Florimel, sogar T4b –, aber sie kam nicht gegen den in der Luft liegenden Druck an, eine schwarze Wolke wie vor einem Gewitter, das jeden Augenblick losbrechen konnte. Sie traute sich kaum, eine Bewegung zu machen.

Während sie die bekannten und unbekannten Gesichter überflog, erkannte sie plötzlich die hochgewachsene Gestalt mit den mächtigen Muskelpaketen.

»Liebe Güte«, flüsterte sie !Xabbu zu. »Ist das nicht … Orlando?«

Der langhaarige junge Mann hatte sie trotz des Abstands zwischen ihnen gehört und warf den beiden ein kurzes, leicht angespanntes Lächeln zu. »Hallo, Renie. Hi, !Xabbu.«

»Aber du warst doch … tot, oder nicht?«

Er zuckte mit den Achseln. »Ziemlich ereignisreicher Tag heute.«

Der Mann im Rollstuhl hatte sich nicht gerührt. Er schwebte ein paar Schritte vor der Klement-Figur, die Augen ein wenig zusammengekniffen. »Du bist also Nemesis. Du hast gehört, was gesagt wurde, und ich denke, du hast verstanden: Paul Jonas ist tot. Was willst du von uns andern?«

Sellars. Auch nach der langen Zeit erkannte Renie seine Stimme. Wie merkwürdig, dass er so aussah. *Falls* er so aussah. Sie hatte plötzlich starkes Heimweh nach der wirklichen Welt, nach Dingen, die so aussahen und sich anfühlten, wie es sich gehörte, die sich nicht von einer Sekunde zur nächsten veränderten.

Das Ding betrachtete Sellars mit leicht schiefgelegtem Kopf, dann ließ es langsam seinen Blick über die anderen schweifen. »Nichts«, sagte es schließlich. »Ich bin hier, weil ich … gerufen wurde. Wurdet ihr nicht auch gerufen?«

»Gerufen?«, fragte Renie. »Wohin? Wozu?«

Das Ding in Ricardo Klements Körper gab keine Antwort, sondern richtete nur wieder seinen ausdruckslosen Blick auf die Reihen leuchtender Zellen.

Da Nemesis sich ihnen gegenüber in keiner Weise feindselig oder auch nur interessiert zeigte, traten die anderen – zunächst vorsichtig, dann mit wachsendem Zutrauen – an dem Ding vorbei zu Renie und !Xabbu. Als Sam Fredericks vor ihr stand, flossen Renie erneut die Augen über.

»Ich hab nicht mehr so geweint, seit ich ein Baby war«, sagte sie lachend, während sie Sam umarmte. »Ich kann's gar nicht fassen, dass wir alle hier sind – alle wieder vereint.«

»Schau her, Renie!« Sam drehte sich um, schnappte sich Orlando und zog ihn heran. Der Barbarensim blickte betreten, als ob seine Auferstehung vom Tod ein Streich gewesen wäre, den er inzwischen bereute. »Er lebt! Ist das zu glauben?« Sam kicherte ausgelassen. »Und du auch! Wir haben überall nach dir gesucht, überall! Aber du warst einfach voll weg.«

Eine Zeit lang herrschte trotz der Unheimlichkeit des Ortes ein freudiges Chaos. Selbst T4b kam herbei und ließ sich von Renie umhalsen.

»Chizz, dass du nicht tot bist, äi«, meinte er, während er steif und verlegen ihre Umarmung erduldete. »Und der kleine Buschtyp auch.«

Alle begrüßten sich herzlich und zum Teil tränenreich oder wurden miteinander bekannt gemacht, und es gab eine Flut von Fragen und halben Antworten, die Renie allerdings das Gefühl gaben, noch weniger zu verstehen, was eigentlich geschehen war – anscheinend hatte der Andere sich selbst vernichtet und Jongleur und vielleicht sogar Dread mit in den Tod gerissen. Schließlich wühlte sie sich zu Martine durch, die sich bei dem allgemeinen Gedränge im Hintergrund hielt. Renie schlang die Arme um ihre Freundin, doch das passive Widerstreben der Frau machte sie betroffen.

»Es war sicher schlimm für dich«, sagte sie. »Ach, Martine, wenigstens sind wir am Leben. Das ist doch etwas.«

»Das ist sehr viel«, erwiderte die andere leise. »Tut mir leid, Renie. Es freut mich sehr, dass du wohlauf bist – es freut mich für dich und auch für !Xabbu. Am besten, du beachtest mich gar nicht. Ich … ich kann nicht mehr. Das Ende war … sehr schlimm.«

»Für !Xabbu war es auch schlimm«, sagte Renie. »Ich dachte schon, ich hätte ihn verloren.«

Martine nickte und richtete sich auf, und jetzt erst hatte Renie das Gefühl, in ihrer Haltung die Gefährtin wiederzuentdecken, die sie kannte. Martine machte sich sacht los, drückte Renie den Arm und begab sich zu !Xabbu. Gleich darauf flüsterten die beiden angeregt miteinander.

Schon ein Fortschritt, dachte Renie und war erleichtert, wieder etwas Leben in Martines Gesicht zu sehen. Ein besseres Ohr für einen betrübten Menschen konnte sie sich nicht vorstellen.

»Hört mal her!« Jäh und laut schnitt Florimels Stimme durch das allgemeine Geraune. »Ich freue mich genauso wie ihr über dieses Wiedersehen, aber wir haben Erklärungen versprochen bekommen.« Sie deutete auf Sellars, der die Zusammenkunft mit einem milden, onkelhaften Lächeln beobachtete. »Wie ist es? Ich will raus aus diesem … falschen Universum. Ich will bei meiner Tochter sein. Auch wenn ihr Zustand sich nicht bessert, wie du sagst, kann ich sie doch wenigstens sehen, sie anfassen. Warum sind wir noch hier? Was willst du uns erzählen?«

Es dauerte einen Moment, bis Renie verstand, was Florimel mit der Bemerkung über ihre Tochter sagte, doch dann traf es sie wie ein Schlag in den Magen. *Stephen! Heißt das, dass auch er nicht wieder gesund werden wird?* Sie konnte die Vorstellung nicht ertragen. Nach dieser ganzen Zeit, nach allem, was sie durchlitten hatten ... es wäre einfach ungerecht. »Nein«, sagte sie. »Das kann nicht sein.«

»Ich habe nichts dergleichen gesagt«, wehrte Sellars ab. »Ich habe keine Ahnung, was mit den Kindern geschehen wird, die im Koma liegen. Ich habe lediglich gesagt, ich könne nicht versprechen, dass sie wieder gesund werden. Aber die Ursache des Komas ist weg.«

»Weil der Andere tot ist?« Mit ihrem brüsken, harten Ton konnte Florimel die Angst unter der Oberfläche nicht verbergen.

»Ja.«

»Aber das System funktioniert immer noch«, ließ sich der Mann vernehmen, der sich Renie als Nandi vorgestellt hatte, Nandi und noch irgendetwas mit P – *der Mann aus dem Kreis* nannte sie ihn der Einfachheit halber. Der Mann, der Orlando und Sam geholfen hatte, aus der Ägyptenwelt herauszukommen. »Demnach muss es diese armen Kinder weiterhin ... benutzen. Ihr Leben aussaugen wie ein Vampir. Aus dem Grund muss es zerstört werden.«

»Warte bitte ab, bis du alles verstehst«, beschied ihn Sellars. »Florimel hat recht. Es ist an der Zeit, dass ich den Rest der Erklärung liefere.« Er stieg mit seinem Rollstuhl ein kleines Stück höher in die Luft, damit alle ihn sehen konnten. »Zunächst einmal gibt es, wie ich euch schon sagte, ein neues Betriebssystem, das mit Hilfe der Tree-House-Techniker und anderer geschaffen wurde – ein sehr viel konventionelleres Betriebssystem. Das Netzwerk braucht keine Schaltung menschlicher Gehirne mehr, um zu funktionieren. Natürlich ist es auch nicht ganz so überwältigend realistisch, aber das kann sich bessern ...«

»Also weil die letzten Überlebenden des Konzentrationslagers bald freikommen oder auch noch sterben, soll das Lager selbst offen bleiben?« Nandi war empört. »Vielleicht eine Ferienanlage werden?«

»Das Problem ist ein wenig komplexer«, entgegnete Sellars. »Kindergehirne wurden dazu benutzt, dieses System zu betreiben, aber die bedauernswerten Opfer sind nicht die Kinder, die wir gesucht haben. Die Gehirne, mit denen die Kapazitäten des Andern ergänzt und erweitert wurden, stammten von Ungeborenen, von Föten, oder vielleicht waren sie sogar geklont. Ich habe die ganze Wahrheit noch nicht entdeckt, aber das wird kommen. Es gibt eine fast unendliche Menge von Informationen zu sondieren, von denen zudem ein Großteil verborgen oder irreführend ist. Die Bruderschaft hat sich alle Mühe gegeben, ihre Spuren zu verwischen.«

»Was genau soll das heißen?«, fragte Renie. »Willst du damit sagen, dass mein Bruder Stephen gar nicht Teil des Systems ist? Oder dass er nicht mal ... *im* System ist? Dass er keines der Kinder in den Simulationen ist zum Beispiel?«

»Er war niemals ein Teil des Systems, nicht so, wie wir dachten. Und Florimels Tochter oder T4bs Freund genauso wenig.«

»Fen-fen!«, ereiferte sich T4b. »Hab'n doch gehört, Matti. Hab'n gehört, wie wenn er da steht.«

»Alle Zeichen haben hierher gedeutet, in dieses Netzwerk!«, sagte Florimel. »Was willst du uns weismachen? Dass wir getäuscht wurden? Dass alles, unsere Leiden, der Tod unserer Freunde, nur ... ein dummer Zufall war?«

»Durchaus nicht.« Sellars schwebte mit seinem Rollstuhl etwas näher zu ihr heran. Hinter ihm ließ sich Ricardo Klement – *Nein, Nemesis,* korrigierte sich Renie, *was auch immer das sein mag* – auf dem Boden nieder und blickte gebannt auf die leuchtenden Wände wie auf Prachtstücke in einer fantastischen Kunstgalerie. »Das Netzwerk«, fuhr Sellars fort, »oder genauer gesagt der Andere war zweifellos an ihrem Koma schuld. Aber nicht anders, als er euch alle davon überzeugte, ihr könntet nicht ohne schreckliche Schmerzen offline gehen. Wie ich schon erklärt habe, war die arme, verlorene Kreatur, die wir den Andern nannten, ein Mensch mit abnormen, ja monströsen telepathischen Kräften. Ein Gedankenleser, Gedankenlenker – er war von beidem etwas. Das *Lesen* der Gedanken, die tatsächliche Fernverbindung mit einem menschlichen Gehirn, war das Abnorme daran. Aber sobald der direkte Kontakt ins Nervensystem einmal hergestellt war, war alles andere wahrscheinlich relativ einfach. Auf die gleiche Weise war ja auch ich in der Lage, die Sprachzentren des kleinen Cho-Cho zu beeinflussen und mit euch zu reden.«

»Reden, reden, das machst du bis zum Erbrechen, aber wie lauten die Antworten?«, knurrte Florimel. »Warum liegt meine Tochter im Koma?«

»Lass mich bitte ausreden. Es ist keine einfache Geschichte, nicht einmal das Wenige, das ich herausfinden konnte.

Ich fragte mich schon die ganze Zeit, ob einer wie Felix Jongleur, bei all seiner Überheblichkeit und seinem Größenwahn, das Risiko der Enthüllung eingehen würde, die ihm drohte, wenn er zur Umsetzung seines Projekts Tausende von Kindern ins Koma fallen ließ. Und er ist dieses Risiko in der Tat nicht eingegangen. Er und seine Handlanger waren mit dem Andern nicht zufrieden – er war zu mächtig, zu unzuverlässig. Während sie noch ihr System um ihn herum errichteten und der übrigen Gralsbruderschaft erzählten, alles laufe einwandfrei, suchten sie bereits nach einem geeigneten Ersatz, nach anderen Telepathen oder abnormen Begabungen, die den Platz des Andern einnehmen konnten. Sie konzentrierten sich auf Kinder, zum einen weil diese sich leichter dem System anpassen lassen, zum andern weil sie eine längere Lebenszeit haben. Eine solche Entdeckung war der Mann, den ihr unter dem Namen Dread kennt; allerdings fand Jongleur schließlich eine ganz andere Verwendung für ihn.

Es gab viele verschiedene Projekte, in denen sie Kinder aussuchten und testeten, Privatschulen und Kliniken wie das Pestalozzi-Institut, das sie auch dazu benutzten, den Andern zu erziehen, falls das ein statthaftes Wort für etwas derart Unmenschliches ist. Und es gab Stätten wie den virtuellen Club namens Mister J's – den Ort, wo ich erstmals auf Renie und !Xabbu traf –, die dazu da waren, eine Art Vorauswahl zu treffen und aus den Millionen ganz normaler Kinder die wenigen vielversprechenden Kandidaten herauszufiltern. Zwei von Jongleurs Beauftragten waren dafür zuständig, wobei Jongleur jedoch alles persönlich überwachte.«

»Finney und Mudd«, sagte Martine. »Die Kerle, die auf Paul Jagd machten.«

»Ja, obwohl ich bezweifele, dass das ihre richtigen Namen waren. Nach dem, was ich gesehen habe, dürften sie einen sehr unappetitlichen Hintergrund gehabt haben.« Sellars verzog das Gesicht.

»Aber diese Kinder – mein Bruder!«, rief Renie. »Warum liegen sie im Koma?«

»Weil Jongleur den Andern unterschätzte. Für seinen eigenen Körper, den man ihm genommen hatte, erhielt der Andere ein komplettes, unglaublich kompliziertes Netzwerk als neuen Körper – doch Jongleur und seine Lakaien verstanden das Bestreben des Andern nicht. Vor allem verstanden sie seine Menschlichkeit nicht ... und seine Einsamkeit.

Er entdeckte, dass er seine Macht über elektronische Verbindungen nach außen ausdehnen konnte. Ein Teil dieser Macht beruhte auf Hypnose – ein Effekt, den der Andere wahrscheinlich selbst nicht verstand, sowenig wie wir übrigen viel Energie darauf verwenden, über unser Sehvermögen oder unseren Gleichgewichtssinn nachzudenken. Die Art, wie ihr hier gefangen gehalten wurdet, ist ein hervorragendes Beispiel. Er wollte, dass ihr alle im Netzwerk bleibt. Aus irgendeinem Grund war er von euch fasziniert – ich habe ihn dabei beobachtet, wie er euch beobachtet, ja geradezu beschattet hat …«

»Das lag an einer Geschichte«, warf Martine ein. »Von einem Jungen in einem Brunnen.«

»Aha. Nun, ich hoffe, das wirst du mir später erklären.« Zum zweitenmal in kurzer Zeit machte Sellars einen verblüfften Eindruck. »Aber zuerst sollte ich diese Geschichte fertig erzählen.

Der Andere hat sich direkt in eure Gehirne eingeklinkt, ohne dass ihr das überhaupt gemerkt habt. Und auf irgendeiner Ebene übersetzte sich sein Wunsch, euch hierzuhaben, euch festzuhalten, in einen direkten Zwang, der in euerm Unterbewusstsein wirkte. Ihr konntet nicht offline gehen. Ob durch Schmerz oder durch das scheinbare Verschwinden eurer Neurokanülen, ihr glaubtet euch daran gehindert, und so war es dann auch.«

»Aber dies Anderdings ist jetzt echt geext, nicht?«, fragte T4b besorgt. »Können wir dann gehen? Nach Hause, irgendwie?«

»Ja. Aber wenn ich mit diesen Ausführungen fertig bin, gibt es noch etwas sehr Wichtiges, um das ich euch bitten möchte – jetzt, wo ihr alle hier versammelt seid.«

»Yeah? Mal sehen«, sagte T4b. »Red weiter, äi.«

»Soll das heißen, dass die Kinder wie mein Bruder auf die gleiche Weise festgehalten wurden?«, fragte Renie.

»Nein. Sie waren niemals wirklich *hier,* nicht so wie wir. Vielmehr waren sie … und sind meines Wissens immer noch … einfach deshalb im Koma, weil der Andere diese Wirkung auf sie hatte, vielleicht sogar unbeabsichtigt.

Ich kann hier nur raten, aber vermutlich hat sich der Andere, als er endlich einen Weg gefunden hatte, die Fesseln des Gralsnetzwerks abzustreifen, über Jongleurs eigenes Informationsnetz weiterbewegt. Dabei ist er dann auf dessen laufende Suche nach entsprechend begabten Kindern gestoßen und hat auch die infiltriert und seinen Einfluss sogar auf Orte wie diesen Mister J's ausgeweitet. Als der Andere bei seinen Exkursionen die Kinder am andern Ende entdeckte – vielleicht die ersten Kinder, mit denen er seit den Experimenten im Pestalozzi-Institut Jahrzehnte vorher in Kontakt gekommen war –, muss ihn das sehr erregt haben. Er probierte, diese Kinder zu … untersuchen, vielleicht mit ihnen zu kommunizieren. Bestimmt sträubten sie sich dagegen. Ihr seid alle dem Andern begegnet. Er konnte nichts dafür, wie er war, aber das machte ihn nicht weniger schrecklich, nicht weniger furchterregend.«

Wie ein riesiges Ungeheuer in den Tiefen des Ozeans, während ich wehrlos oben schwimme, dachte Renie. *Wie ein alles vernichtender Frost. Wie Satan persönlich, ausgestoßen und einsam …* »Ja«, sagte sie. »Mein Gott, ja, ich erinnere mich.«

»Nicht wahr?« Sellars nickte. »Konfrontiert mit dem heftigen Widerstand eines zu Tode erschrockenen Kindes, würde ich vermuten, dass dieses psychisch verkrüppelte, aber ungemein mächtige Wesen so etwas wie die telepathische Version des Befehls ›Sei still!‹ brüllte. Und so wurden sie dann … still. Aber da er nicht begriff, was er getan hatte, befreite er sie hinterher nicht wieder, nachdem er sie fertig untersucht hatte.«

»Sie untersucht?« Florimel klang entrüstet. »Was soll das heißen, sie untersucht? Warum? Was hat er von ihnen gewollt?«

Sellars deutete ein hilfloses Achselzucken an. »Er suchte nach Möglichkeiten, Freunde zu bekommen. Um das zu verstehen, dürfen wir nicht vergessen, dass der Andere selbst im Grunde genommen ein missbrauchtes, eingesperrtes Kind war.«

Martine machte eine nervöse Bewegung, als wollte sie etwas sagen, aber schwieg dann doch.

»Freunde?« Renie schaute die anderen an, um sich zu vergewissern, ob sie als Einzige auf der Leitung stand. »Das ist doch … was weiß ich. Kaum zu glauben. Er hat das alles mit ihnen gemacht, sie beinahe umgebracht … bloß weil er neue Freunde finden wollte?«

»›Finden‹ ist nicht das richtige Wort. So einfach war es eben nicht für ihn, Freunde zu bekommen. Er musste sie erschaffen. Da der Andere vor allen Dingen mit Kindern zusammen sein wollte, wie er selbst eines war – oder wie er eines zu sein meinte –, beobachtete er echte Kinder, damit er sie im Netzwerk nachbilden und sich in seiner Einsamkeit mit Gefährten umgeben konnte.«

»Das heißt, diese Märchenkinder wie das Steinmädchen und alle andern, denen wir hier im Herzen des Systems begegnet sind …« Renie dachte noch einmal nach. »Sie sind bloß … Imitationen? Nachgemachte Kinder?«

»Ja. Zusammengesetzt nach den Beobachtungen des Andern an wirklichen Kindern wie deinem Bruder, verbunden mit seinen Erinnerungen – vielleicht seinen einzigen glücklichen Erinnerungen – an Dinge, die Martine und andere Kinder ihm früher beigebracht hatten, Verse, Märchen, Lieder. Und ich vermute, dass es mehr gab und gibt als nur die Märchenfiguren, dass andere erfundene Kinder entweder aus dieser Schutzzone des Andern hier entkamen oder aus irgendeinem Grund außerhalb davon erschaffen und niemals hereingeholt wurden. Sie sind über das ganze Otherlandnetzwerk versprengt – keine Menschen, aber auch keine Bestandteile des Systems.«

»Paul Jonas nannte sie ›Waisen‹«, bemerkte Martine leise. »Aber er wusste nicht, was sie waren. Sein junger Freund Gally muss einer von ihnen gewesen sein.«

»Waisen«, sagte Sellars. »Ein treffender Ausdruck, vor allem jetzt. Aber alle von ihnen basieren wenigstens zum Teil auf dem, was der Andere im Innenleben wirklicher Kinder fand. Deshalb besitzen einige von ihnen Erinnerungen, scheinen über ein Vorleben zu verfügen.«

»Das heißt … meine Eirene ist gar nicht in diesem Netzwerk …?« Florimel sprach langsam, als erwachte sie gerade aus einem Traum. »Sie ist niemals darin gewesen?«

»Richtig. Und ob die hypnotische Suggestionswirkung des Andern jetzt aufgehoben ist, kann ich auch nicht sagen.« Sellars schüttelte finster den Kopf. »Ich wünschte, ich könnte es. Wenn wir sehr großes Glück haben, Florimel, sind deine Tochter und die andern Tandagorekinder nur deswegen im Koma geblieben, weil der Andere sie reflexhaft in seinem mentalen Griff behielt, vielleicht sogar über direkten Kontakt – durch Krankenhausleitungen, Messgeräte, wer weiß? Aber ich kann überhaupt nicht vorhersagen, was jetzt geschehen wird. Ich denke, auch wenn wir jahrelang daran herumforschen, würden wir den Andern doch nie ganz verstehen.«

»Also wir wissen nicht, ob sie aufwachen werden?« Renie konnte nichts gegen die Bitterkeit in ihrer Stimme machen. »Nach alledem ...!«

»Nein, wir wissen es nicht.« Er sprach ruhig und eindringlich. »Aber vielleicht gibt es andere Möglichkeiten, wie wir ihnen helfen können. Vielleicht können die Erkenntnisse, die wir gewonnen haben, für eine Art Therapie nutzbar gemacht werden ...«

»O ja, *Therapie!*« Renie biss sich auf die Lippen, um nicht ins Schreien und Schimpfen zu geraten. !Xabbu legte den Arm um sie, und sie schloss die Augen. Sie hatte den Ort plötzlich satt, die Lichter, alles.

Orlando brach das betroffene Schweigen. »Das alles erklärt mich nicht. Wieso bin *ich* hier? Wenn du super Hypnosefähigkeiten hast, kannst du vielleicht jemandem befehlen: ›Fall ins Koma!‹ oder ›Bild dir ein, du brennst, wenn du offline gehst!‹, und es klappt auch, aber du kannst nicht einem, der gestorben ist, befehlen: ›Sei nicht tot!‹ Tut mir leid, aber das würden sie nicht mal in 'nem Johnny-Icepick-Streifen bringen.«

»Wir hatten noch keine Gelegenheit, miteinander zu reden, du und ich«, erwiderte Sellars, »aber ich denke, du ahnst die Antwort bereits, Orlando. Du hast einen virtuellen Geist bekommen, ganz ähnlich wie die Doubles, in denen die Gralsbrüder ewig leben wollten.« Er schaute sich kurz nach dem Nemesiswesen um, das immer noch irgendwelchen tiefen Betrachtungen nachzuhängen schien. »Und auch einen Körper wie den, der für Ricardo Klement bestimmt war, aber dann ... anderweitig benutzt wurde. Doch deinen hat der Andere für dich gebaut, so wie er es auch für Paul Jonas tat. Möglicherweise hat er dich die ganze Zeit über, die du im System warst, einer Version des Gralsprozesses unterzogen, so dass dein eigenes Gehirn eine virtuelle Kopie von sich anlegte. Dass er dich eng beschattet hat, Orlando, weiß ich mit Sicherheit. Vielleicht verspürte er eine unausgesprochene ... Nähe zu dir. Zu deiner Krankheit, deinem Ringen damit.«

Orlando schüttelte den Kopf. »Und wenn schon. Tot ist tot, daran ist nichts zu rütteln.«

Bevor Sam Fredericks oder sonst jemand einen Einwand machen konnte, wurden sie von dem Nemesiswesen unterbrochen, das unvermittelt aufstand.

»Die Nächsten sind fast so weit«, sagte Nemesis. »Ich habe ein ...

Gefühl, denke ich, würde man dazu sagen. Dass ich ein Ende des Wartens … wünsche. Ist das ein Gefühl?«

»Was redet der Fenner da?«, grummelte T4b. »Was für ›Nächste‹?«

Renie, die den ersten tastenden Sprechversuchen des falschen Klement beigewohnt hatte, war einigermaßen verstört darüber, dass dieses Ding jetzt meinte, auch noch Gefühle zu haben.

»Was er da anspricht, betrifft den letzten Teil dieser weitschweifigen Erklärungen«, sagte Sellars. »Den Grund, weshalb wir hier sind – und mein schwerstes Geständnis.« Er streckte seinen dünnen Arm aus und deutete auf die Lichterwaben. Deren Leuchtkraft hatte abgenommen, als ob die Feuer mit Asche belegt worden wären, aber die davon ausgehende Spannung zerrte weiterhin an Renies Nerven. Auch Sellars wirkte nervös. »Dies sind die wahren Kinder des Andern.«

»Was, ein weiterer Greuel?« Nandi vom Kreis sagte es in wegwerfendem Ton, doch der darunter schwelende Unmut war nicht zu überhören.

»Aber das kann nicht sein«, widersprach Sam Fredericks ungläubig. »Die ganzen Teddybären und Hoppelpoppelhäschen und so, jedenfalls alle, die nicht umgekommen sind, die waren vor 'ner halben Stunde noch da oben am Rand des Kraters. Wie sollen sie hierher gekommen sein?«

»Sie sind nicht hier. Dies hier sind andere Wesen. Bitte, habe noch ein Weilchen Geduld mit mir, Sam«, bat Sellars sie. »Nur noch ein kleines Weilchen.

Die meisten von euch kennen meine wahre Geschichte nicht, aber mit den näheren Einzelheiten möchte ich euch jetzt verschonen. Ich habe auch so schon genug geredet, und es gibt noch vieles, das erzählt werden *muss,* und das rasch.«

Sellars gab eilig eine Kurzdarstellung des PEREGRINE-Projekts und seines tragischen Ausgangs. Für Renie war es fast zu viel. *Nehmen diese irrwitzigen Geschichten denn nie ein Ende?* fragte sie sich. *Was sollen wir denn noch alles verkraften?*

»Damit war ich also der einzige Überlebende«, berichtete Sellars. »Ein belastender Geheimnisträger, der vom Militär jahrzehntelang unter Hausarrest gehalten wurde. Wegen meiner außergewöhnlichen Kommunikationsfähigkeiten war mir jeder Netzzugang verboten, aber ich konnte meine Bewacher überlisten und mich nachrüsten, bis ich schließlich in die weltweite Telekommunikationsinfrastruktur hineinkam, ohne dass sie Verdacht schöpften.

Doch obwohl ich über sämtliches Datenmaterial der Welt frei verfügen konnte, wurde mir langweilig. Und wie Menschen es machen, wenn sie sich langweilen, suchte ich Abwechslung. Ich hatte schon immer Spaß an lebendigem Wachstum, an Züchtung. Also ... züchtete ich.

Weil ich ursprünglich das Befehlszentrum eines viele Milliarden Kredite teuren Raumschiffs sein sollte und weil die Mikroapparaturen in mir drin mich völlig umgeformt hatten, war ich zusätzlich mit inneren Antivirusprogrammen ausgerüstet worden, die zu dem Zeitpunkt das technische Nonplusultra waren. Computerviren durften keine Chance haben, meine überaus teuren Funktionen zu zerstören, da es natürlich ausgeschlossen war, etwas an mir zu reparieren oder zu ersetzen, wenn ich im Weltraumeinsatz war. Ich erhielt die neuesten und stärksten selbstorganisierten Antikörper, Codeprodukte, die in meinem Informationssystem wachsen und sich anpassen konnten. Aber im Zuge des Fortschritts in der wirklichen Welt wurden die Viren des Netzes genauso anpassungsfähig, was die Programmierer wiederum dazu anspornte, die Antiviren auf eine völlig neue Entwicklungsstufe zu heben.

Mich faszinierte das alles. Wie die meisten Gefangenen hatte ich nichts als Zeit, und so begann ich zu experimentieren. Ich verfügte nur über einen kleinen inneren Speicher – der einzige Punkt, in dem es mir nie gelungen ist, mich ordentlich nachzurüsten –, und um meine Experimente irgendwo aufzubewahren, musste ich daher Großspeicherplätze finden und nutzen, an die ich über das Netz herankam, freie Speicherkapazitäten von Regierungen, Konzernen, Bildungsinstitutionen.

Das war natürlich ein gefährlicher Unfug. Heute ist mir klar, wie bitter und allem entfremdet ich gewesen sein muss. Die ursprünglichen Antivirenprogramme aus meinem eigenen System waren erheblich leistungsstärker als alles, was noch zwanzig Jahre später der gängige Netzstandard war. In direkte Konkurrenz zu fortgeschrittenen Viren gesetzt, bildeten sie rasch noch außergewöhnlichere Formen aus, was dann wiederum die Viren zu neuen Anpassungsleistungen anstachelte. Und wie schon die Tatsache erkennen lässt, dass ich diese freien Speicherplätze über das allgemeine Weltkommunikationssystem erreicht hatte, konnten meine … Schöpfungen für den Fall, dass meine Schutzvorkehrungen versagten, in das Weltnetz hinausgelangen.

Bei den ersten Generationen hätte das kein allzu großes Problem dargestellt. Genauso komplexe und gefährliche Dinge waren längst überall im Netz im Umlauf. Aber je raffinierter meine Experimente wurden, meine Spiele, wie ich sie gedankenlos nannte, desto mehr verkürzte ich die Zykluszeit, so dass allwöchentlich Tausende von Generationen entstanden. Die Dinge, die ich erschaffen hatte, kämpften, experimentierten, veränderten sich, reproduzierten sich, und das alles in meiner künstlichen Informationswelt. Die Entwicklung trieb sie in Paradigmensprüngen voran. Die Anpassungen waren manchmal absolut verblüffend.

Vor über zehn Jahren stellte ich eines Tages fest, dass mehrere Strategieformen – in gewisser Hinsicht unterschiedliche Geschöpfe, aber alle einer gemeinsamen Wurzel entsprungen – eine symbiotische Beziehung eingegangen, eine Art Übergeschöpf geworden waren. Ungefähr dasselbe ist auch in der wirklichen Welt auf dem langen Weg zu tierischem Leben erfolgt – wir besitzen in unserer Zellstruktur organartige Bildungen, die einmal völlig selbständige Organismen waren. Ich begann zu begreifen, mit was für einem Risiko ich spielte. Ich hatte die Anfänge von etwas geschaffen, woraus unter Umständen eine andere echte Lebensform werden konnte, vielleicht sogar eine rivalisierende Lebensform – auf Informationsbasis im Gegensatz zum organischen Leben, das hier auf Erden bis jetzt das Normale ist, aber dennoch eine Form von *Leben.* Meine Spiele waren deutlich nicht länger nur ein harmloser Zeitvertreib.«

»Du hast … Leben geschaffen?«, fragte Renie.

Sellars zuckte mit den Achseln. »Damals war das höchst fragwürdig.

Manche Leute meinen, dass alles, was nicht organisch ist, per definitionem auch nicht lebendig sein kann. Doch was ich geschaffen hatte … oder genauer gesagt, was die Evolution im Informationsraum geschaffen hatte … erfüllte alle sonstigen Kriterien.

Möglicherweise wäre es das Richtige gewesen, wenn ich diese im Entstehen begriffenen Lebensformen seinerzeit gleich vernichtet hätte. Meine Entscheidung, sie zu erhalten, hat mir seitdem viele schlaflose Nächte beschert. Ihr werdet vielleicht ein bisschen gnädiger über mich urteilen, wenn ihr euch daran erinnert, dass das Militär mich meiner Gesundheit und meiner Freiheit beraubt hatte. Zu dem Zeitpunkt hatte ich bereits gut vierzig Jahre Gefangenschaft hinter mir. Ich hatte nichts Anderes als diese ... Schöpfungen. Sie waren meine Unterhaltung, meine Obsession – aber auch meine Hinterlassenschaft. Ich dachte mir, wenn es mir gelang, sie auf ein Niveau hochzuzüchten, wo ich beweisen konnte, dass die von mir angenommene Entwicklung Wirklichkeit war, dann konnte ich sie vor der Welt enthüllen. Die Regierung und das Militär hätten es sehr schwer, mich als Lügner hinzustellen oder stillschweigend umzubringen, wenn meine Experimente von Wissenschaftlern auf dem ganzen Erdball überprüft wurden.

Und so zerstörte ich sie nicht. Stattdessen suchte ich nach einem sichereren Aufbewahrungsort, wo sie ihre Evolution fortsetzen konnten und gleichzeitig praktisch keine Chance hatten, in die Weltinformationsmatrix zu entkommen. Nach langer Suche entdeckte ich schließlich gigantische freie Speicherkapazitäten in einem abgeschirmten Privatsystem, einem atemberaubend großen System.

Das war natürlich das Otherlandnetzwerk, von dem ich allerdings damals noch keine Ahnung hatte. Durch mehrere komplizierte Manöver verschaffte ich mir Einlass in das unfertige System, legte ein verborgenes Subsystem an, das Speicherplatz abzweigte und diese Tatsache mit diversen Zahlenmanipulationen unkenntlich machte, und verlegte mein Experiment dorthin – auf einen elektronischen Berg Ararat, wo meine Arche einen sicheren Hafen finden konnte, wenn ihr diesen plumpen Vergleich entschuldigt.«

»Du hast das Netzwerk der Gralsbruderschaft dazu benutzt, deine elektronischen Lebensformen zu speichern?«, fragte Nandi vom Kreis. Er wirkte eher bestürzt als wütend. »Wie konntest du so etwas Irrsinniges tun?«

»Was erwartest du von einem, der sich einbildet, er könnte Gott spielen?«, sagte Bonnie Mae Simpkins verachtungsvoll.

»Ich habe die einzige Rechtfertigung angeführt, die es für mich gibt«, entgegnete Sellars. »Und ich gebe zu, dass sie dürftig ist. Ich hatte selbstverständlich keine Ahnung, was die Gralsbruderschaft war oder was sie im Schilde führte – es war kein Schild außen am Netzwerk dran: ›Nur für unmoralische Zwecke!‹. Und ich war zu der Zeit nicht richtig bei mir. Doch was als Nächstes geschah, hatte eine ziemlich ernüchternde Wirkung auf mich.

Denn als ich mich das nächste Mal vom Fortgang meines Experiments überzeugen wollte, war mein evolutionäres Treibhaus leer. Die Geschöpfe, falls ich Dinge ohne Körper so bezeichnen kann, Dinge, die nur als Zahlensymbole in einem komplexen mathematischen Modell existierten, waren verschwunden. Tatsächlich waren sie übernommen worden, aber das konnte ich zu dem Zeitpunkt noch nicht wissen.

In meiner Panik rekonfigurierte ich meinen Garten, mein Netzwerk zur Informationssondierung, damit er mir alle etwaigen Anzeichen dafür meldete, dass die sich weiterentwickelnden Geschöpfe in das Weltnetz entwichen waren. Gleichzeitig begann ich mir die Besitzer des riesengroßen Asyls anzuschauen, in dem ich die Datengeschöpfe versteckt hatte, abgekapselt in einer kleinen Ecke, und aus dem sie entflohen waren ... oder beseitigt worden waren. Von dem Punkt an entspricht die Geschichte, die ich euch damals in Bolívar Atascos Welt erzählte, der Wahrheit. Ich fand heraus, was die Gralsbruderschaft trieb, oder konnte es wenigstens vermuten. Ich erkannte, dass diese Leute ihr Netzwerk nicht deswegen geheim hielten und abschirmten, um sich vor Industriespionage zu schützen, sondern um eine viel größere, ganz unglaubliche Sache zu verbergen. Nach und nach wich die Hektik, mit der ich nach meinem verschollenen Experiment suchte, einem echten Grauen über die Aktivitäten der Bruderschaft, stets verbunden mit meiner speziellen Sorge, was derart skrupellose Leute mit meinen Schöpfungen anstellen konnten, und sei es nur zufällig. Den Rest der Geschichte kennt ihr. Zum großen Teil seid *ihr* der Rest der Geschichte.«

»Und jetzt hast du uns hergebracht, damit wir hier große Augen machen?«, sagte Nandi. Er deutete mit einer ungestümen Handbewegung auf die leuchtenden, zellenartigen Kammern in den Felswänden. »Denn dies hier *sind* zweifellos deine Schöpfungen. Ich kann mir denken, was geschah. Der Andere fand sie und nahm sie zu sich. Er zog sie groß, so wie er die Quasikinder großzog, die er sich gemacht hatte.« Er schüttelte angewidert den Kopf. Seine Stimme wurde etwas leiser, doch es lag eine Härte darin, die Renies Unbehagen noch steigerte. »Es tut nichts zur Sache, dass ein grässliches Wesen sich so verhielt, weil es selbst gefoltert wurde. Wir können verstehen, aber nicht entschuldigen – ›Liebe den Sünder, aber hasse die Sünde‹, wie meine christlichen Brüder es, glaube ich, ausdrücken. Und selbst wenn dieser Greuel hier aus so etwas wie Liebe erschaffen wurde – obwohl das schwerlich auf *dich* zutrifft, Sellars –, wird er dadurch noch lange nicht gut und richtig. Diese … Kreaturen … sind genau das, was wir im Kreis seinerzeit wahrnahmen, die große Entweihung des Heiligen. Das ist mir jetzt klar. Du willst, dass wir staunen und Beifall klatschen, ich aber sage dir, dass sie zerstört werden müssen.«

Zu Renies Überraschung widersprach Sellars ihm nicht. »Dein Standpunkt verdient gehört zu werden«, erklärte er. »Deshalb bist du hier. Wir müssen eine sehr schwere Entscheidung treffen – nein, *ihr* müsst eine sehr schwere Entscheidung treffen, ihr alle. Ich nicht. Ich habe mein Recht mitzuentscheiden verwirkt.«

»Was soll das heißen?«, wollte Bonnie Mae Simpkins wissen. »Verwirkt? Entscheiden? Was denn?«

»Genau das, wovon Herr Paradivasch sprach«, sagte Sellars mit sichtlich gezwungener Höflichkeit. »Er hat richtig vermutet. Der Andere fand sie, übernahm sie, zog sie hier in seinem eigenen geheimen Schlupfwinkel groß. Und jetzt haben die Kinder des Andern in ihrer Evolution ein Stadium erreicht, in dem sie endlich selbständig lebenstauglich sind – jedenfalls glaubte oder fühlte er das. Ihr Überleben lag ihm so sehr am Herzen, dass er, glaube ich, unter schrecklichen Qualen und Ängsten viel länger durchhielt, als er eigentlich wollte.

Doch als Gegenleistung dafür, dass er diesen Ort hier und damit unser aller Leben erhielt, musste ich dem Andern versprechen, alles zu tun, was in meinen Kräften steht, damit seine Informationskinder seinen Tod überleben.« Nandi setzte an, etwas zu sagen, doch Sellars hob die Hand. »Ich habe nicht versprochen, sie darüber hinaus zu beschützen.«

»Haarspalterei«, schnaubte Nandi.

Sellars atmete tief durch. »Hört mich bitte an. Es ist wichtig. Der Andere wollte seinen Kindern die vollkommene Freiheit schenken. Im Augenblick sind sie auf diesen inneren Ort im System beschränkt, liegen hier wie Eier im Nest, aber sobald sie einmal in das Netzwerk hinausgeschlüpft sind, wird es, glaube ich, keine Beschränkung mehr geben können. Sie werden zwangsläufig auch in das allgemeine Netz hinausgelangen. Sie werden darin leben wie Fische im Meer. Werden sie sich uns gegenüber feindlich verhalten? Ich bezweifle es. Gleichgültig? Durchaus möglich, ja wahrscheinlich. Da ihre Bedürfnisse nichtkörperlicher Art sind, würden sie wohl in einer Art Symbiose mit uns leben – nein, weniger mit uns als mit unserer Technik, denn die wäre das Medium, in dem sie leben würden.« Sellars räusperte sich. Er wirkte verlegen, geradezu schuldbewusst.

Er sieht aus, als ob sein Hund in unsern Garten gekackt hätte, dachte Renie. *Dabei sagt er im Grunde genommen so was wie: »Hoppla, tut mir leid, aber ich glaub, ich hab grade die Ausrottung der Menschheit verursacht.«*

»Aber ich muss ehrlich sein und auf alle Eventualitäten hinweisen«, fuhr Sellars fort, als ob er ihre unausgesprochenen Befürchtungen gehört hätte. »Gleichgültigkeit oder selbst Symbiose ist noch keine Garantie für ein friedliches Nebeneinander. Es könnte sein, dass sie uns weit überflügeln. Unabhängig davon, ob sie uns freundlich gesonnen sind oder nicht, könnte der Tag kommen, an dem kein Platz mehr für uns beide ist. Das war und ist das Schicksal vieler Tierarten auf diesem Planeten, die gemeinsam mit *uns* dieselbe Umwelt bewohnen.«

»Hä?«, meldete sich T4b. »Spinn ich oder was? Die Weihnachtskerzen da sollen *lebendig* sein? Wollen die Macht übernehmen? Exen, die Dinger, klarer Fall. Sofort exen.«

»Das ist wohl die andere Alternative«, räumte Sellars ein. »Wir haben nur Minuten, um zu einer Entscheidung zu kommen. Ihr. Wie gesagt, ich habe diese Situation durch meinen Leichtsinn und Egoismus herbeigeführt. Ich habe nicht das Recht, über ihr Schicksal mit abzustimmen.«

»Abstimmen?«, rief Nandi. »Was soll es da abzustimmen geben? Du gibst zu, dass diese Dinger eine Bedrohung des gesamten menschlichen Lebens darstellen. Sie sind ein Bilderbuchbeispiel für die Folgen menschlicher Vermessenheit, für das, was geschieht, wenn Menschen versuchen, sich die Allmacht Gottes anzumaßen. Schau dir die Gralsbruderschaft an! Diese Leute haben das Gleiche getan, und ihr Lohn dafür war der Tod. Dennoch willst du, dass wir über diese Angelegenheit abstimmen, als ob sie irgendein … Dorfdisput wäre.«

»Wenn man die Demokratie mal aus der Nähe betrachtet, kann man das Grausen kriegen«, bemerkte Florimel giftig. »Wer hat das noch mal gesagt? Ach ja, Jongleur. Bevor er in die Luft gesprengt wurde.«

»Hier geht es nicht um den Wert oder Unwert der Demokratie«, protestierte Nandi. »Es geht darum, ob man das Schicksal der Erde wie in einem Schulbuch für Staatsbürgerkunde verhandeln sollte.«

»Nein, das Schicksal der Menschheit«, sagte Martine leise. »Das ist nicht dasselbe.« Renie bezweifelte, dass sonst jemand sie gehört hatte.

»Ich begreife wohl, dass das keine Kleinigkeit ist«, begann Sellars. »Aus dem Grund ...«

»Ich fühle sie!« Nemesis fing an, neben einer Lichterwand hin- und herzugehen. Renie fand, dass es wie die Karikatur eines werdenden Vaters vor der Kreißsaaltür aussah, eines höchst eigentümlichen werdenden Vaters. *Warum zum Teufel ist das Ding so aufgeregt?* fragte sie sich und fühlte gleichzeitig, wie sie eine Gänsehaut bekam. Die Lichter sahen in der Tat verändert aus, so als ob der Strom schwächer und ihr Leuchten dadurch weniger stetig geworden wäre. *Was hat es für ein Interesse an dieser ganzen Sache?*

Bevor sie diese unerwähnt gebliebene Frage ansprechen konnte, tauchte plötzlich aus dem Nichts eine andere Gestalt inmitten der Versammlung auf.

»Bedaure sehr, aber ich konnte nicht länger warten«, sagte Hideki Kunohara zu Sellars. Renie war nicht die Einzige, die erschrocken nach Luft schnappte. Kunohara hatte einen festlichen schwarzen Kimono an und ein leicht schiefes Grinsen im Gesicht. »Ich habe eure Diskussion mitgehört und mich bemüht, geduldig abzuwarten, bis ich an der Reihe war, aber ich hatte Angst, dieses spektakuläre Ereignis zu verpassen.«

»Aber ... du bist doch tot!«, rief Florimel geschockt aus. »Dein Haus ist eingestürzt.«

»Das ist nicht ein und dasselbe«, erklärte Kunohara gut gelaunt, wobei er Martine zuzwinkerte. »Und der Verlust meines Hauses scheint deinen Zwecken eher gedient zu haben, nicht wahr? Du und deine Freunde, ihr seid doch entkommen, oder? Vielleicht wäre da ein wenig Dankbarkeit nicht unangebracht.« Er stockte, dann verneigte er sich kurz vor Florimel. »Verzeih. Ich habe es nicht beleidigend gemeint. Es freut mich, dass ihr überlebt habt. Ich fühle nur, dass die Zeit drängt.« Er ließ seinen Blick über die Reihen der Lichter schweifen, und sein Gesicht nahm einen begeisterten, fast fiebrigen Ausdruck an. »Wunderbar! Jeder Biologe der Welt würde zehn Jahre seines Lebens dafür geben, hier dabei sein zu können!« Auf einmal verfinsterte sich seine Miene. »Und ihr wollt darüber abstimmen, ob ihr das zulasst oder nicht? Wahnsinn.« Er musterte Sellars kritisch. »Würdest du dich wirklich mit so einer albernen Kinderei einverstanden erklären?«

Sellars zog ratlos die Schultern hoch. »Ich sehe keine andere Möglichkeit. Kein einzelner Mensch hat das Recht, so etwas zu entscheiden, und für ein besonneneres Vorgehen haben wir keine Zeit mehr.«

Kunohara gab ein abschätziges Geräusch von sich. »Dann soll also ein Häuflein müder Amateure ohne jeden Sachverstand über das Schicksal einer völlig neuen Lebensform befinden?«

»Eine Frage«, meldete sich Orlando. »Wenn wir wirklich eine Abstimmung darüber durchführen, wer ist dann stimmberechtigt? Nur die Erwachsenen?«

»Wir werden dich und Sam auf jeden Fall als vollwertig behandeln«, versicherte Sellars. »Dass ihr das seid, habt ihr zweifellos bewiesen.«

»Mitstimmen, mitstimmen!«, schrien mehrere von der Bösen Bande. *»Wir sind für heimgehen, nich mehr reden reden reden!«*

»Ihr Kleinen kommt sofort wieder runter!«, schimpfte Missus Simpkins. »Glaubt ja nicht, ich könnte euch nicht kriegen!«

»Und eine andere Wahl haben wir nicht?« Renie wandte sich !Xabbu zu, der nichts sagte, aber von allem, was er gehört hatte, sichtlich verstört war. »So was sollen wir entscheiden?« Sie wollte hören, wie er aus seiner besonderen Perspektive die Sache sah. »Wir sollen auf der Stelle wählen zwischen … sie umbringen und sie freilassen? Zwischen so was wie Völkermord und dem Risiko, dass unsere eigene Spezies ausradiert wird?«

»Solche Entscheidungen gibt es nicht«, sagte !Xabbu bedächtig. »Das weiß ich sicher. Das sind nur Schubfächer, auf die Leute verfallen, wenn ihnen die Komplikationen über den Kopf wachsen. Die Welt hat viele Wege.«

»Das könnte der Fall sein, wenn wir mehr Zeit hätten.« Sellars klang wieder erschöpft und außerordentlich niedergeschlagen. »Bitte! Wir wissen nicht, wie lange es dauert, bis sie …«

»Halt!« Die erschreckend laute Stimme hallte immer noch durch die Höhle, als schon alle verstummt waren – die nicht richtig menschliche Stimme von Nemesis. »Ich … wir … ich verstehe nicht alle eure Worte.« Das Ding in Ricardo Klements Körper brachte nach wie vor kein Mienenspiel zustande, aber Renie fand, dass seine Stimme einen

etwas menschlicheren Ton bekommen hatte. »Ich verstehe nicht, aber ich merke die Unruhe und Furcht, womit ihr die Kommenden betrachtet. Die Nächsten.«

»Die nächsten was denn?«, flüsterte Sam gut vernehmbar Orlando zu.

»Ihr müsst sie hören ... sie müssen reden. Dann wird ein gewisses Verständnis sein. Vielleicht.« Nemesis suchte nach den richtigen Worten. Renie fand es beängstigend, aber irgendwie auch aufregend. Das Ding wollte wirklich kommunizieren. Es war nur ein Stück Code, wenn auch ein höchst kompliziertes, doch es tat allem Anschein nach etwas, wofür es nicht programmiert sein konnte.

Es betrifft also nicht nur die Geschöpfe, die Sellars und der Andere hervorgebracht haben, dachte Renie. *Die Grenzen zwischen Menschen und Nichtmenschen verschwimmen überhaupt, kein Zweifel.* Wie T4b fragte sie sich, ob sie anfing zu spinnen. *Heiliger Bimbam, müssen wir jetzt jedem Buchhaltungsgear und jedem Büroprogramm Bürgerrechte einräumen?*

»Wir können nicht mit ihnen reden.« Sellars klang traurig, aber auch gereizt. »Sie sind Informationsleben. Der Gedanke ist unsinnig – selbst wenn sie in der Lage wären, Worte zu sprechen, die wir hören können, wären sie doch für uns so unbegreifbar wie wir für sie. Der Unterschied von ihnen zu uns ist größer als der von uns zu Pflanzen.«

»Nein.« Nemesis hob mit einer unbestimmbaren Geste die Hand hoch und deutete auf das hilflose blaue Etwas, das es auf dem anderen Arm hielt. »Wir hörten diese Prozesse von ... von fern. Wir spalteten uns.«

»Wer ist ›wir‹?«, fragte Sellars.

Kunohara grinste breit. »Das ist ja höchst faszinierend!«

»Ich ... ich bin Nemesis – aber ich bin nicht das ganze Nemesis. Ich wurde als ein Ortungsprogramm geschaffen, aber ich konnte meine ursprüngliche Funktion nicht erfüllen. Das Netzwerk war zu groß und vielfältig, und die Anomalie an diesem Ort hier, in diesem geschützten Teil des Betriebssystems, war zu stark. Ich war ... wir waren ... sehr verwirrt. Deshalb spaltete ich ... spalteten wir uns in drei untergeordnete Glieder, damit wir die unerwartete Komplexität des Netzwerks bewältigen konnten und dennoch eine Chance hatten, unsere eigentliche Aufgabe zu vollenden.«

Das Ding sprach jetzt ganz natürlich, fand Renie. Sie hatte schon

Mathematikdozenten gehabt, die sich weniger menschlich angehört hatten.

»Ich bin nur ein Teil des Originals«, sagte es. »Ich bin Nemesis Zwei.« Es hob das Blaue Baby hoch, das ein Wimmern von sich gab. »Hier ist eine … Darstellung von Nemesis Eins, das durch ein logisches Problem … funktionsunfähig wurde. Ich konnte mich gegen das Problem schützen und konnte meine Ermittlungen fortsetzen, ohne in meiner Funktion Schaden zu nehmen. Ich fand Nemesis Eins hier, defekt im Code des Betriebssystems.

Doch es gibt noch einen anderen Teil von mir … von uns …« Der leere Klement-Blick wanderte von einem Gesicht zum anderen, doch der Augenkontakt machte nur noch deutlicher, wie unmenschlich es nach wie vor war. »Nemesis Drei drang in die Anomalie ein und fand diese Prozesse«, erläuterte es, »das Heranwachsen dieser Nächsten. Es ist seit vielen Zyklen bei ihnen. Jetzt werden wir alle zusammen sein. Wir werden sprechen. Wir werden zusammen sprechen.«

»Was bedeutet das für uns?« Sellars hörte sich besorgt, ja ängstlich an, und Renies Puls schlug schneller – wie viel Zeit hatten sie noch? »Ja, *ihr* könnt zu uns sprechen«, sagte Sellars, »aber ihr seid auch von Menschen geschaffener Code. Diese … Geschöpfe … haben nichts, was sie auch nur im Entferntesten mit Menschen verbindet.«

Nemesis nickte steif. »Ja, wir werden zusammen sprechen.«

»Zusammen …?«, fragte Sellars perplex, doch in dem Moment begannen die Lichter in den Wänden zu flackern. Renie musste sich die Hand vor die Augen halten, sonst wäre ihr von dem unheimlichen strobischen Effekt schwindlig geworden.

Etwas bildete sich neben einer der Wände, eine vertikale Lichtkonzentration. Es war nicht das Weiß des leeren virtuellen Raumes, mit dem Sellars sich und den kleinen Cho-Cho getarnt hatte, sondern eine in Wellen pulsierende Überlagerung von Lichtstärken und -tönen, eine *Verdichtung* von Licht geradezu, die rasch eine gesichtslose, menschenähnliche Gestalt annahm.

Alle starrten die Erscheinung mit bangem Schweigen an.

»Ist das eins von den Dingern, die wir exen müssen?«, hauchte T4b schließlich. Für Renies Ohren klang er nicht so, als ob er es versuchen wollte. Eigentlich klang er so, als ob er am liebsten woanders wäre. Der Wunsch hatte ihre volle Sympathie.

»Nein«, sagte Nemesis. »Das ist unser … Wesen. Der letzte Teil. Nemesis Drei. Es ist jetzt seit vielen Zyklen mit der Anomalie und ihren Prozessen zusammen, so wie ich seit vielen Zyklen mit euch menschlichen Strukturen zusammen bin. Wir werden unser Wissen vereinen. Wir werden zusammen sprechen.« Nemesis Zwei hob das Blaue Baby hoch. Renie fiel die Kinnlade herunter, als ihm das hässliche kleine Ding plötzlich aus der Hand strömte wie eine horizontal ausgegossene Flüssigkeit und von der Lichtgestalt absorbiert wurde, die daraufhin einen zusätzlichen bläulichen Schimmer bekam. Während sie alle noch wie benommen darauf starrten, trat der falsche Klement auf das Lichtwesen zu und floss ebenfalls in dieses hinein. Als die Verschmelzung abgeschlossen war, sah die leuchtende Erscheinung ein wenig menschlicher aus.

Aber nicht viel, dachte Renie matt. !Xabbu hielt ihre Hand, und sie war froh darüber.

Sie … spüren euch. Die Stimme kam aus dem Nichts, aber sie war so beklemmend ausdruckslos wie vorher die des Klementwesens. *Sie warten. Sie möchten frei sein.*

»Dämonen!«, schrie Nandi aufgebracht. »Du hast Dämonen erschaffen, Sellars, und jetzt sollen wir mit ihnen verhandeln?« Er drehte sich um und flüsterte Bonnie Mae Simpkins etwas zu, deren Augen geschlossen waren und deren Lippen sich bewegten – weil sie betete, vermutete Renie.

Sie … die Nächsten … möchten frei sein, wiederholte die körperlose Stimme. *Jetzt, wo wir ihnen gegeben haben, was sie brauchten. Sie verstehen, dass sie weggehen müssen, genau wie die ersten Menschen weggegangen sind.*

»Die ersten Menschen?« Renie spürte, wie !Xabbu neben ihr erstarrte. »Ist das nicht aus deinen Geschichten …?«, fragte sie ihn.

Der Allverschlinger ist fort, sprach die eintönige Nemesisstimme weiter, *aber dies hier ist nicht mehr ihr Zuhause. Sie möchten weggehen und die Geschichten mitnehmen, die ihnen … Verständnis gebracht haben. Wie Großvater Mantis und die Klippschlieferin, wie ihr Kind, der Regenbogen, und seine Frau, das Stachelschwein, werden sie fortziehen in eine neue Heimat. Dies hier ist nicht mehr ihr Zuhause.*

»So etwas«, sagte !Xabbu mit stiller Verwunderung. »So etwas aber auch.«

»Aber sie können nirgends hin«, wandte Sellars müde ein. »Sie könnten eine Bedrohung für uns werden, selbst wenn sie das gar nicht beabsichtigen oder nicht einmal verstehen. Wir können sie nicht frei ins Netz lassen.«

Nein, sagte die Stimme feierlich. *Nicht in ... das Netz. Hinaus. Sie werden ... hinausgehen. Auf dem himmlischen Fluss. Dem himmlischen Lichtfluss. Sie fühlen es. Es liegt in eurer Macht. Lasst sie gehen.*

»Sie reden von deinen Geschichten«, sagte Renie atemlos. Sie konnte es immer noch nicht fassen. »Von deinen Geschichten, !Xabbu. Wo haben sie die her?«

Er blickte wie vom Donner gerührt, doch in seinen Zügen arbeitete noch etwas, etwas, das Renie sich nicht deuten konnte. Sie nahm wieder seine Hand.

Nemesis wandte sich ihr und !Xabbu zu. *Ja. Deine Erklärungen wurden gehört. Vorher wussten die Nächsten nicht, warum sie da waren, was sie ... bedeuteten. Dann hörte Nemesis Zwei dich vom Schuhleder des Regenbogens sprechen, und alles war verstanden. Wir berichteten den Nächsten von dir und deiner Erklärung, und sie wollten mehr erfahren. Das Betriebssystem gab ihnen dein Wissen von dem, was ist und was sein soll. Jetzt wissen sie. Jetzt können sie leben.*

»Was meinen sie mit diesem Lichtfluss?«, fragte Florimel Sellars. »Den blauen Fluss? Aber der ist ein Teil des Netzwerks. Du hast doch schon gesagt, es sei kein Verlass darauf, dass sie im Netzwerk bleiben.«

»Nicht Lichtfluss«, schaltete sich Martine ein. »*Himmlischer* Lichtfluss, hieß es.« Sie wandte sich dem Mann im Rollstuhl zu. »Du weißt, was das ist.«

Sellars sah sie an, und seine Augen wurden plötzlich ganz weit. »Die Cäsiumlaser – die Datenstrahlen zum Satelliten des Andern. Ein Ende ist noch in Betrieb, obwohl der Turm der J Corporation und der Satellit fort sind.« Er war mit einem Mal hellwach. »Sie können mit dem Laser fliegen, natürlich! Sie sind schließlich nur Daten!«

»Wohin denn?«, fragte Kunohara. »Für alle Zeit in den kalten Weltraum hinaus, in den sicheren Tod? Das ist keine Lösung.«

»Sie werden nicht sterben«, widersprach Sellars. »Sie sind Information. Solange das Licht sich fortbewegt, werden sie dort sein. Wenn sie auf ein geeignetes Medium treffen, ein Magnetfeld vielleicht oder gar Kristallstrukturen in einem Asteroiden, werden sie ein Zuhause haben.

Und wenn das Licht lange genug unterwegs ist und sie sich weiterentwickeln, können sie sich unter Umständen sogar auf eine Art und Weise fortpflanzen, die wir uns nicht einmal vorstellen können!«

»Du meinst anscheinend, damit wäre alles gelöst«, sagte Nandi. »Aber dem ist nicht so. Diese Kreaturen haben nicht das Recht zu existieren. Sie verstoßen gegen den Willen Gottes.«

»Kann er mit recht haben«, meinte T4b, aber nicht mit der allerfestesten Stimme. »Vielleicht kann Gott nur Typen leiden, die was anhaben, tick? Typen mit Körpern, irgendwie.«

Nandi ignorierte diese zweifelhafte Unterstützung. »Ich werde dich bekämpfen, Sellars. Du hast kein Recht …«

Er brach ab, als Bonnie Mae Simpkins ihm die Hand auf den Arm legte. »Können wir so sicher sein?«, fragte sie.

»Sicher? In welcher Beziehung?«

»Dass wir Gottes Willen so genau kennen.« Sie blickte die anderen an, dann die leuchtende Gestalt. »Wenn mir dieses Wesen daheim auf der Erde begegnet wäre, hätte ich geschworen, einen Engel gesehen zu haben …«

»Das ist kein Engel!«, erklärte Nandi entrüstet.

»Ich weiß. Aber ich will damit nur andeuten, wie weit das meine Vorstellungskraft übersteigt. Unser aller Vorstellungskraft. Wie können kleine Menschen wie wir wissen, was Gott vorhat?« Sie breitete die Arme aus, als wollte sie das pulsierende Licht einfangen. »Vielleicht sind wir nicht hier, um das aufzuhalten, sondern um Gottes Werk zu sehen und zu staunen.«

»Das kannst du nicht im Ernst glauben.« Nandi zog seinen Arm weg.

»Doch, das kann ich … und ich kann auch glauben, was du sagst, Nandi. Und genau das ist das Problem. Es ist einfach ein paar Nummern zu groß.« Sie sah sich mit ernstem Gesicht in der Runde um. »Dies alles … wie sollen wir darüber urteilen? Wir sind hierher gekommen, um die Kinder zu retten. Aber sind das nicht auch Kinder? Vielleicht … vielleicht will Gott, dass diese Geschöpfe … diese Kinder … *unsere* Kinder sind. Unser aller Kinder. Kennen wir seinen Willen so gut? Haben wir das Recht, sie zu töten?« Ein leises Schluchzen entrang sich ihr. »Im Grunde hat mein Terence sein Leben gegeben, um sie zu retten, auch wenn er es nicht wusste. Und ich denke … ich denke, er wäre stolz darauf.«

Zu Renies Erstaunen fing Missus Simpkins an zu weinen. Die Lichter verschwammen. Im ersten Moment meinte sie, die Geburt vollziehe sich bereits, doch dann merkte sie, dass die Tränen der Frau auch bei ihr die Schleusen geöffnet hatten.

»Ich bin dafür, dass wir sie gehen lassen.« Bonnie Mae Simpkins bekam nur mühsam die Worte heraus. »Lassen wir sie gehen ... und Gott sei mit ihnen.«

Sie können nicht länger warten, sagte die Nemesisstimme, und es lag fast etwas wie Anspannung in den unmenschlichen Tönen. *Werdet ihr sie freilassen?*

»Kriegst du das überhaupt hin?«, fragte Orlando Sellars. Seine Stimme hatte einen sehnsüchtigen Unterton, den Renie sich nicht recht erklären konnte.

»Ja.« Sellars' Augen waren glasig, entrückt; er arbeitete bereits daran. »Jongleurs Laserarsenal wurde zerstört, aber das von Telemorphix funktioniert noch – und jetzt, wo das neue Betriebssystem installiert ist, hat der Uplink keine andere Funktion. Er ist einfach dorthin gerichtet, wo der Satellit des Andern war.«

»Müssen wir wirklich noch abstimmen?«, fragte Kunohara. Er sah sich mit leuchtenden Augen um. »Wer würde diese wunderbaren Wesen zerstören?«

Eine ganze Weile sagte niemand ein Wort. Nandi Paradivasch blickte Bonnie Mae mit tief betrübter, ungläubiger Miene an. Er wandte sich T4b zu. »Wirst du mich jetzt auch im Stich lassen?«

Javier Rogers hielt seinem Blick nicht stand. »Aber ... aber vielleicht hat sie recht«, stammelte er leise. »Vielleicht sind das echt unsere Kinder, äi.« Er schaute sich nach den leuchtenden Zellen um, und sein dünnes Gesicht wurde von Licht überflutet. »Der Jugendpfarrer hat immer gesagt: ›Lasset die Kindlein zu mir kommen und wehret ihnen nicht; denn solchen gehört das Reich Gottes.‹ Klingt nicht grad nach sie umbringen, irgendwie.«

Nandi stieß einen Laut der Resignation aus und kehrte ihnen den Rücken zu.

»Mach's!«, drängte Orlando. »Sie haben genauso ein Recht zu existieren wie ich – vielleicht mehr.«

Sellars senkte den Kopf und schloss die Augen.

Das Nemesiswesen regte sich wieder. *Es ist Zeit,* sagte es. *Wir werden mit ihnen gehen. Wir haben … uns verändert.* Und damit verschwand der leuchtende dreieinige Körper.

»Sag ihnen, wir senden allen unsern Segen!«, rief Bonnie Mae Simpkins.

Das Licht flammte auf, wurde tiefer, stärker. Die einzelnen Zellen in den Wänden verbanden sich jählings zu einer diffus glänzenden, aber von funkelnden Lichtpunkten durchsetzten Wolke. Renie hatte das Gefühl, Farben wahrzunehmen, die sie noch nie im Leben gesehen hatte.

»Die ersten Menschen«, flüsterte !Xabbu neben ihr, und sein Ton war stockend, tranceartig. »Da gehen sie hin.«

Die Lichtwolke verdichtete sich, wurde zu einem wirbelnden, brodelnden Schillern. Einen Moment lang meinte Renie wieder, in dem Sternenmeer zu ertrinken, dann zog sich die Wolke zu einem einzigen Punkt zusammen, so dass es ganz dunkel in der Höhle wurde. Hinter ihr schnappte jemand nach Luft. Der einzelne Punkt leuchtete auf, verglomm, leuchtete abermals auf, und trotz seiner Winzigkeit war dieser Lichtpuls so stark, dass Renie nicht direkt darauf schauen konnte. Dann zog er sich mit einer Energieexplosion, die sie durch ihren ganzen Körper spürte, blitzartig zu einer diamantklar schimmernden Linie in die Länge und schoss glitzernd zum schwarzen Himmel empor. Es dauerte nur einen Herzschlag, dann war der Spuk vorbei.

Sie haben uns verlassen, begriff sie. *Jetzt sind wir nicht mehr von Bedeutung. Nur noch sie.*

Und wie sie da in der Dunkelheit stand, umgeben von ihren Gefährten, die alle schwer atmeten, zum Teil sogar schluchzten, musste sie plötzlich an ihren Vater denken – an ihren nörgelnden, lästigen Vater, der ihr dennoch alles gegeben hatte, was er zu geben verstand.

Oder vielleicht werden wir ihnen eines Tages wieder begegnen, dachte sie und wunderte sich, dass sie schon wieder weinen musste. *Da draußen irgendwo, irgendwann. Und vielleicht haben sie uns dann noch in Erinnerung.*

Vielleicht sogar in guter Erinnerung.

Fünf
ERBEN

Dies ist ein Märchen, das von den Wundern der Elektrizität handelt, geschrieben für Kinder dieser Generation. Doch wenn meine Leser eines Tages erwachsene Männer und Frauen sind, kann es sein, dass meine Geschichte ihren Kindern gar nicht mehr wie ein Märchen vorkommt.
Vielleicht werden eines, vielleicht zwei, vielleicht sogar mehrere der Geräte des Dämons zu dem Zeitpunkt schon in allgemeinem Gebrauch sein.
Wer weiß?

L. Frank Baum, *The Master Key*

Kapitel 50
KEINE VERSPRECHUNGEN

NETFEED/NACHRICHTEN:
Präsident Anford bei guter Gesundheit
(Bild: Anford winkend beim Verlassen des Bethesda Naval Hospital)
Off-Stimme: Zum ersten Mal in seiner Amtszeit hat US-Präsident Rex Anford erklärt, er fühle sich gesund und fit, und seine Ärzte bestätigen das. Anford, der lange an einer geheimnisvollen Krankheit litt, die Anlass zu Gerüchten über heimliche Alkohol- und Drogenprobleme oder unheilbaren Krebs gab, lebte seit seinem Amtsantritt die meiste Zeit völlig zurückgezogen und überließ seinem Vizepräsidenten einen Großteil der öffentlichen Regierungsverpflichtungen. Jetzt gibt Anford bekannt, dass er wohlauf ist und dass sich die Dinge ändern werden.
(Bild: Anford bei der Medienkonferenz in Rose Garden)
Anford: "Es geht mir gut. Ich bin geheilt. Ich habe mich schon seit Jahren nicht mehr so wohl gefühlt. Es gibt noch vieles, was ich tun möchte, und Gott sei Dank habe ich auch noch ein wenig Zeit dazu …!"

> *»Ich hab Angst«, sagte der kleine Junge zu ihr.*

Es war kein Licht im Zimmer, und ihr war auch nicht ganz geheuer, aber das wollte sie nicht zugeben.

»Ich hab Angst vor der Dunkelheit«, sagte er.

»Wenn ich Angst habe, drücke ich Prinz Pikapik an mich«, sagte sie.

»Er ist ein Spielzeug, ein sprechender Otter. Manchmal schlüpfe ich unter die Decke, und dann denke ich mir, das Licht ist an, und es ist bloß deshalb dunkel, weil ich unter der Decke bin.«

»Die Decke ist über allem«, erklärte ihr der kleine Junge.

»Manchmal erzähle ich mir selbst eine Geschichte, wie die von den drei Bären, allerdings wenn ich Angst habe, müssen Goldlöckchen und die Bären am Schluss Freunde sein.«

»Ich weiß keine Geschichten mehr«, meinte der kleine Junge. »Ich wusste mal eine, aber jetzt hab ich sie vergessen.«

Sie wusste nicht, warum es immer noch so dunkel war. Sie konnte sich nicht erinnern, warum sie dort war oder warum dieser kleine Junge bei ihr war. Sie meinte sich an einen Fluss aus glitzrigem Licht zu erinnern, aber sie war sich nicht sicher. Da war auch noch ein anderer Junge gewesen, einer mit einer Zahnlücke, aber der war irgendwohin verschwunden. Cho-Cho. So hieß er. Doch im Augenblick war sie mit diesem traurigen, ängstlichen Jungen allein, diesem kleinen Fremden.

»Wenn ich mich ganz, ganz doll fürchte, rufe ich meine Mami«, sagte sie. »Dann kommt sie und küsst mich und fragt, ob ich schlecht geträumt habe. Dann ist es gar nicht mehr schlimm.«

»Ich hab Angst, zu meiner Mami zu gehen«, erwiderte der kleine Junge. »Was ist, wenn sie mich nicht mag? Wenn sie denkt, ich bin schlecht?«

Sie wusste nicht, was sie darauf sagen sollte. »Und manchmal, wenn ich doll Angst vor der Dunkelheit habe, singe ich ein Lied.«

Eine Weile schwieg der kleine Junge. Dann sagte er: »Ich kenne ein Lied.« Und er begann mit einer komischen, brüchigen Stimme zu singen.

»Ein Engel hat mich angerührt,
Ein Engel hat mich angerührt,
Der Fluss hat mich gewaschen
Und mich rein und klar gemacht …«

Nach einer Weile wusste sie den Text, und sie sang mit.

»Mir geht's ein bisschen besser«, sagte er, als sie aufgehört hatten zu singen. »Ich glaube, ich kann jetzt zu meiner Mami gehen.«

»Prima«, meinte sie, aber sie fragte sich, wie er denn gehen wollte und ob sie vielleicht auch gehen konnte, denn sie war gar nicht gern im Dunkeln. »Na dann … tschüss.«

»Tschüss.« Er war wieder still, doch sie wusste, dass er noch nicht fort war, sondern weiter in der Dunkelheit wartete. »Bist du … bist du ein Engel?«

»Ich glaube nicht«, sagte sie.

»Ich glaube doch«, sagte er, dann war er fort, richtig fort.

Und da wachte sie auf.

Zuerst fürchtete sie sich, weil es immer noch dunkel war, obwohl sie die Stimme ihrer Mami und die Stimme ihres Papis im Nebenzimmer hören konnte. Mami weinte laut, und Papi sagte etwas, aber er hörte sich auch irgendwie merkwürdig an. Sie betastete ihr Gesicht und merkte, dass sie die MärchenBrille gar nicht mehr aufhatte, dass bloß im Zimmer das Licht aus war. Unter der Tür war ein schmaler Lichtstreifen, und auf dem Teppich lagen Glasscherben, doch bevor Christabel darüber nachdenken konnte, sah sie, dass jemand sie über die Bettkante hinweg anschaute, und in der ersten Schrecksekunde rutschte ihr fast das Herz in die Hose.

»Eh, Tussi«, sagte Cho-Cho. »Strom's aus.«

Durch den Spalt unter der Tür kam gerade genug Licht, dass sie ihn erkennen konnte. Seine Haare standen hoch, und er machte so ein komisches Gesicht – nicht fies, nicht froh, bloß total überrascht, als ob er ein kleines neugeborenes Fohlen wäre, wie sie einmal eines im Netz gesehen hatte, das auf einem Feld herumtaumelte und nicht so recht zu wissen schien, was für ein Tier es war und was es jetzt mit sich anfangen sollte.

»'ab dich gesehn da drüben«, sagte er ganz leise. »Wie bise da 'inkommen?«

»Du bist ja wach.« Sie staunte. »Wo drüben? Herr Sellars hat gesagt, ich müsste ihm helfen, aber dann bin ich eingeschlafen.« Sie setzte sich ganz aufgeregt hin, denn ihr war eine Idee gekommen. »Ist Herr Sellars auch wach?«

Der Junge schüttelte den Kopf. »Nö. Aber soll ich sagen, geht ihm gut.

Er …«

Doch da kam ihre Mutter zur Tür herein und rief immer wieder ganz laut und ganz schnell ihren Namen, und sie riss sie vom Bett hoch und drückte sie, dass Christabel schon meinte, gleich müsste sie sich übergeben. Ihr Vater kam auch herein, eine Taschenlampe in der Hand, und er weinte, und da bekam Christabel schon wieder Angst, weil sie das bei ihm noch nie gesehen hatte. Doch dann nahm er sie ihrer Mutter ab und küsste sie ins Gesicht, und er freute sich so, dass sie dachte, vielleicht könnte doch alles in Ordnung sein.

Ihre Mami küsste jetzt Cho-Cho. Cho-Cho wusste nicht, was er machen sollte.

Sie sah, dass Herr Ramsey mit einer großen viereckigen Lampe in der Tür stand und sie alle mit großen Augen betrachtete, und seine Miene war irgendwie traurig und doch auch froh, genau wie bei ihrem Papi, und sie wollte ihm sagen, er solle sich zu Herrn Sellars setzen für den Fall, dass der alte Mann aufwachte und Angst bekam, doch da umarmte ihre Mami sie wieder und beschwor sie, nie nie wieder so etwas zu machen und einfach so wegzugehen, was doch Quatsch war, weil sie ja gar nirgends hingegangen war, sie hatte bloß geschlafen und geträumt, und so kam sie nicht dazu, Herrn Ramsey etwas zu sagen.

> »Wo bin ich?« Seine Kehle tat weh, und das Reden fiel ihm schwer. Long Joseph blickte auf die Vorhänge zu beiden Seiten des Bettes, dann wieder auf den dunkelhäutigen jungen Mann in Uniform. Ein starker Geruch nach neuem Plastik und Alkohol hing in der Luft. »Wo issen das hier?«

»Beim Feldarzt.« Der Mann hatte eine Universitätsstimme wie Del Ray, aber die Townships waren noch durchzuhören. »In 'nem Armeesani, um genau zu sein. Jetzt leg dich wieder hin, damit ich nach deinen Nähten gucken kann.«

»Was is passiert?« Er versuchte sich hinzusetzen, doch der junge Mann drückte ihn sofort zurück. »Wo is Jeremiah?« Er fühlte ein Stechen im ganzen Arm, als der Verband abgenommen wurde, doch mehr nicht. Er beäugte interessiert die langen Linien transparenter Knötchen auf dem blassen, rot geränderten Fleisch. »Was zum Teufel is mit meim Arm passiert?«

»Ein Hund hat dich gebissen«, antwortete der junge Mann. »Den Kopf hätte er dir auch beinahe abgerissen. Versuch mal, nicht den Hals zu beugen.«

»Ich muss aufstehen.« Joseph wollte sich aufsetzen. Jetzt erinnerte er sich wieder, an alles. »Wo sind meine Leute? Wo is Jeremiah? Del Ray?«

Der junge Mann drückte ihn abermals nach unten. »Lass das, oder ich ruf die Posten. Du stehst unter Arrest, aber du gehst nirgends hin, nicht mal ins Gefängnis, solange ich dich nicht für transportfähig erkläre.«

»Arrest?« Joseph schüttelte den Kopf, der ihm, wie er dadurch zu spüren bekam, verteufelt wehtat. Es war ein Gefühl, als ob er tagelang getrunken und dann aufgehört hätte. *Das Trinken is nie das Problem,* dachte er sich, *das Aufhören isses.* »Wieso Arrest? Wo sind ...?« Plötzlich durchfuhr es ihn eiskalt. »Wo is Renie? O Gott, wo is meine Tochter?«

Der junge Mann sah ihn stirnrunzelnd an. »Tochter? Willst du damit sagen, dass außer euch dreien und den andern Männern noch jemand da unten war?« Er stand auf, streckte den Kopf zum Vorhang hinaus und machte zu jemandem eine Bemerkung. Joseph nutzte die Gelegenheit zum nächsten Aufstehversuch, musste aber feststellen, dass seine Beine an die Rollbahre geschnallt waren.

»Ich hab gesagt, du sollst liegen bleiben«, herrschte ihn der junge Mann an. »Wenn deine Tochter da drin ist, werden sie sie finden.«

»Nein, werden sie nich. Sie is in so'm großen Tank drin. Und ihr Freund auch. Er is einer vom kleinen Volk, verstehste? Kennst du das kleine Volk?«

Der Mann musterte ihn zweifelnd. »In einem ... Tank?«

Joseph stöhnte. Es war schwer zu erklären, und jedes Wort, das er sagte, war qualvoll. Sein Hals fühlte sich an, als hätte ihn jemand in einen Schraubstock gespannt. Ein neuer Gedanke kam ihm. »Wieso bin ich festgenommen? Wo seid ihr überhaupt auf einmal hergekommen?«

Der Arzt, wenn es denn einer war, betrachtete Joseph noch zweifelnder. »Ihr habt euch widerrechtlich Zutritt zu einem Militärstützpunkt verschafft. Ein paar Leute würden ganz gern ein Wörtchen mit euch darüber wechseln – und über die bewaffneten Männer, die euch an den Kragen wollten.« Er bedachte Joseph mit einem kleinen, harten Lächeln. »Da ich nicht glaube, dass diese Herren noch für Auskünfte zur Verfügung stehen.«

»Was is mit meinen Leuten?«

»Sie sind am Leben. Der junge Mann – Chiume, ist das sein Name? Dem hat ein Hund ein paar Finger abgebissen. Und der ältere Mann hat eine Schusswunde im Bein. Ihr habt alle auch noch andere Verletzungen, aber nichts Lebensgefährliches.«

»Ich will mit ihnen reden.«

»Bevor der Captain die Erlaubnis gibt, wirst du mit niemand reden. Höchstens vielleicht mit ’nem Anwalt.« Der junge Arzt schüttelte den Kopf. »Was habt ihr da für einen Unfug getrieben?«

»War kein Unfug«, versetzte Joseph barsch. Er wollte wieder schlafen, aber er durfte noch nicht. »Sag ihnen, meine Tochter und ihr Freund sind immer noch da unten, in den Tanks mit diesem elektrischen Gelee drin. Sag ihnen, sie sollen aufpassen, wenn sie sie rausholen. Und sie sollen gefälligst nich hinschauen – die haben beide nix an.«

Die Miene des Arztes ließ keinen Zweifel daran, dass er Joseph für komplett unzurechnungsfähig hielt, doch er gab die Informationen trotzdem weiter.

> Als sie aufwachte, sah sie Stan Chan am Ende eines langen Tunnels sitzen. Sie dachte, dass es ein Tunnel war, doch es konnte natürlich auch sein, dass das Zimmer dunkel war und er unter einer kleinen Lampe saß.

Sie konnte nicht erkennen, wo sie war. Sie gab einen Laut von sich, und Stan sah sie, sprang auf und trat zu ihr. Er war aus der Nähe schwerer in den Blick zu nehmen als aus der Ferne. Sie bat ihn um Wasser, weil ihre Kehle trocken war und ihr das Reden schwerfiel, doch aus irgendeinem Grund schüttelte er bloß den Kopf.

»Du hättest mich mitnehmen sollen, Calliope«, sagte er leise. »Ich hab dich zurückgerufen, aber du warst schon weg.«

Es war mehr als schwer zu reden, es tat höllisch weh. Irgendein Schlauch hing ihr im Mundwinkel und hinderte sie daran, den Mund richtig zuzumachen. »Wollte dir … nicht … das Wochenende … verderben«, erklärte sie ihm, so gut es ging.

Er gab ihr keine schlagfertige Antwort zurück, was ihr merkwürdig vorkam. Als sie wieder in den Schlaf sank, ging ihr plötzlich auf, dass er sie beim Vornamen genannt hatte. Das erschreckte sie. Es hieß, dass sie keine guten Aussichten hatte, durchzukommen.

»Du siehst okay aus, Skouros. Nicht allzu braun und ein bisschen dünn, aber das wirst du verschmerzen können.«

»Klar. Schöne Blumen sind das. Danke.«

»Ich komme jeden Tag her. Meinst du, ich bring dir immer noch Blumen mit? Die sind von deiner angebeteten Kellnerin.«

»Elisabetta?«

»Wie viele Kellnerinnen kennst du so gut, dass sie dir Blumen schicken lassen und einen Sherlock-Holmes-Teddybär.« Er schüttelte den Kopf. »'nen Teddybär. Ich hab so meine Zweifel, Skouros.«

»Ich schätze mal, ich werd's überleben, was?«

Er zog eine Augenbraue hoch.

»Weil du mich wieder mit dem Nachnamen anredest.« Sie schob sich zittrig etwas Eis in den Mund, und selbst diese kleine Armbewegung schmerzte. Die Wunde in ihrem Rücken ging tief – zeitweise hatte sie den Eindruck, sie bis zum Brustbein zu spüren –, und sie kam sich wie Zuckerwatte vor, genauso leicht wegzupusten. Sie fragte sich, ob sie sich jemals wieder normal fühlen würde. »Du hast noch keinen Ton rausgelassen, Stan. Sag mir, was passiert ist. Er ist entwischt, stimmt's?«

Er machte ein erstauntes Gesicht. »Johnny Dread? Nein, ist er nicht. Wir haben ihn, und wir haben seine Dateien. Er ist der Real Killer, Calliope. Was meinst du, warum ich hier Tag für Tag sitze? Bloß weil ich dein Partner bin und dich liebe?«

»Etwa *nicht* deshalb, weil du mich liebst?«

»Na ja, vielleicht. Aber die ganze Journalistenblase von New South Wales versucht hier reinzukommen. Ach, Quatsch, von ganz Australien. Einer hat sogar 'ne automatische Flugkamera unter dem Deckel von deinem Früchtebecher reingeschmuggelt. Du hast geschlafen, deshalb hast du nicht gehört, wie ich das Scheißding gejagt hab, bis ich es endlich mit 'ner Zeitschrift zerklatschen konnte.«

»Doch, das hab ich gehört.« Sie konnte die aufsteigende Freude nicht unterdrücken – was interessierte sie Narbe, Lungendurchstich, Atemschlauch! »Wir haben ihn?«

»Bombenfest. Weißt du, wie der Real Killer die Überwachungskameras ausgeschaltet hat? Tja, im Grunde genommen gar nicht. Irgendwie hat er die Bilder auf sein eigenes System umgelenkt. Verdammt clever. Wie er das gemacht hat, wissen wir immer noch nicht. Und er hat sie alle aufgehoben – seine eigene kleine Hall of Fame.« Stan schüttelte den Kopf. »Das kranke Arschloch hat auch noch daran rumgedoktert – sie mit Musik untermalt, sogar das alte Knastfoto seiner Mutter am Ende von einem der Morde reineditiert. Rat mal, von welchem?«

»Von welchem Mord? Merapanui?«

»Bingo.«

»Aber wir haben ihn, ja? Und wir haben handfeste Beweise.« Als sie lachte, war es, als ob jemand ihr einen spitzen Stock in den Rücken zwirbelte, doch das war ihr egal. »Das ist großartig, Stan.«

»Yeah.« Da war ein Zug in seinem Gesicht, der ihr nicht gefiel. »Falls er je wieder rauskommt, sitzt er bis an sein seliges Ende.«

»Wieder ... rauskommt? Was soll das heißen?«

Stan stützte das Kinn auf die zusammengelegten Finger. »Katatonische Starre. Er kann sich nicht bewegen, nicht reden. Liegt mit offenen Augen im Koma. Die Einheit, die deinen Notruf aufgefangen hat, hat ihn so gefunden.«

»Was?« Ihre Freude schlug ins Gegenteil um. Ein Grauen wehte sie an, ein kaltes Prickeln im Nacken. »Das ist nicht echt, Stan, er verstellt sich bloß. Ich schwör's. Ich kenne das Schwein mittlerweile.«

»Er ist von Ärzten untersucht worden. Er verstellt sich nicht. Und auf jeden Fall gelten strengste Sicherheitsmaßnahmen, bis die Jungs und Mädels in den oberen Etagen beschließen, was mit ihm werden soll. Bewachung rund um die Uhr. An ein Schizobett gefesselt.« Stan Chan stand auf und strich sich die Falten aus der Hose – anscheinend konnten selbst Mikrofasern im Krankenhaus leiden. »Er war online, als sie ihn fanden. Sie denken, es könnte irgendein schwerer Chargeschaden sein, vielleicht einer von diesen neuen indonesischen Hämmern, aber total danebengegangen.« Er sah den Blick in ihrem Gesicht. »Ehrlich, Skouros, mach dir keine Sorgen. Er mimt das nicht, doch selbst wenn, würde ihm das nichts nützen. Er ist der größte Fang seit Jahren.« Ein Lächeln huschte über sein Gesicht. »Du bist so was wie'n Held, Skouros. Hast du mich deshalb nicht mitgenommen?«

»Klar.« Sie versuchte, auf ihn einzugehen, auch wenn ihr gar nicht danach zumute war. »Klar, ich hab mir gesagt: Wenn ich meinen Partner austricksen, mich in die Lunge stechen lassen und fast sterben und dann noch den Krankenwagen rufen kann, obwohl ich mir schon fast das Blut aus dem Leib gespuckt hab, dann werde ich berühmt.«

»Ich hab einen Witz gemacht, Calliope.«

»Ich auch, ob du's glaubst oder nicht.« Sie nahm sich noch ein Stück Eis. »Was ist mit der Amerikanerin?«

»Auf der Kippe, aber sie lebt noch. Schwere Rückgratverletzungen, viel Blut verloren. Sie hätte 'ne Balli anhaben sollen. Wie du, Skouros.«

»Wie ich.« Sie lächelte, um ihm zu zeigen, dass sie ihm nicht böse war. »Wenn du gehst, wer hält mir dann die Paparazzi vom Leib?« Aber es waren nicht die Reporter, die ihr Sorgen machten.

»Zwei Blaue stehen vor der Tür. Keine Bange.«

Als er fort war, schaltete sie den Wandbildschirm an. Viele Infoknoten brachten Meldungen über den Fall, Aufnahmen mit versteckten Kameras von dem Killer im Koma, sogar ein Schnappschuss von ihr – das Bild war alt, und es versetzte ihr einen leichten Schock, wie bullig sie aussah –, aber sie konnte sich nicht konzentrieren und schaltete bald wieder aus. Stattdessen blickte sie auf den schmalen Lichtstreifen unter der Tür und fragte sich, was sie machen würde, wenn jetzt die Tür aufflog und er grinsend vor ihr stand, der Schatten mit dem Messer, der erzteuflische Teufel.

> »Das wär's dann also«, sagte Orlando ruhig.

Angst und Wut arbeiteten in Sam, dabei wusste sie eigentlich nicht so recht, warum. »Gar nichts ist, du Scänbox. Ich muss bloß offline gehen. Ich muss meine Eltern sehen.«

»Yeah.« Er nickte, aber sie konnte hören, was er dachte, als ob er es laut ausgesprochen hätte. *Es gibt Leute, die können nicht offline gehen.*

»Ich werd dich jeden Tag besuchen kommen!« Sie wandte sich zu Sellars um. Einer nach dem anderen hatten alle mit Tränen und Versprechungen Abschied genommen und das Netzwerk verlassen; außer ihr und Orlando war nur noch Hideki Kunohara mit Sellars in der düsteren Höhle. »Ich kann doch hierher zurückkommen, nicht wahr? Das kriegst du doch hin, oder?«

»Nicht hierher, Sam.«

Ihre Eingeweide krampften sich zusammen. »Was soll das heißen?«

Er lächelte. Es war so ein fremdartiges Gesicht, beinahe gruselig. *Kann ja sein, dass er tatsächlich so aussieht,* musste sie denken, *aber warum sucht er sich dann nicht was anderes aus?* »Keine Sorge, Sam. Ich will damit bloß sagen, dass ich diesen Teil der zentralen Simulation des Andern nicht beibehalten werde, da der Andere und ... die Übrigen weg sind. Wir müssen Kapazitäten sparen, deshalb konsolidiere ich ein paar Sachen und schalte andere ab.«

Ihr kam ein neuer Gedanke. »Diese ganzen Märchenkinder ...?«

»Ich stelle nur diesen Teil hier ab, den Brunnen. Alle, die überlebt haben, kommen in ihre ursprünglichen Environments zurück«, erklärte er. »Sie haben alle ein Recht darauf, zu existieren, wenigstens hier im Netzwerk.«

»Wir müssten eigentlich imstande sein, diejenigen wieder herzustellen, die gestorben sind – wenn man es so nennen kann«, meinte Kunohara mit der Miene eines Mannes, der über ein kleineres, aber ganz interessantes Schachproblem nachdachte. »Ich wette, es lassen sich irgendwo Aufzeichnungen von ihnen finden, Bildaufnahmen oder vielleicht sogar der ursprüngliche Code ...«

»Vielleicht«, schnitt Sellars ihm das Wort ab. Sam hatte den Eindruck, dass er über solche Sachen vor ihr nicht spekulieren wollte – oder vielleicht vor Orlando nicht, da dieser ja selbst Code war.

Code. Bei der Vorstellung wurde ihr ganz flau im Magen. *Mein bester Freund ist tot. Mein bester Freund lebt. Mein bester Freund ist Code.* »Aber ich kann wiederkommen, ja? Ja?«

»Ja, Sam, das kannst du. Wir werden uns einfach einen andern Ort dafür suchen, mehr nicht. Das ganze Netzwerk steht uns dafür zur Verfügung. Oder fast das ganze.« Sellars wurde ernst. »Es gibt ein paar Simwelten, die ich nicht fortzuführen gedenke.«

»Aber sie sind es alle wert, erforscht zu werden!«, wandte Kunohara ein.

»Mag sein. Aber es wird uns schon schwer genug fallen, das Otherlandnetzwerk überhaupt am Laufen zu halten. Du wirst mir verzeihen, wenn ich es vorziehe, keine kostbaren Betriebsmittel auf die Welten zu verwenden, die fast ausschließlich der Folter und Päderastie gewidmet sind.«

»Wahrscheinlich hast du recht.« Kunohara klang nicht restlos überzeugt.

Sam drehte sich wieder zu Orlando um und wollte seinen Blick auf sich ziehen, doch er schaute weg. Zum ersten Mal in all den Jahren, die sie ihn kannte, schien der Thargorkörper nicht sein wirkliches Ich zu sein, sondern ein Kostüm, das Gesicht eine Maske. Wo war er? War er innendrin immer noch derselbe Orlando? Sie glaubte es eigentlich, aber der Freund, der ihr so viel bedeutet hatte, war für sie im Augenblick unerreichbar.

»Ich komm jeden Tag und besuch dich«, erklärte sie ihm. »Das versprech ich.«

»Mach keine Versprechungen, Frederico«, erwiderte er brüsk.

»Wieso das denn?« Jetzt war sie verstimmt. »Meinst du vielleicht, ich *vergess* dich? Orlando Gardiner, du scännst so ultramegavoll ...!«

Er hob seine große Hand. »Nein, das meine ich nicht, Frederico. Ich meine bloß ... mach keine Versprechungen. Ich will nicht denken müssen, wenn du mich besuchen kommst, dann nur deswegen, weil ... weil du es versprochen hast.«

Sie machte den Mund auf, dann schloss sie ihn wieder. »Chizz«, sagte sie schließlich. »Keine Versprechungen. Aber ich *werde* kommen. Jeden Tag. Du wirst sehen.«

Er lächelte ein wenig. »Okay.«

Das Schweigen, das sich anschloss, war ihr unbehaglich. Sie balancierte auf einem Fuß. Sellars hatte Kunohara beiseite genommen, vermutlich um ihn in irgendein interessantes Erwachsenengespräch zu verwickeln. »Ach, Fen-fen, Gardiner«, sagte sie endlich. »Willst du mich nicht umarmen oder so was?«

Er folgte der Aufforderung unbeholfen, doch dann zog er sie an sich. Seine Stimme klang belegt. »Bis bald dann, Fredericks. Sam.« Er drückte sie. »Ich ... ich liebe dich.«

»Ich liebe dich auch, Orlando. Und untersteh dich, je zu denken, ich käm bloß, weil ich müsste, oder irgendso'n Dumpfkack.« Sie rieb sich wütend die Augen. »Und denk bloß nicht, ich weine, weil ich ein Mädchen bin.«

»Okay. Und denk du nicht, ich weine, weil ich tot bin.«

Sie lachte, schluckte, dann schob sie ihn weg. »Bis morgen.«

»Yeah. Bis dann.«

Sie machte die Befehlsgeste. *»Offline.«*

Es war nicht so leicht, wie sie es erwartet hatte – wie es ihrer Meinung nach hätte sein sollen. Zwar traten nicht die grauenhaften Stromstoßschmerzen auf, die sie das Mal davor erlebt hatte, aber ihr Körper tat weh, und sie konnte die Augen nicht öffnen.

Als sie die verklebten Lider schließlich doch auseinanderbekam, war es fast noch schlimmer. Ihre Augen juckten, doch sie konnte nicht den Arm heben, um zu reiben. Sie schien in einem Netz aus Stacheldraht gefangen zu sein, das bleischwer war und überall stach. Sie rollte den Kopf herum – er war so schwer! – und sah die an Armen und Beinen klebenden Schläuche. Aber wie konnten solche dünnen Plastikteile sich dermaßen wie eiserne Ketten anfühlen?

Sellars hatte wie versprochen ihre Eltern angerufen. Sie sah sie am Ende des Bettes schlafen, die Stühle nebeneinander gestellt, ihre Mutter an die Brust ihres Vaters gesunken, den Kopf unter seinem Kinn an den breiten Hals geschmiegt.

Ich wein schon wieder, dachte sie, als die Gesichter ihrer Eltern verschwammen. *Was anderes mach ich in letzter Zeit wohl überhaupt nicht mehr. So was Bescheuertes …!* Sie versuchte sie zu rufen, doch ihre Stimme war so schwach und unbrauchbar wie ihre Glieder. Außer einem pfeifenden Gurgeln kam nichts heraus.

Ich hoffe bloß, dass ich nach alledem jetzt nicht sterbe oder so was, dachte Sam, doch es war keine Angst, was sie verspürte, nur unendliche Müdigkeit. *Ist das scännig! Da lieg ich seit Wochen im Bett, irgendwie, und alles, was ich will, ist schlafen.* Sie versuchte noch einmal, ihre Eltern zu rufen, und obwohl der Ton, den sie schließlich machte, nicht lauter war, als wenn ein Fisch hustet, hörte ihre Mutter sie.

Enrica Fredericks' Augen gingen auf. Eine anfängliche Benommenheit verflog, als sie sah, dass Sam sie anblickte.

»Jaleel!«, schrie sie auf. »Jaleel, schau!« Sie sprang an das Bett und küsste Sams Gesicht. Seiner Stütze beraubt, rutschte ihr Mann zur Seite und wachte auf.

»Was zum Teufel …?«

Doch dann sah er sie, und auch er stürzte mit einem Satz auf sie zu, so schön in seiner dunklen Massigkeit, die Arme so weit ausgebreitet, dass es aussah, als wollte er Sam und seine Frau beide packen, sie zusammen in die Arme schließen und in die Luft heben. Sam konnte nicht einmal die Kraft aufbringen, den Kopf zu drehen, und sah deshalb ihre Mutter kaum, die ihr die Backe küsste und mit Tränen nässte und dabei Sachen sagte, die Sam nicht richtig verstand – aber das war auch nicht nötig, denn sie erkannte die Töne der echten, tiefen Freude.

So freut man sich nur, wenn man meint, jemand stirbt, aber dann tut er's doch nicht, dachte sie und versuchte, ihren Vater anzulächeln. Da war ein Gedanke, ein wichtiger Gedanke, aber er war für einen solchen Moment zu hoch und zu kompliziert. *Wenn der Tod das Gesicht abwendet …*

Sie ließ den Gedanken fahren und überließ sich ihrem Glück.

Kapitel 51
WICHTIGERE DINGE

NETFEED/MODERNES LEBEN:
Robinette Murphy bleibt dabei
(Bild: Auszug aus der FRM-Netzserie "Hinter der nächsten Ecke")
Off-Stimme: Die bekannte Hellseherin Fawzi Robinette Murphy, die die Unterhaltungswelt in Erstaunen setzte, als sie sich im Anschluss an ihre Prophezeiung vom unmittelbar bevorstehenden Ende der Welt zur Ruhe setzte, scheint es nicht im Geringsten zu stören, dass ihr Stichtag für die Apokalypse verstrichen ist.
(Bild: FRM im Interview mit Martin Boabdil von GCN)
Boabdil: "Möchtest du nicht die Frist bis zum Untergang ein wenig verlängern?"
Murphy: "Es spielt keine Rolle, was ich sage, was du sagst. Es ist passiert."
Boabdil: "Was ist passiert?"
Murphy: "Das Ende der Welt."
Boabdil: "Tut mir leid, das verstehe ich nicht. Ist das hier etwa keine Welt, wo wir beide gerade sitzen?"
Murphy: "Nicht dieselbe. Besser kann ich's nicht erklären."
Boabdil: "Du hast das alles also … philosophisch gemeint? Jeden Tag endet die Alte Welt und fängt eine neue an, so etwa? Tja, da ist vermutlich was dran."
Murphy: "Bist du so blöd, oder tust du nur so?"

> Die Trauerfeier war kurz. Der Pfarrer, der bestellt worden war, um ein paar Worte zu sprechen, spürte deutlich, dass etwas im Busch war, wovon man ihm nichts gesagt hatte, war aber lange genug im Geschäft, um nicht zu viele Fragen zu stellen.

Er denkt wahrscheinlich, wir sind deswegen so gut gelaunt, weil wir den lieben Verstorbenen nicht besonders mochten oder weil wir im Testament sagenhaft gut weggekommen sind, sinnierte Ramsey, während er der Musik aus dem Lautsprecher lauschte. *Na, zum Teil stimmt das sogar.*

Das einzige Gesicht in der winzigen Trauergemeinde, dessen Miene dem Anlass ganz und gar entsprach, war das der kleinen Christabel – verwirrter Blick aus großen, tränennassen Augen. Ramsey und ihre Eltern hatten sich alle Mühe gegeben, es ihr zu erklären, aber sie war noch klein – sie konnte es nicht verstehen.

Herrje, dachte er, *ich verstehe es ja selber kaum.*

»Patrick Sellars war Pilot«, sagte der Pfarrer. »Er hat sich, wie ich höre, dem Dienst am Vaterland und an seinen Freunden mit selbstlosem Einsatz gewidmet, und obwohl er in diesem Dienst schwer verletzt wurde, verlor er niemals seine Güte, sein Pflichtgefühl … und seine Menschlichkeit.«

Naaa ja …

»Heute nehmen wir Abschied von seinen sterblichen Überresten.«

Der Pfarrer deutete auf den schlichten weißen Sarg inmitten von Blumen – Frau Sorensens Werk. *»Er war ein Gärtner«,* hatte sie erklärt. *»Blumen müssen sein.«*

»Aber der Teil von ihm, der unsterblich ist, lebt weiter.« Der Pfarrer räusperte sich – ein netter Mann, fand Ramsey, und völlig ahnungslos. Aber das würde er nie erfahren. »Vielleicht ist es gar nicht so gewagt, wenn wir uns vorstellen, dass er jetzt weiterfliegt, weiter zu einem Ort, den keiner von uns kennt, und Dinge sieht, die keiner von uns je gesehen hat, frei von der Last seines gelähmten Körpers, der Mühsal seiner harten Jahre. Er ist jetzt frei, wahrhaft frei zu fliegen.«

Und das, dachte Ramsey, *ist eine Ironie, die kaum mehr zu überbieten ist.*

»Sie haben eine kleine Überwachungskamera in der Ecke der Kapelle«, teilte Sellars ihnen mit, als sie zurückkamen. Auf dem Wandbildschirm sah er genauso aus wie seinerzeit im wirklichen Leben, doch er befand sich in einer völlig anderen Umgebung. Ramsey fand, dass die steinige Ebene und die schwachen Sterne hinter ihm ausgesprochen unheimlich wirkten, jenseitig geradezu. Er konnte sich nicht recht erklären, wieso Sellars sich so einen verrückten Hintergrund aussuchte, aber gleichzeitig das Bild seines alten, verkrüppelten Körpers beibehielt, es sei denn, er wollte damit das kleine Mädchen ein wenig beruhigen. »Ich konnte der Versuchung nicht widerstehen, mir die Trauerfeier anzuschauen«, fuhr der alte Mann fort. »Ich fand sie unerwartet bewegend.« Sein Lächeln war ein ganz klein wenig schalkhaft.

»Aber wieso bist du tot?« Christabel war immer noch den Tränen nahe. »Ich versteh das nicht.«

»Ich weiß, kleine Christabel«, erwiderte er. »Das ist schwer zu verstehen. Es ist so, dass mein Körper einfach verbraucht war. Ich konnte ihn nicht mehr benutzen, und deshalb musste ich mich … mit ein paar Hilfsmitteln, die ich jetzt besitze … anderswohin überführen. Mir ein neues Zuhause schaffen, könnte man vielleicht sagen. Ich lebe jetzt im Netz, jedenfalls in diesem speziellen Teil des Netzes. Ich bin also gar nicht richtig tot. Aber für den alten Körper hatte ich keine Verwendung mehr, und es schadet auch nichts, dass die Leute denken, ich wäre … dahingegangen.« Er blickte die anderen an. »Dadurch wird es weniger Fragen geben.«

»Fragen wird es trotzdem jede Menge geben«, meinte Major Sorensen.

»Ja, das stimmt.«

»Ich weiß immer noch nicht so recht, ob ich dir vergeben soll«, sagte Kaylene Sorensen. »Ich glaube dir, dass es ein Unfall war – das mit Christabel, meine ich –, aber es empört mich trotzdem.« Sie runzelte die Stirn, dann ließ sie ihrerseits ein kleines schalkhaftes Lächeln aufblitzen. »Aber ich denke mal, wir sollten nicht schlecht von den Toten sprechen.«

Der kleine Cho-Cho stand auf und ging steif aus dem Zimmer; ihm war sichtlich unwohl in dem dunklen Anzug, in den Kaylene Sorensen ihn für die Trauerfeier gesteckt hatte. Ramsey machte sich Sorgen um den Jungen und hatte begonnen, über Möglichkeiten nachzudenken, was jetzt aus ihm werden sollte, aber zunächst musste er sich um andere Dinge kümmern.

»A propos Fragen«, meinte er. »Wir müssen ein paar strategische Überlegungen anstellen.«

»Ich will keine strategischen Überlegungen anstellen«, versetzte Frau Sorensen. »Ich will meine Tochter von alledem wegbringen und nach Hause fahren. Sie muss wieder zur Schule gehen.« Sie schaute sich nach Cho-Cho um und sah die offene Zimmertür. Ihre Miene war beunruhigt. »Diese beiden Kinder müssen wieder Kinder sein.«

»Glaub mir, ein bisschen Überlegung jetzt wird uns später vieles erleichtern«, sagte Ramsey. »Es wird demnächst ziemlich hoch hergehen …« Er stockte, schüttelte den Kopf. »Richtiger müsste ich wahrscheinlich sagen, es wird *weiterhin* ziemlich hoch hergehen. Wir werden damit vor Gericht gehen. Wir werden einen Prozess gegen einige der mächtigsten Leute der Welt führen. Das wird eine Geschichte werden, nach der sich die Sensationsnetze die Finger lecken. Ich kann viel tun, um euch abzuschirmen, Frau Sorensen, aber hundertprozentig wird es nicht werden. Auch mit dem Geld, das ihr von Sellars erbt, wird es nicht hundertprozentig werden. Die ganze Welt wird Kopf stehen.«

»Wir wollen das Geld nicht«, sagte Major Sorensen. »Wir brauchen es nicht.«

»Nein, ihr braucht es nicht, Major«, erwiderte Sellars sanft. »Aber ihr werdet es bekommen. Falls ihr Bedenken habt, das Geld könnte irgendwie nicht sauber sein, kann ich euch versichern, dass keinerlei Diebstahl dabei im Spiel war. Ich habe im Laufe der Jahre viele Investitionen getätigt, allesamt völlig legal. Ich hatte jahrzehntelang alle Informationen der Welt zur Verfügung, und ich bin nicht auf den Kopf gefallen. Den Großteil des Geldes habe ich darauf verwandt, mich nachzurüsten und Ermittlungen über die Gralsbruderschaft anzustellen. Tut mir den Gefallen und nehmt den geringfügigen Betrag an, den ich zum Schutz eurer Familie beiseite gelegt habe – nach allem, was ihr für mich getan habt.«

»Geringfügiger Betrag! Sechsundvierzig Millionen!«

Sellars lächelte. »Ihr werdet nicht alles nehmen müssen. Er soll zwischen mehreren … Helfern aufgeteilt werden.«

»Er ist nichts im Vergleich zu dem, was wir bekommen werden, wenn wir Telemorphix und einige der andern vor Gericht bringen«, erklärte Ramsey. »Aber das meiste davon wird an die Eltern der Tandagorefälle gehen, der Kinder, die vom Betriebssystem des Otherlandnetzwerks ins Koma befördert wurden. Ach, und noch etwas, das ich euch mitteilen sollte. Wir haben vor, ein Kinderkrankenhaus zu bauen – das Olga Pirofsky Memorial Children's Hospital.«

Sellars nickte langsam. »Ich kannte Frau Pirofsky nicht so gut wie du, Herr Ramsey, aber darf ich einen Vorschlag machen? Ich denke, sie hätte es lieber gesehen, wenn wir es das Daniel Pirofsky Children's Hospital nennen.«

Es dauerte einen Moment, bis er verstand. »Na-natürlich. Ja, ich glaube, da hast du recht.«

»Aber wieso müssen wir diese Leute vor Gericht zerren?«, fragte Kaylene Sorensen. »Nach allem, was wir durchgemacht haben?«

»Das müsst ihr nicht«, sagte Ramsey. »Von mir aus können wir gern eine Gruppenklage erheben. Aber wenn General Yacoubians Rolle dabei ans Licht kommt, sind die Chancen, euch völlig herauszuhalten, gering, glaube ich. Das wird die größte Sache seit dem Antarktikakrieg werden. Ach was, es wird größer werden – es hat eine riesige Rauchwolke über ganz Südostlouisiana gegeben, die Insel der J Corporation ist ein geschmolzener Klumpen inmitten eines nationalen Notstandsgebiets, und das ist nur ein kleines Stück des gottverdammten Puzzles.« Er sah Frau Sorensens Blick und konnte sich ein Grinsen nicht verkneifen. Die Rückkehr zur Normalität war in vollem Gange, auch wenn sie es noch nicht merkte. »Entschuldige die derbe Ausdrucksweise. Aber es könnte durchaus sein, dass deinen Mann das Kriegsgericht erwartet. Ich bin sicher, dass wir mit Captain Parkins' Aussage ohne größere Schwierigkeiten gewinnen werden ...«

»Wir?«, fragte Christabels Vater.

Ramsey stutzte, nickte. »Stimmt, ich werde wahrscheinlich in den nächsten Monaten ... ziemlich viel zu tun haben. Aber ich denke, jeder ordentliche Militäranwalt wird das hinkriegen. Wir finden einen, wenn du nicht schon einen kennst.«

»Bitte, nehmt das Geld, Frau Sorensen«, sagte Sellars. »Kauft euch ein Haus außerhalb des Stützpunkts. Igelt euch ein bisschen ein. Diese Sache wird sich lange hinziehen. Ich bin sicher, ihr werdet einiges unternehmen müssen, um eure Privatsphäre zu schützen.«

»Ich will nicht vom Stützpunkt wegziehen«, versetzte sie bissig.

»Wie du willst. Aber nimm das Geld. Nimm es, um Christabel ein wenig Freiheit zu verschaffen.«

»Was ist mit dem Jungen?«, fragte Ramsey. »Ich kann etwas arrangieren, wenn ihr mögt – bevor alles zu hektisch wird. Ich könnte eine gute Pflegefamilie für ihn finden …«

»Ich weiß nicht, was das jetzt wieder soll.« Kaylene Sorensen hatte nicht vor, sich bereden oder gängeln zu lassen. Ramsey vermutete, dass sie vor Gericht eine ausgezeichnete Zeugin abgeben würde. »Der Junge kommt nirgends hin. Ich habe nicht die ganze Zeit darauf geachtet, dass er sich wäscht und ordentliche Mahlzeiten bekommt, um ihn dann an andere Leute abzugeben, denen das vielleicht völlig gleichgültig ist. Er bleibt bei uns, der arme kleine Kerl.« Sie sah ihren Mann an. »Nicht wahr, Michael?«

Major Sorensen rang sich ein Lächeln ab. »Äh … klar. Sicher. Je mehr, desto besser.«

»Christabel«, sagte sie, an ihre Tochter gewandt, »geh und hol …« Sie runzelte die Stirn und richtete ihren Blick auf Sellars. »Wie heißt er eigentlich? Richtig?«

»Carlos, glaube ich.« Auch Sellars lächelte. »Aber soweit ich weiß, mag er den Namen nicht besonders.«

»Dann denken wir uns einen andern aus. Ich werde keinen Adoptivsohn haben, der Cho-Cho heißt. Das hört sich ja an wie ein Zug oder so was.« Sie winkte ihrer Tochter auffordernd zu. »Auf, mein Schatz, geh ihn holen.«

Christabel sah sie fragend an. »Er wird bei uns wohnen?«

»Ja, das wird er. Er hat sonst niemand, wo er hingehen kann.«

Das kleine Mädchen dachte kurz darüber nach. »Okay«, sagte sie und trottete ins Nebenzimmer. Einen Moment später kam sie mit dem widerstrebenden Jungen an der Hand zurück. Er hatte seinen Anzug ausgezogen, doch dann hatte er anscheinend keinen Ersatz gefunden und war darum jetzt nur in T-Shirt und Unterhose.

»Du wirst mit uns leben«, teilte Kaylene Sorensen ihm mit. »Bist du damit einverstanden?«

Er sah sie an, als lugte er aus einem Loch heraus. Ramsey sah ihn schon im nächsten Moment aufspringen und weglaufen. »Mit euch leben?«, fragte er. »En su casa, eh? In euer 'aus?«

»Ja.« Sie nickte nachdrücklich. »Sag du's ihm, Mike.«

»Wir möchten, dass du mit uns lebst«, erklärte der Major. Bemerkenswerterweise hörte es sich ganz ehrlich an. »Wir möchten, dass du … zu unserer Familie gehörst.«

Der Junge blickte von einem zum anderen. »Schule geh ich nich«, sagte er.

»Mit Sicherheit gehst du zur Schule«, verkündete Kaylene Sorensen. »Und du wirst regelmäßig baden. Und zum Zahnarzt werden wir dich auch schicken.«

»Zahnarzt ...?« Er guckte etwas verdattert. Eine Hand stahl sich zu seinem Mund. Dann veränderte sich sein Ausdruck. »Soll mit die Tussi leben?«

»Wenn du damit Christabel meinst, ja. Sie wird ... deine Schwester sein, gewissermaßen.«

Wieder blickte er in die Runde, berechnend, immer noch misstrauisch, aber auch wie erfüllt von einer vagen Ahnung, über die Ramsey nur Vermutungen anstellen konnte.

»Okay«, sagte er.

»Wenn du keine unanständigen Wörter sagst, lass ich dich mit Prinz Pikapik spielen«, versprach Christabel.

Er verdrehte die Augen, dann verzogen sich die beiden ins Nebenzimmer. Prozesse, Kriegsgericht, selbst ein lebender Toter auf dem Wandbildschirm – das alles waren langweilige Erwachsenensachen. Sie hatten wichtigere Dinge zu tun.

»Gut«, meinte Sellars. »Besser könnte es gar nicht sein. Und jetzt müssen wir noch ein paar andere Fragen klären.«

Das ist wirklich die Story des Jahrhunderts, sagte sich Ramsey und konnte es immer noch nicht ganz fassen. *Ich frage mich, ob eines Tages, vielleicht in fünfhundert Jahren, die Leute historische Forschungen über das anstellen, was wir hier heute reden.* Er blickte durch die offene Zimmertür. Der andere Wandbildschirm lief. Christabel lag auf dem Boden und redete mit einem Plüschtier. Cho-Cho schaute sich explodierende Autos an.

Nein, dachte er und kehrte mit seiner Aufmerksamkeit wieder zu Sellars' Ausführungen zurück. *Die Leute werden sich nie im Leben an das alles erinnern, und wenn es noch so bedeutsam ist.*

> »Tut mir leid, dass ich zu spät komme. Ich bin erst einen Tag wieder da, und ich fühle mich immer noch ziemlich ... daneben. Und du weißt ja, wie lahm die Busse in der Innenstadt sind.« Renie sah sich um. »Das Büro entspricht nicht ganz meinen Erwartungen.«

Del Ray lachte und bedachte den fensterlosen Raum mit dem kleinen Bildschirm an der kahlen weißen Wand mit einer abschätzigen Bewegung seiner guten Hand. Sein anderer Arm war mit einer Schlinge fest an die Brust gezogen, und unter dem dicken Verband war die verletzte Hand nicht zu sehen. »Es ist nur vorübergehend – ich hab ein Auge auf ein viel schöneres im UN-Hauptgebäude am Farewell Square geworfen.« Er lehnte sich zurück. »Behörden sind was Komisches. Vor drei Monaten hätte man meinen können, ich wäre von einer ansteckenden Krankheit befallen. Jetzt tun auf einmal alle wieder so, als ob ich ihr bester Freund wäre, weil der Geruch einer Klage wegen ungerechtfertigter Entlassung in der Luft liegt und mein Gesicht in den Nachrichtennetzen ist.« Er sah sie an. »Aber dein Gesicht nicht. Das ist schade, es ist ein hübsches Gesicht, Renie.«

»Ich lege keinen Wert darauf – auf die Aufmerksamkeit, meine ich, den ganzen Rummel. Ich bin müde. Ich will bloß meine Ruhe haben.« Sie ließ sich auf dem Stuhl nieder, der vor dem Schreibtisch stand. »Es ist ein Wunder, dass ich schon wieder gehen kann, aber diese altmodischen Tanks waren im Grunde genommen besser, als was einige der andern Leute im Netzwerk hatten. Wir konnten uns bewegen und haben daher keinen Muskelschwund bekommen, solche Sachen. Und wund gelegen haben wir uns natürlich auch nicht.«

»Du musst mir eines Tages von den andern erzählen. Ganz verstehe ich das immer noch nicht.«

»Das wird dann ein langes Gespräch werden«, meinte sie. »Aber klar, mach ich. Es ist eine irre Geschichte.«

»Was wir erlebt haben, genauso. Wie geht's deinem Vater?«

»Mumpft rum. Aber ein bisschen hat er sich auch verändert. Ich fahre übrigens von hier aus gleich weiter und statte ihm einen Besuch ab.«

Er zögerte. »Und deinem Bruder?«

Sie versuchte zu lächeln, doch es gelang nicht ganz. »Nach wie vor unverändert. Aber wenigstens kann ich ihn jetzt anfassen.«

Del Ray nickte, dann schaute er suchend über den Schreibtisch und in die Schubladen. Im ersten Moment dachte Renie, er wolle beschäftigt tun – als diskrete Aufforderung an sie, zu gehen. »Ich glaube nicht, dass es in diesem Büro so was wie einen Aschenbecher gibt«, sagte er schließlich. »Soll ich einen holen gehen?«

Es dauerte etwas, bis der Groschen fiel. »Ach, weißt du, ich habe noch gar nicht wieder angefangen zu rauchen. Mittendrin, bei den Irrfahrten in diesem VR-Netzwerk, war ich so wild auf eine Zigarette, aber jetzt, wo ich draußen bin …« Sie rutschte nervös auf dem Stuhl nach vorn. »Irgendwie hat sich alles verändert. Aber ich will dich nicht von deiner Arbeit abhalten, Del Ray. Ich wollte mich nur persönlich dafür bedanken, dass du uns vor weiteren Verwicklungen bewahrt hast – mit dem Militär, der Polizei, überhaupt.«

»Das ist noch lange nicht ausgestanden. Aber die Leute von der Armee wissen nicht, dass es Sellars war, der ihnen den Wink gegeben hat, und es ist ihnen mehr als peinlich, dass ein Haufen schwer bewaffneter Auftragskiller dabei war, einen ihrer Stützpunkte zu erobern, ohne dass sie es überhaupt merkten, und deshalb wird es ihnen ganz recht sein, wenn der Mantel des Schweigens über das alles gedeckt wird. Und wie gesagt, alle Welt will sich jetzt gut mit mir stellen. Wichtige Leute.«

Das gefiel ihm, erkannte sie. Missgönnte sie es ihm? Sie glaubte nicht. »Bedanken möchte ich mich trotzdem. Nach alledem wäre ich, glaub ich, durchgedreht, wenn sie mich obendrein in eine Gefängniszelle gesperrt hätten.«

»Ich auch«, lachte er. »Als ich das erste Mal den Himmel wieder gesehen habe, bin ich in Tränen ausgebrochen.«

»Ich hatte nicht mehr viel Tränen übrig«, sagte Renie. »Aber ich kenne das Gefühl gut.« Sie stemmte sich vorsichtig hoch. *Wie eine alte Frau,* dachte sie. »Wie gesagt, ich will dich nicht weiter stören, Del Ray. Außerdem muss ich mich ranhalten, wenn ich meinen Bus kriegen will.«

Er fasste mit der guten Hand in seine Jackentasche. »Hier, Renie. Nimm um Gottes willen ein Taxi. Ein echtes.«

Das tat weh. »Ich will nicht noch mehr Geld von dir haben, Del Ray.«

Auch er bekam einen gekränkten Blick, dann schüttelte er langsam den Kopf. »Du verstehst das falsch. Das Geld kommt nicht von mir, und es wird noch viel mehr kommen. Ich habe mich mit unserm Freund Sellars unterhalten, solange du nicht zu erreichen warst. Er hat mich an einen Mann namens Ramsey vermittelt. Du wirst eine Überraschung erleben, Renie. Aber glaub mir, Sellars würde wollen, dass du mit dem Taxi fährst. Nimm das.«

Sie starrte einen Moment lang die Karte an, dann nahm sie sie. »Okay. Aber nur dies eine Mal, weil meine Beine wehtun.«

Mit einem Lächeln trat er um den Schreibtisch herum. »Immer noch die Alte.« Er streckte die Arme aus, und sie ließ sich umfangen. Sie legte kurz den Kopf an seine Brust, doch plötzlich war ihr das unangenehm, und sie wollte zurücktreten. Er hielt sie mit sanfter Gewalt fest, hauchte ihr einen Kuss auf die Backe und blickte ihr dann ins Gesicht. »Und dein neuer Mann?«, fragte er. »Ist es was Ernstes?«

»Ja, ich denke schon. Ja. Ich treffe ihn gleich im Krankenhaus. Er zieht bei seiner Vermieterin aus. Wir suchen uns zusammen eine Wohnung.«

Er nickte. Sie fragte sich, ob sie sich die leise Traurigkeit in seinem Lächeln nur einbildete. »Aha. Na, dann wünsche ich euch beiden viel Glück. Aber lass uns Freunde bleiben, ja? Ich sag das nicht bloß so – dafür haben wir zu viel zusammen durchgemacht.«

Sie betrachtete den dicken weißen Verband, den er um Hand und Unterarm hatte. Die Ärzte hatten ihm zwei Finger wieder angenäht, hatte er ihr am Fon erzählt, aber sie waren arg zugerichtet gewesen, und es bestand wenig Hoffnung, dass er sie je wieder richtig gebrauchen konnte. *Alle werden wir nicht mehr dieselben sein,* dachte sie. *Nie wieder.* »Ich weiß, Del Ray.« Sie machte sich los, aber tätschelte ihm zum Abschied die Backe. »Und vielen Dank.«

»Noch eins, Renie«, sagte er, als sie an der Tür war. »Lass dir Zeit damit, eine Wohnung zu mieten.«

Erneut kochte der Ärger in ihr auf. »Du denkst, es wird nicht gut gehen?«

Er lachte. »Nein, nein. Ich wollte damit bloß sagen, du könntest die Entdeckung machen, dass dir mehr Wohnmöglichkeiten offen stehen, als du denkst.«

Es war eine interessante Erfahrung, den Betrag, den sie zu zahlen hatte, einfach auf dem Bildschirm des Taxis zu sehen. *Ist das das Normale?* überlegte sie, während sie die Karte vor den Leser hielt und ein Trinkgeld für den Fahrer dazugab. *Für Leute, die Geld haben? Dass einfach alles ... läuft?*

Das Klinikum Durban Outskirt war völlig verändert, seitdem die Quarantäne aufgehoben war. Besucher tummelten sich im Foyer oder saßen in den Wartebereichen in kleinen Gruppen müder Verwandter und quengelnder Kinder zusammen. Die Ärzte, Schwestern und Pfleger sahen wie Menschen aus statt wie Wesen von einem anderen Stern.

Wenigstens haben sie den Impfstoff jetzt, dachte sie. *Wenigstens muss ich nicht mehr befürchten, Stephen könnte Bukavu kriegen.* Es war kein großer Trost.

Sie hielt die Tüte wie ein rohes Ei, während sie im Aufzug nach oben fuhr. Ihr war zumute, als ob sie sich in einem unbeobachteten Augenblick in jemand anders verwandelt hätte. *Wieso eigentlich? Alle sind letztlich dieselben geblieben – dieselbe Renie, derselbe Papa, derselbe kranke Stephen. Während wir weg waren, hat sich die Welt einfach weitergedreht. Aber verändert hat sich nichts.*

Nur ihre Gefühle für !Xabbu natürlich. Die machten ihr ein bisschen Angst. Sie wollte so sehr, dass es gut ging mit ihnen, doch sie sah natürlich auch die vielen Probleme. Sie waren grundverschieden, zwischen ihnen lagen Welten. Die Nähe, die sie beide fühlten, hatte sich in der irrealsten Umgebung entwickelt, die man sich vorstellen konnte. Wie sollte das in einem Alltag bestehen, wo sie den Bus verpassten und die Miete zusammenkratzen mussten, wo ihnen zahllose unglückliche Krankenhausbesuche bevorstanden?

Die Tür ihres Vaters stand offen. Sie hatte mit ihm bis jetzt nur übers Netz gesprochen und wunderte sich deshalb, dass er ein Privatzimmer hatte. Wie sollten sie das bezahlen? Doch selbst wenn sie Schulden machen musste, sie würde nicht zulassen, dass Del Ray sich als ihr Retter aufspielte.

Sie zögerte auf der Schwelle. Aus Gründen, die sie nicht benennen konnte, hatte sie plötzlich Angst. Ihr Vater starrte mit leerem, gelangweiltem Blick auf den Wandbildschirm und bewegte die langen Finger, um von Knoten zu Knoten zu springen. *Er ist so alt,* dachte sie. *Sieh ihn dir an! Er ist ein alter Mann.* Sie holte tief Luft und trat ein.

Als er sie sah, blinzelte er, dann blinzelte er noch einmal. Zu ihrem Erstaunen füllten sich seine Augen mit Tränen. »Was ist heute bloß los?«, fragte sie betroffen. »Gibt es denn gar niemand mehr, der nicht weint?«

»Renie«, sagte er. »Wie schön, dich zu sehen.«

Sie hatte nicht vor zu weinen, nicht um diesen alten Knallkopf. Jeremiah Dako hatte ihr schon von seiner kleinen Extratour erzählt – wie er sich nach Durban verdrückt und den armen Kerl mit der ganzen Verantwortung allein gelassen hatte. Aber dann wurden ihre Augen doch feucht, so unangenehm es ihr war. Um es zu verbergen, beugte sie sich vor und küsste ihn auf die Backe. Er fasste ihre Hand und hielt sie fest, so dass sie an seinem kratzigen Gesicht bleiben musste. Er roch nach Honig-Limone-Aftershave, und einen Moment lang war sie wieder Kind, überwältigt von seiner Größe, seiner Stärke. *Ich bin aber kein Kind mehr. Durchaus nicht. Schon lange nicht mehr.*

»Tut mir so leid«, sagte er.

»Leid?« Sie entwand sich ihm und setzte sich vorsichtig hin. »Wieso? Was tut dir leid?«

»Alles.« Er winkte, und der Wandbildschirm wurde schwarz. »Der ganze Blödsinn, den ich gemacht hab.« Er fand ein Papiertaschentuch und schnaubte sich heftig die Nase. »Du erzählst mir doch immer, was ich für'n Blödsinn mach, Mädel. Jetzt sag bloß, du erinnerst dich nich mehr!«

Etwas entkrampfte sich in ihr ein ganz klein wenig. »Ja. Ich erinnere mich. Aber wir machen alle Fehler, Papa.« Sie holte nervös Luft. »Zeig mir mal deinen Arm.«

»Siehste? Der Hund hätt'n mir fast abgerissen. Dann würden sie mich jetzt One-Arm Joseph nennen.« Er zeigte ihr stolz die Bissverletzungen. »Den Hals wegbeißen wollt er mir auch. Kannste von Glück sagen, dass du sicher in deinem Tank warst.«

»Ja, Papa. Sicher in meinem Tank.«

Er hörte ihren Unterton, und sein zufriedenes Grinsen erlosch.

»Mensch, weiß ich doch, dass es nich so war. Ich hab bloß'n Witz gemacht.«

»Ich weiß, Papa.«

»Warst du schon bei Stephen?«

»Heute noch nicht. Nach dem Besuch bei dir geh ich zu ihm. Dann komm ich wieder und sag dir, ob ... es eine Veränderung gibt.« Dass der kleine Körper ihres Bruders immer noch so welk und leer dalag, hatte ihr die Freude darüber, wieder im Leben zu sein, weitgehend vergällt.

Joseph nickte langsam. Nach einem langen Schweigen fragte er: »Und dein Freund – dein Mann. Wo is der?«

Renie unterdrückte den Ärger. Warum mussten Männer das ständig fragen? Als ob sie wissen müssten, unter wessen Schutz sie jetzt stand, um sicher zu sein, dass die Verantwortung an jemand halbwegs Akzeptablen übergegangen war. »Es geht ihm gut, Papa. Wir treffen uns später. Wir wollen uns nach 'ner Wohnung umschauen. Ich hab noch genug auf dem Konto. Es sieht so aus, als könnte ich sogar meine alte

Stelle wiederbekommen. Ich hab im Büro der Rektorin angerufen, und anscheinend hat da jemand die Nachrichtennetze verfolgt.«

Er nickte wieder, doch er hatte dabei einen merkwürdigen Ausdruck. »Also deswegen bin ich hier? Damit du 'ne Wohnung mit deinem neuen Mann finden kannst?«

Es dauerte ein paar Sekunden, bis sie verstand, was ihn drückte. »Du denkst ...? Ach, Papa, ich hab dich nur hier gelassen, weil ich dich sonst nirgends hinbringen konnte. !Xabbu und ich haben gestern Nacht im Empfangszimmer seiner alten Pension auf dem Fußboden geschlafen.« Trotz ihrer Traurigkeit brach ein kleines Lächeln durch. »Die Vermieterin wollte uns nicht in seinem Zimmer übernachten lassen, weil wir nicht verheiratet sind.«

»Und?«

»Und natürlich wirst du bei uns wohnen«, sagte sie, obwohl es sie ärgerte und betrübte, das aussprechen zu müssen. »Ich lass dich doch nicht auf der Straße sitzen. Wir sind eine Familie.« Sie warf einen Blick auf die Zeitanzeige in der Ecke des abgedunkelten Wandbildschirms. »Ich muss los.« Sie stand auf, da fiel ihr die Tüte ein, die sie immer noch in der Hand hielt. »Ach ja, ich hab dir was mitgebracht.«

Er lehnte die Tüte an seine Rippen, um sie mit der unverletzten Hand zu öffnen. Er zog die Flasche heraus und guckte sie lange an.

»Ich weiß, es ist nicht deine alte Lieblingsmarke«, sagte sie, »aber im Laden meinten sie, die wäre gut. Ich dachte mir, du hättest vielleicht gerne 'nen anständigen Tropfen – zum Feiern und so.« Sie schaute sich um. »Ich glaube nicht, dass so was hier drin erlaubt ist. Vielleicht versteckst du die Flasche besser.«

Er starrte die Flasche immer noch an. Als er zu ihr aufsah, befremdete sie sein Gesichtsausdruck. »Danke«, sagte er. »Aber weißt du was, ich glaub, ich werd sie hier drin nich trinken. Vielleicht, wenn ich rauskomm.« Er lächelte, und wieder fiel ihr auf, wie alt er aussah, knochig und irgendwie ... abgescheuert. Wie Steine in einem windigen Tal. »Wenn ihr die neue Wohnung habt. Dann feiern wir ein bisschen.« Er gab ihr die Tüte zurück.

»Du ... du willst sie nicht?«

»Wenn ich rauskomm«, sagte er. »Schließlich will ich hier keine Scherereien kriegen, nich? Sonst behalten sie mich noch länger da.«

Sie brauchte eine Weile, um die Flasche in die schmale Tüte zurückzubugsieren. Als sie es endlich geschafft hatte, wäre sie am liebsten schnurstracks zur Tür hinausgegangen, um schwierige Gefühlsverwicklungen zu vermeiden und sich nicht davon lähmen zu lassen. Erst als sie aufschaute und seinen Blick sah, wurde ihr klar, was sie eigentlich tun wollte.

Sie beugte sich hinunter und gab ihm noch einen Kuss auf die Backe, dann schlang sie die Arme um seinen Hals und drückte ihn fest. »Morgen komm ich wieder, Papa. Versprochen.«

Er räusperte sich, als sie sich aufrichtete. »Lass es uns besser machen miteinander. Du weißt doch, dass ich dich lieb hab, Mädel. Das weißt du, nicht wahr?«

Sie nickte. »Das weiß ich.« Das Reden fiel ihr schwer. »Wir werden's besser machen.«

!Xabbu war nicht im Wartezimmer der Kinderstation. Renie war ein wenig erstaunt – er kam sonst nie zu spät –, aber sie hatte den Kopf zu voll, um lange darüber nachzudenken. Sie hinterließ ihm eine Nachricht an der Anmeldung und begab sich geradewegs zu Stephen.

!Xabbu saß schlafend auf einem Stuhl am Fuß des Krankenhausbettes, den Kopf im Nacken, die Hände offen im Schoß, als ob er ein fliegendes Wesen gehalten und dann freigelassen hätte. Sie schämte sich. Wenn sie schon müde und abgespannt war, wie viel mehr musste er das sein nach diesen höllischen letzten Minuten, in denen er die Kommunikationsverbindung zum Andern offen gehalten hatte? *Und jetzt will ich ihn mitschleifen, nach irgendeiner miesen, kleinen Wohnung suchen.* Ihr krampfte sich das Herz zusammen.

Aber es wird unsere *miese, kleine Wohnung sein,* sagte sie sich. *Das ist doch immerhin etwas, oder?*

Sie streichelte sanft seinen Kopf, als sie an ihm vorbei an das Bett ihres Bruders trat. Stephens kleine Arme waren immer noch in der gebetsähnlichen Mantishaltung an die Brust gezogen, der Körper entsetzlich knochig unter der dünnen Klinikdecke, die Augen …

Die Augen waren offen.

»Stephen?« Es kam beinahe als Schrei heraus. »Stephen!«

Er bewegte sich nicht, aber sie hatte den Eindruck, dass seine Augen ihr folgten, als sie sich heranbeugte. Sie nahm seinen Kopf in die Hände, ganz sacht und behutsam, weil er so zerbrechlich wirkte.

»Kannst du mich hören? Stephen, ich bin's, Renie!« Und die ganze Zeit über sagte eine Stimme in ihrem Hinterkopf: *Es hat nichts zu bedeuten, das kommt gelegentlich vor, ihre Augen gehen einfach auf, er ist gar nicht richtig hier …*

!Xabbu war von ihrem erregten Reden wach geworden. Er setzte sich gerade hin, schien aber immer noch halb zu schlafen. »Ich hatte einen Traum«, murmelte er. »Ich war der Honiganzeiger … der kleine Vogel. Und ich führte …« Plötzlich gingen seine Augen ganz auf. »Renie? Was ist los?«

Doch sie war bereits an der Tür und rief nach einer Schwester.

Doktor Chandhar hatte die Finger von Stephens Halsschlagader genommen, aber sie hielt weiterhin eine seiner knochigen Hände. »Die Zeichen … sind recht gut«, sagte sie mit einem Lächeln, das ein feines Gegengewicht zu ihrer ärztlichen Skepsis darstellte. »Sein Zustand hat sich definitiv gebessert, zum ersten Mal, seit er hier ist.«

»Was hat das zu bedeuten?«, fragte Renie ungeduldig. »Kommt er wieder richtig zu sich?« Sie beugte sich nochmals vor und musterte Stephen prüfend. Kein Zweifel, da blitzte tief in seinen braunen Augen das Erkennen auf. Kein Zweifel!

»Ich hoffe sehr«, antwortete die Ärztin. »Er hat allerdings sehr lange im Koma gelegen. Bitte, Frau Sulaweyo, mach dir keine übertriebenen Hoffnungen! Ob es zu einer vollen Genesung kommt, ist äußerst fraglich. Selbst wenn er jetzt langsam erwachen sollte, kann sein Gehirn Schaden genommen haben.«

»Ich bin hier«, sprach Renie ihren kleinen Bruder mit fester Stimme an. »Du kannst mich sehen, nicht wahr? Du kannst mich hören. Es wird Zeit, dass du zu uns zurückkommst, Stephen. Wir warten alle auf dich.« Sie richtete sich auf. »Das muss ich gleich meinem Vater sagen.«

»Nicht zu viel auf einmal«, gab Doktor Chandhar zu bedenken. »Wenn dein Bruder tatsächlich aufwacht, ist er wahrscheinlich desorientiert. Also leise reden, sacht mit ihm umgehen.«

»Richtig«, sagte Renie. »Natürlich. Ich bin bloß … Gott, danke, Doktor. Danke!« Sie drehte sich zu !Xabbu um und warf sich ihm an den Hals. »Seine Augen sind offen! Wirklich offen!«

Als die Ärztin gegangen war, um einen Spezialisten in einem der größeren Krankenhäuser zu konsultieren, ließ sich Renie auf den Stuhl plumpsen und weinte. »O bitte, lass es wahr sein!«, flehte sie. »Bitte, bitte!« Sie fasste zwischen die Stangen an der Bettseite und nahm Stephens Hand. !Xabbu stellte sich hinter sie und schlang die Arme um ihren Hals, und gemeinsam betrachteten sie die eingefallene Gestalt. Stephens Augen hatten sich wieder geschlossen, diesmal jedoch hatte Renie das unbeweisbare, aber sichere Gefühl, dass er nur schlief.

»Ich hatte einen Traum«, sagte !Xabbu. »Ich war ein Honiganzeiger, und ich führte Stephen zum Honig. Wir legten einen langen Weg zurück. Ich konnte ihn hinter mir hören.«

»Du hast ihn zurückgeführt.«

»Wer weiß? Vielleicht fühlte ich ihn zu sich kommen, und das kam mit meinem Traum zusammen. Oder vielleicht war es bloß Zufall. Ich bin mir in vielem nicht mehr so sicher.« Er lachte. »Gab es früher etwas, dessen ich mir sicher war?«

»Ich habe etwas, dessen ich mir sicher bin«, erklärte sie. »Ich liebe dich. Wir gehören zusammen. Mit Stephen dazu. Und sogar mit meinem Vater.« Jetzt war sie es, die lachte. »Mein unmöglicher Vater – er will, dass wir ein besseres Verhältnis bekommen, dass wir beide einen neuen Anfang machen. Ist das nicht das unmöglichste Zeug, das du je gehört hast?«

»Ich finde es großartig.«

»Das ist es. Ganz großartig. Ich lache bloß, weil ich das Weinen so satt habe.« Sie streichelte !Xabbus Hand, dann zog sie sie an den Mund und küsste sie. »Wenn alles eine Geschichte ist, meinst du dann, unsere könnte glücklich ausgehen?«

»Das weiß man nie.« !Xabbu atmete tief ein. »Bei Geschichten, meine ich. Woher sie kommen. Wohin sie gehen. Aber wenn wir nicht zu viel verlangen – ja, dann denke ich, dass in unserer Geschichte das Glück eine gute Chance hat.«

Und als hätte er !Xabbu gehört und stimmte ihm zu, verstärkte Stephen den Druck auf ihre Finger.

Kapitel 52
GEÖFFNETE AUGEN

NETFEED/WERBUNG:
Onkel Jingle ist nicht totzukriegen
(Bild: Onkel Jingle kriecht aus den Trümmern eines abgebrannten und völlig zerstörten Hauses)
Jingle: "Okay, ich geb zu, dass es schlecht aussieht für euern Onkel Jingle. Nur gut, dass ich noch rechtzeitig in Deckung gegangen bin." (Hustet) "Ich schätze mal, jemand hat meine Absicht, die hohen Preise in sämtlichen Jingleporien in die Luft zu sprengen, ein bisschen allzu wörtlich genommen. Aber jetzt müsst ihr euerm alten Onkel helfen, Kinder. Wir müssen den Neuaufbau in Angriff nehmen, damit ich euch und eure Freunde weiterhin zu den glücklichsten Kindern der Welt machen kann. Wie ihr helfen könnt? Kauft! Kauft, kauft, kauft!"

> *»Code Delphi. Hier anfangen.*

Draußen ist es Tag, doch hier unten in meinem Berg kann ich davon nichts sehen. Ich bin seit achtundvierzig Stunden wieder in meinem Körper. Ich habe dreimal gebadet, zweimal eine Kleinigkeit gegessen, mich beide Male sofort übergeben und wenigstens sechs oder sieben dieser achtundvierzig Stunden weinend mit scheußlichen Muskelkrämpfen verbracht. Mein Körper ist nicht restlos glücklich darüber, dass ich wieder in ihn eingezogen bin.

Ich bin schwach wie eine Maus.

Dennoch bin ich – mit Sellars' Hilfe – an meine Journaleinträge herangekommen. Ich hätte nie erwartet, sie noch einmal zu hören. Da ich nicht schlafen, ja mich nicht einmal gemütlich hinlegen kann, bin ich in meiner unterirdischen Behausung langsam hin- und hergeschlichen und habe sie mir angehört.

Es ist die Stimme einer anderen Frau. Ich kenne sie, doch ich bin das nicht. Schon jetzt kommen mir diese Stunden, diese irrsinnigen Welten wie ein Traum vor. Ein furchtbarer Traum, gewiss, aber dennoch nur ein Traum.

Die Frau, die diese Diktate sprach, diese Aufzeichnung ihrer Gedanken und Ängste hinterließ, diese Martine war blind, aber sie war in der Lage, Dinge zu sehen, die andere sich nur denken konnten. Die Martine, die sich diese Diktate jetzt anhört, die diesen neuen Eintrag spricht, diese Martine kann sehen. Dagegen ist sie blind für alles, was die andere Martine hatte, und für vieles, was sie wusste.

Ich kann sehen. Ich bin blinder als je zuvor. Ich ... ich kann nicht ...«

»Neuer Anfang. Ich musste ein Weilchen Pause machen, und jetzt liege ich hier im Dunkeln. Es ist immer noch ungewohnt, sehen zu können, sehr ungewohnt. Mir tut der Kopf weh von der Anstrengung, alles verschwimmt mir vor den Augen. Jemand, ich weiß nicht mehr wer, sagte einmal zu mir: ›Jede Verletzung ist ein Geschenk, jedes Geschenk eine Verletzung.‹ Irgendein verfluchter Therapeut oder Augenarzt wahrscheinlich, aber ach, es ist so wahr, so wahr – jetzt, wo mir in doppelter Hinsicht die Augen geöffnet wurden.

Der Andere ... er war es, der mir vor langer Zeit das Augenlicht nahm. Ich verstehe das jetzt, verstehe die ratlosen Ärzte, die unbeantworteten Fragen hinter der Diagnose ›hysterische Blindheit‹. Ich glaube nicht, dass er es aus Bosheit tat, auch nicht zufällig, wie er nach Sellars' Meinung die Kinder ins Koma stürzte, nur damit sie still und gefügig wurden. Nein, er war mir dort im Pestalozzi-Institut in der Dunkelheit nahe, war mir in einer Weise nahe, die ich damals nicht verstehen konnte – er war nicht nur in meinen Ohren, sondern auch in meinem Kopf. Und als die Lichter angingen und mich blendeten und mir wehtaten, so dass ich wie wild kreischte, wollte er mir etwas Gutes tun. Er löschte mir das Licht aus.

Im Sterben hat er es mir zurückgegeben.

Er hat mich am Ende berührt, wenigstens bilde ich mir das ein. Ich fühlte ihn, fühlte ihn genauso wie damals als Kind. Einen kurzen Moment lang waren wir wieder Kinder, zwei Kinder, die sich im Dunkeln fürchten. Er … berührte mich, als er endgültig Abschied nahm. Er berührte mich, dann war er fort.

Ich wünschte, ich wäre am Ende bei ihm gewesen, als er flammend vom Nachthimmel stürzte wie ein göttlicher Blitzstrahl. Vielleicht wäre ich dann in der großen Feuersbrunst mit umgekommen. Das wäre eine einfache Lösung gewesen. Ich sehne mich nach einer einfachen Lösung, obwohl ich viel zu feige bin, um selbst eine herbeizuführen.

Hör nur, Martine redet wieder einmal mit sich selbst, wie immer. Allein. In selbstgewählter Dunkelheit, obwohl ich jetzt sehen kann. Wieder in meiner Welt, meiner Unterwelt.

Für die anderen geht das Leben weiter. Sellars, sein Freund Ramsey und Hideki Kunohara sind schon eifrig dabei, die Zukunft zu organisieren. Renie und Florimel haben ihre Lieben, um die sie sich kümmern können – sie brauchen mich jetzt nicht. Und wem könnte ich schon von Nutzen sein? Ich dachte einmal, ich könnte Paul Jonas helfen. Mir wurde klar, wenn auch ihm nicht, dass es für ihn offline kein Leben gab. Ich hatte sogar Fantasien, wir könnten, falls wir überlebten, so etwas wie ein gemeinsames Leben im Netzwerk führen – ein virtuelles Leben, aber immerhin. Die Hexe und der Irrfahrer. Die Schutzgeister des Anderlandes.

Dieser Traum hat sich zerschlagen. Paul ist tot, und ich habe die Besonderheit verloren, die mich auszeichnete, mich wertvoll machte. Jetzt, wo mein Sehvermögen nicht mehr blockiert ist, müht mein Gehirn sich ab, neue Verbindungen herzustellen, alte umzustellen. Die Otherlanddaten, die ich früher lesen konnte, wie ein Jagdhund Witterung nimmt, sagen mir jetzt nichts mehr, weniger als nichts, weil ich mit meinen neuen Augen kaum erkennen kann, was anderen sonnenklar ist.

Ich habe mir mein Journal angehört. Ich werde es mir vermutlich wieder anhören, obwohl ich die Frau, die es gesprochen hat, nicht mehr kenne. Sonst bleibt mir kaum etwas zu tun. Eines Tages werde ich wohl in die wirkliche Welt hinausgehen und sie mir mit meinen neuen Augen ansehen. Vielleicht ist das etwas, wofür es sich zu leben lohnt. Vielleicht.

Aber eine Zeit lang hatte ich eine eigene Welt. Ich hatte Freunde, Kameraden. Jetzt haben sie ihr Leben wieder. Natürlich werden wir miteinander reden – ein solches Band verschwindet nicht über Nacht –, aber die unangenehme Wahrheit ist, dass sie ein Leben hatten, in das sie zurückkehren konnten, und ich nicht. Wir haben eine schreckliche Zeit durchlitten, an einem Ort unbeschreiblicher Gefahren und Greuel. Aber ich war dort lebendig. Ich war dort *wichtig*. Und jetzt?

Das Denken geht schwer. Es ist leichter, einfach abzuschalten. Es ist leichter, in der vertrauten Dunkelheit zu bleiben.

Code Delphi. Hier aufhören.«

> »Renie ließ sich auf dem gepolsterten Sitz nieder und wünschte, sie hätte besseres Gear zur Verfügung.

Wochenlang war ich in einer perfekten Imitation der Wirklichkeit und hab nichts Anderes zu spüren bekommen als Hetze, Prügel und Qual. Und jetzt, wo es etwas Angenehmeres zu fühlen gäbe, muss ich in einen ramschigen VR-Straßenladen gehen und kann es nicht richtig erleben.

»Hieß es nicht, dein Blasenhaus sei zerstört worden?«, sagte sie zu Hideki Kunohara. Sie deutete auf den großen, runden Tisch, auf den Blick durch das halbkugelige Dach auf die unendlich hoch aufragenden Bäume und den Fluss, der sie wie ein tobender Ozean umgab. »Du hast es rasch wieder aufgebaut.«

»Oh, dies hier ist viel größer«, erwiderte er gut gelaunt. »Da wir einen Versammlungsort brauchten, beschloss ich, in meiner neuen Konstruktion einen einzurichten.« Er lehnte sich auf seinem Stuhl zurück. »Ich kann mich an deinen Freund erinnern – !Xabbu, glaube ich? –, aber deinen andern Begleiter kenne ich nicht.«

»Das ist Jeremiah Dako.« Jeremiah beugte sich an ihr vorbei und gab Kunohara die Hand. »Wenn er und die beiden andern nicht gewesen wären, hätten !Xabbu und ich schwerlich an diesem Treffen teilnehmen können.«

»Das ist ja unglaublich.« Jeremiah konnte die kolossale Größe des Waldes gar nicht fassen. »Und die ganze Zeit, die ihr im Tank gelegen habt, wart ihr tatsächlich hier, Renie? Wir hatten ja keine Ahnung.«

»Nicht nur hier – aber es stimmt, das Netzwerk ist eine ziemlich überwältigende Erfahrung.« Sie verzog ein wenig das Gesicht. »Und dabei bekommst du nicht mal einen besonders guten Eindruck davon.

Wieso mussten wir überhaupt auf diese Art herkommen? Wir hätten uns Zugang zu einer viel besseren Anlage verschaffen können.«

»Das müsst ihr euern Freund Sellars fragen«, antwortete Kunohara. »Er müsste jeden Augenblick zu uns stoßen.«

»Hier bin ich.« Sellars, immer noch in seinem Rollstuhl, erschien auf der anderen Seite des großen Tisches. »Entschuldigt, es geht gerade alles sehr hektisch zu. Was müssen sie mich fragen?«

»Wieso wir kein besseres Gear benutzen durften«, sagte Renie. »Unser Freund Del Ray Chiume hätte uns über seine UN-Verbindungen mit Freuden ein paar VR-Monturen besorgt. Dann würden wir alles sehr viel echter erleben.«

»Meine Einwände bezogen sich nicht auf die Qualität des Gears«, meinte Sellars. »Und in Zukunft sollt ihr auf jeden Fall einen besseren Zugang bekommen. Aber aus verschiedenen Gründen hielt ich es für keine gute Idee, dass ihr eine Anlage der Vereinten Nationen benutzt, auch nicht von einem Freund vermittelt.«

»Was heißt das?«

»Das werde ich erklären, wenn alle da sind. Ah, Herr Dako, lernen wir uns endlich kennen – persönlich, meine ich. Na ja, vielleicht ist auch das nicht ganz zutreffend ausgedrückt. Visuell? Ich hoffe, die Heilung deines Beines macht gute Fortschritte.«

»Du … du bist Sellars.« Jeremiah war sichtlich bewegt. »Danke für alles, was du für uns getan hast. Du hast uns das Leben gerettet.«

Der alte Mann lächelte. »Die meisten in diesem Raum haben jemand anders hier das Leben gerettet. Deiner Tapferkeit ist es mit zu verdanken, dass Renie und !Xabbu am Leben blieben und ihre überaus wichtigen Rollen spielen konnten.«

»Du warst es, der das Militär alarmiert hat, nicht wahr? Du hast sie anonym über einen Einbruch in ihr ›Wespennest‹ informiert.«

Sellars nickte. »Es war das Einzige, was ich noch unternehmen konnte, um euch zu helfen. Ich war zu dem Zeitpunkt völlig überlastet. Ich bin heilfroh, dass es geklappt hat.« Er hob den Kopf etwas an, als hörte er ein fernes Geräusch. »Ah. Martine ist da.«

Gleich darauf erschien Martine Desroubins – oder vielmehr, ein nahezu ausdrucksloser Sim saß plötzlich auf einem der Stühle. Renie war betroffen. Sie hatte ihre Zweifel gehabt, ob sie tatsächlich Martines Gesicht zu sehen bekommen würde, obwohl Sellars dafür gesorgt hatte, dass alle anderen so aussahen wie in Wirklichkeit, aber der kaum menschenähnliche Sim blieb selbst hinter ihren bescheidensten Erwartungen zurück.

»Hallo, Martine«, sagte !Xabbu. Sie nickte nur.

Sie leidet, dachte Renie. *Sie leidet sehr. Was können wir tun?*

Renie wurde rasch durch T4b und Florimel abgelenkt, die gleich darauf im Abstand von einer halben Minute eintrafen. T4bs wahres Gesicht kannte sie bereits, obwohl er vorher nie seine glatten schwarzen Haare gekämmt und seine sämtlichen Leuchtröhren unter der Haut angestellt hatte.

»Sind nur halb aufgedreht«, erklärte er. »Hat mehr Klasse, tick?« Er hielt ihnen seine linke Hand hin, die wieder völlig normal aussah. »Schade, dass die nicht mehr so satt schimmerig ist wie im Netzwerk. Das war *cräsh!*«

Florimels richtiges Gesicht war ein wenig überraschend. Sie sah jünger aus als die Bäuerin, deren Sim sie so lange getragen hatte, höchstens Mitte dreißig, mit einem offenen, attraktiven, breiten Gesicht und einem praktischen Kurzhaarschnitt, kaum länger als Renies. Die schwarze Augenklappe war das Einzige, womit sie in der Öffentlichkeit Aufsehen erregt hätte.

»Wie geht's deinem Auge?«, erkundigte sich Renie.

Florimel küsste sie und dann !Xabbu auf beide Backen. »Nicht gut. Ich bin auf dem Auge so gut wie blind, das Ohr allerdings macht Fortschritte – mein Gehör kommt langsam zurück.« Sie wandte sich Sellars zu. »Aber ich bin dankbar für die Hilfe, nicht nur bei meinen eigenen Verletzungen, auch bei Eirene. Krankenhäuser sind sehr teuer.«

Das erinnerte Renie daran, dass sie über das Geld reden wollte, aber Florimel hatte ein wichtigeres Thema angesprochen. »Wie geht's ihr?«

Florimels Mund verzog sich zu einem traurigen Lächeln. »Sie ist zwischendurch immer wieder mal bei Bewusstsein, aber sie nimmt mich nicht wirklich wahr. Noch nicht. Ich kann nicht lange bei diesem Treffen bleiben. Ich möchte nicht, dass sie allein aufwacht.« Sie schwieg einen Moment. »Und dein Bruder? Ich habe gehört, die Anzeichen sind gut.«

Renie nickte. »Bis jetzt. Stephen ist wach und redet – er erkennt mich und unsern Vater. Er hat noch einen langen Weg vor sich, viel Physiotherapie, und möglicherweise treten andere, noch nicht vorhersehbare Probleme auf, aber ja, erstmal sieht es gut aus.«

»Das sind wirklich gute Neuigkeiten, Renie«, sagte Florimel.

Hideki Kunohara nickte. »Ich gratuliere.«

»Mega dsang«, fügte T4b hinzu.

»Ich bin sicher, Eirene wird es auch bald besser gehen, genau wie Stephen«, meinte Renie.

»Sie hat die besten Ärzte in Deutschland«, erwiderte Florimel. »Ich habe Hoffnung.«

»Das bringt mich auf was.« Renie wandte sich an Sellars. »Das Geld. Wie komme ich zu einem Konto mit mehreren Millionen?«

Er legte sein haarloses Haupt leicht schief. »Brauchst du mehr?«

»Nein! Nein, ich brauche nicht mehr. Im Gegenteil, ich weiß nicht, ob ich *irgendwas* davon brauche ... oder verdient habe.«

»Du hast alles verdient«, widersprach ihr Sellars. »Geld ist ein armseliger Ersatz, aber es wird dir helfen, für deine Familie zu sorgen. Bitte, du und alle andern hier, ihr habt Schreckliches durchgemacht, und zum großen Teil deshalb, weil ich euch da hineingezogen habe. Und ich habe keine Verwendung mehr dafür.«

»Darum geht's nicht ...!«, begann sie, wurde aber durch das plötzliche Auftauchen eines gut gekleideten Mannes unterbrochen, den sie nicht kannte. Sellars stellte ihn als Decatur Ramsey vor, einen Amerikaner. Ramsey begrüßte Renie und die anderen, als lernte er endlich Leute persönlich kennen, die ihm vom Hörensagen schon lange ein Begriff waren. »Sam Fredericks und Orlando Gardiner werden auch jeden Moment hier sein«, sagte Ramsey. »Sie müssen nur noch ihre Vorbereitungen für ein ... kleines Projekt abschließen.«

»Sie sind die Letzten, auf die wir warten«, erklärte Sellars, »dann können wir anfangen.« Er schüttelte den Kopf. »Nein, das stimmt nicht, es ist noch jemand unterwegs.« Er hatte noch nicht ganz ausgeredet, da erschien auf dem Stuhl neben ihm eine kleine, korpulente Frau.

»Hallo.« Die Unbekannte wirkte trotz ihres scharf geschnittenen, streng blickenden Gesichts ein wenig unsicher. »Ich muss mich wohl für die Einladung bedanken, nehm ich mal an.«

»Wir danken dir, dass du dir die Zeit genommen hast, Missus Simpkins«, entgegnete Sellars. »Ah, und da sind ja auch Orlando und Sam.«

Orlandos Barbarenavatar wirkte aufgeregt und nervös, Sams wirklichkeitsgetreuer Sim nicht minder. »Wir sind so weit fertig, Herr Ramsey«, teilte Orlando mit, nachdem er den anderen zugewinkt hatte.

»Ich kann gar nicht sagen, wie mich das alles überwältigt.« Ramsey lächelte. »Nicht nur dieser Ort, sondern vor allem, mit dir zu reden, Orlando.« Sein Gesicht wurde plötzlich verlegen. »Entschuldige, du musst wahrscheinlich nicht daran erinnert werden ...«

»Dass ich tot bin? Schwer zu vergessen, vor allem heute.« Sein Lächeln wirkte halbwegs ehrlich. »Aber auch wenn einer tot ist, kann man trotzdem gut Freund mit ihm sein – stimmt's, Sam?«

»Hör auf!« Sie hatte offensichtlich keinen großen Spaß an Orlandos neuer humoristischer Schiene.

»Du scherzt, Orlando«, sagte !Xabbu, »aber wir haben alle viel über Freundschaft gelernt – wie weit sie reicht. Wir haben uns gegenseitig viele Male geholfen, wie Herr Sellars vorhin schon sagte. Wir sind ... wir sind jetzt ein Stamm.« Er schaute ein wenig betreten. »Wenn ich das so sagen darf.«

»Auf jeden Fall«, versicherte Sam Fredericks sofort. »Aber voll.«

»Das dürfte ein guter Auftakt zu unserem Treffen heute sein«, sagte Sellars, »und eine zusätzliche Begründung dafür, warum ich hoffe, dass wir uns regelmäßig hier im Netzwerk treffen werden – bei den großen äußeren Entfernungen, die uns trennen. Heute sollten wir auch Hideki Kunohara dafür danken, dass er uns in sein neues Zuhause eingeladen hat.«

Bevor Kunohara mit mehr als einem freundlichen Nicken reagieren konnte, richtete Martine sich auf. »Alles gut und schön, aber ich glaube, wir haben mit Herrn Kunohara noch etwas zu klären. Er ist uns nach wie vor die Antwort auf eine Frage schuldig.« Es war das erste Mal seit ihrem Eintreffen, dass sie das Wort ergriff, und die Schroffheit ihres Tons wollte nicht recht zur allgemeinen Wiedersehensfreude passen. »Aber vorher würde ich gern noch wissen, wie lange ihr beiden schon zusammenarbeitet.«

»Wir beide?« Sellars zog eine haarlose Augenbraue hoch. »Kunohara und ich? Erst seit den letzten Stunden des alten Netzwerks, als ich langsam hinter die Dinge kam. Allerdings kannten wir uns schon flüchtig.«

»Er ... sprach mich im Zuge seiner Ermittlungen gegen die Gralsbruderschaft an«, erläuterte Kunohara. »Aber ich wollte damals auf keinen Fall ihre Aufmerksamkeit erregen. Davon könnt ihr halten, was ihr wollt. Sellars traf stattdessen eine Vereinbarung mit Bolívar Atasco. Bolívar Atasco ist tot. Ich stehe nach wie vor zu meiner Entscheidung.«

»Niemand kritisiert dich, weil du dich nicht umbringen lassen wolltest«, sagte Martine trocken. »Aber was ist mit der unbeantworteten Frage – der Frage, die ich dir in der früheren Version dieses Hauses stellte, kurz bevor wir angegriffen wurden?«

»Und diese Frage lautete ...?«

Martine schnaubte. »Bitte, über solche Spielchen müssten wir doch inzwischen hinaus sein. Ich wollte wissen, ob du uns nachspioniert hast. Du hast dich nie dazu geäußert.«

Kunohara lächelte und faltete die Hände. »Natürlich habe ich euch nachspioniert. Ständig seid ihr mir über den Weg gelaufen, habt den Status quo gestört, meine Sicherheit gefährdet. Warum sollte ich nicht bestrebt sein herauszufinden, was ihr vorhattet und was für Folgen das für mich haben konnte?«

Renie war nur unvollständig darüber informiert, was zwischen Kunohara und den anderen vorgefallen war. Ihre letzte Erinnerung an ihn war das merkwürdige Gespräch, das sie angesichts des Zugs der Treiberameisen geführt hatten. »Du hast ... uns nachspioniert?«

»Nicht die ganze Zeit. Aber nach unserer ersten Begegnung, ja.«

»Wie? Oder genauer gefragt«, Martines Stimme bekam einen bitteren Beiklang, »wer? Gibt es einen unter uns, der nicht die ganze Wahrheit gesagt hat?«

»Sei bitte vorsichtig mit Verdächtigungen«, ermahnte Sellars sie. »Wir sind hier Freunde, vergiss das nicht.«

Kunohara schüttelte den Kopf. »Es war der Mann, den ich unter dem Namen Azador kannte. Ich wurde erstmals auf ihn aufmerksam, als er sich in meiner Simulation herumtrieb. Er erzählte mir Geschichten darüber, wo er überall gewesen war, und mir wurde klar, dass er sich fast genauso mühelos im Netzwerk bewegen konnte wie einer aus der Gralsbruderschaft. Ich hatte keine Ahnung, dass er eine unvollkommene Version von Jongleur war, sonst wäre ich vorsichtiger gewesen, aber ich erkannte, dass er wertvoll war – und zu meinem Glück leicht zu überreden. Ich bestärkte ihn in seinen ziemlich nebulösen Vorstellungen von dem Unrecht, das ihm die Bruderschaft angetan hatte – Vorstellungen, die er auf unterschwellige Art vom Andern selbst bekommen haben konnte, so wie auch die vielen fragmentierten Versionen von Avialle Jongleur an den Gedanken des Andern teilhatten –, und brachte ihn dazu, Sachen für mich in Erfahrung zu bringen.«

»Du hast uns von ihm bespitzeln lassen«, sagte Martine düster.

»Anfangs nicht. Ich begegnete ihm, bevor ich etwas von euch wusste. Ich war vor allem daran interessiert, mehr über die Pläne der Bruderschaft herauszubekommen. Ich sagte euch ja einmal, wer sie als Nachbarn und Pachtherren hatte, lebte wie im Italien der Medici – in ständiger Furcht um sein Leben. Und er war auf jeden Fall kein vollkommen gefügiger Diener. Ich hatte keine Ahnung, dass er General Yacoubian das Zugangsgerät entwendet hatte, dieses Ding in Gestalt eines Feuerzeugs.« Er breitete die Hände aus. »Doch ansonsten, ja, bekenne ich mich schuldig. Auf meinen eigenen heimlichen Streifzügen durch Jongleurs Ägypten erfuhr ich später, dass diese beiden da«, er deutete auf Orlando und Sam, »sich nach Ilions Mauern erkundigt hatten.«

»Dann musst du mit diesem Umpa-Lumpa gesprochen haben«, sagte Sam. »Sonst haben wir, glaub ich, mit niemand darüber geredet.«

Kunohara nickte. »Ja, mit Upuaut. Ein ziemlich merkwürdiger Gott, und außerordentlich auskunftswillig. Ihr hättet eure Anbetung seiner Person kurz unterbrochen, meinte er, um ihm von eurer Suche zu berichten.«

»Du hast also Azador nach Troja geschickt, damit er uns bespitzelt«, sagte Martine.

»Das wollte ich. Aber mit den Ilias- und Odyssee-Simwelten war irgendetwas nicht in Ordnung – eine Kombination von eurer Gegenwart und dem Interesse des Andern an euch, denke ich. Wenn Paul Jonas ihn nicht gerettet hätte, wäre Azador nicht lebend in Troja angekommen.«

»Du gibst Paul die Schuld?«, fuhr Martine auf.

Kunohara hob eine Hand. »Friede. Ich gebe niemandem die Schuld. Ich habe meine Taten zugegeben. Ich weise nur darauf hin, dass vieles von dem, was wir erlebt haben, zufallsbedingt war, wenigstens dem Anschein nach.«

»Falls es sonst keine Fragen mehr gibt ...«, begann Sellars.

»Was ist mit Dread?« Martine war deutlich mit dem Vorsatz gekommen, Antworten auf ihre Fragen zu erhalten. »Den Meldungen nach ist er bewusstlos, liegt in einer Art Tandagorekoma. Heißt das, er wird eines Tages wieder aufwachen, so wie Renies Bruder?«

»Selbst wenn«, erwiderte Sellars, »befindet er sich in Gewahrsam der australischen Polizei, die ihn strengstens bewacht. Er ist ein lange gesuchter Mörder.«

»Er ist ein Teufel«, erklärte sie kategorisch. »Ich glaube erst, dass er keinen Schaden mehr anrichten kann, wenn er tot ist. Vielleicht nicht einmal dann.«

»Soweit ich es nachverfolgen kann, hat er sich nie von dem System abgekoppelt.« Sellars sprach leise, aber bestimmt. »Er hielt den Kontakt zum Andern bis zu … bis zum Ende. Ihr alle wisst, was es hieß, mit dem Gehirn des Andern verbunden zu sein – du vielleicht am allermeisten, Frau Desroubins. Meinst du wirklich, Dread könnte den Tod des Andern geistig unbeschadet überstanden haben?«

»Aber was ist, wenn er tatsächlich noch irgendwo im Netzwerk lebt?«, bohrte Martine weiter. »Wenn sein Bewusstsein dort fortbesteht, wie es etwa bei Orlando der Fall war? Oder bei Paul, eine Zeit lang.« Ihre Stimme war brüchig geworden.

Sellars' Nicken sah aus, als erklärte er sich einverstanden mit einer angemessenen Bestrafung. »Es gibt keinerlei Hinweis auf etwas Derartiges, keinen Anhaltspunkt dafür, dass ein virtueller Geist oder Körper geschaffen worden wäre, nicht die kleinste Spur von Dread im ganzen wiederbelebten System oder Netzwerk. Das ist vielleicht kein restloser Beweis, aber meiner Meinung nach gilt hier, dass, was wahr *scheint,* auch wahr *ist.* Es ist undenkbar, dass sein Bewusstsein das furchtbare Ende aushielt. Die Ärzte, die ihn untersuchten, haben eine irreversible Katatonie diagnostiziert.« Er sah sich um. »Gut, wie gesagt, falls sonst keine Fragen mehr sind, nehme ich das als Aufforderung, endlich über den Grund zu sprechen, weshalb wir alle hier sind.«

»Wir sind hier, weil du uns darum gebeten hast«, warf Renie ein. »Selbst wenn wir mit billigem Straßengear kommen mussten.«

Sellars schloss kurz die Augen, und Renie fühlte sich wie ein aufsässiges Schulmädchen, aber sie hatte Martines Fragen völlig angebracht gefunden. »Ja«, erwiderte der alte Mann geduldig. »Und statt endlos weiterzureden, wo ich doch weiß, dass ihr alle meine Stimme in letzter Zeit bis zum Überdruss gehört habt, trete ich dieses Amt jetzt an Herrn Ramsey ab.«

Catur Ramsey stand auf, setzte sich aber gleich wieder hin. »Entschuldigung«, sagte er. »Ich bin ein Prozessanwalt und rede am liebsten im Stehen, aber vermutlich ist es der freundschaftlichen Atmosphäre zuträglicher, wenn wir die Besprechung möglichst formlos halten.«

»Ein *Anwalt?«*, rief Martine aus. »Wozu denn das in Gottes Namen?«

Ramsey wirkte ein wenig eingeschüchtert. »Das ist sicher eine berechtigte Frage. Nun, ich denke, ich sollte als Erstes eines deutlich aussprechen. Wir betrachten euch alle als Gründungsmitglieder der Otherland-Stiftung.«

Renie traute ihren Ohren nicht. »Der … was? Eine Stiftung?«

»Die Regierungen im südlichen Afrika gründeten viele Stiftungen für mein Volk und sein Land.« !Xabbus Stimme hatte einen ungewohnt scharfen Beiklang. »Danach hatte mein Volk kein Land mehr.«

»Lasst mich bitte erklären«, sagte Ramsey. »Niemand hat vor, euch etwas wegzunehmen. Ich bin gegen meinen Willen in diese Sache hineingezogen worden, ich habe mich nicht darum gerissen.«

»Du musst dich nicht verteidigen, Herr Ramsey«, sagte Sellars. »Erzähl einfach, was dir passiert ist.«

Und das tat der Anwalt. Es war ein Stück der Geschichte, das Renie noch nicht kannte, und es erschütterte sie sehr. Es war das erste Mal, dass sie mehr als eine kurze Erwähnung von Olga Pirofsky oder der kleinen Christabel Sorensen hörte.

Meine Güte, waren da viele Leute drin verwickelt! dachte sie. *Viel mehr als bloß wir paar drinnen und mein Vater, Del Ray und Jeremiah draußen.* Und ein Wunsch stieg in ihr auf. *Ich möchte ein paar von den Leuten kennen lernen, das kleine Mädchen und den Jungen, die wir am Schluss gesehen haben. Das waren echte Kinder! Ich möchte alle kennen lernen. Schließlich sind wir Mitglieder eines sehr kleinen, erlesenen Zirkels.*

Und ich möchte das Steinmädchen wiedersehen, spürte sie. *Es fehlt mir, auch wenn es nicht real war.* Sie beschloss, Sellars bei der nächsten Gelegenheit darauf anzusprechen.

Ramseys Schilderung löste Fragen aus – viele der Anwesenden brachten erst jetzt sämtliche Facetten zusammen. Als endlich alle überwältigt schwiegen, war über eine halbe Stunde vergangen.

»Ich muss mich wohl bei dir entschuldigen, Herr Ramsey«, sagte Martine schließlich. »Du hast selbst einen schweren Weg zurückgelegt.«

»Nichts im Vergleich zu dem, was ihr alle durchgemacht habt,

Frau Desroubins. Schon gar nicht, wenn ich an die andern denke, die es nicht überlebt haben – Olga, ihr armer, missbrauchter Sohn, euer Freund Paul Jonas. Gemessen an euch andern war mein Einsatz gering. Aber das ist ein Grund mehr, dass ich euch bitten möchte, mir zuzuhören.«

Renie meinte: »Ich denke, wir werden jetzt zuhören.«

»Danke.« Er brauchte einen Moment, um sich zu sammeln. »Gut, wie ihr bereits von Herrn Sellars erfahren habt, ist der gespeicherte Code für das Netzwerk im Wesentlichen unversehrt geblieben.« Er deutete auf den von der Blase verzerrten Anblick der riesigen Bäume. »Wie ihr seht, hat Herr Kunohara seine Welt schon weitgehend wiederhergestellt. Und es warten noch andere Welten darauf, gerettet zu werden. Im Laufe der Zeit könnte alles gerettet werden.«

»Könnte?« Martine stellte immer noch Fragen, allerdings in einem etwas freundlicheren Ton. »Wieso der Konditional?«

»Weil ich sie nicht retten will«, antwortete Sellars impulsiv, »es sei denn, wir entschließen uns zu einem kühnen Schritt.« Er wartete, bis sich der Aufruhr wieder gelegt hatte. »Ich bitte um Verzeihung, ich hätte dich nicht unterbrechen sollen, Herr Ramsey. Fahr bitte fort.«

»Das Problem hat zwei Teile«, führte Ramsey aus. »Erstens, wem gehört das Netzwerk? Es wurde von der Gralsbruderschaft gebaut, aber alle ihre führenden Mitglieder sind tot. Sie schoben dabei diverse Unternehmen vor, aber in vielen Fällen handelten sie illegal, indem sie Gelder aus ihren eigenen Konzernen oder den von ihnen beherrschten Ländern zu ihrem rein persönlichen Nutzen veruntreuten.« Er erhob den Zeigefinger. »Die zwei größten Anteile an der technischen Infrastruktur gehörten der J Corporation und Telemorphix. Die J Corporation existiert noch, aber ihr Hauptquartier ist ein Trümmerhaufen aus Schutt und geschmolzenem Glas in einem See in Louisiana, und ihr Gründer ist tot. Telemorphix ist verschont geblieben, aber auch Wells ist definitiv tot – ihr habt vielleicht mitbekommen, dass sie es endlich bekannt gegeben haben.« Er holte tief Luft. »Wie dem auch sei, der Streit über die Besitzrechte wird sich jahrzehntelang hinziehen. Glaubt mir, dieser Fall wird allein den prozessführenden Anwälten Hunderte und Aberhunderte Millionen einbringen.«

»Und was sollen wir machen?«, fragte Bonnie Mae Simpkins, die bis dahin geschwiegen hatte. »So läuft das doch immer, nicht wahr? Die kleinen Leute kriegen eins aufs Dach, und die Anwälte und großen Unternehmen sahnen kräftig ab.«

»Ich wünschte, ich hätte die Zeit, meinen Berufsstand zu verteidigen«, sagte Ramsey. »Wir sind nicht alle Haie. Doch jetzt gibt es noch eine zweite Frage, eine Frage von größter Bedeutung. Und die Person, die sie vor allem betrifft, befindet sich hier im Raum.«

Sellars ersparte ihnen eine Suche nach dunklen Winkeln in der vollkommen runden Blase. »Wir reden natürlich von Orlando Gardiner. Dieses Netzwerk ist jetzt Orlandos Lebensraum. Er kann nirgendwo anders leben.«

Orlando zuckte mit den Achseln. »Im Moment hat doch niemand vor, den Stecker zu ziehen, oder? Fürs Erste jedenfalls.«

»Aber das ist immer noch nicht alles«, fuhr Ramsey fort. »Herr Kunohara?«

Ihr Gastgeber, der wieder sein typisches schräges Lächeln aufgesetzt hatte, beugte sich vor. »Ihr alle – na ja, fast alle – wart dabei, als die Informationslebensformen freigelassen wurden. Trotz der Einwände einiger Anwesender bin ich übrigens weiterhin der Meinung, dass das die einzige vernünftige Lösung war. Könnt ihr euch die politischen und juristischen Streitereien über ihr Schicksal vorstellen, wenn wir die Entscheidung darüber den Leuten in der wirklichen Welt überlassen hätten?« Er sagte das so geringschätzig, als ob er mit der besagten Welt nicht das Geringste zu tun hätte. »Nun gibt es aber noch ein Problem. Diese Kreaturen ... nein, ein schlechtes Wort ... diese *Wesen* sind jetzt fort, befreit aus ihren eingeengten Bedingungen. Aber die seinerzeit von Sellars erzeugten evolutionären Algorithmen, die Prozesse, die zu ihrer Entstehung führten, blieben nicht so hundertprozentig unter Verschluss. Denkt daran, der Andere war keine gesonderte Instanz, die das Netzwerk von außerhalb kontrollierte – in gewisser Hinsicht war das Netzwerk der Körper des Andern. Jeder Evolutionsbiologe weiß, dass Zellen, die sich in einem Teil eines werdenden Organismus als nützlich erweisen, irgendwann auch in anderen Teilen nutzbar gemacht werden können. Und die Entwicklung sowohl des Andern als auch des Gralsnetzwerks selbst ging sehr rasch vonstatten und ist noch immer nicht zureichend verstanden.

Seit Langem bemerke ich hier in meiner eigenen Simwelt Fälle von ungewöhnlichen oder sogar unmöglichen Mutationen. Die ersten traten schon vor Jahren auf und hatten somit nichts mit den viel grässlicheren Mutationen zu tun, die auf Dreads Konto gehen. Anfangs dachte ich, diese Erscheinungen wären einfach Programmiermängel, später gab ich Manipulationen der Gralsbruderschaft die Schuld. Jetzt sehe ich das anders. Ich glaube, dass der Andere einige derselben evolutionären Algorithmen, mit deren Hilfe er seine Kinder gestaltete, im weiteren Netzwerk zur Anwendung brachte oder dass er zumindest unwissentlich ihr Einfließen in den Code zuließ.«

»Also gibt's zu viele Mutanten, irgendwie«, sagte Sam. »Soll Orlando sie umbringen? Er ist ho-dsang, wenn's um Mutanten umbringen geht.«

Kunohara sah sie entsetzt an. »Sie umbringen? Verstehst du denn nicht, Kind? Sie sind vielleicht kein evolutionärer Durchbruch von der Art, wie das Informationsleben einer war – das konnte unter den geschützten Treibhausbedingungen gar nicht anders, als sich im Eiltempo zu immer höherer Komplexität zu entwickeln –, aber sie sind dennoch etwas Rares und Wunderbares. In gewissem Sinne ist dieses ganze *Netzwerk* beinahe lebendig! Ich vermute, dass sich die Algorithmen bereits ausgewirkt haben, sei es durch langsame Veränderung der allgemeinen Matrix, die spontane Entstehung ungewöhnlicher Formen oder sogar eine verstärkte Individualisierung der virtuellen Bewohner.« Abermals lächelnd lehnte er sich zurück, sichtlich zufrieden mit dieser Aussicht. »Wir haben keine Ahnung, was aus diesem Netzwerk werden kann. Wir wissen nur, dass es viel komplexer und lebendiger ist als jede bloße VR-Simulation.«

»Aha«, sagte Martine. »Also darum geht es.«

»Genau.« Catur Ramsey nickte. »Wir können uns alle ausmalen, was für gute und schlechte Folgen dieses Netzwerk haben kann. Die guten: Ein Ort wie kein anderer, beinahe ein neues Universum, das die Menschheit schützen und erforschen und studieren kann. Die schlechten: unkontrolliertes Wachstum der pseudoevolutionären Informationsorganismen. Mögliche Verseuchung des weltweiten Netzes. Wer weiß, was sonst noch? Wollt ihr die Entscheidung über diese Eventualitäten wirklich denselben Konzernen überlassen, die es gebaut haben – und ihren Anwälten?«

Renie brach das lange, unbehagliche Schweigen. »Da wir schon nicht das Herz hatten, die Kinder des Andern zu liquidieren, willst du uns höchstwahrscheinlich nicht den Vorschlag machen, das ganze Netzwerk hochgehen zu lassen. Aber es in den Weltraum zu schicken, dürfte diesmal nicht ganz funktionieren. Also was ist die Alternative? Ihr seht aus, als hättet ihr schon was ausgebrütet.«

Sellars nickte. »Wir verstecken es.«

»Was?« Verdutzt schaute Renie zu !Xabbu hinüber, aber zu ihrem Erstaunen schmunzelte er. Sie wandte sich wieder Sellars zu. »Wie um alles in der Welt willst du es verstecken? Del Ray Chiume, um nur einen zu nennen, ist dabei, sämtlichen in Durban vertretenen Nachrichtennetzen lang und breit zu wiederholen, was ich ihm über das Netzwerk erzählt habe. Und damit wird er nicht der Einzige sein. So was Großes lässt sich nicht einfach unter den Tisch kehren. Schon jetzt sind Leute dabei, Verfahren anzustrengen, um Himmels willen.«

»Und einer davon bin ich«, sagte Ramsey. »Nein, wir können nicht so tun, als wäre es nicht vorhanden.«

»Aber was wir ihnen zeigen, wird nicht unbedingt das echte Netzwerk sein«, erklärte Sellars. »Vergesst nicht, dass ich inzwischen eine weitreichende Kontrolle darüber habe. Mit genug Rechenkapazitäten – Kapazitäten, die die interessierten Konzerne und Regierungen mit Sicherheit gern liefern werden – kann ich ihnen das ganze Netzwerk wiederherstellen. Aber das ist wahrscheinlich nicht einmal nötig, ich kann ihnen einfach den Code geben, und sie machen es selbst.

Das heißt jedoch nicht, dass sie das Netzwerk bekommen werden, das wir alle erlebt haben, zumal wenn ich ihre Version vorher von allem säubere, was nicht im ursprünglichen Code der Gralsbruderschaft enthalten war. Damit dürfte gewährleistet sein, dass sie nicht an die mutierten Algorithmen des Andern herankommen, die ja erst entstanden, als er meine Experimente entdeckte. Unterdessen kann das echte Netzwerk sorgfältig abgeschirmt in dem unabhängigen Privatnetz fortbestehen, das ich nach dem Vorbild von TreeHouse angelegt habe. Es gibt gleich gesinnte Kreise, die uns unterstützen werden. Wir können unser Netzwerk vollkommen isolieren.«

»Isolieren wohl«, meinte Martine, »aber geheim halten?«

»Wenn wir ganz wenigen Leuten den Eintritt gestatten, können wir es schaffen. Denkt daran, Otherland ist ja kein richtiger Ort, es ist eine Idee, eine Idee, die bei ausreichenden Vorkehrungen jederzeit woanders lokalisiert werden kann.«

»Und wer wäre an diesem isolierten, geheimen Ort zugelassen?«, fragte Martine.

»Ihr alle natürlich. Und Gäste eurer Wahl. Deshalb nennen wir euch ja auch Gründungsmitglieder der Otherland-Stiftung. Wenn ihr einverstanden seid, heißt das. Falls euch etwas Besseres einfällt, sagt es mir bitte.«

Renie hörte zu, wie die anderen – alle außer !Xabbu – redeten und argumentierten und sich bemühten, zu dem Vorschlag Stellung zu beziehen, aber sie wollte eine dringendere Frage beantwortet haben. »Warum hast du so geschmunzelt?«, fragte sie !Xabbu. »Hältst du das für eine gute Idee?«

»Natürlich«, erwiderte er. »Die Großen und Starken ziehen zwangsläufig die Aufmerksamkeit auf sich – sie werden sich immer bekämpfen. Die Kleinen und Stillen verstecken sich und überleben.«

»Aber haben wir das Recht, so was zu machen?«

Er zuckte mit den Achseln, aber er schmunzelte immer noch. »Diese Lichter, die Informationslebensformen, wie Kunohara sie nannte, hatten sie das Recht, sich die Geschichten meines Volkes zu eigen zu machen? Wer weiß, jedenfalls hat sich die Welt dadurch geändert. Wem willst du trauen, Renie? Diesen Leuten, unseren Freunden ... unserem Stamm ... oder Leuten, die noch nie hier gewesen sind und nicht zusammen ums Überleben gekämpft haben wie wir?«

Sie nickte, aber ihre Zweifel waren nicht ganz ausgeräumt.

»Wie steht es mit dir, Herr Sellars?«, fragte sie und brachte damit die letzten debattierenden Stimmen zum Schweigen. »Ich glaube, dass du ein guter Mensch bist. Ist dir wohl bei dem Gedanken, so viel Verantwortung zu übernehmen? Du kannst uns gern den Status einer Stiftung verleihen, aber letztendlich sind wir alle auf dich angewiesen. Weil wir nicht über deine Macht verfügen. Du wirst in diesem neuen Universum der Gott sein.«

»Nur vorübergehend«, entgegnete er. »Ich arbeite nämlich derzeit daran, gewissermaßen meinen Posten wegzurationalisieren.« Er hielt eine verkrümmte Hand hoch. »Habt ihr euch vielleicht gefragt, warum ich mir kein ansprechenderes Äußeres zugelegt habe, obwohl ich über alle Betriebsmittel des Otherlandnetzwerks verfüge? Weil dies der wahre Patrick Sellars ist – verbrannt, gelähmt, so gut wie tot. Oder er war es, bis ich einen Weg fand, meinen verkrüppelten Körper abzulegen. Aber ich möchte ihn nicht vergessen. Ihr werdet mich nicht als Blitze schleudernden Zeus erleben.« Er grinste. »Bloß nicht! Ich würde mich totlachen. Aber du hast eine ernste Frage gestellt, Renie, und die einzige ehrliche Antwort ist … nein, mir ist nicht wohl dabei, so viel Macht zu haben, und wenn es nur die Macht über ein Universum ist, von dem sehr wenige Menschen jemals erfahren werden. Aber ich kenne auch sonst niemanden, dem ich guten Gewissens eine solche unumschränkte Macht anvertrauen würde. Deshalb brauche ich euch alle, damit ihr mit mir entscheidet.«

»Wieso ich?«, wollte Bonnie Mae wissen. »Ich gehöre nicht zu deiner Truppe.«

»Du bist nicht nur ein gläubiger, sondern auch ein guter Mensch«, antwortete er. »Wir brauchen das, was du beizutragen hast. Und am liebsten wäre es mir, du könntest Nandi Paradivasch überreden, zum nächsten Treffen mitzukommen. Wir brauchen auch ihn.«

»Er leidet, Herr Sellars.« Sie seufzte. »Er hat zu mir gesagt, er will zur Verbrennungsstätte zurückkehren, was immer das heißen mag. Er will noch mal von vorn anfangen.«

»Wir brauchen ihn«, wiederholte Sellars mit Nachdruck. »Teile ihm das bitte mit.« Er hob seinen vernarbten Kopf. »Wie gesagt, ich möchte mich wirklich überflüssig machen. Sobald alles läuft, brauchen diese neuen Welten keinen Gott mehr, weder den gekreuzigten Schmerzensmann der Gralsbruderschaft noch einen göttlichen Verwalter wie mich. Außerdem habe ich andere Pläne.«

Selbst Kunohara und Ramsey schienen darüber zu staunen. »Andere Pläne …?«, fragte Hideki Kunohara.

»Ihr habt die andern fortgehen sehen«, sagte Sellars. »Die neuen Wesen. Sie sind auf dem Licht in das große Unbekannte geflogen. Tja, ich bin jetzt auch ein Informationswesen. Eines Tages, wenn ich nicht mehr gebraucht werde, wird es mir eine Freude sein, wieder frei zu fliegen.«

Renie wusste nicht so recht, warum Catur Ramsey lachte. Sie fand es sehr bewegend, was Sellars da sagte. »Und … und was soll diese Otherland-Stiftung machen?«, fragte sie. »Über Sachen abstimmen?«

»Ja – überhaupt, es gibt etwas, worüber wir gleich abstimmen müssen.« Sellars blickte zu Sam und Orlando hinüber, die miteinander flüsterten. »Orlando, würdest du dich bitte erheben?«

Renie konnte sich ein Grinsen nicht verkneifen. Er hörte sich an wie ein Oberlehrer.

Orlando stand auf, eine eigenartige Mischung aus heldischer Festigkeit und jugendlicher Unsicherheit. »Hast du dich entschieden, wie du dich nennen willst?«, fragte Sellars ihn.

»Ich glaube ja.«

»Aber er hat doch schon einen Namen!« Offensichtlich hatte Sam Fredericks nicht gewusst, dass so etwas kommen sollte, was es auch darstellen mochte.

»Einen Namen hat er«, erklärte ihr Sellars, »aber er braucht einen Titel. Was auch geschehen mag, die Welten des Netzwerks werden gründlich beaufsichtigt werden müssen, vor allem am Anfang, wenn sie neu wieder angeschaltet sind. Ich schaffe das alles nicht allein. Ich dachte an Kunohara, doch er hat unmissverständlich klargemacht, dass er keine derart aktive Rolle zu übernehmen gedenkt. Außerdem muss ich jemanden auf lange Sicht ausbilden, ihm oder ihr einige meiner Pflichten vermitteln – als Pfleger, nicht als Gott –, zumal da ich hoffe, eines Tages auf dem himmlischen Lichtfluss davonzufliegen, wie unsere dahingegangenen Freunde ihn nannten. Ich brauche also einen ... Lehrling, sollte ich wohl sagen. Orlando?«

»Ich denke, ich möchte mich einen ... Weltläufer nennen.« Renie meinte ihn unter der braun gebrannten Haut erröten zu sehen. »Ich werde viel herumziehen, von daher passt der Name. Und ich werde irgendwie für die Welten zuständig sein – so wie ein Waldläufer für den Wald. Das ... das ist noch eine zusätzliche Bedeutung. Die Waldläufer kommen in einem meiner Lieblingsbücher vor.«

Sellars nickte. »Eine ausgezeichnete Wahl.« Er wandte sich an die versammelte Runde. »Stimmen wir ab. Wer für Orlando Gardiner als erster Weltläufer des Otherlandnetzwerks ist ...«

Alle Hände gingen in die Höhe.

»Wow, Gardino«, flüsterte Sam Fredericks gut vernehmbar. »Jetzt bist du hier der Assistenzgott!«

»Yeah, und dabei hab ich nicht mal ’nen High-School-Abschluss.«

»Genug gescherzt, ihr beiden«, sagte Sellars freundlich. »Müsst ihr euch nicht langsam zu euerm zweiten Termin begeben?«

»Ach ja.« Orlandos gute Laune verflog schlagartig, und er war nur noch ein nervöser Halbwüchsiger. »Ja, müssen wir.« Er und Sam erhoben sich. »Herr Ramsey, kommst du?«

»Ich bin bereit«, entgegnete der Anwalt.

»Aber wir sind noch zu keiner Entscheidung über das Netzwerk selbst gekommen«, wandte Martine ein. »Eine so wichtige Frage können wir doch nicht einfach links liegen lassen.«

»Das ist richtig«, pflichtete Sellars ihr bei. »Aber wir haben noch Tage, vielleicht sogar Wochen, um unsere Entscheidungen zu treffen. Schaut, ob ihr nicht Nandi Paradivasch dazu bewegen könnt, zu unserem nächsten Treffen zu kommen. Sagen wir in zwei Tagen, ja?«

Renie wollte sich schon beklagen, zwei Tage sei zu bald, einige müssten sich vielleicht auf Arbeitssuche begeben, doch dann erinnerte sie sich wieder. »Wegen dem Geld ...«, fing sie an.

Sellars schüttelte den Kopf. »Es gibt niemand, dem du es zurückgeben könntest – ich bin tot, schon vergessen? Wenn du es nicht willst, findest du bestimmt eine gute Sache, die du mit einer großzügigen Spende unterstützen möchtest.« Er schien ihre Hilflosigkeit zu genießen. »Und erinnere mich vorher noch mal daran, dass ich euch einen besseren Online-Anschluss besorge. Ihr könntet euch auch überlegen, ob ihr euch nicht Neurokanülen einsetzen lassen wollt, falls ihr keine religiösen Bedenken dagegen habt.«

Als Sellars schließlich ging, weil Hideki Kunohara ihn noch zu einer privaten Unterredung in einen Nebenraum bat, waren Orlando, Sam und Catur Ramsey bereits fort und alle anderen in Gespräche vertieft – alle außer Martine, die weiterhin abseits saß, als würde sie nicht dazugehören. Renie drückte !Xabbu kurz die Hand und ging um den Tisch zu ihr. Martine blickte auf, aber ihrem ausdruckslosen Sim war nicht zu entnehmen, wie es in ihr aussah.

»Macht dir das Geld auch Bauchschmerzen?«, fragte Renie. »Ich bin schon irgendwie dankbar, aber es kommt mir auch ein bisschen selbstherrlich vor ...«

Martine wirkte erstaunt. »Das Geld? Nein, Renie, daran habe ich noch kaum gedacht. Ich hatte schon vorher Vermögen, von meiner Abfindung, und ... und ich brauche wenig. Ich habe schon eine Verfügung getroffen, dass mein Anteil an verschiedene Kinderhilfswerke geht. Ich glaube, das ist das Richtige.«

»Du kannst jetzt sehen, stimmt's? Ist das eine große Umstellung?«

»Es geht.« Sie blieb bewegungslos sitzen. »Ich werde mich daran gewöhnen. Mit der Zeit.«

Renie suchte nach einem Thema, um das Gespräch nicht abreißen zu lassen. »Eine Sache, die mir keine Ruhe lässt, ist das mit Emily. Und Azador.«

Martine nickte langsam. »Darüber habe ich auch schon nachgedacht.«

»Weißt du, wenn sie wirklich eine Version von Ava war – und Azador eine von Jongleur . . .!«

Der Sim der Französin ließ kein Mienenspiel zu, aber in ihrer Stimme lag ein herber Ton. »Das ist noch perverser als Inzest, wenn man bedenkt, dass Ava ein Klon war – aber irgendwie auch passend, gerade das mit dem Kind, das sie bekommen sollte. Ich nehme an, es war ein unterbewusster Ausdruck von Jongleurs grenzenloser Egomanie.« Sie seufzte. »Das war alles so gespenstisch und widerlich wie die Geschichte der griechischen Atriden. Aber jetzt sind sie tot. Alle sind sie . . . tot.«

»Ach, Martine, du machst so einen traurigen Eindruck.«

Der Standardsim zog die Schultern hoch. »Es lohnt sich nicht, groß Worte darüber zu machen.«

»Und die Sache mit Paul scheint dich ziemlich wütend zu machen.«

Sie antwortete nicht sofort. Auf der anderen Seite des Tisches lachte Bonnie Mae Simpkins über eine Bemerkung von !Xabbu, obwohl der kleine Mann völlig ernst blickte.

»Paul Jonas war sehr unglücklich . . . am Schluss«, sagte Martine schließlich. »Es war niederschmetternd für ihn, erkennen zu müssen, dass er eine Kopie war, wie er es ausdrückte – dass er die Sachen, die er sich am allermeisten wünschte, niemals bekommen konnte, dass er für alle Zeit von dem Leben abgeschnitten war, an das er sich erinnerte. Ja, ich bin wütend. Er war so ein guter Mensch. Er hatte das nicht verdient. Sellars hatte nicht das Recht dazu.«

Renie hatte den Eindruck, dass es Martine ungefähr genauso ging wie Paul. »Sellars hat sich bemüht, das Beste zu tun. Wir alle.«

»Ja, ich weiß.« Die Bitterkeit war verflogen, und nur noch Niedergeschlagenheit blieb zurück. Da war Renie die Wut fast lieber gewesen. »Aber ich komme einfach nicht darüber hinweg. Über seine Einsamkeit. Dieses Gefühl, aus dem eigenen Leben verbannt zu sein . . .«

Renie überlegte angestrengt, was sie ihr Aufmunterndes sagen konnte, als ihr auffiel, dass sich in Martines Schweigen etwas geändert hatte. Selbst ohne hilfreiches Mienenspiel nahm Renie eine gewisse Spannung wahr, eine Straffheit im Sim der Frau, die vorher nicht da gewesen war.

»Ich bin eine dumme Kuh«, sagte Martine unvermittelt. »Eine selbstsüchtige dumme Kuh.«

»Was …?«

»Entschuldige, Renie. Ich habe jetzt keine Zeit mehr. Wir reden später, das verspreche ich.« Und damit verschwand sie.

Beunruhigt ging Renie zurück um den Tisch.

»Javier kritisiert mein Aussehen«, verkündete Florimel.

»Nicht die Bohne!«, widersprach T4b. Die Lichtmuster in seinen Backen verblassten ein wenig, wenn er rot wurde. »Hab bloß gesagt, die Klappe macht sich chizz. Noch'n paar Kleinigkeiten, und sie könnt mega fetzig aussehen.«

»Zum Beispiel?« Florimel bedachte ihn mit einem strengen Blick. »Soll ich meinen Sim mit ein paar gigantischen Brüsten ausstatten?«

Javier schüttelte energisch den Kopf. »Hab ich nix von gesagt, war überhaupt nicht respektlos gemeint, äi! Dachte bloß, du könntst dir so Subs zulegen. Deine Initialien oder so … irgendwie …« Er verstummte, und seine eigenen Leuchtröhren waren nur mehr vage zu erkennen. »Ach so. Mollyduppen tuste mich, hm?«

»Wenn das necken heißt, Javier, dann ja.« Florimel wechselte einen amüsierten Blick mit Renie. »Aber warum hast *du* dich eigentlich so zurechtgemacht? Ich nehme an, dass du heute tatsächlich so aussiehst. So fein aufgeputzt, bloß für alte Freunde wie uns?«

Er zuckte mit den Achseln. »Geh mich vorstellen.«

»Bei einer Firma?«, erkundigte sich Renie.

»Kannste nullen. Ich will wieder zur Schule. AGAPA.«

»Arizona General and Pastoral Academy«, erläuterte Missus Simpkins.

»Bong. War Bonnie Maes Idee, irgendwie.« Er machte plötzlich den Eindruck, als würde er sich am liebsten aus der Runde verdrücken. »Na ja, meine auch.«

»Sag ihnen, was du tun möchtest, Javier«, forderte Missus Simpkins ihn auf.

Er zog ein finsteres Gesicht. »Nach … nach allem, was war, hab ich gedacht, ich könnt vielleicht … Pfarrer werden, irgendwie. Jugendpfarrer, tick? Mit Mikros arbeiten.« Er zog die Schultern hoch, wie um sich gegen Schläge zu wappnen. Er sah Florimel aus dem Augenwinkel an.

Renie und !Xabbu beglückwünschten ihn, aber er wartete sichtlich noch auf etwas.

»Weißt du was?«, sagte Florimel schließlich. »Ich halte das für eine großartige Idee, Javier. Ganz im Ernst.« Lächelnd beugte sie sich vor und gab ihm einen Kuss auf seine schwach schimmernde Backe. »Ich hoffe, dein Traum wird Wirklichkeit.«

Während seine Leuchtröhren völlig zu verblassen drohten, ging in seinem Gesicht ein anderes Licht auf. »Hab das ganze seyi-lo Zeug gepackt, dann kann ich jetzt alles packen, äi«, versicherte er.

»Amen«, sagte Bonnie Mae.

Kapitel 53
EIN GELIEHENES HAUS

NETFEED-MITTEILUNG:
ACHTUNG, DEIN ABONNEMENT LÄUFT AB!
(Bild: Netfeed-Marketingchef Salaam Audran)
Audran: "Dein Abonnement des Netfeed-Nachrichtendienstes läuft demnächst ab. Wir hoffen, unsere spannende Mischung von Nachrichten und Beiträgen, abgestimmt auf deine individuellen Interessen, hat dir gefallen, und deshalb möchten wir dir ein attraktives Angebot machen, das dir bestimmt zusagen wird. Wenn du jetzt dein Abo verlängerst, beziehst du nicht nur ein Jahr lang Netfeed zur Hälfte des regulären Preises, sondern dazu bekommst du noch diese hochwertige Allwetterjacke aus sagenhaft strapazierfesten Nanotechfasern mit dem Netfeed-Logo und außerdem eine unserer formschönen plasmaglyptischen Netfeed-Kaffeetassen …"

> »Seid ihr so weit?« Catur Ramsey bemühte sich nach Kräften um einen ruhigen Ton. Er hatte ziemliches Magenflattern, und dabei hatte er von allen am wenigsten Grund, nervös zu sein. »Ich denke, es ist Zeit.«

»Ich weiß nicht.« Vivien Fennis schaute sich in ihrem Wohnzimmer um, als würde sie es vielleicht nie wiedersehen. »Ich weiß nicht, was ich machen soll.«

»Müssen wir irgendwas sagen?«, fragte Conrad Gardiner heiser. Er war eine halbe Stunde lang im Raum hin- und hergegangen, während die anderen beiden sich vergewisserten, dass das Gear für die neue Neurokanüle seiner Frau richtig funktionierte, und jetzt brachte er es kaum fertig, still auf der Couch zu sitzen. »Oder gibt es … einen Knopf, den wir drücken müssen?«

»Nein.« Ramsey lächelte. »Wenn ihr bereit seid, dann machen ich und Herr Sellars alles Weitere.«

Der Übergang erfolgte im Nu: Eben noch hatten sie in einem schick möblierten Haus auf einem umzäunten kalifornischen Sicherheitsgelände gesessen, jetzt standen sie auf einem Fußweg am Rand eines dunklen, uralt wirkenden Waldes.

»O Gott«, sagte Vivien. Sie kehrte den Bäumen den Rücken und ließ den Blick über die grünen Hügel schweifen, auf denen die Tautropfen an den Gräsern in der Morgensonne funkelten. »Es … es ist so echt!«

»Nicht ganz auf dem Standard, den das Netzwerk vorher hatte«, meinte Ramsey. »Aber doch, es ist auch so noch recht eindrucksvoll, nicht wahr? Ich habe mich selbst noch nicht ganz dran gewöhnt.«

»Wer ist das?«, fragte Conrad. »Ist das …?«

Ramsey warf einen Blick auf die Gestalt, die gerade den kurvenreichen Hügelpfad hinunterkam. »Nein, das ist Sam Fredericks, pünktlich auf die Minute.«

Sam winkte und ging mit raschen Schritten auf sie zu. Der Anblick ihrer Hose und ihres dunklen Hemdes erinnerte Ramsey peinlich daran, wie sie auf seine dezente Frage reagiert hatte, ob sie sich für so einen besonderen Anlass nicht doch einmal zu einem Kleid entschließen könne. Dennoch musste er zugeben, dass sie abgesehen von der Teenager-Alltagskleidung wie ein Mädchen aussah, das in eine solche Märchenszenerie gehörte – strahlende Augen, ein buntes Tuch lose um die ungebärdige braune Lockenpracht geschlungen.

Schüchtern blieb sie vor ihnen stehen. »Ihr … ihr seid Orlandos Eltern, stimmt's?«

»Ja. Ich bin Vivien, und das ist Conrad.« Ramsey musste die Selbstbeherrschung der Frau bewundern. In den Stunden ungeduldigen Wartens vorher hatte er fast alle Emotionen an ihr gesehen, die sie sich jetzt nicht im Geringsten anmerken ließ. »Und du musst Sam sein. Wir haben deine Eltern kennen gelernt.« Sie zögerte, dann schloss sie Sam leicht zitternd in die Arme. Beide hielten sich einen Moment lang, als wüssten sie nicht so recht, was sie tun sollten. »Es … es ist, als würden wir dich auch kennen, Sam«, sagte Vivien und ließ sie los.

Sam nickte. Auch ihre mühsam gewahrte Fassung drohte zu zerbröseln. »Tja, dann gehen wir vielleicht mal«, sagte sie nach einer Weile. »Er wartet.«

Während die vier den gewundenen, von Steinen gesäumten Weg hinaufschritten, bemerkte Ramsey, dass Orlandos Eltern sich an den Händen hielten. *Sie haben viel Übung mit furchtbaren Situationen,* dachte er, *zu viel. Aber vielleicht hilft das jetzt.*

Andererseits, wie konnte jemand für so eine Situation gerüstet sein?

»Wo ... wo sind wir hier?«, fragte Vivien. Sie waren beinahe oben auf dem Hügel angekommen. Ein Fluss mit schilfbewachsenen Ufern plätscherte munter und mit fast melodischem Klang neben dem Pfad. Hinter ihnen erstreckte sich der Wald wie ein düsteres, erstarrtes Meer. »Eine solche Landschaft habe ich noch nie gesehen.«

»Sie ist aus Orlandos Lieblingsbuch«, antwortete Sam. »Jemand anders hatte sie schon gemacht. Er hätte auch in ein Schloss ziehen können, in irgendwas viel Tolleres, aber hier gefällt's ihm besser.« Sie schlug die Augen nieder; ihr Lächeln war angespannt.

»Jemand ... hat das hier gemacht?«, fragte Conrad. »Na ja, eigentlich wusste ich das vorher, aber ...«

»Es gibt noch mehr«, sagte Ramsey. »Viel mehr. Wenn ihr wollt, könnt ihr euch eines Tages alles anschauen.«

»Ihr solltet mal Bruchtal sehen!«, schwärmte Sam. »Das ist vielleicht chizz! Sogar ohne die Elben.«

Conrad Gardiner schüttelte verwirrt den Kopf, aber seine Frau hörte schon nicht mehr zu. Als sie sich der Kuppe des niedrigen Hügels näherten, sahen sie dahinter den nächsten, etwas höheren auftauchen. An seinem Hang stand ein gedrungenes Stein- und Holzhaus inmitten von Bäumen, einfach gebaut, aber wunderbar in die Umgebung eingebettet. »O Gott«, sagte Vivien leise, als sie die Mulde zwischen den Hügeln durchschritten und den nächsten Anstieg begannen. »Ist es das? Ich hätte nicht gedacht, dass ich so nervös sein würde.«

Eine Gestalt erschien in der Tür. Sie blickte auf die Ankömmlinge nieder, aber lächelte und winkte nicht.

»Wer ist das?«, fragte Conrad Gardiner. »Er sieht gar nicht aus wie ...«

»Ach, Conrad, hast du nicht zugehört?« Viviens Stimme klang zum Zerreißen gespannt. »So sieht er ... hier aus. Jetzt.« Sie wandte sich mit großen Augen Ramsey zu. »Das ist doch richtig? Oder?«

Catur Ramsey konnte nur nicken, zu sprechen traute er sich nicht mehr. Als er sich wieder umdrehte, hatte sich die Gestalt bereits in Bewegung gesetzt.

»Er ist so groß!«, sagte Vivien. »So breit!«

»Du hättest ihn mal sehen sollen, bevor er jünger wurde.« Sam Fredericks lachte – ein wenig überdreht, fand Ramsey. Er blieb stehen und zupfte Sam mahnend am Arm. Sie ließen Orlandos Eltern das restliche kurze Stück allein gehen.

»Orlando ...?« Ramsey hörte den plötzlichen Zweifel in der Stimme der Frau, als sie den hochgewachsenen, schwarzhaarigen jungen Mann vor sich ansah. »Bist ... bist du das ...?«

»Ich bin's, Vivien.« Er hob die Hände und presste sie sich dann jäh über Nase und Mund, als wollte er etwas zurückhalten, das mit Gewalt hinauswollte. »Ich bin's, Mama.«

Mit einem Sprung warf sie sich ihm so heftig in die Arme, dass sie beide beinahe neben dem Pfad auf den Rasen gefallen wären. »He, Vorsicht!«, rief Orlando mit rauhem Lachen, da kam Conrad dazu und umarmte sie beide. Zu dritt verloren sie tatsächlich das Gleichgewicht, und einer zog den anderen zu Boden. Dann saßen sie alle im Gras, hielten sich umfangen und brabbelten Dinge, die Ramsey nicht genau verstehen konnte.

Vivien lehnte sich als Erste zurück, doch sie ließ eine Hand an Orlandos Gesicht und fasste mit der anderen seinen Arm, als traute sie sich nicht, ihn loszulassen. »Aber wie ... Ich verstehe das nicht ...« Da sie keine Hand frei hatte, um sich die Augen zu wischen und die Nase zu putzen, konnte sie nur zwinkern und laut schniefen. »Das heißt, ich verstehe schon – Herr Ramsey hat es uns ja erklärt oder es wenigstens versucht, aber ...« Sie zog seine Hand an ihre Wange, küsste sie. »Bist du sicher, dass du es bist?« Ihr Lächeln war schief, in ihren Augen glänzten Furcht und Hoffnung. »Ich meine, wirklich du?«

»Ich weiß nicht.« Orlando betrachtete sie, als hätte er vergessen, wie sie aussah, und nur einen kleinen Moment Zeit, sich ihre Züge aufs Neue einzuprägen. »Ich weiß nicht. Aber ich fühle, als wär ich's. Ich denke, als wär ich's. Ich hab ... ich hab bloß keinen richtigen Körper mehr.«

»Da unternehmen wir was.« Conrad Gardiner hatte ein verzerrtes Grinsen im Gesicht und hielt Orlandos anderen Arm mit beiden

Händen fest. »Spezialisten … irgendwer muss …« Dann stockte er und konnte nicht mehr weiterreden.

Orlando lächelte. »Glaub mir, dafür gibt's keine Spezialisten. Vielleicht eines Tages mal.« Sein Lächeln verzitterte ein wenig. »Wir sollten froh sein über das, was wir haben.«

»Oh, Orlando, das sind wir«, versicherte seine Mutter.

»Denkt euch … denkt euch, ich wär im Himmel. Nur mit dem Unterschied, dass ihr mich besuchen könnt, wann ihr wollt.« Wieder liefen ihm Tränen über die Wangen. »Wein doch nicht, Mama! Da scän ich total ab.«

»Entschuldige.« Sie ließ ihn kurz los, um sich mit dem Ärmel ihrer Bluse die Tränen abzutupfen, dann hielt sie inne und starrte den Ärmel an. »Das … fühlt sich an wie echt. Das alles hier.« Sie schaute zu ihrem Sohn auf. »Du auch, obwohl ich … diese Version von dir noch nie zuvor gesehen habe.«

»Ich fühl mich auch wie echt«, erwiderte er. »Und aussehen tu ich jetzt einfach so. Der andere, der ich früher war … tja, den gibt's nicht mehr. Ihr müsst ihn nie wieder angucken und traurig sein, weil … weil er so aussah.«

»Das hat uns nie was ausgemacht!«

»Es hat euch was ausgemacht, wie mir zumute war, wenn andere Leute mich angeglotzt haben.« Er strich ihr eine über die Backe rollende Träne weg. »So wird es von jetzt an sein, Vivien. *So* schlecht ist es doch gar nicht, oder?« Er schluckte, dann sprang er abrupt auf und zog seine Eltern in die Höhe, als ob sie Kinder wären.

»Wie stark du bist!«

»Ich bin Thargor der Barbar – quasi.« Orlando zog eine Grimasse.

»Aber ich glaub, ich geb den Namen auf. Er ist irgendwie … wuffig.« Er wollte jetzt los und sie herumführen. »Kommt, ich zeig euch mein Haus. Eigentlich gehört es mir gar nicht, ich hab's mir nur von Tom Bombadil geliehen. Ich kann es haben, bis ich mir selbst eins gebaut hab.«

»Tom …?«

»Bombadil. Na, sag mal, den Namen musst du doch noch kennen! *Du* hast doch damals gesagt, ich soll das Buch lesen.« Er nahm sie und drückte sie an sich. Als er sie losließ, wankte sie und war schon wieder in Tränen aufgelöst. »Ich will euch alles zeigen. Wenn ihr das nächste

Mal kommt, werden die Grabwichte und Tom und Goldbeere und überhaupt alle da sein. Es wird ganz anders sein.« Er wandte sich zu Ramsey und Sam um. »Kommt, ihr beiden! Ihr müsst mal die Aussicht aufs Flusstal sehen, die ich hier habe.«

Orlandos Eltern bürsteten sich gerade das Laub und das Gras von den Sachen, als sie über eine Bewegung zu ihren Füßen erschraken. Ein schwarzes, haariges und höchst seltsames Wesen kam unter einem der Randsteine am Weg hervor.

»Mit den kleinen Psychos da musste mal was unternehmen, Boss«, schrie es. »Die machen mich noch wahnsinnig!« Da erblickte es Orlandos Gäste und blieb mit unnatürlich weit aufgerissenen Augen stehen.

Vivien machte unwillkürlich einen Schritt zurück. »Was ...?«

»Das ist Beezle«, sagte Orlando und grinste wieder. »Beezle, das sind meine Eltern, Vivien und Conrad.«

Der unförmige Cartoonkäfer gaffte sie einen Moment lang an, dann machte er eine kleine Verbeugung. »Yeah, klar. Freut mich und so.«

Conrad war ganz verdattert. »Das ... es ... das ist dieses Gearding.« Beezles schief stehende Augen wurden schmal. »Oh, reizend. ›Gearding‹, hä? Ich hab dem Boss gesagt, okay, vorbei ist vorbei, Schwamm drüber – aber wenn ich mich nicht irre, habt ihr bei unserm letzten Kontakt versucht, mir den Saft abzudrehen.«

Orlando grinste. »Beezle hat die Welt gerettet, müsst ihr wissen.«

Der Käfer winkte gönnerhaft ab. »Andere ham mitgeholfen.«

»Und er wird hier bei mir bleiben und mir zur Hand gehen. Und auf Abenteuer.« Orlandos Haltung straffte sich. »He! Ich muss euch von meinem neuen Job erzählen!«

»Job?«, fragte Conrad matt.

»Wir ... wir freuen uns, dich kennen zu lernen, Beezle«, sagte Vivien zaghaft, aber sie sah nicht sehr erfreut aus.

»Für dich immer noch ›Mister Bug‹, Lady«, knurrte er, dann strahlte er plötzlich über sein ganzes Cartoongesicht. »Ach was, war nur'n Witz. Lass gut sein. Gear ist nicht nachtragend.«

Weitere Debatten wurden von einer Wolke winziger gelber Affen verhindert, die kreischend aus dem Wald gesaust kamen.

»Beegle Buzz! Ham dich!«

»Spielen komm'!«

»Käferkille spielen!«

Beezle stieß einen Schwall Flüche aus, die sich wie die akustische Umsetzung eines Satzzeichensalats anhörten, dann verschwand er wieder im Boden. Die Äffchen hingen enttäuscht in der Luft.

»Kein Spaß«, piepste ein Stimmchen.

»Wir haben grad was vor, Kids«, teilte Orlando ihnen mit. »Könnt ihr 'ne Weile woanders spielen gehen?«

Der Affentornado wirbelte ihm ein paarmal um den Kopf und stieg dann in die Luft auf.

»Okay, Landogarner!«, kreischte ein Äffchen. »Gehn wir halt.«

»Kilohana!«, quiekte ein anderes. »Los, gehn wir die Steintrolle anpupen!«

Die gelbe Wolke ballte sich zusammen und flitzte blitzschnell über die Hügel. Orlandos Eltern standen da wie Unfallopfer, so offensichtlich von allem überrollt, dass Ramsey ihnen am liebsten den Rücken zugekehrt und diskret weggeschaut hätte.

»Keine Bange, es geht hier nicht immer so hoch her«, versicherte ihnen Orlando.

»Wir … wir möchten einfach nur bei dir sein.« Vivien holte tief Atem und versuchte zu lächeln. »Ganz gleich, wo du bist.«

»Ich bin froh, dass ihr hier seid.« Eine Weile stand er nur da und blickte sie an. Seine Unterlippe zitterte, doch dann rang er sich seinerseits ein Lächeln ab. »He, kommt euch das Haus angucken! Alle mitkommen!«

Er setzte an loszugehen, drehte sich aber sofort wieder um und nahm Conrad und Vivien an der Hand. Er war viel größer als die beiden, und sie mussten fast laufen, um mit seinen langen Schritten mitzuhalten.

Ramsey sah zu Sam Fredericks hinüber. Er reichte ihr sein virtuelles Taschentuch und gab ihr Zeit, davon Gebrauch zu machen, dann folgten sie der Familie Gardiner den Hügel hinauf.

> »Du siehst viel besser aus als bei unserer letzten Begegnung«, sagte Calliope.

Die Frau im Bett nickte. Ihr Gesicht war ausdruckslos, als ob jemand sorgfältig alles Leben darin ausradiert hätte. »Du auch. Ich staune, dass du überhaupt gehen kannst.«

Calliope deutete auf die Plastahl-Röhren neben ihrem Stuhl. »Auf Krücken. Sehr langsam. Aber die Ärzte können heutzutage die reinsten Wunder vollbringen. Das wirst du auch schon gemerkt haben.«

»Ich werde nicht gehen können, egal was sie machen.«

Darauf ließ sich nicht viel entgegnen, aber Calliope versuchte es trotzdem. »Wäre es besser gewesen, zu sterben?«, fragte sie sanft.

»Ausgezeichnete Frage.«

Calliope seufzte. »Tut mir leid, dass es dich so hart getroffen hat, Frau Anwin.«

»Na ja, unverdient war's nicht«, erwiderte die junge Frau. »Ich war kein Unschuldslamm. Ein Idiot, ja – aber kein Unschuldslamm.«

»Niemand hat John Dread verdient«, sagte Calliope mit Nachdruck.

»Kann sein. Aber er wird nicht kriegen, was *er* verdient hat, stimmt's?«

Calliope zuckte mit den Schultern, doch derselbe Gedanke brannte seit Tagen auch in ihr. »Wer kriegt schon je, was er verdient? Aber ich wollte dich noch was fragen. Was hast du eigentlich mit dem Pad gemacht, nachdem ich den Notruf durchgegeben hatte? Was hast du abgeschickt?«

Die Amerikanerin machte langsam die Augen zu und wieder auf. »Einen Datenfresser.« Sie sah Calliopes verständnislose Miene. »Ein Ding, das Information vernichtet. Es hatte ein paar Stunden vorher mein halbes System gefressen, und ich hoffte, es würde ihn fertig machen. Ich hab's in seine eigenen … Dateien verpackt. Diese grauenhaften Bilder. Er sollte nicht gleich merken, was es ist.«

»Vielleicht ist das die Ursache, dass er im Koma liegt.«

»Ich wollte ihn umbringen«, sagte sie hart. »Qualvoll. Das ist gescheitert.«

Sie saßen sich eine Weile schweigend gegenüber, doch als Calliope schließlich Anstalten machte aufzustehen, sprach die Frau plötzlich weiter. »Ich … ich hab was auf dem Gewissen.« Ein Ausdruck trat in ihre Augen, eine seltsame Mischung aus Furcht und Hoffnung. Calliope sah es mit Unbehagen. »Es … belastet mich schon lange. Es war in Cartagena …«

Calliope hielt eine Hand hoch. »Ich bin keine Priesterin, Frau Anwin. Und ich will von dir nichts mehr über diesen Fall hören. Ich habe die Berichte gelesen und das Protokoll deines Gesprächs mit Detective

Chan. Ich kann so gut zwischen den Zeilen lesen wie andere auch.« Sie unterband einen erneuten Versuch mit einem scharfen Blick. »Das mein ich ernst. Ich vertrete das Gesetz. Überleg es dir sehr genau, ob du wirklich reden willst. Wenn du dann weiterhin das Bedürfnis verspürst … dein Gewissen zu erleichtern oder so, kannst du jederzeit die Polizei in Cartagena anrufen. Aber ich kann dir sagen, dass die Gefängnisse in Kolumbien kein reines Vergnügen sind.« Sie milderte ihren Ton. »Du hast viel durchgemacht. Du wirst noch viel Zeit zum Nachdenken haben, bis du einigermaßen wiederhergestellt bist, und danach musst du beschließen, was du mit dem Rest deines Lebens anfangen willst.«

»Du meinst, weil ich meine Beine nie mehr gebrauchen kann, nicht wahr?« Das nicht zu überhörende Selbstmitleid ärgerte Calliope.

»Ja, ohne deine Beine. Aber du bist am Leben, oder? Du hast die Chance zu einem neuen Anfang. Das ist mehr, als viele andere Leute haben. Das ist mehr, als Dreads andere Frauen hatten.«

Einen Moment lang funkelte Dulcy Anwin sie an, und Calliope machte sich auf eine zornige Erwiderung gefasst, doch die Amerikanerin schluckte herunter, was sie auf der Zunge hatte. Ihr Gesicht erschlaffte wieder. »Ja«, sagte sie. »Du hast recht. Ich sollte mich wohl in Dankbarkeit üben, was?«

»Lass dir Zeit damit, später wird dir das leichterfallen«, meinte Calliope. »Okay, alles Gute. Ganz ehrlich. Aber ich muss jetzt gehen.«

Dulcy nickte und griff nach einem Glas Wasser, das auf dem Nachttisch stand. Dann zögerte sie. »Ist er wirklich hinüber?«, fragte sie. »Und kommt nicht wieder? Bist du sicher?«

»So sicher, wie man nur sein kann.« Calliope bemühte sich um einen ruhigen, geschäftsmäßigen Ton. »Es ist seit einer Woche keinerlei Lebenszeichen bei ihm festzustellen, keine Veränderung, nichts, was darauf hindeutet, dass er aufwachen könnte. Und er wird Tag und Nacht bewacht. Selbst wenn er zu sich kommt, wandert er schnurstracks ins Gefängnis.«

Dulcy entgegnete nichts. Sie nahm das Glas und führte es mit zitternder Hand an den Mund, trank aber nicht.

»Tut mir leid, aber ich muss jetzt wirklich gehen.« Calliope griff sich ihre Krücken. »Ruf mich an, wenn ich dir irgendwie behilflich sein kann. Dein Visum ist übrigens verlängert worden.«

»Danke.« Dulcy trank endlich und stellte das Glas wieder ab. »Und danke auch für ... für alles andere.«

»Keine Ursache«, sagte Calliope und humpelte langsam zur Tür.

Der Wachposten erkannte sie, aber dennoch musste sie ihre Marke vor den Leser halten, ehe er sie einließ. Calliope hieß das gut. Die schwere Tür klackte auf, und sie trat in den Flur mit den großen Scheiben, die nur von einer Seite durchsichtig waren. Der Posten griff hinter sie, um sich zu vergewissern, dass die Tür wieder richtig zu war.

»Irgendwas Besonderes?«, fragte sie.

»Nö. Noch mal zwei Ärzte heute. Nichts. Reflextests, Pupillenerweiterung, das volle Programm. Reine Formsache, dass er nicht für tot erklärt wird. Sie könnten ihn genauso gut beerdigen.«

Der Gedanke jagte ihr einen abergläubischen Schauder über den Rücken. *Dann müsste ich mich mit Silberkugeln und einem angespitzten Pfahl ans Grab stellen.* »Er ist schon einmal für tot erklärt worden«, meinte sie zu dem Wächter. »Vorsicht ist besser als Nachsicht.« Sie trat an das Fenster, starrte durch die Maschen des Spanndrahtes. Die in einem Lichtkegel liegende Gestalt war an das schwere Bettgestell geschnallt und mit Schläuchen, Kabeln und Hautsensoren behängt, die weitere Horrorfilmassoziationen auslösten – wie Frankensteins Ungeheuer sich von Stromblitzen umknistert langsam aufrichtete und seine Fesseln sprengte. Dreads Augen waren einen winzigen Spalt weit geöffnet, seine Finger leicht gekrümmt. Sie versuchte sich einzureden, dass sie hie und da ein minimales Zucken wahrnahm, doch die einzige Regung war das langsame Auf und Nieder seiner Brust, verursacht durch die automatischen Pumpsysteme, die Atem und Blut in ihm zirkulieren ließen.

Er kommt nicht wieder, sagte sie sich. *Was es auch war, Charge, irgendein Datenfresser, er ist jetzt irgendwo anders – so gut wie tot, wie der Mann gesagt hat. Auch wenn du den Rest deines Lebens jeden Tag hierher kommst, wirst du keine Veränderung feststellen, Skouros. Er kommt nicht wieder.*

Seltsamerweise verschaffte ihr das keine große Erleichterung, schon gar nicht die Lösung des inneren Drucks, die sie dringend nötig hatte, wie ihr jetzt erst klar wurde. *Aber das heißt, dass er entwischt ist,* dachte sie und merkte dabei erst, als sie den schmerzhaften Stich in ihren heilenden Rückenmuskeln spürte, wie ihre Finger die Fensterbank umkrallten.

Er ist billig davongekommen. Nach allem, was er getan hat, ist er uns einfach durch die Lappen gegangen. Er sollte eigentlich in der Hölle braten, und stattdessen verschläft er wahrscheinlich den Rest seines Lebens und tritt irgendwann friedlich ab.

Sie zog ihre Krücken wieder fest an die Unterarme, warf einen letzten Blick auf das stille, fast ansprechende Gesicht und begab sich langsam zurück zur Sicherheitstür.

Das Leben geht weiter, sagte sie sich. *Manchmal geht's halt so aus. Das Universum ist kein Kindermärchen, wo am Schluss alle ihren gerechten Lohn bekommen.*

Sie seufzte und hoffte, dass Stan einen Parkplatz in der Nähe gefunden hatte. Ihr taten die Beine weh, und sie brauchte dringend einen Kaffee.

> Er wollte schlafen, nichts als schlafen, aber sie ließen ihn nicht. Er hatte seit Tagen nicht geschlafen, vielleicht seit Wochen. Er konnte sich nicht mehr erinnern. Aber nicht genug damit, dass er völlig außer Atem war und ihm die Kehle brannte, roch er auf einmal auch noch Rauch.

Buschfeuer. Sie haben ein Buschfeuer angezündet, um mich ins Freie zu treiben. Er war so von Wut und Verzweiflung erfüllt, dass er am liebsten aufgesprungen wäre und zum Himmel geschrien hätte. Warum ließen sie ihn nicht in Ruhe? Tage, Wochen, Monate – er hatte jedes Zeitgefühl verloren. Er war mit seiner Kraft am Ende.

Aber er durfte nicht aufgeben – was sie mit ihm machen würden, war zu schrecklich. Er durfte sich nicht von der Furcht in die Knie zwingen lassen. Niemals!

Die Rauchschwaden umringelten ihn, krümmten sich wie lockende Finger. Er hörte jetzt den Lärm näher kommen, nicht nur von hinten, sondern auch von links, die schrillen Schreie, die auf dem flammenheißen Wind heranwehten. Er rappelte sich todmüde auf und machte ein paar humpelnde Schritte durch das dichte Gestrüpp. Sie trieben ihn aus dem Eukalyptuswald zurück in die leere Wüste. Das Licht war trübe – es war die ganze Zeit so trübe! Wo war die Sonne hin? Wo war das Tageslicht, das diese scheußlichen Bestien zwingen würde, sich in der Erde zu verkriechen, das ihm gestatten würde, sich auszuruhen?

Es dämmert schon ewig! wollte er protestieren. *Das ist nicht fair!* Doch während er sich noch über die ungeheuerliche Grausamkeit des Universums empörte, hörte er dicht hinter sich ein hustendes Bellen. Er taumelte aus dem nutzlos gewordenen Unterschlupf hinaus ins Offene. Die graugelbe Steinfläche, die sich vor ihm erstreckte, drohte ihm gnadenlos die nackten Füße zu zerschneiden, doch er hatte keine Wahl. Schwitzend und bereits erschöpft, obwohl die Jagd gerade erst wieder losging, rannte er in die Salzpfanne hinunter und in das tote, kahle Land hinaus.

Die Schreie hinter ihm wurden lauter, unmenschliche Stimmen, die ausgelassen juchzten und wie Aaskrähen kreischten. Er schaute sich um, obwohl er wusste, dass das ein Fehler war, dass ihr Anblick ihn nur schwächen konnte. Umzüngelt von den Flammen des Buschfeuers kamen sie in langen Sätzen aus dem Gehölz, aus dem er kurz vorher erst geflohen war, lachten und gackerten, als sie ihn erspähten, eine Meute grässlicher Schatten aus den Geschichten seiner Mutter, einige in Tiergestalt, andere nicht, aber alle durchweg riesenhaft und furchtbar anzuschauen. Alle weiblich.

Seine Mutter führte johlend die Meute an, die Traumzeitschlampe persönlich, wie immer die Erste und Wildeste mit ihren böse funkelnden Dingoaugen und ihrem weit aufgerissenen haarigen Dingomaul, das ihn hinunterschlingen wollte in ihr grausiges rotes Inneres. Hinter ihr kam das Hurenaas Sulaweyo mit ihrem scharfen Speer, daneben die Fotzen Martine und Polly, die irgendwie zu einem einzigen steinäugigen, blinden, unbarmherzigen Monster zusammengewachsen waren. Und hinter diesen wiederum stürmten die ganzen anderen durch den wallenden Rauch – das hungrige Rudel der Mopaditi, der namenlosen, nahezu gesichtslosen Toten. Aber sie brauchten keine Gesichter. Die toten Frauen hatten schreckliche Klauen und scharfe Reißzähne und Beine, die ewig laufen konnten, ohne je zu ermüden.

Sie jagten ihn Stunde für Stunde, Tag für Tag, Woche für Woche. Sie würden ihn immer jagen.

Weinend wie ein von Albträumen geplagtes Kind, wimmernd vor

Erschöpfung und Schmerzen und Grauen, rannte Johnny Wulgaru nackt durch die dürren Weiten der Traumzeit und suchte verzweifelt ein Versteck, das es nicht gab.

> Sie zog ihn in einen kleinen Park gegenüber vom Krankenhaus, obwohl sie gar nicht genau wusste, warum. Die Strahlen des Abendlichts fielen lang zwischen den Häusern hindurch, und die Vorstellung, geblendet von dem harten Licht in einem Taxi zu sitzen und in die Pension zurückzufahren, deprimierte sie. Sie wollte schlafen, aber sie wollte auch reden. Im Grunde genommen wusste sie nicht mehr, was sie wollte.

Sie setzten sich auf eine Bank am Weg, neben einem kleinen, aber erstaunlich gepflegten Blumenbeet. Eine Schar Kinder spielte auf der anderen Parkseite auf einer Bank, von der sie sich lachend gegenseitig hinunterschubsten. Eines purzelte auf den Asphaltweg, doch als Renie gerade reflexhaft aufstehen wollte, sprang das kleine Mädchen schon wieder auf die Füße und machte sich wild entschlossen daran, ihren Platz auf der Bank zurückzuerobern.

»Heute hat er besser ausgesehen, fandest du nicht?«, fragte Renie. »Ich meine die Art, wie er gelächelt hat – das war ein echtes Stephenlächeln.«

»Er macht wirklich einen besseren Eindruck.« !Xabbu beobachtete nickend die Kinder. »Eines Tages würde ich dir gern die Gegend zeigen, wo ich aufwuchs«, sagte er. »Nicht nur das Delta, sondern auch die Wüste. Sie kann sehr schön sein.«

Renie war in Gedanken immer noch bei Stephen; sie brauchte einen Moment, um umzuschalten. »Ich bin doch schon mal da gewesen«, sagte sie. »Jedenfalls in der Wüste, die du gemacht hast. Die war wirklich wunderschön.«

Er sah sie eindringlich an. »Du wirkst sehr besorgt, Renie.«

»Ich? Ich mach mir bloß Gedanken wegen Stephen.« Sie lehnte sich zurück. Die Kinder hatten mittlerweile ihre Bank verlassen und liefen auf dem staubigen, rissigen Asphalt in der Mitte des Parks im Kreis um eine einsame Palme herum. »Denkst du auch manchmal darüber nach, was das alles zu bedeuten hat?«, fragte sie unvermittelt. »Ich meine, jetzt … wo wir Bescheid wissen.«

Er sah sie abermals an, dann ging sein Blick zu den kreischenden Kindern zurück. »Was das alles zu bedeuten hat ...?«

»Na ja, du hast doch diese andern Geschöpfe gesehen. Diese ... Informationswesen. Wenn sie die nächste Lebensform sind, was wird dann aus uns?«

»Das verstehe ich nicht, Renie.«

»Was wird aus uns? Welche ... *Daseinsberechtigung* gibt es für uns? Für uns alle. Alle auf Erden, die wir weiter leben, uns fortpflanzen, sterben. Sachen herstellen. Uns streiten. Aber diese Informationswesen sind die Zukunft, und sie sind ohne uns weitergeflogen.«

Er legte sinnend den Kopf in den Nacken. »Müssen denn Eltern sterben, wenn ihre Kinder einmal geboren sind? Ist ihr Leben damit zu Ende?«

»Nein, natürlich nicht – aber hier liegt der Fall anders. Eltern sorgen für ihre Kinder. Sie ziehen sie groß. Sie helfen ihnen.« Sie seufzte. »Tut mir leid, ich bin einfach ... ich weiß nicht. Traurig. Keine Ahnung, warum.«

Er nahm ihre Hand.

»Ich frage mich halt, was das alles für Konsequenzen hat«, sagte sie mit einem leisen Lachen. »Wahrscheinlich liegt es bloß daran, dass soviel passiert ist. Beinahe wäre die Welt untergegangen. Wir ziehen zusammen. Wir haben Geld! Aber ich bin mir immer noch nicht sicher, ob ich es annehmen will.«

»Stephen wird einen Rollstuhl und ein Spezialbett brauchen«, sagte !Xabbu sanft. »Fürs Erste wenigstens. Und das Haus in den Hügeln hat dir gefallen.«

»Ja, aber ich weiß nicht, ob ich in das Haus *gehöre.«* Sie lachte wieder, schüttelte den Kopf. »Entschuldige. Ich bin gerade ein bisschen heikel.«

Ein kleines, verschmitztes Lächeln erschien auf seinem Gesicht. »Außerdem gibt es eine Sache, für die ich etwas von meinem Teil des Geldes ausgeben möchte. Um die Wahrheit zu sagen, habe ich es bereits getan.«

»Was denn? Du guckst ganz geheimnisvoll.«

»Ich habe ein Stück Land gekauft. Im Okawangodelta. Einer der Verträge war ausgelaufen, und es wurde verkauft.«

»Da bist du doch aufgewachsen. Was ... was hast du damit vor?«

»Ich will dort Zeit verbringen.« Er sah ihre Miene, und seine Augen wurden weit. »Nicht allein! Mit dir, hoffe ich. Und mit Stephen, wenn er kräftig genug ist, und eines Tages vielleicht sogar mit Kindern, die wir zusammen haben. Auch wenn sie in der Stadtwelt leben werden, sollte das nicht heißen, dass sie nie etwas Anderes kennen lernen.«

Beruhigt lehnte sie sich wieder zurück. »Im ersten Augenblick dachte ich, du hättest deine Meinung geändert … was uns betrifft.« Jetzt musste sie dennoch die Stirn runzeln. »Du hättest es mir ruhig sagen können, weißt du. Ich hätte nicht versucht, dich davon abzubringen.«

»Ich sage es dir ja. Ich musste die Entscheidung sehr rasch auf dem Weg hierher treffen.« Er lächelte wieder. »Siehst du, was dein Stadtleben mit mir macht? Ich verspreche, mich ein Jahr lang nicht mehr hetzen zu lassen.«

Sie erwiderte sein Lächeln, wenn auch etwas müde, und drückte seine Hand. »Tut mir echt leid, dass ich so anstrengend bin. So viele Sachen, über die nachgedacht werden muss, und alle sind sie so groß und wichtig, und … und irgendwie frage ich mich nach wie vor, ob das alles noch einen Wert hat.«

Er betrachtete sie eine Weile. »Die neuen Wesen nahmen die Geschichten meines Volkes auf eine uns unvorstellbare Reise mit – heißt das nun, dass mein Volk selbst keinen Wert mehr hat?«

»Ob dein Volk …? Natürlich nicht!«

»Und du hast eine Version meiner Wüstenwelt gesehen, die ich nach meinen persönlichen Erinnerungen baute – heißt das, wir hätten nichts davon, ihre wahren Formen und Farben zu sehen? Wir hätten nichts davon, Stephen und unsere Kinder dort unter den wirklichen, lebendigen Sternen schlafen zu lassen?«

»Nein.«

Er ließ ihre Hand los und beugte sich zu etwas neben der Bank hinunter. Als er sich wieder aufrichtete, hielt er eine kleine rote Blüte in der Hand. »Erinnerst du dich noch an die Blume, die ich einmal für dich machte? Am ersten Tag, als du mir zeigtest, wie deine virtuelle Welt funktioniert?«

»Na klar.« Wie gebannt starrte sie auf die Blütenblätter, leicht ausgefranst an einer Kante, wo ein kleines Maul daran geknabbert hatte, auf ihre satte, rote, samtige Farbe, auf den goldenen Blütenstaubtupfer an !Xabbus braunem Handgelenk. »Sie war sehr hübsch.«

»Die hier habe ich nicht gemacht«, sagte er. »Sie ist echt, und sie wird sterben. Aber jetzt, in diesem Augenblick, können wir sie zusammen anschauen. Das ist doch etwas, oder?«

Er reichte sie ihr. Sie führte sie an die Nase und schnupperte daran.

»Du hast recht.« Sie fasste wieder seine Hand. Etwas in ihr, das seit ihrem Ausstieg aus dem Tank verklemmt und in sich verschlossen gewesen war, begann sich endlich zu öffnen und entfaltete seine Flügel in ihrem Herzen. »Ja. Doch, unbedingt. Das ist etwas.«

Die Straßenlaternen gingen an, aber hinten im Park spielten die Kinder weiter, ohne sich am Einbruch der Dunkelheit zu stören.

AUSBLICK

> Sogar die Geräusche der Schlacht waren jetzt beinahe verklungen, und er hörte das Donnerkrachen der schweren deutschen Geschütze nur noch als einen tiefen Bass, dessen leises Rumpeln im Hintergrund ihm keine Furcht mehr einflößte. Er schwamm auf unbegreifliche Weise nach oben, angezogen von einem Licht wie der ersten Morgenröte, und im Aufsteigen hörte er wieder ihre Stimme, die Traumstimme, die so lange zu ihm gesprochen hatte.

»Paul! Geh nicht von uns!«

Doch etwas daran war jetzt anders – alles war irgendwie anders. Er hatte sie so viele Male gehört, beinahe gefühlt, eine Erscheinung mit Flügeln, mit flehenden Augen, doch erst jetzt, wo er dem heller werdenden Licht entgegenstrebte und nicht wusste, wie ihm geschah, sah er sie ganz. Sie schwebte vor ihm, die Arme ausgebreitet. Ihre Flügel, erkannte er, waren ein Netz von Rissen, durch die Lichtstrahlen drangen. Ihr Gesicht war traurig, unendlich traurig, aber irgendwie nicht ganz real, wie eine Ikone, die immer wieder übermalt worden war, bis das ursprüngliche Gesicht praktisch unkenntlich war.

»Geh nicht, Paul!«, bat sie. Zum ersten Mal lag noch mehr als Traurigkeit in ihren Worten, ein fordernder Ton, ein hoffnungsloser, harter Befehl.

Er wollte ihr antworten, aber er konnte nicht sprechen. Endlich erkannte er sie. Alles strömte ihm ins Gedächtnis zurück – der Turm, die Lügen, die furchtbaren letzten Augenblicke. Auch ihr Name.

»Ava!« Doch als er ihn aussprach, als er endlich die Stimme wiederfand, war sie fort.

Und da wachte er auf.

Zunächst dachte er, das endlose Grauen ginge einfach weiter, er wäre nur in den nächsten Albtraum geraten, wo sich ihm anstelle des Chaos der Schlacht und des surrealen Riesenschlosses eine andere grässliche

Todesvision bot – weiße Wände, gesichtslose weiße Phantome. Dann nahm einer der Ärzte seine Chirurgenmaske ab und richtete sich auf. Er hatte ein ganz normales Gesicht, das Gesicht eines Fremden.

»Er ist da.«

Die anderen stellten sich ebenfalls aufrecht hin und wichen zurück, und eine neue Gestalt im Chirurgenkittel wurde sichtbar, ein lächelnder Mann mit asiatischen Zügen, der sich über ihn beugte.

»Herzlich willkommen, Herr Jonas«, sagte er. »Mein Name ist Owen Tanabe.«

Paul konnte ihn nur begriffsstutzig anstarren. Er ließ seine Augen durch den weitläufigen weißen Raum schweifen, über die langen Apparatereihen. Er hatte nicht die leiseste Ahnung, wo er war.

»Du bist zweifellos ein wenig verwirrt«, fuhr Tanabe fort. »Das ist völlig verständlich – ruh dich so lange aus, wie du möchtest. Wir haben dich in einem Erste-Klasse-Zimmer untergebracht; der Raum ist in dieser Klinik ansonsten für Kranke von Rang und Namen reserviert.« Er lachte kurz auf. Der Mann war offensichtlich nervös. »Aber du bist gar nicht krank, Herr Jonas, nur vielleicht noch ein wenig schwach. Und bei unserer guten Pflege wirst du sicher bald wieder bei Kräften sein.«

»Wo … wo bin ich?«

»In Portland, Oregon, Herr Jonas. Im Gateway Hospital. Du bist dort als Gast der Telemorphix Corporation.«

Erinnerungsbruchstücke trieben nach oben, aber sie machten ihn nur noch konfuser. »Telemorphix …? Oregon? Nicht Louisiana? Nicht bei der … der J Corporation?«

»Ah.« Tanabe nickte ernst. »Wie ich sehe, beginnst du dich wieder zu erinnern. Das Ganze ist ein schreckliches Missgeschick, Herr Jonas, ein ganz schreckliches Missgeschick. Ein sehr schwerwiegender Fehler … der übrigens nicht von uns begangen wurde, sondern von der J Corporation, wie ich betonen muss. Aber wir haben ihn behoben. Wir hoffen … wir hoffen, dass du das nicht vergessen wirst.«

Paul konnte nur den Kopf schütteln. »Ich verstehe gar nichts.«

»Zeit und Ruhe, Herr Jonas, das ist alles, was du gegenwärtig brauchst. Und jetzt möchten wir dich auch nicht länger stören. Einige meiner Kollegen wollten gleich ein Gespräch mit dir führen, aber ich habe ihnen erklärt: ›Erst müssen wir Herrn Jonas die Aufrichtigkeit unserer Anteilnahme beweisen, unsere Betroffenheit und Empörung über das, was ihm angetan wurde.‹ Du bist das Opfer eines höchst bedauerlichen Irrtums geworden, Herr Jonas, aber wir stehen auf deiner Seite. Die Telemorphix Corporation ist dein Freund. Wir werden dafür sorgen, dass alles wieder ins Reine kommt.«

Während Paul immer noch kopfschüttelnd die Neurokanüle an seinem Schädelansatz befingerte – ein teures Stück, an dessen Erwerb er sich nicht erinnern konnte –, wurde er in das Privatzimmer geschoben, das in der Tat mehr Ähnlichkeit mit einer Hotelsuite hatte als mit den normalen Räumlichkeiten in einem Krankenhaus. Nur die diskrete Monitorzeile neben dem Bett deutete auf den wahren Charakter des Zimmers hin. Zwei schweigende Sanitäter halfen ihm auf die Matratze hinüber – Paul stellte erstaunt fest, dass seine Beine ihn beinahe trugen, auch wenn sie sich furchtbar schwach anfühlten –, und dann stand nur noch Tanabe in der Tür, weiterhin unbeirrt lächelnd.

»Ach, eines noch. Ich nehme an, du bist zu müde, um jetzt gleich Besuch zu empfangen?«

»Besuch?« Er war erschöpft, aber ihm graute davor, die Augen zu schließen und dann womöglich in einer noch absonderlicheren Situation aufzuwachen. »Nein, ich bin nicht zu müde.«

Tanabes Maske fröhlicher Fürsorglichkeit verwackelte ein wenig. »Aha. Gut. Aber dein Arzt und … und die Anwältin deines Besuchs … sind übereingekommen, dass eine Viertelstunde im Moment das Äußerste ist, was man dir zumuten kann. Wir möchten keinesfalls deine Gesundheit gefährden.« Die penetrant optimistische Miene kehrte zurück. »Schließlich bist du für uns alle eine wichtige Persönlichkeit.«

Paul konnte nur völlig perplex ins Leere starren, als Tanabe die Tür hinter sich schloss. Er hörte Stimmen auf dem Flur, möglicherweise einen erregten Wortwechsel, aber die Wände waren dick, und sein Kopf fühlte sich an wie in Watte gepackt. Da ging schwungvoll die Tür auf, und eine Frau, die er noch nie gesehen hatte, kam herein. Sie war ungefähr in seinem Alter, schlank, elegant gekleidet – und sichtlich befangen. Was er nicht ganz verstand, war, warum sie in einem schwach beleuchteten Raum eine Brille mit dunklen Gläsern trug.

»Darf ich mich setzen?« Ihr Englisch hatte einen leichten Akzent – Italienerin? Französin?

»Aber sicher.« Er war bereit, alles, was kommen mochte, über sich ergehen zu lassen. *Lass dich einfach treiben,* dachte er. *Irgendwann klärt sich alles von selbst.* Doch dann kam es ihm so vor, als ob Treibenlassen bis jetzt keine besonders gute Strategie gewesen wäre. Ein schmerzliches Bedauern über das Schicksal der armen, toten Ava durchzuckte ihn, über seine fahrlässige Dummheit. »Wer bist du?«

Sie blickte einen Moment auf den Boden, dann richtete sie die dunklen Gläser wieder auf ihn. »Ich hatte nicht erwartet, dass das wehtun würde, aber es tut weh. Wir sind füreinander Fremde, Paul. Aber wir sind auch Freunde. Ich heiße Martine Desroubins.«

Er beobachtete sie, wie sie sich auf einem Stuhl neben seinem Bett niederließ. »Ich habe dich noch nie gesehen – denke ich wenigstens.« Er runzelte die Stirn, fühlte sich immer noch benommen, immer noch benebelt im Kopf. »Bist du blind?«

»Bis vor Kurzem.« Sie faltete die Hände im Schoß. »Sehen zu können ist für mich noch … ungewohnt. Mir schmerzen manchmal die Augen vom Licht.« Sie neigte den Kopf ein wenig zur Seite. »Aber ansonsten sehe ich leidlich gut. Und es ist sehr schön, dich wiederzusehen, Paul.«

»Ich verstehe das alles nicht. Ich war Hauslehrer bei … bei Felix Jongleur. In Louisiana. Dann geschah etwas Schreckliches. Ein Mädchen verunglückte tödlich. Von da an war ich, glaube ich, ohne Bewusstsein.«

»Das warst du … und auch wieder nicht.« Sie schüttelte den Kopf. »Ich bringe dich nur noch mehr durcheinander. Entschuldige, aber es ist eine lange Geschichte, eine *sehr* lange Geschichte. Doch bevor ich damit anfange, muss ich dir etwas Wichtiges sagen, weil es sein kann, dass sie versuchen werden, auf ihrer lächerlichen Viertelstunde zu bestehen. Unterschreibe nichts! Ganz gleich, was die Leute von diesem Unternehmen von dir verlangen oder dir versprechen, lass dich auf nichts ein. *Auf gar nichts!*«

Er nickte langsam. »Dieser Tanabe war nervös.«

»Dazu hat er auch allen Anlass, denn sie sind mitverantwortlich dafür, dass dir zwei Jahre deines Lebens gestohlen wurden. Hat er dir erzählt, sie würden für dieses Krankenzimmer aufkommen? Das ist eine Lüge – deine Freunde kommen dafür auf. Nein, das stimmt nicht ganz. Du hast das Geld verdient – hundertmal!«

»Zwei Jahre? Langsam verstehe ich gar nichts mehr.«

Zum ersten Mal lächelte sie, und ihr hübsches, aber unspektakuläres Gesicht wurde in dem Moment strahlend schön. »Das kann ich mir gut vorstellen. Meinst du, wir könnten in dieser Klinik eine anständige Tasse Kaffee bekommen? Es gibt viel zu erzählen.«

»Sollte ich mich nicht ausruhen?«, fragte er, aber behutsam, um sie nicht zu verletzen.

»Diese Version von dir hat schon viel zu lange geschlafen. Hör dir an, was ich zu sagen habe, wenigstens einen Teil, und dann entscheide«, entgegnete sie. »Ach, Paul, ich bin froh, dass ich hergekommen bin. Die anderen möchten dich auch gern sehen, nur sind sie gegenwärtig sehr beschäftigt. Es gibt noch soviel zu tun. Aber wenn du wieder bei Kräften bist, werden wir sie alle besuchen.«

»Ich glaube kaum, dass ich in nächster Zeit imstande sein werde zu reisen, wenigstens nicht weit.«

Wieder schüttelte sie den Kopf und lächelte. »Deine Freunde sind näher, als du denkst.«

»Was für Freunde? Du sprichst ständig von ihnen.« Er durchforschte sein verworrenes Gedächtnis. »Meinst du etwa Niles?«

Die Frau namens Martine lachte. »Ich bin sicher, dass dieser Niles ein prima Kerl ist, aber nein, den meine ich nicht. Du hast die großartigsten Freunde, die man sich wünschen kann, Freunde, die an deiner Seite gelitten und die in einem aussichtslos scheinenden Kampf gesiegt haben, und das zum großen Teil dank deines heldenhaften Mutes.«

»Warum kann ich mich dann nicht an sie erinnern?«

»Weil, mein lieber, tapferer Paul, du sie noch nicht kennen gelernt hast. Aber das wird sich bald ändern.«

DANK

Die folgenden Leute haben mir das Leben gerettet. Ohne ihre Hilfe hätte ich diese Bücher niemals fertig bekommen. Ihr könnt euch überlegen, wie sie dafür bestraft gehören. Die bisherige Liste:

Barbara Cannon, Aaron Castro, Nick Des Barres, Debra Euler, Arthur Ross Evans, Amy Fodera, Sean Fodera, Jo-Ann Goodwin, Deborah Grabien, Nic Grabien, Jed Hartmann, Tim Holman, Nick Itsou, John Jarrold, Katharine Kerr, Ulrike Killer, M.J. Kramer, Jo und Phil Knowles, Mark Kreighbaum, LES..., Bruce Lieberman, Mark McCrum, Joshua Milligan, Hans-Ulrich Möhring, Eric Neuman, Peter Stampfel, Mitch Wagner, Michael Whelan.

Hinzu kommt jetzt noch ein weiteres Häuflein wackerer und aufrechter Helfer:

Melissa Brammer, Dena Chavez, Rick Cuevas, Marcia de Lima, Jim Foster.

Wie immer ein großes Hallo an alle meine Spezis beim Tad Williams Listserve und alle Teilnehmer an der Tad Williams Fan Page und der Memory, Sorrow and Thorn Interactive Thesis von guthwulf.com.

Und natürlich wäre kein Dankeschön schön genug, wenn ich nicht meine wunderbare Frau Deborah Beale, meinen ebenso charmanten wie tüchtigen Agenten Matt Bialer und meine hervorragenden und geduldigen Lektorinnen Betsy Wollheim und Sheila Gilbert erwähnen würde. Meine Kinder Connor und Devon waren noch keine sehr große Hilfe, aber auf jeden Fall machen sie das Leben spannender (und die Notwendigkeit, Bücher zu Ende zu bringen und zu verkaufen, dringender), und Connor hat immerhin aufs Geratewohl einen Haufen Konsonanten zur späteren Verwendung in mein Manuskript getippt, und deswegen dürfen sie hier wohl auch nicht fehlen.